换神

厚圃 著

作家出版社

目录

第一章

鬼迷心窍

倒退六十年，桑田滚回娘胎，弟弟浩云不得不耐着性子排队，樟树埠的八街六社、高樯巨舰、水闸货栈、神庙前的人山人海，就像被下了魔咒，隐匿于天地的巨幕之后，那些乱七八糟的喧响也都一股脑儿流回大地，如无数溪流消失于荒漠之中。一切似乎又回到万古洪荒的初始状态：寂寞、饥渴、病痛、贫瘠、瘟疫、瘴气重新包围了这片三角洲，蚊蝇成灾蛇蝎出没，大群大群的白鹳贴着滩涂野地低飞，黑压压的老鸹起起落落啄食着巨兽腐肉，长草繁花如野火般烧得满山烂漫，老樟古榕在风里摇荡着泥淖湿地蒸腾出来的恶臭，天光云影急遽飞逝，山川原野忽明忽暗……

十郎啊，你从时光的这头奔回那头！滔滔白浪般卷起的胡须黑了短了细了，腰杆如桅直了壮了硬了，饱饱的气血再次注入干枯瘪塌的肌肉，身体像升起的风帆呼呼鼓胀，乌烟似的长发在脑后飞舞缭绕。你那“假表妹”暖玉像被吹了口仙气，胸脯丰满了屁股圆实了，褶皱的脸光洁了细润了，眉眼间多了几分新媳妇才有的机灵与羞涩。

江湾变得荒凉开阔，镰刀锄头轻了，短针长线活了，周遭的东西触手可及，一个崭新野性、瑰丽多刺的天地犹如画卷徐徐打开……

我的夫君呀，别躲在门外了，快来大殿吧，省得我要抬高嗓门。也就昨天，冥府的判官骑着高大的异兽，冲开由无数蝙蝠和乌鸦组成的重重帷幕驾临神庙，给我下了最后通牒，要我回去接受审判，随业受报。他说你的阳寿已尽，我再无拖延下去的道理。

判官口气威严不容抗辩，临走时却丢给我一只小瓶子，一缕阴风捎来了他的劝告：“喝了它吧，你就自由！”我想都没想就把它扔出去，我不要什么自由，我只要你，不等到你老娘我哪儿也不去！

今晚我真的没喝多！十郎，我最讨厌别人这么啰里吧嗦了。就像那个爱管闲事的天妃娘娘，还有那个鬼鬼祟祟的三山国王，老是对我横挑鼻子竖挑眼，我才懒得理他们。你也真是，咱俩又不是头一天认识，我怎么可能喝高呢？不就涮了下口嘛。你忘了？我外公可是开酒坊的，平原上有哪个酒鬼没喝过他老人家酿的“莲花白”？我一岁时从高处跌下，连神医都说骨头碎裂无力回天，我外公二话不说将我拎起来丢进酒池，从此后酒液就浸透了我的五脏六腑四肢百骸，我血管里流的是酒，肌肉里吸的也是酒，莫非你真忘了？洞房花烛夜你揭开我的红盖头，嘴对嘴给我的不也是一口酒？你说这叫“相濡以酒”。温热的酒从你的唇浸润着我的唇，从你的嘴滑进我的嘴，又从我的嘴吸进你的嘴，你抱着我冲撞翻滚战栗，烈酒的辛辣醇香就从你我的唇齿、皮肤、毛发源源不断地流淌出来，咱俩就像整个儿掉进这甘醇圆润、无边无尽的波里浪里，任由幻觉引领着我们突围、翱翔。

我哪里醉了？你要是觉得我神神道道，那是因为我沉迷于过去。你带给我的那些琐琐碎碎的往事啊，仿佛就发生在昨天，今天，就刚刚……冤家啊，要是没有这些回忆，我就没有了你。要是没有了你，我还不如一株小草，一缕青烟。好好好，我唠叨，我偏执，我倔强，我神经，我愚蠢，我胆大，我逞能，我胡搅蛮缠，我口是心非，我自欺欺人，我执迷不悟……可是我的负心贼，我最敬重的男人最痴迷的好汉，我阴道里的游子眼皮底下的泪滴心口的创痛酒后的污垢子宫里的播种者，我的鳏夫我的冤家我的庇护者我的无情郎我的眼中钉肉中刺我短暂一生的终结者，整整一个甲子，如果我不把自己灌迷糊，你叫我如何孤零零地熬过这漫长的等待？你叫我如何去面对你的新欢新爱？又如何去面对我自己？

你问我是谁？呵呵，我的名字曾沾满了烟草味的口水，在你的唇齿间吞吞吐吐；我的名字也曾衍生过无数肉麻的卿卿我我，蝴蝶般地在你的唇边飞舞。可惜我还没来得及逮住那些鲜丽多彩的幻象，它们已经化成了灰烬化作了尘埃。我埋怨过自己福薄，也庆幸过自己命短，一个姿娘（女人）能在皱纹未深、青丝未白、乳房尚未松垂之时留在爱人的记忆里，那是多大的幸运啊！

不管你承不承认，十郎，我是你生命里的一部分，孤独的那个部分，而你，却是我生命的全部。咱俩早就无法分开了，就像无法跟过去分开一样。

是啊是啊，我也问过自己我是谁。我是这世间的一粒尘埃，一道真气，一颗水滴。我是一尾流星，一阵风，一坨冰雹，一绺雨丝。我是一道闪电，一声惊雷，一抹亮光，一道暗影，是来去无踪的无形之物，我可以分裂成无数的微粒，也可以凝聚成透明的物质，我可以随风起舞，也可以顺着时光沉浮。我可以随意舒展“玉体”自由呼吸，像鸟一样飞掠万里长空，将残留的酒气还有深深的忧虑播撒于云海之间。我是时间长河冒出的泡沫花儿，是沧海一粟，是樟树埠俯仰枯荣的见证者，是潮汕平原的守护神。我是酒鬼，是孤魂，是你的新娘！

六十六年前，一道血光将我送往阴阳边界。乡人一直将难产视为凶死，你将我草草埋葬时连“脚尾灯”也来不及点亮。无边的黑暗倏忽而至，我尾随着几条鬼魂惶惶然去了冥府。在昏天黑地的地狱里听了近两年的哭号惨叫，我更加想念你，痛惜那段才开始就仓促结束的美好，尤其是想到临终时你跟我的约定：“下辈子后会有期”，泪珠儿就滚出来，恨不得马上回到你身边。中元节开地狱门，我发誓要去一趟潮州府城。我心情沉重、身体轻盈，沿着韩江溯流而上，抛下后面的千般呼唤万般责难，来到那座三山环抱、一江潆绕的古城，飞过七层八面的涸溪塔，掠过老鸦洲上的凤凰台，在咱俩第一次相遇的湘子桥上空盘桓良久之后，我飞得更高，将这城内的人间烟火全部纳入眼中：夕阳西下，灰扑扑的屋脊屋瓦如长波细浪，大街曲巷交织如网，家家户户烧着金箔银纸，千盆万盆火舌伸缩飞舞，金色纸灰滚滚浮起又滚滚落下……我正看得出神，一阵悠扬的乐声渺渺升起，红墙黄瓦的开元寺上空飘来无数魂魄，有法师敲响引钟领着座下众僧诵念各种咒语真言，一盘盘“施孤”的“面桃”和大米抛向四方。成群的饿鬼嗷嗷如虎狼一拥而上，白牙森森红舌伸缩口水横飞。在这张牙舞爪的背后，有个老鬼黯然躲避，我靠近一问，才知道他大限将至，再不去投胎就会灰飞烟灭。

“我原本打算找个无主的柴头老爷（老爷，潮汕人对神的尊称；柴头老爷，泛指神偶）寄身，好让黑白无常找不到，可惜晚矣。”老鬼的话一下把我戳醒，每个人都有自己的宿命，每个不甘心的鬼也都有自己的怨念。

灰暗的夜色层层铺开，人们在自家门口点燃香枝，舞出通红的线迹以祈求来年五谷丰登。韩江边逐渐热闹起来，好心人放起“河灯”为鬼魂引路，成千上万、挨挨挤挤的“莲花船”汇成一大片壮丽的橘色光亮，被滔滔流水簇拥着漂向下游。我夹杂在无数的鬼魂中间追逐着那片闪闪发光的江流。十多天后我们抵达韩江下游的出海口，冥府的狱卒拿着花名册高声点名，孤魂野鬼凄然作别，一个个随着沉没的莲花船飘然离去……那样子看上去不像去投生，而是坠入无底的深渊。

从海口涌入的大风吹得我晕头转向泪流满面，我在茫然中不断地念叨着你的名字，十郎，我生怕再也见不到你！我仓皇地飞来飞去，只为了找到老鬼所说的“容身之所”。这时，一片灰白的冲积扇在我的眼皮底下豁然展开，似乎有个声音在召唤我，我不及多想就一头扎下去。

在这即将破晓的时刻，我头朝下脚向上，白茫茫的大气环绕四周，耳朵里灌满了沙沙作响的气流和呼啸的风声，心儿紧缩成一团，两眼刚一睁开又赶紧闭上，丘陵黑坨坨的如牛粪，江湾更像一摊尿水，由韩江沙泥托起的三角洲好似一只苍白的手掌，摊开来像要将我接住捏牢。

我张开双手奋力扇动着身边的大气，我想揪一朵云彩好延缓这急遽俯冲的速度，可惜没有用，只能任由自己像一颗雨滴或者一粒冰雹，砸穿随着气流急速飘移的轻云薄雾，向着荒芜广袤的大地坠落。地面越来越近，蒸腾的水汽中掺杂着粪便、精液、胃气、热汗、残腐食物、动植物陈尸还有泥土的各种气味，被水纹分割成细细的一格格的浊黑江水，像一整块的地板朝着我倒栽的脑瓜撞击过来。我听见无数水鬼的欢呼声，抢着要我替换他们好回去投胎。我听见无数鸟兽虫鱼在吼喊吟唱，期待着我与它们长相厮守。我可不想成为一个无助的“叫替”的水鬼，也不愿成为因孤独和饥饿而怪叫的小虫，我急急地扭动脖子到处搜寻，有间棚屋如指甲大小的石子孤零零地撒落在江湾南岸。我想都没想就飞了过去，那里就算贫穷简陋，就算住着一个脾气暴躁的酒鬼男人和一个只会诅咒的刻薄女人，总还是个家。对于孤魂野鬼来说，你永远无法明白“家”的诱惑。

我一头扎向铺着厚厚干草苇叶的屋顶，还以为坠入柔软幽深的江底。我发疯地挣扎着，敞开喉咙发出绝望的呼叫，等待着冰凉的液体填进身体里的每一道缝隙。奇怪，天地静止万籁俱寂。

我钻进了一方纹路清晰、坚硬无比的物件里，有什么东西拘得我动弹不得。我惊魂未定大口大口地喘气，咳嗽，骂娘，哇哇大哭，就像捡回一条命。一阵浓浓的樟脑味总算让我稳住神儿，我再次感受到四周致密的纹理夹挤着我，如贴身的甲胄那样硬邦邦的很不舒服。我骂了句粗话，又安慰自己，这也许就是他妈的天意，先像条虫儿寄生下来再说。

我清清楚楚地记得那一天，当晨曦水样般汪进来，一阵似曾相识的喘息把我惊醒。木床的响声愈来愈急，伴随着陌生姿娘的哼哼唧唧。我以为还在梦里就使劲地眨巴眼睛，冤家啊，那一刻我宁愿自己又瞎又聋，那个山一样压着姿娘仔（姑娘）的男人居然就是你！从此后我不得不反反复复地接受这种噩梦般的折磨。一听到你和你那姿娘人缠绵着发出不堪入耳的声音，我就像听见地狱深处的鬼哭狼嚎一样抓狂，那光洁的乳房，结实的大腿，娇艳的红唇，迷离的眼神，还有才洗过的鲜亮柔软的秀发，本该是我的，由我来给你！而你饥渴的眼神、挺突的鼻尖、狂野的嘴唇、无处不至的大手还有那撬得动石磙的硬家伙，也都应当完完全全属于我！

你这个无赖，骗子，通缉犯，强奸犯，臭流氓，你骗了我又骗了这个憨姿娘。当你将她压在身子底下，我像狗一样朝着你狂吠，你这负心汉，你会卡断她的脖子的，你看她的气都快接不上来脸红得像灯笼，你看她细弱的腰身快要被你粗壮的身坯压断了你这个薄情郎……每次你想来就来，像个粗鲁的庄稼汉将她当袋米粟扛在肩上或者夹在腋下，那个憨姿娘却甘心成为你胯下的玩物。而我，只能躲在一旁落寞地抚摸自己的乳房，腿侧，阴部，屁股……可摸到的只有这粗硬冰凉的木头疙瘩。这难道就是老天对我躲避投胎的惩罚？

告诉我吧十郎，是什么让你翻脸如翻书、变心如变天？是受了我胎死腹中的刺激呢，还是被我难产时狰狞的表情惊到了？你到底是风流成性，还是一时的寂寞无聊？亏我还冒死满世界寻你，你却撒着欢儿搂着别的姿娘人亲嘴撕扯。

也就从那天起，我一门心思要让你的这个憨姿娘，这个小骚货，这个小婊子滚蛋，打哪来滚哪去。十郎啊，我发誓要用最清澈的泪水洗净她的眼，让她看清你的薄情寡义。我还要扒开自己的胸膛把那颗热烈跳动的心掏出来给她看，让她知道我是谁你又是谁，她永远也休想替代我！

我看戏一样看着你们分分合合，我嘲笑你们诅咒你们，可是老天爷啊，这“因果”到底是个什么鬼？我本来想让你的憨姿娘重蹈我的覆辙，到头来却伸出温热的舌尖替她舔去血污，还用黑色的蛤蟆肝白色的蜘蛛卵囊舂成药膏，涂抹在她心口的淤紫处帮她消炎镇痛。

十郎啊，我离你这么近，却又那么远，我爱你这么深，可缘分却又那么浅。我燥渴焦灼如猫爪挠心，一刻也停不下来，要不是这尊有名无实的柴头老爷保护着我，我早就溺亡在自己的愤怒里。我不止一次地安慰自己，这柴头老爷可是你专门为我而造的，它裹藏着你的深情，贮存着你的体温，记忆着你掌心的纹路，它就是你你就是它，别人不懂，我还能不懂啊？

这尊外貌凶残的神偶啊，我可没少怪过它，它禁锢了我的魂魄我的生我的死我的爱我的恨我的悔。可我又眷恋着它，毕竟它给了我一个家，一个神不知鬼不觉的避难所。当然要是没有我，它也只是一块破木头，是我把它变成了神。其实它是不是神我一点都不在乎，我只在乎有了它，你我之间的距离就不再是距离了，我不再是一块你可以随手扔掉的破抹布！不管那个小狐狸精如何花样百出，到头来还不是乖乖地敬着我畏着我，就连你也不敢小瞧我。冤家，与其说你创造了神，还不如说你创造了我！我和这块木头疙瘩早就合二为一，没人能分得清是它缠绕着我还是我缠绕着它，是它需要我还是我需要它，我和它这两个孤独无依的家伙注定要走到一起，注定要你情我愿，注定要血肉相连，不管是天妃娘娘还是三山国王，从此再也不敢小瞧我。而且啊，我还发现了一个秘密，你长得越来越像它。狡猾的家伙，你是有意照着自己未来的容貌刻的吧？所以啊，它就是你你就是它，而我也是它，真没想到，咱们成了同一个，你中有我我中有你你我有它，这下看谁能将咱们分开！

在这神偶里，在这块散发着樟脑气味的木头疙瘩深处，我一次次徘徊在阴阳之间。要想弄清你，我得先弄清这个人世间。每当更深夜静，月盈月亏，我尝试着捕捉尘凡的幻梦，并循着梦境的路径去接近人们的灵魂，再拿来细细端详。大多数时候，我不吃不喝，不眠不动，没有白天也没有黑夜，没有太阳也没有星辰，没有时间也没有空间，没有你也没有我，我一度忘了我是谁，只一遍一遍地顺着所有人的声音所有人的记忆，顺着他们的血管和肌肉，爬进他们的心里脑里，我从他们每一次的呼吸里找寻答案，终于，人世间不再是我的藩篱，所有人的隐私，所有人的奥秘，还有所有人的生存之谜，都在我眼前徐徐打开，清晰如同一幅幅地图，有山脉有河流有平原有洼地，世界之门从此打开，那是生之门，死之门，永恒之门……我顺手拿起你用过的秃笔，一根一根地勾画出他们也是你们交错分岔的命运轨迹，曲曲折折的隐秘历程，就像你们用各种文字和图画来想象神仙鬼怪的模样和传奇那样。我之所以乐此不疲，并非为了证明自己的鬼斧神工，而是想要凿通这阴阳的边界，勘破人心的欲望，明明白白地知道你在想什么。

十郎啊，我知道你忘不了我，看看你坚持要把“水流神”供奉起来、把他吹上天去就知道了。村民们是有样学样，都把我尊为天帝的使者，山海的大神，“红头船”的庇护者，游子的守护神……只有我和你清楚，他们真正想要什么又需要什么。当你的吹捧如潮州弦丝乐般美妙地响起，当那些猪头五牲银锭香烛第一次堆满供桌，我像被一道太强烈的光伤到眼睛那样本能地往后缩。灯笼烛火的辉光，堆积如山的供品，匍匐的老少躯干，羞怯的眼神，热诚的赞美，恳切的求告，轻柔的鼻息气浪，悔过的泪花啜泣……一股脑儿化作自信注入了我的全身，随着沸腾的热血循环往复，我感觉到有股力量聚拢在我的肩胛处，像嫩芽拱开土壤长出叶子般的两瓣，再迎风舒展变成毛茸茸的雪白翅膀。它们将我整个儿地抱住托起，再用力扇了扇，我像个赤身裸体的新生儿在感到一阵痒痒的温暖的同时，发现自己已经在尘埃的浮沉飞转中冉冉上升，长期蜷曲的脊背仿佛得到了捋抚牵引节节抻直。我挣脱了木头疙瘩离开了供桌，脑袋快要撞上雕梁画栋的大殿顶部，那些由能工巧匠夜以继日精心制作的浮雕彩塑彩绘——栩栩如生的麒麟狮子仙鹤喜鹊都在朝我殷勤地眨眼媚笑，透雕的花篮里花朵竞放喷吐芳香，如意彩带抽动起来挥舞起来发出窸窸窣窣的摩擦声……

我如雄鹰踞于悬崖那般伫立于庙宇的飞檐之上，一手扶着色彩斑斓的“嵌瓷”圆雕群像，一手拨开烟火烛油升起的蒙蒙薄雾。太阳沉落，周遭呈现出敛尽余晖的清亮，韩江如带，平原一马平川，不远处便是烟波浩渺的大海。我收回目光掷向跪伏在供桌之下、蒲团之上的善男信女，还有那些拥塞在大殿之外的走廊天井风水池边、前来“圆梦”的人们，用无形之手抚摸他们的头顶，只为了从他们身上吸收蒸腾的赞美、热情与希望。我至今仍然记得，当时屋檐下有只小蝙蝠眼红地问老蝙蝠：“木头疙瘩多得是，为什么人们偏偏喜欢它？”老蝙蝠轻叹一声：“你忘了？它可是挨了千刀万剐才有今日的模样！”

十郎，我死水般的心湖又泛起了欲望的涟漪，降临的权力和权威让我浑身是劲，有那么些时日我竟忘了栖身于此的初心，也忘了世界的真实模样，我和这块木头疙瘩一起，只接受奉承和赞美，只需要香火和迷信，其他的通通滚蛋。我们只想尽情享受这眼前的一切，因为我们是神！而你呢，当然是我们当之无愧的代言人。冤家，别怪我，有时候我真搞不清是你赋予了我们权力呢，还是我们给了你意旨？我是该谢你呢还是该恨你？当然更分不清是你成就了我们还是我们成就了你。有时吧，我觉得我才是你内心真正的统治者，没有我你啥也不是；可有时候，我又觉得自己不过是你挂在灶边的那绺肥肉，烟熏火燎只为了延缓肉质的腐烂，好长出更多肥白似雪的肉蛆（你们叫它肉笋），供你油炸后吃个满嘴流油……我知道你要怪我瞎操心，明摆着，我离开了你我就不是我，你离开了我你也不是你，咱们都是对方的冤家，又都是彼此的信仰。其实你信不信我或者我信不信你都不重要了，有人信你我就行，就算你和那个小贱人搞出的什么“拖神”，就算有人把我从宝座上拽下来，将锦袍撕烂把胡须薅光我也没有怨言，我愿意时时刻刻、无条件地宠着你，爱着你，就像你是我唯一的孥仔（孩子）。

都说岁月无情，十郎，我眼睁睁地看着它如嗜血的蝙蝠把你体内的气血精髓吸光，有意无意地把死亡隐喻的珠子撒向你苍茫的暮年。你头发胡须皆白，路走不稳腰挺不直，胸膛干瘪得像层夹板，可是你依然放不下这人世间活活泼泼的一切。就像你当初拼了命想要拥有一样，现在你又拼了命想要守住，你想要守住财富，又想要守住人心，啧啧啧，这也太贪了！不管你高不高兴，我还是要说，无论你掌握了多少人的命运，拥有了多少金银财宝，最终还不是像这老樟树老榕树结出的果儿那样回落大地，在这限时的游戏里尘归尘土归土。想要世世代代被铭记被赞美，你要么变成一个传说，要么变成一尊神，否则，精气神也会随着肉身的腐烂而消失，生前有多热闹，死后就有多寂寥！这人生，不就是一个虚幻的小圈圈？起点是终点，终点也是起点。

十郎我的夫，今夜的月光真好，月亮又大又圆，正是咱俩团聚的好时候，别磨磨叽叽了，我知道你就坐在殿外的门槛上，正细细检视着自己的一生，像扒拉着算盘珠子那样加加减减来来回回。可就你们那点小心思小伎俩，怎么算计得过天算计得过地？醒醒吧十郎，你可知道天妃娘娘和三山国王都在惊讶地看着咱们，尽管他们自诩站得高望得远，上通天文下知地理，可他们就是勘不破你我。其实啊，不管他们是鄙视还是恋慕，是后悔放过我一马还是恨不得叫我立刻滚蛋，对我来说都无所谓了，因为我已经等到了我想要的，那就是你，也只有你。

进来吧十郎，让我看看你那被海风磨破的眼皮，还有像风浪中的白沫堆在胸前的胡子；进来吧冤家，让咱俩十指相扣一起去面对判官的拷问和阎王的责罚，哪怕小鬼们用沸滚的岩浆把你我灵魂的罪污和前世留下的痕迹通通焚毁，哪怕他们把十八层地狱里所有的严刑重罚都用在我身上，我也决不说半个悔字。

说定啦我的亲亲，咱们还像当初喝合卺酒那样，嘴对嘴喂对方一口孟婆汤，一块儿去投胎，再活它个三五百年！

第二章

他乡故乡

潮州花灯

暖玉骗得了别人骗不了自己，哪怕到了生命的终点，她还能清清楚楚地记得当初跳上马车的感觉，要不是陈鹤寿猛挥一鞭，说不定她就跳下来了，跳下这辆改变她一生的马车。暖玉还记得那天的天真黑，那团黑从她的眼前一直黑到心底，即便过去多年，那团黑仍然没有完全消散，有时以为它飘走了，可不知哪来的一阵风，将它重新刮回来。

“我那时真傻，你说啥我都信！”

时光从暖玉的身边流水般地淌过，激情逐年消退，这个一直声称上当受骗的女人坐在不同的位置，变换着不同的姿势，对陈鹤寿却发出几近相同的感慨，这到底是委屈和失望郁积于胸的必然回响呢，还是邀功请赏撒娇求爱？连她自己都说不清了。

暖玉生于闽粤交界的山窝窝里头，因交通不便，这里遗世独立自成一统，外面世界的一切信息都是道听途说，生活的真实只是目之所及的群山，还有聚集在一起的村户人家，偶有来客便会引起村民们稀奇围观，掀起不小的波澜。

暖玉的父亲是个屠夫，长得五大三粗，乌黑的胡子遮住了大嘴，开口方露出结实洁白的牙齿。大家都公认梁屠夫是个正派人，从不缺斤短两，而他的儿子梁鸿生就另当别论了。鸿生为梁屠夫与“草头妻”梁陈氏所生，与他长得如同一个模子托出。十五岁“出花园”（成人礼）后，便急不可待地长出颜色更深的胡须，胳膊肘儿和大腿变得圆滚滚的，嗓门粗粗壮壮，常随着父亲杀猪宰羊吆喝叫卖。

第一次站在肉案前，鸿生像个姑娘那样红着脸，夹着肉腥味的温风拂着他，油腻腻的像要吹进他的肠胃里，很不舒服，只是架不住父亲的胁迫才勉强留下，慢慢地，沾在身上的猪皮猪毛的油腥气再也闻不到了，脸皮也变厚，有时还敢跟买肉的妇人调情说笑。有个比他大一岁的姑娘暗暗喜欢他，她家在街尾开了家饮食店，每次来他这边买肉，不是漏了这样就是忘了那样，总要多折腾几个来回。有天鸿生把放在竹壳里的猪心递给她，顺势摸了她的手，两个人就好上了。

草头妻死后，梁屠夫续了弦，待“接枝”梁黄氏怀上孩子，儿媳也快生产了。

梁屠夫老来得女，将这个粉红的肉团团捧在掌心，泪水莫名地滚落下来。在这个叫绿云村的地方，普通人家的丫头哪有什么正式的名字，梁黄氏却坚持给她的宝贝儿取了个吉祥的官名“暖玉”。不过，村里人还是习惯喊她的乳名“幼妹”。为了这个心头肉，梁屠夫索性将肉档交由儿子打理，享受起抱子弄孙的生活。

在暖玉来到人世的第十五个春天，一切如往常，一切又好像和往常不大一样，她还蒙在鼓里，母亲梁黄氏却像条灵敏的猎犬嗅到了一丝异样的气息。就是那一天，后来让暖玉回味一生。

夕阳西沉，暖玉颠着小脚从溪边洗衣归来，臂弯钩住一只滴水的小竹篮，匀滑白嫩的脸庞沐浴着弱柔的霞光，葱绿的裙子在晚风中起起伏伏。她远远望见，自家屋前那蓬绿竹底下多了一匹大马，它浑身上下裹着厚厚的泥浆，看不见原来的棕红底色，罩在余晖之中宛若一尊青铜雕像。大马的旁边拢着一大圈人，被不知哪来的一条洪亮嗓子逗得不停地欢笑、跺脚、叹息。

暖玉摆着细腰凑上去，好奇地往晃动交错的缝隙里溜了一眼，眼珠子转了半轮蓦然不动，心尖尖掠过一阵有生以来未曾有过的奇妙颤动，一股青春的火焰烧得她面红耳热，那张英俊的黑脸连同整个魁伟的身影从此占满了她的思想。正在她慌乱不知所措之际，那个后生端直地看来，吓得她急急低下头去，可又怕他消失似的从拂下的刘海下偷偷投去一瞥。

姑娘明亮的眼珠仿佛随着她羞涩的目光一道滚入陈鹤寿的心坎，一个突兀的念头在他脑海里灼亮一闪，差点把他吓坏了。暖玉的出现改变了陈鹤寿在“姑父”家歇歇脚的初衷，他像溺水者刚刚抓到一块漂浮物，又意外地发现上面还有诱人的珠宝，什么圣训教示，再也无法改变他这个不光彩的想法。

自梁陈氏去世后，梁家与陈家就渐渐断了往来。毕竟从绿云村到内安乡，虽同属饶平县，爬坡涉水也要走个十天半月。忽闻先妻的侄子来访，梁屠夫吃惊之余还没来得及弄清他此行的目的，就被梁黄氏的一番盛情所感染，只见她端出一盘清水洗过的桃子，挑最大一只递到客人手里：“阿弟，咱家刚结的果子，尝尝鲜！”

梁黄氏来自同县一户破落的商贾人家，父亲早逝，母亲靠娘家接济将她拉扯大，十六岁时有媒婆帮她说了一桩亲事，料不到对方体质羸弱，等不及成亲就一命呜呼。村里有与她父母骂过架结过怨的，趁机煽风点火，说她是扫把星转世，注定“克夫”。有道是好事不出门，坏事传千里，这么一来二去，就把她的终身大事给耽误了，一直陪着母亲到二十五岁，才由远房亲戚说给山村里的梁屠夫。与其说是嫁人，倒不如说是“卖身”为母治病，结果钱也花了母亲也没救活，梁黄氏愿赌服输进了山。好在梁屠夫“老夫惜嫩妻”，家里的粗活重活一概不让她沾手，连床笫之事也由着她的性子来。

打从进门的第一天起，逃离这穷山沟就成了梁黄氏漫长的期许，日出日落，寒来暑往，心儿总是扑扑腾腾搁不安稳，私下里随时准备接受任何不期而遇的刺激，这种非分之想直到怀孕后才偃旗息鼓，结结实实地淌了泡泪，认了命收了心迎接孩子的降生。

暖玉刚出世时长得像梁屠夫，弄得当娘的生了半天闷气，好在女大十八变，从父亲这边得来的遗传特征慢慢地朝向母亲那边转化，唯有单眼皮的“蒙珠眼”无法改变。梁黄氏总算舒了口气，过去那丝不甘心死灰复燃，似有若无地飘落在女儿身上。

第一眼看见这个高大健壮、华丽气派、操一口潮州府城口音的后生，梁黄氏心头一热恍若隔世，这不正是自己当年日思夜盼的“如意郎君”么？设若回到初嫁时，如果有这么一人愿意带她走，她一定毫不犹豫。可惜岁月蹉跎，转瞬已是半老徐娘，梁黄氏在羞赧中暗暗捏定主意，无论如何也不能错过良机，免得女儿也像她一样在这山沟里困窘一生。

梁黄氏身上所透出的愉快和兴奋犹如温煦的光束照进了陈鹤寿的心底，让他感受得到又有些捉摸不透。她端茶倒水，格外热情地挽留他多住几日。他一阵窃喜却偏要装出为难的样子，待梁屠夫也开口相劝方勉强同意。

暖玉对母亲的过分殷勤也有些不解，但又似乎明白了几分，不管如何，母亲的做法正好暗合了自己的希望。为了不被旁人看穿，她竭力约束涌涨的心潮，稚嫩的脸上流露出毫不知情的坦然与平静。

这个从天而降的“表哥”，留给暖玉最初的印象就是除了吃饭睡觉，余下的时间都在说话，只要你愿意听，他好像连祖宗十八代的事都愿意抖搂出来。他有种本领，讲过去的事，不管是谁的，听上去都像刚刚发生，而且发生在他身上。他是个十足的戏精，能把各种人的声音模仿得惟妙惟肖，乍一听就能判断出哪些是老妪的絮叨，哪些是新妇的抱怨，哪些又是小姑在使性子……围观的人无不被他逗笑，他却不笑，野性的目光跳来跳去，棱角分明的瘦脸太英俊了。村里人一旦与他接触，都觉得自己变了个人，像他一样快活乐观富有朝气。

和大多数单纯内向的姑娘一样，暖玉对陈鹤寿这种“坏坏”的后生天生夹缠着一丝朦胧的好感，在不知不觉中情感已经倾向他。别看她文静内向，父母、兄嫂的宠爱却使她的骨子里多了几分倔强与任性，任何事情一经认定就不易改变。她带着机警的神情等着他来讨好她，遗憾的是他压根儿就没再多看她一眼。

暖玉那会儿还不懂，这是男人惯用的伎俩，既要拨动她的心弦又要驯服她的情绪，只觉得受了冷遇又气又急，泪水差点就掉下来。

几天后的一个清早，山里大雾，沁凉的空气里弥散着竹子清新利落的香气，屋前的几柱竹笋雄赳赳地拱出地皮，挺拔的笋尖还有湿软软的白茸毛让陈鹤寿心神摇荡浮想联翩，仿佛置身于一个春情勃发的世界。有两三个打笋的女人从他身边经过，偷偷地瞄着他喁喁耳语，她们的胸脯被两条筐索勒得鼓鼓胀胀，引得他忍不住去想象她们打笋时扭摆颤动的诱人体态。

打笋的女人沿着山路拾级而上，竹海云雾却仿佛从山巅流淌下来，一阵山风刮过，绿涛翻滚白浪奔涌，陈鹤寿只觉得眼前这变幻莫测的景致，何尝不是他命运的写照？正看得出神，就被一阵唤鸡声惊醒，扭头看见暖玉弯腰翘臀，“咕—咕—咕”的声音犹如珠子从两抹红唇间轻快地弹出，一袭白裙将竹林衬照得更加稠密幽深。陈鹤寿心头一动，明白该给她套上嚼子了，就大大咧咧地走上前，一口一个“幼妹”，好像跟她熟得不能再熟。暖玉转身不去搭理他，他偏要厚着脸皮转到她的前头勾着脑袋瞅她。她定定地盯着某处，眼圈儿红了。他举起手来在她眼前扇了扇，忽然快活地叫起来：“眨了眨了。”她猛一顿足：“你……欺负人！”作势要打，他佯装害怕，沿着石阶往下跑，她在后头紧追不舍。两个人跑得越欢，雾也流得越快，阵阵山风掠过竹梢犹如碧波荡漾，所有的这些都让不时回头的陈鹤寿产生了错觉，暖玉并非凡间的女子，而是飘浮在云端的仙女。

石板路又湿又滑，暖玉忽然收不住缠过的小脚，惊叫着一路斜冲，将油松的大辫甩得笔直，陈鹤寿闻声回身，长臂犹如象鼻一把将她卷入怀里。暖玉惊魂未定，嫩红的小嘴已被陈鹤寿的大嘴牢牢吸住，她的脑瓜嗡的一响，下意识地挣脱了他的双臂，浑身着凉似的打颤，委屈的泪珠儿一串串甩下。陈鹤寿涎着脸说：“好妹妹，好妹妹……”暖玉用手背抹了下嘴唇，好像那里被什么污物弄脏，凶巴巴地叫：“你走开，走开啊！”

陈鹤寿讪讪地笑，暖玉又羞又怕又气又急的可怜相越发勾起他的占有欲。暖玉说：“我告我娘去。”下巴抖动得厉害，像嘴里含了个滚烫的东西。陈鹤寿摊开双手一脸无辜：“幼妹，我中意你才……要你娘知道，咱俩就一辈子也见不到了。”暖玉迷迷离离地回到闺房，感觉那个吻还在唇上灼烧，心儿扑扑乱跳，两只手几乎捧不住母亲送她的小铜镜。镜中人的眼里流泻出一缕困惑与迷乱，好像对什么东西不抱希望，可又不是心灰意冷，而是对未来怀着朦胧的探想和担忧。待“生米煮成熟饭”后暖玉方茅塞顿开，那是一个少女所具有的第六感，对未来懵懂的预知。

要不要告诉母亲？暖玉双手撑腮陷入了踌躇。她忽然意识到比起对将来的恐惧，她更害怕此时的失去，如果非要让她选一样的话……她咬了咬唇像是做出了个重大的决定。她不再感到担忧，而是向往，她期待着和他继续下去，她开始想他，也迫切地希望他一样想她。

整个上午，陈鹤寿怀着无比焦灼烦躁的心情回味着朝早一幕，分明还能感觉到暖玉嘴巴鼻孔掀起的轻柔气浪，空气中也似乎滞留着她身上那股类似于竹叶的好闻味道。几可断定，他已经走进了这个姑娘单纯的内心，只是不敢肯定接下来能否如他所愿。

暖玉终于鼓起勇气走出闺房，在跨过门槛的一刹那，脸仍烧得厉害，唇也跟着发热，好像陈鹤寿的那个吻一直都在那里。她给自己壮胆，我凭什么怕他？错的明明是他，要受惩罚也该是他，我干嘛要拿别人的错误来惩罚自己？那股倔劲一上来，猛地甩了下辫子扯开大步。她先到井台帮嫂子择菜淘菜，嫂子并没有什么异样，她又从牛棚里搂起一大把青草放在大红马的蹄下，看着它晃着脑袋嚼得嘴边冒出白沫。

吃午饭了，陈鹤寿坐在“姑丈”和“表哥”之间，有点心虚地喝着家酿的桑葚酒。灶间里不时传来女人们压抑不住的笑声，让陈鹤寿知道他所担忧的难堪不会出现了，这才松开紧张的心情变得有说有笑。

吃完饭，暖玉随嫂子过来收拾饭桌，陈鹤寿偷偷瞟了她一眼，见她神情庄重一声不吭，就卖力地夸起她来：“幼妹好勤快啊。”暖玉攒着劲带着气白了他一眼，却被他快要喷出火来的目光牢牢抓住，只觉得生命的热潮又一次从内心深处哗哗涌出。她在晕眩、骇怕的同时又莫名其妙地渴望着再来一次。

到了黄昏，暖玉才真正挣脱了似睡若醒的昏沉状态，愈加明晰地确定自己想要什么，抖擞起精神，沐浴更衣一番细心装扮，然后昂首挺胸地出现在陈鹤寿的面前，仿佛要向他讨回清早欠她的情分，心底里又极端瞧不起自己，真是贱到家了！

陈鹤寿扫一眼就明白，这个姑娘已吞下他撒的香饵了，接着要做的是让这条鱼儿贴着水皮遛遛，耗尽她的心性和气力以免挣断了钓线。几乎整个晚上，陈鹤寿都表现出与梁屠夫父子谈天说地的浓厚兴趣，把暖玉晾在一边不知所措。老屠夫夫妇回房歇息的时间到了，陈鹤寿打了个哈欠起身，说去给马儿添点草料，麻烦表妹帮忙打个灯笼，在院子里的拐角处，忽然一把将暖玉拽到身边。她就像热切地盼着这一刻，不仅没有回避反而踮起脚尖迎上去，在嘴唇紧贴嘴唇的瞬间整个人几乎融化了。

几天后，两个年轻人心悸而又甜蜜的隐秘没能躲过梁黄氏警觉的眼睛，在她的催促下，梁屠夫友善地盘问起陈鹤寿家中的详细情况，再顺藤摸瓜打听他是否置了家后。在得知他尚未婚配，梁黄氏心头的一块石头才真正落地，虽然她是多么舍不得自己的宝贝女儿。

在梁家待了半个月，陈鹤寿殷勤地帮着梁家人干活，与他们相处欢畅融洽。有一天，梁黄氏在柴草间撞见两个年轻人的“不规矩”，就让丈夫出面询问陈鹤寿的“打算”。

暖玉焦灼不安地待在闺房，直到母亲冲着她笑吟吟地招手方释然。双亲并无怪罪之意，只是让陈鹤寿回去禀告父母请媒人过来提亲。陈鹤寿满口应承，不过稍稍推迟了几日，就在他准备起程的前一天，村里的木匠给那匹大红马安上了双轮的车厢。屠夫夫妇不知底细，热情地往里面堆放些干粮还有自家结出的瓜果。到了傍晚，当嫂子的发现小姑躲在灶边偷偷抹泪，还以为她舍不得跟情郎暂别。次日清早，梁家人才发现两个年轻人失踪了。梁黄氏从女儿的枕边捡起一绺纸片，上面有陈鹤寿代笔的留言，大意是她不得不随陈鹤寿到潮州府城办一桩关乎今后两人幸福的事，回来后再向二老解释，请他们不必担心。

屠夫夫妇疑云顿生，当即派梁鸿生到饶平县内安乡跑一趟，结果见到了真正的陈鹤寿。十多天后，这个不幸的消息传回绿云村，老屠夫暴跳如雷，梁黄氏则昏死过去。

两个年轻人是在三更时分离开绿云村的，马车很快地隐入绵延的群山。半个时辰后马车越来越颠簸，有时倾斜着像要滚下山去，有时碾到石头连人带车一齐跳跃。暖玉紧紧抓着一侧护屏，向后急急拂去的凉风把她吹得心明眼亮，依然陶醉在恋爱的新奇和对未来的憧憬之中……也不知过了多久，暖玉被马车顶篷的一阵噼啪声惊醒，挑开帘子一角，乌沉沉的风卷着白辣辣的雨点从四面八方扑来，空气里弥漫着呛人的泥腥味。雨越来越大，看气势像要将整个世界填满。暖玉劝陈鹤寿停下来避雨，他说你甭管，睡你的觉好了，听声音不像从前那么温柔。她的心紧缩了一下，忽然有些委屈和不安。

多少年后，暖玉回忆起当初的点点滴滴，哪里是陈鹤寿的骗术高明滴水不漏？其实她早就看出了一点苗头，只是生怕错过了他再也找不到幸福，所以不仅是他骗了自己，自己又何曾不是在骗自己？

“我那会儿真是中了邪！”暖玉后来对儿子儿媳重复这番话时，那场梦幻般的历险在她心里只余下一丝微弱的震颤，可当时她却吓得不敢闭上眼睛，直到无法抵御的睡意将她从紧张的窘境里解脱出来，绷紧的身体才得到了放松，如水草般顺着流水自然波动，不再去跟马车对抗，与自己所受的礼教对抗。待暖玉再度醒来，帘子下边已漏进了细条的亮光，伸手撩开，炫目的阳光刀剑似的劈下来，马车正莽撞地冲开两边肥大葳蕤的枝叶和齐腰高的野草，在隐蔽的小径上留下难以发现的车辙，外边的清朗明丽将残留在她心头的晦暗一扫而空。

马车总算停了下来，暖玉带着一种不真实的奇异感觉被陈鹤寿抱下来。她有些不好意思看他，就朝四周瞭望，山道一侧是坚硬高耸的崖壁，另一侧是令人眩晕的深谷。对面群山静立，山脊将白云扯成丝丝缕缕，山道也被绕成了细线……暖玉缩缩脖子，实在不敢相信马车曾从那里昏天黑地地穿过。

“表哥，快到了吧？”暖玉稚嫩的声音略显迟疑，她趁机瞟了他一眼，怕忘了他的模样似的。那张神气活现的大脸多了些疲态，眼窝深陷腮帮瘪下去，只有鼻梁依然坚挺，到齐眼处突兀地往里收，侧影如悬了把刀。他用明显敷衍的口吻说：“快了快了。”塞给她一块腐乳饼，就跑过去拉开将脖子探向水沟的红马，没有消汗就饮水容易得病。他抚摸着它，和它头挨着头，完全是一副交心私语的动人情态。暖玉再次暗暗说服自己，表哥乃忠义纯良之辈，不可能对她隐瞒什么。他说他儿时体弱多病，母亲在开元寺的佛祖面前许了愿，若他能康健长大，日后会带着未过门的媳妇悄悄过去还愿。因为天机不可泄露，连她的父母也必须瞒住。还完愿后，他家大人就会请媒婆到绿云村提亲。他成竹在胸，将两个人的婚礼说得多么重大多么美好，连细节也不曾遗漏，她则听得心花怒放，为了那个重要的时刻也为了一生的幸福，吃点苦头受点委屈算得了什么？不过聪明的暖玉当时还是提出一个关键性问题，要是“合婚”，两人的生辰八字对不上可咋办？陈鹤寿一句话便解除了她的后顾之忧：“花点银子，请‘半仙’做个‘诀’便可消除。”暖玉觉得他在乎她才会考虑得如此周详，即使没有完全相信他的话，心里也拂过一缕暖意。这个妙龄少女最终不容许自己有半点质疑，完完全全屈服于将要带着她走向幸福的那股力量，美好的日子似乎就在不远处等她。

自懂事起，暖玉就时不时从母亲的嘴里听到“潮州”“府城”这样的名称。十三岁那年，她随着父母到邻乡看“老戏”（也叫潮戏，即潮剧），一出《荔镜记》给了她新鲜有力的印象：福建省漳州籍的白面书生陈三来到潮州府度元宵，在金碧辉煌的花灯下邂逅了堪与花灯相媲美的黄五娘，两人私订终身后私奔，成就了一段千古传唱的佳话。这个才子佳人的老套故事，对于一个山村少女却犹如石破天惊，原来世间竟然有如此美好的男女和这么浪漫的爱情，她多么希望自己能够遇上陈三，也因此十分嫉妒五娘。她曾用试探的口气问母亲，要是哪天她跟黄五娘一样，她会生气吗？母亲的回答是，若能遇到陈三这么好的后生，用不着私奔，她一定会为她做主。

陈鹤寿谈不上什么风月老手，但对付白纸一张的小姑娘依然绰绰有余。他知道她们喜欢幻想什么。为了迎合暖玉，他抱着比梁黄氏更大的热情渲染着元宵夜那个特别的时刻，形态各异的花灯经过他生动活泼的描述，带着每个少女都期许的浪漫气息闪耀着飘进暖玉的梦境，她真真切切地看到自己化为其中的一盏，挂在陈鹤寿抬眼便能见到的地方。一两年后，当暖玉看到自家的棚屋门口挂着各种颜色、飘忽不定的“鬼火灯笼”，就会想起梦境里的那些莲花灯、梅花灯、鲤鱼灯、走马灯、宫灯、山水书画灯……它们簇拥着移动着摆荡着，蜿蜓成一条鳞光闪闪的金龙巨蟒，只是再也照不亮她暗淡的心境。

这对年轻人翻山越岭足足走了六天，终于找到平原最大的河流韩江，接下来的道路变得平坦开阔，暖玉却不愿再走了。连她也未曾料到，自己会从急驰的马车上跳下来。听到哎哟的惨叫，陈鹤寿急急勒住缰绳一脸茫然地跳下来，声音带着急切："怎么啦幼妹？"

鲜血丝丝缕缕从贴着暖玉小腿的裙摆上渗出洇开，她没哭也没闹，心里已做好最坏的打算，当陈鹤寿向她靠近时忽然拣起一块锐石抖动着："别过来！"她相信这么做能够产生一点效果，但也仅仅是一点效果而已。见陈鹤寿装作没听见伸手去拉她，只好将锐石转向自己的脑门："你再不站住，我死给你看！"绷紧的嘴巴和紧锁的细眉，使那张小尖脸具有一种坚决得有点残忍的表情，与先前那个文静柔弱的暖玉判若两人。陈鹤寿一脸无辜地讪笑："幼妹，你摔糊涂啦？"暖玉不屑地说："甭装了，府城在上游，你往下游走。"声音不高，他却觉得她使出了浑身的劲，像要砸碎罩在他俩身上的某种幻象。

陈鹤寿知道一切隐瞒不住也不再有隐瞒的必要，索性跟她摊牌："幼妹，你也甭费事瞎猜，我是你表哥的同窗好友陈兴邦，乡里人喊我十郎。"暖玉挪动了一下身子，被汗液浸渍着的伤口烧辣辣地疼。

"你打算带我到哪里？"暖玉的声音仍然不大，只是疏远得令人难堪。她发现自己并没有想象中那么害怕，心里甚至对自己因无知而将受到的惩罚感到一丝好奇，见陈鹤寿涨红着脸嘴巴紧闭，又用讥诮的口气问："找个地方把我卖了？"陈鹤寿躲开暖玉剑尖似的目光大声辩解："你当我是啥人？"暖玉说："你是啥人你自己最清楚。"陈鹤寿凄楚沉痛地说："我惹了大祸，待不下了，阿公（祖父）要我去个地方——"回想起自己惨痛的经历，还有祖父逼他对天发出"永不回家"的毒誓，有股麻辣辣的东西闯上眼睛和喉咙，竟哽咽得说不下去。

暖玉从陈鹤寿的神态反应判断出他不像在撒谎，就紧跟着问："要去的地方叫啥名？"陈鹤寿从怀里掏出一张皱巴巴的牛皮地图抖开来，拿指头弹了弹无可奈何地说："就这里……我也不晓得它叫啥。"

暖玉忽然嘴角抽动呜地哭出声来，声音细窄绵长，像在舒解这些天来紧压在心头的所有疑惑和委屈。陈鹤寿急得赌咒发誓：“骗你天打雷劈，阿公只告诉我，在韩江下游的出海口有一港埠，俯临大海吞吐潮汐，巨舰高桅扬帆挂席，那里终年浮游着樟脑的气味，房子要用铁链拴在岩石上，前朝帝王的阴魂追赶着南来北往的船只……”见暖玉仍一吸一顿地抽泣着，散乱的发丝和娇小的身体抖颤得让人陡生爱怜，心想强扭的瓜不甜，遂负气般地摆摆手：“算了算了。”上前搀她却被她甩开。她自个儿咬着牙爬起来，又咬着牙一瘸一拐地挪近马车。

春分过后白昼逾长，一轮巨大的红日缓缓滑落，光线铺展在黄苍苍的江面上也浇落在暖玉身上，她纤细的骨头骨架像镀了金裹了铜，坚韧而又明亮，细小锐利的眼睛给人一种冷峻到不可冒犯的凛然与悲壮。

待暖玉坐定，陈鹤寿弯下腰来撩起她那卷了边的裙摆，她略微退缩了一下接受了。白皙的小腿上赫然呈现一片惊心的猩红。陈鹤寿拽下扎在腰间的水布，轻柔地吸去伤口周边的血迹，给它做完了简单的包扎后利索地跳上马车，甩了个脆炸炸的鞭花。马儿像明白主人的心思，猛猛地掉了个头，车厢随之剧烈地摇摆颠荡。

“去哪?”暖玉挑开帘子问，眼睛还红红的。陈鹤寿已经铁了心不再沾这姑娘：“送你回去。”暖玉说：“谁说我要回去?”陈鹤寿愣住了，对这个心慈性烈的女子又敬重了几分，咧开嘴角苦笑：“幼妹，你还不明白啊?我是官家通缉的罪人，跟了我，你这辈子怕是毁了——”暖玉凶巴巴地打断他：“毁了我愿意!”见他缄默不语又将声音放低些：“走吧，反正回去我也说不清了。”

踏食

陈鹤寿就这样将暖玉带出了山沟沟，带到一个自己都没来过的地方，当他站在莲花山南麓俯瞰山下，气血呼啦地冲向脑顶，直着双眼半天说不出一句话。眼前的情形与祖父所描述的奇伟景象相去甚远：韩江在黑色森林的掩蔽下穿山过峡来到此地，犹如神仙笔力遒劲地勾写出一个巨大的“凹”字，乍然铺展出一片深沉开阔的水域，再缓缓汇入大海。几道山岭好似天然的屏障将外界隔开，形成了荒无人烟的滩涂野地。他蓦然发现，祖父才是真正的大骗子，自己与之相比简直是小鱼小虾。

“真不该带上你。”下山时暖玉听到陈鹤寿惶愧地咕叨着，就没好气地说：“你以为我想来啊？”见他仍一副低头泄气的模样，心里也就少了些恼怨多了些信赖：“来都来了，后悔也没用。依我看，这里也有这里的好，背再大的罪也没人能找到你！”

陈鹤寿意料不及地愣住，定定地看着暖玉，自己怎么就没想到呢？这个傻姑娘看来一点都不傻。至此方了悟祖父的一番苦心，老人家之所以言之凿凿给他画了个大饼，原来是怕他没有盼头受不住煎熬……在这里他就是陈鹤寿，陈鹤寿就是他，再也无人质疑他，未来又掌握在自己手中。一念至此，那张黑沉沉的面孔不由泛出活色，再重新打量四周，隐匿于溪流边沼泽里的野鸡野鸭不时传来畅快的鸣叫，绕岸而生的樟树摆动着灰褐的躯干油绿的叶子，在暮春的斜风细雨中奔腾似海，毫不起眼的淡青色花儿星星点点地飘坠，与细密的雨脚一起轻弹着他裸露在外的肌肤，一股沁凉而又奇特的气味将他带入到微微亢奋的状态。他弯下柔韧的腰身，从脚底下抠了点潮润松软的泥土搁进嘴里，像吃好东西那样转了一圈再咽下去，张开双臂鼓足劲喊：“这个昏睡的地方，我要将它唤醒——”

陈鹤寿迫不及待地给它命名，“樟树湾”这名字从此诞生并代代相传。仗着祖父教的一点堪舆本领，他沿着江岸寻龙捉脉定好地点，再骑马到百里开外的村庄去购买各种工具材料，还搬请来三个汉子，为首的中年木匠姓孙，身板短粗结实，眉毛粗浓的宽脸坑坑洼洼。陈鹤寿在当地打听过，老孙虽长得一脸凶相，却有着少见的菩萨心肠，见陈鹤寿将信将疑人家又举出鲜活的例子：几年前的一天，孙木匠从墟集回家，走到半路发现背后跟了条“小尾巴”，这孩子长得又黑又壮，披一头锈结着草屑泥巴的栗色乱发，埋在眼窝里的棕色小眼珠呆滞无神，问他父母是谁，他像受到惊吓只知茫然地摇头。孙木匠就牵着孩子的手折回墟市逢人便问，后来又寻遍四乡六里都没人识得他，就好像他一生下来就是个流浪儿。孙木匠两口子结亲多年，没生没孵，就在乡里老辈人的见证下做了“纸字”，将孩子收为义子，取名孙石槌。

话虽如此，陈鹤寿还是让暖玉躲在石洞里烧饭，一切对外包括送饭都由他一人张罗。开头那几天，他的腰间还插了把短刀以防不测。在孙木匠熟练沉稳的指挥下，加上陈鹤寿一共四人就地取材，砍下几株不大不小的樟树，用掀掉了顶篷的马车搬运木头石块，你呼我应协力同心挖坑竖桩，搭建起棚屋最基本的框架，再往四周砌石糊泥，将棕叶、芦苇叶、野芋叶和树皮铺在屋顶以蔽风雨。

当第一缕炊烟冒过屋顶飘向清亮的夜空，柴草燃烧的香气漫了满屋满院，陈鹤寿那颗吊悬着的心才算落下，暖玉的眼眸里也浮起了激动的泪花。

白天里，陈鹤寿一锄一锄将屋后的土壤翻松，把大块的土坷垃打得细碎蓬松，归拢成一畦一畦，再撒上菜籽栽上薯秧，一天到晚身上没有干过，糊成了与土地一模一样的黑褐色。暖玉除了缝补浆洗烧饭喂马，就是拿着绳索竹耙到附近捡柴拾草。有天她学着男人的模样扛着锄头下地，以为会得到他的赞赏，结果被他粗声大气地撵回去：“咱陈家可是高门大户，嫁进来的新妇哪用得着种田刨地？”

暖玉酸楚一笑，往回走时暗自思量：“俺命贱，哪有这福气。”

到了夜里，女人的地呀男人犁。男女间那层不可道破的神秘在暖玉的眼里已经不再神秘，倒是陈鹤寿那不知餍足不感疲倦的热情让她想起自己完全无知的第一次，那是快要到达这里的前两天，他们在莲花山脚下一个废弃的草寮里过夜。他再也忍不住搂紧她，她还没有完全明白他要干什么，只是出于信赖由着他来。她感到自己那对小而结实的乳房被他攥在大手里，热乎乎地向外膨胀，绷紧的身子如同解冻的土壤松软了潮润了。他熟门熟路地进入她的身体，她在体会着异物侵入的裂痛的同时，脑海里清晰地投射出一雄一雌两只粉嘟嘟的蛾儿，钩住尾巴拍打翅膀转着圈儿，可还没来得及撵走它们，身体就合着他的节奏不可抑制地战栗起来……

就像陈鹤寿两口子接纳了这块土地一样，这块土地也接纳了他们。半个月后，菜园子泛起一片碧绿的亮色，陈鹤寿的胡须也变得又粗又密快要遮住嘴巴，声音粗野足壮让人觉得他有些不耐烦，饭量陡增一倍，油黑的肌肉结实得掐不进去，不细看还以为是村夫莽汉，只有眼角眉梢瞬间那些许神态才流露出没有褪尽的书生气。暖玉呢，少女的青涩也从脸上淡去，低柔单薄的嗓音变得圆润沉稳，纤细的身体平直的线条多了些明显的起伏，看上去丰满、健壮了些，见到陈鹤寿，一种清晰的欲望就会从身体深处泛起。以前她只想知道他喜不喜欢她，而今她还想知道，她在床上能不能满足他。她希望他喜欢她的身体，喜欢那两只精巧而结实的乳房，而一想到这些她又有点难为情了。

一天黄昏，一轮红日坠向谷底，明亮的光线铺满山野水面，噪闹得凄厉起劲的蝉声逐渐疏落隐退，陈鹤寿带着暖玉在附近的林子里瞎转，无意中发现一座用石头垒起的简陋小庙，里面供奉着一尊泥塑，尽管面目模糊，从头饰装束仍能判断出是尊女神。暖玉就像长期受困于黑暗地下忽然见到了光，暗淡的双眼格外放亮，晃着陈鹤寿的手臂欢叫："太好啦，咱们有伴了。"

陈鹤寿仿佛变成了泥塑凝然不动。天地间忽然静下来，有一阵云鹏展翅的扑动声由远及近，那股因扇动起来、不断向上旋转的气流将他裹进了一场白日梦：有无数白色大鸟瞪着溜圆的眼睛从一片湛蓝的背景里向他飞来，掀起的层层气浪冲击着他的耳朵面颊，又拨动了他隐秘的心弦……多年以后陈鹤寿才弄明白，这些白色大鸟与他的命运紧密地联结在一起，其意义几可与生命等量齐观。

"表哥，表哥你咋啦?"暖玉的声音使陈鹤寿浑身一抖，像打盹时突然醒来那样，眼神保持着应有的犀利与警惕，有股力量在推搡着他，去向这些捷足先登的人还有他们的信仰挑战，为自己的生命拓出更加开阔的空间。陈鹤寿心头轰然发热，感觉到两只赤脚正把大地的活力吮了上来化成自己的气血，皮肉骨节也跟着一个抖擞，有个针尖大小的光点在他的眼仁上跳跃着扩大着，身上的所有东西都像要跟着一起燃烧。

暖玉看见陈鹤寿探手拎起那个半岁婴孩大小的神偶忙问："表哥，

你要干吗？”陈鹤寿皱起了眉头，好像奇怪她会这么问：“扔掉啊！”暖玉冷静地提醒他：“你扔了人家的‘老爷像’，就是动了人家的命根子，他们不跟你搏命才怪呢。”暖玉说得对，在没有弄清底细之时，一切的轻举妄动只会引火烧身。

陈鹤寿极不情愿地将神偶扔回供桌，像块明亮的界碑戳在小庙前的晚照里，仿佛要划清阵势分明的两个营垒。在接下来的日子里，陈鹤寿处心积虑，想用别的神来替换这尊被他嗤之以鼻的“女流之辈”。他这种执拗的想法让暖玉觉得十分可笑，问他理由，他的回答同样让人摸不着头脑：“咱们需要它啊。”暖玉趁机将他一军：“你啥时候信过老爷？”完了又被自己的无礼吓了一跳，咕哝着补上一连串求神原谅的絮语。

陈鹤寿的思绪却仍然停留在暖玉的质疑上，目光有意无意地投向这片苍茫寂寞的大地，他仿佛看到了一种并不耀眼的光，既不是落日所留下的艳红柑橙般的带状余晖，也不是夜色将至而返照的回光，而是能一下照进心底、使内心变得和谐宁静的神秘光辉。

“就这会儿！”陈鹤寿像重复着一句老话那样脱口而出，浓眉下的目光显得无比真诚。见女人一脸惶惑又补充道：“有了神，咱们才能活得安稳些。”

自从发现了女神庙，暖玉老觉得有眼睛躲在某个角落里闪闪烁烁打量着自己，有时甚至还能听见他们的声音。一有空她就爬到高处手搭凉棚，找寻着这些看不见但确信就在这块土地上的族群。这样的等待一直延续到凉风丝丝的八月，一个后半夜，暖玉被隐约的划水声惊醒，看到几片银色月光波纹似的漾进屋里，脑子里飘过一阵惬意，又依偎着男人沉沉睡去。次日天刚放亮，暖玉听到了更加嘈杂的声音，急忙拍醒陈鹤寿，推开柴门走出没有篱笆也没栅栏的棚屋。

江湾弥漫着大雾，白茫茫的像下了雪，不时有船头如锈蚀的刀划破晨雾豁然闯出，将这两口子从迷乱中拉回到现实。陈鹤寿挣脱了暖玉的手急步上前，扭着脖子狐疑地张望，浓雾里忽然探出两个头发堆叠成牛屎状的小脑瓜，近得像要滚进他的怀里，把他着着实实吓了一跳，如遇鬼魅肃然讯问：“谁？”悄无声息。待他揉眼再看仔细，江风恰好剥去一层白雾，一瓢金灿灿的阳光浇在几张苍黄黝黑的脸上，头发里的几缕银丝、嘴唇上的纹路、嘴上那一溜汗珠还有细细的毛孔一览无余。

漫天瘴气水雾逐渐消散，还原了一派清明开阔的景象。一夜之间，不知从哪里荡来几十条木船，大大小小挨挨挤挤地泊在一起，江面就像浮起一座小村庄，船与船之间架设的跳板犹如纵横交错的巷陌，上面人来人往，吆喝叫卖之声不绝于耳。见几个男女站在船头指指点点面露喜色，陈鹤寿扭过头顺着他们的目光寻去，有几条猎犬从莲花山脚下的林子里箭一般射出，仿佛是在它们的引领下，才有后面那些紧跟慢赶的山民和套着木车、驮着货物的牲畜。这些山民，陈鹤寿两口子翻越莲花山时就曾碰见过，男的爱穿青蓝麻布上装，着短裤裹绑腿，女的衣领、袖口和右襟镶着花边。他们自称是畲族人，古越人的后裔，世代在山上的坑洼处开田种地，在密林里打猎，尊盘瓠为始祖，祭拜“三山国王”。

山民们来到岸边卸下货物，肩挑背扛，熟练自如地登上渔民们送过来的跳板，将晒干的菌类、野味、动物皮毛或活着的猎物、家养的牲畜带到船上去。陈鹤寿掸了掸夏布短褂上看不见的灰，挺直腰杆紧跟着走上去。暖玉望着男人的背影愣了一下，不知哪来的勇气，一脚跨上快被抽走的跳板，悠悠荡荡地走出一身冷汗。

看见买家，渔民们就用带点闽南口音的潮州话热情地跟他们打招呼。陈鹤寿模仿着对方的腔调与他们扯了几句咸淡，脸上始终带着自以为说了俏皮话的轻松表情。暖玉蹙着眉有点费劲地听着，羞怯的笑容僵在嘴角忘了褪去。三下两下，陈鹤寿就从对方的嘴里掏到了内容，这些渔民都是疍家人，今天刚好是他们“凑墟”的日子。这群生于江海、住于舟船的男女随潮水往来，以结网渔猎为生，奉天妃娘娘为神明，视龙蛇为先祖，按时节祭祀天妃、龙母、蛇神、财神。更稀奇的是这支疍家族群还停留在母系社会，一切大事全由女人说了算。他们把生活在陆地包括山民在内的人都叫“山顶人”或“陆上人”，而别人则唤他们“水上人”，背后贬称为“水狗”。这个水墟原先开在别处，因那边正闹着瘟疫，就尝试着挪到江湾南岸来。

陈鹤寿记得自己小时候曾随祖父到过潮州府城，还在湘子桥边听疍家女卖唱：“落海掠鱼三分命，上岸赤脚低头行。咽喉好比鱼骨鲠，哭天哭地哭无声……”歌声婉转悲凄，叫人难以忘怀。一旦摸清底细，他就像个老熟人那样背抄着手到处逛荡，还撑住船舱拱形的顶篷探进头去，里面空间狭小，摆放不下架床、桌椅等陆地家居常见之物，一应生活用具显得粗糙而又随意。

“未开化！”陈鹤寿凑到暖玉耳边说，嘴角挑起一丝藐视的笑。暖玉怕他生事，拽着他的袖子好说歹说将他劝下船，才走了一阵子，迎面就来了辆黄牛车，上面的货物堆得老高，颠颠荡荡压得老牛喘不过气来。赶车的老汉一眼断定陈鹤寿是个见过世面的人物，怯生生地向他打听：“阿兄，您可跟水上人做过买卖？”陈鹤寿的回答让暖玉诧异不已：“当然了。”老汉就红着脸恳求：“阿兄，您能不能帮我牵牵线搭搭桥——”

原来老汉是百里开外龙船岭上的山民，以前都是他儿子帮大伙带货到墟上交易，这一次忽然生病，只能由自己带着两个孙儿顶替。陈鹤寿听罢凑过去翻看牛车上的货物，两眼渐渐放出亮光，脸上的筋肉兴奋得微微颤动：“货色倒是不错……”暖玉的嘴唇轻轻弹动了一下：“走吧表哥”，又加重了语气：“表——哥！”老汉误解了暖玉的意思，连忙凑到陈鹤寿耳边嘀咕了几句，陈鹤寿就回答得更加爽快了：“好，没问题！”

陈鹤寿把这爷孙仨领到岸边，一下看准了那艘最大的五肚船，手脚并用帮着他们将填满筐筐篓篓的货物搬上去。大船上简直就是个独立的小集市，有个疍家妇人正和一个拎着鸭子的山民讲着什么，有个蹲在甲板上、一脸胡须的老头仰起脸来发出鸡鸣般的声音，招呼别人看他木笼里的山狗（狈），后面是个又矮又壮、快要谢顶的男人，拿刀子削着竹扦，面前堆放些红红绿绿的果蔬……

有几个山民交换完货物走人，陈鹤寿就指挥那爷孙仨占了那块空地，亲自从货物中挑出几张像样的狐狸皮野兔皮，还有一张厚实的黑熊皮摆在最外面，不待别人询问便直起嗓门吆喝，又是拍掌又是跺脚，把附近的目光硬生生地拧过来。暖玉吓得躲到一边，再拿眼梢的余光偷偷观察着别人的反应，让她更感难堪的是，越聚越多的人气非但没能让陈鹤寿有所收敛，反而激发了他更大的热情，嗓音更加洪亮。只见他拎起这件又举起那件，像晾衫裤似的抖一抖，一股毛皮夹带的腥膻味立刻弥散开来。为了说明那张黑熊皮来之不易，陈鹤寿先扮作迎风眯眼、拈弓搭箭的猎人，嘴里发出“嗖”的一声，又装成受伤的凶兽瞪大眼睛嗷嗷狂叫。他把一串腊肉送到围观者的鼻子底下并贴心地催促：“吸气，老兄。”自己也做了个深呼吸，再苏醒似的缓缓吐出气儿，眨巴着迷离的眼睛说：“香，太香了。”到了后来，他的潮州话已完全带上了闽南语的尾音，跟上了疍民们的调调。

“兄台真是个生意精！”老汉刚发出由衷的赞叹，围观的人群就让进来三个疍家女人。大多数疍家女子因常年盘腿坐于狭小的船舱，加之摇橹拉纤，成年后腿粗屁股大不说，还长了一双罗圈腿，可为首的这位年轻女子却身材高挑双腿笔直，宽脸膛上长了一对油亮的眼睛，身穿靛蓝麻布衣裤，衣襟袖领上镶着一寸余宽的黑色布条，一头赤发梳成单股辫并用红线盘环成姑娘家的“妹仔髻”，她就是这支疍家族群的“头人”柳三娘。陪她的两位老妇人都梳双股辫盘环的“高盘髻”，发髻上各插一支银质篦牌，穿蓝黑和青黑相缝的双色“扎衣”，其中矮胖的人称何仙姑，是族群定时夺日、人人敬畏的神婆；干瘪瘦小的是濮婆婆，圆圆的脑袋圆圆的眼睛，让陈鹤寿一下想起南岸小庙里的那尊泥菩萨。

疍家头人瞄上老汉这批山货的消息从一条船传到另一条船，人们争相跑来看热闹，大船不断晃荡，眼看江水快要淹上甲板挤不下了，后来者只好跳到邻船，伸头引项朝着这边张望，几十对黑亮的眼眸全都聚焦到陈鹤寿身上，看着他岔开五指再一根根扳下去，滔滔汩汩夸耀着那些山货野味有多诱人，草药有多灵验。他有意把嗓音压得又低又沉，听上去就像发自肺腑，感染着在场的每一个人。

柳三娘的目光冷冷的带着明显的警惕，她在提防自己流泄了底气。这个男人虽然也像山民一样身板结实皮肤黝黑胡子拉碴，说话的神态气度却非比寻常，很多新鲜的词句像鱼儿冒泡那样从他嘴里成串地滑出来，透着狡黠也显出才情。他笑起来真好看，一嘴雪白结实的牙齿，至于他那富于磁性的嗓音，听着听着就如同喝高了让人陷入了恍惚，飘飘然想要倒向他那一边。

陈鹤寿越说越兴奋，脸像抹了油眼像燃了灯，嘴里仿佛要吐出象牙，声音如铜钹响锣咣咣当当震人耳膜。他从毛皮的保暖谈到穿着后的效果，又从野味山菌扯到对身子的滋养，至于那些青草树根，有些是滋补的良药，有些是救命的仙草，有些还能促进床上的能耐繁衍健康的后代。他信手拔出雉鸡两根五彩艳丽的羽毛，模仿着妇人的姿态一会儿别于脑后一会儿插于衣襟，既逗乐又显摆。他还蹲下来像对待自家的红马那样，手指逆向掠过柔软的狐狸毛以带出一道道明亮的光波，亲切地邀请柳三娘还有她的两位同伴也一起抚摸体验……

何仙姑的指尖刚一触及那些山货，陈鹤寿就像被拔毛的公鸡尖着嗓门叫起来："顶呱呱的货色，过了这村可没那店……"两个老妇人摩挲着掂量着，用眼神和嘴唇无声地传递着自己的看法，然后再由何仙姑向柳三娘低声建议。柳三娘发话了："别的我没空听，有心做生意，给句靠得住的话！"陈鹤寿从对方前倾的姿势里捕捉到了她的意愿，底气十足地说："您也看到了，这位阿叔老实本分，早就把水分榨干挤净了。"柳三娘见陈鹤寿翻动着五根手指便明白了他的意思，皱着眉威胁："狮子大开口，明摆着是不想做成这桩买卖。"这一声吼把老汉吓得埋着头不敢作声。陈鹤寿便以调和的口气说："今儿是您柳头人出马，痛快点说个数，只要不欺负老实人就成。"

柳三娘故意将目光移到老汉身上问："叔啊，他是你的啥人？"老汉正不知如何回答，陈鹤寿就大大方方地自我介绍："我是他请来的中间人。"柳三娘扫了陈鹤寿一眼挖苦他："都说卖者唔（不）急，买者唔急，就你'中人'最急。"又把脸转向老汉傲慢地说："你想要的海货只能减半，至多再加五十串虾干和五十串蚝干。"

老汉慌了，求救似的看着陈鹤寿。众目睽睽，陈鹤寿只能表现得公道得当，再说了也得给柳头人留一点面子，就朝老汉努努嘴："叔啊，你自己再掂量掂量——"却拿脚悄悄提醒他。老汉一个激灵，记起陈鹤寿之前的交代，踩一下是加码，蹭一下是让步，心里有底了。

一切如同拔河，陈鹤寿貌似公正地主持着这项交易，实则拿脚对老汉做出了隐秘的引导。柳三娘感觉到一种外来的力量正支配着她，强迫着她脱离原来的意志一步步地松手。她可怜兮兮地望着陈鹤寿，而陈鹤寿给了她爱莫能助的目光。

“不换了不换了，搬回去吧，省得占了我们的场地。”柳三娘忽然赌气地说，她的失态引得围观者面面相觑。老汉的一个孙子适时挤了进来，附到陈鹤寿的耳边嘀嘀咕咕，陈鹤寿听罢仰起头，对柳三娘拱拳作揖显得彬彬有礼：“头人啊，不换就算了，‘买卖不成仁义在’，阿叔也正好有事，那就到此为止吧。”挥挥手示意爷孙仨将货物装回箩箩筐筐，摆出扬长而去的姿态。

机灵的何仙姑似乎悟觉到什么，偷偷地拽了下柳三娘，大伙的目光也都齐刷刷地转向她，换与不换把她折磨得心浮气躁，无所适从又心有不甘，像走到什么路的尽头。陈鹤寿没有料到柳三娘懊恼消沉的样子如此撼人，心一软差点就让步了。

“等等——”心力交瘁的柳三娘眼睛一瞪呈现出不容他人轻视的威严，心里却是万般委屈，就好像眼前这个俊汉背叛了她。

结局是老汉心满意足地收获了一大堆海货。经此一役，陈鹤寿成了山民们崇拜的对象，好像只要他一张嘴，死的也能说成活的，野鸡也能吹成凤凰。他们只看到陈鹤寿脸上泛起一丝快活的、急于获得别人承认的神采，并不知道他松开的手心攥着两把冷汗。虽然仗着活络的脑瓜和一肚子墨水把事情办成，陈鹤寿心里还是有些发怵，毕竟从没做过买卖。他装成老手的淡然确实有点假，不过除了暖玉，山民疍民没有一个看出来。他悄悄指使暖玉跟着老汉爷孙仨下船，去兑现“踏食”的回报，自己则背着手勾着脑袋到处闲逛。有不少山民拥上前求他做“中人”，他知道马上应承只会降低自己的身价，就扬扬手说：“不着急，再看看，再看看——”

两天后水墟散去，大多数船只劈浪荡桨消失在江海交汇的尽头，只留下几条小船冷冷清清地泊在樟树湾北岸。陈鹤寿看着屋里堆成小山的山货蔬果不无得意地说：“嘴皮子要是要对了地方，还是比种地强。”暖玉一下联想到自己正是吃了他花言巧语的亏，就没好气地说：“嘴皮子能耍一辈子啊？”陈鹤寿得意地吹起口哨，没把暖玉的话当回事。

樟树湾的顺利开墟促使柳三娘做出了将水墟迁移至此的决定。一个月总有三到四次大墟，而每次开墟前山民都会寻上门来，请陈鹤寿帮他们出面“谈数”。山民们胡子拉碴眼窝深陷，粗布衫上沾满洗刷不掉的树脂、植物的汁液斑点，残留着野兽尖牙利爪撕开的破洞，他们狩猎种地风餐露宿，还不就是为了将手里的那点存货换成最急需的油盐酱醋还有生活用具？他们无不怀着敬畏、卑怯的心情去讨好陈鹤寿两口子，一口一个“秀才兄”，一口一个“秀才娘”，一旦他们点了头，一桩称心的买卖便十拿九稳。

第二年春天，在第一场温柔的细雨来临之前，陈鹤寿已俨然成为山民的带头人，左右着畲族人与疍民的大宗交易。每次墟日一到，他就骑上马儿绕着江岸缓缓转来。听到踢踢踏踏的声响，山民们争相上前，接住他的缰绳扶他下马帮他照料马匹。谁曾见过这么威风的大马？棕红色的皮毛梳洗得油光水滑，大鼻翅大嘴巴咬肌发达，蹄扣如碗四肢健美，尾巴犹如松烟墨般乌黑，再瞧瞧它的主人，体形魁伟皮肤黝黑得泛起油光，前额宽阔洁亮颧骨突出，浓眉下的目光看似漫不经意，实则如涟漪不时泛起警觉的光。他大步流星蹬上跳板，脚底旋起一股冷风，又粗又黑的辫子在后背快活地甩荡，活脱脱一头威猛的雄狮。

私底里山民们对陈鹤寿是又服又怕，一是担心他抬高门槛，非“大宗货物”不接；二是这家伙脑筋活眼睛毒，什么货色扫一眼就能说出个子丑寅卯，总让虚报的货主先闹了个大红脸。在屡屡尝到些甜头后，陈鹤寿已经不再是当初的陈鹤寿了，他早把地里艰辛刨食的日子忘个精光，而对眼前出现的追捧很快就习以为常，他不再心疼那些憨厚实诚的山民，私底下常笑话他们傻不拉几的，对疍民更是不屑一顾，老把“未开化”挂在嘴边。陈鹤寿不再像以前那么好说话了，他的脸上常挂着不耐烦的神色，装都懒得装，往往要山民们三求四告答应给他更多的好处，这才懒洋洋地将他们领上船去见他所谓的“老朋友”。疍民对陈鹤寿也很生气，交易时他看似公允，实则偏向山民一边，强占了自己嘴里的一口食。两个族群不时发生龃龉，陈鹤寿也从不错过这出头露脸的机会，仿佛凭着三寸不烂之舌，就能在两个阵营之间闪转腾挪游刃有余，并未意识到言多必失，把两边都给得罪了。

好起来的小日子并没有给暖玉带来真正的愉悦，大道理她虽说不上来，可比起陈鹤寿耍嘴皮子轻松得逞，她更喜欢他老老实实种点庄稼，得来辛苦可是心里踏实。眼看着横亘在两个族群之间的芥蒂越来越深，火药味越来越浓，稍有不慎就会燃烧爆炸，她不止一次地提醒男人，做事要留有余地，畲族人疍族人都不傻，你吃进去的迟早要吐出来。陈鹤寿听了心里也是一颤，可嘴上仍不承认：“跟这些蠢家伙讲仁义？那是对牛弹琴！”直到有一天，暖玉唠叨后又低低补了一句：“现在可是不一样了。”陈鹤寿咄咄逼人地问：“有啥不一样？”暖玉这才娇羞地说：“人家有了嘛。”陈鹤寿的脑瓜轰然一响定定地看她：“怀上啦？”一把将她托举起来欢快地转着圈圈：“我要当爹啦，要有儿子啦……”女人拍打着他嗔怪道：“小心伤到孥仔。”陈鹤寿急忙放下她，又拿奇异而不乏柔情的眼神瞅她，轻声细语地说：“坐着甭动，头三个月得加倍小心。”暖玉诧异地问：“这你也懂？”陈鹤寿的神情里夹杂着一丝不自然：“没吃过猪肉，还没见过猪跑啊？”破天荒去搂柴烧饭。

青草药

五月底的水墟方散去几日，疍民出海的渔船突然返回并集结于樟树湾北岸，还没到傍晚，团团黑云如牛群羊群从四面八方往江湾上空汇聚沉降，似乎一抬头就能蹭到。原本明净透亮的天地换成了另一副嘴脸，刺眼的黄绿色笼罩万物，又快速模糊成吞没了百里山影的深灰。一时间金蛇飞掠长空，滚雷炸响耳畔，飒飒烈风飞沙走石。陈鹤寿意识到接下来会有一场不小的风暴，趁着最后一抹天光赶紧给棚屋横梁坠石块，给门窗加横杠再拿钉子钉死，暖玉则把牲畜吆进马棚和红马待在一起。

没过多久，天色便接近于全黑，江面反射出的光亮如裂痕般快速弥合，大风啸叫着从海口扑来，掀得江水如薄绸般大幅度地起伏甩动，堤岸激起的浪花以倾盆之势泼向孤零零的棚屋。外面的动静愈来愈大，瘆人的嘶叫声犹如千万匹饿狼盘踞于屋顶窗口墙根，漫天漫地的狂风吹折了粗大的树干，将陈鹤寿门前新修的篱笆卷起来狠狠地掷向空中，对岸那些压着重物、锁成一排的疍家渔船也被大风摆荡得如同大起大落的秋千。

“甭担心，瞧这阵仗，来得快去得也快。”陈鹤寿伸出胳膊揽住瑟瑟发抖的暖玉，他在宽慰她也在给自己打气。两口子就这样紧紧搂抱着，直到半夜雨水噼噼啪啪地打在脸上方惊叫着分开，仰望上方，半边屋顶已被强风掠去，泥墙如花瓣般向外翻开摇摇欲坠，屋里的桌椅东歪西倒。陈鹤寿漆黑的眼珠子惊得发亮，跳下床直奔屋后，马棚、红马还有那些家畜一道不见踪影。他摸黑回来喊暖玉，两人刚跨出房门便听到轰的一声，棚屋垮成一堆烂泥。暖玉小脚跑不快，陈鹤寿就抱起她弓着腰顺风奔跑，用门板宽的后背替她挡住砸得皮肉生疼的雨点。

世间万物乱作一团，天上翻滚的浓云似乎也被刮下来化作一派迷茫。风雨在咆哮巨浪在轰鸣，人在强大的自然灾难面前变得渺小如沙无力无助，陈鹤寿两口子宛若蚊虫挣扎于大泽狂涛之中，又像遭受群狼撕咬踉踉跄跄，对周边环境的熟悉使他们从猛雨狂飙中闯出一条捷径，在土坡下方找到一处洞穴。在经历了最初的惶悚之后，委屈的泪水顺着暖玉的腮边流下来：“表哥，我冷。”她强忍着小腹不时传来的阵阵隐痛，只怕说出来会吓到他。

陈鹤寿帮暖玉捋下湿透的薄衫又剥下自己的，再次将她偎在怀里，想用刚刚运动产生的热量温暖她。有那么一阵子，他们都缄口不语，听风雨暴怒地吼叫着仿佛要撕碎整个天地。

“不行了。”暖玉突兀地叫起来。陈鹤寿用尚未脱离梦境般的声音问：“怎么啦？”暖玉搓了搓黏稠的指头说：“下面流血了。”声音虽轻，落入陈鹤寿的耳朵却不啻于一声惊雷，只感到胸口有东西向下急坠，眼前同时闪出一个被血水体液浸透的身体，接生婆每动作一下，所引发的心悸与锐痛就逼得她狠狠地抽搐一下……一道不祥的阴影在他心里疾速地扩展。

陈鹤寿扶着暖玉换了个舒服点的姿势，故作镇定地交代她："躺着别动，我去岸边叫船。"他松开她，她反倒把他搂抱得更紧，怕他不回来似的。他吻着她："不会有事的，疍家那边有郎中，有药。"她才十六岁，在他眼里还是个孩子。他从洞外捡起一根木棍又折身回来递到她手上："要有什么畜牲进来，拿这个捅它。"

陈鹤寿跑到堤岸时天边已泛起一抹亮色，风势正在逐步减弱，他用力舞动结在棍子上的衣物又跳又喊，北岸那边根本就没有一丝回应。待他重返洞穴，暖玉已烧得滚烫，发痁疾似的哆嗦着。陈鹤寿捡起潮润的衣衫给她穿上，背起她朝着北岸的方向跑去。起初暖玉还吐了几口呻吟了几声，之后就悄无声息了。

"快到了幼妹，就到了……"陈鹤寿不断地给暖玉鼓劲，恐惧和委屈的泪水还是不受控制地涌上来，只觉得不管自己怎么跑，永远都跑不出那个宿命，再怎么挣扎，也挣脱不了套在他身上的不幸的辔勒。陈鹤寿正处于悲愤之中，脚底下不知绊到什么仆倒在地，把暖玉摔出几丈远，他连滚带爬将她搂在怀里，她再也没有任何反应，只有一绺绺混着雨水的粉红顺着她的脚脖子流出来。

陈鹤寿一阵揪心仰天吼喊："神啊我的大老爷，您都看到了啊？您就帮帮我吧，回头我给您塑金身修大庙——"老天爷回应他的是一道白刺刺的闪电，而暖玉却给了他一个柔弱动人的声音："表哥，你怎么啦？"陈鹤寿感动得热泪喷溅，嘴里连说没事没事，钢牙一锉爬起来背上她继续往前走。

好不容易到了北岸，陈鹤寿还没收住疲惫的脚步就朝横七竖八的渔船扯开嗓门，可喉底都要吼破了，船上的人就像跑光了死绝了静静悄悄。陈鹤寿按捺住心头的怒火低三下四地哀求，他的那些"老朋友"还是连个鬼影也见不到。就在陈鹤寿把绝望变成不堪入耳的叫骂时，何仙姑从那艘大船上跳出来，头发蓬松一脸怒气："骂谁呢骂谁呢？早死仔啊无家教！"

“我不是骂你们，婶啊您听我说——”陈鹤寿还没说完就被对方凶巴巴地打断：“我们就是见死不救，怎么着？那些畲族人喜欢你你去找他们呀！”陈鹤寿扑通地跪下来磕头如捣蒜：“求您了婶，幼妹她、她得了重病，只要救了她，我给您做牛做马。”暖玉从沙泥里挣扎着坐起来，看着陈鹤寿额头嵌着沙粒石屑的血印想去拦他，手没伸直身子一歪又倒下了。何仙姑脸色缓和了些，幽幽地叹道：“你也甭怪我心硬，这可是疍家千百年来的规矩，就算行船途中遇到有人堕水，也不得相救。”陈鹤寿惊问为什么，何仙姑用嘲讽的口气说：“亏你那么醒目，咋就不明这个事理？救了人不就得罪了水鬼，这笔账算到谁的头上？”陈鹤寿大声辩解：“可我们不是在水里，是在岸上，你们也不是在行船，是在避风。”对方瞪着眼睛一时语塞，忽然甩甩手跟赶叫花子似的：“走吧走吧，我知道你嘴巴能说，到别处说去！”

陈鹤寿暗暗叫苦，暖玉平日里的忠告犹在耳畔：“海水阔阔船头也会相掟（碰撞）。”此刻就算家里的山货海货堆到天上去也没用，他唯一想要的就是暖玉好起来。他的嘴唇紧张地扭动着，过了好一阵子才发出声来：“求求你们了，我可以对天发誓，不再帮畲族人……”

陈鹤寿的喉咙头忽然像被什么东西哽住再也说不下去，何仙姑已经不见了。他这下才反应过来，何仙姑的所为，不过是在执行大家期盼已久、惩罚他的仪式。明知说啥也不顶用，陈鹤寿还是要把所有的悲伤、自责、屈辱、不满化作呐喊，犹如身陷重围的败将不解恨地掷出手中的长矛：“柳头人啊柳头人，你听好了，如果天妃娘娘知道你们见死不救，一定会惩罚你们的，惩罚你们这帮孙子养的！”说完重新背起了女人。

风涛一声声哀婉地飘送过来，混浊的江水里翻腾起断枝残叶，山坡上的草树如被硕大无朋的石磨滚压而过大片大片地倒伏，显得更加空旷荒凉。陈鹤寿蓬头垢面两脚黄泥地往回走，脸上不知是雨还是泪。

“表哥，甭担心，我熬得住，娘说我命硬……”暖玉无力地翕动嘴唇，游丝般的声音随着身体的颠簸被扯得时断时续，语气却平静得叫人难受。陈鹤寿说："是嘛是嘛，谁一辈子没个沟沟坎坎啊？咬咬牙咱就扛过去。"见暖玉没回嘴又说："当然喽，你不熬住也不行，你还要给我洗衫做饭，给我生好多孥仔……"说到孩子，他像咬到舌尖一样飞快地弹开。暖玉依然没有回应。陈鹤寿心头一紧，无论如何也不能让暖玉睡过去，就故意提高了嗓门："听到没？幼妹，这可是你上辈子欠我的，要怪只怪你命不好……"一种不可抑制的柔情涌了上来，眼角又潮润了。

暖玉长时间的沉默让陈鹤寿想到那个不敢想的可怕结果，有股彻骨的寒意从后背疾速扩散，就好像女人已化作魂魄凌然飞走。他不敢放下她，宁愿相信她好端端地趴在自己背上。他往上簸一簸，不是为了让她更舒适，而是想去唤醒她。他真的怕她什么招呼也不打就走了，把他孤零零一个人撂在这片荒滩野涂上。她可是他在这世上唯一的依赖啊！他只管不停地跟她说话，不让死寂这条毒蛇瞅准空隙啄咬他的心："幼妹，你先别睡，到前面给我乖乖地歇着，我去弄点吃的，听见没有？找到红马咱就能往外走，这烂地方咱不待了，外边的村子其实也没那么远……他娘的，我不信老天爷这么狠心容不下咱俩……"他眼巴巴地仰望上苍并换了另一种腔调："听见没有？神啊我的大老爷，您就放过这个姿娘仔吧，要罚就罚我吧！"

天地迷蒙，江湾背后湿黑的山岭上空闪电飞迸交错，猿猴回荡在山谷里的凄厉啼叫让人肝肠寸断。天大地大，陈鹤寿却觉得自己像被塞进一只不断抽紧收缩的布袋里，四壁挤压着他的肌肉骨骼，空气稀薄得让人窒息。他想不通他究竟做错了什么，要遭受如此报应。如果是疍民这样做他尚能勉强接受，老天爷这么一而再再而三地折腾他，实在让他窝火！既然老天爷厌恶他，那就收走他好了，干吗要拿他的女人出气，拿他的孩子出气，这他说什么也不能答应！人也好神也罢，如果要报复他那就坦坦荡荡地站出来，躲在后面鬼鬼祟祟算什么本事？

"你们这些菩萨神仙呀，都是一帮蛀虫！"陈鹤寿的这一声叱骂意外地凿开了泄愤的渠道，竟获得了报复的快意，他索性敞开喉咙，将汇聚于胸腔的苦水恶气统统倾倒出来："喂，你们怎么不说话？成天有人围着你们转，供着你们吃，可你们都干了啥？啊？干了啥？”陈鹤寿越骂越起劲越骂越解恨，脖子伸长着朝四下里张望，仿佛夹道拥挤着许多听众，他希望他们全都参与进来：“我明白了，你们屁股上有屎，连自己屁股都擦不干净，哪有底气去给别人伸张正义，你们根本就不配当神……”

走了一里多地也骂了一里多地，陈鹤寿忽然听到自己的声音里夹杂了别的声音，脚步的后边还有别的脚步声，睁着布满血丝的眼睛回头，真的有个疍家后生追上来：“陈秀才，你等等——”陈鹤寿警觉地问：“啥事？”后生喘着气说：“算你走运，我家头人发话，毕竟人命关天，你要肯依我们两件事，那就跟我走。”陈鹤寿满脸的阴霾迅即被一道惊喜荡开，颤着声问：“啥事？快说。”后生说：“头一件，你得指天发誓不再帮扶那些畲族山民。”陈鹤寿飞快地点头。后生又说：“第二件，你们一辈子只许敬奉天妃娘娘。”见陈鹤寿有些迟疑，那后生扭身就走，陈鹤寿忙跟上前拦住他：“好好好，只要你们救了我媳妇，我们自然感念天妃娘娘的恩典，永辈子信奉她。”

风渐渐平息，随之而来的是断断续续、舒疾疏密的降水，疍家后生指引陈鹤寿将暖玉背上一条渔船。船舱里坐着那个圆脑袋圆眼睛的濮婆婆，也许是光线幽暗的缘故，她看上去更加干瘪瘦小，就好像蓝黑的麻布衣裤直接晾晒在竹架上，褶褶皱皱毫无生气。听完陈鹤寿哀哀的陈述，濮婆婆冷淡地示意他走开，然后解开暖玉衣裙，借着一绺灯光拿湿布揩净她下身的血污，给她服下一小包药粉，扯了条旧被子盖在她不断抽搐的身上，一声不吭地走到船尾半敞开的“灶间”，吹亮了火折子给红泥风炉生火。水开了，又从角落里随意揪了一点湿漉漉的野草树根丢进去。陈鹤寿不敢相信地问：“婆婆，就这药啊？”濮婆婆也不言语，随手塞给他三只糯米饼，自顾自地坐下来，捻着那一股股分编出来的麻披。陈鹤寿三下两下咽下食物总算缓过劲来，又忍不住踱到船头揭开锅盖，一股苦涩的药味顶得他往后仰脸：“婆婆，这到底是啥药？”濮婆婆说：“管它啥药？能治病正切要！”陈鹤寿把声音压至最低问：“孥仔保得住不？”濮婆婆合掌说：“娘娘保贺，大人的命能留住就不错了。”虽说早有心理准备，陈鹤寿眼里仍泄出一缕惊恐的光，仿佛又嗅到三年前血光里那股浓烈得叫人窒息的咸腥气。

草药煮好了，芝麻糊那样黏稠乌黑的大半碗。陈鹤寿扶起暖玉，她的眼皮仍疲惫地垂着，濮婆婆用手背碰碰她的额，从一只小竹筒里倒出两粒老鼠屎大小的丸子，塞进她的嘴里再给她灌下一口药汤，她灰紫的嘴唇一扁一扁的，浑身震颤着就要吐出来，濮婆婆将枯瘦的手绕到她后背一拍，听着她咕嘟一声咽下去。

“让她睡，晚上你把剩下的药汤热了给她喝。”濮婆婆交代完就到别的船上去，把小船留给他俩。陈鹤寿靠着暖玉倒头睡死过去，要不是中途有人过来送饭他还不会醒。夜里尽管暖玉说了些胡话，但总比原来紧咬牙关多了几分活气，额头也没那么烫手了，到了第三天烧已基本退了，脉气也渐趋沉稳。第四天一大早，陈鹤寿听到船尾响动，爬出舱外一看，红泥风炉在迷蒙的晓色里闪着红光。濮婆婆让陈鹤寿给暖玉喂点稀粥，自己蹲在角落里不声不响地熬药。陈鹤寿上前作揖道谢：“内人精神好多了，多谢婆婆救命之恩。”濮婆婆没听见似的只顾忙活，就好像这祸事是她惹的，理该由她平息。

当天换了汤药，到了夜里暖玉小腹阵阵绞痛，陈鹤寿大骇，跑去大船喊濮婆婆，她拎过来一只矮矮的马桶，搀着暖玉坐下并扶稳她。陈鹤寿站在舱外听着暖玉叹气似的发力，想象着那个未成形的胎儿在她的痉挛与喘息之间，被搅成一股血肉模糊的污流倾泻而出，痛苦得捂住脸。

几天后暖玉的精神大有好转，只是虚弱得没有一丝气力。人在病中很容易变得脆弱娇气，她像少女依恋母亲那样对着濮婆婆撒娇，逗得濮婆婆那张刻板冰冷的老脸浮起了笑意。濮婆婆果真是“铁嘴豆腐心”，在暖玉的娇声呼唤下越来越像个当娘的，灰暗的眼珠子闪出温柔的亮光，什么事儿都揽下来，拿别人的衫裤给暖玉穿，替她洗内衣补破裙，帮她抹脸擦身……暖玉喝药，她先备好两三枚红糖疙瘩，待她泪汪汪地喝完最后一口立刻塞进她的嘴里，怕苦着她。到了夜里，濮婆婆从床板底下摸出一只鞋垫似的鱿鱼干，拿锥子穿好搁在炭火上，烤得蜷曲焦黄散发出扑鼻的香气，再一缕缕地撕下来喂暖玉。暖玉嚼着嚼着嘴巴忽然不动，泪水涌了出来。濮婆婆越劝她哭得越伤心，嘴里哼哼鼻子抽紧。

“哭啥呀憨姿娘？”濮婆婆问。暖玉说她是哭那个没见过天的可怜孩子。濮婆婆安慰她，还年轻，今后再怀一个。她又说自己想家了，想娘亲。

“你俩是表兄妹？”濮婆婆趁着陈鹤寿走开好奇地问。暖玉摇摇头羞涩地笑：“喊惯了。”濮婆婆问：“敢情是‘跑路’的？”暖玉细窄的眼缝里射出亮光：“你咋知道？”濮婆婆说：“要不是私奔，谁会来这鬼地方？”暖玉谨慎地朝船舱外扫了一眼，将嘴巴凑到濮婆婆耳边。濮婆婆低低地叫起来：“拐跑的？咋可能？姿娘仔要是不悦意，八匹马也拉不动。”见老人家不信，暖玉就神色黯然地说：“小时候娘亲总说我是阿奶（太太）命，我就不甘心待在山沟沟，所以才信了他……”

濮婆婆不知道想起什么，眼里多了几分凄然，从喉咙深处缓缓舒出一声哀婉、呻吟般的叹息：“姿娘人啊，都命苦！”见暖玉抖颤着嘴唇又哭起来，就拿下巴指了指外边小声问：“他待你不好？”暖玉犹豫了一下摇头。濮婆婆喃喃地说：“都死过一次了，还怕什么？”用力抿紧了嘴，像要压住一口涌向喉咙、感到发痒的浓痰。暖玉揩干了泪水问：“婆婆，后来你们头人咋又转了性？”濮婆婆轻淡地说：“一码归一码，阿寿只得罪疍家人，可没对天妃娘娘有什么不敬。他说得对，娘娘是慈悲的，不会见死不救。”

陈鹤寿刚好走过来听到了，想起自己差点扔掉天妃的塑像，不由倒抽一口冷气。不过他心里很清楚，他不可能侍奉什么天妃娘娘，也不可能信仰畲族人的三山国王，这些神跟他有何关系？这一劫倒是让他彻底想明白了，信天信地不如信自己，如果真要信神也要信自己的神。他在心里暗暗发誓，要在这山边海角立一尊象征着无畏无惧的雄性神偶，这才是世间最该信的神！暖玉曾忍不住问他，樟树湾为何非得有个男神，陈鹤寿脸上露出浅浅的不屑的笑，像在讥讽她的一无所知。“到底为啥吗？”她追着问，最终从他嘴里掏出一句不断从长辈那里听到的老话：“姿娘声微微，爷们声如雷！”

鱼 饭

疍民休渔期缓慢而自由的生活使陈鹤寿很快就忘掉了先前的种种，他是那种典型的“自来熟”，加之天生乐观好动，很快就跟疍民们打成一片，仿佛原本就是其中的一员。他常常钻出闷热的船舱站在船头船尾，耳朵里填满年轻人的火热对歌：“是谁认得天顶星？是谁认得海鱼虾？”“相伴月华有七星，南辰北斗出秋夜。正月带鱼来看灯……”眼睛一眨不眨地消受着艄娘健硕诱人的身段还有撑船的优美姿态，只见她们双手握桨从容迈步，身体稍稍前倾趁势将腰身一紧，带动着腿、腰、肩、臂连贯发力，双桨犹如鸟儿的翅膀轻盈地扬起，船儿箭一般嗖地射出去……他的心也仿佛随着船儿轻悠悠地滑出数丈远。他学着疍家男人剥衫除裤袒胸露腹，腰上只系一条水布遮羞，从这条船跳到那条船，跟着他们踏波涉水捉鳖摸虾。他逢人便吹嘘，将从前的经历描摹得像帝王将相一般。他跟谁都谈得拢，仿佛是失散多年的兄弟，也从不忌惮生鱼腌蟹的腥臊，看到别人喝酒也拿起贝壳杯子随一份子。有年轻的艄娘抖动着肉弹弹的身体引诱他，将他快要熄灭的欲火勾出来。他见缝插针与她们眉来眼去，佯装被她们迷得神魂颠倒，每个眼色每个笑容似乎都在追问对方：“你中意我不？”那些粗豪的讨海女子大风大浪倒是见过，就是没见过像他这般舌灿莲花、俊朗多情的男子，一下子便陶醉在他的甜言蜜语里。

陈鹤寿看在眼里放在心上，开始动手动脚只是不敢过于放肆，听到人家被他的胡子痒得咯咯发笑就立即缩手，没想到这些女子不臊也不慌，一下扯掉了他的遮羞布，放手去捉鳖摸虾……船舱内打得一片火热，船舱外依然飘动着古朴自然、拖腔拉调的咸水歌：“七月赤棕穿红袄，八月红鱼做新娘……”

有天陈鹤寿实在好奇，忍不住跳上柳三娘居住的那艘宽敞气派的大船，甲板上不像别的渔船乱七八糟地堆放着钩、网、耙刺等渔具，空间开阔洁净井然。陈鹤寿从给下人居住的头舱转到做厨房用的尾舱，灶壁贴有字符祀奉“灶君”，还专门隔出了艄公居住的“小房”。中舱是卧室兼会客厅，过道设有神龛，供奉着天妃娘娘小像和祖宗牌位，厅里摆放着矮几蒲团，搁着灯盏水壶茶杯瓜果等，没来得及收拾的芦席上丢着两只竹枕头。疍家的例俗是女未婚于船头放盆花，男未婚于船头置盆草，夜间只要彼此合意便可越礼同眠。

未婚的柳三娘船头也没摆花，陈鹤寿正琢磨着为什么，背后有个声音吓得他猛地回头，柳三娘正用不满的目光盯着他。她刚从别的船回来，厚厚的赤发盘蜷在头顶，紫色的阔脸、铜棕色的脖颈还有敞开的胸口都汗津津地泛着油光，麻布底下乳房的轮廓随着有点急促的呼吸清晰地起伏。陈鹤寿上前施礼，嘴角释放出讨好的笑意："柳头人，我是来谢您的。"柳三娘的眼里掠过一丝古怪的亮光，用讥讽的口气说："真新鲜，这种话也能从你的嘴里说出来。"陈鹤寿脸上仍堆着笑："啥意思？"柳三娘用不屑纠缠的态度说："我的意思就是——你最好别在这里乱跑！"

陈鹤寿把柳三娘的话当作一种挑战，紧绷着脸，一股火气提到了嗓子眼又忽然松下来，半眯着眼歪嘴坏笑："我要是不呢？"转身拔腿疾走，边走还边吹口哨，从头舱绕到中舱再绕到尾舱。柳三娘愣了一下恼怒地喊："你，给我站住！"唰唰唰地抖开几乎遮不住身体的衣裙，摆臀甩臂紧追上去。

"别这么小气，不就瞧一眼嘛。"陈鹤寿更加来劲地逗弄柳三娘。两个人穿过甲板又穿过船舱两侧与舷墙构成的狭窄通道，玩游戏似的忽而顺时针忽而逆时针。陈鹤寿还不时蹲下以竹帘篱笆竹篷挡板等为掩体，忽然消失在柳三娘的视野里。柳三娘哪有陈鹤寿灵活，只追得头发蓬乱眼斜鼻歪，叉着腰边喘边叫："有本事你给我站住……"明知疍民忌讳外人揭舱板、看舱底，陈鹤寿偏要装疯卖傻去触这条底线闹一回龙宫，挑衅她也是报复她。柳三娘明白今天要是镇不住这个陈鹤寿，往后他哪儿还会将她放在眼里，噘起嘴唇发出一声尖锐的唿哨，从四周的小船上咚咚咚地跳上来七八个健硕后生，两边一堵将陈鹤寿摁倒在甲板上，扭住他的胳膊压死他的腿脚，连头也不让他抬起来。

"不就开个玩笑，至于吗？"陈鹤寿像压在五指山下的孙悟空发出苦笑。柳三娘冷傲地说："想待下去就给我规矩点！要不是看在濮婆婆的面子上，你们的死活我才不管呢。”几个人先后松开了陈鹤寿，他爬起来抹掉嘴角鼻孔淌出的黏液说：“放心，我陈鹤寿也是条汉子，知恩必报。”柳三娘不知想到了什么，脸颊微烫哼了一声：“啥报不报的，我才不稀罕！”

柳三娘的警告并没有真正威慑到陈鹤寿，他依然我行我素在不同的船上游走，好像每条船都是他的家，而且无论走到哪里，都有一帮拥趸将他团团围住。在大多数疍民眼里，陈鹤寿的脑瓜就是个宝葫芦，奇思妙想层出不穷，那些他们一直闹不明白的东西到了他那里，三言两语就解开了。陈鹤寿本来就不甘寂寞，现在更是俨然一副师长的模样，把教化成天挂在嘴边，还真有家长鼓励孩子折芦管蘸江水，跟着他在甲板上学识字，说只有这样，长大后和陆上人做买卖才能看懂账目不会吃亏。

陈鹤寿对孩子倒是真心喜欢，至于对这支疍家族群则是白眼相向，且不说他们不识文字不记年岁愚昧无知，单说女人承担“揾食”养家重任他就难以苟同。长期的风吹日晒辛苦劳作，使大多数疍家女人年纪尚轻便显示出早衰的迹象，平日里站无站姿坐无坐相，袒胸露怀浪声浪气，全无妇人淑女之德行规矩，而男人们反倒温顺如羊，也难怪他们供奉的是女神。更让陈鹤寿无法释怀的是，船上有位老人得了重症尚未断气，家人就用白布将他裹起抛入大海。他愤怒地跑去质问那家人，得到的却是满不在乎的回答：“这有啥？我爹要是死在船上那才叫晦气呢，得用黑狗血来清洗船板。”

濮婆婆听到陈鹤寿的抱怨只淡淡作出回应：“入乡随俗入港随湾嘛。”连暖玉也觉得奇怪，陈鹤寿这么聪明的人，怎么连这点浅显的道理都想不通？非要带着被对方视为亵渎神明的狂乱激情，幻想着凭一己之力去改变别人族群的观念，直至将他们赶到自己认为是“对”的路子上。他的这种认识几乎到了偏执的地步，而这种偏执让暖玉再次嗅到了不安的气息。

在疍家人所有的东西里，只有青草药让陈鹤寿高看一眼，它貌似低贱，却在濮婆婆的妙手施用下化腐朽为神奇。一天夜里，陈鹤寿趁着濮婆婆心情不错跪在她的膝下，咚咚咚连叩几大响头，求她授以青草药秘诀。

樟树湾地处闽粤交界省尾国角，天气溽热烟瘴横生，疫症怪病多不胜数。疍族先辈中有懂医术的，就地取材试尝百草，也摸清了海货河鲜的效用，既验证归纳整理出了青草药的多种用法，也在食疗中汇集了心得，一路传承下来，因缘际会，濮婆婆成了这支族群中的集大成者。

“你不是疍家人，我不能教你。”濮婆婆断然拒绝。陈鹤寿低声辩解：“您好像也不是呀？我早就听出您的口音是潮州府城周边的。”濮婆婆支吾着：“我确实不是疍家人，但我的命是他们救的，早就在天妃娘娘面前立誓成为疍家人了。”暖玉生怕濮婆婆误会，不断地给男人使眼色，他却不管不顾地耍赖：“他们不是也要我信奉天妃娘娘么？再说了，我这‘中人’这下也当不成了，往后靠啥养家糊口啊？”老人收敛了笑意恢复了第一次见面时的冷硬严正：“你只要安分守己，勤计力耕，多种几分田地，何愁三餐没有一碗番薯糜（粥）？”陈鹤寿摇着脑袋悲哀而又自负地说：“再怎么说我也是个秀才，耕田种地断乎不是我的志向！”濮婆婆听出了他话里的意思，严厉地说：“士农工商农居其二，‘五谷者万民之命，国之重宝’，当个庄稼汉难道就辱没了你？”陈鹤寿的脸唰地红了，原来濮婆婆也懂得这些大道理。暖玉不忍看着男人尴尬，也深知他决然不是种地的料，有门手艺傍身，也免得将来再生事端，遂偎依着濮婆婆搂着她轻摇，柔声细气地说：“婆婆，您就教教他嘛，您本来就是我们的救命恩人，再教他一点生存本领，就是我俩的再生父母了。”陈鹤寿灵光一现，立刻上前拽着暖玉，双双跪倒在老人家膝下动情地说：“往后您就是我俩的娘亲，我俩愿意侍奉您一辈子。”然后就一口一个娘地磕起头来。濮婆婆骇怕得连连摆手迭声说：“使不得使不得。”言罢将嘴唇紧抿在倔强的牙齿上。

“娘，”暖玉甜着声喊，“您不应承我俩就不起来。”陈鹤寿也重复着暖玉同样的话。濮婆婆脸色发白嘘了一长声：“小点声，别人听到可就麻烦了，快起来快起来。”她搀暖玉，暖玉不起身，搀陈鹤寿，沉得像座山，只好无可奈何地说：“这孥仔……给我仔细听好了，偷偷学，要是传出去，你我的命怕都保不住，明白吗?”小两口兴奋得连连点头。从那天起，濮婆婆给人看病，陈鹤寿就在旁边搭手帮忙，待病人走后再向老人家进一步求教，病灶如何诊断，施药的分量与配搭，并背下了大量的谚语口诀，什么“头烧烧，三个葱头三片姜”“目红红，龙胆草加叶下红”“齿痛痛，铺地锦加盐酸仔”……当然还包括了那些奇异而又灵验的土方子，比如吃了河豚中毒，须用黄麻叶加红糖水煎吃；中了野菇毒，拿鲜野葛根煲水喝；小儿得了蛲虫病，只需摘“抹草”揉成团，待孩子夜间熟睡贴到肛门上，蛲虫闻到香气就会一头钻进抹草团……

疍民又该出去讨海了，时间是由何仙姑占卜定下的。与疍民相处久了，陈鹤寿约略知道了大海的脾性，河流的汛期，鱼汛风信的时间，寒暖流交汇的方位，鱼儿产卵期的特点，飓风海啸发生的时节……疍民们正是遵循着族群经年累积出来的经验和规律来安排生产捕捞的。跟获得这些新鲜的海洋知识相比，陈鹤寿更想随着疍民一块儿出海。

出海当天，清晨的阳光铺满广阔的江湾，空气里浮游着瓜果甜熟的香味，明澈的江水从船舷两侧涌动流淌，一阵阵舒爽的秋风将陈鹤寿的身心整个儿打开，又吹向更远的海面。暖玉得知他要跟疍民一块儿去，急得追出来，可就像濮婆婆说的那样，她的这个男人不是谁都能困得住的，他注定要翻腾出些浪花来。他一下跳到另一艘渔船上，对着暖玉挤眉弄眼大声哼唱：“轻风细浪鱼儿肥，小雨多雾不思归；但愿鱼儿多落网，回家哪怕水满身……”

日子在暖玉的忧虑与渴盼中被无限拉长，七八天后陆续有渔船运载着海鲜返回，陈鹤寿所在的渔船也回来了，却不见他。暖玉跑去打听，才知道他被柳三娘叫到大船去帮忙。直到最后，距离出海已经过去了半个多月，大船才领着几条小船返回江湾。陈鹤寿原来窝在船上无所事事而变白的皮肤，这段时间被海风烈日吹晒成油亮亮的深褐色，脖子和后背白花花的脱了皮，手脚上褪落的老茧又生长变硬，身体比原来更加壮健结实。暖玉转过身去撩起衣角擦拭眼睛，徐徐地舒了口气，在一种彻底松懈下来的欢愉、祥和的氛围中听男人讲述海上的见闻，尤其是疍民的“扣圈”：大伙到了海里，由富有海事经验、能够服众的“长年”居中，负责指挥整个捕鱼活动，二三十条疍船环圈击板，将鱼群驱入早就张开以待的大网……陈鹤寿那天才般的渲染能力还有生动准确的描述，让暖玉犹如亲身经历着那个欢腾火热的捕捞场景，击板声呐喊声欢呼声号子声震荡高扬，飞鱼凌空银光闪闪，疍民们在湿滑的甲板上来回奔走，海气鲜气腥气交相混杂浓得化不开……暖玉不仅能够感受到陈鹤寿那颗年轻的心脏怦怦跳动的节奏，也仿佛从那个盛大的劳动场景中体验到久违、真实而又强烈的喜悦，一股温热的东西再次涌出眼眶。

“看看我给你带来啥？”陈鹤寿变戏法似的从背后拎出来一只竹篓，暖玉的脸上浮起了孩子般的天真神情：“鱼？”陈鹤寿得意地笑：“不是鱼，是‘鱼饭’。”

以前疍民习惯于边讨海边将捕获的鱼儿放入“水舱”养着，几天下来，有些鱼儿经受不住船身的颠簸、天气的变化还有缺氧，翻起了白肚，鱼肉变黄变黑臭味难闻。陈鹤寿见疍民不停地挑出死鱼扔掉实在可惜，就帮他们出了个主意，烧一大锅水，将鱼蒸熟后在表层撒一层粗盐，置于通风处晾干，既可吃又便于保鲜。柳三娘叫人一试果真灵验，兴奋之余找陈鹤寿求个叫法，陈鹤寿当时正拿着鱼儿饱肚，就随口一说：“鱼饭啊！”

暖玉饶有兴趣地凑过去看，都是些巴郎鱼，坚挺硬直的鱼身闪着亮蓝和银白的光泽，就像刚刚从海里捞起来。陈鹤寿剥开冷却了的鱼皮，撕一绺洁白的鱼肉递到她嘴里，她咀嚼着弯细的眉毛舒展开来眼睛发亮，鱼肉果真结实鲜美，就连说几声好吃，又娇声怨艾：“这么久不回来，人家担心死了，好在干娘安慰我，捕捞时节他们不敢乱来，怕玷污海水惹怒了天妃娘娘。”

一想到暖玉在家担惊受怕，自己却在船上纵情行乐，陈鹤寿就生出许多愧疚来。在回航的那几晚，一向以高傲示人的柳三娘竟然主动委身于他。两个人如干柴遇火烧得噼里啪啦的，一样的疯狂一样的沉迷仿佛永不餍足。陈鹤寿相信柳三娘是被他的才智和魅力所吸引，柳三娘则相信陈鹤寿是被她的美貌和激情所征服。回到樟树湾后陈鹤寿不止一次地重温着那些跳跃、紊乱而又令人眩晕的记忆片断，觉得是那么地不真实，仿佛经历了一场放纵而荒谬的梦。在见识了这个疍家女子的狂野奔放之后，陈鹤寿更加想念暖玉，也更加留恋她在床上那种羞涩而又柔顺的反应，就好像连吃几顿大鱼大肉，到头来还是觉得平日里那碗温热绵软的白粥实在妥帖叫人百吃不厌。更重要的是，陈鹤寿已经意识到柳三娘是座熊熊燃烧的火炉，既能点燃他，也能焚毁他。

渔船到达江湾的第二天，陈鹤寿果断地向疍民借了些铁木工具，带着暖玉返回南岸重建家园。虽然有点突然，但暖玉并没多说什么，毕竟这船不是他们的家，再说了，她一直都在担心陈鹤寿忘了自己是谁，别生枝节。他们回到原来修棚屋的地方，哪里还找得到什么棚子、菜圃、牲畜栏的影子？他们过去所留下的印迹全被扫光抹净就好像不曾有过，两口子又再次成为了这片原始土地的陌生人。大自然这种摧枯拉朽、让世界瞬间崩塌毁灭的力量，让陈鹤寿感慨之余，更加渴望有强大而坚定的信念来充盈他的内心，让他获得勇气和力量。在几个热心疍民的帮助下，他们刨开浮土拆下坍塌棚屋的梁柱木料重新组合，家中原有的桌椅、农具、衣衫也从或远或近的地方找回一些。

看着陈鹤寿移动沾满污泥的大脚、来回奔忙的身影，暖玉再也听不进他的劝阻，执意参与进来。十几天后，小棚屋搭建好了。两口子重返北岸，先到大船上向柳三娘道谢、辞别。这个头发潮乎乎、散发着咸腥味儿的大块头女人对暖玉视而不见，只盯着陈鹤寿别有深意地说："你可是应承过我，一辈子只敬奉天妃娘娘。"陈鹤寿支吾了半天想说点什么，就被暖玉一把拉走。柳三娘的高傲冷漠让暖玉对她的感激打了不少折扣，只觉得他俩与这支族群的关系，如风雨飘摇中的蛛网正一丝一缕地断掉，再也不可能补缀得了。唯一让暖玉割舍不下的是濮婆婆，她一直躲在船尾吹火拨柴调配着她的汤药，即使跟他们说话也不曾停歇，就像忙得没有工夫道别一样。

鬼火灯笼

逃过了生死劫，暖玉觉得绿云村离自己越来越远了，而陈鹤寿离自己越来越近，近到硬生生地挤进她的生命里，再也掰不开切不断。这个男人就是她在这片荒芜之地的唯一，也是未来的唯一，这跟她以前的憧憬像是一致，又有着极大的不同。在暖玉眼里，她就是门前的那株小樟树，根已经伸进了这块土地，而陈鹤寿则是屋后的那座山，虽荒草丛生但毕竟是座山，让她对未来的日子变得笃定起来。

有了这样的心境，暖玉发现世上可怕的东西又少了许多，而美好的事物随处可见，一棵树一朵花，都能让她心情愉悦，再脏再累再苦的活儿也不在话下……虽然有时经过倒塌的马棚，似乎还能听到似有若无的马鸣，一阵怅惘就会漾上心头；虽然有时做着针线活儿，一个恍惚还会回到绿云村，坐在双亲、哥嫂中间说着话儿贪馋地吮吸着竹叶好闻的气味，醒转后发出压低的、无奈的叹息，不过这一切都再也无法轻易摇动那根扎进她心底里的刺了。她成天忙里忙外，彻彻底底地变成了个小农妇。

跟暖玉不同，陈鹤寿早就放下了那个叫“家乡”的地方，人生从此没了来处只剩下去处。他不愿再到水墟露脸，一是受不了山民过分热情的追问，而自己的嘴巴却像被手掌闷住只能发出含混的唔唔声；二是受不了畲民刀子般、时时像在提醒他的眼神。他现在是两边都不讨好，也讨不到好，既然如此，倒不如老老实实垦他的荒种他的地。

畲族的头人盘老大，还有他的弟弟盘老四，都分别上门劝说陈鹤寿重出江湖，他不是推说身体有病就是躲得远远的，不久后就有各种谣言在山民中间传来传去，说陈鹤寿“归顺”了畲家人还敬了他们的神，于是有些山民就将他视为陆上人的“叛徒”，觉得他比畲民还要可恶几分。对于别人的奚落嘲讽，陈鹤寿羞于解释也觉得无须解释，只是看人看物，眼里少了几分轻狂，多了几分审慎。当阔别多时的锄头重新落在陈鹤寿的手上，他就像潦倒时撞见熟人慌乱而又难为情，每一锄下去使的都是狠劲，仿佛要将那段令他自豪的过去斫断深埋。

荒废的田地撒上了菜籽，一场细雨过后，湿润疏松的土壤里又拱出了柔嫩的新绿……暖玉看在眼里喜在心头，还好生活又回到正轨。其实年轻时多走一点弯路也没啥，往后的路才会好走些。可是有一天，陈鹤寿手里的锄头越挥越慢，弧度也越来越小，直到支着锄柄纹丝不动，远处传来越来越清晰的轰鸣，那是韩江拐弯时冲击拘囿于它的堤岸所发出的咆哮，对昔日荣光的眷恋再度袭向他，不安分的念头犹如难以驯服的小兽在体内蹦跳、冲撞、撕咬，再看看现在过的是啥日子，既与他求新觅奇的性格相左，又无法施展个人的才干实现平生的抱负，说穿了不过是朽死的另一种形式。江湾的浪涛哗啦哗啦地鼓噪着，似乎也要加入到陈鹤寿渴望挣脱禁锢的力量中来。

陈鹤寿还没找好出路，疍畲两族最新的一场冲突就将他卷入其中，让他暂时忘掉了自己的烦恼。起因是有个疍民在水墟上展示一条长满黑毛的大犬，这是她托人到百里开外的渡亭村买来的，不仅会说人话，还能随着二胡快板哼着小歌谣。盘老大闻讯赶到，见那“人犬”果然长着一副孩子的嘴脸，心里犯疑，就装出漫不经心的样子对人犬说：“孥仔鬼，你的爹娘呢？”那人犬猝不及防，泪珠就颠出了眼角。盘老大的疑心得到了证实：这一定是传闻不绝的“采生折割”，人贩子把拐来的孩子用药物使其皮肤发烂褪尽，再敷上犬毛烧成的灰，待服药后创伤平复，身体便会长出犬毛还有短尾巴。据说遭受这种折磨的孩子十个中只能活下一个半个。他悄悄把弟弟盘老四喊来，两年前他两口子抱着一岁多的娃娃外出访亲，一不留神被别人抱走。盘老四朝人犬的右眼瞧了一下便发出撕心裂肺的吼喊：“我的儿呀”，差点晕厥过去。

盘老四坚决要将人犬带走而人犬主人死活不让，双方的同伴上来劝解不成反倒陷入到这场纠纷里，不断有人加入进来最终形成了势不两立的壁垒阵营。脾气火暴的盘老大利斧一挥，山民们抽扁担亮砍刀引弓箭做出积极的响应，疍民们也撤跳板操家伙，把山民还没来得及收走的山货野味踢入江中，船上岸上各据一方构成了对峙的僵局，一场恶战一触即发。

濮婆婆知道只有陈鹤寿的利齿能牙方能化解这场危机，就偷偷派人去找他。陈鹤寿赶到时疍畲搬请的救兵也正源源不断地跑来增援，弥漫在空气里的杀气愈来愈浓。柳三娘和盘老大神色冷峻若有所思，汗珠从他们俩的额头鬓角由小变大地渗出，谁也没有胜算。

陈鹤寿的突然出现吸引了众人的目光，他在稍感不适的同时更多的是体会到一种受人重视、被人需要的满足感，立即摆出一副居中斡旋的严正态度，沉静地亮开嗓门："听说疍畲两家为了一点小事伤了和气，我特地赶来劝一劝。两边都是我的老友，我哪一边也不偏袒。你们要觉得我说得对你们就听下去，要觉得我在放屁你们就当没有听到，再喊打喊杀未迟！"

不用预测陈鹤寿就料到这样的结局，两家头人都装出被他的真诚所打动勉强改变初衷。他就伸出手掌往下压了压，待水陆两边嘈嘈杂杂的议论声趋于平静方继续开腔："这么些年，疍畲两家之所以能够一起撑起这个墟市，完全是出于彼此的需要。畲族人需要疍家人的河鲜海货，而疍家人也需要畲族人的山珍野味四时蔬果，你们是疍不离畲畲不离疍。不管你们信不信，我今天就把话撂在这儿，你们谁要是离开谁，都一样吃亏！"他说罢走过去拍拍盘老大的肩膀："盘大哥，您看我说得在不在理？"盘老大耸耸肩膀荡开他的手吼道："挑事的是他们，你该问他们去。"陈鹤寿就望着站在船头的柳三娘说："就是一家人，也有马勺碰锅沿的时候，何况是两个不同的族群。有啥误会，能用舌头解，咱就甭用牙齿咬，柳头人您说呢？"

柳三娘还没回应，盘老四就猴子般地跳蹦着吼叫着："什么屁误会？他们把我儿子弄成人犬——"一阵揪心的痛楚令他再也说不下去。山民们的情绪顿然失控，山呼海啸地想要冲到水边去。陈鹤寿只好张开臂膀死死拦住他们。船上有个疍民听罢大声辩解："那是我花大价钱买来的，无凭无据，你说是你儿子就是你儿子啊？"其他疍民也跟着撩衣奋臂摩拳擦掌。

陈鹤寿扭过头问盘老四："你咋就看得出他是你的儿？"没待盘老四张嘴他的老婆就带着哭腔抢着说："他生下来右眼眼白有粒小痣，村里无人不知。"柳三娘让人检查了一下，果然与盘老四家的所言相符，脸依然绷紧着口气却明显软下来："照秀才兄意思，这事当如何了结？"

濮婆婆有点紧张地注视着陈鹤寿，生怕他说错话引火烧身。陈鹤寿好像早就想好了，胸有成竹地回应柳三娘：“你的人虽不是有意，但参与贩卖人口却是事实，若盘老四告到官家去，那些罪大恶极的人贩子自然是寻不着，你的人就会成为替罪羊挨板子坐大牢。”见人犬主人吓得脸色纸白大喊冤枉，又扭过头来对着盘老四两公婆说：“孥仔已是人犬难辨，说来说去都是你等父母之过。”盘老四两口子又开始为谁的错吵起来，就被陈鹤寿喝住。他在给双方各打二十大板之后提出了调解的方案：人犬归还盘老四，盘老四给人犬主人一点物质补偿。那个疍民愤愤地嘟哝着但也只好答应。盘老四还不干，陈鹤寿就附到他耳边嘀咕了几句，他这才勉强点头。

见当事人双方再无异议，陈鹤寿转过身来对着柳三娘拱手施礼：“柳头人，您要是同意我的主张，烦请你们将船上的山货野味拣好，把落到水里的东西也捞上来还给山里的兄弟们。”柳三娘就顺坡下驴做出一副雍容大度的模样：“既然秀才兄开了金口，就照他的意思办吧。”

盘老大虽放下斧头却有意让陈鹤寿难堪：“秀才兄，当着这么多人的面您别再跟我放空炮，您到底信了哪家的神仙？”后面的山民们搅哄着纷纷收回铁木家伙，凝重的气氛一下子变得轻松活泼起来。陈鹤寿怔了怔说：“我既不是疍家人也不是你们畲族人，自然是敬我自己的神了。”船上的疍民们就叽叽喳喳地议论开来，盘老大好像提前看到陈鹤寿的窘相，得意洋洋地追问：“那你到底信的是哪一路神仙啊？”陈鹤寿的脑瓜嗡地一下热血涌到了脸上，哄哄乱乱的四周倏地静下来，岸边潺潺的流水声让这静寂显得更加静寂。

“我敬奉的是水流神。”陈鹤寿情急生智顺嘴扯了个谎。听者一片哗然，这位神明真是闻所未闻，又听到他以坚定的口吻说：“他可是管辖咱樟树湾的山海大神！”柳三娘还没来得及质问他过去的承诺，他就冲着船上的疍民高声叫喊：“弄个跳板下来，日他娘的，老子好久没赶墟了。”

一场风波就这么平息了，水墟恢复了热闹往来的场面，只是结束得比过去任何时候都早。

到了下一个墟日，疍民缺席，山民也迟迟不来。暖玉坐在棚屋外用篱笆圈围的土埕上，拿着夹进夹板的鞋底纳扎起来，耳朵里只有麻绳拉过鞋底那种单调的嗞嗞声，再也听不到昔日赶集者讨价还价、打诨调笑的哄闹，时光仿佛以极其缓慢的速度流动，好不容易挨到天黑，两口子连灯也懒得点，在夜色的浓影里对坐，谁也不想弄出丁点声响。开初暖玉还会提醒："点灯吧？"陈鹤寿怏怏地说："有啥好看的？"他们凝视着对方模糊的轮廓，没有邪念也没有情欲，直到灵魂溜出体外，与窗外的星光月色、虫子唧咕声、江湾山野的气息、庄稼与果实的芬芳交汇在一起。就这样，那匹失踪的红马以相同的姿态分别走进两个人的梦境，他们真切地听到它鼻翼发出皮革弹响般的声音，喷着有力的鼻息，间或发出一两声嘶鸣。他们眼睁睁地看着它从自己的身边经过，奔向潜意识里认为最合理的方向……几天后的一个深夜，陈鹤寿被暖玉的啜泣声惊醒，听她讲述完红马的悲惨遭遇后惊得合不拢嘴，原来他在梦里见到相同的画面：红马被拴在某个山间农舍旁的树干上，半张着流血的马唇露出洁白的牙齿，用它那单调、固执而又悲怆的咴咴鸣叫向他们求救……

大半个月后，经过多次沟通协商，疍畲双方又恢复了南岸的水墟，只是参与者的热情大不如前，稀稀拉拉不成气候。有几个调皮的疍家小孩觉得无聊，就跑上岸来寻找教他们识字的陈先生，叽叽喳喳的稚气童声如一绺绺阳光，抢先透进这个荒凉阴冷的小院，给陈鹤寿两口子带来了许久未有的欢闹。

暖玉拿出最好的食物招待这些小客人，陈鹤寿除了教识字还陪着他们玩了老半天，双方都没有尽兴，于是暗暗约定了下一次。五天后疍民们出海讨掠，几个半大不小的孩子便趁机造了反，不顾老人们的阻拦威胁，从北岸大呼小叫地摇过来一条小舢板，跟着陈鹤寿种地，灌鼠洞，钓鱼，折下小田鸡腿钓田鸡，用自制的弹弓打鸟。他们还用石头、棍棒砸死一头长着獠牙的山猪……不过，最富于刺激的无疑是跟着陈先生半夜跑到林子里的野坟地，那里除了埋着一些选择土葬的疍民，还有不知从哪儿漂到江湾来的无名尸，因无人打理更显得阴气重重，白天没人敢去，更不要说晚上了。

“秀才叔，”孩子们都很害怕，“那里有鬼——”陈鹤寿纠正他们：“不是鬼，是鬼火。”

“鬼、鬼、鬼火？瞎子爷爷说它是鬼魂变的。”有个小孩哆哆嗦嗦地往后缩，好像已经看到什么怪物。陈鹤寿拍拍胸脯给他们壮胆：“有我在，怕啥？”边说边让孩子们埋伏在一条干涸的小沟里。

一阵阵夜风把林木吹得飒飒作响，从树梢掠过的尖利啸叫吓得孩子们紧缩脑袋噘起嘴唇，胳膊和大腿的骨缝里如渗进了冷气瑟瑟发抖。鬼火来了，先是蓝幽幽的，然后变戏法似的分成好几种颜色。陈鹤寿一边跟鬼火追逐嬉戏一边打着手势招呼孩子们上前来……

这件事很快就传到疍家老人的耳朵里，一个个吓得脸色焦黄眼睛失神，祈祷声、咒骂声此起彼伏响彻北岸。鬼火在这支疍族人眼里，可是死者不散的阴魂。他们把孩子们扯拽到南岸小庙的天妃神像前“训话”，逼他们叩头认错并喝下香灰水，又一齐围聚到陈鹤寿的棚屋前，指责他这种冥顽无知的行径必将触犯亡灵，导致灾祸降临到孩子们头上。

陈鹤寿环顾着一张张阴沉严肃、愚昧可怜的老脸笑嘻嘻地说：“鬼就是咱们的祖先，咱们一没骂他二没打他，怕他什么？”气得老人们痉挛似的抽动嘴角。

为了推翻疍家老人的谬见，证明鬼火并非邪恶之物而是受到自己的掌控，陈鹤寿绞尽脑汁找寻一种能够捕获并保存它们的办法，他的棚屋里因此摆满了坛坛罐罐和麻袋、绳索之类的工具。暖玉对男人的异想天开不断投去怀疑、不满的目光，终于忍无可忍指着那些叠摞一地的东西问：“就算逮到鬼火，又有何用？有这闲心还不如多垦一点荒地。”

关于生计大事，陈鹤寿翻来覆去盘算过无数回，只要不种地，别的他都愿意干。他想像濮婆婆那样行医抓药，却又无法说服自己，更别提说服别人了。这行医可是事关人命，马虎不得。他曾不止一次地问暖玉：“这世上可有容易干、来钱快的活儿？”得到的回答永远是“听干娘的，别离开土地。‘人勤地不懒，地里出黄金’。”他不屑地哼了下鼻子：“种田赚死钱，我想赚活钱！”眼下他倒是从鬼火那里得到了一点启示，只是朦朦胧胧尚未成形。

暖玉怀疑陈鹤寿被鬼火糊住了心窍，看着他一遍遍地朝着棚屋方向跑来，鼻翼张开喷出粗气，屁股后头紧跟着一串串蓝幽幽绿莹莹的火焰，慌急得顾不上掐小嗓音：“你这是引火烧身啊！”陈鹤寿扭头瞄一眼上下翻飞、快要舔到裤脚的鬼火，收紧屁股高抬腿，上身后倾像要斜斜地跑上天去。

“这是光，烧不了人……”陈鹤寿的声音被扯得一高一低的。暖玉说：“烧不了人你还跑？”顺手将端在手里的半盆刷锅水泼了出去。没有冒烟也没有煳味，那些鬼火像怕生的孩子嬉闹着掉头逃开。陈鹤寿瘫坐在地咧开双唇仿佛在笑，牙关却咬得紧紧的，待他狠狠地甩了一下手暖玉才反应过来，男人是在苦笑——这可是他花了九牛二虎之力才将它们从林子里引来的。暖玉拢了拢松垂的发丝问：“你到底想逮它做啥？”陈鹤寿爬起来拂去身上的水珠没好气地说：“说了你也不懂，我要拿它跟水狗们做买卖。”

尽管不信，暖玉还是被男人一次次的奔跑所感动，心甘情愿充当他的助手，待他将鬼火引入棚屋她就以最快的速度关门。两口子一阵手忙脚乱，拿容器将它们分装起来。七八天后的一个夜晚，清静凉爽，陈家棚屋参差不齐的屋檐下装点了六盏斗大的油纸灯笼，分别发着黄红色、浅蓝色还有青色的亮光，迎风兜荡好不抢眼。

听到门外传来噼噼啪啪的脚步声，陈鹤寿放下酒盅打开柴门，看着那些好奇的孩子站在土埕上歪歪扭扭挤成一团，眼睛盯着鬼火灯笼一眨不眨。有胆大的犹疑不决地问：“秀才叔，后来……鬼魂没来收拾您？”陈鹤寿拿手掌往脸上一抹，呈现出一副歪嘴凸目耷拉舌头的怪相，四肢如羊痫风发作剧烈地抽搐，吓得他们一哄而散，有的眼里竟噙了一团泪光。他又重抹一回脸，旋即恢复了原状哈哈大笑，孩子们也傻笑着聚拢过来，听他得意地说：“啥鬼魂呀，全被我收进了灯笼里。”

陈鹤寿拿鬼火点灯笼的消息风一样传遍北岸，疍民们听后全都摇头摆脑，断定这是他故意散布的谣言，只是架不住孩子们的催促哭闹，这才荡桨劈波、懒洋洋地过来看个究竟。他们发现这些灯笼除了光线飘忽不定外，与普通灯笼没啥两样，悄悄话便逐渐变成了大声的交谈，以诱出陈鹤寿好当面戳穿他的谎言。

陈鹤寿带着一种和蔼而又有些无聊的神气钻出门洞，像是为了满足一下他们的好奇心，摘下一柄灯笼随意晃了晃：“各位叔伯婶姆，兄嫂弟妹，你们可曾见过里面没烛火的灯笼？”涌到大伙喉咙头的怪话牢骚一时说不出口，有个老妇人率先开悟，眼窝子里扑闪着惊异的光，忽然高喊一声“师公”（半仙的尊称），倒地便拜，其他人也都纷纷效仿。次日，陈鹤寿衣衫齐整地登上前来接他的疍家渔船，挨家挨户去展示他的鬼火灯笼。无须多费唇舌，一切尽在意料之中，疍民们争相拿出最好的东西献给他，接过诚心诚意请来的灯笼挂于船头船尾、窗口门檐，不是用来照明，而是向看不见的水妖海怪炫耀法力。

逢年过节、出海捕捞前，有的疍民就会多请一两只鬼火灯笼，这种做法很快就形成一股风潮，连山民也悄悄找上门来，请一两只鬼火灯笼高悬于屋前大树上或坟茔四周，以警示那些到处游荡的孤魂野鬼。每次陈鹤寿的眉宇间总浮动着一种威严而又略带忧戚的复杂神态，如君王授印般郑重其事，暖玉则优雅地侍立一侧，眼里素有的羞怯被虔诚和骄傲所取代。

转眼又到了一年一度的天妃“娘娘生”，鬼火灯笼一下子供不应求。有个疍民受了濮婆婆之托好心提醒陈鹤寿：“秀才兄啊我的好师公，这回您得参加我们的庆典了。”上次祭海，这两口子就没去，惹得柳三娘和何仙姑极不痛快。陈鹤寿不顾暖玉递来的眼色双手合十笑眯眯地说：“你拜你的娘娘，我拜我的老爷，咱们井水不犯河水。”对方迟疑地问：“您不是应承过柳头人——”陈鹤寿仗着与柳三娘有过旧情厚着脸皮说：“那是情急所致，算不得数。”另一个疍民在旁边听到了，拍着脑袋叫起来：“对呀，秀才兄拜的是水流神。”

陈鹤寿这才记起那个信口胡诌的名字，就用轻松的语气调侃：“你们不如信我们的老爷好了，他的法力不知要比天妃娘娘强多少。”把那两个疍民吓得提溜着灯笼拔腿就跑。暖玉紧跟几步想要做些解释，他们跑得更快。她回过头来白了陈鹤寿一眼：“这下好啦，他们回去一递话，有你好看的！”陈鹤寿带着恶作剧得逞的得意摆摆手：“反正我是不会信那个姿娘老爷，他们非要逼我说实话那我就说，也好让他们死了这条心！”暖玉少见地发脾气：“咱们这脆‘鸡卵’何苦去碰人家的硬石垢？你忘了咱俩前头受的罪？”见男人不吱声又焦灼地说：“你又不是不知道，他们自己人犯了错都要当众割肉结石沉江，何况咱俩？”陈鹤寿仍强词夺理：“所以嘛，咱们才要拜自己的老爷，自己的老爷才能保佑咱们。”暖玉忍不住一番抢白：“你的老爷你的老爷，你的老爷在哪里呀？”陈鹤寿捶捶胸口：“在这里。你可记得我在大风大雨里发过誓，只要你逃过那个厄劫，我就敬奉他。”

虽然在笃信各路神仙的乡村氛围中长大，陈鹤寿原来并不信神也不信鬼。他曾照着老辈人或师公的只言片语，拼图般地拼凑着先人在阴间的生活场景，结果漏洞百出。他倒是相信有灵魂这回事，那或许就是古人所说的“气”，永远不灭地飘荡于天地之间。到了樟树湾，这片崭新的天地到处都是谜，生活在莲花山上的畲族人是谜，出没在风波里的疍家人也是谜，每年必来的飓风、碧磷磷的鬼火都是谜……陈鹤寿觉得他需要神，尤其是身处谜团之中孤立无助之时。这就好比有人在森林里迷失方向，阳光即使无法助他寻索路径，起码也能驱除阴霾和恐惧，给他安慰与鼓励，再说了，那个天妃娘娘，一介女流，三山国王，更是道尽途穷，这样的神就算是真的，也好不到哪里去，与其勉强信仰别人的，还不如信仰自己的。

“好啊好啊，那你就领着我去拜拜他呀。”暖玉的语气里夹带着一丝欢欣的恶意。陈鹤寿哑了口又忽然领悟到什么，你说你的神在心底里在呼吸里，在信念里在意志里，可谁又能摸得着看得见？大伙只相信眼前的东西，有哪个人见过真正的天妃娘娘或者三山国王？可他们只要看到塑像就如同见到真身，倒头便拜。想到这，陈鹤寿兴奋得把暖玉抱起来转了几圈：“你说得没错，我得让你们见到我的大老爷！”

一切犹如春水涨满河床，久违的冲动和喜悦在陈鹤寿的心中漫流，这个固执己见又雄心勃勃的年轻人不顾妻子的善意规劝，仿佛由着某种本能驱使，鱼儿溯源般地寻找着初次踏上这片土地时所获得的神秘召唤，奋力斫下一株四五人张臂方能抱拢的老樟树，用它雪白的木心镂刻着心中的偶像。奇香四溢的樟脑气味激发了他蛰伏多年的灵感，并完全控制了他的情绪使他如痴如醉。不久的将来，从南洋返乡迷失航向的水手和番客（海外侨胞），也正是循着这股激荡心肺、提神醒脑的气味投入到樟树湾的怀抱。

这雕刻的过程与其说是一种创造，毋宁说是一种仪式，陈鹤寿将他对英雄和伟人的所有想象和期待都付诸刀尖，虔诚的一刀一凿，全是他与他的神最直接的接触与交流。借助于恣意磅礴的想象、最质朴的手艺还有不断迸发的激情，陈鹤寿为樟树湾新添了一尊神偶，他差不多有真人那么大，一身盔甲剽悍威武，左手托起一座山丘，右手捏住一条毒蛇，毛发倒竖怒眉张目，两眼间竖着三叉戟状的皱痕，猛兽般张开大嘴，仿佛要吼出快要涨破胸腔的壮志豪情，而致密坚韧的木质、拙厚粗放的累累刀痕，也赋予了他一种天妃泥塑所无法比拟的凛凛威风和无坚不摧的气度，和樟树湾的原始粗犷谐调统一浑然天成。

雕像告竣的那个冬日，陈鹤寿彻夜守护着它。

“老爷啊，从今往后，你就是我我就是你。”他轻声地诉说着，用布满厚茧裂痕的手掌拭去眼角的潮润，又慢又重地掠过神偶粗豪的面容，还有用厚厚棕丝做成的红胡须，一遍遍地摩挲着他坚硬冰凉的整个躯体，直到它吸收了他的体温。

斗笠屋

说来也怪，就在陈鹤寿雕刻出水流神不久，樟树湾南岸竟渐渐热闹起来。乱世多流民，从平原或平原以外的地方不断迁徙来各色人等，有遭人陷害流放至此的君子贤能，有招摇撞骗被逐出乡里的泼皮地痞，有杀人越货亡命天涯的江洋大盗……每个人都带着自己的故事来，每个人又都想在这里开始新的故事。他们有的拖家带口、乘坐舟楫沿江而下，在豁牙巴似的小码头上岸。有的独马单枪餐风露宿，顺着龙船岭、莲花山的崎岖小径盘旋而来。这些操着不同口音、疲于奔命的异乡人还没来得及松口气，便对江湾溽热的天气和成群的蚊虫怨气冲天。他们的到来无一例外受到陈鹤寿的欢迎，他大方地拿出食物招待他们，打开了用来堆放杂物的两间小棚屋供他们临时过夜，弄得家里成天闹闹哄哄如蜂巢鸡窝那样快被胀破。这些陌生人除了给陈鹤寿带来外边或真或假的一点消息，余下的全是麻烦。

暖玉对着客人表面客套和气，私底里却怀着一丝敌意，在陈鹤寿过分热情的纵容下，这些外来者真的不把自己当外人，见到好吃的连招呼都不打就塞进嘴里，把又脏又臭的孩子扔在他们的床上任其蹦跶打闹。那尊摆在角落里的神偶也成了受害者，客人们先是被它的威武杀气吓了一跳，然后就习以为常，像“混熟”了那样管它叫“柴头老爷”，拍拍它的肩膀敲敲它的脑瓜，把它手里的“毒蛇”取下来给孩子们当玩具，有的大人还抱着孩子骑到它的脖子上，薅草似的揪扯它的红胡须……还有更过分的，在这里混吃混喝落地生根似的不愿离开。

在暖玉眼里，男人们天生就爱妄议所谓的天下大事，一听到打仗两眼发光。他们或站或蹲聚集在院子里，一边轮流抽吸着陈鹤寿的水烟，一边为某个永远也无法确认的问题争得面红耳赤，吵得别人不得安宁。有一天，那个给陈鹤寿搭过棚屋的孙木匠也带着他的女人和义子石槌迁到樟树湾来，他同时还带来了一个惊人的消息，钦差大臣林则徐要在广东实施禁烟。男人们又为中英两国会不会交战各执一词。每到这时，陈鹤寿的喉咙就痒得难受，忍不住要让别人听听自己的高见。他习惯性地以“你们不知道”作为引入语，趁着对方惊疑未定将早就编好、真的假的东西一股脑儿往外端，当今圣上对林大人说了些什么，禁烟派对弛禁派又说了些什么，红毛番（指英国人）的反应又怎样……暖玉从他身边经过时碰了碰他，故意提高了声调说：“表哥，米瓮快没米了。”

陈鹤寿急忙将暖玉拉到一旁：“小声点，明日盘老四会送来的。”暖玉惊问：“咋能白要人家的东西？”陈鹤寿不无得意地说：“是他欠我的人情。我给他支了招，现在他的儿子，也就是那个可怜的人犬，成了他家的摇钱树，村里人都拿他当活菩萨供着。”暖玉依然不悦：“反正你甭再把外人招引来，一天到晚弄得鸡飞狗跳家不像家。”陈鹤寿的嘴角泄出低柔的声音：“大家都不容易，天远地远地来到这里，咱们总该尽尽地主之谊吧？”暖玉红着眼眶抢白：“你真以为咱们是什么高门大户啊？他们不容易，我就容易啊？一天到晚侍候完你还得侍候他们，忙得没空喝口水。你只知道心疼他们，咋不心疼我呢？”

陈鹤寿没再回嘴，心里已经有了主意，他先跟孙木匠通了气，又找那个比孙木匠来得更早、开打铁铺的苏忠勇商量。苏铁匠是个大块头，国字脸宽下巴大红脸膛，皱纹柔和细密，成天笑眯眯地露出一嘴结实的牙齿，让人发自内心地想要亲近他信任他。得到这两位年龄较大、威信较高的汉子的支持，陈鹤寿就把二十几户人家的主事人叫齐，领着他们爬过缓坡，来到一片坚实平坦的旷地，然后跳上一方大石开始了他深沉动听的讲演。他先从脚下的这方水土说起，前面是韩江入海口，东面的莲花山南面的象鼻山还有北面的龙船岭，如巨大而颀长的双臂拥抱着这片宽平幽深的沃地，既将北方的寒流挡于背后，又把来自海洋的暖热气流纳入胸腹。这里终年阳光充足雨水丰沛，宜于耕作也宜于过日子，这种“山环水抱”的格局与堪舆术中所说的风水宝地达到了高度的吻合，更何况这么高的地势足以摆脱海风的侵扰、海啸的袭击，还有来自江海的水汽潮气……大伙还在暗暗琢磨他的心思，就听到他的声音渐趋高昂雄浑：“古人云，安居方能乐业。我等既已来到此地，缘分使然，理当心系一处，裁长补短，有钱的出钱，有力的出力，一起将大伙头上的这顶遮风挡雨的‘斗笠’搭盖起来，建起咱们的樟树村，大伙说好不好？”

人群中不乏孙木匠这样修房造屋的能工巧匠，也有着苏铁匠这般体健力沉的壮汉，都敞开喉咙做出肯定有力的回答，一时间群情炽烈欢欣鼓舞，有人不知从哪里搜出一串鞭炮，噼噼啪啪地放起来，更增添了过节才有的欢乐喜庆的气氛。说干就干，陈鹤寿先照着每户人丁多寡安排好次序，商定搭盖多大的棚屋，又照着每个人的能力分派活计，壮健的男丁倾巢出动，盘起辫子脱去短褂舞动锨镐铁锤，老人妇女则烧水做饭有呼有应。一个多月后，第一落还算像样的“斗笠屋”拔地而起：垒石为基筑土为墙，用石磙夯实脚地，拿茅草苇叶铺盖屋顶，在明间修供台摆上祖宗牌位，于屋后砌炉灶为厨搭撇榭以放杂物，钉门板防盗贼猛兽，扎灌木阻牲畜蛇蝎，同时还不忘在窗下栽上驱蚊草……接下来又有了第二落第三落……越搭越快，到最后只剩下陈鹤寿自己的了。众人因敬重他的为人也受过他的恩惠，虽疲惫不堪仍干劲不减。至此暖玉以为看出点门道来，既佩服男人周济他人的远见，也为自己曾经的小气赧颜，孰料陈鹤寿一抱拳断然谢绝：“我和幼妹只有两口人，够住够用了。”暖玉望着那张沾满尘土、只露出一嘴白牙两只眼睛的黑脸，还以为自己的耳朵出了毛病，大伙也随之炸开了锅。待议论声惊叹声抗议声安静下来，陈鹤寿方平静地道出自己的真实想法：“我倒是觉得应该给咱们的水流神安个家。”

陈鹤寿的话又在人群里引发新一轮的争论。人们一直听他将水流神挂在嘴边却从未在意过，就好像那只是他一个人的老爷。陈鹤寿早就料到大伙会有如此反应，毕竟他们都有各自的信仰。

“大伙想想，咱们为何沦落于此？不外乎受了强者的欺压，同行的排挤，亲人的误解，朋友的背叛，乡人的鄙薄，官家的驱逐……”人们起先只是好奇地听着，慢慢地心头就浮荡起一种溶溶欲断的柔情，就像忆起了忍痛割舍的情人、被迫抛离的骨肉、望眼欲穿的亲娘……陈鹤寿从众人依稀的泪光里看到了希望也获得了动力，更加率性地说下去：“我不是要你们抛弃以前的信仰，但是老话说得好，一方水土养一方人，一方民众敬一方神，你我既然想要放下过去从头再来，就必须找到新的主人，水流神大老爷就是咱们的新主人！”有人瞪着眼问：“这水流神有什么来历？”陈鹤寿一听正中下怀，不慌不乱地把早就准备好的一番说辞娓娓道来：“我一踏上这片土地，水流神就显了圣。”他把暖玉在暴风雨中得救归结于水流神的指引，又将祖父对樟树湾蓝图的描绘说成是水流神给他托的梦。有个后生大着胆子问：“秀才兄，咱们干吗要信神？”陈鹤寿的回答看似轻描淡写实则意味深长：“要是没神，人还有什么干不出来的？”

人们怀着知恩图报的心理最终选择相信陈鹤寿，再说了，不就是把他的斗笠屋变成一座神庙嘛，也算公允，再次铆足干劲，在天妃小庙对面修一座比它大得多但同样简陋的神庙，两座庙中间隔了个空荡荡的大土埕。对于这群樟树村最早的村民来说，神是一回事，人又是一回事；信仰是一回事，情义又是一回事。陈鹤寿可不是这么想，他请孙木匠凿了个横匾，上面是他亲笔所书的四个大字：“山海雄镇”，挂在神庙大殿前，算是完成了水流神入宫升殿的仪式，接着又鼓动女人们前去烧香祭拜，江堤上，树荫下，田埂边，墟集上，到处飘荡着他那铿锵有力的劝导："咱们应当不分姓氏亲如兄妹，视水流神庙为祖祠，以大老爷为父母""信则有，不信则无，心诚则灵，心虚则弃"……在他看来，神的存在未必需要依靠人的信仰，可是没有人信仰又怎能体现神的存在呢？

七月初十的水陆"烧幽"将近，几乎所有的疍家渔船都回到江湾。柳三娘何仙姑等几个族群核心人物先碰了头，讨论这半年来江南江北的情势，北岸死气沉沉而南岸却以一种跃动高扬的姿态吸引着越来越多的外来人口，有些疍民也受了影响，放下钩、网、耙刺等渔具告别小渔船，迁到北岸那些原来只用于祭祀、过节等公众活动的疍家棚寮，学着樟树村人开荒种地。不管大家承认不承认，一种来自陆地的吸引力正在破坏他们的传统，降低天妃娘娘的威望。其中以何仙姑反应最为激烈，她声嘶力竭地历数陈鹤寿的种种恶行，从出尔反尔到信奉邪神（水流神偶手里捏着疍家崇拜的"小龙"）再到狂妄修庙，这些都明摆着跟疍家人叫板，辱没无所不能的天妃娘娘，如果大伙不站出来为娘娘护法，今后必遭天谴。何仙姑说这些时还故意瞟一眼柳三娘，就像她才是始作俑者。

柳三娘登时赤红了脸。在座的都知道她与陈鹤寿有过枕席之欢，而且都在暗暗猜测，她隆起的肚子里是不是他的孽种？她总算理解了何仙姑昔日所言："水上人与陆上人就像油和水永远掺和不到一块儿"，对那次出海与陈鹤寿颠鸾倒凤追悔莫及。此时任何的劝解阻拦，只怕会招致大家的敌意，甚至质疑她的权威，倒不如爽快地附议何仙姑的主张：一是将鬼火灯笼定性为"邪物"，族内任何人不得向陈鹤寿购买并挂出。二是铲平水流神庙。

消息传来，樟树村人吓得六神无主，纷纷跑到陈鹤寿家来听主意。陈鹤寿一面派人去向山民求援，想利用疍畲之间的矛盾取得他们的支持，一面又号召大伙将妇女儿童转移到山里以免受到伤害，再将守护水流神庙的后生调换成羸弱多病的老汉老妪，教他们见到疍民便堵住庙门不让他们进去，一有身体接触立即倒地大呼救命。这最后一招暴露了读书人的天真可笑，对狂野的疍民根本就不起作用，而陈鹤寿寄以厚望的援兵又迟迟不肯露脸，待陈鹤寿还有七八个逃不掉的后生变成了血人、水流神庙被夷为平地之后，一支由十几个山民组成的小队伍才咋咋呼呼地出现，颇具讽刺意味的是，带队的盘老四站在陈鹤寿昔日的位置上摆出了高人一等、居中调停的可笑姿态。

这场实力悬殊的械斗结果以樟树村人的惨败告终，而比械斗失利更让陈鹤寿痛心的是，水流神沦为了众人的笑柄，那个怪模怪样的柴头老爷连自己都保护不了，被疍民掀翻在地毫不留情地踩踏踢打，之后居然消失得无影无踪。陈鹤寿躺在垫着厚厚干草的床铺上养了很久的伤，这是身体上的更是心头上的。这期间他脑子一刻也没闲过，越发觉得这是一场不可能打赢的仗，原因不在于人数的多寡，也不在于畲族人的失信，而是水流神根本就没在樟树村人的心底里扎根。

此次争端给樟树湾的疍、畲、潮（州人）三个族群带来了新一轮的对立与封闭。柳三娘在何仙姑的敦促下发出了最严厉的禁令，不许疍民跟樟树村人和畲族人做买卖，并掉转矛头指向内部那些与陈鹤寿关系密切的“同伙”，这场刀刃向内的“清算”，把往日的欢声笑语变成飓风来临前那种近乎窒息的沉闷，一双双掩藏不住惶恐和胆怯的眼睛求救似的转向濮婆婆，让她醒悟到自己的责任。她反复劝说柳三娘放弃这场清算，得到的却是模棱两可的回答。

十几天后，有樟树村人在江湾的芦苇里发现了那尊没被流水带走的柴头老爷，它已变成了刀痕满身的一尊丑神。陈鹤寿把村里的各种闹嚷争论撇到一边，在屋后草草搭了个小窝棚将柴头老爷摆进去，算是给神明也是给自己一个交代。这场以神之名引发的争斗，貌似在人那里得到终结，而水流神又似乎以另外的方式宣示着他的存在，关于他眷恋着这片土地、护佑使命未完不忍离去的说法被传布到村里村外。连陈鹤寿也想不到，以前可有可无的水流神，竟如此意外地给整个樟树湾留下了鲜明独特的印记，它一如撒播在土层里的种子，静静地等待着开华结实的节候和机缘。

疍民的水陆“烧幽”活动如期在七月初十夜举行，其目的在于超度溺死于水中的亡灵，祈求神明庇护族群老少平安。三艘停泊于北岸江面的冥船成为了众人关注的焦点，第一艘专烧冥钱纸扎，第二艘敲锣打鼓吹响号角，第三艘载着神婆何仙姑做法事。悬浮于夜雾中的灯笼活像野兽布满血丝的眼睛，烧透的纸钱化成一团团黑色的鬼影在甲板上几番滚动又飘落到水面。活动按部就班地进行着，直到剩下“送神”这一道须在次日早上举行的仪式。柳三娘刚宣布大伙歇息一阵，何仙姑就喊了句“且慢”，当着众人的面站出来揭发濮婆婆，说她从没把自己当疍家人，久蓄异志，随之甩出一沓陈鹤寿忘了销毁的草稿纸，大声念出潦草地记录在上面的各种青草药的口诀与用法。气氛陡然紧张，夜雾和寂静稠密得叫人喘不过气来，熊熊燃起的火焰映亮了濮婆婆那张嘴巴紧缩、皱成一团的老脸。

濮婆婆来自外族，一直有古板的疍民提防着她，加之本人寡言少语脾气古怪，也得罪了不少人，可是话说回来，族群里有哪家哪户不曾受过她的照应得到她的恩泽？生病有她救治，下崽有她接生，有些人的命还是她拣回来的，因而看到她受到谴责打压还是于心不忍，但族规对他们而言远胜于情义，这既是这支疍族抵抗外力、赖以生存繁衍的最牢靠的堡垒，也是天妃等神明意旨的体现，古往今来无论你是谁，只能恪守而不能有丝毫僭越。何仙姑有理有据的声讨引发了大伙不愿相信的嘘声、议论和惋叹，这些声音不仅没能让她有片刻的犹豫，反而愈加来劲地渲染濮婆婆身上流的是陆上人的血，这种狡诈狠毒的血天生如是不可能得到净化。事实再次证明，她的誓言就像陈鹤寿那样不可信，她把比生命还珍贵的药方秘诀传给外人，就是对天妃娘娘还有本族群的无耻背叛。最后何仙姑加重了语气，把濮婆婆的所作所为归结为水上人与陆上人本质不同的必然结果。有人的地方就有矛盾，但当个人恩怨被披上群体利益的外衣后，就会成为众矢之的，何仙姑正是利用了这一点，俨然代表着群体的利益，而这个敢跟她作对的濮婆婆就是在跟大家作对，自然成为千夫所指的公敌。

濮婆婆从最初的惊惶中很快镇定下来，一时还无法厘清这飞来横祸的来龙去脉，却完全清醒地意识到自己已经被推到了悬崖绝壁，再跨一步便是无底深渊。何仙姑为了斗倒濮婆婆曾放过无数冷箭，都被柳三娘替她挡掉，今日她敢于当众亮刀耍剑，必是算定了她的死期。濮婆婆并不觉得有多遗憾，她的第二次生命本来就是这支疍族给的，现在还给他们也算是把圈圈画圆。

濮婆婆出生于潮州府城一个医学世家，从小就显示出对药理药性认知吸纳的过人之处，因此深得父亲的宠爱。可惜她是个女子，否则肯定是家族不二的传人。16岁那年，她嫁入在外人眼里门当户对的富户，男人嗜酒滥赌，稍不顺心就拳脚相向。毕竟年少，禁不起一个英俊货郎的甜言蜜语百般讨好，又熬不下眼前的苦闷日子，遂下了决心跟着他远走他乡。不料那货郎很快就吃不了苦也守不住寂寞，卷了两人的细软独自跑路。濮婆婆带着有家难回、生无可恋的绝望投江，也是命不该绝，被这支路过的疍族船队救起，从此就随着他们苟活于风里浪里。在和疍民相依为命的几十年里，濮婆婆凭着个人的禀赋和家学底子，潜心研究大胆尝试，不仅学到了疍家人传下来的青草药秘方，还将它融会贯通到平原的药学医术上来，形成了自己独到的见解和手段。十几年前，年幼的柳三娘忽然高烧不退，族群里德高望重的老郎中判定她得了鼠疫，为杜绝传染决定将她抛入海中。给老郎中当助手的濮婆婆站出来说服当时的头人，愿与柳三娘一起隔离到海中央的一艘小船上，若柳三娘三日之内不见好转便沉船了结。在生死与共的三天里，神奇的青草药挽救了她们。更让人意想不到的是，疍民们一致认为是天妃娘娘在暗暗保佑柳三娘。何仙姑便顺应民意一语道破"天机"，天妃娘娘托梦给她，选中柳三娘为族群的下一任头人。原头人过世后，柳三娘便顺理成章坐上了头把交椅，濮婆婆也凭着仁心仁术成为了这支族群的大医师。

"婆婆，这一定不是真的！"柳三娘根本就不给濮婆婆承认的机会，口气严厉眼神却柔软。濮婆婆语调平静双手合十，心中涌起一缕虔敬的颤抖缓缓开口："何仙姑说得没错，老身甘愿受罚。"柳三娘不耐烦地说："婆婆，这分明是陈秀才瞒着您偷偷抄下的，您凭什么要替他受过？"柳头人露骨的暗示和语气强烈的追问始终无法让老人改口。

“医者仁心，药本来就是用来治病救人的，”濮婆婆的眼里闪耀着一缕动人的亮光，没有惧怕也没有绝望，而是一如既往地执着与坦然，“我只想到用它去救更多的人。”

柳三娘那颗剧烈跳动的心几近停歇，她困惑地看了濮婆婆一眼黯然转身，身后刚刚冷却下去的情绪又被一片不理解的声音搅动起来。何仙姑叫人将濮婆婆的双手反剪拿麻绳拴住，然后熟练地援引族规里那些不能变通不能打破的惩罚性条文，宣布对她施以结石沉江的惩罚。柳三娘没有像过往那样向何仙姑示弱，想要挽救恩人的强烈愿望支配着她，心里甚至闪过一种恶毒的想法：“今日就不听你的，看你能拿我咋样。”

何仙姑听到柳三娘用一种奇怪的任性口气问：“仙姑，您刚才好像说过，濮婆婆不是咱疍家人？”何仙姑扭动着上薄下厚的嘴唇说：“她不配！”柳三娘稳住神儿淡漠地说：“既然不是咱的人，凭什么拿咱的家法族规治她？”何仙姑满腹狐疑地看着柳三娘，柳三娘的眼里不再是息事宁人的怯懦而是刺骨的寒光，使人肃然而恐。何仙姑先是震惊而后恼怒，最终还是在这冷硬的目光中败下阵来：“三娘啊三娘，我该怎么说你好，你这人哪，就是心太软！”然后不解恨地把脸转向骚动的男男女女：“死罪可免，活罪难逃，将她双腿打折，弃于陆上，永不往来。”

叫 魂

后半夜的苍穹星光稀疏，半块苍白的月牙洇染出一个暗淡朦胧的世界，陈鹤寿家的门板被叩得邦邦响，两口子几乎同时从床上跃起。一个蒙面人把一个黑乎乎的、蜷成一团的人背了进来，尾随在陈鹤寿后头的暖玉从迷蒙的状态中清醒过来，黏糊的声音一下转换成尖厉的呼叫扑上前去，眼里闪着吓人的光，陈鹤寿急忙捂紧她的嘴示意她不要声张。来人用几句带着闽南腔的潮州话跟陈鹤寿做了简单的交代，并善意地规劝他们尽快离开樟树湾。

陈鹤寿冷静地把昏死的濮婆婆抱上卧室的床铺，为她清理好伤口再让暖玉敷药包扎，自己拣了几样平时收集的草药丢进陶罐里。煎药的火光摇动着陈鹤寿映在墙上的影子，他扭动着腮帮骨尽力压住胸腔冲撞的怒火，嘴角扯出一丝近乎邪恶的笑意。濮婆婆喝下汤药又过了一阵子，总算有了些活气，陈鹤寿一直在担心如何面对清醒后的老人，没想到她只挥了一下胳膊平静地说："伤了点筋骨，没啥。"又喘着气交代他俩："对外只说我是养大幼妹的干娘，甭提我的过去更别说我会摸脉看病……"陈鹤寿嗫嚅着："只怕有人识得你——"濮婆婆打断他："就算以前见过，也只有个模糊印象，你们只管一口咬死。"

晨曦依稀照见篱笆、树木模糊的轮廓，陈鹤寿大踏步走向莲花山。这回他没有腰别鹤嘴锄、背挎黄藤筐，只是简单地用水布兜住干粮拴于腰间。半个月后疍家人惊讶地发现，樟树村人和畲族人完全撇开了他们，独自在南岸江堤上另辟墟市，连成一片的樟树榕树为他们提供了蔽日遮天的广阔浓荫。

这第一次陆上开墟自然是做足了准备，早在前一天，山民们就肩膀挑板车推牲口拉，将一篓篓一筐筐的山珍野味弄到樟树湾，熊掌、鹿筋、鹿尾、猴脑、豹胎、燕窝、竹荪、银耳、猴头菇还有山鸡、狐狸、野猪之类的活物，久违的喧闹吸引了不少疍民，他们所呈现的不再是鼻孔朝天的主人面孔而是巴结讨好的哼哈笑脸，这让樟树村人着实伸腰扬眉吐出一口闷气。

南岸墟市的开设给何仙姑为首的疍民一记响亮的耳光，他们纷纷将矛头指向陈鹤寿，就连柳三娘也认定这是他的主意，待南岸墟市再度开张，就怂恿疍民主动参与进去再用低价拉拢山民，对樟树村人则一律提高价格，试图把他们排除在公平交易之外。对于樟树村人来说，疍民的这种做法无异于公开挑衅，之前的旧恨未解如今又添新仇，连空气也似乎变得滞重起来，每个人都喘着粗气，都有意无意地说些不恭不敬的话，进而喷出不堪入耳的污言秽语直至与疍民拳脚相向。得到好处的山民只顾拥上来看热闹，没人乐意替樟树村人说句公道话。

争不过也打不过的樟树村人苦不堪言怨声四起，那些遭疍民辱骂被疍民打伤的村民更是将聚积于胸间的怒气直接倾泻到陈鹤寿身上，谁让他老去惹那些水狗？胆大的当着他的面说怪话："水流神大老爷这下该出来保护咱们这些'无脚蟹'吧？"受过气的其他村民就跟着起哄："放心好啦，秀才兄一定有办法治治那些家伙。"胆小的一看见陈鹤寿就掉头绕道，怕沾上晦气霉运似的。就像没有几个人愿意接近陈鹤寿那样，水流神同样遭到村民们的白眼冷落。

疍民实施报复的各种险狠言论不断传到樟树村，在村民中间引发一轮又一轮的恐慌，人们睡觉前都先要把桌椅搬到门后顶死，再将防身的棍棒撂在床头摸得着的地方，大白天下地种田也要招朋引伴，就像要去猛兽出没的深山老林。陈鹤寿给村民们说几句宽心话，反倒招来更多的讥讽埋怨，让他备感难堪。他思来想去，拎起自家浸泡的一罐药酒走出家门，上莲花山拜访盘老大。陈鹤寿在明间一落座就显得很不高兴："盘大哥啊，近日来我们村跟疍家吵架闹仗，你们不搀不扶也就算了，还站到他们一边去。"盘老大摇着头大声叹气，盘老四就替他回答："陈老弟啊，不是哥说你，是你理亏在先。"陈鹤寿瞪起了眼睛："咱们说好一起弄墟市，从此后不用再看那些水狗的脸色，我咋就理亏了？"盘老四甩着双手说："老弟啊老弟，你刻你的柴头老爷，怎么让它捏了一条'小龙'？甭说疍家人，就连我们畲族人也觉得受辱啊。"盘老大仰起脸来忍不住补充："连莲花山也掌在水流神的手心，啥意思吗？"

陈鹤寿愣住了，难怪水流神庙被毁山民迟迟不肯救援，疍家人挑事威胁畲族人同样漠然旁观，心想这人世间的事啊，到底是被人心牵绊着还是被神明牵绊着？不过说一千道一万，要怪只能怪自己粗心大意，给人家留下了说事的把柄，直到火烧眉毛还没勘破这个理儿。

"那都是水流神托的梦，我有啥办法？"陈鹤寿只好拿神明搪塞装作无辜。盘老大的水牛眼一瞪愤然作色："还水流神呢，那你上山做什么？求他帮你好了。"

出了盘老大家的院门，盘老四更加诚恳地解释："我家老大也是没办法，那么多双眼睛盯着，唉！"陈鹤寿揣度山民们不可能帮忙了，嘿嘿地发出冷笑。盘老四问他笑什么，他朗声说："依我看啊，你们是吃了人家的嘴软。"两个人不欢而散，半路上陈鹤寿越想越气，把那罐盘家兄弟不愿收下的药酒砸向山石，看着陶片迸裂酒液飞溅再次发出冷笑：“都是些见利忘义的狗东西！”

晚上回家躺下，村民们各种无助、敏感、警觉、惊怕、怨恨、气恼、忧伤、冷淡的神色一一浮现在陈鹤寿的脑海，已经有两户人家悄悄迁往外面的村庄，又有几户边收拾东西边观望着。陈鹤寿觉得辛辛苦苦攒下的那点威信彻底垮塌，一切似乎又回到从前，甚至还不如从前，从前出了点糗事无人知晓，现在人人都在谈论他的无能。人从低处走到高处尝到的只有甜味一种，从高处再跌到低处尝到的却是苦味百种。

有天夜里陈鹤寿起来小解，迷迷糊糊地走到后院，感觉到脚底被一根圆棍状、不那么硬的东西绊了一下，也没在意，次日清晨，他被暖玉的一阵尖叫吓得蹦下床来，看见她立于茅房一角抖颤着身体，地上有一摊干了的血迹还有一条变得青紫乌黑的断臂，不由倒吸一口凉气，顷刻明白了有人想取他性命又有人及时阻止，终于相信疍民的报复是动真格的，是要直接铲除他这个祸患！他把暖玉搀进卧房又转身出来，捡起那条不再软和、干缩了的胳膊，心里既冷又暖，冷的是毕竟百年才修得共枕眠，柳三娘说下狠手就下狠手，暖的是居然还有人救他，支持他。

从那天起，那条青紫乌黑的断臂总是冷不丁地从暖玉的脑海里跳出来，让她陷入了难以自制的惶恐之中。她成天神思恍惚，发展到后来稍有风吹草动，眼里就会闪耀着敏感惊惧的神色。陈鹤寿知道再说什么安慰话已是无益，最切实可行的办法就是留在家中陪伴这一老一少。不过总会有外出的时候，譬如到田里侍弄庄稼，上山帮濮婆婆挖点药根，或者趁着墟日换些生活用品，有时前脚才跨出门槛，有时还在墟市跟卖主讨价还价，某个不祥的念头在他胸口一灼，拔腿就往家里赶，几乎每次都有灾情祸事发生，不是屋后的干草蹿起火苗就是烧饭用的水上泛起白沫……同村的祝大春就教他，往蓄水的大缸里养几尾小鱼。

祝大春五十开外，头发灰白脸色红润双眼有神，虽长得干干瘦瘦，走起路来却步履稳健腰身笔挺，一看就是习武之人。据说祝大春年轻时是老怡梨香戏班撑场的武生，因看不惯地头蛇调戏来看戏的姑娘，失手将其打成重伤，怕连累戏班只好跑回老家，承继了家传的灯笼生意。十几年后，地头蛇的兄弟找到他的下落，纠集一帮人放火烧了他家的灯笼作坊，逼得他带着妻儿逃往樟树湾，重开一家“祝记”灯笼铺。

陈鹤寿心里顿时明白，这几次遇险都是祝大春出手相救，可惜时下无力报答，只能将这如山的恩情铭记于心。孙木匠也让石槌给陈鹤寿牵来两条大狗看家护院。谁都好奇石槌长得这么快，七八岁就追上养母的身高，到樟树湾换了水土又是一番蹿长。陈鹤寿接过石槌手上的狗绳将它们分别缠在篱笆上，侧身扫了一眼他拍拍手说：“石槌，回去帮我谢谢你爹。”见他仍原地不动像有话要说，就问：“还有别的事？”石槌努努嘴说：“秀才兄，俺爹常说你是个硬种好汉，我左看右看就是看不出来。”陈鹤寿惊讶地说：“是吗？”石槌把垂到上唇的两根青黄鼻涕吸溜回去，摇晃着硕大的脑瓜有板有眼地说：“是好汉就该去保护别人，而不是被别人保护。”陈鹤寿的脸扑地热了，就像石槌泄露了他什么见不得光的隐私，嘴上说：“阿兄是虎落平阳被犬欺啊。”

这两条立起来足有一人高的大狗在第三天夜里忽然嗷嗷倒地并剧烈抽搐，龇着牙的嘴角不断冒出白沫，水缸里的小鱼儿也翻着白肚悠悠漂上来。几天后陈鹤寿到离家半里远的菜地，正唰唰地把尿水射进干燥的土壤里，蓦地浑身一抖叫了声不好，狂奔回家。暖玉果真不在，仍下不了床的濮婆婆说听到她嘟囔着要去码头。陈鹤寿赶过去，暖玉已经走下狗啃似的二三十级石阶，正一步一步朝着黛绿色、黏稠稠的江心移动，流动的水涡淹过她的小腹。陈鹤寿大声喊“幼妹幼妹”，她就像没有听到，神色茫然地继续往前。

“你咋啦？”陈鹤寿扑通地跳下去一把拽住暖玉，她更加来劲，嘴皮吃花椒似的不停抖动，咕叨着“有个孥仔跌落水”这样的胡话。他不管她如何挣扎如何反抗，强行将她抱回家，帮她褪下湿漉漉软塌塌的衣裙换上干爽暖和的。暖玉坐在床上，头发蓬乱脸色惨白，两只眼睛瞪得大大的却失去了昔日的聪慧灵气，青白的手臂瘦削得如同一截剥了皮的麻骨。他怕她到处乱跑，只能拿绳子将她捆在床腿上，她不吵也不闹，呆滞的眼珠子许久不动一下，泪水、鼻涕、嘴角淌出的黏液顺着下巴滴下来。

濮婆婆断定暖玉被疍民下了咒，教陈鹤寿将她那身湿透的衣裙拿到江堤，朝着北岸的方向边念咒边焚烧。此法果真灵验，暖玉像在熟睡中被人突然摇醒，挣扎着质问陈鹤寿："你疯啦？干吗绑我？"眼神不再呆滞脸上的肌肉也不再僵硬。他边解开绳索边解释说："你中邪了，干娘又看不住你……"

一阵战栗在暖玉的身上炸开来，哇地哭出声："表哥，我想回家——"陈鹤寿说："这里就是咱的家！"一股火气突然撞上来，从门后操起一把斧头狠声叫骂："臭水狗，老子跟你拼了！"抬脚就要出门。暖玉紧紧拽住他的衣衫下摆："你这是去送死呢，你死了我们怎么办呀？"濮婆婆干哑严厉的声音也从里屋传来："阿寿，你别冲动，他们正等你入套呢。"听了两个女人的劝阻，陈鹤寿气已泄了大半，将斧头狠狠地斫在木门上，哀叹了一声蹲下去。

望着在夕照里佝偻下去的身影，暖玉默默地返回卧室。陈鹤寿听到响动走进去问："你在干吗？"暖玉边收拾衣物边赌气地说："咱们一块儿回绿云村吧，这里没法待了。"陈鹤寿抓住她的胳膊低声恳求："幼妹啊你别急，樟树湾这么大，还怕摆不下咱俩这张床？"暖玉冷着脸说："摆下了床又有啥用？连个囫囵觉都睡不成。"

"要走也得等干娘的腿脚好利索。"陈鹤寿看见暖玉的手不自觉地停下来，就拍拍她的后背平静地说："这事我来解决，是时候了！"

陈鹤寿走进了濮婆婆房间，将那个经过他无数次构思、斟酌的具体方案从心里端出来。

陈鹤寿执意去见柳三娘的最初诱因，不是疍民欺人太甚也不是村民的挖苦奚落，而是受不了石槌对他的否认贬低。当时他的心就悸动了一下，这才发现自己其实一直渴盼着有什么东西哪怕是疼痛来刺戳他，挑破那个长在心里有些时日的脓包。一个人必须为自己的信仰做出牺牲，也必须为自己的无知付出代价，既然有些东西崩塌了，那就得重新建构起来，哪怕将生命垫在最底下。陈鹤寿一旦下定决心，哪里还听得进暖玉和濮婆婆的苦苦相劝，将心一横阔步跨过门槛。

陈鹤寿刚跳上笡家那艘大船的甲板上就被十几个剽悍的后生团团围住。柳三娘先是听到船舱外传来脚步移动的杂响还有粗细不一的叱喝声，继而听到那个再熟悉不过的嗓音，心头一颤挑开帘子探出头来，眼风凌厉地扫了陈鹤寿一下轻淡地说："让他进来。"见她的护卫者们仍犹豫不决又加重了语气："这事我来处理！"

陈鹤寿低头走入熟悉的中舱，坐在里面的何仙姑噌地站起来紧盯着他："想干啥？"陈鹤寿轻蔑地扫了她一眼："送命啊，你们不是三番五次想要吗？"柳三娘咬着牙说："你真翘楚！"陈鹤寿把同样轻蔑的目光转向柳三娘，她因妊娠而显得有点笨拙的样子让他觉得有些可怜，可一想到她是如何对待濮婆婆又是如何对待他们两口子，软下去的目光又支棱起来，不无嘲弄地说："我倒是看走眼了，想不到你有这么狠！"柳三娘针锋相对："那是你自找的。"陈鹤寿说："甭找别人麻烦，老子一人做事一人当，要杀要剐随你。"何仙姑拍了下案头，厚厚的下唇耷拉下来一脸凶相："瞧你说的，有哪个不知道你陈秀才把说话当放屁？"柳三娘趁机朝他甩甩手："走走走，在这里杀你，污了我的船！"

陈鹤寿明白，这时再多说一句半句，只会让她们更加瞧不起，遂退后两步从腰间摸出一把短刀。何仙姑就像被烫到，呼地缩进柳三娘背后的阴影里。陈鹤寿却将刀尖向内狠狠地扎进自己的腹部，鼓起的双眼一下失去了神采。一阵侵入肌肤的霜寒过后，有股滚烫而辛辣的东西紧接着涌向喉头，逼得他忍不住张嘴，把一股饱满腥甜的液汁噗地喷吐在素净的帷幔上。两个女人同时哎呀地尖叫着跳开。

陈鹤寿瞪着火球似的双眼，翕动着沾满鲜血的嘴唇喘息："一刀够不？"泪花从柳三娘的眼眶里扑出来，意外的惊惧裹挟着剪不断理还乱的旧情，让她这些日子武装起来的强悍完全崩溃，最终化作了痛心而又急促的嘶喊："你，你，你，走吧！"陈鹤寿像醉酒那样臂膀晃荡踩踏不稳，强撑着最后一丝气力真心实意地问："这债清得了不？清不了我就把命留在这里。"柳三娘狠狠地戳了何仙姑一眼，嘎哑着嗓子说："就此两清！"

外面的疍民在经过一阵短暂的沉默后正想冲进中舱，就看见陈鹤寿腹部带刀摇摇晃晃地走出来，所过之处是两行触目惊心的血脚印。

刚才划船送陈鹤寿过来的两个后生，一人架住陈鹤寿的一条胳膊，将他瘫软的身体提夹着落船，气呼呼地摇着橹回南岸。祝大春孙木匠早就候在码头，大家七手八脚将陈鹤寿仰面放在一扇门板上，抬起就往他家跑。虽说多少有点心理准备，见到男人那一刻暖玉的脑子还是嗡地一片空白，在濮婆婆的嘶声催促下方醒转过来，战战兢兢地靠近那个被血水酱红的身体，闭着眼拔出没入男人小腹的短刀，再往血如泉涌的伤口填塞药粉。血总算停止了奔涌，暖玉无力地瘫坐在地，祝大春接手给陈鹤寿的伤处缠上绷带，又滋出了一股股血水。

待外人走出卧室，暖玉这才大着胆子打量男人，他小腹起伏、大气出小气入的样子，让她觉得自己的心脏也要跟着停歇了。她用手紧紧捂住嘴，浑身筛糠似的发出一阵阵难以抑制的颤抖和呜咽。孙木匠听到里屋的动静，弹响门板把暖玉喊出来，低声对她发出严厉的警告："幼妹你不能哭，惊动了鬼神就不好收拾了。"就像跌打师傅都多少懂点拳脚那样，木匠师傅都是鲁班的徒子徒孙，即使没有读过《鲁班经》，也粗通"秘诀仙机"的常识懂些巫术。暖玉吓得捂紧嘴巴，只是抽咽的惯性仍扯得肩膀一高一低地耸动。

时间如虫蚁般缓慢地蠕动，夜深了，聚集在院子里低低说话的乡亲们逐渐散去，就连下不了床的濮婆婆也因日间的过度操心睡死过去，再也没人陪暖玉说些宽心鼓气的话，只能独自去面对滚滚而来的忧虑与恐惧。照着濮婆婆的吩咐，暖玉将烧开的草药水整大锅端入房间，让蒸腾的水汽纱帐般地罩住陈鹤寿，然后坐在旁边提防着老鼠驱赶着蚊虫，用沾了汤药的湿布洇润他的双唇，频繁地更换搭在他额头上的湿布，到下半夜还要替他换药……她不停地忙活着，以对抗脑子里不断冒出的各种纷乱不祥的假设。

短短四天，对于暖玉却像有一辈子那么长，她第一次如此地痛恨时间，恨它走得如此之慢，慢得就像要将她和陈鹤寿一块儿吞没。陈鹤寿仍昏迷不醒，暖玉的惊惧也绷到了极限，如果说这几天，是不甘心是倔强在支撑着她，那么到了明天，她还有什么武器去和时间抗衡？它也许真的会当着她的面将他带走。

第五天无情地来了，连濮婆婆也稳不住了挣扎着下床，双脚刚一触地伤口就传来钻心的痛，哎哟一声栽倒在地。那几个平时跟陈鹤寿最铁的朋友嘴上不敢说，眉眼嘴角都流露出同样的无可奈何，暖玉知道他们都放弃了，也在暗示自己要做好这样的精神准备。她抽动了一下鼻子，恼怒地把这些看似强大的男人都推到门外，她受不了他们的灰败无能，更受不了他们的提醒，只要还有一口气她就要守着他，决不允许任何人带走他，哪怕是阎王来了她也不答应！

挨到第六天深夜，陈鹤寿依然没有一丝苏醒的迹象，濮婆婆也陷入了听天由命的沮丧之中，麻木的脑瓜里不断地重复回放着陈鹤寿死缠硬磨的场景，那天真不该松口，而今连肠子都悔青了，她对暖玉感喟着命运的不可逆时已明显带着劝慰的意味，可暖玉一个字也听不进去，她就像空中的飞鸟，因害怕着陆而执意不愿相信陆地的存在。

看着陈鹤寿五官或萎缩或浮肿、失去正常比例的古怪外貌，暖玉呆滞的眼神忽然变得尖锐起来，她不是害怕而是疑惑，不是难过而是愤怒，这个男人凭什么无端端地闯入她的生活，又凭什么说走就走？难道时间都由着他控制？难道她暖玉就该逆来顺受任凭他左右？凭什么！一个个尖刻的念头恶毒地刺激着她，不能就这么轻易放过他。她鼓劲打破哽在喉头的那团干涩的障碍，一种奇怪的声音把自己都吓了一跳："表哥，你别想走！走前你得把话说明白——"

陈鹤寿涵容在昏黄灯光里的瘦脸呈现出疏离恬静的状态，仿佛进入了酣畅的睡眠。他冷漠不屑的样子惹怒了她，让她涌起了异样的激动，眼角滚出了湿溜溜热辣辣的东西："我暖玉哪里不好？在绿云村我也是爹娘的心头肉呀！你诓我过来也就算了，凭什么又丢下我孤单单一个？你不是口口声声说要一辈子对我好吗？你不是说男子汉说话算话吗？我问你，你哪里算话了？骗了我就想拍拍屁股走人？没门！"

暖玉就像受到对手的激将，莫名其妙地投入到一场自己本该放弃的战争，宁静的血液里涌起了天性中的那股韧劲，非要在生命的表象之外追索自己不幸的根由。

“问你呢？你倒是说句人话呀？”暖玉狠着声追问，又狠着声嘲骂，就好像陈鹤寿生龙活虎地站在她面前，“何仙姑她们没说错，你就是个骗子，大骗子，你敢说你不是……”

往事一桩桩一幕幕在脑海里飞掠，激活了暖玉昏沉紊乱的思绪，她越骂越凶越骂越气，从最初的委屈、不忿快速演变成对苦难日子的声讨，对这个信誓旦旦的男人的口伐。那些曾让她听得脸热心跳的污言秽语都纷纷集结到她的喉咙头舌尖上，由她任意调遣，她听到自己像个泼妇那样不肯认输地谩骂、诅咒，双手拍打床沿泪水横飞：“我说了这么多，你到底听见没有？你这个混蛋，懦夫，骗子，只会装睡，只会装死，你给我起来，你再不起来我可要打了。往你脸上扣盆洗脚水，看你还装不装——”

到了后来，幻觉的泥坑越刨越深，暖玉只觉得她与这个男人的距离，不过是站在院子不同的角落但仍共享一场阳光。束缚着她的那道现实的符咒粉碎了，一种新的柔情和希望又充溢了她的内心，让她得到这六天来的第一次放松，她一如贪恋被窝的孩子，不愿从这个新鲜的梦幻里走出来。她把眼前的男人当成过去的男人，推搡着捶打着胳肢着，还恶狠狠地要挟他：“好，你不起来是不？那我就死给你看。别以为我怕死，韩江边你不就试过了一回？我可是什么都干得出来，你再不起来，我就往梁上甩根绳子……”

暖玉捧住男人的脸，那张像用河泥捏塑出来、黑乎乎的脸不再阴森可怖，而是显示出某种柔和的庄严，她又用指尖掠过他高挺的鼻梁，顺着鼻头触摸到那经常狂吻她、如今暴出一层干裂死皮的嘴唇，他的嘴角往下扯，淡淡地流露出一缕拖累了别人的歉疚表情。

“乖孥仔，别再跟我捣蛋了好不好？没有你，我会死的，真的会死的。”她转换成暖透人心的口吻哀求他，嘴里掀起的轻柔气浪拂在他脸上。她觉得他的眼皮好像动了一下，就凑得更近死死地盯着，他脸上的筋肉哪怕是一根须眉睫毛再也没有丁点反应。她的心抖了一下眉头越拧越紧，终于转过神来重回残酷的现实，撑持不住纵声大哭，将鼻涕和眼泪一股脑儿倾泻在他的脸上身上。哭着哭着她忽然止住了，她似乎从自己的哭声里听到一丝杂音，抹了下泪水左右看看，什么也没有，她带着犹疑的目光再次移到男人脸上，惊得愣住了，陈鹤寿那两片干黑的嘴唇微微启开，有微弱的音节像受了什么牵绊艰难地从齿缝间挣脱出来：“你、骂、我——”

“你都听到啦？”暖玉急切地前倾怯生生地问。一切犹如囚于枯井多日难得听到了人声，她的手抖了心也颤了，屋子里仿佛吹进一股新鲜的风，将沉积多日的死气搅动起来，灰沉阴郁的情绪一扫而光，那种想要欢声大笑的欲望从嗓子眼里涌上来。

“水，水——”陈鹤寿凸起的喉结艰难地滑动了一下像在吞咽什么。暖玉忙不迭地说：“好，水，水，水。”跌跌撞撞地奔出去，又倒退两步不放心地朝门里瞄一眼，生怕是个梦。她最先闯进濮婆婆的房间，又哭又笑地告诉她这个好消息，等不及听她发出“老爷保贺”的祷祝又敏捷地跑向灶边的水缸，由于手指剧烈颤抖，抓了几次也没抓住木瓢光滑的把手。回到卧房，暖玉小小心心地将陈鹤寿的脑袋垫高，端起一碗清水喂进他的嘴里。清水从他的嘴角淌下来顺着下巴渗进乱蓬蓬的胡须里，不过她已经确凿无疑地听到了他贪婪的吮咂声，紧张感一下从身上飘走，随之而来的是母性柔情的涌入，只觉得这个大男人如婴孩般饥渴地吮吸着自己的乳汁，有股生命的活力从灵魂深处泛涨起来，心头升起了感动和喜悦。她起身为他拿这拿那，小脚变得轻盈且富于弹性，脸上焕发出让人心荡神怡的美色，好像除了死亡，什么困难对她都不费吹灰之力。

陈鹤寿后来告诉暖玉，当时他像滚木那样被一股力量推向深渊边缘，恍惚间听到阵阵凶悍而又难听的咒骂，那股执拗的死劲石磨般地压住了他。他正要问是谁，耳边就响起另一个声音。

“‘臭小子，那个撒泼的悍妇到底是谁？’”陈鹤寿一会儿模仿着阴曹判官粗沉的腔调，一会儿又恢复原声，“我就答，‘是俺的内人。’对方就咆哮起来，‘她到底想闹哪般？’我老老实实地答，‘启禀判官老爷，俺内人说，要是我死了，她也不想活。’判官无可奈何地叹了口气，‘你还是给我滚回阳间吧。’我问为何，他没好气地说，‘这种婆娘叫“鬼见愁”，待在哪里哪里就不得安宁，你敢娶她，老夫实在佩服！’”

暖玉听出陈鹤寿是在调侃她，叫唤着扑上去一阵乱捶，内心涌起滚滚的热流，只觉得这辈子才刚刚开始。

春归堂

腊尽春回，陈鹤寿的身体已恢复了大半，正月初一清早刚喝下汤药，就听到篱笆墙外传来一阵喧响，竹门吱吱呀呀被推开，石槌第一个蹦进来报信："秀才兄，好多好多人来给您拜年。"这段时间，调皮捣蛋的石槌似乎懂事了不少，经常跑来看望陈鹤寿，不管在外面怎么野，到了他这里却是毕恭毕敬，端茶倒水任凭使唤，在他眼里，陈鹤寿已成了无人能够替代的偶像英雄。

阳光穿过苦楝树的枝枝丫丫，斑斑块块地投射在院子里的土埕上，陈鹤寿拄着木棍出来迎客，微微喘气地说些吉利话，以感谢乡亲们的诚挚祝福。在一阵古怪、短暂的静默之后，有人讪讪地问起他身体的康复情况。他淡然地说："好得很，都能出来行踏了。"村民们就捏着烟袋摁着烟丝蜷曲着腰背不再言语，神色里尽是尴尬与不安，因为他们都明白，自己曾有意无意地将陈鹤寿推向那朝向他的刀尖。陈鹤寿见乡亲们尽了心意仍不肯离去，便明白他们还在等什么。

对于村民们曾经有过的薄情和不信任，陈鹤寿没有揪住不放，而是不怨不怒显得宽宏大度，就好像他经历的只是冒险生涯中的一桩平常事。这次大厄，不仅让陈鹤寿获得了比暖玉无数提醒更加管用的深切体验，暗下决心今后走一步要看三步，不可莽撞行事，还使他更加清醒地认识到，若要解除这长久之忧，没有水流神还真不行！没了神，这凡人的仗只能由自己拿命去单打独斗，有了神，他才能以神之名感召更多的人凝聚更强的力量，扫除阻障，实现抱负。既然村民们都想听听他"自戕"的经过，他何不借机宣扬一下水流神？当然先得吊足他们的胃口。

陈鹤寿拿起山柑烟筒扑哧扑哧地抽着，将蓝白烟雾一团团吐进冷冽清新的空气里，神色淡然，仿佛自己是这尘世间的最后一人。他早就想好了，待会儿不去说那个至今连孙木匠、祝大春都搞不清的计谋，也不去说出发前他已经细细研究过刀子该扎哪儿只扎多深，而且还吞服了濮婆婆专门配制的“还魂丹”，他只想让大家知道，这是他生命中的一次豪赌，他本来握着一手烂牌，是水流神帮他反转了局面。

村民们看见陈鹤寿过了好一阵子才瞪着迷茫的双眼微微张嘴，似乎极不情愿去唤醒那段惊心动魄的回忆。

“说起来也没啥，我对着小腹戳了一刀，就像石块滚进了深水，”陈鹤寿悠悠地讲起来，“只觉得晕晕乎乎的离鬼门关越来越近……”大伙或惊喘或屏息，紧张得不敢妄加猜测。隐隐作痛的伤口让陈鹤寿轻而易举地重返生死现场，给他的述说注入了真情实感。他像冒着泄露天机的危险那样放低了声调，描述着水流神降临时那种看似平静实则神奇的氛围，就在他溺水般朝着一片混浊的黑暗沉降，一只大手将他接住托起，身体便轻飘飘地浮了上来。

“我确实死了，阎罗王想收我，可水流神大老爷不答应，这不，我又活了回来。我想我的来生应当从那天算起。”大伙听了陈鹤寿的话都齐齐松了口气，脸上又有了笑容。暖玉也跟着长吁一口气，还好陈鹤寿没讲她当时的狼狈相。

凭借着这次“自戕”，陈鹤寿的大名野火般地烧遍江湾两岸，哪怕是疍民谈起他也都竖起大拇指。盘老大和盘老四专程下山探望他，他跟他们开着玩笑说着闲话，仿佛把畲族人见死不救的旧事忘得一干二净。他的豪荡硬壮加之置生死于度外的大义大勇，皆让人心服口服。樟树村人谁没在江湖上打过几个滚，个个心里跟明镜似的，要想在疍畲两族的夹缝中求生存，就必须有这样不怕死的好汉带头，团结起来一致对外，于是纷纷请孙木匠和苏铁匠出面动议，正式推举陈鹤寿为姓氏纷杂的樟树村的主事人。

樟树村初创不久，村民们开垦良田，勤耕力作，渐渐有了些气象，北岸疍民的棚寮聚落也因出海时白帆点点如吐莲花，被读书人冠以“白莲寨”的美名。畲族人看到樟树村和白莲寨的崛起，也三户五户地从莲花山顶迁至山脚下，“石壁村”的雏形渐次形成。若干年后，在盘老四的推动下，全体畲族人通过掷筊问神的方式，将“三山国王”请下山来入主新修的宫庙，山上独留下拜祭蛇神的青龙帝君庙。

三支不同信仰的族群就这样互为依存，又暗暗争夺着韩江出海口冲积扇上荒芜了多少年的土地及其他自然资源。数年之间，樟树村人和白莲寨人从河畈地开发出成片的良田，种植两季水稻，石壁村的山民则从山峡之间展拓山田，由于山影阴沉泉流冷浸，加之土质粗劣，仅可植稻一季。慢慢地连旱地也有人开挖，虽难以引水灌溉，也可种些高粱、玉蜀黍、番薯之类的杂粮……樟树湾黑黝黝的大地上随处可见农人耕耘劳作的身影，噼噼啪啪的砍柴声从农家院落里隐隐传出，篱笆上晾晒的衣物随风飘动，鸡鸣犬吠之声远近呼应，樟树湾开启了真正的生命之旅。

轰的一声巨响从天边滚过，歇过漫长的冬季，老天爷像潮州老戏里的“乌面（净）”底气十足地咆哮，隆隆的雷声好似万炮轰响又好似成千个车轱辘齐齐辗过，撼动着古老原始的大地，白亮亮的雨点簌簌地扑打着焦渴的土壤，新鲜的泥腥气里细辨还有一缕甜丝丝的味儿。樟树湾进入了春耕时节。陈鹤寿掐着手指头清点村里的男丁，老老少少勉强凑齐一百零八人，请祝大春出来排练“英歌舞”，方阵分前棚三十六人，后棚七十二人，照着梁山好汉的形象往大伙的脸上涂抹油彩，勾画出“武面”和“文面”，各持尺余长短棍。陈鹤寿扮“宋江”司大鼓，队列领头的舞槌人为指挥——左队头槌由孙木匠挂黑须扮“李逵”，右队头槌由苏铁匠挂红须扮“关胜”。还有和尚打扮的鲁智深，书生打扮的吴用，武将打扮的花荣……三个女豪杰，两个瘦些的后生扮“孙二娘”和“扈三娘”，石槌扮那“眉粗眼大，胖面肥腰”的“顾大嫂”。有人想偷懒，就去追问祝大春：“大春叔，这么舞来舞去的，到底有啥好处？”陈鹤寿抢着回答：“猫了一冬，活络筋骨提神醒脑，也请英雄好汉来驱除脏物邪气。”祝大春指了指“宋江”风趣地补充：“还有呀，春耕在即，谁不盼着来一场‘及时雨’？”

五天后，大伙照着祝大春所教的简单动作，随着锣声鼓点、海螺号和吆喝声，双棍相击翻转边走边舞，多变的队列、刚劲粗犷的棒法还有奔放豪迈的声势，给樟树村人注入了奇异的激情，人与人之间比过去更加亲密团结，就连妇女孩童也受到了感染，憋足心劲投入到春耕的准备中去。

大清早下起毛毛细雨，不知谁家的雄鸡昂起了头发出第一声洪亮的啼叫，引得全村的公鸡此起彼伏遥相呼应，淡蓝色的炊烟从家家户户的屋顶冒出，空气里弥散着烧牛粪燃柴枝的呛人气味。暖玉起身生火煮粥，陈鹤寿喂饱牲口放出鸡鸭，就着暖玉巧手腌制的“杂咸”小菜，吞咽着先用笊篱捞起、耐饥抗饿的“干饭”，感觉好久没有这么神采焕发地迎来新的一天。

不多时，村头巷尾响起门轴转动的嘎吱声门板开合的噼啪响，与杂沓的脚步声还有驱赶牲口的吆喝声一起打破黎明静谧的氛围，人们戴着斗笠披着蓑衣掮着牛轭铁犁赶着耕牛，迎着灰色的晨雾拥向田间，一路上到处是经过风吹日晒变得坚硬干裂的黑色泥堆，那是开春时村民们从池塘里挖上来的珍贵“肥料”。

全村仅有的七头耕牛被陈鹤寿以互助组的方式加以安排，五户共用一头。一绺绺分割开来的田块如早春的池塘氤氲着一层薄纱般的细雾，头顶的彤云像被掀开一角，投下几柱明丽的光束，金灿灿毛茸茸的雨丝在春风里斜织轻卷，温热细柔地落在人们裸露的肌肤上。

开春破土，村民们肃立于田头齐齐望向陈鹤寿，看着他整理衣领、袖子，那张尚未完全复原的瘦脸浮起了庄严的神色。只听见他敲钟般洪亮的一声吆喝：“众乡亲，俗话说得好，‘人勤地生宝，人懒地生草’，今逢春耕，播下希望，一粒落地，万粒归仓，走起！”站在不同田块的七头耕牛像被狠狠抽了一鞭精神抖擞，把绳子挣得笔直，拉着犁耙呼呼飞奔，大地如江如湖掀起了黑色的波浪荡开了层层的涟漪。

陈鹤寿一时兴起，盘起辮子卷起裤脚撸起袖子跳进水田，不顾村民的劝阻夺过他手里的犁杖将犁头一插，雄赳赳地甩了个响鞭，水牛牯一溜小跑，翻卷起一坨坨乌黑肥厚、切面光亮的泥巴，同时带起了哗哗作响的水花。陈鹤寿越干越起劲，竟张开大嘴放声高唱：“荷犁牵牛下田中，生为农夫忙又忙，一年四季春光好，秋收之后好过冬……”过了一阵又另换一首：“田园四四方哦，牛儿走前方呀。鞭儿舞得勤呢，打在我心上唷……”

月亮升起来了，河川山谷洒满银光，森林变成一片幽深的海洋。

"布田"的庄稼人吆喝着耕牛、扛着犁耙铁锄缓缓行走在沟渠纵横的大地上，眼前仍晃动着插上秧苗、毛茸茸如绿毡的田块，鼻孔胸腔灌满了新翻泥土温暖湿润的气息，还有植物饱满汁液所散发出的腥气甜味……辛苦了一天，陈鹤寿还没康复彻底的身体变得疲惫不堪，再也无心领略周遭这美好动人的景象，一进家门就瘫倒在床，看着暖玉关切的眼神愈觉郁闷，自己再不济也是生员，却要受这劳作之苦。自从暖玉差点因流产丧命，加之跟濮婆婆学了点医术药理，陈鹤寿就一直心心念念想当一名郎中。以前农闲时他就爱进山采药，暖玉怕危险不让，他便借口去找红马，就算后来觅得贩卖鬼火灯笼的财路，这种念头也从未断过。

以前每次采药归来，陈鹤寿就会将竹篓里的草啊根啊花啊果啊分门别类，有的咀嚼尝试，有的直接在自己腿肚上划刀子试药效。有天深夜，暖玉被一阵痛苦的呻吟声惊醒，见他攥紧拳头眼睛古怪地盯着某处，像要找谁寻仇，突然哇的一声夺门而出。她紧跟过去，见他抱着肚子痛得满院子打滚。为了证明那些稀有草药的功效，陈鹤寿一次次徘徊在阴阳交界，好在强健的皮囊犹如结实的舟艇，载着他不愿妥协的灵魂一次次绕过险滩恶水。暖玉再也忍受不了，撇开贤淑柔顺的本性咒骂起来："你要想死，先把我弄死，省得我到时还要给你置灵烧纸守一辈子寡。"她骂得越难听他好像越开心，搂着她安慰她："你信不过我，还信不过咱干娘？再说了，早就有神农尝百草，我不过是向老祖宗学学。"暖玉不解恨地白了他一眼："少往自己脸上贴金！"

濮婆婆的到来结束了陈鹤寿这种盲目危险的尝试，也拂去了暖玉恐惧的阴影。樟树村人并不知道陈鹤寿背后有高人撑腰，因此没有哪个敢拿健康、性命开玩笑，偶有头疼脑热也不敢让他知晓，怕拂了他的好意令他难堪。有一回苏铁匠得了风寒，碍于面子收下陈鹤寿送上门来的药根，待他一转身就随手丢进门口的水沟里。陈鹤寿走着走着，看见沟里漂来了眼熟的几包药材，脸腾地红了。

与来自五湖四海、狡狯多疑的乡亲不同，莲花山上的畲族山民鲜有出远门的，也少见游方郎中，偶尔得病，不是求神就是求巫，又或者找些老辈人说的方子对付了事，他们对陈鹤寿的吹嘘笃信不移，有山民四肢无力卧床不起，吃下他研制的祛暑“莲花峰丸”，居然三粒见效，于是彻底信了他，逢人便说：“这个陈秀才满肚子墨水不说，还是个神医。”

这条从陈鹤寿人生道路上偶然岔出的小径，重新引发了他的一番壮志豪情。他兴冲冲地辞别暖玉与濮婆婆，肩挑药囊悬挂葫芦，腰缠水布摇动铜铃或弹拍竹鼓，进山去向猎户山民推销他的丹膏丸散。

铜铃声声竹鼓阵阵，与陈鹤寿近乎莽撞的吆喝声一起打破了大山的宁静。一回生二回熟，山民们一听到那个身材高大、丰神俊朗的“走乡药郎”陈秀才来了，如蚂蚁受不住“甜粿”的诱惑纷纷围聚过来。照着跑江湖的套路，陈鹤寿先讲一段孙大圣降魔伏妖或者梁山泊好汉快意恩仇的古仔，待围观者听得如痴如醉时忽然换成了公事公办的腔调：“欲知后事如何，请听下回分解。”人群骚动起来发出凌乱的叹息，陈鹤寿装作没看见也没听见，郑重其事地掀开药囊盖子，将亲手研制的各式时令用药一一陈列出来。这些药品多是用岗梅根、牛大力、山菊花、牛吃埔等树根草药晒干研磨，做成粉末状或丸药状，美其名曰“神仙茶”“康健散”“解毒丸”……

“大伙快来瞧瞧，买一点搁在家里不烂不臭，缓时药，紧时用——”陈鹤寿再次打开洪亮有力的嗓门，夸大药物的疗效，并主动提出给山民免费看病……直到卖掉了计划卖掉的草药，才又把没完的古仔讲下去。

随着地盘的扩展，陈鹤寿要花更长的时间才能回家一趟，最先是五六天，后来是十天半月。陈鹤寿其实已经不太满足当个药郎了，他天生的好奇心和对世界的探索欲同样强烈，不管命运的小舟能不能承载他宏大的梦想，他都不愿去过普通人那种居家的小日子。他的心是多么地不安分，而天地又是多么地广阔，只有在外面游荡，他才会感到真正的自由和舒畅。

有天晌午，陈鹤寿来到龙船岭一个叫青岚的地方，突然听到一阵似曾相识的马鸣。要知道这里的山民极少养马，他丢下药囊铜铃发疯似的飞奔过去。一座农舍后面拴着一匹瘦骨嶙峋的大马，身上像被泼了污水脏得分不清颜色。它分明看见了他，肋骨凸起的小腹剧烈地颤动着，嘴里发出嘶哑的悲鸣，忽然前蹄腾空拼命挣扎，把一株碗口粗的果树拽得哗哗作响。

陈鹤寿从马的眼神一下子辨认出来，胸口卷起一汪热潮，冲上前搂抱它的脖子，抚摸它凹陷的脸颊，摘下锈结于鬃毛上的黄泥草屑和积结在眼角的黄蜡蜡眼屎，眼里浮出了泪花。红马似乎也明白旧主的情义，湿润的大眼睛里闪过一星亮光复又暗淡，毫无生气地垂下了头，在早就习惯了的驯服中流露出一缕无奈的哀怜。

陈鹤寿再次松开红马拉开距离打量着它，它只剩下一副骨架绷着一层松弛的皮，糜烂化脓的伤口随处可见，发出阵阵难闻的腥臭。它的背上有一大块掉了皮的伤处，那是山民给它套上牛轭犁地的缘故。陈鹤寿寸步不离地守着它，直至见到他现在的主人。经过一番讨价还价，陈鹤寿将随身所带的盘缠、所有的药物，还有从其他山民手上得到的山货统统给了他，只差把身上的衣物扒光。上路时他才发现它的左前腿跛得厉害。他舍不得骑它，只将那副空荡荡的药担绑在它身上。

三天后的黄昏，暖玉听到棚屋外边传来孩子们的嬉闹声，还来不及开门就听见陈鹤寿抖开洪亮的嗓子："幼妹，快来看看，咱家来了稀客。"探头一看愣住了，随之颠起小脚没命地往前跑，不停地抚摸着红马，嘴里迸出些心痛怜悯而又开心的话，再仰起脸已是泪眼婆娑。

这个三口之家立即分了工，陈鹤寿出去割些鲜嫩的草料，暖玉负责打水帮它洗刷干净，待它填饱肚子，濮婆婆也配好了草药一瘸一拐地端来，将药汁小小心心地涂抹在它的伤口上。

红马找到了，暖玉再也不许陈鹤寿进山，用她的话说："野到外面的马都回来了，人还能出去野？"她那没有鼓起的肚皮早就引发了村里村外的各种闲话碎语，有的说她是块不争气的"瘦田"，有的说陈鹤寿把好肥料施到别人家的田地里……这些口舌无论是恶意的刺戳还是好心的劝慰，一样触及她内心的痛处引发她的反感。自从上次小产，暖玉就苦苦盼着能够再度怀孕，濮婆婆也给她配了不少汤药，可是越想要就越怀不上。濮婆婆不止一次提醒暖玉，放宽心思放松心情，这样才能心想事成。可她就是做不到，眼看着别家不是有喜就是添丁，就连牲口的肚子也在春天里鼓起来，急得她只想哭。为此她没少往被窝里塞进各种求子的吉祥物，送子观音、瓷器小童，还有一头母猪泥塑，下面是挤成一团争着吃奶的猪崽，枕头底下还压着向路过道人方士讨来、从各个神庙里求来的平安符，可肚子依然不见一丝动静。

陈鹤寿嘴上说没关系，少了孩子多了清静，实际上恨不得自己就是“南院派”的开基祖陈邕。陈邕生于唐代，官至太子太傅，后因忤了权相李林甫遭贬，初居莆田再迁惠安，后来安家落户于漳州南门外。传说他的夫人高氏连怀九胎且全都是双胞胎，计生下十八个儿子，直到第十胎才生了一个丫头。这使得陈邕的儿孙后代遍布闽粤大地，成为陈氏南迁中最为重要的一支根脉。

“你到底要我留下来干啥？”陈鹤寿感到药担被一股力量拽住，扭过头来臭着脸问。暖玉说：“我让你干啥你肯听吗？反正我是受够了别人指背脊说闲话，你要是外边没牵没挂就哪也别去，好好儿守着这个家。”陈鹤寿嘟囔着：“要是命里有，一夜夫妻也能千子万孙！”话虽这么说，他毕竟了解暖玉，过多的解释只会引起她更加倔强的反抗，心慈性烈这种他往日所倾心欣赏的品质，如今却让他伤透脑筋。

“阿寿，你就在家当郎中吧，甭着急，会有人信你认你的。”濮婆婆也帮着暖玉说话。一想到这个女人跟着自己遭罪受苦不曾有过怨言，陈鹤寿犹豫了，终于撂下药担狠狠地给它一脚。

陈鹤寿还在为村里人不肯认他这个郎中犯愁，一个畲族小老头的出现就帮他改变了这一切。命运就是这样，在你以为山穷水尽之时就会来一次或大或小的转弯，让你生发出新的希望。

七月底一个阵雨后的晌午，石槌将一个瘫倒在陈鹤寿篱笆墙外面的小老头半搀半抱弄进屋里。此人长得很奇怪，身高与十岁孩子相当，背部佝偻胸脯凹陷，肩胛若檐角高耸，埋在皱纹里的一对小眼珠如掉进淤泥里的蚊虫无力地挣扎着，颤动的嘴角像在诅咒着什么，脏兮兮的白胡须长得可以塞进腰带下，说他上百岁也有人信。陈鹤寿让老头子倚着土墙，伸手接过暖玉递来的瓢，清水刚喂进那张小嘴又分成几绺流下来。他的胸脯急剧地起伏，像胀了好多气呼不出来，又像在积攒力气好说出想说的话。

陈鹤寿在柴草间给老人打了个地铺，他才躺下去又爬起来哇哇呕吐，吐完了还没跑到茅房，噗的一声屁股底下开花，兜了一裤裆黄黄绿绿的稀屎。陈鹤寿眉都不皱一下，从他的包裹里取出新裤子帮他换上，又清理掉地上臭气熏天的污物。石槌捏着鼻子紧张地问："秀才兄，他会死吗？"陈鹤寿摆了下头说："让你嫂子把我的大力草药丸拿来。"石槌瞪着棕色的小眼珠担心地问："你当真让老阿伯吃你弄的药——"他早就听过不少编派陈鹤寿治病的闲话。那老头儿有气无力地哼哼："孥仔弟，快拿来吧，吃点树根草药死不了。"

在经历了最为难受的头一夜，天刚放亮老头儿就喊饿。暖玉搁下手里的扫帚把昨晚的剩粥热了一下端过来，看着他不夹"杂咸"小菜一口气喝下两大碗，双颊没那么惨白了，一丝活气重新回到身上，竟然还能对着暖玉打开话匣子。

暖玉压根儿就不喜欢这个外貌古怪、皱纹如网兜在脸上的小老头，只是出于礼貌才耐着性子听着。他说他是个畲族人，无名无姓，一出娘胎又聋又昏，齿落舌钝胡须一大把，爹妈都以为生了怪胎，将他弃于山林，是本族的蓝法师路过收留了他，附近的人都喊他"老人仔"。老人仔长到三尺高即停止生长，脸上的皱纹虽不见减少，霜白的眉毛和胡须倒是添了几根枯黄灰黑的，昏花的老眼逐渐能够看清一些大的物体的轮廓，味觉、嗅觉、听觉竟比原来稍稍灵敏一些。蓝法师经见过大世面，一直主持着本族三月三、分龙节、祭祖等重大活动，畲歌张嘴就来，他经过仔细观察，断定老人仔便是传说中那种逆着时光生长的"异人"，正常人都从小到大直至衰老而他却越活越年轻，从老境活回到中年青年少年再到婴孩，最终如一粒种子回归大地进入下一道轮回。因为眼花看不清，而耳朵稍稍好使些，大法师就教老人仔凝神听书，听山风把书页连同上面的文字吹出颤抖的声音，慢慢学会用耳朵识字……

"哦，真神奇，那你靠啥为生？"暖玉的敷衍老人仔仿佛听不出来，得意地说："老夫是个净梦师，以驱除人们梦里的鬼魂为业。"又压着声儿像要跟她透露什么重大秘密："一个多月前，有个海贼费尽周折找到我，他天天做着噩梦，有时梦见血珠在刀刃上就像水滴在荷叶上那样滚来滚去，有时梦见被仇敌追杀，醒来后满身是伤。我使出追梦术进入他的梦境，替他消了灾并好心提醒他，别在任何人面前泄露你的梦，仇家要是掌握了你在梦里的行踪，即使在现实中收拾不了你，也能够在梦里串通鬼魂把你干掉。”

暖玉忍住笑回到卧房：“表哥，这老阿伯比你还能吹——”陈鹤寿岔开她的话题说：“他的病好了不是？这药可是我自个配的，这下你该信得过我吧？”暖玉表情严肃起来：“我信你顶啥用？要别人信你才成呀。”陈鹤寿的心情仍然很好：“我要是当了郎中，别人就该改口喊你‘先生娘’了。”暖玉的嘴角扭动了一下正色说：“人命关天，还是小心为好。”陈鹤寿对暖玉泼冷水早就习以为常，恳切地发出吁叹：“只有水流神知道，这里多需要一名真正的郎中啊。”

陈鹤寿并没说错，外地人来到樟树湾，多因天气溽热瘴气弥漫而水土不服，也有的受了鬼魂的惊扰寝食难安容易得病，小病又因得不到及时的治疗而酿成大患。

五天后老人仔的身体基本康复，拎起包袱和拐杖向陈鹤寿两口子辞行，话说得比唱畲歌还好听：“谢谢我的大恩人，只可惜我身无分文，也不知道该如何报答你们才是。”陈鹤寿赤红着脸吞吞吐吐：“老阿伯，区区小事本无足挂齿，不过您要是执意要谢我，那就去告诉我们村的人，我陈某人开得了药也治得了病，请他们放一百条心。”见老人仔似懂非懂，就将结积在心头的懊恼一股脑儿倾吐出来。老人仔听罢颤颤巍巍地放下包袱说：“秀才兄，得闲你出去吱一声，只说我老人仔能帮大伙算命，不收半个子儿。”陈鹤寿不知道老头子的葫芦里到底卖啥药，犹豫了一下还是照办了。

来樟树湾的人有哪个不是受了命运的作弄，又有哪个不想知道未来等待着他们的是什么？只是包括陈鹤寿在内的樟树村人都相信，以凡人之智，能见已然而不能见将然，老人仔岂可例外？

有个叫九肥的后生以为逮到了出风头的机会，请人写了个生辰八字来找老人仔难堪，他的身后跟着一帮看热闹的泼皮无赖。他们嘻嘻哈哈地推开陈家小院虚掩的竹门，装模作样地给老人仔奉上一串粉青色的香蕉。老人仔正眼不瞧一下："拿回去，我不要偷来的东西。"九肥心尖抽缩了一下只能哼哈承认："没啥东西可孝敬先生您，就顺手牵羊摘了邻居家的，没想到被先生猜到了。"老人仔板着脸孔说："想问啥？"九肥毕恭毕敬地递上一绺纸片："请先生帮我测测这生辰八字。"老人仔接过来一瞅一念一算，猛地拔尖了声气："你想做啥？"站在后边围观的后生们全都支棱起耳朵，听见他更加使劲地斥责九肥："拿过世的人耍笑，既不尊重人，也不尊重鬼！"他们还没回过神来，九肥已经脸色煞白落荒而逃。

老人仔的名声不胫而走，江湾两岸的男男女女闻讯赶来，只见他一身玄衣蹲伏于江堤一方踞突的石头上，稀疏的白发被风吹散秃着个脑门，小脸皱缩得像枚风干的橄榄，目光却好似盘旋于高空的秃鹰那样虎视眈眈，仿佛随时会发出一声怪叫俯冲下来。这些可怜而又不幸的人仿佛见到神仙圣贤，双手合十满脸虔敬。老人仔兴之所至，或对着某个人指指点点泄露几句"天机"，或旁若无人地哼唱："说山便说山乾坤，说水便说水根源，说人便说世上事，三皇五帝定乾坤……"稍显哑涩的嗓音如同乐器被拨拉得时缓时急，疾时若飞流直下缓时如糖浆黏滞，四周似有一股非比寻常的力量，将那些围观者牢牢吸住，听着听着，人们的心魂仿佛脱离了肉身轻飘飘地飞向无比渺远的远方……要是谁家有人离世抬棺上山，老人仔也会主动张开牙齿稀疏的嘴巴歌唱死亡，声音忽然变得高亢尖脆，如二弦般富于穿透力："半夜听到丧铃响，手拿一只纸灯笼，去给魂灵送送行，一不怕妖魔来挡道，二不怕龟蛇锁大江……"只唱得来送别的乡人如坠梦境，自比蜉蝣寄身于天地之间朝生夕死；只唱得送葬的亲友忘记了悲痛，以为跟恒久的天地相比死亡根本不值一提；只唱得活人不怕死，死人差点活过来……

陈鹤寿用草药救人的事迹也被老人仔编成畲歌反复咏唱，成天萦绕在樟树村人的耳际并抵达他们的内心……后来，有识文断字者将朗朗上口的畲歌和疍歌一块儿记录进潮州歌册里，与潮州歌谣交汇融合一代代地传下来。

不到两个月，老人仔已成为樟树湾两岸无人不晓的活神仙，人们由衷地生出一种格外尊敬他的情感来。他们不再喊他“老阿伯”“老人仔”，而是学着陈鹤寿文绉绉地称他“大先生”。人们总是对眼前的真实视而不见，对遥远的事物尤其是那些无法核实的神秘反倒心生敬畏，之前陈鹤寿不管怎么说怎么做，樟树湾没人相信他懂医术，现在所有人都把老人仔的话奉为神的意旨，当然也就对陈鹤寿的能力深信不疑，来找他看病的人络绎不绝，聊天说笑的声浪一波波钻出陈家小院，屋里屋外显得更加逼仄简陋。

陈鹤寿忙着望闻问切开出药方，暖玉则在濮婆婆偷偷的指导下抓药配药。为了看懂药方，她不得不学识字，然后又在一次次的晒药、制药过程中了解了它们的药性用法……这个被称为“大先生”的老人看到事已办成，便打起包裹悄然离去，才走了半里地就被陈鹤寿追上了。

陈鹤寿挽留再三，见大先生去意已决就只能遗憾地问：“大先生，咱们很快还会见面吧？”大先生在做出了肯定的回答后有意停顿了一下，说：“只是到时我会后生些，你可别认不出我来。”陈鹤寿只当他在说笑，打了个哈哈便向他请教：“您看，我接下来该干点啥？”大先生一下说到他的心坎上：“竖招牌啊，老夫是净梦师，你可尝试当个造梦师。”

送别大先生后的第二天，陈鹤寿对外宣称，他还在当走乡药郎时水流神就托梦给他：“绳断囊掉处，创业济世时。”有天他挑着担子走出院门，在离码头更近的地方突然绳断囊掉药物抛地，当时未及细思，这回请教了大先生，方知是神明所示。见来看病的乡亲仍嘻嘻哈哈开着玩笑没个正经，陈鹤寿就抛出了他的口头禅：“不信你们问我娘子去。”就好像暖玉质朴谨严的秉性，就是他最好的证明。

暖玉走过来用温和而又略带责备的眼神看他：“表兄，你说过只喝两盅。”陈鹤寿晃着脑袋扬扬手：“不喝就不喝，大丈夫说话算话！”眼巴巴地看着女人把小酒盅小碟子收走，冲洗后放进一只鸡笼子似的橱柜里。为防蚂蚁和其他虫类，这橱柜的四条腿立在盛着水的石碗里。

樟树村人对陈鹤寿的说法依然半信半疑，只是觉得他的“医馆”实在寒碜，况且他也拿得出砖瓦木料的钱。这些钱对外只说是濮婆婆的体己钱，其实还有陈鹤寿祖父给他、被暖玉藏起来舍不得用的五根“黄鱼”。大伙都纷纷表示愿意搭手尽力。在孙木匠的统一指挥下，大伙卖力地挖地基，将黏性土块加水捣成泥浆，混合了粗糠还有截成一段段的稻草，让牛踩踏均匀扎实后置于模板之上，拿脚掌荡平再用石杵击打使之成型，待日晒风干后垒砌于地基上，为防雨淋脱落，又在外层覆以石灰泥并批荡光亮。

这落瓦房的结构类似于平原的传统民居“四点金”，由相向的两个“一厅两房”所构成，上房与下房中间分别连着厨房或柴草间，上厅与下厅中间隔着天井。陈鹤寿把下厅当作药店的前堂，对外开着街门铺窗，对内立一壁“屏风墙”，将天井隔开以遮挡外人的视线。孙木匠为他赶制的木架就贴着屏风墙摆放，上边陈列了各种药材，数年后又换成了拥有多个拉屉的百子柜。陈鹤寿两口子，与濮婆婆分别住在两个上房。与“四点金”不同的是这落瓦房多了个开阔的后院，由齐眉高的土墙围成，里面种树种药材，还搭了马厩猪圈鸡窝。

看着这落结结实实的大瓦房矗立于江堤这片绿得发黑的树荫下，俨然接近于乡间大院的气派，暖玉蓦然想起男人说过的话，他要与樟树村人做一桩永久的“买卖”，他要的不是钱，是人心。

晨昏之际，牲畜一声声起落，加之栽种于井边、象征着多子多福的石榴树，都满足了主人人丁兴旺、门庭若市的想象和企盼。若从半空俯瞰，樟树、榕树、苦楝、凤凰繁密的枝叶交织成一只大笼子罩住了这座大院，仰起脸，则可望见远处缓缓爬升的山岭和深色的林带。后院开了个小门，朝向绿海似的野生芭蕉园。陈鹤寿挑水劈柴下地挖草药，还有牛马都从后门进出，村人来看病、串门儿则一律走前面的街门。前堂既是陈鹤寿谋稻粱的所在，也是友朋喝水谈天、村民通气议事的“闲间”。站在铺窗前或者倚着街门，放眼望去便是江湾开阔的水域，大晴天跳荡着金色光斑，月夜时泛起层层银浪，春夏之交则雾气蒸腾，给人烟波浩渺、茫无涯际的遐想。

经过反复琢磨，陈鹤寿决定将药店命名为“春归堂”，既有黄山谷的惜春之意，“若有人知春去处，唤取归来同住”，更有妙手回春的隐喻。陈鹤寿将这三个字以草书样式阴刻进一方漆得乌黑发亮的樟木牌匾上，敷了金粉悬于铺窗顶上，两侧各贴一条对联：

年深外境犹吾境
日久他乡即故乡

在前堂的横梁上，陈鹤寿特意悬挂扁担及药囊，以印证水流神梦授之说，给药堂蒙上一层神秘的色彩。没过多久，陈鹤寿便以“快、准、狠”的医术获得了樟树湾两岸三个村寨的广泛认可。多年以后他得意地告诉儿孙们，他之所以攒下这点薄名，除了有濮婆婆暗中指点，还在于他比别的郎中心硬手狠，同样开那几味药，别人每味三钱五钱，紧要关头他敢搁个八钱一两，效果自然立竿见影。

第三章

国王下山

我们是庇佑潮汕平原的清化威德报国王，也是助政明肃宁国王和惠威宏应丰国王，你可以说我们是三个，也可以说我们是一位。我们到底是三位还是一体呢？不要说你们，就连我们自己也常常犯迷糊。我们有时会发出三种不同的声音，吵吵闹闹令人头晕，有时又步调惊人地一致，真正的一个鼻孔出气！

人世间传说我们有三张脸，一为“青面”，一为“白脸”，一为“赭颜”，信众尊称我们为“三山国王”，其实这三张脸只是显现我们神迹的三座山的颜色，独山绿树苍苍，明山白石峨峨，巾山土色赭赭。隋朝大业年间，我们就被当地的百姓祭祀传唱，到了宋代，太宗皇帝把我们追封为国王。元初，张世杰奉宋少帝南奔潮州，又给了我们一次封赐。也不知道为什么，在人们的传说中我们总是跟打打杀杀有关，说什么帝王们危难之际天色骤变，风雷昼晦之间，看见金甲神三尊从三面山中操戈跃马杀出，重围遂解，咳！我们哪里是什么武夫，不管示人的是哪张脸，都是安安静静的美髯公。讲真，不管我们有多少张脸有多少个声音，只要读一读老庄，心里就只剩下一个通透的声音，呈现出来的也只有一张恬淡自在、与世无争的脸。

我们的祖庙在潮汕平原河婆玉峰（又称大庙山）东北麓，可是我们的香火早就被潮州人带往海外，无论是台湾还是东南亚各地，到处都有我们的庙宇。我们被畲族人带到莲花山时樟树埠还无姓无名一派荒芜，是我们的小庙才使整座山有了活气，正所谓“山不在高，有仙则名”。我们的庙里高悬着“护国庇民”的匾额，那是赞颂我们过去的功绩，“好汉不提当年勇”，我们可不是那种有点功劳就成天挂在嘴边、非要让人膜拜才舒服的神明，正所谓风流总被雨打风吹去，现在啊，我们早已心无旁骛只求逍遥，庙虽小而容乃大。我们的到来让畲族人在这人迹罕至的地方总算有了傍依，其实早在来莲花山落户的很多年前，我们就已经看够了王朝的更迭阅尽了风云的变幻，金盆洗手不想再染指人世间的是是非非，对那些无聊的纷争、无趣的斗法更是厌倦不已，皇帝换来换去，平头百姓还不是照样挨穷受苦；我们帮来帮去，也不知道是帮对了还是帮错了。本来人间自有正道，万物皆有法则，我们最好还是啥都不做，任凭宇之长宙之宽，无为就是无所不为。

讲真，莲花山虽不是什么藐姑射（神话中的山名），我们也不是那个肌肤若冰雪、绰约如处子的神仙，但第一次来到这里还是被打动了，山上幽深静谧，山民纯朴自然，正合乎我们的心境。每天日出日落，清风明月，林木声声，花草惬意。因为人少，香火自然疏落，可我们已经很知足了，心无挂碍地对着屋檐下的乌鸦高声吟唱："天无为而自清，地无为而自运。恍恍炮炮，不知所由；恍恍惚惚，不知所出；万物纷纭，皆从无为而生。"

如果非要说这里还有什么吸引我们的，那就是山脚下这成片的蔗田。我们尤其爱看人们在冬田之上搭起糖寮绞糖的欢闹景象，八头大牛将转磨拽得嘎嘎直响，清甜甘香的汁液在绞动挤压中汩汩流淌，每个人身上都透出一种甜丝丝的乏劲感，也都有了乐呵呵的甜劲儿。那个时节，我们的庙里常摆着山民献上来的甘蔗，既有蔗节粗短、蔗皮黑得发紫发亮、质地松脆的乌蜡蔗，也有蔗节瘦长、灰黄或者灰绿色、质地比较坚韧的竹蜡蔗，这些甘蔗清气四溢，弄得一庙甘香。没啥文化的人喜欢从形象着眼，望形生义，这不，山民们都认为甘蔗的繁殖力强，截节插种后就能繁衍生长，所以拿甘蔗来供养我们，希望保佑他们生儿育女、生活犹如甘蔗节节拔高。还有的山民把神当成人，善解神意地给我们送来糖浆糖水，趁着更深夜静我们正好拿来解馋，甜滋滋的浸润心脾。此外，莲花山脚下还有柑园，那种"碰桶柑"比普通柑橘要大得多，正月初一大早，山民们就会揣着沉甸甸的一对跑过来向我们道声新年大吉，有的还顾不得擦拭被柑皮油雾辣到的眼睛，将剥好的柑瓣捧到我们面前。不过我们最爱吃的还是粉绿色、甜得窜喉的林檎。樟树埠的林檎后来果然名扬四海，被那个陈鹤寿拿去到处夸耀，说什么“林檎树下死，做鬼也香甜”。

我们就像深海的鱼儿那样沉进林海雾海，沐浴于花香月色，就算偶然露个脸，也不过是为了解解闷儿，看看人类的蠢相，再顺便弄点好吃的。我们没有什么放不下的，除了当前的美食不可辜负，“东门买彘骨，醯酱点橙薤。蒸鸡最知名，美不数鱼鳖”，连陆放翁都这么懂吃爱吃，还有那个东坡居士怎么说来着？“无竹令人俗，无肉使人瘦，不俗又不瘦，竹笋焖猪肉”，光吟一下口水就要流出来。

然而随着陈鹤寿他们这批潮州土著的到来，江湾不平静了，他们与畲族疍族时而争斗时而融合，一个个村落逐步形成，各种传说纷至沓来：忍受不了贫穷的书生将灵魂卖给了魔鬼，找不到影子的强盗被黑暗吞噬，失去独子的渔民去找“叫替”的水鬼换回溺水的心肝宝贝，受爱情迷惑的狐狸精被情郎出卖给除妖人……我们初听时皆付之一笑，依然心静神清，只想继续待在山上，最好还能待个千年万年，只觉得这才是凡夫俗子时时挂在嘴边的所谓“神仙日子”。可惜好日子真的到头了，先是天妃娘娘急吼吼地跑到山上找我们，撺掇我们收拾陈鹤寿，还有为他撑腰的那个水流神。她骂陈鹤寿把信仰当儿戏，一会儿说要信奉她一会儿又食言，最可气的是，他差点扔掉了她的塑像，完全不把她这“海洋女神”放在眼里。

讲真，我们向来不爱搭理这个多管闲事的八婆，年纪比我们轻却爱在我们面前摆老资格。你管海就管海，老把手伸到陆地上来，伸到莲花山上来，扰乱我们的清梦。不是说信仰自由吗？人家愿意信啥就信啥？人家愿意在哪修庙就修庙，你管得着吗？一天到晚在我们耳边哆哆哆吵个没完，她之前的名字不是叫“默”吗？怎么变成了长舌妇闭不了嘴？好像这个瘴气横生、穷山恶水的地方只有她才能拯救，可有谁真正搭理过她呀？疍家那个叫何仙姑的神婆，不过是扯她的虎皮作大旗，还有那个没啥灵气的柳三娘，早就琢磨着怎么把她的人领上岸。你个天妃还蒙在鼓里，驾着海风西去东来，卷着浊浪上上下下，把头上的“妈祖髻”弄成了乱鸡窝，一天到晚担心着人间会出大事，这哪像个神啊？简直就是土地爷请来的管家婆，看得我们眼花心累！她还跟我们说什么来着，当不当樟树埠的主神她无所谓，她只担心没了她，别的神未必能够镇得住这些民风剽悍的“土蛮牛”。我们明白她是想赶走那个野路子水流神，可争来争去有什么好争的？有本事管好你的海洋去，别让洋人一次一次地打过来。连自己的分内事都没做好，还管天管地管到我们头上来了，居然还敢嘲笑我们，说什么我们精神分裂小农意识作祟，封闭保守没有一点活力，还说我们目光看无半寸远，真真岂有此理！我们是神又不是人，精神分裂又能怎么着？这个世界已经够分裂的了，人类都快分裂得认不出自己了，我们分裂一下又怎样？再说了，这农耕思想惹谁碍谁了？我们尊重生命敬畏自然，对人温情善意，有种有收知足常乐优哉游哉，这有啥错？她老给我们灌输什么海洋文化，什么开放呀交流呀，什么多汲取别人的养分“师夷长技以制夷”呀，还丢给我们一本叫《海国图志》的书，说中国人的书在自己国内不受待见，到了东洋却大受追捧。去去去，我们将书丢到一边，“海国”本来就是她的地盘，她才该好好读一读！

不管是我们的信徒还是周遭的神明，都知道我们是老好神，不与他人争长计短，不口水多过茶，仁慈忠厚，不贪不嗔不痴。我们的座右铭是“睁着眼睛睡觉，闭着眼睛看戏”，水至清则无鱼，神至察则多愁，还是糊涂点好。你看看这世间每个神每个人都在取悦别个，都在努力争取点什么，我们却早就看透了，不再在乎那些中看不中用的东西，人也好神也罢，都要回到本分回到鸿蒙，以不变应万变。我们可不像天妃娘娘，总想着去改变人间的现状。我们不是没有提醒她，除非你有能力去改变人心，否则只会徒增烦恼，可她偏不信，咳！鸡同鸭讲，多说无益。我们当然也不希望自己像那个神神秘秘的水流神，成天被人改变，神像遭疍民砍了多少刀不说，最后还落了个里外不是神，让自己人拖出去游街践踏，好没面子！我们只求自给自足，自得其乐，过好自己的日月。没错，我们早就厌倦了打打杀杀的日子，余下的时间我们要用来好好“养息”。

凡夫俗子有了钱，大多热衷于“养身”，而我们更多的是“养心”。“时间”就是我们的榜样，你别看他没有神位，也不受人膜拜，却从未消失过，而且还真正地主宰着一切。想想看，不管是皇亲国戚还是升斗小民，有哪个逃脱得了“时间”的规则？就算是幽灵，也逃不出“时间”的掌控，大限到了，该下地狱的下地狱，该投胎的投胎。我们就说嘛，只有“时间”才是这天地间唯一的真神，天妃娘娘跟他比，可是蚍蜉撼大树。虽说我们这些神啊仙啊看似立于“时间”之外不受他的约束，可实际上，我们仍受到人心的牵扯，没了人心的皈依也就没了信仰，没了信仰何来的神佛？“风之积也不厚，则其负大翼也无力”，就是这个理儿。而“时间”，“乘天地之正，而御六气之辩，以游无穷”，逍遥自在，无拘无束，这才是最高的境界。

我们看着“时间”，“时间”也看着我们。任你天崩地裂沧海桑田，“时间”他还是照着自己的节奏，不紧不慢不慌不乱，独立、从容、泓涵，这是何等的胸襟？虽然我们都没有见过这位大神，却随时随地能够感受到他的存在。我们有时会讨论他的模样，到底是心性天真的孩童呢，还是须发皆白的老人，是坚毅果敢的少年呢，还是温柔似水的女子，最终当然没有定论，可我们也并不像世人那样纠结于此，非要塑个泥胎刻个石像看得到摸得到，才肯相信他的存在，我们只要在心里佩服着景仰着就行了。

这么说吧，“时间”在我们眼里就像一朵浪花，舔了一下沙滩又退回到属于他的汪洋，无边无际深不见底的汪洋！这天地之间人在争神在斗，哪有什么东西像“时间”这样静水流深，可是所有的人和事、愁和怨、情和爱，所有的物质和精神、现实与虚幻、过去和未来都湮没在他的这片汪洋里。“时间”是最公允的，对谁都一视同仁，你们各自生存各自修行吧，我给你们的条件都一样，你们想得到什么就得付出什么，你们想得到更多，那就只能善用我分配给你们的“时间”喽。我们夸“时间”睿智还有一个原因，他给每个人都设定了毫无商量的期限，并且奉陪到底。恶人也好善人也罢，大限一到都得走，和自然界别的活物没啥区别。这才叫一碗水端平！这样，就算神治不了的恶人他们也会终止作恶，当然善人也会终止行善。恶人因作恶而死在“时间”的汪洋里遗臭万年，善人则因行善而活在“时间”

的汪洋里流芳千古，他们的事迹语录被后人拿来传颂历久弥新，拥趸多了灵气聚了，便自然而然地成了新的神。这说明了什么？“时间”是造就无数神明的幕后英雄。这么神圣宏大的事业，他却做得滴水不漏而又悄无声息。

其实凡尘中所有的事情，“时间”都经历过而且经历了无数遍，可是他依然新鲜庄重地注视着它们，从不懈怠。我说过我们从来没见过这位大神，但他如一张大网将万物罩于其中，并于不经意间留下痕迹，潮起潮落，季节交替，哪朵花开了，哪个虫鸣了，哪个人生了，哪个人逝了，他知道所有的隐秘。天地间充满了奇迹，“时间”也从不把这些据为己有居功自傲，从不驻足停顿而是继续面向未知，朝着未来日夜兼程。对于那些想要捕捉“时间”、定格“时间”的凡人，“时间”总是笑眯眯的显得颇有耐性，虽然明白他们无论通过什么方式都不可能做到，但仍欣然接受他们的尝试与努力。

在滚滚流逝的岁月面前，人生注定是一场充满了曲折和失败的旅行，尽管有那么多人奢望着长生不老，还有那么多不可一世的帝王迷上了炼丹服药，可最终都不得不死！讲真，人最重视的是“时间”，最容易忽视的也是“时间”，最深情的是“时间”，最绝情的也是“时间”。人们制造出日晷、沙漏、滴漏、火钟以至于自鸣钟等等，都是为了知晓存在与“时间”的神秘关联，想方设法要把无形的“时间”变成有形的刻度，以分清现实与虚幻的边界。就连天妃娘娘最看不惯的陈鹤寿也都意识到，记忆再牢固，迟早也会被光阴的流水冲走，只有拍照留下的“肖影”才可勉强保鲜他们的容颜。他从汕头埠“芙蓉镜”照相馆请来一个名字死长的老洋人，给家人拍了张全家福。那个又高又瘦的洋人躲在覆着布巾的木匣后面摆弄了老半天，通过碗大的孔隙将他们的影像附着于纸板之上。有人哄传那台机器“咔嚓”一下就能掳走被摄者的魂魄。我们听到后再次为那些人的无知捧腹，天朝尝试照相的第一人耆英，勾走他的魂魄不是“肖影”而是咸丰帝，同样带走陈鹤寿的不是这台机器，而是“时间”。

人们总是对“时间”这不满意那不满意，有人嫌他跑得太快有人恨他跑得太慢，也有人烦他跑得不快又不慢，“时间”从不作出回应，结果呢，人也好物也罢，活着的死去的，全都理解了他皈依了他。就说人类的历史吧，表面上是某些人随意涂抹出来的，实际上所有的真假善恶，爱恨得失，全都躲不过“时间”的法眼，在“时间”越来越小的筛眼的筛汰下现了形。没错，“时间”才是这世上火眼金睛的真神，而天妃娘娘到了今天还看不破，一心想和水流神分出个高低，我有时觉得她活得真可怜。

然而世事无绝对，“时间”虽包罗万象无所不能，足以改变万物的面貌乃至本质，但我们却意外地发现，有一样东西居然能够超越于“时间”和生死。就在陈鹤寿离开人世之际，一个惊心的秘密把我们吓住了，水流神原来是条鬼魂！当她觉察到我们知道后并不慌张，还主动跟我们打招呼，说她生前是陈鹤寿的草头妻，死后为了等他，已在人间滞留了六十多年，如今陈鹤寿大限已到，她也不必再担心真相泄露了。

讲真，之前天妃娘娘就对这个水流神起了疑心，她曾三番五次催促我们去探个究竟，但是我们都装疯卖傻，她自己都不愿屈尊纡贵放下身段，我们也没那闲情，管水流神是哪来的，只要有人供奉神就存在。这个世界野神多了去，只要人间的法门还在，这条真理就亘古不变，皇帝封赐有啥可显摆的？谁对人类的贡献大谁的信众多谁才是当之无愧的大神！

不过话说回来，揭开水流神身份的那一刻我们还是倒吸了一口凉气，尤其是“赭颜”的脸都变黑了，怂恿着对这个鬼魂动武，“青面”则主张把这件事捅到天妃娘娘那里，由她出面干涉。“白脸”用冷静的声音辩驳，水流神是鬼是神重要吗？只要看看她这六十多年经受住那么多的惊吓诱惑，仍然坚持着自己的初衷，连陈鹤寿都不知道她的存在，她却像真神那样守护着他守护着这个港埠，明明知道等待自己的是冥府的严刑还有可能是永世不得超生的惩罚，她依然毫不动摇毫无悔意，想想有哪个人哪个鬼还是哪个神能够做得到？

我们都觉得“白脸”说得确实在理，这条鬼魂比好多人都善良都重情义，平日里她除了接受供奉，并不曾在私下里向谁要过好处，哪怕别人明示暗示递到嘴边她也没取用过。她的神像虽面目狰狞，却从不吓唬调皮的孥仔，她刻薄刁蛮，可是看到被酗酒男人毒打赶出家门的姿娘人就会打开庙门，让她们进来避风避雨，任由她们拿供桌上的面桃生果充饥，还不止一次地拿供品喂给饿得没有力气、只会流泪的孤儿。她不像天妃娘娘这个管家婆，从不高谈阔论如何对付洋人的坚船利炮，也从不嫌贫爱富趋炎附势落井下石。她表里如一从不人前一套人后一套……我们好久没有说过这么多话了，都争着夸赞这条鬼魂，打心底里还真有点敬佩她。虽然她信仰的爱情我们并不懂，而且我们一致认为天妃娘娘也不懂，别看她装出无所不知的样子，其实她也是个老姑娘。为了信仰爱情，这条鬼魂突破了天地人三界的管辖，不管不顾，不生不死，不存不灭，这难道不是神的最高境界吗？虽然我们有点困惑她修的是什么道，入的是哪个法门，又是哪个师傅给她的启蒙，但说到底这些其实都无关紧要，条条道路都是修行路，到了境界才是真，从这点看，她并不比我们低劣，更加不可思议的是，“时间”对她而言已然失去了意义，她完全脱离了“时间”的掌控和“时间”平行向前，从这个角度讲，她又的确超越了我们和天妃，因为只有她才能与“时间”平起平坐！

第四章

樟树开花

御赐桌裙

昔日喧闹活跃的水墟如今变得冷冷清清，柳三娘只能将它彻底停掉，放任疍民们参与到南岸江堤上的墟市来。不同礼俗风尚的三个族群，因了活计营生又走到一起，至于各自的神都乖乖地待在各自的庙，不让他们出来惹是生非。三六九逢集，墟市上人流涌动，木车吱吱扭扭地奏响，临时支起的棚架和货摊一个挨着一个，人们热络地打招呼开玩笑，几句家长里短，手上交易着蔗糖米面、山货河鲜、肉菜牲口、土布木屐、竹器渔网、麻钉铁钉等零散商品，也有人坐在小食档边歇息边饱肚子，或者抽个旱烟喝壶小酒……堤岸上像摆放了无数个蜂箱，成群结队的蜜蜂嗡嗡营营钻进钻出煞是热闹。陈鹤寿挎着长筒形竹篮挤入人丛，熟识的小贩竞相将最新鲜的鱼肉果蔬介绍给这位小有名气的郎中，他们要不是找他看过病，就是明白总有一天自己会送上门去。

陈鹤寿微笑着享受着别人对他的敬意，直到后面有人扯了他一下方止步，扭头一看是穆庆辉。这个三十出头的茶叶商贩长得又黑又瘦，细条脸鹰钩鼻薄唇小嘴，骨碌碌的眼珠子还有嘴边的两撇八字胡，都给人精明干练的印象。穆庆辉一年有大半年在外头奔走，肚子里装了不少新鲜事儿。

“秀才兄，听说没？林大人在虎门毁了洋鬼的不少烟土。”穆庆辉把一大麻袋茶叶撂在地上，龇着一口结了茶垢又黄又黑的牙说。陈鹤寿的心狠狠地跳荡了一下，表面上不动声色：“我总说嘛，迟早会有这一天。林大人干得好，把这帮臭狗给收拾了。”穆庆辉快言快语地描述一番他所听来的销烟经过，然后毕恭毕敬地问：“您说咱们会跟洋鬼子打仗吗？”陈鹤寿立刻瞪起一对乌黑的眼珠子：“他敢？咱们一人一口唾沫就能把他淹死——”

陈鹤寿话没说完雨就噼里啪啦地砸下来，地面冒烟似的腾起团团细雾，雨丝和泥腥味被风裹挟着掠过堤岸一直飘向江面。墟市沸腾起来，到处闪动着乱窜的人影，有推着车子奔跑的有撑起麻袋片挡雨的，有忙着戴竹笠披蓑衣的，还有直接跑到大树底下的，鸡鸭鹅猪牛羊受了惊，一齐发出惶恐杂乱的叫唤。陈鹤寿钻到一株榕树下站定，内心仍被那股无法平息的狂热鼓动着，一遍遍地想象着那些值钱的烟土如何经过海水的浸泡，再溶解到沸腾的石灰水里，想象着那个铠甲鲜明旌旗招展的瞩目场面，还有洋人如丧考妣的衰样……穆庆辉还告诉他，一路上见到粤东水师在各个重要码头招兵买马，月俸六两银子，疍民因熟悉水性而被列为首选。陈鹤寿这才想起数天前的传闻，白莲寨有三个后生跑去县衙报名当兵……有一阵子他几乎忘了自己来樟树湾的因由，腾起了弃医从戎、让洋鬼子吃点苦头的强烈愿望，他仿佛看到另一个自己，在一片厮杀声中舞动大刀切瓜砍菜般地杀敌……

“是你啊十郎？”一个声音无情地结束了陈鹤寿的遐想，他傻了一般愣在那里，起初还以为是幻觉，没错呀，鼓胀的胖脸，肉乎乎的短鼻子，厚厚的上唇像鲤鱼嘴往外翻……那个他不敢直视但又无法回避的眼窝了无一物，像不断放大的黑洞要将他的魂魄吸进去。他早就忘了他，他却幽灵般地出现。

这个人的名字一下溜到了陈鹤寿的喉咙头，又被他硬生生地咽下去。他定住心神别过脸去，装作跟着他去寻找什么人，心里却翻江倒海五味杂陈。那个独眼后生倒也灵醒，扫了下旁人一眼说：“哦，认错人了。”卖鹅崽的老赵忙殷勤地凑上前介绍：“秀才兄，这是刚来咱村的小蔡，菜烧得不错。小蔡，这是咱村的主事人，你要想长久待下来，得秀才兄点头才成。”独眼后生抱拳说：“秀才兄，啊哈，失敬失敬，今后还要请您多多关照。”陈鹤寿抽出掖在腰带上的山柑烟筒手仍颤抖不止，只得以轻淡的口气掩饰："来了就是樟树村人，甭见外。"小蔡说："那我先去逛逛，得闲再去找您。"

雨小了，避雨的人渐渐散去，望着那个胖乎乎的背影，陈鹤寿扭过脸来问老赵："他啥时候来的？"老赵说："最近吧，我也不清楚。"陈鹤寿又问："他住哪？"老赵拿下巴指了指江堤下面那一溜被人遗弃的小窝棚。陈鹤寿试探着问："他说他从哪来的？"老赵狡黠一笑："'来者不问，去者不追'，这可是您秀才兄立的规矩。"

这里的人从来不问别人的过去，就算问到了也不可信。

陈鹤寿再也没心思闲逛，这个后生的出现又一次将他拽回过去，先前只觉得过去是遥远的模糊的云影，现在却像条巨蟒忽然蹿到他面前，伺机将他吞入腹中……

陈鹤寿出生于饶平县内安乡的大户人家，原名陈兴邦，父母早殁，族内以十郎呼之。内安乡的族长们曾为了使乡里的子弟能跻身科举，聘名师办私塾，大有振文风、昌文运之势，乡中果然涌现出一批通经史、精诗书的青年才俊，仅陈氏宗族便出了举人陈丹书和副榜进士陈腾飞，后来两人一个因上京赴试舟车劳顿染病而殁，另一个则因不懂向朝廷吏部官员送礼而得不到授职，回乡后郁郁而终。外边的人就将这些不幸归结为内安乡地气薄、难出贵人，遂有"内安进士——无望"之说。

陈兴邦十七岁考取秀才后便不思进取，仗着当族长的祖父溺爱，又学过一点拳脚，任气逞能酗酒滋事，被乡人偷偷冠以"刺流（泼皮）秀才"的恶名。一次在酒馆喝酒，见新上来的青菜有虫，就叫厨师出来问话。那个年轻学徒偏要说是"肉笋"，捏起来丢进嘴里吞食以招来一片喝彩，陈兴邦恼羞成怒扇了对方一耳光，对方挥拳还击，操着竹筷的陈兴邦失手戳烂了对方的一只眼睛。这个后生名叫蔡厚道，来自姓蔡的邻村。之前，陈蔡两个不同姓氏的宗族就曾为争水争地打得头破血流，此次斗殴结果引发了双方矛盾的全面升级。针对内安乡陈氏宗族势力强大的现实，蔡姓的四个小村庄联合起来，一伙一伙的村民操起农具棍棒从不同的巷道不同的方向朝内安乡集结，陈氏宗族早有准备正好新账旧账一起算，一场声势浩大的械斗无可避免地发生，过后双方各有死伤。陈兴邦的祖父立即请来潮州府最有名的讼师起草状词："五乡四乡蔡，姓陈在中间。耕牛被宰杀，妇女被奸淫。"虽侥幸赢了这场官司，两个宗族的积怨却变得更深。

真正让陈兴邦的命运发生重大转折是在他婚后的第二年，爱妻难产而死仿佛成了不祥的开端，七七四十九天的治丧期刚刚结束，陈兴邦还没有从悲痛和苦闷中走出来，乡里的晒谷场就来了几个走江湖要把戏的，为解闷儿他挤进人群里看个究竟，只见那当家的大汉往花盆里埋入一粒瓜子，浇上水，一边披上大红布一边念念有词，再揭开红布，盆里已经长出一株一拃长的瓜苗。陈兴邦听祖父讲过，知道这种巫术叫"刣人种瓜"，瓜子发芽出苗便是这场把戏可以进行下去的征兆，心里不免涌起一股轻蔑的敌意，就从草丛里逮了只青蛙，爬上一株大树居高临下地观看。不出所料，那大汉果然拿着利刃开始肢解一个平躺在草席上的小姑娘——他的亲生女儿。陈兴邦也悄悄地掏出小刀，对着青蛙依样画葫芦地切割。围观者看见大汉将小姑娘的头颅四肢身段塞入一只腌咸菜用的陶缸后无不咋舌，妇女孩童更是吓得捂住眼睛发出阵阵尖叫，有铜钱叮叮当当地掷进小姑娘母亲捧着的铜锣里。

过了一阵子，那几个跑江湖的见观众生厌，遂揭开缸盖依次将小姑娘的残肢断臂拿出来拼接，才发现右腿怎么也接不上去，当场慌作一团。当家的大汉一抬头，正好撞见陈兴邦手里拿着血淋淋的青蛙和小刀一脸歉疚，原来他切下的一条青蛙腿掉落在地，叫野狗叼走了……那几个男女瞬即明白了一切，眼里快要喷出火来，恨不得撕了陈兴邦，无奈强龙斗不过地头蛇，只好把小姑娘的肢体裹好匆匆离去。

陈兴邦回家后将此事告知祖父，祖父望着不成器的孙子咬着牙说："臭弟仔，你闯大祸了。"到了晚上，祖父听到风声，就往后院的井里投下一架竹梯，让陈兴邦爬下去半身浸进水中，又将收集到的九口大锅叠放在井口，交代他，不管外面有何动静都不许出声。当晚刚交子时，陈兴邦在恍惚中听到有人喊他，下意识地应了一下，还没省悟过来，一声霹雳从天而降，九口大锅砰砰砰破了八口，最末一层未被击穿让他捡了条命。

祖父深知那帮走江湖的不会善罢甘休，就让陈兴邦到陈五爷的书院去避一避。陈五爷既是陈兴邦原来的岳父，又是他小时的私塾先生。陈兴邦到了书院，很快就结识了一帮有识之士，成天不是切磋韬略就是比试武艺，也常为某个问题争论至深夜。朝廷昏庸无道、官吏毒如虎狼的现状让陈兴邦等一帮人愤慨万般心有所动，陈五爷更是将人生的境界描述得如此动人：“不管你是谁，哪怕卑微如蚁蝼如草芥，只要为了一个伟大的目标而死，也终将不朽！”从恩师的眼神里陈兴邦看到了从前的自己，活着却如同死去，或者说从来就没有真正活过。崇高的理想似乎近在咫尺，只需他张开双臂就能拥抱它。陈五爷继续高声吟唱：“……好男儿，别父母，只为苍生不为主。手持钢刀九十九，杀尽胡儿方罢手。我本堂堂男子汉，何为鞑虏作马牛。壮士饮尽碗中酒，千里征途不回头……”陈兴邦听到这首元末农民军的军歌，气血一下冲向头顶，只感到昏睡在体内的一头猛兽被唤醒，不假思索地说：“宁为刀下鬼，胜作一书生！”

陈兴邦越来越明晰地觉察到，陈五爷他们正在酝酿一件惊天地泣鬼神的大事，他不仅没有退缩反而主动地参与进去。陈兴邦瞒着祖父，跟随陈五爷来到潮州府城向北四十里外的凤凰山共谋大业，从此跨入了一道生死门，等待着他的将是无法逆转的命运。

陈五爷他们原本计划先攻进海阳县城，火烧县衙杀死县令，打开监牢整合各方力量再图潮州府，也不知谁走漏了风声，潮州知府调集官兵悄然包围了凤凰山。当时陈五爷正对着准备起事的好汉们发表演说，刚说到自己梦见一只裹挟着旋风和火焰的怪兽咆哮着朝他扑来，嘴里衔着一道玉皇大帝的圣旨，官兵就潮水般地涌入太平古寺，一时火光冲天战马嘶鸣。数百名起义者如江堤崩塌，分成几股爬楼翻墙跳崖，向四面八方逃散，陈五爷被扑上来的几个兵丁用尽全力摁压在地，脸部扭曲眼珠突起像要弹射出去……陈兴邦侥幸逃脱，几天后趁着夜色回家，被祖父藏于陈氏宗祠。他在那间当“柴房”用的“厝手房”足足待了九天，祖母每日装着过来上香，将饭菜放在“春盛（竹编礼篮）”里让下人一起挑过来，那种暖烘烘香喷喷的诱人滋味让陈兴邦潸然泪下，这时他才明白活着有多好，而自由对活着的人又有多重要，想想自己还年轻，不甘心啊，可又别无选择。

陈氏族长藏匿朝廷要犯的秘密很快就被蔡姓人发现并告发，事情至此说法不一，其中有一说传得有影有迹：蔡厚道那只被戳烂的眼珠并没有从世间消失，而是紧盯着仇家的一举一动……

官府派兵围住陈氏祠堂抓人，陈兴邦情急之下钻进披着御赐桌裙的祀祖供桌底下。

说起这御赐桌裙，确有一番来历，陈兴邦的曾祖是个“行商”，曾把凤凰山的茶叶、枫溪的瓷器、澄波县的狮头鹅、前美乡的草席运到江南甚至京津地区贩卖。有一年夏天，他在京城近郊的一家客栈偶遇进来避雨的一位长者。陈兴邦的曾祖正寂寞难耐，便主动搭讪，南腔北调与对方一番攀谈，只觉得意气相投遂设席款待，直至获得御赐的桌裙后方知对方乃当今圣上、微服私访的乾隆爷。曾祖感恩戴德，一直将御赐桌裙当作传家宝。这条绸缎质地、绣着“双龙夺宝”图案的桌裙，上面还用金丝线绣着“御赐”两只大字，官兵一见立刻放下武器跪地叩头，未敢僭越搜查，陈兴邦侥幸逃过一劫。

官兵走后，祖父悄悄托人从外乡买来一匹好马，将一只装着金条银锭和几件换洗衣衫的包裹交与陈兴邦，用抖颤的指头戳着牛皮地图，交代孙子一直朝着东南走，永远不许回头，免得连累整个家族。

陈兴邦离开后，祖父又花了大把银子在潮州府上下打点，恰好有人从韩江里捞到一具无名男尸，官府里的熟人就把陈兴邦的名字安上去，以其畏罪自杀结案。为了让外人相信，祖父将族人召至祠堂前，开龛门告知祖先，将“死去”的陈兴邦逐出陈氏宗族，不许入祠入谱，不许葬于家族坟地，与族人彻底撇清关系，同时还自罚谷物一百石，向祖先长跪悔过。

再说陈兴邦一路奔逃，路过绿云村时忽然记起，同窗好友、秀才陈鹤寿曾告诉他此地有门亲戚，因姑妈去世后慢慢断了联系，便假冒其名来到梁屠夫家歇脚。对于身心俱疲的陈兴邦来说，没有什么比得到一位姑娘的爱更能唤起他活下去的勇气。

多年以后，人们将陈鹤寿写进了《樟树埠志》：陈鹤寿，字松龄，家族共有胞、堂兄弟十六人，排行第十，故族内以十郎呼之。1837 年

（道光十七年）春，祖父陈敬铭见孙子有志另觅乡土开基立业，遂同意其所请……历史向来为活人所写，死人无法出来作证。

这段既有黑暗又有热血的往事一直被陈鹤寿封存在一个幽闭的空间，抵制着它不让它闯出来污损当下的日子，蔡厚道倒好，像个“验尸官”突然跑过来松土刨“坟”，要将他那些不可见人的东西摊开在太阳底下。陈鹤寿又一次被生命中的隐秘所牵动，那种看似消失了的恐惧忧患原来从未消失，反而变得更加稠厚压人，直叫他喘不过气来。看来这世间事真是有因必有果，想躲也躲不掉。陈鹤寿估摸蔡厚道是听到了什么风声追踪至此，只是拿捏不准他是黑白无常的哪一常。他阴沉着脸重新挤进人流，各种不同口音的吆喝声叫卖声讨价还价声再难入耳，心里只有一个念头：“这儿恐怕待不住了。”

时近中午，陈鹤寿在靠近码头的一个小食摊前找到了蔡厚道，沉住气吆了一声：“兄弟，不来碗粿条汤？”蔡厚道回过头来呼应道：“是秀才兄啊，您这一说，我的肚子还真的饿起来。”陈鹤寿装作不经意地扫视左右，有两个山民坐在小板凳上托着粗瓷大碗呼啦呼啦吃得起劲。

“好嘞，两碗粿条汤！”摊主抓起一把粿条丢进咕嘟翻响的滚水里，烫一下拿笊篱捞起扣进碗里，再舀上久炖的骨头汤水，佐以青菜肉丸肉卷端上来。陈鹤寿边吃边抬头，看着蔡厚道那两瓣厚唇上下翻动肆无忌惮地发出吧唧吧唧声，一个恍惚觉得自己也是个食物快要被他嚼进嘴里，心里愈发惶恐。终于挨到两个山民起身离开，陈鹤寿将手里的半碗汤水往小桌上一蹾倏地扑过去，揪住蔡厚道的衣襟将他拽到旁边，拿白多黑少的眼睛逼视他：“你到底想干啥？”蔡厚道用吃奶的力扒开他的手反问：“你以为呢？”陈鹤寿抽了下鼻子说：“当年是我不对，年少轻狂伤了你，可该罚的也都罚了，现在我只想过几天安稳日子，你咋就不放过我？”蔡厚道用手捋了捋弄皱的衣襟说：“这里人多，咱有话晚上说。”

晚饭后天已放晴，清新洁净的空气里飘浮着树木青草的气息，一道浅淡的彩虹从江堤下的沼泽地横跨到码头边上，混浊的江水发出了更加喧闹开阔的响动。陈鹤寿坐在药铺前堂，慢慢腾腾地搓着根麻绳等着夜色黑透。自从到了樟树湾，陈鹤寿总觉得自己像只误入房间的鸟儿，撞到这又撞到那，冥冥中无法摆脱噩运的控制，却又未曾等来致命的一击。上午见到蔡厚道，他意识到这致命的一击来了。既然没有更好的解决办法，就只能采取最简单最直接的手段，自己胯下的蛋蛋哪能捏在别人的手里？他计划天一黑就悄悄摸进那片废弃的窝棚，趁蔡厚道不备将麻绳套在他的脖子上，许家新添的坟头就是他最佳的葬身之地，因为谁也不会去挖掘先人的坟墓……一想到蔡厚道白天里还是个大活人，到了晚上就变成了无生气的死尸，埋进土层里经受雨水的浸渍虫子的噬咬植物根须的吮吸，慢慢瓦解慢慢消融，而他的魂灵却仍然像风和动物的声音一样在黑暗中流动，哀鸣着向他讨说法，他就沮丧得下不了手。

陈鹤寿还没拿定主意，铺窗前就闪出半截人影，眼窝子孤独地颤动着一粒亮光。

“我们村的人都以为你死了，只有我不信。”蔡厚道趴在木框上得意地笑。陈鹤寿无法压抑住嫌恶反感的情绪，点了点头有些惋惜地说：“小蔡啊，你不好好待在家，跑来这儿做啥？”暮色里传来了一声悲叹：“滥赌呗，背了一堆债，人家拿着写了自己名字的木牌往我家田块一插，那丘田就换了主人。我娘气得呕了几口血，我爹拿着斧头追我……”陈鹤寿用戳穿了对方伎俩的鄙夷口吻说：“天大地大，可你偏偏跑到这里？”蔡厚道不高兴地说：“要知道这鬼地方是这样，我才不来呢。”陈鹤寿凑过去瞪着那点颤动的光亮把声音压得沙沙响，听上去阴森可怖：“甭装了，你到底想干啥？”又骤然抬高了嗓门，好像要让别人知道他们在聊什么：“这鬼地方是不咋的，可你一旦住下来，那就不一样了。”

蔡厚道抬头看见暖玉掌灯走来，姣好的小尖脸落在黄黄的光线里，含蓄内敛的神态里又多了一种清静平和的东西，面颊一热有些难为情地喊了声嫂子。

不要说陈鹤寿，就连暖玉也不知道，眼前这个后生竟是因为她才留在这里的。两天前，蔡厚道所搭乘的货船途经樟树湾，临时靠岸歇了一夜，次日清早正准备起航，蔡厚道打着哈欠走出乌暗的船舱，其时天边霞光尚嫩，一阵莽撞的晨风吹开了浮游于江边的薄雾，只见一女子卷起裤脚站在码头伸入水里的石阶上，偏着脑袋解开发髻，泻下波浪似的一头长发，纤细苍白的脖颈显示出弯弯的优美曲线，鼓起的胸脯随着她用茶麸揉搓秀发诱人地弹动。他一个恍惚，觉得她的眼眸朝着他转来，有种细腻温柔的情感十分真实地传递给了他，血一下涌到脸上，以往对异性漫无目的的追寻想象，霎时间变得轮廓清晰态度分明。他痴痴地望着她，宁愿她再平凡一点以减少他的自卑和压力……货船晃动起来，舵工水手各就各位，蔡厚道再次看见那个女子朝着他微笑，她那举起纤手将乌云般的秀发别在头顶的动作，也被他理解为是在挽留他。船与岸的距离正在迅速扩大，蔡厚道来不及多想，拎起包裹纵身跳进水里，头也不回地泅向码头，将水手的惊呼怪叫置之脑后……

暖玉搁下灯盏还了礼，一边往里走一边觉得这个后生有点奇怪，前天红着脸说要看病，结果一转眼人就不见了，还有上次他从货船跳入江中，她还以为他要寻短见，正要喊人，就看见他挥动着又短又粗的胳膊，从容不迫地击出一道道水花。

蔡厚道那天依着这冥冥中的安排上了岸，悄悄打听这是哪家的姿娘仔，别人笑起来，说暖玉哪是什么姿娘仔？原先是秀才娘，现在又是先生娘。蔡厚道仍不死心，直接寻到春归堂，透过铺窗果然看到暖玉站在里面抓药，而与病人攀谈的郎中竟然是陈兴邦。他有些不敢相信自己的独眼，正准备凑上前去看个真切，就被人不满地拉了一下要他排队。蔡厚道心里一直勉强维持着的某种平衡被打破了，原先他只怨自己染上了赌瘾，而今却挖出了更深的根源，要不是眼前这个混蛋，他怎么可能成为“独眼龙”，又怎么可能弄丢了营生没日没夜地滥赌，沦落至今日这般惨状，而这个人居然娶了他心目中的雅姿娘，还在这里假模假样地给人看病，一股热血冲上脑壳，只想扑上去揪住他，当场揭穿这个骗子的嘴脸，可就在这节骨眼上，一个温柔的声音突然在他耳边响起：“阿兄，孬意思，今日人多，要稍等一下。看你脸这么红，是不是哪儿特别不舒服？”这个把蔡厚道引上岸来的女人定定地站在他面前，也许是逆着光，他看不清她，但她整个儿笼罩在光晕里就像观音娘娘显圣。他的报复仿佛被她一眼洞穿，像个放了气的皮球蔫下去，只听见自己支支吾吾：“没事，我、我等会儿再来。”话没说完就仓皇离去……

半个时辰后暖玉再次出来，前堂只剩下陈鹤寿孑然而立，喉咙里咕噜噜地响着像在慨叹什么。暖玉忙上前询问。陈鹤寿伤心地说：“你表哥死了。”暖玉以为听错：“哪个死了？”陈鹤寿说：“陈鹤寿，你的真表哥！”

真陈鹤寿死得十分离奇，那天正好是六月初六，照潮州人的习俗，家里有人亡故的必须买西瓜等水果，还要用米碾成粉，蒸制一种叫“桥板粿”的小食，再焚香点烛等待亡灵降临，好让他将西瓜粿品挑去孝敬阎王，所以就有“六月六，鬼担西瓜过桥”的说法。当天家家户户的门窗都插上桃枝柳枝以辟邪，晚上要提早关门不敢再到外边纳凉，以免被鬼魂捉去挑西瓜。真陈鹤寿偏不信邪，跟伙伴们打赌敢单独在晒谷场过夜。第二天早上他真的没有醒来，家人从他的衣兜里掏出一把纸灰，于是连最不相信神鬼的人都认定，有小鬼相中他身壮力沉，把他带到另一个世界去……

陈鹤寿说完仍沉湎于无尽的伤痛之中，多亏了这位昔日的同窗好友，自己顶了他的名才拥有现在的生活，可他却被命运的浪涛卷走了，由于离得太远，他无法拽住那只消失的手……

暖玉用低柔的声音问：“消息可靠？”陈鹤寿点点头。暖玉又问：“你咋知道的？”陈鹤寿实言相告：“小蔡说的。你甭怕，他的一只眼睛就是我戳烂的。”暖玉低低地叫起来：“天哪，原来他是来找你报仇的。”陈鹤寿一脸不屑：“他说他出来逃债，鬼才信。”暖玉沉吟了一下冷静地分析：“还真不一定！那天我亲眼看见他从船上跳进江里，船上的人朝他大喊大叫。”陈鹤寿没再说啥，心里反复咂摸着蔡厚道那些话的真伪，他抱怨陈鹤寿毁的不光是他的一只眼，还有说好的一桩亲事，因为陈鹤寿，他由一个勤力上进的好后生颓废成一个滥赌成性、人人喊打的败家子。他刚才离开时还威胁陈鹤寿：“你快点还我一个老婆，否则，咱们等着瞧！”

那天晚上陈鹤寿失眠了。他在明蔡厚道在暗，他已成家立业他是烂命一条，谁知道他啥时候会发疯乱咬？发现男人心神不宁，暖玉也觉得此事不可大意，就跟他建议：“小蔡不是当过厨子吗？你不如将他介绍给老史，要是他的日子好过了，兴许就不再缠着你，毕竟他也是‘跑路’的，暴露了你不就等于暴露了他自己？”别看暖玉平时不声不响，关键时总能说到点子上，这着实让陈鹤寿暗暗称奇。

老史的官名叫什么？没人细究，都跟着陈鹤寿这么喊，只是比他年纪小些的喊老史兄，更小的喊老史叔。老史四十多岁，瘦高个，背微驼，脸皮皱巴巴的，留一把山羊胡子，眼窝凹陷眼神敏感尖利，平时总要摆出无所不知的样子，对于经手的大事小事习惯于精打细算，谁也休想占他的便宜。一年前，老史从赣江边拖家带口迁徙至此，他曾跟死去的养母学得一口流利的潮州话，许多人都把他当“家己人”看待。老史很快就在江堤上开起了第一家小饭馆，取名“韩江饮食店”，反反复复地做着白辣椒炒鱼干、冬笋烧腊肉、老表土鸡煲，都是咸香鲜辣的地道赣菜，可惜这潮汕平原天气炎热，一吃辣就上火，当地人多偏爱清淡，也因此练就了嘴刁鼻灵眼儿尖的本事，舌尖一挑就皱起眉头，说老史家的菜完全吃不出食材的本味，更有人拿它开玩笑，还不如捧着盐巴和辣椒一块吃就好，弄得老史很恼火。客人不买账，饮食店眼看难以为继。

蔡厚道起先不愿去，老史是哪号人他早就打听清楚，说话捏声捏气像个太监，防人如防贼。陈鹤寿看出他的想法就顺着嘴往下说：“你要不去，讨不到老婆可别怪我。”蔡厚道收住了脚步怀疑地瞟着他：“秀才兄你得把话说明白。”陈鹤寿笑得两只眼睛半睁半闭：“他家的雅妹可是个美人坯子。”蔡厚道不悦：“她才多大啊？”陈鹤寿说：“食西瓜总要等瓜心红吧？这两年你正好拿出点看家本领给人家瞧瞧。”

蔡厚道没有见过史家的那个独生丫头，听到“美人坯子”还是生出了些许期盼。其实他根本就没打算举报陈兴邦或者说陈鹤寿，跟暖玉的判断一样，他已有家难回，就算举报成功自己也落不到半点好，损人不利己的事又何必呢？现在陈鹤寿好歹也是这里的主事人，自己又捏着他的把柄，有麻烦他敢袖手旁观？兴许自己真的能够娶到老史家的千金、重新活出个人模狗样来呢？一股热情在胸腔里涨起，口气却依然平淡：“那就试试看吧，只求三餐有碗白米饭落肚。”

整个樟树湾，能让老史看上眼的只有陈鹤寿一人。陈鹤寿根基硬人脉广，可当个山墙靠着，没有他的鼎力扶持，他老史一个外乡人，休想在这里扎住脚跟。既然陈鹤寿郑重其事地把蔡厚道推荐给他，他就不好马上拒绝，打心底里却瞧不起这个胖后生，心想先用个十天半月，再“撒把硬壳给他啮”，叫他自己滚蛋。让老史万万没有料到的是，蔡厚道跟其他的伙计完全两样，别人爱说三道四他从不多嘴多舌，连生活待遇也只字不提，只知吃苦下力，更加稀奇的是，由他经手的荤菜素菜凉碟什锦无不投合客人们的胃口，有越来越多的客人专门指定要吃他烧的菜。精明的老史就找个借口撵走了原来的江西厨子，让蔡厚道接手头厨的重担，由着他把饮食店的赣菜改换成清淡细腻、原汁原味的潮州菜。这一重大变化果真引得食客纷纷回头，加之商船货船在江湾逗留的数量逐渐增多时间也相对延长，生意竟有了明显的起色。

老史看清了蔡厚道的价值，更明白雇员与头家（老板）合成一股心劲才能赚到钱，主动给蔡厚道加了工钱，用史大婶的话叫“拴牢他”，免得被新开的餐馆撬了墙脚。

在不长不短的三个月里，蔡厚道碰见过雅茹几次，浮光掠影地留下了身材细瘦高挑、表情冷傲的印象。重阳节前两天的一个午后，生意清淡下来，蔡厚道走出厨房头一回来到老史家，那简朴的小院就坐落在店铺后面的一侧。史大婶喊他去给雅茹送点东西，这种高度信任源自于这段时间她对他的观察和了解。蔡厚道这次总算把雅茹看仔细了，这个十四岁的姑娘个儿高挑皮色青白，单眼皮尖下巴尖鼻子，细眉斜竖嘴角绷紧颧骨突出，一看就不是什么柔顺的性子。这样的容貌甭说搁在府城县城，就是搁在樟树湾也不稀罕。

蔡厚道不自觉地拿雅茹跟暖玉比较，更觉得自己不可能喜欢上这一类姑娘，他本来不想理会她，可她那昂着脑袋、爱理不理的样子让他多少有些窝火，心想她真幼稚，还不知道他对于史家有多重要。

水 手

樟树湾位于韩江下游与大海的汇合处，水深湾阔，在陈鹤寿两口子扎根后的两三年里，逐渐与周边兴起的乡村连接成一片，拥有了深广的腹地。那时候，偶尔能见到一两艘来自粤东、闽南的货船载着糖包打此经过，一路北上苏州、天津等地，几个月后又装载着棉花色布返回，或是直接运往更南的南洋。

随着人口密度的增加，平原开垦的田地已远远不及需求，当地人只好筑塭堤御海潮，和大海争夺地盘，比如把沙滩围成“水坦”，捕鱼摸蛤养鸭放鹅，继而又将水坦变为潮田种植红种稻，到最后才在官府的主导下修建基围，整理水利涵道，把潮田变成肥沃高产、可种两季水稻的围田，但是不管潮州人对土地如何绣花般地精耕细作，潮汐往来的咸气熏蒸还是难以避免地影响到禾苗的生长，即使丰年，土田所收入的粮食也不足三月食用，更何况灾厄频仍，时有飓风引海水倒灌，卤潮将大片良田熟地化为无法耕种的盐碱地，因而像樟树湾这样的地方，人气慢慢有了，可日子并没有多好过。

自朝廷弛海禁以来，为弥补闽粤赣的粮荒（整个韩江流域都是严重的缺粮区），调盈济虚，官府开始鼓励商人到海外运粮。平原上有实力的船主就趁机申领执照。他们很快就发现光靠贩卖米粮获利微薄，便悄然转变策略，以压舱底、使船只平稳行驶为由兼运些有厚利可图的货物，比如象牙犀角、珠宝、肉桂等名贵货品，还有暹绸、胡椒香料、番藤等当地物产，只象征性地拉点大米以备海关税口查核，而由平原运往南洋的物资则有陶瓷制品、潮（州刺）绣、雕刻、蒜头、麻皮、菜籽等，还有从北方转运的人参、鹿茸、兽皮、丝绸等，与外洋的航运和频繁的贸易往来逐渐改变了潮州人的生活和生产方式，给整个平原带来了新的希望与活力。

樟树湾初聚村寨，南来北往的船只起初只是为了避开急风猛浪，或补给淡水食物，不得不在此抛锚靠岸稍作停留，那些船只多是些跑内海内河的小船，当第一艘双桅“洋船”（潮州人对跑“外洋”即跑海外的船只的统称）泊进江湾，就像经历了漫长的冬夜终于迎来第一缕照亮天空的曙光，一个埠市的轮廓逐渐由朦胧走向清晰。

陈鹤寿在激动中忽然意识到，当初祖父对于这里的描述，也许不是谎言而是预言，有些不敢相信而又万分迫切地期待着那种“奇伟景象”的出现。接下来果然又有第二艘洋船，第三艘洋船……春季和秋冬之交更多，很快就连三岁小儿都懂得识别：洋船船头饰以红油漆、用青钩字的，是平原的“红头船”，绿头船是福建的白头船是浙江的黑头船是江苏的……每艘洋船的到来无一例外地引发了樟树村人骤然涨起的热情，把两只好奇的眼睛撑得尽可能大。那些贩商水手着装古怪奇特，皮肤油亮声音粗沉，眼珠子被海水染得发出蓝光，头发胡须因经年累月风吹日晒变得枯黄赤红，浑身上下夹杂着海藻海带才有的腥咸气息。他们拿着南洋的香料、暹罗绸跟当地人交换美酒和卤肉，焦渴的目光如药碾船上的碌子在年轻女子的身上反复碾轧。这些外来者的馋相让女人们既反感又自得，有胆大的小媳妇故意抛出个媚眼，引得对方两眼发直气出不匀。妯娌们姐妹们相互扯着袖口衫角嘀咕窃笑，见他们痴痴地靠近，犹如受惊的雀群哗地散开。

樟树村的男人们好面子，主动拿出家中可口的食物招呼人客，就算一时找不到，一声亲切的问候或者一瓢清水的给予，也能让自己产生热情好客的短暂幻觉并因此沾沾自喜。当然，他们的慷慨施予也可能得到回报，譬如从舵工水手那里交换到一些鲜见的物品，听到一些比林大人虎门销烟、中英两国交恶更有意思的奇谈怪论。

“那时天顶无星，海上无月，夜黑风高鬼影幢幢……”，只要舵工水手随口一扯，那些无可稽考的航海经历就会像怪诞离奇的冷雾笼罩过来，让听者屏住呼吸毛发倒竖。这些外来者愈加得意，存心将声音弄得忽高忽低一惊一乍，直到把站在周边聊天的闲人一网打尽。

成天围绕着陈鹤寿听香闻臭、蹭茶蹭酒的村民，还有对什么都感兴趣的孩子们，再也经受不住新鲜事物的诱惑纷纷“背叛”了他。砰的一声，石槌倒退的屁股不小心撞在门板上，把陈鹤寿彻底震醒，环顾四周，汤沸火红可再也找不到一个“茶脚”。陈鹤寿坐不住了，瞄准吃饭的时间走向江堤那一溜新开的茶楼酒肆，简陋的竹棚木门、恣意生长的花草、粗糙笨重的桌椅，常常给人一种随时可能关张走人的印象，熟悉的嗟叹声惊叫声嬉笑声告诉他，樟树村的老少爷们儿全跑这里来了。他们起初只打算瞄一眼就走，想不到听着听着就像被舵工水手施了魔法，完全沉潜到他们所描摹的那个亦真亦幻的世界里，一心渴盼着抚摸海妖水怪鲜嫩的乳房，与满身鳞片的美人鱼坐在船舷上谈天说地，同狡猾凶残的海盗斗智斗勇，和黑皮肤说“鸟语”的“番仔”喝小酒做买卖……

陈鹤寿故作悠闲之态迈进韩江饮食店厅堂的门槛，摆摆手示意起身迎客的史大婶不要声张，凑近左侧围满村民的那一桌，将目光扎进脑瓜交错的缝隙里。有个秃顶的押班正讲得唾沫横飞：独眼海盗想挤掉裤裆里的那点“脓水”又找不到女人，只好抓“老婆鱼”对付。那种鱼长着大嘴巴，离开水后会不停地吞咽，海盗只要把家伙塞进去，老婆鱼就会挺立着鼓动鱼鳍甩动尾巴……石槌急切地问：“鱼会死吗？”秃头押班瞪了他一眼拍响桌面：“小老弟你问得好！照规矩，海贼们玩完后就会将它们放归大海。你们可曾想到？它们吞咽了男人们的精华，有的就长出了头发来。有天独眼海贼想要试试长头发的老婆鱼，刚把大家伙捅进去，咔嚓一下被咬掉了，原来它们长出两排锋利的牙齿……”

陈鹤寿脸上僵着一层笑，强烈的妒意占据了他的心，只觉得外来者所发出的各种聒噪一拥而上形成巨浪，狠狠地拍在他的脑门上，让他在晕眩中发现自己的渺小——他所了解的世界一下子缩成了指甲样，甚至是一小撮藏在指甲里的泥垢。陈鹤寿就像走错了女子的闺房，赤红着脸悄悄退出，一路上只觉得所有的樟树村人连同故乡的亲人——活着的死去的，都隐身于一片灰雾里关切地注视着他，羞得他只想往地上寻道缝隙钻进去。从那以后，来自彼岸异域的虚幻气息就无时无刻不在撩拨着他，一幅幅瑰丽多姿的神奇画卷在他眼前交叠映现：象牙犀角苏木金玉俯拾皆是，满大街的姑娘衣不蔽体，她们撩起了他的情欲并一直追入他的梦里……醒来后他总是怅然若失，有时真希望自己永远不要醒来，因为那才是他应该待的地方！作为樟树湾稀有的秀才，他之前仅有的那点优越感已经荡然无存，第一次感觉到自己被这个世界所抛离，就算当初他被所有人埋怨唾弃逼上梁山给自己一刀，也没有这么难受。死亡并不可怕，可怕的是被遗忘，彻底地遗忘。陈鹤寿一想到他与这个世界的联系竟然如此脆弱，心口就像压了块磨盘再也轻松不起来。

和陈鹤寿想法不同，暖玉的眼里只有那些南洋来的帕子、头饰、银链、玛瑙、耳坠、暹罗绸……还有附着其上的异域风情，它们正悄然改变着女人们的装扮，导引着樟树湾新的风尚。她确实动心了，只是手头那点钱就像长在她身上的毛发，拔哪一根都疼。

洋船在给樟树村人带来一点实惠的同时，也带来了一些麻烦：村里人和水手打群架，有人将死猪崽做成熟肉卖给客人，押班上岸赌钱被当地人设局坑蒙……“兴利号”有个舵工到墟市买物，摸了老王女人的奶子，妇人回到家号天跺地，懦弱的老王吓得不敢吭气，石槌知道后招呼一帮半大不小的孩子追至码头，见到生人揪起衣襟就揍。石槌才十三四岁，可块头已超过了养父直逼陈鹤寿。旁观的村民见了非但不加劝阻反而拍起手来，嘴里蹦出一句句风凉话俏皮话，有的说“饲老鼠咬破布袋，甭让他们张狂”，也有的说“他们跟咱们，本来就不是同一柴块，叫他们滚蛋”……

陈鹤寿闻讯赶到，石槌兴奋得敞开喉咙：“秀才兄，你来得正好，我们把这帮臭狗收拾得哭爹喊娘。”石槌哪里懂陈鹤寿？这冷冷清清的江湾好不容易才焐热，他可不愿看到这种排外的情绪四处蔓延，将小冲突演变成大规模的仇视对抗，遂厉声喝令石槌放人。望着那些顾不得揩去汗水、慌乱逃窜的身影，陈鹤寿眉头紧锁像斟酌字句那样沉吟了片刻，翻起快要合上的眼皮说：“冤有头债有主，谁胡来咱就收拾谁，你们这叫什么？眉毛胡子一把抓。”打架的围观的都不好意思地笑起来。石槌亲热地将胳膊搭在陈鹤寿肩膀上说：“秀才兄，俺心性土直，您咋说咱就咋干。”

陈鹤寿就当起了和事佬，自己掏钱，把“兴利号”的“出海”（即船长、船老大）和老王请到韩江饮食店，让蔡厚道炒几个拿手好菜，算是把事情画圆。借着酒劲，陈鹤寿掏出一两银子外加一支白玉簪，从“兴利号”的“出海”手里换来一只铜制的小罗盘。这玩意儿即刻成了他的“新宠”，不让人碰，连吃饭也不松手。背地里暖玉跟她的好姊妹淑钿开玩笑："等着瞧吧，他会把它带进被窝里。"

淑钿是从莲花山嫁到樟树村来的畲族人，姓蓝，男人阿亮是个庄稼汉。新婚第二天，她挎着一竹篮换洗的衣衫来到码头，夹在洗衣服的女人中间有说有笑。她身段苗条眉眼清秀，圆圆的脸上有两个明显的酒窝，不仅模样儿招人喜欢，嘴巴也甜，见到暖玉不像别人那样喊她秀才娘或者先生娘，而是喊姐，一下子就拉近了两人之间的距离。熟络之后，一有空她就往春归堂跑，给暖玉搭手帮忙。

到了晚上，陈鹤寿果然把小罗盘带上床去。他不断地欣赏着这个神奇的小玩意儿并为它不管如何转动、指针的方向总固定不变而惊呼赞叹。暖玉斜眼瞟了他一眼说："哟，这玩意儿能当饭吃呀?"陈鹤寿遗憾地笑了笑："见识短了不是? 没有它，再大的船也会迷失方向。"暖玉忽然想起了什么，翻箱倒柜找了一通，眼神变得锐利起来："咱们的那锭宝银呢?"陈鹤寿侧过脸装作没听见。过了一会儿暖玉的声音再度响起且带着哭腔："我的玉簪呢?"陈鹤寿有些难为情地干咳："幼妹，先借用一下，说好了，回头我补给你两根。"

"我不要!"暖玉赌气地说，嘤嘤的啜泣声让陈鹤寿备感愧疚，这玉簪可是母亲给她的，是她的一个念想，而他生生把它掐灭。

几乎每一家饮食店都大同小异，在经历了中午的忙碌喧闹之后就会忽然安静下来，厨师跑堂杂工都趁机回去歇息，店里显得异常冷清。当"铺头猫"看店本是头家奶史大婶的任务，这段时间她的身体老不得劲，闷在家的雅茹便自告奋勇顶替她。史家虽谈不上高门大户，史大婶还是不太乐意让未出阁的女儿抛头露面，也不知道雅茹说了哪些话打动她，也就给了她尽孝的机会。

雅茹头一回看店是在春耕后的一个下午，天空飘着细雨，她倚门而立注视着那些穿行于柳枝柳叶间的燕子，它们出双入对自由自在的姿态唤起了她胸腔里的一缕儿女柔情，心儿忽悠悠地飘动，好像期盼着一样东西又有些担心它的到来……雅茹正神思渺渺，一个后生就慌慌张张地闯进来，喘着气打断了她的遐思："阿妹，借个地方避避雨。"雅茹说着"勿客气"，眼尾飞快地扫了一下，他身上那种区别于村夫莽汉的文气让她心神一荡，就装作不经意地问："听阿兄口音，应该不是俺樟树村人。"后生彬彬有礼地回答："阿妹真有眼光，我是行船的，刚从庵埠过来。"雅茹知道庵埠是平原的大港口，潮州的海关总口就设在那里，不由投去艳羡的目光："你们船上拉了啥货物？"后生把灵活的黑眼珠转到了姑娘身上，语气轻淡地说："蔗糖，送到苏州的。"雅茹知道苏州是个比庵埠甚至比潮州府还要大的城市，就更加好奇："苏州好玩吧？"

后生这下来劲了："好玩，太好玩了，到处是假山园林，到处是雅俏的姿娘仔……头家们在那里修了会馆，三进的合院，好气派，正厅挂着咱潮州人最尊崇的韩老夫子（韩愈）像。会馆一侧修有戏台，老爷宫（神庙）。当今圣上下江南还专门来过，头家们欢天喜地迎圣驾，获赐彩绸二十四匹。"雅茹不大相信地问："你见过万岁爷？"见水手点了头又继续追问："那你倒是说说，万岁爷到底长啥样？"水手就用说书人的口吻描摹出一幅画像，无非是面如满月、双目似星云云，为了证实自己所言非虚，又补充道："他当时还问了我句什么，我没听懂，紧张得一个劲地说多谢多谢。后来头家们告诉我，圣上说的是京话，夸我长得精神，日后会有出息……"雅茹不由得多看了他一眼，他似乎比刚进门时眉毛更黑嘴唇更红眼珠更亮，活脱脱就是戏台上的"小生弟"。这时水手的目光也悠悠地转过来，对视的一瞬雅茹的心几乎要蹦出胸膛，她慌乱地寻找着新的话题，免得哑口无言更加尴尬："那你们又要从苏州拉回什么？"水手倒是回答得很淡定："苏杭的丝绸布帛，还有一些米豆棉花，不过这次不拉到庵埠，直接弄到番爿（南洋）去，再换回当地的大米还有别的东西。"雅茹总算把表情调整到轻松随意的状态："你这一趟出去不是要好久？"后生仍稳稳地答："有时半年有时一年。"雅茹惊得张大了嘴巴，过了一会儿又忍不住问："你很小就出来行船？"水手说："十三岁吧，我爹生了病干不了重活，姐姐们又都嫁人，我就不再去村塾念书，跟着同乡的船老大出来闯天下。"雅茹嘴唇一噘做出惊讶的模样，蓦地又想起了什么，用一种不服气的口吻问："你刚才说到苏州的姿娘仔，有咱潮州姿娘仔好看？"

水手饶有兴趣地打量着雅茹，似乎在拿双方做比较。血一下子涌到了雅茹细嫩的脖颈，脸也蒙上一层羞怯的红晕，她一边暗暗担心自己身上的浅色短褂深色宽脚裤会给他留下土气的印象，一边又为他面对异性竟如此从容感到诧异。

水手知道雅茹想要什么答案，于是慢腾腾地给了她："说真的，都没你好看。"尾音拔高了些，眼睛也定定地看着她。雅茹的脸轰地热了。水手的声音听上去不乏挑逗的意味，但雅茹并不觉得过分。对于家里做买卖的孩子来说，打小就见识了各式各样的人物，听到过别的姑娘在这个年龄段极难听到的事情，尤其是成年人生活中的奥秘。他们通常要比普通的少年人成熟老练几分，也因此迫不及待地想要长大，急于扎进成人的世界。这个后生的话就像一柄钥匙，投准了雅茹内心的锁孔，完全陌生的两个人在这一刻似乎共有了某个秘密，这个秘密又一下拉近了两个人的距离。

"嘴甜舌滑。"雅茹的声音像吹气一样轻忽，垂下的睫毛几乎盖住了透亮的褐色眼珠，纤长光润的手指轻轻地弹拨着柜台上那架老算盘。水手做贼似的环顾四周，在确定没有旁人后靠过来，从怀里掏出一包东西准确地塞到她的手里。她下意识地将手缩回，眼里掠过一丝惊骇："啥？"他强撑着笑脸："糖块。"她沿着台面将它坚决地推回去："我不要！"水手的脸上现出了讨饶的可怜神气："其实我早就识得你——"雅茹黑黑的眉梢挑得更高："瞎说！"又怕他生气似的瞟了他一眼。水手会心一笑，有意将声音放低："你今早是不是去上香？"见她瞳仁里的晶光耀了一下，就拿舌尖润着嘴唇继续说："没错吧？是你没留意到我。"

今天早上，水手所在的货船"和顺"号靠岸，他和同伴到江堤上转悠，碰见雅茹和她的母亲。十四十五无丑女，雅茹正是花苞半放嫩瓣微展，少女所掩藏不住的天然风致引得他想入非非，直到同伴拿肩膀碰他方收起了那种被情欲触动的迷乱神态。行船的尤其是跑远洋的水手，经历了大风大浪，深知命运的无常和人力的微不足道，大多将及时行乐奉为人生信条，以补偿生活对他的亏欠。同伴用怂恿的口气说："我认得她，韩江饮食店老史的独生走仔（女儿），去玩呀。"水手说："这号姿娘仔老子见多了，有啥稀奇？"待躺进船舱歇午，伙伴的逗趣声又在耳边鸣响，撩拨得他睡意全消，干脆爬起来去碰碰运气。

水手的话让雅茹跌进了又喜又羞的漩涡里，这也许就是长辈们常常挂在嘴边的"缘分"，靠着柜台的身体不由微微颤抖。为了不让水手小瞧，她挺直腰杆双臂交叉抱在胸前，俨然一副成年人的模样，正要开腔，有个熟人突然出现在大门口，把他俩都吓了一跳："雅妹，你爹呢？"雅茹只好把糖包抓起来塞进柜台下面，不失冷静地说："去秀才兄那里'哈茶'了。"

那人走了，雅茹好像才想起水手是来避雨的，就随口说："雨歇了吧？"水手哧哧地笑："可不是，我得走了。"捋捋衣褶迈向大门。

"我刚刚说了啥呀？"雅茹木然地站在那里，脑子里冒出了这句话，好像所有的快乐都被那个人带走了，大厅空荡荡的，她的心也空落落的。她还没有从后悔和惆怅中解脱出来，那个水手又从门口探进半张脸，俊美的眼睛射出快活晶亮的光，那些光不仅照亮了她，整个厅堂仿佛也随之灿亮起来。刚刚雅茹还在自怨自艾，滞闷的心窝转眼间吹进了一股清风，那种奇异、陌生而又愉悦的感受牢牢地抓住了她，她真想扑过去捶他打他："要死啊你？不是想走吗？"话到嘴边却调换成了这么一句："咋啦？"后生笑眯眯地说："雨还下着呢。"

在这个叫人恹恹欲睡的暮春时刻，饮食店偌大的厅堂只剩下这对年轻男女。水手坐在条凳上背靠墙角，用尽可能低的声音述说着航海的所见所闻，目光有意无意地落在姑娘身上。雅茹并不像水手想象的那般无趣，她有点精明又有点好强，对什么事情都透着股蔑视劲，在别人还没开口时就急于作出自以为是的判断，像要急于证明什么。她的脾气似乎不太好，又硬又急，一看就是被家人宠坏的，但也正是这难以驯服的性格勾起了他的征服欲。

雅茹一边听着一边拎起抹布擦拭桌椅，像要向水手展示她勤快温柔的另一面。水手说了半天见她没有回应，便停下来问："嫌我烦了吧？我是不是话太多了？"雅茹直起腰板将团在手里的抹布抖开说：

“没呀，听着呢。”嘴角还牵动了一下。水手就说：“能给点水喝吗？渴了。”在雅茹将水端来时他故意碰了碰她的手，见她只是缩了一下并没有生气，又更进一步攥住了她的指尖，吓得她用力挣开躲到账台后面。水手靠了过去，用蛮横的目光瞪着她羞红的脸说：“晚上我想见你。”她低头摩挲着盘在柜台上熟睡的猫，装作什么也没听见，但他知道她已听进去了，也不等她作答又悠悠地补上一句：“我明早就得走，起码要到九月才能见到你了。”

“走就走呗，关我啥事？”雅茹躲开水手说话的气浪淡漠地说。水手有些不满地问：“我就这么不受待见？”雅茹白了他一眼：“快走吧。”雅茹似乎嗅到了危险，也希望自己尽快绕过这一危险，但是不知道为什么，她并不想这么轻易认输。她没想到水手竟然耍起赖来：“你不答应我就不走！”她想横下心来赶他，刚挺起的目光一接触到他那炽热的目光，又退缩了。

雅茹心猿意马地撑到天黑。她迫切地需要一种东西，一种生命中从来没有出现过也没有触碰过的东西，而这种东西只有他才有。她胡乱扒了点饭，瞅准饮食店最为忙碌的时刻出门，两只裹过的小脚频繁交替如同左边划桨右边也划桨，将她送至春归堂后门正对着的那个芭蕉园。芭蕉巨大的叶子和紫红的花蕾挡住了黄昏最后一丝天光，四周流荡着潮湿的泥土腥气。等了一阵子，有条黑狗不知从哪里窜出来，绕着雅茹伸长脖颈吐着舌头，气得她捡起一块石头砸得它嗷嗷奔逃。“贱货！”她像在骂它又像在骂自己，心想要是被母亲知道了那还得了，可又忍不住想要跟母亲对着干，因为她老是把她当小孩。正游思妄想，一道黑影翩然而至，令她松弛的神经一下绷紧，心跳也乱了，身子一拧装作不理他。她能感觉到他凑得很近，一转身就会蹭到他。

“还以为你不会来呢。”水手兴冲冲地说。

“你到底想说啥？快些，我要回去了。”雅茹嘟哝着，像在为什么事不痛快。水手直截了当的问话把她吓了一跳：“你肯离开这鬼地方、跟我到府城去享福吗？”雅茹羞涩而又快速地作出反应：“说啥呢？我听不懂！”水手一下子将她扳过来诚挚恳切地说：“只要你愿意，我回去禀告父母，请媒姨过来说亲。”雅茹狠狠地挣开他的手，看着对方那对在幽暗光线里显得高深莫测的眼睛装出恼怒的样子："你真轻薄，咱们才见过一次面。"水手说："有多少人连面都没见就入洞房呢。"雅茹脸似火烧，支吾了半天才很不情愿地答："连你叫啥我都不知道，我哪有这福气！"水手像是回过神来，拍拍后脑勺说："你说得也对，我得先作个介绍，在下黄志扬，祖辈做小本买卖的，家住府城南门老香黄街。对了对了，府城不比你们樟树湾，又大又热闹，有湘子桥，有开元寺，有涸溪塔，我到时带你一个地方一个地方地玩，还有元宵夜的花灯，把整座城都照亮了。对了对了，我没有兄弟——上面有四个姐姐。"

雅茹感到水手边说着边拿肘关节轻轻地触碰她，像在提醒她留心听。她不得不退后一点与他保持距离，心里更乱，暗骂自己到底中了什么邪，竟莫名其妙地信了他，要是他起歹意可如何是好？她越想越怕腿肚子阵阵发软，眼泪都要流出来。

"也许你觉得我不配，可我还是要说，我就是喜欢你。"水手还在尽情尽意地表白，"我走过那么多水路，上过那么多码头，能让我动心悦意的就只有你一个。你要是不理我，这辈子我再也不会相中别个，只当白来这人世一趟。"

雅茹没见过这种场面，更没有听过这么火辣辣的表白，脑子一阵发蒙，但骨子里的那股傲气还在，细黑的眉毛一扬连气带羞地说："你啰啰嗦嗦到底在说什么？我一句都没听清。"水手受惊吓般地看她，又点点头说："也对，不知有多少后生缠得你背心无袖子，我算是'随人说长短——不自量'。"

"你瞎说，瞎说！"雅茹像遭到诬陷那样急红了眼。看着这个气哼哼的姑娘，水手如从起伏的波浪便能判断出流水的深度与走势那样，果断地捉住了她的手。她以为他又要塞给自己什么东西，没想到他又压上另一只手，吓得她赶紧抽回去。他不再消停，在松开她的手的同时又趁势搂住了她。她拼命地挣扎着并发出威胁："你再乱来，我可要喊救命了。"他的手从她的背脊滑向腰肢最细处掐住，与她脸贴脸挑衅般地说："喊啊，喊啊，倒了名声正好嫁给我。"雅茹的嘴唇发抖了一阵子终于哭出声来。水手这才松开了她并抚慰般地拍了拍她的背："别怪志扬鲁莽，明日就得走，要好久才能见到你了。"

水手嘴里掀起的轻柔气浪扑在姑娘滚烫的脸颊上，那缓慢低沉的声音更是一下一下地锉进她的内心，再一拉一扯钝钝地锯着。她犹豫了一下甩开了他再次抚弄她的手，狠狠心一拧身，颠起小脚跑出芭蕉园，留下他傻愣愣地站在那里。

水手冒失的举动虽为雅茹所期许，但仍让她受辱般地感到气恼。到底原不原谅他？她思想斗争了一夜，次日当她得知那艘"和顺"号货船真的离开后才梦醒一般，觉得所有的美好像被一阵旋风卷走，就像当初它来时那样。她把自己关在闺房里，哭得把头埋在手掌里两肩不停地抽动。最后她决定原谅他，毕竟爱人无罪。

接下来的三四天里，雅茹颠来倒去地思量着这件事，整个人仍然处于脱离现实的飘忽状态，水手那丝温热的气息仿佛没有消散仍在她的耳根游荡，她只能继续借助于回忆，重温被异性箍抱那种无法说清的奇异感受，在觉得难为情的同时仍然渴望着被那双瘦长有力的胳膊再度箍紧抚摸。芭蕉园那怵目惊心的一幕，此刻她不仅不抵制，还把它当成一段浪漫的隐秘陶醉其中。

史大婶敏锐地发现，像有什么东西注入女儿的身体里，顾盼的眼神、行走的姿势甚至干活的态度，都发生了某种微妙的转变，就连生硬淡漠的声音也变得温柔甜润了些。雅茹似乎也意识到自身的变化，水手虽然离开了，他那对乌亮灵活的眼睛却好像留下来，无论她走到哪里，都随时关注着她，并化作一股神奇的力量支撑着她鼓舞着她，赋予了她更加美好的神韵。

巨 舟

樟树湾夹在海阳县和澄波县城中间，处于粤闽边界，外间传闻这里穷山恶水，民风剽悍贼匪啸聚，哪边的官衙县府都不愿接手，因而一直成为三不管地带，直到澄波县来了个吴知县，主动向潮州府提出申请，这才终结了樟树湾多年来悬而未决的归属问题。接到县衙派人传唤，陈鹤寿心情沉重得好似鞋子粘满了泥，官府接手之后，诸多的约束以及苛捐杂税不说，弄不好身份还会被戳穿。暖玉安慰他："山长水远的，有哪个认得你叫陈兴邦？"陈鹤寿没好气地说："小蔡啊。"暖玉不急不躁地说："我看小蔡不是这种人。"

陈鹤寿也只能走一步看一步了，他和何仙姑还有盘老四分别代表樟树村、白莲寨和石壁村，坐着马车折腾了两日风尘仆仆地赶到县城，听吴知县庄严地宣布樟树湾划入澄波县辖区，一直风传的说法终于成为了凿凿有据的事实。接下来县衙便派人下来统计人口编入版籍。樟树湾人几乎全是外迁的穷民，其中疍民山民多数没户籍，祖籍根本无法核实只能由自己说了算，县衙的人也不想麻烦，草草登记造册就向督抚一级呈报。陈鹤寿得知后悬着的心稍稍落下，从今往后他叫陈鹤寿再无任何异议了。接下来县衙又派员到樟树湾丈量土地，要将被每家每户分割成一绺一块的土地面积录入册籍，以缴纳相应的皇粮。陈鹤寿认为樟树湾的田地乃垦荒所得，按照大清律例须待耕足六年，官府才需派司官到现场勘实成熟田数，议征收粮钱，虽然自己的隐忧并未完全解除，他还是自告奋勇代表三个村寨，上县城去向吴知县陈情请愿，申明樟树湾人所垦荒地不足年份，指出其做法有失公允，请父母官体恤民情哀怜民生，暂免征缴皇粮。

吴知县名千钧，字为建，刚过而立之年，个子不高，肩膀却又宽又厚，留一嘴大胡子，一蹙眉，鼻梁上的皱纹拧成个结，目光如利箭能将飞鸟射落。早在宣布樟树湾归属的那一次接触，陈鹤寿就敢于断定，这是个敢削敢切、独断专行的狠人，要想改变他的任何决定，必先融化他铁石般冷硬的内心。此次上县城，陈鹤寿弹算过了，跟吴知县不能硬来，先得让他的拳头一次次击打在软囊囊的东西上，化解掉他身上的戾气磨光他身上的锐气，方能得手。

吴知县耐着性子听完陈鹤寿申诉的"苦情"，应承了解后答复。陈鹤寿等了七八天不见回音，就追到县城来。吴知县推托手头事多，几句客套话就将他打发走。到了第三次第四次，干脆避而不见。陈鹤寿第五次上县城，不去衙门而是悄悄守在西侧的大街边，看到吴知县的轿子一来就扑上前，不顾自己是个生员，像伸冤的草民那样跪伏在他的轿前将状纸展开高高举起。吴知县还没回过神来，陈鹤寿已经声音洪亮地陈述着对方早就听过的理由，有条不紊地列举三个村寨垦荒的诸多实据例证。大庭广众万目睽睽，吴知县强压住心头的怒火极其冷淡地回应他：“待本县回去议议再说。”陈鹤寿等不到消息又接连两次上县城，一次刚好赶上槐泽乡暴雨成灾，吴知县前去巡视安抚；一次又赶上他在接待上级官员无暇理会。第八次见到陈鹤寿，吴知县再也按捺不住火暴脾气吼起来：“甭以为你是个秀才，我可以提请学政大人革去你的功名。”陈鹤寿毫不动摇地说：“就算革去我的功名，我还是会继续找您主持公道。”吴知县咬着牙说：“陈秀才，你要是觉得本县哪里做得不妥，完全可以直接告到州府去。”陈鹤寿的声音坚定而又清晰：“我要是连您这么正直的父母官都说服不了，还敢奢望什么？”吴知县毫不领情，指头快戳到他的鼻梁上：“今天我把话撂在这，你再让我见到一次，叫你尝尝‘免钱饭’的滋味！”陈鹤寿并不气馁，头缠白布第九次上县衙，擂响置于门外东侧的喊冤鼓。他已经心里有数，仅凭自己的书生意气是再无可能撼动这个官僚的威势，或许只有苦肉计才能感化他。

吴知县得到衙役禀报从牙缝里挤出一句狠话：“落了棺材唔知死！”将秀才不能随便动刑的惯例置之不理，给陈鹤寿扣上一顶抗法犯上的帽子，先让他饱吃一顿棍棒再投入大牢。陈鹤寿从容受刑，再痛也不吭一声。吴知县暗暗称奇，这才相信与陈鹤寿相关的种种传闻并非空穴来风，虽惜其才敬其胆但仍不甘心，五天后命人将他从监牢里拉出来，摆出要杀他的架势，问他有何话说。陈鹤寿只瞪着发痴的眼睛一声不吭。吴知县以为他怕了，接下来必会跪地求饶，想不到他摇头摆脑发出不无遗憾的吁叹：“可惜啊可惜。”吴知县两道浓黑粗眉挤向鼻梁上方激烈反诘：“可惜什么？”陈鹤寿说：“可惜您徒有‘爱民如子’的虚名。”吴知县扫了他一眼大声叱喝：“大胆！”陈鹤寿无所畏惧地翻开耷拉的眼皮直视他，鼻孔喷出两股粗直的气浪：“都说父母官父母官，有哪个父母愿意看着自己的孥仔背债受穷抱着肚皮挨饿？老爷您要是也活在僻陋穷困的樟树湾，又正好是穷汉中的一个，以您的个性和良知，我相信您同样会站出来替乡亲们吼一嗓子。”一阵酸楚的情感涌上鼻腔，泪水从他闭着的眼睛溢出，带着血痂的干裂嘴唇艰难地扭动着，声音里已带着作别这个世界的悲凉："可惜您不是，不是我们中的一个！所以您体会不到我们的疾苦，感受不到樟树湾人活着有多不易——"

吴知县咬着唇瞪着眼半天说不出一句话，心头升起的那种憎恶感悄然消散。陈鹤寿的肺腑之言正戳中了他的痛处，让他在追忆往事中释放出天性里温情柔软的另一面。吴千钧出身于一个贫苦家庭，从小见识过愁苦的皱痕堆叠在父母脸上，父亲死后，是叔父坚持把他送进村塾念书识字，直到中举拥有了做官的"正途出身"。眼下这个陈秀才，似乎就站在他曾经站着的角度，发出他曾经发出的悲怆追问。他若真的处治了他，那倒是成全了他舍生取义的好名节，而自己却落了个千古骂名。

"陈秀才啊陈秀才，我算是怕了你……"一声苦笑从吴知县的嘴角稀罕地泄出，陈鹤寿见了梯子就下，以最快的速度跪下叩谢。当他带着吴知县的郑重承诺离开升堂的大厅，朝着大门的方向一瘸一拐地走去，孙木匠和苏铁匠正在与守门的衙役理论。原来暖玉和濮婆婆见陈鹤寿这次走了七八天仍没回来，赶紧请孙木匠和苏铁匠结伴到县城找人。这哥俩无心闲逛那些闹哄哄的街巷行铺，径直奔向由数十个房间组成的官衙，还没来得及跨进钉着铜皮、被蹭得光亮的门槛就迎来了陈鹤寿。

陈鹤寿一脚踏入樟树湾地界就被熟悉的不熟悉的男男女女围了个水泄不通，原来有衙差比他更快地到达樟树湾，将三个村寨的所有田块宣布为荒田，发给了印信执照永准为业。陈鹤寿踏进家门看到两个激动得流泪的女人，乡亲们对他的感戴言辞热烈欢呼已变得无足轻重了。到了夜里，陈鹤寿在与暖玉一番恩爱之后听着她的呼吸声趋于均匀平缓，这才能够静下心来琢磨闷藏在心里的疑团，请愿既成，自己为何仍然快活不起来？难道就因为没有杀身成仁？陈鹤寿骨子里的英雄梦从来就没有消失过，但也从未像现在这样觉得渺远、黯淡。

在官府介入之前陈鹤寿一直幻想着，这块土地最好是被朝廷永远遗弃，这样他正好挺身而出收拾残局，把它变成世外桃源，为此他曾处心积虑地想要塑造一个神。人是很难相信人的，人只愿意相信比自己更加高级的东西，那就只有神了。神的存在几乎可以解决人世间的一切问题，就算这辈子解决不了还会有下辈子，令一方水土安伏，令周遭百姓皈依。连皇帝都自称天子。陈鹤寿知道依靠自己的力量，即使能够号令樟树湾也只是一时，若要长远，须抱住神明这株大树，所以就算拿出命来他也要护住水流神。眼下水流神的信众还不多，但好歹也居于神位了。可是，官府的横插一杠彻底打翻了陈鹤寿的如意算盘，湮灭了他的希望寒了他的心……

那天夜里，陈鹤寿躺在床上翻来覆去心里跟油煎似的，到了鸡啼三遍才恍恍惚惚合上眼，就看见一只足足有晒谷场大小的巨鸟降落在樟树湾，将全村男女老少一个不落地驮到背上，然后扇动着三对雪白的翅膀掠过万顷碧波，将他们引向比樟树湾更加丰饶的水土引向渴求已久的自由……醒来后陈鹤寿的耳边仍回荡着飒飒风声，一股渊源久远的情感从他的灵魂深处迸发出来，只觉得身体里有团火在燃烧，这个不甘平庸的汉子决定在樟树湾创造奇迹，造一艘全平原最大的帆船，领着全村人摆脱官府的压迫盘剥，寻找真正属于自己的乐土。

说干就干，第二天陈鹤寿便将药堂交给暖玉，趁她还没来得及开口反对就抢着说："阿公说我是扛大活的，这辈子我可不愿意耗在别的郎中也能治的小病小痛上。"

与陈鹤寿待久了，暖玉自诩能够理解他的想法和他经常挂在嘴边的理想，她也一直尝试用他的眼光去看待生活，希望能够与他琴瑟和鸣水乳交融，可是他的这一决定还是让她有些措手不及，好在她早已习惯了他层出不穷的新花样，只是略带严肃地提醒他："牛要出力拖磨，人要守住本分……"听到濮婆婆气恼地怪责陈鹤寿"有鱼吃又嫌臭腥"，暖玉没有添油加醋反而笑吟吟地安慰老人家："娘，生气伤身，由他折腾去，只当俺上辈子欠他的。"

陈鹤寿决定将造船工场设在江湾旁边的沼泽地附近，这样大船造成了便于试水。他带着石槌在茂盛如盖的树林下搭起了第一个草寮，成天对着一沓草纸记下不断涌现的心得想法，周围抛撒着石卵般大大小小的废弃纸团，直到天黑下来才回到他的诊桌前，给候在那里的村民们把脉看病。

陈鹤寿的勃勃野心并未招来太多的反对，毕竟他才冒死请愿为大伙争得利益，谁也不好拂了他的面子，可大伙又的确看不到他所描述的未来，响应起来自然没那么积极。陈鹤寿只好挨到墟日人齐，一下跳到两株连理榕下的大石块上，带着恍如亲历的真切表情给大伙讲述郑和下西洋的辉煌壮举，再豪情万丈地给他们“画饼”：大船一朝造成，将驮着大伙到番爿未开化的岛屿去寻找宝藏，并用平原的土产跟土著换回象牙、犀角、苏木和金玉……

“一支竹篙难渡大洋，众人划桨能开大船。”陈鹤寿天生是个演说家，更有好胆量，一张嘴就道出了别人敢想但不敢说的话，那些与光明、未来相关的热烈言语，犹如山瀑迸发倾泻进每个人的耳朵和内心，就连精明冷静的老史也被陈鹤寿的激情所感染，心头一热撂下市篮，跳上大石与陈鹤寿比肩而立，嘴唇颤动了好一阵子才发出声气：“秀才兄的造船大业，算我老史一份！”又振臂重复着陈鹤寿喊出的口号：“万夫一力，天下无敌！”一时间群情激昂摩拳擦掌。

老史还没到家史大婶已听到信儿，见他兴冲冲地踏进店门就朝他泼冷水：“少去瞎掺和，咱自个的活儿还忙不过来——”老史凑过去手掌遮嘴打断了她：“错啦，这就是自个的事！咱们没啥本事，想有出头天，就得学胡蝇缀马尾，一日跑千里。”

精明人老史的加盟无疑起到示范引领的作用，樟树村人尤其是那些好吃懒做、志大才疏的后生纷纷报名，有钱的捐钱有力的出力，在江湾掀起一股“造大船、寻乐土”的旋风热潮。年纪轻轻的陈鹤寿，凭着传奇的经历、非凡的勇气和公而忘私的精神征服了村民们，并以无可置疑的智者形象镌刻在追随者们的脑海里。他时而对着几本古册冥思苦想，时而仰望苍天喃喃自语，时而在一张图纸上急速描画，时而托起帆船模型做出急速掠过的潇洒姿态，在空气中遗下一道再也无法寻见的轨迹……陈鹤寿是如此醉心于他的新事业，以至于有一次拿萝卜糕蘸着墨水吃，孙木匠来看望他恰好看到他的笑话。这个笑话传出去不仅无损于他的高大形象，还让更多的村民肃然起敬，也让追随者们对他增添了几分敬佩爱戴的深情。

孙木匠并没有加入到这支不断壮大的队伍中来，他手头的活儿从年头排到年尾，因而只能抽空过来指点一下。另外的几个木匠正中下怀，这样陈鹤寿就离不开他们了，那些没有经验的后生更是服从他们的指挥，拿起从外地购来的锛、凿、斧、锯、锉、刨和墨斗绳索等工具边学边干，描大样，锯树头，造龙骨，烘木板……

短短几个月，造船工场呈现出一派忙碌充实、富有希望的动人景象，在这些劳动者的背后，是一排排井然有序的临时竹棚，下面堆放着海量的木材、桐漆、帆篷、绳索、铁钉等材料……所有的一切似乎正朝着陈鹤寿期望的方向顺利发展。可是暮春的天气愈来愈热，聚积在洼地上的浊水虫卵遍布，蚊子一团团如乌云驱之不散，齐人高的杂草里常有蛇蝎出没，有个帮忙做饭的村民还被鳄鱼咬伤了小腿……到了夜里，陈鹤寿以赶活儿为由不许大伙随便回家，生怕他们一放松心就散了。他半是说服半是勉强地让他们挤在汗味体臭弥漫的草寮窝棚里，由于日间过于劳累，大伙没说上两句话就打起了呼噜，半夜里又从呼呼风声林木抖响禽兽怪叫的噪音里和蚊虫叮咬的奇痒中醒来。这样又坚持了几天，开始有人发烧呕吐，三三两两的被抬走，留下的人都害怕了，找寻各种借口要求退出，当然也有不明就里的外人受了这壮举的诱惑，主动加入进来。

这段苦役似的日子并非一无所获，一根四十丈长的龙骨还是架设起来，看上去宛若史前留下的巨型恐龙化石，不过与浩大的工程相比，这点收获显得微不足道。到了夏秋之交，恰巧来了一场风暴，起先还只是像铁叉那样东一下西一下，把屋顶的茅草翻搅得漫天飞舞，雨点就从头顶豁亮的口子纷繁砸下，过了不久，田地里的庄稼也被连根拔起，大树发疯地抽打枝条，鸡鸭上天鸟儿坠地。雨见小而风愈大，采蘑菇似的抓起沼泽地旁的草寮窝棚一个个抛向半空，造船用的工具材料丢得到处都是，有的卡在树杈枝干中间，有的埋入油黑黏稠的污泥里，干活的老少爷们儿好似被怪兽追逐的野人，精赤着身子叫喊着乱窜……这场风暴摧毁了樟树村和白莲寨的三十多间窝棚旧房，山脚下的石壁村也倒塌了十几间土屋。

春归堂因墙基稳固没有遭到重创，只是边边角角破损了，倒是散了的人心再也聚不起来，尤其是风暴后的闲言碎语更令陈鹤寿始料未及。人们争相传说，这场灾难是陈鹤寿斫下参天古木、破坏了南岸的风水所致，今次只是一个警告，若不收手必将受到老天爷更加严厉的惩罚。谣言止于智者，起先陈鹤寿并不在意，直到大伙纷纷以此为由弃他而去，这才认识到事情的严重性，可惜颓势已无法挽回，只能仰天长叹天不佑他！

这艘只造出一条龙骨便进行不下去的巨舟，让暖玉听到了种种非议却并不觉得有多难为情，樟树村有哪个不晓得陈鹤寿是什么人，就算他白日做梦那也是为了大伙好。现在树未倒猢狲先散，她正好趁男人回家将他的山柑烟筒藏起来，给他找个台阶不用再回工场守那堆"破烂货"。陈鹤寿从前堂找到寝室再到后院，又摸进了灶房。暖玉听到他走近的声音忙背过脸去，装作埋头洗碗。陈鹤寿从暖玉抖动的肩膀看出了端倪，将她扳过来伸出一只大手掌找她要："把烟筒还给我。"暖玉微微痉挛的嘴角再也忍不住泄出了笑，两个人在灶间拉拉扯扯纠缠成一团。那天晚上，陈鹤寿像个客人那样留下来过夜，寝室里传来了久违的响动，男人喊号子般的嘿嘿声中糅进了女人的轻吟低唱，那支中断了许久的生命乐曲又活活泼泼地奏响起来。第二天，濮婆婆听见暖玉对陈鹤寿说话的口气软和了许多，明白这是隐秘的生活得到满足之后常有的回响，正暗暗替她高兴，就看见陈鹤寿大踏步跨出门槛。他带着石槌一户一户地找过去，死皮赖脸地劝说他的"兄弟们"重返工场，结果是逮虾走蟹，有的人把门关起闩起骇怕得浑身颤抖，有的人吓得几天几夜不敢回家。这么闹腾了几天，暖玉在乡亲们身边再也抬不起头，任何嬉笑声俏皮话在她听来都带着另外一层意思。

有天半夜，春归堂响起了噼噼啪啪的拍门声，暖玉抓起枕边的剪刀起身开门，惊讶地看到蔡厚道和韩江饮食店的一名伙计将醉醺醺的陈鹤寿架进来，他的屁股还没粘稳床沿，身子一歪如半堵残墙垮塌了……暖玉帮男人脱掉脏兮兮的衫裤，拿湿布拭去沾在他脸上胡子上的黏液秽物，心疼得快要哭出声来。她刚躺下他就收住鼾声急剧地咳嗽了几下，呆磕磕地问："我这是在哪呀？"暖玉柔声说："在咱家，表哥。”陈鹤寿感觉到自己粗硬的手被一只软软的手抓着捏着，就哦了一声说：“原来是个梦啊！”暖玉问：“梦见啥了？”陈鹤寿沮丧地说：“我的头发全白了，牙齿也掉光了，被儿孙们抬进一艘新造的船，里面没门没窗黑咕隆咚的，外面传来一阵又一阵的拍水声，瘆得慌……”

一连几天，酒醒了的男人仍然胡言乱语，暖玉疑心顿起，以为他得罪了何方神圣，就偷偷请来一个自称能收瘟摄毒、驱凶辟邪的道姑。那个道姑从陈鹤寿身边经过时念念有词，他还以为她在跟他叨咕什么，蹙起眉头细听，是一串串含混不清的咒语。她走进一个又一个的房间，拿红花仙草蘸清水弹洒在高处低处不同的角落，末了在门楣挂上小铜镜、八卦和扇子，外加一束“花旺（即花骨朵）”、竹叶和榕树叶。

陈鹤寿满脸狐疑地问暖玉：“到底怎么了？”暖玉冷静地答：“你中了邪。”陈鹤寿出神地看她，联想到近来乡亲们躲他孩子们怕他的种种怪象，终于信了女人的话，心里一阵难过，为造大船的开局不利，也为自己的急火攻心。想找个人倾吐一下，看看这樟树湾，又有哪个真正明白自己？就算暖玉，对他也只是一知半解。这世间果真知音难觅，否则高山流水的故事也不会流传至今！陈鹤寿只觉得，未来再次罩上一层神秘而又无法确定的迷雾，而且随着时间的推移，这雾气愈来愈浓。陈鹤寿陷入了怔忡彷徨，就在愁肠百结不得要领之际，脑海里忽然闪过一个短小的身影，心里想，也许只有他才能理解自己，才能拨开眼前这团彤云厚雾。

陈鹤寿上了趟莲花山，乡人只道他去挖树根寻草药，可待他再度出现在山脚下时依然两手空空。此时夕阳沉落，山风暮气浸漫肌肤，把赶路人吹得眼明心亮。陈鹤寿没有回家而是径直拍响孙木匠家的门环，有条“狗”扑上前来汪汪狂吠，孙木匠家的出来开门，叫他别怕狗是木头做的，伸手拍拍“狗”头，“狗”便乖乖地躺下紧缩四肢。走至天井，眼前的一幕更让陈鹤寿哭笑不得：真的孙木匠卧在躺椅上，假的孙木匠摇动扇子为他驱蚊蝇送凉风。陈鹤寿这才相信开“卤水”店的王仁贵没有吹牛，他宰鸭子时发现其中有只是木头做的——

孙木匠和他的徒弟们打制出来的木头动物已经混进了家畜的队伍里，它们像活鸡活鸭那样走跑飞鸣真假难辨。陈鹤寿心头一阵狂喜，愈加觉得非孙木匠不能成事。

也就在五天前，陈鹤寿上山去向大先生讨教，冥冥之中他觉得自己与这个奇人有着更深的缘分。这是他头一回来到畲族人的青龙帝君庙，正赶上什么祭祀活动，石壁村也来了不少人，大伙排列有序叩跪祷祝，庙宇像只大香炉从门窗天井腾起蓝白的烟雾，大殿里烛光闪闪，一条条碧绿的“青龙”（一种小蛇）缠绕在香炉的炷香上昂首蠕动，有位上了年纪、又干又瘦的大法师手持魔蛇棍喃喃念叨：“催得南蛇分八路，催蛇提鬼上庙堂……”陈鹤寿猜想他就是蓝法师，因为大先生像个弟子那样垂手立于他的侧旁。

仪式结束了，陈鹤寿问候了大法师就将大先生拉到一边，未及张嘴对方已说出了他的来意：“秀才兄，你造大船找我没用，找孙木匠去。”陈鹤寿惊喜地望着大先生：“这么说，大先生觉得大事可成？”大先生态度暧昧地嘟囔着：“天下哪有什么大事？无非是孥仔弟砌沙坝，孥仔妹过家家。”陈鹤寿沮丧地说：“那我还费这闲工夫。”大先生小脑袋一仰，声音变得清晰响亮：“那也不对，世间万物自有其用，既然都做开了，那就接着做吧。”

陈鹤寿正是拿着大先生这句模棱两可的话说服了孙木匠。不光孙木匠，樟树湾人有哪个不折服于大先生的道行？在他们的眼里，大先生远非智者这么简单，简直就是活神仙。

孙木匠领着徒子徒孙很快就充实进这支士气低落、人员稀少的造船队伍，消息经过陈鹤寿的有意渲染播扬，比当初老史加入更加轰动，樟树村人将信将疑地走向绿叶掩映的沼泽地附近，见到几条瘦骨嶙嶙的土狗飞奔而来又骇然收脚，石槌跑出来用更大的叱喝声压住了狗吠，引着乡亲们去见陈鹤寿。走着走着，他们又一次骇住，目光不敢相信地盯着蓝天丽日之下那条巨大的龙骨，还有爬在上面显得如此渺小的工匠们。人们总是为宏大的事物所鼓舞，也因宏大的事物而自卑，宏大的，总能俯瞰比它矮小的，而这些活得憋屈低贱的人，则自然而然地想去接近它仰望它，至于它是实景还是幻象，已无暇顾及。

陈鹤寿逆着光朝着东张西望的村民走来，周围的野花野草在呼啦啦的江风中起伏出波浪的形态，他解下盘在头上的长辫捋下了袖子，昂昂然的气势仿佛要将灰头土脸的乡亲们揉进泥沙里以免挡了他的去路。

“大伙随便看看，有啥不明白的只管开腔。”陈鹤寿发出了主人家那种干脆、自信的调门。村民们的内心立刻被一种欲望所煽动，纷纷围住陈鹤寿，试探性地说些难堪时常说的胡话，继而流露出错失良机的悔意。

“需要干啥秀才兄您只管吩咐，我老苏决不说半个不字。”领头的苏忠勇笑眯眯地说。陈鹤寿愣着神看着大伙：“你们听到啥风声了？”干泥水活的何老汉有点不高兴了：“唉！我们又不是聋子，听说大先生这个活神仙都发话了，再说老孙头有活儿不揽有大钱不挣，跑到您这边来，咱能不动心么？”陈鹤寿哦了一长声，似乎才弄明白他们的来意，打了个哈哈说：“你们说的是造船啊？天知道做得成做不成。”他越往外推，乡亲们就粘得越牢，恨不得瞄准缝隙像楔子一样敲进去。

“做不成也不怨您，咱们这回可是铁了心想要参与。”穆庆辉的反应比谁都快，见陈鹤寿蹙眉缩额像碰上多棘手的事，深嵌在眼眶里的眼珠子泛起一缕狡黠的光：“我认捐一担乌龙茶，给大伙泡水解渴。”卖三鸟的老赵说：“秀才兄，您莫怪我多嘴，今次和往次不一样，今次我们能见到真东西，还是这么个大家伙，心里踏实。”

“喏，咱们村虽是杂姓聚居，可毕竟供奉着同一水流神大老爷，理该有难同当有福共享，秀才兄，您看我这话说得在不在理？”一向老实恭顺的罗锅老郑涨红了脸，很难说清是羞怯还是激动。他和陈鹤寿关系特殊，平时除了种地外，还抽空帮忙打理春归堂后面那个临时的水流神庙，所以也有人喊他郑庙祝。大伙哄笑着表示赞同，眼里都闪眨着羞涩而又渴望的亮光。陈鹤寿心胸松泛了脸皮却依然绷紧着，那愤愤然的神色让村民们几乎丧失了希望。孙木匠适时插进人丛说了句大快人心的公道话：“俗话说得好，远亲不如近邻，更何况大伙都是创乡的好兄弟，秀才兄，要干大伙一起干，要走大伙一起走，谁也甭落下！”众人争相附和。陈鹤寿似乎有所触动，苦笑着用对村民丧失了信任的口气一再交代：“各位叔伯兄弟，今次入伙可不比上茅坑，蹲一下擦擦屁股就走人，俗话说，‘牛畏鼻，人畏字’，这回我要请中人来做纸字……”

在一片欢欣的赞同声中，陈鹤寿的脑子里极其自然地蹦出了大先生的影儿，也只有他堪当此任。

“一二三，洗浴免穿衫，三四五，洗浴壮过老石垢……”参差不齐的清脆童音打破了午后静谧闲适的气氛，蹒跚在江堤上的大先生后面拖了条分叉的“金鱼尾巴”，一群活泼嬉闹的孩子。陈鹤寿把大先生请进春归堂，让暖玉炒了几盘小菜，邀来孙木匠、祝大春、苏忠勇、老史几个，围坐在后院陪大先生开怀畅饮。

平日里大先生一副眉眼低垂老态龙钟的模样，而一旦讲起亲历之事却是振足精神银须颤动，令听者如铁屑为磁铁所吸附屏气凝神，猛地又发出会心的笑。他说起上次游逛厦门，目睹当地官员刘耀椿率兵击退英舰对港口的第二轮进攻……酒至半酣，大先生又给大伙讲起他在闽地遭遇的另一桩奇事，有天他经过上杭县一个叫“白水漈”的地方，好心的当地人劝他别走夜路，说有一自负书生赴京求取功名，途经白水漈因对不上古庙的半副楹联疯掉，溺亡后化作水鬼时时惊吓路人。他想起自己曾投宿于一个叫“黄泥陇”的地方，主人家恰好姓黄，心中一动决意去会会那个可怜的痴心鬼，替他解开生前的心结好早日超生。到了白水漈，他先找了家客栈投宿，再关起门来施展拿手的追梦术，进入一个又一个陌生人的梦境，寻找那个水鬼的踪迹。他来到一个老妇人的梦里，幽暗的水面由远及近传来了凄凄惨惨的叫声：“白水漈头，白屋白鸡啼白昼——”他就对着那道不定形的黑影叱道：“蠢材，黄泥陇口，黄家黄犬吠黄昏。”话音刚落，那鬼魂就发出一声感激的长啸，消失了……紧接着，做梦的老妇人嗳的一声缓过劲来，他急忙从梦境即将闭合的缝隙里钻出来，要是跑不快，又恰好做梦的人死了，净梦师就会永远留在梦境里。

陈鹤寿趁机请教大先生，当初祖父为何说此处有“前朝帝王的阴魂追逐船只”，大先生三言两语就解开疑团，原来距樟树湾出海口不远有个南澳岛，其位置处于闽、粤、台交界的海面，也正好是厦门、香港岛、打狗港（台湾高雄）的中心点，传说南宋皇帝赵昰与弟弟赵昺曾在此岛住过半个月，因元兵逼近，小皇帝在离开前将部分金银珠宝藏在一堆巨石中间，并在附近崖壁上刻下文字以求日后能够找到。赵昰病逝后赵昺于冈州即位，不久后崖山海战兵败，陆秀夫负幼帝投海。

“可惜的是，这组摩崖石刻剥蚀严重，留下来的三十五个字残缺不全几近天书，据说只有念其文释其义，藏宝的石室方能启开。”大先生抬起那双比上次又清亮了些的眼睛摇头叹息。陈鹤寿哦了一声豁然贯通：“原来前朝帝王的魂魄是回来寻找属于他们的财宝。”他在叹服祖父的卓识之余又增添了新的认知，樟树湾的位置如此重要，怪不得有越来越多的商船货船停泊于此，再抬头打量四周，对江湾又多了一份生死相依的深情，未来犹如雨后的蓝天一样澄澈。

大先生博闻强记，史料逸记信手拈来，再加之拥有上天赐予的奇技，身前世身后事、天上的地下的水里的无所不知无所不晓。陈鹤寿暗暗拿他与先师做个比较，其外表虽远不及陈五爷健朗轩昂，也不若他声音脆亮能言善辩，却心有丘壑更加通透畅达，对乡野村夫或达官贵人皆一视同仁，不狷介不自傲，逍遥于天地之间，真真是活出了人间真谛。也不知有意无意，大先生借了点酒力专门跟陈鹤寿聊起江洲义门陈氏的故事，说他们从唐代起聚族而居，创立了族产共有、人无贵贱、共同劳作、平均分配、和谐相处的理想小社会，创造了历时三百三十二年、近四千口同炊共饮、百犬同槽、孝义相传的人间奇迹，这种情形直到宋朝才因人多势众而被朝廷责令析分。陈家人把祖堂的一口大锅吊于义门祠堂大梁之上，让其自然跌落，摔成大小 291 块，于是分成 291 庄拈阄，拔锅分灶迁至全国各地。

大先生讲完后看着陈鹤寿：“大家都姓陈，你是江洲义门的后裔也未可知。”陈鹤寿心中一惊，其实这种理想化的想象在他的脑海里已经盘桓良久，今日又意外得到前人的实证，更加深了内心的信念，而这信念竟歪打正着，暗合了陈五爷的遗志，他的耳边又响起数年前先师炸雷般的余音："生之为人，人人平等！"

陈鹤寿感到先师的魂魄正与他慢慢融合化为一体，将分崩离析的东西重新组合起来，过去那种遥远而模糊的追寻转瞬间变得清晰无比，造巨舟只是手段，真正的目的是要寻一方乐土，修一座可供不同姓氏族群拜祭的杂姓祠堂，用人人平等的理念和共同的信仰将大伙粘牢在一起，这不仅为了再现江洲陈氏一族壮锦般光彩四射的辉煌历程，还可以推之于天下，从村寨到县城再到府城省城京城，让所有人如小溪小流汇入到代表着共同利益的海洋里，深度交融成为一个庞大和睦又坚不可摧的大集体，它将超越政权、民族和任何一个利益团体，真正实现"四海之内皆兄弟"的大同理想并传之于万世……陈鹤寿想到这些就兴奋得血脉偾张连呼数声："知我者，大先生也！"

听了江洲义门故事的第二天，陈鹤寿对着乡亲们现炒现卖，讲得比大先生更加生动感人。乡亲们怀着一种享乐的心情把它当古仔听着，并不相信哪天它会真的变成现实。陈鹤寿并不气馁，这种事光讲一次是不够的，必须天天讲月月讲，才能在村民们的脑子里形成一种未来的生活场景：主事人主事会由众人公开推选，负责打理一切事务，人人被恰如其分地安排进合适的生产小组发挥所长，酿酒、榨油、绞蔗糖、晒海盐、纺纱织布，还有加工其他生产生活用品，开垦田地种植果园，创办学堂、祠堂、藏书阁、接待馆、酒楼、药堂医馆、闲间戏院、刑杖所、田庄仓库等等。小孩子念书识字不用再交纳谷物，食堂设在离集中住宿最近的几处地方……每天清晨，男人们吃完了专人做好的早餐就去干活，除少数女人自愿参与粗重工种外，绝大多数留下来打理内务，做饭，洗衣，熬药，晒谷子，制作干果、"杂咸"，喂养家畜，照料病人、老人和孩子……

村民们向来注重实际，听多几遍也就分心了，把陈鹤寿的宣讲当成货郎穿街过巷的随意吆喝，兀自嘻嘻哈哈地扯起闲篇。陈鹤寿再也忍受不了向大先生大吐苦水，老头儿风趣地说："芋头尚未煮熟，你急猴猴地咬一口，嘴巴哪会不刺不痒？"陈鹤寿忙问，如何才能将这些顽固的"芋头"煮熟。大先生慢慢悠悠地说："江洲义门自陈旺开基，以勤俭耕读传家，孝义相处，建书堂，立家法，敬友邻，睦家人，为义门陈氏后来聚居数千口、合炊数百年奠定良基，你若想效仿，樟树村须兴村塾办书院，一切从教化入手。”陈鹤寿心领神会一揖到地：“我代表全体村民恭请大先生为我村开教化之先。”大先生谦逊地说：“‘一树一获者，谷也；一树十获者，木也；一树百获者，人也’，能当育人者，幸甚至哉，只可惜大法师曾多次提醒我，‘山里地窄，汝之命宽’，要我游历四方以增见识。”陈鹤寿像领悟到了什么连忙致歉：“这里也着实偏僻简陋，真的委屈了您。”大先生沉吟了片刻说：“这样吧，我先开个头抛砖引玉，再推荐南洲人齐修平、和洲人鲁有光两位青年才俊接力赓续，秀才兄意下如何？”

陈鹤寿大喜，即刻呼朋引伴，在芭蕉园里临时搭建起七间茅舍，设“蒙馆”村塾，取名“莲峰书院”，再请大先生屈尊授徒，并提议不管大先生在与不在，这里永远给他留下一个房间。经大先生推荐，陈鹤寿从外乡请来了两位饱学的秀才，身材修长、白脸长痘的叫齐修平，待人细心谦恭，说话有板有眼。矮胖肤黑、长着一对金鱼眼的叫鲁有光，脑瓜灵活办事干练。陈鹤寿与他们立了议学“关书（聘约）”：“敝村地处偏远，子辈恣性愚鲁，茅塞未开，今有幸请得名师齐修平先生、鲁有光先生，端方耿直，学问醇正，坐镇西席，训诲蒙童。函丈之光，时雨之化。吾等愧无厚俸，伏冀海涵，不胜忻幸……”

开课在即，陈鹤寿请大先生为莲峰书院题写门联，大先生也不推辞，饱蘸墨汁行笔沉稳仿佛听得到力透纸背的刺刺声，刚写上“本店开张”陈鹤寿就忍不住提醒他：“大先生，咱们是要办塾馆——”大先生颔首微笑接着续上“卖出尼山道德”，围观者若有所悟，又见他一口气写完下联：“诸亲光顾，须认泗水文章。”

从此后每天清晨，莲峰书院便响起了高高低低稚嫩的朗诵声，大先生与两位年轻秀才轮番上讲台，摇头晃脑倾心尽力。那些孩子的家长，荷着锄头挑着粪筐牵着牛羊路过，便贴着墙根眯起了眼美滋滋地听一会儿，好像得到莫大的慰藉。

几乎就在樟树村兴学设馆的同时，造船入伙的签约仪式也开始了。老史领着两位秀才负责备好契约文书。在造船进入低潮期那阵子，老史泄过气也抱过怨，现在又活过来，不仅没有却步，还将更多的精力投入到陈鹤寿压给他的“重任”上，把饮食店的生意丢给了史大婶和蔡厚道去折腾。

签约当天，陈鹤寿站在春归堂铺窗前，面对潮涌而来的男男女女只能压抑住激动的心情，他的脸上因此露出了一种介于惊愕与痛苦之间的古怪神情，好像不知道把有限的名额分配给谁。误解了的村民们吓得屏息敛声，紧拽着孩子自觉地排成长队等待，生怕被排除在外。陈鹤寿正是在那一刻明白过来，今后自己要做的也是最重要的，不是凡事亲力亲为，而是要给这些不断会聚过来的新老合伙人描绘一幅既清晰又诱人的宏图远景。他扬起长杆儿烟袋没头没脑地问：“你们知道自己在干什么吗？”见大伙迷惑地对视了一眼又赶紧耷拉下眼皮，就使着劲儿说：“创造奇迹！你们不是很羡慕别人的豪屋大宅吗？老张那落新起的‘下山虎’算啥呀？那是死虎，咱们要造的是会走路的大屋，一条活龙！”他的话听上去具有一种一览众山小又发自肺腑的优越感。“照咱们先前议下的规矩，谁付出多，谁就有资格坐上这艘大船。”

有村民大着胆子打断陈鹤寿：“秀才兄，咱这艘大船叫啥名字？”陈鹤寿说“水流神号”。又有人问：“啥时候造得好？”陈鹤寿说：“快了。”别人问有多快。陈鹤寿说要是顺利的话也就这两年。别人说要是不顺利呢，他想了想说那得三年五载。几乎每回都有人傻乎乎地重复着那个老掉牙的问题：“它要把咱们拉到哪里？”陈鹤寿忍住笑蹙了蹙眉头：“哪里好咱们就到哪里！”

对于乐土到底在哪里，陈鹤寿心里也没谱，每天也得给自己打气，就像鸟儿需用翅膀扇动空气以免掉下来一样。他只能让自己相信，只要把大船造出来，一切将水到渠成。

大伙仔细琢磨着陈鹤寿的每一句话，都觉得无懈可击，又话里有话。有人鼓着一股牛劲继续追问：“您不是说过，要带我们去找什么海上蓬莱南洋仙山吗？”陈鹤寿眯着眼和和气气地说：“对呀，是有这种设想。”那人又问：“可您又说要将大伙带到一个人人平等、舒心快活的世外桃源？”陈鹤寿仰起脸来如烈马般嘶鸣：“蓬莱也好桃花源也罢，说的都是同样的意思，就是要去一个不受穷不受苦不受气、别人管不着的福地。”

“你敢肯定大伙能合成一股心劲？”罗锅老郑捂着牙齿脱落的嘴讪笑。陈鹤寿毫不含糊地说：“江洲义门尚能化及畜类，令百犬为之同食，何况咱们？只要从我做起，同心合力，乐土便不会遥远。”有人听到最外边一个挤不进来的老妇嘀嘀咕咕，就替她喊起来：“李阿婆问，为啥还要找新地方？这里不好吗？”陈鹤寿有点不耐烦了：“我先举个例子，咱们村垦荒可有向官家支借耕牛、种子？没有！为啥？怕和衙门那帮孙子打交道。这种事我最清楚，牛、种未发就会有衙役先向你伸手，发时又有奸役猾胥趁机侵扣，发了之后催征也会一个接一个……我先把话撂在这里，与洋人的仗打得越凶，各种名目的捐税就会越多。我重申一遍，大伙给我听清喽，咱们为什么要另谋出路？就是为了不受这帮烂肚糜肠的贪官酷吏的鸟气，到一个山高皇帝远的地方过自由自在的日子。”

这时齐修平已拿着整理好的名单走出药堂街门，将纸字合约的内容朗声读了一遍又解释了一遍，条文具体到每月每户按统一比例出钱或出工，付出和表现将记录在案，成为日后论功排序的主要依据……见大伙没有异议即念出了第一个名字，那个村民兴奋得跳起来转了个圈，落地时做了个得手的动作，冲进前堂从鲁有光手里夺过合约，怕对方反悔似的伸出指尖蘸了下印泥，代表全家摁了上去。

陈鹤寿捋着那沓不断变厚的合约，心想这是香饵也是钩子，既然你们吞进了肚里，想甩掉可就没那么容易了。

深秋的凉风带着谷物瓜果熟透的芬芳吹到江堤，常有外地客人踩着潮润松软的滩涂过来探访造船工地。摇曳的枝叶间洒落着珠子般明亮的光斑，一株株古木老树犹如森严守卫的兵将，亭亭盖盖的绿荫更像层层帷幕，木船巨大的骨架如皇宫般巍然矗立于眼前。客人们一边仰望着发出夸张的惊叹，一边听老史激情满怀地讲解着，樟树村的主事人陈鹤寿如何得到神启，领着村民们打造这艘全平原最大的帆船，它长四十四丈阔十八丈，上下五层，底尖上阔，走远洋速度快，还能有效抗击风暴……说到这里老史忽然掐小嗓音，给来访者透露了一个重要秘密：不久的将来，这艘大船将担负起光荣神圣的使命，把全村人送到一个美好富足、自由快活的地方……

来访者的目光在帆船庞大的骨架上蚱蜢般地跳来跳去，有的脸上挂着不敢相信的表情，有的将信将疑，也有的已经展开了想象，一村子人装进大船里的欢闹景象近在眼前：在落日之下风浪之中，主事人陈鹤寿一手叉腰一手笔直地指向远方，眼里透出沉静与坚毅，微微上翘的嘴角仿佛在玩味着背井离乡的复杂心情。村民们紧紧围绕在他周围，一张张面孔随着景物的变化转动着，朝着美好的将来憧憬。

在大船骨架的另一侧，客人们会“意外”而又幸运地碰到“日理万机”的主事人，他举止沉稳地跟客人们寒暄几句，便领着他们登上吱吱嘎嘎、不堪重负的临时舷梯，站在刚刚铺设木板的第一层往下望，那种如临深渊的晕眩感再度引发了陈鹤寿最想听到的尖叫声惊叹声。

“闭上眼，”陈鹤寿像“出海”那样发出不可动摇的号令，“请大家静下心来想象一下，蓝天白云，一望无际的海面，雪白的浪花扑打在船舷上，海鸥和引路鸟就在你的耳边清脆鸣叫，‘水流神号’六帆竞发，载着你和你最亲最爱的人驶向遥远的彼岸……”

客人们几乎在同一时间闭眼又在同一时间睁眼，做梦似的长舒一口气。陈鹤寿又将他们领到船头，那里立着一座用木板搭成的小庙，里面供奉着缩小版的水流神神偶——它的灵感来源于一个孩子，当他看见人们在忙忙碌碌地造大船时，还以为是在“修大庙”。陈鹤寿面对着客人们七嘴八舌的提问，脸上那种走了神的表情立即转换成明显是装出来的重视，举了两三个例子煞有介事地说明水流神有多“显”，强调他与疍民供奉的天妃娘娘和畲族人供奉的三山国王相比拥有更大的法力，他才是真正的山海大神。

几乎来参观巨舟的客人都是乘兴而来，失望而归，可是为了证明自己没有白来，回去后仍然要狠狠地夸上几句，从而引来了更多的游客。

在白莲寨里或者渔船疍艇上，却悄然流传着另一种说法，陈鹤寿将驾着这艘庞然大物出海讨掠，与疍民争夺地盘和资源，于是就有狭隘的疍民怀着恨意半夜跑到工场捣乱，将山上砍伐下来的木料丢进江里，看着它们像杉木排筏那样漂向大海。他们还企图纵火烧毁这艘尚未成型的大船，幸好被巡防的村民发现制止。陈鹤寿不得不安排更多的人手加强防守，并饲养更多的大狗来辅助他们。樟树村内部有些没签约的村民也恨不得出事，说这艘大船好像一尊厚重而巨大的棺椁摆在码头附近，像随时要给村民们收尸……听过这种传闻的人夜间再从那巍然屹立、山一般的黑影旁边经过，愈加觉得自己走在地狱边缘背脊冷森森的。陈鹤寿明知舌头可以毁人毁事却又苦于无法禁止，大先生知道后随口编了支畲歌，叫齐修平鲁有光教给莲峰书院的孩子们，再由他们传播到其他孩子中间，让那些充满童稚的歌声阳光般地照彻人心最阴暗的角落：

坐呀坐，
坐大船，
大船到乐土，
日子不再苦。
阿兄会算数，
阿嫂会煮食，
阿弟阿妹来担轿。
担轿担唔浮，
饲猪大过牛，
大牛生马仔，
马仔生真珠。
真珠辇辇圆，
阿爹阿娘喜洋洋……

半年的时光一晃而过，大先生要走了，陈鹤寿再三挽留未果只好把他送上江堤。在分手的那一刻大先生忽然开腔：“老夫脑瓜生锈了，一直忘了恭喜秀才兄。”陈鹤寿怏怏地说：“少惹麻烦就好喽，哪敢奢求什么好事。”大先生说：“恭喜你陈家有后啊。”陈鹤寿拍着额头苦笑："大先生糊涂了，我那姿娘人打小产之后，至今肚子仍瘪瘪的。"大先生眨动着滞涩的眼睛扫视了北岸一下说："西边落雨东边晴，南岸无哩北岸有。"陈鹤寿心里咯噔了一下，猛然记起上次见到大着肚子的柳三娘，推算起来与那次出海扣圈的时间刚好吻合，急得抓住大先生鸡爪般的小手摇晃："你见过他？"大先生点了点头："令郎满月时，柳头人私下请我去给他算命。令郎乃水命，有水则力厚，日后是个食咸水吆海风的人物。"

送完大先生回来，陈鹤寿悄悄闪进濮婆婆房间又飞快地掩上门，迫切地问："娘，三娘真的生了我的儿？"濮婆婆十分吃惊："你咋知道的？"陈鹤寿从濮婆婆的表情和口气已经得到了答案，坚定地说："有人告诉我了。"濮婆婆冷峻地看着他："我没说，是觉得这对幼妹很不好！"陈鹤寿急得连连保证："都是我的错，今后不会了不会了。"濮婆婆消除了疑虑，说："三娘原先打算，既然留不住你，那就留下个孥仔好改良族群的后代。"见陈鹤寿并不生气又继续说下去："可是后来一切都变了，你不肯供奉天妃娘娘，按族规她是不能留下你的种的。"陈鹤寿心头一震："那孥仔呢？"濮婆婆冷冷地说："孥仔还小，谁也不能肯定是你的。你要相信三娘，这事她会处理好的。"陈鹤寿说："可是——"眼睛受不了濮婆婆的逼视只得滑向一边，听她用严厉干哑的嗓音警告他："阿寿，这事不能再提了，否则对孥仔、对三娘、对幼妹都没有好处。"陈鹤寿蔫头耷脑羞愧难当，心里再也放不下这块分离的骨肉，过了一会儿又忍不住开口："孥仔叫啥名？日后有机会才好相认。"濮婆婆说："还没官名，不如你起一个，我托人转告三娘。"陈鹤寿对着濮婆婆作深躬长揖然后郑重地说："既然是在海上怀的，就叫沧海吧。"

落 胎

朝廷为鸦片的事跟洋人打起来了，一阵子说打赢了，一阵子又说打输了，包括陈鹤寿在内的都认为，战争虽发生在广东境内，但离樟树湾着实遥远，根本就构不成威胁，直到有一天，白莲寨投奔粤东水师的三个后生只回来一个瘸腿的，其他两个都死了，大伙这才意识到战争原来离自己很近。据这个死里逃生的疍家后生说，他们驻守虎门，原先只听说英方要跟朝廷谈判，忽然就朝大角、沙角炮台轰炮，清军死伤七八百，帅船、拖船沉毁近十艘。别人问他英勇善战的林则徐林大人呢，他说在此之前，林大人和两广总督邓大人都被双双革职，水师提督关大人则战死虎门炮台。战争的结果让男人们大失所望，即使后来传出中英签订了不平等条约的消息，仍然有人坚持认为，这不过是朝廷的诱敌之计，想给洋鬼子来个瓮中捉鳖。

得知朝廷吃了败仗，陈鹤寿心里并没有享受到消仇解恨的快活，反而像受辱一般难过。无论造成国难的原因是什么，结果倒霉的还是老百姓，正所谓神仙打仗凡人遭殃。一想到这些，陈鹤寿更加坚信自己造大船寻乐土的前瞻性和正确性。在一次酒后他拍着老史的肩膀说："世人皆醉，唯有我与兄独醒！"老史迟疑地问："秀才兄的意思是——"陈鹤寿说："朝廷向洋人认㞞，还有人可笑地认为这是欲擒故纵的招数。"老史附和地笑："谁说不是呢？还是秀才兄您站得高看得远，待洋人打进北京城，咱们早就坐上大船远走高飞喽。"

在造船运动中，向来老谋深算的老史不知中了什么邪，被一股热潮裹挟着彻底昏了头，樟树湾到处流传着他"十过家门而不入"的故事，说他像只看门狗寸步不离地守着集体的工场，要不是史大婶的精明还有蔡厚道的忠诚，韩江饮食店早就垮掉了，当然雅茹也功不可没，且不说平时有大量的急事难事等着史大婶这个头家奶拍板解决，光初一十五这两天她就得去各个神庙烧香，雅茹主动补位，一边收银一边指挥伙计们干这干那，伙计们起初并不服气，只是看到头厨蔡厚道无声地执行才没有二话。

史大婶很快就发现，女儿年纪虽小，处理起事情来却干脆利落从不瞻前顾后，且每次出手都抓到点子上，其解决问题的能力不仅超越了她的年龄，也超越了她这个当母亲的。史大婶在咒骂丈夫"痒的不抓抓痛的"的同时，意外地从女儿这儿获得了一点心理补偿。她哪里知道，雅茹如此倾心尽力，只不过是为了能够经常在饮食店露脸，免得错过那个水手。

六个月后的一个下午，当那个叫黄志扬的水手再次现身韩江饮食店，雅茹还以为是在做梦，鼻根一酸泪水险些儿掉下来，至此她不得不承认，自己早就跌进了思念的陷阱。她使足了劲才没让他看出她的激动，仍用冷淡的语气说：“好久不见啊。”水手坦然地告诉她，他们在苏州遇上了麻烦，差点儿赶不及最后的风信。他们还想说点儿什么，有个伙计揉着眼睛午休回来，水手只好丢下一句话匆匆离开。

对于年轻人来说，公开场合永远不是谈情说爱的理想场所，哪怕绕着弯儿也休想躲过过来人的眼睛。两个人都怀着激动焦灼的心情盼着日头快点落山，仍然是昏暗的暮色仍然在芭蕉园，莲峰书院早已散学闭门，周围的各种噪音逐渐远去，经过大半年思念的煎熬，雅茹这才真正发现自己的情感有多焦渴，有多想念对方需要对方。在黄志扬熟练的诱导下，雅茹仿佛从他身上汲取了那股近乎疯狂的劲头，比对方更主动更投入。她后来不知道自己是如何回家的，瘫软在床时仍然处于痴憨迷乱的状态，套用史大婶奚落他人的话叫“被番仔念了贡（咒语）”。

雅茹以为自己这辈子的情感和精力都已被掏空使尽，当第二天的晨光撑开昏暗浊重的天地，她的心胸又敞亮起来，柔弱的筋骨也恢复了原来的弹性与活力。她迈出闺房走进深秋干爽惬意的阳光里，胸脯挺得高高的，像要把昨夜留下的拖沓混沌抖落干净，两颊上的绯红却因受了激情的主宰而没有完全消退。

史大婶脸上的表情凝住了，昨夜在店里或者在家里似乎都没见到女儿，就将她喊到跟前问话：“昨晚你出去了？”雅茹装傻卖呆地说：“有吗？”脸更红了。史大婶愈加清晰地估猜到女儿对她隐瞒了什么不可告人的秘密，就诈她：“我一整晚都找不着你。”见她支支吾吾眼里浮起羞怯的雾气，就直截了当地问：“你到底出去干啥？”雅茹嗫嚅着：“去找秀云和白妹。”史大婶冷着脸穷追：“然后呢？”“坐大菜”三个字从雅茹的唇边滑过，后悔已经来不及了。

“坐大菜”是元宵夜才有的习俗，少女们结伴悄悄来到菜地，边坐在大菜（又名大芥菜）上边虔诚默念祈祷：“坐呀坐大菜，将来嫁个好夫婿”，期望着未来的家庭如大菜的叶蕾那般簇拥、紧抱、圆满。

史大婶忍不住笑出声来："雅妹啊雅妹，中秋才过去多久？'十五夜'还早着哩，小心把叶子坐烂了。"史大婶没再深究，歇午时却突袭跑来查岗，只见初通情窦的女儿背靠收银台笑得浑身打颤，有个瘦高的后生站在离她很近的地方说着什么。史大婶还没看清对方的长相就被他发现，一闪身不见踪影。

事情明朗了。趁老史回家，史大婶催促他给女儿敲敲边鼓。吃饭时老史以一种拉家常的口吻说："接下来，咱家的头等大事就是给雅妹物色个好后生。"雅茹的脸扑地热了，又马上意识到这样的反应只会泄露了自己的秘密，就把头拧到一边说："我不嫁人，我要留下来陪你们。"老史开心地笑，笑着笑着忽然敛住，因为女人给他闪着提醒的眼神，只好干咳了一声以示郑重："雅妹啊，我和你娘早就商量好了，咱家可不像别家，只能招个养老婿。俗话说得好，国有国法，家有家规——"他止住了。那对母女眼巴巴地等着，有个声音从他的喉咙头跑出来，但感觉更像从肚子里震荡出来："呃——"雅茹在弄清那是个酒嗝后笑开来，老史也忍不住跟着笑。雅茹其实并不怕父亲，从小到大他都宠着她，真正管束她的是严肃有余的母亲。史大婶不得不出来镇场子，她拉长着脸说："这规矩嘛，我来替你爹讲讲，自古以来，男男女女的终身大事都须由媒妁说合父母点头，不可私自在外勾三搭四。"这话一听颇具针对性，雅茹就赌气地问："要是自己中意父母不喜欢呢？"史大婶的眉头皱得更紧："那是万万不可！"雅茹比自己预想的还要快地做出回应："为什么？"当母亲的威严而坚决地说："不为什么，不行就是不行！"又故意咂嘴："咱雅妹不会是相中哪位小哥吧？"雅茹又羞又急地说："我没有。"史大婶收回了嘴角的笑意用疏远的口气说："没有就好。"

天黑下来，雅茹听到母亲一个劲地埋怨父亲："我就不信，人家少了你这支竹仔搭不成棚？"父亲自知理亏呵呵地笑："秀才兄这么信任我，乡亲们这么看重我，我怎能随便撂挑子，更何况——"他把声音压得尽可能低，然后是母亲嗳的一声语气缓和了些："无影无迹（没根没据），就算是金窝银窝，也不如咱这狗窝。"

老史急匆匆地走了，史大婶仍旧来到饮食店的厅堂忙碌，招呼熟人，指挥跑堂，催菜上菜，收银送客……待客人稀疏了才忽然记起了什么，匆匆返回住处，谎称头痛的女儿不见了。史大婶扶着女儿闺房的门框心里往下一坠，感觉到雅茹的行径潜伏着某种可怕的危险，想要派人去找又怕坏了她的声名，况且樟树湾这么大，到哪找去？只能用老史的话来安慰自己："雅妹胆虽大，人不傻。"

夜深了，江堤码头快断了人声，雅茹这才怀着无法平复的兴奋依依不舍地回来，店门还没关，她悄悄往里探头，厅堂的椅子全都倒过来垒在桌面上，只有一个伙计在清扫地上的垃圾。她放轻脚步，猫一样敏捷地从他背后穿过，又晃过后面旷地的瓜架，刚拐进自家走廊就被一道黑影吓住了。光线暗淡，雅茹仍没有勇气去正视母亲凛然望来的双眼，自知理亏地低下了头，侧着身想要从她身后通过，微微颤抖的手就被她一把抓住。

"我还想请秀才兄敲响大锣，把乡亲们喊来一块儿寻你哩。"史大婶冷冷地说。雅茹的声音沉静得让自己吃惊："你甭紧张，我就是闷得慌出去走走。"当母亲的厉声质问："你倒是跟我说说，有哪家哪户的姿娘仔半夜三更出去浪的？"雅茹默默地承受着母亲理所当然的数落，没有愧悔也不作反抗，就像平静地对待已经发生并且过去了的事情那样。

"雅妹啊，娘再多说一遍，也是最后一遍，而今这樟树湾就是一摊浑水，啥人都有。姿娘仔的裤腰头要打死结，一松开，这辈子就甭再指望有好日子了。"史大婶没有更加来劲地斥责她，而是突然降低了调门声音暗哑忧伤，听起来不像是数落倒像是央求。雅茹眼眶一热张口说："娘——"，史大婶继续保持着不变的腔调："你嫌我烦我也要说，只怕哪天你想听已经来不及了。"

雅茹故作镇静地笑了笑，心底透过一缕忧虑，隐隐明白自己在水手的哀求下心软了松懈了意味着什么。回到闺房，那股撩起她的情欲、不容她片刻安宁的力量，与母亲严厉的警告交织在一起熬煎着她，她一会儿笑出眼泪，一会儿又害怕得哭起来，两个人难解难分、难分难舍的惊心片断在睡梦中穿插交错不时闪现，那些原来被激情所耽误而忽略的细节，像被刻意放大显得格外醒目：油汪汪地散发出热量的皮肉，亮晶晶的眼神，张开的毛孔，急促的喘息和剧烈的痉挛……她又嗅到他的头发、脖颈、腋窝、手指乃至嘴唇上所挟带的那种经过海风熏染海水浸渍的咸味腥气。当清晨第一缕炊烟从韩江饮食店扭动上升时，雅茹走近正在梳洗的史大婶支支吾吾地向她坦白，自己确实有了意中人。为了安慰自己也为了安慰母亲，她又急忙解释，黄志扬此次回庵埠后会立即请媒人前来求亲。史大婶听后愈加心慌，想起那些水手的浪荡，再想起那个午后闪过的人影，恨不得马上就跑上船去兴师问罪，但是想想事关重大不宜声张，比较稳妥的办法就是尽快找到熟人，了解一下这个黄志扬的底细，还没拿出行动，“和顺号”已经离开码头沿着韩江溯流而上。

雅茹的心就像被黄志扬带走了一样再也无法平静，她摸摸自己的手，也掐掐自己的腿，以确定心口和胸脯微微的胀热感是不是真的。她身上的每一寸肌肤都在告诉她，它留下了水手的独特痕迹、体温和气味，就像春天里的田园地块留下了耕种的牛蹄犁印。

“好在，他很快就会回来。”雅茹给自己打气，水手永不分离的盟誓犹如揭开的泉眼冒出朵朵细浪，毫不间断地汇入她内心不安的潮水。她时常有种迷迷离离的错觉，他就在她身边，只要闭上双眼或鼓动鼻翼就能感觉得到他。她知道正是由于他，自己的内心才会发生了这么多细腻、柔软、美好的变化，就连她最爱的父母亲，也不得不让位于他。史大婶已俨然退居幕后，只能像个局外人那样，从女儿的微笑、从挂在她脖子上的那串精美洁净的贝壳还有变得俏丽了的面容，感觉到她开启了人生最为美好的时光。她那没有发育完全的细长身段似乎变得丰腴圆润了些，闪动的眼神、走路的姿态，还有拿指头梳拢头发的动作，都有了一个少女走向成熟的韵味。

时间一天天过去，黄志扬杳无音信，雅茹只能在梦里见到他。最初那些梦还带着甜蜜快乐的痕迹：水手陪着年迈而又面目模糊的双亲还有媒婆一块儿来到樟树湾，塞满饮食店的街坊邻里对着史家未来的姑爷评头论足，父亲在兴奋地说着话，母亲舒展着满足自豪的笑脸……有几个姑娘向她投来嫉妒的眼神，不知道谁嘀咕了啥，几个小媳妇炸了窝似的开怀浪笑……可是有一次她却梦到了截然相反的情景，她掉进了江里大声向他求救，他站在岸上背着双手不予理睬，醒来后她的情绪极度低落，那个一直被她有意压制下去的声音终于冒了出来，会不会真的像母亲说的那样“干了一桩要命的蠢事”？

一个多月后，没有出现的水手几乎把雅茹的精气神都耗尽了，她像一个摘下来的水蜜桃渐渐失去了鲜润，头发大把大把地掉，话越来越少，对任何事情都没了兴致，即使跟别人面对面说话，也老觉得对方的声音是从很远的地方传过来的。她时常站在窗口，像隔了层雾气那样呆滞地打量着码头收了帆的船只，还有在岸上转悠的陌生身影，默默地咀嚼着吞咽着跟那个水手所经历过的一切。

雅茹的变化迅速落入母亲的眼里，她先还暗暗得意，自己下的猛药终究镇住了女儿的疯劲，接着又有点担心，雅茹会不会已经干了傻事？有几次史大婶张口欲问，可一看女儿怅然若失的眼神又忍住了。其实她也不敢去面对那个可怕的答案，只能一遍遍地往庙里跑，给神明更多的许诺以换得女儿的平安。

在那些难熬的时光里，只要听到船只靠岸的螺号，雅茹就会丢下手头的活儿往外跑，一次次的落空使她失望至极。每逢初一十五，大小节日，她借口去找暖玉聊天，从陈家的后门钻到水流神小庙焚香“说话”，告诉神明她快要扛不住了，请他保佑心上人快点回来。为了给自己希望，雅茹为水手编出了五花八门的借口，在倒出胸间积聚的泪水之后又大度地原谅了他。

转眼腊月过去，正月正是男女婚嫁的最佳时段，码头上江堤上隔三岔五传来炮仗和唢呐锣鼓的声响，落入雅茹的耳朵里却成了催命的丧音，听到外间伙计们嬉笑着跑去看热闹，心里却像塞了块冰冷得浑身打颤，连绣花针都捏不稳。

正月刚过，雅茹经过厨房时发出的干呕声如利箭射穿了史大婶的心胸，她浑身一震冲过去，像对待牲口那样把女儿拖到寝室，逼她交代跟水手做了什么。起初雅茹还装作没事与母亲周旋，待母亲失去了耐性狠狠地拍击床沿方转为呜呜的啼哭，将这段时间来聚满胸腔又排遣不掉的委屈化作汩汩的泪水。史大婶毫不手软继续深挖，盯着母亲那双惊恐而又严峻的眼睛，雅茹只得松了口，好久没来脏东西了。史大婶唉呀一声瘫在床上，嘴巴张得大大的却久久发不出一缕声气。

得知真相，老史顺手操起板凳要往宝贝女儿身上砸。雅茹早就翻来覆去想过多少遍，至多不过一个死字，再也没有什么可怕的了，她跪在地上紧闭双眼等待着父亲的致命一击。史大婶嘴上说不管女儿死活，一旦看见男人动起真格又泪流满面地冲过去挡在女儿前面。雅茹站起来推开母亲惨然一笑："只当你们没有我。"一脚跨出门槛。雅茹的这一笑比任何举动都让人害怕，当母亲的冲过去用最大的气力拽住她，反过来低声下气地安慰她："再等等，也许他会来，"又对老史说，"你快去庵埠探个究竟。"老史丢开板凳木然地走到屋檐下，狠狠地扇了自己一耳光，辱没先人的悲愤和着咽泪淌血的爱怜，让他的脸色看上去像快要死掉。

老史还没出发，那艘"和顺号"倒自己送上门来。他慌慌张张地跳上船去，才知道叫黄志扬的水手回到庵埠后又马上随着另一艘红头船去了南洋，更让人绝望的是，那个姓黄的早就有了妻室。

听了母亲的转述，雅茹脑子轰然一响，只余下一丝笑容僵在嘴角像在嘲弄自己。她总算理解了母亲反复叮咛再三告诫的确切含意，男人风流一时，女人惨痛一生，可惜为时已晚。雅茹不能原谅那个毁了她的水手，更不能原谅轻浮痴傻的自己，脑子里闪来闪去全是"早死早超生"的厌世念头，每度过一天对她都是巨大的折磨。

史大婶一步不离地盯着女儿，生怕她再做傻事，无论如何她不能失去唯一的女儿，老史则一把鼻涕一把泪地悄悄向陈鹤寿控诉求助。在服了濮婆婆配下的药散后，雅茹的小腹涌起一阵狂飙般的绞痛，她被母亲搀到马桶上，眨动着充血的眼睛极力地吸气，仿佛看到一些血块掺着什么黏稠晶亮的东西从身体里滚落下来。有一阵子雅茹变得脆弱了驯服了，恨不得自己得个大病死去才好，她就再也不会痛苦了。史大婶心疼地看着自己的心头肉，听到有个细细的声音从她的牙缝里嘘出来，冷得像刀子："刮人不见血。"

坐完"小月子"，往后的日子对雅茹来说不啻于一碗浓稠的药汁，恨不得一口饮尽。她害怕别人的目光，害怕他们的低声嘀咕，害怕去人多的地方也害怕独处，稍有风吹草动就会让她高度紧张浑身打颤。白天她干这干那，有意不给自己东想西想的工夫，免得触及那难以忍受的痛点。到了傍晚，她像担心被魔鬼拖进黑暗的洞穴那样，非要有人做伴，母亲忙着做生意，暖玉就过来陪她，姐妹们中也只有暖玉知道这个秘密。暖玉跟雅茹挨挤在同一张窄床盖同一条被子，不断拿知心话舒心话宽解她，一起去对付长夜的虚空与孤独。

雅茹本来就不丰满的面颊凹陷了下去，原先穿上正好的衣裙变得松松垮垮，走起路来衣袂飘飞颇似鬼魅幽灵。当母亲的看着女儿一天天瘦骨落肉心如刀绞，让老史再次向陈鹤寿求助。陈鹤寿想了想说："你只管对雅妹一口咬死，史家祖上本来就是疍家人，对外则宣扬，往后招姑爷须照着白莲寨的规矩来，男方不是'倒插门'，而是'嫁'过来。"

雅茹的心结果然解开，苍白的腮边渐渐泛起了浅淡的红晕，只是从前的乐观自信变成了敏感多疑，但凡听到姐妹们窃窃谈论情感之事，筋骨便会一阵抽紧，有种与年纪极不相称的沧桑爬上脸来。

煮芋头

樟树村人那股造船的狂热劲在有去无回的不断付出中再次冷却，这次不同于上次，上次开始得有些草率，失败也勉强能够归结为天灾，这次开始得如此轰轰烈烈，如此庄重严谨，大家不再是头脑发热而是经过深思熟虑，还有大先生的加持，全都认认真真地摁过指头印，照理说不会轻易放弃了吧？结果呢，却结束得更加彻底，完全不需要谁在背后捅刀子，大家败给了时间，败给了消耗，败给了自己。这种挫败发自于内心，因而更加沉重。

不知道从什么时候起，穆庆辉又支起了茶店铺窗外的竹篷，更加热情地招呼过路人，甚至还主动跑到各艘商船货船上去推销茶叶，像要把失去的补回来；苏忠勇的铁铺再次响起了叮叮当当的打铁声，风箱鼓起的火焰、铁锤砸下的火星闪闪跳跳，映亮了浓稠的暮色；那些几近荒废的田园又出现了庄稼汉匆忙的身影，蔫不拉唧的瓜秧豆苗善解人意地呼呼蹿长……

大多数时候，个体很容易就迷失在群体里，就像自己压根儿就不存在，存在的只是集体的意志，这种意志和热情一经渲染和利用，立刻就能汇成失去了理性的滚滚洪流，所以这个世界最可怕的有时不是盲从和无知，而是所谓的圣人和智者，因为这滚滚洪流很可能为他们所用变成了杀戮和毁灭的屠刀。穆庆辉暗暗庆幸自己在执迷中醒转过来，半辈子走南闯北也算经多见广，搞不清这次怎么就晕了头踩进这粪坑里？他轻易地原谅了自己，却决不肯原谅那个始作俑者，造大船也好寻乐土也罢，都不过是陈鹤寿让别人跟着他做的一个长梦，就因为他一时心血来潮，弄得大伙跟着一块儿受累，现在有哪家哪户不是饱一顿饥一顿的？

穆庆辉当机立断，向陈鹤寿提出解约的要求。陈鹤寿嘴上说些无关痛痒的安慰话，心底里却坚决抵制，只要松口退出一户，后面就有十户二十户紧跟上来，好不容易拢到一处的羊群岂不跑散？然而单靠“画饼”已无法满足这些人的需求，也消除不了他们的疑虑，诋毁陈鹤寿的牢骚怪话越来越多，有人闻知穆庆辉的想法也步其后尘，托人拐弯抹角地向陈鹤寿痛陈苦情，陈鹤寿一边耐心规劝，一边挠破脑壳，还没找到解决问题的好办法，石槌又给他捅了娄子，弄得他焦头烂额叫苦不迭。

石槌咬掉来喜耳朵之前没有任何预兆，来喜与来欢两兄弟是陈鹤寿长期雇用的劳力，帮着他家布田下种栽瓜摘豆，一年中只有到了农活特别紧密的季节，陈鹤寿才会不情不愿地搭个手帮个忙。那天下午，石槌从春归堂的街门走出来，左手搂着一包衣物右手拎着一捆被褥，那都是濮婆婆给陈鹤寿洗好晒干的，他刚跨出门槛就看见来喜跪在铺窗前把嗓子吊得高高的唱起了“乌衫（青衣）”：“我来喜命苦啊——二十五还打光棍，嫂子您就可怜可怜我吧，帮我把纸字当手纸给撕了吧……”逗得村民们叽叽嘎嘎地笑，有不怀好意的就怂恿暖玉：“先生娘，您看来喜怪可怜的，就帮他去吹吹枕边风吧，没准秀才兄会同意。”暖玉一脸正色地说：“那可不行，签字前我表哥跟你们是三面六目说清楚的。”

石槌本来就讨厌来喜这个娘娘腔，两天前他到过造船工场胡闹被陈鹤寿狠狠训了一顿，现在居然有脸跑来药堂“唱曲”耍宝，心里不由呼地蹿起一股无名火，眼里的来喜迅即简化成两片翕张的嘴唇和一对颤动着、被夕阳照得血红透明的招风耳……围观的男男女女只看见一条巨大的身影扑上前，还没反应过来就听到来喜一声惨叫，伸手捂住了右脸，血水从指缝间汩汩冒出，再看跳开来的石槌，双手依然搂着陈鹤寿的衣物被褥，嘴巴张开啐出了半只血渗渗的耳朵扬长而去。

暖玉慌忙向濮婆婆求助，老人镇定地拿出针线，将来喜那半只耳朵缝缀上去，血水顺着她的手指滴答落下，痛得来喜哭爹喊娘的。至此村民们才敢相信，这位又老又丑、一瘸一拐的老妪，就是疍家人说的失踪了的濮婆婆，也难怪暖玉够胆接替陈鹤寿并治好了不少人。

来喜敷药包扎之后更不肯走，继续赖在前堂号啕痛哭，他不再提退约的事，只说自己破了相，今后到哪里讨媳妇？暖玉可怜他：“来喜啊你甭急，姿娘仔有的是。”看热闹的笑成一团，绷紧的气氛变得轻松些。来喜抹着泪说：“反正你们得负责。”暖玉惊讶地问：“我们又不是石槌的爹娘，负责啥？”来喜把诊案拍得砰砰响扯着喉咙尖叫：“谁不知道那个短命仔替秀才兄跑腿？”暖玉试探着问：“那你要我们咋负责？”来喜偏就不说，只管呼天抢地如丧考妣：“哎呀呀我的老天爷啊，少了一只耳朵，今后可叫我咋活呀……”有人去把陈鹤寿喊来，来喜一看更加来劲，扑上前抱住他的腿哭得格外伤心。

“别哭了，我都听不清你说啥，你到底想咋样？”陈鹤寿哪有暖玉的好脾气。来喜胆怯地瞟了他一眼，嘴唇颤动着嗫嚅了半天。人们听不清来喜说了什么，只听见陈鹤寿粗起嗓门断然拒绝：“我才不会去说呢。”来喜又抽抽搭搭地哭起来。陈鹤寿环顾四周，压住火儿低下头来：“既然你相中人家雅妹，那就请个媒婆堂堂正正地去老史家求亲。”来喜明知老史不可能同意，借此耍赖犯浑无非是想让陈鹤寿向史家施压，他瞪着一双泪眼瓮声瓮气地质问陈鹤寿：“你不是说只要签了纸字，有啥麻烦全包在你身上吗？我现在连个媳妇都讨不到，还找什么乐土呀？”陈鹤寿愤然作色：“终身大事本是你情我愿，岂可强求？”

看到陈鹤寿拂袖而去，来喜犹豫了一下又豁出去地闹腾，将平时攒在肚子里的怨怒又唱又哭地发泄出来。

陈鹤寿坐在后院憋得心慌，此事若是处理不当，威信受损不说，那些惦记着退伙的乡亲也会争相效仿，最后只能是“猪八戒——叫散伙。”正在苦寻良策，就看见石槌从后门溜进来，堵在心里的火气腾地冒上来。石槌被陈鹤寿高高举起的巴掌吓得紧抱脑袋闭上双眼，过了一阵，既没听见脆响也没感觉疼痛，又乌龟般地悄悄探出头来，发现他最敬仰最拥戴的大哥正咧开嘴傻笑，就可怜兮兮地认错：“秀才兄，这事全怪我，只是来喜这家伙实在太可恶……”陈鹤寿瞪了他一眼发出低吼：“到前堂去，把那鸡巴玩意儿给我轰走。”石槌虚空的心突兀地跳了一下，还以为听错。陈鹤寿亲切地拍了拍他，像给快马加了一鞭。

看见石槌咧嘴龇牙像堵墙似的压过来，来喜就像预感到了什么，目光慌慌张张上下移动，嘴里发出的“啊呜”声被围观者骤然掀起的哄闹所淹没，脑门的汗粒由小聚大纷纷滚落。石槌那张双颊鼓胀、看似稚气的大脸盘愈来愈近，来喜惊骇得缩起脖子哑了声息，只余下牙齿捉对儿嗒嗒地敲起快板，两只手已摸索着诊案的桌角警惕地撑起身子，把沾满灰尘的屁股撅得高高的。听不清石槌哼了句什么，人们瞥见一道恐惧的闪电从来喜的眼里掠过，他哆嗦着挪到门口，一条腿已探到门槛外边。暖玉正要拦住石槌，他已挥动钵大的拳头交替捶打自己厚实的胸脯。

来喜一转身扒开人墙抱头鼠窜，围观者也在刹那间嗅到了危险的气息，来喜说得没错，既然石槌敢把他的耳朵咬下来，同样也可以把他们的喉咙撕破奶头咬掉。人墙旋即崩塌，大伙跟着来喜一块儿咚咚急跑。从田地里返回的庄稼汉、从街边做完买卖的小贩、从墟市买回鱼肉的闲人“散仙”，忽然看见来喜没命地奔跑，后头还拖着条长长的“尾巴”，咚咚咚的脚步声、压抑不住的尖叫声和喘气声惊得树上的鸟儿扑噜噜地飞走，不由收住脚步抻长脖子问：“咋啦？”奔跑的人急促地发出警告：“石、石槌来了。”他们没有听清，只是从那些恐怖的表情和慌乱的动作里意识到可怕的危险正在逼近，纷纷撂下肩头的挑子抛掉臂弯的市篮掷掉手里的锄头铁锹镰刀钉耙，撒开脚丫跟着疯跑。

从那天起，石槌就被樟树村人冠以“疯汉”的恶名，之前他因饭量奇大而被称为“三斗汉”。陈鹤寿却从这场闹剧里得到了启发，体会到了武力的魔力，拳头硬起来，还有哪个敢唧唧歪歪？

次日清早，人们看见石槌拿着只硬实的板凳往春归堂铺窗外的地上一戳，将磨盘一样结实的屁股坐下去，叉开拦河大坝般的双腿，对着江堤大路微微仰起尚嫌稚嫩的紫黑大脸，双手撑住膝盖纹丝不动宛若石狮，全然不顾行人投来惊奇的目光。那些本想通过暖玉以达到解约目的的村民，远远望见石槌只好收了脚。

“秀才娘，秀才兄在吗？”老赵把手卷成喇叭状大着声问，就是不敢靠近。石槌知道陈鹤寿讨厌他，待他探着小脑袋往铺窗前挪动时猛地伸出长腿，绊得他满脸是血口吐断牙。此事一传十十传百，想解约的村民心有余悸也自知理亏，只得忍气吞声。也有个别人不信邪，纠集在一起到工场闹事，陈鹤寿一不做二不休，叫石槌带上几个泼皮将挑头的拘禁起来，并密切监视那些通往外界的陆路水路，免得他们跑出去告官生事。有人装作上山砍柴，爬上莲花山请大先生出面干预，可惜他已云游去了。

陈鹤寿在樟树湾掀起“造大船、寻乐土”的初衷本来是好的，尽管有些幼稚可笑但大伙也算自愿参与，可惜在执行中遇到困难慢慢走了样，祥和被暴力打破，善良被仇恨替代，齐心协力变成了激烈对抗，樟树村内部点燃了恐怖之火，在陈鹤寿的授意下，石槌领着一帮后生把刑罚当游戏，把残暴当乐趣，把制造恐怖当自己的成就，以捉贼为名，常半夜三更挨家挨户搜寻，把某个对他们有意见的村民从床上拖下来带走。这些被抓的人中，有的对造船创举宣泄了不满，有的为了解约成天缠着陈鹤寿，也有的仅仅因为说了句顽皮话，流露出对主事人的不敬……长则五天，短则半天，他们就会获得释放，但大多脸色惨白一瘸一拐，家人问起则眼神惊恐浑身哆嗦，一口咬死什么也没发生过，实际上那些受刑受罚的屈辱场景却再也忘不了。他们中有的被“四人打夯”——四条大汉各拽着受害人的四肢高高举起，再用力摔下；有的被“请佛祖”，用硬物击打阴囊，只打得遍地翻滚哭叫求饶，多半失去了传宗接代的能力；也有的被包缠着棉布的硬物痛击，身上全是看不见伤痕的内伤……受害者从噩梦里发出恐怖的惨叫证实了家属们的猜疑，他们去找陈鹤寿理论，他在假装了片刻的温和后用严肃的口气说：“也不是没有可能，如果他干了坏事……”

石槌他们很快就改变了策略，逼迫村民们罗列自己还有某个指定的人的罪名，鼓励他们告密揭发。那些村民因不堪其扰而供出自己的真实想法：打算解除造船合约，结果就因说了实话被拖出去接受更加残酷的折磨，直到变“聪明”了学会给自己和他人捏造一些“缺德事”，然后自愿在供状上摁上指头印。现在裤裆里的蛋蛋被别人捏在了手里，哪里还抬得起头？尽管如此，到陈鹤寿那里讨说法的受害者家属还是越来越多，都排成长队了，他再也没有耐心跟他们磨牙，用冷淡的眼光打量着对方：“被冤枉被迫害？我看你们是在说梦话吧？”

苏忠勇尤其是穆庆辉刚开头还不屈不挠，后来一瞅风头不对，便装作倒向陈鹤寿一边，开口闭口“秀才兄说”，办任何事情都要从陈鹤寿的话里找到明确的依据，仿佛只有这样方能让人心服口服，暗地里却将有怨气的村民组织起来，商量着如何扳倒陈鹤寿。

孙木匠对陈鹤寿默许的野蛮行径感到困惑与不安，可一想到他倾尽心力与家财一切为公的赤忱，又无法对他产生别的猜忌。在不同场合不同人群，孙木匠极力替陈鹤寿辩解：“秀才兄这么做完全是为了让大伙定下心，快些把大船造出来。”与孙木匠的一味愚忠、苏忠勇穆庆辉的阳奉阴违不同，无论在公开场合或是私人见面，祝大春都不留情面地指责陈鹤寿的种种不是，脸有多难看话有多难听口气有多不屑，令听者无不色变暗暗替他捏了把汗，陈鹤寿不否认也不承认只是笑眯眯地说：“大先生主张用兴学育人来煮‘芋头’，我嫌慢，将‘芋头’砸烂了再煮，岂不是熟得更快？”祝大春抖动着下巴的胡须毫不隐讳地说：“祸福无门，惟人自召；善恶之报，如影随形，老弟啊你自个儿掂量。”陈鹤寿感念他救过自己和暖玉，宽容地笑了笑，似乎在为对方永远理解不了自己的一片苦心而惋惜。

祝大春的规劝并没有让陈鹤寿有所收敛，反而像发了魔怔，做任何事都必须依顺他，否则就有对方好看的。他对性事不再有欲念，只痴迷着他这个“集体利益代表”的身份，自负地认为他已经掌握了这片土地和人的命运，并笃定自己的做法能给大家带来开阔美好的未来，而事实上是走着走着，权力带来的错觉让他迷了眼糊了心，忘了初心，搞不清自己是谁。

祝大春的预言很快就变成现实，一场事先串通好的抗议活动如乌云般集结到陈鹤寿的头顶。那边陈鹤寿还在工场指手画脚忙个不停，这边苏忠勇穆庆辉已擅自敲响象征着全村紧急集合的铜锣，将不同姓氏的村民聚集到江堤的大榕树下，先由被拘禁的村民家属惨兮兮地大吐苦水，又有两三个胆大的站出来亮出疤痕死肉，声泪俱下地控诉石槌他们的残酷迫害。

莲峰书院受人尊敬的教书先生鲁有光也站出来，瞪着那对眼白泛着粉红丝膜的金鱼眼宣读陈鹤寿等人的“罪状”，确切的不确切的有十大条，包括以造大船寻乐土为名设局骗人、鱼肉乡里、拘禁村民、滥施酷刑等等。鲁有光念完后退至一边，苏忠勇跳上那方陈鹤寿经常跳上去的大石头，一改成天笑眯眯的好脾气，敞开喉咙压住众人的议论喧闹，号召大伙起来反抗陈鹤寿的恶霸行为，要求他释放出被拘禁的十二名村民，撕毁与大伙签下的造船合约。那些被激情鼓荡着的村民成群结队地涌向工场，早有人跑去给陈鹤寿报信。为防止过于激动的村民失控，孙木匠劝陈鹤寿找个地方避一避，石槌却兴奋得叫起来：“臭狗仔啊，头毛敢来试火！”招呼后生们操家伙保护主事人。陈鹤寿从容地啜干一盅茶汤，拣起短褂套在汗津津的身上，朝着外边最吵闹最混乱的方向走去。骚动的村民一看见高视阔步的陈鹤寿，都约好似的站住将苏忠勇和穆庆辉让到最前面，再挤上去不留一点间隙。

陈鹤寿感受着那么多双眼睛在他脸上转来转去，搜寻着什么又幸灾乐祸着什么，大大方方地朝众乡亲深施一礼朗声道：“听说大伙在历数我的罪状，说我凶如虎狼毒如蛇蝎，我只想问一句，是谁逼得我上手段的？”他的平心静气反倒让乡亲们有些措手不及。苏忠勇和穆庆辉互相交换着眼色正要作出回应，莲峰书院的另一位教书先生齐修平就拨开人堆站在两个阵营中间，手一扬好像要将声音抛向高处，抻着细长的脖子说："有这么一个人，以他的能耐，以他的分量，啥富贵享不到？可他偏偏要一刻不停地忙活，弄得家不像家人不像人，还落得别人的一肚子怨气……"

村民们听着听着，眼皮耷拉下去，手瘫软地松开，心情复杂了。见陈鹤寿赞赏地点了点头，齐修平的声音如铁链撞击硬墙般更加铿锵震耳："我也不知道他到底图啥，我一直没想通，今日正好当着诸位的面，俺要向秀才兄请教。"

人们看见陈鹤寿咬住抖颤起来的嘴唇，走上前拍拍卖三鸟的老赵，拍得对方满脸通红肩膀不断往下掉，他又捏捏罗锅老郑褂子上那道一寸多长的口子，像要把它缝合起来，当他松开手时有几缕白色的纱线在风中舞动。他眼眶红了却依然在笑，以平复受了误解而生发的情绪，卡在喉咙头的硬块终于像瓶塞一样被拔掉，泼洒出一点滞重的声音："乡亲们，咱们太穷了，穷得有点不像样！"

众人不敢看陈鹤寿，一齐陷入了凝冻般的沉思。陈鹤寿喉音浓重地嘟囔："有人觉得还能活下去，那是因为暂时免缴皇粮，可谁又能保证下一任的县令不来追讨呢？记得我头缠白布击鼓鸣冤的那次，吴父母把我打入死牢两天又将我拎出来，威胁我还想不想活。我摇摇头。他问为什么，我说我没脸回去，我硬不下心肠看着乡亲们在这苦水里煎熬……"陈鹤寿咬着腮帮骨不让泪水溢出眼眶，往时的慷慨激昂不见了，强硬威严也不见了，呈现出来的是悲怆庄重的另一面，那种难得一见的柔情感伤落在村民的眼里，已是另一番动人的光景。

陈鹤寿的话唤起了村民们对过去的回忆和反省，被贫困的苦水滚油熬煎的惨状、陈鹤寿一次次出手相助的场景不断穿插进来……他们摇着头点着头悲戚低语默默自责，有的拿手掌偷偷抹去眼角溢出的泪水，有的忍不住发出喑哑细弱的哭声……所有的一切都给人一种错觉，他们不是来声讨强权而是来聆听教诲，不是来扳倒陈鹤寿而是来向他谢恩致敬。

陈鹤寿做着下压的手势请村民们安静下来，用哑涩但仍然清晰的声音接着说："有人说，待在樟树湾挺好的，大家都厌倦了漂泊。这种日子咱咬咬牙也许能受得下，其实比这更苦更累的日子咱也都受过，可子孙后代呢？你们有没有替他们着想过？”

苏忠勇见大势不妙，再也顾不得平时表现出来的宽和稳重大声嚷嚷：“你刚才没说错，咱们的日子是快过不下去，所以就更应该将力气用在生计上，而不是去折腾什么造船。儿孙自有儿孙福，他们是去是留，用不着咱们来替他们决定。”穆庆辉也跳出来怪声怪调地附和：“是嘛是嘛，再这么下去，船没造出来，咱们先饿死，你的‘水流神号’只能拉着大伙的身尸去埋在那什么乐土上。”

“到时你就用祭拜我们来宽慰自己的良心吧。”苏忠勇奇特的语气混合着嘲弄与享受，继续调侃陈鹤寿，“秀才兄啊你甭扯远，解不解约得看民意，就算是当今圣上也要顺从民意啊。”陈鹤寿自信地笑了笑：“民意？好，那就让大伙都来说说看。”率先将目光指向老史。

陈鹤寿一直把老史当作最亲密最可靠的伙伴，从未怀疑过他的决心会发生动摇。女儿出事，老伴哭骂，仿佛左一巴掌右一巴掌把老史打醒，加之苏忠勇和穆庆辉从中挑拨，他其实也想解约，只是拉不下面子，别说陈鹤寿帮了不少忙，女儿那个见不得人的秘密也还攥在人家的手心里。看到老史像做错事那样慌乱羞惭地垂下脑袋，陈鹤寿心里凉了半截，他的目光故作轻快地从一张张或黧黑或焦黄或滋润或干瘪的脸上跳过，竟然没有人站出来替他说话。

浓重的沉闷压得陈鹤寿有些喘不过气，以往滔滔不绝的嘴巴再也找不到一句话说，只觉得嗓子眼又干又涩。他的脸上罕见地流露出紧张、警觉而又难过的神情，还未找到应对的办法，就看见蔡厚道从人堆里钻出来，第一反应不是开心而是畏怯，心想这小子终于逮到了搞倒自己的时机了。蔡厚道盯着陈鹤寿气恨恨的样子挪开了肉墩墩的身板，让出了不足三尺的大先生。

大先生没有朝陈鹤寿多看一眼而是折身面向村民拱手施礼：“各位老兄老弟，好遇好遇。”众人纷纷还礼问候，期待着大先生这位可敬的智者能够主持公道。大先生先向大伙讲起他赶来樟树村的原因，半年前他应广州十三行一位大商人的盛情邀约，到省城去给他的新居辟邪镇宅，顺便游玩观赏了一番羊城的风色景致。在主人搬入新居当天，他碰见一位前来道贺的船主。对方晦暗的脸色还有罩在身上的阴气提醒了他，有鬼魂活跃在他的梦里折磨他，一问果真如此。大先生就进入船主的梦境帮他驱逐鬼魂，为了彻底消除后患，他追踪着鬼魂的足迹从一个梦跳入另一个梦，半个月后在一个樟树湾人的梦里堵住了鬼魂的去路，也意外地从这个樟树湾人的意识里得知这里出了问题。大先生从省城舟车交替风尘仆仆地赶来，路过韩江饮食店本想坐下来歇会儿，蔡厚道就从厨房奔出来："哎呀我的大先生，您来得正好"，背起他往工场跑。

大先生手掌窝成弧形罩在耳后，以便听清村民七嘴八舌的投诉叫苦。陈鹤寿感到大先生的目光如沉重的车轮朝他辗来，一张脸涨成了紫红，只想堵住耳朵不去听他的评弹，还有由此引发的戏谑声调笑声。大先生慢悠悠地开口了："我的老兄弟，咱们且不去说造船啊乐土啊，单说秀才兄找到这么个由头将大伙拢在一块儿，还是蛮值得珍惜的。你们有没有觉得？原先是人心隔肚皮你瞧不上我我瞧不上你，现在是彼此了解了贴心了，你帮着我我护着你，什么过去、出身、家庭、有钱没钱都变得无关紧要……"见人群里静寂一片，他又扭过脸来说几句陈鹤寿才听得懂的话："秀才兄啊，你真是紧心性（急性子），有些事可是急不来的。这下好了，锅盖一揭跑了气，'芋头'返生了。"陈鹤寿暗舒一口气，在慑服大先生那对明察秋毫的眼睛的同时也感受到他的全力维护，心里忽然一阵难过。

原来铁板一块的樟树村民如今分裂成观点对立的两大阵营，为了打破僵局，大先生呼吁双方各派出代表磋商，陈鹤寿孙木匠和苏忠勇穆庆辉就顺水推舟坐下来谈判，在对碰了三次之后勉强达成共识，陈鹤寿同意释放十二名村民，但对于解约一事誓不松口。双方最终按照大先生的建议，成立由陈鹤寿、苏忠勇、孙木匠、穆庆辉和老史五人组成的理事会，鲁有光为书记兼杂务，村里的一切重大事项须由五人投票决策，借此解决了陈鹤寿一手遮天、滥用权力的问题。苏忠勇在理事会成立的当天即提议投票，决定是否由村民自主选择参不参与造船。五个主事在大先生和村民们的监督下轮流投票，老史犹豫再三还是宣布弃权，苏忠勇穆庆辉投反对票，陈鹤寿孙木匠投赞成票，双方打成平手。解约的事就这样被无限期地搁置下来，造船工地也彻底停了工。大伙不再谈论造船的事，就好像它是长在他们心头的伤口，稍一碰触就会冒出血浆。一切似乎归于平静，只有陈鹤寿还常常借着夜色的掩护，流连在那艘只造了单层船舱的巨舰周围。他老琢磨不透自己究竟做错了什么，他希望能找到答案，但是咀嚼和反思并没有给他明确的方向，只有理想的残骸像极了那艘大船的架子，瘦骨嶙峋地伫立在眼前，提醒着他这事有多可笑多荒诞。梦之所以为梦，是因它于现实中不可获取。为了寻找乐土，陈鹤寿置身于笑话的涡流之中。他不怕被讥笑，只怕梦醒，只怕从此再也聚不起人心，毕竟人心是最现实也是最易碎的。

海风潮

光阴在人们的忙忙碌碌中悄然流逝，开阔无边的江岸荒野给人以孤立无援之感，生命的烛火在风雨中飘摇不定，樟树湾人渴望着更多活泼泼的声音来唤醒这块昏睡的土地，多子多福的观念在一轮轮的男欢女爱中逐渐形成直至根深蒂固。一听到村里冒出初生婴儿尖细动人的啼哭，陈鹤寿想要孩子的愿望就变得更加强烈，然而他不是陈邕，暖玉也非高氏，即便是天一抹黑就钻进被窝里“耕播”，也见不到一丝可喜的征兆。有天暖玉挡住男人抚摸她的手委婉地劝他：“表哥，明日还得起早，咱就别太累了，早点睡吧。”陈鹤寿在黑暗中瞪了她一眼不满地说：“累的又不是你，怕啥？”暖玉憋了好久还是冒出一句扫兴的话：“都说只有耕死的牛，没有耕坏的地。”陈鹤寿从暖玉身上翻下来没好气地说：“我看你这块地就是耕坏了。”脑袋一歪便拉起了鼾声，造船壮举的搁浅还有村务权力的斗争几乎耗尽他的心力。

暖玉心疼她的男人，也知道他把面子看得比命还要紧，所以对外从不说他一句不是，就算他拿走这几年辛苦节俭积攒下来的银钱去填造船那个无底洞，她也只有在好姐妹跟前才流露出些许不满。她拙劣地模仿着陈鹤寿，拿手掌抹一下被酒水沾湿的大嘴粗起嗓门喊：“幼妹，待我把船造好，带你去番爿转一转，满世界转一转。”又恢复了自己的声气挺起腰杆一手叉腰，一手朝不存在的男人戳一指头，转瞬变成了骂仗放刁的村妇："哼！就算你把船造好，老娘我也不——敢——坐！"几个姐妹疯疯傻傻地搂成一团，笑得喘不过气来。

暖玉这话说早了，两三个月后，她就不得不坐上这艘烂尾的大船。

从阳春三月起，樟树湾再也见不到一绺阳光，雨下得不大只是从没断过，答答答地敲打着屋瓦竹棚，雨水顺着瓦沟沿着屋檐洒落，几天后便灌满村子里的阴沟巷道，淹没一些地势低洼的熟地良田，稻秧蔬菜像海藻水草一样在水面拂动。陈鹤寿爬上江堤的大榕树，举起从水手那里弄来的单筒望远镜朝韩江中上游的方向张望，除了被彤云遮盖的天空便是扯天扯地的雨帘。江水一天比一天混浊，流速加快逐渐汹涌起来，水位节节攀升，再也见不到什么船只过来。陈鹤寿心里没底，赶快派人到北岸打听，疍家的渔船已经溜掉了，就连聚居在白莲寨种庄稼养牲畜的那一拨疍民也不见踪影，他一下联想到致使暖玉小产的那次强风，疍民们就是先知先觉做出了经验老到的应对，一种大祸临头的不祥之感顷刻主宰了他，他连夜召集樟树村的主事们，希望大家支持他的主张，及早将村民及财产转移到山上去。苏忠勇和穆庆辉双双投了反对票，孙木匠和老史弃权，陈鹤寿只能代表个人，跨着急步挨家挨户地去说服村民们，他的满腔热忱换来的却是不情不愿的礼节性回应，有的还暗含着某些不恭的耍笑话。这些外来户还没有真正体验过大风大浪地动山摇，他陈鹤寿可是亲身经历过，差点连命都捡不回。他没有工夫跟他们磨牙逗趣，跺跺脚说："我陈秀才要是害得你们白跑一趟，回来后找我撕掉造船的纸字。"

陈鹤寿不再是当初那个一言九鼎的陈鹤寿了，听他信他的人并不多，他们把木床桌椅结结实实地捆缚在一起，这样即使洪水来了也不会漂出房间，又将带不走的东西一袋袋扎好悬吊在屋顶横梁上，大部分人只是草草收拾几样临时用品，嘻嘻哈哈地出门，那样子不像去避难，倒像去串亲访友，他们的真实想法再明显不过，转一圈就回来找陈鹤寿解约，省得哪天他又搭错哪根筋，造起大船来。

村里的牛马都派上了用场，孙木匠将信将疑地督促着村民们将能带的粮草带上，石槌领着巡防队员维持秩序并在别人需要时出手相帮。陈鹤寿将行动不便的濮婆婆扶上红马，把湿透溜滑的缰绳交给齐修平，请他务必照看好老人家。齐修平见暖玉仍站在门前不动，讶异地问："嫂子不走啊？"暖玉坚定地答："我还得给你秀才兄烧饭哩。"陈鹤寿瞟了她一眼无可奈何地叹了口气。

这支赶着牲畜、扶老携幼的队伍朝着高处行进，车轮从浊水中哗哗辗过，被淋湿的狗不时抖掉皮毛上的水珠向前跳跃，人们将落在手边的一切东西全都丢上车去，压得拉车的牛马吐着舌头喘气，小孩儿在大人的背带里探出头来惶恐地张望，道别、呼唤、啼哭、安抚、斥责、威胁、嬉闹的各种声音忽起忽落，与不变的风声雨声、车声、牛马的踢踏声脚步声混合着铺展一路。

有三十几户住在坡上的人家自恃地势高，更对苏忠勇所持的"鼠贼仔故意造谣"的说法深以为然，结成同盟留下来守住浮财。他们模仿着苏铁匠的口吻嘲弄那些从自己家门口经过的村民："你们只管放心溜达去，这里有我们守着，解约时记得喊上我们喔——"鲁有光鼓着眼球说："要是大水真来呢？"那些人就更加来劲了："咱们不是还有'水流神号'吗？正好喝头啖汤坐头一回。"

老史根本就不信有什么大水，他的弃权还是为了顾及陈鹤寿的脸面，私底里他对食客们说："春水雨涝，往年旧事，只不过今年厉害些，何必大惊小怪？"

樟树村部分村民上山后的第三天深夜，韩江水漫上了造船工场那片沼泽地，将那艘远没完成的巨舰朝半空升高了一截，像条被网住的大鱼那样摇头摆尾伺机挣脱。陈鹤寿、孙木匠还有守护工场的后生们拿来十几条粗绳，一头拴住大船，一头绑紧周边的树干方让它稍稍安静。黎明时分，雨仍不紧不慢、烦人恼人地下着，有一团草帽大、墨汁似的浓云低得快要蹭到陈鹤寿的头顶，他走到哪里它跟到哪里，这种明显的征兆让他更加确信自己的判断。天色又亮了一些，陈鹤寿来到江堤，发现挟在浪潮中滚滚而下的不是商船渔船，而是无数折断的树木、溺死的牲畜，偶尔还有人的尸体，江水毫无规律地冲刷堤岸，冲刷那些浸泡在水里的大树干，不断发出低沉、呜呜的咆哮。他叫了一声不好，奔回家喊上暖玉，两个人哐哐地敲打大铁锅铜脸盆，上门劝说留下的村民快些上山。村民们既不乐意放弃温暖舒适的被窝跑去钻窝棚睡山洞，又抱着太阳也许很快就出来的侥幸心理，摇着头解释：“不急不急，再等等看……”

“我的天哪，都啥时候了。阿叔阿婶老哥老嫂，快走吧，”陈鹤寿抹去脸上的雨水苦劝，“待到大水冲垮了堤岸，那就晚了。”

“你呀老苏呀老孙呀老史呀都在，我们怕个屁啊？要死一块儿死呗。”还有人朝陈鹤寿挤眉弄眼打着哈哈。暖玉早就经受过别人各种异样的目光：阴险的挑衅的质疑的责难的嘲弄的失望的阴阳怪气的欲言又止的，可是奇怪，这一次她非但不觉得难堪，反而有种尽了本分的轻松感。也就在那一刻，她的心里忽然一派澄明：她当初选择陈鹤寿，不是最佳但也自有它的道理，关键时刻她对他的信任和依赖证明了他俩是一路人。她仰望着陈鹤寿那张浓眉紧锁、流露出痛苦神情的脸安慰他：“表哥，好话歹话咱全说尽，信不信只能由他们了。”

“话虽这么说，可毕竟人命关天啊。”陈鹤寿抬高已经喊哑了的嗓门有意让更多的人听到，可惜他们早就背过脸去。暖玉又宽慰他：“求求大老爷保贺，但愿没有你想的那么糟。”话音未落，就看见几只飞鸟被风雨驱赶得无处栖身，不断发出凄婉的鸣叫，有一只支撑不住像枚果子砸向泥水里。

“谢谢你，幼妹。”陈鹤寿颤动着嘴唇喃喃地说。暖玉惊讶地问：“谢我什么？”陈鹤寿神色黯然：“你也不怎么信，可还是和我在一起。”说罢帮她解开蓑衣抖落上面的积水，又重新给她披上。暖玉怔怔地看着那张雨水纵横的乌沉大脸，认真地说：“表哥，我信你是为了大伙好，这就够了。”

陈鹤寿喘息着用惋惜的口气说：“留给咱们的时间不多了，快跑吧。”暖玉的眼里掠过一丝茫然疑虑的光：“往哪跑？”陈鹤寿侧耳谛听，一片喧嚣的死寂让他浑身为之一震，摇着头说：“来不及了，只能往大船跑。”暖玉还在犹豫，他的声音忽然变得暴躁起来，几乎是在下一道不可违抗的死命令：“快，快点！”暖玉像悟觉到什么似的惊呼：“那你呢？你呢？”

“见鬼，你走你的，管我干啥？”陈鹤寿抹去一脸的雨水见她仍一动不动，不由暴怒地张开双臂大幅度地舞动着轰赶她，“你有我跑得快吗？你有我会游水吗？快滚！”说罢狠绝地扭过脸，好像根本不屑去理会她，直到她仓皇地后退几步最终咬咬牙转身，他才回过头来，默默地注视着那个颠着小脚摇摇摆摆的瘦弱身影，冷漠疯狂的眼睛里泛起一缕柔情。

陈鹤寿后来爬上堤岸，带着那种无动于衷的尊严眺望着空空荡荡的江湾，这才有时间反刍回味暖玉刚刚不忍弃下他的一幕，一股湿溜溜热辣辣的东西与雨水一起模糊了眼前的景象。

不到一炷香工夫，大风从出海口逆向袭来，似乎蓄积了非比寻常的能量，待逼近江海交接处方一举发威，在它的驱赶裹挟之下，源源不断的海水越过堤围倒灌进韩江，咸水淡水在江湾里相汇相激引发滔天浊浪。雨更猛了，砸得陈鹤寿睁不开眼，池塘里的水溢出塘围，田野里的水淹过田埂，地势低洼处便有水流哗哗汇入。更强的风力掀起田地里的大片庄稼继而拔木倒屋，村东的几幢土坯小屋像纸糊似的稀里哗啦地倒塌，村西那些棚屋的顶篷芦席都在空中舒卷，这凌厉猛烈的阵势像要将整座村庄旋扭到天上去……

老史看到江水在海风咸潮的鼓动下犹如数不尽的怪兽咆哮闹腾，仿佛要挣脱大自然的锁链以惊天动地的威力扑向江岸，这个来樟树湾之前从未见过大海的男人，终于意识到疍民谈之色变的“海风潮”就在眼前。

老史夫妇在决定弃店逃命时才发现女儿不见了，店里的伙计跑得只剩下蔡厚道一个。老史将沉甸甸的一只包裹压在蔡厚道手上，当着老妻的面说：“小蔡，你带头家奶先走，要是我能找到雅妹，要是咱们还能平平安安地在一起，你就入赘史家吧。”蔡厚道的嘴巴正要张开就被他拿话堵住：“这事秀才兄跟我透过底了，我起初有些顾虑，现在只要你点头就行！”又将扭来扭去要跟他一起找人的史大婶扳过来，用严厉的眼睛逼视她，摆出一家之主的威严吼叫：“你得走，省得碍手碍脚，我向你保证，一定找到雅妹。”蔡厚道怯弱地说：“还是我留下来找她吧，你俩先走。”老史拿血红的眼睛瞪了他一下：“就算你找得到她也没用，她能听你的吗？”又转过脸来对着史大婶毫不避讳地说："万一我不在，今后碰上啥麻烦就去找秀才兄，只有他会真心实意帮咱们。"

"甭说这种丧气话，"史大婶生气地打断老史，又呼号痛哭着不肯离开，"儿啊，我只有你这块亲骨肉哟——"老史再次摆出一家之主的威风训斥她："我和雅妹还没死你号什么丧，快滚！"看到妻子被蔡厚道拖着走，老史又开始在风雨和厚厚的积水之间奔来奔去，足迹遍及店铺大厅、各个包厢、厨房、柴草间还有自家的小院、房间，连茅厕也不曾放过，依然一无所获。

老史知道雅茹就躲在不远处，听得见他的声音也知道他在寻她，只是她不再像小时候躲猫猫那样得意洋洋地跑出来。她可能觉得活下去没啥意思，一心只想让大水的激流把她带走也同时带走她所有的烦恼。老史看看青灰色的天空，再盯着速度加快地寻找出口的积水，脑子里突然像被火光灼了一下，冒出一条"狠毒"的心计，他一个箭步冲到走廊，拎起一把板凳来到店铺和住处之间的水里一戳，坐在风雨里不再发声也不再动作，那意思像在说："看你有多狠心！你不出来，咱俩就一块儿死！"

没过多久，从背后传来的哗哗蹚水声让老史浑身一震，屏住呼吸连脑子里的念头也一块儿中止，生怕只要有一丝反应都会把她吓跑。

"爹——"那个最期盼最熟悉最亲切的声音听上去沙沙的，像细雨落在叶子上。老史仍像尊斧头砍削出来的木头雕像纹丝不动，直到她从后面扑上来搂住他的脖子，像她小时候那样整个儿地伏在他的背上将一身的重量也压上来，他的心尖一抖再也没忍住，泪水哗地涌出眼角。两个湿漉漉的身体就这样在风雨中怕冷似的紧贴着抖颤着。

"怎么了？想死啊？"老史抬起泪眼，声调不高却带着从未有过的严厉，"死多容易啊，你可想过养大你的爹娘？这么多年，天冷了怕你冻喝稀了怕你饿，你要是死了，我和你娘可怎么活呀？别人伤害了你，你怎么可以再拿它来伤害最疼你的人呢？"雅茹怔住了，她原本只想求个解脱一了百了，倒没有想到会给父母造成第二次而且是更深更痛更久长的伤害。自己太自私了！从父亲头顶的银丝、粗深的皱纹、注满泪花的眼睛还有动情的话语，雅茹幡然醒悟到自己这个独女的责任，愧恨地拉起父亲长满厚茧的手往外跑……

南岸最脆弱的那段江堤正在水下分崩瓦解，老榕树老樟树随着岸边沙泥的沉降塌陷而栽入水中，激起了数丈高的浪花，泥浆般黏稠的流水里可见到更多从上游漂来的衣物、竹器、木板、农具、牲畜和人的身尸……那些守家的村民就像从地底里突然冒出来，水蚊子一般愈来愈多地挤成一团，仰起一张张赤褐、灰黄、煞白的面孔对着陈鹤寿又嚷又叫，乱成一锅粥。陈鹤寿从村民们的惶恐胆怯中体会到的不是什么得意，而是难言的悲哀，刚刚才从嘴角浮起的一缕苦笑又忽然冻结了，脚底下唰唰晃动的堤岸给了他最直接的提醒。

“江堤要垮了，大伙快跑，跑到大船上去——”陈鹤寿挥动着沉重的手臂吼喊，心里暗暗佩服孙木匠的先见之明，早在春潮泛滥前，他就领着徒弟们给大船安了舵配了桨，说万一大船滑入江中还可勉强依靠人力把它弄回岸边。这下好了，不催不骂，村民们如受惊的马群奔跑起来，肩膀、胳膊、腿脚还有挎着背着拎着扛着的家什不时刮擦、推搡、撞击着彼此的身体。陈鹤寿只觉得自己像一块可怜的石头被流水攘来搡去，他不停地躲闪后退却仍然感到那股蛮力在冲击着他，正不知所措，就看见蔡厚道逆着人流挣扎着挤过来，哑着声喊他：“秀才兄，秀才兄——”陈鹤寿迎上前问：“怎么啦？”那张胖脸沾满泥水，睫毛频繁地闪动着像眼里掉进了灰，上下颚骨呷呷地发颤：“见到老史叔和雅妹没？”他的样子像要哭出来。

陈鹤寿怒气冲冲地反问：“他们还没走？”蔡厚道歪过头去把鼻涕擤掉：“雅妹不见了，头家留下来找她，我这就去帮忙！”陈鹤寿望了一眼韩江饮食店说：“怕是来不及了，你赶紧回船。”蔡厚道激动得变了声：“我才从那里来……”说罢推开拦着他的陈鹤寿往前冲。陈鹤寿紧跟两步再次将他拽住：“疯了你？江堤马上就垮。”蔡厚道扑跳着大叫大喊：“我才不管呢，我要去告诉雅妹，别人不要她，我要她。我不能眼睁睁看着她去寻死！”陈鹤寿一把揪住他的衣襟将他拉得尽可能近，瞪着眼龇着牙模样极凶：“你帮我把乡亲们引上船，我替你把雅妹找回来。”蔡厚道还想说什么，陈鹤寿已经松开了他拔腿就跑，边跑还边喊：“还愣着干啥？我不是还欠你一个老婆吗？”

蔡厚道为逃命的村民们殿后，学着陈鹤寿那样敞开火辣辣的喉咙吆喝，粗暴地驱赶着那些掉队的村民，有那么一刻他突然觉得，自己不再是那个懦弱谦卑的蔡厚道，而是凶悍霸蛮的陈鹤寿，是个高举着鞭子的牧羊人。那些可怜的村民总算抛弃了拖拖拉拉的坏习惯，像一只只在泥水里打滚的牛羊跑向造船工场。

工场的水已淹至腿根仍在向上攀升，听到一片人声水声，孙木匠、石槌领着后生们放下木梯，抛出一圈圈绳索。村民们像猴子般你拉我拽，攀爬到那艘不断遭到嗤笑诟病的大船上，然后横七竖八地躺倒在甲板上张大嘴巴吞咽喘息。暖玉站在一边，推推这个又拉拉那个，帮忙接住别人拿不稳的东西，指挥着后来者分散到船头船尾以平衡骤然增加的压力。看到这拨上来的村民中仍然没有陈鹤寿，暖玉拽着蔡厚道的衫裾问："小蔡，我表哥呢？"史大婶也醒过来似的发问："对啊小蔡，你头家和雅妹呢？"蔡厚道双颊涨红，慌乱的目光在两张焦灼企盼的脸上跳来跳去："嫂子，头家奶，秀才兄叫我带着乡亲们先回，他去找他们。"史大婶哇地哭起来："都什么时候了，他们怎么还不来呀——"蔡厚道忙说："要不我再去看看？"暖玉冷静地拦住他："再等等，省得掠虾走蟹，他们回来了你又不见。"说话间，远处传来一声轰响，暖玉猛地扑向船舷一侧，伸长脖子张望，最恐怖的事情果真发生，不知是哪段堤岸崩塌，远处的波浪狂奔而至，原有的积水就像煮沸似的由船底不断向上翻滚，大船在开裂般的嘎嘎声中猛烈晃荡，没有抓牢固定物件的逃难者纷纷朝着一侧倾斜滑倒打滚，还没来得及爬起来又身不由已地滑向另一侧。他们知道就算身体散了架，也无法将每个零件重新组合，干脆任由这巨大无朋的器皿随意簸扬摆荡。

暖玉狠命地抓住栏杆，让她更加恐惧的是陈鹤寿还不回来，莫非出了事？忍不住对着白茫茫的雨幕哭泣吁告："水流神呀我的大老爷，您快救救他们吧……"孙木匠、石槌要跳下船去寻人，都被暖玉死死拦下，理智告诉她，他们这一去就像谷粒掉入粮仓，再也捡不回来。苏忠勇自责地咬着牙："要去也该我去，是我不信秀才兄的话。"蔡厚道争着说："还是我去吧，我知道他在哪。"暖玉悄悄抹了下泪，眼里闪耀着刚强的光彩："都啥时候了，谁去都危险，谁的命不是命？"她的一番话说得众人又感动又羞惭，一时无话可说。

"那边有人，有人！"史大婶忽然发出一声惊喜的嚷嚷，大伙齐齐望去，飘摇的雨幕里现出影影绰绰的两道人影，好不容易才认出是老史父女，暖玉也发出了激动的尖叫，陈鹤寿就跟在他们后面，他好像还背了个人，那些一会儿发红一会儿发绿的浊水扑打在他们身上，激起了比人还要高的浪花。

原来陈鹤寿在去韩江饮食店的半路上遇到老史父女，大家还没说上话，离他们几十丈远的江岸就扛不住了，炸出一声天崩地裂的轰响，滚滚狂涛沿着打开的缺口如马队兽群长驱直入，扇形般地铺展开来，三张脸庞被灾难的恐惧映得雪白，开始与奔腾而来的流水赛跑。才跑了半里地就听到有人喊救命，一个老妪栽倒在泥水里爬不起来，陈鹤寿让老史父女先走，自己冲上前喊了声"甭慌"，蹲下来将她背上，扭头一看，大水如阳光般闪亮着成片成片地追逐过来。

"亏我生了四个兜仔（儿子）三个走仔，到头来没有一人顾得上我……"那个叫八婶的老妇痛苦地哼哼，陈鹤寿哪里听得进去，只顾迎着齐腰深、暗流涌动的浊水向着大船艰难靠近。暖玉看到陈鹤寿时，他看到的却是可怕的危机——绑住大船的绳索将粗大的树干拉成一张张弯弓，随时都有拗断的可能。

大船上一齐抛下来七八根打着活套的粗绳。老史抓住一根帮雅茹套在腰肢，陈鹤寿也扯了一根缠绕在老妇身上，两个男人配合着上面的后生，各自用肩膀再用脑袋将两个女的顶上去，老妇和雅茹死命地抓紧绳索晃荡着哭叫着。

洪水没过两个男人的胸脯又淹到了脖子上，就在老史伸出胳膊、使尽最后一丝气力将女儿的脚尖向上托举时，一个凶猛的浪头将他打倒。船上乡亲们的惊呼声提醒了陈鹤寿，他眼睛很亮地跟着转动着的身体转圈圈，老史刚刚还在，怎么就不见了？他不肯相信这是真的，不断地往水里翻滚扑跃，把大伙的劝阻呼叫当成耳边风。他的手指插入泥地，嘴里都是沙土，流水已没过了头顶。他的耳边只萦回着暖玉"表哥表哥"的尖厉哭叫，他在恍惚中看见她探下双手毫无希望地抓挠着，他想要握住它，身体却被一股无比强大的力量野蛮地卷走。

又一排山体般高壮的浊浪席卷而来，引发人们不约而同、撼人心魄的尖叫，粗壮的树干咔嚓折断，新鲜的木屑如矢石飞迸弹射，大船像被一只巨手托起悬在半空中，让人觉得周遭的树木、坡地、山头全都矮下去，江堤犹如潜进水里的大鱼刚刚还露出湿黑发亮的背脊，一眨眼就不见了。

没有人相信陈鹤寿和老史能够活下来。史大婶瘦弱的身体再也承受不了这种致命的打击，当即昏死过去。暖玉也在这种过分紧张的神经刺激下瘫倒在甲板上，整个人都虚脱了，当她在蒙眬中听到蔡厚道结结巴巴地叫着“秀才兄秀才兄”，还以为在梦里，是石槌兴奋的大嗓门让她彻底清醒，“是秀才兄，就是他！”如有一股反助力，将暖玉从好姐妹阿娟的身上反弹起来，目光顺着石槌手里那根绷直的粗绳飞快地溜过去，有个黑乎乎的人头在急流中若隐若现。

陈鹤寿没有死，他在被浊浪卷走的瞬间无意中抓到这根救命绳索，石槌则像钓到大鱼那般立即感受到绳索另一端的分量与惊喜。几个后生冲上前帮着石槌一齐使力，陈鹤寿在体会到一种轻飘飘的失重感的同时，疲惫的身体像只沙袋不断地撞击着船舷外侧却不再觉得疼痛了。早有好些枝丫似的胳膊伸出护栏外边，急迫地等待着挽救这条像秋叶一样挂于枝头、随时可能凋零的生命。

陈鹤寿的脚趾尖刚触到硬邦邦的甲板就喊起来：“快，快去把住方向——”然后如一堆兜不住的软泥滑倒，再也感知不到暖玉的摇动呼唤。石槌连滚带爬冲进临时舵舱，养父孙木匠早就像打进操作杆的楔子死死把住它，眼睛鼓突得厉害。蔡厚道跟着一伙后生急速地分散开去划桨，然而一切无济于事，在强大无匹的自然力面前，还未装上帆叶的大船只能趁波逐浪而无法主宰自己的命运，呼啸着从一个漩涡转到另一个漩涡，从一个水湾转到另一个水湾，洪水以排山倒海之势颠倒着人们视角里的天地风云、逆波漩流、狂飙飓雨、细浪微沫，摇撼着他们的五脏六腑，搅乱了他们的七情六欲，每一个急剧的起伏和转弯都引发一片恐惧的尖叫哭喊，旋即又被铺天盖地的轰鸣声所覆盖。瑟瑟发抖的老妇再也无法对着电光闪耀的天空祈祷，失去男人的史大婶像团抹布被弃于角落里，任由船只的冲力和惯性将她的身体忽而展开忽而收拢。苏忠勇想去帮孙木匠，刚迈出两步就被一股力量狠狠地掼向船舷，痛得再也爬不起来。雅茹起初还能哼哼几声，待肚子里的东西掏空吐尽，连发出呻吟的气力也丧失了，只是出于本能搂紧蔡厚道塞给她的那包细软不放……大船两侧的景物仍在飞速倒退，船舱里的水哗啦作响，也不知是船底被岩石戳漏还是洪水直接从舷窗泼入，将一摊摊的血水稀释成淡淡的粉红。大伙的嗓子都喊哑了，身体也疲惫到极限，只能闭上眼睛听天由命。

不知道过了多久，陈鹤寿从昏死中醒来，发现自己好像埋在又软又湿又沉的塘泥里。有个声音把他吓一跳："你没事吧表哥？"陈鹤寿伸手一摸周边全是人，而紧贴着他、拿娇弱的身体护着他的正是他的暖玉。他咳嗽了两声说："没事。""没事就好。"那股暖暖的气息又吹到他脸上。他正想问她到哪了，一道闪电照亮了对面的角落，紧紧挤在一起的村民仰起青白的面孔齐刷刷地盯着前方，如同被冻结的死难者群像。

陈鹤寿挣扎着想爬起来看究竟，胳膊就被好几只手同时抓住，有的指甲都抠进他的肉里了，尚未明白过来，大伙就发出拼尽全力的共同惨叫，紧接着是一声天崩地裂的轰响，大船撞在崖壁上。人们失去控制的身体横冲直撞，像珠子弹射出去又被挡板反弹回来，与其他的人和物一并被倾斜的船身泻向最低处。一时间无数人影在晃动，在挣扎，又叫又哭乱作一团。就在大伙怀着恐惧的心情等着大船旋转并漂向他处，它却在惊心的嘎嘎声中颠簸着震颤着逐步安定下来。

暖玉不知从哪里连爬带滚地冲过来，准确无误地搀住陈鹤寿。两口子如经历梦境那般虚浮地从甲板上缓缓直起身子，借着水面反射的幽光发现，莽莽丛生的大树枝丫如无数铁铸的抓手穿透船头挡板将它牢牢拽住。陈鹤寿轻轻地挣脱了女人的手，咬紧的腮帮浮起两道硬梁。

风弱了许多，冲刷着山石树木的水流也明显乏力，轰隆轰隆的雷声逐渐被暴雨的哗啦声所替代，疼痛又一次唤醒人们的知觉，他们哆嗦着拿手掌抹去眼里的泪水，还有沾在唇边的污物血迹，摸索着身体上不同位置的伤口痛处，嘴角浮出侥幸的苦笑……雅茹刚刚松下一口气情绪还没完全平复，大船再次剧烈摇摆震荡，吓得她尖叫着蹲下，好在扩展开去的颤抖很快就趋于平静，陈鹤寿安抚人心的声音随之飘进她的耳朵里："'回南'喽，没事——"

飓风"回南"意味着它最猛烈最可怕的"三板斧"过去了，偏北风转成了偏南风接下来风雨将持续减弱。人们在确定暂时安全后做出了不同的反应：有的迫不及待地寻找亲友还有丢失的财物；有的依然傻愣愣地瘫坐着半天爬不起来；有的受了过度惊吓尚处于茫然之中；有的仍深陷于恐惧的余波，稍有风吹草动就吓得紧紧抱住身体，像要缩进一只看不见的硬壳里；有的婴儿哭闹着寻找母亲冰凉的乳头；有的老人一口气接不上来撒手而去……一时间人影交错，咒骂哀叹哭泣呻吟安慰祈祷的声音嘈嘈杂杂愈来愈清晰。

雅茹看见蔡厚道扶着母亲过来，又悔恨又悲痛，嘴唇不停地颤动着，睫毛底下冒出的充沛泪水冲开了脸上的污垢。"你们平安就好，平安就好……"史大婶目光呆滞地重复着，好像已经将自己排除在活人之外。蔡厚道想起了什么，再也控制不住自己的泪水，伸出又粗又短的胳膊搂住了史大婶，也搂住了雅茹，像箍木桶那样将几块散板紧紧地箍在一起。

陈鹤寿和孙木匠正朝着远方凝望，目力所及一派狼藉。苏忠勇也被两个壮健的后生架过来，嘴里连叹几声"万万没有想到"。暖玉站在一边，又依赖又敬重地注视着自家男人，他的背影在她晶亮剔透的泪花里显得如此挺拔伟岸。

孩子们揪心的啼哭终于砸碎罩住人们的那层不真实的幻觉，提醒他们经过生死劫难和长时间的颠簸摔打，早就清空了力气和肚子。天边渐渐出现了破晓才有的灰白，雨水被风扬起扯成了纷乱的细丝，船上的村民仍处于叫天天不应、叫地地不灵的困境，忽然看见有艘船儿如浮木般靠拢过来，就像发现了救星纷纷拥向栏杆又喊又叫。那艘船儿变大了也清晰了，昂首巨腹缩尾上翘，一看就不是什么普通货船渔船，立于船头的女子一身白衣白裙，被风鼓动着如莲花般绽放于晦暗的风雨之中。

听不见白衣女子对艄公说了什么，那艄公就敞开大嗓门："船上的乡亲们听着，我家小姐说，这里有点吃的，可送给你们解急。"陈鹤寿还没来得及道谢，苏忠勇多毛的鼻孔就喷发出冷笑："翘尾船！"

苏忠勇年轻时曾到潮州府城当学徒，知道这种"花艇"（也叫"六篷船"）上面载的是什么人，没待陈鹤寿张口就冷傲地拒绝："用不着，就算饿死我们也不要你们的东西。"

那个女子通过艄公传话问为什么。苏忠勇啐了一口嗓音似乎清亮了许多："不干不净！"他的回答激怒了艄公，不待白衣女子回应就破口大骂："我家小姐可怜你们，好心凑了点食物送来，真是不知好歹！"

那些急疯了的母亲可管不了那么多，挤到船舷拼命地招手施礼，用最动听的言语感谢对方真诚的帮助，怕他们反悔似的催促着男人们想办法将食物弄上来。见陈鹤寿不置可否，有个孩子的父亲就找来了绳索。

"都别动，"苏忠勇沉着脸嚷道，"你们还不明白吗？这些东西都是花娘们做皮肉生意换来的——"陈鹤寿碰了碰他压低嗓音："老苏，保命要紧。"示意石槌将他搀进船舱，又探下身子用受了感动的口吻说："在下陈鹤寿，在这里替大伙谢谢姑娘雪中送炭。"遂命后生朝那艘残破不堪的花艇抛下长绳一端。那艄公接住了将它绑在一只"春盛"的提手上，小心地护送着直至脱了手，看着它荡荡悠悠地升上去。

暖玉揭开"春盛"碗形大盖，一股糕点熟食的香气飘溢出来，村民们这才真正意识到自己有多饿。暖玉喊来雅茹阿娟，一道将食物分成许多小份，先给孩子和伤病人员，再给老人后已所剩无几。有两三个女人得到一点红糖做的甜粿舍不得吃，偷偷塞给自己的男人，待会儿他们还要出气出力。暖玉把自己那小点让给雅茹，自己背过去舔了舔粘在指头上的糕点碎屑。

天色如钝刀从砥石上走过似乎又亮了一层，苍黄的大水缓缓流动，人们站在夹带着雨丝的风里观望，不断漂来的人和动物的尸体引发了大家的嘘叹，既痛心又庆幸，而未来却毫无头绪。与其坐以待毙，不如主动出击，陈鹤寿领着后生们攀着柔韧的树根野藤爬上陡峭的崖壁，兵分两路，一路人马用原来搁在船上的工具劈开网住大船的老树枯藤枝枝丫丫，一路人马寻找野果子植物根茎以解渴果腹……眼前这种惨淡景况让陈鹤寿想起造船伊始，他也曾像今天这样与村民们一起怀着风雨同舟的亲密感，为了共同的目标不问收获只知尽力，可惜干着干着就变了样，虽然至今他还闹不清究竟是他们变了还是自己变了。

好不容易挨过难熬的第二天，雨停雾散，天边挂起一道七色彩虹，白衣女子的花艇又来了，后面跟着黑压压的几十条疍家渔船，说明来意之后便将带着铁钩的缆绳纷纷抛向大船。陈鹤寿亲自掌舵，村民无论男女老幼，只要有点气力的都到底层摇桨。求生的欲望唤起了樟树村人新一轮的斗志与热情，齐整的号子搅动着清冷的空气，每个人都模模糊糊地觉得有什么力量渗进自己的血液里精神里，都在为活下去发出呼号呐喊，听上去比过去生活中的任何声音都要深沉迫切而又洪亮伟壮。

陈鹤寿就在这声音中，第一次发现一种惊人的力量，这就是人类为了某个共同目标甘愿付出一切的难以想象的伟力，而它正是当初“造大船、寻乐土”所稀缺的。

疍民们也仿佛受到感染，一阵阵地吹响螺号，三四十条小船朝着同一方向，将那艘庞然大物一点点地拉向水中央，大船底下不时发出咔咔咔的令人惊心的抖响，人们的屁股随着节奏在船板上急促弹跳，心都提到了嗓子眼。那些网住挡板、没来得及砍断的根茎枝蔓藤条终于恋恋不舍地松了“手”，一声巨大的轰响，重新落入深水的船头激起了几十丈高的蘑菇形浪花。大船摇摇晃晃地行驶在幽深浊重的水面，感觉像要被这来得快去得也快的洪水吸走，以游子的姿态重新投入“母亲”的怀抱。

老爷生

残阳如血，大风从海口猎猎涌入。陈鹤寿立于船头，眺望着层层叠叠正在退去的洪水还有乱坟岗似的残山，樟树村白莲寨石壁村如三座孤岛备显凄清寂寥，那种陌生感就像阔别了几十年。陈鹤寿终于有勇气追忆之前弥漫着死亡气息的昼昼夜夜，风声雨声洪水声生灵的哭叫声仿佛未从耳畔消弭，村民们绝望的眼神如磷火一闪一闪，不由悲从中来哽咽得不能自制。多年以后陈鹤寿行将就木，失灵的耳朵又明彻地听见这些穿越岁月的可怕声音，它与脑子里那些淡得快要看不见的影像再次刺痛了他。

大船磨磨蹭蹭地靠向樟树湾码头，上山避灾的村民们正好原路返回，两股人流在熟知的世界里相逢重聚，劫后余生的欢欣奔泻而出，亲朋戚友张开双臂奔跑着狠狠地撞在一起，搂成一团又哭又笑。濮婆婆冲着暖玉捶打着又忽然一把将她搂进战栗的怀里，暖玉哭得嘴巴朝这边瘪又朝那边瘪，泪水鼻涕涂了一脸。孙木匠和妻子各拉着石槌一条粗壮如椽的胳膊不好意思地抹泪。苏忠勇在人群里穿来穿去寻找失踪的小儿，悔恨交加地呼喊着他的乳名。史大婶一手紧紧拽住想要躲开的蔡厚道，一手紧紧拽住雅茹，生怕一松开就再也寻不回似的。

樟树村已不再是几天前的樟树村了，庐舍变成废墟，人畜尸骸遍野，水面也漂着腐尸，树木挂着衣履，坡顶覆着破船……这个昏天黑地、满目疮痍的场景让侥幸活下来的人眼湿心痛。女人们在松开亲人的手后再度尖声号哭，男人们神气沮丧向隅而立，饮泪吞声故作坚强，不懂事的孩子最先恢复了活力，拿树枝在腴厚黑亮的淤泥里划来划去，寻找大水带上来的江里海里的死鱼烂虾。

陈鹤寿来到大堤崩塌处，就像察看一个巨大的伤口，从这里奔泻进来的洪水又从这里缓缓地退回江里海里。村民们纷纷围上来，陈鹤寿像个家长那样用疲惫沙哑的声音吩咐："老孙叔，你带几个有气有力的，将船上的伤员抬下来。"

"小蔡，你让大伙将剩下的食物找出来。"

"史大婶，你和雅妹回饮食店找找锅碗瓢盆，收拾个干净点的地方烧饭。"

……

陈鹤寿最后瞟一眼暖玉："幼妹，你和干娘去咱家看看还能不能掏些药物出来，好给受伤的乡亲用上。”

暖玉让腿脚不便的濮婆婆等着，自己举着火把朝春归堂的方向急走，卷起来的裤脚又落下去，从堆积着淤泥的地面拖过，鞋子因潮湿、粘起泥土而变得滞重笨拙。火光照亮了春归堂倒塌的门廊、院墙，露出了骨架似的木柱楹梁，马厩鸡舍全都不见了，几间房不是破了屋顶就是断了墙壁，只有藏在屋里的水流神偶虽涂满泥浆却仍完好无损……

半个时辰之后，史大婶领着女儿和几个小媳妇来到地势稍高的那几户人家，快速地清理掉污泥浊水便烧锅燎灶，橘黄色的火焰活泼泼地跳跃着，照亮了乌暗的角落也暖热了人心，潮湿柴草呛人的白烟漫了满屋满院，煮米粥的雪白沫子从黑乎乎的锅沿不断冒出，空气里流动着米饭诱人的香气。卖“杂咸”小菜的老汪不知从哪里扛来一瓮仍密封着的咸菜，准备下稀饭用。草草填了肚子，陈鹤寿就领着石槌等一帮后生举着火把挨家挨户搜寻死者的尸体，不断从巷角屋后抬出吸饱了水分、浮肿苍白的身尸，有的因被洪水推搡四处撞击，皮开肉绽白骨森森，有的身首异处有的缺胳膊少腿。朱家老太的尸体挂在高高的树杈上，被老鸹吃得只剩一副骨架……人们将死者整整齐齐摆放在堤岸的大树底下，身下铺着草席，细心地抠掉堵塞在鼻孔里的沙泥，覆上找来的布料或旧衣衫。谢裁缝韩裁缝杨裁缝还有包括暖玉在内的几个胆大心善的女人，把残缺的尸体尽可能地缝缀齐整，看上去虽谈不上体面起码也没有那么骇人，还罹难者最后的尊严。令大家刮目的是，雅茹也主动加入缝补尸体的队伍，这一年对她来说像把整辈子都活完了，她之所以还能活下来，完全是为了不辜负死去的父亲。在雅茹的脸上，人们再也找不到少女的青涩，取而代之的是一种无所畏惧的刚烈，一圈与现实为敌的尖刺。她像块冰刺刺地冒出冷气，仿佛有意以这样的姿态来疏远这个世界，也疏远自己。

也不是没有奇迹发生，有个溺水者一息尚存，陈鹤寿就张开胳膊夹起那个瘫软得像湿棉被的身体，脸朝下横披在石槌弯下腰的背上，要石槌学着牛马原地打转并故意颠簸，将溺水者肚里的浊水逼向喉咙，哇的一声吐出污物，在剧烈的咳嗽中捡回一条命。

第二天，陈鹤寿与死者的亲属一道，认认真真地清点每一具尸体，把他们的名字及生卒时间一笔一画地记在一幅白布上，合上外来浮尸近五百具。石槌带人挖坑，将那些无人认领的尸体合葬在一起。苏忠勇从莲花寺莲花庵请来和尚尼姑，在村口设水陆道场超度亡灵，一副由陈鹤寿书写的巨大挽联从高处猎猎垂下，于风中泛起黑白波澜：

彼苍竟无情，半千口灭顶罹难，可怜陆地几同泽国
自古皆有死，尽三天建醮普济，为招鬼箓共登道场

在陈鹤寿的带领下，村民们着手重建家园，活着的对他言听计从，眼里无不流露出敬重感激之情，逝去的亡灵也心甘情愿投胎为鸡犬猪牛以回报他的善举。那些懒惰成性的泼皮无赖，在他的感召下如一匹匹永不疲倦的骡马运送材料填塞大堤缺口，清除乡道积秽，帮忙起厝修屋……春归堂也在几个月后得到了全面的修葺，那个窝棚似的水流神庙跟着一起重建，而那些耕地却因受到海水浸泡析出盐花，几年内估计都长不出庄稼。有些地方的井水也咸得难以饮用。田地的急剧减少促使一些胆大的村民萌生了新的想法，既然陈鹤寿把远方描绘得那么精彩美好，不如随着那些洋船出去看个究竟。大多数人敢这么想却不敢这么干，心里还是过不了那道坎。自古以来，去南洋"过番"的除了谋利的商人，大多是走投无路的穷光蛋和不容于乡里的"歹仔"，村里谁去过番，家人族人不仅沾不了光还有门庭被抹黑之感，人前人后抬不起头。朝廷也一直将过番视为非法，把番客当作"背弃祖宗庐墓""自弃王化"的逆民。

这次海风潮给了陈鹤寿一个教训，从此不忘往南岸低洼处蓄积沙袋、木石、水车等固堤物料用具，谨防洪魔再度破堤上岸淹没村庄农舍。他还率村民在村东村西选择高地，用石头垒起三座"风灾楼"，里面储存富户捐出的粮食柴草炊具，一旦出现风暴海啸立即开放给村民避难……

海风潮带来了必然的年馑，墟市上三个不同族群交融欢闹的景

象已经成为模糊的记忆，蒙结在人们心头的是耕地恶化、粮食紧缺的浓重阴影，尽管官府赈灾的粮食一车车一船船地从韩江流域的上游中游运来，无奈平原多处饥荒僧多粥少，樟树村人只好成群结队上山向山民猎户借粮讨吃，有的村民家中闺女尚幼就匆匆送上山去给他们当老婆，以换取足够的粮食养活其他家人。也有的男人把妻女带到商船货船上，“卖身”换食。背着口袋挎着竹篮挑着担子的村民在莲花山下的各个路口交错闪躲，撞见了也都知趣地背过脸去。年轻的女人在码头相逢时都低下脑袋，羞于互打招呼。夜里常有人饿疯了拦路抢掠，小偷小摸更是屡见不鲜。有几个后生扛不住打算乘洋船去过番，被村民或家人发现，不是被关进黑屋子就是施以棍棒，以往那种豁达平易、互帮互助的和谐氛围和缠缠绵绵的乡情早就不复存在，更为可怕的是，很多人对未来不抱任何希望，普遍怀着活一天算一天、得过且过的末日心态……种种反常的现状刺痛了陈鹤寿，长此以往，樟树村那种淳朴洁净的民风必遭暴戾恣睢、不知廉耻的行为所毁，为了活命，人们有啥事干不出来？

经过几个夜晚的辗转难眠，陈鹤寿把苏忠勇、孙木匠、穆庆辉，还有替代了老史的蔡厚道四个主事请来，指着那艘搁浅于江岸、千疮百孔的大船说：“大船咱是暂时造不成了，可是大活人不能让尿憋死，让他们走出去吧……”大伙瞪大眼睛疑惑地看他，听他继续说下去：“咱们本来也要走，正好借力洋船，化整为零，一个个地去，找到好地方再回来招呼别的乡亲……”苏忠勇担忧地问：“要是他们不回来呢？”陈鹤寿信心十足地说：“我有办法让他们回来。”

五个主事经过一番面红耳赤的争论，结果以三票对两票通过，不再阻止樟树村人随洋船过番，谁敢去官家告发就惩治谁……确定了船期的村民到春归堂辞别，陈鹤寿就教他们到莲花山下掬一手巾泥土，再到井仔泉盛一瓶泉水，向罗锅老郑讨个用红布缝缀成三角形的平安符，到了异国他乡，他们要做的第一件事就是将带去的泉水泥土丢进当地的水井河流，愿两地水土相安，再将平安符挂于居所或压在枕头底下，以求安居乐业。所有的这些做法，不过是陈鹤寿为了让外出的村民们永远铭记家乡的恩情，而事实上又有谁能轻易忘怀故里和亲人呢？

有天暖玉用崇拜的眼光看着陈鹤寿："表哥，别人都说你早就算准了这场劫难。"陈鹤寿诚实地摇头："我可没有大先生未来事先知的本领。""造大船、寻乐土"的运动已逐渐成为村民茶余酒后供人消遣的古仔，只有陈鹤寿仍然觉得它是心头的一道伤口，就算结了疤，"阴天下雨"还会隐隐作痛。

男人的回答显然不是暖玉想要的，她在潜意识里自然而然地形成了一些自己所希望的东西，再用言语重构。她一遍遍地给村民们灌输她所认定的观点：水流神托梦给陈鹤寿，要他倾其所有造出这艘"生命之舟"，从而赋予了造船运动一个还算圆满的结尾。让陈鹤寿更觉安慰的是，虽世事无常，这个女人却总是坚定地站在他的一边，耐心地守候着他，就像等着他酒醒或梦醒一样。

"那大船还修不？"暖玉问过陈鹤寿，他苦笑着："有那闲工夫，还不如过番挣钱去。"

"做番客？"暖玉的嘴唇和下巴的肌肉因预感到什么而变得紧张起来，好姐妹淑钿的男人阿亮就想去过番，淑钿不让走，说自己快生了，他可不能舍下家里老的老稚的稚独自离开。阿亮的理由显得更充分，孩子生下来又多了一张嘴，花销更大。暖玉求陈鹤寿帮淑钿制止阿亮，陈鹤寿毫不犹豫地拒绝了，这是别人的家事，外人只会帮倒忙。

"对啊，想造船，还不如过番挣钱买船，听说暹罗的船结实耐用，龙骨是拿'崛噜'做的，那是一种比铁还坚韧耐磨的木头。"对于陈鹤寿来说，海风潮逃难的惊险还不如大船底下传来的嘎嘎声刺激他，那声音好像在不断嘲笑他："连龙骨都出了问题，还造啥船呀？"

暖玉拉下脸来严肃地说："表哥，咱可说好了，你走哪我和干娘跟到哪。"

在这场天灾中，史大婶眼睁睁地看着活生生的男人在自己面前消失，又目睹了左邻右舍的各种惊险与惨烈，对钱这玩意儿不再看得那么重，与雅茹和蔡厚道筹划起"做桌"的事，摆六个席面，将老史生前的友朋还有邻里请来，共同见证蔡厚道被"迎娶"入史家。陈鹤寿众望所归地主持这一重要仪式，而大先生的到来则给这场婚礼带来了更加深长的意味。

接到陈鹤寿差人送来的请柬，一张张熟悉的面孔在大先生的脑海里翩然而至，顷刻明白了此行的目的。不管有用没用，他都要在樟树村人陷入困境时去尽一个老朋友的情意。一走进村道，大先生看到的不光是残墙断壁的荒凉，更是人们眼里的恐惧与绝望，心里不由涌起了更加强烈的使命感，也深切地领悟到陈鹤寿邀他来的真实意图，越是艰难困苦越要给大伙打气，勉励大伙好好活下去。

大先生的到来无疑受到村民们的一致欢迎，就好像上辈子他们已经结成了一种坚固的同盟，能够在最艰难的时刻共同进退。灾荒年吧只能说简单弄几样素菜点缀一点荤腥，米饭倒是管够。在这个简单朴素却又异常热烈的婚礼上，大先生频频举杯，酒没了就拿茶替代，张着牙齿脱落的嘴巴为这对新人唱起祝福歌："兄今有意妹有心，有心唔怕水路深。山高也有人开路，水深也有划船人……"欢悦热情的歌声暂时驱走了灾难滞留在人们心头的凄冷阴影。受了大先生的感染，村民们振足精神跟随着歌谣的节奏拍掌哼唱，鼓足勇气以一种超然的姿态与命运抗争。

不过在大自然的威力面前，仍然有不少人将灾祸的产生归咎于人对神的敬畏不够。这一次也不例外，各种神鬼古仔在韩江两岸悄然出现，其中有个说法在江湾三个村寨传布最广，此次洪灾实是海龙王的太子、一条孽龙撒野所致，当地神明位卑言轻不敢干涉……

樟树村有个溺死的老妪趁机作怪，常于深夜扮作缠足的小姑娘，坐在码头的石阶上哄人搀她背她，好把对方拖进水里变成"替身"。陈鹤寿得知后趁着夜色幽暗装成路人，果然见一女子坐于码头边上，哀哀戚戚呼唤求助，陈鹤寿装着入套反身将她背上，边走边恳切地说："老婶啊，大家乡里乡亲的，你真要找人顶替，我陈鹤寿就跟你去吧。"那女鬼生前受过他的恩惠，又知道他骁勇，连称不敢并偷偷提醒他："此地若无大神，就算我不攘扰，也会有别的鬼来。"陈鹤寿反问她："水流神不是大神吗？"女鬼不屑地说："什么大神啊？没香没火，没威没势！"转眼间消失无痕。

这段奇异的经历传开后不断有人找陈鹤寿求证，他一点劲也提不起来，叹道："真的假的，知道了又有何用？你不信神，神咋会帮你？接下来还有得你操心的。"陈鹤寿的话没说多久，北岸的白莲寨也"闹鬼"了，而且折腾得比南岸还凶。原来那些死于海风潮、久久不肯散去的阴魂因惧怕陈鹤寿，从南岸流窜到北岸。这些阴魂中既有丧命的樟树湾人，也有死后漂流至此的异乡人，双方因抢夺地盘互不相让，只等日头落山便出来一比高下，乒零乓啷吓坏了疍民不说，还常常伤及无辜。有的疍民走着走着，突然被什么东西击中摔了个四仰八叉；有的疍民脑袋瓜嗡的一响，头发连着皮肉被掀掉一块，痛得杀猪般嚎叫……最尴尬的莫过于柳三娘的男人，早上被一阵喧闹吵醒，睁开眼来发现自己赤条条地睡在船头的一堆烂网上，下体支起的肉棍如春笋破土……

整个北岸整个白莲寨一时人心惶惶，樟树村人得知后脑子里顿时塞满疑问，南岸为何能够平安无事？陈鹤寿又为何能一而再再而三地躲过八灾六祸？早些年他到县衙为民请愿，明明被打入死牢，结果还是凯旋。他还往自己肚皮戳过一刀，熬了五天五夜竟奇迹般地复活。这一次海风潮要是没有提前造船，村里少说也要多死两百人……琢磨来琢磨去只有一种可能：水流神提前把灾祸告诉了他。他家的姿娘人不也是这么说，水流神爱托梦给他。

大伙越想越对，越传越真，这陈鹤寿肯定还有很多秘密没有公开，那个他所信奉的水流神看来的确有些法力，起码不亚于三山国王和天妃娘娘。神明都是大慈大悲的，哪能光保佑他陈鹤寿一家？村民们就一溜一串地来到春归堂，你一言我一语，主动提出要为水流神修大庙，使他得到应有的尊崇。

陈鹤寿心里窃喜，看来天无绝人之路，这"造大船、寻乐土"的梦想才破灭，水流神又给他带来了新的希望。这世上的很多东西尤其是信仰，只有你信，它才存在；只要你真心需要它，它就会走进你的心。看着村民们第一次自愿自觉地过来请神，陈鹤寿反倒不急，凡事太容易了就没人珍惜，想想之前他做了多少努力，村民们都不痛不痒，现在若是爽快应承，估计此事还会反复，求而不得方能唤醒他们真正的欲望，于是淡漠地回应：“水流神给我托了梦，说他准备离开樟树湾了。”此话一出大家都急红了眼，没两天，苏忠勇、穆庆辉、孙木匠和蔡厚道就一起上门，以全体村民的名义恳求再三，陈鹤寿这才慢慢松了口，勉强同意去说服水流神留下来。

樟树村人计划重修神庙的消息让疍民们一下忆起他们刀劈水流神偶的情景，有点怀疑那次莽撞的行为是否与这次鬼魂作祟有关。他们想得越多越是放心不下，其中有人还记得陈鹤寿拥有逮鬼火做灯笼的法力，就悄悄请他过来祛灾辟邪。然而纸包不住火，陈鹤寿到北岸的消息迅速传开，所到之处人头攒动。他只好装作勉为其难的样子泄露天机，说鬼魂作乱是由于天妃娘娘乃女流之辈，过于柔弱无力弹压，只有请来威武大神，方能网罗所有冤魂镇压于宝座之下……在陈鹤寿的怂恿下，疍民们汇成人潮泻向柳三娘的大船甲板。何仙姑钻出船舱大着嗓门威胁他：“陈秀才，你真是好了伤疤忘了疼，又跑来兴风作浪，居然敢污蔑我天妃娘娘！”陈鹤寿一句话就将她堵得面红耳赤支支吾吾：“天妃娘娘要是厉害，咋不出来帮你们呢？难道是你们做了啥缺德事，惹得她老人家不痛快？”疍民们互相交换着惊异的眼色低声议论开来，柳三娘再也坐不住一阵风冲出来，撇着过于丰满的嘴唇挖苦陈鹤寿：“我倒想听听你的高见。”

旧情人的出现让陈鹤寿立刻想到了两个人的孩子，神色有点不对，不过他还是把早就想好的话一股脑儿倒出来：“水流神大老爷给我托梦，要我们在原址上为他修庙，他会保佑整个江湾不再受亡灵的骚扰。”何仙姑瞪起眼抢着说：“不可能！”陈鹤寿保持着一种从容的风度微笑：“今天我倒要跟您论个理：你们住北岸，却把神庙修到南岸，我们住南岸，反而不能在自家门口修庙？这个理要是在你们这儿说不通，我就说到县衙去，说到州府去，请官家出面断一断。”

柳三娘很清楚，这个敢往自己身上插刀的家伙，还有什么做不出来的？再望一眼船上、岸边，黑压压的人群，心想与其让鬼魂继续为非作歹，把大伙全都撵到南岸去，倒不如就坡下驴，若水流神真有这个法力也就罢了，若没有，也好叫他死了这条心，就说：“你要是敢向大伙保证，水流神能在半年之内镇住妖孽邪气，那就修吧，到时要是镇不住，可别怪我们不客气。”

陈鹤寿满口应承，借商量细节之机钻进柳三娘的船舱找她要儿子。柳三娘嘴唇抖动了一阵，从齿缝挤出绝情的话：“送人了。”陈鹤寿跳起来：“干吗不送到我那里？”柳三娘冷冷地说：“陈秀才，你言而无信，这就是报应！”陈鹤寿钢牙一锉：“果真最毒妇人心！”柳三娘说：“我要够毒，你们只怕活不到今日。”

陈鹤寿强忍住悲愤回到南岸，领着村民在天妃庙对面五六十丈开外的地方修起了一座更大的庙宇，占地两亩，因时间紧迫，加之大家都饿着肚子，只敢草草垒成个三进宫殿式格局的空壳子，殿内的石柱与楹栋间、殿外环抱的围栏、正厅的后壁等地方的细部全都未加装饰，就连广场前的照壁、后面的风水池也只做了灰泥粗坯，大门前的两面石鼓和两只石狮更是缺位，偌大的正殿只摆放着陈鹤寿亲手雕刻的那尊神偶，前面搁一张供桌放一只香炉，别无他物，倒是门口屋檐下四盏祝记制作的大灯笼迎风兜荡喜气洋洋，让人不由得想起陈鹤寿贩卖鬼火灯笼的神奇往事。

不要说那些自愿付出劳力的村民，就连陈鹤寿自己都不敢信，水流神真有驱除阴魂恶鬼的法力，所以“请神入宫”的仪式也是草草为之。奇怪的是，自从水流神进驻新庙，北岸之前接连发生的怪事逐日减少，船上寨里逐步恢复了原先的生活秩序和恬静和谐的氛围。这事一传十十传百几乎无人不晓，陈鹤寿就将水流神显圣于白莲寨又同时庇佑本村民众的神迹，概括提炼成一句通俗易传的歇后语：“水流神——显外乡”，心里到底还是明白，那些到处作祟的亡灵恐怕不是被水流神吓跑的，最大的可能就是自己曾带头埋葬了他们的身尸，他们知恩图报。

水流神的信众数量在各种奇妙的传说中以不可思议的速度激增，除了樟树湾三个村寨的人，还有不少善男信女远道而来。平时哪家发生不吉利的事，比如孩子生病夫妻吵架，虔诚的主妇就会备好香蜡酒肉果品，来到水流神像前拜一拜，碰巧孩子的病痊愈了夫妻的感情融洽了，都将功劳一一记在水流神身上，而一旦不能如愿则充满自责，以为不够虔诚或是要求过分所致，反正神明永远都是对的，凡人只能检讨自己，把磨难当作考验，以更加虔诚积极的态度请求神明宽宥赦免。若有谁敢怀疑神明的法力，必遭长辈的呵斥，要他打消私心杂念，即使今世没能看到“果”，来生也能承接上世的因。

陈鹤寿就趁热打铁，将正月廿一、廿二两天定为水流神的“老爷生”，也叫“老爷日”，并力排众议，在当年举行隆重的游神活动，当地人叫“营老爷”，对外则宣称是为了“迓神庥，联嘉会，襄义举，笃乡情”，参加者仍为“请神入宫”时的原班人马，虽然装备尚显简陋，但因心中流淌着隐秘的骄傲，抬“老爷轿”成为众人争夺不让的荣耀。游神仪式一切仿照官员出巡的程序，神轿前面由衙役开道，后面有仪仗队隆重簇拥，清一色的男人，仪容端肃，敲锣打鼓吹拉弹唱，沿着村子的边界绕转一圈，以示神灵所到之处风调雨顺五谷丰登人畜平安。

除了“老爷生”等重大节日，每月初一十五，崭新而简陋的神庙前也是人来人往，大殿里跳跃着香头烛火的光焰，大门外两只对称的石砌焚炉舒卷出活泼泼的火舌，烟雾和香灰纸灰被风高高扬起，迷了人眼。

花娘花艇

在樟树村重修神庙的半个多月前，七个鲜衣美饰、如花似玉的花娘如一道道彩带飘进了江湾，落在人们的心头回旋往复，直到形成了强大的冲击波，而载着她们的花艇，宛若大水带来的彩贝，没有在退潮中离去而是长久地留在南岸边上的“大脚洲”。韩江到了樟树湾，水面开阔水势平缓，多年沉积的泥沙在堤岸附近形成了一些沙屿小岛，随潮涨潮落时大时小漂移不定。大脚洲就是这样的小岛，一头大一头小，看上去有点像猪腰又有点像莽汉的大脚丫，这次海风潮过后它又厚了一层大了一圈，上面那些被摺倒折断的植物重新活回来，枝叶勃发草木蔚然，尤其是水生的芦苇、香蒲、梭鱼草、美人蕉、满江红……一路疯长，整个岛屿更加郁郁葱葱。

夕阳西下，盘踞天边的云雾像被阳光捅破，迸射出一道道绛色的霞彩，韩江宛若巨蟒大鱼翻滚着夺目的金色粼光，大脚洲边的花艇披红挂绿，灯火在逐层暗淡下去的天色里愈加璀璨夺目，悠扬的鼓乐浮响起来，映照在艇船窗纱的曼妙身姿撩拨着樟树村人麻木的神经，日子里的惨淡愁云好像粗糙的表皮被一只无形的大手悄然抹去，露出底下的生香活色。各种传说纷纷而来且说得有鼻子有眼：客人上了沙洲，就会看见临时搭建的竹棚下坐着个老头儿，摆放在桌子上的茶杯不是拿来饮用的，只要客人相中哪条艇上的花娘，这位“乌龟头”就将一茶杯覆在另一茶杯之上，以示此船有客……那七个天足花娘，练就一种嗑瓜子的绝技，只要门牙轻叩壳是壳来仁是仁，壳掉地，仁不沾一丝口水地弹入客人的嘴里……

陈鹤寿很快就打听到，这七艘花艇还有三艘普通帆船，曾长期停泊在潮州府城的湘子桥边。湘子桥除了“廿四楼台廿四样”外，桥两边的墩与墩之间还架设着“天桥”以搭建鳞次栉比的商铺，一眼望过去正是那“一里长桥一里市”的繁荣景象。江中船只如梭，艇内笙歌不绝，官绅士庶无不神往！这些花娘以及老鸨、佣工都是疍家人，七位花娘中有性情孤峻的魏阿星、姿态丰艳的顾春桃、工诗善唱的曾九娘、精于丹青的何小燕、柔情似水的苏润、擅舞双剑的吴双，还有姿艺双绝的麦青，“凌波七仙女”的名号一度轰动府城，饮誉闽粤。

就在樟树村人听不进陈鹤寿将发大水的警告时，韩江上游江东堤围已决口四百余丈，湘子桥崩圮府城受困，两只镇桥鉎牛中的一只被狂澜卷走。有人趁机捏造了“凶年”谣言，将仇恨之火引向生意兴隆的“凌波七仙女”，说她们的淫荡行径和邪恶信仰惹恼了南门青龙古庙里的安济王爷，愤怒的人们冒着被大水冲走的危险朝花艇泼屎倒尿投掷石块，扬言要放火烧船，官府拦阻无果只得顺天应人，将他们逐出府城。这些花艇、帆船就这样被大风大浪裹挟着不能自主，到了樟树湾又遇上海风潮差点舟毁人亡。

在花艇来到樟树湾不到半年的时间里，逗留在南岸的商船货船明显增多，停留的时间也相对延长，这给沉寂的樟树村带来了信心与希望，表面的循规蹈矩未能完全掩盖男人们那颗不安分的心，他们总是趁着日落前踯躅于江堤，假装寻找失物，不时往大脚洲瞄上一眼，仿佛这样也能解馋，而一旦看见那些大摇大摆进出花艇的贩商水手，就会又妒又恨，回到家后满脑子都是嫖客狎玩嬉闹的想象，对着家里的黄脸婆没有好脸色。通常要到次日天边发白，那些商人水手才梦魇般地从花艇上消失，还沙洲以清静，樟树村的男人们至此方松下一口气，在心力交瘁中睡死过去。就连气定神闲的齐修平都对着陈鹤寿嗟叹："都说韩江风月好，销魂应在六篷船。"

花娘花艇的出现，不可避免地引发樟树村人家里家外的诸多矛盾，夫妻猜疑父子失和婆媳紧张四邻不安，陈鹤寿多次出面调解却如同隔靴搔痒，究其原因是家里的女人有了危机感，穿插其间挑拨教唆，使明里暗里的各种关系不仅得不到缓解，反而更加紧张。大脚洲的花娘就这样淹没在女人们铺天盖地的唾沫星儿里，当初的危难相助，也被说成早有预谋。老鸨红姑得知后笑得前仰后合："我才舍不得让我的雅姿娘去侍候那些'土鳖'呢。穷光蛋就像跳蚤，只想吸你的血，你却从它身上挤不出一点儿。"她提醒花娘们盯紧洋船上那些腰包鼓胀的贩商水手，并为她们打气壮胆："这些衰男人，没被寂寞熬煎过，哪晓得咱妹子的好？"

五个主事人中苏忠勇第一个站出来捍卫樟树湾这块净土，他在主事会上也在其他场合大声鞭挞花娘花艇的危害，规劝村民不要受那些"翘尾船"的诱惑："我早就料到，花艇一来，男人就变坏，老实人没老实家伙嘛。"孙木匠、穆庆辉与蔡厚道也担心长此以往会酿成大事，主张陈鹤寿出面，好言规劝红姑他们离开南岸。

薄薄的阳光涂抹着大脚洲长势旺盛的树木和齐腰的芦苇野草，涂抹着围绕着它的花艇帆船，没有散尽的晨雾、跳跃啁啾的鸟儿还有沁凉的泥土气息，都使这片林子显得更加幽深静谧。陈鹤寿跳下送他过来的小舢板，水边有对中年男女用奇怪的目光打量着他，好像觉得他来得不是时候。他们正用临时砌起的炉灶生火做饭，白白的炊烟蹿上树梢，消失在淡蓝色的天空里。听陈鹤寿说明来意，中年妇人两只湿手往灰蓝的围裙上一搓说了声"您稍等"，扯开步子一阵小跑，先上了一艘帆船，过一会儿就满脸不高兴地退出来，又上了旁边的另一艘花艇。

陈鹤寿跟着来到花艇一侧，刚谢过那个热心的中年妇人，就看见一个花娘走下跳板，个头比大多数女人要高些，麦色肌肤颈部细长，脑后很随意地挽了个松散的髻，饱满的身材裹着柔软的白色衣裙，江风一吹轻飏招展，让人第一个想到的不是插在花瓶里的素雅花儿，而是翻腾于大海的层层白浪。

陈鹤寿趋前打了个招呼，那花娘乌亮的眉毛抖动了一下，像要从慵困中振作起来，徐徐打开盖住大半眼球的长睫毛，流露出没有彻底清醒的茫然目光。陈鹤寿像被一股潜力定住，他还说不清这个花娘哪儿好看，五官既不精致秀美，皮肤也不白皙柔嫩，两道又黑又弯的眉毛与眼尾上挑的丹凤眼也不大调和，脸庞倒是椭圆形，只是往下收成了略显方形的下巴颏儿。她的嘴巴有点大，不过与鲜明的唇线、洁白的牙齿还有黑水晶般的眼眸搭配，却又恰到好处，这些单看都不完美的缺点，组合起来反倒构成了一种野性而又聪慧、单纯却又神秘的魅力，让他忍不住想要多瞄她几眼。

麦青被陈鹤寿看得有些不自在，又不服软，遂装出一种故意的、慢悠悠的镇定施礼："麦青这厢有礼了，敢问主事人有何贵干？"她的嗓音里夹带着一丝天然的沙声，给人刚从梦中醒来的错觉。陈鹤寿马上意识到她就是"凌波七仙女"中年纪最小的那个，遂好奇地问："阿妹认得我？"麦青委屈地叫起来："我去给你们送过吃的呀。"陈鹤寿拍了下额头噢了一声，旋即换了种亲切的口气："原来是你啊，上次还没来得及好好谢你——"麦青用嘲弄的口吻说："您该不会是专门跑来谢我的吧？"陈鹤寿涎着脸说："那当然了！不过还想顺便找红姑谈点事。"麦青警觉地说："我娘生病了，有啥事您只管对我说。"陈鹤寿摆了下手尴尬地笑，那费劲的模样像在推开一扇多年没有打开的窗户："说了你也甭在意，村里人闹腾得凶，想请你们挪到别处去。"麦青扇动着两丛刷子般的睫毛饶有兴趣地问："为什么呢？"陈鹤寿不敢直视她，只怕触碰到那对大胆热烈的眼睛，犹犹豫豫地说了句连自己都不敢相信的傻话："大伙说你们是蛇精变的……"

"那您还敢来？不怕被我吃掉？"麦青就像从回答中得到一种报复

的愉悦，嘴角一弯吃吃地笑起来，陈鹤寿感觉受到轻视，有点恼火地说："谁会信啊。"麦青睫毛扇动嘴角上扬："他们还说我们什么呀？"她好像并不知道自己这个样子有多招人。陈鹤寿抿紧双唇不语。麦青说："好啦好啦，不愿说就别说。"忽然话锋一转："他们怎么说我不管，可您是位大秀才，都说读书人明理啊！"陈鹤寿涨红着脸大声剖白："煮不熟的'芋头'太多，我一个人明理顶啥用？"麦青收起了笑容很干脆地说："那就请您回去转告那些'芋头'，你们在岸上，我们在水上，咱们各行各路！"

在这个阳光明媚的早晨，陈鹤寿像被巫婆念了咒，迷迷离离的好像连话都不会说，就被麦青塞回到那条载着他来的小舢板，耳边还萦绕着她最后撂下的话："要有办法，谁愿意来这鬼地方啊？"声调中流露出一丝悲怆与无奈，犹如牛车悠悠荡荡地从他的心坎上辗过并留下了清晰的辙印。

陈鹤寿带着一种甜丝丝的乏劲和虚空回到南岸，就像刚刚喝了半壶好酒，兴奋又有些不满足。村民们争相拥向春归堂，从铺窗、街门重重叠叠探进来不少脑袋，他们对大脚洲的好奇远远超过对结果的期待。

陈鹤寿坐在诊案前自个儿把酒盅满上，像要补上刚刚没喝够的酒水，又像刚刚跋山涉水颇需要它来提神解乏。酒盅被粗大的指头捏着显得又白又小，怕是稍稍用力就会碎掉。咕嘟，那只硕大的喉结滑动了一下发出响响的吞咽声，大伙也忍不住跟着吞了下口水。啜完了第三盅陈鹤寿这才站起来，从怀里摸出一张皱巴巴的麻纸。大伙的目光追撵着它脱离陈鹤寿的指尖自由地飘落到台面上，在明白这是他跟一个小花娘签下的纸字后全都垂下了头。鲁有光捡起来念给大伙听，当他念到花艇将不接待樟树村人时，男人们一肚子的不满憋紧在喉咙头；在他念到花娘花艇将继续留在大脚洲、双方互不干涉时，以苏忠勇为首的强硬派还有站在最外围听香闻臭的女人们同时激动起来。几乎在同一时间，所有的村民都在口头上达成了一致意见：撕毁纸字，将老鸨乌龟头、七个花娘连同侍候她们的那些梳头婆子、端水丫鬟、艄公伙头打杂一行三四十人统统逐出江湾，眼不见心不烦。

这种群情鼎沸的情形陈鹤寿早就料到，他从容地用拇指食指把烟叶搓成一小团塞进山柑烟筒，吹红了纸捻点上，噗扑噗扑地猛抽几口再仰起脸来：“你们要是还想多过几天好日子，就甭干这种傻事。”大伙还以为陈鹤寿在强撑脸面，就看到他两眼一眯冲着蔡厚道问：“小蔡，一天到晚，是哪些人最舍得花钱，在你那里又吃又喝，把韩江饮食店给撑起来的？”蔡厚道憨憨地笑，这个问题众所周知无须作答。陈鹤寿又转过脸，将目光像鼻涕那样啪地甩在一张皱巴巴的老脸上：“你呢，马二爹，谁在你那里通宵摇骰子，让你‘抽水’捞个盆满钵满？”马老爷子捻着几茎黄了梢的胡须说：“那还用问啊？当然是商船货船上的客人了。”陈鹤寿拿山柑烟筒戳了戳鱼贩周老黑的胸口：“听说你的鱼饭摊子把疍家人的生意划拉下一大块，谁买得最多？”这个最早从疍民船上廉价收购巴郎鱼再拿到南岸贩卖的家伙有些口吃了，从不与他讲价、把鱼饭整篮整篓拎走的正是洋船上的水手舵工，他们爱将潮润的鱼饭摊在甲板上晒成硬邦邦有嚼头的鱼干，供航行中佐酒送饭。没等他回答，陈鹤寿眼皮朝上一翻，眼仁掠过一道明亮的光波，把话绕了回来：“说吧，你们还想撵走这些花娘吗？”

“咱们挣的又不是她们的钱，”苏忠勇有些不耐烦地嘟囔，“只有她们挣咱们的钱。”大伙哗地笑开来。陈鹤寿却不笑：“你们可有想过？‘翘尾船’一走，这里还能留住多少商船货船？”大伙就像被谁施了法术表情凝固了。陈鹤寿继续说下去：“货船商船少了，你们挣谁的钱去？靠你们种点菜养头猪绣几块布头，也想吃香喝辣？做梦吧。”这下无人敢接茬了，心里的闷鼓却被他敲得咚咚咚的。陈鹤寿举手扫拨着从眼前滚过的一团白烟说：“到那时，你问我这些船呢，我现在就可以告诉你，它们都停在北岸，往后吃肉喝酒的就是那些你们瞧不上的‘水狗’。”他陡然一挺身子整个人像瞬间高出一截，手指随着拔高的声音有节奏地点戳：“别，不，知，好，歹，没有这些‘翘尾船’，外面的银钱会丁零当啷滚入你们的腰包？”又是一阵静默，穆庆辉替苏忠勇解围说：“难道咱们就只能眼睁睁地看着后生们跟着学坏？”陈鹤寿拔下烟嘴说：“这多简单啊，把禁令写进村规，上花艇者杖五十，谁替他说情一块儿打。”

那些心痒难耐的男人只觉得有股冷风旋进了领口，不由自主地打起了哆嗦，可是连陈鹤寿也没有料到，樟树村虽然没人敢上花艇，不等于花艇里的人不敢上岸。

此时入秋已深，江堤坡地原野田块却随处洇染着夏季那种浓绿欲流的色调，只有从明净的天空澄澈的江水才能觉察到一丝季节的变化。“十月冬”晚稻收割完毕，牲口牵回圈里吃草养膘，谷子熟透的香气、稻草扬起的细屑还没在空气中散尽，樟树湾人又忙活起“谢神日”，也就是十月十五的“五谷母生”。陈鹤寿带头捐了点钱，其他主事也步其后尘，普通村民只要家有男丁都会多少表示一下。苏忠勇推举见过世面的穆庆辉来筹划这场祭祀活动，陈鹤寿正求之不得马上同意。穆庆辉就将村里的后生们召唤到自己身边，领着他们来到江堤西段，拿竹竿杉木还有晾晒谷物的谷笪等材料，搭建起“神厂”（拜祭的站点）、戏棚，请村里的“半仙”引来既无庙宇又无神像的“五谷神”，也就是教人类种五谷的始祖神农氏。人们用米筒装满米，插几根稻穗和紫香算是给五谷神安了神位，待酬神活动结束后再行撤除。

主妇们用加入红曲的米粉作粿皮，包上豆沙、芋泥之类的甜馅，或者绿豆爿、花生仁拌萝卜丝、芹菜之类的咸馅，拟实物捏出状貌相似的“红粿桃”，有的捏成猪的形态有的捏成双头尖的扁担状，也有的捏成五种略有差异的人形……待到十月十五当日，各家各户就会将红粿桃还有宰杀的三鸟、煮熟的猪肉禽蛋挑往神厂祭拜，热闹至傍晚，再到戏棚看戏。受海风潮影响，大伙还没彻底缓过劲来，全村再也掏不出更多的余钱请戏班，这个消息不知道怎么就传到一位大头家的耳朵里，他不仅乐于赞助还声明不请草台班子，要请就请赫赫有名的老怡梨香班。

这位大头家是位洋船主，姓林名昂，字云英，因在家行六，人称六爷。一两年前，他从福建泉州来到澄波县城，置地买铺准备大干一场。

就在老怡梨香班进驻樟树村的那天午后，暖玉和濮婆婆一起到淑钿家做粿桃，只留下陈鹤寿看家守铺。外面的阳光白乎乎的，树影愈发浓重，秋天的风仍挟带着夏天才有的一丝燥热干巴巴地从江堤上刮过，扬起了阵阵烟尘如摆迷魂阵，陈鹤寿的身体沉甸甸地往下滑，也不知迷糊了多久就听见有人“秀才兄秀才兄”地喊，睁眼一看愣住了，麦青的上半身已框进铺窗里，粉青色的衣裙衬出她颀长的脖颈猫咪似的小脸，眼神间或一闪，如微风掠过水田泛起了波纹……陈鹤寿以为还在梦里，一挺一挺地将身子抻直好让自己彻底清醒，问：“你？还敢来？”麦青举手触了触插在头上的鱼卵兰不屑地说：“这里又不是什么虎穴狼窝！再说了，我是蛇精我怕谁？”边说边笑得花枝乱颤，陈鹤寿还没回过神，人已经跨入了街门。

麦青是来找陈鹤寿看病的，近日来总觉得神疲肢倦反复失眠，见他神色有点不自然就大大方方地捋起袖子，将手腕寸口处搁于脉枕上。陈鹤寿悬腕搭上三个指头，眉心微微牵动眼睛眯成一线凝神谛听。他在探查她的脉象，却冷不丁给了她一种不曾有过的触动和联想，那张蜜色的脸泛起了一层光晕显得更加红艳动人。陈鹤寿并未察觉，他正尽量专注地履行一个郎中的职责。两个人面对面凝然不动，如衙门升堂般腾起某种过分严肃的气氛。

“咋样了？”麦青有些不好意思地提醒陈鹤寿，他哆嗦了一下松开对方的手腕，郎中和病人都暗暗松了一口气。号了脉看了舌苔，为了消除失态所带来的窘迫，陈鹤寿一脸正色地告诉麦青：“脾主运化水湿，并主四肢肌肉，阿妹的症状应属脾气虚所致。”麦青用略含责备的口吻说：“当郎中的总爱说气虚气虚，病人哪里搞得懂气是什么玩意儿。”陈鹤寿立即逮到了逞能的机会，略一沉吟接着说：“《黄帝内经》曰：‘百病生于气也’，人体的气，受之于父母先天遗传，受之于水谷之精气，还有自然界之清气。”他已恢复了平时的爽朗大方，投入地谈论医书上的学问，再杀了个回马枪绕到她身上，“气虚症可导致五脏功能衰退，抗病能力下降。你目前要做的就是内调外养，甭看你才十六七的娇嫩样，如不根治，转眼就会变成残花败柳。”见麦青不惧不恼做出深思状，又恳切地告诫她：“像你这般忙于应酬滥施情色，睡眠无定，自然会亏气伤神，正所谓酒是穿肠的毒药，色是刮骨的钢刀，你可要爱惜自己才好。”

麦青知道陈鹤寿在规劝她什么，眼里滑过一缕委屈与无奈。随着江湾商船频繁往来，花娘们的身价与日俱增，贩商水手排成长队，许多外地的有钱人更是不惜舟车劳顿，从潮州府城澄波县城、从平原的四面八方源源拥来，住进江堤周围的客栈，争相给侍候花娘的老妈子丫鬟们塞好处，削尖脑袋想要插队一亲芳泽。红姑不停地在花艇之间巡视协调，两只深嵌在眼眶里的眼珠子转来转去，对着访客做张做势：“我家的雅姿娘又不是神仙，她们也要吃喝拉撒睡，也要穿衣打扮，哪腾得出那么多工夫陪你们？旁边不是还有好多小花艇么？你们就将就一下呗。”也不知从何时起，大脚洲周围又多了些花花绿绿的小船，这些小船简陋狭窄，女人更不可与“凌波七仙女”相匹比，一坐下便毫无顾忌地露出麻秆似的细腿、艳红的肚兜还有轮廓清晰、如猪尿泡般的奶子。来找乐子的有哪个没开过荤见过世面？吃惯了燕窝鱼翅鲍鱼，哪咽得下这带着馊味儿的菜帮饭团？

陈鹤寿见麦青不吱声，以为她生气了，就解释说：“阿兄没别的意思，只是替你觉着惋惜。”麦青冷冷地问：“你替我惋惜什么？”陈鹤寿就支吾起来。麦青说：“我知道你在想什么，这个姿娘仔长得这么好看，却活得如此低贱。”陈鹤寿忙摆摆手说：“我可不是这个意思。”麦青说：“有这个意思也不出奇，谁不想让别人觉得自己是个富有同情心的正人君子？”陈鹤寿心想，这个麦姑娘真有双蛇精的眼，都能透视到别人的心底了，就有些难堪又有些赌气地说：“你爱怎么想是你的事。”麦青瞥了陈鹤寿一眼鼓起濡润鲜嫩的唇：“要是啥事都由得了自己，谁不会拣好的呀？”陈鹤寿被噎得彻底说不上话，只好装出丧气的模样摇头慨叹：“都说我的嘴巴厉害，今日算是领教了真正的刀子嘴。”麦青扑哧地笑起来，一边看着陈鹤寿抓药一边漫不经意地问：“先生娘呢？”陈鹤寿说：“和我干娘去村东做粿桃。”麦青就重新坐下，捋着绸缎裙子那闪光的皱褶说：“先生娘肯定生雅（长得好看气质佳），可惜没见到。”陈鹤寿脱口而出：“没你雅——”麦青的脸扑地热了，目光很亮：“瞎说！”低头去玩弄手里那把绢面团扇的坠子。陈鹤寿瞥了麦青一眼征求她的意见：“我先给你煎一帖？”麦青说不好麻烦，人却坐着不动。陈鹤寿就拆开一包草药倒入黑乎乎的陶罐，生起了角落里的红泥风炉。

陈鹤寿边忙碌着边听到麦青悠悠地问了一句：“郎中把脉，除了瞧见病，还能瞧见什么？”陈鹤寿惊讶地问：“你希望他瞧见什么？”麦青幽幽地说：“心病啊。”

这一天家家户户都忙着准备过节，加之村民们对“老爷日”看病有所忌讳，一个下午竟没有谁进来打扰。陈鹤寿坐在诊台前听着麦青讲这讲那……她弓身的弧度、说话时翘起的嘴角、麦色皮肤的光泽，笑起来时的没心没肺，都在他的心里荡起了涟漪，恍恍惚惚地如被一种甜蜜的慵懒包围起来，又好像躺在小舟里随着水波摇曳摆动，恍若置身于现实之外的梦境……是麦青的提醒让他回过神来，药罐的盖子被冒出的白沫潽出一道缝隙，乌黑的汤汁顺着罐壁淌下又被炭火噗噗地烧干，到处弥漫着更加浓烈的苦涩甘香……陈鹤寿将煎煮好的药汤滗在一只粗瓷大碗再端至柜台。麦青靠过来俯身吹了吹，软软的白烟逼得她眯起双眼，噘起的红唇肉肉的像要亲吻谁。

自大脚洲一别，陈鹤寿心里多了种奇怪的感觉，麦青根本就不该待在那个乌七八糟的地方，跟那些肮脏的男人成夜厮混……后来无论听到什么，只要与她有关，他都会不自觉地站在她的立场暗暗为她辩解，今次见她，正好印证了他的判断，她身上有种肆意的生机勃勃的东西吸引着他，将他一步一步地拉拽过去……

陈鹤寿不肯收麦青的药钱，麦青也不勉强，拎起那摞药包道了谢扭出街门，脑袋却又从铺窗探进来俏皮地说：“秀才兄，您再琢磨琢磨。”陈鹤寿有些摸不着头脑：“琢磨啥？”麦青眨了眨迷人的眼睛，言语神气带着一种任性的挑逗：“下次好帮我治治心病啊。”

感觉像被谁猛推了一把，陈鹤寿再也约束不住心头的那匹野马，半真半假地说：“谢神日，妹仔要是有空就过来，阿兄给你再把一回脉。”陈鹤寿很清楚，“老爷日”也是花娘们的休息日，因为没人敢顶着亵渎神明的骂名去寻花问柳。他当然也想到了暖玉，只是想到她会和濮婆婆还有姐妹们去看通宵大戏。麦青耷拉着眼皮不出声，耳根泛起一缕红晕，这种普通女子最为习见的羞涩情态，却让陈鹤寿感到有些意外又有些振奋，忍不住把话说得更加直白："那天晚饭后我在这里等你，别的人都去看戏了。"

麦青不仅懂得陈鹤寿所说的，也懂得他想说而没有说的，她害怕他这么说又期待着他这么说，明知这种事不会有好结果，还是舍不得拒绝。她稳稳神儿问："要是我不来呢？"他的目光落在那对乌沉洁白的眸子上不动："你要不来，我就寻上门去。"

问死鬼

麦青走了好一会儿陈鹤寿才回过神来，自己又不是个雏儿，怎么就打起了这个花娘的歪主意？对自己的轻浮萌生了悔意，再想到暖玉平日里的好，更臊得慌。他以为这只是一时的冲动，过了一夜明天就会忘记，可是头刚落枕，日间那些一掠而过的碎片就如鸽群喧闹地扑进心窝，搅乱了入睡前的宁静。

谢神节当日，陈鹤寿堤上堤下转悠了一圈以示重视，穆庆辉陪着老怡梨香班的白辫先生跟他见面，聊了些啥过后竟然想不起来，就连他在韩江饮食店做东请大伙吃晚餐的事也差点忘了。麦青来与不来，如一团雾气笼罩着他，迷迷糊糊地只感觉到住在身体内的两个人在打架，一个希望她来，而另一个希望她别来，一个被欲望煽动得热血沸腾，另一个则冷静地提醒他读书人的礼义廉耻。陈鹤寿的嘴唇痛苦地扭曲着，不管如何选择，都要以背弃另一个作为代价。

陈鹤寿赶到韩江饮食店包房，客人早就到齐了，嗑着瓜子说着闲话，里面一桌坐着苏忠勇、孙木匠、祝大春、齐修平、鲁有光等樟树村声望最高、说得上话的人物，靠门一桌则是以石槌为首的一帮年轻人。菜上得差不多，蔡厚道也被陈鹤寿喊过来一块儿喝酒，才夹不到两筷子就听到外边的伙计高喊："贵客八位，里边请。"忙抽身出去张罗。

酒过三巡，外边一桌的后生纷纷起身，敬里边一桌的长辈贤能，场面变得人来人往嘈杂热烈，陈鹤寿正与石槌碰杯仰面豪饮，孙木匠就拿肘部悄悄碰了他一下，不知何时，蔡厚道空下的座位填进来一个体态微胖的中年汉子。陈鹤寿绕过去提醒他："兄台，您走错房间了？"那陌生人带着几分明显的紧张拍拍额头说："我头晕，借坐一下。"陈鹤寿正觉得蹊跷，蔡厚道就跌跌撞撞地冲进来："秀才兄，不知出了啥事，官兵把咱小店给包围了。"陈鹤寿又一次将疑惑的目光转向陌生人，对方也几乎在同一时间站起来抓紧他的手："您就是大名远扬的秀才兄？老人仔您肯定认识，我是他的熟人。"附到他耳边嘀咕了几句。陈鹤寿边点头边琢磨着，按住他的肩示意他坐回原位，然后用满不在乎的口气说："小蔡你慌啥？他们要是进来你就说店里没来过生人，乡亲们在吃酬神饭。"

蔡厚道刚转身离去，陈鹤寿随手抓起酒盅泼向陌生人的脸，见他吃惊地看着自己又端起半壶剩酒浇在他的衣袖上。陌生人正待发作就听见陈鹤寿说："趴在桌上别动。"迫于形势，汉子只好把脑袋埋进臂弯，胳膊肘子又碰翻了蔡厚道才喝了两口的那碗鱼汤，胸膛压在桌沿的猪骨鱼刺和洒出的汤汤水水上。在听到隔壁房间一阵骚攘过后就有人踢开了这边的门，为首的高长大汉须毛蓬勃利牙铿亮，样子有点像蜀国的黑张飞。陈鹤寿认得他是县衙的捕头雷鸣，因性情暴烈吼声如雷而被人唤作"雷公"，就佯装喝高了晃到他面前问："你、你谁呀？想干啥？"雷公厌恶地皱皱眉厉声盘问："我等乃县衙捕快，可有见到生人入内？"陈鹤寿结结巴巴地指着自己问："我九上县衙找吴父母陈情，被您拘过也被您打过，只差死在大牢里，我，算不算生人？"雷公说了声"胡扯"，招呼捕役围住外边一桌，见台面上趴着三只醉猫，就揪起来一阵细看，又丢回原位，听着他们发出打嗝干呕嘟囔各种难听的声音。

"那一桌。"雷公的刀尖指向里面，一道冷光流闪而过，有几个捕役抄上前辨认。陈鹤寿晃过去很自然地挡在那个陌生人前头，打了个响嗝说："各位爷辛苦啦，不如坐下来喝一壶？"又扭头冲苏忠勇孙木匠喊："你们都把位子让、让出来。"有个捕役拿肩膀撞开陈鹤寿，一把拽住陌生人的后衣领。陈鹤寿狠狠地拍了下桌子，吓得他一下缩回去想要拔刀，却看见陈鹤寿笑眯眯地说："费啥劲啊爷，十、十二位十二副碗筷，谁没碗筷您只管拉走，只管拉走。"那个捕役果真照着他的提示点了一遍，仰起脸说："雷爷，人头碗筷正好对上。"雷公威严地扫了陈鹤寿一眼挥挥手，示意下属往别处寻去。陈鹤寿殷勤地追出门："爷，过会儿还有大戏看，老怡梨香班的，白辫先生唱杨令婆辩本，那叫顶呱呱——"雷公不耐烦地说："少啰唆，见了生人赶快报官。"陈鹤寿非但不应还发起牢骚来："威风啥嘛，有种灭洋鬼子去呀。"雷公收住脚虎起脸来大声呵斥："放肆，虎门、定海、吴淞死伤那么多官兵，你的耳朵塞了屎啊？"气鼓鼓地走了。

陈鹤寿回到房间，那个陌生人已不知去向。

酒足饭饱，陈鹤寿与苏忠勇孙木匠等人移步至神厂，天边最后一抹亮光已被乌蓝的暮色吞没，搭盖于神厂一侧的戏台高可齐肩，篾席围裹以挡风，谷笪铺顶能防雨，木板台的中央张挂三幅竹帘，两侧夹锁金龙凤绣帐以为幛。戏台前端悬挂着"潮音老怡梨香班"的绣金字横匾，台中摆着一桌两椅披上绣花桌围和椅帔，台前两侧分别摆放两大盆清油，粗大的灯芯闪耀着明亮的光焰。哐哐咚咚的梆子声锣鼓声招引了越来越多的看客，除了来自江湾的三个村寨以及周边乡里，也有商船货船还有花艇上的。前面几排的人坐着而后面的人站着，再后面的踩在条凳上或者攀到树丫上，自觉地分出梯田般的层次来。

大戏开演，锣鼓一起便热闹起来，弦丝声、唢呐声、笙箫声像从悠远的地方聚拢过来由小变大，人们的注意力全都集中到戏台上，脸上的表情随着角色人物的唱念叹息欢笑哭泣而变化。陈鹤寿不愿久待，看客那些茶油味香粉味旱烟味汗酸味熏得他快要背过气去，而戏里的哭哭啼啼在他看来也是再假不过，远不及身边发生的事情来得真切奇特，虽然他也完全能够理解暖玉、濮婆婆这些戏迷，一辈子拴在这块寂寞的土地上，太沉重了，只有偶尔做着别人的梦才能轻盈地飞升。他抄着手离开密密匝匝的人窝绕过一株大榕树，感觉袖子像被树枝挂住那样拽了一下，回头瞪眼细看，昏暗中浮出一道颜色更深的人影。

"是我，恩公。"对方掐小嗓门说。陈鹤寿立刻想起他是谁："你好大的胆，还不快跑？"那人摸索着抓起他的一只手，往他手心塞了块又凉又硬的东西，抱拳说："在下姓温，承蒙贤弟相救，日后若在海路上行踏，记得将此牌带在身上，海神会保佑您出入平安！”陈鹤寿掂了掂手里的东西道了声谢谢，将它揣入衣兜再次抬头，人已不见了。这段意外的插曲陈鹤寿根本就没放在心上，只要力所能及他都乐意去帮助别人，更别说是官府追捕的人了，它如一小撮风浪，很快就平息在他记忆的江湾里。

陈鹤寿还没打开春归堂街门的铜锁便嗅到一缕奇异的香气，内心一阵跳荡声音却保持着应有的镇定：“哪个？”麦青从暗角里闪出来说：“跑哪去了？等了你好久。”陈鹤寿有些难为情：“去吃饭了。”麦青嗅到他的一身酒气又嘟哝起来：“不是说好要给我把脉吗？”陈鹤寿感到全身的血液瞬间凝聚到一处，热烘烘的膨胀得快要爆裂，迅速推开门说“进来吧”，不容分说将她拽进去，又砰地关上门插上门闩，胳膊搂住了她的腰肢将身体贴上去。

麦青只觉得整个儿像被一层油毡布之类的令人窒息的东西裹住，边挣扎着边用被惹恼的声气说：“你、你要干吗——”话未说完嘴巴就被对方的大嘴堵住，有股生猛的力量将她抵向门后。她本能地抿紧双唇，喘息着想要推掉夹住她身体的那两条粗胳膊，它松了松但仍组成一个环形，怕她逃脱似的。她尽可能将脸往后仰以期和他拉开距离。

“秀才兄，别这样，你可不是我的客人。”麦青的声音里透着委屈和懊恼，听上去犹如待宰的动物。陈鹤寿喘着气辩解：“我没想过要当你的客人。”他一下松开了她：“别怪阿兄粗鲁，大脚洲一见就忘不了你……”麦青一对眼睛发出幽光，嘴上说：“哪个男人不是这么说？”

“麦青，我可以对天发誓，我说的都是真心话。”陈鹤寿的声音很轻，每个字却如榔头，一下一下捣进麦青的心坎，撞击得她一阵眩晕，呼吸都乱了。

“你们男人哪，没一个好东西！”花娘的谴责听上去更像是一种撒娇，一种暗示，重新引爆了陈鹤寿那股积攒已久的热情。他轻柔地吻着她头顶的发丝，她脸庞周围散乱的头发也轻拂着他，痒酥酥的跟过电似的。他吻完了她那惹得男人垂涎的丰润嘴唇又去寻找她优美迷人的长颈，然后颤抖着解开她脖子下的如意扣又解开右腋下扇形门襟的布扣，一双宽阔粗硬的大手紧贴着她滚烫的肌肤摩挲着她的身体。她在扭动战栗的同时也抚摸着他感受着他，就像升起帆叶的船儿等待着奔涌而来的风浪那样，第一次将肉体与灵魂同时向一个人张开。陈鹤寿出手又慢又重，有条不紊地从她的股沟、臀部、小腹、胸脯和背部滚压而过，仿佛在领略一块丰饶多姿的土地。他感到自己的肋骨不断地下陷，贪婪地往体内吮吸着这个女人身上那种仿佛来自大江大海、饱满旺盛的生命气息，那种类似于不曾修剪、恣意生长的野生植物般的原始力量，它们像要将他导向暗黑无光、潮湿混沌的初始状态，也导向更加深邃隐秘的妙绝境地。

麦青没有普通女人委身于男人时的忸怩与羞怯，也没有掩盖肉体的饥渴与索求，在经历了最初的试探磨合后便顺应自己的身心，如同烧化了的铁水那样滚烫热烈地与对方融合在一起也凝固在一起……

麦青走下码头，不远处的鼓乐声唱曲声再也无法入耳，她完完全全地陷入到患得患失之中，既拎不清这次幽会的对与错，也搞不明陈鹤寿有几分真几分假，不过有一点她是清醒的，这份感情也许不够纯洁正当，但却最接近于自己的内心。

随着小舢板的左右摆动江风的阵阵劲吹，麦青的心绪也从迷乱亢奋的高峰走向清冷陡峭的崖壁，从幻想的高地坠向真实绝望的深谷，她相信这是第一夜也是最后一夜，往后再也不会有如此极乐的时光，这辈子发生再大的事也不可能将这段奇异的经历抹去。虽然才离开一会儿，她又想他了，她敢肯定他也想她，不过为了他好，她希望他们最好永远别再见面。话虽如此，第二天麦青又像被一股邪火勾住，趁着歇午人稀上岸“看病”，恰好又赶上暖玉和濮婆婆都去闲间聊天。

早在大先生倡导兴学、创办莲峰书院的同时，也顺带向陈鹤寿提议开辟一些闲间，供长期沉潜于生活底层的村民们松松气。陈鹤寿当时就采纳了他的建议，将废弃的窝棚翻修，置一点旧桌椅几只杯子还有最简单的乐器，把它们变成村民休憩娱乐也顺带调解邻里矛盾的特定场所。每个闲间都起着好听的名字，女人们也拥有独立的闲间，她们在忙完家务活后可以来到这里家长里短，倾诉求助，交流生养、绣花、织网、烹饪、操持家务等心得，有时忙不开，也会将孩子寄放于此，请有闲的阿婆、姊妹代为照管。暖玉在“清心”闲间深交了几个好姐妹，除了精明能干的淑钿，还有大嗓门、有点缺心眼的阿娟，她的男人常年在货船上当杂工，自己带着三个孩子跟公婆住在一块儿，日子过得紧巴巴的不说，还要担心男人在外荒唐后将脏病带给她。还有那个发嫂，胖胖的身材，年纪要比暖玉大个四五岁，成天乐呵呵的从不跟别人争长论短。雅茹很少来，老史死后史大婶的心好像也跟着死了，不再过问店里的事，一天到晚枯坐念佛，雅茹就不得不出头露脸帮着蔡厚道打理生意，她眼尖嘴利得理不饶人，连淑钿阿娟都有些怕她，好在有暖玉从中调和，这五个姐妹才能像五根手指那样紧紧地捏在一起，心里有啥郁结都能解开，谁家摊上麻烦事，自有伙伴们七嘴八舌地出主意七手八脚地支援，清心闲间就慢慢成了这群女人的另一个“家”。

之后麦青仍三天两头地来，只是不敢到春归堂而是去了芭蕉园。她把什么都告诉陈鹤寿，自九岁被滥赌的父亲（母早丧）卖到湘子桥边的花艇，红姑就将她送到门口挂着纱灯、贴着红帖的民间教坊读书训字，熟习各种伎艺。到了十三岁又被红姑接回花艇。潮州城每年二月“迎青龙”，未被梳拢的花娘浓妆艳服扮成“活花灯”立于船头，纨绔子弟裙屐少年备足金缯，争夺佳丽们的“初夜权”，麦青因被争夺最激烈、“得标”最丰厚而名噪一时。她所在的花艇也自然成了风流逸士也包括一些官员的流连之所，有位名士还特地为她写了副对联挂在花艇上：“春水三篙湘子渡；红栏一曲女儿花。”

麦青既有疍家女子的泼辣豪迈，又有潮州姿娘的细腻柔媚，所以没费多少心思就让那些对小情小义最不在乎的富家子弟发疯。她能让对方觉得她爱他是真心的恨他也是真心的，整个世界于她不过是莺歌燕舞的一台戏，她既是编排剧情的教戏先生，又是当仁不让的女主角。

世人都说婊子无情，麦青体会到的却是嫖客的冷酷，就连知书识理的读书人也沦为了背槽抛粪、无情无义之徒，大姐魏阿星为了一个病焉焉的书呆子祷佛延医秤药量水，衣不解带地侍候，不知挨了红姑多少骂，待他病愈后又送他盘缠赴考，结果那姓马的书生一去杳杳。世人都嫌婊子污脏，麦青倒觉得自己比许多人都干净，起码比那些找她的男人干净。别看她年纪轻轻，在认识陈鹤寿之前早就自绝于情感，以为绝无可能再爱上任何人。想不到这槁木般的心居然又活回来，还鲜嫩有力地弹跳着。她有时也会暗怪陈鹤寿，干吗要来招惹她，可又找不出他的一点儿坏心眼。爱一个人有错吗？跟那些花钱取乐的男人相比，他倒显出了本真的性情。她发现他俩很像，但她仍要恼恨他，是他剥下了她的伪装还原了她的本色，那是一个连自己都感到陌生、让人欢喜又让人心惊的女子。每次见面，两个人都沉浸在这种相见恨晚的爱情所特有的狂热之中，尤其是她，总把它当成最后一次，恨不得与对方一块儿烧成灰烬。打心底里，她和陈鹤寿想的都一样，一方面怕伤害暖玉，另一方面又期待着波澜再起。他们都在暗暗指责对方酿成这杯苦酒，可谁又都不愿意主动跳出这个越陷越深的泥潭。

各种猜测各种闲言如风儿穿梭于村头村尾田间地头茶馆酒肆，只要看见麦青走上码头，即使没有像戏里所说的“人证物证俱在”，也不妨碍村民们把她与陈鹤寿联系在一起。可是谁也不会去阻拦麦青，樟树村本来就没有明文禁止花娘上岸，更何况有人恨不得这事能够继续发酵直到不可收拾……

两口子生活久了，激情自然消退成偶尔的旁逸斜出和大部分的习以为常，各自个性中最尖刻的东西和最不能为外人道的平庸都水落石出，麦青的出现，令陈鹤寿两口子本来再小不过的龃龉于无形之中被放大。在暖玉眼里，陈鹤寿意气用事，一天一个想法，把积蓄折腾光了不说，还传出与花娘勾勾搭搭的绯闻来，要不是有了二心，哪会对她这不顺眼那不顺眼的……陈鹤寿也好像突然意识到，暖玉一点都不好看，单眼皮，稍显突出的颧骨，身子不水灵不饱满，平日里只知忙忙叨叨，一点都不解风情，二十岁刚到就彻头彻尾变成了村妇大婶，他真不知道自己当初看上她哪一点。最可气的是她的肚子一直瘪瘪的，完全没有要传宗接代的苗头，硬生生地碾碎了他开枝散叶、子孙满堂的美梦。

不管怎么装，满天飞的流言似乎专门跟暖玉作对，天天钻入她的耳朵，姐妹们原来还想着法子不让她听到，现在却反过来给她通风报信，让她想装傻也装不成，只能去面对。暖玉开始在话里话外刺探陈鹤寿，先还小心翼翼的，生怕问多了引发冲突，更担心他会揪住她的不育穷究不放。可是姐妹们已经众志成城，抢着要站出来捍卫她的身份和地位，就连濮婆婆也觉得在原则性问题上她不该沉默，她一下被“为她好”的亲人们逼到了悬崖再无退路，只能鼓起勇气追问陈鹤寿，他与麦青到底是啥关系。

起初陈鹤寿还犯浑耍赖：“哪有什么关系？我看你是无事生非，我怎么可能中意一个花娘？”暖玉反唇相讥：“花娘有啥不好？又俊俏又浪得起来，我要是个男人，也盼着花娘爱上我。”陈鹤寿皱着眉问：“啥意思？”暖玉撇了撇嘴说：“这样才能觉得自己好厉害啊，可以当人家的救世主了。”陈鹤寿说了声“你别听风就是雨”，装出一副不跟她一般见识的样子夺门而出，让暖玉打出去的拳头落空。说实话，暖玉的责问让陈鹤寿并不好受，麦青和暖玉在他的心里不断交替出现，他和暖玉的生死与共，他与麦青的灵肉合一，孰轻孰重竟一时难以判断，明明知道这对暖玉很不公平，可还是舍不得放下麦青那一边。

陈鹤寿的躲避基本印证了外边的传闻，暖玉便加强了攻势，不管白天黑夜逮到机会就是一阵数落。绷紧陈鹤寿内心的最后一根弦断裂了，为了从无时无刻不折磨着他的精神压力中解脱出来，他不得不借着酒劲发飙。他大声挖苦她是只“不会下蛋的母鸡”。暖玉挺直纤细的腰杆，双唇微微颤抖却不吭一声，只用有些怜悯的眼神看他，待他把难听话说尽才持着那股认定的冷静说：“还是干娘说得对，人心不如狗，跑了唤不回。表哥，咱啥也甭说，你要是决定好了就告诉我一声，我成全你。”

陈鹤寿觉得自己一下赤身露体站在暖玉面前，低劣而又可怜。如果暖玉又哭又闹他还好受些，她这么沉静这么冷漠，如冰水浇灭了他狂乱的心火。他仍然不愿承认自己嫌弃她，也不愿承认自己骗自己，为了掩饰心虚和懊恼，竟然提高了嗓门吼喊：“说清楚，你到底要我决定什么?”暖玉说:“休了我这个草头妻啊。”陈鹤寿被暖玉无所畏惧的态度彻底激怒，只想抓到一切能够抓到的脏物秽物抹到她脸上，失去理智的一句话跟着冲上了嗓子眼:“谁说你是我的草头妻?”暖玉浑身哆嗦了一下有些不敢信:“那你的草头妻呢?喊呀，喊她出来呀。”陈鹤寿一不做二不休，仰起脸说:“我那苦命的如花啊，要不是你难产早亡，我哪会遭这么多的罪啊——”暖玉本来对陈鹤寿就有所怀疑，凭他对女人的了解就不像个“初哥”，此刻终于有了答案，答案又是如此确凿无疑!她仿佛看见自己的心在汩汩冒血，用手掌压也压不住，一种从未有过的绝望箍得她快要透不过气来，不过她仍强忍住悲愤，以轻淡不屑的口气还击:“看来我确实没看错，你就是个十足的骗子!”

回到卧房，暖玉的耳边仍回荡着陈鹤寿刚才的慨叹，惊骇与怒火早已消失，心底里泛起了一缕阴冷之气。她还记得第一次将身子交给陈鹤寿时，隐隐觉得有人在偷窥，虽看不清对方面目，却能真切地感受到她投射过来的目光。从那时起，那道影子就反反复复出现在暖玉的梦里，一忽儿蜷曲一忽儿打开，有时还边哭着边捂住流血的下体，像用双手堵住涌动的泉眼……

按照平原风俗，新婚之夜，当接枝的应在婚床上多加一只枕头，以示留给男人亡故的草头妻，且要待到第二夜方能有男女之欢。当接枝后的第一餐，以及逢年过节用餐时，也须为草头姐多添一副碗筷。新妇婚后回娘家，要先上草头姐的娘家拜望她的双亲……暖玉发烫的脑瓜如烧红的铁块淬了水，滋地响了一声冷却下来，长期笼罩在她心头的迷雾消散了，显露出一条不易觉察的暗线伏脉，原本不该发生在她身上却又发生了的灾事祸事，一定跟这个草头姐有关。

陈鹤寿对草头妻的隐瞒带给暖玉的震撼和惊惧远远超过他与花娘有染。“你要是早点告诉我，我也不至于吃了这么多苦头”，暖玉用天生极强的忍耐力勉强维持着冷静，催促陈鹤寿去请个法力高强的半仙驱魔镇邪。陈鹤寿吃惊地注视着妻子，随之劈头盖脸一顿怒斥:“跟一个死人过不去，荒唐，荒唐!”

自从供奉了水流神，如花就更多地出现在陈鹤寿的梦里并胡言乱语，他觉得这不过是自己思念过度而虚幻出来的产物，用不着大惊小怪。

在陈鹤寿移情别恋与梦魇惊扰的双重夹击下，暖玉犹如一朵失去了水分的花儿飞快地枯萎，她越来越苍白的脸色、越来越细的脖子、日渐突出的锁骨让濮婆婆看得心惊，又帮不上忙而干着急。她对暖玉说："且不管那花娘如何兴妖作怪，你上山去找大先生'问死鬼'，让大先生把你带进梦里，去跟那个草头姐服个软。"

问死鬼是平原一种人鬼沟通的方式，通灵人让死去的魂灵附着在自己身上，从而打破阴阳之隔与生者对话。

暖玉请雅茹帮她雇了辆马车上莲花山，临别时交代濮婆婆："我表哥要是问起我，你啥也别说，他要心里有我，让他着急一回，要是心里没我，说也白说！"

大先生惊诧于暖玉自己上山，听她说明原委后一个劲摇头："'问死鬼'跟驱鬼净梦不同，我可不会！"暖玉只管流泪磕头："大先生若不救我，这个家就毁了。"大先生将暖玉扶起再次叹气："幼妹啊，这要是出了意外，我可怎么向秀才兄交代？"暖玉惊问何故，大先生脸色暗沉："那鬼魂若不肯放过你，你就会永远留在梦境里。"暖玉用想过不止一次的坚定口气说："就算回不来，也比过这半死不活的日子强。"

暖玉后来在大先生催眠的咒语中昏昏沉沉，忽然听到一阵类似于动物的悲鸣，像从某个既黑又深的洞穴里传来，震颤着搅动着大气，在旋转凝聚之后幻化出一道似曾相识的影子。暖玉用一种豁出去的心情大胆地凝视它，真心实意地喊她一声姐，鬼魂好像受到了诓骗，如强忍着咆哮的兽类又气又急地叫了一声："哇！是你？"接下来是一阵模糊的叽咕，语气显得那么决绝。暖玉耐心听完对方的指责，这才用强装的沉着开腔："姐啊，这事不全怪我，要不是前些天他说漏嘴，我哪晓得在我之前还有您啊。"

暖玉孱弱疲惫的模样还有那种凄惨而略带讥讽的诉说，投射出某种阴影般的孤独与无奈，"其实我挺羡慕您的，爱得短，却永远。两个人待久了，反而麻木了迟钝了，不珍惜。”鬼魂冷冷地嘘了一声：“说得轻巧，你忘了我是怎么死的？”一想到草头姐生前的惨痛经历，暖玉内心的悲愤蓦然消失，真心实意地说：“姐啊，您要是了解我你就不会错怪我，早知道他是‘花脚蚊’（指花心），我打死也不跟他！”见鬼魂仍然不为所动遂咬咬牙：“姐啊，你要是真心爱他，就不该干预他的生活，骚扰他的家人，不该让他没儿没女家不像家。”她边说边动情地伸出手来，用理解、同情的目光望向那团模糊的影子：“我知道您寂寞，要不我就留下来陪您吧，反正他又有了意中人。”一道细长的黑影迟迟疑疑地延伸过来，在与暖玉的指尖重叠时凉得像块冰……暖玉一个哆嗦醒来，额头沁出细汗，原先包围着她的那些浊重阴冷的东西退潮似的消失了……

暖玉的离家出走唤起了陈鹤寿对过往的追忆和反省，他到处找她怕她有个三长两短，眼里心里尽是她平日里的好，对过去那些看似庸常、自己未曾珍视的东西感到锥心刺骨。消息纸包不住火地传开，传到麦青的耳朵里，就像一股冰冷的细流直通她的心肺，对自己害得他镜破钗分陷入了深深的自责。十几天后暖玉平安归来，陈鹤寿和麦青都不约而同地松了口气，尤其是麦青，已经打定主意将窝在心头的一汪深情泼洒干净，不再涉足南岸。

暖玉回来后陈鹤寿着实开心了一阵子，烧脚烫手地讨好她。家里才风平浪静了几日，他眼里的愧疚还未完全褪净，揪心的思念又转移到另一女人身上。有天深夜，麦青送完最后一位客人返回船舱，尚未脱下辄金锁绛衫歇息，帐后忽然闪出一条人影，浑身湿答答地滴着水，吓得她差点喊救命。陈鹤寿的到来让她心神一荡又紧跟着一阵沮丧，压低声儿问：“你还敢来？”陈鹤寿说：“怎么不敢？我说过你不找我，我就找你！”眼睛好奇地扫视着这个男人们心驰神往、津津乐道的卧室“燕寝”：粉红色的纱帐被带着腥味的江风斜斜吹动，香炉里飘出几缕似有若无的香草烟气，一只漆黑描金的矮腿圆桌上摆着镜台妆匣以及梳篦簪钗等零散用品，细木骨架镶以绢纱的八角宫灯只亮了一盏，照得锦缎带流苏的夹被一片金红……陈鹤寿的目光终于落在日思夜想的花娘身上，她的发髻有些松散，跌下的发绺犹如乌云遮住半边皓月，狭长的眼睛半睁半闭，丰润的唇瓣鼓起来现出了赌气的模样。

“你啊你，心肠硬过老石垢！”麦青毫不客气地说。陈鹤寿像伤口被碰到那样退缩了一下，警觉地将窗户关严带着歉意说：“麦青，都怪我没把事情处理好。”麦青继续板着脸：“我劝你，别丢了面桃去抢饼，结果啥都没。”陈鹤寿急忙辩解：“我也没亏待她呀。”麦青用显而易见的鄙夷神色看他：“你对别的姿娘好，就是对她最大的不好！”陈鹤寿瞥一眼麦青苦笑：“你到底要我咋样？”麦青很干脆地说：“咱俩的戏唱毕了，戏歇棚拆。”陈鹤寿脸色骤变不敢相信地说：“别吓我啊麦青，我不会让你难做的。”麦青不再说话。陈鹤寿像往常那样涎着脸去碰她，她灵活地闪开，一脸贞女烈妇的凛然。陈鹤寿哼了一声，驯服她还有占有她的念头如同危险的火焰点燃了他的热血。他兜着股冷风扑了上去，花艇摇晃了一下。一切来得太快，麦青还没做出任何反应就落入他的怀里。她挣扎着扭动着，拼命地拍他打他掐他捶他咬他。他把她抛到床榻上，她的裙子敞开来露出高耸的乳房和光滑的大腿。他发疯似的冲上前，冷不丁被她踢中裆门，疼得一阵痉挛蜷成一团。她爬起来紧闭着嘴抑制住喘息，双手捂紧撕裂的领口乱发披垂，瞪得溜圆的眼睛射出狠毒的光焰，好像随时会扑上前咬他一口。

门外响起了婆姨丫鬟急切的问话：“七小姐，怎么啦？”麦青换上日常那种平静自然的口气说：“没事，你们都回去睡吧。”为了让她们放心，还走过去拉开一道门缝探出半个脑袋。转过身来她又横了陈鹤寿一眼：“你觉得这样有劲吗？”陈鹤寿有些惊恐地看她：“麦青，我会对你好的，比别人对你都好。”麦青发出惨淡的笑：“你还是不了解我。”积聚在陈鹤寿胸腔的酸楚如水堤决口般奔涌而出，泪水在他眼里一点点地变厚：“睡了多少次了，你还想我怎么了解你？”见她不加理会又说：“麦青，你别再当花娘了好不好？”麦青用戏谑的口吻问：“想救我出火坑啊？”陈鹤寿神色庄严地说：“你跟我走，我给你找个住处，让你一辈子吃喝不愁——”麦青白了他一眼说：“你以为这里是你家开的？说走就走。有道行，拿两千两银子过来赎我。”她想让他明白，花娘与普通人的情感生活犹如生死线，界限分明难以逾越，快刀斩乱麻才是明智之举。

到底还是花娘，张嘴闭嘴离不开一个钱字！陈鹤寿被激怒了，梗起脖子眼露凶蛮神光：“说定了，我挣钱赎你。”

麦青以为这不过是陈鹤寿强撑脸面所放出的狂言，打趣说：“好啊好啊，我等你！”

“极目金山望眼迷，凤栖石有凤栖时，郎如肯作鸣凤鸟，妾愿江头化竹枝……”陈鹤寿用一种故意拖长的颤音哼唱着麦青教他的情歌，唰地拉开木门一个猛子扎进江里，把躲在外边偷听的女人们吓得缩成一团。凉浸浸的江水化解了他肌肤的灼热，却没能让他的脑瓜真正清醒，他既忘了亲自定下的村规禁令，也将来时的小心警觉抛诸脑后，直到爬上岸被村里的巡防队逮个正着方后悔不迭。

平安批

暖玉大清早醒来，发现陈鹤寿没在床上，就挽起头发从卧室走出来，听见濮婆婆嘟囔着昨夜街门忘了下闩，心想男人起大早去哪了，也不作解释只管走到前堂，刚拆完安在铺窗上的最后一片木板，江堤上就咣当咣当传来了锣声，一阵紧似一阵，像出了什么大事，村民们头未梳脸未洗衣衫不整地从一条条陋巷从一座座土屋窝棚蜂拥而出，木屐的噼啪声，赤脚的扑噗声，喘气声招呼声还有孩子的哭声狗的叫声，从铺窗前掠过一齐汇聚到江堤的老樟树下。暖玉估摸着陈鹤寿半夜捉贼去，绷紧的神经松弛下来，听到阿娟的招呼也就跟着出去看个究竟。围观的人越来越多，有的向身边的人打听消息，有的交换着自己的猜测，有的仰起面孔眼里流露出好奇，有的一副大快人心的样子，有的做出鄙夷的姿态……

“大伙静一静，静一静。”穆庆辉开腔了，他站在离人群最近的地方，声音显得格外响亮。人们停止了交头接耳，将目光投向对面那一溜村里的主事。与穆庆辉一起站在中间的是铁塔般粗壮、成天笑眯眯的苏铁匠，他俩的左侧是中等身材、土直硬性的孙木匠，右侧是胖墩墩、眨巴着一只眼睛的蔡厚道。人们的目光扫来扫去，五个主事中唯独少了陈鹤寿。

看见穆庆辉与苏忠勇交换了个神秘的眼色，不祥的预感忽然捅了暖玉一下，不由自主地瞪大眼睛。几个巡防队员七手八脚地抬过来一只扭动着的大麻袋，解开袋口倒出一个只穿着短裤衩的男人，所有的目光齐刷刷地望过去，又齐刷刷地发出惊呼，陈鹤寿？！他好像还搞不清自己在哪里，两只眼睛因一时适应不了强光而眯着，发辫散乱，一张大脸被血水涂抹成猪肝色，看上去像个跌破脑壳的流浪汉。暖玉差点昏厥过去，幸好有阿娟用力搀住。

“怎么会是你啊秀才兄？”穆庆辉吃惊地问。陈鹤寿好像意识到了什么，眼神锐利起来，挣扎着却爬不起来。孙木匠、蔡厚道扑上前手忙脚乱地解开他身上的绳索，人群里一片骚动，有不少人扭过脸来看暖玉，就好像她才是这出戏的主角。暖玉的脑袋没有低下去反而仰得更高，嘴唇用力扭动着像要说点什么，但终究没有说出来，只露出要杀要剐悉听尊便的执拗。

陈鹤寿看到眼前这般阵仗，再回想起自己一上岸就被砸晕塞进麻袋，迅即了悟到早就有人张着套子等他钻，此时纵有千张嘴万张嘴也说不清白，遂举起两条又酸又痛的胳膊抱拳施礼，有些难为情地说：“众位乡亲父老，今儿是我好奇心重犯了禁，请各位按村规处治吧。”

穆庆辉装出一副始料未及不知如何收场的模样，回头望望其他三位主事人。孙木匠大着嗓门说：“既然是秀才兄，我看就——”苏铁匠温和而又坦诚地截住了他的话头：“老孙兄，这规矩可是秀才兄亲自立下的，还是由他自己决定吧。”蔡厚道抢在陈鹤寿开口之前说：“秀才兄替村里做过那么多好事，救过那么多人，将功补过，从今往后，若有人胆敢犯禁，一定严惩不贷——”穆庆辉放声嘲笑：“秀才兄乃顶天立地的好汉，岂会言而无信？小蔡你少往他脸上抹屎！”陈鹤寿只觉得恶气满胸却又发泄不出，脸上僵着一层笑，颧骨旁那两三道新添的紫色伤口显得更加丑陋。他怎会听不出穆庆辉的“捧杀”？既然退路被堵死，就只能咬咬牙从自己身上踩过去了。绝望反而消解了压力，陈鹤寿清了清干涩的嗓子冷静地说：“在这里，我最后一次以樟树村主事人的名义重申村规，‘上翘尾船者，成年杖五十，非成年鞭二十。”他一下看到站在人群后边的暖玉，不自觉地停顿了一下又将目光荡开，用更高的声调来掩饰自己的失态：“村规乡约面前，谁也不能例外！”

齐修平从人堆里挤出来阻止他：“秀才兄，古人有言，‘知善知恶是良知’，咱们定下的规矩，其目的并非为了惩治谁，而是为了让大伙知道何事不可为。”他停下来瞟了穆庆辉一眼问：“你说呢穆兄？”穆庆辉像没有听见似的将脸转向陈鹤寿击掌叫好：“秀才兄，真汉子，兄弟我佩服得紧。”

陈鹤寿心里憋屈但仍不失风度地走到大樟树前，让后生将自己反绑在树干上，见他们面有难色就吼起来，像急于获得一种从未有过的痛快：“少磨蹭，给老子狠狠打！”那两个后生只好硬起心肠照办，抽出棍棒轮番上阵，一下下砸向他的屁股，不是往皮肉上砍下一道沟便是拽掉一块布，很快就皮开肉绽鲜血淋漓。胆小的都背过脸去，胆大的也觉得那棍棒就像抽击在自己身上，除了跟着陈鹤寿一起哆嗦，还配音似的发出忍受不了的呻唤。陈鹤寿后来昏厥过去，脸死死贴着粗糙的树皮，从嗓子眼涌上鼻孔的一堆黏糊糊的东西流了出来，身体仍随着棍棒击打的节奏作出惯性的反弹。人们听到的仅仅是硬物砸水袋般的扑扑声和施刑者粗重的喘气声。暖玉强迫着自己看下去，看这个她既爱又恨的冤家皮肉如何被掀起撕裂，感受着自虐的快感一阵阵锉进内心深处，嘴角绽出一缕倔强的惨笑。淑钿和阿娟夹着暖玉的两侧将她拖走，她依然拧着身子想要往前反扑，点点泪光叫人心碎。

南岸的喧嚣传到花艇上，麦青的第一反应就是陈鹤寿出事了，她迎着晨风立于船头，恨不得扒开遮挡住视线的人群，高高举起的棍棒每落下一次，就在她心里血肉横飞地炸开一次，眼前扬起一片红红的血影。

红姑凑了过来不屑地说：“啥英雄好汉啊，还不是一样掉进咱娘儿们的裤裆里。”见麦青飘过来质疑的眼神又不温不火地添上一句：“自讨苦吃！天底下哪有白吃的肉白肏的屄？”麦青一个激灵醒过来，抑制住激动发问：“是你叫人报的信？”红姑脸上泛起得色。麦青急了：“我不是向您保证不再和他来往了吗？”红姑眨了眨深陷的眼睛又习惯性地甩了下手里的帕子："我的傻妹仔，早就有人盯着他想要他滚蛋了，咱们只是看势落势，做个顺水人情，换些银子花花。"麦青惊诧地问："谁想治他？"红姑没有正面回答："你想嘛，有他在这阻手阻脚，外埠的大船咋驶得进来？"

半个月后皮肉还没养平整，陈鹤寿就像一缕青烟消失了。在他受罚后，暖玉不停地做着同一个梦，上屋的中楹掉落，她当时还会错意赌气地想，村里的主事有啥了不起，当不成就当不成，直到这可怕的一天降临方蓦然惊觉，她家的"中楹"是消失了。暖玉也不想麻烦谁，只让石槌摇着橹送她去大脚洲。她知道陈鹤寿不在那里，只是为了争一回脸面出一口恶气。

陈鹤寿不当主事后，考虑到石槌多次得罪苏忠勇穆庆辉他们，也出于对他那股牛脾气的了解，在征得孙木匠的同意后将他安排到韩江饮食店当伙计，而生完孩子后的淑钿也被雅茹招呼到店里去帮忙。

石槌把暖玉的行动提前透露给了雅茹和淑钿，谁不知道暖玉心肠软性子柔，平日里只知道干活哪懂得骂仗？雅茹淑钿阿娟发嫂四姊妹都怕她吃亏，一个不落地跳上船去给她撑腰助阵。

大清早，大脚洲、花艇帆船还有老鸨花娘全都沉浸在睡梦里，暖玉怕石槌鲁莽行事就留下他看船，自己带着四姊妹踩上沙洲潮湿、绵软的沙地，先碰到两个摘菜煮粥的老妈子，问麦青是哪艘花艇，她们皆不肯说，暖玉又问"红姑的呢"，她们朝沙洲的另一侧指了指便赶快埋下头去。

拐了道弯穿过一片幽暗的林子，果然有艘花艇靠在那里，暖玉还没鼓起勇气，阿娟就一个箭步冲上前亮开大嗓门："这船上到底有人没人？快把秀才兄还回来！"过了好一阵子，又黑又瘦的红姑才磨磨蹭蹭地出来，用夹着手绢的两根手指来回摆动，眯眯笑地打量着这几个高矮胖瘦不同但都一样土气的女人："到番片去找吧。"暖玉冷静地问："你咋知道？"红姑笑歪了嘴声音也变得更加沙哑："啊哈，我还不是听我家的麦青妹仔说的。你家男人有志气，拍着胸脯要去挣钱给她赎身，两千两银子哪我的老天爷，啫啫啫——"暖玉问："姓麦的呢？”红姑急了：“她可没在最后那艘花艇里，她真的不在那里哈。”待她们转身后方咯咯一声冷笑：“小七啊小七，不让你脱层皮，哪长得了记性！”

麦青三番五次去找陈鹤寿曾令红姑大为光火，对于花娘来说，动什么都不能动感情。红姑还没想好如何处理这桩赔本买卖，就有人寻上门来与她合计，把蒙在鼓里的麦青变成了放长线钓大鱼的“大蚯蚓”。现在事情办妥了，银子也到手了，回过头来正好借暖玉之手掐灭麦青的最后一丝幻想。

听到外面的喧闹麦青刚刚做了个梦，梦见与陈鹤寿私奔，红姑领着一伙人在后面喊打喊杀，她慌慌张张脚底绊到什么东西，一下子惊醒过来，虽松了口气，仍感到一缕不安悬在失去的睡眠和将至的睡意之间，是噼噼啪啪的拍门声让她彻底醒了神，刹那间把这莽撞的响动与陈鹤寿的事联系在一起。

麦青拿起裙子未及套上，门缝的亮光已愈来愈宽，里头插死的门闩支撑不住咔嚓折断。她冲上前用全身的力量抵住门背恼怒地叫：“干啥啊？还没穿衫裤呢。”外面的人并没有停下来的意思，随着花艇左晃右晃，推门的力量更大，麦青脚底不稳，身体被迫向着一侧滑行，为了不被夹住只得松手，让无力抵挡的木门洞开。她只穿着内衣，不得不拿裙子胡乱挡在前面。

阿娟领着暖玉和雅茹闯进来，淑钿与发嫂守在外边挡住那些前来劝解的老妈子丫鬟们。暖玉发红的眼睛没有看麦青，不知道是不敢看还是不屑看，用尽可能平静的语气问：“我表哥呢？”麦青紧捏着裙子两侧昂起了头：“你问我，我问谁去？”阿娟把暖玉拨到一边挥起了大巴掌气咻咻地说：“水蛇精，甭装傻了，小心我拧烂你的嘴。”麦青稳了稳神儿说：“等等——”迅速转到屏风后面，窸窸窣窣地穿她的衣裙。阿娟还想冲进去就被暖玉拉住。趁着难得的空隙，暖玉打量着这间安在船后半截的卧室，红闺雅器、几榻衾枕、奁具熏笼……锦绣夺目芬芳袭人，那种贵气让人疑为高官家眷的后院，而中舱的“客堂”她刚才就已见识了，真如外界所传“垂以湘帘，敞若轩庭”。

麦青捋着纷乱的秀发自屏风后闪出，从她身上暖玉感受到的不是想象中的妖冶淫荡，而是像野花那样，不是一朵而是一片，一点都不扭捏，在风中摇曳生姿显露出勃勃生机，她愣了一下竟有些手足无措，还是雅茹及时打破了沉默："快说，秀才兄到哪去了？"麦青的眼里没有尴尬反而显出一丝谲秘的神色，朝外边指了指压低了嗓音："他去哪我真的不晓得，我只晓得有人做套要撵走他……嫂子，今后你会明白的。"

暖玉猛然记起，处理陈鹤寿时几个主事的不同态度不同立场，又记起陈鹤寿被抬回家后少有的抱怨，说自己的强势阻挡有些人的财路，当时她正在气头上，对着他一番抢白："这下再说啥都是废话，反正苍蝇不叮无缝的蛋！"见暖玉迟疑了，雅茹和阿娟的态度也温和些，望着那张明净妩媚的脸暗想，难怪陈鹤寿会为了她不管不顾，但凡是个男人，都一样会被她迷得丢了魂儿。

紧张的气氛稍稍得到缓解，麦青脸上的表情忽然凝固了像在谛听什么，外面果然传来新一轮的吵闹声。

"快，骂我，砸东西！"麦青说罢一把抓住暖玉的胳膊摇橹似的晃动着大呼小叫："我真的不知道，你连自己的男人都看不住，还有脸来找我啊？"又朝雅茹和阿娟跺脚："愣着干吗，砸呀！"雅茹就哇哇地发出听不进去的"呕吐"声，阿娟的大嗓门也像鞭炮炸响起来。

红姑进来时看到了她最想看到的一幕：地上是砸烂的花瓶碎片床上是撕烂的纱帐，绫罗绸缎如流水般从衣橱里倾泻出来，首饰盒被打翻珠玉遍地……三个樟树村女人正把麦青围在中间推来搡去撒泼咒骂，逼她交出陈鹤寿。红姑装出一副心疼的样子冲过去，挺着干瘪的胸脯挡在麦青前面放出狠话："我可怜的七妹哟，啧啧啧，你们再闹，再闹老娘把你们一个个扔进江里喂鱼。"

接下来几天，石槌又摇着橹带着这五个娘儿们沿着江岸一路寻去。暖玉带着一股活要见人死要见尸的狠劲，找遍了江湾两岸和周边的村庄山林，随着时间的流逝，一切似乎已成定论。当一个人抛亲弃友，原因只有一个，就是待不下去了，而目的也只有一个，要切断自己跟这个地方和这些人的联系。暖玉没有想到陈鹤寿真的做得出来，不过想想又蛮符合他向来的做派，他又不是第一次跑路！可以确定的是，陈鹤寿还活着，只是远走他乡！这个“他乡”会是哪里呢？铺窗一侧的对联提醒了她，“日久他乡即故乡”，“他乡”反过来不就是他的“故乡”？“内安乡”三个字就这样从她的脑海里跳出来，别的地方都找了，就只剩下这个与陈鹤寿血脉相连的生命场所了。打定主意后暖玉把石槌喊来，假装犹犹豫豫地对他说：“我表兄有个同窗好友叫陈兴邦，我之前听他提起过，不知道他会不会去投奔他？不过……内安乡山长水远，只怕这一路太辛苦了。”石槌眼睛一亮拍着胸脯说：“嫂子，只要能找到秀才兄，上天入地我也要去。”暖玉就将早已准备好的盘缠拿出来，又对他费劲地叮嘱了一番，到了内安乡只可私下里悄悄打听，千万别说你是从哪来的，也别说这儿发生了什么，省得日后陈兴邦难做人。石槌有点不耐烦了：“哎呀嫂子，我又不是孥仔鬼，哪些话该说哪些话不该说，我心里有数，您就一百个放心。”

石槌走后暖玉又后悔了，当初陈鹤寿当着阿公的面发过毒誓不再与家人联系，肯定不会食言，又担心石槌莽莽撞撞地跑过去，反而给陈氏家族捅了娄子惹了麻烦。在这段提心吊胆的日子里，暖玉极力回忆着陈鹤寿失踪前的那些日子，哪怕是蛛丝马迹也不放过，只求得到一鳞半爪的信息。

在陈鹤寿闭门养伤的日子里，他俩都不怎么说话。他觉得一切言语都显得轻浅，无法表达自己的愧疚。她想说几句原谅他的话，也觉得没有说的必要。从他柔和的眼神里，她相信他已浪子回头，不再理会外边的闲话杂事，实心实意地过好自己的日月。事实也是如此，趴在床铺上的陈鹤寿总算拥有了一段宁静的时光，他在沉痛的反思中仿佛看到自己正站在一堆生活的破烂里，理想破灭遍体鳞伤无处可逃……有次暖玉过来端走药碗，他拽住了她的手腕，眼里褪去了忧伤闪耀着异样的光彩。她用不需要他来可怜的口吻问：“咋啦？”他没有告诉她，也就刚刚，他从一片落日的红光里看到了从前的那个她，手执锐石神情坚毅毫不妥协，尽管两个膝盖和沾血的裙摆都在战栗……再对比眼前这个女人，成天绕着烟熏火燎的灶台，眼里只有那点酱醋油盐，今天吞食着昨日剩下的饭菜重复着同样的老话，从早到晚没个笑脸，怎不令人心酸？他对她露出一种好久不曾见过的、要讨她高兴的笑，她的目光软下来了。他伸出一条胳臂把她搂过来，她没有闪来闪去，眼里多了一缕动人的羞涩。他克制不住地吻她的头发、耳垂，又像吸吮一滴甜汁那样小心翼翼地吸吮她的嘴唇探索她的舌头。

不久前暖玉还赌咒立誓，不再稀罕这个男人的那些陈腐情话，可事到临头，抵抗的意志却被焦渴的爱欲所粉碎，那种想为陈家栽根立后的夙愿再次成为她享受快活的借口。当暖玉两只小巧温热的奶子落进男人的掌心，她急迫地叫唤了一声，就被他迸涌的激情所左右，只觉得身体愈来愈轻，最终如一枚草屑卷入巨大的漩涡……

暖玉缓缓苏醒过来，贪馋地回味着刚刚那短暂而久违的激情，爬起来正要套上衣裙，陈鹤寿又一次将她扑倒，这下她彻底满足了，用近乎呓语的声音摩挲着男人的耳轮，呼出的热气吹得他的脖颈痒酥酥的，听上去似曾相识："那个昏睡的地方，又被你唤醒了——"

这对性格迥异的冤家就像找到一根救命的绳索，各执一端，将被命运打得七零八落的东西重新捆扎起来，窘迫的处境唤起了他们一种同舟共济的真挚情感，暌违多时的甜蜜犹如丢失的鸽子又奇迹般地飞回来。陈鹤寿搂抱着娇小的女人睡觉时暗自感慨："一对夫妻要经历多少吵闹、虚度多少光阴，才能找到相濡以沫的感受啊？"

挨打受罚七八天后，村民们看见陈鹤寿歪歪扭扭地坐在春归堂的铺窗前，依然用带着逗乐的亲切劲儿与病人聊天，他的女人扭动着略带赘肉的腰肢站在百子柜前取药分包，轻声细语地交代病人服用的方法和需要注意的事项。这两口子都故意流露出有所防范的冷淡，就好像还没有从过去的危机中解脱出来，可事实上哪里瞒得住身边的熟人，因为他们常隔着距离用亲密温馨的眼神打量着对方。

陈鹤寿"垮台"了，他主动辞去主事人的职务，再也羞于染指村里的大事小事，苏忠勇替代了他成为了全村最有力的决断者，祝大春以年事已高精力不济为由婉拒进入五人小组，多出来的空缺便由年轻气盛的鲁有光补上。在这节骨眼上，谁的腰粗腿细哪个看不出来？有些村民就疏远陈鹤寿，靠向苏忠勇穆庆辉一边。当然也有不少人仍然敬重陈鹤寿，把他当能人贤人拥戴着，这些人中有的受过他的恩惠也有的与他声气相投，或君子小人或痞子窃贼，或庙祝师公或工匠农夫，他们如鱼儿冒泡似的来到春归堂，与他交换着从别处得来的消息：朝廷如何受到英国人的欺负，美国人又怎么强迫朝廷再次签下辱没先人的条约，法国也学着英国将军舰开到澳门来……大伙的讨论虽然激烈，隔岸观火的态度却一成不变，就好像樟树湾的日子只是一抹泡沫漂浮在烟波浩渺的时代边缘。也有人谈及苏忠勇和穆庆辉近来的所为，还有关于大商人林昂要将泉州的顺风船行迁到樟树湾的种种传闻，只是每回都有人好意岔开话题，说到底，谁也不忍拂去遮在陈鹤寿眼前的那层迷雾，好让春归堂继续成为大伙憩息的场所，一个不要什么雄心壮志、只愿空谈快意的苟且之地。

为了哄陈鹤寿开心，石槌请他再讲讲那些无人考证的经历：夜走龙船岭，贩卖鬼火灯笼，当走乡药郎，被死神咬过九次，救活二十七条人命……他张了张嘴顿觉寡淡无味，冷不丁冒出一句："咱潮州人啊，在家一条虫，出门才是龙！"

正是这句话让暖玉感到后怕，看来它就是谜底！陈鹤寿不愿作为一条虫活着，他那么硬生生地斩断和她的联系，不是她对他不重要，而是他的生命里还有比她更重要的，一想到这里暖玉的心就扯得生疼。

石槌总算回来了，两个月不见，人瘦了一圈。他见暖玉眼眶红红的就明白她已猜到了结果，遂垂头丧气地告诉她，他见不到陈兴邦了，村里人都说陈兴邦被蔡家村的人诬为反贼，一气之下投河自尽。他的祖父祖母伤心过度，相继离世。他又暗地里打听陈鹤寿，巧的是村里竟然有个同名同姓的，只是早就被小鬼抓去挑西瓜了……

暖玉不止一次地听陈鹤寿提起过他的阿公，就因为老人家指的这条路子，才有了他和她的邂逅，现在他还有他的老伴都走了，难道自己和陈鹤寿的这个家就这么散了？心头滚过难言的沮丧与苦涩，强忍着的泪水还是哗地流下来。

如果说暖玉先前像只雏鸡躲在保护她的蛋壳里，男人的离去则犹如外壳碎裂，一下将她丢进一个清晰明亮、喧闹复杂的环境里，她没得选择只能绷紧神经咬紧牙，与随时扑上来的残酷现实死磕。这种情形要是搁在以前，几乎不可想象！不过，生活总会扬起无情的鞭子，让最难驯服的人也乖乖地将脖子伸到它的轭下。在陈鹤寿失踪的两个多月后，暖玉发现他的一粒种子不经意地落在她的身体里并冒出了芽苞，怀孕的喜悦以一种新奇的力量占据了她的全部，她在暗暗感激大先生的同时仍怀着严重的隐忧，草头姐这回肯放过她么？

一个少女的前路，可以像车轮的辐条那样朝着各个方向辐射，而女人，尤其是当了母亲的女人，却只有一条出路。暖玉常忧郁而又惋惜地发出感叹："我表哥要是知道，该有多开心啊。"濮婆婆和姐妹们劝她保持愉悦的心情，生下来的娃娃才健康可爱。暖玉嘴上应承，白天她还提着一股气为了让亲友们放心，到了晚上就变得格外脆弱，常摸着肚子顺着那根看不见而又联结在一起的亲缘纽带，思念那个像是漂浮在另外世界的男人。她老是忍不住害怕，这个孩子能否顺利降生？就算老天给了她孩子，会不会收走了他的爹？她甚至担心生活中新的目标会遮蔽了陈鹤寿，使他逐渐成为过去……濮婆婆悄悄地对暖玉的姐妹们说："钉子拔掉了，墙上哪有不留痕？"

就在大伙替暖玉暗暗着急之际，那个"小孔痕"就被填实了。

一个天色阴沉的上午，江湾上空结成的团团云朵被风吹散，一瓢金光兜头泼洒出一片豁亮，缓缓靠岸的帆船上跳下来一个面孔黧黑、毛发枯黄的深眼窝男人，戴宽边竹笠，衣裤贴身绑腿紧束，腰扎水布，肩挎平安袋，手拿长柄油雨伞，扫一眼便知道他是行船走水、经受过大洋风浪洗礼的"走水马"，也就是水客（批局雇员，往返于南洋水路护送番批货物）。那水客先在韩江餐饮店吃了一碗汤粿条，然后向雅茹打听春归堂的确切位置。雅茹开心得差点叫出声来，与坐在那里喝茶谈天的齐修平一块儿领着他去见暖玉。

听说陈鹤寿从番爿托水客捎来"平安批"，暖玉的眼里绽放出一道奇异的光彩，苍白的尖脸泛起了许久未有的红晕，抖抖索索地摩挲着"番批"就是舍不得拆开，眼窝脸颊潮成一片。这个番批，一下子拉近了暖玉和陈鹤寿的距离，比他一度在她身边还要近。她除了为自己能够适应眼下的生活感到吃惊外，已不再生他不辞而别的气了，她甚至觉得他是对的，想要改变目前的困境就只有勇敢地走出去！

看着围观的乡亲越来越多，瞪着好奇的眼睛翘首企盼，为了回敬先前流传的各种谣言，吐气扬眉，暖玉临时做出了一个大胆的决定，羞涩而又郑重地请齐先生当着众乡亲的面为她读批。齐修平噗地吹开厚纸信封，用两根纤长白皙的手指夹出折叠的“信肉”，有点紧张地干咳两声，哄哄乱乱的人群倏忽安静下来。

“幼妹吾妻，见字如面，”齐修平表情严肃，低沉的声音里交融着一种忧伤与庄严的韵味，在暖玉的心头催生出又甜又苦的复杂感受，两眼一闭泪水又热乎乎地流下来，“兹是日付托批局带去家信一封，外并洋银伍元，到手照信查收。内抹银壹元，与干娘收用，余存银肆元，以助家中薪米之需。今蒙水流神福庇，落地平安，虽喜之幸甚，然不知未来之事如何，若无收获，决计不归——”齐修平用舌头舔了舔干燥的上唇给雅茹递眼色，一副求助的样子。暖玉睁开眼来，满怀期待的一缕笑意僵在了唇边：“怎么啦齐先生？接着念呀！”众人困惑的目光如成群的苍蝇粘在齐修平脸上，他把信折叠起来有些慌张地说：“没了，没了。”暖玉一把夺过番批，夹在信里的一绺薄纸飘坠在地。暖玉顾不上去捡，抓着齐修平没念完的信继续看下去，当看到“为免耽误终生，今备休书一封，供汝随时取用，顾好前程，决无怨言”，只觉得眼前一黑用手强撑桌角，一股悲愤覆上脸来，突然弯腰捡起地上的那封休书撕个粉碎，对着不知所措的水客从牙缝里挤出几句话：“你把我的话带给他，我哪也不去，这辈子就守在这里，生要见人，就是死了，魂也得给我回来！”

暖玉麻木地走进卧室，插上门闩把濮婆婆雅茹她们挡在外面，不想去理会乡亲们如何炸开锅，又如何笑话她，她只想一个人待着！也不知过了多久，光线暗下来了，她觉得自己像过了一百年那么长，活够了活腻了！这个该死的男人居然给她准备了休书，他想干什么，彻底把她从他的生命里抹去？他凭什么想来就来想走就走？是谁给了他这样的权利？说什么怕拖累她，其实就是不想负责任！一想到责任，她下意识地摩挲着微微隆起的肚皮，热泪又夺眶而出，这回不是悲伤，而是喜悦！对啊，她还有孩子，他要是知道了肯定不会捎来什么鬼休书。他一定是真的害怕耽误她，要不他大可不必让人送来银元，甚至连休书也不用写，只要彻底消失就好了。一想到这些，暖玉的心里又涌起了无比的欢欣，是啊，他们的孩子，不就是紧紧联结着他们生命的纽带么？陈鹤寿一直嫌自己肚子瘪瘪的弄得家不像家，现在有啦，看他还敢说三说四！暖玉精神为之一振，也不再担心斗不过他的那个草头妻，这个孩子她是生定了。

濮婆婆看见暖玉脸上挂着微笑走出来，还以为她受了刺激得了失心疯，雅茹紧随着她来到前堂，听她平静地问齐修平："齐先生，还能追上那个水客吗？再托他给我表哥捎句话，'他要当爹了'。"齐修平结结巴巴地说："能，当然能。"腿脚轻快地跨出街门。

第二年春天，江湾南岸随处装点着樟树花浅淡的黄绿，喷发出来的神秘香气被湿润的海风江风鼓荡着，人们的情绪就在这涌涌波动中发生了微妙的变化。等待亲友、货物或者番批的当地人都乐意相信陈鹤寿从前说过的话：归途中的游子即使在海上迷失方向，也会循着樟树花所散发的香气找到自己的家乡。他们更加频繁地出入神庙，还来到江堤上，把用红布头一针一线缝制的平安符挂在那株最老的樟树上，远远望去大红大绿煞是热闹。在人们的心目中，水流神是庇佑船只顺风顺水的大神，大樟树则是引导番客们平安归来的神树。

从二月起，暖玉的神经就紧绷着，货船入港的螺号总引得她心头一颤，明知陈鹤寿不可能这么快返回，还是心神不安地往码头方向张望。到了三月底，越来越多的人从远远近近的村庄赶来，涨起的热情把空气搅得暖烘烘的。这些外乡人中既有脸膛黑红、笑容憨厚的山里人，也有油头滑脑、善于攀谈的买卖人，有思儿心切的乡村老妪，也有头发搽了茶油、一绺绺梳得溜光的城里妇人……南岸廉价的客栈很快就住满了。一想到自己的家人外出也需要他人关照，樟树村人普遍抱着一种能帮就帮的慈悲心态，将闲间打开来提供给没钱的外乡人过夜，给点吃的喝的更是常事……

每艘洋船由海口转入韩江，总会引发人们的一番骚动，连不识字的村夫野老都能从船头油漆的颜色识别出它是属于哪个省的，进而判断出亲朋在不在上面。船只进入码头刚刚抛锚，舷梯跳板尚未摆稳，就有人激动地跑上去又被水手们赶下来。

在堤岸上，见面的亲人搂成一团又哭又笑，那些没有随船出洋的船主贩商更是欣喜若狂，一遍遍地发出谢天谢地的慨叹。每一次航运，他们大都押上全副身家，在等待洋船到港的漫长时光里，终日提心吊胆，搅得一家老少都跟着睡觉不酣吃饭不香，尤其是在洋船即将到港的关键时刻，他们就像两眼发红、紧盯即将揭开“骰盅”的赌徒，瞬息万变的大海、狡诈残暴的海盗，倏忽而逝的商机还有其他种种不测，随时都能叫他们功亏一篑倾家荡产。

水客们最受大家欢迎，脚跟刚一落地就被人们层层包围，七嘴八舌地追着要“批”要银，识字者也自然成了大伙争请的目标。这些急性子的男男女女已经顾不上什么礼节，拉拉扯扯央求人家帮着念念番批家信。树底下、堤岸上、码头边、客栈前、大街小巷屋里屋外，到处飘荡着朗读者洪亮、沙哑、饱满、单薄、深情、克制的各种声音……

“冯氏荆妻如晤，”鲁有光用粗沉的嗓音帮村里一妇人念“回头批”，刚刚还叽叽喳喳的女伴们如遭雨淋，周身打了一圈哆嗦全都怔住了，过一会儿才有人歪着嘴巴凑到妇人耳边开玩笑：“你家老鳖喊你‘荆妻’欤。”对方红了脸作势要打人。鲁有光像没听见似的高声念下去：“余初抵暹（罗），景况尚可，身体亦康健，尔等不必挂念……今日捎去银钱——”那妇人忙叫住鲁有光，险些儿将男人寄来的数目泄露出去。

接到亲人或收到批信批银者当然喜不自胜，乡人邻里皆围上去祝贺，回到家必“搓丸”起火，请左邻右舍吃甜汤圆。而批、物两空者则愁眉不展，尤其对于在家苦守、侍候公婆抚育子女的妇人来说，收受批信批银早就成为活下去的盼头，见批如见人，更何况需要银钱养家，而今望眼欲穿而不得，轻则失望重则恐慌，各种猜测纷纷而至，是男人客死他乡还是另有变故？邻里知趣不敢细问，孩子猫狗躲得远远的免得成为大人的出气筒，不祥的阴霾从此笼罩着这个家。

就在樟树花期将尽之际，由六艘洋船所组成的一支船队突破南洋的层层迷雾，被太平洋的西南季候风送到了樟树湾。这支船队正是刚从泉州迁至江湾的顺风船行所属。听到船队到港的消息，暖玉不及多想就颠起快要承受不住体重的小脚，勾着头朝码头不屈不挠地跑去，脑海里闪动着陈鹤寿那张疲倦而又刚毅的面孔，他的目光正徐徐穿越波谷，扫视着曲折的海岸线、突出的岬角还有愈来愈近的江湾……然后是山冈、田畴、码头、房舍、树木还有他的女人。

暖玉跑一段就停下来喘一回气，到了后来不得不放慢脚步，既害怕影响到即将分娩的孩子，又羞于被人笑话思夫心切。

顺风行的洋船入港了，甲板上跑下来许多人，呼喊声欢笑声哭泣声，平板车小推车沉重地辗过路面的咕噜声，扁担的吱呀声牲口的踢踏声……闹哄哄地包围着暖玉，给她的感觉就像掉进了波涛汹涌的大海里，不知道哪个方向可以靠岸，只能徒劳地挣扎着。暖玉逆着人流搜寻的身影抓住了甲板上一个男人的视线，她的执拗与笨拙一下击中了他内心最柔软的地方，怜悯就像一阵轻柔的风吹向了他。这个男人就是林昂。说实话，他有点羡慕这样的贫贱夫妻，成天围着柴米油盐打转可过得熨帖实在，而像他这样出身于基业繁盛的名门望族，虽说鲜衣美食，却时时陷于算计当中，不是算计别人就是被别人算计。也许是因为从小看够了家族的表面风光内里争斗，对于成家这件事他一直不甚积极，母亲就规劝他："男人只有成家，才能像船儿一样靠岸。"他在心里暗暗嘲笑她："要是这样，我爹成为闽南数一数二的大船主后为什么还死在番婆的怀里？"可最后他还是拗不过母亲，也拗不过应得的家业，服了软与母亲相中的女子成亲，逃脱不了家族的算计。

母亲选中的女子自然有母亲选中的道理，门当户对不说，还很听母亲的话，而他的话她也是眉垂眼顺地听着，实际上还是全凭母亲做主，他哪里是娶了一位夫人，分明是给母亲添了个丫鬟兼助手。母亲口口声声说是为他好，然后以这种"为他好"的理由更进一步地统治他。可悲的婚姻经历使他明白了一个道理："男人是船，女人却不是岸，而是拴船的绳索。"他从泉州来到这片平原，来到这个江湾，说好听点是不愿驯服地躺在前辈的卵翼之下，想要放手一搏闯出自己的天地，实际上却是为了躲避那根逐渐收紧、勒得他快要窒息的华丽绳索，呼吸到属于自己的那点自由清新的空气。

暖玉向往的一切美好幻影般地消失了，她不甘心地咬着青灰色的唇目光空洞，双手摩挲着小腹，肚子里的小人儿像懂得她的心思，跟着动起来。她感到一阵胸闷，抱着肚子摇摇晃晃地走着，周遭的景物跟着晃荡起来。她像盲人那样伸手去抓可以扶持的东西，好让自己站稳在连绵波动的地面上，忽然一阵天旋地转，所有的声音形影都消失了。不知过了多久，暖玉缓缓睁开眼来，雅茹尖瘦的面孔宛若水波一漾一漾的，焦灼的声音一下子涌进她的耳朵："暖玉姐，暖玉姐——"又听到耳边炸响了阿娟的大嗓门："幼妹醒啦。"

"我表哥呢？"暖玉清醒过来的第一句话吓得姐妹们都不敢看她，四周静得使人压抑。她好像回忆起来，想了想又问："我是怎么回来的？"雅茹说："六爷叫人用担架把你抬回来的。"暖玉有气无力地问："哪个六爷？"淑钿说："顺风船行的大头家林昂啊。"暖玉喘着气说："真得好好谢谢他。"支撑着要坐起来，就被一只干燥的老手摁下去。看到那张核桃般缩成一团的圆脸，暖玉这才定下心来。

"幼妹，你动了胎气，快生了，头胎崽会辛苦些，待会儿一切听我的。"濮婆婆抑制住心头的紧张用平淡的语气说，见暖玉的眼角流出了泪水就举起袖子帮她擦拭："怕啥呀憨姿娘，有多少孥仔从你干娘的手里接出来的。"暖玉的一句话使濮婆婆还有两个来帮忙的姐妹大为吃惊，她像早有预感那样认真地交代："娘啊，我若有三长两短，你可别怪责我表哥。"濮婆婆生气地说："呸呸呸，好好儿的瞎说什么？"暖玉呵气似的幽幽叹道："姿娘人生崽，总归是往鬼门关走一回。"阿娟俯下通红的马脸冲着她吼："老天哪，是谁把这鬼念头灌进你的脑瓜里的？幼妹，咱甭说这丧气话！"暖玉没有听进去，她已经觉察到什么东西在周围影影忽忽游来游去。

从深夜一直折腾到次日清晨，暖玉照着濮婆婆的引导不停地吸气使力，清晰尖锐的疼痛还是一波波袭来，支起身子又跌下去，再支起身子再跌下去，呻吟着尖叫着哭喊着，几乎耗尽了最后一丝气力，有好几次她都觉得自己快要死了："婆婆，万一不行，保孥仔，我想给他留点血脉……"

屋子里的空气凝滞静止，两个姐妹吓得屏住呼吸。濮婆婆咕嘟咕嘟地喝了口又凉又辣的米酒，折身回来用决绝的口气说：“幼妹，没有万一，人活一口气，你长点出息好不好？”雅茹上前握住这个最贴心的姐姐的手并揉着它，希望自己的活力能像血液那样暖热地流向她，使两个人的生命之流交汇于一处。

此时天已大亮，不少关心暖玉的乡亲围聚在铺窗前久久不愿离开，就像看戏看到最紧要的节骨眼上。屋里忽然传来一丝柔弱尖细的啼哭声，雅茹泪流满面地冲出来发出兴奋的叫唤：“生了生了，是个兜仔！”大伙仿佛听不懂，过了一会儿才发出一片诚挚的欢呼，好像刚刚觉悟到这个消息对于他们有多重要。

后来雅茹对暖玉说：“生孥仔那天你疼得尽说胡话，吓死我了。”暖玉惊讶地问：“我说啥了？”雅茹神秘兮兮地说：“你像在跟谁吵架，吵得可凶了，什么‘姐啊，你要是真心替他着想，就不会害得他连个家都箍不牢断子绝孙……’”

第五章

海国安澜

本宫是天地间别名尊称最多的神明，默娘、龙女、圣女、神姑、天后、娘妈、天妃、圣妃、神女、圣娘、神妃、灵女、姑婆、祖姑、灵妃、林夫人、天妃神、女海神、湄洲妈、林孝女、圣妃娘、灵惠妃、显济妃、林默娘、海神娘娘、天后娘娘、通贤神女、顺济圣妃、天上圣母、天后圣母、崇福夫人、天后圣姑、天后圣娘……四朝君王给了我三十六次褒封，提到我的封号真是“说来话长”，“护国庇民妙灵昭应弘仁普济福佑群生诚感咸孚显神赞顺垂慈笃祜安澜利运泽覃海宇恬波宣惠道流衍庆靖洋锡祉恩周德溥卫漕保泰振武绥疆天后之神”，加起来六十四字，口齿再伶俐恐怕一口气也念不浑全。在凡界各地，人们对我的称呼真是千奇百怪，比如法兰西人称我为“世界和平女神”，而樟树埠人却管我叫“姑母”，至于澳门为何叫“Macau”，听上去也乌龙得很！明朝年间葡萄牙人第一次登岛，询问当地人那里叫啥名字，因言语不通，当地人就想当然地以为他们是冲着我来的，随口说“妈阁”，葡人就照着谐音译成了“Macau”，一个海洋大国居然用我的名字来给它的殖民地命名，说起来真是可笑。都说岁月沧桑历史沉重，可这其中有多少必然出自于偶然，又有多少偶然导致了必然，恐怕人也说不清，神也道不明。

本宫想说啥来着？樟树埠人实在狡猾，他们一口一个“姑母”哄我开心，不仅跟我攀了亲还跟我拉了故，提醒我大家的祖先都是河洛人，其目的无非是想要我多点关照他们。自从柳三娘的这支疍族在江湾南岸给我修了个小庙，摆上了我的塑像，我有空就会过来巡视。我第一眼就发现这尊泥塑的相貌很像濮婆婆，一打听还真是，濮婆婆曾救过那个捏泥塑的老家伙的命，在他心目中，濮婆婆是全天下最慈爱最善良的女人，我就该长成她的模样。

樟树埠人也不藏着掖着，谁家娶了媳妇，次日一早，新娘子就会捧着一盘大橘、一盆清水到宫里来，说是替本宫这个“姑母”洗脸梳妆尽尽孝心。“亲戚”一热情，双腿走得勤，我也就不嫌这里庙小，泥塑样丑，也不管当不当主神，都会不时过来串串门，关心一下我的这些“侄子侄女”，看着他们开枝散叶生老病死，一代接一代地繁衍生息。也就在我的眼皮子底下，樟树埠从一个蛮荒之地一跃成为粤东最大的港口，这里的人便借着风浪扬帆，散布到海外去，“有潮水的地方就有潮（州）人”，这话一点都不夸张。

别看本宫典雅端庄容颜不改，其实有九百多岁了。本宫有一个优点就是爱管闲事，有一个缺点就是见不得哪里有事。所谓能者多劳，本宫手头的活儿越积越多，所辖的范围也越来越广。本宫知道樟树埠的神明都不待见我，尤其是那个三山国王总是对我似笑非笑，好像我做了什么他们不能理解的事，还有那个水流神，干脆躲着不见我，背地里一定是在嘲笑我是个“管家婆”。可要是没有我这个管家婆，都像他们那样自扫门前雪，这世间不得出多少乱子？这樟树埠不定会散成什么“五形”？

俗话说得好，“一个好汉三个帮”，本宫有两位得力干将，他们的大名如光耀目如雷贯耳。没错，他们就是妇孺皆晓的“千里眼”和“顺风耳”。本宫之所以不断受到历代皇帝加封，这两位兄弟功不可没。自从我收服了“千里眼”和“顺风耳”，他们就一心一意地跟着我，“千里眼”眼观六路，“顺风耳”耳听八方，而爱穿朱衣的我则如同一朵祥云，不时飘游于大海之上，岛屿之间，只要看到强风骤起，遇上船舶翻覆，听到遇难者口诵我的圣号，必毫不迟疑出手相救。随着我的故事和名声被越来越多的人传颂，所管辖的地域版图也从中国的东南沿海一路扩展到番爿又扩展到全世界。“有海水的地方就有华人，有华人的地方就有妈祖”，那夸的就是我！

本宫不迷恋金光灿灿的宫庙大殿，也不迷恋高贵庄严的塑像，不迷恋钟楼鼓楼成片的庙产，也不迷恋繁盛的香火，不迷恋法力无边一言九鼎的权力，也不迷恋被人们赞美唱诵，在我眼里，权力有多大责任就有多大。樟树埠人后来在我重修的宫庙大殿上高悬着“海国安澜”四字大匾，于梳妆楼两侧挂出了“五更先挹曙；六月已知秋”的对联，都在时时警醒我，作为一个大神的责任与担当。除了保佑渔民水手，凡行商坐贾、买卖积财、农工技艺、种作经营等各个行当，甚而行兵布阵顺产难产还有那普通人的七灾八祸病病痛痛，我都不会坐视不管。由于我手上的活儿太多太杂，竟然有人把我当成了送子娘娘，真让我哭笑不得。

关于本宫的身世，外界众说纷纭，莫衷一是。本宫出生于福建莆田湄洲湾畔一户官宦人家，因出了娘胎后不哭不闹，故取名默。要知道我幼时聪明颖悟，八岁即入塾读书过目成诵，为了帮帮乡里的百姓做点实事，我立誓不嫁，死后就被他们奉祀起来。我最要感谢的是宋徽宗，在我离开人世的一百多年后，这位不当艺术家可惜、当了皇帝可怕的“教主道君皇帝”赐给了我“顺济”的庙额，使我正式获得官方的认可，要知道北宋以后姿娘人的社会地位降至谷底，除了女娲、王母这些上古时期出现的女神，人们信仰的保护神几乎全是男的，我算是例外！宋徽宗虽然后来把国家治理得乱七八糟，但并不妨碍我感激他的知遇之恩，更重要的是宋代延续了唐朝的海洋政策，使我有机会登上“海神”的宝座。

本宫可是个一是一二是二拎得清的神，不像那些糊涂蛋只盯着身边的那点事，甚至连身边的事都懒得管，居功自傲不求上进，一旦得到封号、有了点供奉就以为可以躺在功劳簿上睡大觉。本宫可是要狠狠批评一下这样的神，既然受封，就得有点神样，助力官家保天下太平，才不失神格本分，若是不精进不作为，迟早会被时代所淘汰，会被人类所抛弃，待到没了供奉享不了神位再哭稀烂流，悔之晚矣。

本宫想说啥来着？就说我管的海事吧，早在我被封之前的初唐，这海洋经贸就已经相当发达了，“海外诸国，日以通商”，仅其中的一条“夷道”，从广州经南海到达波斯湾、红海和东非沿岸，沿途经过三十多个国家和地区，全长两万八千多里，不要说这个数字人想不到，神也觉得不可思议。到了宋朝，在我的恩主的号召下，这条“海上丝绸之路”更是繁盛一时。宋代的船长们不仅控制了环印度洋的航运，还将贸易航线延伸到非洲东海岸，虽然后来北宋灭亡，那些由海上贸易得来的巨额收入依然没断，源源不断地充实着南宋的国库。那时商业的税收竟然超过了土地的所得，这对于农业大国来说可是一项了不起的成就。

比起周围不断强大起来的国家，南宋虽然在陆地上打仗不行，在海洋上却仍然掌握着全世界最强大的水师。当欧洲人还在苦练剑术，南宋的战船就装备了最先进的火器，南下的金军正是遭到它们的迎头痛击才灭不掉那个偏安的小朝廷。

应该感谢时代，感谢宋元两朝官民，由于他们的励精图治，从陆地走向海洋，在有水的地方探索冒险，才使得本宫所管辖的蓝色版图得到前所未有的扩张，如果这样继续下去，中国必成海上霸主，也就不会有现在这么多乌烟瘴气的祸事了。可事情坏就坏在那个朱元璋身上，这个草根皇帝没文化没格局，心心念念的只是自己的皇位。这个严厉的皇帝面对兵革连年留下的残局，竟然希望通过“计口授田”把农民拘禁在土地上，只准官家航海，不许民间从事海上贸易乃至渔业。待到朱元璋的四子朱棣派出郑和下西洋，我还以为他要揭开那道封闭已久的蓝色帷幕，重振前朝的海洋商贸，“千里眼”和“顺风耳”就提醒我，这不过是朱棣为了彰显王朝强大、满足个人私欲的“表演”！

岂有此理！这个只许自己下西洋显摆却不准草民泛舟讨掠的王朝，怎么可能让人心归附？果不其然，待到明宣宗朱瞻基敕令漳州卫指挥“严通番之禁”，这个国家算是自动放弃行驶海洋的权利，让出了海外的利益，把手上那支当时海上仍找不到对手的水师活活憋死在岸上，让一艘艘雄霸海上的战船烂在自己的港湾……当我看到葡萄牙人驾驶着帆船攻陷马六甲，欧洲航海家们在中国罗盘的指引下踏上东方陆地，真是悲怆难抑仰天呼号！当我看到汪直在杭州府官巷口临刑与儿子抱头痛哭，看到他人头落地时嘴里仍高呼着“解除海禁，开市贸易”，简直万念俱灰！

对着这些连海盗的识见都不如的君主，本宫把口水都说干了，没用！一个愚蠢的皇帝可以把几代盛世的积累蚀光耗尽，更能把一个光明的未来拖向无底的深渊，不要说我，就是再有十个八个神也不顶用。我们可以洞察世事，却左右不了时势，更不可能滥用神权神力，说实话，我到现在也搞不清这究竟是华夏民族的悲哀，还是我这个海神的耻辱。

到了清朝我就更加失望了，游牧民族只了解马哪懂得船？之前他们估计连海都没见过，哪谈得上什么振兴海洋？还是海禁海禁海禁，气死老娘了！你叫我如何去跟我的信众交代？我记得“千里眼”说过，世间有个叫伊莎贝拉的女王，虽长得不如我漂亮，可是跟我一样热爱海洋，有眼光有魄力，她在统一西班牙后资助哥伦布探险、麦哲伦环球航行，后来又领导西班牙取代了葡萄牙成为海上霸主，让本宫这个东方女神不得不对她另眼相看。那些不可理喻的中国男皇帝和这个西方海洋女王相比，简直被她甩出几条街。

天朝自动放弃了大片的海洋，有些沿海地方的人便不再敬奉我了，在神和人的斗争中，谁说神一定能胜？这些老实巴交的百姓宁愿匍匐在自私愚蠢的皇帝脚下，也不愿相信自己，更不愿相信我这个女神！看着他们挥泪告别了大海，走进皇帝早就设下的圈套，真真愁煞我也！本宫只好通过托梦，苦口婆心地劝说一代代君王，在一只脚踏着陆地的同时另一只脚要伸进海洋，因为海洋才是孕育人类的母胎和产床，为此我不止一次地掀起风暴，希望把皇帝从盲目自大、自娱自乐的幻梦中惊醒。可就像农民出身的朱元璋不愿亲近大海那样，游牧民族出身的康熙也理解不了南中国海的真正意义，他们和小农意识的三山国王一样，像只蜗牛缩进了壳里，做着江山永固天下太平的痴梦。他们不知道世界一天一变，而帝国一旦失去海洋，必将失去大陆。

一切如本宫所料，有天我到樟树湾视察，听见西南方向传来了轰隆隆的声音，还以为打雷变天。“顺风耳”告诉我，是红毛国（英国）的舰队打到了虎门外大角、沙角炮台。“千里眼”手搭凉棚，望了一下说真的打起来了。我赶到虎门时那里正炮声隆隆火光冲天，硝烟把我脚下的白云都熏黑了，七百多个官兵的魂魄啊被血水染红了的江面啊坍塌的炮台啊着了火的老战船啊，让我一时回不过神来。当我看到关忠节公（关天培）将提督大印交与亲兵、亲兵拽住他的衣襟不放时眼眶湿润了，只能模模糊糊地看到弹片击穿他的胸膛。他的身躯晃了晃膝弯并未折下，仿佛还想杀更多敌人。平静的东南沿海不再平静了，整个神州大地也不可能平静。既然天朝不让他的子民下海，那就只能等待远方的殖民者带着铁船和枪炮硬闯过来。

天朝大地荒冢垒垒鸦鹫盘旋，血淋淋的头颅如熟瓜滚来滚去，成千上万具没有脑袋的尸体堆叠在一起……你说本宫还能无动于衷吗？是啊是啊，我叫不醒皇帝，只好对着上苍发问：“谁来管管这些杀人的强盗？谁能够阻止这地狱般的惨剧？”我难道除了托梦絮叨卷起点风浪偶尔救助一两个人，就没有别的能耐吗？我真的并没有我的信众想象的那样法力无边，我更多的只能当个旁观者，当个思想家。当一个人开始怀疑自我的时候，不是堕落就是升华；当一个神开始怀疑自我的时候，却只有颓唐。

既然国家大事插不了手，替樟树埠最早信奉我的疍族人操操心总可以吧？我真心替他们捏了把汗：虎门离樟树埠有多远？三元里离这里有多远？金田村离这里有多远？塘沽炮台还有圆明园离这里又有多远？东西方有多远？善与恶有多远？心与心有多远？永远有多远？

就在《南京条约》签订后的第二年，有个屡试不第的读书人到广州传教。早在六年前，他就因科举不中而大病一场，他说他在昏迷中遇到一位老人，就像陈鹤寿说他遇到水流神一样，这个老神仙要他奉上天的旨意到人间斩妖除魔。后来他又读到了基督徒梁发的《劝世良言》，一心想要建立“天下一家，共享太平”的新世界。陈鹤寿比他更早就有此想法，可惜跟错了人，秀才造反三年不成，屎屁屁没屙出就把狗招引过来，这个人却不同，呼风唤雨差点让爱新觉罗家族的江山易主。他科考了四次，连个秀才也没捞着，却创立了一个不中不洋的“拜上帝会”，信众越来越多直至当起了“人王（洪秀全之‘全’字拆分）”，给古老的帝国提前敲响了丧钟。

一个险恶的时代，不仅把人逼成狗，还把神逼成哲学家，本宫在沮丧中一直思考着天朝衰败的因由。为此我真想去请教林文忠公（林则徐），为什么红毛国的军队践踏天朝国土，非但没有落入仇恨者的海洋反而得到当地百姓意想不到的帮助？难道仅仅为了一点小小的好处，天朝的子民就给敌人呈上最重要的情报——哪里有守军哪里放空营，哪个水井下过毒哪条暗道可进城。要是林大人碍于身份支支吾吾，我还会继续追问他，为什么英军所到之处不缺新鲜的食物和干净的饮用水？面对复杂的广州水路，中国的船夫何以竞相为洋人效劳？可惜还没来得及问，被皇帝重新起用的林大人就死在了赴任广西的路上，死在了樟树埠所在的这片平原上。

哎呀喂，说来说去，还不是因为本宫是个神，否则我非得摁住李中堂那只长满老人斑、颤颤巍巍的枯手不可，我不能眼睁睁地看着他签下《马关条约》又签下《辛丑条约》，不能让这个满腹辛酸的老人将“李鸿章”三个字写得像挤成了一把的“肃”字，也不能让他带着一个帝国的耻辱悲愤地死去。说实话，“顺风耳”早就告诉我，袁世凯已经将维新派围颐和园、杀西太后的密谋告诉了荣禄，可惜我只能旁观着帝后王公、枢臣督抚、文人志士悉数卷入戊戌变法当中，成为历史上的又一出闹剧。如果本宫不是神，一定会去阻止林大人吃那碗被人投毒的稀粥，然后告诉他天朝为何衰落：不是百姓遗弃了天朝，而是天朝早就遗弃了它的百姓。

我的侄子侄女们，别在本宫的寿诞日或升天日摆什么“妈祖筵桌”了，你们的供品一摆上就会勾起我对昔日荣光的回忆，因为这种敬神献礼包括食物的装饰传统都源自于宋代，那个对我来说曾经多么美好的时代！如今对着这些花样百出、味道各异的供品我再也没了胃口，就算是你们平原产出的蔗糖，我尝到的也不再是往日的甜润而是浓浓的苦涩。马尼拉和爪哇糖已经取代了“潮（州）糖”在欧洲和香港市场的地位，就像洋布取代了土布、洋火取代了火石取火、火轮取代了木帆船那样，西药说不定也会取代你们视若珍宝的青草药根，红毛番已经在汕头埠成立了怡和分公司来经营西药的进口，当然里边还夹带着不少害人的鸦片。说不定啤酒将来也会取代平原所酿的“莲花白”和“船头红”。我曾啜一小口这种从没喝过的啤酒，不仅为了体验小气泡卷入喉咙的痒痒的感觉，更是想从中品尝到家国破败、民生凋敝的苦凉滋味。明明知道很多潮州人听了会生气，可我还是要大声说出来，红头船快绝迹啦。怪不得暹罗国王、诗人拉玛二世借着遣使到天朝入贡请封的机会，表达了他对于红头船的敬意。他年少时曾看到挽巴功至尖竹汶、阁公岛甚至伸延至高棉和交趾支那，以及马六甲、吉兰丹，都活跃着红头船的帆影，为此他还重读了《预言长诗》《猜耶策》那些诗篇。还有那只衔着匿名信投在紫宸宫门前、提醒拉玛二世努起王子阴谋政变的乌鸦，也给我捎来了确切的消息，木帆船的辉煌时代结束了。

我多希望樟树埠的船主们，我的侄子侄女们，哪怕是那个不肯信奉我的陈鹤寿，能够早生几十年，在湄南河上驾起暹罗大臣蛮希蒂制造的第一条木夹板船，也只有如此，你们才能从中窥探科学的奥秘精妙的技术，受到触动得到启发去改造你们的红头船。可惜世事没有“如果”，否则拉玛三世就不用让人在岩尼瓦寺塑造一艘红头船模型，以替代寺院的宝塔；否则，中国船长横渡大西洋和太平洋，环游英、美两国，驾驶的就不会是那八百吨的“耆英”号，而是经过陈鹤寿他们改良过的红头船，这么一来，红毛国的女王维多利亚目睹的就是它。

我的侄子侄女们，世事没有“如果”只有“因果”，陈鹤寿无法看到那艘木夹板船，乌鸦不可逆转地带来了一个时代结束的密语。有多少潮州船主贩商去过岩尼瓦寺并对着那尊红头船泥塑投去匆匆一瞥，遗憾的是谁也无法弄清它隐藏的真正密码——它不仅是木帆船时代的纪念性标志，也昭示了大清王朝在海洋文明上的彻底没落。

嘘——，听，罪恶之鼓又响起来，供桌上的花瓣枯萎了，长明灯将熄未熄，一只烂熟的果子滚落下来，肉浆四溅露出坚硬的核，这是“大航海时代”落伍者自酿的苦果，最终只能由自己吞下。天朝这艘巨舟本来就失去活力，更何况还有那么多的冤魂死鬼劲往一处使地拖住它，他们想要快点毁了它，埋了它，好迎来一个新世界。

第六章

仙人翻册

福　音

陈鹤寿失踪的第二年，樟树湾发生了大变样，从官府懒得管的穷乡僻壤变成了人人盯着的重要港口。随着巡检司和税口的设立，樟树湾也正式更名为樟树埠。官府在码头附近新修了一座塔形的大型建筑物，门头匾额书“永定楼”三个字，楼的最高处悬挂红色引航灯，渔船货船在入海口即可望见，巡检司和税口的官家人员全都搬到里面办公。巡检司直属澄波县衙，樟树埠税口则归口设于庵埠的潮州府属海关总口管辖。也就在这一年，林昂领着六艘洋船从南洋来到这里，宣布顺风船行在此安营扎寨。他本来邀请了同乡至交、澄波县令吴千钧到樟树埠视察，有官员出面，日后好办事，可惜还未成行，吴千钧就临危受命升任潮州总兵，去对付波及潮州九县的“双刀会”。

双刀会由潮阳县的黄悟炎、曾阿三等人组织发起，抗粮拒租对付官府。目前双刀会正以数万之众围攻潮州府所属的揭阳县城，情况危殆。林昂只能邀请了接替吴千钧的知县罗海龙，还有当地众乡绅一同见证樟树埠红头船“公所”（即行会）的成立。当选为司事的林昂在一阵热烈的掌声中上台致谢，申明成立公所的目的在于强化同业救济扶持、统一组织对神明的祭祀等等，宣读了业界议定的行规，明确了成员权利尤其是义务，每年须从其交易额中抽取一定比例作为公所经费，同时也欢迎大伙踊跃捐款。

苏忠勇、穆庆辉还有米行的老祈和、油坊的大弟、棺材铺的老张等头脑灵活的樟树村人，敏锐地嗅到了银钱的气息，纷纷向林昂示好并紧随其后，有的拿出多年积蓄，有的变卖田产，有的东挪西借，自购或合购双桅大船以加入这支有巨利可图的航运队伍，摇身一变成为了“红头船商人”，仿效顺风船行那样，既帮当地商家将货物托运到国内国外的各个口岸，也自购潮州土特产转手给目的地的潮州商人贩卖，返航又运回在当地采购的土产及廉价货物，批发给县城以及周边各个乡镇的行铺，再销往广阔的内地。这么一来一去，货物运输、批发销售更加活跃，并环环相扣带动了其他行业的发展，樟树湾牛悠马闲、鸡犬相闻的田园生活似乎成了老黄历，樟树埠的商潮以不可阻挡的态势滚滚而来，一个横跨粤东、闽南、赣南的货物商品集散地迅速形成。

暖玉对港埠这些新事物新变化是一只耳朵进另一只耳朵出，她只要一抱起儿子就忘了周围的世界，仿佛在凝神谛听带点黏稠的奶水顺着他的小喉咙流入肚子里的汩汩声，脸颊浮起了满足的笑涡，苍白的脸庞也随之复活了一种温柔美丽的神采。对于暖玉来说，离开男人的日子犹如苦药汁，起初只能自己捏着鼻子往嘴里灌，好在孩子的出生就像往碗里撒把糖，要不是他那先天不足的孱弱瘦小扯痛她的神经，这股甜蜜劲儿几可盖住了所有的苦涩。

坐完月子，暖玉坚持要给陈鹤寿写封亲笔信，碰到不懂的字就请教濮婆婆。信写好了，请齐修平帮忙转交给上次来过的水客，心里想：“我表哥读了信不知有多开心！”直到这时她才有勇气承认，她的男人早就生活在一个比樟树埠要开阔得多的精神世界里，远走高飞只是早晚的事。她在想象中赋予了他离家出走更加充分的理由和更加深长的意味：他不仅为了她和孩子，更是为了全村人的幸福。她在感到遗憾的同时燃起了一丝隐秘的骄傲。

日子飞驰而过，暖玉发现家里只添了个孩子，却要多说好多废话，不过她乐意，儿子的到来不仅带给她希望，也使她脆弱的内心变得坚强起来，那些日常的琐碎与忙碌，已经使昔日的不幸和羞愤愈来愈深地沉入到记忆的底层。

暖玉带着基本复原的身子走到铺窗前，看着濮婆婆给病人抓药。熟人们并没觉得她有多大的变化，只是臂弯里多了个小脑袋细脖子的娃娃，至于她略显生疏地听着这个人或那个人说话，有点呆滞的表情还有迟钝的反应，都被村民们当成为人母后的稳重与从容，暗暗感叹着港埠又成熟了一个女人。

暖玉本来可以过得更舒坦些，可惜她的心里仍有东西警戒着，觉得快乐对于她的情感是一种亵渎，所以在人前人后，不自觉地流露出一种犯过错似的谦卑。乡亲们就尽量绕开那些容易唤起她痛苦回忆的话题，拣些开心的话讲，比如夸夸她的孩子。

这个孩子长着一副小骨架，一张尖瘦脸，眉毛疏淡眼睛细小皮肤白皙，微微皱着眉的神态跟暖玉几乎一模一样。可能是得之不易，也可能是从小缺少父爱又体弱多病，暖玉预设的教育底线一低再低，看见他泪花颤动就心软鼻酸。她原谅了他的缄默和懦弱，接受了他几乎所有过分的要求。她把原来对陈鹤寿的爱也一并累加到他身上，用各种昵称呼唤他，轻声细语中饱含着点点滴滴的爱怜。她喂他吃饭，由着他含着自己的奶头睡觉，在深夜里对他低低地诉说着她对他的爱，还有生活中的不幸，以至于次日醒来后还以为做了一场梦。

春归堂少了男主人，要不是看病拣药，陈鹤寿的狐朋狗友也都不好意思再来。这里很快就取代了那个叫“清心”的闲间，成为暖玉和几个好姐妹拉家常说体己话的地方……暖玉对什么战争呀别人的家事呀都不上心，只有谈到那个叫人用担架送她回来的六爷时才有点兴趣。阿娟听去给顺风行当伙计的男人说，这次林昂的六艘大洋船满舱满货地回来，一高兴向官家申呈购买了北岸出海口那块沙洲，给它取了个奇怪的名字叫“布袋围”，目前正在挖沟填土堆砌砖头木料，准备兴建樟树埠最气派的屋群宅第。

暖玉有些不信，且不说那块地皮盖房子地基太软，就算建成，一个大浪便可卷走家里的财物，而倘若要花一大笔钱去改造又极不合算。阿娟听完了暖玉的质疑不屑地说：“六爷哪会缺钱？他在县城就有二十多间铺屋，要么出租要么开商行，从番爿拉回来的货物就是通过那些商行批发脱手的。”暖玉不解地问：“啥地方不选选那里？”阿娟叫起来：“我咋晓得？我要晓得我去当风水先生了。”暖玉才轻轻地哼了一下，雅茹就忍不住透露了另一个小道消息：“听我家厚道说，连红姑那老妖精都在巴结林六，请他上翘尾船去玩。”

“他也去那种地方？”在暖玉的想象中，只有粗俗低劣的男人才爱到花艇去。阿娟的大嗓门在静谧的夜晚形成一种刺耳的鸣响：“幼妹，你见过不沾腥的猫吗？”暖玉一下想到陈鹤寿，就放弃了辩论，只暗暗希望他别去，免得玷污了自己的好名声。她一直有个愿望，哪天当面向他道谢。当然她也夹带了点私心，想请他下次到暹罗照应一下陈鹤寿。

这样的机会说来就来，一个阴沉闷热的午后，老天胀破肚皮似的下起瓢泼大雨，有个男子跳下马来钻到春归堂的屋檐下避雨，见暖玉独坐前堂埋头给孩子缝衣裳，就彬彬有礼地说：“如果我没认错，你就是秀才嫂吧？”暖玉抬头细看，此人中等身材不胖不瘦，长着一张线条微微往外鼓、饱满的脸庞，眉阔眼润额高鼻直，鼻头圆润得像枚珠子，嘴唇上留着八字胡须。暖玉立刻猜出他是谁，怕迟了似的起身深施一礼：“正是小妇。敢问先生可是俺的恩公林六爷？”林昂抹去脸上的雨水还礼：“区区小事，咋能以恩公相称，在下正是林六。”他的潮州话讲得并不地道，加之那对习惯性地瞪得圆溜溜的眼睛，让人略略觉得有点俏皮。

与陈鹤寿的野性难驯任达放旷不同，林昂身上流露出一种来自高门大户、受了家风熏养书香浸染的清润文雅之气，乍一看更像读书人而非生意人。暖玉大方地邀他进来小坐，见他试图用袖子拂掉长衫上的雨珠便殷勤地给他拿来干帕子，待他坐定后方奉上一碗温水。林昂再次扫了暖玉一眼，那个臃肿笨拙的孕妇形象早已不见，展露在他面前的是个身材略显丰腴、举止稳重的少妇。他坐下来一边喝水一边与她随意拉几句家常。他小心翼翼地说话绝口不提陈鹤寿，没想到她反倒主动说起他来：“六爷啊，小妇有一事相求，我表哥嘛，”见他一脸疑惑又红着脸解释，“叫惯了，就是我那当家的，去暹罗过番，您要是下次有去，方便的话麻烦关照他一下”。

林昂展开暖玉递过来的纸片看了看搪塞道：“这地址离我的落脚处有点远，下次要有经过就去看看他。”暖玉警觉地瞟了他一眼，心里虽有些失落仍礼貌地道谢。

暖玉的儿子好像从一生下来就病病歪歪，不是受了风寒就是积食不化，不是咳嗽不止就是虚汗如注，用濮婆婆的话说，家里的药堂就像为他而开。原来儿子的病虽多，暖玉心里还是有数，这回却不一样，一阵阵地发热又拉又吐，濮婆婆怀疑他得了疟疾，给他服了柴胡无效，不得不拿出有副作用的常山，效果仍不明显。疟疾若经月不愈将变成“疟母”，到那时就更难治了，看到向来有主见的濮婆婆也变得犹犹豫豫，暖玉陷入了极度的恐慌。

一天黄昏，雅茹过来给暖玉他们送点吃的，顺便看看生病的孩子。她从卧室折身出来走到前堂，不知何时，铺窗前伫立着一个又高又瘦的洋人，看不出年纪，瘦削苍白的马脸，高颧骨蓝眼睛，枯黄的卷发被风吹得乱糟糟的，给人几天几夜没合眼的憔悴样。雅茹仰起脸来柳眉倒竖地问：“干吗的？”洋人用极不标准的潮州话磕磕巴巴地说：“阿姐，天色晚了，能不能借个地方过夜？”雅茹像驱赶刚来过又再来的叫花子那样摆摆手：“这没你的地方，走开走开。”跟在后面的暖玉拉开雅茹满怀歉意地解释：“不好意思啊，家里孥仔生病，实在不方便。”洋人认真而又吃力地听着，然后耸耸肩膀和眉毛，报之古怪一笑，好像在说：“不出所料，都这样！”

这时洋人的身后冷不丁钻出个矮壮的中国人，把两个女人吓了一跳。这个矮汉子是个自来熟，不知道自己想说什么却热烈地说起来：“孥仔到底得了啥病？正好让我们这位洋郎中给瞧瞧，不是我吹牛，好像还没有他治不好的病。”雅茹扯下嘴角说：“你就是吹牛！”矮汉子像遭到诬陷似的跳起来，指着那副从他身上撂下的担子说：“里面有得是药，洋人的药，比什么草根树皮管用得多。”

听到同伴吹嘘，洋人挤出一缕含糊的讪笑。暖玉满腹狐疑地问：“你真会看病？”雅茹不耐烦地推开暖玉，狠狠白了矮汉子一眼用声讨的口气说：“帮他干啥？亏你还是个中国人。”矮汉子挣红了脸辩解，同样的话看来已经说过无数回溜溜顺地滑出来：“黎先生不是官家的人也不是当兵的，他是个传教士，是来给大家做善事送福音的。”这下洋人好像听明白了，两眼放出亮光：“没错没错，我是来传播福音的。”

"要不要请他看看?"一个令暖玉有些害怕的念头就这样钻进了她的脑子里。她知道濮婆婆和雅茹都不认可，要有别的人在场也会一块儿反对，只有陈鹤寿，对，只有他从来不受任何固有的东西所约束，而且还会想方设法去打破它，站在跟它完全不同的立场去尝试。

精明的矮汉子看出暖玉的犹豫，就更加热情地鼓动她："小病拖久成大病，大病拖久见阎王——"雅茹只差将口水啐到他脸上："呸！呸！呸！"

看着暖玉扭身往里走，洋人含混不清地嘟哝了一下，他的同伴耸耸肩回应他一个无可奈何的手势。洋人掏出藏在衣领里的十字架吻了吻，竭力控制住因失去勇气而颤抖的身体，一边画着十字一边嘴里叽里咕噜地说着"番仔话"。矮汉子用手碰了碰他："这下你信了吧?谁也不会搭理你的。"他不说"咱们"而是说"你"，是要让洋人明白责任的归属。

洋人默默地站在静穆而单调的暮色里一动不动，他不是不想走，而是不知道接下来该去哪里，也许真的只能回澳门了。

这个洋人的名字后来被写进了樟树埠的地方志，他就是传教士黎德新。

来樟树埠之前，二十六岁的黎德新被愤怒的人群逐出莱芜岛，因为当地人相信洋教士偷骗幼儿挖眼入药的说法。黎德新还听说，有些大点的城市从谣言四起逐渐演变成市民对洋人住处、教堂的打砸烧抢，内心被挫败的懊恼所占据，布道的热情眼看就要冷却。他坐在摇摇晃晃的单桅帆船上，放眼望向寂寥的海面，晶亮的泪花凝结于眼角，脸青唇紫，心里已然做出了一生中最为艰难的决定，既然这片蒙昧的土地这些冥顽不化的人不愿接纳他和他的天主，那他就打哪来回哪去。

三年前，黎德新受巴黎外方布道会的派遣来到澳门学习中文、中国文化及民俗，得到教会驻澳"账房处"总管家李播神父的赏识，准备派往海丰、惠阳、南澳岛等地传道。时值法王路易腓力派出的全权公使剌萼尼抵澳并巡视"账房处"，他的一番富于煽动性的讲话深深地镌刻在这位有志青年的脑海里："作为国王陛下的特使，我为你们来到世界上最边远的地区传教感到骄傲。我深知，汇集在你们手里的地方经验和知识是极有价值的，我一定要依靠你们的指导和诚挚的帮助，打开中国这扇封闭的大门……”

黎德新感到公使的目光指向了他，一股热血带着劲儿往脸上涌，胸口又烧又憋。公使接下来的话更加令人振奋：“国王陛下一如古代法兰西王那样保护贵教，鄙人此次负有另一重要使命，便是竭力要求中国政府撤销天主教教禁。这个教禁从1700年开始，我希望它结束在我的手里。”

黎德新到了粤东不久就听到了好消息，继中国与法国在广州黄埔签订条约之后，清政府又做出了让步，批准对天主教弛禁，他激动得流下热泪，自己再也不用像前辈们那样，冒着被官府逮捕、下狱、驱逐出境甚至杀头的危险，而是受到当地法律的保护，可以理直气壮地布道传教。然而，黎德新美好的向往很快就被残酷的现实击打粉碎。潮汕平原盛行多神崇拜及图腾崇拜，这个头发淡黄、眼睛像海水一样冰蓝的洋人到处受到讥笑羞辱，一次次被驱逐出村庄市镇，在严酷、痛苦的困难面前信念不断发生动摇，直到逃出莱芜岛时已接近崩溃的边缘。

就在木帆船经过樟树埠出海口，黎德新从昏睡中适时醒来，远远地望见江湾如林的桅樯还有大片的陆地，心里闪过一种从未有过的奇特感觉，李播神父殷切的目光还有公使剌萼尼掷地有声的讲演再次激励了他，促使他临时改变主意，相信这是天主为他从绝境中开辟出来的新路。后来黎德新向他的信众宣称：一阵大风将他刮到樟树埠，他于是立下宏愿，要在这片土地上修建一座宏伟的教堂，将这里的民众变成天主的信徒，把樟树埠变成伟大的“福音村”。

上岸时黎德新用手背抹去干结在嘴角的污物，小船大幅度的起伏摇摆几乎清空了他肚子里的食物。挑着行李紧随其后的矮汉叫姚木锦，出生于澳门，父亲是台湾人母亲是潮州人，他通晓包括潮州话、闽南话、客家话、白话在内的好几种方言，还会讲一口不甚流利的“番仔话”（外语）。他们又饥又渴地爬上江堤，只想尽快找到歇脚的地方。见是洋人，客栈的头家伙计都以客满为由不肯接纳他们，普通村民则表现出惶恐的好奇，躲开他们又远远地尾随，像要看他们如何倒霉一样。

主仆二人边走边抖掉落积于身上的各种奇奇怪怪的目光，不知不觉就来到了春归堂。就在他们万念俱灰准备离去，暖玉忽然转身，她把自己的决定当作一次挑战："两位请留步！"姚木锦一把扯住黎德新的衣裾，又生怕对方反悔似的，三下两下将行李挑进前堂贴着墙根放下。黎德新从雅茹边上经过时听到她嘀咕着"洋骗子"，眼里刚刚浮起的希望又被忧虑所代替，对着姚木锦耸耸肩摊开双手，用"番仔话"说着什么，姚木锦扯了扯他的袖子提醒他："你不是学过吗？"黎德新曾在澳门教会受过一点医学常识的培训，只识得个皮毛，正要解释，姚木锦又补上一句："看看再说。"

两个男人拉拉扯扯的模样印证了雅茹的猜测，她走上前用一种看穿真相的口气逼问姚木锦："他到底是不是郎中？"姚木锦拿手指刮擦着鼻尖快要掉落的汗水说："当然喽，您一百个放心，老黎——"他一直这么喊他，但此刻却不得不改口："黎先生他谦虚，鬼佬都很谦虚。"黎德新厌恶地叫起来："说过多少遍了，别喊我们'鬼佬'。"姚木锦吐了吐舌头又装腔作势地提高嗓门："好吧好吧，不过你可别舍不得你的神药喔。"

濮婆婆见到洋人的反应并没有暖玉想象中强烈，她从床边让开来时勾着头，像被迫换岗心有不甘。借着移近的灯光，黎德新看见孩子面色苍白双眼紧闭口唇发绀，瘦小的身体不时抽搐一下十分可怜。暖玉流着泪告诉他，孩子发热、呕吐、腹泻，给他用药后仍高烧不退，刚开头还能大声啼哭，后来就只有喘息的力气了。黎德新好像想到了什么又无法畅顺地表达出来，只能张大嘴巴不断地重复着一个字："是、是、是——"姚木锦结结巴巴地说了句洋话。黎德新兴奋得像捡到宝："对对对，打摆子，打摆子。"暖玉说："这个我知道，关键是药，要有好药！"黎德新又咕噜咕噜地说了一串"番仔话"，再由姚木锦翻译过来，大意是洋人从金鸡纳树的树皮里提制出一种药，名字叫金鸡纳霜，它是疟疾的克星。

三个女人紧紧地盯着黎德新手里的药箱，就好像它的一开一合关乎孩子的小命。黎德新摸索了半天，这才找到治疗这种热带疾病的必备药物。暖玉毫不犹豫地给孩子服下，为了便于观察服药后的变化，暖玉勉强同意两个陌生人在前堂打地铺。到了半夜，孩子开始退烧。濮婆婆和暖玉不敢相信这种药物有如此奇效，轮流守在孩子身边，惶恐地等待着那该死的热度再次升上来，结果一夜平安。次日一早，暖玉把白粥咸菜端到两个男人面前，对洋人的成见和疑惧也随之烟消云散。到了中午，她不仅给他们炒了肉，还拿出陈鹤寿浸泡的蛇酒来招待他们。

人人都不信任的西药竟然救活了中国郎中的儿子，这则消息以最快的速度传遍港埠两岸，与暖玉对黎德新的信任一起影响着村民对于洋人的看法，虽不愿与他交往但也无意赶走他。他们打着看望陈家孩子的旗号来到春归堂，只为了瞧一眼传说中浑身长毛、眼睛发着绿光的洋人。雅茹更是由原来强烈的敌意变成了模糊的好感，主动让蔡厚道收拾出一间伙计宿舍，借给黎德新和姚木锦暂住。蔡厚道原本不同意，只碍于雅茹答应过暖玉。对洋人，蔡厚道早就在心里筑起一道森严的壁垒，只有强烈的排斥而没有任何调和折中的余地，在短短的半个月里，一而再再而三地给黎德新以难堪，为此不惜与雅茹吵翻天。没办法，雅茹只好托人给传教士主仆寻找新的落脚点，那是造船工场附近三间连在一起的土屋，租金便宜。造船停工后，这里恢复了从前的荒凉空寂，好在离码头并不远，离韩江饮食店也很近。

江风有力地摇动着周围的几株大树，枝叶和荒草如波浪奔腾般地发出哗哗声，沼泽地里软泥积水的腥味凉气被风带到黎德新的鼻子底下，远处条条块块的稻地田块已然收割完毕，余下一群群鸟雀在上边追逐嬉闹。一个下地回来的老头好奇地打量着黎德新，见他友好地跟自己打招呼又赶紧低下头去，加快了那对粘满泥巴的大脚的交替频率。黎德新长吸一口气，深情地打量着四周，就好像破碎了的世界又带着一种新的美好重新黏合在一起，眼睛潮润了。

听到屋里的叫唤声，黎德新踱了回去。雅茹与她带来的淑钿正在帮忙擦拭一只脏乎乎的小餐桌，夕阳的余晖金灿灿地落在她身上。她抬起脸来拿袖子蹭掉悬垂在下巴的汗珠，那一刻他真正看清了她，在此之前，他觉得中国女人全都长成一个样。她那尖尖的下巴尖尖的鼻子，斜挑的细眉凤眼，还有嘴角绷紧着的那种倔强神态，都让他轻易地将她和别的女人区分开来。

“老黎，有时不想煮饭，你俩就到店里来，我让伙计给你们炒个菜煮个汤。”雅茹直起腰利索地交代着，为了打消他的顾虑又补充道，“反正又不用我去做。”她一直为蔡厚道的无礼过意不去，加之受了暖玉的委托，隔三岔五就会带个女伴过来“关照”他们一下，给他俩捎点吃的喝的，有时对他们的“狗窝”看不顺眼，也会挽起袖子帮着拾掇一下。

这三间土屋，两个男人各住一小间，夹在中间的明间被黎德新用来开设启蒙学堂，无偿照顾、教育那些因家里穷困或年纪太小上不了书塾的孩子。以前黎德新每到一地，脚跟尚未站稳就迫不及待地着手传教，一会儿站在街头拉住行人、感情饱满地赞美天主，一会儿来到墟市喋喋不休地讲解教义，浑身上下流淌着一股向上的力量，还有不达目的誓不罢休的执着，结果非但说服不了别人，反而招来一次次粗鲁的谩骂暴力的驱逐。连连碰壁使黎德新逐渐从布道的狂热中清醒过来，真正去了解这个古老保守的国度。这里的人们不能理解抽象的真理，倒是对世俗的身体和利益有着超乎寻常的关注，既然如此，他就必须改变策略，尽可能先去改善他们的世俗境遇，再将他们引向通往天国的阶梯。他不敢穿上标志性的传教士服，也将充沛甚至恣肆洋溢的热情包裹起来。他尝试着用西药给那些看不起病的穷人治病，同时从娃娃入手，把一些简单的思想灌输到这些稚嫩的脑袋瓜里，让他们间接影响自己的父母。村民们正愁孩子无人照管，都将这里当成寄放孩子的地方。

黎德新的潮州话讲得磕磕绊绊的，开头给孩子们讲解东西还要靠姚木锦翻译，很快他就发现，孩子们并不像他想的那么笨，连蒙带猜也能听懂个七八成。两三个月后，黎德新的潮州话有了长足的进步，而在他的影响下，模仿力极强的孩子也会说一点简单的“番仔话”。

雅茹有时过来，正好碰见黎德新在给孩子们传授什么，就倚在门口好奇地听着，不时瞄一眼这个年轻的洋人。看习惯了，她不再觉得他的眼窝太深鼻子太高嘴巴太大，也不再觉得他蹙眉时在额头上弄出几道深纹有多难看。那软软地伏在脑壳上的淡黄色头发、又高又窄的前额还有清瘦的面颊，倒是让她联想到那些苦行者的形象。无论对待大人还是小孩，黎德新总是露出温和耐心的笑意，还习惯性地伸出手要跟对方握一下，吓得他们红着脸直往后缩。

黎德新主要是给孩子们讲圣经里的故事，唱小歌谣，让他们了解自己身体上的器官及其作用，告诉他们日常生活中所要注意的卫生习惯等等，剩下的时间就是用来做各种各样的游戏，洋人的游戏和中国人的大同小异，不外乎老鹰抓小鸡、藏猫猫等，只是叫法不同而已。雅茹发现黎德新很有耐心，他面带笑容绵言软语，语气作态中十分难得地流露出一种大男孩的纯净与天真。只要哪个孩子答对了他提出的简单问题，就会得到奖励，有时是糖块，有时是橘子，有时是节日才能见到的当地小吃：大髈饼、云片糕、金钱饼、蛋卷……所以没有一个小孩不喜欢黎德新。

黎德新与孩子们亲切愉快的交流让雅茹感受到一种单纯、温馨的平静，有一次她忍不住凑上前，主动提出要教孩子们玩一种叫“踢莲花”的游戏。大家手拉手组成一个环形，中间搁一砖块，双脚齐齐顶住以保持平衡，手越拉越紧身体则尽可能后仰且左右摆动，如莲花般盛放并整个儿地转动，一时间欢声四起，两个大人相视而笑仿佛回归遥远的童真年代……

应该说，黎德新在樟树埠的布道算走出了难得的第一步，他以德报怨，用真情打动了那些贫困的庄稼人，他们都说他的好话，有越来越多的人认可他。那些孩子的父母为了感谢他，不时给他送来吃的拎来喝的，但都被他一一谢绝：“用不着谢我，要谢就谢天主吧。”他们问谁是天主，他就拿出藏在衣服里面的十字架吻了吻：“天主是独一无二、无所不能、创造有形和无形的万物之神，也是天底下最富有怜悯心的神。”村民们也向他虔诚地列举一长串他们常年敬奉拜祭的神明：水流神、五谷神、三山国王、天妃娘娘、土地公、风伯、山神、树神……黎德新并不承认他们所崇拜的神明的存在，他引用圣经里的话说："我们只有一位天主；万物都是从他而来。"他抬起头，将涣散的目光敛聚在一起有力地掷向天边，神态庄重肃穆，就好像叫天主的神明就在那里，周围顿然滋漫出一股神圣不可冒犯的氛围。人们对黎德新的说法感到好笑，什么圣母耶稣，叫法不同嘛。让他们更感兴趣的是，原来洋人也爱"拜老爷"。

人们照常送孩子来接孩子走，在频繁的交接碰面中，黎德新有意无意地给他们普及一些生活常识，并趁机将教义灌输给他们。望着他们变得僵硬、猜忌的脸色，或恭敬或仓皇的背影，他不得不怀疑自己的努力付出到底有没有意义。最后他还是给自己打气，凭着天主赐予的力量和勇气，他这个天主所挑选的仆人完全有信心也有能力在这里建立起信仰的王国，并赋予众生以新的虔信与热忱。他用一种响亮饱满的声音向上苍申述恳求："天主啊，如果我是您派到这片土地来的仆人，那就请您赐予我信心和希望吧。"他吻了吻十字架，挺起修长的身躯仰起瘦削白净的脸，仿佛要从半空中找到神明赞许的灵光。

大饥荒

黎德新来到樟树埠的第二年，一场可怕的旱灾结束了这里欣欣向荣的景象，所有的家庭都跌入了难以预测的深渊。莲峰书院的"山长"齐修平在日记里写道："自去冬以来，无雨已接近五个月，三月降过一阵小雨而四五月复旱。"炎阳如护心镜亮闪闪地高悬于长空，土地干裂河床袒露，到了夜里地上仍蒸腾着足以灼伤皮肤的热气，偶尔飘洒下来的几滴雨点还没落地就被干燥的空气吸收了，原本碧绿的庄稼叶子蜷缩枯干，干渴的牲畜啾啾悲鸣。人们烧香叩头向神明祷告求雨，水流神庙天妃庙以及畲族人的三山国王庙青龙帝君庙，皆挤满善男信女。受三个村寨头人的委托，祝大春领着一班篾匠夜以继日赶制出一条巨大竹龙，周身涂以鲜艳明亮的颜色。隆重的"竹龙入江"求雨仪式由樟树埠巡检司雷鸣主持。

一年多前，樟树埠成立巡检司，澄波县衙的官吏无不知晓此地民风强悍三教九流交集，被派遣的人皆称病推托，捕头雷鸣便自告奋勇到此赴任。上任没两天，雷公便用事实向当地人证明自己绝非一介武夫，给那些蠢蠢欲动的滋事者当头棒喝。那天他带着随从巡至码头，见一船家神色可疑想要上船搜查，船家一边阻拦一边大声嚷嚷，以期得到更多围观者的声援。

“吃官饷的就能随便诬陷草民啊？大伙请评评理，这位官爷硬说我船上有赃物。”船家当着众人的面撩开遮住船舱的帘子，让大家从不同角度探视，里面如掏掉肠子的鱼腹空空如也。雷公虎着脸跳上甲板四下里察看，又拿指节敲击船舱挡板，忽然张开五指哗地将它撕开，夹层里果真装满金银布帛。船家脸色大变跳上岸去，雷公比他更快，凌空而起一拳砸在他的脊梁骨上，待他仆倒再狠狠加上一脚，那船家不能动弹只能哼哼求饶。旁观者好奇地问：“雷爷，您咋知道他船上藏有赃物？”雷公粗眉一扬声音如钟：“若无重物，船身哪会吃水这么深。”

竹龙入江后旱象依旧。雷公就组织三个村寨的壮健劳力凿沟浚渠打井挖塘，仍无法将日渐干涸的江水引向农田。时间一天天过去滴雨未下，池塘干得底朝天，沟渠也如垄沟土路，风一吹扬起灰褐色的粉尘。给吊桶加长了绳子也只能从深井里打到一点儿泥水，待沉淀下来泥比水还多。

码头水位的不断下降使货船再也靠不到南岸来，小渔船像风干的死鱼搁浅在袒露的河床上，淤泥如敲碎的瓷片干燥坚硬且四分五裂。绝大多数店铺已然停业，韩江饮食店也只能合上门板。蔡厚道只留下石槌守店，给其他伙计发了一笔遣散费让他们自寻活路。

每天早上起床，樟树埠人先要看看天，太阳像个害人的怪物让他们害怕。有天忽然看到一片片雾状般的“云影”停在天边，以为要下雨了，待它们从眼前飘过时才发现，有什么小东西跌落在头巾上衣衫上并有力地弹开，随手一抓竟是蝗虫，一声声惊恐绝望的哭腔在大街小巷炸响：“虫灾来啦”，“老天爷要狠狠教训咱们了……”

由千千万万只蝗虫组成的“毯子”舒卷着飘动着，然后呈扇形扑向广阔的原野，振动翅膀的嗡嗡声低沉而又急促，天色瞬间暗下来，有植物的地方立刻被这些苍绿土黄的小活物所占领。人们挥舞着扫把树枝胡乱扑打，在田地里燃起火堆驱赶它们，将掉落下来的蝗虫狠狠踩进泥土里，到处是蝗虫恶心的尸体到处弥散着植物汁液的腥气。被干旱糟蹋得不成样子的庄稼最终被蝗虫吃得精光，待那股黄色风暴过去了，人们的心头才稍觉松弛，一谈起蝗虫仍感到恶心，只有发嫂的婆婆挎着篮子默默地捡拾蝗虫的尸体，拿回家用盐水腌好封存进一只老坛子。那些笑话她的邻居们后来终于笑不出来了。

先是干旱，后是蝗灾，粮情频繁波动，墟市眼看支撑不起来，官府开常平仓发粮赈灾，那点粮食还不够县城的百姓借贷，哪管得到偏远的樟树埠。开常平仓形式多过实质，根本就达不到稳定市场粮价的目的，严打之下仍有不法商人囤积居奇，县城的大米已卖到每斗银 7 钱，盐每斤银 8 分。

樟树埠一些原本安心务农的男人不得不打起包裹外出寻活路，一路走下去，经过的村庄无一例外荒凉死寂，有本事的大门一锁逃往府城、内地，没本事的就只能留下来挨饿，不少樟树埠人饿死在去异乡的路上。

樟树埠人贮存的食物愈来愈少，起初还能跟蝗虫争吃青菜杂粮，吃完了又抓捕田鼠挖食野菜，凡可入口的猴头、山蕨、香蕉头、野薯等都不曾放过。有人吃粗糠了，原本用来撒放在牛栏间和稻草一起保持干燥的谷壳，也被人们回收碾碎，掺上一些具有黏性的树叶草叶做成饼子，吃多了这种饼子大便困难，有身体虚弱的被活活憋死，柔软的青金树叶也被拿来烫一下去涩水吃掉，后来连树皮也被剥完了。巡检司的布告刚贴上墙，一转眼就被饥饿的孩子揭下来舔食未干的糨糊。没有东西吃又忍受不了饥饿的折磨，有些人只好挖吃黏土，直到胃肠胀裂丧命。

到了七月，本应是早稻收割的好时节，喜气洋洋的丰收场景已不复再见，颗粒无收的人们怀着初到樟树湾时的那种恐慌无助到处串门，低三下四拉拢关系，为获得一小点食物挖空心思，有的借不到就偷就抢。樟树村有个后生饿得不行，偷了堂叔家藏在床底下的红薯吃，被堂叔扭送到苏忠勇那里，后生的父母去找苏忠勇求情，铁匠阴沉着脸说：“不成，他一定得死，否则谁都去偷去抢，村里岂不大乱？”

后生被活埋了，偷东西的人依然有增无减。为了活下去，人们不顾脸面廉耻，当街夺上门抢，抢与被抢的双方都没有力气打架了，有的撕扯了一番就累死在街角门边。也有的人身体变得越来越虚弱，不忍心看着子女饿死先自行了断。

雷巡检实在看不下去，召集樟树村、白莲寨、石壁村的主事商量了几回无果，只好再次跑到县衙去找罗知县要粮，并以“恐生民变”相要挟。罗知县用手戳着门外对他说：“你到城里兜一圈看看，村里的人不好活，这里的人就好活？”雷公不信，气鼓鼓地出去转了一圈，从各个方面反馈到他耳朵里的消息与罗知县所言果真没有出入：靠拆桷楹换钱的人，旧屋塌顶压死了一家老少十几口；靠吃番批的侨户，男人寄来的那点钱早已花光，为了活命，婆婆逼着儿媳在傍晚时分将木门打开道缝，在门口搁一只盛了水的盆子，以示愿意拿身子交易，一把米粟两三个小番薯就能睡一回女人，可是不久之后，就连这样的美事也没人敢沾，他们既找不到多余的食物又害怕耗尽了剩下的体能……

有天韩江饮食店前经过一队灾民，蔡厚道从门缝里钻出去拉了个人细问，他们来自很远的揭阳县潮阳县，因听信樟树埠有船到南洋的谣言，就一窝蜂拥来。蔡厚道这才知道，由旱灾和虫害所引发的饥馑早就席卷了三江（韩江、榕江、练江）流域，整个潮汕平原成为了重灾区。饥饿使灾民失去理智，目光像锥子一样扎来扎去，见到店铺或大户人家便涌起了撞开大门抢掠的冲动。

蔡厚道想到石槌在外面结交了一帮狐朋狗友，不免胆寒，可又碍于孙木匠的情面不好硬来，只能暗暗盘算着。有天他发现店里少了几件东西便有意宣扬出去：“都说养猫防鼠养狗防贼，那养人呢？谁知道会不会吃里扒外啊？”不顾雅茹和史大婶的反对坚持要亲自守店。石槌一下便猜到了蔡厚道的用意，心想前面几次半夜有人撬门，若不是我挥刀舞斧将他们吓跑，店里哪有东西剩下？你蔡厚道不说一个谢字反倒怀疑我做了手脚，二话不说将衣物一团回家去。

雅茹知道后感到既突然又吃惊：“老蔡，你咋能赶走石槌？你不是应承秀才兄——”蔡厚道冷淡地说：“说这话是啥时候？现在又是啥时候？”雅茹哦了一声：“原来你这几天摔锅掼碗，少下米又拿着饭勺刮锅壁，全是为了赶他走？”蔡厚道不承认也不否认。雅茹想了想又冒出一句：“你口口声声说算盘丢了，我怎么找到了？”蔡厚道不知是计涨红着脸支吾：“我这……不是没办法吗？不让他走，咱家迟早要被他吃垮的。”雅茹提高了嗓门：“可是他为咱家做了那么多事，还拿刀拿枪护店守夜受了伤——”她哽咽得说不下去。蔡厚道依然不为所动：“他的话，你只能听一半信一半！”

也活该蔡厚道倒霉，就在他亲自守店的第三天下半夜，店铺最外面的大门被一股强大的蛮力砰地撞开，他从临时安在大堂角落的地铺上傻乎乎地坐起来，看见昏暗中闪出七八条人影疯狗似的乱窜，像在自己家那样毫无顾忌地闹嚷，噼里啪啦翻箱倒柜。蔡厚道还以为做着噩梦，心中充满了一种不相信的恐惧，待他真正反应过来这才慌慌张张地爬起来喊人，见无人回应又马上想起最后的一名伙计已经被他赶走了，只好操起防身的木棍亲自追打那些抢劫的，他们居然不慌不乱，绕着一围围倒叠着椅凳的桌台与他周旋，没被追的仍借着火把的光亮继续搜寻有用的东西。

蔡厚道心想只有跑到大路上去求救了，后脚跟尚未跷过大堂低低的门槛就听到空气里一声啸响，一个趔趄应声倒地，有个汉子倒拎着条凳凑过来看了一眼又快速跑开。蔡厚道感到脑袋欲裂，脖颈上溅满了黏糊糊湿溜溜的东西，他挣扎着想要爬起来，想要追上去拿棍子抽击对方的头脸，但终究停留在想象的层面上。他趴在冰凉坚硬的地面上，觉得自己像掉进了冰窟里身体越来越冷。也不知过了多久，穿鞋的没穿鞋的好几双脚从他身上踩过绊过他已不再觉得疼痛，有泪珠从他那个孤独的眼眶里晶亮地冒出，不是为失去的东西难过，而是为无法尽到男人的职责、守护好这个家保护好两个女人感到悲哀。

雅茹发现蔡厚道时他已经是硬邦邦的了，他除了给她留下一个可供想象的混乱场景就是一个寡妇的名头。雅茹并没有想象中那么伤心，她跟了他，更多的是出于一种迫不得已的选择。她只是觉得好愧心，就像他为她抹去了生命中的一块污渍，而她却还没来得及看清他。

听到蔡厚道的死讯，暖玉惊得张大了嘴巴，手上的一摞盘碗哗啦地倾泻在地，迸射的瓷片碎屑雨点般地撞击着她的脚踝也毫无知觉。濮婆婆将她搀到椅子上听到她喃喃自语："我的天哪，这怎么可能？几天前还活活泼泼的。"

暖玉跟蔡厚道见面很多，只不过平时拘于叔嫂礼数，彼此说的都是些客套话，直到陈鹤寿失踪两个多月后的一个下午，她才听他一番掏心窝的话，那是一份绝无人知而又难以启齿、深沉且强烈的眷恋。她看见他鬼鬼祟祟地从春归堂的街门溜进来就生出了警惕："有事吗厚道叔？"蔡厚道摸摸下巴支吾着："其实……也没啥。"暖玉带着一丝冷淡的笑意敷衍着："要是有啥事，你就让雅妹过来说一声。"蔡厚道走了两步又不甘心地折回来，浑身颤抖着蹿上前，把暖玉着实吓了一跳。蔡厚道满脸赤红嘴唇哆嗦，仿佛在鼓起天大的勇气，声音听上去却孱弱无力像做了什么亏心事："我也不知道该怎么说，幼妹，我的意思是不管发生了什么，你都要想开些。"暖玉还没来得及意识到他对她称呼的改变，声音急促起来："你是不是有我表哥的消息？"蔡厚道说："那倒没有。"暖玉捂着胸口嗳了一声缓过劲来："厚道叔，你一惊一乍，吓死人了。"

"幼妹，你知道吗？我当初就是在船上看到你才下定决心留下的……"蔡厚道说得那么快，怕一下子失去了勇气。暖玉心头一颤口气显得更加疏远："厚道叔，这种玩笑可不能乱开！"蔡厚道激动地说："我没开玩笑。我是想告诉你，要是秀才兄他不回来，我愿意……愿意当你肚里孥仔的爹。"暖玉说："我表哥以前不是答应过你吗？"蔡厚道挺起肥壮的胸脯说："不，不是干爹，是亲爹。"暖玉瞪着他有点惊惶的独眼严厉地说："疯了啊你，我家孥仔的亲爹永远只有一个。"蔡厚道梗起脖子，不死心也不服气："他要是在番爿又置了家后呢？"暖玉好像早就考虑过这个问题，一脸正色地答："那我也等他。"蔡厚道咬咬牙硬起心肠："他要是永远也不回来呢？"瞧他那不折不挠的劲头，好像非要问到她答不出来才高兴。暖玉就横了他一眼，眼神冷得揪心，毅然决然地说："那我就等到死！"

蔡厚道浑身一震，那粒孤独的眼珠子怔怔地僵在眼眶里。暖玉有些不忍，遂缓和了口气安抚他："厚道叔，我尊重你是因为你是我表哥的老家人，也是雅妹的家里人。你甭想三想四了，好好跟雅妹过日子，她的脾气是没那么好，可对你是真心的。今天这番话我就当你没说，往后休要再提，否则大家都不好看。"

暖玉一边回忆一边抹泪，将儿子交给濮婆婆匆匆去找雅茹。江堤上昔日熙攘红火的店铺门脸，现在全都关得严严实实尘垢厚结，无处不显露出它的冷寂与破败，看到韩江饮食店的第一眼暖玉想到的是，雅茹的命真苦，能干的男人没了，这家小有名气的饭店再也无法开张了。

雅茹并不想听暖玉的安慰话，摆摆手发出讥讽的冷笑："我就是个灾星，先害死我爹，又害死老蔡，我怎么就死不了……"

男人属于凶死，加之饥荒肆虐，雅茹只通知了孙木匠齐修平等几位蔡厚道的生前好友，又找来店里的老伙计在莲花山脚下挖了个坑，用一副薄板杉材棺木将他埋了。她披麻戴孝站在山风里站在他的坟墓前凝神注视了一会儿，幽幽地说："老蔡，放心吧，只要能扛过这次灾荒，我还会把咱们的店继续开下去……"

草草料理了男人的后事，雅茹听从暖玉的劝告，请黎德新和姚木锦过来帮忙守店，这样她和母亲才能安心住在后边的小院落，否则不要说店里的桌椅，只怕连门板楹梁也会被人拆走。

黎德新听说是保护雅茹母女的安全，二话不说就带着姚木锦搬进韩江饮食店。半个月后，姚木锦看到灾情不仅没有好转反而有进一步恶化的趋势，食物已越来越稀缺，就算有钱也花不出去，就主动向黎德新建议，由他回澳门去向李播神父汇报，帮樟树埠筹集一些食品药物还有传道资料，在关键时刻以慈悲感化民众，争取得到更多的人心。黎德新想也没想就同意，把身上仅有的一点银钱拿出来给他当盘缠，雅茹也给他备了点干粮。姚木锦跑到北岸苦等了三天，终于坐上一艘路过的小货船。

眼见史家的米缸见底，藏起来的粮食也吃得差不多，黎德新就拿着削尖的木棍加入到雷巡检组织的"刨食"队伍，大伙都相信他的话，有一些可以果腹的东西一直藏匿在深深的土层里。这支队伍由樟树埠的男人自愿组成，无论刨到多少食物，结束之后都要实行平均分配，以确保没有一人空手而归。

黎德新一去就是大半天，回来后将弄到的一点儿植物根茎胡乱熬成汤水，再分给两个身体同样单薄孱弱的女人，自己总是吃得很少，半夜饿醒了就偷偷喝点凉水。有一次他只弄到小半碗菜根糊，三个人推来推去结果洒了一点在地砖上。他下意识地趴下去用舌头将它舔干净，回头对着两个一脸吃惊的女人诙谐地说："瞧这啥年月，都把人逼成狗了。"

蔡厚道死后不久，暖玉收到了陈鹤寿最后一封字迹草草的番批，说他要到一个极其偏僻的岛屿去干活，会有好长时间无法通信。凭着女性直觉，她觉得他的日子并不好过。她不敢再往深处想，只当给自己留下个盼头。

那段时间，暖玉最怕听到江堤上传来铜锣声，铜锣一响意味着叫人让路回避，饿死的人又要集中拉去埋了。大饥荒前期还能听到几声家属的哭号，死尸也用一副薄板棺材装上，后来找不到棺材就只能用麻袋装着草席卷着，再后来死的人太多，就算鹑衣裸葬也没人管了。很少有家属去送葬，要么饿得走不动，要么死者就是家里的最后一个，绝户。

漫长的天灾所造成的生存危机让每个人深感绝望，仿佛世界末日到了，也不知道谁能拯救自己，一切看似遥遥无期。一家人就像坐在同一条船上看着它慢慢下沉却束手无策，主事的男人只能靠抛掉重负来延长活命的时间，从土地、家具再到孩子女人，一样一样锥心地舍弃，直到连自己吃的那只碗也留不下。

对于不幸降临于人世的亲骨肉，人们不得不含泪做出抉择。就在红姑带着花艇逃离灾区之后，大脚洲沦为了"弃婴岛"，夜里总有人蹚过浅水，将出生不久的孩子丢在那里，寄希望好心人收养他。可是不久之后，连这一丝欺骗自己安慰自己的希望也都破灭了，樟树埠到处流传着这样的故事：白莲寨有个男人深夜跑到大脚洲丢孩子，又深感罪孽深重，折回去想要将他抱走，就看见两个男人正在争夺他家的孩子，一个说是他先看到的，而另一个说是他捡到暂时存放在那里的。白莲寨男人躲在树后，暗暗为孩子有了安身之处窃喜，就听到第一个说话的男人再次开腔："这个孥仔不给我我就捅出去，你跟你弟交换着吃对方的儿女。"另一个不甘示弱地说："我可不像你，能狠下心吃自己亲生的。"第一个只好苦苦哀求："我一家人饿得都爬不动了，就等着他救命。"另一个则叹气说："谁要能活下去谁会到这里捡孥仔吃啊？"弃婴的父亲实在听不下去，发疯地冲上前，那两个人在慌乱中用力一扯，把婴儿撕成了血淋淋的两半。

樟树埠人再也不敢往大脚洲扔孩子了，宁可自己动手赐他一具全尸。经常到了深夜，从某个窗口传来妇人低低的哭泣声，还有婴儿突发性的尖声啼叫，瞬息又归于死寂。大家都心知肚明，婴儿被闷进了尿桶里，又一条小生命甫一降生便离开人世。

发嫂快要分娩时暖玉来看她，见她默默垂泪只能好言相劝，心里已经掠过一道不祥的阴影。暖玉走后，发嫂的婆婆从老坛子里捞了三只蝗虫让她吃。蝗虫的大眼瞪得发嫂心里发怵，婆婆就神情严肃地规劝她，吃下去才有力气。蝗虫小小也是肉，也是难得的营养。那些没嚼碎的胸腹和大腿粗拉拉地刮擦着发嫂柔软的喉咙和食道，她干呕了几下，肚子里的食物又涌回喉咙头，只得紧闭嘴巴再度强迫自己将它咽下。

阿发站在门外待到半夜，昏昏沉沉中听到屋里传来一缕微弱的啼哭，抱着头绝望地嘟囔着："惨啊，生崽遇上饥荒年"，食物都吃光了，这下又添了一张嘴。可是过了一会儿再也听不到孩子的啼哭，进去一看，发嫂将头埋进被子里不停地颤动，老母亲正往孩子的嘴里喂灶灰。他叫了一声娘，他的母亲不敢看他却故作轻松地说："是个姿娘仔，反正也养不活。"他看着那张闭着眼睛、渐渐变成青紫色的小脸，那个无力地抽搐着的小身体，浑身一阵抽紧，忽然捂住脸慌乱地退出去，把土墙捶打得簌簌掉下沙土，沙粒上沾了他的血。

看望发嫂回来的那天夜里，暖玉似乎听到有人翻越后院墙头的响动，她一手拎起搁在枕边的菜刀，一手举着油灯壮着胆子走过去，昏暗中浮出一个不高不矮的身影，然后是一张熟悉的宽脸，中间浮凸着一只蒜头鼻，眼角的鱼尾纹，还有鼻翼两边延伸至嘴角的法令纹深得像是凿出来，黑黜黜的显示出悲戚衰老的迹象。

“孙老叔，你来做啥?”暖玉诧异地问。孙木匠从地上捡起一截马缰绳看了看走近暖玉，身上散发出一股难闻的酸馊气味。

“幼妹，我可不能眼睁睁看着乡亲们一个个饿死，有八个老人……”他闭上血红的眼睛，声音哇地变成了破碎嘶哑的哭腔。暖玉在日间就听说了，有个老秀才领着七个老人喊着“老而不死是为贼”，跑到山边的林子里集体上吊。死去的人不能再跟活着的人争抢食物，可也无法为活着的人匀下什么食物。

暖玉明白孙木匠想要什么，一想到吃，就有股热油似的东西在她的小腹翻滚，肚子里像有无数只饥饿的小手在狠命地掏着。这些天她总瞒着濮婆婆不吃或少吃，生怕儿子和濮婆婆哪天断了粮。在扎根樟树埠的九年里，暖玉经历了严重不严重的饥荒不下三次。四年前平原有过一次大旱，樟树埠同样在劫难逃，水稻还没到成熟期便染上了稻瘟，底下生出一层白生生的粉末，被虫子食空的稻秆无力地倒伏，引发了大幅度的减产，到了第二年夏天水稻青黄不接之际，樟树埠的很多人家屋顶已没了炊烟，就算有的贮藏了一点粮食也不敢生火，生怕引来那些饿着肚皮、赶也赶不走的乡亲熟人。当时樟树村还是陈鹤寿主事，他一面差人向州县两级官府求援，一面以“借一还十”的方式收集全村粮食，按人口摊分总算渡过难关。

暖玉一直暗暗庆幸当初听了濮婆婆的话，每次抓米下锅时不忘往一只大陶罐里丢进一小把。老人家的嘴边常挂着这句老话：“‘天晴要积落雨米’，好日子不会跟着你一辈子。”她的话再次应验了。由于吃得少，暖玉憔悴得像换了个人样，骨头从她的皮下突起，娇小的身体显得更加干瘪，眼窝陷得更深而小眼睛变得大且凸出，好像随时对什么东西感到惊奇。她的双腿浮肿透亮，拿指头一摁一个深窝，半天弹不起来。濮婆婆心疼她劝她多吃点，她非要说自己没有食欲。

“孙老叔，回去吧，这里啥也没有。”暖玉的口气像是有商有量。

孙木匠说："你把它藏哪了？"他知道那匹红马对于她家的意义。暖玉感到他血红的眼睛狠狠地盯着她，灼热的气息快要舔舐她的脸，她非但没有一丝的畏惧反而悲悯地看他，冷冷地说："放走了。"

孙木匠对着空荡荡的马厩发出粗重的呼吸声，涨满一脸的红一直红到脖根，嘴角更加猛烈地抽搐着并伴随着漏气般的嘶嘶声。他举起右掌恨不得左右开弓地狠掴她几下，可最终却捏成拳头在她面前无力地晃动："你、你知道有多少人在盯着它？反正都是死，还不如让乡亲们饱一顿……"他说不下去，唉的一声，攒足气力一巴掌掴在自己的老脸上。

"我放它走，它不肯，我抽它，使劲地抽，"暖玉的眼泪流下来，声音却没有一丝变化，"活得了活不了那是它的命，反正我不能眼睁睁看着你们宰割它。没有它，就没有我们这个家！"

孙木匠的后脚跟刚从门槛抽离暖玉就砰地关上门，然后无力地将身体靠上去。

咬狼

樟树埠灾情真正出现转机是在林昂从广州回来的八月，之前他并未想到整个三江流域的灾情会如此严重，他在省城碰见的尽是些大吃大喝的官员富商，听到的全是些国与国之间的大事，偶尔有人谈起潮汕平原的灾情，感觉也像吐一口烟那么轻松随意。在归来的路上，林昂又听说官府在樟树埠江堤上、永定楼前还有白莲寨寨门前三处设立"粥厂"，督办的官员办事的吏役偷偷克扣米粮，起初煮粥用的是大米，慢慢地掺和了白泥充数，再后来干脆拿树皮下锅，因而灾民嚼泥充肠啮皮饱肚，多遭几天罪一样撒手归西。他回到澄波县城后顾不上旅途劳顿，连夜赶往樟树埠红头船公所，于次日一早召集众船主财东议事，以公所名义开设樟树埠第一家善堂"沐恩堂"，腾出公所三间闲房作为场地，摆上平原善堂"鼻祖"宋代高僧大峰法师的牌位，以慈悲济世、积德从善为宗旨，眼前则将救灾救难、医治患者、抚孤恤寡、收埋无主尸体等当成己任。作为公所司事还有善堂负责人，林昂捐出第一笔善款，其他船主富户也纷纷仿效。紧接着他又主动向罗知县提出，愿意接手三个有名无实的官办粥厂。罗知县正处于进退两难的尴尬境地，马上点头同意。林昂分别聘请诚实可靠的乡绅管理钱谷和煮赈事务，官吏中只让刚直无私、值得信赖的雷巡检带人帮忙维持秩序。齐修平鲁有光受聘制订出煮赈散筹等各项规章，苏忠勇孙木匠穆庆辉受聘作为监督者，每天巡视于三个粥厂之间，往煮好的米粥里插上筷子，看它是否歪斜，用布巾包裹米粥看它是否渗水，以保证稀饭应有的浓度。

灾民们按男女分为两处，老弱病残又另设一处，每处用木栅围上，避免大伙拥挤无序。只要打粥的梆子一响，林昂就会站在白烟腾腾、清香扑鼻的大锅前，亲自为衣衫褴褛的灾民舀粥，轻声安抚他们。灾民边吃边望着这个身材匀称、衣着朴素的中年人，泪水答答地掉进碗里。林昂的名字还有那个感人至深的场景，随着人们的交口颂扬而传至四乡六里，被大伙称为樟树埠的大善人。

由于天天有人死去，沐恩堂还雇用志愿者抬埋死尸。有的人早上还忙着扛别人，到了下午就被别人扛走了。那段时间人们完全处于听天由命的麻木状态，脑子里只惦记着吃吃吃，并未预想到大灾过后常有瘟疫肆虐。就在樟树埠饥荒形势稍稍好转，霍乱等疫病又迅猛地袭击身体极度虚弱的灾民。患浮肿病的史大婶不顾雅茹阻拦坚持外出拜神，回来后不断吐泻，嗓子哑了神智昏了。黎德新怀疑她得了“虎烈拉”，问她在外边跟谁接触过。她说口渴，在收容灾民的窝棚边要了点水喝。

濮婆婆听完了雅茹的转述，以为史大婶只是得了普通“痢疾”，随手拣了几帖草药，交代雅茹用两碗水煎成八分，先让病人服下再将药渣重煎一次，晚上再服。药吃完了，史大婶上茅厕的次数反而更加频繁，喉咙干得冒烟，可一喝水又马上喷吐出来。濮婆婆赶到史家，这对母女已经从慌乱中恢复了冷静。濮婆婆摸摸史大婶的手腕又摸摸她腿上因抽筋而硬得像石头的肌肉，说闲话那样地安慰了她几句，跟雅茹走出卧室走到大门外的旷地方沉下脸来：“你娘脉弦细，两个尺脉跟没了似的，再吃两帖药，不灵就准备后事。”

雅茹将亲手煎好的汤药端给母亲，史大婶明知没有用，为了安慰女儿还是勉强喝了一口，一躺下又像蚱蜢那样蹦起来，捂紧嘴巴灰色的眼珠子鼓得像要掉下来，忽然腹部一阵强烈的抽缩脖子抻得尽可能长，嘴巴就像被咽下的汤药顶开那样哇啦一声喷射而出。雅茹的脑袋轰的一响浑身抽紧，失声叫了声“娘啊——”史大婶镇定地摆摆手示意她别怕，失去丈夫才有的那种哀恸神情又一次浮现在脸上。

“你爹走后我也想通了，该走就走我算活够了，”史大婶喘着气说，“死有啥好怕的？我不正好过去陪他，只可怜你一个人孤孤单单。”雅茹拿湿帕子拭去残留在母亲嘴角的脏物残汁柔声说：“娘，你别多想，老天爷咋忍心从我身边抢走你——”史大婶就像没有听见那样反过来开解女儿也安慰自己：“娘亲终究陪不了你一辈子，今后要照顾好自己喔。”雅茹实在听不下去，急躁地敞开喉咙只为了盖住母亲的声音：“咱不说这些行不？谁没个三灾八难的？扛过去不就好好的？”史大婶就收了声，只朝着衣柜的方向指了指，见女儿一脸不解才重新开腔：“给我找件好看点的衫裤，娘不能这么邋里邋遢去见你爹，他别的都好，就是死要面子。”

两天后史大婶撒手而去，灾民中也有三个因吐泻不止严重失水虚脱而亡，一时谣言四起，说他们得了能够传染人的“饿瘟”。雅茹没有对外报丧，只求孙木匠帮她将家里的一只木柜改成箱形的棺木，算是对母亲尽最后的孝道。这次不比蔡厚道死去那回，熟悉的人都不敢再踏进史家半步生怕受到传染，黎德新只好跑去沐恩堂找人帮忙抬棺，并向林昂提出自己要当志愿者的愿望。林昂厌恶地扫了这个洋人一眼，最终还是同意了。

志愿者大牛和另外两个脸色苍白的后生来到史家，帮黎德新一起将史大婶跟老史合葬在一起。回来的路上，黎德新注视着雅茹那双被忧伤占据着却始终没有流泪的黑眼睛，注视着那紧紧闭合的嘴唇，不无担忧地说：“雅妹，想哭就哭出来啊，没什么大不了的。”雅茹说：“目汁都哭干了。”黎德新说：“我知道你心里苦。”雅茹说：“有啥办法？这就是命！”黎德新说：“要是你信天主，天主会像引领我一样牵着你的手，带你脱离苦海。”雅茹警觉地说：“我不懂你们的神。”黎德新宽容地笑了笑："你不用懂，只要信他，依赖他，他就会很自然地走进你的心里，不会让你失望。他会伴随着你的人生旅程，即使在你遇到再大的麻烦，都不会撒手不管。"

雅茹想，明明是个骗不了人的谎，却要我接受。她在觉得自己高明的同时也想要让他彻底死心，就冷漠地说："老黎，就算你把口水说干我也不会信。"黎德新早就习惯了别人的拒绝："没关系，天主会尊重你祝福你。哪天你只要叩叩门，他照样会给你打开……主的羊，一个也丢不了。"走在后面的大牛就像为了给黎德新打圆场，高声说："黎先生，你们的老爷有点意思，哪天有空给我讲讲。"

雅茹回到家，关门时脑子里仍重复着黎德新对她说的话，不由自主地发出冷笑："你才是羊呢，我要当狼！"

黎德新听濮婆婆说，接连有病人找她，情形与史大婶相近，吐泻势如水注，污物颜色墨绿，眼睛深陷耳朵聋了嗓子也哑了，分明就是"虎烈拉"的症状。他来到沐恩堂找林昂没找到，恰好碰见苏忠勇，就告诉他这种疫病的危险性和严重性，须尽快将病人与健康人隔离开来。苏忠勇对于这个洋人的忠告根本不当回事，还将他想当志愿者的事当作笑话逢人便讲，说他这是黄鼠狼给鸡拜年，没安好心。黎德新只能到永定楼巡检司找雷鸣，雷鸣也持与苏忠勇一样的观点，冷着脸说："这病要是这么能传染，下次跟你们打仗全把病人派上阵去。"

黎德新等到林昂从县城回来时间又过去了四五天，灾民的死亡人数已由原来每天一个两个增加到七个八个，情况十分危急。他在江堤上看见林昂便急步追上去，不再顾及什么礼节将他拽住不放，恳切地重申他的怀疑，提出将病人隔离开来的请求。

"这又不是你的国家，关你啥事？"林昂盯着黎德新那对冰蓝的眼睛，企图判断出他的真实想法。黎德新眨了眨眼眼眶红了，颤着声气说："六爷，人类是个大家庭，万民都是天主的子民，我怎能眼睁睁看着自己的兄弟姐妹受难？"林昂愣了片刻，一种钦敬的神色从他淡漠的眼睛里流露出来，用商量的口吻说："既然黎兄这么说，这事可否劳烦你来牵头？"

黎德新兴奋地点头。仿佛受到了巨大的鼓舞，他与当地郎中一道组织人力，在永定楼后面搭建窝棚设置隔离区，以转移病人对其施以药物，其中的洋药，是林昂按照黎德新的要求，派人日夜兼程到隔邻的闽地找洋商买的。病人犹豫着哆嗦着，伸出污黑的手掌接住两三枚比纽扣还小的白色药片，像服毒那样咬咬牙和着水吞下，用交织着卑怯与不信任的眼神回报他。濮婆婆和暖玉翻遍药书，参考了雷击散等多个民间偏方，也配制出一些防治的汤药交与黎德新分发。

雅茹一直很好奇黎德新到底在干什么，有天来粥厂打粥，就顺便绕到永定楼后面那片病人隔离区去。黎德新不知道雅茹就站在他后面，正用安静温和的声音抚慰着一名临终病人。他不说天主只说神，“放心吧老叔，神会接你到天堂去享受没有苦难的日子，每个人最终都会到那边去，那个有着光明河生命树的地方才是咱们真正的家，圣徒们都会披上洁白的衣裳在那里等候咱们欢迎咱们……”雅茹僵在那里，感到周围喧闹的声浪忽然凝固成一片深厚的静默，黎德新清晰的声音像被无限放大如洪钟般悠扬悦耳，咬不准的每个字似乎都合着她心跳的节奏产生了深沉的共振。她拿指尖揉了揉眼，想把快要流出的泪水堵回去，然而无济于事。

听雅茹说要加入救助灾民的志愿队，黎德新还以为自己耳朵出了毛病。他并不知道，亲人们的陆续离世促使她去深入思考，“人为什么而活着”这个问题扰得她不得安宁，是他的善举回答了她让她做出了这一惊人的决定。黎德新正要说出他的担心就被雅茹果断制止：“别的话咱不多说，你只告诉六爷，病人中有不少姿娘人，有我会方便些。”

成了家没能给雅茹带来多少幸福，守了寡反倒让她获得一点老妇人才有、可以抛头露面的自由。黎德新教她在脸上遮块布以防止疾病传染，将药碗递给她让她去给患者喂药护理。雅茹刚一进入病人隔离区就感到强烈的不适应，闻到那股皮肉糜烂的酸臭还有别人吐出的污物就会忍不住想吐。她讨厌那些痛苦的呻吟、无助的哭泣！当她给一个姑娘喂药看到她吐出来时，她打了个呃逆跑到一边去，那些墨绿的污物仍在眼前真实地晃动，像有只小手探进她的喉咙去掏她的胃肠，她弯下腰干呕了几下，身子紧缩成一团又颤抖着松开，两眼噙满泪花。

黎德新凑过来劝雅茹："要不……你早点回去？"她拿手臂蹭掉嘴角的污物说："你甭理我，很快就没事。"那执拗刚强的神色就好像偏偏要去跟某个看不见的对手过不去。两三天后，雅茹就适应了这种蚊蝇成堆、臭气熏天、叫声凄惨的特殊环境，又高又瘦的身影灵活地穿梭于木木呆呆的灾民病人中间，偶尔被谁撑开、变僵硬的腿脚绊倒了又立刻爬起来，继续走她的路干她的活。那些生了病、横七竖八躺倒在草垫上的男人女人看到她，张开结着一层干裂死皮的嘴唇鼓劲呻唤："水啊，水啊"，或者哭泣着说"我受不了啊，我要死啊"，她冲过去舀一勺清水喂进病人的嘴里，有的喂不进去顺着嘴角哗地流下来，拿手指一探对方已经没了鼻息，她就在对方眼前温柔地抹了一下，帮他合上瞪得吓人的眼睛。半个月后，黎德新犹犹豫豫地问雅茹，死人多起来，能不能帮死者简单整理一下遗容……雅茹想也没想就应承，海风潮那次她不知缝合了多少残缺不全的尸体。

参与救助灾民让雅茹意外地发现，自己原来还能干不少事，既挽救了生者也安顿了死者，而且越干底气越足力量也越足，直到有一天她蓦然发现，在帮助别人的过程中自己才是最大的受益者，过去那些困扰着她的烦恼再也不是什么烦恼，比起生命实在是鸡毛蒜皮。她暗下决心，有生之年，不管时世如何艰辛，她都要像黎德新、林昂那样，让更多的人活下来并过得好一些。

黎德新和雅茹以往的生活环境和阅历天差地别，但生命深处的良善与勇敢却跨越了地域、人种和信仰，将他们紧紧地联结在一起。每天清早，黎德新站在店铺后面的空地上喊一嗓子，雅茹就从自家的小院子里痛痛快快地回应，精神振作一新。他们一前一后地出门，保持着不会让别人拿去说三道四的距离。饥荒和瘟疫早就把人们折腾得脑瓜麻木疲惫不堪，谁还有精力关心他人的闲事，倒是上至沐恩堂的管事下至普通的志愿者，一次次地被这对男女无私的付出所感动，要是听到有人夸赞自己，他们就会指着那两个不停忙碌的身影谦逊地说："瞧瞧老黎和雅妹，那才是好样的！"

黎德新已记不起自己有多久没修剪过头发胡子了，满是尘垢的脸被汗水拉出一道道细沟，起初每天躺下来总是睡不着，脑子里不停地飞掠过日间忙乱凄惨的真切画面，那真是个被污物、臭气、哀叹、呻吟、惨叫、哭泣、咒骂所填满的人间地狱，久而久之也就麻木了适应了，脑袋一落枕就迷糊过去。让黎德新颇感意外的是雅茹，这个坏脾气的小妇人只经历极其短暂的不适就将恐惧的情绪排除干净，专心专意地投入到拯救灾民的行动中，即使受到他们的误解指责，态度依然和蔼耐心，不像那些善堂雇来的担架工，借着搬动病人、尸体的机会乱碰乱撞以泄私愤。黎德新有时甚至觉得，自己的勇敢无私完全是因为受到这位弱女子的驱策激励，而不是像她所认为的那样是他在引导她。他总是满怀感恩之心向天主祷告："感谢我主，是您给我派来了一位天使，让我不再害怕不再懈怠也不再孤单。"

有天晚上，满天满地亮起月光，黎德新睡不着觉便索性起身，刚走出韩江饮食店后门信步踱向江边，就听到史家小院传来了雅茹的尖叫声，赶至墙根一问，方听清有匹饿狼稀里糊涂地闯入她家。也就在两天前，有个孤寡阿婆死在家门口，两片大腿肉被吃掉了，很可能就是它干的。黎德新隔着墙喊雅茹别动，从路边摸了根戳进土里搭棚用的木棍，轻手轻脚地翻过矮墙。

院子里一派凌乱，畚箕被踩扁竹筐被踢翻，陶钵摔成碎片污水流了一地，借着墙上那盏风灯散布开来的微光，黎德新首先扫瞄到左前方的角落里闪动着两个光点，它的斜对面是手持菜刀、瑟瑟发抖的雅茹。黎德新竭力控制住颤抖的身体朝着饿狼缓缓挪动，他已能大致看清那匹饿狼的轮廓，它比当地土狗要长半截身子，只是饿得身瘦腰细毛稀。他能感觉得出它此刻的紧张，急促的呼吸使得它两排肋骨微微颤动，张开的嘴巴答答地滴下涎水……在不知不觉中，黎德新也模仿着饿狼的模样龇着细密结实的牙齿，窄细的眼缝里闪射出少见的凶光，恨不得像尖刺一样扎过去。饿狼侧过脸来盯着黎德新，仿佛在暗自揣度胜算几何。黎德新冰凉的脸颊似乎被对方喷出的鼻息所灼痛，耳畔响着它示威般的低嗥，抓木棍的手心不停冒汗，眼睛死死盯着那两束明亮的绿光。黎德新还没想好如何进攻，饿狼就把骨头嶙峋的脊梁拱成高高的“山包”，突然干嚎了一声用攒足了气力的后腿蹬地，如一枚炮弹呼啸着向上斜飞。黎德新并没有躲闪退缩的意思，相反模仿着它的声音它的动作无所畏惧地迎上去，还没看清它那紧绷的肌腱干硬的骨棱杂乱的皮草还有闪着白光的尖牙利爪，就被撞了个四仰八叉，木棍哐地掉地。

看到黎德新甩动着受伤流血的左胳膊痛苦地吸气，落地的饿狼发出一阵得意激昂的嗥叫，灵活地转身又不顾一切地扑上来，一口咬住他的小腿，痛得他乱蹬乱踢把身体往后送以摆脱它的纠缠。雅茹不知哪来的勇气，冲上前一把揪住狼尾巴，如同拔河那般用尽全力再加上身体的重量向后压拽。饿狼松开了嘴急急回头去咬雅茹，吓得雅茹一松手跌坐在地。黎德新朝着两侧乱抓，竟抓不到一样可以防身御敌的武器，只好硬着头皮纵身跳上狼背，双手死死掐住饿狼的脖颈。

雅茹看见两团黑影在地上交缠翻滚，一时花架倒塌菱缸倾斜凳子滚动木桶飞转土墙掉灰叫声嗷嗷人狼难辨，待她回过神来，那匹饿狼正蜷缩在不远处抽搐，喉咙漏气似的发出了虚弱可怜的沙沙声，她的眼睛又急急慌慌寻找黎德新，他刚从地上爬起来，那副样子就像滚过了泥窝再从荆棘丛中钻出来，脏兮兮的衣衫被撕成条条缕缕，沾在上面的血汗鼻涕看上去黑乎乎的像开了无数的裂缝小洞。他傻愣愣地站着，好像忘了刚刚干了什么眼下又要干什么，牙缝间只顾嘘嘘地出气，浑身如暴风里的枝叶战栗不止。

“老黎，你没事吧？”雅茹急切地问。黎德新还没有从撼人心魄的人狼缠斗中挣脱出来，瞪着呆滞的眼睛语无伦次：“它咬我，我咬它，它咬我，我咬他……”借着昏黄的光，雅茹看见黎德新带血的嘴角果真沾了一些狼毛，心中一凛不敢去看他的眼睛，怕被他那过分沉重的目光压垮似的，兀自捡起地上的菜刀摇摇晃晃地向前走。

饿狼畏惧地缩了缩身子不敢反抗。一星不敢相信的喜悦在雅茹的眼里点燃，与脸上来不及消失的恐惧交织在一起，忽然化作委屈、凄楚、庆幸的狂笑：“咯咯咯……”受了女人情绪的感染，一点炫目的白在黎德新灰黑暗淡的脸上抖动着扩张开来，他用无力而哑涩的喉底吭吭吭地跟着附和，胸腔里竟涨起了好汉才有的万丈豪情。那匹饿狼惊醒似的抬起头，忽然敛聚起身上余力想要跃过矮墙，结果狠狠地撞在粗糙的墙面上又被反弹回来，扑哧落地再也动弹不得。

黎德新捡起棍子捅了捅它那皮毛磨脱磨烂的背部和臀部，不敢相信地问："真的死啦？"回头再看雅茹，她丢给了他一个肩膀耸动的背影。黎德新走过去安慰她："雅妹——"

雅茹哆嗦了一下抬起头。近距离让黎德新看清了那张焦黄的瘦脸，干燥的嘴唇上布满一道道横向的裂口，细细的皱纹显示出早衰的迹象，这张脸向来带着一种不容他人怜悯的倔强神气，而今却显得愁苦无依，有种尖锐的酸楚从他心头划过，用力地摇了摇头继续说："没事了，这下没事了。"

"对不起啊老黎，差点把你害死了，你要是死了我这辈子也甭想安心……"雅茹轻声地自责着，那种伤心欲绝的目光让黎德新心头一软很自然地搂住了她，就像她天天都会扑进他的怀里那样。雅茹的心乱了，竭力挣扎着，他不但不放开反而搂得更紧，仿佛要把她压进自己的身体里。她的胸口卷过一阵无法遏制也无法言说的热潮，忍不住将脸贴紧他的肩膀，在呜呜的哭声中陷入到既甜蜜又悲苦的复杂情绪之中。过了一会儿，他用带血的双手抱着她的肩头将她撑离开来，拿粗拉拉的指头抹去她脸上反射出光亮的泪痕。

那一刻，雅茹真切地感受到黎德新像个伶人摘下了面具卸下了浓妆，退出了他所扮演的角色还原为普通人。雅茹还来不及厘清思路，黎德新眼神里那种摇摆不定的东西就被另一种坚定沉着的东西所取代。她看见他线条清晰的嘴唇带着股劲咬了一下，好像做出了什么决定，不由心里一沉。果然，他像安慰孩子那样抽出瘦长的右手拍拍她的后背又拍拍她的脑袋，柔和的声音里渗透进一种格格不入的冷淡："没事了没事了，愿天主与你同在。"

雅茹一下明白是什么东西在阻挡着他们，虽然残留在体内的希望之火仍未熄灭，也只得又委屈又难堪地甩开他的手，脸上重现出那种不容小觑的倔强与自尊，拿一种迫不及待的语调来化解眼前的尴尬："把它劏了吧。"

黎德新拎起菜刀对着饿狼松弛的肚皮割锯了半天，不见效果，雅茹放下手里的风灯一把夺过刀来，拿刀尖狠狠地戳破饿狼最薄弱的咽喉，一路向下切割，有不多的热血往外渗出。她准确地掏出温热的狼肝，撕开一大瓣敷在黎德新腿上伤得最深、几乎露出骨头的口子上，痛得他啊啊地叫。她又麻利地撕下布条帮他包扎好，再将剩下的狼肝分成几份暖暖地贴在他别的伤口上。

“解毒。”雅茹说着示意黎德新将死狼抱到灶间，自己捡几块干柴跟着进来生火煮水，捏着火石火镰的双手仍颤抖得厉害，好不容易才打出了火花。

两个人蹲在灶前，窘迫而又奇特的气氛再次笼罩着他们使他们变得有些拘谨。雅茹将草扎一只一只递进灶膛，怔怔地望着火舌将它们烧得通红并化为灰烬。黎德新抬起手背，擦了擦脸颊又软又厚的胡子还有沾在上面的汗水，偷偷地睃了她一眼，那张瘦脸在火光的映照下忽明忽暗，过分的自尊给它蒙上一层超然物外的淡漠。雅茹这种认了命的静默再度勾起黎德新的丝丝爱怜，心中竟不由自主地滋生了某种异样的情愫。这些天来，她跟随着他吃苦干活，从不对他的主张做法发表任何异议，也从未有过一点怨言。他不知道她为什么愿意这么辛苦地做着没人要她做的事，他又隐约知道她为什么要这么做。

“这段时间辛苦你了。”黎德新主动打破沉默。雅茹满不在乎地拿火钳捅了捅灶洞，架在最上面的木头蹿起一束高高的火焰并甩出几滴火星，把她阴郁的脸庞照出几分虚假的艳丽来。她用拉开距离的轻淡态度说：“你一个洋人帮我们都不嫌苦，我还能嫌啥？”黎德新想了想说：“我这么做是因为主，主让我们懂得如何去爱别人，并体验感受到生命真正的意义。”雅茹怀着抵触的情绪说：“我也有信仰呀，我们的神也是希望我们成为好心人，尽可能去帮帮别个。”黎德新眨眨眼说：“我的姐妹，天主啥时候都在，有时只是换了个名字。”又耐心地将他对别人宣讲的那些内容重复了一遍：世上只有一个真神而且这个真神无所不在，日月变化风雨运行都是他的权能，其他的皆为邪教假神……雅茹只报以不可理喻的笑，在她看来，他是有意在他俩之间砌一面墙，将两个人客气而有效地分隔开来。她根本就不在乎他所说的什么天主，在她眼里，天主和那些她拜过的日神月娘雷公雷嬷没啥区别，既摸不着也看不见，要是他们真的能够保佑人类，人类何来这么多的疾苦？难道说那些丧命的人中没有一个是他们的信徒？难道说这些活下来但仍然受着苦的人中，也没有一个对他们心存敬畏？主啊神啊，其实都不如人来得实际，见证了家人和灾民太多的生生死死，雅茹沉痛地领悟到只有生命本身才有意义，而主和神都不过是苦难人生的陪伴和慰藉，如果你自身足够强大，你就是自己唯一可信赖的真神，如果你弱小，也甭指望别的什么神可以帮你渡过劫难，他们所能做的无非是怜悯，而雅茹最不需要的就是怜悯，她毫不犹豫地丢下这个多余的东西，只想自己主宰自己的命运，自己为自己的命运加持。

黎德新看见雅茹长睫毛、有些窝进去的眼睛一闪一闪的，以为她被打动了。他盼着她能尽快沐浴天主的恩光，沿着信仰之路寻找到真正、圆满的生命，想不到她却带着残忍的微笑拒绝了他："我不会信你们的洋神，就是樟树埠的水流神啊天妃娘娘啊我也不信，非要说信谁的话，我只信我的暖玉姐。"

"我能理解你的苦衷，但是我仍然要向天主祈祷，让主给你足够的时间好慢慢改变自己，求主帮助你，有新的心和眼。"黎德新心态平和地说。他从雅茹不时流露出的警惕但又急急掩饰过去的表情里，觉得她的内心藏着一丝令人难以捉摸的东西，它似乎与他有关。他真的十分期待有一天，天主将一股崭新优美而又强大的力量，如一阵风吹进他的声音里灵魂里，使这位要强的女子在显现于他身上的天主圣灵面前心悦诚服，跪下来低首向仁慈的天主祷告。

黎德新后来帮雅茹把饿狼烫过滚水，拿刀刮毛，又一起抬到火尖上燎烤出一股焦煳味，待肉香从被蒸汽顶起的锅盖缝隙喷出时已近凌晨。雅茹撕下一块最厚实的肉塞到黎德新手里，又急猴猴地抓起另一坨凶蛮地啃咬："愣着干吗？快吃呀，吃了肉才有气力。"见黎德新眼里仍流露出费解的神情，就没好气地问："信天主跟拜佛一样，食斋？"黎德新吞咽着口水摇摇头。雅茹又说："没吃过狼肉？我也没吃过，当狗肉吃好了。"黎德新嗫嚅着："狗可是人类的朋友，我是绝对不吃的。"怕她不好意思吃又赶快改口："没事没事，你吃你的。"雅茹舔着嘴角的油水肉屑开解他："好吧我说错了，老兄，咱们是吃狼，它不是咱们的朋友，是敌人，是敌人，懂吗？"黎德新皱着眉说："敌人也不能吃。"雅茹冒火了："都啥时候了，还挑三拣四的，没叫你吃人肉就不错了，爱吃不吃！我还得留点给暖玉姐解馋呢。"

黎德新继续和馋虫对抗着，他默默地祈祷，想用它来转移诱惑，可是雅茹实在吃得太香了，而他的肚子也叫得更响，终于豁出去，拿起来先咬下一点点，若有所思地咀嚼着，然后嘴巴开始不受控制越啃越快。

凌晨黎德新回到饮食店，更夫刚好敲了三下竹梆子，他毫无睡意，眼前不断地闪出雅茹各种各样的神态身影，上瘾似的咀嚼回味着她的快言快语。他发觉她柔弱的外表下面包藏着坚强勇敢的天性，为了救他敢于拽饿狼的尾巴，也正是她这不顾一切的胆气激发了他的斗志。而当他想到她对自己的千般照顾万般依顺时，她那尚未在岁月中磨灭的女性魅力又在他孤寂的内心大放异彩，不由得对她多了一丝带着肉欲意味的遐想。这个再自然不过的念头一冒出就吓坏了黎德新，他不允许自己这么想，就连默默欣赏、珍视这样一位女性而获得的甜蜜感满足感也不准有，他在当传教士时已经发愿，终生坚贞侍奉天主。

"主啊，拯救我吧，让我坚定地从窄门进，走小路。"黎德新以神的名义一遍遍严厉地敲打自己，一念不正可能导致前功尽弃，他在樟树埠苦心经营的神圣伟业也将付之流水。可让黎德新感到纠结的是，他能及时纠正自己，却不知道如何来委婉劝导雅茹。

雅茹的想法跟黎德新截然不同。黎德新的离开就像带走了她仅有的一线希望，整座小院落骤然变得暗淡冷寂，空空荡荡无所依傍，她来到窗前，对着天边那轮将清新、柔和的光华洒向大地的满月长久凝神，那个传教士的存在让她体会到更深的孤独，也意识到两人的关系对她的意义并渴望着继续深化这种关系。她解开衣裙躺在床上，一种躁动的情绪纠缠着她，在内心深处，有某种非幻想所能欺骗的东西硬硬实实地存在着，冷却了许久的欲望如丝如缕地渗透进来，一道不曾有过的强烈光束一下折射到心底，胸口又烧又憋。她好想去唤醒他，陪她到哪里走走，如果他再对她好一点，她甚至愿意接受他劝告，与他一起成为天主的信徒。不过，她心底里又响起了另一个执拗的声音："我不要天主也不要他别的什么，我只要他的爱。"她只需要一种金子般纯净的精神上的东西来回应她内心越来越响亮的呼唤，填充那愈来愈空虚的灵魂，而不是什么庸俗的交易。

"我永远得不到他。"这一潜伏着的恐惧如弱柔的哀乐，在雅茹的心底百折千回地飞转回旋并渐次增强，可是，越得不到的东西越具有非凡的诱惑力。她差点就跪下来向天主许诺，只要黎德新归她，或者她归他，她愿意信奉他。

那天凌晨，雅茹在梦里见到的，不再是灾民溃烂的伤口、流动的血水、凄绝的惨叫，而是一对冰蓝的眼睛……一觉醒来天色已由浊黑变成透亮，她又信心满满的，觉得自己完全有能力把黎德新从天主的怀里夺过来。

大清早，黎德新像往常一样出现在灾民中间，一头淡黄的卷发显得有些凌乱，脸上手上脚上到处是伤，走路一瘸一拐的，蓝眼睛里却闪耀出更加勇敢自信的光芒。当雅茹出现在他面前时，他一眼就看出了她的变化，她不再像个村妇那样邋里邋遢不修边幅，而是经过一番精心打扮：洁净合体的衣裙，黑头发在脑后齐整整地挽成闪亮的大髻，上面还插了一根精美的银簪，搽了胭脂的脸颊给人留下遇上喜事精神爽的印象。她声音轻柔目光和善，在衣衫褴褛的灾民中走来走去更显清丽脱俗。

雅茹外形的改变让黎德新眼前一亮，她着实从他的神情里看到了惊讶，心里暗暗得意，表面上仍装作一无所知，当志愿者们关心地询问黎德新咋受伤的，他只说不小心跌了一跤，然后偷偷睃了雅茹一眼，雅茹也正好朝他望来，目光撞在一起又急促地荡开，嘴角却因拥有了共同的秘密而浮出会心的笑。趁着黎德新发呆的瞬间，雅茹从他手里夺过一只缺了边的药碗，步履轻盈地走向下一个病人。

棘 心

到了九月底十月初，老天连降几场透雨，旱情宣告解除，万物如熬过严冬般醒转，点染着原野田园的斑斑绿意，让心灰意冷的人们看到了新的希望。仿佛约好了一样，官府的赈济粮到了，红头船也从北方运来了面粉玉米高粱大豆，瘟疫在官府和民间机构的双重努力下，通过隔离病人、发放汤药、禁止停放尸体、减少公众活动、撒石灰消毒街路茅厕、清除垃圾改善水源等手段而得到了有效的遏制。

疍民的渔船回到了水位上升的港埠北岸，与苦守在白莲寨的乡亲泪眼相看发出难以自制的悲叹。逃往深山老林的畲族人也沿着蜿蜒的山路返回，给冷清的石壁村注入了生机活气。那些跨省越界到闽赣等地逃荒的樟树村人，风尘仆仆地蹒跚在村道上，他们家里的竹篱木门早就塌倒，屋檐下石阶前水井边尽是苔痕野草……人们木然肃立，如牛马反刍一般试图回忆曾经有过的丰年盛景。男人们推动手柄转动砻磨上砻，女人们舀上救济的米谷倒入砻心，看着它经过碾轧脱壳，连米带糠顺着凹槽流泻。拿起堆叠碗头的红薯土豆，村民们两眼发红腮帮子缓缓磨动，一想到那些饿死病死的亲人邻里，热乎乎的泪水就顺着凹陷的眼窝流下来。他们呼噜噜地吸食着清香绵软的稀粥，一股热流随之涌向四肢百骸，被苦水熬煎得青黄憔悴的面孔泛起了红润，说话的声气里多了一股劲道。

饥馑和瘟疫所投下的恐怖阴影在一场又一场充沛的雨水里、在庄稼呼呼蹿长节节拔高的势头中渐渐远去，人畜欢闹的声音重新填实了近两年天灾人祸所造成的虚空死寂，港埠两岸逐步摆脱了混乱萧条的景况，开始恢复从前的秩序。

到了冬天，雷巡检指挥着庄稼人各自挖掘田地寻找蝗蝻，第二年春播前又呼吁大伙翻土犁地多耕几遍，将蝗种压于土层底下直至糜烂，免得留下蝗灾的祸根。

当候鸟清脆的鸣叫掠过宽阔的水域北返，红姑引着她的花娘花艇如同一群色彩斑斓的热带鱼游回大脚洲，雅茹这才敢于确信灾难真的过去，她泪流满面地挖出蔡厚道生前悄悄埋于地下的银子，不顾姐妹们的劝说执意要撑起韩江饮食店这块招牌。这个面黄肌瘦、身板单薄的年轻女子领着投奔她的老伙计们一起拜招财爷，升匾挂彩贴红对联，一串猩红大鞭火花喷射碎屑乱飞，劫后余生的村民们闻声而至，把饮食店围个水泄不通，他们看到比别人高出一大截的石槌也站在伙计中间。雅茹把石槌招到店里来正是为了给他恢复名誉，弥补她当初没有阻止蔡厚道撵走他的过失。

自从被蔡厚道辞退后，石槌经历了人生最为沮丧的低谷，饥饿弄得他连呼朋唤伴吵架打闹的心思都没有，家里所剩米谷食物几乎被他一人吃光，用孙木匠的话说，为了这个混账儿子能活下来，他们老两口连棺材本都搭进去。暖玉一有吃的就悄悄地把他喊来，雅茹送她的狼肉她也分给他一半。

老史夫妇生前的好友、雅茹的姐妹们纷纷前来道贺，他们既买不起花红柳绿的画卷也给不起贺金，只能拿点木炭相送，寓意生意红红火火。黎德新站在人群里看热闹，恍惚间觉得雅茹不是他过去认识的那一个，病容般的脸颊浮起一道红艳醉人的霞火，说话谦卑热情，内里却充盈着一股自尊自强的力量。生活的苦难冶炼了这个女人并强大了这个女人，就像所有渡过逆境并战胜困难的人那样，眼里多了一份坦然与自信。

黎德新在替雅茹高兴的同时忽然觉得自己成了局外人，在开张仪式结束之后就悄然搬回原来的土屋。明明知道这个洋人不可能继续留在店里，雅茹还是万般不舍，一想起两个人共同经历了磨难尤其是那次屠狼的险境，就忍不住去土屋找他，可当他真正站在她面前时，又千言万语不知从何说起，良久方寻到一句话："真是的，想搬走也不先吱一声，我也好让石槌帮帮你。"黎德新有些难为情："又没啥东西。"雅茹倚在门框边上问："老姚啥时候回来？"

"我也不知道，"一提起姚木锦黎德新就有些泄气，"应该快了吧。"雅茹压低嗓音问："你就没想过他会溜掉？"黎德新吁出一口闷气说："有啊。他跟我吃了那么多苦，又得不到他想要的，溜掉了我也不怪他。"见雅茹不吱声又说："侍奉主需要意志坚定，中途难免有人会走岔路，但终有一天会回来的，就像你们成天挂在嘴边的那个秀才兄，说不定哪天……"

"咱们说老姚就说老姚，少往别人身上扯，"雅茹的好脾气不见了，顿了顿说，"你打算啥时候回去？"黎德新怔了一下："回哪里？"

雅茹说："回你们的国家啊。"黎德新就像听了笑话那样乐了："你们啥时候皈依天主我就啥时候走。"雅茹就说出了早就想好的打算："你一个人也懒得煮饭，往后就到店里吃，别人问起，你只管说给店里交过寄膳费。"黎德新问："为什么要说谎？"雅茹脸颊一烫流露出明显的不快："这还用问啊？省得他们嚼舌根子呗。"

雅茹虽忙于生意，每天仍惦记着黎德新，就在他离开店铺的几天后，她看到他来吃饭就把他叫进账房，将一小包银子沿着桌面推给他，他想也没想就把它推回去："雅妹，你的好意我心领了，没有哪个做买卖的手头不紧，你留着自己周转。"雅茹从黎德新敏感、坚决的反应里知道他误解了，迟疑了片刻解释说："老黎，这不是用来报答你的。我看老姚是不可能回来了，你在这里传教，总需要花销吧？放心好了，哪天你手头宽松了只管还我。"黎德新还想说点什么，雅茹就抓起沉甸甸的小袋子压在他手上，然后像逃避什么危险那样匆匆走开。

七八天后的一个傍晚，黎德新在韩江饮食店吃完了饭抹净了嘴跨出门槛，就看见雅茹躲在树后朝他招手。他还以为出了啥事，原来是告诉他，最近有媒姨上门给她拉亲说媒。黎德新心里虽有些难受，却装出替她高兴的样子："好事呀雅妹"，又以一个旁观者的角度对此事做出客观的评判："你一个姿娘人单脚独手的，哪堵得住大风大雨？没男人确实不行。"雅茹又气又急，不由稍稍提高了声调："你知道他们冲着啥来的吗？不是我的人，是这家饮食店。"黎德新摆着脑袋说："那也未必，那也未必，你挑个有钱的嘛。"雅茹扫了黎德新一眼，眼神是既羞涩又带着恨意："我要是嫁了人，往后你到这里吃饭可就得给钱了。"黎德新有点难堪地笑："那当然喽，不可能白吃一辈子嘛，用你们的话叫啥来着，吃软饭。"见她憋红着脸又补充了一句，"嫁人要趁早，你可不像我，早就立志将一生奉献给主。"

"我就是想不通，天主是保佑你们让你们得到幸福的，怎会要你们一个人单方独味地过日子？"雅茹气呼呼地说，见他诚诚恳恳地赔着笑又怕话没说透会留下遗憾，就垂下眼睑大着胆子引导他："你就没想过在这里安个家?”也不知道黎德新是真听不懂还是假听不懂，急急地回应：“当然想啊。终有一天，我会在这里修一座漂亮的教堂，大伙能在里边做弥撒，唱诗、祷告、忏悔，举行各种仪式，在天主的面前相亲相爱就像一家人……”一谈起天主，黎德新眉飞色舞，声调里渗透着一种舒心快活的满足。雅茹恨不得给他一脚，嘴巴一努扫兴地说：“好啦好啦，明日起你就甭来蹭饭了，等你的那些教友做给你吃吧。”

黎德新稍耸的颧骨上泛起一道红晕。他再笨也明白她的暗示，只可惜他的人生使命正好与她的期望相违背。他并不在乎自己活得有多好，对他来说，物质世界只是精神的载体，他的所有希望和生命的意义都寄托在那个看不见的天主身上。为了传播天主福音，他可以抛弃自我以达到灵魂的净化，他可以用血肉之躯作为掩体去抵御生理欲望的进攻，还有那些不应该有的世俗情感的侵扰。他的神职身份并非第一次使他陷入信仰与情欲、事业与爱情之间的尖锐冲突，在法兰西也曾有个姑娘喜欢上他甚至深爱着他，而他却清醒地把她当成天主圣母对他的考验。为了防范雅茹的情感渗透，他一直试图跟她拉开距离，用淡漠的态度让她知难而退，可又不是真正想要撇开她。一句话，他既需要她的帮助又害怕她的牵绊。当他看到她因自己而变得敏感、脆弱、患得患失又于心不忍，尤其是她那渴望被爱的眼神深深地震撼了他，叫他硬不起心肠去拒绝她。他的心软让他预感到自己会有麻烦，只是不知道它有多棘手。

“主啊，带我离开吧!”黎德新在心里呼号着，只是雅茹听不到。他原以为天主会给足他力量和勇气，临了才发现自己还是被什么东西缠住了，还真有些舍不得。看见黎德新闷声不响地转身，雅茹轻蔑地说：“老黎，你还是个男人吗?”黎德新不敢回头只撂下一句话：“我是主的仆人!”

黎德新拖着两条长腿、动作僵硬地走了，委屈的泪水从雅茹的眼里喷涌而出，心里充满了怨愤：“他确实不想得到我，他的心被圣母、耶稣、圣徒们主宰着，可是我想得到他，我要把他从天主那里夺过来，没错，就是夺过来。”

第二天中午，黎德新没来吃饭，雅茹叫人送去。到了晚餐他还是没来，她就像啥也没发生过，借着夜色的掩护亲自给他送去。当她推开两扇破旧的木门、听到里面传来熟悉的说话声时还觉得奇怪，待她看到大牛夫妇又看到明间的大变样，马上明白了一切。

在这次饥荒瘟疫中，当志愿者的大牛在沐恩堂结识了黎德新并被他无私无畏的行为所感动。之前大牛的三个子女因饥饿或染病而相继离世，在听了黎德新私底里的多次传道解疑之后，这两口子决定放弃对原来诸神的祭拜改信天主，黎德新在潮汕平原漂泊了四年多，终于迎来了新的转机。

在这两位教友的帮助下，黎德新将土屋的明间布置成传教用的“小堂”。小堂深处立一座简陋而洁净的祭台，祭台上装了个十字架，下面有张被他喊作天神台的小桌，搁着六只白瓷烛台，一幅旧帷幔掩住了残墙以作小堂的底幕，祭台两侧悬挂着两幅卷边多折的天神像，一幅是护守天神导引着一个中国小孩，一幅是总领天神弥额尔战败幽王魔鬼的画像。

“雅妹，快来看看，”烛光映红了黎德新兴奋的脸，眼里闪射出荣耀的光彩。他就像站在属于他的舞台上挥动手臂，不仅对着雅茹也对着所有的樟树埠人自豪宣告：“咱们的福音村就从这里开始喽。”

半个月后的一天黄昏，韩江饮食店进入了最热闹最忙碌的时段，正在招呼客人的雅茹看见大牛一头撞进来，辫发凌乱衣衫破烂，额角多了一大块醒目的血印，她的第一个反应就是黎德新出事了，一问还真是，急忙交代石槌照看客人，又让淑钿帮忙收银，自己随着大牛去看个究竟，才走近那三间土屋的墙根便听到里边传来一番放肆的叫骂。大门洞开，里边有七八个村民挥舞着棍棒砸向抱头蜷缩在地的黎德新，大牛嫂拦住了这个又顾不了那个，嘴里不停地发出哀求的凄声：“别打了别打了，再打会出人命的……”

雅茹的心一阵抽紧，只觉得那些竹棍木槌全落在自己身上，急步上前发出一声娇叱：“住手！”那些村民纷纷回头，逆着光看见一个高瘦荏弱的身影一摇一摆地靠近。

“青天白日你们想干啥?”雅茹稳稳神儿将手叉在蜂腰上,拿出头家奶的威风严正地质问,果真造出了一层威慑的声势。为首的三牛认出了雅茹,装模作样地说:“你怎么来啦雅妹?”雅茹咬着牙问:“我怎么就不能来?老黎是我的衣食父母饮食店的常客。”三牛早就见识过雅茹的气性和利嘴,知道她是粘上了就甩不脱的“刺钩竹”,便耐着性子解释:“你可能不知道,他把我大哥大嫂拉下水食了邪教,连老祖宗的牌位也撤了——”

大牛信教的事在家族中闹得沸沸扬扬,整个樟树村乃至江湾两岸几乎无人不知。大牛的父亲老牛指使他的四个弟弟夺走并瓜分了他的田块,理由是他不拜祖先,而那些土地正是从祖先那里传下来的。大牛无田可耕,只能到靠岸的船上去讨个杂活,牛嫂则帮人织网补衣,韩江饮食店人手不够时也会让他们去择菜洗碗,日子倒也勉强可以对付。老牛见大儿子两口子仍然执迷不悟就暗暗认定,只有将黎德新逐出樟树埠才能让他们回归正道……

雅茹飞快地扫了一眼,原来井然有序的小堂家具什物被砸烂踩坏,布帘图画被扯落撕碎弄得遍地狼藉,一股憎恶的火气撞上来哼着声问:“老黎的教是不是邪教,你我说了都不算。”三牛的堂弟挣红着脸说:“祈和叔说的,洋教蛊惑人心,官家迟早会收拾它的。”三牛也帮他证明:“是啊是啊,祈和叔就是这么说。”

黎德新知道他们说的都是实话。昨天他去墟市买点东西,正好碰到那个白胖臃肿、两鬓斑白的洋船主在跟别人聊着什么。据说他早上起床必喝上二两白酒,所以一张老脸长年通红且布满胡蝇斑。见黎德新过来,他有意抬高了嗓门:“我还听说广西有个姓冯的家伙到处传洋教,被朝廷以‘聚众谋反’的罪名给抓起来。这些人都是受了洋鬼子的蛊惑,甘心成为洋奴洋奸细,唯恐天下不乱。”黎德新已经适应了各种栽赃诬陷风言风语,心里不再有解释反驳的欲望只想加紧脚步躲过去。这个叫洪祈和的船主却不依不饶,不顾旁人的咳嗽提醒,高喉咙粗嗓门地宣扬,许多地方的民众都在自发驱逐洋教士,信洋教不会有好下场……

雅茹嘴巴一扭尖着嗓门骂:“老祈和懂个屁,老黎传教那可是当今圣上允许的，倒是你们，私闯民宅毁物打人，告到官家去，不挨板子坐大牢才怪哩。”雅茹的一番警告果真产生了一点威力，听得三牛他们头冒冷汗背脊发凉，从冲动的报复情绪中恢复了理智，互相使个眼色正要撤退，干瘪的老牛就从门外闯进来，戳着三牛的鼻头骂：“没出息的东西，一个姿娘人就把你吓破胆？给我狠狠地打这洋鬼，死了我给他抵命！”三牛又羞又恼，一挥手那七八个村民又全都扑上去，雅茹明白怎么论理说事都不顶用了，冲上前去拿自己的身体护住黎德新，嘴里说：“老黎救过我的命，谁要想爬到他的头上拉屎，先从我的身尸上踩过去。”见到三牛和村民们停住了高高举起的棍棒，老牛往地上啐了一口恶狠狠地说：“谁敢拦，一块儿打，给我打！”大牛一看形势不妙连忙拉着妻子下跪，对着老父亲猛地一阵磕头。

“要想放过这洋鬼也简单，”老爷子反剪着双手挺起满是骨头的胸脯威严地说，“你俩就指天发誓，不再食他的邪教，跟我回去拜咱的祖宗咱的老爷，我就饶了他。”

大牛犹豫了一下转过身，瞪着泪眼对黎德新说：“对不起啊黎神父。”大牛嫂拿袖子揩揩脸也嗫嚅着：“先生，您自己好好保重啊。”

黎德新从地上滚爬起来，顾不上抹掉鼻孔嘴角不断涌出的血水急切地阻止大牛夫妇：“不不不，大牛兄大牛嫂，你们要遵从自己的内心，你们要坚定自己的信念，别在乎我，我挨的打受的骂还少吗？这是主在考验我，也是在考验你们，咱们不用怕！”雅茹还想劝劝老头子，大牛已经迫不及待地发出了最狠毒的誓言，爬起来搀着他的老父往外走，大牛嫂也垂头抹泪地跟了出去，三牛就像出了口恶气那样踢开挡路的破烂物件，挥挥手领着村民扬长而去。

“老黎，老黎，你没事吧？伤到哪了？”雅茹上上下下地检查着比她高出一头的男人的身体，满头的乱发在晚风中飘飞，说话的气浪烫人的鼻息扑在他冰凉的肌肤上。那一刻，雅茹只觉得黎德新就是那个被钉在十字架上的耶稣基督，如果可以，她宁愿替他挨这一顿打。

黎德新仍沉湎在没有转机的打击中一动不动。雅茹弯着腰拍打着他身上那些看不见的灰土，感到有湿湿的东西砸在她的手背上。即使在大饥荒最困难的时刻，雅茹也不曾见到他掉泪，今天竟为了大牛夫妇在她面前哭鼻子，就摇摇他说："老黎，别哭了。"他僵立不动。她又拍拍他："甭伤心了，看得出来，大牛他们的心还留在你这里。"这话一下戳中了黎德新的痛处，委屈和无奈热辣辣地在胸腔里翻来涌去，嘴角的纹路急促地抽搐着扩展着加深着，一时涕泪交加浑身颤抖，真是再硬的心肠也要被他哭软。雅茹吓坏了，捧起他的脸安抚他："甭哭了甭哭了，哭起来好丑啊。"黎德新收住了哭声掰开她的手，强迫着自己装出满不在乎的神气说："真是个苦差，不干啦不干啦。"

"老黎，咱们一起开店吧。"雅茹一下扑进黎德新的怀里拿两条胳膊紧紧箍住他的脖颈，她在感到自己心脏加速跳动的同时也明显感觉到他剧烈地抖动了一下。黎德新不敢去看雅茹泪花模糊的眼睛也不敢回应她热切的期待。他的两只手避嫌似的张开着，嘴里发出一种非常柔弱暧昧的声音，像在祈祷什么又像在哀求什么。雅茹知道有两种相反的力量正在他的心里交锋，也同样有两种相反的热情正在他的血管里奔突燃烧，她毫不犹豫地踮起脚来堵住对方翕张的嘴。黎德新只觉得嘴巴被挤压得合不拢脑袋瓜嗡地一片空白，待他恢复了意识始发现，自己的双手已如饥似渴地寻找着对方躯体动人的凹凸，感受着女人肌肤的柔滑与弹性，由嘴唇舌尖的交缠吮咂而产生的战栗如同涟漪，一波波地扩展至全身每个部位每一根神经末梢，这种无与伦比的新奇体验诱惑着他让他欲罢不能。

雅茹被黎德新用整个身子挤到了灰暗的墙角，瞅着他眼里那两束跃动的光焰，那整张复活似的生动的脸，她才敢于确信他已打破了箍紧着他的密不透风的护甲，带着挣脱出来的欲望和激情闯进她的心底。当那支古老而又鲜活的生命旋律在屋里奏响时，一个奇怪的念头掠过雅茹的脑际，她还不敢肯定她能够战胜天主，但起码眼下已占了上风。

雅茹走后，黎德新仍不敢相信刚刚发生的事，虽然躯干上脸颊上手背上有着与她久久缠绵厮磨而留下的气息余温。他沮丧地回味着自己如何抱起女人进入里屋，当时她若是稍作反抗他就会幡然收手，可惜她根本就没有打算拒绝，而且还做出更加热烈的呼应，引诱着他一步步跨出那道背叛之门，将他推向一个可怕而又难以挽回的境地。黎德新从水缸里舀了半桶凉水，从头到脚浇下去，双手不停地揉搓着那些可耻的肌肤，就像上面糊了一辈子洗不净刮不掉的污垢秽物。

第二天晚上，雅茹怀着急迫的心情来见黎德新。经历了昨天男女之间最亲密最隐秘的事情之后，雅茹觉得双方的关系已经发生了根本性的转变。她心情舒展坦然，就像庄稼人享受着自己以劳作汗水换来的粮食那样心安理得。她对他的依赖信任是那么地自然，声音里颤动着一种女人对男人的撒娇眷恋。雅茹对黎德新越好他就越怕，他的目光一触及她那张因了爱情的滋润而焕发出光彩的脸，就像担心被钩住那样慌乱地紧缩回去。他真切地感受到一种被控制被焚毁的恐怖，雅茹的爱在他眼里成了一种难以承受的重负。他本来做好了拒绝她的打算，临了还是招架不住她似火的热情，一边贪馋地领略着世俗男女才有的诱人刺激，一边又严厉地警告自己“这是最后一次”。

“雅妹，咱们不能再这么偷偷摸摸了。”事后黎德新还是说出了心里话。雅茹低着头羞涩地认同：“我也是这么觉得。”又勇敢地抬起双眼，射出一种非常明亮非常热烈的光：“老黎，咱们成亲吧。”爱一个洋人或被一个洋人爱当然不容易，但她早就做好了牺牲一切的准备。黎德新的心猛地一跳瞪大了眼睛。雅茹像被他激将了那样义无反顾地说：“你以为我说着玩是不是？你也太小瞧我了。要是这个地方容不下咱们，咱们就到别处去。”她就是这么一种人，处境越艰难越想去顽强争取，而不是苟安止步。黎德新听罢眉头蹙得更紧，往下耷拉的嘴巴扭成了一种极不自然的难受样。雅茹警觉地瞥了他一眼问：“咱不偷不抢，你怕啥？”黎德新仓皇地低下头去，他的样子让她惶惑不安，他到底咋啦？各种估猜乱哄哄地掠过脑际。

“你不会是想撂挑子吧？”雅茹似有所悟却仍不愿相信。黎德新大概是被她的神情吓坏了，红着脸声音小得快要听不见：“你说是就是！”她的心头噌地一沉憋着火儿问：“为什么？”

“主就在那里看着我，等着我迷途知返……”黎德新脸色灰白眼睛发红，拿指头啄着胸口。一股热血涌上脸来，让雅茹真正产生挫败感的不是黎德新的反复无常，而是她这个活生生的血肉之躯终究敌不过那个看不见摸不着的天主，心里一阵锐痛，发出的声音也像穿透胸膛喉咙一样尖厉："老黎，你、你，你真没用！"

食桌

雅茹全身心地投入到生意中去，只为了让自己没有时间去纠缠那段剪不断理还乱的情感，这时恰好有一单大买卖砸在她的头上，不单挽救了饮食店不景气的生意，也转移了她的注意力。

顺风船行的账房先生吴秉仁到韩江饮食店打招呼，六爷高兴，要在韩江饮食店做桌犒劳他的伙伴和下属。早在九天前，雅茹就目睹了九艘洋船结成一队驶回港埠的盛大场面，这里边顺风行占了六艘，另三艘则是苏忠勇、穆庆辉等人合伙购置运作的。这些洋船自去岁中秋过后下南洋，安南那边恰好发生瘟疫，从这里运去的红糖茶叶成了抢手货，回棹时捎回当地所产的米粮及特产，又赶上粤东还有南方好几个省市发生了严重饥荒，洋船刚一靠岸，货物尤其是米粮就被候在码头的各地商贩抢购一空。顺风船行捞得盆满钵满自不必说，那些合资载货的新船主也跟着狠狠挣了一笔，欢喜之余都将林昂奉为恩公财神，毫不吝惜地把所有的赞美和功劳堆砌到他的头上。

吴秉仁四十出头，身材瘦小胡子稀疏，说话有点阴阳怪气，常年戴着一副从南洋买来的茶色水晶眼镜，小眼睛在圆圆的镜片后闪闪烁烁。据说他算数的能力从未遇上对手，再复杂的账目经他之手罗列归纳，就算是外行人也能一目了然而不必再问第二句。雅茹以为他在开玩笑，并没有当真。

大饥荒过后，雅茹的店铺重新开张，客人一直稀稀落落，港埠复苏之后，又开起了大大小小的饮食店和酒楼不下十家，生意就更加难做了。现在说樟树埠的头面人物林六爷看上她这个有一搭没一搭的店铺，叫她怎么相信？吴秉仁好像早就料到，让随从拿出真金白银然后朗声说道："我家六爷交代，一定要把这订金先交给头家奶，如果不够，还可以多付点。"雅茹这才确信天上真的掉馅饼，不对，这可不是天上掉的，是大善人六爷给的，感动得泪水都快冒出来，压低声音问：“吴爷，是谁向六爷推荐我们的？”吴秉仁努了努嘴说：“用得着谁来推荐？你替沐恩堂做事，六爷全看在眼里。”

雅茹从小耳濡目染，做桌办席的大场面见过不少，可毕竟没有亲自操持过，总是隔了一层。她明白这是六爷有心帮扶，自己绝对不能辜负他，也绝对不能浪费这次机会，只能憋足心劲把它办好办出口碑，撒得开收得圆听不到什么闲话。与父亲老史比，雅茹精明但不算计，与蔡厚道比，雅茹通达但有分寸，她既讲究规矩又灵活多变，既雷厉风行又脚踏实地。她知道这次的买卖办得漂亮不漂亮，主要看大厨的手艺撑不撑得住场面，就托了不少人到处打听。祝大春就给雅茹推荐了一个叫柯志豪的朋友，此人在县城最大的酒楼掌勺但有些不得志。这位豪叔是个身坯高大的秃子，下巴的胡楂乱糟糟的，黑丑大脸。他年轻时在平原各地拜师习艺，跟过好几个有祖传秘方的师傅学习刀章功夫、烹饪技艺，将那些炒、炖、炊、炆、炸、焗、灼、烙、卤、醉、熏、冻、煲、翻沙、糕烧的技法演练得是得心应手，再加上自己擅于琢磨，硬是把一些传统名菜改良升级成新样式，创造出属于自己的菜品，在实实在在主理过几家不小的酒楼后，对潮州菜的精髓又有了新的心得：菜式因时而变，不变的是取材新鲜；烹饪方法不拘一格，然而万变不离其宗：清、淡、精。这三个字说来简单，往往最简单的东西才最见功夫。

豪叔想离开老东家的原因其实很简单，他投奔这家大酒楼，原本是相中它的规模想要在那里大展拳脚，可每次打算换些新菜品就被保守的头家摁住，有劲无处使不说，对方还安排了个侄子给他当助手，处处盯防他，弄得他心灰意懒。

雅茹见了豪叔之后甚为合意，就极力说服他。豪叔一是看好樟树埠未来的发展，二是看到雅茹态度诚恳，虽是个娘儿们却为人大气出手大方，心想这韩江饮食店是小了点，但只要头家奶真心倚重，自己也会有所作为，就答应下来。

豪叔是好不容易请到了，韩江饮食店原先的厨师伙计却不服气，拉帮结派排斥他，石槌更是在人前人后与他扳倒桨，完全不把他放在眼里。雅茹明白要让大伙心齐劲足拧成一股绳，就必须给豪叔立威，这些天她观察下来，豪叔经验老到人也正直，就当着所有伙计的面把指挥权交给了他，并号令所有人服从他的安排，谁敢不听，决不轻饶。

豪叔没有谦虚推让也没有盛气凌人，用洪亮沉稳的声音给伙计们分配了任务明确了责任，大工配菜配料中工切墩小工洗菜择菜，跑堂送菜杂工洗碗扫地摆桌摆椅，并提出了赏罚分明的条文，完成任务有奖励，纰漏犯错则视情节轻重扣除花红甚至倒扣薪水。豪叔的这一举措让大多数伙计心存不满，但也无可奈何。

经过豪叔再三斟酌拟定的菜单，两天后由石槌送至顺风行请林头家过目。林昂随意浏览了一下就将它搁在案头，仰起脸来看了石槌一眼和悦地说："在饮食店干杂活可惜了你，我身边正好缺少你这样的兄弟，可愿意来我这？"石槌拱手说："谢谢六爷好意。我待在饮食店也是暂时的，待秀才兄回来后我还要和他一块儿做事。"林昂不以为然地说："你说的那个陈秀才啊，回得来回不来还不一定呢。"石槌不高兴了："他的家就在这里，当然会回来的。"林昂再次扫了石槌一眼说："不急，你要是想清楚了随时找我，我不会亏待你。"见石槌转身离去，皱皱眉头说："这个陈秀才，到底给了他啥甜头？"

半个月后的黄昏，韩江饮食店迎来了久违的欢闹，屋里屋外悬灯结彩人来人往，从大厅大堂到店外院子一字排开满满的二十一席。西斜的太阳将余晖洒向暗淡的水面，暮霭正从莲花山、龙船岭朝江湾这边围聚过来，来"食桌"的本县、本埠士绅贤达陆续走进韩江饮食店，在林昂的引领下在主桌落座。旁边几桌分别是樟树埠红头船公所的主要代表、为此次洋船队平安往返立下汗马功劳的"出海"们。待二十一席都坐满了又加多另外两桌也坐得满满当当，林昂这才起身向来食桌的客人下属致意，和善精明的眼里掠过一丝不易觉察的威严与果敢，哄哄乱乱的大堂以及外面的筵席顷刻安静了下来，大伙翘首等待着他的讲话。林昂没有高声大气而是语气平缓吐字清晰，一副从容不迫的优雅气度。坐在外边的贩商水手听不清楚只好挤到前面来，终于弄明白他在为自己没有参加这次远航而遗憾，接下来话锋一转，提到了潮汕平原闹饥荒闹瘟疫，自己因尽了微薄之力而弥补了前面所提及的遗憾。他认为顺风行船队此次超越目标打了漂亮一仗，既是兄弟们勠力同心拼搏的结果，也是上天对于众船主贩商积德行善的回报与驱策，遂提议众人举起酒杯，为樟树埠如日方升的航运事业干杯。

大伙的山呼海啸在墙壁椽檩间反弹回荡像要将屋顶掀翻，林昂与宾朋属下喝下了第一杯“莲花白”之后信步走下主桌，走向呈扇形辐射开去的每一桌每一席。他走到哪里，哪里就掀起了热情的浪潮，连平素滴酒不沾的客人也都受了感染，主动举杯融入到这欢庆热烈的氛围。瞧他们一个个满脸油光、兴致勃勃的样子，就好像这场欢宴永远不会结束这个夜晚也永远没有尽头。

这次酒席上的菜式，天上飞的地上跑的水里游的都安排了突出的代表，各类潮州小食缭乱人眼，软脆咸甜，蒸煮炒炸，荤素搭配，色彩缤纷香味扑鼻，菜未入嘴口水先流，很多菜式连给豪叔当助手的小厨们都见所未见闻所未闻，不但开了胃口更是开了眼界，特别是手打鱼丸，更是以爽脆的口感和鲜美的味道征服了吃遍内陆外洋的食客，一举成为这家饮食店的特色招牌。

做桌办席的当天凌晨，豪叔起身来到厨房，将昨天备好的大白鳗洗净上砧，斩头去尾切肚起皮，一手握紧肉质肥厚的大白鳗，一手执牛耳刀，把晶莹的鱼肉细细刮下再铲进一只大陶钵，继而拉开架势张开两只大手拍打起来，愈来愈快直到手掌化作两道白影，交替着追逐着翩若惊鸿宛如游龙。石槌起夜回来，听到厨房里传来了波涛拍岸之声一浪更比一浪急，推门一看，豪叔已将大陶钵里的鱼肉拍成了鱼酱。他好奇地看着豪叔将蛋清、生粉、细盐还有一些调味品调进鱼酱里，蹲下来模仿着豪叔抓一把鱼酱握在手心，让它从食指与拇指箍成的小圆圈中滑溜溜地跳出来，冰块般透明。挤完鱼丸，豪叔告诉石槌：“待会儿用虾目水（水煮至有虾目大的水泡冒起）灼，鱼丸一浮出水面就捞起来。丸面光滑说明功夫到家，口感爽脆。”就在那一刻，石槌改变了对这个中年男人的最初看法，待尝到鱼丸之后对他更加心服口服。

大伙正吃得起劲喝得痛快，林昂就摆出了摇摇欲坠的醉态，亲信们赶紧劝他别喝，他却脸颊酡红眼睛湿润地追着伙计们加酒，他越说自己没醉，别人越相信他醉了而且醉得有点厉害，对他放松了戒备，他正好含蕴不露地将席间每个人的细微表现尽收眼底：心地褊狭的船主们虚情假意地向他道贺，笑容尚未敛尽便泄出一缕妒色。货主贩商柔声细气地说着好听话，眉梢眼角闪动着巴结讨好的机灵劲。乡绅友人的声音自然舒展，比平时更多了一分亲昵和敬佩。他的属下在酒力的作用下也显了原形：有的坦露出扬眉吐气的愉快心境，有的向他投来心悦诚服的目光，也有的仍然保留着一丝卑怯与畏惧……林昂厌恶有些人的居心叵测又蔑视他们的狭隘无知，认可了某些人的忠诚坦荡又排斥了他们的鲁莽粗鄙，尊敬了某些读书人的知识教养又嘲笑他们的迂腐懦弱，不过他都会跟每个真心或假意的人碰杯，无一遗漏地道一声谢谢。

大家后来发现林昂不在酒席上还以为他喝高了，谁会想到他已坐上荡向大脚洲的木船，心儿轻悠悠地飞向属于他的美人。

也就在这一天的午后，麦青才从红姑的嘴里得到了确切消息，林昂一掷千金替她赎身，意欲将她纳为偏房。麦青这才意识到十多天前，林昂对她的信誓旦旦并非酒话戏言，也难怪近日来姐姐们丫鬟们都有意无意地对她说些奉承话，上上下下洋溢着令人陶醉的温情，让她有种处于一切事物中心的错觉，现在回头一想，那一张张笑脸都在对她暗示着什么，都在对即将发生的事情抱有十分的把握，红姑更是乐开花，而倘若她不遂了她们的愿，恐怕连这花艇也待不下去了。麦青是个明白人，知道这对于一个花娘来说已经是最好命了，难道非得等到门前冷落鞍马稀不成，虽然打心底里希望来赎她的是陈鹤寿，可他连自己的姿娘人都顾不上，哪还顾得了她这个花娘？罢罢罢，明知不可能，何必为难自己也为难他呢？陈鹤寿遭暗算的事虽然过去了很久，麦青仍深感自责，要是当初她能及早收手，也不至于被红姑他们所利用。俗话说，国有国法行有行规，身为花娘，动了心就是动了命根子，就算没有外人掺和，红姑迟早也会收拾她和陈鹤寿的。

“宝贝儿哟，这回你可知道娘最偏心谁了，你的那些姐姐呀，有哪个不把嘴唇咬肿。”红姑用急于表功的假腔假调说，麦青微笑着一口应承。

麦青对林昂的印象不错。第一次接待林昂就被他身上儒雅随和的气质所吸引，从而产生了和暖玉相同的感受，这种地方不像是他会来的。林昂眉高眼大皮肤滋润，前额光洁两颊饱满，留两撇黛色胡髭，眼神里透出一种沉静的锐气，谈吐不俗进退有度，温和动听的声音和亲切的笑容让人感受到一种平等与信赖，而事实上他也总是在别人最受煎熬的时刻出手相助，这次平原遭受饥荒瘟疫的夹击，人们再次见证了他的乐善好施。灾难过后不断有人敲锣打鼓抬着结了绸花、写着“功德无量”“千古流芳”等等的大牌匾来到公所来到顺风船行，都被他低调地谢绝婉转地劝回，这又让大家对他敬重了几分。

林昂如一面镜子立于樟树埠，每个人都能照出自己的丑陋昧心自私自利，麦青也从这面镜子照见了真实的自我，卑微而又脆弱，潜意识里一直渴盼着有更强大的力量来保护她，而林昂就是那个人。经历了陈鹤寿，麦青认定再也无人能够掀起她内心的狂澜。这爱情本来就是稀世之物，可遇而不可求，她区区一个花娘，能在这尘寰安顿好肉身已纯属不易，还敢奢求什么？不如向这现实妥协、与它和睦相处吧。

如果说麦青对花艇还有一丝留恋，那是因为这里有着与她一起成长、命运相似的六个姐姐，尤其是一直关照着她、体弱多病的大姐魏阿星，还有与她最为相契的五姐苏润。麦青曾好几次提醒魏阿星，托人给湘子桥边那家“荣记”客栈的头家捎个信儿，“姐夫”回来找她才能知道她的去向。

几年过去了，每次看到大姐对着窗外发呆，麦青就猜到她在想什么，她应该早就形成一种习惯性的联想，比对着眼下的时节，沿着情郎所说的路线想象着他奔忙赴考的情形：先到省城参加秋闱，秋闱考中后即刻赶往遥远的京城，参加次年春天在礼部举行的春闱，也即“会试”。会试考中了，四月份左右即参加由皇帝亲自在太和殿主持的考试，要有幸被钦定为进士，才有蓝衫换紫袍的可能……倘若金榜题名，起码要到秋季，这天大的喜讯才能从京城传到省尾国角的潮汕平原，再随着报喜的马头锣咣当咣当地敲进幸运儿的村庄，敲进他那不敢相信的家人的心窝。

得知林昂要娶自己，麦青第一时间告诉了大姐。魏阿星旧病复发卧床多日，听到七妹这个让人不敢想象的喜讯，开心得眼睛都湿润了："七妹，记住姐的话，去了就甭回来，永远忘掉这个地方。"花娘一旦从良，就划进了壁垒森然的另一阵营，男方是不会放她回来看看的。魏阿星担心麦青任性，婚后容易伤了夫妻的感情。

麦青把这个消息告诉五姐苏润时她已经知道了，怕七妹难过，这个性情温柔、总为别人着想的女子笑眯眯地恭喜她，摘下一直戴在腕上的绿翡翠镯子送她，给她留个念想。

林昂带着几分醉意登上麦青的花艇，一见面喉咙头就冒出快活的笑声："麦青，你是我的了。"麦青请他坐下，刚端过来一杯热茶想给他解酒就被他一把搂住，那对散发出酒气的厚唇已经吻上了她的唇。麦青习惯性地推开他，客人们可以亵渎她的身体但不可亵渎她的唇，这是她身体上唯一属于自己的。林昂以为她害羞，更加起劲地用舌头去撬开她的唇瓣，麦青只得松了口，从今往后，他不再是她的客人而是她的男人了。

麦青嫁入林家就像一锤子买卖，林昂把她安置在澄波县城一落类似于四合院的三进大宅，因四角各有一房状如"金"字，当地人习惯将这种结构的房屋叫作"四点金"。

麦青因花娘的出身只能列为"贱妾"，林昂想要给她举行一个简单的仪式也被三舅父朱任之竭力劝阻。麦青早有心理准备也不计较，仆人们哪怕是装出来的谦恭和惶恐，也能让她找到些许安慰。她很高兴从此不用待在没有一句真话、摇来摇去的花艇里，这陆地这院落不仅给了她踏实感，还将给她有尊严的生活。老实说，林昂对她的重视远远超出了她的预期，这让她心里既温暖又感动，想到此生终得一人相守，实在是不幸中的万幸，更何况林昂成熟稳重，在外口碑极佳，就像五姐说的，"再没有更好的人选了"。

搬进这座四点金的第一天，林昂就豪气万丈地对麦青说："这里只是暂住，待樟树埠的大厝修好了咱就搬过去。"麦青其实并不想回樟树埠，倒不是因为花娘的经历让她觉得有什么尴尬，而是她想开始新的生活，踏踏实实地过日子，不希望再惹出什么事端。林昂见她神情有异误会了她的意思，微笑着暗示："甭担心，到那时，自然不会再让你见到红姑的花艇。"

半个月后，趁着天气还没彻底热起来，麦青就随林昂舟车劳顿地回一趟泉州。开头麦青还是有所期待，尽管这期待不是很高，对于大家族来说，她知道自己的出身不大可能得到认同，但还是奢望着能从林氏家族长辈们那里得到一点祝福，这样亲事也就圆满了。

林昂出身于泉州豪门旺族，祖父乃福建航运业巨子，父亲也子承父业成为了闽南人人皆知的大船主，生前无数次率领绿头船船队往返于南洋诸岛。他除了在泉州娶了一位夫人，还在暹罗收了两房番婆。林昂十七岁那年，父亲在曼谷病逝，两个番婆所生的三个儿子一起将林父的骨灰送回故里安葬。五年之后，在林昂二叔父的主持下和家族老辈人的见证下，林母所生的七个儿子在生活上分了家在生意上也独立门户，最受林母宠爱的老六林昂分得六艘双桅、三桅洋船和两家行铺。

林昂的原配夫人玉卿比他长三岁，双方父母原为故交，在长辈们看来自然是亲上加亲的好亲事。成亲后林昂才发现，夫人虽是名门闺秀，却琐碎、拘谨、刻板，疑心重又毫无远见，夫妻生活像在尽自己的本分，没有半点情趣可言，倒是拼了命处处讨婆婆的好，就好像她嫁的人不是他而是他的母亲。林昂明白玉卿的心思，她知道这个家真正是谁当着，也就有了自己的生存之道。看清了这桩婚姻的真相令林昂更加厌恶这个家，这是个自私自利、工于心计的女人，因此他才一而再再而三地说服顽固的母亲，同意他到别处开辟另一番天地，让家族生意得到全新的拓展。

生活在澄波县城的三舅父朱任之受了林昂之托，不断给姐姐写信吹风，告诉她一个新的港埠正在粤东快速崛起，时机千载难逢。林母最终拗不过儿子，怕把他逼急了万一学着他老子那样远走南洋，岂不更难收拾？她只要将听话的儿媳和孙子孙女留在身边，还怕他不回来？就点头同意了。

林昂马上将属于他的行铺转让给他的五哥，留下玉卿照顾林老夫人和他们的三个孩子，自己带着吴秉仁等几个忠心耿耿的老仆来到澄波县城，经朱任之的引荐一口气置下二十四间铺屋，成立了顺风船行和鸿祥等三家商行，一两年后又将六艘洋船由泉州调出，在澄波县注册再将船头漆成代表潮汕平原的赤红色。一切如他所愿，红头船公所的成立意味着他真正主宰了樟树埠航运商圈，追随者们一致把他当埠主拥戴。

麦青见到林母，与她想象中的那个老人的形象几乎一模一样，胖乎乎的身子，松弛多肉的脸，中央耸着一只小小的鹰钩鼻，埋在皱纹里的眼睛好像因为有点疲惫而懒得睁开，双唇厚而无力，说起话来慢慢吞吞，匍匐在胸前的两个大水袋随之颠颠耸耸。初见麦青，林母对她俏丽的容颜和活泼的性格很是喜爱，可惜两天后态度忽然急转直下。看到林昂愉快地走进婆婆房间又涨红着脸出来，麦青立刻涌起一丝悔意，早间不该向婆婆掏心窝说实话，而应该像林昂教她的那样说自己是个孤儿，从小由舅父舅母养大，家庭条件乏善可陈云云。

林昂回过头来将麦青拽到一边，极其恼怒地盯着她，就像她把什么脏物秽臭抹到他的脸上：“我跟你咋交代的？这下好啦，没法收场了。”麦青耐心听完了他的数落这才歉疚地解释：“我自幼没了娘亲，见老夫人送我这送我那真心对我，就不忍心骗她，再说舅舅不也知道吗？始终是瞒不过去的。”林昂生气地呵斥她：“舅舅那边我早就交代了，你操啥心？自作主张！”林昂想不到在花艇待过的麦青居然如此单纯，这么容易就着了母亲的道，真是又欣慰又生气。麦青哪里知道，林昂的父亲常年不在，林母要是没有个两下子，哪能在家里掌权，怕早就被老一辈的亲亲戚戚给生吞活剥了。见到麦青第一眼，老太太就觉得哪里不对劲，她找林昂寻缝找岔追问了半天，他越是从容应对滴水不漏她越是觉得可疑。老太太在为儿子的圆滑老练感到欣慰的同时，也对自己再也无力驾驭他而备感失落。她像一头被逼急惹恼的老牲畜无路可走，只能从麦青这株嫩苗身上踩过去。

“这下好了，看谁还会把你当回事。”林昂发出阵阵冷笑。麦青的嘴角荡出一缕不在乎的神气：“要是说大话才能得到尊重，我宁愿不要。”林昂嘲弄地撇着厚厚的嘴唇：“那只能恭喜你喽，你的目的达到了。”

麦青没有转机地回味着过去了的一切，她曾经多么渴望得到包括林母在内的林家人的认可，可惜事与愿违，一转眼就成了林氏家族这株大树上一枚随时可能脱离枝头的残红落叶。吃饭时婆婆不再拉着她坐下，而是要她照着妾侍的规矩站在一旁伺候，待到他们一家人吃完了方轮到她。每天清早，婆婆禁止她到寝室请安、奉茶尽些新媳妇的孝道，她板着脸嘴里叽咕着嫌弃她的难听话，儿子的这门亲事实在是辱没门风令她恶心，恨不得一口将它啐掉。

麦青受到婆婆的唾弃玉卿自然是看在眼里，先前她还把麦青视为一种威胁，直到从林昂的贴身随从张勇那里了解到麦青的底细，才鼻子一哼恢复了一个血统高贵的女人的自傲。不过她还没有糊涂到把这个秘密透露给婆婆。这世上有些事情知道了也不能说，说一等于得罪俩，与母子关系相比，再好的婆媳也隔着一层肚皮。

在私底里，玉卿暗暗庆幸甚至发出舒心的笑，哪个有本事的男人不是三妻四妾？与其让林昂找个好名声有背景的女人来跟她一争高下，倒不如要这么一个低贱的花娘，不管她如何努力也做不到咸鱼翻身，更何况她还生不出孩子来瓜分家产，谁都知道，为避免怀孕带来的痛苦和麻烦，风尘女子一入行就喝下绝育的汤药……

嫁到林家多年，玉卿之所以能够在这个大家族里站稳脚跟并讨得老太太的欢心，全凭亲娘送给她的一个“忍”字——忍受婆婆的刁钻苛刻忍受叔伯的蛮横无理，忍受妯娌的锱铢必较忍受小姑子的串通告状，忍受仆人的见风使舵忍受亲友的虚情假意，最为难堪也是最难承受的是，明知男人在外面风流快活，却还得咽泪吞声表现出正妻的雍容大度顾全大局。在第二胎生下儿子之后，玉卿才稍稍缓过劲来，觉得婆婆不再给她甩脸色，那些恨不得看她倒霉的妯娌也随着老太太态度的转变而转变，像是突然记起她的好来。

在林昂回来的第三天，从婆婆隐现的烦躁情绪来看，玉卿猜到她知道了内情。不出所料，婆婆还是按捺不住在她面前流露出对儿子的不满，对麦青的憎恶，玉卿这才装出左右为难的样子，含蓄委婉地向她承认自己之前的确听到了一点风声，只是不敢相信也不想玷污老太太的好心情，接着又摆出一副包容接纳的姿态反过来替丈夫求情，诚心实意地站在他的角度替他着想，一个大男人在外做生意并不容易，的确需要个贴身的女人照料，只要这个小妾能够洗心革面好好过日子，别败坏林家的门风六爷的名声，她也就心满意足了。当婆婆的一边为儿媳的宽宏大度暗暗喝彩，一边更加来劲地训斥儿子的幼稚和愚蠢……

近两月的福建之行使麦青对未来的期许多少打了些折扣，不过以她的性格，很快就不再在乎林母、玉卿以及众妯娌对她的看法了，与她生活一辈子的又不是她们，她只在乎林昂。她当时曾暗暗希望林昂能站出来替她解个围说几句好话，虽然这么做也于事无补。她并不知道，林昂每天也是如坐针毡承受着方方面面的压力，背地里跟家里人不知说过她多少好话。临走他去向母亲辞别，林母这回不再训斥他，而是像忍受身体上的巨大不适那样咬着牙交代儿子："要是看出不好的苗头，当断则断，自古红颜祸水，尤其这等出身的女子，小心被她拖累死！"

林昂无法告诉母亲，麦青身上有种能够将他整个儿吸附过去的魅力，再说了，他把她救出火坑又真心待她，她怎会害他？遂暗暗下定决心，用五年十年的努力来向母亲还有族人证明，自己的选择没有错。

生死别

从泉州返回澄波县城的第二天，林昂就匆匆赶往樟树埠去照管他的生意，将麦青丢在还没熟悉过来的庭院里，不过她还是很开心，这次去泉州可把她憋坏了。

"难道我把他当客人了？"麦青满怀愧意地想，又立刻纠正自己，"也许待在花艇时间太长，还没真正适应家庭生活。"再说了，未来的路还长着呢，她得给双方一点磨合的时间。

夏日炎热悠长，枯燥静寂，习惯热闹的麦青就像一只生活在阳光充足、广阔自由的原野上的动物，忽然被关进了铁笼里。想当初得知林昂要替她赎身，她就模模糊糊地勾画出往后生活的大致轮廓，出现在脑海里的无不是夫唱妇随、岁月静好的温馨，哪是这举目无亲、四顾茫然的样子？她精神懒散地行走在走廊凉快的阴影里，又踏进从屋瓦流泻到天井的阳光里，不管这座半新不旧的大宅如何开阔雅致，管家仆人又如何听话，她都觉得自己就像住在与世隔绝的深山古刹里，好在新来了个叫映月的丫鬟，脑瓜机灵，常缠着她问东问西，也算给她解了不少闷儿。

在林昂离开县城的第五天后晌，麦青收到五姐苏润托人捎话，大姐魏阿星病重，恐无法熬过这一关。麦青不敢怠慢，让映月收拾了几件换洗的衣物，于次日起了个大早，坐上了从鸿祥商行调拨过来的马车。马车穿过平原大大小小的村庄，经过莲阳、东陇两重渡口时依然是人车一块儿上船，待赶到樟树埠日头已经沉落，笼罩在苍茫暮色里的码头依然人来人往，上货卸货一派繁忙。麦青一面打发马车夫到顺风船行报信，一面招呼映月跳上一条小舟荡向大脚洲。

别的花艇仍然乐声阵阵彩光闪耀，只有魏阿星那一艘灯火暗淡悄无声息，给人一种被遗忘的凄清与败落。魏阿星从薄被里露出大半个脑袋，苍白的脸像被刀削去一半，原先温柔明澈的双眸了无生气。麦青牵起大姐的手，一阵透入骨髓的寒凉促使她不由自主地退缩了一下，心里恐惧到极点："她活不下去了，她就要死了。"

魏阿星干燥的嘴唇不易觉察地动了动，麦青赶紧把耳朵贴到她的嘴边，屏息凝神听她鼓着气儿断断续续地说："六爷知道你来吗？姐不是叫你别来吗？小心他不高兴。"麦青说："放心好了，他样样都听我的。"魏阿星这才放下心，想了想又说："你要晚点来，姐怕是见不到你了。"麦青在心里说："不会的不会的"，她此时只有一种想法，就是用姐妹的深情让她重建活下去的信心，阻止她受到死神的蛊惑迈向虚幻的彼岸。她捏了捏大姐的手柔声说："姐啊，好好儿的别瞎想，都秋天了，指不定哪天马头锣一响，'姐夫'就来接你去享福了。"魏阿星的脸上露出了轻微的不满，那意思好像在说"你不懂"，然后又低声慢气地解释："细妹啊，我从来就没有让人给'荣记'头家捎过话。”麦青发出一声意外的惊呼：“为什么？”魏阿星的回答让麦青心酸：“为他好，也为我好。我不想让他看到我病蔫蔫的模样。细妹，一个姿娘人想要美美地活在一个男人的心里，最好的办法就是趁早死掉。”说起那个姓马的情郎还有她的决定，她的眼睛亮了起来却并不凄婉。

麦青明白了，大姐是真的不想活了，假如她对人世间还有些许留恋，是不会翻出这张底牌的。她的确要走了，否则她的脸、她的肢体就不会散发出另一个世界才有的阴冷气息。麦青拿起帕子，轻轻地吸走浸湿了大姐鬓发的泪水，嗔怪道：“憨姐姐，你说啥我都依你，就是希望你往好里想。”魏阿星有气无力地说：“姐心里有数。姐有种感觉，属于我的时间在慢慢地、慢慢地变成过去。”

这时映月进来对麦青说：“阿娘，六爷派人来接你回去，人在外边了。”麦青还在犹豫，魏阿星就用虚弱的声气劝她：“细妹呀，快回去吧。嫁了人就要照着人家的规矩来，好好珍惜，千万别任性。还有啊，你要是看到陈秀才的娘子和她干娘，可要替我好好谢谢她们。她们不顾别人的闲话过来给我看病，是我没出息……”麦青发现大姐的眼里掠过一丝不舍，抓她的手捏得更紧，就果断地转过头对映月说：“告诉传话的，叫六爷甭等了，今晚我留在这里陪大姐。”

到了凌晨，其他花艇上的客人都走得七七八八，一脸疲态的红姑和苏润过来看魏阿星，她们又与麦青在甲板上聊了几句，各自歇息去。麦青回到船舱，好不容易才从大姐幽深的眼窝里找到一星目光，感觉到它已带着一种疏远的意味，一种让人难以理解的困惑，似乎在问：“没别的事吧？我要走了。”

天将亮，过度疲倦的麦青趴在床边睡着，她在蒙眬之中看到一道长长的黑影朝着魏阿星覆盖过去，直至与她叠合为一。她低低地叫了一声“姐呀……”，一个激灵醒来，魏阿星紧闭的眼角刚好滚下一大滴清泪，走了。

为了不影响生意，红姑用一条小船将魏阿星的遗体拉到出海口，照着疍家人的习俗给她举行了简单的水葬仪式。苏润擦拭着哭红了的眼睛遗憾地说：“姐要是临终能见‘姐夫’一面就好了。”麦青很想告诉她，大姐早就想通透了，爱不是牵绊，该放手时就放手，如今她真的彻底松手了，可话到嘴边又觉得索然无味。她更加珍惜地牵起苏润的手，自己的未来虽不可知但又似乎有迹可循，五姐呢？她和其他姐妹还像浮萍一样，在各自的命运里随波逐流，无力做自己的主。“有事一定要找我，才不枉咱姐妹一场！”她摇了摇戴在自己腕上的绿翡翠镯子，大声叮嘱苏润。

返回顺风船行已是午后，麦青见到林昂好不容易才干了的眼睛又湿了，鼻翅和嘴角都急促地抖动起来，失去至亲姐妹的疼痛再次向她袭来……林昂皱起眉头扭动着厚唇，脸上浮现出他那种特有的不愉快的表情：“跟你说过多少回了，别再去那个鬼地方，怎么就不听？”麦青瞪着哭红了的眼睛惊疑地看他，原来还指望他来安慰她。林昂沉吟了片刻索性把话说透：“今日不同往时，你要注意自己的身份！”麦青心里一横，难听话不受控制地又尖又硬地戳出来：“‘那个鬼地方’？亏你说得出口，那里再脏再贱，也曾是我的家。”

自从九岁被狠心的父亲卖掉，花艇就成了麦青唯一拥有的、最接近于“家”的地方。

“你就算不把自己当阿奶，也得顾及我的脸面吧？”林昂的声音放温和些，但还是隐隐透着威严。麦青很想大声反诘：“以前你去找我，怎么就不觉得没脸面？”话到嘴边还是咽了下去。她不是不明白其中的道理，关键是这普通的道理又怎能跟姐妹的情义相比？她和林昂才多久？姐妹们却相依为命了近十年。再说了，她回大脚洲，可是为了生死两隔再不相见的大事啊。

“我的好姐姐走了——”麦青一阵黯然，陡然觉得挺没劲的，遂换了种息事宁人的腔调说，“我累了，想去歇会儿。”林昂见麦青身子抖动，想必她是真伤心了，自己恐怕还是应该换种方式教化她，就解释说：“我也是为了你好，你想想看……”在这个比他小十多岁的女人面前，林昂爱用“长者”的风范和权威来给她讲道理，跟她说话的口气就像在教育不懂事的儿女。

麦青不喜欢林昂这样居高临下的态度，她原来虽为花娘，可不仅是客人，连红姑都得哄着她捧着她，再说她骨子里也有些许傲气，是那种宁死也不低头的性子，大姐的死本来就弄得她心情极差，正愁无处发泄，现在终于找到了出口："话虽这么说，可是六爷，"她的声音忽然变得少有的悲怆，连林昂都愣了一下，"这一趟就算刀子架在脖子上，我也得去！你们做买卖的可以两面三刀六亲不认，我们当花娘的虽出身低贱，却还知道'情义'二字。"

"柔柔——"林昂刚喊起他给麦青新改的名字，就被她急急打断："我有自己的名字，难不成我嫁了你，连名字都不能有？"她不喜欢他随意给她改名，尤其不喜欢"温柔贤淑"这样的解释。她知道自己在他眼里，既是尴尬又是诱惑，他想要她新生也期望着自己在她身上新生，盼着她用女性细腻的情感抚平他内心的创伤，同时也满足了他对心目中那种幸福生活的向往。她很想毫不含糊地告诉他："我才不是什么淑女呢，我就是我！"

"你呀，咋就这么不懂事，为了你，多少人指戳我的脊梁骨……"林昂这种话麦青听头一遍，并没觉得自己被轻视，还为之动情，像他这般身份，纳个花娘进门的确需要勇气。只可惜再好的话，多重复几遍也就味同嚼蜡。她确实该感谢他，可他也不能一次又一次地拿着这个来绑架她，要挟她令她驯服。她不是谁的马儿，她永远只忠实于自己的内心。她知道他接下来还会说啥，果然他舔了舔紫黑的厚唇向她保证："不过你放心，我不会丢下你不管的。"不知道为什么，这话听起来不像是在承诺，反而像在恫吓，提醒她他是她的主人，拥有着遗弃她的权力。

林昂把麦青的沉默当作她理解了他的一片苦心，又语重心长地说："我也不怪你，先前你双目看不到一寸远。"他用大拇指掐住小拇指指尖说："往后做啥事先要掂量掂量，你可是澄波县大船主的阿奶，有多少双眼睛盯着你啊。"

回县城的路上，麦青一直暗暗宽慰自己，嫁给林昂，对于一个花娘来说已经是最好的归宿了。林昂不是没有优点，看看他做了那么多善事，哪个不是竖起大拇指？再说了，他花重金替她赎身，让她彻底脱离了苦海，他既是她的恩人，也是可托付终身的对象，自己不该吹毛求疵尽挑他的毛病。过不了多久，他又要率领船队下南洋，水手们不仅要携带鸟铳腰刀弓箭，船上还偷偷装备了炮位火药，随时准备迎战海贼兵匪，再加之海阔浪高天气无常，谁知道这一别会不会成为永诀？麦青觉得自己应该对林昂好一点，让他庆幸娶到了她，也让他能够更加安心地远行。作为一个曾经红极一时的花娘，她知道如何把一个男人的情绪调弄到那种欲罢不能的状态再满足他，可是林昂扰乱了她的计划，他毫无征兆地带回来一对夫妇，以接替原来姓范的老管家。

这对新来的夫妇原是林母身边的老仆，男的五十上下，身材瘦小后背微驼，留两撇大胡须，沉默寡言，林昂让下人喊他德礼叔，女的要比男的至少年轻十岁，高大结实手脚粗大，左眼如龙眼肉那般蒙着一层白翳，右眼的目光显得更加锐利，仆人们就喊她德礼婶。他们打一进门，麦青就明显感觉到被一股无形的力量挤压着，这才悟出了林昂还有他母亲的真实用意，他们对她实在放心不下。想来她不过是他私藏的一件宝贝，须请专人看管。林昂他们的做法让麦青又忽然联想起挂在上厅正中央的林家先祖画像，每次回到家，林昂第一件事便是给他们下跪叩头进香。麦青不知道他跟祖先们都嘀咕了些什么，只觉得脊背蹿起一阵寒意，就好像他们仍然在这大宅里随意走动并监视着她。

麦青对老德礼夫妇的请安视而不见，指着天井上空用讥诮的口气说：“六爷，这上边还少了层网，你就不怕我飞了？”林昂嘴角浮起冷淡的笑意针锋相对：“等你的翅膀长结实了再说吧。”

林昂在家里只待了两天便带上更多的行李返回樟树埠，三年没下南洋，心里竟有些渴望。回到顺风船行的第二天下午，林昂领着“出海”们逐一检查六艘大船的货物装载情况，人员是否到位，生活物资充不充裕等关键环节，然后又在苏忠勇、穆庆辉、洪祈和等人的陪同下来到另外三艘合资的洋船巡视。从最后一艘洋船下来，一轮红日正向海天交接处缓缓沉落，把天边水面染得一片火红，林昂站在江堤上与穆庆辉多聊了几句，便独自往顺风船行的方向走去。天色还没有暗到看不清前路，公家的私家的码头灯火一点点地亮起来，围绕着大脚洲的花艇彩灯随风兜荡，不断改变角度照亮着不同的地方。林昂听到后面有人连喊几声六爷留步，回头认出是黎德新。

黎德新已经把传教最后的希望寄托在林昂身上，只要能说服六爷信奉天主，即可影响一大片，这种以前未曾有过的大胆想法重新激发起他的热情。

“黎神父，你找我有事？”林昂礼貌地问。黎德新积极地回应：“是啊是啊，您猜我找您做啥？”林昂露出一丝讥讽的微笑：“你不会是来找我食教吧？”黎德新把对方的揶揄当成了鼓励，竖起大拇指说：“六爷您猜得真准。”林昂说：“真的啊？我可是随家慈信了佛祖。”见黎德新满脸失望又说：“你要有闲，我倒有个信仰的问题想向你讨教。”黎德新强打起精神说：“六爷客气了，您只管说。”

两个男人站在苍茫的暮色里面对滔滔的江水，谈论着生死、神佛与天主。黎德新敬重林昂的为人，也想到他是有文化的人，怕是更能理解自己和自己的教义，因而忍不住向他诉苦……

对黎德新在樟树埠传教所受到的攻击和排斥，林昂觉得这是再自然不过的事，他之所以显示出极大的耐心，全看在黎德新在饥荒和瘟疫中无私的表现上，但也并不会因此而减少他对洋人的恨意，比起洋人对中国的侵略对民众的伤害，黎德新的这点善举毕竟九牛一毛。黎德新也暂时忘掉了前程的迷茫，诚恳地回应着林昂的问答。两个人表面客气，一旦触及民族、信仰的本质问题则剑拔弩张互不相让。

黎德新曾先后在法国、澳门陆续读了些中国佛道的书籍，他认为无论是天主教、道教或者佛教，其教义里都有些共通之处，都是劝人向善并得到救赎，使人类变得更加平等亲密，但佛教道教所讲的“空”“无”，与天主教讲耶稣、圣母的“有”正好相违背。他说中国的宗教太过世俗化，没有主宰宇宙自然、世间万物与每个人的生死苦乐的真神，并且中国人还居然跟“神”做交易，动不动就是哪个神“显不显”，哪家菩萨灵验就拜哪家，对神真是大不敬。更加不可思议的是，中国人人神鬼三者不分，拜神也就罢了，居然还拜鬼，更可笑的是人也可以变成鬼变成神，实在混乱！神的世界就应该是神的世界，和人的世界有着严格的界限，人到了末世自然会受到审判，黑白分明，而中国的神居然还有很多活在人的中间，庞杂无序，其中也包括拜祖先，祖先和神有时又混为一谈，都可以保佑自己保佑后代，他对这种人神共处非常不屑，不像他的天主教，只信奉三位一体的天主和耶稣基督，反对一切愚昧的偶像崇拜，“非不敬神，而是敬神之至。”

听了黎德新的慷慨陈词，林昂既看到了这个传教士的热忱和虔诚，也看到了他对中国人信仰理解的肤浅，他说黎神父你根本就不了解中国人骨子里的儒释道精神，不了解以神祇、祖灵为两大核心的中国宗教信仰，不管你是谁也不管你信什么神，都能因为血缘地缘和信仰交织在一起而找到认同感，这些和用恻隐之心延展开去的仁义礼智信组成了中国人精神的核心。还有，中国人的生和死是连续不断的，这样一代一代的生命才能串连起来，不像你们天主教那样将其割裂开来，只讲个体，不注重亲情和家族的延续。中国人是为子孙后代而活，为千秋万代造福，行事对得起祖宗，品行不抹黑门庭，这样不管信了什么神都活得有底气有价值，而你们只讲什么末日审判，说什么“因信称义”，实为“因行称义”，强迫大家遵循神的旨意去尽义务。你们所相信的神圣世界与现实世界是完全对立的，信徒们只知道注重个人去信，是否虔诚，而不管现世的生活。林昂还以母亲所信的佛教为例：“我们的佛祖我们的菩萨都在保佑现实世界，你们的神却只能盲目地去信，去祈祷，然后要等到审判那一刻才有结果。我们只要在每天的生活中修行，修行到了就可以成菩萨，可以成佛，你们呢，永远没有机会成为神……”

两个人说了半天，感觉鸡同鸭讲互不理解，林昂决定再给黎德新一点忠告，天主教过强的排他性，决定了它在中国的传播阻力重重。

“你还记得吗？贵教曾严格执行你们教皇关于‘中国礼仪之争’的教谕，不许中国教徒进行祭祖祭孔的习俗，结果被康熙爷禁了。试想一下，谁会因为想食你们的教而砸了自己祖先的牌位？或者将佛寺的四大金刚、十八罗汉的塑像推倒毁掉？你要敢动水流神（像）、天妃（像）、三山国王（像）半个指头，光樟树埠人就会把你踩成肉饼。”

黎德新交抱双臂礼貌地点着头，示意对方讲下去。

“黎神父啊恕我直言，”林昂加重了语气说，“你想要在樟树埠修教堂造福音村的美梦只怕要落空。”

黎德新明白林昂的言下之意，瞪起疑虑的眼睛严正地宣称：“我不怕任何人的威胁阻拦，《黄浦条约》上写得清清楚楚，‘倘有中国人将法兰西礼拜堂、坟地触犯毁坏，地方官照例严拘重惩’，我的兄弟，你们朝廷是允许我们传教的，还将以前没收的教堂发还给我们……”林昂发出冷笑：“你还好意思说这些，没有你们枪炮的逼迫，哪有这些烂条约？朝廷也好，签条约的官员也罢，他们根本就代表不了普通百姓的心声，也代表不了民间几千年传承下来的信仰。”黎德新听得垂头丧气，不想再做争辩，林昂话已至此也觉得兴味索然，两个人最终谁也没能说服谁，只能不欢而散。

林昂所带领的洋船队祭完水流神与风伯后准备出发的那个早上，来送行的人由港埠的三个村寨扩展到整个平原再到邻近的省份市镇，码头上人声鼎沸。此时中秋已过，清凉的晨风如绸缎般凉滑地摩挲着每个人的肌肤，堤岸上的树木依旧葱郁茂密，环绕着江湾的群青色山岗也仍然覆盖着丰茂的植物，完全找不到一丝秋残颓败的迹象。

听说有人找，林昂从晃荡的头船“吉祥号”走下来，丰润的脸上罩着一种介于严肃与神圣之间的庄严。他拾级而上，目光也从升上的石阶转向一大早就变得拥挤起来的码头广场，穿过人来人往的缝隙，远远地看到一位年轻男子正在向他招手。此人身穿浅灰色长衫玫瑰紫缎面马褂，头戴一顶瓜皮帽子，身材挺拔衣角随风轻摆，看上去有一种掩盖不住的俊朗与洒脱。林昂正纳闷此人是谁对方就步履轻盈地走过来，小麦色的皮肤有种被太阳烤过的健康活力，脸庞既有着女性的精致细润又有着男性的明朗线条，鼻子挺直唇线饱满，一对琥珀色的眼睛微微眯起，用亲密的表情冲着他点头。林昂像见到绝对意料不到的人那样呆住了，对方忍不住笑开来，明亮的眸子弯成了月牙儿露出一口齐整洁白的牙齿。

“你咋来了？”林昂飞快地朝四周扫了一眼，在确定没有熟人后方低低地叫起来，抓着她的手腕将她拽到人稀声稀的大树背后。她在慌乱中瞥见他脸上闪出的惊喜很快就被不安所取代。

“你弄疼我了。”麦青用力挣开林昂的手听到他说：“这边这么乱，你来干吗？”

“人家是想给你一个惊喜嘛。”麦青想以撒娇掩饰窘态，神色里还是流露出些许失望与委屈。林昂的眼睛瞪得比平时更圆更大，像哄小姑娘那样拍了拍她的背说：“你看你穿成啥样？要是被别人知道，多丢人啊。”一想到自己费了老大的劲，热脸贴他的冷屁股，麦青又羞又恼却又无处发泄只能贬损起自己来：“没错嘛，我就是个丢人现眼、自讨没趣的贱骨头！”

林昂的眉心微微颤动一下说：“我知道你的心，可是阿奶就要有阿奶的样子。这个德礼家的也真是，你不懂事她还不懂事？咋就没拦下你？”麦青眉头一拧，迅即用一种低低的但并不缺乏力量的声音说：“你觉得她拦得住我吗？”林昂耐心引导她：“你要听她的，她是为了你好。”麦青的眼珠子转了半圈忽然停顿，近乎俏皮地说：“谁知道她为了谁好。”林昂板起脸来威严地说：“家里用度开销你随便，可规矩礼数不能乱，这个她比你懂，你得听她的，不许任性！”麦青的柔情彻底泯灭了，疍家人骨子里的野性一下子冒出来：“六爷，我早就告诉过你，我可不是个听话的姿娘人。”

林昂正待回答，吉祥号传来了大牛角大螺号的呜呜声，它在提醒大家洋船即将起程。来送别的人群像曝晒在日头底下的蛆虫成团地翻滚着，道别的安抚的哭泣的难舍的声音如箭雨般穿透听者的胸膛。林昂和麦青的心几乎同时扯了一下回过神来，意识到这一别将会很久，也许就是死别，于是便有一束温煦的光透入心底，将两张阴沉沉的脸映照得明朗起来。

“快走吧，甭耽搁了，注意安全，好好照顾自己。”麦青仰起光洁的脸庞有点仓促地说。林昂也换成一副愉快的腔调：“放心，回去吧，有事就找三舅商量。”

来送行的人为了多看亲友一眼，拼命地往前挤，林昂就像被人潮裹挟着卷向码头的石阶，待他再次回头张望，麦青依然像块固定的礁石，一会儿隐没在人海里一会儿又从缝隙里闪出，不断有人撞在她的身上，她似乎毫无知觉。

野 种

雅茹的肚子一天天鼓起来，起先还想借着宽松的衣物掩藏，在发现掩藏不住后就干脆大大方方地让它自然呈现。雅茹拢共经历过三段感情，三段感情都几乎是动人心魄的，最让她刻骨铭心也最让她伤怀的，自然是受了水手愚弄欺骗的初恋，从此后她不再相信爱情。她与蔡厚道的亲事完全是遵照父母的意愿，对他谈不上喜欢或者讨厌，他对她比她对他要好得多，他是个好人可惜不长命。雅茹对黎德新的感情是真挚的，共同的经历共同的患难使她慢慢地走近他，也因此懂得了他进而爱上了他，这份难得的情感把她变得更美好，变成了她想成为的自己。她曾一度憧憬着有天他能回心转意，与她建立家庭，生几个人见人爱的洋娃娃。

随着洋船频繁往返于南洋，樟树埠人观念比起内地人要开放一大截，几乎每次下南洋的红头船返回，樟树埠就会增添几个一眼就能认出来的小番仔，头发蜷曲皮肤黝黑，眼珠子有灰褐色的也有水蓝色的，大家都心知肚明，这些孩子是樟树埠男人与番婆共同生育的骨肉，长到几岁后托人送回港埠，交由家中的父母或草头妻抚养教导。

大多数樟树埠女人不仅体念男人独在异国他乡拼搏的艰辛，更明白一家老少的生活全依靠他，因而接到番婆生的孩子也就忍气吞声，照着男人的嘱托让孩子学讲潮州话，跟着家里的孩子一起识汉字，做家务，直到“出花园”了再送回南洋，帮父亲打理生意或者挣钱养家。有人为此还编出了诙谐的歌仔：

> 拖呀拖／咸菜颠倒拖／拖上山／摘苴麻／苴麻好煮羹（煮菜）／丈姆（岳母）食／丈姆生／生个番兜子／生个番走仔／上咱船／拍鼓／食咱二碗新米饭／配阮（俺）二碟沙虾脯……

不过，樟树埠人的包容开放只适用于男人，那些与过番男人或者跟一只公鸡拜堂（因男人回不来）的新娘，却只能从一而终，待在夫家耕田、采樵、绩麻、缝纫、渔猎，侍候公婆，生儿育女。有些女人守了一辈子活寡，至死也不知道自己男人长成啥样，只能依靠他的父母或兄弟的面貌加以想象。

雅茹怀了野种的消息传得飞快，樟树村主事人苏忠勇岂能坐视不理？雅茹女承父业抛头露面掌管韩江饮食店，本已惹出不少闲话，她把生意做得风生水起，更是引起同行的忌恨乡邻的眼红，尤其是顺风行将二十几个席面酒碗摆到她的店里去，一时引发人们无数的猜想。苏忠勇迅速地把雅茹肚子里的孩子跟林昂联系起来。自从林昂的势力全面渗透进港埠并以公所的名义夺得航运业的话事权，苏忠勇就由他的同谋降级为追随者，不再受到什么优待，现在他正好趁着林昂下南洋之机严审此案，不仅教训一下雅茹这个不知深浅的冷傲女子，重树自己一村之长的威严，说不定还能挖出林大头家一点见不得光的秘密，让他知道自己的厉害。

江堤的大樟树下很快就聚集了村里的男男女女，女人们被特意喊来完全是为了起到杀鸡骇猴的震慑作用。远远地看到雅茹被人带来，后面的人群骚动着让出一条路，就好像她带着一团火，靠得太近皮肉会被灼伤。

苏忠勇环视着黑压压的乡贤耆老村夫路人，最后把目光停落在雅茹身上，脸上是一副怕给对方添麻烦的为难神色："雅妹，当着乡亲们的面咱就甭拐弯抹角了，说说你到底犯了啥错？"那些刚才还在底下指指戳戳唧唧喳喳的村民都厌恶地看着她，就像看着一个散发出阵阵臭气的脏东西。

雅茹微微抬起因怀孕而变得圆润些的脸，稳了稳急促跳腾的心脏装出一种可怜兮兮的茫然，好像不明白为什么会被带到这个地方，还有这么多双眼睛盯着她。苏忠勇看透了雅茹的心思，郑重相劝："我说弟妹，你也甭装了，你这个可是秃子头上的虱子，藏不住的。"他瞄了瞄她那个把衣摆高高顶起的肚子继续说："这件事由你来坦白还是由我来公开，性质可是不一样。"雅茹细眉动了动，带着一种觉得有些无聊又不得不迁就他的态度说："我真的不晓得你要我说啥。"

苏忠勇对雅茹的表现并不感到意外，他了解她，她是不见棺材不落泪。他用手抹了抹那张布满柔和细纹的红润脸皮，就好像上面喷溅了她的口水，拧起眉头拿刀子般的目光逼视她："既然你把话说死了，那就轮到我来替咱死去的蔡老弟说几句公道话。守孝起码也得三年吧？你夫这才走了多久，你就与人通奸，他若地下有知岂能轻饶了你？"雅茹反唇相讥："你非我夫，怎能懂他？"苏忠勇不去接雅茹的话茬，而是对着陆续到来的几个主事还有上百个村民滔滔不绝地讲起来，洋船的频繁往来，还有那些花娘花艇的存在，在给樟树埠人带来了财富的同时也挟带了各种伤风败俗的污浊观念，在不知不觉中腐蚀了村民们的纯洁性。在他看来，奸夫淫妇的出现比杀人放火要邪恶得多，此风不灭将遗祸无穷。

大伙踮着脚尖不断地往前挤，好奇这个备受争议的寡妇会有什么下场。暖玉也闻讯赶到。早在三个月前，当雅茹告诉她自己怀孕时她还以为听错了，劝她求濮婆婆帮忙处理掉。因为半年前，石壁村也出过类似的事情，族人将那个嘴硬的小寡妇吊在遍布坟茔、鬼火出没的山林里，大白天有大群的乌鸦秃鹫啄食她的肉，到了夜里更有成群的野兽撕咬她的肢体嚼食她的骨头。雅茹却坚决不肯："史家只剩我一个，我得给它留后。"

暖玉站在人群的最外围挤不进去，正捂紧胸口干着急，就看见黎德新匆匆跑来。他求救似的瞟了她一眼，这一眼让她瞬间明白了一切，果然听见他用蚊子般的声音说："我有罪，我有罪。"一种遭到报应的悲哀占据了他的心，逼得他瘦长的双手抖个不停。

暖玉连忙拽拽黎德新的衣裾提醒他："别吱声！"

听着苏忠勇声色俱厉的训斥，雅茹抿紧双唇不吭一声，村民们于是更想知道，那对紧闭的嘴唇后面禁锢着什么，一个个如机灵的猫猫狗狗支棱起耳朵。

鲁有光看到苏忠勇的目光落在他的脸上不动便明白了，对方已唱完了白脸，接下来轮到自己来唱红脸了，遂捋捋长衫站了出来，轻描淡写地说："人的一生那么长，谁没犯过错？头家奶啊，不管你是被强迫的，还是受引诱的，又或者是心甘情愿……这事都跟某个男人有关，只要你把他说出来，罪责就能减轻一半。”

雅茹仍低头不语。有顾虑是正常的，鲁有光决定引导雅茹去打破内心的平衡，制造不平衡来击溃她自信的心理防线，就启发她：“你不要怜悯他，相反要憎恨他。他只图一时之快，或许回到家就是‘崽笑妻笑油锅刺啦叫’，而你呢？傻傻地帮他背上所有罪名，这实在不公平。”

“快说，那个做‘积恶’的胆小鬼到底是谁？”苏忠勇脸颊的肌肉一阵痉挛吼喊起来。黎德新就像闪躲一发炮弹那样缩了缩脖子，接着就听到更吓人的话，雅茹用带着一点赌气成分的声音说：“我说了你们能信？”黎德新明白这一关过不去了。当然他不会怪她，这样的风头火势，就算是铁骨铮铮的好汉怕也扛不住，何况一个柔弱女子？与其等着她招供，倒不如自己像个男子汉那样站出来。黎德新刚抬脚往前挤，一直紧盯着他的暖玉就猜到了，再次拽住他：“别动！”黎德新咬咬牙说：“认了。”暖玉把声音压至最低：“你一个洋人，他们会把你打死的。”黎德新说：“我不怕死。”暖玉把黎德新拉到一边说：“雅妹早就知道要挨这一刀，兴许她有办法。”黎德新甩开暖玉的手：“那我也不能当缩头乌龟！”暖玉拉着黎德新的胳膊生气地说：“你要瞎认，反而会害了她，再有了，往后还有谁敢信你们这些传教士？”最后这个结实的警告让黎德新一下恢复了理智，木然地问：“那，我、我该咋办？”暖玉说：“沉住气，看看啥情况再说。”黎德新几乎没听清暖玉在说什么，是她身上的那份沉静感染了他，他在胸前画了个十字，稍稍稳住了心神。

“你只要说真话，谁会不信？”苏忠勇挺直了腰板，对雅茹发出一阵快要达到目的的笑声。孙木匠心善，怕雅茹说错话吃更大的亏，就和颜悦色地暗示：“雅妹，我们都相信你是无辜的，想好了再说——”苏忠勇觉得孙木匠的话漂浮无力如同挠痒，他确信只要再给雅茹一丝哪怕是最小的压力，这个水泡脓包就会被挤破，所以不容她喘口气就发出最后的通牒：“快说，否则后果你是知道的。”

雅茹夸张地抖动了一下，像从梦中惊醒，似乎又意识到自己仍然处于事情的涡流中心，遂咬咬唇将目光从凝视的远处拉回来，细声细气地问："那我……说了啊？"

黎德新疲惫至极的心又突兀地猛跳，汗水从头发间不断渗出，有那么一会儿他的呼吸都停住了，脖子硬硬地梗着，像等着挨刀。

十月底了，天气还这么闷热，没有什么风，哄哄乱乱的人群倏地静下来，静得让人感到压抑。乌黑的眼睛、闪光的鼻翼、通红的脸颊、乱蓬蓬的胡须……难闻的气味从村民们的胳肢窝、裤裆里、手脚上释放出来，就连从母亲和婴孩身上散发出的奶香也变成了一股馊臭味。当那两片薄薄的嘴唇再次打开，黎德新恨不得飞身上前捏住它，不让它发出一丝声响。雅茹张嘴了，他听到的却是自己的心脏扑通一下停止了跳动。待一阵嗡嗡的议论声从人群的前头泛起再涟漪般地传至后面，他才仿佛恢复了知觉，发现苏忠勇正在咆哮："不可能，这怎么可能？当我傻？"黎德新感到涌向头上脸上的热血又哗地回落到身体的原位。

孙木匠双手朝下压了压示意大伙安静，然后说出了自己的疑惑："雅妹，厚道都过身了，怎么还能——"

"你们听我说，那天夜里黑咕隆咚的，我还在睡梦中他就来了，劝我重新招个夫婿。我说我不。"雅茹嘴唇哆嗦着仿佛就要哭出来，"他伤心地说，你爹也走了，你娘也走了，独剩下你一人多孤单啊。我应承过你爹你娘要照顾你一辈子，可惜做不到，我只能给你留个孥仔……我以为是梦，可是不久后就发现自己真的怀上了。"

雅茹之所以能够编排出这样的故事，完全是受了圣母玛利亚处女怀孕的启发，那是黎德新讲给她听的。村民们对雅茹的话并不相信，但对她家破人亡的同情却是确凿无疑的，想想她父母双亡，男人也命不长，一个人硬撑着活过来已不容易，还为灾民们做了那么多善事，心硬血冷的也都愁容满面，心软慈善的更是忍不住低低悲咽。苏忠勇发现情势不妙立刻发声干预："我看你的梦还没醒——"

雅茹没有发出哀求服软的调调，而是十分干脆地打断他："你不信我也没办法，待我生下这个孥仔后任你惩治，你要敢让我史家绝后，我爹我娘还有老蔡，都会从坟坑里爬出来找你算账！”

苏忠勇显然不愿背上让史家绝后的骂名，但也无法放任这个小寡妇睁眼说瞎话，忽然灵机一动，先把脸色缓和下来，用一种像是忧虑又像是倦怠的神色看她：“雅妹啊，我觉得你太自私了。”见她眨了眨眼一脸困惑又说下去：“你一个劲地替自己还有那个男人开脱，却忘了替这个可怜的孥仔着想，他要是一出生就是个‘无父仔’，一辈子会被人瞧不起的。”

“无父仔”是村民们骂人野种的毒话狠话，在大伙眼中，就算有个杀人放火的混账父亲，也比不知哪个是自己的爹强！苏忠勇的策略转变让雅茹有些措手不及，一股羞耻感内疚感从心中急速涌出，逼得那被双臂紧抱的身体不断战栗。苏忠勇看出雅茹已乱阵脚便乘胜追击：“说出来吧，让大伙都知道你的孥仔是有爹的。”雅茹的双眼被溢出的泪水模糊了，刚刚还顽强地支撑着她、在苦难生活中锤炼而成的心志忽然弱了下去，正不知如何应对，山一般高壮的石槌就从人群里冲出来喊了一嗓子：“雅茹姐，你甭替我藏着掖着，孥仔是我的。”

苏忠勇被这个意外吓了一跳，孙木匠更是气得脸色发青，只想往地上扒开道缝钻进去。鲁有光狡黠地扫了石槌一眼，用戳穿对方诡计的口气说：“老弟，我知道你是好心想帮你的头家奶，可你还年轻，还要结亲生子，还要给你爹娘长脸，犯得着为了她毁了自己一世清白？”孙木匠焦急地说：“对嘛对嘛，石槌你可别乱说，没做过干吗要承认？”石槌咧着嘴说：“爹，是我不好，往你脸上抹屎了。我原本打算待雅茹姐守完三年孝再成亲，没想到孥仔来得这么快。”大伙捂着嘴想笑又不敢笑。

雅茹仰起脸来对着石槌叫了一声：“石槌，你瞎掺和进来干啥？”石槌漫不经心地打断她：“姐，都这样了，你就别替我遮遮挡挡了。我爹他不同意也没办法，生米都煮成熟饭了。”孙木匠冲过去，火烫脚似的跳起来去扇石槌的耳光，只觉得一张老脸全被他丢尽了。齐修平疾步拦开孙木匠劝解：“叔，雅妹也是家己人，你老很快就能抱孙子了，开心还来不及，有啥好生气的？”苏忠勇犀利的目光在雅茹和石槌脸上扫来扫去，好像多扫几次就能得到他想要的真相：“我看这事没这么简单。”

祝大春就在这个时候从人群里走出来，雅茹和暖玉的心都同时咯噔了一下。

祝大春虽不是村里的主事人，却一样受到大伙的敬重，除了开灯笼铺，庄稼人平日里干活摔伤胳膊跌断腿脚，都要仰仗他和儿子祝大海的救治。苏忠勇的腿脚跌断过两次，一次是在莲花山上另一次是在新购的洋船上，后一次比前一次跌得更加严重，别的郎中都断定此腿必残此脚必废谁也不敢动作，就连祝大海也认为村里很快就多了个瘸子，祝大春却不信邪，凭借多年累积的经验愣是让苏忠勇丢掉了拐杖自如地行踏。

雅茹早就知道全村那么多人，苏忠勇只买祝大春的账，在确定自己怀孕后就请暖玉出面去找祝大春想办法。祝大春听完了暖玉的请求即刻沉下脸来：“幼妹啊你真糊涂，这种丢人丧德的事，叫我咋向老苏开口？”暖玉扑通地跪下眼含泪花奋力争辩：“我干娘说得对，这事据法法不可容，论情情实可恕，望老叔看在雅妹死去的爹娘分上，帮帮她。”祝大春叫暖玉起身，用不介入的清高语气说：“雅妹够胆做，有多疼都得自个去受！”

雅茹暖玉都在琢磨祝大春到底想干啥，他就打开了嗓门声音浑厚中气十足：“我是看着石槌长大的，他说话做事是有点毛毛躁躁，但有个优点就是从不撒谎。这孤男寡女朝夕相处，干柴烈火日久生情，偶有行差踏错也是难免的。”他转过头来看了看白脸儿的雅茹又看了看紫脸儿的石槌，再将目光投向红脸儿的苏忠勇，以一种宽容的态度替他们调解：“男未娶，女未嫁，就是走得急了点。”大伙再也忍不住稀里哗啦地笑开来，气氛一下子松弛下来。苏忠勇心里犯嘀咕，这祝大春平素爱惜羽毛，对伤风败化之事恨之入骨，怎肯抹下老脸替人护短，显然是受人之托且此人非同一般，遂恢复了平时的谦恭说：“话虽如此，可这事造成的影响实在恶劣。”孙木匠疾步趋前朝苏忠勇弓腰作揖，又向众乡亲弓腰作揖，耿直诚恳地认错：“教子不到爹有错，老孙头捧屎糊面不说，还连累了乡亲高邻，若要受罚，理当罚我，愿凭大伙处治。”苏忠勇还未张口，祝大春就捋着胡须抢先说：“忠勇兄今日的举动，如同晴日霹雳，在每个人心头都引起震动，不过我知道，您的目的是想要以心服人，借此为鉴，敦风厉俗，弘益兹多。”他停顿下来用那双微微潮润的眼睛瞟了苏忠勇一眼问：“苏兄，既然男无妻，女失夫，何不把坏事变成好事，成全这一桩姻缘，也好让老史家的香火延续下去。”

苏忠勇心想雅茹腹中胎儿若真是林昂血脉，自己要是把事情做绝，他回来后岂肯善罢甘休？再说了，不给祝大春面子孙木匠人情，今后还如何与他们相处？不如趁机撤下这步险棋，只是不能白白便宜了这个雅茹，得扔块骨头给她啃啃。他松开了紧锁的眉头对两个年轻人说：“难得大春老兄替你们说情，老孙头又当着众乡亲的面替石槌认错，错了就改！石槌，还有雅妹，你们就甭耽搁了，尽快择日成亲，免得别村的人拿去说东说西！”

孙木匠父子和雅茹各怀心事，但无一不在众人面前表现出悔恨交加的诚挚态度，他们再次感谢几位主事还有乡亲父老的包容与谅解。两天后，雅茹与石槌在众乡亲的见证下举行了一场简朴的婚礼，孙木匠夫妇都没来。到了夜里，来祝福、帮忙的乡亲都走了，坐在“洞房”床沿的雅茹听见小院的两扇大门砰地关上，心也跟着跳荡了一下，竖起耳朵倾听着石槌的动静，模糊地想象着他进房后的举动。她想好了，如果石槌真的愿意当她的男人，为了肚子里的孩子还有孩子的爹，她也认了。可是雅茹并没有听到石槌连贯的脚步声，她感觉到他犹豫了一下这才走进来。屋里的空气一下绷紧了，雅茹假装在扯平床单，胸脯憋闷得快要透不过气，石槌也窘得满头大汗。两个人都把呼吸尽可能地放慢放微，生怕惊扰到对方似的。

“姐，”石槌总算开口了，雅茹像受到多大的惊吓哆嗦了一下，扭过身来问：“咋啦？”石槌咽了下口水说：“我睡到那边的屋去。”雅茹说：“好啊，我去给你铺床。”紧张的神经一下松开，心头反倒有种空落落的感觉。她搂着被褥走过去，那是她父母原来的卧房，已空出好些年了。

雅茹再次回来时已恢复了正常的情绪，像在店里安排活儿那样对石槌说：“去吧，明早多睡会儿，晚点到店里去，省得别人疑心。”石槌应了一声，走了两步又回过头来迟迟疑疑地说：“姐，对外咱们还说两口子，生意上的事跟原来一样，我听你的。关上门来咱俩依然是姐弟。”雅茹的泪水忽然冒出来，动情地说：“委屈你了，兄弟！”石槌说：“姐，你甭跟我见外，老苏他们踢我出门时是你收留了我，我记着你的好！待你肚子里的孥仔出世长大些，我就去过番，这样你我都落得个自由自在。”雅茹两眶眼泪已经垂到了脸颊：“石槌，你想知道姐肚里的孥仔是谁的吗？”石槌断然摇头：“不管是谁的，从你肚子里出来就是你的儿，我会对他好的。”

雅茹关上门时在心里叹了一声：“今后再有人说石槌缺心眼，我打死也不信！”

半个月后的一个下午，黎德新来向暖玉和濮婆婆辞别，就算雅茹没有将他招出来，他也自觉没脸待下去，心中再难抹去对自己的肮脏丑恶的厌弃。

黎德新从未想过自己也有今天，到头来毁掉他信仰的，居然是人世间最简单又最复杂的情感，如果连这个都戒不掉，他还能给主带来什么荣光？一想到自己的背叛，心就揪得生疼，再联想到这两年在潮汕平原尤其是在樟树埠的曲折历程，更觉得惭愧、悔恨，悲哀。

黎德新离开，最难受最不舍的是雅茹。她一直对他抱有幻想，等着他哪天无路可走而改变决心，和她鸯梦重温。她曾对他说过最猛烈最滚烫的情话，无羞无耻地将一个女人最珍贵的东西给了他，她也曾把最狠心最绝情的话倾泻到他头上，恨不得操起刀来将他劈为两半。他是硬的不吃软的也不吃，他用客气友善设置屏障，刻意与她拉开距离，一口一个“愿主的灵引领你帮助你”，一口一个“愿主的救恩临到你的身上”，听得她的心都碎了。

雅茹觉得黎德新还是不够爱她，他更爱他的天主。是啊，如果他足够爱她，他完全可以不当这个传教士不信那个圣母，完全可以不回法兰西，就算樟树埠容不下他俩，她也心甘情愿随他漂泊四方。不过话说回来，她所恨的他的“顽固”，也正是她所钦敬佩服的品质，他表里如一，哪怕明知会伤害一颗破碎的心。

雅茹一直不愿加入黎德新宣传的天主教，就像他不愿接受她一样。她觉得他俩像在拔河，她曾天真地以为，终有一头会坚持不住，被另一头拉过去，却完全没有想到他会中途撒手，让她摔了个鼻青脸肿。

黎德新离开的那天傍晚，大牛上气不接下气就跑来喊雅茹："头家奶，黎神父下船啦，去送送他吧……"雅茹的心剧烈地抽搐了一下，丢下手里的活儿交代了石槌几句，就匆匆赶往码头。虽早有预感，雅茹还是害怕这一刻真的来到，害怕在他面前暴露出自己的软弱。

落霞红彤彤地辉映着开阔的江面，路边的树冠逆着光变成一团团混沌的黑影，从田地里归来的庄稼汉挑着担子扛着农具赶着牲口，他们跟雅茹打招呼她半句也没有入耳。送别的场面比她想象中要寥落得多，只有暖玉和大牛夫妇。雅茹哀伤地想，那些忙碌时把孩子交给老黎照看、饥荒瘟疫时得到老黎照顾救治的村民都到哪里去了？他们是害怕得罪谁呢，还是听到了什么风声流言？

木船与岸缓缓拉开距离，黎德新垂着双臂站在船头，穿得灰扑扑的像个毫不起眼的农夫，白皙的长脸蹙着眉含着笑，仿佛要告诉别人他一点都不难受。暖玉静静地伫立着，一阵离别的怅惘和伤感漾上心头，既是对孩子恩人的不舍，也勾起了对自家男人的思念。大牛刻板地挥手，略为羞涩地喊着黎先生保重，他的女人则不断拿袖子和手背抹脸。

黎德新的目光装作不经意地挪到雅茹身上，她仰起走得红通通的脸，晚风吹乱了髻子散开的发丝。她噘起了嘴唇双手轻抚着大肚子，像要唤醒孩子一起向他道别。

木船荡向江心，雅茹先是迈出怯怯的小步子，仿佛被船上一根看不见的绳索拉拽着重心不稳地踉跄，随着船夫升帆加速，她忽然颠起脚丫沿着江岸蹒跚小跑，满头满脸绞缠着纷乱的发丝。她尽可能地抻长脖子张大嘴巴，只是谁也听不清她在晚风里叫喊着什么。

黎德新眯起那对冰蓝的眼睛，身体仿佛化作了石头纹丝不动。在这梦幻、昏暗的红光里，各种复杂的情绪和念头向他袭来，生活是多么地诡异荒谬，多么地矛盾无情，它神秘地主宰着他，想要将他推向宿命的陷阱。他之所以愿意信仰全能、永在的天主，往生命里注入良善和博爱之光，就是为了摆脱世俗力量的控制，以免沉没在污浊的滚滚红尘之中，从而获得拯救也进而拯救别人。谁会想到，一个平凡的中国女子会像水一般细软地流进他干旱的生活里，和他的命运再也分不开。

“这个憨姿娘，”黎德新清瘦的脸庞显得更加苍白，声音颤抖着，再也没能忍住地发出了呜咽，“仁慈的主啊，请不要再让她受苦了。”

雅茹实在跑不动了，弓着背喘着气，不时抽出一只手来拨开覆在脸上的乱发。她蜷缩起来的身影在铺展开来的夜色里逐渐模糊，最终凝结成一枚苍凉凄美的问号沉入到他的灵魂深处。他并没有看到也没有听到，雅茹仰起脸来将藐视的目光掷向星斗闪眨的苍穹，酸楚而又倔强地笑：“天主啊，咱俩算打了个平手，他的心在您那里，他的种在我这里。”

思乡症

大饥荒整整过去五个年头，樟树湾周边又陆续兴起了三个村庄，分别是东社、西社和北社，人口也逐渐稠密起来，墟集错落街巷交织，樟树埠已经成为联结内地和国外的物流枢纽和集散地，各行各业蓬勃兴起，有越来越多的外地人跑到这里坐船，下南洋寻活路，手脚勤快脑筋灵活的，经过一番拼搏慢慢过上温饱不愁的日子，有远见有能力的要是再赶上好机遇，或许就会做起买卖，“生理细细会发家”，屯金积银寄回故乡，不惜赀费营建祠堂屋宇，一座座“下山虎”“四点金”式样的宅第拔地而起……这些樟树村人当初想都不敢想的光景，正一步步变成现实，也正一步步印证着陈鹤寿祖父从前的预言。

水涨船高，韩江饮食店也在雅茹的掌管下蒸蒸日上，即使在她生孩子坐月子的那段时间，豪叔、石槌和淑钿也齐心尽力帮她把买卖捋得溜溜顺，使饮食店成为远近闻名请客食桌的好地方。

雅茹家的女儿赛英长得高鼻梁白皮肤，乌黑的头发深褐的眼珠让当母亲的悄然松下一口气。乡亲们发现孩子的五官轮廓既不像雅茹也不像石槌，皮肤更不像樟树埠人，白净得很，再配上比常人深的眼眶，大眼睛和长睫毛，一看就是个少有的美人坯子，不过也有人从赛英说话的细微表情和倔强的脾气中看到雅茹小时的些许影子。赛英从小就像个男孩子一样调皮好动，大人稍不留神就找不见她。三天两头有人上门告状，不是说她打了这个男孩就是弄哭了那个女孩，要不是爬树翻墙就是打碎了邻居的花盆水缸。那些皮实的男孩子才敢干的赛英都干了，那些男孩子不敢为的她也尝试过，胆子都大到天上去了，只差上梁揭瓦。邻里亲朋都劝雅茹给赛英缠足，这样她就野不起来。雅茹不为所动，女儿要不野，往后只会受人欺负！她自己就是敢于打破习俗的特例，樟树村第一个要男人“嫁”过来的就是她，第一个抛头露面经营饮食店的女人也是她，第一个寡居还敢怀上孩子的还是她，她非但不给女儿裹脚，还彻底遂了她的心愿将她打扮成假小子。也不知道谁头一个叫赛英“英哥儿”，大伙也就跟着喊，而暖玉家那个细眉细眼的儿子，比赛英大四岁，却因从小体弱娇气而被大伙喊作“壮壮妹”。

壮壮是暖玉特意为儿子起的小名，寄望他能摆脱体弱多病的困扰茁壮成长，至于官名，暖玉坚持要等陈鹤寿回来再取，这其中的一番苦心邻里皆知：盼着那个失去了联系的男人能尽快回家团圆。

壮壮长到三岁，暖玉牵着他的手来到莲峰书院，摁下他的脑袋让他给齐修平叩头，对他说：“往后你就跟着齐先生念书，好好用功，长大成为一个有学问的人。”齐修平好奇而又怜爱地观察着壮壮，看着他安静地望向母亲用稚嫩的声音问：“跟我爹一样吗？”暖玉咬着唇沉吟了片刻严肃地说：“要比他更出息！”

壮壮七岁时就显示出过人的聪慧，五经四书一览成诵，诗词歌赋张口即来，丹青和潮州老戏尤其让他着迷。齐修平常常替壮壮抱憾，这个早熟敏感的孩子只可惜身子骨太弱，否则前程无可限量。他建议暖玉将壮壮送到祝大春那里习武，据说那些到祝记当学徒的后生，大多奔着学武艺去的。祝记灯笼铺的工场后面辟有一块空地，供祝大春祝大海父子常年练武授艺。暖玉觉得这个主意不错，但又担心壮壮年纪太小吃不消。

在莲峰书院那帮大大小小、调皮捣蛋的男孩中间，壮壮安静得像个小姑娘，一门心思聆听先生们的讲授，生怕漏掉一字一句。书本上的诗文，经过先生们的解说变得活灵活现，在这个小男孩的眼前舒展开一幅幅神奇多彩的画面。

自从陈鹤寿离家出走后，樟树村的男人们就把那个“只愿空谈快意的苟且之地”转移到了韩江饮食店，蔡厚道过身后，大伙又集中到莲峰书院来，通常是在无所事事的下午，村民们慢悠悠地抽着水烟，喝着茶水，交流着从不同渠道得来的消息。

齐修平、鲁有光给孩子们布置完描红或者背诵的作业，就会踱到茶水间加入闲聊的队伍。壮壮总是第一个完成任务，兴冲冲地跑来帮先生们端茶倒水，顺便偷听大人们谈天。壮壮发现近期挂在他们嘴边的不再是买卖收成，也不再是洋船花艇，而是邻省金田村“闹长毛”的事，据说领头的是个姓洪的广东人，引着农民军大败官兵，在武宣自封天王。有一次，大先生下山来到书院，大伙正为战火会不会烧到广东境内并对樟树埠造成影响争论不休。大多数人都认为穆庆辉言之有理，樟树埠是块风水宝地，十年前清军跟英国佬打仗，这边啥事也没发生，这一次闹长毛也照样可以高枕无忧……鲁有光待大伙安静下来方慢吞吞地抛出一个让人更感兴趣的话题：“幸好那个传教士跑了，否则有他好看的。”见大伙疑惑地看他，就眨动着那对常年布满红丝的金鱼眼说：“听说长毛所到之处不仅要人蓄发，还要信他们的什么上帝教。你们不觉得这个教听起来有点耳熟吗？没错，跟老黎传的教一模一样！”于是大伙就兴奋地讨论老黎到底算不算“长毛”，他要是走得慢会不会被官家抓起来定罪。大先生的到来让大伙又回到最初的话题，纷纷请求大先生预测一下樟树埠未来的命运。壮壮紧张地竖起耳朵，可惜大先生的回答暧昧不明令人失望：“樟树埠嘛，‘风禽（风筝）命’。”

从大人的嘴里，壮壮最想听到的还是老怡梨香班班主兼教戏先生白辫的传奇经历。白辫先生原名白仁美，年轻时因长了一张老妇脸，被教戏先生相中学唱老旦，备受师兄师弟的嗤笑，结果却因十八岁唱《杨令婆辩本》一举扬名。传说这位白先生小时候辫梢已呈霜白，大伙就喊他白辫先生。

壮壮回到家问母亲："齐先生说白辫先生是爹的朋友?"暖玉说："他与大春老叔相熟，你爹曾请他来村里唱戏，至于算不算得上朋友，娘不清楚。"壮壮又说："我还听到有人在说爹的怪话。"暖玉心里一沉口气却仍轻淡着："嘴巴长在别人身上，爱咋说咋说。"壮壮凑上前降低了嗓音："周老叔说他到东社，听到那里有人在传，爹改了名易了姓，成了'长毛'中的一员猛将。"暖玉吓得失控地站起来说："往后甭去听他们胡说。"壮壮疑惑地问："你不是说嘴巴长在——"暖玉疾声厉色地告诫儿子："这种话传出去是要杀头的。"心里却有点信了。陈鹤寿以前就跟随陈五爷惹下滔天横祸，在樟树湾的这些年也从未消停过他的什么理想追求，万一有人拉他入伙岂不正中下怀?大半夜的她翻来滚去睡不着觉，细细咀嚼着男人失踪前所说的话所流露的情绪，觉得里里外外布满暗示，有种冷飕飕的恐惧呼地从心头蹿过，炸出了一身鸡皮疙瘩。第二天，亲邻或患者偶然一闪的目光，浮于嘴角的笑意，抑或一句玩笑话，都仿佛在向她传递更多的意思，好像人人都知道她摊上大事了。到了夜里她实在熬不住，搂着濮婆婆失声哭诉。濮婆婆瞧着干女儿亮晃晃惨兮兮的眼睛抚着她的双肩说："'吔个影，生个崽'?天还没塌下来你跑去顶啥?"暖玉仿佛使出了最大的气力才说出那几个字："这可是要株连九族的。"濮婆婆仍用一种近乎平板的腔调说："真要发生，咱也改变不了。你要实在放不下心，问问大先生去。"

暖玉借送儿子上书院之机想请大先生为陈鹤寿算一卦，远远地看见齐修平将他送到大门外。大先生没有理会暖玉的请求，摸了摸壮壮的脑瓜算是跟这对母子告别，边走边曼声哼了几句歌仔："洋船到，猪母生，乌仔豆，带上棚……"

谢神日又到了，天麻麻亮，水流神庙一侧的墙根底下隐隐传来女人的低笑。暖玉和淑钿起了个大早，抢先占住了村里公用的脚臼舂米。两个身材同样娇小的女人轮番上阵，一个手扶墙壁踩动臼柄，另一个瞅准臼棰升落的间隙，拿大勺搅动臼底浸泡得半透明的米粒。木柄与支架摩擦出一种类似于乐器发出的吱吱哎哎，与臼棰有节奏的撞击声交织在一起共同渲染着欢悦喜庆的氛围。落在后面的大婶大嫂闲得无聊便逗起暖玉来，一个说："幼妹，今年要多做些哦，没准你家秀才兄带着番婆番崽回来。"时间总会把很多东西带走，再精细的脉络最后也只剩下些粗枝大叶，现在人们不再忌讳跟暖玉开这种玩笑，暖玉也不再期期艾艾一味回避，她笑眯眯地听也笑吟吟地答："好啊，我正缺帮手呢。"另一个不屑地说："说得多轻巧，要真的来了，看你咋办。"暖玉说："来，俺欢迎，走，俺欢送。"说归说，情绪却忽然低落了下去。

到了下午，濮婆婆坐堂问诊。听说有大戏可看，向来喜静的壮壮莫名地兴奋，偎依在同样是戏迷的婆婆身边缠着她教唱几句。暖玉与淑钿、阿娟、发嫂则围坐在春归堂的后院树下，对着用条凳架起的一块大木板边聊天边做红粿桃。暖玉一开始还好好儿的，听淑钿说阿亮托人告知她，明年三四月要回"唐山"（旧时海外华侨对祖国、故乡的惯称），沾着米粉的双手就重重撂下用木头刻成的"粿模"，别过脸去肩膀微微颤动。每逢佳节倍思亲，暖玉平日里装出来的那种轻松豁达，还有挂在嘴边的什么"心放宽、看远点、想开去"，全都不见了。

在樟树埠，在潮汕平原，在有男人下南洋的所有地方，留守家乡的女人只有从水客批脚（番批投递员）手里得到信件钱银，才能确信亲人仍然活在世间，仍然惦记着唐山这个家，而陈鹤寿已经断了好几年番批，是死是活？回不回来？天晓得！他一天不归，她就一天不得安生。

陈鹤寿走后，暖玉几乎原封不动地保留着春归堂的样貌，连他坐过的板凳都不许别人挪动半寸，去年壮壮不留神打烂了父亲的一只酒盅，竟招来母亲的头一回打骂，从此长了记性，屋里哪怕是最不起眼的一件东西，都可能牵扯着母亲剧痛的神经，弄坏了它不会有好果子吃。

阿娟拽了下淑钿示意她闭嘴，又走过去扶住暖玉的肩："幼妹，咱不伤心。"暖玉轻轻地摇头又狠狠地摇头，脸上已经潮起一片。阿娟就故意恨了淑钿一眼："不说话没人当你是哑巴！"暖玉抹去泪水缓缓舒了口气："不关她的事。"把身体摆正，刚把情绪平伏下来，就听到一阵震动地皮的咚咚声，石槌急吼吼地从后门跑进来结结巴巴地说："嫂、嫂子，秀才兄回、回来啦。"暖玉还没听明白，淑钿顺手操起半盆清水泼了过去，把这个人高马壮的后生哥浇成了落汤鸡。石槌抹掉脸上的一层水，用难以置信的眼神盯着几个情态各异的女人，跺了下脚喊："淑钿姐你搞什么鬼？"淑钿将盆子往边上一扣恨恨地说："我才好不容易把暖玉姐哄笑，你又来瞎捣乱。"石槌甩掉指尖的水珠冲到门口，拿粗大的指头狠劲戳点："瞧瞧那是谁？不是秀才兄我拿两条胳膊走路。"阿娟扯开大嗓门："要是他，你早搂着他的肩膀一块儿进来了。"石槌喘气说："我也觉得奇怪，他好像认不出我来。"

三个女人拥着暖玉跑出去，果真看见有个男人如跋涉于沼泽地那样深一脚浅一脚地走来，面容憔悴眼睛凹陷，肋骨隐现手脚骨节突出，仿佛只绷着一层深棕色的皮，从他身边拂过的风散发出远洋阴沉湿润的气息，那疲惫不堪的样子仿佛走过了千山万水。当他从韩江饮食店门口经过时，跑堂还以为来了个叫花子，正要驱赶他，站在旁边的石槌就听到他干裂的嘴唇吐出含混不清的几个字："蔡厚道呢？"石槌仔细辨认忽然惊呼"秀才兄"，对方好像根本就认不出他，看他时眼睛如隔了一层水雾。

暖玉第一眼就认出是自己的男人，别说他变了模样，就是化成灰她也认得出。她久已苍白的脸颊烧起一片激动的红霞。在没见到他之前，她还不知道自己的心有多苦压力有多大，现在这堆积了八年的情感和重负坍然倒塌，突然挤压出一声非人的长嚎。

姐妹们看见暖玉眼里闪射出一道热烈的光彩又倏忽暗淡了下去，她的一只手紧紧抓住胸口，好像那里痛得特别难受，两排牙齿嗒嗒地磕碰出声响，颤抖的身体不是朝前扑而是往后缩，踉跄了几下才勉强将脊背靠在姐妹们身上。陈鹤寿的嘴巴抖动起来，哗地涌出的泪水打湿了眼角冲开了蒙在糙硬脸皮上的尘垢，过了许久大伙终于听清了一句话："回唐山喽——"

"滚！滚！滚！"暖玉忽然跳起来，像条瘦弱然而凶狠的母狗朝着陈鹤寿引颈狂吠，然后转过身来张开双臂，将三个姐妹还有石槌统统赶进后院，自己最后一个退进去砰地关上木门插上木闩，再将臂背顶上去，生怕门被撞开似的。

砰砰砰，砰砰砰，有气无力的拍门声一波接一波，如榔头一下下捣进每个人的心坎。石槌和姐妹们数次想去开门，都被暖玉发疯似的拦下。过了一阵子，门外传来了断断续续的呜咽，它似乎不是向外发声而是向内吞咽，似乎是在逐渐疏远这个世界和这个世界上所有的事物。一只掠过枝头的鸟儿被这压抑悲怆的声音击中，从数丈高的树上笔直地砸向坚硬的地面。感觉像过去了很久很久，门外阒然无声，暖玉委屈悲愤的潮水已然退去，涨起的是为人妻的万般柔情，她跑过去轻轻拨开门闩朝细细的门缝瞄一眼，又哗地把门完全打开冲出去张望，男人不在了，就像做了一场梦！她慌里慌张地拉住一个路人问，对方说的确看到一个叫花子朝北边走去。

暮气沉沉，夜风呼啦啦地刮着，红蜻蜓成群结队地在低空聚集盘旋，像在预示着暴风雨即将来临。听到暖玉的一声惨叫，离她最近的发嫂上前搀住她，她的上牙把下唇咬得发白，舌根僵硬得发不出一丝声响，只拿着手戳向前方。石槌跑去韩江饮食店喊人，陈鹤寿回来的消息使整个樟树村沸腾起来，找他的人越来越多，就连暖玉的姐妹们也都加入寻人的行列。到了深夜，村民们陆续返回，看见暖玉仍伫立在原地保持着他们走时的姿势，因站得太久，血液凝固手脚僵硬得不听使唤。姐妹们怕吓到她，先轻轻推她，那些凝固在她脸上的泪珠已结成冰碴似的硬块脆脆地掉落。濮婆婆后来拿烫过的烈酒抹在她的四肢和脊背上，顺着血路推拿揉搓，使她的身体复归温热柔软。她悠悠地醒来，忽然撕心裂肺地叫了一声："表哥啊——"

姐妹们还想用统一好口径的话来宽慰暖玉，陈鹤寿就被白莲寨的后生们送回来。疲惫和饥饿注定陈鹤寿走不了很远，他像个醉汉摇摇晃晃一头扎进白莲寨，被好心人领到疍家头人、寨主柳三娘那里。梳着赤色"尖螺髻"、插着蛇形长簪的柳三娘早已为人妻了。从陈鹤寿习惯性的表情里柳三娘认出了他，只是过去的热情爽朗和眼前的呆滞阴沉形成了鲜明的对照。她主动跟他说话他却不理不睬。她在心里暗自嘀咕，到底是落魄的境况让他羞于被认出呢，还是真的遇上什么扛不住的祸事精神崩溃，不管哪一种，都同样让她感到痛心和惋惜。

暖玉很快也有了跟柳三娘类似的感受，这个朝思暮想的男人像灌了迷魂汤，一直处于迷迷瞪瞪的状态，对于她的问话不予理睬，就算壮壮来到他面前他也垂着眼睑不觑一眼。除了吃饭和打哈欠，陈鹤寿再也懒得张口。暖玉起先还以为他在赌气，或者因为自己告诉了他阿公阿嬷去世的消息后伤心过度，但很快就发现哪里不对头。祝大春、孙木匠、齐修平……他昔日的这些老友想用各种方法撬开他的嘴，可惜乘兴而来败兴而归。还有几个来自不同村庄的“半仙”，自告奋勇要为陈鹤寿驱魔辟邪，只要让这个大名鼎鼎的人物清醒过来，便可到处吹嘘以压倒一众对手。他们轮番上阵请仙请神，施法做功，然而就像要将画里的人物揪到现实中来一样，注定徒劳。

陈鹤寿喜欢独处，茫茫然注视着灰衣剥落的墙壁半天不动弹，即使偶尔说出一句半句，也总是词不达意。有天暖玉从门缝里看见陈鹤寿对着一绺青丝发怔，并不知道那是他的亡妻留下的，还以为又在南洋置了家后，强忍住悲愤告诉了濮婆婆，濮婆婆劝暖玉别瞎想，心里却与她持相同的看法，陈鹤寿那种郁郁寡欢的情态正是相思病最为明显的征候。

陈鹤寿的面冷心硬开始激起了公愤，人人都来安慰暖玉，这才发现暖玉也渐渐陷入了思路混乱、前言不搭后语的可怕境地。她画地为牢似的待在自认为属于她的角落里，枯坐着不理睬儿子也不愿与他人交流，手脚和思想就像被看不见的绳索捆缚着再也无法张开。夜深了，暖玉睡意全无，儿时的往事桩桩件件浮现在她的脑际且清晰得出奇，她不可遏制地思念着娘家的亲人，一闭眼就能看到绿云村：重山叠峦云遮雾罩，大片大片的竹林，山道旋绕家畜成群，家里的黑狗老了趴在门边一动不动……躺在病榻呻吟的母亲，胡子霜白行动迟缓的父亲，愁眉苦脸的哥哥若有所思的嫂子，还有他们六个长相近似的孩子……暖玉像被这涌涌波动的情绪所主宰，心里只装着绿云村就好像绿云村才是她的所有。她一会儿像个梦游者那样到处转悠，翻箱倒柜找寻当初从家乡带来的旧物，一会儿抱住一卷被子“娘啊爹啊”哭个不停。谁都看得出来，暖玉的思乡之绪是如此厚重如此绵长，像山一样遮住了眼前的世界像海一样隔住了周遭的一切，以至于她在现实中再也找不到一件称心如意的事，只能从多不胜数的记忆里去反刍那些“美味佳肴”。很快现实与梦幻，就像洗牌那样被暖玉混为一体再也难以分开。她平素话不多，现在更是少得可怜，眼神呆滞睫毛未曾干过。

濮婆婆认定这两口子得了“离魂症”，心神不宁感觉虚幻，在给他们服下独活汤和“归魂饮”后仍不见起色，又怀疑他们是不是被人施了巫术，但传来的新消息让她否定了自己的猜测，祝大春也出现了类似的症状，成天昏昏沉沉不再到固定的几个老友那里喝茶，一门心思追忆似水年华。他总是抱怨自己记忆力衰退，担心什么旧事没有想起来。他不再需要朋友，而是带着满腔的失落打捞着快要从脑海里消逝的亲朋戚友，到了后来，他臆造出一些并不存在的人物并与之谈天说地，聊着平时跟别人无法聊开的话题，跟小孩子过家家没啥分别。那些曾经存在过的和不曾存在过的人和事，就这样在他臆想的领域里进进出出，让他筋疲力尽又兴奋莫名。几乎同时染上此症的还有齐修平，他家的女人说自从他看望了陈鹤寿后就变得魂不守舍，常躲在房间里神情痴呆眼珠子往上翻，仿佛在努力追忆一段生死攸关的经历，或是从翩然而至的众多面孔中寻找熟人。

陈鹤寿回来后的第七天，莲峰书院空空如也再也见不到孩童活泼的身影，苏忠勇追到他们家却被家长们冷淡疏远的眼神吓住了。他试图说服大人们将孩子送回学堂，齐先生生病了，还有鲁有光和另外两位秀才可以教他们。家长们像搭错了神经逻辑混乱满口胡言。苏忠勇有些畏怯，想找个人合计合计，就顺着村道找到离他最近的孙家小院。出来开门的石槌正大伤脑筋：养母对着墙壁咚咚咚地撞头，养父还有几个学徒如泥塑木雕般蹲坐于工房、天井、厅堂和灶间，仿佛灵魂出窍游逛到别处。

苏忠勇一边哼哈了几句一边拿屁股顶开半掩的大门急促退出，他已认定全村正蔓延着一种来路不明的疫病，果然，路上再遇见熟人，他们不像过去那样从容地和他打招呼，而是一副大祸临头的模样。苏忠勇家的看见男人慌里慌张地跑进家门又转身关门上闩，就揶揄他："碰见老虎啊？"苏忠勇对着女人喘气："比老虎还厉害，叫上孥仔们赶快跑路，上次海风潮咱就差点丢了命。"女人犹疑地说："你可是村里的第一主事——"苏忠勇不耐烦地说："都啥时候了，活命要紧！"见女人仍惊惶地盯着自己就吼起来："还愣着干吗？快收拾呀。"女人举起了一根指头说："你——"她看见一缕游移不定的亮光从男人的眼角滑过，肩头狠狠地抖了一下垮下来。苏忠勇似乎也意识到了什么，想说的话到了嘴边却化作一声长叹，脸色灰紫像条蔫了的茄子顺着墙根滑溜下去，颓然瘫坐在地细诉着过去那些陈谷子烂芝麻。

大先生漫游归来经过樟树村那截江提，只见樟树村笼罩在一层灰灰苍苍、宛若雾霾的气体之中，屋舍树木显得影影绰绰亦幻亦真，他改变了去莲峰书院的最初想法，紧追着一缕混浊而又神秘的气体来到春归堂。濮婆婆正不甘心地配制着解毒的凉茶，壮壮拿着帕子帮她抹去诊案上的水渍。见到大先生，濮婆婆就像找到了救星看到了希望，将事情的来龙去脉快言快语地述说一遍：自陈鹤寿回来后一家人非但开心不起来，反而沉闷得快要窒息。吃饭时不再有说有笑，只听见彼此麻木单调的咀嚼声吞咽声，大家在一间屋又不在一间屋，在一起又不在一起，个个都像活在另外的世界里。原本爱说要笑满身活力的陈鹤寿，现在却不断发出石头般沉重的叹息，更可怕的是，他还把这种沮丧颓废的情绪迅速地传染给身边的每一个人……

濮婆婆极少掉泪，此刻却老泪纵横比自己患了绝症还痛苦。大先生请濮婆婆带他到后院看看，暖玉站在井边，神情呆滞地往井里打水，再倒进一只早就盛满了的木桶，水哗哗啦啦流了一地。陈鹤寿听到大先生的招呼头也不抬，继续用树枝周而复始地在浮土上写着"内安乡"三个字。他裸露的手臂上布满的横七竖八的口子凝结了紫红的血痂，刀早就被濮婆婆藏起来了，可还是阻止不了他拿瓷片瓦砾到处乱划。

大先生正琢磨着濮婆婆与壮壮为何没被传染上，忽然"啊"了一声似有所悟，托起陈鹤寿的脸一看，那对雾蒙蒙的"蒸鱼眼"更加印证了自己的判断，捉住濮婆婆的手将她风风火火地拉至前堂，告诉她这是一种由陈鹤寿从南洋带回来的疫病，许多地方都曾肆虐过，得病者最先传染给身边的熟人，再由这些熟人在接触者中间不经意地传播开去，他们中无一不呈现出相同的症状：神情忧郁呆若木鸡，亲朋戚友相见不相识，恍恍惚惚如丢了心魂。

“老身翻了无数医书就是查不出病因。”濮婆婆眼里闪烁着惶惑的光，还想说下去就被大先生截断：“汤药无效，这种病叫‘思乡症’，也就是乡愁，村里大多数人离乡别井来到此地，多年不曾返回故里，所以意志薄弱精神虚空，往往只需病人一个眼神就能传染上，然后不自觉地以眷恋之情美化自己的故乡……”思乡症不仅能传染给人还能传染给家畜，使它们恹恹欲睡毫无食欲，时间一长就会变得骨瘦如柴，渐渐失去了生命的体征。正因如此，短短几天，这种看不见又无孔不入的疫病就漫卷了整座村庄。

濮婆婆不解地问：“那我和壮壮怎么就没事？”大先生兴奋地说：“问得好，不易受传染的通常有这几类人，一种像你，离开故土时义无反顾，对过去没有丝毫的留恋和怀想；一种是孥仔弟孥仔妹，在这里出生成长，对别处没有牵挂没有感情。还有一类人，视力不好甚至双目失明，因无法交接对方的眼神反倒保护了自己。”

濮婆婆急切地说：“老天爷，那可怎么治呀？”大先生面有愧色：“我当初听到后并没有当真，也就没去搜罗这除病的药方。”

大先生和濮婆婆挨到天黑下来伸手不见五指才行动，摸索着将这个可怕的疫情通知到各家各户，交代没得病的村民白天出门须用布条蒙住眼睛。濮婆婆深夜来到雅茹所住的院子外边，雅茹听到拍门声牵着小赛英跑出来难过地说：“婆婆，豪叔也着了，伙计们都着了，石槌倒是没事，但得去照顾他的爹娘。”

濮婆婆将手里的麻皮绳分一些给她，交代她去把伙计们的宿舍门环拴住，暂时不让他们外出。雅茹刚应承下来，没走几步忽然扭过脸来怯生生地唤了一声“娘亲”，老人家心里一沉，让大先生带着小赛英快走，自己上前拍拍她的肩膀将她推回小院，不顾她“娘呀娘呀”的嘶声哭叫将一对门环拴死。

在两个老人出门之前，村里人的哭声只是幽幽咽咽时断时续，就好像蓄积在水库里的水通过一些小小缝隙泄漏出来，待到他们折返春归堂的凌晨时分，哭声已经此落彼起如母猿啼叫一般凄厉。那些没得病的人，有的从哀号声里体味到肝肠寸断的愁苦与无奈，愧疚与思念；有的从哀号声中看到月光落入户牖的裂隙细缝，照亮着患者脸颊皱褶里的珠泪，一时间千家万户荧光点点；有的从哀号声中嗅到身尸腐烂、酸臭而又诱人的气息，从而想象着果汁般浓稠的尸水潺潺不绝地渗透进贫瘠的土壤；也有的听到了哀号声便生出了可怕的幻觉：长势喜人的庄稼、生机盎然的花草成片枯萎失色，那些脱离了树干的残枝败叶被灼热的气流无情地卷走……

到了早上，街巷上行走着用厚布蒙住双眼的村民，有的连耳朵也堵上两团棉花。这些“闭目塞听”、反应迟钝的家伙常常撞在一起，洒落一地的果子食物只能靠双手笨拙地摸索，路边的角落里水沟里很快就散发出食物腐烂的气味。患病的村民们极少交流，一旦开口絮叨全是从前的人和事，过去的景或物，要不就是念经般地重复着过世亲友的名字。大先生很清楚，如果任由疫情无所限制地蔓延恶化，整座村庄的人将被怀旧的情绪所裹挟，随着时光流向遥远的过去，他们会模仿着已故亲人的一举一动，活在他们顽固的阴影里，然后像花朵失去清新的空气和足够的养分那样凋谢，长此以往，整个港埠整个平原都会因丧失活力而回到最原始最无助的洪荒状态，被难以逆转的旧时光所湮灭。

思乡症在樟树村出现的第三天，就有人跑到永定楼内的巡检司报信。深受樟树埠人拥戴的雷鸣已告老还乡，离别时六个村寨社的村民自发集结，敲锣打鼓十里相送，而今换了一个五官歪斜、一口官腔官调的侯巡检，得知详情，吓得连夜称病逃回县城，其下属也都被这莫名其妙的祸事惊到，蜷缩于永定楼内闭门不出。疫病肆虐的第五天，大先生和濮婆婆正商量派哪个人上县衙告急，就看见石槌慌慌张张地跑来，说陈鹤寿在码头鼓动着一帮染疫者离开樟树埠，这才发现后院大门洞开。三个大人一个孩子全跑过去，惊诧地发现陈鹤寿一反有气无力的病态，唾沫横飞地把故乡鼓吹成诱人的锦绣天堂，号召大伙各自回去寻根，孙木匠、齐修平、苏忠勇等一齐响应，有的还迫不及待地跑到顺风船行打听船期。

大先生拨开围观的人堆走到陈鹤寿跟前劝说：“秀才兄，你忘了？这里可是你费了老大的劲才找到的。”陈鹤寿愁眉苦脸地说：“这里再好也不如家乡好，月是故乡明，人是故乡亲。”从店里跑出来的豪叔也站出来支持陈鹤寿，他肆无忌惮大声嚷嚷：“我要回中原去，听阿公说，我家的祖坟就在河南洛阳。搞不懂他们当初跑到这鬼地方干啥？”大先生对着陈鹤寿无可奈何地叹了口气：“秀才兄啊我的好兄弟，告诉我，是谁把你变成这副苦相？我多想听到你放开胸怀哈哈大笑啊。”躲在濮婆婆后面的壮壮探出半个小脑袋，奶声奶气地说：“要我爹笑还不容易？挠他的痒痒呗。”

大先生受到启发似的击了下掌，从旁边揪了根猫毛草爬到那方大石头上，拿毛茸茸的一端偷偷对着陈鹤寿裸露的脖子滚动撩拨。陈鹤寿起初还以为蚊蝇叮咬只顾拐着胳膊抓挠，可是那根猫毛草灵活地弹跳着柔软地点触着似有若无地蹭擦着，痒得他忍不住笑出声来，浑身一抖仿佛甩掉一脑瓜积水，用警觉的目光环顾四周吃惊地问：“这是哪里啊？”大先生无暇答他，招呼着壮壮拿着手指胳肢他，戳得他又跳又叫笑得他神清气爽。

“原来爹爹也怕痒，怕痒疼老婆，怕痒疼我娘！”壮壮大声叫起来。看到陈鹤寿能够准确无误地喊出乡亲们的名字，大先生这才罢手，边拽着他走边兴冲冲地告诉他：“你把番爿的思乡症带到乡里来，多亏了壮壮点醒，这下有救啦。”

回到药堂，濮婆婆从奄奄一息的狮头鹅身上拔了根鹅毛，对着暖玉的脚板心轻轻拨动，痒得她不停地跷脚吃吃地傻笑，这一笑犹如阳光驱散阴霾，整个人仿佛挣脱了梦魇，竟不知道这数日来自己的所为。

大先生、濮婆婆就将这种荒诞奇异而又立竿见影的方法介绍给所有还清醒着的人，当天夜里，患者的亲人们扯下遮眼的布条，各自拿着鹅毛、草芯、鸡毛掸或者其他任何柔软得能够让人发痒的东西，选择对方怕痒的部位下手，患者挠着脖子夹紧胳肢窝，缩回手心脚板捂住乳头还有下体的敏感部位，笑声此起彼伏：噗噗、吃吃、咯咯、呵呵、哈哈……愈来愈多的欢笑替代了悲咽抽泣啼哭叹息抱怨，也就有愈来愈多的村民由迷糊转向清醒、恢复了指挥自己行动的能力。

陈鹤寿带着一批康复的村民挨家挨户去搜索帮忙，他们把满脸阴郁的孙木匠掀翻在地，把秃头的豪叔推至墙根，把大块头的苏忠勇压倒在菜地里……轻柔的羽毛凉风般地掠过他们的肌肤，脚趾不由自主地挺直张开，嘴巴咝咝地急促吸气，有含混不清、比哭还难听的笑声从喉咙头流泻而出，将怀乡的臆想与幻象从染疫者的脑袋里一一逐出，把他们从忧伤悲怜的泥淖中救拔出来。

欢喜之余，为防疫病卷土重来，在陈鹤寿的倡导下，老怡梨香班将谢神的剧目一律改换成那种滑稽可笑、能够带来欢乐的戏出，又有人介绍来一班“柴头戏（木偶戏）”。戏棚分别设在江堤的大樟树下和晒谷场上。与其说这两台戏出为谢神而唱，倒不如说是在为大伙的康复善后。老怡梨香班的文丑彩旦由原来的配角变成了众人瞩目的主角，演得格外卖力，插科打诨疯疯癫癫，有时难免流于粗鄙庸俗，但仍招来台下成片的欢声笑语。木偶戏的滑稽诙谐更多地吸引了年轻人和小孩子。

看着一张张表情贪婪专注的面孔，陈鹤寿幡然醒悟，经年累月的乏味生活才是大伙容易染上疫病的根源，再反观自己，在南洋埋头熬活、日子过得不如猪狗的那些年月，早就染上此疾，只因性格开朗而得到一些抑制，直到踏上回乡之路，那种近乡情怯的慌乱与脆弱给潜伏已久的病毒提供了可乘之机。

潮州老戏和木偶戏连轴转地演了三天三夜，欢乐的潮水冲走了残留在人们内心暗角的乡愁忧怨，混乱僵硬的气氛已经不复存在，一切又回归到和谐正常的轨道上。到了第四天清早大戏结束，大伙拎起坐得发烫的小板凳正准备离开，陈鹤寿忽然带着九个男人冲上戏台，脸上涂抹得红红白白一看就是疍家妇人的打扮。乡亲们第一眼就认出了又高又壮的石槌，精神为之一振。在人们雨点般的掌声中，男人们唱着咸水歌跳起船桨舞，中途忘了动作的孙木匠屡次想溜走又被陈鹤寿拽回来（大伙以为这是故意安排的），还有男人们那种直起嗓门的干号、愣头愣脑的神态笨手笨脚的动作，一并激起了村民们狂笑的欲望，一个个笑得前仰后合，笑得上气不接下气脸颊发麻下颌酸痛。疯狂的笑声像强风刮走了凝结在樟树埠半空的惨淡云霾，患上思乡症的鸟儿又被笑声吸引回来，四处乱窜的家畜也都迷途知返，树木逢春似的抽枝发叶，庄稼拔节扬花，从山丘野地伴奏似的汇入了上百种虫儿的快乐鸣唱，生机和活力犹如黎明的曙光越来越亮，再次照彻这片差点昏睡过去的土地。

尽膳尽美

思乡症一旦祛除，陈鹤寿才发现他虔敬地保留在记忆里的家园早就面目一新：市舶连云商贾会聚，伸向堤岸的街市两侧全是店铺、酒楼、货栈，尽头的新码头舳舻相接帆樯如林绵延十余里，商船货舱堆满潮州笔架山百家窑的瓷器、府城的刺绣、澄波县的菜籽、外砂乡的竹器草席、樟树埠的蔗糖等平原土产，还有从北方从江浙运来的丰富物产，不同帮派商会各划地段招揽客货的声音喧腾不息。两年前，官府在整个港埠的三分之一处筑起一道石头城墙，既可视为阻挡江海决堤、海匪劫掠的屏障，又自然地将樟树埠分为“城内”“城外”两大区域，城外的江堤码头一带成为船只靠岸、吞吐货物、直航转运的商业区，城内则是当地人安居、繁衍、生息之所，这一动一静和谐完美地构成了港埠商住分开又互为依存的格局。

大脚洲的夜晚依然红灯绿酒张狂炽烈，红姑带领的花艇不见了，却有无数的花艇扎进来，浮萍般地相挨相挤，外围还多了些不分昼夜穿梭于商船货船和花艇之间的小舢板，专门为水上的客人效劳，点餐送酒，其他物品也是随叫随到，与陆上一样方便……

暖玉要陈鹤寿给儿子起个官名，他马上想起与柳三娘所生的大儿子沧海，又亲眼见证港埠的巨大变化，张嘴就说：“叫桑田吧！”沧海桑田，尤其是物是人非，岂不令人神伤？明知麦青不可能等他八年，他还是感到深深的失落。这八年来，要是没有他对她的承诺，在他穷窘交迫想要放弃时给他一鞭，恐怕会是另一番光景。在他的记忆里，她一直都是从前的样子，盘着好看的大髻点缀着珠翠凤钗，身上喷涌出妆花大褂无法遮住的青春活力，嘴角不经意地逸出几分讥诮的笑意，仿佛看透了人世间许多愚蠢的秘密。有多少次他半夜醒来，觉得她的脚跟刚刚跷过门槛，在空气里留下一缕游丝般的叹息和淡淡的香气，腕上的镯子还在叮当回荡……连他自己也说不清她对于他的意义，是情人是知己还是别的什么，总之失意时想起她就会咬着牙坚持，得意时想起她也会更加发奋。她好像不是一个人那么简单，更像是某种他对自己的要求，之前他靠理想支撑着，后来她似乎就成了他理想的化身，有时候他甚至都分不清，那是真实的她还是想象的她，总之他把她捧上了心灵的神坛，他愿意对她匍匐向她祈祷……

在这个长期缺席的家，陈鹤寿时时有种多余的感觉。暖玉没有真正跟他解怨释结，她像敷衍外人那样不咸不淡地应付他，他知道那封休书在她心头盘了个结，后来他也想过再写点什么，但一提笔重若千斤，他不知道自己还能否扛起这个责任。想想她跟了他的这些年，付出了那么多，得到的却那么少，自己要混不出个名堂，怕是没脸见她。他越来越没有勇气提笔，只寄了点银钱算是有了交代。这么一来二去，光阴荏苒，加之到了偏僻的地方去，寄批极其困难，就中断了跟暖玉的联系。后来事情发生了一些变化，又觉得很快就会回去，他就索性不再联系。其实他的心里很矛盾，一方面暗暗希望暖玉能持志守节独撑门户，一方面又坏坏地想她要是过不了这一关那就算了，至少不能怨他无情无义。哪知道归期一年拖过一年，到最后连他都分不清自己的真实想法了。回来后他看到她带着儿子好好地守着这个家，酸甜苦辣一并涌向心头，思忖着要不干脆向她低个头认个错，自己确实太过分了，几次话到嘴边可又生生地咽回去，言语太苍白了，他要用实际行动补偿她。

桑田对于这个突然出现的父亲也是爱理不理，陈鹤寿逗他说话，他毫不掩饰地丢给他不满的眼神，似乎早就把他琢磨透了。几乎每天夜里，桑田都在想象这个不速之客是如何上了他母亲的床，霸占了他的位子取代了他在母亲心目中的地位。陈鹤寿那会儿并不知道，要是他跟儿子谈谈白辫先生，他的眼睛就会放出光来。

老怡梨香班走后桑田一直怅然若失。说来也怪，只要他们的锣鼓一响，桑田就像投进水里的石子那样全身心地沉入到戏里，如痴如醉，陈鹤寿领着一帮男人上台搞怪时他也没能从圆满欢乐的剧情中超拔出来，那些锣鼓和唱腔仍在耳边轰鸣，鲜艳夺目的旌旗衣饰犹在眼前，特别是白辫先生饰演的诰命夫人，目光如炬长久地凝视着他，让他无所适从继而生出了万般眷恋。

家里只有濮婆婆主动找陈鹤寿聊天，并在暖玉明显奚落他时伸出瘦棱棱的手扯扯她的袖子。濮婆婆也暗暗鄙薄过陈鹤寿，不过为了顾全大局箍圆这个家，还是大度地接纳了他。家人对陈鹤寿的态度也像曾经的思乡症那样传染给来访的客人患者，他们跟他寒暄，投向他的目光却好像在问："你在这里干啥？"陈鹤寿就像走错了地方那样尴尬地给暖玉腾出位子，然后又拿余光好奇地观察她，只见她神态端肃地给病人把脉，告诉对方有何问题，谈吐间流露出直截了当的自信。当他看到她居然拈起毛笔蘸调宿墨一笔一画地书写处方，眼里更是闪出一缕惊异的神光，知趣地溜到后院去。也许是经历过南洋毒烫的日头，陈鹤寿喜欢像条蜥蜴那样躲在狭窄的阴影里歇息，只有听到动静时才会撑起艰涩的眼皮，从微微启开的缝隙里披出两道薄光，既无恶意也无温情。

"娘，爹又跑去睡大觉了。"听到桑田告状，暖玉没好气地说："让他去吧，反正他也是把这里当客栈。"

陈鹤寿听见后并没觉得有多难受，这些年的漂泊教会了他，对与错、苦与乐、爱与恨、理解与误解、自由与禁锢的界限有时是多么地模糊，一不小心就会跨越过去。人活于世，哪一个不是奔着幸福来的？可又有多少人真正得到它？有时你获得它则意味着别人失去它，就像有些人得到了自由则意味着另一些人遭到了禁锢，世间万物皆有关联此消彼长。正因为失去了他的保护，柔弱幼稚的暖玉才能变得如此独立、坚强、能干，否则她也挺不到今日。

"嬷嬷（奶奶），爹的病到底好没好？"桑田转身问濮婆婆。濮婆婆扫了暖玉一眼没好气地说："他这病呀，只有你娘才治得好！"暖玉从干娘意味深长的眼神里领会到了什么，苍白的双颊泛起薄薄的红晕。自从陈鹤寿回来后她一直拒绝与他同床，他要睡床上她就去打地铺，逼得他只能把床让给她。

“他要挣到钱，肯定不会回来。”有天听到暖玉这么说，濮婆婆实在忍不住提醒她：“要想找个番婆，凭阿寿这人样，欠了债也能找到一大群。”接下来的那句话，也不知被暖玉的哪个姐妹传出去，像蒲公英一样被风扬向江湾的南岸北岸：“你甭看他这不顺眼那不顺眼，有多少个雅姿娘在等着你把他当绣球抛出去。”

到了晚上，看到陈鹤寿又往地上摊开草席，暖玉就装出不经意的样子说：“天凉了，还是上床吧。”陈鹤寿也不吭气，卷好草席搁到一边。

在暖玉的印象里，这一夜最让她脸红心跳的不是两个人融为一体久久不愿分开的那一刻，而是重逢之后的紧张和陌生。她感觉到木床摆动了一下便故意扭过身装睡。他粗糙的肌肤蹭着她光溜溜的腿侧，雄性的那种强悍奇异的气息让她久违地激灵了一下。他紧贴着她的身体将脸埋进她的发堆里，扇动着鼻翼贪婪地吮吸着她的肌肤所散发的诱人气味。她像被灼到那样下意识地扭摆了一下，他把它当成了暗示与鼓励，伸出一条胳膊将她瘦弱娇小的身子卷过来。她狠劲地掰开他的手指可是它仿佛长在她的皮肉里。她在他的怀里挣扎着，委屈的泪水如久壅顿开的河水奔涌而出。他的嘴唇开始在她身上一拱一拱地移动，如犁铧翻耕着荒芜已久的田块。她没有听清他在嘀咕什么，只听到自己的血液如春风解冻的溪流哗哗流淌。男人那双长满老茧的粗糙大手有力、炽热地揉捏着她的胸脯，她的大腿，她的全身，像要攥出油来又像要将它塑成什么。太久没有经历这种摄人心魄的冲动，这种如痴如醉的欢乐，她知道自己无法抵制它，索性坦然向它敞开，好似堤岸迎接浪潮一波接一波的冲刷，战栗着摇荡着坍塌着直至瓦解分化成无数的微粒，被势不可当的漩涡卷走……第二天，暖玉起床时都不好意思看陈鹤寿一眼，那一整天，只觉得人人都知道她和他和解了恩爱了。

像是为了弥补对暖玉母子对这个家的亏欠，陈鹤寿用透露重大秘密的口气宽慰她："再过几个月，我的三杆帆（三桅大船）一到，咱就有钱了。"暖玉像遭到轻视那样哼了一声，好像在说："谁稀罕呀。"别说她不信，就算是真的她也不在乎，这些年她为撑起这个家所付出的，岂能用金钱衡量？

与回归家庭相比，陈鹤寿想要重回港埠、回到那么多人的内心就没那么容易了。过去跌倒的地方，成了他最想爬起来的新起点。他像一只敏感而又顽强的虫子，耐心地寻找着每一道缝隙，妄图重新钻进那个熟悉的世界，在人们的心头扎根。可在他们眼里，他已不再是那个能够兴起风浪的人物，而是从南洋铩羽而归的失败者，也许今生就再也翻不过从前耻辱的那一页。

陈鹤寿终于有闲情来到莲峰书院听大先生谈天说地，这才突然发现老爷子比八九年前要年轻得多，皱成一把的脸皮抖开来，筋肉结实精神矍铄，遂用快活的声调对这位抗疫的大功臣说："啊哈大先生，看来您真的变年轻了，我得请最好的媒姨给您说个雅姿娘！"大先生摇摇头打开清亮的嗓音："秀才兄啊我的好兄弟，还不是时候。我只想在最好的年光遇见她！"齐修平笑："大先生，时间可是不等人哟。"大先生咧开嘴来露出新长出的参差不齐的牙齿，思维敏捷地回应："那有啥关系？我等得起啊，你们都怕时间溜走，我可不怕。"趁着齐修平走开，陈鹤寿压低声音问："大先生，您可知道我的大儿在哪里？算起来他该有十三岁了。"大先生收敛了笑容说："在海上。"陈鹤寿紧张地看着他："我儿还好吧？"大先生说："甭担心，他好着呢，说不定哪天你们就会在海上相逢。"陈鹤寿还想细问，齐修平就端着茶水笑眯眯地走来。

陈鹤寿在莲峰书院陪着大先生用完午饭，喝了几杯茶后才起身告辞，信步走上江堤来到韩江饮食店，这里的扩建工程正接近尾声。他在穿过斗拱飞檐精雕细刻的大门楼时忍不住对雅茹悲叹了一声："你爹你娘还有厚道弟，要是地下有知，多为你骄傲啊！"雅茹心头一热神态却有些许不自然。陈鹤寿又诚挚地说："谢谢你一直关照幼妹，她说拿了你不少钱，先欠着，待明年开春我的三杆帆回来，连本带息一并奉还。”雅茹像暖玉一样并不相信但也不想拆穿他，敷衍着说：“家己人还什么还？”陈鹤寿看见石槌牵着赛英的小手喜滋滋地走来，就托住她的腋下把她高高举起，大脸对着小脸看了又看，始信外间的传言，这个小丫头绝非石槌的种。那丫头并不怕生，闪着深褐色的眼珠子看他，还伸出胖手去揪他乱戳戳的胡须。他在她白里透红的脸蛋上亲了一口，痒得她眯上眼睛缩起脖子。陈鹤寿扭过脸来半开玩笑半认真地对雅茹说：“把英哥儿送到书院，跟壮壮一块儿念书，长大了给他当媳妇。”

雅茹成天忙得团团转，赛英待在身边碍手碍脚，就爽快地应承，又让石槌研墨铺纸，请秀才兄给饮食店重新起名并题字。正在修修补补的工匠们全都围上来，开头还你推我挤嘻嘻哈哈，待陈鹤寿持笔蘸墨就都齐刷刷地收声，仿佛他手里拈的是拘传人犯的火签。只见他将袖子捋到肘弯略一沉吟，笔毫自由飞舞纵横捭阖，八年的外洋闯荡，跌宕起伏的人生历练化作了蓬勃滋长的自信涌向笔端，一口气写下了上下联，又在喝彩声中用更大的字体题写了店名。十天后修葺一新的饮食店再度开张，颇有气势的门楼正中升起一方乌黑光亮的横匾，上面凸起四只遒劲苍朴的泥金大字：“尽膳尽美”，人们简而称之为“尽膳居”。大门两侧挂着一副木刻对联，字体饱满笔画奔放，野气与活力俱足：

酒后高歌听一曲鼓乐弦丝唱洋船南去

茶余细叙看几时星光月色迎赤子北来

陈鹤寿拜访完本村包括祝大春在内的当初与他关系最为密切的好长辈好兄弟，又到邻村走一遭，看望了石壁村的盘老四还有一直不肯下山的盘老大，拜访了东社西社北社的主事人以及那些大姓家族的族长头人。他到永定楼走访巡检司和税馆，却跟那个官腔十足的侯巡检根本就说不到一块儿。他最后跑到守备署了解了一下，因为樟树埠扼闽粤水陆两路交通要冲，既是海防重地又是粤东新兴的重要港埠，这守备署设立了专营，有把总一员，马、步、战、守兵共一百名，八条快桨船，专辖樟树埠周围水陆汛地 18 处，另外还负责防范远近山匪对周边村落的绑架袭击……

有天清早天还未亮，陈鹤寿便起床出门，这一走又是五天。他趁送大先生之便向他学点寻龙捉脉的本事。两个人走走停停到了莲花山南麓，这时一场浮云雨刚过太阳又出来了，悬在头顶的白云如一只只大灯笼被点亮，金色的光线纷纷扬扬洒向脚底下的原野河谷。大先生的目光穿过澄澈的空气落在由各种植物组成的地图般斑斓的荒野，然后跳到北岸出海口那片正在大兴土木的冲积扇上，漫不经意的神色突然敛住惊问："秀才兄，那就是林六修盖的大厝吧？"陈鹤寿点头说是。大先生用枯瘦的手指戳了戳，抖动着下巴的胡须连声赞叹："好个装天袋！"陈鹤寿定睛一看，身体随之猛烈一颤，四面环水的冲积扇清晰地浮凸出一只布袋的形状，难怪林昂叫它布袋围。装天袋与葫芦一样都是民间崇拜之物，布袋围以其"大肚能容"而被认为是藏风聚气的上等宝地，可为子孙万代守住巨大财富。陈鹤寿只觉得自己被一股膨胀起来的欲望牢牢攫住，脑子里从未有过的明晰，作为这片土地最早的拓荒牛，他和他的后代才最有资格生活在这块风水宝地上，而不是外来户林昂或是别的什么人。他掩饰着内心的失落轻淡地说："经先生这么一说，还真的有点像。"

陈鹤寿回到家后那副心事重重的样子引起了暖玉的注意："咋啦？"陈鹤寿脱下一对泥鞋子朝墙根叩了叩答非所问："你给我打包几件衫裤，明早我要进城，找铺面谈生理，忙起来喽！"濮婆婆望着陈鹤寿走进卧室的背影凑近暖玉问："阿寿要上县城？"暖玉不屑地说："谈生理？我都懒得拆穿他，死要面子活受罪。"濮婆婆嘀咕道："都说番爿是座大金山，这几年发了番财回来的人也不是没有，买田地，修祠堂，耀祖荣宗的。"暖玉说："在别人地盘，哪个不是拼生拼死苦过吃黄连？能活着回来就算八字厚重了。"濮婆婆想了想又提醒她："我一直思量着，阿寿从番爿回来咋是在秋季？"暖玉说："这倒是不奇怪，有个别船主觉得八九月间台风少比较安全，会绕道返唐山。"

陈鹤寿到县城看"行情"，经苏忠勇穆庆辉一伙刻意渲染，成为了樟树埠人茶余酒后的笑料。有人去找暖玉核实只是为了看到她的狼狈相。暖玉笑脸相迎：“看来你们比我还了解，我都不知道他去哪。”私底里却下颌颤抖着对濮婆婆说：“你还看不出来吗？说什么看行情，分明是忘不了那个水蛇精！”濮婆婆冷着脸说：“憨姿娘呀，这天底下有重情不重财的花娘吗？让他去碰一鼻子灰，彻底死心。”

暖玉觉得自己越来越看不懂陈鹤寿了。过去那些年，她以为看透了他，他会干什么她心里有数，结果呢，他总是出其不意。你说他正经吧，他偏做不正经的事，你说他不正经吧，关键时刻他又比谁都正经。有时候觉得他聪明过人，有时候又像是没心没肺。他对外人总是倾力付出无怨无悔，对家人尤其是对她却又常常下得了狠心。她正儿八经地问过他，这八年他是怎么过来的，他嗯嗯哦哦讳莫如深，偶尔向她透露个一句半句却又让人生疑，比如他所说的那艘满载货物的三杆帆，她就不信，果然他从此一字不提。眼下，暖玉更在乎的不是他有钱没钱，而是他的心还在不在这个家。

曙色微明陈鹤寿就动身了，坐上熟人的马车经东陇、莲阳两重渡口，赶至县城已是斜日向晚。一路上陈鹤寿还是有些忐忑，刚回樟树村那阵子，听说麦青嫁人了他好不沮丧，幸而她确实嫁给了大户人家，过上了他无法给她的富足生活，这才稍稍好受些。他曾跟自己确认过，麦青无疑是他这辈子遇到过的最不能忘怀的女人，哪怕是八年不见，她的音容笑貌依然如此清晰，只可惜两人有缘无分，要不是之前打探到的消息需要找她核实，他决不愿意再次出现在她的面前。现在手里的这件大事也许只有她能帮，至于她帮不帮，他心里没谱。

下了马车，陈鹤寿在夕阳若即若离的光线里边走边打听林昂府邸的位置，然后在附近找了家小客栈栖身，当他解开水布浸入清水时仍有些顾虑，不过身上那股不服输的劲头还是锣一阵鼓一阵地催促他。他仔细洗了把脸，咽下一点干粮，换了件干净的衣服就寻了去。真到了林家宅第门前陈鹤寿又有些胆怯，她要是不肯见他也就罢了，她要是让他进去又把他当叫花子轰出来，这脸可就丢大了。他在门外盘桓了好一阵子，倾听着夜晚的寂静还有自己加速的心跳。

当当当，青铜门环的敲击声分外刺耳。陈鹤寿在慌乱间看到厚重的大门微微裂开，一束亮光扑到自己脸上，紧接着是哑沉冷淡的声音：“找谁啊？”陈鹤寿故作镇定地说：“麻烦禀告阿奶，就说从番爿回来的陈郎中来给她送药。”老头儿接过两只小纸包说了声“您稍待”，转身走了。陈鹤寿紧张地等待着，直到被那个老头儿引至前厅仍有些不敢相信。过了一阵子，走廊里传来了绸缎摩擦的窸窣声，还有夹带着一丝天然沙声的嗓音：“人生具‘远志’，游子须‘当归’，谢谢先生带给我的药。”

麦青仿佛自带光明地走过来并绽放于前厅，前厅也随之变得宽敞亮堂起来。她穿着镶滚彩绣的小袖衣凤尾裙，颀长的脖颈上挂一串橘红的珊瑚珠子，随意挽起的发髻蓬松地坠向脑后，那张俏脸看上去像骄傲地向后仰，眼睛眯成两道可爱的弧线，饱满的红唇微微拱起像要发出什么惊叹，那份慵懒的神态还有散于鬓边的柔软发丝一并增添了她的自然与妩媚。

陈鹤寿一直盼望着又一直害怕着的相会场景出现了，之前他曾设想过千百次却总有一丝隐忧缠绕着他，麦青的俏丽是真的呢，还是后来自己杜撰的？分别时她不过十七岁，而自己也未经见过大世面。此时她的整个风姿以及默然流露的成熟韵味，从头发到指尖都如火光照亮了他那毫无神采的双眼，桌椅的精雕细刻、锦缎的流光溢彩、瓷器的温润洁净……所有的配置摆设都仿佛为了衬托她那高不可攀的美好。他呆立凝望，竟忘了应有的礼节。

“好久不见先生了，还得烦劳您给我开点别的药才好。”麦青冷淡地微笑着示意陈鹤寿坐下，屏退了跟过来的德礼婶还有端来茶水的映月，自己也隔着一张乌黑锃亮的檀木几子优雅地坐下，嘴唇一弹：“一晃八年，都去哪了？”口气轻淡得如同两人仅仅数天未见。她的一身罗绮还有手上戴着的戒指，像在刻意羞辱他令他浑身不自在。

“过番啊。”陈鹤寿压抑住心头的不快冷冷地答。麦青装模作样地打量了他一番笑起来：“哟，原来是大番客，失敬失敬。”她那夸张做作的表情和手势，像要将他俩的关系推到一个陌生可笑的地步。陈鹤寿眨了眨眼，带着某种快活的恶意说：“啥大番客呀，赎你的钱都还没攒够。”麦青警觉地犹豫了一下，像要解释什么又不屑于那么做。

“过去的就让它过去吧。”麦青不想给陈鹤寿也给自己留有任何余地。陈鹤寿竟然忘了此行目的，只图嘴巴快活继续调侃她：“当然喽，你都是林家的大阿奶了，哪还记得以前说过什么做过什么。”麦青硬着心肠说：“那不过是句玩笑话，傻子才当真！”望着那张被怒火扭曲的黑脸膛，她这才意识到自己说了过头话，一阵近乎凝固般的静默逼得她快要窒息，恨不得他跳起来痛痛快快地骂她一通。

陈鹤寿以为自己会拍案而起拂袖而去，而事实上他的屁股仍牢牢地粘在椅子上，他终于从恼怒中清醒过来，绝不能因一时头脑发热，把正事给耽误了。

“秀才兄，我知道你吃了不少苦……”麦青话没说完就被陈鹤寿打断了：“阿奶，咱不说这事，那些都是我自找的。”麦青以为他还在生气，眼里流泻出一缕悲怆的隐情掐小嗓音说：“我也是没办法，花娘就是墟市上的牛羊，价高者得，谁能自个儿做主？”话虽这么说，要是能够选择，她不知道自己愿不愿意放弃当下这种安逸的日子。

麦青原来像只蝴蝶，虽不时遭遇冷风冷雨尚能畅顺呼吸，尚能轻飘飘地活在那个混乱、销魂、酩酊的梦幻中，如今却只能窒息在这个人人羡慕的安全、高贵的笼子里。可是一想到花娘的宿命，她又为自己庆幸，在尚好的年华能遇到林昂这个不错的“主顾”。麦青对林昂外面的生意毫不了解，他也不想她了解，她只知道林昂想要从她这里得到什么，她的青春美貌，她的娇俏可爱，而不是任性妄为。近些年，麦青很少抛头露面也不再言辞犀利，她尽量做着林昂喜欢的那个“柔柔”，哪怕有时很绝望。她开解过自己：“不就是演戏嘛，在花艇时是对着所有的客人演，现在无非是对着一个人演。”

陈鹤寿的出现给麻木中的麦青带来了清醒的瞬间，开始为浑浑噩噩地活着感到一种莫名其妙的揪心。这个男人熟悉而又陌生，但那对燃烧的眸子却似乎和从前一模一样，一直照到她的心底。麦青掏心窝的话也让陈鹤寿一下兴奋起来，原先只觉得她要是肯见他、帮他一个忙就谢天谢地了，现在心又活泛起来，像从无望的死灰里看到了复燃的火星，一个新的野心在脑海里膨胀起来，他赶紧掐了一下自己好醒转过来，轻描淡写地说：“都怪我没出息，难为你了。”

陈鹤寿的快速冷静让麦青有些意外，又对他的不再坚持感到一丝失落。她正隐隐觉得他此来另有目的，他就说出来了："麦青，我这次冒昧打扰，不为别的，只为一事相求，记得你以前有个好姐姐叫魏阿星？"麦青一听目光瞬间暗淡了下去，眼眶潮湿了，咂着嘴说："哎，可怜我那姐姐走得太早，要是活到今日可就享福喽。"陈鹤寿不动声色地问："为何这么说？"麦青说："这个嘛，我应承过别人，说不得。"陈鹤寿瞟了她一眼轻声说："那个'别人'不会真的是县太爷马致远吧？"麦青惊异地盯着他："你听谁说的？"陈鹤寿心里有底了："今天我来找你帮忙求证，是因为这个消息对我至关重要。"麦青犹豫了一下，就将马知县和大姐的交情往事和盘托出，对方正是那个当年得到魏阿星照顾、资助的穷书生，后来一路过关斩将中了进士，先是在京任翰林院编修，半年前才调到澄波县任职。来了不到两月，马知县就辗转托人给麦青捎信约她出来，当他从麦青嘴里得知魏阿星已经病逝后眼睛瞪得不能再大，仿佛只有这样才能抵抗意料不及的悲伤，任由泪水扑簌簌地洒落一脸。他唉声叹气地表达着与魏阿星失之交臂的痛惜，不断地重复着"倘若还有来生"这样的话，把麦青感动得掉了不少眼泪。直到分手时，马知县的再三嘱咐才让麦青恍然觉悟到他辛辛苦苦把她找来的真正目的，突然有种上当的感觉："我刚到这里，人生地不熟，有些人不怀好意地等着看我的笑话，妹妹千万要帮我守住这个秘密。今后妹妹若有难事，只管跟阿兄说，阿兄定倾心尽力。"

麦青的感觉没有错，马致远从来就没有打算回来寻找这位与他山盟海誓的花娘，那真是个烫手的山芋啊，他若娶她，家族长辈必会出面干预，传出去更是自毁前程；若不娶她，还是有些过意不去，毕竟要不是她，说不定他早就没命了，更可怕的是他还会因此落下陈世美那样的骂名。当他从麦青嘴里印证了他所了解的情况——魏阿星的确再也无法和他联系了，悬着的心总算落下一半，又赶快封住麦青的嘴。

麦青勉强答应了马知县，虽说心里不好受，还是理解了他的难处，一个穷书生十年寒窗，好不容易捞到一官半职，不仅改变了自己一生还可能改变整个家族的命运，害怕失去是自然的。不要说在马知县和林昂这样的人眼里，就是在普通人看来，花娘的身份也是污点。麦青这两年在林昂的教育下算是将这污点漂白了一些，用林昂的话说是懂事了。麦青明白这所谓的“懂事”意味着什么，沉默、顺从、讨好，将自己思想的锋芒和个性的棱角小心藏好，“人前只说三分话”，所以在林昂面前她也同样隐瞒了马知县与大姐的秘密——她不仅为了信守承诺，同时也不想节外生枝。

见到麦青的第二天下午，候在客栈的陈鹤寿接到林府丫鬟映月捎来的信儿，要他即刻到县衙拜见县太爷。昨晚陈鹤寿对麦青隐瞒了缺少资金的窘况，只告诉她自己想在县城找铺面做买卖，可又担心无人撑腰站不稳脚跟。麦青立刻明白了他的意思，爽快地答应把他推荐给马知县。

马知县个子高挑皮肤白皙，前额洁净鼻如悬胆，眼尾有点下垂的眼睛仿佛有无限的光但只肯释放出一点点，两只比常人要大的门牙包不住地露出一点白，稍稍影响了他骨骼清奇的面容。他开口说话语速缓慢，却不让人觉得思路阻滞而更像在深思熟虑，对人对事态度不冷不热，浑身上下犹如古砚老墨发散出幽幽凉气，也不知道魏阿星当年是不是被他这种特别的气质所吸引，才对他死心塌地地好。

几乎每个到澄波县赴任的官员都会引发当地人的猜想，外间传闻马知县是朝廷军机大臣林若熹的得意门生，派他到省尾国角来看似大材小用，实则肩负着另一项特殊的使命，那就是抵制洋人商业势力的渗透，为本地商贸保驾护航。

马知县对陈鹤寿早有耳闻，既然麦青求到了他这个阿兄，自然是热情接待，不过陈鹤寿仍从他的眼里看到了防范。马知县也是个“老茶客”，趁着红泥风炉煮水的间隙，从柜子里掏出一包“鸟嘴茶”，取一点茶叶置于赏茶盘中递给陈鹤寿，陈鹤寿礼貌地接过来仔细端详又深深吸气，发出略显夸张的赞叹：“青蒂绿腹红镶边，还透着油光，闻之优雅清高，微微透着花香，顶顶好的黄枝香。”马知县微微颔首：“看来陈秀才也是同道中人。”然后不紧不慢地从“孟臣淋霖”到“玉液回壶”，一个个环节走下来，直到“游山玩水”“关公巡城”“韩信点兵”，整个过程行云流水一气呵成，看得陈鹤寿暗暗喝彩，此人虽与自己年纪相仿，却心思缜密稳健老辣，绝非凡夫俗子可以比拟。

趁着马知县冲茶之机陈鹤寿主动介绍了自己，又轻描淡写地说起与麦青相识的一些旧事，再借着这个话题将自己此行的目的一五一十和盘托出。马知县听完之后哼哼哈哈：“陈头家想来县城发展，我哪有不欢迎之理，来来来，食茶食茶。”

陈鹤寿瞧着茶盅中一汪清澈明亮的橙黄汤色拱手相让：“老爷您先请。”马致远便不推让，以拇指与食指扶住盅沿中指抵住盅底，正是“三龙护鼎”的品茶姿势，深深地吸了口茶香再小小地喝了三口。

“三口方知味，三番才动心”，陈鹤寿观马知县一副怡然自得的模样，压在心头的石头落下一半，也以三龙护鼎的姿势端起茶盅微微一笑，学着他三口啜干，叹道：“真乃山韵，香郁、味甘，好！”

马知县看着陈鹤寿微微一笑，至此方认可了眼前这个汉子。在澄波县，千方百计想接近马知县的人很多，但是被他真心认可并收为心腹的却少之又少。就说林昂吧，财大气壮人也聪明，可是他与潮州总兵吴千钧既是同乡又是世交，这种人哪会对自己全心全意？至于那些个没斤两的倒是可以随便使唤，只可惜成事不足败事有余！陈鹤寿有胆气有谋略讲义气还吆过海风出过外洋见过世面，又是樟树村的拓荒牛，这些年虽败走麦城但根基尚在，而今杀了个回马枪想要东山再起，若自己肯出手帮扶，他势必知恩图报。马知县将想法随着茶水一块儿咽下，换了一种主动的口气询问陈鹤寿到底碰到什么麻烦。陈鹤寿就三言两语地告诉他，自己在南洋拼搏了八年，总算有机会回来一显身手，现在是万事俱备只欠“东风”。马知县用安静的微笑鼓励他说下去，陈鹤寿也就不再藏着掖着直接向他摊牌，自己的银钱全压在洋船还有货物上，目前又极想在县城拿下几爿铺面，为开春货到凿开销售渠道做好铺垫。

“没有真金白银，谁愿意将商铺交到你手上？”马知县哑然失笑。陈鹤寿解释说：“现钱目前是短了些，但要是有厉害的人肯帮我‘作保’，那就不一样了。”马知县捋着悬在下巴的软软胡须狡黠一笑：“陈头家啊，钱银无小事。怎么说呢？就算我信你有一船洋货，可是船入大海，无异于将肥羊投向森林，恐怕连神仙也难以保证它一定平安归来。”陈鹤寿垂下眼睑，不慌不乱地从怀里掏出一份货物清单，展开来递到他手上，谦恭地说：“所以嘛，人们才管行船叫赌海。”马知县飞快地浏览了一遍再次抬起头来，半眯着眼盯着他像在问：“啥意思？”陈鹤寿说：“高风险才有高回报，老爷要是相信我，咱们一起跟老天赌一把？”

马知县将清单交到陈鹤寿手上再用力压了压，一脸正色地说：“我不缺钱，朝廷给的俸禄已足够我一家人的用度了，身为官家人，要想秉公执法，就不能跟银钱混搅在一块儿。”陈鹤寿推心置腹地说：“若不是麦青介绍，我就是吃了豹子胆也不敢请您帮忙，麦青说她的阿兄胆力过人人又仗义，再说了，银钱多点也没啥坏处，这也是正当生意所得，今后您为仕途搭桥铺路总还是用得着。”见马知县不语又进一步把话说透：“退一万步说，我的船若有什么闪失，您一句话不就把商铺通通收回？”马知县的大门牙从紧咬的下唇松开嘘了口气：“你一下子要四个好铺位，即使我来牵圆担保，大伙愿意通融成全，至少也得交个五成六成吧？”陈鹤寿的心脏怦怦地跳着举起三根手指：“三成。余下的我货物一到连本带息付清。”

马知县想了想，嘴角浮出一缕为难的讪笑：“试试吧！”

白色栈房

陈鹤寿回到樟树埠又是昏天黑地的夜晚，心里还惦记着筹措铺位定金的事，暖玉就将热过的饭菜端出来蹾在桌面上，扫了他一眼话里有话：“该见的人都见了吧？”陈鹤寿想都没想就点头。他的思绪仍滞留在这些天来乱哄哄的各种觥筹交错的场面、各种利益和情感的交集中，马知县的亲信领着他走访了县城做商铺交易的中介，又拜会了周边几条新老商业街批发洋货的头家们，受到不同程度的欢迎却得到几乎一致的承诺，既然是县太爷推荐的，当倾尽全力扶持。中介们商贩们带着陈鹤寿察看了县城东边新修的仁和商业街，还有一些要转手的铺位，顺带又给他介绍了专门采购、转销洋货的主顾，陈鹤寿也因此与不同的生意人在口头上、纸字上达成了各种约定。

暖玉不顾濮婆婆抛来的眼色拉拽的手势，不依不饶地追问下去：“这下该死心了吧？”陈鹤寿抬起陷得很深的眼睛，嘴里还嚼着饭菜口齿不清地说：“死什么心？”暖玉不屑地说：“甭装了，樟树村有哪个不晓得你又去见那个花娘？”陈鹤寿哦了一声做出恍然大悟的样子：“是啊是啊，你还想知道啥？”弄得暖玉又尴尬又懊恼。

“人家现在是林六爷屋里的人，别痴心妄想了，小心偷鸡不成蚀把米。”她说罢将团在手里的抹布狠狠地掷在他身上，扭身就走，背后响起了男人幸灾乐祸的笑声。

陈鹤寿不顾村民们的私下议论也毫不理会暖玉的冷嘲热讽，隔三岔五地进城，一边广交商界朋友一边物色商铺并摸清贷款的渠道。每上一趟县城，银钱的需求就刺激他一次，让他对钱这个东西有了更加紧迫的渴求。就像多年前鼓吹“江洲义门”那样，陈鹤寿故伎重施，以春归堂为讲台倡导着他所谓的洋船“合股制”，听上去颇有些“造大船、寻乐土”运动的遗脉余韵。暖玉对陈鹤寿的海侃神聊提不起任何兴致，只顾埋头给患者看病拿药。她之所以没有当众发难，完全是给他留点面子，也为了濮婆婆那句话：“人回来了就要好好过日子，别把上手的碗又打翻了。”村民中也没什么人当真，他们一边装模作样地听着，一边互相用眼神和嘴唇传递着他们的讥诮。

“樟树埠本来就是咱们的，却让那些外埠船主占尽便宜，着实可惜。”陈鹤寿啜干盅里的酒水用粗硬的掌心蹭了一下嘴唇，发出不甘心的叹息。他有意将本地船主和林昂这些外来船主划分开来，以挑动村民们敏感的神经。祝大春不想扫陈鹤寿的兴，就随口问：“秀才兄的意思是……还要造船？”大伙的脑海里立即浮现出那艘至今仍搁浅于岸边、宛如远古大型生物化石的巨舟残骸，绷紧着脸不吭气。陈鹤寿摇头摆手说：“这回不是造，是买！”大伙都以为他在胡扯，更加漫不经心。

“我在暹罗结交了一帮好兄弟，可让他们替咱们购洋船跑南洋，就像老苏老穆他们那样，不出三年五载便能发大财起大厝。”陈鹤寿自顾自地说。孙木匠向来瞧不起异族，对番仔洋人总是嗤之以鼻：

"那些番鬼也会造船?"他只知道红头船多是福建造的。陈鹤寿用那种见惯大风大浪的平稳语调说:"你太小瞧他们了,咱们用数寸之板,他们用整块木料,咱们用数寸之钉,他们用的是尺余,你说谁造出的船结实牢靠?"

鲁有光听罢哈哈大笑:"番仔也有咱们这么好的木料?"陈鹤寿答:"番山木料同样坚实耐用,价钱不过是咱们的十分之一二。"祝大春正要问番人的龙骨采用何种木料,陈鹤寿就像猜透大伙的心思那样做了详尽的介绍:番爿有种非常罕见的木材叫"崛噜",比铁还坚硬却不像铁那么容易生锈,最经得起海上的风浪。当地人拿那些小的崛噜当抬棺材的横杠,不过碗口粗,用了几十年,粗粗的麻绳只在两端磨出浅浅的沟痕,其韧性和硬度可想而知。

马二爹眨动着狡猾的小眼睛,说话时下巴那几茎霜白的胡须跟着一撅一撅的:"有这等好事,秀才兄您咋自己不出手呢?"陈鹤寿不悦地说:"都跟你们说过多少遍了,再过几个月,我那艘堆满货物的三杆帆就到了。"他只差说它叫"沧海号",那是以他的大儿子名字命名的。

暖玉再也没忍住哼了一声,心想阔别多年,该长进的没长进,这吹牛的本事倒是一点都没退步,好在"今年番薯唔(不)比旧年芋",乡亲们早就见过了世面,没那么容易上当。暖玉的冷笑比痛痛快快的挖苦还要叫人难堪,陈鹤寿只当没听见,继续耐心地引导着乡亲们:"在曼谷,造一艘三桅大船只需七千多西班牙银元。要在咱们这里,成本起码得翻倍,在厦门就更贵了,少说也要两万银元。"见大伙被镇住了,陈鹤寿立即换成一种轻松的口气说:"我一个人能力有限,大伙联合起来集资合股才能做得大。我从番爿回来,知道那边缺什么,哪些东西好卖,咱们只要把银钱凑齐备货,待我的三杆帆一到马上装货,到番爿卖掉后购买新船,再运回那边的货物,这么来回倒腾,大伙不仅很快能够拿回股本,还能像母鸡生蛋一样不断跟着分红。也只有这样,咱们才能挤走外埠船主,夺回属于自己的地盘和利益……"齐修平笑问:"秀才兄,我们最关心的还是如何分红。"陈鹤寿故作轻松地说:"看看,咱齐大才子着急了不是?好货沉底唦。"又喝下一盅酒，这才用经过深思熟虑的冷静语气道出众人最为关心的问题：凡投资者只要拿出真金白银，无论多少都享有“船主”的称谓。在一艘商船里，船主、贩商与水手形成了严格的商业伙伴关系，船主从贩商的商业利润中抽取商银，抽取程度按盈利多少计算，“出海”、船员的收入则根据船主抽银多少而按比例分成。这个配比业内已有成例，谁都打听得到。

村民们早就眼红穆庆辉、苏忠勇、洪祈和等新船主，做梦也想当洋船主发洋财，无奈手头积蓄太少，就是再攒个十年二十年也买不起洋船，陈鹤寿这种集腋成裘的举措就像为大伙度身定做，过去不能实现的愿望又在心头窜动起来。陈鹤寿的话到底可不可信成了大伙唯一的顾虑，毕竟多年不见，谁知道他干过了什么，变成了什么人？所以你看我我看你，带着又疏远又亲热的复杂情感观望着。

“我不像有些人，动不动就拿海贼啊风暴啊暗礁啊来吓唬大伙，说到底还不是怕你们抢食？”陈鹤寿先隐晦地鼓动起村民们的情绪然后话锋一转，在严厉的责怒声中表达出一种恨铁不成钢的惋惜，“不过恕我直言，人家能挣到钱，还不是比你们敢赌啊？前怕狼后怕虎，活该一辈子‘食糜配咸菜’！”

贩卖三鸟竞争不过别人、靠吃老本的老赵壮着胆子问：“您要是再‘跑路’，我这副老骨头只怕早就埋进了黄土。”陈鹤寿大度地咂咂嘴纠正他：“我那不叫‘跑路’，叫下海，到目前为止你们还没弄明白，我这么苦到底为了谁？”老赵用嘲讽的口气说：“总不会是为了我们吧？”陈鹤寿严肃地盯着老赵直到他红了脸方开腔，嗓音大得有些嘶哑：“当然是为了你们。”大伙交换着讥笑的目光，听他情绪激动地拍着胸口说下去，声音里似乎糅进了一缕呜咽，眼里有泪光闪动：“八年哪我的乡亲们，你们早就忘了我的承诺，可是我没忘，我一定要让你们过上好日子，大船造不成，我愧对你们，眼下既然摸到了挣钱的门道，要还想不到你们，我还是个人吗？”

这些年随着商贸繁荣人蛇混杂，村民们被形形色色的人诳骗了不知多少回，再也无人相信天上的馅饼会砸在自己头上，常把别人的好心当成了驴肝肺。陈鹤寿见大伙不为所动只好发出无奈的嘘叹：“福分来了，接受在你不接受也在你，别待到老了再对着儿孙号天喊地，要是当初撸起袖子跟着秀才兄干，早发大财喽。”

周老黑有些动心又有些担忧，就大着胆子再次发问：“秀才兄，您真的有洋船？”这是大伙最想得到证实而陈鹤寿又一时证实不了的，他只能发出一连串的苦笑：“要有假，我把脑瓜剁下来拜老爷！”见大伙仍不满意就扬扬手：“人心已散，再聚也难！”转身准备走开时目光无意地飘落在暖玉身上，那对失望的眼睛又亮了起来，回过头来气壮声硬地说：“你们就算信不过我，难道还信不过我家幼妹？”

暖玉就像被人突然推到光线过分明亮的公众场合，愣了一下又羞又急。

“幼妹，告诉他们，咱家的三杆帆快到了。”陈鹤寿加重了语气，听上去多了一种胁迫的威势。尽管暖玉清瘦俊俏的脸红起来，他对她依然有信心。不管她对他存在多少误解，他相信她还是这世上最牢靠最值得信赖的伙伴，在任何时候只会给他补台而不可能拆台。陈鹤寿只知道这八年的磨难已从头到脚改变了暖玉，却不知道这八年还让暖玉对他失去了安全感和信任感，回来后他又三番五次上县城，更是让她绝望至极。现在他为了达到目的居然喊她出来作伪证，把她当成什么了？！

“说呀幼妹，大大声地告诉他们。”陈鹤寿催促道，他发现暖玉的脸更红了，开口前多了个舔唇的奇怪动作：“我表哥是这么说过，可是我根本就不信！”陈鹤寿吓得脸色都变了，好在反应快，嘴边堆起了巴结的笑容用商量的口吻柔声细气地说：“幼妹，过去大伙是有些不像样，老是变来变去，这回应该不会了。再说了，天底下的好处哪能叫咱家占完？大度点，有钱大家一起赚，大家才会有钱赚！”

暖玉的话本来已经引起了大伙的戒备，陈鹤寿的话却又怪异地诱发了他们的深思，一种精明、乖觉的神情普遍浮现在村民们的脸上，他们的目光就这样在这两口子的脸上转来转去，辨别着谁真谁假。

后来的荒唐结局让暖玉哭笑不得：陈鹤寿的假话得到了大伙的一致响应，而自己的真言却没有人信。看来商贸的繁荣带给樟树村人的不仅是对金钱的强烈渴求，还有人与人之间更深的芥蒂。不仅在利益上，在别的问题上，每个人的幼稚也都大致相同，只是幼稚的方式不同。

一连数天，村民入股人数直线攀升，陈鹤寿暗暗松了口气，总算将自己无力负担的那一部分转移到了别人的肩上。

早在第一个人大着胆子把银钱交给陈鹤寿时暖玉就感到恐慌，一把将他拽到后堂低声质问："你到底想干啥？"陈鹤寿温和地解释："没办法，我急需用钱。"暖玉问："你果然不是为了置货、购船。"陈鹤寿说："那是下一步棋。"见她惊得合不拢嘴只好跟她交底："我在县城买了铺位，得先付三成钱。另外，马老爷要我尽快买点岸边的地皮，那里很快就会涨价。"暖玉说："你拿地皮做啥？转手卖掉？"陈鹤寿说："撑得住我就拿来修货栈。"暖玉一张小脸倏地变色："你别胡来，这可是乡亲们的血汗钱！"陈鹤寿不以为然地说："你放心好了，我会连本带利交到他们手上的。"暖玉气得直甩手："要还不上咋办？你、你不能这样，咱们挣钱也得挣干净的。"陈鹤寿强辩："银钱经过那么多人的手，有干净的吗？"暖玉知道说不过他也拗不过他，急得用他不曾听过的狠声狠气说："你——厚脸皮！"陈鹤寿咧开嘴笑："'脸皮厚厚，福气在后'，敢赌才会赢！"见她更加发急再次安慰道："放心好啦，你忘了我还有一船洋货？"暖玉还想作最后的努力，话到嘴边却化作了可怜的叹息。

半个月后陈鹤寿从村民入股的银钱中拿出一部分，交了仁和街四间铺面的首付，又拿出一部分悄悄买下码头附近最好的地皮，夜以继日修起六间货栈，前门留在尚未开发的空地上，后门对着江湾，江水的深度足以停泊大船，货物可直接搬进栈房。每间货栈宽四丈五深四丈五，分两层以巨榲厚板承载货物，楼上还可同时住人。暖玉越看越怕，忍不住向濮婆婆抱怨。濮婆婆说："这不就是潮州人的本性么？他不折腾吧你不舒坦，他折腾了你又不舒坦，随他去吧，他比你精得多，否则哪能把你拐到这里。"

桑田好奇地问："嬷嬷，娘是爹拐来的？"暖玉窘得满脸通红："嬷嬷瞎说的，壮壮别信。"濮婆婆有些得意地摸着小家伙的脑瓜回答他的问题："要不是这样，咋会有你呀？"

三个月后，矗立于江堤那一溜刷了石灰、白得耀眼的栈房成了人们的谈资。为了给大伙吃上定心丸，陈鹤寿站在准备用来办公的第一间栈房前面，摆好凳子跳了上去，在门框上面锤下两枚大铁钉，挂上一块三四尺长的木匾，上面阴刻着"南北船行"四个大字。没入伙的村民就有意逗他："秀才兄，你的三杆帆呢？"陈鹤寿的回答响亮而又自信："快到了！"

不是没有人怀疑陈鹤寿挪用了大伙的股银，只是苦于先前纸字上的约定，此款归他调拨使用任何人不得干预，所以虽有点担忧但毕竟墨迹未干不好反悔。接下来的事情完全脱离了陈鹤寿设想的轨道，樟树埠的几十家大小船行没有哪家肯租下他的货栈，就算他将租金降至最低也无人问津。陈鹤寿不得不承认，这八九年来港埠最大的变化并非家园的样貌，而是人心，洋船主和贩商在林昂的拉拢钳制之下已形成铁板一块，凡事不经六爷点头就休想办成。

陈鹤寿试了各种办法都撬不开这块铁板，只能好声好气地询问："六爷去番爿快一年了，红头船公所谁替他主事？"别人说穆庆辉。陈鹤寿在公所会客厅里找到穆庆辉，他态度冷淡地冲着工夫茶，连屁股都懒得抬一下，听完了陈鹤寿的诉求懒洋洋地说："这是六爷立下的规矩，我哪敢擅自改动？"陈鹤寿的臭脾气爆发了，冷笑着问："要是他死了呢？"穆庆辉抬头扑闪着狡黠的眼睛，毫无顾忌地挖苦他："那就重选司事啊，就像你秀才兄，要是有洋船又能带着大伙一块儿发财，我们就选你。"

见陈鹤寿被噎得说不出话，穆庆辉笑眯眯地做了个手势："还是食茶吧秀才兄。"兀自端起一盅。但凡冲工夫茶者，应先人后己以示尊重。陈鹤寿强撑着脸面指着茶盘问："老穆，食茶几十年，你可知这漏盘上为何不多不少摆了三只茶盅？"穆庆辉扑哧笑出声来："'茶三酒四游玩五'，三岁小儿都晓得。"陈鹤寿蔑视地说："错！三只茶盅凑起来就一个'品'字。品不正，只配喝涮杯水。"也不客气地伸出大手，让盅脚与漏盘刮擦出刺耳之声以示应战。

从公所爬满金银花的侧门出来，陈鹤寿拍打着额头独自嗟叹逆时背运，人心都朝着“势利”转，过去那些追随他支持他的人，全都站到他的对立面，组成了阻拦他挤压他的铜墙铁壁。

潮湿的春风拂去了大地的寒意，连绵不断的小雨濡润着干枯皴裂的额头面颊，人们脱下碍手碍脚的棉袄棉裤如同卸下一身铠甲，轻松舒畅地走向田间，耳边响起燕子舒展羽翼的扑扑声和欢快的喧叫声。韩江水像是为了展示自身的活力，哗哗哗流得更急将浪花扑腾得更高。毫不起眼的樟树花隐藏于硬枝软叶之间，向港埠两岸发散着沁凉而奇特的香气，将整座港埠带进了微微亢奋的情绪之中。

一天清早，从江面山边腾起的细雾白茫茫地弥漫开来，湮没了沿着两岸一路绵延、莽莽苍苍的黑色森林，周边的六个村寨全都笼罩在这氤氲的烟雾里，载沉载浮，恍若荒诞迷离、随时可能消失的梦境。从海上吹来的季候风一涛涛地涌来，把樟树小巧的花儿刮得漫天飞舞，在巨舟上起落的白色野鹭黑色水鸟，常借着风势飞上高耸坚固的城墙，俯瞰背后蛛网般错综交织、湿漉漉的宽街窄巷，小贩们正推着车挑着担扛着货，从光线幽暗的屋檐下、竹棚下、雨篷下穿过，吆喝声如风吹塔铃般清亮。

不到一炷香工夫，出海口陡然跃出一轮白得炫目的日头，漫天泼洒的金光驱走了周遭的瘴气迷雾，将大江大海装点得珠光宝气。在莲花山砍柴采药的村民惊喜地发现，海平面上耸起了十来艘双桅大船，犹如巨鸟一般张开雪白的翅膀飞掠而来，到了入海口前面的乌塗屿处急速转弯，饱帆也随着翻转，一船连一船，一翻接一翻，好似天人翻阅书卷册页，场面蔚为壮观……这就是樟树埠洋船归来时必会出现的振奋人心的一幕，当地人叫“仙人翻册。”

随着铁铳震天的轰响，鞭炮声噼噼啪啪连绵不绝，锣鼓队铆足了劲头擂打敲击，港埠的码头一下隐没在硝烟与红纸屑之中，船主股东、商贩苦力、接番客等番批还有看热闹的人们，像被一股难以抗拒的诱惑力所吸引，喘息着叫唤着欢笑着嘀咕着，汇成一股漫向江岸的凶猛潮水。陈鹤寿兴奋地跃进人群里，把暖玉和桑田远远甩在后面。暖玉紧紧抓着桑田的手，身体如浮木被人潮裹挟着簇拥着一直往前推，推到了江堤的最前沿。

洋船队徐徐驶入人们的视野愈来愈清晰，陈鹤寿锐利的目光紧张地从每艘船上扫过又重新确认第二遍，脑袋瓜轰然一响浑身抽紧，微微打颤的双腿像快要支撑不住往下坠的沉重躯体，眼里流露出一丝明显的失落。

阔大的帆叶好似飞越了千山万水的翅膀疲惫地收拢，船员们像被捅了蚁穴的蚂蚁在甲板上四下奔忙，船只终于下锚泊定，柔软明亮的水面被昂起的船头染出一片殷红……

日头爬得更高，更加热烈的强光扑向雪白的沙鸥和浪尖，扑向了顿时变得拥挤了的碧绿水面，扑向了桅杆甲板以及每个人的身上，整个世界变得鲜亮美好，唯独陈鹤寿一脸愁容若有所思。暖玉挤到他身边问："表哥，你叫我们来看啥？"陈鹤寿抑制住失望、担忧相混杂的怅惘情绪说："看洋船啊，不过都是别人家的船。"暖玉忽然轻声叫了起来并不由自主地往前挤："表哥，快把壮壮抱起来。"陈鹤寿极不情愿地将瘦弱的儿子举过头顶架在粗壮的脖子上。

"弟弟快看，你不是成天念叨着戏台上的英雄么？这就是啊！"暖玉激动地指点着那艘头船，一个脸庞饱满的汉子站在甲板上朝着人群挥手致意，强劲的江风把他暗红的披风高高扬起，岸上传来了起起伏伏的掌声欢呼声，就好像他是全世界的主宰，是所有人信奉的神明。这种场景陈鹤寿曾在脑子里虚拟过无数遍，只可惜现实中的主角不是他。他像突然想起了什么，死死地盯着那个男人，一双眼睛越眯越细仿佛要将他夹扁。

番客们三五成群挎包背箱、扛着重物从船上蹒跚而下，站在岸边的亲朋戚友迫不及待地伸手接应。苦力们排着长队攀上舷梯跨上跳板，裸着上身拿短柄的铁钩帮忙取货，沉重的货包压得他们脊梁如弓，前胸后背的灰垢被汗水冲刷出一道道洁净闪光的赤铜色。有几个管工给他们发放小竹牌，好在干完活后一块儿结账。

不要说一艘洋船，就是一个番客一张番批，也都联结着多少人的焦虑、忧愁与欢乐。以顺风行洋船为主的船队平安返航，一扫港埠平日里按部就班的商业秩序和温温吞吞的生活景象，激发了无数人情感的奔泻与释放，林昂的威望空前高涨，仿佛弹弹指头便能决定港埠的前途命运，在整个平原甚至于省内省外更大的商圈掀起一股旋风。

当天夜里，江堤上灯火通明，酒楼食肆通宵营业，城内城外大街小巷闪出无数陌生面孔，他们到处找寻着烈酒和女人，以补偿自己一个多月来在海上的煎熬。樟树埠那些条件远不如陈鹤寿的货栈，也如虚空的欲望得到了充盈填实，唯独他那排白色栈房一直无人问津。

三杆帆

就在林昂带领船队入港后的第五天深夜，周老黑又一次被焦虑惊醒，股银要是真没了可咋办？想想陈鹤寿那排空空的白色栈房，还有那艘渺无踪影的三杆帆，自己的发财梦多半是要变成白日梦，这可是自己大半辈子积下的老本呀。

天刚发白，周老黑就跳下床铺急急赶往春归堂，才走上江堤就碰见苏忠勇，他背着双手阴阳怪气地说："老黑，起得这么早，要去接秀才兄的三杆帆啊？"之前他就提醒过大伙小心受骗，心里却又希望他们再上一回当，输个底朝天好对陈鹤寿彻底死心。周老黑没好气地嘟囔："他的三杆帆又没我份。"苏忠勇发出了不屑的笑声："他那叫啥三杆帆啊？就算是小舢板也该摇到了。"

到了药堂周老黑才发现，与他一样被股银的焦虑所搅醒的村民还有不少，他们既担心血本无归，又没有完全丢掉幻想，早早地跑来找陈鹤寿打探消息。陈鹤寿听到前堂传来了叽叽喳喳已经明白几分，继续装睡不出来，村民们也不走，逗着桑田玩，还别有用心地与暖玉、濮婆婆套近乎。没办法，陈鹤寿只好爬起来，拿脚丫找到木屐，深吸一口气走出来。村民们有些怕陈鹤寿，一番你推我让，支支吾吾地询问他那艘三杆帆的下落，运往番爿的货物是否准备停当……一旦有人带头，其他人也就跟着七嘴八舌，一时如苍蝇嗡嗡营营，各自倾吐生活中的不幸与难处，最后殊途同归只想抽回自己的股本银钱。

对于这些可怜虫，陈鹤寿打心底里有种说不出的嫌恶和鄙视，不过他们的追问还是逼迫着他，不得不去正视自己一直不愿正视的风险，那个可怕的深渊，那种引发他强烈恐惧和反感的惨局，之前他只是一门心思地想着成功，有意忽略掉命运中的偶然性，只怕灰了心泄了气。八年的沉浮让他再也输不起，只能双眼一闭往前蹚。他转动着眼珠子沉吟了片刻，将装出来的轻松平和化作最为热诚的腔调："各位阿叔阿伯，老兄老弟，我不知道你们在担心什么？放心好了，早就有水客给我捎信，我的三杆帆出发时间推迟了，再过个三五天一定能到。"

暖玉听到"水客给我捎信"几个字，眼神顿然警觉，迎着他的视线盯着他看。

"难道我陈秀才说话像放屁？"看得出来陈鹤寿很窝火，但谁也不后悔提及此事，全都拿执拗的目光拱他。他的嘴巴张得大大的却又忽然闭拢，像是知道说什么都没用。他走过去亲热地揉揉这个的肩，拍拍那个的背，弄得面浅心软的跟做了亏心事似的局促不安。

"一百个放心，老叔伯老兄弟，冥冥中自有水流神庇佑。"陈鹤寿中气十足地安抚大家，手掌向外一倾表示送客，可是客人们像石头那样原地不动。陈鹤寿还没有找到良策，桑田就帮他解了围，他慌慌张张地从外面跑进来，冲着周老黑"老老老"地打着结巴。陈鹤寿盯着儿子憋红的小脸灵机一动，说："壮壮，你不是爱唱戏吗？唱，唱出来！"桑田受了启发，将纤细的腰肢一扭用手抹开，瞪起一双黑白分明的眼睛，转眼间变成了被惹急了的"小丫头"，将刚刚在外面听到的消息串编起来，拉长腔调满怀谴责地唱："老叔俺尊敬的长辈啊，当日香姐遭患难，咸吞苦忍把身安，你乌云盖顶翻了脸，逼她草草去嫁人。如今香姐寻死去，你还有空在此扯闲篇——"他踮起了脚，兰花指尖如鸟喙啄向周老黑的额头。村民们一下子被桑田像模像样的招式和唱腔惹笑了，只有周老黑一人愣在那里，忽然挥舞着拳头大声问："我家香妹到底咋啦？"桑田灵活地缩到暖玉的背后嗫嚅着："吃、吃、吃了芦藤寻死。"这芦藤根有毒，当地人爱拿石头砸出它的汁液洒进小水沟里"药"鱼，夏天也可焚烧驱赶蚊虫。

周老黑一听心头凉了半截，紧紧抓住陈鹤寿的手哭起来："怎么办啊秀才兄。"暖玉将一包药散和一包红糖塞到自家男人的手里说："人命关天，快跟周老叔去瞧瞧。"

没有死成的周香妹暂时解除了陈鹤寿的窘境，从周家返回，想要回股银的村民早就下地去了，不过三杆帆回不来的可能性越来越沉重地压在他的心头。暖玉听到他心有余悸地自语，“好在有纸字为据，见官也枉然”，心里想：“大老爷们到底是碍于面子，要是换成了老太婆小媳妇，那可是有理也讲不清。”

第二天暖玉的担忧果真应验，入股者家里的女人们蜂拥而至，像下定了决心要将陈家的门槛踢断蹭平，她们衣衫不整一步三叹地唱起“乌衫”，不是老人病倒便是儿女不孝，不是粮食歉收就是男人滥赌，每句话都带着看不见的钩子撕扯着肉长的人心，血淋淋的相当撼人。她们口口声声，陈鹤寿的胸口就起起落落。她们说钱不拿来生钱就像养了鸡不让它下蛋，赌咒发誓提走股银实属无奈。听着听着，陈鹤寿的心肠和软了态度暧昧了，对自己的别有用心多了一丝愧怍，咬紧的牙关松开了嘴唇微微露出缝隙，回击的声音一下子失去了支撑力变得哼哼哈哈。就在他犹豫要不要将剩下的股银拿来还给她们时，隔墙传来了暖玉的咳嗽声，一个接一个响得像鞭炮。陈鹤寿就找个借口溜进去，听暖玉异常坚定地说：“事已至此只能咬牙死扛。”陈鹤寿误会了她的意思，赌气说：“扛就扛，我还不是想借众人之力把买卖做大，再学‘江洲义门’——”暖玉阴沉着脸打断他：“少给我提什么‘江洲义门’，反正钱不能赔，恶人我来当！”

暖玉说得没错，这些人就像行走在沙漠里的饥渴者，给谁一小点水喝都必将引发众人愈加强烈的饥渴感。既然给不了所有人还不如谁都不给。陈鹤寿听后大受震动，不得不在这个看似柔弱的女人面前低下了头，走出去对着那些不速之客说：“各位老婶老姆，阿嫂阿妹，你们先回去，容我想想，明日再给你们准信。”

次日一早，那些女人又三三两两朝药堂走来，暖玉不由分说将陈鹤寿从前堂推到天井，像要护着他让他免遭明枪暗箭的伤害。早些年，村里只要哪家哪户遇上麻烦，都要请陈鹤寿拿主意巧周旋，让奸猾小人显出原形也让忠厚之辈免吃哑巴亏，也只有他才能镇住樟树村乃至江湾两岸正的反的各种势力，而今岁月带走的不仅仅是陈鹤寿的声威，还有暖玉的柔弱和怯懦。

从暖玉果决坚毅的眼神里，陈鹤寿琢磨出了它所包含的全部意义，为了这个家，她可以不惜一切代价，相比之下，自己显得多么可怜可笑，可又一时找不到别的良策。暖玉瞟一眼欲言又止的男人暗暗对自己说：“这个人曾经多么豪迈硬壮，现在却需要我来保护。”那种让自己强大起来的念头变得更加迫切。

对于樟树村每个女人的性格特点、家庭组成生活状况，暖玉了如指掌。听着她们的絮絮叨叨，暖玉不再像年轻时那样把想法都写在脸上，只管哐哐哐地捣药，偶尔停下手来轻松地回复几句，略显苍白的脸上流露出一种同情的神色。

“我表哥啊，你们也了解，一有好处就惦记着大伙，那些股银嘛，定船的定船，备货的备货。本来啊，他也挣了点钱，可全都压在那艘三杆帆上。”暖玉拿手背蹭掉额角的汗珠不慌不乱地说。女人们就像一下揪住了破绽纷纷追问：“那三杆帆呢？”暖玉像安抚被噩梦惊醒的孩子那样轻声细语地答：“在海上。”目光注视着铺窗外的江湾，像在确定那艘洋船走到了哪里。别人又问：“你家的船为啥比别家的船晚那么多？”暖玉像甩动水袖那样让声音温柔平缓地从她们的心坎上拂过：“收的货多，沉，只能慢慢走——”

这样的“文斗”就像隔着一层朦胧的帷幕，遮遮掩掩不痛不痒，真正激烈的是“武斗”，短兵相接对撕互骂。有少数泼辣的女人，和暖玉两口子早有嫌隙，现在又有人撑腰教唆，恨不得把事情捅破天。她们连陈鹤寿都不怕，哪还怕暖玉？比起陈鹤寿，这个小女人就是个软柿子，只要虚张声势引人围观给她造成无形的压力，三下两下就能把她捏扁。

既然来者不善，暖玉就只能横下一条心，随时化作长喙如钩的猛禽去啄啄这些硬骨头。表面上她仍像平时那样客气地招呼她们，以最简单最自然的方式迷惑她们，暗地里却观察着揣摸着捕捉着出击的最佳时机。

刚开始，耳朵贴着屏风墙的陈鹤寿听到泼妇们大声恶气的咒骂，刻毒刁钻得挖心挖肺，眼前便浮现出她们如斗鸡般气势汹汹的形象，恨不得跳起来蹦出门，可惜好男难跟女斗，只能一个劲地替暖玉暗暗使力："给她一巴掌，看她还张狂？"可是暖玉一点都不急，为了了解对手的想法，她既不直接顶撞也不轻易服软，让她们的攻击就像落在一堵厚厚的棉花墙上，耐心地等着她们的精力和心气一点点耗光，待讨伐声里不断出现重复混乱的词句，这才扭过身来，如同拨开荆棘那样小心翼翼地迎上去，气柔息定地告诉对方："说啥哩？我怎么一句也没听懂。"对方就算阵脚没乱也先泄了气，口口声声要她把男人喊出来。暖玉吹口气似的轻轻哼了一下："他不在。"对方若是转身离去也就罢了，若是继续撒泼放刁污水横流，她就会在对方停顿的间隙果断出击。众目睽睽下，暖玉仿佛换了个人，蒙在黑眼珠上的那层惘然薄雾不见了，目光明亮锐利，话多了声壮了，思路不断章法不乱，一字一句就像往墙上敲钉子，干脆爽利毫不含糊，很快就掌握了主动和节奏，愣是让对方讨不到半点便宜。

几个回合下来，陈鹤寿算是看出了门道，领教了暖玉一直被他也被对手低估的智慧和韬略，他在感到震惊的同时也生出了更多的歉疚，在他过番的漫长时光里，这个瘦弱的女人到底扛住多少生活的压力，抵抗过多少人世的风波，是什么样的力量让她撑起这个叫作"家"的东西？

经过一场又一场的嘴仗，暖玉的胆子越来越大，语言的组织调遣也达到了随心所欲的程度。两军对垒，有许多压力往往不是对手给的，而是自我怀疑。一个个胜利不仅让暖玉找到了自信，还产生了一种正义的幻觉，她在为这个家与全村的女人战斗。她不再纠结于乡亲的情谊也不再担忧负面的影响，只管把陈鹤寿当成自己的孩子责无旁贷地去袒护去溺爱，毫无原则地站在他这一边，她已经无所顾忌而别人仍顾忌甚多。面对这些最泼辣最难缠的女人的攻讦谩骂，她姿态优美地斜倚在街门外的铺窗前，瞧她一副闲适享受的样子，仿佛在聆听亲朋戚友的倾诉，消受着他们的热情赞美，脸上偶尔流露出一缕掺和着好奇、惊异和害怕的天真神情，唯一不变的是不时插上一句："还有吗？往下讲呀，继续讲啊。"待对方的嗓门喊哑了身体疲乏了别人听腻了，这才用手拍着嘴巴打了个长长的哈欠，甩给对手一个不屑的眼神，慵懒而又轻松地说："你骂你收，不收左脸欠抽，右脸欠踹，驴见驴踢，猪见猪踩。"

陈鹤寿对暖玉骂架的技巧不断提高不仅不反感，还觉得痛快解气。暖玉不但骂出了他想到的，还骂出了他没想到的，可以说把吵架闹仗提升到一个新的高度，全村无人能够企及的高度。他不再把偷听暖玉吵架当作一种折磨，而是抱着观摩和欣赏的态度。暖玉确实深得嘴仗三昧，声东击西避重就轻诱敌深入关门打狗……既有四两拨千斤的轻巧，又有直捣黄龙的快准狠。对方越郑重其事她就越轻松俏皮，将一场口水仗当成游戏玩耍。有时暖玉尚未进入状态，对方已经尝到厉害想要草草收兵，过分轻易获胜反而让她意犹未尽，她就会用一种近乎恳求的腔调逗引对方留下来："别走嘛，你倒给我说清楚，你们家到底是谁说了算啊？一会儿东一会儿西。"要是自己急于收场，则会发出大义凛然的谴责："乌乌是字白白是纸，你们连自己的指印都不认得？难道那是猪蹄子狗蹄子踩出来的？"然后又用一种柔和但胜券在握的得意不紧不缓地说："谁对谁错，水流神大老爷在天上看着哪！"她相信对于大多数女人来说，水流神就是一根套在她们脖子上的绳索，一勒紧就吱不了声。

谁也没有想到，吵架还会上瘾，到了后来，暖玉要是哪天少吵一两回就会怅然若失。桑田跟着母亲对付那些杀上门来的"不省油的灯"，嘴巴也打磨得比铰刀还锋利，小小年纪临阵不乱，人家刚一张嘴，他就咔嚓咔嚓把对方的话剪得七零八落。

虽然暖玉在嘴仗上占了上风，但是接下来还会发生什么谁也无法预估。有天陈鹤寿走进卧室，看见暖玉背对着他收拾着衣物，还以为她要躲起来，脑子嗡的一声想说点什么，话到嘴边又咽回去，这些年他除了给这个家带来祸事还是祸事，暖玉跟着他没过上几天好日子，现在还摊上这种大麻烦，她对他也算仁至义尽了，就转过身来勾着头抽起旱烟，心里已经做好了不发火不挽留的准备，当暖玉把包裹递过来时他一下傻眼了。

"表哥，我想来想去，你还是先出去避一避，到县城，或者到大先生那里，过了风头火势再回来。"暖玉的眼里浮起一层细雾，咬咬牙又安慰他，“放心好啦，你走了八年，我们不也照样过来了吗？”陈鹤寿喉头一紧声音变了调：“我不走！要走也是你走，幼妹，你带着干娘和壮壮走得远远的，这边我来收拾！”话没说完眼眶就红了。

等待三杆帆成了陈鹤寿最大的心病，他明白自己的命运早就和那艘洋船牢牢捆绑在了一起，而沧海号就像一个任性的情人，不顾他的祈求渴盼迟迟不肯露脸。日子一天天过去，一天比一天沉重的压力从四面八方围聚堆砌到他的身上，碰触着他日渐敏感的神经。他觉得自己被一股神秘可怕的力量控制着，将他从正常的生活中抛离出来，把他身上的热情和希望一点一点地抽光。他的酒越喝越多，经常喝得神志不清怀疑起自己的记忆力：那艘三杆帆到底有没有存在过？是不是像别人说的那样，是他为了堵住乡亲们的嘴凭空捏造出来的？他倒是在梦里见到过他的三杆帆，它满载着他的尊严、名誉、事业、财富，满载着他的命运，在狂飙中被往复抛掷，在波峰波谷中砸落多次，船身已无可挽回地出现了严重倾斜……就在它沉向海底的那一刻，他十分真切地看到那刻在桅顶鱼尾风向标上的四个字：“风正帆悬”……

一个月后，陈鹤寿几可断定沧海号出事了，不是被风浪打翻便是遭海贼洗劫。船只到了海里就像人来到这个世界，生老病死无从把握。“行船三分命”，大海风停风起潮涨潮平瞬息万变，有时看似沉静驯顺碧波粼粼，忽然间便是风狂浪猛抉樯覆舟肆虐不羁，入了这一行就等于签下了生死书。不过，陈鹤寿觉得沧海号被海贼劫掠的可能性似乎更大，近年来南洋路上海贼十分猖獗，行踪也神出鬼没。他临走时还特意提醒沧海号的“出海”高莽，即使船只平安抵达粤海水域也不可掉以轻心，在南澳岛海面有三个小岛合称“三澎”，正是南风海盗船只经由暂寄之所，此外自黄岗、大澳而至澄波、放鸡、广澳、钱澳、靖海、赤澳沿海诸地，虽是潮州府所属的山脉入海，也是贼船的出没之域。他们早上远飏于外洋以伺掠，夜间西向于岛澳偷泊，大凡民间潮产洋货集散之地，必是海贼觊觎之所在。

经过了这么多年，陈鹤寿终于真正理解了常常挂在疍民嘴边的那句话：“大海是长牙的。”既然天不佑我，命中注定，他反而少了些往日的惶恐而多了种认了命的冷静。虽然八年的艰辛付诸流水，不过如果让他从头来过，他依然会顺着本性放手一搏，给自己一个交代："我已尽力，可惜没有那么走运！"让他觉得有点可笑的是，那些本来想要约束入股者的白纸黑字，如今反过来成了自己有罪的证据，而更让他难过的是，再也无法向暖玉证明自己没有说谎了。

有天中午，暖玉拿进来一封信，说是县衙差人送来的，陈鹤寿心想屋漏偏遭连夜雨，马致远肯定是听到了风声来找他的麻烦，打开一看愣住了。到了晚上，他从后门跳上石槌帮他约来的马车，只给暖玉撂下一句话，"出去一趟，最晚三天回来。"陈鹤寿要去县城，又怕被樟树村人发现误以为畏罪潜逃，他更不敢跟暖玉交底，信是麦青假托马知县之名送来的，约他明晚到她家看病，千万别耽误。

陈鹤寿不知道麦青出了啥事，照理说林昂回来了她就不该约他。到了县城他还是在老地方住下，待夜幕降临再去叩响林府的门板，他想好了，这回若是林昂设下的圈套他就将计就计，当面质问他为何不许别人租他的栈房。来开门的是映月，陈鹤寿一颗提起的心落下了。麦青正坐在前厅蹙着眉想着什么，见到他一下回过神来，伸出皓腕说："先生，你给我瞧瞧，我最近老是心神不宁，吃不好睡不安。"和上次见面相比，麦青真的清瘦了，脸也尖了腕也细了，脸色憔悴还有黑眼圈，直看得陈鹤寿心头隐隐作痛。

那丫鬟刚走开，麦青就腾地站起来，从旁边的柜子里拿出早就准备好的一包东西急急地往他手里塞，捏紧了嗓音说："这些年积了一点私房钱，还有些金银首饰，你拿去救急。"陈鹤寿不知道自己的窘况怎么就传到了她的耳朵里，只觉得脸皮一烫又羞又恼："我哪能要你的钱？我自己的事自己解决！"麦青果断地说："听我的，拿了赶紧走。"陈鹤寿心想肯定是林昂在她面前嘲笑过自己，更加坚决地拒绝："这我不能要！"麦青将那包东西再次重重地压在他手上，狠着声气威胁："你是不是不知好歹？我没别的意思，就念你这个人好，你再不拿，我叫马知县不再帮你！"陈鹤寿也真恼了："你还当不当我是个男人？"麦青的眼泪一下就涌出来。陈鹤寿心一软急忙哄她："你放心，我真的没事，我的船只是回来得迟一些。"说到后一句声音有些发虚。

麦青没有听出来但仍在替他担心："要是有什么麻烦就托人给我捎个信儿，千万别想不开。"陈鹤寿看着麦青把那包东西又藏回到柜子里问："林六呢？"麦青说："去府城了。"陈鹤寿关心地问："他回来了，你该开心才对，怎么瘦了好多？"麦青以最快的速度回答他："没有啊，我挺开心的"，然后朝着天井的方向望了望又说："他对我好着呢。"

看着陈鹤寿匆匆离去，麦青怔怔地站了一阵子，感觉自己的心似乎也跟着他走了。上次陈鹤寿来后，麦青就病了一场，还发烧说胡话喊着秀才兄，所幸只有映月听到。林昂从南洋回来，她本该高高兴兴的，可还是食欲不振一直瘦下去。林昂找了好几个高明的郎中帮她调理，她明白自己得的是什么病，所以总是将下人熬好的汤药偷偷泼掉。林昂才在家里歇了三天就闲不住，又去忙他的生意，这反而给了她一个宽松的养息空间……

夜色似乎漫进了前厅，麦青抹了抹眼睛，回过身来看着陈鹤寿坐过的椅子，也坐上去，椅子还留有他的余温。

陈鹤寿回到客栈，心情一时无法平静，麦青虽嘴上没说啥，其行动却恰恰证明了她的心里有他。他还沉浸在对麦青有情有义的感动之中，暖玉就从脑海里跳出来——明知他喜欢麦青，她还劝他到县城避一避，他觉得这辈子最对不住的人就是暖玉了。陈鹤寿就这样一会儿想着旧情人，一会儿又想着妻子，心里酸楚一阵又甜蜜一阵，竟和衣迷迷糊糊地睡着了。也不知道过了多久，客栈伙计敲门将他喊醒，说巷子里有人找他。陈鹤寿晕乎乎地穿过客栈的天井走出大门，见没有人又走到巷口张望，正觉得奇怪，就看见有五个高矮不一的汉子从两头包抄过来，逐渐交织在一起的影子像要把他吞没。

陈鹤寿一下清醒过来，镇定地问："你们认错人吧？"领头的拍拍他的肩膀又拍拍他的脸笑："没错没错，要找的就是你！"陈鹤寿讪笑着低下头往身上摸索，嘴里说："我这里还有点碎银，兄弟们拿去花花。"忽然给了那领头的脸上一记勾拳，柔软的手感告诉他击中了对方下巴底下脆弱的咽喉，那个家伙往后一仰还来不及喘气，陈鹤寿又是一拳，干净利落地捅在他的小腹上，再次尝到了打击对手的快感。他还想补上一脚，另一个家伙从后面扑上来用长胳膊箍死他的腰，其他三条汉子亮出早就准备好的一头粗一头细的棒槌迎上去轮番砸打。陈鹤寿连挨几棍子血水酱了一脸，强忍住疼痛高抬右腿，拿后脚跟狠狠地捣了下后面那个家伙的脚趾，只听得啊呜一声惨叫只得松开了胳膊。陈鹤寿在挣脱对方时又顺带给了他一肘子，再揪着他的后领如同拽着一袋粮食，借着惯性抛向他的伙伴们，扭头便跑。陈鹤寿躲到天光发白才强撑着身体回到客栈房间，发现脸上手上一坨坨青紫一道道红黑，眼睛肿得黏糊糊的像两只烂桃子。他匆匆结了账，请跑堂指点一下专治跌打损伤的地方，过去止血敷药，好在都是些皮外伤。他心里亮堂着，林府不能再去了，这一次只是教训他，下一次会要他的命。

陈鹤寿用水布包头只露出两只眼睛，虽然肿着但还不算特别吓人，他在城外匆匆上了一辆顺路的马车。马车拉了一车柴草，他正好躺在上面理理思绪，他第一时间想到的是林府那道黝黑的围墙，它将他与麦青隔离在不同的世界里，麦青不知道他所发生的一切，而他也无法知道她的一切，内心的焦灼令他恨不得架起铁炮，将那堵围墙夷为平地……

陈鹤寿回到樟树埠天已黑透，暖玉听到后院的叩门声吓了一跳，在灯下看到他的模样更加心惊："他们把你告到衙门去了，还是说那封信是骗你出去的？"暖玉眼泪汪汪的样子让陈鹤寿心里交缠着羞愧与感激，只说自己不小心从马车上滚下来，一点皮外伤不碍事。暖玉仔细地查看伤口，边给他敷药边暗暗认定是村里人所为，又不敢惹他心烦，只能偷偷告诉干娘，濮婆婆安慰她："给他们出了气，兴许就不会逼得太紧。"

事情真是不嫌多，陈鹤寿就在这当儿发现暖玉怀上了孩子。她本来瞒着他，生怕给他增添哪怕是一根稻草那么轻又那么重的压力，可是他还是从她对油味腥气的剧烈反应猜到了。这本是陈鹤寿渴盼的好事，却因了那艘等不到的洋船而显得不合时宜，它势必对他们未来的生活构成一种新的负累。有天暖玉半夜醒来，伸手一摸，床的另一边还空着，就披上外衣扯紧衣襟摸索到前堂，只见陈鹤寿孤零零地坐在那里双手抱头，像在费劲地等待着天亮，微暗的烛光摇动着他映在墙上的影子，一股怜惜之情油然而生，柔声说："船没了钱没了都没关系，人还在嘛。"

陈鹤寿抬起头来，眼睑红肿、布满血丝的眼睛闪出一缕意外的亮光："你相信我有船？"暖玉用力地点头，又说："你倒是扒心扒肝地相信别人，可人家值得你信吗？"陈鹤寿沮丧地垂下脑瓜，他知道暖玉在说谁，那是他在南洋一起打拼的两位好兄弟。他离开暹罗时将所有业务全权交给他们，黄仰岳负责货物委托、收购等商务接洽，高莽负责所有船务。

高莽比陈鹤寿小五岁，南畔洲人，打小与孪生弟弟随父亲出海捕鱼，身强体壮皮肤黝黑，脾气暴烈但讲义气。父亲死后，两兄弟因将欺压他们的渔霸打成重伤不得不亡命天涯。陈鹤寿与他在去南洋的货船上相识，一起到马来群岛的"芭场（种植园）"卖苦力，后来又一块跑大山里挖锡矿——中国与英国做茶叶生意，需要大量的锡做茶叶箱的内衬防潮。签约时高莽连名字也不会写，陈鹤寿替他写时监工要高莽跟着在笔尾抓一下，不少华工也是通过这种"抓笔尾"的方式表示自己是情愿的。两个月后，他俩将克扣工钱的监工痛打一顿逃往暹罗，在北部的原始森林里当扛柚木的苦力，天天早出晚归，身上伤痕累累，到了夜里，天气闷热蚊虫乱咬，陈鹤寿望着满天的星斗编了一首悲怆的歌仔，在老乡中间广为传唱：

心慌慌，意茫茫
上山来做工。
雨来乞（给）伊淋，
日出乞伊曝，
所扛大杉桁，
所做日共夜，
所食冷饭菜，
所住破竹棚……

一年后，陈鹤寿领着高莽辗转来到曼谷闯荡，投奔当地的潮人同业公会，他们的口号是“来了就是家己人”。潮州人每到一地，往往借血缘、地缘、业缘等关系组织起包括宗亲会、同乡会、同业公会、慈善会等组织，以达到抱团取暖、免受欺负、共创事业的目的。陈鹤寿既有胆识又有文化，在过番的人中算是少有的，同业公会会长李德成先生便对他另眼相看，把他和高莽介绍到湄南河边的货船上去帮忙。

在湄南河入海口，受海潮顶托，泥沙在河口处淤积成一条“槛”，大船无法出入湄南河，只能停泊在海口装卸货物。陈鹤寿找准时机，向他的贵人李德成会长借钱购来一条旧驳船，帮那些大船将货物拉到内河两岸，或是将岸边的货物拉上大船。高莽成了陈鹤寿最可靠最得力的助手。就在陈鹤寿手头的驳船增加到十条时，李德成会长将一个叫黄仰岳的潮州同乡介绍给他当账房。

黄仰岳说他只有三十几岁，但样子看上去比实际年龄要老得多。他瘦得像根竹竿，肩胛骨突出脸上的颧骨也突出，脸皮多皱眼窝深陷，像经历过大灾大难。黄仰岳告诉陈鹤寿，他曾受雇于潮州府城的“鸿雁”批局当水客，专跑暹罗到庵埠的水路，将番客的番批捎回家乡，又将乡亲的信件物品捎到暹罗。由于番批的形式多种多样，有用现银的也有用货物的，若是现汇取佣百分之十，若以汇款投资于货物则免抽佣金，待回国后把货物变卖再将汇款交付收批人。水客靠诚信走天下，其底线和最高的目标完全一致：确保番批万无一失。表面上水客批脚受人欢迎受人尊敬，事实上在人们久等番批不至时常受到怀疑和指责，也的确有极个别水客批脚利用人们不识字之机暗做手脚卷走钱财，坏了这个行当的名声。按照黄仰岳的说法，他是在归国的洋船上遭遇海贼，捡了条命后怕回潮州说不清楚反招牢狱之灾，就索性留在了暹罗。

陈鹤寿很快就发现，黄仰岳的真正长处并不在于普通的记数算账，而是有着解决实际问题的超强本领，他的脑子里就像藏着一架算盘，最棘手的事情到了他那里，随便扒拉两下就有了主意。陈鹤寿毫无贬义地送他一个“老狐狸”的绰号，不仅因为他面颊无肉鼻梁挺长下巴悬吊着一把山羊胡子，更在于他的机敏灵活妙计多端。正是在黄仰岳的撺掇下，陈鹤寿卖了驳船，又向曼谷潮人同业公会的同仁借贷了一笔款子，接手一艘半新不旧的三杆帆，取名沧海号。这艘船的原主人是个“福（建）佬”，因在海上遇上暴风雨被撕裂了前桅帆，船舵也受损，最关键是上面死了两个人，船主认为不吉利急于低价转手。

做航运需要货主的“托运”来帮衬，陈鹤寿就接受了黄仰岳的建议祭出了乡情这张牌。在曼谷的潮州人数以万计，为了抵御外族欺侮团结一心此呼彼应，只要是家乡人没有不出手相帮的道理。在曼谷潮人同业公会的年会上，李德成会长替陈鹤寿广作宣传，拍着胸脯担保，引得众乡亲纷纷支持。除了放上自己购下的上百担南洋特产，沧海号货舱的其余空间都被老乡们预订了。最重要的货运业务得到了解决，余下的客运业务只是锦上添花——那些赚了钱的同乡想要回乡省亲或扫墓祭祖，会零零星星地搭顺风船一道回国，陈鹤寿便把黄仰岳与高莽留下，一人管货一人管船，自己提前返樟树埠创建船行商行，为沧海号回来打前站，开拓国内销货渠道，接洽到暹罗的托运业务。在熟人的帮助下，陈鹤寿搭上一艘来曼谷访问拉玛四世的英国军舰，里面的乘客除了英国政界的人物就是到处寻求商机的“生意精”。那是一艘罕见的蒸汽动力军舰，船底包裹着黄铜船身包裹着厚厚的白铁皮，两侧有明轮推进，不像木帆船那样需要看老天的脸色。军舰把陈鹤寿带到香港岛，下了船后他又换乘回樟树埠的木帆船，近乡情怯加之旅途过分劳累，一直潜伏在他身上的思乡症于是不可抑制地爆发……

“幼妹，”陈鹤寿用好久没有过的温柔口吻说，“明日你收拾一下，天黑下来我让石槌送你们仨回娘家。”既然倾家荡产前途无望，陈鹤寿本能地想要保住女人和孩子，这也是他在人世间最后的希望。暖玉望着明显瘦削憔悴的男人心怀戒惧地问：“那你呢？”陈鹤寿摇摇脑袋，牙齿咬不住颤抖的下唇，窄窄的眼缝里泄出一缕湿亮的光：“我不走，我得给乡亲们一个交代。”他的声音戛然而止，像斗败的狗锉得牙齿一阵闷响。

暖玉清秀的眉目变得凶狠起来：“我不走！”陈鹤寿起身搂住女人

的膀头，将她旋扭到自己面前郑重地说："为了两个拏仔，听话。"暖玉扭动着因怀孕而变粗的腰身断然拒绝："我不会留下你一人的，就是死也要跟你死一块儿。"陈鹤寿感到胸膛被重击了一下喉头一紧，鼻腔多了种酸酸胀胀的味道。暖玉平复了心情柔声安慰他："你也别急，该吃吃，该睡睡，指不定明日咱的三杆帆就好好儿回来了。"

次日上午，陈鹤寿再次叫住正要出门的女人，要她将生活必需品还有路上吃的干粮准备好，又将家里所剩无多的银钱全都掏出来，分给她和濮婆婆带上。一想到这一别不知何年何月才能相见，陈鹤寿的胸口卷起一汪酸楚难舍的热流，终于彻底看清了自己也看清了暖玉，这个他不怎么当回事的女人原来才是他生命里最要紧的人。暖玉朝陈鹤寿摆摆手说："啥也甭说，我要去拜老爷。"陈鹤寿急了："幼妹，别人不明白你还不明白啊？这个柴头老爷是我瞎编出来的，咋保佑得了你我？"暖玉也激动起来："谁说的？我知道他在的，就算不在那块木头疙瘩里，也在我这儿。"她戳着胸口眼里泛起坚定而澄澈的光，倒像在提醒他："这时候你除了指望他还能指望谁？"

从水流神庙回来，暖玉像平时那样给人看病，收拾房间打扫卫生，洗衣做饭喂鸡切药……没有一点想要离开的迹象。陈鹤寿明白暖玉的担忧，这一走，家也跟着散了，她守了这么多年的辛苦白费了。他并不知道暖玉早就想好了，她要陪着他留下来，只要他俩还在，家就在。至于那么多的债，他们可以边挣边还。她对自己说，就当他们又回到当初来时的那种拓荒状态。

到了下午，陈鹤寿不得不再次将暖玉唤进卧室，摆出冷峻威严的面孔说："幼妹，你啥时候变得这么不懂事了？你们不走，我的心总定不下来。"暖玉淡淡地说："我可不是你请来的老妈子，说来就来说走就走。"陈鹤寿觉出这话里藏着刺儿，语气遂缓和了些："这不是没办法吗？"暖玉说："你有没想过，我带着拏仔突然回去，别人会怎么看？"陈鹤寿说："都这个时候了，别人怎么看要紧吗？"暖玉说："要紧！我爹娘我哥嫂我侄子侄女还要活人呢。"陈鹤寿说："你要这么说，幼妹，我马上给你写张休书，咱们从此一别两宽。"暖玉委屈得泪水哗地冒出来，脸上却是凛然不可侵犯的神色：“你不都写过了吗？我知道谁也没你心硬，你要是下得了手，咱一辈子就甭再见面。”陈鹤寿像被什么东西挡住了去路，一伸手想抹开却被它有力地反弹回来。他知道只有将自己最丑陋不堪最令人齿冷的一面摆在她的眼前，才能让她彻底死心，就利牙一锉发出残忍的冷笑：“幼妹，既然今日咱们把啥都说开了，有件事就不得不提，你知道我后来为什么不给你寄番批吗？”暖玉没好气地说：“挣不到钱呗。”陈鹤寿说：“那会儿我早就挣到了。”暖玉疑惑地问：“那是你太忙了。”陈鹤寿打了个哈哈：“再忙，托人捎回个只字片纸总还做得到吧？”暖玉瞪着眼睛问：“那是为何？”这个萦绕在她心头多时的疑问终于被她说出口来。陈鹤寿嘴角牵扯出一丝狞笑：“我盼着你跟别人跑，这样就好去找麦青。”

暖玉缓缓地抬起头来不敢相信地问：“你真的这么想？”陈鹤寿语气冷硬如铁：“当然了。”暖玉的心沉下去两朵泪花冒出来，一个漫长而又叫人窒息的呜咽使她全身震栗起来。濮婆婆听到屋里的动静，冲进来看到暖玉的拳头雨点般地落在陈鹤寿身上而陈鹤寿不躲也不闪，就竭力拽住干女儿的一条胳膊将她拖开，她的整个身子仍扑跳着，像条母狗拼死也要从他身上咬下一块肉。

濮婆婆哑着声发出严厉的警告：“不怕丢人是不是？”见暖玉怔了一下停止了动作，又马上接上一声：“这么多年，阿寿一人在外容易啊？他要不惦记着这个家他会回来？”说到“家”，暖玉的心一抖，狂乱激动的情绪受了约束迅速平伏下来，一种不易说清楚的直觉在告诉她，他是拿着真事假做，做得让她差点上当。

陈鹤寿还以为得手了，心里竟透出一种酸楚的得意，一种无奈的感动，话到喉头舌根发硬：“走吧走吧，跟着我还有啥意思？”暖玉拿着指尖堵住流到半路的泪水忽然改变了口气：“这是我的家，我干吗要走？”陈鹤寿气急败坏地问：“我这么对你，你不觉得我乌心肝糜屎肚吗？”暖玉心里更加有数，仰起脸来声调里颤动着甘于示弱的撒娇成分：“咱们本来就是冤家，等我有闲再来跟你算老数！”然后靠过去紧紧挽住他的胳膊。

陈鹤寿假装厌烦地挣开暖玉的手，用开心而又怨怒的声音骂：

“臭婆娘，我当初把你带到这个鬼地方来干啥？”暖玉得意地盯着失掉了威风的男人扑哧一声笑开来，又罕见地开了个玩笑：“给你生孥仔啊。”

陈鹤寿转过身去，免得被她看到自己发红的眼睛，还有那张向下咧开、不知所措的大嘴。他刚走出寝室就听到前堂外面一阵喧哗，心想丑媳妇终究要见公婆，总不能一直当缩头乌龟让暖玉挡在前面，要杀要剐请便，遂带着风走了出去。

铺窗外十几个村民正在听来喜来欢两兄弟讲着什么，见到陈鹤寿，来喜眼睛一亮扑到铺窗前，来欢及时捂住哥哥的嘴发出兴奋的尖叫：“秀才兄，您的三杆帆回来啦。”陈鹤寿瞪圆的双眼迸射出凶暴的光，好像随时要扑过去撕碎他们：“混蛋，你觉得开这种玩笑过瘾啊？”来欢吓得一个哆嗦缩回脑袋澄清：“是我哥说的。”来喜从弟弟的掌心拔出嘴来喘了口气说：“入海口孤零零地驶进来一艘三杆帆，不是你的是谁的？”来欢大声质问他哥：“我怎么只看到两根杆？”来喜不高兴地说：“那是你的眼睛瞎了。”陈鹤寿装出满不在乎的样子说：“这三杆帆要是我的，那就送给你们好了，滚！”大伙哄哄闹闹地笑开来。来喜不服气地哼了一声：“不信您自己去看。”

陈鹤寿像只瘟鸡垂着脑袋晃出街门，回头拿手指戳点着尾随其后的两兄弟：“要不是我的船，老子把你们的舌头割下来。”一抬头傻眼了，村民们好像听到什么消息，流水般地从街巷泻出朝着码头的方向漫去，到了江堤边缘又像被挡回来那样不断地增加其宽度。陈鹤寿冲过去跳上一方大石头张望，果然有艘洋船像大鸟贴着波光闪耀的水面徐徐飞来。一阵似曾相识的呼啦声幻觉般地摩挲着他的耳轮，扑哧扑哧地冲击着他的鼓膜，就好像云鹏展开翅膀搏击着强大的气流。

暮春那层终日不散的惨淡雾霭不知何时已经淡褪，浊黄的太阳在即将到来的黄昏里变得更加浑圆红艳，释放着充足的热量和耀眼的光芒，陈鹤寿的心脏仿佛停止了跳动。没错，是艘三杆帆，中桅高挂主帆，上有叠帆，头尾桅各挂一帆，中桅两侧添置的翼帆也张开以招风（民间称为“四帆开笑”），全船六帆齐发……一种近于窒息的紧张感扼住了陈鹤寿的呼吸，他紧咬下唇好平息波涛般翻滚的情感，心里仍止不住地涌起想要大声哭泣的欲望。

“大船食大风。”陈鹤寿听到自己嘀咕了一声。这些天来，他不断地在梦里寻找着他的船，他看见它一直漂着从未靠向现实的岸。不管是白天还是夜晚，他的心犹如钟摆在棺材与眠床、天堂与地狱之间甩荡，可怕的沉静和疯狂的激动交织在一起几乎要将他撕裂，而就在这一刻，他几可断定这船就是他的，只是仍以为是在梦里而不敢相信：“真的回来了？回来了？回来了……”

大洋船徐徐收起风帆又缓缓靠岸，村民们看见陈鹤寿跳下大石头发疯地往前挤，直至站在只差一步就会掉进水里的堤岸边沿。太阳的红光涂抹在那张棱角分明、沟壑纵横的大脸上，从泪光反射出来的不像是什么喜悦，而是无限的恨意。他死死地盯着大船，仿佛在问自己：“这就是折磨了我那么久、差点让我疯掉的鬼玩意儿吗？”他的嘴巴开始微微抖开，像对着一个他所深切爱恋着却被无情辜负的情人说：“你、你怎么能这样？”声音又冷不丁地拔高，并用颤动不止的手做了个侵略性的动作：“老子知道你一定会回来！”

沧海号最终准确地停泊在六间白色货栈的后门，陈鹤寿顾不及接受乡亲们的庆贺凑到那群跟着看热闹的苦力身边，大声说：“兄弟们，干活喽！”见他们没有行动的意思又拍打着胸脯：“怕我没钱给？甭担心，我的钱袋子来了。”他一边不断加价一边用不敢相信的眼睛看着这群无所事事的壮汉。有个年纪大的凑过来嘀咕：“爷，你的价钱开得再高也没用，不是兄弟们不想干，是有人不让干。”陈鹤寿悄声问是谁，对方像受了惊吓的乌龟缩回了脑袋。

这时陈鹤寿日思夜想的兄弟们走上岸来，身板单薄、微微驼背的黄仰岳向他深深作揖：“头家受惊了，大船出港没几天就遇上风暴，桅杆折了一根帆也撕烂了，只好返回，这一修就是半个多月，差点误了风期。”陈鹤寿正还着礼，一个头顶光秃、周边黑发如帽檐并连着络腮胡子的壮汉冲上前来紧紧搂抱他，他就是高莽。两兄弟又转身拜见头家奶。暖玉刚拉着桑田赶来还云里雾里的，差点忘了还礼。这时桑田忽然想起了大先生随口哼出的歌仔，就得意地唱起来：“洋船到，猪母生，乌仔豆，带上棚……”

“头家，咱们自己动手吧。”黄仰岳一下就看明白了怎么回事，高莽于是转过身去大着嗓门动员自己的船员，嘴巴里露出一颗颗白石子似的牙齿。暖玉忙提醒陈鹤寿：“表哥，你忘了你的那些合伙人了？”陈鹤寿忙不迭地说对对对，转身冲着拥挤的人群喊：“入股的弟兄们听着，不想退伙的，就给老子动起来！”话音刚落，人堆里像炸开了锅，一下冲出几十号人，他们就像找到了争取表现的机会，个个将袖子捋到肩膀上，挥动胳臂转动脖颈迈开双腿，从那些苦力手里夺过黑幽幽闪着光的短柄铁钩和扁担绳索，咚咚咚地跑上沧海号。石槌的肩膀上扛着最大包的货物，边走边朝看热闹的人喊：“谁再敢说我秀才兄是骗子，老子捏扁他的蛋蛋……”也有帮倒忙的，胆子大力气小拿不稳，一大袋摔下来，雪白的暹米撑开裂口如牛奶般奔泻而出，引得旁观者引颈踮足。

沧海号的到来再次唤起了樟树埠人的热情，土地在人们的脚板底下快乐地震颤，就连女人们也不愿错过看热闹的机会，忘了手里还拿着竹规网针疯跑出来。

沧海号和别的红头船一样，红漆涂头白粉刷腹，沧海号又与别的红头船不一样，船头多了一对溜圆的大眼睛。

“红头船不是鸟也不是鱼，怎会有眼睛？”听到别人的嘀咕，陈鹤寿仰身大笑：“船是鸟也是鱼，今天在此明日在彼，这对眼睛就是为了让它看清海路的。”

第七章

鬼迷心窍

难道我刚才睡着了？我明明看到咱家的老屋油灯闪烁，你在起火烹茶，还撸起袖子将一小盅端到我手上，嘴里哼着“红楼前头勿相送，月光朦胧赠钗钿，鱼水相依可记得，到了帝京莫流连……”难道这些都是梦？

半个时辰前，黑白无常送来了冥府最后的通牒，那是判官大人用铁笔写在人皮上，一笔一画凝结着紫红的血痂。你过身了，我留在阳间的时限也到了。

十郎我的夫，当时我就站在你的窗边，看着你瓜熟蒂落。我听到你嘀咕了一声：“给我来点酒润润喉”，呼吸就急促了，耳朵变冷喉咙痉挛，死神的影子像裹尸布一样展开，慢慢地把你罩住裹紧。你的瞳孔看上去像玻璃晶体闪着微光，滞结的血液使你的皮肤发紫，眼球变平，肌肉萎缩僵硬，毛发根根竖起好像还在继续生长。你平静地收回将要呼出的最后一口气，那些栖息在你鼻子底下、随时欲与之共舞的微尘再也飞动不起来。我听到你滑稽地打了个响屁，就像在向尘世间嘟囔一声“再见”。你那飘出躯壳的魂灵，一听到亲人的哭声又想钻回去，可是回不去了，它不再属于你！

松开拳头吧我的冤家，我知道你的手里攥着什么，一个梦，一个波圈般忽大忽小、鬼火般若即若离的梦，一个养不熟还随时可能反咬你一口的梦。

说真的，你跟别人没啥区别，都爱做梦，我自己也曾傻傻地活在醉梦里，只要你模糊的影子朝我招一招手，瞬间就填满了我的空虚和寂寞。都说鬼怕光，那是鬼怕把什么东西都看得过于明白，结果连鬼也做不成。我也怕光，只不过我怕的是光一来梦就走。我更喜欢待在幽暗里，刨削着阳世间鲜明的线条和棱角，以便模糊现实与梦的边界，因为现实冷硬无情鸡零狗碎，只有梦才柔软圆润、完美无缺。

尘世间的路啊，纵有千条万条，没有一条能够抵达梦境，只有想象才能像船儿那样，将意识摆渡到神秘而又难以确定的彼岸。十郎啊，我要向你借一借红头船的帆叶，装在背上让它成为我的翅膀，最好是插进我的心坎，那样咱俩就可以比翼齐飞。对了，你还要多弄些尽膳居自酿的“船头红”，只有喝它几口，咱们才能彻底挣脱现实的羁绊，骑着梦幻之马驰向只属于咱俩的自由天地……

说出来也许你不信，十郎，在梦里我看不见人世间的颜色，所有的一切都是死气沉沉的黑白灰。我看不见你的胡须由年轻时软绵绵的青蓝一路变成盛年时莽莽苍苍的墨绿，又从秋天杂草那样干枯枯红赤赤直竖竖，最终变成霜花般的一大蓬银白。我也看不见你那“假表妹”年轻时脸上釉彩般鲜亮的色泽，素淡衣裳上的细心装点，还有年迈时儿孙们送给她的金头银簪子碧绿玉坠儿。我看不见你苦恋了大半辈子的那个花娘粉妆玉琢、珠翠堆盈、凤钗斜插、妆花大褂还有镶着金线的绣花鞋的绚丽，也看不见你的儿媳打开嫁妆时玉石珠宝的流光溢彩。我看不见你们行走在“繁盛里”长廊时那四对开路的红纱灯笼喜气的艳红，也看不见你们寝室里香薰鸳被花团锦簇的俏丽，我只能感受到剔透银灯所散发出的柔和光亮，还有窗花里隐隐晃动的人影。

为了躲开梦境里一成不变的黑白灰，我只能靠回味和想象生前所见的斑斓，你们哪里晓得，回忆要比现实丰饶得多宽广得多。“莲花白”“船头红”，还有杨梅酒、桑葚酒、李子酒，包括带着凌厉腥气的海鲜酒，就像一根根轻柔的羽毛撩拨着我，又像一条条强健的胳膊牵挽着我，想象则以狂幻的姿态胀缩，有时将沙子样的微物放大成一座高山，有时又把宏大的景象收缩到水滴那么小。想象从来都不是平铺直叙的，它时而像喝高的老爷子那样趺趺撞撞，时而又像调皮的小丫头蹦蹦跳跳多绕几道弯儿。

冤家啊，为了做一个彩色的梦，我情愿不眠不休自斟自饮成为酒的奴隶，我情愿头朝地来脚朝天，将自己从这块木头疙瘩中抖甩出来，就像你们将灵魂从腐臭的肉身中解放出来那样。为了做个彩色的梦，我可以不当神来不当鬼，我可以原谅暖玉对我这个草头姐的冒犯，也可以放过那个臭花娘对你的勾引，甚至可以不计较你对我的虚情假意……

放心好了我的夫君，死人的梦不会随着死亡消散，而是悄悄出现在活人身上，它会像烟土像烈酒像美色那样把你们引向空气稀薄、与世隔绝的山巅，引向金碧辉煌、众声喧哗的殿堂，引向高门大户的灯红酒绿市井烟火的锱铢必较，引向上海滩的十里洋场、南京的秦淮两岸还有羊城双门底的绵长花海，将你们引向扬帆破浪的红头船引向番爿最偏僻的种植园或者最荒凉的华工坟场……我知道你们爱做梦，拿梦解渴充饥，拿梦哄骗别人也哄骗自己。你们不仅喜欢独自做梦，还喜欢集体做梦，梦想着有一个神来拯救你们全体，可是你们始终找不到真神，只好将某个人推上了神坛。谁都知道，请“神”容易送“神”难，等你们清醒过来想要将他赶下神坛，这才发现他已俨然成了真神！就算你们痛下决心结束了一场疯狂惨痛的噩梦，下一场噩梦又将你们带入了死循环……

十郎，是你和孤独逼着我去求索黑夜的真相，因为黑夜比白昼更加接近人心。说出来也许你不信，我还无师自通地学会了捕梦术，我要把你们的梦捕获进我的笼子里为我所用。冤家啊，你懂得捕鬼火做灯笼可你懂得捕梦么？每天天刚落黑，就有浅淡的梦如萤火虫一闪一闪地飞离地面，有的随着夜色加深而愈显清晰，有的像焚草烧柴时飘浮于眼前的余烬星星点点随风而逝。深更半夜是梦最密集最活跃的时段，它们在半空中形成无数的光焰无数的花朵，随着入眠者呼吸的节奏凝滞跃动升起沉降，也随着入眠者的情绪枯干饱满苍白绚烂……有些光焰、花朵长得一模一样，那是异床同梦的缘故，有的庞大无比几乎要遮住半边夜空，那是成千上万的人甚至好几代人都做着同样的梦。有的梦像埋在地下的陶罐淡褪了鲜色剥蚀了花纹显得残破不堪，那是些旧梦……我尝试着悄悄拆除人们内心堤防的坚壁，无限地去靠近你们的梦，满怀爱意地抚摸着并把它搂进我柔软舒适的怀抱，像哄孥仔入睡那样轻拍着它低低地哼唱起摇篮曲，直到它解除最后的一丝警惕再把它迅速送进我早就准备好的笼子里。谁的梦要是被我捉住收藏，它的主人醒来后就什么都不记得了。有的梦受了惊吓挣脱了我的手跑回主人身边，主人一个激灵醒过来它也跟着消失了。也有的人永久地留在了梦里再也醒不来，难怪有人说睡梦是死亡的预演……往往要到黎明来临之际，梦才趋于稀疏平静将熄未熄，在空中留下隐约可辨、狂飞乱舞的痕迹。

冤家，我不仅学会捕梦，还学会驯服梦喂养梦。就像往深井里汲水那样，我从你们的梦里不断地打捞出一些有用的东西，待需要时就会像飞鸽传书那样，让梦衔着我的意念飞进你们的梦境，用蓬松柔软的羽毛依偎着你们，用利喙啄醒你们沉睡的意识，用爪子梳理你们芜杂的思绪，用翅膀扇动气流以逐出那些逆反抵触的情感，从而植入我的指令。有时候我也尝试着把现实的东西送到做梦人的手里，可惜办不到。你还记得吗？当我第一次走进你的梦境、以水流神的名义和你说话，你醒来后额头渗出汗珠张着嘴巴怔忡了半天，一骨碌爬起来兴奋地告诉暖玉："我不骗你，水流神告诉我，他会在樟树埠扎根！"那一次我比你还兴奋，我总算能够通过托梦给你、给每个人，从而发出自己的声音，自由的声音！

既然说到这里，十郎，我还是要怪你无事生非，到处吹嘘水流神能够"圆梦"，弄得那些村妇野夫在九月初九前几天就戒荤用素暂停了男女间的快活事，初八晚在我的宫前庙后横七竖八地躺倒一片等我"示梦"。你以水流神的使者自居，替人解梦，告诉他们每个梦的深处都有一个明察秋毫的神明。

啥神明嘛，不就是我吗？我要不死还能被你供起来？你这个负心汉！都怪你瞎吹牛，弄得别人怀疑你"养小鬼"，有鼻子有眼地说哪里有夭折的童男童女被你采去了生辰八字施展了勾魂术，他们跟踪你，想看看你是从哪里弄到人血喂养"小鬼"的。当苏忠勇瞒着你请来道士辟邪请来和尚念经请来"半仙"烧钱作法，我才恍然明白他们要驱逐的原来是我，他们怀疑的"小鬼"就是我。呸！我才不是他们所说的那种"小鬼"呢，日夜昏睡只等着主人用法力和咒语召唤。没错，我每时每刻都瞪大着眼睛盼着见你，可我不喝人血只饮美酒。我与他们最大的区别在于我会做梦，我的梦是醒着做的而且梦里只有咱俩。为了跟这种“小鬼”区别开来，我不断地提醒自己，你不是一条低贱软弱的鬼魂，而是樟树埠的山海大神，不是人世间的旁观者，而是这个港埠的主宰者，你是陈鹤寿的草头妻，是陈鹤寿爱情的初始，内心的至爱，永难释怀的痛……

我都说到哪了？对，那些方士僧道装模作样地甩动尘拂弹洒“仙水”，像说着见不得人的话那样嘀嘀咕咕，我以为我会消失掉，要不就会被判官无常发现，好在虚惊一场，来的都是些混吃混喝的草包，自己的心没长正，哪懂得什么施法镇邪？到后来他们假模假式地拿了银子走人，老娘我依然彩旗不倒！

也许你还不知道，神鬼的能耐往往取决于人们的信仰程度，没有人信就没有神鬼。当那些感恩的目光、虔诚的赞美、繁盛的香火再次充塞着偌大的神庙，连最顽固的老家伙都不得不承认水流神法力无边，我那近乎枯死的心才又得到抻展受到滋润。这些隆盛的声名对我的额外意义还在于它让我过得更加踏实，你可记得阿公送走你时怎么交代的？要想做到此生无忧，最好的办法就是隐藏在体面的外表和良善的声名后面。

松开手吧十郎，将那些往日的残梦还有诅咒、悲叹以及伤心的眼泪当作污水通通泼掉，咱们重新一起做个梦吧。

你那“假表妹”只能陪你一生，我却可以陪你生生世世。为了你，我愿意对着镜子理云鬓梳乌髻，穿吉服戴钿子，别上华贵艳丽的牡丹簪、蝴蝶簪。要不是隆裕皇后发髻上那支祖传的玉簪被光绪帝摔碎，我真想去拿来别在自己的头发上。为了你，我愿意戴上当初出嫁时的蓝宝石蜻蜓头花，还有你送给我的有着翠蓝色和雪青色羽毛点翠的发簪，再为你披一次红盖头。要不是“老佛爷”把珍妃推下安顺门内的水井，我还会去向她讨来她十岁时离开广州带往京城的梅花端砚，把它作为定情之物送给你。还有那个西林觉罗春，她若是在世该多好啊，我要请她为咱俩题诗写字送上祝福，不仅仅因为我喜欢她的小说《红楼梦影》，也不仅仅因为她的四子三女皆有出息，更重要的是她与皇族奕绘情笃才高相互唱和，我也想效仿他们，和你来一个成双成对、只羡鸳鸯不羡仙。

就在昨天，不知道谁送来一坛“莲花白”，一揭盖就冲鼻子，一入口就喷出来，它哪还有我外公亲手酿造的味道？可是为了你，我要像给番客“接落马”那般庄严，用欢欣的热泪和这变了味的酒水为你洗尘，清洗掉你眼珠上的浊雾还有沉淀在皱纹里的疲惫与苍凉，扫去你蒙结在旧梦上的那层经年不拭的尘垢。我要用柔软的舌头火辣辣地探进你的嘴巴和喉咙，拨开你遗忘的灰烬，让旧情之火再次燃烧。我还要冲上你最爱喝的工夫茶，最好是饶平岭头的鸟嘴茶，待它苦涩回甘给你解酒提神，好让你记起还有我这个痴心不改的草头妻。十郎啊，即使你忘了我这个妻，我还是要认你这个夫，我要像从前那样与你平起平坐，与你夫唱妇随。

松开手吧十郎，让你掌心的残梦如暗红的灰烬随风而去。你知道，这些梦无法让死人打开喉咙说话，无法让丑妹妹变成雅姿娘，也无法让满世界逛荡的游子重生回家的热望……它顶多只能使麻木、僵硬的灵魂变得细敏柔软一些，让枯柴般堆垛于床榻的病体如被门缝漏入的一缕光亮照耀着缓缓舒展筋骨壮起胆子探出脚尖悄悄着地。它顶多只能使呆滞的眼眸明亮起来苍白的脸颊红润起来，使不知疲倦地耕地劳作的人们感知到它的温暖多情，使颠簸在海上的水手忍受着风暴的肆虐仍然坚信神明就在身边决不放弃最后的努力。当然，我知道也有一些梦会令人沮丧令人心碎使人疯狂甚至足以撕碎生命，那是因为谁也无法预测到它会把你带向何方，就算开头是个美梦，也有可能后来被邪物咬断了尾巴嫁接上噩梦……

冤家啊，我一直守护着你的梦，不让恶物入侵也不让他人靠近，谁也不能盗走你的梦，哪怕我心里清楚，总有一天它会被现实击成齑粉。十郎，你的梦总是忽上忽下越飞越远，不时有长着白色翅膀和圆溜溜眼睛的大鸟成群结队地回翔在你的梦境里，那些波浪一样拱起、连绵不绝的瓦脊屋顶曾无数次地涌入你的幻想，从半空俯瞰状如船形的屋群替代了你的巨舟守护着平原的港湾。有多少年啊，你受困于情梦之中，无数次地念叨着那个花娘，就像在和一个名字诀别……

别跟我说你没有梦，那些红头船早就载着你的梦穿越洄流险滩狂风恶浪，把樟树埠人的子孙和买卖带到了番爿带到了全世界。只可惜船老了再也驮不动你的雄心壮志。我知道你委屈，知道你这辈子所经历过的那些失败那些遗憾那些愤怒那些不平，要是机遇落在你身上，你可能就是梁启超谭嗣同也可能就是洪秀全石达开，或者左宗棠张之洞，也可能是那个给李鸿章上书遭拒，发动广州、惠州起义但都失败了的孙文，因为你们都是野心家、梦想家，也都是实干家，你们惦记着如何去改变旧世界迎来新世界，如何打垮过去领着大伙奔向未来。别不好意思，你不是经常借着聊天、把脉的机会，借着人们对水流神的信仰，用动听的言语、有力的手势和持续的热情，将那些重可杀头轻则坐牢的反叛革新的种子悄悄地吹进他们的耳朵栽进他们的心窝？你贩卖过鬼火灯笼贩卖过树根草药，贩卖过土特产，贩卖过血贩卖过泪贩卖过情感也贩卖过生命，可是最让我敬重的是你贩卖过梦。

松开手吧我的郎君，让梦从你的指缝间水一般泄走。别舍不得放弃，要不是为了你，我才不会留在这污浊的尘世甘心做一个猎梦的捕手，最终却像你们一样沉溺于虚幻自大的梦境里。

老实说，那个天妃娘娘没讲错，我根本就不配当什么水流神。我每天正襟危坐高高在上，睥睨着脚底下缭绕的烟雾、闪着红光的香头烛火还有攒动的脑壳弯曲的脊背，心里纳闷，对于这些怀揣秘密、各有所求的善男信女，神明是得到了安慰呢还是经受了考验？是受到了信赖呢还是被他们耍弄？愿望和欲望的边界到底在哪里？贪心的尺度和分寸神仙都能拿捏得准吗？这些还不算啥，更让我头疼的是每天要去面对那么多无休止的唠叨。鸡毛蒜皮的事听多了，你们一张嘴我就能猜出个八九成。每个人的愿望或者说欲望都惊人地相似，姿娘人无非是求康健求姻缘求子求女，有时也会顺带抱怨起自己的男人，在她们眼里，男人是拴不住的野马，心儿永远都在别处，天上的神仙都要比他们靠得住。男人们则求官求财求讨到漂亮老婆求生儿子传宗接代求仇人断根绝后……十郎啊，我觉得你们要的不是神，也不是什么真理、公平和正义，千百年来都一样，你们只问得失，而不要什么公允和原则。

是的，有时候我觉得自己确实不如三山国王，连个旁观者都当不好！当灾难如蝗虫蜂蝶围着你们飞舞，死神如毒蛇吐芯一次次地舔噬你们，我却只能干着急。我不敢直视你们湿漉漉的眼睛血淋淋的伤口，也不敢回望这六十多年来的风风雨雨。十郎，我只配当面镜子，照出了你们也照出了我自己。

是的是的，我不配当水流神，我只是一条低贱的魂魄。鬼魂是不该有梦有爱有悲悯有激情的，如果有，也只能有幽怨冷酷怒气残忍凶狠。鬼魂是不会笑当然也不会哭，只会发出凄厉悚然的叫声，我就曾用这叫声嘲笑过你们中的每一个人，包括你也包括你爱着恨着的人，只因为你们如此嗜好做梦，需要做梦，就好像梦是你们的空气，哪天少了它就活不下去。

十郎我的夫，你是造梦人我是捕梦者，你是我的伙伴，对手，猎物，我则是你思想的投影，是你一手塑造的信仰、分裂的怪物。当你和你的乡亲们梦碎一地，我只好从别的梦里榨取汁液，调制出不同的味道供给你们。在男人过番女人焦灼难眠的夜晚，我给她们调制一杯杯守贞水好让她们度过寂寞的时光，在老人气若游丝即将告别人世的时刻，我给他们服下了迷幻药让他们摆脱了遗憾和苦痛走得安详平和。对于那些红头船商人，我给他们调制的是浓得近乎黏稠、散着几分运气香精的佳酿，可以让他们在船只被海浪打翻或者遭到海贼洗劫之后能够定下心神，不至于被死神蒙住双眼推向万劫不复的深渊。至于那些失去了父母的孤儿，我倒是给他们调制了一杯杯清甜的甘露，让他们喝完之后舔着舌头看见希望……我不求回报但回报却异常丰厚，有的报之以诚意感恩有的报之以琼浆玉液有的报之以金银财帛有的报之以泪水欢笑，有的报之以命有的报之以心有的报之以虚伪有的报之以误解有的报之以仇怨……我来者不拒一一接纳，我把所有的一切都献给了这座神庙献给了一个叫“水流神”的名字，献给这片从荒芜走向繁荣又从繁荣走向衰落的港埠，献给了远方的大海和海上的云彩，献给了那些勇于搏击风浪的人，当然更是要献给你，我顶天立地的好汉！

如果说，我曾以大神自居沾沾窃喜俯瞰人生垂怜人性，那也是由于曲辞谄媚暂时搅乱了我的单纯挑起了我的冲动唤醒了我的虚荣，鼎盛的香火一度蒙蔽了我的视线宠坏了我的脾气让我无法看清自己，把短暂、虚幻的错觉当成了真实与永恒。可是我的冤家，你好像早就看透了这番虚妄看透了世间的本相看透了神鬼一体看透了人心不古，你既造了神又和你那“假表妹”创造了“掩神”，从此后人的节日来临神的噩梦也就开始。神被掩下神坛，遭摔打撕扯践踏侮辱，人一下站得比神还高。直到那一天那一刻，老娘我才真正领悟到过去那些习以为常的尊贵日子、那些以为不可改变的观念顷刻被颠覆。老兄，我真的不忍心告诉自己，这个世界说白了就是他妈的一个梦！

躺下来吧十郎，让咱们一起做个好梦。你说过，一个生一个死，迟早必会相逢，为了圆这个梦，我足足等了六十多年。在这六十多年里，我选择与酒结伴。当酒液神秘地流向我干涸的身体滋润着每个毛孔疏浚着每根血管麻痹着所有的神经末梢，夜晚就变成了巨大的摇篮，凉风犹如祖母之手轻轻地拍打着我，一切喧嚣归于静寂，焦灼化为安详。我的官人，请随我合上眼睑，让身体以落叶的姿态飘忽、卷曲、摇摆、旋转、坠落到灰色的迷雾里，直到一抹微红的曙色被高唱的雄鸡唤醒。

如果可能的话，冤家，我愿意拿出我所有的一切去换回你的归途，包括我贮存着的千万个梦千万个回忆千万个樟树埠人的秘密。你要是以为我疯了，那我就为你疯一回，你要是以为我醉了，那我就为你醉一次，在你垂垂老矣在我貌美如初的当下。如果可能的话，冤家，为了你，我要将我年轻时的血泪带到高山之巅，让高寒的气流将它们冻结成串串红宝石，挂在我颀长好看的脖颈；我要选取一截截闪动的目光，用情丝将它缕结如珠玉缀于衣裙，走起路来玎珰有声熠熠生辉，只为引你一顾。十郎啊，我还想把我的长发围在你粗壮的脖子上，替你挡住冬日的严寒，我甚至愿意点燃我的整个身体，使它如中秋夜燃烧的“瓦塔”那样通红透明，从而向你发出明亮而强烈的信号……可是你知道，我无法做到这一切，哪怕是满足你一个小小的愿望，哪怕是减少你心里的一点点烦恼，哪怕是为你生下一个可爱的孥仔……阳光、空气、云朵、流水、声音、影子、树木、人畜，或生长幻灭，或飞逝来去，只有我长久、无聊地待在这坨快要腐朽的柴头里动弹不得。有多少次，我为自己的渺小感到沮丧，也为自己的无知、无耻、无用感到生气和难过，我差点儿就拿起烛火点燃大殿两侧的帷幕，让自己和这块藏身的木头疙瘩还有整座神庙葬身火海。我差点儿就离开这里哪怕是投胎到一头母猪的体内。冷静下来我又不得不承认，虚无的确无法让生命在轮转中得到超越和升华，可是面对现实，又会被它的泥耙牢牢拖住不知何日方休。梦是一面镜子，既能折射出太阳的辉光，也能照出你的面黄肌瘦污浊邋遢，自古以来，有多少梦想的风筝放飞天际，又跌进厚厚的尘垢里，可是即便这样我仍然反感现实，因为现实庸常琐碎，冷硬无情，总让人撞得头破血流……

躺下来吧我的官人，六十年的光阴实在太短，只够我等一个人做一个梦。请撩开我乌黑鲜亮的发辫解开我单薄柔软的内衫肚兜，请松开我的裙带帮我褪下那双绣花的小弓鞋，就像洞房花烛夜那样抱紧我，用你手心缆绳般粗糙的纹路压在我娇嫩细白的皮肉上抚摩我揉捏我，用你那有力的舌头撬开我娇艳的红唇再用结实洁白的牙齿咬住我粉嫩润湿的舌尖，用你的大嘴吮吸我膨胀丰满的乳房，让情欲春风解冻般地掠过我的每一寸肌肤每一个毛孔，烟花般接二连三地在我的脑海里升腾炸开发光发热绽放出无比绚烂的光焰……快来亲亲我呀我的新郎官，请快些进入我十七岁的身体，让大床像急风猛浪中的舢板摇摆起来颠簸起来，让悬挂着的大红缎绣双喜床幔飘扬如旗簌簌作响，让长长的烛焰妖娆地扭动腰肢让蚊帐铜钩耳环般轻佻饥渴地甩荡，让鸳鸯被褥翻波滚浪金红光亮交相辉映，让贴着“红双喜”的粮斗摇摇欲坠让里面的五谷杂粮、花生、红枣、桂圆噼里啪啦、纷纷扬扬地泼洒，让我们的筋肉骨骼如榫头卯眼紧紧咬合又好比巨浪撞击礁石反弹泼溅聚拢消融，让我们在绞缠着的发梢上牢牢地打个结再发个誓永不分离。十郎啊，快拿出你第一次进洞房的劲头来，梗起脖子直直地吼喊，用拉纤般的强烈号子带动我的低吟浅唱，让两个肉体燃烧了焚毁了碾细了揉碎了磨粉了再掺入汗水泪水口水精液搅和成一团你中有我我中有你生同衾死同椁谁也无法再将咱俩分开……

快来吧我的新郎官，今夜我要做你的新娘！

第八章

过番之歌

四点金

细算起来，林昂所带领的船队比陈鹤寿的沧海号早回来一个月零九天。

到了樟树埠后他并没有立即回家，而是留下来享受这个庞杂而又喜人的局面，在里里外外敬慕的目光、恭维的话语中显得越发谦虚平和，当然也顺带留意陈鹤寿那艘三杆帆的动静，陈鹤寿这种等待命运判决的痛苦煎熬，之前他也领受过，因而越发觉得舒心畅快。林昂好希望这样的时光能够无限延长，可是那个不断在心底里召唤着他的甜蜜诱人的声音已经由催促转向了嗔怨。

六天后林昂交代吴秉仁继续关注沧海号，一有消息立即派人向他报告，这才坐上马车晃晃悠悠地踏上回家之路。到了县城已是黄昏，夕照将城墙、街巷分出截然的明暗，空气中飘浮着淡淡的柴烟气息，门洞里散发出炒葱炒蒜、焖肉煎鱼的亲切踏实的味道，而那些凉丝丝的薄荷味，则来自烹制海鲜常用的“金不换”。每次从南洋回来，自家的那落四点金还有周边的建筑，在林昂的眼里都似乎矮了一截，这与他见惯了开阔的大海、看腻了宏伟的佛寺有关，也由此促使他更加希望布袋围的建筑群能够早日竣工。

老德礼带着两名家仆早早守候在巷口，街坊邻居也纷纷探出头来，表面上是想一睹六爷商海得意的风采，暗地里却盼着那个“花娘”阿奶现身。主仆相见尽了礼数，老德礼便指挥着家仆七手八脚地卸下行李。林昂从那张苍老的面孔里找不到一丝开心兴奋的迹象，倒好像被什么负累压得喘不过气来，还在想家里不会出了啥事吧，厚重的大门就如册页般哗地打开，麦青带着依稀的笑意轻盈地走进众人的目光里：青丝绾成“水龟鬃”，双鬓留着“毛围”，头别“省城花头”，衣裙鲜丽如蝶……麦青大胆多变的装扮曾得到陈鹤寿由衷的赞赏，她今天如法炮制自然是为了给六爷一个惊喜，让她没有想到的是林昂还没来得及细看，就急急示意她回到门里，好像让他当众出丑。

当那种明显的不悦从林昂的脸上飘过时，麦青有些后悔出来迎他了，尤其看到周围那些窥探的目光全都落在自己身上，骨子里的那股傲气如伞一般噌地打开，撑起了她挺拔傲人的身段。她装作没有明白他的意思，举起手来挡在眉弓咯咯地笑，把头上的插花弄得微微颤动：“这么看我，不认识啊？”林昂没好气地说：“是差点认不出来，打扮得像个番婆！”麦青很想反问他：“像番婆怎么啦？”可一想到自己瞒着他与陈鹤寿见面，虽没做贼心也虚，再看到他那被海风吹红变黑的脸膛，遂收起了抵触的情绪语气和缓地说：“辛苦啦，快入内吧，准备了好多你爱吃的。”

林昂迈进门槛时顺势牵住了麦青的手，她动了动手指以示自己的心情和他一样。有种柔软的东西从林昂的心底里暖热地流出，渗进了对她的情意里。他一厢情愿地认为，她一定是太想他了。她及时地抓住了他的这点错觉，娇嗔道：“你都回来了这么多天了，才想到要回家啊？”林昂认真地解释：“一大堆事，自己不盯着心里不踏实。”又问：“柔柔，家里都好吧？”这个许久没听过的昵称像又尖又硬的东西戳了麦青一下，脸上掠过一丝不快的阴影。

男主人平安回家给整座庭院带来了期待已久的喜气，得到打赏的仆人变得嘴甜舌滑手脚麻利，走廊、厅堂、天井、灶间……不时传来他们商量催促、此呼彼应的积极回响。林昂沐浴更衣来到膳厅，明亮的灯光照着餐桌上大盘小碟的菜肴，卤鹅肝拼盘，鲍鱼扣鹅掌，石榴鸡、清金鲤虾、鳍鱼打冷、冻红蟹、焖珠瓜段、芥蓝炒鲜鱿，汤是海马工夫汤，甜品是血燕窝。麦青替林昂斟好“莲花白”，为了不扫他的兴，自己也要了点桑葚酒，然后装出急于想知道他这一年多经历了什么的样子。麦青对男人不用揣摩就能拿捏得很好，但这份拿捏却让她失去了爱的能力，要不是重逢陈鹤寿，她还以为自己已经爱无能。此刻她正托着腮帮，双眼亮晶晶地注视着林昂，她知道自己好奇、渴望且带着点崇拜的样子有多迷人，又有哪个男人不需要女人的崇拜呢？尤其像她这么漂亮的女人。果然，借着酒兴，林昂讲起了这次过番的见闻和收获，他谈吐郑重条理清晰声调平稳，再好玩的东西一过他的嘴，就显得一本正经枯涩无趣。麦青心不在焉地想，要是换成另一个人来讲，恐怕是眉飞色舞妙趣横生。

长久的离别带给了麦青奇怪的陌生感，就好像坐在正位的男人只是一个短暂来访的客人，她努力地装出饶有兴趣的样子，心里却希望他快点结束，可林昂仍不紧不慢、顽强地讲下去，到了后来她都走神了，她在想此刻陈鹤寿在干什么，他的三杆帆能否平安归来……直到从林昂嘴里蹦出"陈鹤寿"三个字才把她惊醒，不假思索地问："他咋啦？"林昂发现了麦青神色的变化，但还无法判断这种变化说明了什么，眼里不由掠过轻蔑的光："他把樟树村人的钱骗到手，修起了货仓栈房，结果没有一家船行肯找他放货。看到我带着船队回来，全村人都着急了，觉得他所说的三杆帆是假的，追着他退股……"麦青的心一下抽紧，想继续探问又怕他生疑，他倒是自己说出来："他还上门央我替他作证，真可笑。"麦青忍不住说："你在番爿行踏，他有没有洋船你最清楚了。"林昂摆了下脑袋说："我还不是听别人说的？他在曼谷也是到处借钱，潮人同业公会的同仁见了他就躲。"麦青情急之下脱口而出："你没帮他证明一下？"末了又赶快加上一句："毕竟他家的姿娘人人不错。"林昂嘲弄地说："我才懒得去操这份闲心呢，他不是有什么水流神保贺吗？"见麦青不吭声又加重了语气："像他这号人，不给他点教训他还真不知道自己几斤几两！"麦青啜了口甜酒好让自己放松些，淡然地眨动眼睛调侃道："六爷是怕多一个对手吧？"林昂愣了一下仰起脸来盯住麦青，声音里带着一种温和而又权威的力量，不像在陈述什么倒像在审判什么："他呀，根本就不该回来！"

那个晚上麦青并未体验到久别胜新婚的甜蜜与快乐，反而觉得胸口憋闷呼吸不畅，就好像这落宅子一下塞进来许多外人。这不由得让她想起刚嫁过来那阵子，庭院里的空荡让她一时无所适从，好在不久后就习惯了且十分享受这种空荡的自由。前些天得知林昂平安回到樟树埠，麦青这才陡然意识到他的存在，不是开心而是迷惘地问自己："他真的回来了？"

林昂虽说回到县城，也很少有时间待在家，白天穿梭于政界、商界与那些重要人物应酬，晚上也常带着一身酒气回来，很快他又忙着去周边的一些县城码头拜会新朋故交，这一圈转下来又半个月。那天返回县城天已黑透，他没直接回家而是去找三舅朱任之商量事情。朱任之平时帮林昂掌管鸿祥商行。鸿祥商行经营着南北货物的大宗批发，是澄波县最有名的"大盘商"。要是林昂下南洋，朱任之还要替外甥全权主理国内所有的事务。林昂的六舅朱孝如则全心全意扑在布袋围建筑群的建设上。这两个人都是林昂最得力的干将最信得过的亲人。林昂叫人打开一坛友人送的花雕，朱任之便明白了他的意思，让厨房炒几盘肉菜，甥舅对饮。从朱任之嘴里，林昂不仅证实了陈鹤寿洋船回来的消息，还听说在此之前麦青就与旧相好见过面。

"老德礼悄悄来报，我派人狠狠教训了他一通，"朱任之有些得意地说，"要不是马致远给他撑腰，我真想做掉他。"林昂把手里的酒灌进嘴里，静默了好久才从牙缝里挤出一句话："狗改不了吃屎！"

麦青不知道自己是被酒气醺醒，还是被用力摇醒，睁眼看到林昂近乎变形的脸，以往他那种沉静和气、称得上优雅的风度荡然无存。他紧绷着厚厚的嘴唇，目光尖利地盯着她，以沉默的姿态来表达对她的不满，有意构成一种无形的压力。他常用此法逼得下属不得不说出藏在内心的秘密。

"那个酸臭秀才来过？"林昂两眼冷冷地闪光。麦青的睫毛惊慌地跳动了一下歉然点头，闷在心头的事猛地被捅破，反而轻松了许多。林昂讥诮地问："这是唱哪一出啊？是牛郎织女相会呢，还是破镜重圆啊？"麦青平静地解释："八九年没见，他也就是顺带过来问个平安，没别的意思。"一股妒火从林昂的胸膛呼地蹿起："我怎么觉得有别的意思呢？是他的心不死呢，还是你的心不死啊？"他带着怒意的发问居然砸在她的心坎上，她也一直这样问自己。见麦青语塞，一阵短暂的痛苦从林昂的脸上掠过，难怪这几年总觉得跟她隔着点什么，原来是他！

一想到他俩的幽会说不定已吵成风风雨雨的一片，林昂就拧起眉头斥骂："还真把家里当翘尾船哪？"麦青心想："我又没做对不起你的事，你爱咋想就咋想。"林昂并没有留意到她神情的变化，又故意惋惜地长叹一声："你啊，千不该万不该，把他介绍给马致远。"麦青啊的一声抬起头来，略略感到意外，林昂快速转换话题的举动再次验证了她对他的了解，一切皆为交易，她嫁他也是其中的一桩。

"瞧您说的，我也只是做了个顺水人情，"麦青知道这事瞒不住了，索性敞开说，"当初花艇上的姐妹们生病，别的郎中都不给治，只有他肯开方拿药。我大姐临走还特意交代，要我无论如何帮她答谢他。马老爷欠我大姐的，理该由他弥补。"林昂咬着牙说："幼稚，幼稚，你明明知道那无赖净跟我对着干！"

一丝微笑从麦青唇间掠过："跟您对着干？您也太高看他吧？"林昂也意识到抬举了别人等于贬低了自己，遂怏怏地辩解："他当然算不了啥，可是你把马致远招惹进来，事情就没那么简单了。"麦青像没听见一样眨眨眼，用倦怠的声音说："你们都把他赶出去八九年了，他还能掀起什么风浪？"林昂愣了一下抬起头来，饶有兴味地盯着麦青那对黑水晶似的眼睛，仿佛要从这个窗口去发现背后的东西："你，啥意思？"他一直极力想要隐藏的秘密，她却非要将它抖出来："甭紧张，他不会报复你的，以前的事他根本就不知道。"

林昂冷笑起来："妇人之仁！遇到疯狗挡道，你不打它，难道等着它来咬你？"见麦青无语又揪了揪尖尖翘起、并不浓密的胡髭拿腔拿调地说："你还年轻，不懂得这里边的凶险……"麦青忽然涌起一股厌烦，截住他的话头说："我还年轻？难怪你娘派了个母夜叉来看管我。"林昂威严地说："她也是为了你好，你咋就这么不懂事呢？"

麦青觉得自己本已温软的心又硬起来，疍家人血液里那种无可改变的不羁天性又回到她身上，为了尊严与自由，他们的祖先宁愿常年搏击风浪也不愿屈服于官府的淫威生活在陆地。

“为我好为我好，说得多好听啊！你那个好母亲不就是觉得我水性杨花本性难移，怕我玷污了你们的家声门风，怕我毁了她的好儿子——”

“啪”的一声，麦青觉得耳边像放了个大鞭，一边的脸颊麻刺刺火辣辣地烧起来，心里不仅不怵反而有种报复的痛快，仰起脑袋眼珠子一翻：“她做得出还怕我说！”林昂厉声断喝：“大胆！”又“啪”地给她一记耳光，盯着她跌下去又慢慢地撑稳了身子，悻悻地说：“看你还嘴硬！”麦青迎着对方那两束刀子般的目光点点头：“她敢做，我就能说——”话音未落又是“啪”的一声。

“我偏要说，我偏要说——”麦青不管不顾地摇着头。为了镇住麦青的这股疯劲，林昂纵身跳到她身上，抡圆了胳膊左右开弓：“放肆——混账——反了你……”因为使劲，他的声音被扯得时断时续起起伏伏。麦青被打歪了的脸一次次地自我矫正并向他投去藐视的眼神，浓烈的血腥气淹没了她的牙床舌苔嘴里仍毫不含糊地迸出“我偏要说”的音节。她从小到大挨打还少啊，她最不怕的就是打，越打越精神，越打越反抗。她一边挨打一边还在替他惋惜，他过去对她所有好都让这几巴掌给打没了。

凌乱的发丝遮住了麦青的半张脸，领口裂开了露出了隆起的胸脯，林昂怔了一下便开始疯狂地撕拽起她的睡袍。她忽然觉得他好可怜，不再抓挠踹蹬，任由他那两片带着酒气的厚唇在她脸上蹭来蹭去。他揉搓着她时她连眼皮都没抬一下，她觉得这是她离开花艇之后的第一次接客，一丝残忍的笑意滞留在嘴角。她希望他来得更暴烈些，将这扭曲而又难堪的时间拉得更长些，好把她心里最后的一丝愧疚一点情分排干控净。她甚至希望自己就此死去，对于一个花娘来说，没有比死在嫖客床上更加功德圆满的了。

在最当紧的关头林昂突然垮下来，那个野秀才的身影老在他眼前晃荡，晃得他翻肠倒胃一阵难受。他从她身上爬下时她仍然一动不动，只有嘴角带着某种欢快的恶意慢慢咧开：“六爷，我早就提醒你，我是带刺的。”林昂有点狼狈地骂：“我看你是着了魔！”捡起衣衫穿上，像被她弄脏似的掸了掸，临出门时丢下一句：“你再敢跟那混蛋勾勾搭搭，我就收了他的魂。”

麦青摸了摸肿胀烧烫的脸，在调息中再次品咂着林昂丢下的狠话，怀疑和嫉妒把他变成了疯子！她冷不丁地打了个哆嗦，似乎意识到生命中最为绚烂的那部分行将凋谢。

林昂又外出了，听说先去府城再去省城。两天后的一个下午，麦青歇午刚起来，就有人慌里慌张地跑来喊她，说五姐苏润病倒。麦青来不及细问，草草收拾一下就带着映月出门，德礼婶像一条喂熟的狗贴上来眨巴着那只好眼声音干涩：“六爷临走时吩咐，阿娘去哪我跟哪。”麦青冷冷地说：“我跳河你也跳啊？我五姐病了，你还嫌不够乱是不是？”德礼婶看到麦青焦急的样子不像是装出来的，就直板板地说：“六爷不喜你见那些人。”麦青咬着牙：“还轮不到你来教训我。今天我是去定了，你只管去告状！”德礼婶一看拦不住，讪讪地说：“那阿娘早去早回，要不我可无法向六爷交代。”

自从七艘花艇受到樟树埠当地势力的袭击驱赶，受了伤的红姑心情郁闷旧疾复发，明明知道是林昂在幕后唆使，苏忠勇穆庆辉只不过充当了他的喉舌爪牙却又骂不出口，不久便撒手而去。他的醉鬼男人也就是那个乌龟头再也无力管束这帮花娘，苏润就象征性地拿出点赎金撕掉了卖身契，来到县城投奔麦青。麦青先帮她在城里寻了一处安静的旧宅住下，再打算慢慢帮她物色个可以托付终身的男人。

麦青到了苏润那落老房子，门一开立即涌出一阵熟悉的笑声，心头一惊，陈鹤寿怎么寻到这里？马上明白自己上当了。陈鹤寿笑眯眯迎上前，凝聚在眼角的厚密细纹飞快地舒展开来。她知道他的洋船一定是到港了，仿佛受了感染眼眶湿热起来，忽然又联想到林昂访友归来的那一夜，难怪对她发那么大的火。

陈鹤寿告诉麦青，三天前，他带着黄仰岳押着五花八门的洋货来到县城东边的仁和街，创办了属于自己的“南北商行”，前店后仓专事洋货批发……

开业那天，周边商行货铺的头家都清楚陈鹤寿与马知县的“交情”，纷纷前来道贺，找上门来的小商贩也闻风而至。陈鹤寿就坐镇前堂热情地招呼客人喝茶，言谈中充满自信，既不失风度又一脸赤诚地婉拒了他们杀价的要求，重申本来就是薄利了。守住账房的黄仰岳忙得连喝口水的工夫都没有，只管埋头呼啦呼啦地弹拨算盘珠子，店里伙计来来往往地点货搬货出货……待到天彻底黑下，陈鹤寿这才抽身来到栈房，取出两座牙雕佛像，一套犀牛角茶具，一座自鸣钟，还有五匹暹绸装进竹筐，上面覆上些蔬菜水果以遮人耳目，让石槌挑进马知县的府邸。马知县看了陈鹤寿的字条问也不问就收下。当官久了，他对官场的潜规则已了然于胸，平时只管搜罗一些好东西，时年八节再把它们呈献给上司。

第三天下午，陈鹤寿送走了几个前来批发洋货的商贩，如约来到县衙拜会马知县。还是那间会客室，还是那方茶桌，只不过这一次冲茶的不再是马知县而是陈鹤寿。冲的不是鸟嘴茶而是陈鹤寿带来的“暹罗茶”。

“这暹罗茶啊，就是模仿咱老祖宗的方法，茶农将一芽三四叶连茶梗摘下，一手握满茶叶后用竹丝捆紧，叫作‘一干’。不用炒，用蒸，类似于绿茶的制法，蒸够一个时辰，冷却后放到篮里或竹桶里压紧，一个月后便可食用。”陈鹤寿一边介绍一边冲好茶，敬马知县一盅：“您尝尝，味道清淡，颜色也不大好看，不过听说对身体有好处。”马致远瞟了一眼对面墙沉稳地笑了笑：“品茶容易品人难，茶好不好倒是不打紧。”陈鹤寿这才留意到上边挂着一副对联：“潮如世路来还去，茶类人情苦始甘”，暗想这宋人的诗句真的好，隔了几个朝代还能击中自己的内心，就托起小盅动情地说：“这番多亏了老爷您从中斡旋，要不哪能这么顺利，不才以茶代酒，敬您！”然后一口啜干，马知县也像饮酒那般仰头饮尽。

陈鹤寿洋船的迟迟未归马致远早有耳闻，租铺面给陈鹤寿的房东们私底里也是叽叽咕咕，只是碍于他的面子不好发作，他也暗暗替陈鹤寿捏了把汗，之所以能够沉得住气按兵不动，一是底牌尚未翻出胜负未决。二是觉得自己也不可能看走眼。陈鹤寿果然没有自乱阵脚更没有撒腿就跑，不仅等到了一个好结果，也得到了他的高度认可：“松龄，今后私下不用一口一个老爷，我虚长你两岁，不嫌弃的话就叫我阿兄吧。”这本是人人求之不得的好事，陈鹤寿却一万个不愿意，他早年反过朝廷，对官府的人从来只有厌恶愤恨而没有一丝好感，他也曾发誓此生不跟官家打交道，结果当初为了帮垦荒的乡人争取利益，不得不一次次地进城去见那些比苍蝇还恶心的官爷差役……陈鹤寿原本只打算和马知县限于利益往来，现在看来并不可行，经商无后台，好似出世没爹娘，要是没有他梆硬力挺，林昂的爪牙早就把自己当臭虫捏死了。一念至此方下了决心，起身给马知县深深一揖谦恭地说：“承蒙老爷，哦哦承蒙兄长瞧得上，小弟愿追随鞍前马后，肝胆相报。”

陈鹤寿知道这一拜意味着什么，果不其然，马知县回了礼后语气沉重地跟他交底，近期“长毛”愈闹愈凶，有些刁民暴徒看在眼里痒在心里，樟树埠山海交错情况尤为复杂，除了潮州人、畲族人、疍家人，还有从各省各县涌进来的五行八作三教九流，民情犷悍盗贼炽盛，迟早要出大事。陈鹤寿仍抱着一丝置身事外的想法，用自轻自薄的腔调说：“兄长，这话您该给保正乡老说说，我一个生意人，哪懂这些。”马知县听出陈鹤寿的犹豫和推托，就微笑着说：“我说给你听，是因为你比他们哪一个都强！”陈鹤寿仍装糊涂：“小弟早年就是被他们逐出乡里，一地鸡毛，声名狼藉。”马知县用不容置疑的口吻说：“你当初确实跌了个灰头土脸，难道就没想过哪天要爬起来将它抹干净？”陈鹤寿悻悻地说：“当然想啊。”马知县就进一步鼓动他：“你是樟树村的创立者，也是樟树埠的拓荒牛，哪个有你的汗水流得多？”

陈鹤寿心头一热，现在谁还记得这些？可这个马致远就记得，又扫一眼对面墙上的那副对联，生出更多的感慨，遂放下茶盅拱手道：“兄长，您有哪里用得上我的，只管吩咐。”

马知县把头往陈鹤寿那边靠了靠推心置腹地说：“兄弟，时局乱，贼人多，做买卖也难得安心，要想樟树埠长治久安，你我必须齐心合力。”

陈鹤寿身上的血又热起来，只是他已不再是当年那个只知发梦、容易冲动的书生，愈加恭敬地请教：“兄长的意思是——”马致远就毫无保留地说出自己的打算：“待时机成熟，还得由你主事樟树村，再把巡更护村的人手重新做出安排，让船主财东分摊费用，明可对付海贼山匪，暗可防止刁民作乱，万一‘长毛’打来，也能助官兵一臂之力。”陈鹤寿问：“樟树埠不是还有巡检司守备署吗？”马知县哼了一声反问：“那帮草包成天烧烟灌酒，靠得住啊？”陈鹤寿又试探着问：“听说红头船公所的六爷也挺能耐的……”马知县斜睨着陈鹤寿慢慢地咧嘴露出潮湿闪光的大门牙：“不是一路人！”

陈鹤寿这次之所以能把麦青骗到苏润家，是因为上次听她在无意中提到，她的五姐就落脚在县城文庙后面葫芦巷的一落旧宅。

苏润端着一盘新出的荔枝走出来：“七妹啊，还是你最心疼五姐，一听说我病了就立即赶来。”麦青生气地拿手里的帕子抽了她一下：“小心下次再喊狼来，没人救你。”苏润轻松地开起玩笑：“这个‘郎来了’，可是帮你喊的。”麦青红了脸故意噘着嘴：“我才不要呢。”扭身装作要走，陈鹤寿赶忙上前拦住：“千万别错怪五姐，是我让她撒的谎，要罚罚我！不过我真的有事要跟你俩商量。”上次麦青拿出体己钱给陈鹤寿，他就一直思谋着如何报答她，现在自己的三杆帆回来了，手头的事情也理顺了，就琢磨着为她做点事情。他向苏润要来笔墨纸张，一边吃着荔枝一边斟字酌句，写下一首悼念魏阿星的七绝：

金尽床头眼尚青，
天涯断梗寄浮萍。
红颜侠骨今谁是？
好把黄金铸阿星。

两姐妹听陈鹤寿念完一遍眼眶都红了。陈鹤寿顾不得两姐妹的伤悲说出自己的打算：魏阿星走得早也走得无声无息，他想在大脚洲给魏阿星立一方碑石，刻上这首诗以缅怀她。苏润听完后的第一反应是：“我们这群大活人都被他们撵走，你还敢给过身的花娘立碑？”五姐的话再次让麦青心头一紧，那么多花艇不撵偏偏撵红姑的花艇？她已经猜到幕后的主使是谁，说实在的，他这也算无意中为姐妹们做了一件好事，虽然真正的目的愚蠢至极——他才娶了她多少年，就想把她过去的全部痕迹廓清抹净。他就算赶走了花艇，也赶不走姐妹们的情谊和记忆。可惜除了苏润，麦青再难联系上其他姐妹，大家都散了。

陈鹤寿看了看苏润又看了看麦青说：“你们放心，这碑我是立定了。”麦青只觉得鼻腔堵住了，心想还是陈鹤寿懂自己，也只有他才敢“冒天下之大不韪”把花娘当人看。苏润也挺感动的，可又担心大脚洲流沙变化，日后石碑怕要沉下去。陈鹤寿喉结滞涩地滑动了一下悲怆地说：“沉入江中岂不更好？”见两人交换着惊异的眼色这才抖包袱似的解开她们的疑惑：“这样阿星姐就能看到了。”两个女人就跟陈鹤寿约定，碑立好后她们姐妹俩都要过去祭奠一番。

悼念魏阿星的那方碑石后来凿好并栽在大脚洲上，苏忠勇和穆庆辉知道后很生气，几次派人想要毁掉，无奈石槌带着几个小兄弟一直守在那里。这两个樟树村主事考虑到陈鹤寿近来在村民中的威望日增，又多少听说过马知县与魏阿星从前的那点风流韵事，心想万一这是县太爷不好出面指使陈鹤寿干的，岂不是搬起石头砸自己的脚？遂对外声称，大脚洲不属于本村范围，管不了那么多。

陈鹤寿为花娘立碑的消息很快就传到马致远的耳朵里，他更认定自己没有看错人。陈鹤寿不仅替他了却了一桩心事，更以实际行动再次证明了他的敢做敢当。两三年后，这方石碑果真悄然滑入江底，像陈鹤寿说的那样去陪魏阿星了。

再说苏润看着陈鹤寿和麦青两人的眼神，心里跟明镜似的，借口去做甜品，把他俩留在了明厅。麦青眼里噙着泪花仍沉浸在对大姐的追思之中，陈鹤寿看得心疼，忍不住伸手拭去她脸上的泪水，她并没有躲避。陈鹤寿想着这女子的情深意重，心头一热将她搂进了怀里。麦青一下子怔住了，她本来嫁人后就只想尽快忘了他，过上正常规矩的日子，哪怕时时处于昏沉欲睡的慵懒状态。从前那个胆大妄为的花娘早就不见了，而那个热血沸腾的后生也变成了更加沉稳深邃的男人，只是他们彼此都没有想到，时间和空间的距离并没有把他们推得足够远。

陈鹤寿忍不住去亲麦青的脸，想不到麦青浑身一颤用力将他推开。陈鹤寿以为麦青不愿意，只好极力压抑住升腾起来的欲望说：“对不起啊，麦青。”麦青定定地看着这张轮廓过于分明的紫红阔脸，纵横交错地覆在上面的纹路散发出迷人的沧桑感，她几乎记得他所说过的每一句话，他的声音他的调门，他的姿态他的习惯，他的狡黠他的警觉，他所有一切的一切。他年轻时那种与她不羁的性格相容相契的野气和狠劲仍在，只不过藏得更深裹得更严，但依然打动着她，激起她某种潜在的认同感，在她久经压制的情感上撕开了一道口子，在抖出一股馊味的同时再次注入了新鲜的空气与活力。麦青突然抱住了陈鹤寿并与之热烈地深吻在一起，红红的面颊如痴如醉地厮磨着四肢柔韧有力地交缠着，完全忘记了阻隔着他们的时空和现实，仿佛为了补偿流逝的岁月给两人之间留下的大片空白，仿佛要让情感彻底决堤要让欲望永远处于火旺的状态。

在经历了几近疯狂的长吻之后麦青率先冷静下来，她已经意识到不管如何努力，他们再也不可能回到炽烈交融的往昔。陈鹤寿也羞惭地觉悟到他不能给麦青带来更多的麻烦更高的风险，他应该把情意揣在怀里，让它如古玉般由里而外地透出温润的光泽，而不是像瓷片琉璃那样浮光耀眼。他们不约而同地想要减少这肉体感官的刺激，只在内心更深一层保留着对对方的依恋。麦青轻轻地推开陈鹤寿，两人四目相望都不好意思地笑了，这一笑如和风细雨般促进了彼此心与心的交流情与情的浸润。他们站起身，慢慢走到院子里，看花赏草喝茶谈天，不急不躁地看着阳光的明暗交界线沿着墙壁往上移，直到消失在屋檐上，心里都一样清楚，这样清静温暖的时光注定要成为过去。

麦青知道自己该走了，这个本该早就下定的决心随着暮色一起降临，林昂威胁的狠话又在耳边炸响，她贱命一条无所谓，可陈鹤寿拖家带口，她不能毁掉他的前程乃至生命。为了让自己死心也为了断了陈鹤寿的念想，麦青知道必须极力说些她该说的话：“秀才兄，你以后别再为难我五姐了——”陈鹤寿误解了她的意思，解释说：“我本来是想到你那边去，但怕连累你，上回从你那边回客栈，就有人围着我一通揍。”麦青的心咯噔地跳了一下更加坚定了自己的想法，用一种遗憾而又严肃的口吻说：“咱们往后不要再见面了。”陈鹤寿说：

"不不不，我不是这个意思。"麦青说："可我就是这个意思！"陈鹤寿只能顺着她的心意说："以后咱们少见就是。"麦青生硬地说："没有以后了。"她的那种严峻冰冷的姿容让他看到了她的决心，就面带愧色地说："他是不是找过你麻烦了？"麦青的口气忽然严厉起来："我的家事你甭瞎猜！"抬步要走，陈鹤寿伸手去拉她，却被她无情地甩开。他央求她："告诉我，到底发生了什么？"

"我不想伤害谁，"麦青的声音阴沉得近乎残忍，"你和他，还有为你吃苦受罪的老婆孥仔。"

"撒谎！"陈鹤寿像揪住麦青的破绽那样叫起来，"麦青，我太了解你了，你没有这么高尚，我也是，所以咱俩才是天生一对。"麦青说："随你怎么想。"

年轻时那股任性妄为的热血噌地冲上陈鹤寿的脑门，他不能失去这个女人，他知道只要失去了就再也找不回来，于是探出手去一把将她拽到身边，像下了重大决心那样问："要是我啥也不要，你会跟我走吗？"麦青毫不踌躇地回答："不会！"陈鹤寿像只斗败的公鸡垂头丧气地松开她："为啥？"麦青说："那样我就不是我，你也就不是你，咱俩啥都不是。"

陈鹤寿的胸口滚过一阵难言的疼痛，明知她说的都是事实还是故意想去刺激她也刺激他自己，好像只有这样才能让痛楚来得更猛烈些："怕当不成阿奶是吧？"一股委屈的泪水呛上来，麦青死命地忍住。她就这种气性，越遭到锤打越显出棱角，越受了委屈越变得刚强。她的胸腔里一定是发出不平的尖叫，到了嘴边却浓缩成简简单单的两个字："没错！"

苏润听到争吵声跑来，麦青已经走了，见陈鹤寿仍一脸怒气地伫立在原地就忍不住开腔："真是冤家啊，你知不知道，就因为你去了林府，害她遭了多少罪？"虽然已经隐约猜到，陈鹤寿还是觉得头上打了个轰雷，双手捂住疲惫的脸再也说不出话来。

走进家门，麦青从德礼婶惊疑的目光里感觉到了自己的变化，那个妇人紧随着她结结巴巴地问："阿娘，五姐她、她没事吧？"麦青冷冰冰地说："放心吧，她福大命大死不了。"当她走进卧室，环视围了一圈雕花屏风似的梳妆台，镂空透雕得极其繁复的架子床，缀着金色流苏的枣红床幔以及四周的衣柜衣架、铜器瓷器，想到的不是与林昂夫妻间隐秘的经历，而是她和陈鹤寿的前世今生。她妆也不卸衫也没换就投向折叠整齐的被子，将满心的委屈湿漉漉地涂抹在富丽闪光的缎面上。她不得不承认，没有他做念想，往后的日子将毫无意义，可任由两个人的感情发展下去，一定会以惨烈的悲剧收场。

麦青知道开头尤其难熬而坚持又是多么重要，为了摁下不断冒出的幻想，她以为可以像撕毁演义里的某个章节那样把有他的地方清除干净，可惜撕了这页又复原了那页，满脑子仍是他的影像：他因蹙眉而在额头上弄出的好几道皱纹，他一闪一闪警觉的眼神，他漫不经意地在嘴角拽出一丝坏笑……迷迷糊糊的，麦青感觉到他急促而又温暖的气息又吹向她的面颊，耳边浮响着他的大嗓门："咱俩才是一路货色，野性难驯无法无天……"她"哎呀"一声醒过来，竟生出了一种近于温存又近于绝望的情感。

两个月后林昂从省城回到县城家中，见到了另一个麦青，浓密的长发绾成了松散硕大的髻子坠向颀长圆直的后颈，丰满的瓜子脸像被刀子削去了一部分，微微凸起的眉骨下面两只眼睛又大又黑又深，憔悴的病容非但遮掩不住天生的丽质，似乎显得更加娇柔动人，让林昂顿生怜惜之意。麦青平静得有点木讷，温顺地招呼他侍候他，问他想吃什么宵夜然后亲自布置下去。林昂只当是她自省之后悔过的表现，也不自觉地收起了进门时那种异样的庄重。吃东西了，麦青坐在餐桌的另一边，明亮的灯光映照着她光洁的前额，簪在发髻上的几朵白花显得清雅脱俗。她耐心地听他说话，偶尔饶有兴趣地插上一句，以调动他说下去的兴致。这样温馨和谐的画面好像只出现在林昂的想象里，他与他的大夫人成亲后就再也没有正眼瞧过她，更不要说面对面聊着贴心的话儿，在他眼里，她是个浅陋无知又缺乏主见、成天絮絮叨叨的女人，说是大娘子，不如说是个配种的高等丫鬟，只为了传宗接代还有满足他母亲的需要。像许多觉得自己功成名就却留有遗憾的男人一样，林昂在借助苏忠勇和红姑之手驱逐陈鹤寿的过程中意外发现，自己竟然喜欢上了麦青，她虽沦为花娘却并不精于世故，她生性高傲做事直率，关键是她让他忽然对未来变得没有把握，破天荒地质疑自己能否驾驭得了她。他生过她的气，那是因为她完全了解他的想法却不愿妥协，而且还一次次地挑战他的权威和底线。他不知道自己为何没有厌倦她，更让他大惑不解的是，除了他对她有着异性的那种欲望外，还有一种隐秘的、不断驱动着他去依恋她的永不餍足的饥渴感，那种感觉奇妙而又新鲜，却似乎与情欲无关。遗憾的是他虽娶了她，不管怎样宠爱她约束她，她都一样我行我素，好像她和他根本就活在两个不同的世界。这种挫败感让他再次怀疑，自己是找错了人呢，还是对她管教太严而又期望过高？

林昂眯起眼睛停止了嘴里的咀嚼，好像在深味这份意外的美好，直到麦青提示他才“哦”了一声反应过来，为了投桃报李，也为了让她更接近自己的世界，他耐心地将此次外出的一些经历讲给她听：他先到潮州府城拜见吴知府。七八年前，吴千钧临危受命调任潮州总兵，因捕获双刀会头目黄悟炎而一战成名，升任潮州知府，从此更坚定了他“乱世用重典、下猛药”的治乱决心，每次剿匪讨贼，先教人在队伍前头打出一面黑布白字的大旗，上书“但愿百姓回头，免得一番辣手”十二只大字，以申明“恩威并用”的态度与决心。一旦剿获积匪，必严刑痛惩，或制木架钉手足，或在校场“砌柴笼”焚火烧死，官场中对他滥施酷刑时有非议，他却充耳不闻。为了杀一儆百，他将所杀尸骸用盐腌渍装进押解饷银的大桶送入贼巢，令匪贼为之战栗，私下里相互提醒：“吴胡子不可惹！”林则徐被重新起用为钦差大臣，督师经过潮汕平原，本想调吴知府帮办“发匪”，只因不久后逝世而未能兑现。林昂的到来让吴知府找到了撇开公务的难得理由，陪着他游遍了潮州八景。在分别的前夜，他俩坐在西湖的画舫里赏月饮酒。一谈到洋人专横朝廷无能，吴知府便攒眉怒目破口大骂，又泪流满面举杯遥祭林文忠公，既感激他的知遇之恩，又为自己未能投其麾下而深表遗憾。林昂随后又去了广州，拜会他的靠山鲁巡抚，再到十三行看望商界友人，他们的热情款待诚意挽留使他的行程一再推延。

那天夜里，林昂跟着麦青进了卧室。麦青卸了妆而显得更加素净清爽的面容，因天气和暖浮起了潮润的红晕，朱唇微启妩媚动人，蓄积已久的情欲如海风浪潮在林昂的身体里鼓荡汹涌，他扑上前，把对她那种说不清是爱是恨的苦闷连同憋涨在体内的狂潮一并倾泻出来。

麦青麻木地承受着，直至被卷入一种古怪的幻觉里，她把林昂当成了另一个人，那个人腰身结实柔韧，硬戳戳的胡子一直连到腮边，哪怕是仰着头将脖子架在椅背上打盹，也让人感觉到有无限的活力浓缩在他的体内，若有一丝响动，慵懒的眼神就会电光火闪，如一头受到挑衅的豹子高弹反扑……

猴子捞月

节令临近端午，也就是当地人所说的“五月节”，天气热了起来，人们收起了厚衫厚裤，将带着霉味的轻薄衫裤从箱底里翻出丢进水里浸泡，再晾晒在扎痛皮肤的阳光里。樟树埠仿佛突然进入盛夏，空气中弥漫着庄稼汁液饱满的腥味儿，田地里的大片水稻多已抽穗扬花，一串串的禾穗夹带着花粉溢出阵阵香气。尽膳居晚上最忙碌的时刻终于过去了，伙计们忙于收拾桌子上的残羹冷炙，洗刷来不及清理的锅碗瓢盆，雅茹靠在收银台处核查账目，一个又高又瘦的身影像枚草叶被风刮了进来，与存在她脑子里十几年的磨灭不了的一个影像叠合在一起，感觉就像时光倒流，还没回过神来，黄仰岳就从门楼的阴影里走进了灯光明亮的大厅。

其实十几天前，黄仰岳就随着陈鹤寿一大帮人到店里帮衬过，雅茹当时忙得团团转根本就无暇留意到他，现在看着他犹犹豫豫地走向她，忽然认出了他的眼神和表情。曾经因为爱，她将它藏在心底一遍遍地嚼味吞咽，又因为恨，一遍遍地想要将它扫刮清除。她有些不敢相信自己的眼睛，这么多年了，他还有脸来找她？再说了，留在她印象中的仍然是一张青春好看的面孔，怎会变得如此早衰苍老？！

黄仰岳竭力镇定自己深施一礼，打喉底里发出一丝干涩发紧的声音：“多年不见了，雅妹。”趁机瞟了她一眼，她原先纤弱单薄的身体显得更干更瘦，焦黄的皮肤紧绷在尖削的颧骨上，眼尾标刻着又深又细的纹路，嘴角的皱褶因惊疑而变得更深，那种少女才有的灵气和光泽早就被粗糙的岁月负重的生活磨灭蚀光。

雅茹已经从最初的惊愕中恢复了镇静，周全地还礼不动声色地询问："岳爷想吃点啥？"黄仰岳的神态更加不自然了："您真的认不出我？"见她没有反应又自我解嘲："也是，我本来就活得不像个人，您咋会认出我来。"雅茹扭过脸支开旁边的淑钿："帮我去厨房看看。"淑钿会意地走开，四周变得出奇地安静。

黄仰岳这才确信雅茹认出了他，虽然恍若隔世，但光阴还是把不能带走的留下来，无情地横亘在两个人中间。引诱她时他还是个水手，后来成为了广受欢迎的水客，可是意料不到的祸事使他一夜之间成为人人怀疑唾弃的对象，家破人散的滋味更让他深入反思，不再把那些斑斑劣迹简单地归结为少不更事而是一报还一报。他抛弃过别人，别人又反过来唾弃了他，真是罪有应得！跟了陈鹤寿后，他在一次酒后向头家打探雅茹的消息，在得到最不想得到的结果后更加不安，他祸害了一个好姑娘，每想一次心里就难受一次。沧海号到了樟树埠，黄仰岳经过反复思量，最终还是打定主意去面对当年所犯下的罪孽，虽然这比死还要艰难。黄仰岳明白，那些他曾令雅茹深信的行为包括感动了她的誓言，都将成为她控诉他的血泪铁证，假若她冲上前撕拽他咬牙切齿地辱骂他，将一口浓痰唾在他脸上，他也将甘心接受它如同接受一种宿命，也许只有这样，才能减轻他心头的一点罪恶感。

雅茹早已不是那个撒点诱饵就能上钩、一捏就碎的小丫头，而是一个神情坚定举动沉稳的妇人，时光在让她经见世事增长阅历的同时也让她变得通达起来，生活不仅教会了她用长远的目光来看待曲折复杂的事物，也使她懂得如何摆脱新仇旧恨所缠磨的困境，那个水手曾让她过早地经历了人世间最歹毒的陷阱，见识了人性最卑劣的另一面，原来美好诱人的事物可以在转瞬之间变成残酷的噩梦，真是一念天堂，一念地狱。即使后来嫁给了蔡厚道，雅茹仍然被这件丑事压得抬不起头透不过气，直到爱上那个传教士，束缚她的精神绳索才真正断裂，之后再想到那个黄志扬已没有了诅咒和报复的欲望，这个人就像从她的生命里彻底消失一样。

黄仰岳发现雅茹像个早就了解剧情的观众，知道他这个角儿一定会出来把属于自己的戏唱完，所以冷眼旁观，这让他感到意外进而生出了无力感和失落感，一个如此需要被原谅、想要赎罪的人，却发现再也没了补救的机会，人家不是不要，而是压根就当你不存在。

“雅妹——”一缕情不自禁的呼唤游丝般地从黄仰岳的唇边挣断，听上去更像是悲切的呻吟。雅茹摆摆手以急促的语调截住了他的话头：“岳爷，您可能不知道樟树村的规矩，‘来者不问，去者不追’，否则你吃不成我的饭，我也少了你这位客官。”黄仰岳明白雅茹说出这种话，就是为了给双方留个脸面，既然如此，自己又何必去戳破那个陈年的猪尿泡，弄得大家一身腥臊呢？黄仰岳张了张嘴又闭上，涌到唇边的话随着一口唾沫咽了下去，又从眼睛里热辣辣地喷出来。

看到黄仰岳跨出尽膳居的门槛时拿袖子蹭了一下脸，一缕说不清是可怜可笑还是可憎的情感飘上雅茹的心头，脸绷得更紧，两边的颧骨显得更加突出，眼神里却充满了疲倦。

五月初五早上，太阳才一竿子高，江堤上已经人来人往，外地的本埠的民众聚在一起看龙舟。早在四月初，樟树埠以及周边的村落就在为这一年一度的龙舟赛作准备，二十四艘龙舟游弋在不同的河流，锣声鼓点好似底气十足的蛙鸣。第二十五艘龙舟是在沧海号平安抵达樟树埠后经过陈鹤寿再三申请、林昂点头后匆促加塞进来的。

麦青趁机提出跟林昂一块儿来樟树埠，好替大姐魏阿星感谢濮婆婆和暖玉救治的大恩。林昂有些犹豫了，不过考虑到她近期对他的顺服，也正好让她见识顺风行龙舟的威风，也就同意了。

比赛的队伍以抽签的方式分成四个小组进行选拔，各选出第一名参加下一阶段的决赛。代表着不同村寨、行铺或者宗族的壮汉们以不同颜色的头巾、腰带、服装或者字样加以区别。顺风行有三艘龙舟参赛，队员们清一色着白色无袖短褂，背后写着“顺风”两字，士气高昂志在必得。南北船行的龙舟由陈鹤寿亲自掌舵，队员们头扎红布光着上身露出紫铜色的疙瘩肉。

比赛即将开始，林昂稳步走向自家的龙舟，对着下属说些鼓气的话。看到他，陈鹤寿又很自然地想起他俩头一回见面的情形。那时候陈鹤寿还在曼谷，刚买下了沧海号这艘二手洋船，一有空就往潮人同业公会跑，拉老乡来订他的舱位，他看到李德成会长少见地将一个客人送出大门，从此后，那张留着黛色胡髭、饱满的脸，那缕透出过分自信的锐利眼神，还有从容不迫的行止，便一并深深刻进他的脑海。李会长热情地把陈鹤寿介绍给林昂，林昂用调侃的语气说："在唐山就知道秀才兄的大名了，今日他乡好晤，好晤！"陈鹤寿一下想起从前的糗事，脸颊如火烤般烧烫。

当陈鹤寿的目光从临时搭起、铺着竹席遮荫的观礼台上不经意地扫过，惊疑的表情凝固在脸上，白衣白裙的麦青犹如一朵百合花儿，盛开在一群衣衫暗淡、灰头土脸的女眷中间，给这个燥热的天气注入一股新鲜舒爽的清风。

一个上午，四个小组各有一支队伍胜出，顺风行和南北行各有一艘龙舟晋级。下午决赛进行到最后一个来回的关键时刻，南北行的龙舟明显落后于其他三船，夺标希望渺茫。岸边的鼓噪声不断钻进陈鹤寿的耳朵里胀得他头皮发麻，只觉得在麦青面前丢不起这个脸，便趁掉头之机"偷撬舵"，也就是违规将舵当橹使，让船身漂浮起来以利于加速，没想到多年前玩得溜溜顺的小把戏已经荒疏，龙舟拐弯过猛翻了个底朝天，让兄弟们灌了一肚子"龙舟水"。陈鹤寿在乡亲们的哄闹声中钻出水面爬上岸来，不相信地往观礼台扫视了两遍，麦青不在了。

麦青早就计划好了，待龙舟决赛把更多的樟树村人吸引过来，再去会会暖玉和濮婆婆，明里是替大姐感谢她们，暗里却是想给暖玉宽心，也好把自己和陈鹤寿的后路堵死。

听见有人喊秀才娘，暖玉转身愣了一下，竟是那个好久未见也最不想见的女人。理智告诉暖玉别去搭理她，可目光还是忍不住往她身上瞄：柳眉，凤眼，尖鼻，大嘴，鲜活透亮的俏脸蛋，身材如一茎柔韧而又饱满的谷穗，也难怪女人们说麦青那不叫美，叫妖叫媚叫骚，都化进了骨头里了。村里人一直骂麦青“水蛇精”，在暖玉听来并非贬损而是褒扬，因为无论是疍家人还是畲族人，都把蛇当成不可替代的神祇，心里竟冷不丁地泛起一股酸溜溜的醋意。

麦青对暖玉的错愕不加理会，只管微笑着扭进街门，用活活泼泼的眼风扫视着没有病人的前堂，又打量着眼前这个孕妇：皮肉滋润腰肢粗壮胸脯也跟着饱胀起来，单眼皮的眼睛闪动着安详柔亮的光，比过去更多了几分淡泊与坦然。

“恭喜啊嫂子，几个月了？”麦青挑起两道弯弯的眉毛又亲热又羡慕地说。暖玉不喜欢她，脸上却保持着礼节性的笑意，暗暗估摸着她此来的目的。早在八九年前，听到麦青与陈鹤寿的闲言碎语，暖玉就隐隐预感到，自己的命运将和这个本来与她无关的的女子捆绑在一起，这个女子生活的痕迹和细节，快乐与忧愁，都将牵扯着她影响着她。而今看来，要是没有她，自己未必能如此逼近陈鹤寿的灵魂深处。

“你的眼睛真尖，四个多月了。”暖玉声音和悦，眼里隐含着一种交织着惶惑、欣赏与不安的复杂情感。麦青得意地说：“那是！”示意跟班将从县城带来的糕饼和茶叶呈上。暖玉脸上泛起一缕羞涩的红晕：“你这是……”麦青便将大姐临终的遗愿说了一遍，以解除她的疑虑。暖玉还在组织着推却的措词，濮婆婆就从背后闪出来挑衅地说：“妹仔啊，今日什么风把你吹来的？”麦青明白濮婆婆瞧不起她存心要为难她，就不惊不窘地跟她开起玩笑：“当然是顺风喽。”暖玉赶忙打圆场：“娘，人家可是顺风船行的头家奶了。”濮婆婆用严峻的表情制止了暖玉，她本来就看不惯麦青与陈鹤寿的勾勾搭搭，而今更是被她轻佻的眼神戏谑的腔调所激怒，继续扭动着干瘪的嘴唇讥讽她：“你到这里来，可有碰到什么老主顾？”此话一出暖玉臊得满脸通红，上前一步遮住濮婆婆佝偻着的大半个身子。麦青不仅不介意还顽皮地挤挤眼：“婆婆您不知道啊？我们做花娘的只认钱，不认人！”话没说完就自顾自地笑开来。

暖玉咕哝着“翻过页啦”，把濮婆婆推走再折回来，看见麦青正若无其事地端详着排列在柜台上的一只只瓷罐，里面浸泡着形态婀娜的珍藏植株或者色彩斑斓的禽鸟蛇蝎。暖玉凑近了她好不容易鼓起勇气问："他，他，他还有去找你吗？"麦青警惕地问："谁？"暖玉不高兴地说："还有谁？我表哥呗。"麦青没有马上回应暖玉，而是将目光转向覆盖了整面墙的百子柜，嘴里默念着"神曲、党参、天麻、蝉蜕、沙参、玉竹……"她喜欢这些诗一样美好的名字，陈鹤寿头一回到县城寻她，不就是用远志和当归这两味药材来向她传递信号么？

麦青若有所思的模样让暖玉深感绝望又不肯死心，继续追问道："我说错了吗？"麦青还是没有回应，暖玉就负气似的说："我表哥横竖烂命一条，可六爷是个有头有脸的能人好人，你别不知好歹辜负了他！"暖玉还要絮絮叨叨，麦青突然斜了双眼盯着暖玉，用一种讥笑任何假正经的腔调问："真的啊？六爷有这么好，那咱俩换呀。"见暖玉臊得满脸通红又咯咯咯地笑起来，"不舍得啊？我的姐哟，你就把心放在肚子里吧，那些猴年马月的事，还提它作甚！"飘忽的目光落在小茶桌上一碟熟黄的栀粿，这种应节的粿品是拿栀子的黄色汁液与糯米糊搓匀蒸熟而成，吃时用细线切割成片并蘸些白砂糖，入口甜润爽滑，凉喉解渴。

"那阵子啊，我是栀粿他是糖。"麦青有些伤感地说，脸上毫无忸怩之态。暖玉心想麦青柔韧滑润的皮肤与熟黄的栀粿还真有几分相似，至于陈鹤寿的肤色，只能算红糖疙瘩了，想笑，旋即又恨恨地提醒自己，让脸上浮出受害者才有的伤情和怨怼。

"本来嘛，任你咋折腾，我树身正怕什么风吹树尾摇？"暖玉的声音忽然低下去，好像体内有东西压迫着她的呼吸，"我是怕我表哥不知深浅，最终害了自己！"

麦青心头一颤鬓角沁出一层薄汗，觉得自己小瞧了这个女人，对方一出手就戳中自己的软肋，不由生出些敬重，表面上却装作满不在乎，捏起一片栀粿蘸了点砂糖，塞得腮帮鼓胀起来，边咀嚼着边掩饰道："你的那个表哥，也只有你才稀罕他。"暖玉苦笑着吞吞吐吐地道出她的隐忧："就算你不理他，他也会黏着你。你可比我见得多，这世上哪有什么专情的男人？我表哥和你六爷咱就不说，光说你大姐——"麦青打断了她隐晦地说："我大姐人情世故无不通透，哪有她想不到的？那个人不过是她给自己造的梦！"暖玉惋惜地说："真是同人不同命，都是花娘，你的命咋就这么好！”麦青发出一声冷笑：“我不信命，我要信命早就活不到今日。”她再一次端详着浸泡在罐子里的那些虫虫草草，一语双关地说：“嫂子啊，只有把男人泡在这酒水里，才不容易变坏！”

又到了六月初，被暖玉派往绿云村的来喜来欢两兄弟回来，同时还带来她哥哥梁鸿生和最小的侄儿梁合得。一听到父母已相继过世，暖玉惨叫一声差点晕厥过去，回想起自己十六岁就稀里糊涂跟着陈鹤寿走出大山，尝遍了苦涩酸楚差点连命都搭上，不由悲从中来任由泪水扑簌簌地掉落。梁鸿生已经长成了父亲当年的模样，最小的侄儿也有十七岁了。陈鹤寿抓着大舅哥的手满脸愧色：“还想带着幼妹回去向二老请罪，没想到他们再也看不见听不着了……”喉咙里像被什么东西噎住说不出话来。

梁鸿生此行的目的除了来探望妹妹一家，就是想给小儿子寻条出路。他不好意思当着妹夫的面提出来，就悄悄地跟暖玉交了底，陈鹤寿知道后满口应承。梁鸿生在樟树埠消闲了十几天，这对于干惯了活儿又头一回出远门的人来说，无疑是一种煎熬，便打定主意向妹妹妹夫辞行。暖玉又是给钱又是给物又是叮咛又是流泪，以补偿这么多年对娘家不闻不问的过失。梁鸿生把个头敦实、成天笑眯眯的合得推到暖玉面前，要他事事听从小姑小姑丈的安排，切莫擅作主张……

梁鸿生走后，合得被高莽安排到“招商处”长见识。所谓的招商处，就是在南北船行的货栈内外各摆上桌椅，与货物相关的在里面谈，想要过番寻活路的在外边聊。合得暂时跟着有经验的伙计内外跑腿打杂。

平原三面背山一面向海，自古人稠地少，人均耕地不足三分，自然灾害频仍匪患炽烈，粮食缺口甚大，而南洋诸国刚好相反，人稀地肥资源丰富竞争小，加之“招商处”的伙计们经过陈鹤寿的亲自调教，一张嘴就是天花乱坠，弄得来打听的人都以为番爿米粟便宜番薯满地，农场作坊小店小铺苦于招不到长工短工，就算当个叫花子，也能寄钱养活家里的孤寡老稚一大群。陈鹤寿也确实与暹罗的一些潮州商会有过接洽，家乡人到了便由他们出面担保介绍活计，所得佣金一起分成。在陈鹤寿的认知里，将乡亲们送出去挣钱正好切合当初打造巨舟、寻找乐土的初衷，只不过换了另外的方式。

南北船行包交通包“揾工”的“一脚踢”做法，改变了原来潮州人过番只能投靠亲友乡人的单一选择，消息一传十十传百，问询者络绎不绝。合得一边干着伙计们指派的活儿，一边如饥如渴地听他们吹嘘着暹罗国、婆罗洲、爪哇岛……那里的佛像连同佛寺的尖顶都是黄金打造的，在烈日下犹如传说中的宝藏发射出层层壮丽的光焰。瘦小黝黑的当地人骑着大象上街，孔雀在屋顶开屏，鹦鹉叼着纸牌给人算命，遍地的黄金、象牙、宝石亮瞎了眼……夜幕降临，“人妖”甩动巨乳引诱着来自别国他乡的游客，暹罗猫的眼睛在月光下闪着钻石般的光彩，七条腿的大海龟驮着会下“降”的巫师在树底下焚烧纸钱，妓院里不时飘来诱人的歌声笑声还有由木琴、腰鼓、口簧、鼻笛等乐器所演奏的充溢着异域风情的活泼旋律……

如果冷静细想，伙计们有些说法是站不住脚的，但对急于摆脱困境的穷人来说那又另当别论。几乎每个人都对长居之地产生必然的厌倦，而对未到之处心生向往，更何况无论智愚贵贱，都或多或少受到欲望的驱使终难逃脱贪婪的魔咒。那些向来谨小慎微、处处设防的乡亲早就动了念乱了神，七嘴八舌地提问，比如“人妖到底是人还是妖？”伙计们说：“那都是些和你我一样的爷们儿，打小被阉了还喂了药，当姿娘仔养大。”更多的人关心那里有啥活路，自己干得来干不来，一天挣几多工钱，船行要收多少介绍费，返回的船票会不会更贵……合得听得又入迷又动心，竟然站在客人的角度憨里憨气地问：“阿兄，路上要带点啥？”

“我的老弟，带点吃的，熬过那十天半月，船一到，‘华纳（泰语老板的中文发音）’就会带你们去松松骨，尝尝番婆的滋味……”这些富于挑逗性的言语给合得还有蜂拥而至的男人们描绘出一个虚幻的“人间天堂”。其中有个外乡人捂着脸打了个喷嚏，“招商处”的伙计就开起他的玩笑来：“老兄弟，番婆想你喽——”大伙跟着起哄，这些笑声后来一遍遍地轮转在外出打工者的记忆里，成为异乡梦醒后残存在心中的一丝慰藉。他们依然记得船行伙计开过的那些粗鄙下流的玩笑，只是不再觉得有多好笑了。

这些穷光蛋迫不及待地回家与父母妻儿商量，又急急返回交上定金，实在拿不出钱的陈鹤寿也不勉强，只让他们签了张“卖身契”，里面申明先由雇主垫付船票钱及介绍费，往后再扣除他们劳动的部分所得。至于路上吃的，早有女人想出最省钱的一招，搜罗些糯米粉，掺入红糖将它炊制成甜粿，能耐饥抗饿久放也不易变质。有次齐修平去看望一个准备过番的熟人，听见他刚过门的新媳妇边做甜粿边叹息，不禁脱口而出：“无可奈何炊甜粿。”这句无心说出的话经过口口相传，竟成了潮州人过番谋生的辛酸写照，比他所写的任何诗词任何歌赋都深入人心。

有天合得到姑母家蹭饭，一进门就迫不及待地张口：“细姑，我不想在船行做事。”暖玉有些得意地说：“我说过你会想家的，没错吧？”合得摇头：“我想去过番。”暖玉疑惑地扫了他一眼：“这要你爹点头才成，否则他找我要人咋办？”合得腼腆地讪笑：“我又不是孥仔鬼，我自己能拿主意，哪天你见到我爹再跟他说一声就好。”暖玉心想，这对他也未必是坏事，到时要是混不下去，就搭着沧海号回来，遂默许了。

石槌也几乎在同一时间找到陈鹤寿，明确告诉这位最景仰的大哥，他不想跟他去行船，而是打算长久居留在番爿。陈鹤寿明白他的用心，劝说他：“你不回来，雅妹和英哥儿就会快活吗？她们已习惯有你，更何况你爹你娘也不会同意的。”石槌痛苦地摇头：“我答应过雅茹姐，有机会就去过番，还她自由。我留在这里，对她对我都是煎熬。”

中秋节前后往往是平原由溽热变为干燥凉爽的转折点，各种瓜果已经熟透散发出窜喉发腻的甜香。往年旧事，家家户户都要在这大节来临前赶制“月糕”，以供奉那一轮皓月。月糕分黑芝麻糕、绿豆糕、米糕等多种，用刻有石榴红花、仙鹤葫芦或弥勒佛一类吉祥图案的木模挤压结实再扣在红纸上。对于那些拜“月娘”用的，还要拿香梗蘸水胭脂鼓腮一吹，月糕就如同小姑娘的脸蛋浮起一抹细雾般的红晕，真是人见人爱。有的富足人家还会献出“彩青”，一种用蔬菜、水果、谷类等材料制成的有趣玩意儿，以暗喻幸福的生活或祈祷美好的未来，樟树埠的商铺酒楼更想凭借绮丽多姿的彩青炫耀实力广播声名。

中秋前一天，桑田从大人们那里听说尽膳居也要献彩青，就兴冲冲地去找赛英想要先睹为快。两个孩子找遍了整座饭馆没有任何发现，找了雅茹又找了石槌，都说不知道，问豪叔去。听到赛英用稚嫩的声音央求，豪叔弯下腰来故作神秘地说：“现在还看不得。”桑田不满地说：“为什么呀？”赛英也失望地说：“为什么呀？”豪叔摸摸桑田的脑瓜又揪揪赛英的小脸蛋笑眯眯地说：“揭锅早了容易跑气，饭就夹生了，放心，明晚就能见到。”

中秋夜到了，一轮盘子大的明月翻过屋脊爬上树梢，大街小巷如镀了层水银明晃晃亮晶晶地流动。家家户户大门洞开，门口、前院、天井、后包、花巷……摆起了桌子，讲究的人家还披上缀有流苏的桌布，放上卤鹅、熟肉、月糕、芋头，红柿、番石榴、林檎、龙眼、橄榄五果……点第一炷香献四方，再插入米筒。大人们闲下来了，就领着孩子们走街串巷，看看谁家的供品丰盛月糕做得精致，看看哪些商铺酒楼的彩青造型奇特吸引眼球，看看水流神庙和天妃宫中间地带烧塔没有，往年的盛景仍历历在目：熊熊的烈火从高塔的砖瓦缝隙向四周、向天上急蹿，专门有人朝里面撒些松香、盐粒、硫磺，一时间火星四射哔剥作响，塔身通红透明辉煌壮丽。就像当年拿芋（潮州话与“胡”谐音）头拜祭以鼓舞百姓砍下元兵首级那样，烧塔也是为了纪念先辈以燃放烟火为号一齐消灭元兵的壮举。

桑田夹在一群孩子中间，沿着堤岸追逐着商家们陆续摆上供桌的彩青：干果铺用白萝卜雕成“仙鹤”的羽毛，丹顶则染上了胭脂，拿竹枝支成长腿，以黑豆点睛，活灵活现，分布在周围的几只“小鸡”也都是拿笋皮做羽毛拿番茄做鸡冠，其寓意显而易见：鹤立鸡群。卤鹅店用白面捏塑一只肥鹅，有真鹅那么大，挺着长长的脖子张开宽阔的翅膀像欣喜地扑向溪流池塘。卖“猪头粽”的熟食店则在“猪”上做文章，拿米粉团捏一头大母猪外加吃奶的一窝小猪……孩子们嘻嘻哈哈打打闹闹地来到尽膳居，挂着大灯笼的门楼前已聚集了不少人，看见雅茹牵着赛英的手出来，人们忍不住发问：“头家奶，你家的彩青呢？”桑田也挤到前头问：“英哥儿，东西呢？”

雅茹故作镇定地笑：“勿急，好戏在后头呢。”又弯下腰对赛英说：“叫你爹和老叔甭磨蹭，丑媳妇总要见公婆嘛。”赛英没跑几步又折回来，嘴里兴奋地叫着：“来啦来啦。”

大伙一阵骚动，急得探脑袋踮脚尖瞪眼睛，看见石槌和豪叔抬出一口厚皮凸肚大缸，霎时笑声四起。赛英脸上的笑容凝固了：“爹爹，老叔，这是什么？”雅茹也难掩一脸失望：“是啊豪叔，彩青呢？”豪叔戳了戳大缸说：“全在这里边。”人堆里就发出了嘎嘎的笑声，连桑田都翻起了白眼：“英哥儿，你家的彩青不会是一缸酸菜吧？”

豪叔将赛英和桑田拉到跟前说：“我给你们变个戏法，看好喽。”缓缓揭开木盖，石槌拿灯笼凑近一照，大伙齐刷刷地“啊”起来。缸里是一群长满茸茸白毛的“猴子”！原来一个月前，豪叔就拿豆渣捏成六只猴子，封存在这缸里直到它发霉长毛。石槌照着豪叔的吩咐竖起一截树枝，等豪叔把猴子一只只捉上来倒挂在上边。那些猴子抓耳挠腮形态各异却无不栩栩如生。有个伙计端出一盆清水搁于猴子下方，清水里立刻跃出一轮金色月亮。豪叔朝着里三层外三层的围观者四下作揖：“谢谢各位捧场，今年尽膳居的彩青就叫——‘猴子捞月’。”

围观者借着灯光月光再仔细打量那群猴子，那轮时聚时散、流光烁金的月亮，当即回过神来报以热烈的掌声和粗细不一的赞叹。

那一年中秋节，尽膳居的彩青轰动了樟树埠继而传遍了整个平原，而雅茹与石槌的关系也在中秋夜发生了实质性的变化。

夜深了，石槌指挥着伙计们关好店门这才回到那落小院。像往常那样，他怕吵到比他早些回来的雅茹母女，蹑手蹑脚地关了大门插上门闩，这喧闹的一天终于平静了下来。想想过不了多久，他就要随陈鹤寿下南洋，说是去当船员，实际上已经说服了养父养母，做好了长久居留异乡的准备，内心不由涌起一股强烈的不舍，那是对雅茹还有那个一直喊他爹爹的小姑娘的依恋。他心情灰暗地来到水房冲凉，又洗好了内衣内裤晾在后院，这才打着哈欠钻进自己的寝室，刚吹灯躺下就听到笃笃的敲门声。他穿着条大裤衩光着上身把门开了道缝问：

“姐，有紧要事？”雅茹压低声音说：“有紧要事！”他刚把门缝撑大些她就闪身进来。这是雅茹头一回三更半夜来到石槌的寝室，他有些紧张：“姐，我点灯。”雅茹说：“不用。你先把门闭上。”他一边照做一边关切地问：“姐，到底咋啦？”雅茹忽然低声抽泣起来，石槌还以为耳朵出了毛病，留神细听方确信她是真的哭了。雅茹的泼辣能干还有执拗死犟都是出了名的，平日里他只看到她像个主帅那样发号施令，对他也好对其他伙计也罢，都表现出一种不容违抗的强硬姿态。

石槌心里更慌，估摸着这紧要事肯定与他有关，便真心实意地说：“姐，要是我哪里做错了，你只管骂我。”雅茹抹了下泪调整了情绪，用缓慢而凝重的口气问：“你是不是想趁这次行船，丢下我和英哥儿不管？”石槌暗暗叫苦：“秀才兄多事啊！”

石槌没猜错，就在下午，陈鹤寿差人把雅茹喊到南北船行，将石槌的秘密计划透露给她，再观察她神情的变化。雅茹听罢如遭雷击，瞪大眼睛结结巴巴地说：“他怎么能这样？”她发现自己的反应比想象中要激烈得多。之前她并未想过他会主动离开她，倒是想过无论如何不能让他吃哑巴亏，待赛英再大几岁就劝他休了她，找个好女人过几天像样的日子。别看她平时把他当个杂工跑腿呼来唤去，心底里早就将他归拢到最可信赖的那一拨人里。她真心舍不得他走，这种心情由于一时的顿悟而发酵般地加剧。她试图恢复应有的理智和冷静，告诫自己不要犯傻，又找出一些对他不利的理由来平衡一下自己的心理：粗鲁无知，只懂得打打杀杀；不学无术，胸无大志。可身体里又立刻响起另一个声音替他申辩：“危急关头，是谁顶着身败名裂的压力挺身而出解除你的困境？是谁无怨无悔地保护着你和你的饭店、将你的女儿视为己出？是谁在你事业做大时反而甘心退出？”一开始几乎没有哪个相信石槌是赛英的生父，如今恰好反过来，没有哪个怀疑石槌不是孩子的亲爹……经历了无数变故之后，雅茹再也瞧不起那些情感荏弱的人，孰料自己也会黏结在这样的乱麻堆里。她还不能确定自己对他的情感，只是觉得再也见不到他，便有一种灾难降临、失去护卫的恐惧感。经过一番思想斗争，她决定晚上跟石槌打开天窗说亮话。

“你这一去就真的不回来了？”雅茹加重了语气追问。石槌不好意思地傻笑："这地方待久了，腻烦了，秀才兄常说，天下这么大，走出去看看。"雅茹说："你觉得你这个'丈夫'当得窝囊，想到外边另找一个重砌炉灶？你要是这么想，当初就不该替我解围，干脆让我去死好了。"石槌急了："姐，我、我没这个意思。"雅茹问："那你是什么意思？"石槌有些委屈了："我就是觉得你的买卖做大了，我又插不了手帮不上什么忙。姐，你该找个能干的男人帮你，这样才不会累坏自己。"石槌的话击中了雅茹内心最柔软的地方，眼眶又湿了，这时有个明确的念头占有了她，她不能失去他。这个念头使她激动，使她发抖，竟抽抽搭搭地哭出声来。借着窗口流泻进来的月光，石槌大着胆子伸出手去抚她的背，憨憨地劝："别哭了姐，你都哭过好几回了。"

"那你就别再气我！"雅茹抖开石槌的手说，"我真要挑个男人，也用不着你来教，我一不图他多富有，二不图他多贤能，我只图他对我们母女好。"腔调忽然一转声音变得低沉柔和而又严肃，仿佛出自他人之口："石槌，你做得到么？"就像深藏于心底的某种企图被人揭穿，石槌慌得一再申明："姐，俺、俺粗人，不配，不配。"雅茹胸腔里有股柔情化开来，一下靠在他山墙般的身坯上："可我觉得你配。"认识雅茹这么久，石槌头一回发现这个泼辣厉害的女人原来也有如此温柔的一面，吓得手足无措仍嘟囔着自己不配，雅茹火了，拿出头家奶的威严一字一顿地说："我说你配，你就配！"

大菜契约

陈鹤寿到县城待了个十几天，白天黑夜为着这事那事焦虑操心，根本无暇顾及其他。当他将南北商行的业务理顺后把指挥棒交给黄仰岳，气没喘匀又接到南北船行急报，请他回去决断那些关系到此次下南洋的重要事项。

天还未亮，陈鹤寿就跳上马车穿越县城西门。秋风夹带着几分凉意，刚刚泛起的清冷晨光将天上人间的界限模模糊糊地分开，映衬出山岭高低起伏的黑色轮廓，种着庄稼的田块不时从路旁疏朗的树叶树枝间闪出来又藏回去，马车箍了铁的木头轮子在官道上颠簸着摇摆着，每一下震动都发出咯噔声，陈鹤寿完全沉浸在没完没了的思考当中，对外界的感知变得钝然木然，当他过了两重渡口再坐上马车，才发现一轮巨大的红日正朝着开阔的韩江江面缓缓沉落，洒向山川河谷、田野村庄的万千缕金线悄然收束，薄薄的山岚暮霭漫过前面这片冲积扇的沟沟岔岔，紫蓝的天空呈现出一种水晶般的透亮。

九月是平原一年中最好的光景，“九月鱼菜齐”，物产丰富应有尽有。孩童唱着“九月九，风禽线断满天走”的歌谣，在秋风里追逐着色彩斑斓的风筝。樟树埠公用的私家的码头都被人们涨起的热情所包围，从不同船只不同角落响起的声浪此起彼落像在互相撑腰互相呼应，沧海号上更是人来货往挑灯夜战。陈鹤寿没有投射出热情的一瞥而是皱起了眉头，几个月前等船回港的后怕依然难以释怀，最骇人的忧患和最诱人的远景构成了他此刻不可言喻的思虑，这是一桩“半边棺材半边眠床”的营生，一旦沾染上了犹如赌徒坐上赌桌，没有谁愿意空手而归也说不准谁就能赢，直到将身家性命全都搭上。

几乎每一年，樟树埠都在重复经历着大悲与大喜，洋船若顺风顺水满载归来，船主贩商可获巨利一夜暴富，洋船若触礁倾覆人货葬于海底，或叫海贼洗劫一空，大财东就得典田卖屋转眼间成了穷光蛋。整个平原几乎无人不知金钩大王银钩大王的故事，普通人随意听听只把它当成一种猎奇和消遣，只有行船的人才能体验到真正的恐惧。早在十年前，有位府城来的陶瓷商就言之凿凿地对陈鹤寿说，数年前他的店里来过一位客人，高鼻阔嘴双目如星，留着满脸让人难忘的红色美髯，浑身上下散发出一种海藻腐烂的怪味儿。他一眼就相中了陶瓷商的镇店之宝、由十六名枫溪艺人合制的“春色瓷雕大花篮”。花篮高四尺半，三层镂通呈六角宫灯式的结构，白如雪、薄如纸、细如丝，里面盛放着六百多朵色彩艳丽的“鲜花”，雍容华贵气势非凡。陶瓷商心想，此人绝非凡夫俗子，遂客气地请他到后堂细叙用餐。酒菜陆续上来，只见那客人从怀里掏出一对带链子的金钩，一头钩住耳朵，一头将嘴边的红胡子分开从容进食……数天之后，满城都在风传金钩大王来过潮州城，陶瓷商这才惊出一身冷汗，自己的镇店之宝原来是卖给了海贼王。

陈鹤寿当时听罢大受启发，想象着哪天自己也打造一对金钩，当着乡亲们的面分开盖住嘴巴的胡须傲然进食，那该多威风啊！行船之后，他终于深切体会到海贼的危害，行一辈子洋船只要赶上一趟，所有的努力都将付诸东流，轻则倾家荡产，重则搭上小命。据说海贼惩罚“俘虏”的手段十分残忍，有的取竹筒往他们的腹中灌水，再踩上压迫水从七孔、肛门射出以取乐；有的将“俘虏”缚于十字架上，从下身直剖至胸膛使其肝肠全部脱出；还有的爱玩“老虎背猪”，捉住对方双手反抛，摔得对方四肢不全五脏尽碎。

洋船在国内的港埠码头，多少还受到朝廷水师的保护，一到外洋就如羊群来到荒野，随时可能遭遇“狼群”伏击。这些“海狼”有的得到安南等小国别有用心的支援，有的用劫掠所得的财富配上巨艇大炮，完成了从“土盗”到“洋盗”的升级蜕变。巨艇大炮既能扩大其劫掠范围，又可凭借速度与火力的优势，迫使清廷水师的旧式兵船不敢靠近剿捕。还有，朝廷为了镇压太平军从全国各地调集兵力，南方沿海的水师力量变得愈加薄弱，而当兵的大多只图实惠而不愿卖命，那些土贼洋盗自然更加猖獗。所以对于洋船主来说，扩大载货量与将风险降到最低之间的矛盾，一直是个无法兼顾叫人头疼的问题，这个问题不仅对陈鹤寿，对林昂也都是难题。

陈鹤寿在林昂一伙的打压下，却于无意之中解决了这一矛盾这一难题，事情的经过颇具戏剧性。

刚修货栈那阵子，陈鹤寿就领教过林昂一伙的手段，毕竟自己动了人家的锅边菜嘴边肉。沧海号一到，陈鹤寿更料定会有一场恶战，就索性薄利多销只求货物尽快脱手。现在到了收货定舱的关键时刻，林昂再下狠手，以更低的价格掠走他的客人，又用高报酬挖走他的船员伙计，把南北船行独个儿排除隔绝在红头船公所之外不说，还让心腹洪祈和到侯巡检那里添盐着醋地说了陈鹤寿一堆坏话，将船只泊港等名目繁多的费用强摊到他头上，以达到挤垮南北船行的最终目的。

洪祈和与林昂素来以叔侄相称。二十多年前，洪祈和曾到泉州做买卖，与林昂先父颇为投契，两人往来密切。林父过世后，这种友谊传到了下一代，在亡友众多孩子中洪祈和唯独看好林昂。林昂将船行商行迁至澄波县，能快速站稳脚跟又坐上樟树埠红头船公所司事的交椅，与洪祈和的深谋远虑竭力扶持分不开。洪祈和也因低调随和的性格赢得林昂的信任和众多船主的敬重。就算近来他少见地站出来指摘陈鹤寿的不是，比如藐视公所、不懂行规等等，也给外人一种对事不对人、无党无偏的公允态度。

侯巡检便联手税口官吏以港埠安全为由，对南北船行从货栈、船舱、货物、人员等各方面加以盘查讯问，故意制造麻烦……陈鹤寿为此专门跑到县城向马知县求助。前几天马知县才给他恢复了樟树村保正的名头还让他以“保头”之名对樟树埠的其他保正行组织、监督、引导之责，现在摊上事了，马致远却告诉他县官不如现管，摆平才是水平。瞧他那神气倒好像在说，你要是样样都靠我，我还要你做什么？弄得陈鹤寿沮丧地闭了嘴，心想“有山靠山，无山自担”。话虽这么说，面对林昂一伙的围追堵截，想要南北船行不垮，就不能再按常理出牌了。

回到家后，陈鹤寿将自己反锁在后院那间堆叠着杂物的柴房里，交代暖玉除了三餐送饭无论看到什么听到什么都不许过来搅扰他。他白天想晚上也想，打瞌睡想吃东西也想，想别人之所长自己之所短，自己之所长别人之所短。林昂财力雄厚，与他打价格战必输无疑，林昂腰硬气粗一手遮天，与他硬碰硬肯定不会有好果子吃。各种问题乱麻一般搅成了团在陈鹤寿的脑海里盘旋击撞，不过他依然相信，再怎么样的死局也有生门，只是自己没有找到罢了。

有天接近中午，陈鹤寿困得不行打了个盹，竟然梦见平时最为习见的大菜，菜蕾浑圆硕大，茎叶肥厚裹卷，碧绿碧绿的一大棵。他隐隐觉得这是一种启示，从兴奋中醒来后举起油灯，照着那堆暖玉准备用来晒干腌酸菜的大芥菜出神，仿佛对它们产生了一种不寻常的兴趣，慢慢地，有一丝会意的微笑溜上唇边。如果说洋船就像“大菜蕾”，那么林昂的大菜蕾上只有几片叶子，生意链条泾渭分明，财富主要集中在少数船主手里，这样风险既大，其他参与者的积极性也不高，而他，偏要打破这种固定的模式反其道而行之，除了之前入股的村民，他还想诚意邀请贩商和船员参与到航运经营中来，使大菜蕾越裹越大，若是如此，不仅可以有效地分解风险，还能仗着人多势众利益交织，迫使林昂他们不敢轻举妄动。

暖玉看见男人像疯子一样打开木板门大呼小叫：“有解啦，有解啦！”不知道是激动还是受了强光的刺激，泪水哗地流下来，暖玉也跟着浮起泪花，喃喃地说：“都三天了。”

一种洋船航运的崭新合作方式就此诞生。在村民们入股的原有基础上，陈鹤寿创造性地发展了一种更为新型的“伙伴”关系，欢迎做洋货的、当船员的参与进来一块儿经营，共同结成风险共担、利益共享的同盟，贸易的好坏直接关系到每个人的切身利益。比如贩商带货值洋钱两千元者可自带水手一名；带货值四千元者可带水手三名。洋船上船员的报酬也采取实物的形式，可带一定数量的土特产供沿途销售。船上载货七万至八万担，“出海”可带两百担，总管事一百担，舵公账务每人五十担，其他人员每人七担……陈鹤寿将这种合伙方式称之为“大菜契约”。在他眼里，沧海号就像一株肥壮的大芥菜，每个人则是亲密地簇拥、紧抱着它的茎叶。

陈鹤寿的大菜契约论最先在商人圈子中炸开了锅，明摆着的公平性还有潜在的利益链诱发了他们做出更深一层的思考更为激烈的争论，那些与顺风行有合作意向但尚未形成契约的商人纷纷调转目光投向南北船行，而原先弃陈鹤寿而去的贩商、船员也是哪碗油水厚端哪碗，好马劣马都吃回头草，任林昂他们再怎么解释、利诱、威胁、使绊子也阻挡不了人们加盟南北船行的脚步。

随着一份份纸字的订立，各种各样的货物充实了沧海号原本空出大半的货舱，不仅如此，大菜契约论还以最快的速度普及开去，连最顽固的船主也解开了死脑筋悄然仿效。有些船主贩商因先前的行为对陈鹤寿愧悔不已，而更多的是折服他的智慧和才干。陈鹤寿完全没有料到自己的设想在大受欢迎的同时，还反戳了林昂一刀搅乱了他们的军心。他感到自己就像一匹攒足气力的骏马，终于跃出了这个想要将他裹入吞没的泥淖，挺起腰身扬眉吐气。

在往后的年月里，樟树埠的每艘洋船就好比一座百货大楼，参与其中的数以百计的贩商各自照顾好自己的货物柜台，洋船一旦抵达异域商埠，他们就化整为零地散开去寻找对接的主顾，到了返航时又纷纷送来新货合零为整，而那些为洋船的平安航行尽力的船员，也按照贡献大小从中分一杯羹。潮州商人这种“萍聚雾散”的贸易方式常常让洋人番商目瞪口呆，明知商业利益一次次被瓜分却找不到对手的踪迹，就像一条巨蟒被成群的蚂蚁撕咬转眼剩下一堆骨头……

“头家——”不知哪个船员的招呼声使陈鹤寿从回忆中醒来，挥挥手走上甲板，有个押班正爬在高高的桅端上修理帆索，石槌则露着半身疙瘩肉指挥着苦力们将货物抬入船舱，见到他就不好意思地咧开嘴。也就在中秋节的第二天，石槌就急猴猴地跑到船行找陈鹤寿，告诉他自己不想当番客，还是跟着他去行船。陈鹤寿便明白了这个好兄弟和雅茹已经顺利打通了心理上的阻障，自然也就经历了男女之间最亲密最隐秘的事情，就故意逗他：“怎么又改主意了？”石槌涨红着脸说：“俺家娘子不让。”

“大哥！”高莽甩着手从亮光里走过来，脸上浮出一种随时听命的激动神色。此次下南洋陈鹤寿自任“出海”，高莽任大副兼舵公，再加上押班水手共三十来人，一共分为四级各司其职。“出海”也即船老大，掌管账务及管理全船事务，对远航的一切细微环节都要考虑周密。船老大在全体船员中具有绝对的权威，他的指挥就是军令，只能无条件服从而容不得半点挑肥拣瘦的举动。当船老大几乎是每个船员的梦想，但绝非人人都能胜任，在没有多少助航设备的木帆船上，航行时全靠船老大超强的记忆力和丰富的航海经验来对付各种险情。船上虽有针簿罗盘，但大多数船老大更习惯于用眼睛来观察岸上的山头或者岛屿的形态，再结合积累的经验确定船只的方位与航向。舵公掌管舵楼，押班要由能直上桅端、整修帆索的人担任，还有普通水手，再加上商贾、谋生的穷汉超过百人。

沧海号自下而上分五层舱，底层舱堆放陶瓷、铁锅、菜籽等粗重货品，以起到“压舱底”的作用，有利于船只平稳行进。第四层舱堆放平原盛产的蔗糖还有用特制木桶、内垫竹叶盛装的菜脯（咸萝卜干）酸菜等当地特产。第三层舱除堆放中药材、樟脑、潮绣、木雕等外，还有贩商从北方收购、托运的人参、鹿茸、兽皮、丝绸等贵重物品。第二层舱供过番的旅客歇息，首层舱是船主、货主、富商以及船员水手的生活区。由于人数众多，那些花钱少、要去当苦力的穷汉只能毫无遮掩地坐在甲板上，头顶烈日和星辰，不时受到突如其来的狂风巨浪的惊吓。

沧海号出发的那天早上，天色阴沉，风里透着丝丝凉意，白色的引路鸟和海鸥在港埠低低盘旋穿行，江堤、码头会集了从周边村庄赶来的人，有的仅是为了一睹洋船出海的盛况，但更多的是送别亲朋戚友……有熟人碰见来送男人的妇人，故意打趣：“二嫂啊，二哥走后你可就孤单了。”叫二嫂的抹去睫毛上的泪花装出无所谓的样子：“他走了我才清净。”熟人就坏坏地笑：“有什么用得着的只管喊我噢。”二嫂听得出里面掺杂着一丝猥亵的成分，作势要打人：“衰仔啊你。”另一边，一个瞎眼老头在交代他年轻的儿子，他的手哆哆嗦嗦地抚摸着对方的脸，大概是怕被父亲摸到了泪痕，儿子边躲闪边不耐烦地说：“爹，这些话你都说过多少遍了，我又不是孥仔鬼，会照顾好自己的。”

在那株挂满平安符的红红绿绿的古老樟树下，有个新媳妇在低声哭泣，站在她身旁的后生紧张地朝四下里看了看，扯起两个人都心知肚明的谎言：“甭哭了，要是挣到钱，明年我就随这红头船一道回来。”

那方踞突的大石头上，有个高大壮实的汉子踮着脚尖四处张望，竭力忍住在眼眶里打转的泪水，不知道是等不到亲人呢还是故土难离。

一时间哭声笑声说话声叹息声乱哄哄地交织成一片，像有无数个蜂窝在耳边嗡嗡鸣响。那个瞎眼老头大概是怕儿子听不到，把哑涩的嗓音提高到极限：“我晓得，咱家借的钱你甭管，你三叔再反悔再催逼也没用，我还是那句话，待收到你的番批后自然会连本带息、一个子儿不少地还他。”那个被别人喊作二哥的走了过来，被孩子紧紧拽着衣裾：“爹，你是不是不要我们了？”他的老婆酸楚地低下头悄悄抹泪。那汉子就摆出平时的威严挣红着脸说：“有啥好哭的？爹是去挣钱，不是去奔丧！”二嫂就一连呸了好几声还朝地上吐了口水，好像只有这样才能驱除晦气。汉子就硬起心肠挣脱了孩子的小手，不顾妻儿的啼哭头也不回地走下码头的石阶，急急攀上舷梯。

“憨仔啊，你爹很快就会回来。”二嫂语无伦次地安慰孩子。孩子连说几声骗人，转身躲到一株树后去。

那个新婚不久的小媳妇终于将手里的包裹交给了后生，后生执拗的眼睛泛起一缕柔和的光亮，轻声催促道：“快跟娘回去，家里还有那么多活儿。”后生的母亲总算插上话：“记得别太省，买点好的吃，小心将身体累垮了。”后生说知道了，梗着脖子转身，留给家人一副吃席去的急切模样。

暖玉挺着大肚子牵着桑田来到码头，先跟侄子合得细细地交代了一番，要他勤力节俭，宁可三餐咬咸菜根、喝番薯汤也要走正道，实在混不下去就及早返乡。侄子上船后她又拿手掌遮在眼前，往沧海号搜寻自己男人的身影。

这几天来，暖玉一直沉浸在分别的忧伤中无法调整过来，今早鸡啼两遍她就起床为陈鹤寿烧饭，想借此弥补一下隐藏在心底的那丝歉意。经历了等待沧海号的重大考验，暖玉对陈鹤寿的态度已由原来的不信任不理解转变为全力以赴的支持，尤其是麦青上次的来访让她吃了一颗定心丸，更加舒展坦然地与他融合在一起。然而在他面前，哪怕是在即将别离的时刻，她还是无法说出自己想说的那些火辣辣的体己话，只能通过替他准备食物、缝缝补补收收洗洗，通过哪怕是从他身上拽下一根线头这样的细微动作来传递内心的情感。明知这个大大咧咧的男人不太在意这种隐蔽的表达，她仍然被自己感动了。

陈鹤寿一觉醒来找不到人，来到灶间门口往里望了望，灶台上那只生铁铸成的黑乎乎的灯盏发着微弱昏黄的光，暖玉一边抹泪一边往灶洞里递些柴草，跳跃的火焰给她也给这个狭窄的空间镀上了一层金色。锅盖被锅里的蒸汽扑打开来露出越来越宽的缝隙，白蒙蒙的水汽带着大米的香气翻腾着融进了空气里。陈鹤寿的心底升起一股柔情，咕哝着“这么早”，过去将手搭在她的背上……

陈鹤寿从沧海号下来跟妻儿告别，他摸摸桑田的脑瓜说：“壮壮，你可要帮爹照顾好娘，知道不？”桑田噘着嘴说：“你在家也没见你照顾过她。”两口子都忍不住乐了。陈鹤寿又对暖玉说：“辛苦了，如果孥仔出世，男孩叫浩云。”暖玉问：“要是走仔呢？”陈鹤寿想了想说：“那就叫朵云。”生桑田时那种生死攸关的体验忽然牵动着暖玉的记忆和情感，泪水哗地罩住了她那张变圆润的脸。

“哭啥哭？没男人太难熬啊？”陈鹤寿打趣说。暖玉狠狠地揪了他一下又定定地看他，装出一副霸蛮的样子说：“就是，你可要给我好好回来！”

望着男人故意晃荡着的显得松松垮垮的背影，桑田仰起脸来用戏里学来的腔调问：“娘，爹爹难道非去不可？”泪水再次从暖玉的眼窝温热地溢出，说了一句颇有意味的话：“这男人啊，就好比舟船，风雨一来，谁知道他会往哪儿靠岸呢。”忽然又记起了什么，拽着桑田紧跟两步：“快，快，大大声喊你爹！”桑田想也没想就喊起来，引得旁人注目，都不敢相信这尖脆高亢的声音竟然发自这么瘦小孱弱的身体。陈鹤寿果真回头，用探询的目光在人群里寻找妻儿。桑田看见母亲咯咯地笑起来并朝着父亲摆摆手表示没啥事，就不解地问：“那你还让我喊爹？”暖玉边用指头揩去眼角的泪水边抚着高高隆起的肚子得意地说：“不懂了吧傻小子，让过番的人回头，是希望他有去有回，速去速回。你不是会唱么？‘去时草鞋共雨伞，来时白马配金鞍’。”

在这个晦暗不明的上午，一声霹雳仿佛在树梢上炸响，余音隆隆地朝着出海口的方向滚去，又一道金光在天边狂舞，才听到有人喊“落雨啦”，黄豆大的雨点就把江面砸得坑坑洼洼，人群如煮开的粥水沸腾起来，有一半躲到竹棚下大树下，又有一半显出无所畏惧的样子仍站在原地，兴致勃勃地观看陈鹤寿迎着风雨主持出洋仪式。只见他对着临时摆上的香炉和猪头五牲细心地捋了下长衫，捏着高莽递过来的紫香接上大红漆蜡的火苗，甩灭了退后两步，朝着水流神庙的方向跪下，将香枝举至额头一般高伏身三拜，四周瞬间腾起一种庄严、肃穆的神圣氛围。当他恭恭敬敬地将香枝插进香炉，头插白花的水手们噼噼啪啪地燃起鞭炮，替人做“亡斋”的老苗引着弟子们登场亮相，他们身着水色长衫，足蹬圆口布鞋，铆足了劲用二弦三弦、唢呐笛子合奏一曲哀乐……陈鹤寿将一铁盆烧成灰的纸钱纸符倾向江中并发出一声吆喝：“死光光喽！”观看的人至此方明白陈鹤寿的用意，这个亡斋是做给阎王判官小鬼看的，只为了告知他们，船上的人已经死过一回，不用再死了。

出发的吉时到了，随着陈鹤寿一声令下，沧海号在人们的祈祷与祝福声中起锚出发，成为了今次樟树埠第一艘下南洋的红头船。石槌仍然没有从困惑中摆脱出来：“秀才兄，咱们原先不是说要跟顺风行的船队一块儿走吗？”陈鹤寿嘿嘿地笑：“‘行船无待父’，早走早轻松。”他没有告诉石槌，那不过是他要弄的障眼法。

洋船常结伴而行，其目的既是为了互相接济更是为了凝心聚力抵御沿海贼寇，陈鹤寿却清醒地意识到，像顺风船行所挑头率领的那种联合型船队，一个是目标太大容易引起海贼注意，一个是真正大难临头各船往往自顾不暇，哪有心思发炮相助？更何况林昂一直将他视为眼中钉。所以与其和他们结伴同行危机四伏，不如笨鸟先飞自己去找虫子吃。

木帆船的动力源于呈季节性变化的海风，要想完成周而复始的循环贸易就必须准确地把握风向随风而动。陈鹤寿深谙此道，时间就是命脉而需求便是铁律，如果无法在四个月内完成这一轮的贸易，则必须待到下一轮季候风来临方能快捷返回，既贻误了商机又增加了一笔压冬的耗费，损失惨重，而对于靠借贷经营的贩商们来说无异于增加了一笔负债的利息。因而无论是洋船主还是贩商，哪怕不计血本以低价批发抛售货物，也不愿陷入增加压冬耗费与叠加负债利息的惨局。

南岸上用石头垒成的城墙、牌坊货栈、掩映在枝繁叶茂的芭蕉和果树中的庙宇房舍、辽阔葱郁的蔗园渐渐消失，矗立在码头附近的永定楼和尖细的灯塔也变得模糊不清，北岸那片拔地而起、显得壮观而又突兀的建筑群冷不丁扑进陈鹤寿的眼帘，扎痛了他迷惘的神经。他贪婪地盯着它心脏一阵狂跳，松开的五指攥成了拳头，心里固执地认为，布袋围应该是他的。

沧海号驶出樟树湾，陈鹤寿已忘掉了心头的不快，眼神变得警惕锐利起来，手捧罗盘肃立于船头，测风向定“针”位，调整着洋船南行的航向。起先船只还须靠桨力相佐，一旦出海，海面广阔海风强劲，陈鹤寿从桅杆顶端悬挂的三角形定风旗判断出吹的是哪个方向的风，下令升帆。六帆齐张，一如他常常梦见的大鸟那样御风而行，他觉得自己的身体也跟着轻飘飘地飞起来，身心与沧海号逐步融为一体。

顺风行所组织的联合船队整整落后于沧海号五天才出发，望着最后消失于晨雾之中的帆影，林昂对站在身边的穆庆辉不无忧虑地说："这个港埠今后谁说了算还真不好说。"穆庆辉深陷的眼眶里射出愕然的光："六爷何出此言？"林昂说："陈秀才背后有高人指点。"穆庆辉笑起来："顶多就是那个县太爷嘛，怎么跟您的靠山相比？"林昂不以为然地摆头："虽说姓马的是个小官猴，可谁又知道他的背后还站着什么人呢？你要多留个心眼，看看这南北行还跟谁牵扯得比较深。"穆庆辉点了头又不无遗憾地说："您当初要是心硬，叫人在番爿把他做掉不就啥事都没？"林昂记得当时他确实动过这种念头，只是碍于陈鹤寿与李会长早就结下一层不薄的情谊，万一失手传出去臭了自己的名声，嘴上却说："没有了陈鹤寿还会有张鹤寿李鹤寿，关键还是咱们要足够强大。"穆庆辉一脸不屑："就他？伸出个小指头都能把他摁死。"

"你可别小瞧他，他的根扎得比咱们深。"林昂严肃地说，"你还没看出来啊？水流神都快变成樟树埠的主神了。谁控制了主神谁就控制了更多的脑袋瓜！"见迟疑不定的神色浮现在那张瘪下去的瘦脸上，林昂又反过来安慰他："陈鹤寿这一走，不到明年三四月是回不来的，咱们得拿出个办法来。"穆庆辉说："您不是说，人心是不好糊弄的吗？"林昂嘿嘿地笑："可人心也是可以笼络的啊。"

林昂与穆庆辉边聊边往顺风船行的方向走去，他们的目光不时停留在一些陌生的面孔上。从沧海号离开码头那天起，就有不少来送别的人或因情深难舍，或因留恋这里的富庶闹热打算留下来，他们白天找些杂活干干，夜里挤在堤岸上的小馆子喝酒，困了就钻进附近废弃的窝棚，搁浅在岸边的那艘巨舟也成了他们临时的栖身之所。这些外乡人有时喝多了，就会交头接耳互相打听对方送走的是什么亲人，又大声地谈论着亲人的人品、成长的经历、童年的趣事，笑着，哭着，点着头，双手合十说些平安话吉利话，到了后来，那些老调子听得耳朵起茧了，大伙便自顾自地沉湎于回忆之中，竟泛起了守灵或上坟般的凄凉与哀伤。有些山里来的妇人在冥冥之中参破了男人的本质，他们虽没有前朝海盗林道乾的本领，却有着同样的欲望和企图。想当年林道乾流落马来半岛，被北大年国王招为驸马，他的母亲因日夜思念他而积郁成疾，妹妹林慈贞历经艰辛找到了他，他却迷恋美丽的妻子和荣华富贵不肯还乡，妹妹悲愤至极绝望至极吊死在一株猴枣树上……从此后每年元宵，北大年的唐山人就会举行“林姑娘”庆诞盛会，以纪念这个重情义、明是非的女子。现在这些参破了男人本质的女人，从分别的那一刻起便无奈地接受了命运的安排，为男人守寡——或活寡或死寡，而那些稀里糊涂地过日子的女人，却往往能够等到男人归来的那一天。在无法参透的命运里，每个人其实都是捉迷藏的孩子，而未来就在蒙住的眼睛之外，摸到什么是什么。

顺风行所组织的联合船队离开樟树埠已有七八个日夜了，送别者仍在各个船行客栈、茶楼酒肆转悠，打听亲人乘坐的洋船该到哪了。无论白天晚上，春归堂都围聚着不少陌生人，总有人像鹅头扎向食料那样将脑袋探进铺窗里，满脸堆笑地问暖玉：“头家奶，沧海号走到哪了？”暖玉说：“问错地方了，你们该去南北船行找管事的程凤梧先生。”别人就委屈地答：“问过多少次了，那个歪嘴巴的先生摆着架势不搭理我们。还是头家奶心善，肯体谅我们的苦衷。”怀孕的暖玉像只懒猫被他们的好听话摩挲得妥帖惬意，眼睛不自觉地眯成一条线，安慰他们说：“阿伯阿叔啊，就算顺利，也还得二十几天，甭担心，到港了我表哥会把他们安排妥帖的。”在一片感谢声中，她又用多少有点夸耀的口气说：“后生仔嘛，吃个三两年苦，就能给你们起大厝盖瓦房了。”

“好心的头家奶，大神医，求求您把我留下吧，我可以帮您切药材，做饭种地，饲猪养牛，我的身板还硬朗着，手脚比那些后生仔麻利得多……”有个年过半百的老头儿眼巴巴地望着暖玉，好像她是他的主宰。暖玉就像识破对方的诡计那样警惕起来：“药堂人手够了，我可养不起你，瞧，肚子里又多了个孥仔。”

大伙笑起来，连肚子痛的病人也跟着笑，只是笑得很短促，嘴角跳一下又急急恢复原状。暖玉其实也蛮同情他的，可有啥办法？只能叫他去南北船行碰碰运气。老头一听就蔫了。那个歪嘴巴的程先生一有空就站在白色货栈的门口，冷着脸将找活儿的人挡在外面，话也说得刻薄难听：“咱船行可不是收破烂的地方，到这里来全靠真本事吃饭，你有文墨？能算账？还是身上有两三百斤好力……”

有天深夜天气骤变，团团乌云从西边滚滚涌来，压向樟树埠的六个村寨社以及周边兴起的村庄，狂风在宽阔的江面上掀起阵阵波涛，闪闪电光跳跃于浪尖波谷之上，炸裂般的雷声摇撼着大地，沉睡的人们被惊醒了，惶恐不安地倾听着别家门窗没有关好所发出的剧烈撞击声，还有风掠过树木的怒号以及不远处海鸟猿猴等动物凄怆的嘶鸣。濮婆婆爬起来，一边关窗一边嘟囔：“好好儿的，老天爷发啥脾气？”

陈鹤寿走后，为了方便照顾暖玉，老人家就在干女儿的大床边再安一张小床给自己睡。又一道耀眼的蓝光，人们还来不及反应，一个霹雳仿佛在耳边炸开。暖玉搂紧着桑田默默祈祷：“水流神老爷，保佑我表哥他们平平安安顺顺利利。”在她看来，陈鹤寿下南洋就好比唐三藏上西天取经，要经历大大小小的诸多劫难。

雷声消失了，四周遽然安静，静得使人的耳朵里反倒生出许多莫名其妙的声音，刚开头暖玉还以为是哪个邻居在悲咽抽泣，再细听又像是相隔遥远的一群人在参差不齐地哼唱着什么。

“娘，你听到没有？好像表哥他们在船上唱歌。”暖玉有些不敢相信地说。濮婆婆正要问她是不是在说梦话，就听到一些模模糊糊的声音。其时沧海号正驶向异域深海，初次远行的人们一想到从此远离亲人故土前程未卜，都禁不住伤心落泪甚至哭出声来，梁合得思家自不必说，就连石槌也开始想念雅茹赛英母女还有养父养母……陈鹤寿有过教训，生怕大伙情绪失控未到南洋先患上思乡症，忙叫来几个水手几个过番乡亲，教他们唱起平原上代代相传的“过番歌”，再让他们分开去教其他人，让郁积于心、日渐悲凄的思念泄洪般地奔泻出来。

第二层舱的番客们唱起来了：“一溪目汁一船人，一条浴布去过番……”，首层舱的水手贩商也唱起来：“望无南澳山，家乡从此离……”，在甲板上遮着水布举着油纸伞躲避风雨的穷人们也跟着唱：

“暹罗船，水迢迢，会生会死在今朝……”他们的歌声被大风刮向后面那些急赶直追的洋船，船上的人立即产生了共鸣主动与之唱和……在这个风雨交加的夜晚，樟树埠人以及滞留于此的他乡异客，都在各自独立的小天地里听到与自己血肉相连的亲朋戚友的灵魂在歌唱，它们仿佛从飘渺的梦境又似乎从遥远的海面薄烟细雾般地飘来，时而真切时而模糊，却又无不深切地镌刻于每个人的心头：

大船驶过七洲洋，
回头不见我家乡
是好是歹全凭命
未知何时回寒窑
……

海上的歌声忽然安静下来，仿佛在等待家乡这边的呼应，樟树埠的人们就接力似的哼唱，原本悦耳好听的嗓音变得低沉喑哑，嘴巴再次尝到了泪水的温热与苦涩。千百股来自灵魂里的歌声就这样穿越时空相互交织起起伏伏，凄楚如冤鬼啼叫：

一溪泪汁一船人
一条浴布去过番
钱银知寄人知返
勿忘父母共妻房
……

这些花了 6 个西班牙银币买了船票、从樟树埠下船的潮州人，像一把种子撒向了南洋荒芜滚烫的大地。每艘洋船几乎是一个小社会，各式人等皆有，有自愿过番的，有穷困潦倒迫不得已的，有壮年的劳力也有拖着病体孤注一掷的，还有故意隐瞒岁数的孩子。他们中的好些人一生中仅返乡三趟：第一趟娶亲；第二趟是孩子出生；第三趟却是抱病返乡埋身故土，而一次也没有回来的也大有其人，他们有的还没到达彼岸就染上疫病被抛入大海，有的因劳累过度客死他乡，有的幸运地挣了点钱却因挥霍无度而变成一无所有的流浪汉，连一张回家的船票也买不起，又或者无颜面对唐山父老。当然也有少数人克勤克俭成家立业，抓住时机摇身一变成为“座山”（老板），用锱铢必较的目光看管着来之不易的生意，逢年过节，通过水客批脚之手把血汗钱送到家乡亲人手中，自己则随遇而安地生活在那片炎热的土地上。这些吃得苦中苦且懂得自律的人，还有他们的子孙，多年以后在南洋还有香港等地的生意场上转战四方长袖善舞，成为了东南亚不可忽视的商业力量，也就是赫赫有名的“潮商”。

至于那些留守在平原的“番客婶”，承受着各种各样的委屈却只能眼泪拌饭偷偷咽下。有些男人在南洋娶了番婆开枝散叶，番客婶就只能自诩为“明媒正娶”上过花轿拜过天地，从中找点可怜的安慰。有长期收不到男人番批的，不知对方死活，是否还惦念这个家，也只能独撑门户食贫攻苦，给公婆送终将孩子养大。幸运的，挨到男人有了出头天，一旦收到水客转来的“批银”，就会照着丈夫的吩咐营建新居延师教子，安排子女婚嫁大事。不幸的，等来了死讯连最后一面也见不着……

有多少个夜晚，孤独的番客婶们陷入了对丈夫如饥似渴的思念之中，睡熟之后，她们互相飘入对方的梦境，看见命运相同的女人在哭泣、叹息、走神、偷情或者自慰。有时候她们也会闯入自己男人的梦境，感受到他无可奈何的困境或者窥探到他令人心寒的意图和举动……

营火帝

樟树埠的洋船队离开半月有余，潮州知府吴千钧视察樟树埠，澄波县衙、本埠巡检司、税口、派驻水师兵营各路人马在当天下午齐聚码头迎接，红头船公所的司事、各村寨社乡贤也不敢怠慢，穿戴齐整夹道欢迎，心里都好奇这位令匪贼闻风丧胆的“吴胡子”是个什么三头六臂的人物。待官船靠岸停稳见到了本尊，未免有些失望，其貌不扬，短粗的身材显露出中年人的臃肿，唯有目光灼灼无人敢于迎视。他疾步走下专设的舷梯，只瞟了马知县一眼便冲着林昂喊：“贤弟久等了。”将两人的深厚情谊公之于众。林昂越发谦卑地走在前面引路，吴知府绷紧着脸阔步向前，马知县赔着笑亦步亦趋，谁都看得出吴知府有意冷落这个县太爷。

吴知府在众人的簇拥下巡视了巡检司、税口，在红头船公所的会客厅坐定，林昂第一个介绍樟树埠航运业的总体概貌以及未来的发展方向，税口官员接着简明扼要地汇报了港埠的税收情况，当他谈到它在全州府中所占的比重时，谦卑的神情里多了一种自豪的光彩。吴知府保持着惯常的威严，偶尔颔首以示对方的话引起了他的注意，马知县则一直低垂眼睑专注倾听，即使发觉属下说错了也是一样的表情，最后才轮到他向吴知府禀报未来樟树埠“八街六社”的总体布局，以樟树村为龙头，六个村寨社为基础，在江堤附近打造八条集贮存、货运、交易为一体的货栈街，周边配套餐饮、住宿、娱乐等场所，形成对外辐射，吸引闽、赣、粤等多省多地物流交汇的商业网，使樟树埠在十年之内发展成为具有较强竞争力的港口……听完马知县的汇报，吴千钧投去了满意的目光，用略略兴奋的嗓音对樟树埠未来的规划做出明确的指示。大伙紧蹙眉头抿紧嘴巴不时点头，以表明他们多么重视知府所说的每一句话并领会其深意。吴知府越说越来劲，起身指着墙上那张卷了边的地图，一副站在更高层面的姿态郑重指出：“倘若愿景得以实现，樟树埠将超越庵埠、柘林等港口而成为粤东首屈一指的大港。”大伙面露喜色抚掌称妙……会议开毕已近黄昏，众人移步到尽膳居用餐，几杯好酒落肚，吴知府收起了高不可攀的姿态随和了许多，说话不再官腔官调而是转换成嘘寒问暖的亲切语气，随着举杯的频率越来越高，上下级、官与民那道无形的樊篱被一一拆除，吃喝玩乐时那种常见的愉悦轻松改变了硬僵僵的气氛，陪吃陪喝的官绅中有不少人喝多了，透过蒙在眼球上的那层薄雾仿佛看到了樟树埠开阔灿烂的未来，而所有的一切又似乎掌握在吴知府的手中，于是都争着向他敬酒，语无伦次地对他发出了感恩与赞美。

吴知府和马知县的这次巡视加快了樟树埠再开发再发展的步伐，

县衙很快就组织人力对港埠做了全面的商业性的筹划，第一阶段先开发三条货栈街，名字也都取好了，自东往西分别是仙桥、长发、新兴。永定楼外墙最显眼的位置上贴出了告示：“……议在樟树埠规划街道三条，建铺二百四十六间，招民户购地自行盖建，但需提前报建……”到了初冬，建设刚全面铺开，一场罕见可怖的大火就席卷了樟树埠城内生活区的部分民居。

那天半夜，一个炸雷滚过，在码头轮值的更夫望见一团灼亮的火球坠向莲花山，迅即点燃了山脚下的干草落叶，火焰沿着树木攀援而上，形成各种明亮变幻的图案并借助风势呼喇喇地扩大。动物浪潮般地涌向山脚下，麋鹿、野牛、山猪、狐狸、兔子还有各种飞禽，最先将鬃毛、尾巴、尖角或者翎羽上的火种带到石壁村那片拥挤的贫民窟，溅落在柴草上的每滴火星都在瞬间化作一条火龙。那天正刮着东北风，火舌便活泼泼地舔舐着西南方向的房屋，如末路狂奔的红鬃马群越过村与村的界线闯入港埠最为拥挤稠密的腹地，点燃了庄稼人堆放在前屋后院的过冬粮草，扑向近年来新修的下山虎、四点金、驷马拖车的广厦豪宅以及环绕着它们的茶楼酒肆……城内的一些生活区域没有多久就被这从天而降、抛撒开来的火光大网罩得严严实实，一片片的黑暗被镀上耀眼、虚幻的金光，近乎窒息的空气里充斥着分不清是人还是牲畜的嚎叫惨叫尖叫哭叫啼叫，火光中被放大的身影幢幢地跑上雪白的墙壁。有什么东西突兀地爆炸，一团团火球抛向高空，烟花般地荡开黑乎乎的浓烟厚尘再散成忽明忽暗的星星点点。火在风中化作千百面牙旗幡帜猎猎作响，如乘胜追击的军队所向披靡，城内的居民汇成黑压压的人潮一股股地往城外涌。这堵又高又厚又长的围墙还不曾拦截过倒灌的海水江水还有凶残的海寇，却成功地将大火挡在繁盛热闹的港埠商业区之外。

江堤上、水流神庙前到处拥塞着逃命的人群，男的女的老的少的大财东小伙计贵夫人贱丫鬟农人苦力贩夫走卒……一个个精疲力竭惊魂未定，张开着鼻孔嘴巴吸入冰凉的空气，眼巴巴地瞭望着自己的新厝老屋如火炉般地焚烧。人群里不时传来女人呼叫孩子、后辈寻找长辈的各种声音，他们要不是湮没于火海就是在逃命时走散。有个中年妇人弯着腰哭泣不止，她重复了三四遍大伙才听清楚，她家的当铺着了火，男人逃出来后又担心账簿被烧往后与客人无法对数，再次跑进去时被倒塌的屋顶活埋了。还有个老妪瘫在地上目光呆滞，嘴里“孥啊孥啊”地哼叫着像是疯掉了。有个老头儿露出了受欺负的恼怒神色：“咱们到底干了啥缺德事才得到这样的报应？”另一个年轻点的一脸漠然：“那得问问那些官老爷，问问那些有钱佬。”

除了各村寨社巡更护村的人员外，村民们也自发组成一支支救火队，逆向进入城内寻找着火处，架着梯子传递着一桶桶的井水河水，浇进火里却激起更加强劲的浓烟烈焰，那些水不是被烧干就是顺着瓦顶沟槽、墙壁门缝一股股地淌下来，漂着厚厚灰烬的污水漫过大街小巷。燃烧的房屋不时响起横梁楹柱折断的声音，屋顶随着墙壁的塌陷而变形爆裂……这样旺盛猛烈的火势一直延续至黎明时分，一场瓢泼大雨在人们的祈祷声中迟迟来到，不顾疲倦的救火队和周围村庄赶来救援的人们趁机反扑，火焰虽困兽犹斗，最终还是被逐一缩小、减弱、消灭。

苏忠勇的目光直愣愣地戳向这个陌生起来的世界，被烧焦的眉毛胡须随着抽搐的肌肉微微颤动，他那落刚修好还没来得及搬进去享受的四点金被烧塌了大半边。

人们惊慌失措地收拾残局清点家当，疏通阴沟，将塘泥般黏稠的灰烬清理干净。街头巷尾不时响起划破黎明死寂的尖叫，不是什么宝贝不见就是家人罹难。那些被动物大军冲击过的农庄田块，瓜棚歪斜稻子倒伏枝丫折断菜苗糜烂，池塘水洼浮满烧焦的动物尸体，畦垄上留下了深深浅浅的蹄印残迹……城内就像经历了一场可怕的战争，被烧成空壳的厝屋如一张张大嘴对着天空缓缓地吐出浓烟，使原本清凉的空气变得沉闷灼热到处弥散着呛人的焦煳味。让人更觉惊异的是光天化日之下，一只毛皮金黄、色彩斑斓的大老虎在迷宫般的大街小巷转悠。樟树村一帮强壮后生组成了打虎队，挥舞长矛刀斧大张旗鼓地吓唬它，把它赶入江中看着它被流水卷走。

此次火灾，春归堂虽未受波及却经受了严峻的考验，不断有伤者抬进来，不是烧伤摔伤就是压伤，暖玉顾不得临盆，与濮婆婆手脚不停地为他们敷药止痛，长吁短叹、呻吟惨叫从未间断。周遭医馆诊所的郎中也在这老人、孕妇的感召下纷纷携带药物过来帮忙。看到林昂被扶着进来，鼻梁、脸颊、眉毛都有烟火熏烤的痕迹，身上的夹棉袍子也被烧出许多破洞，明知他是丈夫的死对头，暖玉仍温柔细致地帮他敷上蟒蛇油药膏，又专门安排他到另一房间休息。

到了早上，林昂一个哆嗦清醒过来，听到屋檐下传来清晰的滴水声，门口暗了一下还以为是自己的跟班进来，微微仰起脸来用干涩的嗓音问："火灭啦？"顶着大肚子的暖玉平静地回答："是啊六爷，老爷保贺，火灭了。"

"那个孥仔弟呢？伤到没有？"林昂焦灼的问话让暖玉愣了一下："哪个孥仔弟？"守在门口的顺风行伙计探进半个脑袋："爷，您甭操心了，孥仔弟好好的。"暖玉这才知道林昂昨夜在顺风船行过夜，得知城内失火后领着一帮伙计赶过去救火，也不知救了多少人，火势愈来愈猛正要撤退，就听到一个妇人向他求救，她的孩子被困在屋内，林昂又带头冲进去救援，出来时被一柱折塌的椽桷砸中后背，好在没有大碍。

"大善人啊！"暖玉出来时由衷地发出赞叹。

在大火发生后的第三天深夜，忘我救治伤者的暖玉感到小腹一阵绞痛，半个时辰不到便产下二儿子浩云。

吴知府和马知县再次来到樟树埠了解灾情慰问灾民，号召同村同族者有钱出钱有力出力，帮助灾民重建家园。两位父母官分别从养廉银中拿出五十和三十两银子捐出，他们的亲民善举促成了官府与红头船公所、善堂等各个团体还有个人联合起来赈济灾民，就连莲花寺莲花庵的僧尼也慷慨捐出结余的粮食。灾民分男女两队领受米粮，成年人每天一升未成年的折半……

这场火灾不仅毁掉了樟树村石壁村近半的房屋，更是给村民的心里罩上恐惧的阴影，就像大火仍持续在他们的心里燃烧，让他们感受到呛人的浓烟和皮肤的灼痛。林昂因养伤而没有到达现场，但在他的授意下，苏忠勇和穆庆辉率一帮士绅齐齐跪下，请求父母官指点迷津，真正解除滞留在黎民百姓心头的忧患。

吴知府来到江堤四下察看，指着正在开发的货栈街告诉大伙，莲花山犹如炉灶，朝向它的三条货栈街两侧沟渠便是火管，火局既成，秋冬一到其火愈旺，要想免除火灾，须于修建中的长发街街心盖一座火帝宫……听吴知府侃侃而谈，大伙始信坊间传闻，吴千钧精通堪舆术。吴秉仁代表林昂也代表顺风船行认捐白银五百两修庙，众乡绅商贾也都相继做出了积极的响应。吴知府大喜，为这座未来的火帝宫挥毫题下了“坎离既济”四只大字……自始至终，马知县悄然立于知府左侧弓腰引颈做倾听状，嘴上适时发出对上司开阔胸襟还有博学多才的恳切赞叹，心里却暗暗揣摩，“坎”为水“离”为火，水火相生也相克，事物有成就有毁，他的顶头上司已经意识到这片广受外洋思想影响的港埠的风险危机，连保佑船只海上平安的天妃娘娘都争不过象征着无羁无畏、开疆拓土的水流神，修什么文祠武庙显然无济于事，眼下正好趁着人心惶惶捧出火帝，并抛出谁是樟树埠主神作为诱饵，其意不在火帝，而是要让当地船主与外埠船主也就是“土”与“客”形同水火相互牵制最终走向四分五裂，免得对官府构成威胁危害。

马知县在折服于吴胡子深谋远虑的同时也看到对方想要越过自己直接染指樟树埠的用心，要是让他得手，往后樟树埠的大事小事任他摆布利益归他责任归己。马知县多么希望陈鹤寿这一刻就在眼前，可以共商对策，他估计陈鹤寿还在怪责他上次没有出手相助。马知县的脑子很清醒，樟树埠的商业利益已成为包括吴知府在内的上司们紧盯的肥肉，十分敏感，自己不宜做出过于明显的干预，但陈鹤寿可以，作为樟树埠的拓荒人和水流神在人间的代表，他完全可以理直气壮抗争到底。这陈鹤寿和水流神，就是他在樟树埠棋局中最重要的棋子，甚至可以说是整一盘棋。

旧的一年很快进入腊月，连林昂也料想不到，港埠惨遭大火蹂躏的残垣断壁像他的身体一样恢复得很快，茶楼酒肆又一家接一家地开张，越接近正月越呈现出一派喧腾繁荣的景象。每个人都步履匆匆，碰见熟人好像连打声招呼都没时间。三条货栈街中的仙桥、长发的轮廓已大致形成，新兴街因为早先修了不少货栈，看上去更是像模像样，整条街全长一里三四，由大大小小的八十四间两层楼的货栈所组成，精灰硬墙巨楹厚板，足以囤积大批货物，而陈鹤寿先前修好的六间白色栈房，果然就处在新兴街最方便进出的位置上。

修在长发街街心的火帝宫如财神般披红挂绿喜气洋洋。坊间曾有传闻，黄仰岳借口陈鹤寿不在做不了主，抵制给火帝宫捐款。不过在樟树埠，红头船公所和顺风行才是旗帜，从旗帜上可以看见风动的方向，况且船主贩商都乐意把捐款当作讨好吴知府、获得官方支持保护的一种隐晦的方式。就这样，本来是人的利益之争，最后还是引到神的身上，人解决不了的问题神来解决。大家只知道神仙打仗凡人遭殃，却不知道人要是打起仗来，那可是神、人都要遭殃。

林昂在为自己的计划又向前推进一步而得意的同时，颇有气量地回应着下属、同行对南北船行的孤立和指摘：“做功德还是要讲因缘，万万不可强求！”

拜火帝使得顺风行和州府的力量如同两股流水交汇于一处，又灌入樟树埠纵横交错的河汊支流再慢慢渗透进每个人的意识里。林昂盘算过，趁陈鹤寿不在，正好借助吴知府的官威再利用樟树埠人对火灾的恐惧心理，散布水流神的无能，消除人们对他的崇拜依恋，为火帝树声威，当然这绝非一日之功，但有了官府的加持，这次造神就容易得多了，再说他是不会吝啬银子的，这可是人也喜欢神也喜欢的东西，假以时日，不信替代不了那个丑陋的水流神。

新年刚过二月“营火帝”，月初火帝坐厂，林昂命人在以“三街”为中心的商业区设置临时神坛，供乡民商户拜祭，又请来戏帮开锣响鼓，由两个戏班“斗戏”陆续增加到十个相斗，争奇斗艳精彩纷呈。巡检司也在永定楼门前张灯结彩与民同乐。火帝巡游的前两天晚上，营老爷的锣鼓、花灯、“彩标”（横着双人抬的彩旗）、彩旗队伍要先集中到永定楼前表演，由司爷司奶给他们颁发银牌、小旗以示鼓励。到了二月十一，“洗路”仪式举行，一顶竹轿抬着白鼻头“小老爹”（照着戏里驿丞的模样打扮），在仪仗队的引导下沿着既定的路线巡游，清净道路驱逐邪物。二月十四“游鼓亭”，壮汉们抬着木制、称为“蓬莱佳境”的亭阁又游了一遍，人们争相在香炉上插香换香祈求平安得福。

二月十五是“老爷生”正日，营火帝的队伍长达数里，彩标在前，马头锣四对，“肃静”“回避”企脚牌八对，高灯彩旗和八音鼓乐队一路演奏，小锣鼓十班，“柴头景”（木浮雕）一百屏，八座香案，二十四“马景”（经过装扮的马队），潮州大锣鼓十二班，火帝的八抬大轿夹在中间，后面还有白莲寨的天妃、东社的大力神、西社的土地公土地嬷、北社的花公花婆等诸神陪游，只有樟树村的水流神还有石壁村的三山国王没有参与。一时间鼓乐喧天彩光流闪，长龙般的队伍穿行于焰火绽放鞭炮脆响的长街短巷，所到之处皆有船主贩商焚香迎接，献上猪头五牲，献上黄表纸折叠成的元宝大锭，献上各类制作精美的油炸“斋菜”还有新鲜果品。营老爷的队伍又一次来到永定楼前叩谢巡检司和税口的父母官。

此次活动从铺陈渲染再到营老爷再到二月十六众神归庙，时长半个多月，无论从气势到场面、仪式到内容都完全盖过樟树埠以往任何一次游神，那种欢腾的盛景被鲁有光写成了《火帝歌》到处传唱：

锣声鼓乐闹喧天，各处迎神喜洋洋。
乡神耆老随圣驾，神人共欣乐尧天。
一座香案头前来，案前一支引路牌。
牌上开列引路线，凭着观看自可知。
出了西门人上灯，各人回厂安心情。
食了晚饭明日后，设厂参加游神队。
一年一度庆升平，神人共乐赏彩灯。
吹箫奏乐感神惠，游戏凯歌畅人情……

就多年的感情习惯而言，樟树埠人看热闹的心态居多，虽然此次营火帝铺排张扬场面壮观，但人们并不能马上就接受这个不期而至的神仙，更何况营老爷的时间拖得那么长，不少人家被外来的亲朋戚友喝光吃穷苦不堪言。也不知道是真是假，一则与罗锅老郑有关的笑话传遍四乡六里：一帮外来的亲戚在老郑那里住了足足半个月，掏空了他家的米瓮粟袋，临别时见他泪水汪汪还以为舍不得，就安慰他："甭难过，五月节我们还来。"把罗锅老郑吓得顺着门框软瘫在地。不过，也确实有些被火灾吓破胆的村民悄然改变了信仰，供奉起"火神爷"，就连沧海号的一些股东内眷也参与其中，趁着夜里黑灯瞎火挑着五牲果品跑进火帝宫"说话"祈祷，使火帝信众的数量渐渐超过水流神。

为了照顾几个月大的婴儿，暖玉自己无法过把戏瘾，只能让濮婆婆带着桑田去。濮婆婆有些不好意思："我还是留在家陪你吧？"暖玉豁达地说："放心好啦，这里有阿香。过会儿我早点睡，阿香也赶去看一出。"阿香是暖玉从山里找来的帮佣，三十出头，壮壮的身板，圆润的下巴底下是昂然挺起的胸脯，说话时会莫名其妙地脸红。暖玉答应每三个月给她放一次假，回山里与男人孩子团聚。濮婆婆一双湿手在干布上搓了搓，抑制不住兴奋的心情对桑田说："壮壮，既然你娘这么说，那咱们就去溜一眼。"他们这一去哪还能走得了，那些戏班子在火帝宫两侧以及仙桥街、新兴街临时搭建的戏棚上，正倾尽全力用曲折的情节、精妙的表演和娴熟的伴奏争夺观众，观众的多寡决定了他们的名声和赏金。

从五岁起，桑田就痴迷于唱戏，仿佛他天生就是戏班里的一员，或者是哪个戏子的魂魄占据了他的身体，生旦净末丑的唱念做打都是那么地值得玩味，他一旦进入这片奇幻的天地，樟树埠的一草一木甚至亲朋戚友就好像不再跟他有关。桑田尤其对凄婉缠绵的"乌衫"情有独钟，在他见识过的角儿中，白辫先生的唱腔还有沉潜于深处的那股热烈遒劲的情感最为神奇，让他觉得呼吸急促头皮发麻，心潮的涌涨使瘦弱的肢体产生了奇异的战栗，生平头一回激发了要去抚慰"她"鼓舞"她"替"她"出头伸冤的悲壮情怀。

看完老怡梨香班的《红鬃烈马》，桑田愈加渴望能够投拜至白辫先生门下学艺，他借口小便，挤出人堆跑到戏棚后台。扮演王宝钏的白辫先生妆才卸了一半，听说有人找便匆匆来到戏棚角落，见一瘦小孩子站在那里再无别人，遂好奇地问："孥仔鬼，你在这里做啥？"桑田像个小大人那样郑重其事地说："白辫先生，我在给你们看马。"白辫先生皱着眉头问："哪来的马？"桑田认真地答："早间'薛平贵'将'马'缚在这台角，有缚无解，这马哪有不在之理？"白辫先生回想起唱戏的弟子刚刚疏漏了这一环节，心里暗暗称奇，遂竖起大拇指夸道："小弟弟看得好仔细，谢谢提醒啊。"桑田鼓起勇气朝白辫先生再次施礼："白先生，您能不能收下我这个弟子？"白辫先生怀着一种淡淡的轻蔑咂了咂舌头："瞧你说得多轻松，唱戏有啥好玩的？一曲学成血泪斑。"桑田沉静地说："我爹说过，学戏等于卖身，要签卖身契，还要吃好多好多的苦头。"白辫先生问："你爹是谁？"桑田说："我爹叫陈鹤寿，字松龄，别人喊他秀才兄。"白辫先生肃然起敬："原来是陈家公子，你爹的话千真万确！"桑田昂起头挺挺胸做了个戏台上的动作，嘴角一扯就有"戏文"汩汩流出："俺不怕，俺不怕'拶舌'（两竹竿夹舌头，用绳索不断绞紧），不怕'田鸡剥皮'（剥去上衣，在背上狠抽藤条），不怕'抄公堂'（一童伶受责，其他人不能幸免），此生若能遂我愿，龙潭虎穴也敢闯，更何惧那风霜刀剑世态寒凉，伏望先生来成全，犬马报德待来世……"小手抱拳脑袋也横着向前，摆出了苦苦相求的恳切姿态。

白辫先生心里一动，这孩子不仅出口成章，嗓音也清亮、高亢、气足，就将他拉至明亮处一番细看，见他瘦弱高挑，一脸忧郁柔媚，真是旦角难得的好苗子，遂起了惜才之意，态度变得温蔼起来："学戏可不是小事，还得你家大人同意才成。"桑田说："我爹肯定会摇头。"白辫先生摊开双手说："就是嘛。"桑田说："可我是我他是他，我愿意跟您走。"白辫先生说："你还小，待长大点再作决定未迟。"桑田扑通跪地咚咚咚连叩三个响头，抬起闪着泪光的眼睛依然含着笑："先生，我记牢您的话，也要请您记住您的话。"白辫先生犹豫了一下说"等等——"，从帷幕后边取出一把折扇递给他："有空你拿着它去找灯笼铺的祝头家，他会引你入门。"桑田惊得叫起来："大春老叔肯定会告诉我爹！"白辫先生再也没有什么好声气："想学，就照着我的话办。"

几天后的一个下午，桑田顺着城墙根向那一长溜熟悉的店铺走去。祝记灯笼铺毫不起眼，铺窗朝向街道，墙角堆叠着好多竹篾编成的“灯笼壳”，有些只贴了丝纸尚未写字——只有写了字才能刷上桐油再用丝棉纸擦拭光亮。成品则高高低低地垂吊于半空，大多写着红艳艳的姓氏、灯号或者吉祥语。桑田认得那些冬瓜形的是普通人家用的，葫芦形的是官府差役巡逻用的，圆形的是要拿去挂在祠堂庙宇的门楼前，至于那几只没有刷油、写着黑字的白灯笼，应该是办丧事的人家定做的。

桑田一跨进街门就看见祝大春坐在矮凳上，左手慢慢转动小架子上的灯笼右手执笔，笔端沉稳地从丝棉纸上刺刺走过，“西河旧家”四只圆润饱满的猩红大字跃然呈现，顷刻明白这就是所谓的“活灯死笔”。待祝大春歇了手方恭恭敬敬地喊了声“老叔”，递上折扇道明来意，老爷子展开扇子看了看又严厉地扫了他一眼，起身拍掉沾在屁股上的白色粉尘做了个“跟我来”的手势。比起街铺，后面的工场开阔得多，有几个后生正挥着厚背刀破竹取篾，刀过处篾条晃晃悠悠，毛茸茸的细屑漫天飞舞，竹子的清香扑面而来；有几个上了年纪的妇人坐在板凳上，两根手指夹着篾条穿针引线似的编插，一只只灯笼坯子或者竹筛箩筐慢慢成形。穿过工场再走过一条幽暗的走廊，就到了最里面的一间大棚屋，那里和前面的工场截然不同，摆放着各种戏服乐器，排列着刀枪剑戟，还有一些专供压腿用的木架、仰卧翻滚的草垫……活脱脱一个戏班子的后院。

“既然是我师侄交代的，往后有空你就常来吧，”祝大春面无表情地说，“只是不许告诉别人，你爹你娘也不行。”桑田激动得满脸通红当场下跪，结结巴巴地说：“遵命师祖……我只说到您这里练武健身，娘早就叫我来了。”老爷子态度依然冷淡：“往后还是喊我老叔。”桑田忙说明白。老爷子仍不放心地扫了他一眼：“壮壮啊，唱戏可不是什么得意事，你要是走漏半点风声，你爹可放不过我，咱们也就有缘无分了。”

从此后下午学堂散学，桑田就跑到祝记来。祝大春若手头有事，也会支使徒弟们教他一招半式。回到家，桑田就关起门来反复揣摩练习。他成天竖着耳朵，只要听到樟树埠周边村落有搭棚唱戏的，就缠着濮婆婆带他去看。暖玉知道婆婆也心痒，通常会安排南北船行的哪个伙计陪着去。即使生了老二浩云，暖玉对桑田的溺爱依然有增无减，看到他体弱多病的样子她就满怀歉疚，很自然地想起那段多亏有了他才能支撑过来的艰难岁月。

桑田拜师的那天晚上，白辫先生就看到了他的天分，这恐怕是他这辈子可能收到的天资最高的弟子了，于是总在戏班最清闲的农忙时节，找借口到樟树埠小住，生怕耽误了他。白辫先生教桑田唱“乌衫”花旦，教他一招一式，而离开的时间总是一拖三延。他太喜欢这个孩子了，什么都是一学就会，还能加入自己的思考和感情，简直是眼里身上都是戏，骨子里也全是戏，比自己当年更胜一筹。桑田十二岁学唱“黛玉葬花”，那种凄婉缠绵的情态深深地打动了白辫先生，头一回破例，在没得到他父母允许的情况下正式收他为徒，取艺名“梅占魁”。

乌涂屿

樟树花开的时节，陈鹤寿率沧海号还有新购的两艘三桅洋船和春号、和庆号从暹罗北大年港扬帆，借着强劲的季候风呼啸前行。他与高莽仍留在沧海号领航，其他两艘洋船则交由新雇用的洪叔和郑绪杰两人调度。洪叔原籍福建厦门，头发灰白脸皮多皱不擅言辞，嘴里爱嚼荖叶槟榔提神。郑绪杰系台湾人，中年发福性格温厚谦逊，行事谨慎小心。这两个人同样得益于曼谷潮人同业公会同仁的推荐，之前他们曾受雇于南洋往返广州的船行，拥有丰富的航海经验，航程中无须查看标着航线的“针路图”，只要从海面上泛起的波纹、颜色甚至气味就能判定哪里有暗礁哪里有险滩哪里有潜流漩涡，警惕地绕开危险地带。跟他们相比，陈鹤寿航海资历尚浅，只不过他天生就拥有一副感知危险来临的细敏嗅觉，总在可疑船只逼近前躲得远远的。从第一次玩失踪下南洋起陈鹤寿就明白，在海上讨活路，灵敏的嗅觉、机智的头脑、过人的胆量要比圣贤的诗书、师长的劝导和僧道的告诫管用得多。

眼下南北船行的三艘洋船已穿过情况最为复杂的几大水域，将那些尖喙乌翅、盘旋于头顶不时发出一两声凄厉鸣叫的婆罗门鸢远远抛在后头，迎来了新一天的晨曦。海上起雾，高莽那个朦胧的侧影让陈鹤寿忽然想起了他的孪生弟弟，还有初次下南洋发生在船上的变故，耳边又浮响着当时起夜时无意中听到的对话——“他没事的，能熬过去的，求求您了别……”高莽在替高烧不退的弟弟求情，船老大的声音却冷酷无情：“再闹连你也扔下去。”舵公苍老沙哑的嗓音里流露出一丝沉重与无奈：“他得的不是普通病，不收拾干净全船的人都会跟着倒霉。”陈鹤寿将脑袋悄悄探出甲板，天边一钩水白的残月正把周遭照得影影绰绰，海风报丧似的发出悲凄的啸叫，只见几条黑影将一只扭动的麻袋抬至船尾，甩荡了两下抛了出去……

那次航行因为“风势不顺”，一个半月的航程走了足足三个月，船上淡水饮尽连水手的嘴唇都结起一层硬壳，有的已经出现幻觉叫唤着妻儿爹娘，这时船老大才变戏法似的叫人搬出压舱底的冬瓜，用它丰盈的汁液滋润着干得冒烟的喉咙……冬瓜不仅能止渴，还救过一个押班的命。他爬上桅杆去理顺帆索却被大风吹进海里，船员们冷静地扔给他一只大冬瓜当救生器……也是那次航行让陈鹤寿与高莽结下了难得的友谊。就在货船抵达湄公河边终点港口的那一天，陈鹤寿还没来得及细看这里有多简陋多荒凉，就被许多新奇的事物吸引过去：码头一侧，有人在兜售壮阳的海螺肉、治风湿病的药膏和喝了会长生不老的神水。另一侧，有个自称天竺来的高鼻梁黑皮肤男人，肩上立着一只比公鸡还大的五彩鹦鹉，只要有人找他算命，那只听懂人话的鹦鹉就会从木筒子里叼出根竹签来。再过去，围着一堆人在玩黄红蓝三色纸牌，高莽兴奋地跑过去一头扎进人堆。陈鹤寿正对着鹦鹉神奇的算命入迷，就听到那边吵起来，原来高莽手痒跟当地人玩起纸牌，连输三把才看出其中有诈，双方拉扯起来，那些下注的人反过来打高莽，陈鹤寿一下夺过旁边小贩手里的扁担，从后面撂倒几个，招呼着他满大街疯跑。

两个人从此搭伙闯荡，为了生存下来，他们学着当地人嚼荖叶槟榔以辟瘴疠，祛除胸中恶气，用绳子使劲搓背逼出体内毒气，凭借着强健的体魄和铁石般的意志终于杀出一条血路……

水手的一阵欢叫惊醒了陈鹤寿，只见一轮鲜红欲滴的朝阳颤动着挣扎着摆脱了海平面跃到半空中，灰暗的水面光亮起来。

“离家愈近愈想家。”高莽走过来粗声大气地说，“头家，没想到这趟船走得挺顺的。”陈鹤寿皱皱眉头问：“还没到乌塗屿吧？”高莽举起单筒望远镜望了望答：“还得再过四五个时辰。”那是一座如孩子砌泥堆沙那样堆起来的岛屿，又好似被人不小心踢过踩过的一堆牛粪。高莽的话一下解除了船员们长久堵住胸腔、大祸将临的危机感，几天后到达港埠的欢庆场景仿佛就在眼前：码头人潮涌动，无数敬慕的目光堆垛在他们身上，无数接货的舢板小舟来回穿梭，鞭炮声锣鼓声同时响起，孩子们脆生生地唱着“洋船到，猪母生”的歌仔……

陈鹤寿冷不丁冒出一句：“可是起雾了。”大伙面面相觑，起雾有什么要紧？都这么近了，就算丢掉针簿罗盘，只要攀上桅杆吸吸鼻子，樟树花的气味就能把他们带回家乡。

海面的雾仍成团成团地滚动着，周围的小岛、礁石还有前后船只的影子浅淡得快要看不见。陈鹤寿眉宇间浮动着一种严肃阴郁的神情，好像这么浓的大雾闷得他出不来气儿。大伙还在窃笑陈鹤寿的谨小慎微，一道模糊不清的黑影就从船前掠过，把掌舵的吓了一跳，给沧海号来一个急转弯，整艘大船朝着右侧严重倾斜。紧跟在后面的和春号不知道发生了什么，急忙慢下来。沧海号的贩商番客的心全都揪紧了，傻愣愣地看见甲板上的水手慌乱地跑来跑去。

原来是一条迷失了方向的渔船，一场虚惊！一个将长辫盘在脑壳上的渔民站在船头仰望着他们朝他们作揖道歉，沧海号的水手们大度地摆摆手，做出不作计较的姿态。

阳光逐渐驱散浓雾，还原了一个蓝湛湛开阔平静的大海。大伙把刚才的小渔船完全抛在脑后，吃着早餐有说有笑，客人们也来到甲板上伸展四肢透透气。南北行的三艘洋船是在黄昏即将来临时接近乌塗屿的，陈鹤寿望见那座如牛粪垒起的岛屿立刻起了戒惧之心，两年前庵埠港有艘洋船就在这里遭到海贼伏击，货物被掠走不说，还杀了十几个反抗的水手。早间那条可疑的渔船又在他的脑子里转悠，他努力镇静着缭乱的心绪阴沉着脸喊："传我令，绕过乌涂屿。"高莽的眉毛和眼睛一下拉开了距离："头家，绕这么个大弯要费老半天的。"陈鹤寿冷冷地说："我好像闻到那坨牛粪的臭气。"高莽两粒乌黑的眼珠骨碌碌地转了半圈："我要是海贼才不会在这里下手呢，这里离南澳岛多近啊？随时可能碰见粤东水师。"陈鹤寿生气地反驳他："水师缉贼，海贼有少过吗？古往今来，兵匪一家！"高莽仍不肯放弃："你不是说时间是金是银，咱一刻也耽搁不起吗？要迟个一天半日，让顺风行的船队赶上可就前功尽弃了。"

陈鹤寿犹豫了。此次返航，南北行船队仍然利用早到暹罗的优势还有船少灵活的便利再次抢了先，难道真的要因为无端的猜疑白白错失良机？他望一眼宁静无垠的海面，冉冉下沉的夕阳将整个海域染红，烟波相映彩霞腾空海鸟飞掠，乌涂屿在清亮亮的光线里似乎触手可及，所有的景象呈现出来的祥和恬静深深地感染了他，让他觉得自己确实多虑了。他咬着下唇像在忍耐一件并不愿意但又不得不做的事，悻悻地说："咱们先探路！"决定一旦做出，绷紧在陈鹤寿心头的紧张情绪反而松弛些，他这才发现自己其实比谁都想家，尤其想要快点见到那个才降生的孩子。

高莽兴奋地打出旗语，提醒跟在后头的两艘洋船原地待命，若有异常尽快绕道。沧海号开始斜斜地驶进岛屿巨大的阴影里，有两艘商船模样的木帆船同时出现在大伙的视野，它们都打着潮州府恒昌船行的旗号。高莽就像早就料到似的大笑："老大，我没说错吧，恒昌的船都是乌龟船，他们比咱们早走三四天呢。"高莽正要打出旗语招呼和春号和和庆号跟上，陈鹤寿仍不放心地制止他，夺过他手里的望远镜仔细察看，那两艘商船几乎在同一时间改变了航向，迂回包抄过来，再往后一看，有艘大船从一大片礁石后面窜出，横向切断了沧海号的后路。

空气里有股大而薄的死寂裹住了陈鹤寿，那是一种濒临绝境的窒息，急得他大声发问："恒昌船行有'守珠'号吗？"高莽仍心存一丝侥幸："没听说，也许是新船。"陈鹤寿朝四下里无助地望了望，脸上的冷汗一条条流进颈窝，忽然省悟地大叫就像刀子割着他的肉："守珠就是守株，咱们中计啦，后面的快撤！”

高莽发疯似的向和春和庆两船打出旗语时，那三艘“商船”已经围拢过来，形成一个牢牢锁住沧海号的三角枷锁，黑洞洞的炮口暴露无遗。沧海号一无火炮可御敌，二是船载重货难以自脱，只急得陈鹤寿耳根臊红束手无策。匪船只是象征性地轰了几声火炮就把沧海号上的人全镇住，听到四面八方传来了海贼大呼“落帆”的声音，连同陈鹤寿在内的所有人，只觉得触手可及、最诱人最幸福的期待如同海上蜃景忽然消失了。

和春号和和庆号侥幸回到樟树埠，程凤梧陪着洪叔和郑绪杰跌跌撞撞地叩响春归堂的后门。接到通报，暖玉将奶头从小儿子的嘴里无情地扯下，顾不得他的哭闹将他塞给濮婆婆，脸色煞白地说：“出大事了。”濮婆婆吓了一跳：“你咋知道？”暖玉说：“好事不会从后门传来。”

暖玉听了两位“出海”的叙说并没显出多惶恐，甚至还冷静地提醒他们：“别人若问起，只管说我表哥在暹罗办事，沧海号多耽搁些时日。”程凤梧轻声说：“头家奶，可纸终究包不住火啊！”暖玉问：“先生有何良策？”三个男人都不吭气。暖玉说：“那就待包不住了再说！你们先派人将实情告知仰岳伯，让他争取在坏消息传出之前尽快处理掉属于咱们船行的货物。”对于经商她没有多少识见，只知道它如同行船出海，遇上危险先得尽快减轻重负以降低风险。看着三个男人仍旧从后门退出，暖玉腿脚一软赶紧扶住门框，两行泪珠滚落下来。

回去的路上，洪叔对程凤梧说：“我原先只佩服秀才兄的胆识，料不到头家奶更胜一筹。”郑绪杰说：“头家奶说得没错，海上的事情千变万化，不到最后一刻说什么都为时尚早。与其胡乱猜测，不如先把咱们手头的货物尽快脱手。”程凤梧说：“请两位先回船上，千万要把这利害关系跟兄弟们重申一遍，好在有个大菜契约兜底，大伙的利益相一致，料想不会走漏风声。我立刻派人通知仰岳兄，一切照着头家奶的吩咐办。”

和春号与和庆号到来的第三天，沧海号遭劫的消息还是传了出去。天刚大亮，樟树埠的大街小巷、墟市食肆烟馆到处有人交头接耳热烈议论，沧海号的货物保不住那是板上钉钉的事，到底还要赔上多少条人命成为人们最为关注的焦点，空气刹那间紧张起来。南北船行、春归堂门口很快就黑压压地挤满了人，他们中有不少是沧海号上的商人、番客的亲朋或是船员的戚友，也不乏参股的船主、跑来接货的商贩还有急于拿番批的穷苦人……他们的心无一不被沧海号的命运所牵动，情绪一度失控。不管程凤梧和暖玉如何解释如何安抚他们，只要一听到船只靠岸的螺号就发疯地跑向江堤码头，嘴里中邪似的念叨着“船、船、船”。那些对南北船行极其不利的谣言如涨潮一浪高过一浪，一会儿是开布店的老夏，一个爱说爱笑、开朗达观的老头子在得知血本将无归后卧床不起，一会儿又是参股的船主肥熊承受不住压力在卧室拴绳上吊，好在发现得及时……

在一轮轮真假难辨的传闻的密集轰炸下，那些原本说好要与南北船行南北商行缔结购货合约的商人完全改变了初衷，不履约不说，还暗暗希望，等到南北行墙倒众人推时拣个大便宜。虽然大莱契约让船主、船员、贩商层层分担风险，毕竟陈鹤寿占的份额最多，大家都无一例外地认为遭此重击，就算他侥幸捡回条命，如山的债务还有扫地的声誉也会让他生不如死。黄仰岳得到程凤梧叫人捎来的信儿哪里还坐得住？以最快的速度赶到樟树埠看个究竟，围堵在南北船行门口的愤激者首先给他兜头扣下一盆冷水，伙计们神情沮丧无心做事，船行货栈到处弥漫着灰败惨淡的气氛。听说沧海号的大小船主皆已联名写好状书，一旦海上传来确切的消息便告到县衙，免得让陈鹤寿逃之夭夭。

黄仰岳好不容易挤进南北船行安抚了一下伙计们，再回到门口对着悲愤激昂的人群和颜悦色地说：“事情到底咋回事，你们都亲眼看到了？还是知道了结果？”见众人不语又提高了声调：“既然谁也不清楚，你们围在这里有啥用？反倒耽误了手头的活计。俗话说，‘跑得了和尚跑不了庙’，我们的商铺、货栈还能长着翅膀飞走啊？放宽心回去等消息吧。”人堆里发出了参差不齐的笑声，都觉得黄先生说到点子上，就互相嘀咕着慢慢散去。黄仰岳径直来到春归堂，有几个神色可疑的汉子徘徊在铺窗外，暖玉不慌不乱的态度使他咽下了准备好的安慰话，直截了当地跟她交底：“头家奶，我此来的目的，一是察看形势，二是接您和两位小阿舍（少爷）到县城避避。”暖玉用手拢了拢松了的发髻微微一笑：“我走了，这里岂不更乱？”黄仰岳说：“我怕万一……他们会拿你和孥仔相要挟。”暖玉用认了命的口吻说：“仰岳伯有心了，我没事，若该我受，那就受吧！”

沧海号完好无损的归来让樟树埠人有些措手不及。暖玉接到喜讯，带着桑田抱着小浩云急急赶往码头。程凤梧正在临时拼凑村里游神时的锣鼓队以迎船，抬眼看见暖玉，三步并作两步跑到她跟前，歪嘴巴哆嗦起来更加难看，声音倒是又尖又脆：“恭喜头家奶，沧海号刚刚入港，人货无损，平安大赚啰——”暖玉忍住涌向鼻腔眼眶的热流，头一回意识到头家奶这个名头的分量，也头一回以头家奶的身份和口吻发号施令：“乐起，炮，放起来——”

一时间锣鼓唢呐交相鸣奏鞭炮连绵不绝，昏昏然的码头像骤然醒过神来，人来人往热闹得像斗墟，每双眼睛都是一对跃动着喜气的红烛火焰，每张嘴巴都倾吐出尽可能多的好听话吉利话，铺张开来的喜庆氛围迅猛地荡涤着这些天来积压的怨气怒气晦气，南北船行大门洞开门外贴上齐修平刚刚送来的墨迹未干的贺联，识字的扫一眼便知道上下联的开头巧妙地藏进了“和春”号的名字。

和之璧，隋之珠，璧合珠联歌满载；
春自南，秋自北，南来北至庆荣归。
横批是：满载荣归

沧海号平安回港的奇迹让众多樟树埠人再一次相信，水流神在暗暗庇佑陈鹤寿。南北行无可限量的前景像一个被提前揭开的秘密，在沧海号合伙人的眉梢眼角得到了印证，再从旁观者恭敬羡慕的神态中形成了更加鲜明的答案。

陈鹤寿好不容易摆脱了祝贺者的纠缠，指挥着石槌等几个壮汉将三大坛“咸菜”从春归堂后门抬进柴房，这是那个海贼王硬要他接受的一份“土特产”。待他们走后陈鹤寿才悄悄揭开紧扎在坛子口的布头，掏出一层咸菜指尖便接触到邦硬的东西，摸出来一看，与自己的估猜果真一致。这些金条让他联想到暹王达信的传说，他登基时家乡潮汕曾派代表前去暹罗道贺，回来时获赠十八缸礼物。乡亲代表忘了他“回乡后才能开缸”的嘱咐，在归途中打开一看，里面装的居然是咸菜，失望之余只象征性地留下一缸，其他全推进海里。回乡后代表们照着达信王的指示将咸菜分发给村里的每家每户，这才发现几瓣咸菜下面全是金银珠宝。原来达信王不忘华侨浴血奋战帮他复国之功，更忘不了祖籍所在地的贫穷乡亲，想帮他们又怕他们路上露财反招危险，故而装入咸菜以遮人耳目。

夜深了，仍有不少街坊邻居站在春归堂的铺窗前眉飞色舞地瞎聊，暖玉耐着性子敷衍着。陈鹤寿独自躺在家里简陋的木床上，兴奋的余绪已经消散，取而代之的是对未来的忧思，他不得不安慰自己，这算不上“通匪”，朝廷不也曾给那个海贼王封官授印承认他的合法地位吗？他太累了极想睡个好觉，可是前些天的惊心奇遇仍像鱼儿在他昏涨的脑海里活跃地蹿动并搅泼起阵阵水花。

那天乌涂屿遇险，看到和春号和庆号紧急改变航向，陈鹤寿大声制止石槌等人的反抗，让水手落帆以保全性命。海贼们熟练地将铁钩锚爪抛向沧海号护栏，两船尚未挨近一跃而过，气势汹汹地把焦急慌乱的贩商还有回乡的番客赶进第二层船舱并拿铁链锁住，又将船员们反绑着推推搡搡地赶进首层舱房。在高莽被海贼扭送的一瞬间，陈鹤寿看见他的嘴唇痛苦地扭卷着，布满红丝的圆眼睛流露出复杂的情感，除了惶恐沮丧还掺杂着一种误判的歉疚。陈鹤寿被几条胳膊摁死在甲板上等待贼首问话，他的脸上看似平静内心却痛苦至极，这么多年的辛劳付诸东流不说，还拖累了唐山番爿两边那么多乡亲，当然，眼前最迫切的就是说服海贼放过船上的人。他听见甲板发出咚咚的脚步声就知道说话的机会来了，这话说得如何关系重大。果然有两个大汉将他拽起来，逼着他面对一个戴黑头套、只露着两只眼睛的头目。

“你是船老大?”虽然对方有意粗起嗓门，陈鹤寿还是觉得他很年轻，就点头说是。那头目翻了翻眼珠子问：“哪个船行的?”陈鹤寿认真地回答：“樟树埠的南北船行。”头目拿刀面啪啪地拍着另一只手掌拿腔拿调地说：“我怎么没听过这个船行呢?”陈鹤寿也不申辩，好声好气地解释：“这位好汉，您知道，行海路的都是些苦命人，就说这船上的货吧，有的是村里父老乡亲凑钱买下的，有的是小商小贩的，他们都将身家性命押在上面，您要是高抬贵手放过我们，大恩大德永世难忘。”那头目挺了挺胸脯说：“少给我装可怜！让我撞上了，活该你倒霉。”这番张狂的话惹得陈鹤寿火冒三丈，却又不好发作只能觍着脸继续求他：“自古以来，盗亦有道——”话没说完就听到啪的一声脆响，脸上已浮起刀面等宽的红印。陈鹤寿哪受得了这股恶气，豁出去骂：“狗东西，老子今天落在你手上，你想咋办就咋办，士可杀不可辱！”那头目冲上前揪住陈鹤寿的衣襟狠狠一推，放声大骂：“臭狗种啊臭狗种，我倒要看看你的嘴巴利索还是老子的刀利索。”

陈鹤寿一个踉跄差点摔倒，勉强靠着船舷站稳，想要反抗无奈双手被反剪着捆了个结结实实，只能任由对方将手肘压在自己脆弱绵软的喉部，半个身子几乎悬吊在船舷外，又硬又凉的栏杆硌得他的腰背一阵难受。

“兄弟，只求您高抬贵手放过船上的其他人，我任凭处治。”陈鹤寿艰难地仰起脸来说。海贼冷笑一声：“死到临头还那么多废话!”陈鹤寿喘气咬牙瞪眼：“人心都是肉长的，谁生下来都有父母有兄弟姐妹……”海贼梗着脖子翻动眼珠子，用戏耍的腔调说：“我要是不呢?”陈鹤寿的嘴角勾起一丝谜样的笑，猛然发力挣扎着鼓起胸腔吼：“那老子变成厉鬼也饶不了你。”海贼松开了他举起钢刀，嘴里发出略显稚嫩的原声：“那我就成全你，做鬼去吧!”

陈鹤寿闭上眼睛本能地将全身气力聚在脖子上，心里涌起了一股奇怪的解脱感，一了百了吧，这样对大伙也有个交代！只觉得颈部一麻然后是火辣辣的痛，还以为刀子劈下来了，试试指头还能动，就缓缓睁开眼，发现挂在脖子上的那块玉牌已落在那个头目手中。

对方退后两步拿袖子庄重地拭了拭玉牌，抬起头来厉声叱问：

“这玩意儿哪来的?”陈鹤寿像个醉汉扭了几下总算直起身子，啐掉黏糊糊的一口血痰别过脸不去搭理他。那海贼的声音稍稍缓和一些:“想要活命就说实话。”陈鹤寿猛地想起多年前那个谢神节之夜，就斜睨了他一眼说:“别人送的。”那海贼将信将疑:“你叫啥名字?”陈鹤寿朗声答道:“老子叫陈鹤寿。”那海贼紧追不舍:“送你玉牌的人是谁?”陈鹤寿毫不迟疑地说:“姓温。”那头目轻轻地叫了一声:“哎呀!真有这么巧，误会喽误会喽”，亲自给陈鹤寿松绑。陈鹤寿还没从惊愕中回过神来，他又边施礼边解释:“我干爹成天念叨着您哪陈先生，在下温兆吉，今日多有得罪，勿怪勿怪。”陈鹤寿松开紧张的心情问:“你干爹?”温兆吉答:“就是您说的温先生，他就在附近的岛上，我这就带您去见他。”陈鹤寿仰起脸问:“我的人咋办?”温兆吉附到他耳边老练地说:“为先生好，还不能放他们出来，给他们吃饱就是。”就喊来个小头目交代了一番，自己陪陈鹤寿坐上那艘小点的假商船驶向另一方向……

“表哥，你还没睡啊?”暖玉来到床前打断了陈鹤寿的回忆。她从濮婆婆那里将小儿子抱了过来。陈鹤寿起身借着灯光端详浩云，脑子里忽然闪过一团模糊的影子，还没来得及抓住就被暖玉的声音干扰了:“都说他长得像你。”陈鹤寿亲了一下那个拳头大的小脸咧开嘴:“像，黑哩巴秋的。”又仰起脸来问暖玉:“你是不是以为我回不来了?”暖玉喉咙张开却感到被什么东西堵住，过了好一阵子才勉强发出声音:“没有的事。”陈鹤寿哑着声说:“要是我真的回不来呢?”暖玉急忙啐了一口连说几声“过时过运”，又弱弱地求他:“表哥，咱别去行船了行吗?有什么比一家人平平安安地守在一起更要紧的?你现在都有了两个兜仔了，这个家还拴不住你啊?”陈鹤寿知道暖玉的担心，也知道这段时间她里里外外的不易，但他不可能成天守着这个家，那样跟一条咸鱼有啥分别?本想哄哄她，可话到嘴边还是说了大实话:“去还是得去。”又不忍心看到她失望，柔声说:“但我应承你，一定会平安回来。”

“浩云你叫呀，叫爹呀。”暖玉温柔地逗着孩子。陈鹤寿的目光再次落在儿子脸上，终于捕捉到那团差点从意识中滑走的模糊影子，那是一张轮廓分明的面孔，灵活锋利的眼神，随时挂在嘴角的讥讽的笑，毫不掩饰地显露出一种暴烈蛮狠的习性，机敏、狡猾和无赖兼而有之，但又勇猛刚烈，义字当头……不知道为什么，温兆吉的这张脸给了他一种远远的亲近感，当他发现他的五官依稀有点像浩云时不由一惊，心想自己是不是紧张过度变得胡思乱想了。

暖玉给小儿子喂完奶又将他抱到濮婆婆那里，回来时看见陈鹤寿正傻愣愣地望向她，就羞涩地说了声“赶紧睡吧”，吹熄了灯钻进他的怀里，他用粗糙的大手小心地抚摸着她变粗的臂膀，怕把它揉碎一样，心里洋溢着宁静的温馨。“想我了吗？”她不好意思地问。他虽看不见她热切的目光却感受得到她想要表达的一切，胸腔里不由自主地涌起一股热潮，将这个庄重贤淑的好女人搂抱得更紧。她开始吻他，他也吻她，就在他骑到她同样渴望的身体上时，脑海里又无力约束地跳出一张眉目传情、生动活泛的俏脸来。

金钩大王

那天见到温先生陈鹤寿才发现，他远远不是自己记忆中的那一个，十几年的光阴将他抛掷糟践成一个老头儿，矮墩墩的身材，背微驼，满头银发，皮肤像长期躲在见不到光的角落里那样苍白浮肿，不甚匀称的扁脸，大眼泡，小眼珠，狮子鼻，桃红的薄唇绷紧着，几乎没有什么胡子，衣着考究说话咬文嚼字，那些围绕着他的莽汉，大多面目狰狞言语粗野性格凶残，似乎是为了衬出他的斯文和风雅。

长期与粗人为伍，周围又是单调得让人发慌的天空大海，礁石孤岛……陈鹤寿的到来带给了温先生难得的新鲜感，一口一个“恩公”，好像专意要放低姿态好将两个人的关系调整到更加亲密的状态。他们先坐在礁石之上，面前各摆一只据说是从战国时代传下来的玉盏，幕天席地面朝大海对饮闲聊。温先生两眼放光，用短粗的手指比画着，声音尖尖的跟吹口哨似的，显得有些俏皮又有些激动。陈鹤寿转动着眼珠子，用热情的声音去附和他，让他觉得自己所有的注意力都集中在对他下一句话的期待上。夜深了，他们又转移到一艘大船上去。这是陈鹤寿平生进去过的最奢华的客舱，灯光微暗空间幽深，家具纹路深沉精致，摆在上面的瓷器银器隐隐约约闪着光泽，地上铺着华丽的波斯地毯，两边悬一副大篆对联：

道不行，乘桴浮于海
人之患，束带立于朝

温先生意兴更浓，借着酒劲天南地北地聊开来。说实话，陈鹤寿挺佩服眼前这个老头儿的，凭一己之力撑起一个令官府头疼的海上王国，但他并不喜欢对方用温和而又自以为是的口吻谈论着别人的生死，且用一种特别的语气暗示，除了他俩，别人全是傻蛋！在很多问题上，陈鹤寿也发自内心地认同温先生的看法，可奇怪的是，他对他仍然没有多少好感。温先生时而嘲笑朝廷的昏庸无能，时而挖苦洪秀全的拜上帝教，很快又扯到他与洋人做过的买卖还有个人的野心……听着听着，陈鹤寿的神色凝重起来，毕竟知道得越多，自己就越危险。

温先生看上去笑眯眯的很和蔼，陈鹤寿却无时不感到自己罩在他的目光里、难以摆脱的窘迫。他暗自揣测着，这个杀人如麻的海贼王会如何处置他还有他的洋船。陈鹤寿的谨慎恭敬让温先生看出了他的担忧。他不喜欢别人对他保留什么，哪怕是惧怕与怨恨。他希望所有人的脑瓜和胸膛都是透明的，他们的开心与愁苦，他们的决断与犹豫，他们所有见得人见不得人的想法他都能够看得见，这样他才能开心和安心。

"'一生大笑能几回，斗酒相逢须醉倒'，老弟啊来来来，将屁事抹开，陪老夫痛饮三日如何？"温先生高举玉盏两眼放光。陈鹤寿心想事已至此，悔恨忧烦于事无补，倒不如索性豁出去来个舍命陪君子，遂大声应和："能亲炙温爷教诲，把盏言欢，实乃鄙人三生之幸——"温先生摆摆手打断他："你可千万别学我。"陈鹤寿露出一种不自然的笑："温爷见多识广，海阔天空，不才想学，恐怕也学不到皮毛。"温先生哈哈大笑："老弟啊，我可是个坏东西！"陈鹤寿忙打圆场："风浪无常，人心险恶，温爷自然要以毒攻毒，警世醒人。"温先生脸上泛出不骄不躁的清醒神色，声调里却掩藏不住一丝奔放兴奋的热情：“老夫纵横海上二十年，你可知我为何能逃过无数劫难？”见陈鹤寿摇头，遂将炯炯目光戳向他那带着几分迷惘的脸：“因为我足够坏，别人还在犹豫杀不杀我，我先把他的脑袋瓜给剁下来。”陈鹤寿装出怯怕的样子举杯敬他：“有哪个能比得上温爷的先知先觉？”温先生痛快地将酒饮下又亲自帮陈鹤寿将空杯斟满，收敛了眼里尖利的光芒拿指头杵了杵黑地白纹的云石桌面，慢条斯理地说：“这二十年呀，我时时感到头顶上悬着一把利斧，只是不知道它会在哪一刻落下。”陈鹤寿仰起脸来恳切地说：“世人皆醉，唯温爷独醒！”温先生哈哈大笑：“老弟啊，每个人的头顶上都悬着一把利斧，可笑的是，它落下时你却浑然不觉。”陈鹤寿忍不住哆嗦了一下，感到脖子冷飕飕的起了一身鸡皮疙瘩。

到了第四天清早，沧海号的船员贩商都以为陈鹤寿早已身首分家，他们一直被关在昏天黑地的船舱里，对未来已不抱太多希望了，就听见两三声惨叫还有落水的声音，陈鹤寿拿着石块砸开了铜锁打开了舱门。高莽惊讶地问他怎么逃出来的，陈鹤寿装出兴奋的样子说：“那帮狗贼在一个岛上因分赃不均自相残杀，我趁机放了把火，拿刀逼着一个喽啰摇着小船把我送来，所幸这里只有两个家伙把守，全被我踹进水里，咱们快点驾船逃命吧。”大伙果然看到远处一座小岛上空浓烟滚滚，一股焦臭味被海风送了过来……

温先生官名温鹏程，字万里，畲族人，七岁过继给他的姨母当儿子，一直生活在潮州城，曾考中秀才，后经亲友力荐，在潮州府属下的海阳县衙门当了吏房的典吏。他自诩精通文墨，雄心勃勃，成天做着通过仕途光耀暗淡门庭的美梦。有一次，他把县丞吴千钧邀至家中饮酒，漂亮的新婚妻子勾动了上司的邪念，此后吴县丞常趁温先生不在来到他家，与他的妻子勾勾搭搭。温鹏程发现后，内心的光明渐渐被黑暗所吞噬，他觉得自己那么敬着吴县丞又那么爱着自己的妻子，成天把上司供着把老婆哄着，一直以为上司可靠妻子顾家，可他们竟然双双背叛了他……当然也有人说这些全是温鹏程臆想出来的，他的妻子是个恪守妇道、颇识大体的女人，吴县丞也是光明磊落之辈。到底谁是谁非，除了当事人又有谁能说得清？即便是当事人，也难免会有是非曲折不可言说之处。最终温鹏程因多次冒犯吴县丞而被逐出衙门，一时想不通竟拿刀去找那个无耻之徒拼命，结果对方只受了点轻伤，自己则被迫走上逃亡之路，几番辗转来到了广州。此后关于他的传说更是云遮雾罩难窥其真，有人说他在十三行当伙计，经理过贸易的税饷报关事务，本来干得好好的，不料被吴县丞的一个表亲无意中撞见，只得再度仓皇出逃，直至没了退路方横下一条心上了贼船，投靠亦官亦盗的李源绪。

李源绪所带领的“青云帮”有喽啰上千，一直打着反清复明的旗号出没于外洋内海，劫掠沿岸港埠、村落的货物钱财，官府无暇顾及，多次派人劝其接受招安听调立功，他也是时降时叛，表面上接受招抚成为朝廷可以调配的一支海上武装力量，暗地里却分踞潮阳揭阳牛田洋鮀浦等处，环结水寨攫掠商船。为了安全起见，李源绪常深踞大舶之中列岛周围，踪迹难觅。有一次，另一帮海贼假借“洋寇”之名攻陷饶安县的一个古镇，杀人放火无恶不作，李源绪奉命率部前往剿寇，到了城外却按兵不动，待贼寇退去后方虚张声势地杀入城，砍下被民众所杀的几个贼寇的头颅拿去邀功，朝廷便以其杀贼有功给予嘉奖镇抚。

温鹏程头脑灵活、行事低调又有胆识，他给李源绪的建议不断得到采纳，李源绪开始不拘一格网罗人才，在大小码头安插内线，重奖有功人员……这些措施使得青云帮声名大噪，让别的海上帮派畏惧三分。李源绪便把温鹏程尊为师爷，带着他出没于高风急浪之中，逡巡于韩江下游各支流入海口，一旦劫掠到下南洋或者从南洋返回的江浙闽粤洋船，就放心地交由温鹏程将物资转移至水寨。

李源绪对温鹏程的器重虽抬高了他在青云帮的地位，但也使得他常为同僚所不容，李源绪的爱将曾大头更是从中作梗离间李、温之间的关系。有一回，有熟人船只泊于青云帮所盘踞的百鸟渔村附近，温鹏程一时兴起前去探访。曾大头就向李源绪密报，把温鹏程说成是官府派来的奸细。温鹏程擅自驾舟外出着实犯了李的大忌，按律当诛，幸好梁大目等一帮李源绪的老臣子竭力保他才免受责罚。这帮老臣子一直看不惯曾大头因屡立战功而变得狂妄自大，从不把他们放在眼里。为了缓和矛盾，温鹏程主动提出“做桌”二十席以谢罪。此事过去两年，朝廷因担心青云帮的力量壮大不好控制，以“不听调遣，阴蓄异志”为由，组织闽粤水师趁着月黑风高用大艚船火攻水寨，青云帮大败，李源绪率残部向南逃窜时不慎落水溺亡。曾大头趁机作乱，称李源绪是被温鹏程推入海里的。梁大目等人再一次站出来替温鹏程说话，并要拥立他为帮主。曾大头一看情况不妙，遂主张分家，经过剑拔弩张的谈判，曾大头分掉了青云帮的部分“家产”，率领不愿留下的三百余人自立门户，海路上自此多了“海狼帮”这块残酷血腥的新招牌。

时间又过去了五年，温鹏程利用内线提供的情报，故意将海狼帮的行踪透露给粤东水师，使其在麒麟岛附近陷入官兵的重围。曾大头带领残兵败将向着海南岛方向奔逃，哪知道青云帮早在途中设下埋伏，曾大头穷途末路葬身海底，其他海贼群龙无首纷纷投降，至此温鹏程才真正坐稳了青云帮的第一把交椅。也就在那一年，他在经过海阳县城郊时想起了被嫌贫爱富的岳母奚落侮辱的往事，遂带人闯入她家，叫手下将两只尿壶绑在她两只松弛肥大的乳房上逼其推磨，身子一动尿水泼溅……接着又潜入县城，杀掉了背叛他的妻子。妻子临死恐惧的眼神后来常清晰无比地浮现在他的脑海，灼痛他的心肝。同一夜，他们还翻过围墙去报复吴千钧。吴千钧刚被朝廷擢升为澄波县县令匆匆赴任，留在家里的妻儿成了温鹏程的刀下鬼。

疯狂的报复并没有让温鹏程如想象般获得轻松，按理说除了吴千钧，他也算把该杀的不该杀的都杀了，可是鲜血冲淡不了内心的痛苦。早期跟随李源绪海上杀人掠货，温鹏程还会为自己找点理由，其所为纯属被迫而非自愿，以勉强维持心理平衡，可是经历多了，手脚勤快了内心却麻木了，杀人已俨然沦为日常，你不杀他他就杀你，好像没有第三种选择，多杀一人就等于多赚一命。当人退化到丛林世界，就不再有道德和共情，有的只是你死我活弱肉强食，但是这种轻轻松松就能剥夺他人生命的权力并未让他尝到强大的滋味，似乎更加证明了他的无能，除了杀人，他啥也做不了，既不能让人羡慕也不能让人膜拜。行船的人也好，手下也罢，除了加倍谨慎地躲开他，他什么也得不到；除了茫茫大海隐隐荒岛还有金银珠宝外，他什么也没有什么也不是。他终于发现自己活成了年轻时最瞧不起的那种人，可青云帮的那些小贼小盗哪能懂他？他们跟着他无非是为了些蝇头小利，而他清楚只要自己表现出哪怕是一点点软弱，他的下场可能连曾大头都不如。这种刀尖上舔血的日子实在乏味至极，他的智慧和韬略也得不到充分的施展，时间一长，他的恶气怨气越积越多，终年郁结。他开始怀疑一切当然也包括他自己，他无情地糟践自己，仿佛只有身体上的苦楚才能证明自己还痛痛快快地活着。他不止一次在阳具变硬时坠上秤砣以自虐，以至于后来遇上女人再也无法勃起……

斯文平静的外表和残酷极端的决断，将温鹏程撕裂成天差地别的两个人。曾经有个掳来的女人服侍过他两年，一天夜里，女人把缝衣针弄丢了遍寻不获，温鹏程刚好从外面回来，目光一扫就找到了。那个女人欣喜地捏起小针随口说了句惯用语："真是贼目！"温鹏程震颤了一下，从椅子上缓缓起身嘴里咕哝了句什么，女人还没听清，一只砚台已砸在她的后脑勺，脑浆四溅当场毙命。身为海贼，他最忌讳别人称他为贼！

温鹏程成为青云帮的大头家后，觉得水寨太过招摇容易成为官军和对手袭击的目标，就把离樟树埠数十海里外的一座隐蔽荒岛变成了神秘据点，偷偷筑起炮位架上大炮铁铳派人日夜巡防。"金银岛"这个名字后来出现在樟树埠地方志上，与南澳岛的崖壁天书很相似，都源于南宋小皇帝赵昰藏宝于此的传说。

温鹏程撕裂的人格背后是泛滥的野心，经过几年的蛰伏，他又找到了新的平衡和前进的动力，既然高高的庙堂容不下他，那么就让他在遥远而又辽阔的海洋上成就一番霸业。他当过小吏，熟知老百姓的需求和官场的帷幄之道，为了吸收更多的民间力量，他对部属约法三章严加管教："私逃上岸者立斩；私窃公物者立斩；对掳掠来的妇女强奸者立斩；强抢强卖造成恶劣影响者立斩……"他的领导才能和严明的纪律令部属敬畏也受到周边的穷苦人的拥戴，滨海一带谋生无路的贫民尤其是渔民船夫，都心甘情愿追随他，队伍空前壮大，最高峰时有大小船只约百艘，人员近五千。

金银岛处于闽粤交界，台湾海峡的西南口，韩江口外围，周边岛屿礁盘星罗棋布，多股不同温度不同盐分不同水系的水流在此升沉交汇，丰富的营养物质、浮游生物使这里成为鱼虾、贝类栖息、繁育、索饵的理想场所，也是众多鱼虾类洄游的必经之地。住在岛上，只要动动手脚便不愁吃喝，光撒网捕捞就能自给，更何况常有往来渔船停泊于此，为青云帮供应必不可少的果蔬粮油。温鹏程也定期派人混入渔民中间，到一些码头村集采购岛上所需的生活用品。从表面上看，岛上更像一座不起眼的小村落，即使偶尔有商船停靠避风，也看不出这里有何异常。青云帮从不打劫金银岛周围的船只，那些从外面劫掠来的财物都是趁着夜色的掩护运过来的。

温鹏程常忆起他们初登此岛，荒无人烟唯有鸟兽出没。他就令人用礁石、贝壳和泥土在树林里砌屋筑巢，彼此距离不远，唯独将自己的房子垒于悬崖之上，谁也弄不清那些没日没夜咆哮的海浪声为何吵不到他。

在消灭了曾大头部、收编了几支海上武装力量后，青云帮如日中天，船队常于东南风强劲的三四月，从南澳入闽，纵横洋面截劫商船，由外浯屿、料罗、乌纱而上，出烽火、流江而入浙。吹西北风的八九月，则卷帆顺流剽掠而下，由南澳入粤在金银岛等据点稍作休整，再泛舟避风于高州、海南等处的洋面，封锁航道劫船越货，并在熟悉的港埠悄悄完成交易。由于青云帮帮规严厉不欺童叟，越来越多的海贩商人为其提供物资补给，助其销赃，帮其代收“港规”费（即买路钱）等，从而换得自家船只免受劫掠，也从中捞取一些额外好处。

沿海商民与海盗们的交易相沿以久，内外浃洽互为依存的现象源远流长，当地官员怎会不知？那些贩卖南洋货物最多的地方也正是海贼常来销赃之地，只是自己的那份利益爽然到手，就不再多管“闲事”了。咸丰帝就曾严厉斥责过当时的两广总督，潮汕平原地棍土豪私铸炮位，私运炮火米粮出口济盗，逞凶毙命、奸占恣行的不法案件未能及时查办，废弛已极。自从天朝与洋人交恶，紧接着又爆发了太平天国运动，官府对于海盗猖獗、兵匪勾结更是无力旁顾了。

不过时久日长，海上的冒险生涯对温鹏程逐步失去了新鲜感和诱惑力，虽然看起来叱咤风云，引人遐想也引人惧怕，但贼终究是贼，上不了岸翻云覆雨，只能在山海之间兴风作浪，不可能有更大的作为。平日里跟自己打交道的属下大多是些村夫莽汉，只知道服从他的号令哪知道他的胸中丘壑？再多的财富也无法填补他内心的孤寂，他像老朽那样打发时日，噩梦时时侵扰着他，弄得他吃不下喝不好，脾气变得暴戾古怪。有一段时间，天一落黑他就躺进棺材里，想象着自己死后树倒猢狲散、兄弟们自相残杀的惨状，涕泪横流。他变成了一个神经兮兮的怪物，不许别人违反帮规，自己却常因情绪失控杀人抛尸，哪怕是渔民疍妇也不放过……他的部属私下里说，死亡已然成为他最大的乐趣！他嗜血如命的恶名正是从那时传开的，像一把种子足以覆盖一片原野。后来只要发生在海里的灾祸命案，都被恐惧的人们归入他的名下。就像人神生活在一起那样，难免会孕育出一种非人非鬼的异类，温鹏程也就被传说成这样的异类，拥有世界上最高明的易容术，居无定所神出鬼没，刚刚还像一条大鱼在这边冒泡，迅即又穿越广阔的水域在另一边滚拨起巨大的浪花。

几乎人人都拥有创造新事物的欲望，他们按照自己的需求捏泥人般地把温鹏程塑造成喋血狂魔、救人义士、采花大盗、杀洋鬼子的英雄、与朝廷唱对台戏的好汉……他的百变形态满足了草根阶层各种隐秘的欲望，也滋养着他们卑微不幸的灵魂。

听着几十艘洋船也拉不完的流言，温鹏程非但没有生气反而像获得新生，他意外地找到了一种被供奉被传颂的满足感。在他眼里，那些流言就像一条神秘的河流，而他便是河流的源头。就这样，一种难以确定其性质的东西诱导着他不断去寻求新的刺激。他每到一港必乔装上岸，来到最繁华最热闹的商业地带，走进茶楼酒肆竖起耳朵听听别人怎么议论他，有时心血来潮，还会端起一壶好酒坐到别人的餐桌前，将他们的话题引向传说中的自己，在陌生人的争论声中暗自得意。有的人说他好也有的人说他不好，而当别人询问他的看法，他正好夸大其词将自己描述一番。看到别人屏住呼吸瞪起眼睛，温鹏程这才认识到自己还拥有出众的超强的虚构能力和讲古的天分。他像个农夫，装作不经意地将预言的种子撒向别人的心田，哪天哪地将发生什么事，然后让他们满怀期待地等待着它生根长芽。事情真的发生了，温鹏程故地重游，只为了看到预言应验后人们惊愕的表情，他们结结巴巴地告诉他："他一点都没猜错，大前天的确有艘小货船被抢，船主葬身鱼腹，三名水手被剁去左手……"

温鹏程将自己当成了预言家也当成了名角儿，一旦登台亮相便要引发暴风雨般迅猛、持续的掌声喝彩声……观众如浪涛般将他贴身围住如同托起一轮明月……他沉醉地闭上双眼，享受着自欺欺人的幻梦，直至欢闹的场景消失在枯燥贫瘠的现实里，沉寂的心再次被猛烈地撞击着，不得不去酝酿下一场的幻梦以攫取更多的欢愉……他知道自己最想得到的是公开的、明确的、轰动的认可，而草根民众也渴望着一些神秘阴郁的东西来打开他们的想象，好将平日里淤积下来的愤懑不满还有自身的软弱怯懦移情到这个令人胆战心惊的"怪物"身上，寄生虫般地黏附在这副似有若无的躯体上以获取足够的养分。

温鹏程觉得当今圣上只能体察臣民的具体事务，而他却像神一般睥睨众生，统治着他们愚不可及的精神世界。有一天他在珠江口遇见一位葡萄牙商人，棕色皮肤鹰钩大鼻，眼珠子绿莹莹的，留着一部像是染过的棕红胡须，进食时用挂在耳朵两边的小金钩分开。回到金银岛后，温鹏程就让人打制一副，又粘上一部假胡须，专程来到潮州府城最繁华的地段，购下一家瓷器店的镇店之宝"春色瓷雕大花篮"，匿名捐给附近的开元寺。数日后他不加修饰现身府城，"金钩大王"访潮州城的消息正成为市民们最最热烈的话题。他们仿佛在为他——他们心目中的"神"举行着公开而又神秘的供奉仪式。

回来后温鹏程不再满足于这种短暂的快乐，他又幻想着有什么办法或者什么药物，可以使所有民众的精神思想都受他的控制服从他的指挥——他可以让他们像发疯的鸟儿那样毫不停歇地飞行，也可以让他们如一株植物那样任他采摘，也只有这样，他才能真正成为这个蝇营狗苟的世界的主人。他派人到南洋各地寻找这样的药物，以便撒在水流的源头，让每个人饮用后丧失心智，但是没有成功。后来有人给他出主意，南洋的大“降师”或许能够对着某个人落降让他迷失自我，他失望地摇头：“我要的是所有人，所有人！”

温鹏程一旦对某事入迷便无人能够阻拦，他终日沉湎于自己的虚构里，结果却像钓鱼者被大鱼慢慢拖进了深水。他无法从自己的谎言中解脱出来，反而比倾听者更加痴迷。那些虚构的东西如酒水一般麻痹着他也滋养着他，到了后来，他已经分不清哪些是梦境哪些又是现实，因为很多时候，那些歪曲生活的谎言，比生活本身还要真实。

就在温鹏程执着于人的内心、打算从精神内部构建起能够支配他人意志的东西时，他差点被官兵捉住。有天他站在府城的一家茶馆前信口开河，店主把他当成海贼派来的奸细一边稳住他，一边派人报官。当他在湘子桥边的码头上船时才发觉有可疑的船只尾随。他不知道那些官兵只把他当成小喽啰，意欲顺藤摸瓜直捣他们的巢穴。温鹏程一伙驾舟顺流而下，至樟树埠弃舟上岸分散开来，若没有陈鹤寿出手相救，他恐怕早就成了阶下囚。

不久后温鹏程听说陈鹤寿被人撵出樟树埠，心里不由涌起一丝同病相怜的复杂情感，便暗暗交代散布于海内外的各个“暗哨”关注他的动向，并在关键时刻通过老朋友李德成会长推他一把。也就在这段时间，他做起了另一个梦：培植一双强健有力的手好将他和他的青云帮接上岸去。他不可能永远在海上漂着。

意外拦劫到沧海号让温鹏程相信这是一种天意，他决定加快推进他的计划，一方面帮助陈鹤寿成为樟树埠真正的主宰者，另一方面又要让他惟命是从。他自恃握着一手好牌，因而信心满满。

三 蓑

陈鹤寿刚从被劫掠的困境中摆脱出来惊魂甫定，还没来得及去水流神庙磕头还愿，流言蜚语就像攒足了劲等着他出现，到处都在传说南北行拿毒米烂米敛财，吃得少的上吐下泻，吃得多的筋骨消融……

先有人到县城的南北商行闹事，要求退货赔偿，又有人来到新兴街的南北行货栈赖着不走。接到伙计飞报，陈鹤寿正与黄仰岳站在和庆号的客舱里说事，脸上的表情刹那间凝结，咬着牙说："这帮人，枭（狠）过海贼！咱们树正不怕影儿歪，干脆报官去。"黄仰岳微笑着反对："这种事拿到公堂上哪里说得清？只会将事情闹大，正中人家的下怀。依我看，硬做不如软捏。"陈鹤寿说："兄台的意思——"黄仰岳想了想说："头家要是放心，这事就交给我来办。"陈鹤寿说："咋不放心？何以解忧，惟有岳爷！"两人相视一笑。

黄仰岳就起身捋了下长衫屁股底下的褶皱对报信的伙计说："走，咱们瞧瞧去。"

那一溜粉白耀眼的货栈前果真围着一群人，口口声声要陈鹤寿现身答话。石槌带着伙计们拦住不断想要冲进船行的滋事者。黄仰岳推推搡搡地挤进人群里走到中间站定，深陷于眼窝里的目光和气平静："我们头家不在，有啥事找我好了。"带头闹事的几个汉子一看不是陈鹤寿胆子更壮，敞开喉咙争相喷出秽言恶语以招引更多路人闲人。黄仰岳不急不躁地听完他们的控诉，脸皮上深深浅浅的纹路舒展开来乐呵呵地问："你们每天吃的东西，有米粟有果蔬有鱼有肉有水有盐，怎么就能够确定是吃了我们的暹米拉肚子？"有个胆大的像要给同伙打气似的抬高嗓门："我们中招的几个，每天是吃了很多不同的东西，可有一样是相同的，就是你家的暹米。"黄仰岳拧过单薄高挑的身子扫了那人一眼，待他将嘴闭上方朗声道："这样吧，我先带你们到春归堂治去，有病当然可以治好，若是没病胡乱吃药，恐怕会吃出病来。"那几个一听心里发怵，互相交换着眼色再由那个胆大的继续代言："药早就吃了，否则还能直挺挺戳在这里？春归堂也是你们开的，我们哪里还敢去？今日我们是来要赔偿的。"程凤梧心想糟啦糟啦，黄先生不说还好，这一说不就等于承认了？暗暗扯了下他的衣袖把嘴巴贴上去。黄仰岳却铁了心似的站在告状者的一边，挥手制止他又对他说："既然人家都说咱家米粟不好，那就不能再照着红头船公所统一的价格来卖了，快拟个告示，明日起当饲料贱卖！"程凤梧傻了眼："这哪行啊？我得请示头家。"黄仰岳摆摆手："头家说了，此事由我处理，我能拿这个主意。”程凤梧仍不甘心去找陈鹤寿，陈鹤寿听罢有点后悔答应了黄仰岳，又不好推翻原先的决定，只能强撑着说：“听仰岳兄安排吧。”

林昂从赣南谈完生意回埠，看不到顺风行组织的联合船队归来却先看到由朱任之亲手策划、吴秉仁执行的一出“好戏”。南北行大量抛售暹米，虽不像黄仰岳所言当饲料处理而只是调低了三分之一，但也足以掀起抢购的狂潮，无论是在县城仁和街的南北商行，还是在樟树埠新兴街的货栈门前，人们推着独轮车挑着箩筐拎着布袋排成长龙。

朱任之仍然沉浸在击败对手的得意之中，见到林昂兴奋地拉住他说个不停，分明是在邀功：“这下好啦，南北行像块臭肉挂到钉子上，到处趴满苍蝇。”林昂皱着眉问：“陈鹤寿有这么老实？”他的不相信让朱任之十分扫兴。为了消除尴尬，苏忠勇站出来给老朱证明：“陈鹤寿这回羞得不敢露脸，全由黄仰岳出来死扛。这老狐狸一张嘴就踩到坑里去……”洪祈和不以为然地说：“这其中怕是有诈。”他的谨小慎微上一回就遭到朱任之和苏忠勇嗤笑。林昂点着头：“我也觉得，这事没那么简单。”穆庆辉哑然失笑：“六爷多虑了，那酸秀才经过海贼一吓，已经七魂少了六魄，受这毒米再吓，怕要软成了菜虫子。”洪祈和不断地摆荡着花白的脑袋说：“你们啊，在陈鹤寿身上吃的亏还少啊？”

洪祈和的感觉没有错，短短数日，澄波县以及周边的民众都在购买南北行的廉价暹米，顺风行还有其他洋船主、米商囤积的大米变得无人问津。这时顺风行所组织的洋船队满载归来，原先与他们约定的米商纷纷退订，有的连订金也不敢来要。看着从南洋辛辛苦苦拉回来、牛奶般新鲜洁白的大米没有人要，进出红头船公所的船主贩商没有一个好脸色，明里暗里都在埋汰指责朱任之。林昂对哭丧着脸的舅父说：“不能这么眼睁睁看着陈鹤寿扰乱行情，你得出面跟他谈谈。”朱任之知道无法推托只得厚着脸皮造访南北船行，与陈鹤寿一阵寒暄后便直奔主题。

“谁说你家的暹米有毒？我试着连吃几顿，不都好好的？”朱任之抖动胡须和双手替陈鹤寿鸣不平，“这样的米价，你们不亏才怪呢。”

陈鹤寿苦着脸说："是嘛是嘛，卖得越多蚀得越多。"心里却暗暗折服黄仰岳的精明，他给他弹算过，此次到暹罗早动手快，购入的米价较低，这么卖仍有微利，而换成别家却决计受不了。黄仰岳还有半截话儿搁在肚子里，这只是达到目的的头一步棋。

朱任之说："既然大伙都觉得南北行的暹米没问题，秀才兄何苦要吃这哑巴亏，不如恢复原价吧。"陈鹤寿甩手苦笑："我也想啊，可惜声誉扫地，谁还信得过我？"朱任之说："咱公所可以帮忙发告示，还南北行一个清白！"陈鹤寿假装听不懂对方的用意坚决推辞："千万别为了我的私事坏了公所的名声。"朱任之知道无法含混了事只好红着脸说："秀才兄，你们再这么抛售下去，迟早会引发同行的恶性竞争，到时候大家都讨不到好，还请您照着公所规定的统一米价粜出。"陈鹤寿脸上挂霜："我又不是你们公所的人。"朱任之拍响了胸脯："你有三艘洋船，完全可以参与进来。"陈鹤寿的表情里透露出一种不信任："公所还不就是你们几个说了算，就算给我加入也轮不到我说啥。"朱任之怕摆不平此事无法向外甥交代，就向他保证："我回去提议，让你当个副司事。"见陈鹤寿仍不吭声就急了："你不相信？"陈鹤寿说："我相信啊。可谁把我搞臭，总得当街站出来认个错吧，否则我这脸往哪搁呀？"朱任之咬了一下牙将手括在嘴边一副自己人的样子："我早替您查过了，这都是大丰米铺老毕搞出来的破事，我这就叫他上门向您赔罪。"见陈鹤寿的目光柔和了些怕他反悔似的抢着说："那，那我这就去办。"陈鹤寿说："且慢——"，待对方站住了又装出犹豫不决的样子，待他催促了半天方说出口："我前头吃的亏谁给补？"朱任之为难地笑："这……不好算哟。"陈鹤寿拿出一张誊清的账单交到他手上："好算好算，前几天出的货伙计们都一笔一笔记在上头。"朱任之看了一遍哭丧着脸："他咋赔得起？"陈鹤寿想了想说："就算您朱爷面子大，起码也得赔一半，若连这点诚意都没有，那我就只能到衙门去讲理……"

次日一早，南北船行外面敲锣打鼓唢呐声声，四个壮汉将两坛挽着红绸、尽膳居酿造的"船头红"撂在大门口，陈鹤寿还未走出来，瘦猴似的老毕就一揖到地哑涩着声说："都怪我平日里对伙计管教不严，心疑生暗鬼，说话似放屁，陈头家您大人有大量……”陈鹤寿冷着脸叫程凤梧收下赔款，直到对上数后脸色方缓和了些，朝老毕也朝看热闹的人挥挥手吼：“既然毕头家出面证实南北行卖的不是毒米，完全是大丰米铺的伙计栽赃构陷，那就请大伙原价退还——”众人一下哄笑着散开。南北行又故意拖延一些时日，人们买惯了廉价暹米，再看别家的价格在心理上完全接受不了。大批的新米囤积在船主贩商们的粮仓货栈，货款一时难以周转，偏偏钱庄又催得紧，有的头家实在支撑不下去，没待南北行抬高米价就降得比它还低，有些米铺干脆关门歇业。

“你看看，我刚要提价他们偏又降下去。”陈鹤寿碰见朱任之无奈地摇头。趁着船主贩商一阵风低价抛售，黄仰岳安排伙计暗中购入米和豆，送去“打砻”碾成米粉豆粉，制成粉条晒干，好待日后水稻青黄不接之时售出。

过些天老毕来找陈鹤寿，一进门就跪伏在地连叩几大响头，仰起猪肝色的老猴脸可怜巴巴地说：“秀才兄啊大头家，这笔绿豆钱要是退回，我的米铺就该关掉了。我倒是活腻了，一头扎进江里不算啥，可家里还有老娘，还有老婆孩子……”原来南北行从老毕米铺收购了一批绿豆，卸下时发现有不少被虫蛀剩的绿豆皮，就装回去找老毕退货要钱。

黄仰岳抢在陈鹤寿开口之前说：“我们头家很快就是公所的副司事了，家己人家己人，货就不退了。”老毕不敢相信地看着陈鹤寿，陈鹤寿心里不快又不好发作，解释说：“上回朱爷确实提过这事，可八字还没一撇呢。”黄仰岳嬉笑着说：“朱爷可是最讲信用的，既然他老人家都开了金口，那就是迟早的事。毕头家你甭见外，回去看看还有没有虫蛀的绿豆，要是没人要，我们收！”

陈鹤寿刚想反对老毕已经匍匐在地呜呜痛哭：“秀才兄啊我的大善人，您的大恩大德我老毕一辈子都不敢忘，我老毕的子子孙孙——”陈鹤寿将他搀起来违心地说：“好啦好啦，绵薄之力何足挂齿，快走吧快走吧。”望着老毕又哭又笑、快捷地闪出大门的身影，陈鹤寿带着几分愠怒的口气问：“仰岳兄，这批货不退也就罢了，还要继续收他的烂绿豆?”黄仰岳胸有成竹地说:“头家只管放心,先囤起来,会有用的。”果不其然,不久后,那些接二连三归来的洋船,将南洋正在流行的一种叫“马瘟”的疫病带到樟树埠,又传到了平原其他村庄,患者需煮“虫蛀绿豆水”饮服方能祛除。南北行所贮藏的“蛀绿豆”日价数涨仍供不应求。

南北行以德报怨收购老毕虫蛀绿豆的义举给陈鹤寿带来了新的声誉,老毕每到一处都会念经似的念叨他的好,并将朱任之要推举他为副司事的事满街满巷地讲。一谈起这些事老毕的情绪未免有些激动,八字眉与眼睛拉开了距离,两撇大胡子朝着左右摆动:“你们可曾想到?引你吃屎的人,正是平日里对你烧脚烫手亲热得不得了的人。帮扶你的人,反倒是你害过的人。秀才兄去当副司事,才能真正替咱们这些小船主小商贩出头,说句公道话。”

林昂听了几次议论之后不敢相信地问朱任之:“你真的应承过陈秀才要推举他为副司事?”朱任之红着脸极不情愿地承认:“是啊,不封个弼马温哄哄他,他肯把米价调上去啊?”林昂没好气地说:“玉皇大帝给孙猴子封了官他还不是照样大闹天宫?干脆让他当司事好了。”朱任之明显觉察出外甥的不快也估摸到他的想法,就把早就找好的理由说出来:“公所上下都是咱的人,他这只‘无脚蟹’不过是摆摆样子。”林昂发出冷笑:“咱的人?还不是有奶就是娘!”

陈鹤寿一直把拜神还愿推迟到他成为红头船公所副司事的那一天,与他一同当选的还有洪祈和、苏忠勇和穆庆辉。林昂相信这几条胳膊足以帮他摁住陈鹤寿这匹野马。当时已是五月中旬,天气迫不及待地显露出夏天酷热的本色,陈鹤寿穿着花纹素暗的窄袖绸衫,勒紧深色腰带,辫尾结着红绳,以庄重沉稳的形象出现在公众面前。他的后面跟随着南北商行总管黄仰岳,南北船行账房程凤梧,三艘洋船的出海、舵公、押班、水手以及其他的船主贩商等近百人。一路上引得街巷两侧民众纷纷撂下手中活计紧随其后。那支队伍如一条不断容纳小溪小流的大河拉宽变长,浩浩荡荡地涌向水流神庙前的那片旷地。乡亲们的热烈反响非但没有让陈鹤寿得到精神上的慰藉,反而尝到一种说不清的苦涩滋味。当庙祝罗锅老郑将五根紫香递到陈鹤寿手上时，突然肃静下来的神圣氛围还是感染了他，有种难以自控的热潮从心头涌向鼻腔眼角，脸颊微微抽搐。他像个真正的信徒那样将紫香捋齐探到注满清油的灯盏上点燃，满面赤诚地退至蒲团后面跪伏叩头，他的身后黑压压地跟着跪倒一片。

陈鹤寿仰起脸来发出虔诚而又洪亮如钟的声音："水流神大老爷在上，弟子松龄率南北行同仁前来烧香还愿。去岁十月，弟子携同仁许愿，诚求大老爷神功庇佑，今日心愿既遂，壮志得酬，择吉日以还之。苍天有好生之德，神明有济民之恩，心诚则灵，有求必应。人爱春色，门迎祥瑞，岁还转于甲子，劫已换乎沧桑，祈求大老爷锡佑无疆，令波浪长恬，海宇升平，洋船随风，丰岁盈仓，商户乐业而草民安居，则四野讴歌，万姓宾服。大老爷深仁厚泽，不独松龄一人铭感不忘，平原万万生灵同深感戴……"语毕复叩头，再起身，将烧去三分之一的紫香恭恭敬敬地插入大香炉，至此陈鹤寿才真正感受到憋胀于胸口多年的恶气彻底荡除干净，被撵出乡里的耻辱和这些年所受的冤屈非议像糠秕麸皮被一阵大风刮走。

壮健的后生们将结着耀眼绸花的大礼盒扛抬至大殿，献上猪头五牲还有面桃等式样丰富的粿品，门外响起一串短促震耳的铁铳轰响又迎来了更加长久的鞭炮声……暖玉站在人群里将动情的目光从陈鹤寿身上移向桑田，一对薄唇露出淡淡的骄傲微笑："壮壮，你爹今日威风不威风？"

樟树埠人分三六九等，权势与财富从来都不是一个人真正受到尊崇景仰的理由，只有那些用生命谱写传奇的好汉才当得起别人的敬重和颂扬。桑田微微一笑："爹这么拼，说到底，还不是为了一己之私？只有那些一心为公、舍生取义的人，那才真正的了不起。"暖玉将手伸向他的屁股蛋掐得他全身一阵紧缩："小傻蛋，戏看多了？"

季候风向南劲吹的时令又到了，十月初的一个清早，林昂亲率十七艘洋船组成的庞大船队悄然离开码头，赶在南北行船队之前去抢占南洋的市场。八天后南北行的船队还没出发，从莱芜岛方向就传来了不甚确切的消息，渔民们在附近海面上发现了一艘半沉的洋船，货物不见了，只有上百个精神快要崩溃的船员与乘客。越来越多的樟树埠人围聚在永定楼外的旷地，七嘴八舌地向巡检司打听求证，只希望那艘倒霉的洋船与己无关。粤东水师再次成为人们唾骂嘲笑的对象，偶尔有个声音想要帮他们开脱，说主力都去打“长毛”了，马上就受到众口的围攻严厉的驳斥。

侯巡检的到来使嘈嘈杂杂的各种声音一齐消失而恐慌的气氛升至极限，几十上百双眼睛死死地盯着他翻动的嘴唇，“万利号”三个字刚从他的唇舌间挣脱出来，洪祈和脸色骤变，目光仍牢牢地盯着那两瓣一跳一跳的嘴唇却再也听不清他在说什么，两股抖颤得厉害就好像有什么无形的重负压在他身上，突然惨叫一声眼睛翻白嘴角歪向一边，白胖臃肿的身体松软成一摊烂泥。万利号连同船上物资全是他一人的，值银十多万两。与此同时，其他人的喉咙如同齐齐拔掉了塞子发出了解脱的欢呼。

人们七手八脚将洪祈和抬到春归堂，濮婆婆掐他的人中又往他的穴位扎针。他悠悠醒来，腮帮一次次地鼓起来又瘪下去，把精心打理、油光光的大胡子吹得乱蓬蓬如烂网。从那天起，洪祈和时而清醒时而糊涂，时而破口大骂时而唉声叹气。他的卧室里充斥着各种药材还有烧香烛焚纸钱的呛人气味，桌子上搁着药罐药碗、驱邪用的铜铃咒符红花仙草，其中有一张还是从水流神庙求来、写着“山海雄镇”的护身符。同行们去看他，他瘫在床上的模样令人心酸：原来臃肿的身体好像缩小了一号，脸色惨白两眼发直，嘴角歪向一边淌着口水。别人跟他聊什么他全然听不进去，手指直僵僵地戳着外面呻唤：“海贼，海贼……”脸上是大白天见到鬼的可怖表情。

同行的探访刺激了洪祈和的情绪加剧了他的病情，而洪祈和的惨状也震撼了访客，当他们在病人亲属的道谢声中走出那落“四点金”大宅时，内心腾涌着的不光是侥幸逃脱的欣幸，还有兔死狐悲的焦虑与忧愁。

两个月后，洪祈和的病情有了转机，来看望他的老友朱任之却在无意之中给了他致命一击。朱任之开头还只说些“天无绝人之路”这样的安慰话，见洪祈和迟钝得没有一丝反应遂叹了口气：“谁会想到啊，吓瘫了上百人、掠走了数万银财货的，不过是区区一毛贼……”洪祈和随手一抹，几案上洗濯干净的枫溪瓷器落地开花碎片绽射。他气喘吁吁地叫人把那个没有死掉的舵公李金水喊来，不敢相信地问他：“有人说这次抢船，只是单个贼人所为？”李金水的脑瓜颓然垂下算是默认了。洪祈和拍响桌台霍地站起来，才喊出“胆小鬼”三个字就跌翻在地，痛苦地用力搓揉胸口嘴角鼓出白沫。从此后他再也没能从卧榻上起身，脑子也糊涂了，总觉得有无数鬼魅在他耳边嘁嘁喳喳地笑话他……那些鬼魅像一团团柔软的水母在他眼前漂移舒展，触之即遁又隐约可见。有一天，洪祈和让人把他抬到码头，想看一眼那艘遭受破坏的万利号。见洪祈和一脸沉思状，家里人还以为他在怀想漂洋过海的日子，想不到他蓄尽全力纵身跃入水中。寒冬腊月，江水刺骨，人们乱作一团，捞了半天只捞到一具僵硬的尸体。有人说洪祈和是为了赶走水中的幻影，也有人说他想变成水鬼好去报复那个海贼……

陈鹤寿似乎早就知道此行的凶险，一再延缓出洋时间，在得知万利号遭劫的那一刻，心头的血还是唰啦地涌上脸来，茫然不知所措。

万利号出发前一天的隐患其实已经埋下，当夜色的帷幕徐徐拉开、永定楼上的航标灯塔尚未点燃之时，江面反而比天空更亮一些，有条小船悄悄靠岸，万利号的水手和苦力又累又饿，谁也没留意到一个稍显单薄的身影溜了上去。次日朝阳才在江水与蓝天交接处冒红，林昂就指挥着头船撞开薄雾朝着出海口行进，后面的洋船首尾相衔宛若一群排列有序、飞向更南的候鸟。为了彼此照应，洋船之间保持着肉眼可以看见的距离，船与船之间白天以旗语沟通，夜里以灯笼和铜锣为号，使船队形成一个相对集中、统一号令的整体。

头船驶进大海，林昂举起单筒望远镜瞭望，天穹碧蓝澄静，无边无涯的海面金光点点。舵公查看磁性指南仪以确定“针”位，调整船只航向，后面的十六艘洋船一切行动看头船。在万利号出事之前，谁都相信有了林昂的领导，船队将万无一失地抵达南洋彼岸，数月之后又把五花八门的番货洋货运回樟树埠，享受着美酒、鲜花、赞誉还有祝福。可是那个埋伏在万利号上的海贼粉碎了这场美梦。船队出发后的第三天刚刚进入下半夜，那个海贼就如水蛇悄然钻入万利号的舵楼。昏然欲睡的舵公李金水听到耳边有人在轻声说话："别动，你们被包围了。"一个哆嗦清醒过来，感到脖子上有一丝冰凉如细细的寒风掠过，眼珠子往下找，昏暗中浮起一道灰白，这才确信真的有人劫船，吓得结结巴巴地问："你、你想干吗？"对方沉静地说："你们的人都被控制了，想要活命就听我的。"见李金水还没回过神来又说："这船这货又不是你的，你家有老有小的，犯不着为它丢命，快，往莱芜走。"李金水侧耳倾听，四周没有任何声息，就抖抖索索地转变了航向。

天没亮透万利号就来到了莱芜岛，进入了二十几条大小不一的海贼船的包围圈。看着万利号的海员们大呼小叫，李金水这才觉得哪里不对劲，可惜太迟了。海员贩商番客被海贼通通赶入舱房，屏气敛息地听着外面奔来跑去的脚步声和打诨笑闹的声浪，想象着船上的糖包、布匹以及名贵的药材等物资被快速搬走，又心痛又沮丧。临走海贼还摧毁了万利号的帆舵桨等关键部位和配件，又在船底凿了几个大窟窿，好让船上的人日夜交替不敢停歇地往外舀水以防船沉。就在最后一条小船离开万利号时，那个"孤胆英雄"略带稚嫩的笑声传到李金水的耳朵里，所有的一切都印证了他的猜测，羞得他几次想跳海："去告诉林六吧，这一切都是我'银钩大王'一人所为，只要是他带领的船队，再来再劫……"

沧海号、万利号先后遭劫给繁荣起来的樟树埠蒙上了恐惧的阴影。暖玉苦劝陈鹤寿改变主意别再亲自下南洋。陈鹤寿笑道："别人的命就不是命啊？"暖玉说："别人的命我咋管得了？你要是再碰到海贼可就没那么走运了。还有什么比命更要紧的？"陈鹤寿安慰她："不会的，我只想好好挣点钱，再添几艘洋船。"暖玉游移不定的目光在他的脸上拂来拂去："你到底在外边欠了多少债？"陈鹤寿想着藏在柴草间的那三坛"咸菜"，眉宇间的愁云一下荡开，这一趟他不仅可以还清向曼谷老乡借贷的款项，还能买到新的洋船，就搂着她向她保证："我先带带后生人摸熟门路，往后就不必每趟都自己去了。"见她不语又说："你只管照顾好两个孥仔鬼，别的甭操心。"暖玉不太情愿地说："钱再多还不是一样过日子，你可不能有什么闪失啊。"陈鹤寿拍拍暖玉的背像要让她放心一样："水流神托梦给我，只要在桅杆上挂上'三蓑'，可保安然无虞。"松开暖玉后又拿着指头触了触小儿子细嫩的脸蛋，眼里闪动着一缕当父亲才有的柔情："小男子汉，跟哥哥一起陪你娘，爹很快就回来。"

南北行船队出发的那天，洋船上的桅杆上统一挂上了"三蓑"——由三片用麻绳联结在一起的棕织物。有人说它的形状像金枪鱼，也有人说那是古代使者的符节。有好事者向南北船行的伙计打听："挂三蓑是啥意思？"伙计神秘兮兮地说："水流神托梦给俺头家，大先生解的梦，'桅杆尖尖挂三蓑，驱邪伏魔保平安'。"

南北行船队这一趟下南洋果真走得顺风顺水，未遇海贼侵扰……大半年后回到樟树埠，陈鹤寿刚把货物交割批发安排停当，红头船公所就派人来喊他去参加紧急大会。除了死去的洪祈和，最主要的船主都到齐，贩商们也跟着旁听，公所的聚贤厅座无虚席连过道都挤满了人，一个个心事重重像陷入了某种危险的境地正琢磨着如何逃生。林昂站起来干咳两声示意大伙安静下来，先有条不紊地分析近来海患频发的原因，一个是樟树埠的崛起引起了海贼的关注，一个是太平天国运动席卷了南中国，连设在苏州阊门外的潮州商会馆也被迫关门，当地的船主贩商不得不转变策略把北上的洋船改为南下，樟树埠成了它们前往南洋诸岛的中转站，哪里猎物肥腥味浓，饿狼自然就往哪里扎堆。还有就只能怪朝廷内外交困无力靖海澄疆，为商户货船保驾护航。

林昂的话没说完就有船主失去了耐性："六爷，我们不是来听原因的，是来求对策的。说到底，谁都不想发生万利号那样的祸事。"一想到洪祈和的死，那种随时可能降临在自己头上的恐怖就使大伙变得急躁起来，众口齐声要林司事拿出主意来。林昂早有准备慷慨陈词："既然官家自顾不暇，咱们只有往洋船上装备更多火器，随时与海寇一决生死。"他优美而有力地挥舞手臂，像要拨开眼前的一片迷雾："遇贼船时千万别慌，咱们船大人多首尾相连，若是协力同心与之对抗，炮声一响势必惊动远近水师官船，贼人本已心虚岂敢恋战？”林昂有意停顿了一下，充满期待地扫视着大家，听者既无热烈的反应也无私议的声音，整个会场冷寂如夜。

陈鹤寿适时站起身来朝众人深施一礼，气色平和地表达自己的见解，看似帮林昂解围实则亮出自己的观点与态度：“六爷的主张我同意一半，遇上小船少贼，咱们当然可以放手一搏，若遇上实力强劲的贼帮那就难说了。”林昂不快地问：“听秀才兄意思，还有更好的办法？”陈鹤寿说：“咱们的商船水手虽经训练，毕竟没有真正打过仗，常常会临阵露怯，不是炮弹打不出去就是惦记着如何逃命。与其赔上性命，倒不如一走了之。活命最要紧，毕竟有了命才有一切。”林昂的嘴角浮起一缕嘲讽：“不是所有人都有你那么幸运的，要是跑不掉呢？”陈鹤寿笑起来：“这就是我要说的重点，保持警觉，提早预警是关键。咱们要改变原来的观点——洋船一旦进入大海就没有安全区域可言。贼船往往是在大家认为最不可能出现的时间地点搞突然袭击的，所以不能抱有松懈的侥幸心理，这是其一。其二，将周边船只等同于贼船视之，不要被其旗帜装饰所蒙蔽。也有的贼人会利用咱们的同情心假扮遇难现场，吸引洋船停下来施救趁机下手。总之一句话，怀疑一切。其三，发现可疑船只立即大幅度改变航向加速航行，与它距离越远越好。要是可疑船只已经逼近，船老大要尽快判断并及早动舵避离，这时候最好是不断改变航向走‘之’字形，破坏海面平静以混淆对手的判断……”

林昂冷然不语，心里怀着轻蔑但又渴望的期待，众人则不约而同地露出了认可的表情。陈鹤寿继续往下说：“船老大的直觉很重要，这种直觉有时连自己都说不明白。”林昂像突然从对方难以刺穿的铠甲上寻到一丝破绽，脸上的肌肉似笑非笑地颤动了一下揶揄他：“上次沧海号遇劫，原来是秀才兄的直觉失灵了。”听众中发出几声突兀、附和的嘻笑。陈鹤寿没有避开话题诚恳地作答：“只能说我当船老大还不够格。”话音未落高莽就从过道的人群里挤过来，操着大嗓门抖动着刷子般的胡须替他辩解：“我来更正一下，当时我们走到乌涂屿，我头家感觉不对头下令绕道，是我图省事坚持走下去，没想到真的遇上海贼，不信你们问沧海号任何一个水手——”陈鹤寿张嘴制止了他：“高莽，咱们今日不说这个。”

此次正副两位司事在对付海贼的策略上各不相同，船主们贩商们表面上附和林昂，暗地里却对陈鹤寿产生了一种并不情愿的佩服，不仅因为他的“招数”更加切合实际，还觉得近年来他总能将坏事演变成好事，再联想到万利号出事后那个银钩大王撂下的狠话，终于对林昂失去了信心。

“为什么我们非要在林六这棵树上吊死呢？”大伙的脑子里咕嘟地冒出这个新疑问。也就在这时，另一件事加速了他们做出弃旧图新的决定。

太平军自金田起事后屡创佳绩，才听说原湖北巡抚（后改任山西巡抚还未到任）常大淳举家自杀、安徽巡抚蒋文庆自杀，江宁将军祥厚、两江总督陆建瀛战死的消息，又传来南京改旗易帜变成了洪军的都城……各地农民争相揭竿而起，抗官、杀官、械斗、劫掠等案件频频发生，丰顺县林元凯率会众起义，差点攻下揭阳县城。为了镇压农民军，当局定下权宜之计，鼓励各地富绅豪族自办团练以求地方自保，如此既可减少游手奸民又能补充清军兵力。陈鹤寿才开完公所大会就被马知县叫过去，回来后即以保头的名义召集樟树埠的六个村寨社乡绅议事，明示马知县之担忧及想法，从六个村寨社中选拔壮丁加以训练，无事巡防，有事则助官军击贼。他自任练总，责每户二丁抽一，如一户二人，责其身体壮大、心性诚实者一人为壮丁，不得以无用之人充数，亦不得雇用闲人无赖顶替。由于此举名正言顺又得到官府的撑腰打气，各村寨社的主事人纷纷表示支持，而各船主贩商也从中看清了南北行的后劲与远景。

陈鹤寿在城墙内租下一落被火烧过复修缮的旧宅作为团练总部，各村寨社主事人皆委以虚职，由县衙统一雇请习武教师，一早一晚教习乡勇长矛短刀鸟铳，不供给饭食只免杂差。石槌任队长，负责日常带队操练事项，陈鹤寿三天两头过去训话，宣以“保家卫国”之壮语豪言，然后观看演练比武，对有长进的后生赏制钱一二百不等。

第一年的“十月冬”打完谷子，在陈鹤寿的提议下，货栈街众商家踊跃捐款，将樟树埠以及周围各村寨社的后生吸引过来，掰手腕第一次成为用白纸黑字规约、由长者裁定的竞赛。一连数天观者如潮，石槌脱去长衫短褂，显露出宽肩窄腰的体形、扇面的胸脯和半身紧凑的蒜瓣肉，他朝赛英眨眨眼像约定了什么，一路过关斩将，毫无悬念地夺下了"头标"。接着石槌又牵着赛英的手去参加"托手尾"竞赛。"托手尾"就是对手双方各伸出右臂托住扁担一端角力，石槌再次轻松拿下了头名让众后生输得口服心服。

雅茹挺着怀孕的大肚子站在尽膳居大门外，远远地看着这对父女的身影出现在昏红的夕晖晚照里，赛英像小男孩一样骑在石槌的脖子上，一边往半空中抛着一只耀眼的红绸花一边得意地叫："娘，爹爹是大力士，秀才伯给他系了大红花……"雅茹心头一阵暖热带着泪花笑骂："还以为你们野得不想回来……"

这支两三百人的队伍让陈鹤寿抻直了腰杆挺起了胸脯，开始有步骤有计划地去改变樟树埠六个村寨社的一些陈规陋俗，拿来试头刀的无疑是目前最为迫切的派丁筹粮办团练的问题。随着船主贩商的兴起，樟树埠的田产越来越集中到豪绅强族手里，很多农民成为了他们的佃户，若像以往那样一有任务就按丁额派丁筹粮，豪绅必然得益而佃户永远吃亏，另外也有越来越多的富户瞄准了洋船的暴利而不再将购田置地当成首选，这些"地少多金者"又岂能成为漏网之鱼？陈鹤寿在派丁筹粮时便采取田亩计征与洋船财货计征双项并举，避免造成不公。对着这些有头有脸、亲近他或疏远他的财东富户船主贩商，陈鹤寿作了一番自己最为擅长的即兴讲演："若是港埠大乱贼人围劫，蒙受损失最大的必定是有钱人……"而面对贫穷者他又有另一番说辞：出钱出力的目的不是为了别人，而是为了保卫自己的家乡和亲人。

除了缴纳应缴的，陈鹤寿还带头捐出大笔款项，其他船主商贾既忌惮他手里的"兵权"，又有心归附于他，一个比一个大方，几天之内便筹集了白银四大缸。征得马县令同意，陈鹤寿在这帮乌合之众的基础上宣布成立正规的樟树埠团练公局，粮饷列账入库，暗中托人到香港采购洋枪弹药，又派人到外地学习制作土炮，请来退役的士兵加强培训枪炮手，把乡勇编队分列集中训练，形成军营编制并制订出奖惩条例，赏罚分明恩威并施，还加紧构筑工事并举行敌人来袭的种种应急演练……

樟树埠团练公局的声名逐渐传开，陈鹤寿已经俨然一霸，这支武装成了他打击那些企图挑战他的权威的人的利器，一旦抓住把柄决不手软，他尤其要让林昂他们知道，外埠船主就是外埠船主，他陈鹤寿才是这块土地的真正主人。到樟树埠经商的都知道团练公局是个惹不起的神秘所在，若被传唤进去很可能就爬着出来。马知县来樟树埠视察后将得意洋洋的陈鹤寿拉到一边，一根指头向上捅了捅提醒他："事可为，声要细，大风专折高林木。"陈鹤寿马上意会，脸上僵着一层笑。

大势所趋，林昂知道再要求红头船公所成员抵制陈鹤寿显然没有用，尤其是看到越来越多的桅杆上挂着"三蓑"，那种潜伏多时的预感已由模糊逐渐转向清晰，这个家伙终有一天会夺走他手里的货源货主，还有包括外来船只停泊的各种费用等利益，取代他制订出港埠的新规则，掌控主宰着樟树埠以及平原大部分洋船主还有贩商的命运。恼怒、蔑视、担忧看来解决不了任何问题，他必须尽快将陈鹤寿打倒并狠狠踩上一脚，不能再给他翻身的机会。

就在林昂与陈鹤寿形成了各自的势力范围、双方都在寻缝觅隙欲置对方于死地之际，广东境内各种民间帮会正群起响应太平天国运动一浪高过一浪，局势急剧恶化：潮阳大塘垄陈娘康率农民军于当年的三月廿二进攻棉城，知县汪政、守备李从龙击退之，农民军便改变策略攻打其他地方，惠来、普宁岌岌可危。潮州知府吴千钧不得不亲自率兵前去征讨。马知县深感事态严重，澄波县将难以置身事外，急召陈鹤寿面授机宜。

陈鹤寿从未见过马知县青白的瘦脸呈现出如此严峻的神色，说话的声音一直在抖动："贤弟啊，我估计很快就会有逆党乱贼攻城，樟树埠的那点驻军到时只能抽回来增援。贼人若攻不下县城，下一个目标肯定就是你那里，外间有'无埠（樟树埠）不成澄'之说，樟树埠这块肥肉丢不得呀！就算他们不去围攻你们，你们内部也会有人趁机作乱。”陈鹤寿肃然应答：“兄长只管放心，自旧年治团练，收效甚佳，回去后我立即做好准备，绝不让暴民得逞”，心底里却暗想，自己早年也曾投身于陈五爷反清的活动，可惜未能如愿，后来不是没有感受到朝廷的腐败无能官吏的残暴欺压，也曾有过热血抗争的念头，可一想到会危及家人，还是偃旗息鼓向着现实低头。

自巨舟梦碎后，八年的过番让陈鹤寿见识到金钱的魔力，他已彻头彻尾变成了从前未曾预设过的那个角色，一心只想把买卖做好，凭一己之力养活妻儿，与兄弟们分享奋斗的果实和来之不易的荣光。他压根就不想卷入任何政治纷争也不想加入任何帮派，可形势却不由分说地把他牵扯进去。难道经商非得靠官？他悲哀地发现这是一条亘古不变的定律，林昂要是没有那些错综复杂的关系，怎可能在澄波县大展拳脚并把他这个樟树湾的拓荒牛撵走？自己要是没有了马知县恐怕啥也不是。再看看自己用血和命还有十几年的时间扶持起来的水流神，仅仅因为一场大火，主神的地位就几乎被吴知府和林昂短时间捧起来的火帝所取代。现实就是这么残酷和荒谬，他一个反抗者现在居然要来打压别人的反抗，更加扭曲可怕的是，他还跟海贼意外地扯上关系。难道做点买卖就这么难？非得被这黑白两道的两根绳索套住脖子拽着走？可事实便是如此，有哪个想做大的商人逃得脱这种宿命？哭天喊地也没用，这世道，要么像只耗子被人踩在鞋底发出可怜的吱吱声，要么屈从于游戏的规则，他只能选择后者。

接下来不妙的消息果然纷至沓来，马知县那些灾难性的预测不断应验，而他最不想看到的糟糕局面也相继出现。四月廿九，由吴知府亲自率领的官兵陷入了潮阳县农民军的包围之中，清廷只得从惠州调兵救援。五月十五，潮州彩塘人吴忠恕联合桑浦山顶宝云寺云游僧人“和尚亮”和鹳巢乡读书人李阳春聚众拜“三合会”，摆酒杀牛开旗举事，自封“大营元帅”，拜和尚亮为军师，李阳春负责军需，一时响应者众。

陈鹤寿从探子口中得知，吴忠恕，少无赖，胆识过人，曾开赌场作庄家挣了不少钱，爱结交江湖朋友，拜会结盟。为筹备钱粮，这支农民军先夺取蓬州乡和庵埠乡，缴获并购买了大批藤牌、鸟铳、刀枪及少量大炮。队伍很快就扩大到四五万人，浩大的声势波及整个潮汕平原，离澄波县城不到十里的外砂乡王兴顺闻讯带人策应。

五月二十，陈鹤寿来到江堤观看乡勇试放火枪，大堤上最古老的樟树无风自折，众人大骇。

次日午后，陈鹤寿的女儿朵云降生。

甲寅之乱

咸丰四年（1854年）秋，“三合党”吴忠恕率农民军久攻潮州城不下，调转马头与澄波县外砂乡的王兴顺农民军会合，号称十万大军打算拿下澄波县城。马知县早有准备，除了将本县各地的官兵调来支援外，还命城守营千总李振雄加固城门，将接近城墙的竹、树尽斩不留，又分别在东、西、南、北四个城门和主要街巷设置门栅，随时与破城而入的农民军展开巷战。一时风声鹤唳，就连城墙上被风吹得四分五裂的告示也被民众视为不祥之兆，引发了新一轮的恐慌。

城郊的居民相信城内有重兵保护权贵富户，更何况宋代就已筑成的城墙坚不可摧，都扶老携幼入城避难，而城内的居民则担心一旦城破将遭到农民军更加严厉的报复，不顾一切地逃往乡野山林，这两股方向相反的逃难民众在城外的官道上形成洪水争流、漩涡激荡的奇观，尤其是通往樟树埠方向的路上烟尘滚滚，壅塞着难民的牛马车辆，充斥着牲畜的嘶叫、孩子的哭喊、男人的叱喝、女人的抱怨、老人的咒骂还有病人凄惨的呻吟……车子上装着的餐具箱子罐子以及临时安家要用的必备物品也都丁零当啷完全不受主人的控制。去避难的有钱人最早得到消息，因而大多走在队伍的前头，他们固执地认为樟树埠有船，再不济也能从水路逃难。穷人们没有轿子也没有马匹，靠两条腿走路还要肩挑背扛，有的拖着病体走了一段就得停下来抹抹汗攒攒气力，有的对着经过的牛车马车做出无用的哀求：“阿叔阿伯行行好，搭我们一段好不？”有当母亲的颠动安抚啼哭的婴儿，旁若无人地将奶头塞入他们焦渴的小嘴。有半大不小的孩子死盯着别人手里的食物狠狠地吞咽口水……

陈鹤寿夹在涌动的人群里奔赴县城，感觉就像漂在巨浪上的一朵泡沫花儿，不是靠双腿而是被急迫的人流推搡着裹挟着拥进了城门，当他从衙门前经过，看到马知县正站在落日的余晖里对着围观的民众演讲着什么，就挤上前听听。马知县先向豪族商贾募捐，说一旦城破，他们的大宅商铺货栈将最先成为农民军袭击掠夺的目标，损失最大，接着又号召全城居民投身于伟大的“卫城”行动，尤其鼓励有志青年投笔从戎建功立业，而官府愿意以每日三百钱的雇金、免费的伙食厚待他们……马知县那明炯的目光、强健有力的动作还有足以让敌人生畏的坚定语气，与平日里韬光养晦的形象迥然相异，让陈鹤寿突然觉得好陌生。

听众在马知县停下来咳嗽或喘气时报以热烈的掌声和喝彩声。有钱人听懂了马知县浅显的说理也为他的胆魄和真诚所感动，踊跃捐钱捐物。年轻人则怀着不同的动机加入到勇营行列，有混饭吃的有钓名欺世的，有寻求刺激的也有趁机结交些兵痞往后好称王称霸的。老年人也不甘落后，有的献出铁犁用来铸造刀剑，有的抽出木棍拿来装上矛头。牛马是借用的，拿油漆在它们身上写上主人的姓氏，说好丢失了由官家加倍赔偿。妇女们捐出了一切有用的东西，戒指手镯耳环项链甚至做针线活的顶针锥子。“卫城”的队伍里虽然鱼龙混杂声势倒是造得不小，连巫婆神棍也主动参与进来，各自施展法力降乩画符，捕风捉影地预测着战争的结果和澄波城的命运，既满足了民众的好奇心，又暗自希望瞎猫碰上死老鼠，捞得虚名。

陈鹤寿从人窝里挤出来，经过祠堂前神庙后，学堂店铺，大街小巷，所到之处人人都在谈论农民军攻城的事，关心着敌我双方谁强谁弱，有何良策，以期在他人那里寻求慰藉，但是日子该咋过还得咋过，谁都知道即使把口水说干也影响不了时局大势。陈鹤寿刚从衙前街拐入仁和街就听到有人喊他，抬头一看，是曾经到处说他坏话的洋货批发商黄金练，就不大情愿地回了他一声：“啊哈，是黄财主。”对方关心地说：“你还敢来县城？别人跑还来不及呢。”听了这话，陈鹤寿立即原谅了他过去的不仁不义，就好像什么事跟生死相比都微不足道：“兄弟们还在看铺头，我哪能不来？”黄金练高声说：“我去向马老爷请命，守城去。”陈鹤寿心想又是一个不知死活、沽名钓誉之徒，就随口敷衍：“那你可要当心点。”在与他错身时听到他低低地嘟囔了一句：“城破了就啥都完了。”

陈鹤寿来到南北商行见到黄仰岳，他早就让人加固了行铺货栈的门窗，账簿银票一应重要物品也都收好藏好。陈鹤寿劝他回樟树埠避避，结果才知道他把伙计们都遣散了，独留自己一人看店。陈鹤寿知道他的犟脾气，只好关照他多储存些食物。他说幸好早动手，当下市面的柴米油盐已经金贵，商贩囤积居奇，民众拼命抢购，整座小城乱成一锅豆芽炒面。

“形势不见好，行铺就一直关着。”陈鹤寿想不出别的话说。黄仰岳说：“头家放心，铺在我在，铺毁我亡。”虽是开玩笑的口吻，彼此的内心都被一种悲怆所灼痛。陈鹤寿用一只大手拍拍黄仰岳单薄的肩说：“兄台啊，说一千道一万，留得青山在，不怕没柴烧，犯不着为这些东西拼老命，无论是官是匪，是会党是暴民，谁来抢你只管给他，我只要你好好地活着，听到没？”黄仰岳心里顿然一颤眼眶热了，反过来安慰他：“您把心装肚子里吧，我啥阵势没见过？赶快回樟树埠，再迟怕是出不了城。”原来马知县生怕民心浮动难以坚守，命人贴出告示，明日起禁止进城出城，又将从各村寨社抽调的人员拉出来训练，用威严响亮的口令声喊杀声驱散压抑可怖的氛围。陈鹤寿装出豁朗的样子说：“放心好了，有马老爷罩着我。”

陈鹤寿从行铺出来时天已黑透，周围的商铺酒馆关门闭户，路上灯火疏朗行人稀少，就好像农民军已经杀进城来。他在几条又黑又窄的巷子里转了好一阵子才找到苏润那座旧宅，拍响门环，用人从门缝认出了他。在进门的那一瞬间，陈鹤寿的脑海里又闪过三年前与麦青在此相聚又在此作别的情形，不由自主地露出了无限惋惜的苦笑。他知道自己还是放不下她。如果说，暖玉是陈鹤寿的白天，单纯，温暖，明朗，干净，井然有序，那么麦青便是他的黑夜，复杂，混沌，神秘，热烈，破规破矩，随心所欲。暖玉给了他一个家也给了他亲情，麦青却给了他狂野的想象与激情——她身上有一种冷漠、坚决甚至残酷的东西让他害怕，又致命地吸引着他，将他引向了陌生、妙趣无穷的天地，让他领略了不曾体验过的惊喜，也让他认识到自己内心的狂躁和不甘寂寞，敢冲敢闯敢想敢干。陈鹤寿觉得有时候他和麦青是如此相似，就好像两个人的血都汇成一处，而在这一处里他们不管不顾地活回自己。同样也是麦青，竟能够狠下心来将融为一体的他俩血淋淋地切开！在一起有多热烈，这分割就有多痛苦！

苏润见到陈鹤寿依然亲切随和，即使说到将要到来的战事也一如既往地平静。她从陈鹤寿的眼里窥见一丝掩藏不住的渴望，就柔声细气地打断他："甭东拉西扯了，我知道你是为七妹来的。"陈鹤寿勉强地笑了笑："她还好吧？"苏润说："老样子。林六留在番爿办事一时半会儿回不来，她对战事好像也不太担心，当然担心也没有用。"陈鹤寿吃惊地问："没人安排她到更安全的地方？"苏润说："她哪都不想去！你又不是不知道她的脾气。"陈鹤寿想了想再次问："她过得咋样了？"苏润明白陈鹤寿所指，觉得没有隐瞒他的必要就坦白告诉他，麦青和林昂的生活并不和谐。平心而论，林昂不是个可爱浪漫的人，但也不是什么穷凶极恶之徒，他只是不知道该如何与一个地位跟他毫不相称的女人相处。他喜欢她，却一直没能弄清她想要什么，许多他认为理所当然的做法和规矩，在她看来都很可笑。林昂出手阔绰，毫不犹豫地为麦青花钱，甚至还在布袋围建筑群中专门为她修一栋梳妆楼，取名"麦娘阁"。不过林昂太忙了，在他眼里，事业永远第一，这个家或者他的女人，都得给事业让路。依麦青的气性，你要我让路我干脆躲得远远的。人与人之间相处久了，最初粉饰的缺点就会暴露无遗，麦青发现，林昂的随和大度都是做给外人看的，他早就习惯于用商人的目光来看待这个世界，用心中的秤去衡量利害得失。他为她所做的每一件大事小事，其目的不仅为了彰显他的道德高度，更希望她能够知恩图报对他百依百顺。在潮汕平原这片像大海一样包容、博大、狂野、多变的土地上，他怎么可能要求麦青遵守那套严苛繁复的礼制？她的脉管里流动的可是疍家人不屈不挠的血液，什么三从四德，全都是拿来拴住女人的绳索，而再丑陋再没出息的男人却可以寻花问柳逍遥快活。她早就厌倦了当女人，女人总是处于两性中弱势的一方，永远没有自由而不得不依附于男人。一想到这些她就冒火，就偏要跟林昂还有那个她看不见却存在着的桎梏枷锁对着干。她不再掩饰自己渴望什么，不再顾及他的感受，经常旁若无人地唱起当花娘时常唱的咸水情歌。

“与郎同约上鸦洲，携手林泉处处游，羞见凤凰台下水，一河分作两河流。离筵惨说是明朝，万种情怀话一宵，安得漫江春水涨，船高放不出湘桥……”陈鹤寿眼前出现了麦青轻抚弦丝的优美姿态，它犹如一星火花引燃了将熄的柴草，在陈鹤寿灰暗的心底放出一道光亮，过去花娘那种迎客嚼槟榔、一笑玉齿红的火热场景又活泼泼地展现在他的眼前，他似乎看到一道虚幻炽热的光芒从麦青清澈的眼眸流闪而过，在她嘴角浮起了快活自得的笑意。“往年闻说长潮秋，直到头塘长未休。近日潮如郎失信，才交急水便回头……”这歌声越往后越哀婉伤感迷茫，宛若受伤的鸟儿在风里雨里扑打着翅膀向着它的爱侣传递诀别的信号……

“哎呀，都说吃穿父母，给吃穿的就得当父母一样敬着，可七妹是最不在乎这些的。”苏润末了叹了口气。陈鹤寿浑身一抖像从梦里醒来，难过了半天忍不住求她：“五姐，明日能不能帮我约约她？这形势，真是见一面少一面啊。”苏润说：“好是好，可万一开战你就跑不脱。”陈鹤寿笑：“那不正好留下来给你们看家护院？”苏润只当玩笑话听着，给陈鹤寿做了点红枣糯米粥当宵夜，然后打开客房让他对付一晚。到了后半夜，陈鹤寿被一阵沉重的轰隆声惊醒，推门出来，苏润与陪伴她的老妈子正站在天井一边嘀嘀咕咕。看门的老头张皇失措地跑过来说：“小姐，打起来了打起来了。”陈鹤寿说：“该来的还是来了。”苏润轻声说：“秀才兄，这下你可真就出不了城。”陈鹤寿说：“我去看个究竟。”苏润说：“别去，太危险了。”话音未落不远处又传来一声巨响，像有什么东西炸开。两个女人同时捂住耳朵尖叫。陈鹤寿仿佛嗅到了厮杀的血腥气，眼里闪着兴奋的光，打开门朝着枪炮声呼叫声最为稠密的地方跑去。

苏润的住处离南门较近，那边城墙最低，自然成了农民军炮火最为集中的地带。陈鹤寿穿过街巷，感觉像游水那样憋着气儿从滞闷呛人的硝烟中艰难地划过去，总算看到黑乎乎的竖起的城墙。枪炮声时而沉寂时而猛烈，不时有物体在高处爆裂，轰隆轰隆震荡耳膜，腾起的烈焰和扬起的无数火星映红了城楼的飞檐柱石。在最为炽白耀眼的闪光中，陈鹤寿看到好多黑而小的人影在城墙上跑来跑去。他摸索着沿着防御工事旁边的石阶往上爬，心怦怦狂跳。官兵壮勇正忙于抗击农民军，阶梯无人把守。就在他将脑袋探出城楼的一刹那，有个身体带着一股难闻的血腥味骨碌碌地滚过来。陈鹤寿还来不及凑近，就听到旁边一声重重的闷响，另一个人像袋粮食从高高的墙头砸下来。滚过来的那一个在昏暗里挣扎着爬起来，一只手捂着另一条胳膊，上面像长出一截箭羽，嘴里不停地嘟囔：“糟啦，城要破了，城要破了。”声音竟如此耳熟。陈鹤寿正待发问，轰隆一声巨响，城墙被强大的炮火崩掉一角，沙土石屑高高扬起又纷纷落下。陈鹤寿跳起来扫了扫头顶和前襟的灰土，听到那人又嘟囔着：“老爷保贺，城不能破呀，我老娘还瘫在床上呢。”就朝着城墙边缘踉踉跄跄地奔去。陈鹤寿失声叫道：“黄金练——”要去将他拽回，就看见溃逃的人群沿着银灰色的石阶连滚带爬，有几个被挤出没有栏杆的楼梯，跳水般地舞动手脚发出可怕的惊叫。

在昏暗的光线里，陈鹤寿分不清是敌是友是军官传令兵普通士兵还是临时招募的壮勇，他们一落地就像急流冲出险滩，交错着奔向大街小巷。陈鹤寿跟着跑下石阶脑海里旋风般地转动，正犹豫着该跑回苏润家还是跑到南北商行，就听见农民军用粗大圆木反复撞击城门一声响似一声，脚下的地皮跟着节奏震荡，忽然轰隆隆地动山摇，军号声马嘶声呐喊声兵器撞击声豁然清晰，火光中有无数人形疯狗般地乱窜，前冲的后退的倒下的跳起的爬动的，喊杀惨叫哀鸣中夹杂着铁器频繁敲击碰撞的脆响。

陈鹤寿躲在一辆木板车后面看得真切，倏地从两个打得难解难分的壮汉旁边穿过，把他们吓得停下手来。他猛地发力，以骇人的速度顺着穿城而过的碧沙河奔跑，晨风猎猎飘荡脚底飒飒发响。他觉得自己像要挣脱什么又像要奔向什么，跑着跑着，四周一片死寂，脑海里却变得光亮明净，一个白衣白裙的女子如形态多变的云朵朝着他飘来……他的眉毛霍地抖动了一下，忽然意识到她的安危，如一匹惊马斜向路口的另一侧，待他拐入那条熟悉的巷道，前面那落“四点金”正冒出火光浓烟。

要不是亲眼看到七八个蒙面人窜出林府又用粗绳将两个门环缠死，陈鹤寿还以为麦青他们不在里面。宅子里不断传来拽动大门、哀求呼救的声音。蒙面人肩扛手挎鼓鼓囊囊的布袋意犹未尽，观花赏月般地开着淫亵的玩笑。听到为首的那个举着火把骄横地说：“她宁愿缩进壳子里也不侍候咱爷几个，那就让她化作一撮灰好喽。”陈鹤寿从地上操起一根木棍，挟着满腔怒火和决一死战的决心扑上去狂劈乱砸，嘴里伴随着粗野的吼叫。那些暴徒还以为农民军杀到仓皇逃窜。陈鹤寿用手扯用牙咬终于松下了绳索，踹开两扇沉重的木门，一股温热的气体扑面而来，老德礼头一个撞在陈鹤寿身上，他抱住老头儿窄小的肩膀一阵摇荡：“阿奶呢？”夹在几个下人中间的映月尖声哭叫：“被他们锁在上屋。”老德礼惊魂未定还以为遇上救援的官兵，结结巴巴地说：“军爷，客厅、房间到处都是火，我们过不去——”

陈鹤寿丢下他们穿过前厅来到天井，眼前升腾着帷幕似的烟雾，左右两侧的南北厅全都着了火，后厅的八扇“禅门”、里面的屏风木架帐幔也被烧着，有越来越多的浓烟像被火焰的大手抛送出来腾向天井上空，火光给花草树木还有盆景奇石镀上了一层刺眼的金光。陈鹤寿从身上撕下一块布，往莲缸里泡湿绑在脸上遮住眼睛以下部分，持着木棍硬闯进去。衣服燃起火苗，他在发烫的地面打了个滚将它扑灭。左侧的上屋里面插了闩外面也被匪贼上了锁。陈鹤寿一棍两棍三棍砸不开铜锁，便退后几步又猛地冲上前，一脚踹下半扇木门，外面的火光映照进去，那些红木衣橱梳妆台变得高大触目。

屋子里没有一丝仓皇混乱的迹象，麦青也不像陈鹤寿想象的那样惊恐万状，她垂着头靠在镂刻精美的床屏上，昏昏然如同失去知觉，他的破门而入也没有引起她的注意。

“麦青，快走。”陈鹤寿冲上前摇摇她。麦青仿佛不是被他的喊声而是被他说话的气息吹醒，缓缓地仰起被火光映亮的脸惊奇地问：“怎么是你？我在做梦吗？”陈鹤寿没好气地说：“再不快点，咱俩都完了。”

在不断从门外飘进来的烟雾里，麦青的样子看上去比以往任何时候都柔和，只有声音不改其刚强沉静：“与其受辱，不如一了百了。”陈鹤寿一把拽住她：“他们跑光了。快！”说话间又有滚滚浓烟涌进豁开半边的门洞，热气贴着地皮颤动，屋里的东西像要被烤软熔化。陈鹤寿只觉得置身于火药库里，随时都有爆炸的可能，事不宜迟，一手拉起绵软无力、看似厌世的女人，一手像孙悟空那样挥动棍子探索着出去的路径。后厅里的火已朝着高处舔噬蔓延，林家祖先的牌位画像都裹进了烟里火里，屋楹厝桷也被烤得变形弯曲冒出一股股焦煳发臭的气味，不时有木条砖瓦从顶上笔直地砸下，迸出一地火星。

麦青忽然止步唤起了陈鹤寿的小名：“十郎，如果我不走，你愿意陪我一块儿死吗？”陈鹤寿望着那对忽然有了光彩的眼睛咬钉嚼铁地说：“不愿意！”她有些意外地看他，奋力挣脱他的手赌气说：“那你活命去吧，甭管我！”

如果没有爱，她情愿被火烧死，她觉得这样更可忍受。

滚烫的热气和浓烈的烟雾让人快要窒息，陈鹤寿能感受到皮肤因水分蒸发而干缩起来，知道再这么待下去身体也会像干柴一样着燃，就翻起眼珠朝她吼：“麦青啊麦青，你疯了是不是？都啥时候了，还有心思情啊爱啊？”麦青带着报复的意味高傲地说：“对，我就是疯了。”他只看见她眼里蓬着晶亮的泪花，却不知道这三年多来她是如何挣扎着想要割断那些勒进骨肉里头、越缠越紧的情丝而不能。他了解她的气性，你要是跟她对着干，她会死硬到底永不回头。在自绝与自救的关口陈鹤寿不得不退让一步，神色里多了一种奇特的柔和而少了蛮干的专横，情真意切地说：“麦青，我是可以抱着你葬身火海，可是咱们干吗要去死？咱们还没快活够呢。”麦青被陈鹤寿的样子逗笑了，抹着泪问：“那你还爱我不？”陈鹤寿说：“这还用说吗我的姑奶奶，我要是不爱你我吃饱撑着跳进这火堆里？”趁机抱起了她，她极为配合地搂住他粗壮的脖子。他鼓起劲来一脚踹开烧起来的另一扇木门，跨过上屋的门槛投身到一个炽热得令人晕眩、如熔炉般亮堂的世界，奇怪的是那种预期的灼痛不复存在，就好像身体的表面已经失去了感受力。

陈鹤寿本能地弯着腰，像在尽可能减少受伤的可能，又像要把麦青藏到最深的骨肉里。他的大脸覆盖着她的小脸，他的后背像盾牌那样替她挡住屋顶砸下的瓦片石块还有着了火的木料。麦青这才感到真正的害怕，她像个受惊的孩子紧紧地缩进他的怀里，恨不得变成沙粒那么小。看到她也有脆弱的一面，他微微有些得意。一切就像受到神秘力量的驱动，陈鹤寿两条毫无知觉的腿借着惯性交替跳跃，向着不可预知的出口奔逃。当他甩开最后一道火墙、眼前闪现出那个由烟雾和绰绰人影构成的现实世界时，一股凉爽的空气使他恢复了理智。他突然改变方向，朝着左边那团浓烟斜插过去，就像跳进了一个旋即将他淹没的漩涡里。

林府的仆人们赶到时麦青正坐在巷口一块草地上发呆。德礼婶和映月合力将她搀起，她的两条腿不听使唤地打颤仿佛承受不住身体的重量。她甩开她们独自挪动了两步，忽然站住呃呃地呕吐了几下却又吐不出来，脚一软再次瘫在地上，眼里噙着两朵泪花。

“救您的人呢？”老德礼待麦青缓过劲来急急地问，麦青没好气地说：“连你们都不来救我，还能指望谁？”见他们吓得不敢吱声又带着某种警示的意味说：“门板烧坏了，是我自己跑出来的。”

宣战书

陈鹤寿放下麦青才发觉自己近乎虚脱，不敢再有片刻的耽搁跑向苏润家。此时晨光熹微，街巷上有狂徒趁火打劫，砸开富户或者行铺的大门哄抢值钱的东西，这边老人凄惨的叫声才响起，那边又传来女人孩童的啼哭。陈鹤寿从本能的震惊、愤激的情绪中恢复了理智，忍着伤口被汗水浸渍的烧疼左躲右闪，到了苏润家只剩下拍响门环的最后一丝气力。过了好一阵子，看门的老头才战战兢兢地开了道缝放他进去，又砰地关门下闩，再把一根比胳膊还粗的横木卡进麻石门框两边的凹槽加固。

苏润差点认不出陈鹤寿来，辫发散乱一脸的烟熏火燎，衣衫破破烂烂上面还糊满黑灰。她想要帮他褪下内衣才发现布料与红肿溃烂的伤口血痂凝结在一块，只能先用清水润湿再行剪开，扯掉时仍痛得他把下唇咬出一排齿痕。她又拿针尖抖抖索索地挑破他身上的水泡，对于那些看得见靠得着的，他就自己动手掀开那层透明的薄皮，让清亮的汁水流掉。

“叫你别出去就是不听！”苏润边给陈鹤寿抹药边心疼地怪责他。陈鹤寿满不在乎地说：“我要不去麦青就没命了。”苏润吓了一跳：“她怎么啦？”陈鹤寿平静地说：“有人放火烧厝，不过没事了。”歇了一阵子，苏润端来热好的糯米粥，陈鹤寿来不及品出味道就咽了下去，抬起头说：“我得想办法回樟树埠。”苏润马上板起脸来：“先睡一觉再说。”

陈鹤寿这一觉彻底睡死过去，到了午后才一个激灵醒来，听到院子里有说话声，一下从客房窜出来没头没脑地问：“城破了没？”苏润笑：“好着哩。”陈鹤寿不信，他明明看见农民军从南门冲杀进来。看门的老头凑过来说：“外间流传着好几种说法，有的说马老爷请了神仙护卫，城外忽然落雨，把那帮贼人的火药浇湿了，也有的说守东门的官兵杀了好些贼人，攻进南门的贼人只好撤回去，还有的说吴知府的援兵到了，与咱们城内的官兵前后夹攻，贼人不得不退到几里开外扎营——”陈鹤寿说：“什么原因咱暂且不管，我只问你两个问题，第一，县城仍在官兵手里是不是？”老头果断地点头。他又抛出第二个问题：“吴忠恕他们还围住县城？”老头儿又点头，陈鹤寿想了想更加坚定地说：“我得尽快回去！”

陈鹤寿在黄昏即将来临时告别了苏润去找马知县，一路上老碰到人们神色凝重地聚在一起，议论着南门的战事，也传递着西门那边商家富户遭到不明身份者抢掠的消息。陈鹤寿来到县衙，只有两个羸弱的老衙役把门，马知县带着三班六房上前线了。陈鹤寿赶到南门，值守在那里的典史饶广田认出他来，说县太爷刚离开去了东门。陈鹤寿顺着城墙的楼梯下来，听到晚风中传来一阵嘤嘤的哭泣，有纸灰四下飞舞，原来有个女人在城墙根下烧纸钱。陈鹤寿以为是阵亡士兵的家人，就听到饶广田摇头叹息：“你应该认得她男人，做洋货的黄金练。”陈鹤寿心里一阵紧缩，立刻联想到夜里那个滚到他身边又爬起来、嘟嘟囔囔的人。饶典史说黄金练九十岁的老娘卧床不起，他就将几个孩子送走，留下媳妇照顾老人，自己加入到护城的队伍。昨夜今晨，他的表现实在英勇，多处受伤仍帮着抬炮弹，炮手死了他竞争着顶上去，结果肚子被农民军的炮火炸开肠子流了一地。陈鹤寿听后心里很难过，走上前去对着那个看不见的亡灵一揖到地，又对黄金练的遗孀说：“嫂子，在下陈鹤寿，在仁和街开了家南北商行，与黄兄也算同行，往后有啥需要只管招呼一声，甭客气！”

陈鹤寿来到东门时太阳快要落山，城墙垛口闪耀着柔和的红光并漫射出一束束明丽多彩的光带。马知县看上去很疲惫，清癯的脸上嵌着一对深邃的眼睛，好些天没修剪的胡须蓬松杂乱，薄薄的嘴唇无法完全抿在倔强的门牙上，嘴角的皱纹因过分严肃而像凿出来一般清晰。陈鹤寿的到来让他吓了一跳，哑着声急促地问：“你怎么还待在这里？”陈鹤寿说：“我原本是来安排一下商铺的事，没想到仗这么快就打起来，一时回不去。”马知县刚毅的嘴唇哆嗦着，额头突起粗壮的筋脉，两只眼睛直愣愣地盯着陈鹤寿忽然拍了拍他的肩膀叹了口气。陈鹤寿不敢去看对方那双光点颤动的眼睛，它在竭力将难以言说的东西约束着，免得一下子流泻出来。

“赶紧回去，我叫人给你备好马车。幸好北门还没被围，只是一出去全是荒山野岭。”马知县将陈鹤寿拽到一边说，声音的气浪吹得胡须飘动起来。陈鹤寿感激地抱拳道谢。马知县无奈地摆摆手：“贤弟啊，要说感谢的是我，回去后尽快做好准备，这边要是城破，我们就只能往你那边跑了。”有泪花忽地浮出了眼眶，他伸开瘦长的手掌飞快地蹭了一下，泛起一种嫌自己丢脸的难为情。陈鹤寿忍不住掏出心底的疑问：“逆贼围城，吴知府咋不派兵救援？”马知县的声调变得更加哑涩低沉，仿佛怕被别人听到：“潮阳的陈娘康、郑游春率暴民毁衙署开狱门放囚犯，开仓济贫，杀了官员也惩了富户，势头一时无二。吴知府督师惠来（县）被困，能不能扛过去还成问题。”见陈鹤寿沉吟不语，马知县绕过堆了一地的草袋沙包将陈鹤寿引到另一边。泥水匠正在那里抢修城墙，有一角昨夜被炮火轰掉了。农民军后来用云梯攻城，被官兵壮勇的大炮、火枪、火箭、火桶击退，也正是东门的成功防卫使那股冲进南门的农民军不敢贸然前进撤了回去。

陈鹤寿顺着马知县手指的方向望了望，一片薄薄的尘雾悬浮在远处的林子周围，有白色的营帐还有歪歪斜斜的旗帜隐约可见。他扭过脸来对马知县说："兄长放心，我看他们一时半会儿攻不进来。"马知县好奇地问："何以见得？"陈鹤寿说："古人云：'一鼓作气，再而衰，三而竭'，经过这一夜攻防，对方士气已泄大半，更何况他们还有后顾之忧。"见马知县不语又说："而兄长之忧，恐怕不在城墙之外，而在城墙之内。"从昨晚到今日，暴徒刁民作乱的场面还有各种各样的谣言怪谈，都让陈鹤寿深感不安，他仿佛看见这股混乱动荡的情绪如妖风般旋转着吹向不同的方向不同的角落，如不及时阻止将演变成一场内乱。马知县的眼睛亮起来脱口而出："民变。"陈鹤寿兴奋地点头："兄长不妨抓几个打砸抢的'猴头'，以'奸细'之名杀头祭旗，一可祛'内火'，二可安民心，三可鼓士气。"马知县用一种疲惫但坚决的声音说："愚兄正有此意！"陈鹤寿又问："你看我何时出城合适？"马知县说："今夜子时你在北门候着，顺便帮我捎个人。"陈鹤寿明白这个人与马知县的关系非同一般，马上应诺，又听他再三叮嘱："山路难走，要多加小心。"

陈鹤寿子时来到北门，四周草虫鸣叫，有巡逻的壮勇来回走动，灯笼一晃一晃如同鬼火。有个身材瘦小的汉子拦住他盘问，拿腔捏调的声音让陈鹤寿觉得十分耳熟，借着灯笼的光亮细看，竟然是过来增援的侯巡检，他的头上缠着污脏的布条，脸颊无肉眼泡松垂，一看就没睡过好觉。

两个男人像久别重逢的兄弟搂抱在一起，过往的矛盾此时已变得无足轻重，内心的隔阂也在顷刻间冰释雪融。侯巡检举着灯笼将他引到一辆双马拉的轿车跟前对着帘子里说："阿奶，您就随秀才兄回樟树埠吧，那里安全些。"陈鹤寿还在猜测是谁，里边就传来了一个熟悉的声音："那就有劳陈先生了。"陈鹤寿兴奋地跳上马车跨辕而坐，一条腿盘起另一条腿垂下，回过头招呼一声："阿奶坐稳，起程喽——"像模像样地甩了个脆炸炸的鞭花，两匹高壮的棕马黑马便哒哒哒地小跑起来。守城的士兵打开城门，持着长矛马刀冲到外面观察一番，一挥手让马车通过。

那两匹马儿吃饱了草料养足了精神，加之秋夜凉快，也不用陈鹤寿催促便自觉地卖起气力，沿着山边小道盘绕而上。后半夜的月亮躲在云层里只隐约浮出浅黄的光晕，山风飒然作响，黑魆魆的林子与野兽一起发出瘆人的呼啸怪叫，仿佛有无数凶狠的眼睛散布在夜雾中闪闪发亮，马车经过处惊得一群群黑鸟扑噜噜地飞起盘旋。此情此景让陈鹤寿一下忆起当年拐骗暖玉穿山越岭的往事，想不到多年之后麦青也坐上了他驾的马车。碍于映月在侧，陈鹤寿不好多说什么，倒是麦青忍不住开腔，只是口气故作疏淡："秀才兄，请问要多久才到樟树埠？"映月这个鬼精灵恨不得自己能够消失掉，也没有办法只能装睡。

麦青重复了第二遍声音才真正落进陈鹤寿的耳朵里，他说"打个盹就到"，完了才意识到竟与当年回答暖玉的疑问一模一样。麦青说："甭蒙我了，还有两重渡。"又闷闷不乐地说："我又不是没去过。"陈鹤寿说："那也很快，你只管闭目养神，到了渡口我喊你们。"麦青说："这么颠来倒去的谁睡得着啊？"陈鹤寿再次想起他那个只知一味信任他的傻"表妹"，眼前重现着一对明亮冷静、仔细打量着陌生环境的眼睛，心绪复杂地答："那就看看月光，听听风声——"麦青就叹气不语了。

这一路还算顺利，到了樟树埠已是第二天午后。陈鹤寿派人将麦青送到顺风船行，自己则直奔团练公局。

澄波县城攻守双方陷入了僵局，敌我都无计可施可又心犹不甘，只是谁也不敢轻举妄动，所以看似对峙实质上进入了一种胶着的状态。打仗贵在神速，时间拖长了双方的粮草都吃紧，城内已经开仓平卖，每人每天供米二两半，收钱六文。十天过后平卖的米粟吃得差不多了，市面米价出现失控，一升米百余钱，每斤木炭二十钱，比平时贵二十倍有余，一时间怨声渐起。马知县想起了陈鹤寿的提醒，觉得转移民众注意力的时机已到，唤来典史城捕，要他们照着报案人提供的线索，将那些带头纵火哄抢的暴民缉拿归案，宣布为作乱的反贼奸细杀头祭旗。在官府的鼓动下，民众果然一片沸腾，堵在人犯赴刑场的必经之路，男人们拿瓷片刮破他们的脸，踢打他们的要害，往他们身上砸石块，女人们用锥子扎他们，一撮一撮地揪下他们的头发。听到他们求饶，人们不但没有心生怜悯，反而报之以更加恶毒的谩骂更加升级的暴力，战争很容易改变一个人，而残暴又仿佛一直就潜伏在每个人的内心，只要一点火星就能让它腾起烈焰。这次枭首示众的酷烈场景不仅震慑了那些蠢蠢欲动的狂徒无赖，也将沸腾的民怨暂时平息下去，县城很快就恢复到了战前秩序井然的状态，那些混进城来的奸细也受到惊吓，几天之内全部跑光。

攻守双方的僵局持续了一个多月，这反倒便宜了城里那些临时被雇来当壮勇的穷汉，有饭吃有钱拿又无所事事，难怪有人编起了戏谑的歌谣："感谢忠恕伯，一日钱三百，免担免压免拖磨。"也有人暗暗祈祷："城勿破，贼勿散，一日二斤半（米）……"

吴忠恕和王兴顺都觉得这场消耗仗利人不利己，围城这么久，跟着他们的弟兄们无论从精神到体力都消耗得差不多了，若官府援兵一到，估计凶多吉少，军师和尚亮和钱粮官李阳春这几日也为战事焦虑至极，四个人在展开的地图上商议良久，最后将目标落定在县城东北向的樟树埠。

樟树埠名声在外，洋船海贩的巨利喂肥了当地的民众，新修的豪宅大厝崭新齐整中西合璧。王兴顺曾在樟树埠当过泥水匠还当过送番批的批脚，对当地情况了如指掌，在他眼里，夺取樟树埠的意义还在于进可攻，退可扬帆出海，仿效前朝的林道乾去国离乡，保存实力以图来日。

农民军杀向樟树埠的消息一经传出，整个港埠迅即弥漫起大祸临头的紧张气氛，无论豪宅或者农舍，墙角的铁器农具、灶前的刀砧葱蒜、饭桌上的碟碗汤匙、餐柜里的瓶瓶罐罐都在不安地碰撞丁当作响，粗皮大缸里的清水交错荡起圈圈涟漪，母鸡停止下蛋鱼儿扎堆冒泡，肥猪不停拱槽家犬狺狺狂吠，老牛拿坚硬如铁的犄角将土墙顶得簌簌掉下沙粒灰泥……人人惊慌失措，像快要被不幸压垮那样满面愁容，红头船公所更是大门紧闭，苏忠勇穆庆辉称病不出，暗地里都在藏埋好不容易聚积起来的金银财宝。船主贩商地主士绅群龙无首只好跑到团练公局去请陈鹤寿拿主意。陈鹤寿在主战派主和派吵吵闹闹的声浪中拔出嘴里的白铜烟嘴吐出一团浓烟，脸上流露出某种镇定的得意感："你们慌啥？吴忠恕王兴顺他们又不是食人的老虎，大多数还是庄稼汉穷苦人嘛，有的还跟咱们樟树埠人有着'番葛藤亲（指稍有牵扯的远亲关系）'，只不过是让有权有势的人欺负得没办法。他们来了，咱们要以诚相待，尽可能讲交情讲道理，杀敌一千，自损八百嘛。"私底里却给自己打气，结果虽不会像他想的那么好，但也不至于像别人料的那么糟，毕竟已经倾尽全力做足准备。

那天从县城回来后，陈鹤寿就把六个村寨社的头头脑脑召集在一起，传达了马知县的指示，通知船主们尽快让船只离港，今年来得早些的季候风正好把洋船带向下南洋的漫漫长路，其他的商船货船也都各自寻找熟悉的港口暂避。接着他又号召在座各位回去鼓励更多的壮年男子加入乡勇的队伍，并派人向留在莲花山上的那部分畲族人求援，许以丰厚的回报。回来的人报告，大先生已经接替了年迈的蓝法师主持青龙帝君庙，他答应说服盘老大，号召精壮的山民全力支持。陈鹤寿此时只须做两件事，一是让城墙外的所有商铺关门，像海风潮来临时那样将老弱妇孺紧急疏散到山林深处，个别年事已高、行动不便的就送到高地上的"风灾楼"；二是将孙木匠及徒子徒孙赶造的十几门无比威武的木头"大炮"陈列于城墙之上，再把几门乡勇们学习制作的土炮藏于其间。

战争一触即发，陈鹤寿不像别人那样感到畏惧而是微微有些兴奋，他知道这一仗对他有多重要。为了提振士气，他给乡勇做了最后一次动员，谎称接到可靠情报，吴知府已经打了大胜仗，马知县也秣马厉兵随时赶来增援，拜托大家不惜一切代价保家卫乡。接着齐修平就宣读了壮勇参战的临时奖惩条例，对于外来受雇者，死一人补其家人洋银三十，本地人则翻倍，并在其姓氏祠堂设立忠勇牌位，妻小将得到该族族人的赡养照顾，如若临阵退缩，立斩不赦，其名字将记入港埠耻辱榜并通报其宗族家庭……

次日临近黄昏，农民军的主力部队来到樟树埠，举目四望，江堤的货栈店铺全都关门闭户就像没有主人，码头的商船货船无影无踪，江湾两岸在落日余晖的笼罩下如坟冢墓地般肃杀荒凉。人们全都龟缩进城内，愈觉当年官府修建城墙实乃明智之举。农民军在城墙下面一字排开，又高又壮、左脸有刀疤的头领吴忠恕和身板厚实、腿短臂粗、长着一口黑黄牙齿的王兴顺，各骑一匹高头大马出现在军队的最前方。这时，一个骑白马的白胖秃子像被一片战鼓声催送出来，到了城墙底下才勒住缰绳用手卷在嘴边喊话："谁是这里的主事人，请出来一见。"

城墙上有人爽快地说了声"稍候"，却半天不见人影。一阵不满的嗡嗡声开始从队伍的后头徐徐泛起，随着城门沉重滞涩地打开，又立即被前头士兵骤然掀起的稀里哗啦的笑声所淹没。一匹瘦小的黑马驮着身坯高大的陈鹤寿艰难地走出来，最滑稽的是他还举起一只锈迹斑斑的长筒子煞有介事地瞭望。

白胖子的声音把陈鹤寿惊了一下，拿开长筒子才发现对方已经来到了他的跟前。

"来者何人？报上名来。"白胖子说话和手势像在唱戏。陈鹤寿估计他就是吴忠恕的军师和尚亮，也学着戏里的武将那般威严作答："樟树埠陈鹤寿是也。"和尚亮笑眯眯又文绉绉地说："原来是大名鼎鼎的秀才兄，久仰，久仰。"陈鹤寿收起长筒子笨拙还礼："兄台谅必是大营元帅的军师亮先生？"这个白白净净不留胡须的中年人说了声"正是在下"，身子向前倾过去装出亲切随便的样子，声音也和蔼得叫人感动："秀才兄，大家乡里乡亲的，兄弟我就直说了，当今朝廷腐败圣上无能，奸佞当道洋鬼横行，太平军已占据江南建号太平天国，设江南江北大营，北伐征讨，有道是良禽择木而栖，我知兄心性耿直视不平事为眼中钉，不如随我等一起高举义旗替天行道，大块吃肉大碗喝酒。"陈鹤寿见眼前这支农民军衣衫褴褛兵器五花八门毫无严整军威可言，暗自舒了口气粗哑地放声大笑："蒙兄不弃，弟感激涕零，无奈胸无大志，命里注定要吃这碗'咸水饭'。"和尚亮说："人各有志，不可相强。不过大军既入贵埠，想要向各船行借船一用。"陈鹤寿先摆出十分理解而后又十分为难的态度："兄台不都见到了么？若早来一月半月，商船货船都在港内，现在已无寸板片帆，皆借风力过番去矣。”

吴忠恕催马上前抖动着腮帮上那两大片黑胡须对和尚亮说：“真是亲家唔做做冤家，少跟他啰唆，”做了个捏于掌心的霸悍手势。和尚亮的眼角笑出一堆皱褶仍和和气气地说：“秀才兄，那就请您打开城门，容兄弟们进去歇息一晚，明日好起早赶路。”陈鹤寿不信任地笑了笑：“长官们肯到城内来，鄙人将倾力招待，其他兄弟麻烦在城外安营扎寨将就一夜。”和尚亮面浮不悦之色，用略带遗憾的口气说：“秀才兄啊，天堂有路你不走，那就别怪我们冒犯了。”陈鹤寿像醒过来那样将目光从对方脸上荡开，拉下脸来大义凛然地说：“人不犯我我不犯人，人若犯我——”声音忽然胆怯似的蔫下去，“礼让三分。”

吴忠恕王兴顺忍不住哈哈大笑。陈鹤寿并不在意，从怀里窸窸窣窣地摸出一卷宣战书，展开搭在马脖上，又从腰部摘下一只用铁皮捶成喇叭形的传声筒，摇头晃脑高声诵读：“吴将军足下：久闻将军大名，今日一见，幸甚。将军本乃布衣，于乱世之中听天命顺民意，拥旄万里何其壮哉。我港埠居民素达礼好客，是友则诗酒与共，是敌则诛罚必申，虽肝胆涂地、膏血润草亦在所不惜……”他干咳了两声振作着抬高调门，好像要把所有的悲愤召唤到自己的声音中来，以制造出某种想要的情绪，只是不久之后便又失去耐性，慢慢地滑向苍白与平庸，“今将军登临我埠，刀剑出鞘放肆要挟，欲占我地蹂躏我民。我未尝冒犯于彼，彼缘何如此强横……为免于生灵涂炭，愚愿独自于明日午时三刻在此相候，彼若愿化干戈为玉帛，则港埠之幸，民众之幸，你我之幸。彼若执迷不悟，轻为妄作寻衅发难，愚当奉陪到底。然恐伤及众多无辜，不若你我以长刀白刃决一雌雄，不亦快哉……”瘦弱的黑马听着主人近乎迂腐的絮叨无力地垂下脑袋，偶尔甩动沾满土末的多皱鼻子只是担心自己睡着了……

时间恍若蜗牛在陈鹤寿枯燥乏味的诵读声中缓慢爬行。海滨的天气说变就变，有卷层的黑云从海的一边飘来，竹笠帽檐般紧扣于眼前，不远处的沼泽地吹来污泥烂草的难闻气息，江岸林莽被风力摇荡，如地下冒出蓬蓬黑烟，不时有一道蓝色、叉子样的闪电戳破昏暗死寂的天空，若有滚过的雷声盖住陈鹤寿的声音，就像被先生监督着的童蒙，他又规规矩矩地重念一遍……

借着闪电劈开黑暗的光亮，埋伏在城墙内高处的壮勇依稀辨别出江湾大片的水光还有农民军更深一层的剪影，当然还看到他们的主事人正临危不惧地与对手周旋，内心油然升起一股保卫家乡守护亲人的使命感。此次作战，除了石槌所带领、持有洋枪鸟铳长矛的三百壮勇外，还有各村寨社三百多个志愿者参与进来：孙木匠带领着他的徒子徒孙拿着自己制造的几十把弓弩藏于樟树榕树巨大的树冠里，那些参天古木枝杈交错根连着根，风一吹繁枝茂叶地簇拥着如大海奔腾。“飞刀李”带着十几个弟子埋伏在巷子的拐角处或屋顶，两根指头夹着柳叶状、寒光熠熠的飞刀，随时准备猎取敌人的首级。祝大春所带领的是一帮年事已高、隐姓埋名的江湖豪杰，他们好比猛兽从记忆里嗅到凌厉的血腥味，个个银须抖动摩拳擦掌，只等命令一下便亮出奇形怪状的武器。此外还有大先生派来的五十六名山民猎户，农民军在他们眼里不过是平时久寻不见、送上门来的猎物。

哗的一声，筷子粗的雨条急乎乎地鞭在干燥的土地上，天空似乎明朗一些，沉闷的空气流动起来。陈鹤寿的宣战书湿透了软塌塌地粘在指缝间甩也甩不掉。他干脆撇开原文，凭着三寸不烂之舌信马由缰，就算抹掉让脸皮发痒的雨水也没有停顿过。

很多樟树埠人到后来才弄明白，“宣战书”也是整个作战计划中必不可少的一环，那些冗长的内容和陈词滥调让吴忠恕王兴顺不胜其烦，希望明日中午单挑的想法更是令人啼笑皆非，目光里已失去了原来保持着的那种犀利与警惕，滋生了轻敌狂妄的情绪。当陈鹤寿告诉他们，明日中午前他才能安排好妇孺老少撤离时，和尚亮凑到王兴顺的耳边说：“你们澄波县除了盛产酸菜，还有酸秀才。”王兴顺不高兴地说：“这种人哪里都有，岂独我澄邑所产？”

吴忠恕两眼一瞪正要宣布攻城，城墙上的大炮冷不丁地响了一下，把两边的人马都吓了一跳。农民军的前几排全都趴在地上，举起盾牌锅盖如临大敌。陈鹤寿扭过头去破口大骂：“宣战书还没念完就瞎鸡巴放炮，想轰死我啊？”又朝和尚亮歉意地笑了笑：“他们还以为开战呢。”

趁着电光一闪，吴忠恕终于看清城墙上那一排黑洞洞的威武大炮，伤残的左颊痉挛似的抽动，捋着腮边扎煞着的胡须换了个好脸色说：“好啦好啦秀才兄，甭再念什么宣战书了，你的意思我懂，都是家已人好商量，就照你说的办，明日中午咱们再来这里碰头。”和尚亮立即领会了头领的用意，笑眯眯地说：“既然大元帅发话，我们就不进去叨扰了，明日再一块儿合计合计。”

到了深夜，吴忠恕安排王兴顺率一千士兵偷袭城内。王兴顺先遣出一支小分队，借着云梯绳索悄悄攀越墙头，再坠地打开城门以迎接其他兵士。他们都在为这意想不到的顺利而欢欣，并不知道其中的不少人再也走不出这道城门。

雨后云开月色微明，到处绿荫如盖，高低错落的民居、纵横无序的街巷，空空荡荡的像没人住过，至于农民军想象中的对手的营盘总部更是无迹可寻。王兴顺还没弄清方向，就听到枪炮声四起（开头是炮仗），山民的猎犬如一道道的闪电扑向农民军并凶狠地撕咬起来，铁丸卵石箭镞从四面八方嗖嗖地射向他们的脊背、屁股和脑袋，他们还来不及感觉到痛，身上便多了些伤口，队形登时大乱。当他们意识到那些“暗箭”来自头顶稠浓的树冠后只能望“洋”兴叹，借着夜色的掩护惊恐万状地撤向另一侧民居，结果又遭到洋枪队鸟铳队和飞刀队的猛烈狙击。

农民军举起武器转着圈子手忙脚乱却找不到一个具体而又明确的目标，只能乱叫乱喊乱刺乱射。这时前方真切地传来噼里啪啦的鞭炮声，几十头尾巴闪着耀眼火光的水牛犹如逃出地狱的魔怪狂飙而来，摧枯拉朽般地冲击着早就乱了方寸的农民军，结实尖利的牛角划开他们的肌肉挑破他们的肚皮，坚硬的牛蹄踢断他们的腿脚还将整个重量压在他们身上。石槌稳稳地骑在最后的一头牛牯上，魁伟的体魄宽大的胸廓宛若骑着神兽的天将，握在手里的两把利斧好比玩具被他玩出了众多的花样，一道道寒光闪过，对手如同收割的庄稼纷纷折倒坠地。农民军且战且退，不知不觉被赶进陷阱遍布的绝地，尖锐的铁器扎得他们一身筛眼。埋伏在那里的后生们在陈鹤寿的带领下拿着扁担锄头铁槌棍棒柴刀还有翻草的丫杈舀粪的长勺，跳下屋顶跃出壕沟钻出牛棚滚出猪圈扑出鸡窝，与及时赶到的几支人马会合形成坚固的一道弧线，步步进逼把他们当成海口荡入的漂流物迅速清除掉。

吴忠恕看到派出的队伍久久不见回音，亲自带兵前来接应，城墙上的壮勇照着陈鹤寿的叮嘱轰了几声火炮便把他们吓了回去。负伤的王兴顺率残部退至城门处，惊喜地发现大门洞开无人把守，上面有张大字报被风吹得哗啦作响，举起火把匆匆一瞥迅即臊红了脸，上面的打油诗恰好戳中他的痛处："无请入内便算贼，留门相送仍是亲。庵寺借篦行错道，他日凌云再还乡。"

日头离地才有一竿子高，农民军就奇迹般地消失了，就像滨海地带的浮云雨说来就来说走就走。樟树埠的村寨社到处卷起欢乐畅快的漩涡。望着城墙外那片变得空荡狼藉的农民军宿营地，陈鹤寿却高兴不起来，有种奇异的衰弱感牢牢地攫住了他，要是他们再杀个回马枪他恐怕无力支撑。当半年后这场农民运动进入尾声，陈鹤寿吊悬着的心才真正落下来，不过有个疑问仍留在他的脑海里，是什么东西卡住了农民军碾轧樟树埠的车轮、让这里的人们幸运地逃过一劫？他不相信自己写的那首打油诗有着别人所传说的神奇力量，也不相信和尚亮连卜三个阴卦、觉得此地不宜久留的说法，倒是以下的解释更加切合实际可信度更高：江湾无船，农民军攻占樟树埠已然失去意义；官兵随时反扑，再作停留只能背水一战，会有全军覆没的危险。

陈鹤寿明白，理性在灾难面前不堪一击，在灾难过后更显苍白无力，只有假托神祇，人们才能为自己的虚弱与无能找到解脱的借口，所以当他把这一次的胜利归结为水流神的庇佑时没有遭受任何质疑，水流神被兴奋的人群围聚着三叩九拜。与火帝巡游完全不同，这一次没有官家的号召组织也没有富绅名士的鼓动吹嘘，更没有吹拉弹唱大戏开演，樟树埠人自发地沐浴斋戒，男女老少齐齐参与，把水流神庙变成了这场劫后余生的喜庆中心，漫天的香火烟气显示出水流神聚集人气的力量，而与之相携相生的是陈鹤寿再次成为众人瞩目的焦点，樟树埠真正意义上的第一仗证明了他的不可或缺。石槌在成为英雄的同时也当了爹，雅茹为他生下了女儿赛凤，之后的几年里又生下赛莲、赛叶、赛果几个丫头。

打仗后的第二年，樟树埠人在城墙外立了一方门板宽的碑石，上面镌刻着陈鹤寿题写的碑记，内容是咸丰四年十月廿一，吴忠恕王兴顺率兵来犯，樟树埠民众奋起还击，亡殁二十七，姓甚名谁，特立此碑以供后人缅怀。

第九章

国王下山

讲真，本来我们只想待在山上，作为神就该俯瞰大地，远离烟火，从容淡定，可是有那么一股热闹劲从海边到平原再到山脚一路席卷，所到之处人畜惶惶，好像要是不参与进去就会被这山这海这平原所抛弃，尤其是陈鹤寿和林昂，像嫌事不够多，麻烦不够烦，搅得那叫个起劲呀。

山上越来越不太平了，原本安心静气的山里人也跟着躁动起来，天天吵着闹着要下山，盘老四在我们面前都“说”过几回话了，想请我们一块儿下去。可这山是那么好下的么？俗话说，上山容易下山难，下了还想上更是难上加难！这到底是下还是不下？真是个问题！我们到底是要做远离尘嚣、高山仰止的神呢，还是要混入田间地头、做个烟火气的神？这不只关乎信仰，还关乎神格，我们是该继续升格还是该降格？这神就是神，人就是人，要是神人不分，那还有神吗……我们三个喋喋不休，没日没夜地争执还是举棋不定。说起来好笑，神决定不了的事却由着人来定！看着盘老大诚心敬意地跪在我们面前，三拜九叩之后就代表着山上山下全体畲族人掷筊。那两只用竹根削成、状若蚌壳的筊杯早就被无数的手捏摸过，黄蜡蜡润泽泽地裹着一层包浆，盘老大托起它们念念有词，然后虔诚地抛出了第一次。

“青面”抢先投出了他的反对票，所以筊杯落地两片皆为乌，也就是突出的部分向上，表“凶多吉少”。围观的山民发出了一片失望的唏嘘。一直主张留在山上的盘老大面露喜色，拣起筊杯抛了第二次，两只筊杯在半空中划了道相似的弧线，这回“白脸”不甘示弱地投出了赞成票。“白脸”的理由是樟树湾已成气候，很多畲族人早就下山建起了像模像样的石壁村，哪有神不跟人走的道理？盘老大的筊杯啪啪落地，一乌一白，也就是突出的部分有一片朝上有一片朝下，表“大吉”的“胜杯”。盘老大和盘老四各代表的一方算打了个平手。

最后一次掷筊至关重要。盘老四急了，跪下来夺过盘老大手里的筊杯连叩三个响头，抬起脸来竟多了一层厚厚的泪水，声音抖颤得厉害：“三山国王啊我们的大老爷，石壁村人多需要你们啊，天佑仁德，神护苍生，你们要是愿意下山帮帮我们，就给个明示吧。”两只筊杯如一对蝴蝶挣脱了盘老四的指尖凌空而起，说时迟那时快，“赭颜”投下了决定性的第三票。正所谓“投空掷地”，筊杯一前一后发出脆响，我们的意志通过这一次的“胜杯”明明白白地显示出来。

讲真，人在困苦和落魄时需要信仰是想得到安慰，在春风得意时需要信仰是怕失去拥有，在前途茫茫时需要信仰是想要一个鼓励，其实说到底，还不是人在决定自己命运的走向啊？却偏要把责任推给了神，好像这样就可以怪天怪地唯独怪不到自己。在经过一番简朴而又庄严的仪式后，随着盘老四粗哑的一声“请大老爷起驾”，我们的神像就被石壁村人浩浩荡荡地抬下山，而我们也只能依依惜别莲花山顶，进驻山民们为我们新修的三山国王神庙，神庙大殿上依然挂着“护国庇民”的横匾，一切都按照规矩来，可这规矩又有哪条不是人定的？

经过一段适应期后，我们发现这一趟兴许是来对了，先是其他山民争先恐后地进出三山国王宫，后来又扩展到樟树村人和白莲寨人，再后来，整个平原各个角落都有香客闻讯而至，说我们很“显（灵）”，几乎是有求必应。人们扶老携幼点香燃烛，带着虔诚和热忱向我们靠拢，扒肝扒肺地对我们倾诉，每个人仿佛都离不开我们，就好像我们是荒寒中的一簇篝火。

在经历了多年的安静之后，我们一下子被这么多人热切地簇拥着，讲真，起初还挺不适应的，吵吵闹闹，乱乱哄哄，我们是退也不是进也不是，好在经过了初期的磨合后我们不再慌张，心里甚至涌起了些许感动，要知道，这一千多年来我们可都是风雨不惊啊。我们仨居然不约而同地走下神坛，用无形之手慈祥地触摸着他们黝黑的肌肤，沧桑的心灵，感受他们血液里流动着的不屈与无奈，关注着岁月一步步把他们逼向生命的犄角，直到抱憾而终。当然在这些跌跌撞撞的生命里，也曾搅泼出一些欢乐的水花，比如谁家儿女的婚恋嫁娶，比如“老爷生”的大闹热……总而言之，江湾的日子是冗长的也是和谐的，是生猛的也是狰狞的，人生起起落落，就像潮水来来往往，看起来不断重复，但是每一次表面简单的重复里又都蕴含着某种深刻的意义，这似乎超出了人的理解，也引发了神的思考。

樟树湾开埠后短短数年，红头船商人挣到了钱，都忙着到处建铺置业，把生意扩展到内地和外洋，更稀奇的是，红毛国新出版的世界地图也标上了“樟树埠”的名字，海外来信比我们山上的鸟仔还多，信封上只要写着“中国樟树埠”这五个字就能送达……再后来虽然沙俄出兵占领了海参崴，太平军西征，英法联军攻陷北京城，连圆明园都烧了，可这樟树埠依然红红火火。不知道这里面是不是有我们的功劳？别看我们岿然不动，我们的安静可是为了平衡这里的躁动。

这世间最重要的真理之一就是平衡。就说樟树埠吧，北上苏杭上海天津的海路遭到战火的破坏，反而造就了樟树埠的红火，有越来越多的外埠商船货船不得不跑到这里来转运货物，再驶向广州、琼州以及南洋诸岛。有天夜里，我们喝着工夫茶，好奇地估猜着樟树埠到底进出过多少种类的货物，我们争了半天谁也说服不了谁，只好去翻看粤海关樟树埠税口的商品流通账册，上面的记录大大出乎我们的意料：从本埠往福建的有橡林、桷木，往惠州的有杉木，往江南有黄糖、白糖，每船三四千包，连船身计之一船值银数万。往黄冈的有木排、大木、中木、椽木、桷木、杉板、坊材、毛竹、木器、草席、缸瓦等，还有煤炭、浮炭，往南澳的有各类干果和其他杂货，往潮州府城的有花生、薯苓、茶枯、鲜果、工鱼、鱼鲑等，往近地各乡的有细竹、土竹、门板、灰瓦土砖等，还有其他各处的特产：咸鱼、苧麻、金针菜、虾脯、篓干、豆麦、柑子、橄榄、水母、新渔网、石门斗、青蒌叶、生猪、猪仔、粮漏……真是应有尽有。到本埠来的物资呢，有出自江南的各类物产，有高州的薯苓，福州的枋木、寿枋、竹子、荔枝，海山的糖包、牛车板，也有来自其他地区的咸鱼、工鱼、鱼鲑、豆麦、烟梗、纸碎……看得我们眼花缭乱，回到宫庙后脑瓜仍一团糨糊，只有一样是清晰的，樟树埠最大宗的贸易无疑是与番爿各国的交易，尤其是与暹罗国的交易。

眼看着这樟树埠人的日子一天天好起来，我们也更加适应了这神人共居的环境，对这世间事也多了点兴致。虽然我们不像天妃娘娘那样眉毛胡子一把抓，但至少在大是大非面前还是能够尽到本分——不是事事主动，可也算对得起供奉我们的香火了。本以为下山后的日子会一直顺风顺水，神也好人也罢，都找到了自己的角色也找到了相处的方式，谁知没过多久，樟树埠就和其他富起来的地方一样，表面上汤汤水水黄亮如金，底下一搅臭气熏天。人们兜里有几个钱就不得了，吆五喝六，攀比铺张，红事白事办得那叫一个排场，就连那些船员小贩的子弟也受了影响不求上进，抽大烟赌大钱，为争夺花娘歌妓要死要活。不记得哪一年，有几个台湾人来到樟树埠设档赌花会，在仙桥街寻地搭棚传授"花会歌"，庄家设 36 个名位悬牌投赌，把樟树埠的男女老少通通变成疯子，失时废业求神问鬼，一心想要猜中"神明"所出的"花会"。

我们的宫庙里里外外挤满失去理智的赌徒，有几个丧心病狂的竟然谋划着把我们的神像"请"回家保佑自己，盘老四得报后带人将那些祸害抓起来吊打了半天。不过即便这样他也只能阻止庙内的莽撞，管不了庙外的愚昧与疯狂，北社有个在家冲凉的老姿娘，听到"花会"开了，竟忘了穿衫套裤赤条条地扎进人堆里，啧啧啧，丢死人了。本省外省都有官员不断奏请圣上严禁赌博，着令民间赛社庙会不得设立赌棚，可有啥用？有哪一层的官员不在这里面分一杯羹？所以令来令去雷声大雨点小，高高举起轻轻放下。潮州人的天性本来就好赌，现在更是不管不顾，弄得妻离子散吊颈跳崖。至于那些假货，什么酒掺水鸡塞沙、鹅羊吹气鱼肉注水织作刷油粉更是见怪不怪，说来好气又好笑，有人买了蜡烛后点不燃才发现是泥巴做的，只在外面敷上一层羊脂；连墨砚和墨锭也有泥做的，不过染成黑色罢了。眼看着这樟树埠的好名好色就要被毁了。

讲真，樟树埠之所以沦落至此，还不是贪心所致啊？说到这贪，天下乌鸦一般黑，谁都想不劳而获，谁都想天上掉馅饼最好只砸中自己一个。话说回来，这潮汕平原的人啊别看平日里窝里斗，可只要牵扯到外来人，马上抱成一团，清清楚楚地分出个亲疏敌我，偏袒护短一致对外。这么一来二去，樟树埠便成了龙蛇混杂、假货当道之地，谁都想赌一把，说不准就捞得盆满钵满，对下力气老实干的活儿根本就瞧不上。有天墟集上有人吆喝着一双皮靴，说是天津捎来的好货色，只需两千一百文，爱捡便宜的来喜买到手，穿着鞋出去光着脚回来，可不是，雨一下，塞鞋底的破棉絮吸饱水分，沉甸甸地走不了几步靴筒就软塌塌地掉落，原来是拿高丽纸揉皱做成的。更可气的是，有些读书人也参与坑蒙拐骗，他们经心设事造“古董”放圈套，还有更缺德的，造假银子……这些人正事做不了，造假的手法倒是一流，骗术自然是层出不穷，什么美人计、掉包计、苦肉计、连环计、提罐、扎火囤、放白鸽等等，潮州姿娘人本性纯良，竟也受了教唆，与奸夫姘头合谋干起“假结亲”的勾当，弄得老光棍人财两空，此外还有设赌局害人的、制假药夺命的……听闻有个骗子装成商人租下一大落厦屋，在后门开起了木材店，半年后离开房东才发现，中间那几个房间都被拆去梁柱门窗儿成废墟。盗贼也万分猖獗，有山民将猴子训练成身手敏捷的“猴盗”……最可叹的是，樟树村有个姑娘被新陇乡潘姓大族的子弟拐卖到妓院，一年后因妓院发生嫖客命案侥幸被遣返，回到家总觉得有一群影子在追逐她，天一黑就发出恐惧的尖叫：“不要啊不要啊——”有段时间我们老是听到那个姑娘的诅咒声，堆积如山的怨呀恨呀遮住了她家屋顶的那片天空，比别家提早进入黑夜。一天晚上，姑娘用虚幻的刀子杀死了一个现实的肉身，那些影子将她逼入死角，却让她得到了解脱……

咳！樟树埠是富起来了，可是富得乌烟瘴气，哪里还有什么清净的地方？我们连肠子都悔青了，更加惦念山上的日子，“赭颜”一天到晚唉声叹气，“白脸”的脸色更加惨白难看，“青面”捏紧拳头坐立不安，这个人世已经完全不是我们以为的那个人世了。在人们眼里，恐怕金钱名利才是唯一的真神，水流神也好，天妃也罢，算上我们，都不过是一堆呆若木鸡的土木疙瘩。

"人心生剑戟，世路足风波。只有归田好，谁能自揣摩。"我们仅剩的那点热情、耐性和期待已被拧干滴尽，也终于理解了天妃为何上蹿下跳指手画脚，不都是这世道人心在作怪作乱么？可我们不是天妃，我们精力有限能力也有限，我们的上下眼皮早已疲倦至极再也无力分开，我们的耳朵早就因为谎言谗言而关闭，就连我们最得意的味觉也退化了，正所谓"五色令人目盲，五音令人耳聋，五味令人口爽，驰骋畋猎令人心发狂……"，我们最好还是向圣人学习，"为腹不为目"。我们关闭了心神，对鼻子底下所发生的事再无半点兴趣，就像面对一窝蚁蝼一巢野蜂，一群穿梭往来、自生自灭的鱼儿，随便吧，爱咋咋，我们还是回归本源，修心修行，做回我们的木头疙瘩。

我们不管不顾地过了几年安生日子，庙在山下心在山上，清风明月鸟叫虫鸣。我们用露珠洗眼，用晨雾涤耳，再也不去理会那孽海恩怨，我们只听我们想听的，只见我们想见的，凡人休得靠近，我们在心底筑起了铜墙铁壁，谁也甭想玷污我们的单纯洁净。我们不言不语，一心向内求索，不求通得天地，只求心境澄明怡然自得。然而"树欲静而风不止"，一个雨夜，天妃娘娘卷着狂风来到我们的大殿，凤驾未至怒气已到，翻卷起帷幕彩幡仿佛要将它们撕烂，牌匾、窗户哐哐作响像要被震成碎片，供案上的供品香烛滚落一地，我们还没来得及享用的卤猪头也被她踩在脚下，两道严厉的目光如高举的烛火像要烧进我们的心窝。我们无法再装聋作哑了，傻呆呆地看着她一边砸东西一边吼叫："都给老娘滚出来，滚出来！"

"赭颜"装蒙地问了一句"怎么啦"，就被天妃硬生生扳断："少给老娘装蒜，要什么太极！一会儿是'青面'不同意，一会儿是'赭颜'没点头，一会儿又是'白脸'不痛快，老娘我、受、够、了！有本事今天你们给我三个齐刷刷站出来！老娘忍你很久了，自己没胆没种，还找出另外两个来作怪，你骗得了别人还骗得了我啊？以前你在山上供奉微薄，老娘也就睁只眼闭只眼，任由你嚼点甘蔗渣闲手闲脚，而今既然下山，天天享用这香火美食，还装得跟无事人似的，有本事你别吃，滚回山上挨饿去，老娘便再也不管。既要享受又不干活，放到哪里都说不通！这天道人道越来越不像话了，尽是些装神弄鬼的东西，那个破水流神再装，老娘迟早也会去收拾他，倒是你，堂堂正正的三山国王，也跟着弄啥鬼！”她抬头指着我们挂在正殿的大匾轻蔑地哼了一声：“什么‘护国庇民’？看看那些匍匐在你脚下的人，你对得起他们吗？这供品你享受得心安吗？我看哪天要是没人信你，你是做得了神还是变得了鬼？连阎王都不会要你，就等着灰飞烟灭吧。”

天妃娘娘这脾气倒像浮云雨，来得快去得也快，她刚发泄完了又想起什么事，忙忙慌慌摔门而去。我们的耳朵还在嗡嗡作响，脑海里不断地回旋着她的咒骂声，我们的目光齐刷刷地落在了那方刻着“护国庇民”的横匾上，仿佛才意识到它的存在。俗话说“打人休打脸，骂人休揭短”，这老姿娘看来是气疯了，不过看到她那疲于奔命的样子，我们还是笑不出来，甚至觉得有些心酸，一个好端端的林默娘被尘世俗人硬生生地逼成了疯婆子，这里边也少不了我们的“功劳”，想想她指责我们拿修行当懒政的借口也不是没有道理，她训斥我们占着茅坑不拉屎似乎也说得过去。我们陷入了沉重的思考而不是争执，最后还是“赭颜”打破了沉默，他像在问自己也像在问我们：“再怎么着咱们也是武神，原来那股伸张正义、打抱不平的侠气都到哪去了？”“青面”倒了杯酒慢悠悠地说：“天妃说得也对，受人香火替人消灾嘛。”“白脸”摸着胡须总结出了我们想说的话：“‘纸上得来终觉浅，绝知此事要躬行’，修行重要，躬行更重要！”

既然躲不过，还不如放开手脚漂漂亮亮地大干一场，罢罢罢，时不我待，我们三个分头行动，“青面”通过“托梦”掏心掏肺地奉劝樟树埠人，“赭颜”用神迹感化天下人，“白脸”留在大殿对寻上门来的信众反复吟诵：“劝君莫把欺心使，湛湛青天不可欺”“临崖立马收缰晚，船到江心补漏迟”……我们从不同的角度去警醒世人，别再糊弄我们这些神明了，你们压根就没有搞清啥叫信仰，以为焚香烧纸嘴里咕咕叨叨、对着神偶佛像一番赞美就能得到想要的东西。你们说“饶恕我的过错吧大老爷，替我消消灾”，你们说“大老爷啊求求您，这次出海保贺我平安顺”，然后就鄙俗地暗示：“事成之后我必来还愿，捐给您香油一百斤。”这哪是对彼岸世界的追求与信仰，简直是明目张胆贿赂神明。

可是不管我们怎么忙活，还是有人趁着黑夜往别人的眼珠上抹灰，被抹者贪图一时清凉，殊不知从此眼球上结下一层膜，再看什么都是黑白颠倒，再看什么都是是非混淆。有时夜空打闪，我们还能看到有人在剖开别人的胸膛，拿毒汁涂黑他们的心肝，待他们醒来后就会变得像他一样贪婪无耻。

讲真，人天生就有惰性，总想抱个大腿从此衣食无忧，个个都寄希望于君主仁慈，神明垂怜，盼着老天爷能帮他们惩恶除奸让他们过上太平日子，却从未想过神明渎职、君主疯傻的可怕后果，也从未想过自己的沉默是对神明和当权者的纵容，自己的懦弱是对牺牲者最大的伤害，直到哪天刀斧架在自己脖子上才幡然悔悟，是自己毁了自己。这些人死后的尸身骸骨，就连最饥饿的动物都不吃，因为他们身上的懦弱会像毒素一样改变它们，让它们失去野性活力和反抗的本能。

势利与欲望如同河水泛滥所挟带的泥浆，污脏了原本洁净的大地。富起来的人们像一只只喂肥了的虫子挺着光滑得让人恶心的肚皮，颤动着翅膀上下翻飞追逐着虚幻的影子。夜静更深我们正要歇息，耳边就传来了人们美梦破裂的啵啵声。我们真心佩服天妃娘娘，明知不可为偏要为，每当我们想懈怠想放弃，天妃娘娘那炸雷般的声音就犹在耳旁，让我们重新振作起来。活虽照干，我们的心里却仍有疑问：一个人多作恶真的会多遭噩运？假如神明能够主持公道，上帝可以伸张正义，佛道愿意悲悯人间疾苦，尘世何以土馒泥色新、灰飞纸犹白？我们甚至想去请教天妃娘娘，可很快又打消了念头，我们是神，是三山国王，岂能如此无知？不是说“天地不仁，以万物为刍狗”吗？何况还有“天雨虽宽不润无根之草，佛门广大难度无缘之人”之说。假定天神下令，今日午夜要将一切恶行从宇宙中除尽，人类当中又有谁能挨得到天明？我们一下又变得心安理得了，神就是神，人就是人，人就该敬神，天经地义，没有那么多为什么！

可陈鹤寿不是这么想，他竟然把营老爷变成了“拖神”，还说什么“越拖神越兴盛”。我们在八街六社的上空俯瞰樟树埠，看到人们肆无忌惮地侵犯、侮辱、撕扯、践踏水流神像，我们仨的脸都变成了一模一样的猪肝色。我们发现樟树埠不宜久留，今天人们可以把水流神拉出来耍弄拖曳，明日就能把我们三山国王踩在脚丫底下。我们的目光穿过烟雾、人群的包围，任何一声叱喝对我们来说都像判官的惊堂木那样响亮骇人，不过我们很快就省悟了陈鹤寿的真实想法，既然在神明的眼里，人类如蚁蝼不分好坏不必干预任其自生自灭，那么还供奉神明做甚？还向神明祈祷做甚？他想用拖神的方式告诉神佛仙鬼，告诉帝王将相，告诉那些地方的父母官，顺民意者昌逆民意者亡，只有为芸芸众生谋福祉才配得上相应的尊位。

我们三张脸变得忽冷忽热忽笑忽哭，我们的心很乱，人的思想一旦掌握了主动冲破了神与人的藩篱，这天上人间怕要被改写。虽然神明的尊严受到冒犯，我们还是不得不佩服陈鹤寿的胆识豪情：天若亡我，我必逆天，神不作为，我敢惩神！当人们给水流神“重塑”金身摆进大殿，如果我们没有猜错，神的骄矜一定荡然无存，起码要经过大半年才能从困窘的羞耻感中解脱出来，待他真正撑直腰杆端起架子，新一年的拖神活动又开始了。水流神就这样在波峰波谷中辗转上下，既然无法用遗忘来消除羞愤，那就只能用羞愤来鞭策自己。

讲真，拖神曾一度让我们恐慌，也让我们争论不休，从争论中我们渐渐明白了一个道理，我们无权选择拥有什么样的信众，而信众却有权选择信仰什么样的神明。也就是说，人可以不需要神，但是神却需要人。说穿了，神的存在本来就依赖于人，到底是神创造了人呢还是人创造了神，还真不好说，可有一个问题却是确凿无疑的，那就是天地间的灵气造就了人，而人的灵气又造就了一部分神。

樟树村人的拖神居然让我们有所觉悟。天妃娘娘举起鞭子驱动的是我们的行为，而拖神驱动的却是我们的元神，我们终于又找到昔日金甲神三尊从三面山中操戈跃马杀出、重围遂解的动力与豪情。看来我们还没老，人们也不许我们老。他们已经学会了拖神，打通了掌控神明的法门，像陈鹤寿这样的英雄汉，也确实是这天地间的超人，“向里向外，逢着便杀：逢佛杀佛，逢祖杀祖，逢罗汉杀罗汉，逢父母杀父母，逢亲眷杀亲眷”，所以才得大解脱……

说着，想着，叹着，我们的目光又聚焦到“护国庇民”的大匾上，入木三分。

第十章

山海雄镇

三把火

咸丰四年（1854 年）九月初二，吴忠恕王兴顺率农民军再度攻打潮州城，烟焰蔽日不分昼夜，知府吴千钧亲自点火开炮，火星四溅燃及帽缨，左右将士皆惊他自岿然不动，士气空前高涨，打开城门并力驰突，城外一度解围，之后双方再次陷入了相持不下的僵局。时值秋收，农民军中的大多数人要赶回乡下收割稻子，整支队伍只得退回潮州府的上莆都（今彩塘镇）。十月初九夜，官军会同当地的乡勇里应外合，攻占吴忠恕王兴顺大本营，抓到了军师和尚亮施以凌迟，吴忠恕趁乱逃脱，官府当即悬红四千银元缉捕他。吴忠恕逃往揭阳县投靠结拜的同龄兄弟陈风，见陈风拿出大酒大肉招待他心里已经了然，不无嘲讽地说："提携'同年（年纪相近的朋友）'成富人，肥水不流别人田。"拎起酒壶一倾而尽豪气地说："让他们进来吧。"

吴忠恕和王兴顺相继被清兵逮捕并处以极刑，已死去的另一农民军头领陈阿十也被官兵挖开坟墓戮尸示众。次年，吴忠恕的部将黄学胜、杨云南聚众千余人袭击庵埠，很快也被官兵击败，黄、杨均被杀。

击退农民军令樟树埠团练公局显露峥嵘，陈鹤寿所率领的队伍被吴知府马知县誉为"陈家军"，勉励他们再接再厉保一方平安。这支队伍从此如一把砥砺得白光闪闪的刀子紧握在陈鹤寿手里，越来越多的船主贩商不再去红头船公所而热衷于往团练公局跑，见到陈鹤寿必以"埠主"相称。林昂的亲信替他鸣不平，他故意摆出一副早就料到的样子惋惜地说："看吧，人家给他们装条大蚯蚓他们就上钩，接下来该叫他们跳崖了。"心里却被一股恶火鼓动着，对陈鹤寿更是切齿的痛恨。有一次林昂在江堤上遇见陈鹤寿，连寒暄也省略掉，带着受辱后的清高劲儿说："有人说，秀才兄跟海贼做了桩大买卖……"陈鹤寿听出了对方话里的刺探和威胁，嗤地一声笑开来："那个人是憨啦傻啦？他应该瞒着您，跑去告官领赏呀。"

诸如此类的闲言碎语早就灌满了陈鹤寿的耳朵，开头他还有些担忧，听多了也就倦怠了，倒是黄仰岳的一番提醒说到他的心坎上："头家，眼下港埠乱象频生，人心不正全都花在歪歪点子上，官家无力管束，看来分内事分外事都得靠您操持了。"见陈鹤寿有些不解又把话说得更加透彻："凡事顺乎民意则众志成城，违乎人情则离心背德，您不如趁机烧它个三把火，也好灭灭某些人的威风。"陈鹤寿会意了，用商讨的口吻说："那就先来个红烧鸽子？"黄仰岳愣了一下抚掌大笑。

前年腊月，一帮外地奸商在樟树埠墟市倒买倒卖珍奇品种的鸽子，谎称两广总督、广东巡抚为讨好喜欢新奇玩物的皇上，到处搜寻名贵的鸽子上贡朝廷。不久前，太平军才攻破清军向荣的"江南大营"，解了天京三年之围形势一片大好，英国人又在一艘叫"亚罗号"的中国船上寻缝找隙无事生非，英方驻广州代理领事巴夏礼捏造了中国水师官兵侮辱船上英国国旗的事实，战争一触即发，但包括孙木匠在内的大多数樟树埠人都对"鸽子上贡"之说深信不疑，不惜重金购入奇珍异色的鸽子，还有意把它传扬出去，导致越来越多的人陷入骗局。三个月前，有个叫潘行的贩商从河南买了一只鸽子回乡，鸽子浑身紫亮，头部和尾巴都是柔软的雪白，小脑袋上还缀了一撮菊兰状的冠羽，人称"四停花"，价格一下扶摇直上。齐修平将这种怪诞的现象拿到学堂上讲，要求学生们作诗讽世，针砭时弊。桑田站起来出口成章："银弁金钗百万家，家家喧买四停花。杖藜往来闲相语，鹁鸽如何变老鸦？"西社一男子做着发财梦，不顾妻儿的反对卖掉了下山虎的半边屋，买回两枚珍稀品种的鸽蛋，刚孵出小鸽还没来得及开心就让猫儿叼走，被左邻右舍讥为"鸽鸟初出壳，猫食半边屋"。

大先生正好下山看望陈鹤寿，一路上听到不少关于樟树埠人为贪图横财弄得妻离子散屋无炊烟的传闻，一踏进团练公局大门就对着陈鹤寿嚷嚷：“欲海本无边，不贪不熬煎。家破人亡了，无处觅神仙……”大先生已俨然一个中年汉子，佝偻的腰身抻得更直脸上的皱纹抚得更平，说话气壮声洪。他极力支持陈鹤寿重典治乱。陈鹤寿在得到马知县的首肯之后，暗地里指挥石槌摸清事件的来龙去脉，果断抓捕此事的始作俑者——在长发街卖鸽子的三个摊主，还有四个推波助澜的贩商，其中一个就是大肆炒作“四停花”的潘行。

潘行是新陇乡潘族长的侄子。新陇乡与北社相邻，潘姓大族几乎占了全乡的七成人口，有不少亲戚在外当官经商，无人敢惹。潘族长为此事亲自到团练公局找陈鹤寿求情，陈鹤寿冷着脸说：“老族长请回，不给你家小侄子一点教训，他是不会长记性的。”潘族长没想到陈鹤寿这么不给面子，拿着拐棍狠狠戳地气得说不出话，暗地里又听了林昂的挑拨更加愤怒，回去后发动族里的一帮后生到团练公局抢人。石槌早就得到陈鹤寿的指示张开网来做套，待他们冲入院门来个瓮中捉鳖，以“长毛奸细”的罪名将带头的几个关押起来。当天下午，陈鹤寿下令将七个奸商拉往江堤绑于木桩前，由壮汉拿木板猛扇其嘴，一声脆响便肿得如同猪脸，直扇得牙断血喷惨不忍睹。见围观的人里三层外三层的，齐修平就站出来宣读《樟树埠规约》，这埠约因为经过马知县裁定而更具权威性：“与客商交易，务尽其情，不可有欺；水取其净，秤取其平，使用公秤，不许舞弊……”，最后强调“有不遵规者，公局出罚，不听罚者，禀官究治”，而实际上公局已替代了官府执法，处罚的手段既简单又严厉，经确认滋事者用哪个器官干坏事，哪个器官就要倒霉，妖言惑众者掌嘴，偷窃者夹指剁手，猥亵妇女重者割下“祸根”……

樟树埠人还没回过神来，陈鹤寿又烧起了第二把火。也不知是赌博培养了潮州人的冒险精神，还是爱冒险的天性带动了赌博业的兴旺，上至官员富豪下至贩夫走卒皆沉溺其中，以妻儿抵债的不乏其人，家破人亡的悲剧时有发生。陈鹤寿从南北船行的水手伙计身上最先下手，毫不手软地根除这颗毒瘤，封掉港埠赌馆，没收赌具赌资，限定即使与亲友娱乐也不得超过一吊钱。

禁烟成了陈鹤寿要烧的第三把火，其难度之高阻力之大曾让他踌躇不前。随着洋船的大量涌入，一家家烟馆在樟树埠悄然开张。男人们从烟馆门口经过时既受不了伙计的殷勤招呼，也禁不住好奇心的驱使，跟着进去看个稀奇，里面有人手把手地演示如何捉起烟枪吞云吐雾。初试者先是被一股扑鼻的异香所吸引，吞吐之后精神百倍飘然欲仙。男人们刚好上这一口时，妻儿老少虽不悦但也没有死拦。身处于这么一个四通八达的商埠口岸，几乎每天船只都会从韩江中上游、从外洋内海的不同地方带来五花八门的新鲜玩意儿，樟树埠人早就习惯了且勇于尝试。他们想当然地认为，烟土无非是比普通烟草更烈一点更加过瘾，平日里有哪家哪户的男人不是闲下来就吧嗒吧嗒抽几口旱烟水烟？多几家烟馆又何必大惊小怪？陈鹤寿早就听说二两鸦片膏子能将铁汉摧垮成干草，也佩服林公当年禁烟的决心，但是官家衙门都睁只眼闭只眼，自己又何必自寻烦恼呢？所以两三年前，大先生对他谈起烟鬼倾家荡产卖儿卖女的惨状时他还说了些风凉话：“天作孽，犹可违，自作孽，不可活！”

就在陈鹤寿犹豫未决之际，事情的发展却越来越超出了他的想象，直至变得诡异起来。先是街头巷尾冒出一些闲言闲语，说什么老天发怒，冬天提前来到，家里冷得发抖。照时序明明还未立秋，怎么可能突然降温？陈鹤寿自然不信，后来连暖玉也在说，最近得畏寒症的人数暴增，大夏天的还这么热，可总有些人一个劲地说冷，甚至有好些个穿着棉袄来看病，她伸出手指往对方“寸口”一搭，冰凉如瓷。陈鹤寿这才决定到一个得畏寒症的妇人家里看看，前脚刚跨入门槛，一股寒风就刀子般地劈过来，像要在他身上切开一道口子。他下意识地缩了缩脖子，感到身上被汗水濡湿、软塌塌的布料变得挺括起来，脸上手背上的热汗凝结成硬硬的颗粒缀不住地撒落在地，鼻孔嘴巴呼出的热气在胡子眉毛睫毛上结成了霜花。他耸了耸鼻子，屋子里弥漫着一股浓烈的香甜气息，那是从她男人的烟枪散发出来的。听说寿爷来了，烟鬼眼皮也不抬一下，更不要说起来打声招呼。那妇人说，烟鬼男人像鸽子一样没肠没胃，吃什么拉什么，头发都快掉光了。陈鹤寿恍惚而又窘迫地退到门外，从头到脚又被夏日蒸腾的热气所包裹，冻硬了的衣料变回软塌塌的还渗出了汗水。他仍不肯相信，又接连去了几个烟鬼家，这些家都提前进入了冬季。

陈鹤寿跑去找侯巡检商量关掉烟馆的事，巡检司里见不着人又去了他的住所，一进门就像跳进了冰窖里，周身浸入一种清寒敏锐的知觉里，接着便闻到了那股熟悉的气味，他甩开了仆人的拦阻大步走向明间，穿着大棉袄的侯巡检正躺在卧榻上贪婪地吸着烟枪，头发稀少形容憔悴，一层惘然的薄雾蒙住了他凹陷的眼睛。

“你也抽这个？”陈鹤寿鄙夷地质问。侯巡检避开他锋利的目光咧开嘴：“这有啥吗？”陈鹤寿翻着眼珠说：“你是官家的人，知法犯法。”侯巡检眼睛也不抬慢条斯理地说：“这可是滋阴补肾的‘大补膏’，朝廷禁种罂粟，那是怕它跟粮食争地影响税收，且缺粮容易引发民变。”见陈鹤寿不语又说：“老弟，这玩意儿从雍正爷禁到现在，越禁越多，比我官大得多的总督巡抚都离不开它。听说洋鬼子又在找碴儿，等着瞧吧，这烟土很快就会开禁。”见陈鹤寿铁青着脸，侯巡检徐徐放下烟杆坐起来打了个哈欠伸了个懒腰：“我说秀才兄，你真要禁烟，那就去禁那些没钱抽还死活要抽的穷鬼，还有那些为了抽那几口到处偷鸡摸狗的混蛋，至于其他人嘛，花的都是自己的钱，何必呢？”侯巡检边说还边点着头，无比真诚的样子，弄得陈鹤寿心头五味杂陈，难怪这些年烟禁不下去，原来是法不同法，这法只针对草民穷汉，也怨不得人人都想要升官发财，不只有名利更有特权！他知道说得再多也枉然，就丢下一句话转身走人：“小心把身体整垮喽。”

为了禁烟的事陈鹤寿专门跑了趟澄波县衙去向马知县报告，忙得上气不接下气的县太爷只丢给他一句话便钻进轿子里，这句话说了等于没说：“干你该干的。”听说太平军都杀到平原来了，他哪有工夫跟陈鹤寿磨蹭？

就在陈鹤寿为禁烟跑来跑去的这段时间，樟树埠有越来越多抽大烟的人家提前进入冬季，更奇怪的是家里的寒冷程度与烟鬼的烟瘾有关，烟瘾越大、抽得越多的家里就越冷。濮婆婆和暖玉为畏寒病人配了不少药方，他们也到水流神庙、天妃庙和三山国王庙那里求些神符烧成灰就着水喝下，都不顶用。濮婆婆无奈地说："只能找法力更高的半仙来驱邪除魔了。"陈鹤寿不大相信怪力乱神之说，可眼前这等怪事还真让他难以理解。真正的冬天来了，有烟鬼的人家更是冷得受不了，那些侥幸熬过酷暑盛夏（他们尚可逃离家门）的烟鬼即使跑到街边也一样受冻，手里没钱腹中没食身上无衣，毒瘾一发作，有的瘫在路边悄然死去，有的搂抱着饭馆门前的大铁炉（借余温取暖）而冻僵毙命……死者横躺竖卧龇牙咧嘴，吓得路人远远躲开。他们的阴魂在熙攘红火的商业街上空盘旋不散，常趁着夜色潜入烟馆找寻诱惑过他们也害死了他们的熟悉气味。烟鬼们常在薄烟浓雾里看到浮现出来的骷髅，深陷的眼窝放射出绿光，下颌骨不停地把上颌骨顶送至鼻窟窿下端，贪婪地吞咽着他们喷出的浊气……

男女老少含泪诅咒抗议着那些杀人不见血的烟馆，到处有人预言整个港埠迟早会陷入到一年四季都是冬天的可怕境地，直至像高寒地带那样将所有会动不会动的也包括那香甜的气味都凝结成冰块。这时候陈鹤寿身边又发生了一件事，让他铁了心要去禁烟。

原来自去年秋，雅茹家的小院落就提前进入了寒冬。她在店里听到过客人们议论，猜测是石槌烟瘾大了所致。之前他偶尔抽抽她也没当回事，后来怀孕了更顾不上去管他，倒是听赛英告过几回状，说爹爹抽起烟来啥事都不理。雅茹劝石槌戒烟，石槌不仅听不进去还少见地呵斥起她来。雅茹心想"家丑不可外扬"，打熬一段时间再说。眼看着残冬已逝春回大地，小院落依然又阴又冷没有一丝回暖的迹象。不久前，这股奇怪的寒流还扩大到尽膳居，有些客人扛不住冻就不来了，生意一落千丈。雅茹偷偷派人上山请教大先生，大先生要她关注石槌的头发，他的原话是"掉落的头发都是他流走的光阴，要是最后一根头发掉下，他的大限也就到了"。雅茹这才发现石槌的头发越来越稀，他再来找她要钱她坚决不给。他毒瘾发作竟然对她动粗……雅茹抱着刚满一岁的小女儿找到陈鹤寿夫妇抹泪控诉，说秀才兄要是不好好管教他的小弟，这日子没法过了。

陈鹤寿又惊又怒，大先生言辞严厉的警告犹在耳畔轰响，震得他灵魂极度不安："烟土乃大毒，吸食者皆成病鬼，樟树埠往后既无劳动之力也无生活之资，任其发展下去，港埠必乱！"他调整了情绪轻声安抚雅茹："回去吧，这事我管定了。"

这些年陈鹤寿第一次走进那家叫"醉仙楼"的烟馆，里面像蜂巢那样被薄板分隔成一格格，每一格都用铁炉生火以对抗终年不换季的寒冬，光线昏暗烟雾缭绕味道难闻，客人蜷缩在卧榻之上托着陶、竹制成的烟枪，目光迷离地吐出烟雾，好多面孔似曾相识。陈鹤寿找到石槌时他正双眼半闭，那悠悠然的神态好像做着美梦。石槌被陈鹤寿拍醒后并不慌乱，就好像早就预感到有一天要去面对这样的窘态。陈鹤寿铁青着脸拿起烟灯嘭地砸在地上，其他的瘾君子就像什么也没发生，无动于衷地继续抽吸。昏暗处冲出来几条彪形大汉，在认出是陈鹤寿后又急促往后缩。陈鹤寿问："你们头家是哪个？叫他滚出来。"他们面面相觑一溜烟跑得不见踪影。陈鹤寿扭过脸来平静地对石槌说："别说我不给脸，自己滚！"石槌哆嗦着从卧榻上爬起来，像喝高了那样蹒跚着穿过室内昏暗的空间，栽进门外一片晕眩的光亮里。

陈鹤寿没有把石槌弄回家去而是直接将他关押在团练公局的牢房，逼着他喝下濮婆婆和暖玉配制的草药汤。石槌见软话说尽不起作用，又端起又尖又硬的话来刺伤陈鹤寿："整个港埠的空气里尽是烟土味儿，秀才兄您关我一人顶啥用？有种您把烟馆统统关掉断了烟鬼们的念想。"陈鹤寿的嘴角浮起一丝残忍的冷笑："老子就想这么干！"

第二天下午，陈鹤寿让齐修平将乡约村规里的精华浓缩成十不准，抄上十几张让人到处张贴：一不准虐仆；二不准嫖娼；三不准吸毒；四不准赌博；五不准酗酒；六不准通匪……又召集各村寨社的主事还有公所里有头有脸的船主贩商过来议事，他已摸清了底儿，在座的有不少人暗暗参与烟馆的经营。就在他轻松随和地跟大伙喝着好茶谈论着烟土烟馆的事，壮勇们已分成十个小分队，直捣本埠生意最为红火的十家烟馆，快速抓捕烟馆的掌柜、账房等主要人物。公局外面游荡着那些跑来报信的烟馆伙计，他们被守卫的乡勇挡住只能干着急，待后台老板一脚跨出公局大门方扑上去委屈地哭闹："烟馆被封，烟灯烟枪被砸，兄弟们被抓……"

陈鹤寿反剪着双手再次来到那间窄小的牢房，绑在柱子上的石槌正经受着新一轮烟瘾的折磨，他感觉到自己像是塌入无边的黑暗，浑身上下一阵冷飕飕的接着是奇痒难忍，似有无数的蚂蚁在啃噬他的骨头而骨头又像被劈开来，从里向外一点点地刺穿肌肉和皮肤。牙齿也裂开拼命疯长，如利刃铁锥扎向大脑，脑袋爆裂般地疼痛，五脏六腑跟着像被什么长钩钩拉撕扯……石槌不停地抽搐着，嘴角鼓出的白沫越来越多。守着他的来欢实在看不下去，将陈鹤寿拉到一边低声求情："寿爷，我怕石槌他扛不住——"陈鹤寿神色不变粗起嗓门："只有这一条路了，生死书上有他老婆摁的指印。"

陈鹤寿凑近石槌时闻到一股海货腐败的腥臭味，不过他身上逼人的寒气已经明显减弱。他用手托起他那骨骼粗硬的下巴，眼泪鼻涕涂抹着他的脸和胡须。石槌斜斜地瞟了陈鹤寿一眼嘴唇一扭似笑非笑："兄——"陈鹤寿拍了拍他那明显松弛凹陷的面颊沉静地说："兄知道你难受，再忍忍，过完这前三天就会好受些。"石槌鼻翼急促地扇动哇地哭起来："兄，放过我行不？行不？"听得陈鹤寿喉哽语塞，过了好一阵子才坦言相劝："兄弟啊，熬吧，熬过去了你才是个人！"咬着牙坚定地转身，任凭那绝望的吼叫一刀一刀戳向心头："秀才兄，陈鹤寿，王八蛋，你杀了我吧，你杀了我吧……"

有好几天陈鹤寿故意躲起来，免得碰到给烟馆头家或烟鬼说情的熟人伤了和气。那些开烟馆的该罚的罚该打的打，烟馆里的一切用具被砸烂碾碎，烟土也被掺了生石灰扔进粪坑。被抓进来的烟鬼发现连石槌都不能幸免，明白哭闹无用只能乖乖配合。前三天他们被绑于木桩上以防自残，定时灌上汤药强行止瘾。总有家属跑来打探消息，侧耳听到里面传来鬼哭狼嚎于心不忍，想要将他们接回去，绕着围墙巡逻的壮勇就会挥手挡开他们。最难受的时段挨过去了，烟鬼们有了胃口又睡得着觉，半个月后身上渐渐长肉肤色也变得好看些，他们的家也不再像过去那么寒冷了。

为防止有人意志薄弱再走回头路，陈鹤寿叫来罗锅老郑领着他们去向水流神祷告忏悔，他相信只有信仰才能强化他们的信心和决心，最终找到属于自己的精神归宿。

清明过后，秧苗在细风斜雨中绿莹莹地蹿高长叶，泥土的潮气里混杂着青草野花的气息，一群大鸡小鸡抖掉翅膀上的水珠跑到大树底下刨食。团练公局的大门被陈鹤寿亲自打开，石槌犹犹豫豫地走了出来，眯缝着眼以适应外面这片过于明亮、炫彩的天地，贪婪地吮吸着又潮又凉的空气，忽然转过头来恶狠狠地瞪了陈鹤寿一眼。陈鹤寿愣了片刻，见他的嘴角抖抖嗦嗦地咧开来方意识到什么，纵声大笑。石槌也跟着苦涩地笑，太久没笑，脸上的肌肉还有下颚骨都有种拉扯不开的疼痛，一股对兄长良苦用心的理解和感激的暖流同时涌上心头，有些不好意思地搓搓脸，像要将蒙结其上的一层耻辱揉碎，再睁眼发现有一纤弱少年站在正前方。

“壮壮，你来这里做啥？”石槌明知故问。桑田用永远不变的严肃认真的神情看他，又用高亢、自豪的口气告诉他：“石槌叔，我说过，等你好了，再大的风再大的雨我都来接你。”在石槌禁烟最难受的开头几天，这个孩子溜进公局来到他身边，几乎把自己所知道的戏里的英雄汉都扮了一遍唱了一遍，给他加油也转移了他的注意力。

春天的小雨淅淅沥沥地下起来，像罩着烟笼着雾，石槌在桑田的陪伴下拖着沉重的步履走向他和雅茹的家，远远地看见一群孩子在院子外面玩积水，他们也发现了他，也许是从未见过石槌这种邋遢虚弱的模样，互相推搡叽叽喳喳说着什么，忽然又嘻嘻哈哈地笑起来。桑田跑到门口朝里喊：“英哥儿，你爹回来啦——”赛英一阵风似的窜出来，她的目光从桑田薄纸片似的身坯跳到那堵朝她加速移动的“高墙”：明显瘦削的四方大脸，深深的眼眶，与鬓发串连成一片的乱糟糟的胡须，嘴角牵动着露出讨好的笑……天地间仿佛静下来。

见赛英有些陌生地盯着自己，石槌怕吓到她，停下脚步弯下腰来，用尽可能柔和的嗓音唱起她爱唱的小歌谣：“雨落落，阿公去栅箔——”赛英与别的孩子挤成一堆，有的脚趾踢着泥巴，有的抱着圆溜溜的肚子，有的将身子扭成麻花，小脸蛋不约而同地浮起羞涩的表情，参差不齐地跟着石槌唱起来：“栅着鲤鱼共‘苦初’（鱼名），阿公哩爱煵，阿嬷哩爱炣，二人相打相挽毛……”石槌像怕他们停下来一样，唱得更起劲，还拿粗笨的大手拍打着节奏。

雅茹正在明厅叠衣服，一个粗哑耳熟的声音从众多稚嫩清脆的声音中挣脱出来撞击着她的耳膜，旋即抱起一岁多的赛莲慌慌张张走出卧室穿过院子，快到大门口时犹豫了一下又放慢了脚步，有什么东西涌上了喉头，滚烫的泪水哗地流下来。

石槌抬起头来瞥了一眼，雅茹正倚着麻石门框用又爱又恨的目光注视着他，这座小院已恢复了与外面一样的温度，春天的温度。他仿佛受到了极大的鼓舞滋生出蓬勃的精神，更加兴奋更加夸张更加顽皮地拍打着节奏，嗓音愈显粗犷洪亮，直到嘴巴尝到了咸腥的味道，直到捉住赛英的小手把她抱起来拿脸上的胡须蹭她痒她……

从石槌那里出来，桑田看到好几个人边争论着什么边朝江堤的方向走去，也跟着去探个究竟。码头附近已经围聚着好些人，面露好奇恐怖之色。桑田跑下石阶挤到最前面，望一眼便吓得直往后缩，脚丫子都踩在了鲁有光的脚背上了。有数不清的浮尸顺着江水缓慢的流速载沉载浮漂向出海口。鲁有光扶住桑田单薄的肩膀说："孥仔鬼别看这些，会做噩梦的。"桑田嘴唇哆嗦着问："鲁先生，这到底发生了啥事？"鲁有光小着声说："官兵跟'长毛'打起来了。"

桑田忽然想起几天前无意中听祝大春跟他老伴谈到"打仗"啊"危险"啊什么的，连忙往祝记灯笼铺跑去，一进门就感觉到气氛不对，干活的后生个个神色凝重不再跟他逗乐说笑，那些编竹器的女人也没有闲情问候他的母亲。祝大春和两个陌生人在后院嘁嘁喳喳地商量着什么，脸上罩着发生了什么大事的严肃神情。桑田尾随着他们走进灯光昏黄的卧房，床上灰乎乎的好像躺了个人。当桑田确信那个人就是白辫先生时他已被搀扶起来，由祝大春拿剪刀裁开身上那件粘连着肌肤的内衣，一股血液的咸腥气弥散开来。白辫先生紧闭眼睛抿紧嘴唇，待他的喉咙头忍不住发出"啊"的一声，最后的一片布料也落在了祝大春手里。桑田猛觉心脏乱跳，凑过去一看脸色倏地转白，一股热流呼地抢上眼眶，先生的身上几乎没有一块好肉。他一下子就把眼前的情形跟江湾里的浮尸联系到一处，浑身剧烈地战栗了一下扭身就走。祝大春追上去一把抓住桑田细细的胳膊沉下脸问：“干什么去？”桑田咬咬牙说：“给先生弄点刀箭药。”祝大春舒了口气说：“这事连你爹你娘都不能说，说了会害死他们的。”桑田镇定地说：“老叔放心，我只找赛英要。”

赛英除了跟男孩子们在莲峰书院念书，一有空就到春归堂帮忙。她天生对草药树根怀着浓厚的兴趣。七岁那年，赛英在暖玉的指点下居然了解了上百种药材的功效用法。有一天闲下来，当着好些乡亲的面，赛英请暖玉蒙住自己的眼睛，又让她将壁柜的上百个拉屉随意调换，然后循着混杂于空气里的某种微弱气味，准确无误地打开暖玉点名的药材拉屉。赛英这种敏锐的嗅觉让暖玉兴奋莫名，觉得她若肯潜心学习，在青草药应用方面的成就将远超她和濮婆婆，就暗下决心要将这个未来的儿媳培养成春归堂的接班人。每次开完药方，暖玉就耐心地把里面各种草药的药性、用法告诉赛英，而赛英只要听过一遍便能牢牢记住。暖玉喜欢这样喊赛英：“我的小先生，你先帮我给这位老姨把把脉。”待询问赛英的看法后自己再出手验证。

雅茹起先对赛英成天往春归堂跑有些不满，她跟淑铀抱怨：“别家的姿娘仔都是护家狗，只有俺家英哥儿胳膊往外拐，人没过门就忘了自己姓啥了。”淑铀知道她想听什么，就狡黠地说：“谁让你那么早就给她订下娃娃亲？不过话说回来，能进暖玉姐的家门也是英哥儿的福分！”

桑田与赛英结娃娃亲原本不过是大人们闲聊时的玩笑话，多说了几遍倒像是真的了。往后暖玉再见到雅茹，说什么事时前面总要半开玩笑半认真地加上一句：“我说亲家母啊——”雅茹也不想拂对方的美意，同样笑眯眯地称呼她。在樟树埠，几乎无人不知陈史两家攀了亲结了缘。

陈鹤寿在樟树埠的地位日渐显赫，好多人回过头都来讨好雅茹，把红事白事的酒席交与她安排，话里话外夸她好眼力，在陈鹤寿发迹前就拴牢了人家的大公子，要放在现时，暖玉恐怕不会轻易答应。好话听多了雅茹也就上心了，生怕夜长梦多，见到暖玉就试探她：“暖玉姐呀，英哥儿成天在你那边蹭饭，你不嫌烦啊？”暖玉打心眼里喜欢赛英，张嘴便说："雅妹你是不是喝高了，一家人咋说出两家话？"雅茹就舒心地笑："姐，你就不怕英哥儿将来欺负壮壮？"暖玉说："我家壮壮那么懂事，只怕她疼还来不及哩。"这对未来的亲家互相拍打着心照不宣地笑开来。雅茹一旦吃了定心丸，心中倏地升起了优越感，对别人的恭维不再闪烁其词而是大大方方地承认，有时别人不提她还觉得缺了点什么，自起话头诱导着人家说出来。

桑田把赛英从春归堂的前厅拉到后院神秘兮兮地问："英哥儿，我平时对你咋样？"赛英眨了眨眼脸蛋莫名地红起来："很好啊。"桑田压低声音说："那你帮我做件事。"赛英问啥事。桑田说配点治刀伤枪伤的药。赛英被他的严肃样吓到了，一把抓起他的手声音发颤："哥呀，你哪里受伤了？"桑田说："不是我，是朋友。"赛英呼出一口气："那还不简单啊？"桑田忽然把眼睛瞪得圆溜溜的认真交代："这事对谁都不能说，包括你爹我爹，你娘我娘，做得到不？"赛英爽快地点头。

白辫先生用了赛英偷偷配制的刀箭药，一直在樟树埠养伤养到秋天才离开。他告诉桑田，他看到的那些蔽江而下、六七天仍未绝迹的流尸，是太平军在上杭、武平、军门岭、瑞金等地与清兵激战留下的，双方死伤惨重。他还告诉他，英法联军攻陷了天津大沽并逼迫朝廷签订中英《天津条约》，续开牛庄、登州、台湾、潮州等为通商口岸。桑田惊叫："潮州最大的港埠不就是樟树埠？"白辫先生点头说："樟树埠声名在外，不过也不是没有别的选择，比如汕头。"

汕头离澄波县城二十几里，一直被视为樟树埠的外港也被戏称为"垫脚石"，第一次鸦片战争后就常有西方商人驾着双桅、三桅及纵帆船飞剪船，从南澳和妈屿口长驱直入汕头港内，贩卖到平原来的烟土大多从那里悄悄上岸，许多苦力也被洋人当成货物从那里运走。无人重视的汕头在不知不觉中成为走私猖獗的港口，而中外两条贸易路线在粤东的交汇点樟树埠，却一直牢牢把持在潮州人自己的手里。

早在咸丰三年（1853 年），粤海关就在汕头妈屿岛营仔山上盖了两座平房，设立海关，称潮州"新关"，樟树埠税口随原庵埠总口归其管辖。桑田后来把从白辫先生那里得来的消息告诉给父亲，那时的陈鹤寿刚刚击败了联合起来围攻樟树村的十三乡，眉毛一扬硬壮地说：“那些洋鬼子最好别盯着樟树埠，否则叫他有来无回！”

大闹热

在暖玉的印象里，到樟树埠扎根后，那个自称草头姐的幽灵就像一只迷途的蝴蝶在她的梦境里飞进飞出，就算后来放过了她也会时不时提醒她，自己与陈鹤寿过去有多恩爱。草头姐面目模糊忽隐忽现，声音如从地下深处传出一般瓮声瓮气，她控制住哽咽和掉下的泪水，不断地加入新的细节和感受，使整个虚幻的情爱故事如雪球般越滚越大，颇有辗压现实之势。她时而谦卑，时而激昂，时而柔媚，时而刚烈，时而高声赞美，时而污言秽语，时而喃喃狡辩，时而大哭大闹……暖玉对草头姐的话不敢全信又不能不信，她尽可能去倾听，说到底，她觉得自己有错在先，而她的命运也确实可怜，再说大家都是女人。可是这个草头姐却愈来愈张狂，尤其是说到陈鹤寿，好像他只属于她。有一次，暖玉在梦里摆出一副亲密敬重的姿态大着胆子问：“姐啊，您到底栖身何处?”鬼魂有点得意地说：“我要不说，打死你也想不到，我就藏在水流神庙的柴头老爷里。多亏了它，我才能像大神那样过得体体面面。”见暖玉不信，鬼魂就将暖玉哪一天对着水流神说了什么话一字不落地背诵出来。一想到水流神的眼睛里还藏着另一双眼睛，躯体里还藏着另一个灵魂，再想到人们对神明那些隐秘而又虔诚的诉说还有节衣缩食的供奉，却成了这条不断挥斥酒气怨气的鬼魂无聊的消遣，暖玉就又气又怕，在意料不及的慌乱中不得不重新审视自己的信仰。

“告诉你吧，”鬼魂看到了自己想要的效果后更加来劲，“我一直在等他，等他尽了阳寿和我一块儿去投胎，下辈子就没你啥事了。”

正是鬼魂最后的这句大白话彻底激怒了暖玉，一个念头在她的脑海里如电光闪耀了一下：“轰走她！”是的，她听不惯她那妒忌蔑视兼而有之的腔调，瞧不起她故意显示出来的优越感和毫不掩饰的报复心理，更加憎恨她这种欺世盗名的卑劣行径，她很生气很生气只是不知道该干点啥。

暖玉醒来后仍然感到后怕，原来这个草头姐一直潜伏在她的眼皮底下。她第一个想到的就是将此事告诉陈鹤寿，不过他肯定不信，就像从前他不信草头姐会报复她一样，就算有点信，顶多也就来一句：“人是未来的鬼，鬼是过去的人，怕什么？”对真相的洞悉还有不敢声张的苦闷带给了暖玉隐秘的精神折磨，从那天起她就耐心地寻找时机，好教训这个老在梦里骚扰她的幽灵。当隆重盛大的营火帝再次触碰到陈鹤寿最为敏感的神经时，暖玉终于逮到了机会。

表面上看，南北行所率领的船队在海路上几乎畅通无阻，而由顺风行牵头的船队每次都会遭受海匪不同程度的侵扰惊吓，有越来越多的船主贩商选择归附陈鹤寿，就连苏忠勇、穆庆辉的洋船也在驶出海口后悄悄升起三蓑以降低风险减少麻烦，而他手上掌握的数百壮勇，也足以摆平埠内任何突发事件，不要说与他同套一条裤子的马知县，就连吴知府也对他另眼相看。不过陈鹤寿仍然不敢有丝毫懈怠，那是因为他比别人看到了更深一层也考虑到更远几步，知道决定他与林昂之间胜负的还有更加关键的因素。

从这两年营火帝的火爆场面来看，远远超出了陈鹤寿也超出了许多人的预料，它从某种程度上显示了活动背后的强大后盾，这其中既包括了以林昂为首的闽赣浙苏籍的外埠船主，也少不了受林昂拉拢、以亲戚之名入股于各大洋行船行的官员，是实实在在的官商背景。为了取悦吴知府也为了向世人炫耀实力，营火帝时林昂让人特制“禄位牌”一面置于神像一侧，高二尺宽一尺，绿底金字，上书“潮州府正堂千钧吴公长生禄位”。

陈鹤寿蔑视林昂的伎俩，又担心一不小心踩到州县官员和其他豪强利益的尾巴，引来官府和外埠船主的双重围剿。他还记得海贼王温鹏程的提醒：太平军的战火若经久不灭，从全国各地不断涌入樟树埠的船主商贾必将形成新的势力，重新分割那里的利益。它的可怕之处在于生意上的非公平竞争，就像林昂这样与贪官勾结，利用官方的力量来取得捷径，最终达到垄断整个港湾航运生意的目的。温先生还特别解释：“并不是奸商们乐意过这种奴颜媚骨的日子，而是因为他们曾经从权力中获得了巨大的利益，相比之下，先前投入的那点尊严那点银钱，不过是结网捕猎的一点小诱饵而已。”

营火帝的时间跨度通常为半个月，到二月十五达到高潮，拜“火神爷”成为港埠一时之风尚，也为来自四面八方、信仰不同的船主贩商找到了共同的精神支撑，而陈鹤寿感受到的却是巨大的威胁——有种外来的东西正持续地渗透到樟树埠，那是一种和鸦片一样诱惑人的东西，一种并非本人意愿却可以左右本人的无形力量，若是任其发展，凝结着他的心血、承载着他的精神意志、已经和他的生命连成一体的水流神，必将在不久后从人们的眼皮底下消失，那些曾让他引以为豪的传奇经历也会被弃之如蔗渣，再也难以唤起大家的热忱与共鸣。

眼看腊月又到了，除了樟树村，樟树埠其他五个村寨社还有旧建新修的八条货栈街全都进入了营老爷前最为繁忙的准备阶段。村民们跑去问罗锅老郑：“啥时候轮到咱乡里大闹热？”罗锅老郑照着陈鹤寿的吩咐给出了解释：“水流神大老爷托梦给秀才兄，‘虎尾坠珠’，就是要咱们将营老爷安排在其他村寨社的后头。”陈鹤寿也同样遭到村里村外熟人的追问，他只是笑而不答。

陈鹤寿就像走夜路，心里头明白要上哪去只是一时辨不清方向。与他待在一起，暖玉完全能够感受到他的焦虑和压力，有天终于忍不住关心他：“又在为营老爷的事犯愁啊？”陈鹤寿嗯了一声将烟锅里的烟灰扣到墙角。暖玉一想到那条不要脸的鬼魂竟然瞒天过海欺骗了那么多人，气就不打一处来：“水流神又不是你一个人的，凭什么事事都要你来操心？”陈鹤寿溜了女人一眼，脸上流露出一丝被触动的神气：“你刚才说啥来着？”暖玉的声音里夹带着火气：“我说错了吗？这老爷本来就人人都有份嘛。”陈鹤寿徐徐举起烟锅忽然用力击打左掌，蹙紧的眉头下眼睛泛起兴奋的光亮：“对喽对喽。”暖玉不解地问：“对啥对？”陈鹤寿说：“火神爷有当官的撑腰，外埠船主出面，有钱又有势，可他毕竟是个‘外来货’，与咱樟树埠人前无牵连后无瓜葛，甭看他们要得热热闹闹，其实很难让大伙产生‘有份’的感觉，不像咱水流神，大伙一踏上这片土地就与他相依为命——”暖玉马上将他一军：“可大伙还不是慌里慌张地去供奉火神爷啊，说到底就是对咱们的老爷太失望了。”见陈鹤寿不语，暖玉稍稍停顿了一下又接着说：“当然，这也不能怪大伙，你看看这些年，港埠不是天灾就是人祸，官痞、暴民、海贼、旱灾、稻瘟、蝗虫、咸潮、飓风……从未消停，我觉得咱们的老爷也有渎职失守之过——”说到这里暖玉再度迟疑，那个拾掇草头姐的念头从脑海里翩然掠过，她意识到她要抓住它并把它变成现实，于是口气趋于严厉：“说得难听点，官也好神也罢，若不能为平头百姓谋利益，那还供养他做啥？”陈鹤寿用诧异的目光打量着妻子：“你的意思是——”暖玉果断地说：“既然水流神没有尽职，那就该骂骂该打打，叫他知道咱们不会让他白吃白喝。”

暖玉发觉自己比想象中还要勇敢，倒是陈鹤寿露出了大吃一惊的神色，来不及多想就斥责起她来：“幼妹，这些你是怎么想出来的？自古以来，只有神惩人，哪有人惩神？”按照他的逻辑，这种话连说都不能说。不只是他，几乎所有人也都这么习惯地认为，每天都有神灵不倦地审视着人类牲口般的日子，决定着众生的旦夕祸福，怎么可以掉转了个？

暖玉早就料到陈鹤寿会反对，本来也想放弃，可耳边又响起草头姐得意卖弄的腔调，那股不服输的劲头又回来了：“表哥，你不记得啊？咱们刚到樟树湾那年，大风大雨，疍家人不让咱俩上船，你背着我，骂神骂了一路，结果呢？奇迹发生了。”陈鹤寿的眼睛在昏暗中闪了一下又暗淡下去，当初他虚构出水流神，本以为能拿他控制人性的贪欲、暴戾和不羁，让人们绕着信仰的圈圈循环往复，在约束与敬畏中走完一生，孰料人们视信仰如儿戏，有奶就是娘，今儿敬着这个明儿拜着那尊。明知火帝子虚乌有，陈鹤寿还是难以启齿，因为否定了他人无异于否定了自己。同样道理，他的整个身心都在痛苦地抵制着暖玉的提议，罚神如罚己嘛。

听到陈鹤寿嘴里咕哝着“他可是神……”，一丝细微的希望在暖玉的心头蠕动，提醒着她不要轻易放弃。她朝他淡然投去一瞥：“当初你戳了一刀差点没命，还不是被我骂骂骂，骂醒的？”陈鹤寿抬起头来再次吃惊地看着妻子，就像她发生了多大的变化。暖玉信心更足，用带着某种恶毒的快意的口气说：“你要是对那些老爷没要求，就是对自己不负责！”陈鹤寿身体猛然一抖像触碰到什么冰寒的东西，又像要将灵魂甩出体外去拥抱新的事物，忍不住反问：“那往后还有谁去烧香叩头？”暖玉知道自己已经说出了他正热切期盼的东西，就胸有成竹地说：“这还不好办啊？惩罚后再给他重塑金身供回去。”抬头看他缩额皱眉仿佛陷入了左右为难的境地，知道往灶火里塞进最后一只草扎的时候到了，遂提高了声调：“把神捧得越高，就离人越远！谁还敢跟他攀亲道故？你不是想把他变成人人有份吗？”陈鹤寿脸色通红，似乎在跟自己较劲，腮帮鼓起的硬梁终于沉落下去，他怀着有些害怕又有些兴奋的心情簸了簸披在肩上的棉衣说：“你说得倒也在理，神明居功自傲是可耻的，咱们盲目崇拜也是愚昧的。”

正月到了，白莲寨、石壁村，东、西、北三社都照着原来的时日游神赛会，天妃娘娘、三山国王、土地公土地嬷、花公花婆等神明由于身份、来历、所处区域、所代表的群体不同，规矩也是千差万别。白莲寨的天妃娘娘巡游首先拉开了祭天拜神的“大闹热”。天妃算不上樟树埠的主神，但因保佑渔船商船出海平安，不仅为疍民及其后裔所敬奉，也成为整个港埠行船的船主、水手、旅客、贩商和渔民共同的信仰。人们不分村寨社，在圣驾经过的大路两边摆上香案供品，烧香叩头燃放爆竹为家人求福为病人祷告。石壁村营三山国王也毫不逊色，舞狮盘龙，游灯笼唱大戏，除全村老少出动拜求风调雨顺五谷丰登外，莲花山上的山民猎户也都纷纷下来祈福。而真正令人为之惊叹为之疯狂的是拥有官方和商贾双重背景的火帝出宫游境。为了能让游神队伍从人海里劈开一条通畅大道，在火帝离开宫庙前，一群高举火把的壮汉不停地来回奔跑，用飘荡的火焰迫退围观者以腾出更加开阔的空间，到了午时第三门礼炮响过，朱任之在宫庙里主持了“拜起马（请神起驾）”仪式，于欢声雷动中开启了贯穿全埠的营火帝活动，其恢弘的气势盛大的场面热烈的气氛跟上几次相比有过之而无不及，依然是仪仗队举着大红灯笼前头引路，虎头牌四对，刀斧手四名，铜锣十三面呼喝开道，一长排色彩艳丽的标旗，近百人打扮成各种神仙造型边走边摆出千奇百怪的姿势，最后紧跟的是十二班潮州大锣鼓……

一时间鼓乐喧天流光溢彩，长龙般的队伍穿行于焰光绽放鞭炮脆响的商业区货栈街，从而掀起了一波又一波的高潮，接着又将游行的足迹扩展到六个村寨社的长街短巷直至最偏僻的角落，借此向世人宣示火帝在樟树埠不可替代的重要地位。

营火帝这场声势浩大的游神活动在林昂的策划指挥下做到滴水不漏几近完美，也只有朱任之等为数不多的心腹亲信才知道他同时经受着什么样的煎熬。就在营火帝正日的前两天，跟着他一道来到樟树埠观礼的麦青突然失踪了。再往前推个三四天，林昂一直深陷于各种事务而无法脱身陪伴麦青。他只知道她去了一趟春归堂，后来又带着贴身丫鬟映月还有四个跟班上了趟莲花山，说是去莲花寺还愿。日落前只有映月一人丢魂失魄地回来，颠三倒四地向他哭诉阿奶在山道上被歹人劫掠的经过。

“前面的你还没说呢。”林昂盯得映月的小脸都白了。映月咬紧牙关这一下意识的动作让林昂更加确信，她想要对他隐瞒什么，就进一步追问：“你在山上到底看见了什么？”映月用哭泣代替了回答。林昂霍地站起来拍响了案台怒喝：“她是不是见了什么人？”映月吓得哆嗦了一下收住了哭声。林昂沉吟了片刻换了一种温和的口气说：“映月啊，都啥时候了？你还藏着掖着，难道你想看着阿奶丢命不成？”说到这里眼眶潮润了嘴唇也颤动了，一副动了真情的样子：“你只有告诉我实情，我才能判断到底是谁下的狠手，该用什么办法来搭救她。”映月终于支撑不住精神上的压力哇的一声再次大哭，从她含混不清的声音里林昂听到了那个他早就猜到又不愿听到的名字，胸口像被扎了一刀重重地跌在座椅上，死一般沉默。

去莲花寺的前一天，麦青设法托人给陈鹤寿捎去一绺纸片。次日天蒙蒙亮，一股寒气直透肺脏，载着她与映月的马车从城内顺风行的招待馆出发，沿着弯曲的山道盘旋升至小河峡谷上方的陡坡，后面紧随着顺风船行派出的四个汉子。山上比山下更冷冽也更加明亮开阔，树木挂满白色霜花，保留下来的那部分绿色变得幽深凝重，对面崖壁有道细线般的银白流水滑入柴林茂密的山谷……麦青的目光如一只欢快的鸟儿飞过远处略显萧索的洼地，再停歇在山脚下那些留下灰黄残梗、空旷起来的田块，空气里多了一种山野才有的粗粝、苦涩的气息。那座黄瓦红墙的寺院就修在半山腰，麦青下马车时对面群山的一角已沐浴在温煦明亮的阳光里，让人胸次豁朗只觉得天地间温和而富有朝气，一种感动和喜悦涌上心头。

莲花寺不大，十几年前由樟树埠人削岭凿石、铲土填凹逐步建成，一进为大雄宝殿二进为藏经楼及六祖惠能祖师堂，另有客堂、僧舍若干。麦青曾随红姑来过几回，对这里的环境颇为熟悉。她对古佛、青灯、头陀、苦行的传统毫无兴趣，只觉得那僧装、素食、独身、戒律、教义等全都束缚了人的本性。她也不喜闻檀香的味儿，将那些用豆皮做成鸡肉排骨样子的素菜斥之为“伪素食”。麦青让马夫及跟班找个晒得到太阳的地方歇息，自己带着映月入内进香，进完香横穿一坪地，前面有小拱门上书“斋堂”，从这里进去竟是下楼的石阶，可直达利用低洼之势建造的地下一层。麦青吩咐映月进去用餐，自己穿过侧门，那里有个不大的林子，有鸟儿飞来飞去，林木散发出新鲜的气息，鸣啭之声此起彼伏。她信步踱向悬崖边，极目眺望底下那个繁荣的港埠，胸中波澜曲折，那种滋味说不清是悲凉、可笑还是别的什么，无端地为自己主宰不了的命运发出遗憾的喟叹。

陈鹤寿走向那片浓荫时麦青已经感觉到他的接近，心咚咚咚跳得厉害，想装出疏远冷淡却意料不及地显出了慌乱，奔涌的回忆痛苦的思念让她再也装不下去。陈鹤寿沉静而又有所期待地看着麦青，看得她心烦意乱只好将感谢他救命的好听话一股脑儿倒出来。他蹙着眉头有些严肃地听着，然后失望地问：“难道咱俩除了这些，再没别的可讲？”麦青红着脸说：“当然有啊，我是来劝劝你，别跟他斗了，你俩谁受到伤害我都不愿看到。”陈鹤寿问：“没别的了？”麦青仰起脸倔强地说：“没了。”陈鹤寿扭头就走。麦青冲过去伸开双臂挡在他的前头。他虎起脸来粗野地问：“还想干啥？”她拧了一下脖子娇嗔道：“你还没应承我呢。”麦青亲切的抱怨使她那张俏脸愈加楚楚动人，陈鹤寿心里的敌意消失了舌头松弛了声音顿然失去了棱角：“麦青啊，就算我肯放过他，他会放过我吗？”麦青肯定地说：“我想他会的。”陈鹤寿像清醒过来似的转动眼珠子抬高了嗓门：“你说这话自己都不信！这就好比猎人野兽，狭路相逢，不是你死就是我活。”

麦青的嘴角浮起一缕无奈的笑：“你们男人啊，都是同一块柴头劈出来的，没啥两样。”陈鹤寿说：“要我说，这事你最好别掺和。”麦青用祈求的眼神看他央告他：“我怎能不管？无论如何，要是哪天他落在你手上，请你放过他好吗？”陈鹤寿忍住妒意用调侃的语气说：“你怎么就没有想过哪天我落到他手里呢？我被他撵走了八年，好不容易回来了气没喘匀，他又要硬硬砍断我的脚跟……”麦青像被一股气流冲击着愣了一下，凝然不动，眼里浮起两朵委屈的泪花。就在那一瞬，陈鹤寿好不容易筑起的坚壁如浮土流沙般瓦解了。她刚刚颠来倒去低三下四地求他的那几句话，肯定早在几年前也替他跟林昂讲过，否则自己哪能熬得到今日？他冲上前一把将她搂进怀里，腾出手来一抹，将她滚落的泪珠碾碎在自己粗糙的掌心，嘴里说：“对不起，对不起……”心里滋浮起一缕更加敬重她的情感。

有那么一阵子，麦青好像回到过去某个美好的时刻，贪婪地吮吸着陈鹤寿那混合着汗水、烟草的独特气味，感受着那双又厚又阔的手掌的抚摸，脸颊被一阵浓重的红晕洇染得更加艳丽，她只想这么迷迷糊糊地沉迷其中，就听到映月在不远处“阿娘阿娘”地叫唤，一个激灵用力推开了他结结巴巴地说：“我、我得走了。”陈鹤寿装作没有看到她的窘态诚挚地约她：“十天后过来看我们拖神啊。”麦青捋顺衣褶说：“不就是营老爷嘛。”陈鹤寿就兴致勃勃地为她讲解拖神的新规，人人皆可参与这场争夺老爷胡须的竞赛，潮州话“须”与“秋”同音，得须如“得秋”，即预示着新年大丰收行大运……麦青朝浓荫外边扫了一眼焦灼地说：“好啦好啦，我得走了，你可要答应我，放过他——”陈鹤寿点了下头急切地问：“麦青，我们还能回到从前吗？”麦青明白他的意思，眼眶一热不忍心说出那句话，只能信口搪塞：“你要是能为我亲手揪下那、那‘老爷须’……”她只想让他知难而退，他的声音却从背后追上来：“麦青，你这回说话可要算数——”

麦青是在下山路上遭遇匪徒伏击的。麦青和马夫跟班全被抓走，扔在路旁的映月后来被经过的樵夫发现。知情者几乎异口同声地认为是山贼所为，无论是莲花山还是离潮州府城四十里外的凤凰山，常有山匪出没掳掠过往的商贾小贩，有时也趁着风高月圆下山袭击村庄里的高门大户，绑了他们的家属要钱“手人（赎人）”，若是抓到一些不明身份的，为了验证他们是否说谎，山贼就会故意安排他们围在一桌吃鱼，暗中观察哪些人“识食”，一下筷就冲着鱼最好吃的部位——“松鱼头、草鱼尾、鲤鱼喉、鲢鱼腹、鲮箭鼻”，他们应该就是来自家底厚实的富户。

莲花山脚下常年搭有两三茶棚供路人解渴，还售些山上的果子，茶棚总坐着几个衣衫不整的汉子，让人无法搞清他们是客是主，又或者是从山上下来探风的匪徒。山贼罪行累累但消息灵通，总在官兵围剿之前跑得无影无踪，也难怪民间有“官匪一家”之说。林昂否定了几位亲信所持的“山匪想敲一大笔”的观点，偏向于朱任之所认为的“阴谋”论：绑匪的目的不像是冲着钱来，倒像是有意干扰火帝出宫游境的系列活动。他让人将映月送回县城家中看管，自己压抑住愤怒来到南北船行探听虚实。

陈鹤寿第一眼看见林昂就预感到事情不妙，待听到麦青被劫的消息后心里更是咯噔了一下，当即发出了为他人鸣不平的愤慨：“怎么会这样？这帮恶贼简直目无王法。”林昂脸上现出一种看他如何演下去的轻蔑神情：“在这块地盘上，贤弟您就是王法！”陈鹤寿听出了林昂的不满与嘲讽，皱起眉头说：“六爷抬举我了，不过需要我做点什么您只管吩咐。”林昂着实从对方的眼里看到了惊讶，口气缓和了些：“匪贼抓人，不外乎索财、报怨两类。贤弟能否帮我打听一下，到底是哪帮哪派所为？是何居心？”陈鹤寿说：“这是我的分内事，马上就叫人打听去。”林昂坐下去又站起来，表情动作透着明显的不安：“老弟，家里出了这么大的事，我的脑子很乱，也不知该不该报官。”陈鹤寿眉头稍稍一耸看穿林昂是在试探他，不过已无暇顾及，一切以麦青的安全为重，就诚心实意地说：“六爷，在没有弄清底细之前，最好还是不要打草惊蛇，万一让贼人灭了口，岂不枉送了嫂夫人的性命？”林昂怏怏地说：“我看也是。”习惯性地咂了一下嘴又说：“我还有个担心，万一你和贱内私会的事给抖出去，不仅给我抹黑，也会扣你一盆子屎尿。”陈鹤寿稍觉松弛的心又揪紧了，干脆开诚布公：“六爷误会了我，她约我完全是为了你。”林昂用猜疑的目光盯着陈鹤寿，像要看到他的心里去。陈鹤寿坦然地说：“她劝我甭跟你斗，两刀相砍一刀缺。”林昂好像料到他会这么说，不耐烦地摆摆手制止他再说下去：“算喽算喽，人命关天，别的事咱们搁后说。明日就要营老爷，我是断然脱不开身的，这件大事有劳贤弟了。三天之内她要是回来也就罢了，若是回不来，我只能揭下这张脸皮将它绷在衙门前的鸣冤鼓上。”

从南北船行出来，林昂已经完成了将责任压力转移给陈鹤寿的既定目标，即使此次劫持真的跟陈鹤寿无关，他也负有不可推卸的责任。不过，这样的策略并没有让林昂获得想要的轻松感，夜里睡着睡着忽然像被什么锐利的东西戳醒，内心掠过一缕愧疚的战栗，“我真的不去管她？”又马上替自己辩解：“这可是她自找的。”

对于当初纳麦青为妾可能遭受的各种阻力各种麻烦，林昂几乎都考虑到，唯一忽略了她还会继续和那个该死的家伙纠缠。也许朱任之分析得对，陈鹤寿是贼喊捉贼，不如干脆报官，由州县两级官府派出捕头专案侦查，这样既无须花费赎金，又可借匪徒之手清理门户，说不定还能揪出萝卜带出泥，将陈鹤寿通匪的秘密抖出来……若是如此，再借马知县几个胆也不敢包庇陈鹤寿。当然要想实现这一目标，林昂须痛下决心，用最冷酷的刀子割断自己对麦青的幻想和依恋。

林昂发现自己并没有想象中那么坚强，他是多么喜欢她，想当初不顾别人的非难将她带出火坑带进了自己的生活，而她却把他推向整个林氏家族的对立面。他一味地迁就她，容忍她的任性，可她何曾设身处地替他着想过？她一方面感激他的“收留”，另一方面又对他严密防范，不让他窥见她心灵深处的领地。她对他警惕、抵制、躲避，不即不离，小心翼翼地维护着一个相互依存又互不越界的适当空间，这种刻意的疏远表现在她清冷的目光里，相敬如宾的客套里，甚至存在于无意识的每一个细微动作里。有多少次他曾为自己的际遇感到悲哀，也暗暗责怪她的狡黠与无情。

当真正的抉择来临时，林昂体内那两股没有形体的东西扭结厮杀得更加激烈，让他几乎丧失了决断力，这时商人的本色起到了决定性作用，他的手里仿佛多了把尺子，不停地度量来度量去，对于整个的人生以及背后庞大的家族利益来说，麦青不过是他随手摘下的一枚果子，它曾让他倾心迷恋，只可惜长了虫，到了不得不扔掉的地步。林昂做过无数的交易，每次都或多或少有所斩获，惟独在麦青这桩买卖上吃了哑巴亏，当情感的天平朝着一边偏倒时他忽然醒悟，收回成本的机会来了，他要拿她当诱饵引出深水里的那条大鱼。

手 人

就在林昂决定放弃麦青的同一个夜晚，陈鹤寿带着悔恨认定，此次劫持绝非偶然，背后一定隐藏着某种动机，对方要不是跟他就是跟林昂结下难解的宿怨，麦青只是筹码。陈鹤寿一夜无眠直到清早刚合上眼，就被附近一阵鞭炮声吵醒，知道不可能睡得着了，就起床洗漱，早餐也不吃就直奔南北船行，后脚跟刚跨过门槛，程凤梧就把他拉进账房砰地关严门板。陈鹤寿听完了他的述说脸色骤变急切地问："这消息可靠？"程凤梧扭动着歪嘴巴说："头家只管放心，那是我亲自在顺风行敲下的'楔子'。"陈鹤寿眉头紧锁，心想林昂怎么会出尔反尔，置麦青性命于不顾要去告官？又回味起林昂与自己见面时的那种口气那种眼神，带着洞穿一切的自以为是，这才觉悟到他早就将自己列为绑人的主谋或同谋，为了击败对手，哪怕牺牲了麦青也在所不惜。至此陈鹤寿才敢于确定，麦青在林昂的心里已经轻飘飘的没啥分量。他坐下来修书一封，让人快马加鞭送给马知县，请他接到林昂报案后暂且按兵不动，由自己来侦查处理此事，接着又喊来石槌，要他增派人手弄清麦青身在何方。

到了傍晚，在一股攒积多时的热情的推动下，火帝游境不出意外地掀起了狂热的高潮，灯火辉煌的八条货栈街商业街人潮汹涌完全处于饱和的状态，人们被唱戏、祈福、走火路等各式各样的活动所吸引所震撼，几乎达到忘我的程度，谁也不曾留意陈鹤寿来到码头又跳上一艘灯火微暗的商船。

也就在当天下午，陈鹤寿瞅见一个高大后生旁若无人地穿过南北船行的院子站在会客厅的门口，紫黑宽大的脸膛长着一对恨着什么人的黑眼睛，整齐尖削的牙齿像随时要咬人，分明就是温兆吉。听到对方喊了一声“寿爷”，完全是熟得不能再熟的口吻，陈鹤寿疲惫暗沉的脸上泛起了异样的光彩，心里说“好喽好喽，麦青有救了”。

陈鹤寿钻进船舱，温先生正对着一条几案一副工夫茶具等他。增加了一些岁月，温先生也长胖了些，宽展洁净的前额下垂的双颊，五官的线条比从前更加饱满柔和，桃红的薄唇周围仍然长不出什么胡须，更像一张富态的妇人脸。他欠了欠身说：“啊哈老弟，一别数载，你可曾惦记过你的老哥？”声音还是跟吹口哨一样尖尖的轻轻的。陈鹤寿以惋惜的口气说：“肯定想啊，就不知道该到哪儿去寻我的好大哥。”温先生不以为然地摇头：“老弟的话只能哄哄那些骚娘们。”陈鹤寿有点窘迫地朝温兆吉眨眨眼。温兆吉的表情自然平静，他早就习惯了义父的反复无常，也对他的敏感多疑见怪不怪。他在他身边长大，至今仍无法完全弄清义父哪句话是真哪句话是假，也不知道该拥护哪个决定才合乎他的心意，事后常常惊出一身冷汗，那些看似毫不经意的结果，实则是温先生酝酿多时的精密布局。可以说，温兆吉对义父是敬畏的，私下里老觉得有双严厉的眼睛盯着自己，事事不敢懈怠。

“今儿把老弟请来，就是想告诉你，那个姓麦的骚姿娘就在我手上。”温先生有些得意地宣布完，斜眼观察陈鹤寿的反应。陈鹤寿用一种吃惊的口吻说：“原来是温爷手下做的活，难怪没人猜得到。”温先生说：“林六是不是急疯了？”陈鹤寿冷静地分析给他听：“当然急啊，温爷，您知道她对于林六有多重要，要是不快点放人，事情怕要闹大！”温先生转转食指上的玉戒指扫了陈鹤寿一眼，慢吞吞地说：“咱都揪住了他的命根子，他还闹腾个啥呀？不放！”

温先生一开场就拒绝得很坚决，仿佛没有半点回旋的余地，这反倒让陈鹤寿觉察到他做张做势的别有用心，就压低了声音说：“小弟怕林六一旦报官，会连累到贵帮。”温先生不以为然地说：“他要是想她死那就去报吧。”陈鹤寿只好直言相告：“您说得对，他就是想她死。”见对方瞪着迷惑的眼睛就费力地解释：“林六以为是我干的，想趁机大造声势，然后借官家之手除掉我。”又将今早得到的消息说了一遍。温先生依然面无表情，让陈鹤寿无法判断他是否相信他的话。

“温爷，这个姿娘人没啥用，只会给你我带来揩不净的屎尿，不如放了她吧。”陈鹤寿劝道。温先生用舒缓但不容置疑的口气说：“就算林六真的走到你说的那一步，咱也不能留下活口。”陈鹤寿心里紧缩了一下急忙拦阻：“温爷，您不能杀她！”温先生向陈鹤寿投去阴鸷的一瞥：“为什么？”陈鹤寿的声音里发出一丝紧张的颤抖：“她是我的人。”温先生难过地摇头：“哎哟我的小老弟，我们年轻时都做过这样的梦，遇到一个非要不可的女人，可是，”他眼里有什么东西闪了一下又消逝了，恢复了尖溜溜的调门，“等你再老个几岁就会发现，那不过是一种幻觉，一种幻觉！”

温先生喜欢摇头叹息，而今让他顺心的事情几乎没有。年轻时他所梦想的生活似乎了无痕迹，但就像痊愈了的关节炎，到了阴雨绵绵的日子会旧疾复发隐隐作痛，提醒他这个世界欠了他太多，怎么还都还不清。也许正是这个缘故，他时时迁怒于别人，连他的干儿子都不曾放过。温兆吉有时候觉得自己离义父很近，近得快要把他当成亲生父亲了，却又一下被他用力推开，推到一个令他感到沮丧的距离。在他眼里，义父不仅活在梦境里，而且还想把现实的一部分拉进去以延续他的残梦。

“在这世上，每个人都会留下遗憾，就像每个人都会在大地上留下脚印。有时候，你只能用小一点的遗憾来替代大一点的遗憾，用下一个遗憾来弥补上一个遗憾。是啊是啊，你得不到了就会大声嚷嚷，‘啊，要是我能从头来过，我肯定能弄到它——’可惜这种事情再也不会发生，哪怕只有一次。这就是咱们红尘俗世最大的悲哀，就好像死亡，谁也不能例外……”陈鹤寿忍耐着温先生漫无边际的高谈阔论，好不容易才插上话：“可是温爷，还得请您高抬贵手，这次就当帮小弟一把，留她小命，我真不想把这件事闹到不可收拾的地步。”看到那种不肯屈服的神色凝聚在陈鹤寿脸上，温先生没有生气只是显得有些惊讶：“你想得到她的命，那我呢？我能得到什么？”陈鹤寿拱手说："温爷想要什么，只要在下办得到。"

"你明明知道，没有什么事情难得倒我，不过既然你都开口了，我又赶巧想起上回咱俩谈合作的事，那就老调重弹吧。"

在乌涂屿意外相遇，温先生曾主动提出帮陈鹤寿将林昂撵出樟树埠、双方一起控制这个港埠的设想，方案实施的第一步就是让陈鹤寿在洋船上升挂三蓑，以便于他们更加精准地打击目标，然后像疍家渔民的"扣圈"捕捞那样，通过恐吓将追随顺风行的船主贩商鱼群般地赶到陈鹤寿这边来……陈鹤寿当时装醉没有应诺，温先生也没再追问下去，而是直接拿出实际行动支持他。

陈鹤寿开始怀疑，青云帮此次绑走麦青并非针对林昂，而是冲着自己来的。他的脑海里凌乱地飞掠过无数的想法，最终归结到一个执拗的念头，一定要救下麦青，就回答得十分干脆："具体如何安排，不才愿听其详。"温先生只管拎起一只日本铁壶，将冒着白烟的开水冲进紫砂壶里，一股醇厚且带着暖意的茶香顷刻弥漫了狭窄的空间。

"我就爱听这样的痛快话！"温先生暗淡的脸色透出一丝兴奋的酡红，对陈鹤寿做了请喝茶的手势，自己啜尽一盅这才缓缓开口，"还是和之前说的一样，弄走林六，咱们一块儿经营樟树埠，并以红头船公所的名义垄断韩江下游地区的商业航运业……不过老夫目前尚有一心腹大患未除，还不能操之过急。"

陈鹤寿心头一轻，带着顺服和理解兼有的表情说："一切听从温爷安排。"温先生扫了他一眼说："秀才兄，虽然你不说，我还是知道你在想啥：这个温先生，为何要掳掠这个骚姿娘？"陈鹤寿连连点头表示被他说中。温先生就带着点轻蔑的敌意说："林六大张旗鼓营火神爷，明摆着要跟水流神叫板，就是跟咱俩叫板。"陈鹤寿不服气地想："你很快就会看到拖神有多闹热。"嘴上却没有透露半个字。温先生又说："我掳他的小妾，原本是想逼他合作一把，想不到他硬得起这个心肠！"陈鹤寿惊讶地抬起头来："合作？"温先生笑吟吟地说："当然不是你我的这种合作，我想借他引出仇人……"陈鹤寿知道温先生的对手不可能是什么小人物，就不好再问了。

"林六啊林六，我要把你这只自命不凡的花蝴蝶钉死在樟树埠上，供不听话的船主贩商瞻仰瞻仰！”温先生眼里那丝捕捉到猎物般的得意神气让陈鹤寿心中一凛，已经估猜到林昂的可怕下场，急忙说：“林六也算不上什么大奸大恶——”他发现自己还是受了麦青的影响。温先生摆摆手制止陈鹤寿说下去，像有什么东西冒犯了他，只是不便发作。灯光照着他向外鼓起的半边脸还有濡润的嘴唇，那种表情让陈鹤寿弄不清他在想什么。

“老弟，我每天都在盘算，如何才能适应现在这个千年难遇的大变局：太平天国占据半壁江山，各地民众揭竿而起，洋鬼子攻陷广州一路北进，逼迫无能的朝廷签订一堆辱没先人的条约，而过番的洋船成了待宰的肥羊……我每天都在盘算，总会有战火平息的一天，到那时无论谁坐江山，都会回过头来找我们算老数。你说我能指望什么？只能指望你老弟把我们接上岸，替我们彻底洗白，成为樟树埠阳面正势的生意人。”温先生微笑着注视着陈鹤寿，肌肉松弛的胖脸渐渐绷紧，狭细的眼睛眨了眨牵动着眼尾蛛网般的细纹，声音稍稍颤抖：“我的好老弟，之前你并不知道自己背负什么使命，而这个使命，早在十六年前的那个谢神节就定下来了。”

陈鹤寿脑门轰地响了一下，泛红的脸色转成灰白，良久才像透过气来那样从齿缝里挤出一句话：“难怪我那么走运，原来有您在暗中扶持。”温先生谦恭而又傲慢地说：“老弟，我选中了你，这就是你的命！”陈鹤寿寻思着温先生这句话的深长意味，他早就成了他夹在手指头的一枚棋子，额头不由沁出一层薄汗。不过为了救麦青，陈鹤寿只能热烈地作出回应：“温爷放心，弟虽愚钝，尚识得‘恩义’二字，誓死不辱使命！”

两个人又喝了几盅茶，陈鹤寿起身告辞，带着懊丧灰败的心情离开那艘商船，满脑子尽是温先生时冷时热的眼神，不断翻动的桃红薄唇，连白皙肌肤的松弛颤巍、手背青筋弹动以及尖溜溜的声气都变得清晰无比。自从得到温先生三大坛金条的馈赠，陈鹤寿就惶恐焦灼地等待着他摊牌的一刻，殊不知前头还受过人家多少恩惠……一想到这些年来，一直有双眼睛躲在暗处关注着自己的一举一动，有一双无形的手干预着影响着自己的生活和命运，还以为仅仅靠个人的奋斗苦尽甘来，陈鹤寿的背脊就腾起一股瘆人的凉意，终于意识到自己有多粗心多蠢笨又多自以为是。那一度存在于他和温鹏程之间可称之为恩情的东西，此刻全都变成了利用和胁迫，就好像温鹏程硬要挤上他的马车并夺走他手里的缰绳，将马车驱向漆黑一团的深渊，而他不仅无力反抗，自身的体重还加速了车子的俯冲下坠。是跳车逃亡呢还是夺回缰绳悬崖勒马？陈鹤寿还在游移不决，这时一个更加直接的念头突兀地冒出来：灭了他！心脏狠狠地跳了一下悬在那里。

麦青感觉到船又动起来了，不知道那些掳掠她的人要把她拉到哪里去。刚被匪徒弄上船那阵子，她还留意着船舱外面传来的各种响动，后来就昏昏然睡着了，饿醒了就胡乱吃几口他们从门缝塞进来的饭菜。她的想法很简单，绑匪会主动联系林昂让他拿钱“手”人，相当于她又被卖了一次他又买了她一回。一想到自己这一生总是被卖来卖去，她甚至觉得有点可笑。说实话她一点都不怕死，死去有时比活着要容易得多。早在她的衣裙被第一个男人连撕带扯地扒开时，她就有了寻死的念头，是大姐魏阿星的一席话抚平捋顺了她的心绪，她说你就把它当成针线活儿，当成穿衣吃饭，咱不脏，脏的是那些买咱的人。看到魏阿星临走浑身软绵绵的如一条旧被单贴着藤席，麦青又有了新的想法，原来寻死也需要气力，没有气力你想要快点解脱都没有办法，只能祈求死神帮忙。在确定自己被绑架的那一刻，麦青的脑海里曾充塞着匪徒残忍惩罚人质的各种传闻，有的受害者眼睛被蒙上布条耳洞被塞上棉花，再滴上熔化的蜡油变成瞎子聋子；有的女人被先奸后杀再剜掉阴阜割下乳房……她暗下决心，一旦觉察到这种苗头就立刻寻死，哪怕是咬舌自尽也要捍卫尊严，虽然自己的尊严已所剩无几。

那些蒙面大汉原以为麦青会像掉进罗网的小鸟吓得抖抖索索，她勇敢的眼神和少见的沉静反倒让他们感到有些稀奇和敬畏。他们与她保持着距离，既无淫荡的神气也无轻佻的言行，这让她稍感安心。

在麦青被拘的三天里，不知道是不是因为身体的不自由，反倒造就了内心的自由。人们在行动自如时总是惯性地为生活操劳，一件接一件的事情，一个接一个的麻烦，不急急解决好像就再也过不了生活所设置的关卡。人们似乎不是为了生活，而是奔着生活所设置的关卡去的，这真是奇怪而又矛盾，可人人都身在其中浑然不觉。麦青也一样懵懵懂懂地活着，所思所虑似乎都是被动的，林昂也好，陈鹤寿也罢，都像是生活出给她的难题，而她必须解开它。而现在身处这一黑暗的角落，时间和外部世界都仿佛静止了，生活的发条突然不动，她不用再去费心揣度思量。当她承认了自己的无能和无所作为之后，生活不再和她较劲，而是跟她握手言和并向她敞开温柔的另一面。曾被她视为消沉的力量，不仅消泯了冲突的边界，还让她真正听到属于自己的呼吸声。她蓦然意识到许多时候，让人痛苦的不是没有选择，而是选择太多，没有选择有时就是最好的选择，既来之则安之，与其呼天抢地，倒不如安然领受，把眼前的独处和静谧当成是上天的赐予，命运的安排。二十多年来，麦青从未像现在这般清醒，这般安乐平静，仿佛见到了新的天地，见到了自己，也见到了自在，所以当船只停下来木门嘎嘎打开、一缕刺眼的灯光如剪刀般裁开舱里的昏暗时，她没显得有多慌乱。

“有事吗?”麦青轻声地问那个看管她的小个子。对方眨眨眼说：“有消息了。”麦青微笑着说：“我家老爷来救我了?”那汉子扑哧一笑将挂在半张脸上的黑纱扑动了一下：“阿奶，你错了。”麦青说：“我错了?”那汉子用瞧不起的傲慢声调说：“你家男人都告官了，怎么会想救你?”麦青心里咯噔了一下，有种垂直坠入深渊的感觉，脸色发白仍有些不信：“你的消息可靠?”那汉子移开灯笼把门开得更大，可以看见，外面跟原来的船舱里一样黑乎乎的。

“走吧!”汉子说。麦青咬了下唇问：“去哪里?”对方慢吞吞地说：“送你回家啊。”麦青浑身一颤手脚冷得像冰，嘴里不服地说：“走就走!”汉子说：“把东西带齐。”麦青冷笑：“生不带来死不带去。”那汉子这才明白她误会了，大声说：“阿奶啊，我们是来放你的。”麦青哪里肯信，又听那汉子说：“放心好啦，有人给足了钱。”麦青跳起来激动地抢白他：“那你还说我家老爷告了官?”那汉子也急了：“听好啦，出钱‘手’你的人姓陈不姓林!”

麦青走出船舱上了岸，外面北风呼啸，四周是苍茫的草地和黑乎乎的树林，起伏的坡地在月光下泛着白光，一侧的沼泽地上隐约呈现出樟树村人所造的那艘巨舟的轮廓，她这才敢于相信自己真的获得了人身自由，而心灵的自由将会再度失去。麦青忘了寒冷朝着有灯火的远处走去，经过尽膳居时实在没有气力只能拍门求助，雅茹急忙让伙计将她护送到顺风行招待馆。林昂闻讯也从船行赶过来，一进门就急迫地说了声“柔柔，你受苦啦”，抓起她的手左看右看问她可受到什么伤害。

麦青冷淡地甩开林昂的手说：“甭唱戏了，我以为你会问我到底是人是鬼呢。”林昂惊诧地问：“你被绑匪吓糊涂了？咋说出这种话来？”伸手装出要摸麦青的额头，她厌恶地闪到一边：“你想我怎么说话呀？难道要谢谢您六爷的救命之恩？”林昂装作气呼呼的样子说：“甭说风凉话了，你可知道我有多心焦？派出去多少人到处寻你——”麦青模仿着他摆出较真的模样：“我咋会不知道呀？你确实动了不少小心思，连匪贼都知道官兵马上就来捉他们了，一个个吓得屁滚尿流跪地求饶，赶紧把我放出来。”林昂明白麦青没有那么好糊弄，只得强撑笑脸说：“我早就猜到有人通匪，绑了你只是为了胁迫我。果然，我一提到告官他们就着慌。”

麦青别有意味地看着林昂，就像看着他在她面前咽下最后一口气，摇头轻叹：“六爷啊六爷，我把你的命当金子打的，你把我的命当草纸糊的。”转身走进房间砰地关上门。

次日上午，林昂再次跨过南北船行的门槛。听到麦青回来的消息，陈鹤寿先是表示祝贺再表达了自己的歉意：“回来就好啊，很惭愧没有帮上忙。”林昂吃惊地叫起来：“我还以为是您寿爷使的暗力。”陈鹤寿嘴角逸出一缕苦笑：“六爷您抬举我了。”林昂说：“谁不知道寿爷神通广大，三蓑一挂连海贼都得给您让道，那可是官船也挣不到的天大面子啊。”陈鹤寿对谁都这么说：“那是水流神托的梦大先生解的梦，你没升挂这平安符，不也照样驶得安安稳稳？”林昂愠怒地说：“顺风行船队多次受到海贼骚扰，不得不请了水师护航威慑，这里边的代价不说你也明白……”陈鹤寿淡然地笑了笑：“我不明白。”林昂焦躁地哼了一声，再也懒得遮掩直接威胁道："陈秀才，咱们就甭绕圈子了，你干过啥事你心里清楚。"

陈鹤寿无可奈何地摇头："六爷您爱怎么想我实在管不着。"林昂眼里闪射出一道利光像要将他劈为两半，声音里透出一股狠劲："你若是真心为她好，就别去打扰她，否则只会害了她。"陈鹤寿醒悟了林昂的所指反倒松了口气，看来他还爱着她，就听到他忽然低下声说："痛快点，要多少你才肯放手？"

"够了！"陈鹤寿血液凶猛地沸腾起来，端起盖瓯朝林昂泼去。林昂感到皮肤一阵刺刺的灼痛，镇定地抹抹脸又扫去粘在前襟上的茶叶，用满不在乎的口气说："如果你再惦记着她，我就把她卖到北地或者番禺的哪个窑子，让她为你受罪！"陈鹤寿想不到林昂竟如此龌龊，顿然屏住了呼吸，脑海里不断地重复着他的话，就像要让自己相信这确实是从他的嘴里说出来。

陈鹤寿惋惜地看着那个衣冠楚楚的背影消失在大门口，心里没有了愤慨只剩下怜悯，这个人不配做他的对手，他要的是一个堂堂正正的强敌，而不是一个可怜虫！

陈鹤寿坐在茶座前喝了几盅茶，待心绪稍稍平伏才把程凤梧叫来。他已经将罗锅老郑被亲戚们吓瘫的笑话精炼成一句心酸的顺口溜，"火帝一出游，后门当破袭"，让程凤梧找人撒布到大街小巷各个角落，以揭露外埠船主与八街商人相互勾结、用延长游神时间来谋取最大利益的阴谋。

拖沓冗长的营火帝总算结束了，樟树埠人也从大手大脚的铺张放纵中醒悟过来，再咂摸时下流传开来的那句顺口溜，更觉贴切，在鄙薄痛恨那些捞取他们钱财的奸商的同时也对营火帝生出了厌倦不满的情绪，不自觉地在心理筑起防范的堤坝。

与神一战

二月里的最后一个黄昏，铺洒在大地上的红光金网悄然收拢，天边有条长云仍轰轰烈烈地烧着，一辆马车急匆匆地停驻在水流神庙后方，走下一高一矮两位包裹严实、只露出眼睛的女子，不久就有人将她们引向那座丈把高、架起巨楹厚板、四周围上藤席包上红绸的观礼台，楼板上铺着平原的手织地毯，楼檐挂满纱灯、宫灯、屏灯、走兽灯等。个高的女人在走向女眷席时朝隔开的男宾席飞快地溜了一眼，那里坐着县里来的一些官员还有樟树埠各乡绅贤达。她那对黑水晶般的眼眸让暖玉一下认出是麦青，忙起身打招呼，又从仆妇手里抱起两岁多的朵云要她喊“阿姆（伯母）”。

朵云是陈鹤寿夫妇最宠爱的孩子。暖玉生桑田时陈鹤寿过番去，生浩云时他又在海上漂着，所以生朵云时他早早就候在家里，想亲耳倾听孩子来到世上的第一声啼哭，以弥补前两次所留下的遗憾。

朵云刚生下时，皱巴巴的脸和软绵绵的身子让陈鹤寿望而生畏，生怕一不小心就捏碎了，直到半个月后他才敢轻轻抚摸女儿，模仿着暖玉给她哼唱一些依稀记得的童谣。朵云的样子像母亲表情更加神似，她那杂糅着羞涩、哀愁与柔情的清澈眼神常常打动了父亲。无论在哪里办事，陈鹤寿总能感觉到女儿在可怜兮兮地盼着他回家，于是毫不犹豫地推掉各种应酬尽快结束手头的事务……暖玉常笑话陈鹤寿：“人家都说中年得子才开心，你中年得女也开心成这样，小心宠坏了她长大嫁不出去。”

平原上的人大多重男轻女，产妇生了儿子有红鸡蛋吃，生了女儿公婆有时都懒得多看一眼，是母凭子贵还是母因女贱，往往是一生产就划下了天差地别。儿子被捧在手心上，女儿反倒糙养，小小年纪就要帮母亲干家务活，长大了嫁出去是好是歹，娘家都当她是泼出去的水不管不问。陈鹤寿却把朵云放在了心尖尖，带得多哄得多。每次朵云看到父亲，黑葡萄似的小眼睛就亮起一层，欢欣地挥动藕节似的、窝着肉坑的小手。陈鹤寿常得意地把她抱至前堂，给她喂点好吃的，要是不对味，她就会像螃蟹吐彩沫般啐出来，惹得当爹的又是一阵开怀畅笑……

麦青正在夸朵云长得可爱，桑田浩云就凑上来。麦青先打量着桑田，有十三四岁，少女般的瘦削身材，灰蓝色的粗布棉袍托起一张尖下巴的小脸，白皙细嫩的皮肤柔润地蒙在骨头上，眉清目秀，严肃的表情里透出些许小姑娘才有的神气，怎么看怎么像暖玉。浩云呢？六七岁，活脱脱是照着陈鹤寿的模子托出来的，虎头虎脑，两颊鲜艳得像苹果，叫人想要贪婪地咬一口，隐现在嫩嫩皮肤底下的骨骼轮廓预示着未来将长成一张粗厚的方脸，高眉骨尤其是略显突兀的鼻梁，透露出与他老子一样不肯屈服的个性。麦青偏着头亲切地问了两个孩子的名字，又问浩云喜欢爹还是娘。浩云大模大样地反问："为什么你们大人只会问这种傻问题？"麦青忍不住笑起来："浩云，你跟阿姆回家可好？阿姆家有好多零嘴吃。"浩云拖长腔调地回答："吃吃吃，人活着又不光是为了吃。"暖玉飞快地瞥了他一眼说："浩云没礼貌，书院的先生是怎么教你的？"

浩云比桑田活泼调皮，念书却不如桑田专注，自四岁如一头穿了鼻子的小牛犊被强行拉进莲峰书院，就不断有孩子到齐先生鲁先生那里告他的状，他的"劣迹"和名头很快就传开来：站起来诵诗的同窗坐下去摔了个大跟斗，是他偷偷抽掉了凳子；下课时两同桌一分开发根扯得头皮欲裂哇哇大哭，是他悄悄拿细绳将人家的辫梢绑在一起；有孩子拿出个大饼向他炫耀，他对他说："我会变戏法，能把它变成弯月亮。"那孩子不信，浩云便接过大饼转身咬了一大口。那孩子急了："我不要弯月亮我不要弯月亮。"眼看围观的孩子越来越多，为了平息这场风波浩云只好继续哄他："你不要弯月亮我给你变个斧头好不好？"见那孩子点头又再次转身，将两边的尖尖咬下递给他，果然状如斧头，气得那孩子流着泪去找先生告状。齐修平将浩云找来问话，浩云若无其事地说："我给他变月亮变斧头都是他允许的，不信你问我哥我姐（指赛英），他们可以作证。"

浩云的顽劣从不同渠道反映到陈鹤寿的耳朵里，再反思暖玉对他宠溺二儿子的批评，遂狠下心来，指示租佃他家田地的庄稼汉领着浩云去割稻，一连数天早出晚归，把他摔打得快要散架，皮肤更是明显黑了一层，然后再把他叫到跟前，满不在乎地问："二选一，念书还是种田？"浩云想了想说念书。陈鹤寿舒了口气："这可是你自己挑的，男子汉要对自己的选择负责，不可食言！"

浩云果真规矩了，只是听课时经常神思涣散，直到先生的戒尺狠狠地击打着桌面方被吓醒。

“我讲到哪了？”齐修平狡黠地眨巴着眼睛问。浩云抓了抓头皮吞吞吐吐：“子不教，父之过——”学童一片哗然，齐修平摇头摆脑地吓唬他：“教不严，师之惰。即日起，你家每年要比别家多交一担米粟。”

新一年的元宵夜，暖玉和赛英陪着浩云来到团练公局门外的石狮前，教他一边捏摸狮鼻一边大声说：“摸狮鼻，写好字；摸狮须，念好书……”说来也神奇，浩云果真从此下起苦功，学业大有长进。连暖玉都以为，浩云的一切转变都是她“做诀”所致，并不知道赛英在暗地里鼓励他指导他，又时时刻刻地敦促他。

暖玉对浩云的呵斥让麦青有些过意不去，就摸摸他的脑壳安抚他：“浩云长得真好看。”浩云将脑袋偏向一边以甩掉她的手嘟卷起嘴唇：“好看没有用，聪明才有用。”麦青拍掌叫好，知道此子日后绝非俗物，越发喜爱，正看他看得出神，旁边有个小姑娘凑过来说：“您可别小瞧我们浩云，他能背诵好多文章呢。”麦青打量着这小姑娘，比浩云要大个三四岁，皮肤白净，圆圆的脸蛋丝绒般的眉毛，戴着白银耳环，翘翘的鼻子显得有点俏皮，一举一动机灵活泼。麦青问：“都说春归堂有个小郎中，莫非就是你？”赛英大大方方地施礼声如银铃：“我叫赛英，但不是什么郎中，离郎中还远着呢。”捂着嘴咯咯地笑。麦青扭过头问暖玉，濮婆婆怎么没来。暖玉神色黯然：“从秋天起，老人家的身体越来越不好——”这时浩云突然叫起来：“娘，哥呢？”暖玉敷衍地张望了一下说：“去看戏了吧？”浩云又找不到朵云：“妹妹呢？”暖玉说：“炮仗太响会吓到妹妹的，她先回去。”浩云紧紧拉住赛英的手哀求：“姐，你可不能跑了……”赛英拍拍他鼓起的脸颊说：“姐不跑，姐陪你一块儿看。”

薄如蝉翅的暮色舒展开来，景物暗淡了渺远了。掩神的消息自发布之日起就成为整个港埠整个平原的热门话题，人们先是怀疑惊恐继而好奇，他们会聚到港埠来以验证传闻的真伪，府城的县城的乡村的各个阶层各种行业的民众凑在一起形成了密不透风的人山人海，石槌将乡勇分布在不同的角落以防贼匪或敌对分子捣乱。麦青发现陈鹤寿引着几位衣着贵气的人物走上男宾观礼台，一转身又不见了。她装作不经意地凑近前面的栏杆，往台下搜寻他的身影，心里有所期许又不大相信，他真会为了她去拖神？

天色暗下来了，挂在神庙门楼前那四对石碌粗的大灯笼还有吊在楼檐下的各种纱灯、宫灯、屏灯、走兽灯，都显得更加璀璨夺目。铁铳轰隆轰隆连发十二响，地动山摇的吓得男人缩起脖子妇幼捂住耳朵，一大群鸟儿从庙后的树林里扑棱棱地飞向洞黑的天幕。烟花一颗接一颗划着耀眼的弧线升向高空，再孔雀开屏般地展示它的瑰丽多姿。常年备受苦日子煎熬的人们仿佛听到了热情的召唤，每一张仰望的面孔都在发光每一对眼睛都被点亮。在神庙左侧，人们推挤着观看巫婆神汉走“火路”，表演者光着脚丫在烧得红通通的木炭上来来回回地奔走，也有巫婆神汉坐上特制的木轿，坐垫、靠背、脚踏处钉满尖锋朝外的三寸钉，抬轿者还故意一摆一荡使钉子入肉更深，可是下轿时却看不到他们流血也没有痛苦之状，神奇得让人扼腕赞叹。神庙右侧也传来观众阵阵的欢呼声惊叫声，一位老者手持利剑、光着脚丫一步步攀上由四十四级锋利刀刃组成踏板的“刀梯”，在六七丈高的顶部摆出向上天祈求国泰民安、风调雨顺的各种姿势……

拖神开始了，水流神被牢牢捆缚在一顶结实的大轿上，由三十六个经过斋戒沐浴净身、魁梧壮健的后生护卫。这些百里挑一、身手过硬的好汉，穿一条新缝制的红色短裤，在寒风里袒胸赤膊周身涂满豆油，如泥鳅般滑溜溜的让对手抓捏不住。轿夫将轿杆举过头顶，如一条乘风破浪的快艇忽地冲出庙宇投向人的海洋。

最初，护神的人多拖神的人少，只有陈鹤寿安排好的几个敢于上前争夺，其他各色人等都惊惶地观望着，在他们有限的阅历里，神明是请来供的不是拿来拖的，他可是人们行为的主宰精神的依托，哪能遭受如此亵渎？这样的情形陈鹤寿早就料到并跟“仲裁者”祝大春做了交代。这位一直跟在轿后的长者见时机成熟，就大大方方地站出来高声发动：“大伙听好啦，要是谁问老爷得不到回应，许愿了没有结果，今天就是你们找他老人家算老数的好时候！老爷庇护咱们，咱们好酒好肉敬着，老爷若是偷懒失职，咱们也要敲打他，让他扛起肩上的责任。今年谁要是抢到了‘老爷须’，他家最旺！”这末一句把人们本已跃跃欲试的热情点燃。眼看着拖神的人多起来也骁勇起来，护神的好汉们变得精神抖擞，围绕着大轿形成人墙保护着神偶，挥动拳脚吓唬那些紧紧跟随、伺机出击的拖神者。拖神者有本地人也有外乡人，那些扎着各式头巾、后背上写着姓氏或店名的精壮汉子则是某个族群或者商业团体的代表。祝大春像个掌舵者站在轿后负责“把后桡”，指挥着轿子前进并居中裁判力主公道，对明显的违规者举起令旗做出让人信服的裁决。

护神者与拖神者，恒定与变化的两支力量，在规则的约束下在智慧的支配下，如同两股流水撞击在一起激起了浊浪搅动了漩涡，双方有守有攻有进有退，你争我夺你撕我扯，你抱我的腰我蹬你的腿……为了不让拖神者靠近神偶，抬轿的壮汉伸直双臂把轿子举得尽可能高。拖神者也不甘示弱，抓住机会攀住轿子一角猴子般地往上爬，只可惜眨眼工夫就被护神的勇士拽下来，被甩荡的轿子抛出去，一时落不了地只能在男人们的身上滚来滚去……

暖玉和麦青看着大轿犹如渺小的孤岛被怒涛包围反复喷唾抛掷，又像小舟被漩流狂飙裹挟着辗转上下随意漂荡，一忽儿消失于波谷一忽儿现身于波峰，都像被卡了脖子快要窒息。

暖玉一开始就不赞成陈鹤寿亲自参与拖神，怕他不再年轻的身体吃不消，可到底还是拗不过他只能往好里想，若真得了头彩，兴许能够洗刷一下家运晦气。自从濮婆婆得了肝病吃了自己开的药又吃了县城府城名医开的药都不见效，快乐的家从此罩上不安的愁云。麦青也后悔了，这哪是什么游神赛会？简直就是一场叫人血脉偾张的厮杀！有越来越多的男人加入这场混战，扑挤过去想要抓神偶的脸撕它的袍扭它的胳膊拽它的胡须，妄图将它从宝座上拉下来一举成为当晚最为瞩目的明星。有一阵子麦青闭上双眼不敢往下看，只觉得陈鹤寿被裹进黑稠稠的人流里就像豆子掉进了磨眼里，一不留神就被碾成浆汁，可又怎能忍住？脑海里又跳出那张杂糅着粗豪与狡黠、有轮有廓的黑脸膛，他那“你的话我都当真”的表态震得她灵魂战栗不安，直埋怨自己又用一句胡话将他引向火坑。有那么一会儿，她的目光虚化进烟花、爆竹、灯光、焰火、烟雾和此起彼伏的声浪里回不过神来，竟觉得他已湮没在茫茫人海之中，一种悲凉的感觉激得她满身冷战眼里不觉盈起晶泪。

陈鹤寿无从了解麦青的思想转变，他的脸抹了锅灰以防被熟人认出，凭着年轻时学得的拳脚步步逼近那架大轿，瞄准空当往上一跃，攀住了轿子底下的竹架。护神的后生挥掌劈来，陈鹤寿腾出左手架住，不知哪来的一脚踹在他的小腹上，钩住竹架的双脚跌落下来整个身体如钟摆般甩荡。护神者都以为他会放弃，没想到他借着双腿摆动的惯性向上一耸蹿到轿子右侧，成为离神偶最近的拖神者。突然间一股鲜活的、拼接的想象涌进他的脑海，获得神须后那种欢欣动人的场景提前来到，麦青用又惊又喜的目光注视着他继而陶醉在他的怀里……陈鹤寿胸间滚过一股热流身体犹如注入了新的活力，倦意全消随之发出猛兽挣脱樊笼般的吼叫，不顾一切去采摘渴盼已久的幸福果实。对付他的几个护神者张着嘴像傻掉了一样愣在那里，心里明白即便是以闪电般的速度也拦截不到他，只能眼睁睁看着拖神活动的高潮结束在这个人手里。连祝大春也都闭上了失望的眼睛，待他再次睁开却发现紫色的胡须仍牢牢粘缀在神偶的嘴边，而那个差点得手的拖神者由于扑了空重心不稳，不得不收回胳膊去支撑失去平衡的身体。原来就在陈鹤寿指尖快要触及那部紫色胡须之际，一阵冷风把它意外地掀上去。

"颠起来——"随着祝大春一声焦急的吼喊，那些训练有素的护神者从失措的境地里清醒过来，大幅度地甩动轿子甚至朝下翻转，如舟船被接踵而来的巨浪砸中打翻，像失控的秋千疯狂地抛离跳荡，这绝情狠毒的招数具有两败俱伤的意味，既甩掉了拖神者的纠缠也将护卫两侧的壮汉撞击得哇哇大叫。

陈鹤寿感到自己被一股疯狂的力量甩了出去，重重地栽进一堆软绵绵的肉体上再翻滚落地，围观追随的人群哗地散开，也有许多收不住的腿脚踢在踩在绊在他的肢体上。祝大春霹雳般炸响的欢叫声仍在他的耳边回荡，那是一种羞辱对手、绝境逢生的快意。陈鹤寿蹿起一股不甘心的火气，挣扎着爬起来，如一枚木楔再次敲进人墙，刚一凑近神轿便吃到了更加凶猛的拳脚，稀里糊涂地被排挤到人群外围，眼里的灯火全乱了，各种颜色各种形状模模糊糊地在面前飘移旋转，连听到的声音也失真，像闷在罐子里嗡嗡鸣响。

陈鹤寿迈开双腿如打开生锈的铰刀般艰难滞碍，刚转至庙后就听到一声熟悉的叫唤，心头一热问："幼妹，你咋来了？"暖玉从男人踉踉跄跄的步伐中觉出他伤得不轻，急步上前搀住了他："你没事吧？"陈鹤寿咬着牙说"没事。"两个人来到罗锅老郑住的小屋推开虚掩的门，借着朦胧的灯光，暖玉拿蘸过清水的帕子帮男人轻柔地揩掉搅和着血汗涕泪还有锅灰的大花脸，还好眼角只破了点皮，身上却全是淤青。暖玉嘘了口气自责地说："都怪我乱说，弄出这个拖神来。"看见女人眼里闪着泪光，陈鹤寿的心里更加愧疚："不怨你，就算你不说这个，我也会折腾别个。"

暖玉不愿在拖神这件事上纠缠下去，早间见到麦青，凭着女人直觉她已隐约猜到一点什么。要在以前，她会感到嫉妒、委屈、难过继而奋不顾身地去质问他顶撞他，现在却想通了，知道了又如何？除非你不想跟他过下去。几乎每个男人都有神秘而不可知的禁区，即使她是他的女人也最好不要触及。由他去吧，否则闹个鸡飞狗跳，受害的还不是她和孩子？经过了这些年的大起大落，暖玉已经找到了一直以来苦恼着她的解结之道，不再执着于被表象遮盖住的真相，而是更加一心一意地待他信他，就像初次相遇就确信他会带给她幸福一样。这么一想让她顿然卸下了包袱解除了痛苦，体内某种冷硬的东西也随之松弛了柔软了温暖了，脑子里竟闪过这样奇怪的念头：他对那个女人的眷恋，不但没能削弱她对他的爱，相反还强化了它。

第二天一早，麦青情绪低落地坐上了回县城的马车，她的到来挨了林昂的一顿训，但真正让她感到沮丧的并非这个。昨晚拖神快要接近尾声，有颗烟花在低空炸开照得男宾观礼台一片雪亮，麦青发现陈鹤寿就坐在前排左侧那个原来空着的位子上，若无其事地与身边的人议论着什么，她那颗悬着的心终于落下来，一腔热情也随之冷却，谁最后得到“老爷须”她已不再关心，有种闹不清的失落感摁下去又拱上来，像有个声音在耻笑她竟天真到去相信他的话，害得她担心了一夜。失望之余她又开解起自己来，如果他真的夺得“老爷须”又能怎样？难道就可以不管不顾地和他在一起？那所谓的过去，已经是永远回不去的彼岸了。

凛冽的寒风把旷地上的鞭炮纸屑汇成一股股犹如彩色的水流，欢乐的气氛还没有从街头巷尾消散殆尽，人们站在铺窗前屋檐下阴沟旁热烈地谈论着昨夜拖神的盛况。麦青从车夫嘴里得知，水流神的“老爷须”后来被一个武功高强的外乡人薅走，他的名字至今无人知晓。水流神偶的帽子铠甲锦袍玉带官靴也通通被抢光，仅留下一个断臂折腿、漆油斑驳的身坯被绳子拴着投入江湾，那载浮载沉、可怜兮兮的模样让不知底细的人打死也不信，它曾高踞神庙主殿吸引着无数的善男信女烧香磕头寻求庇佑。

麦青不知道陈鹤寿参加了拖神，就像她不知道三天之后水流神偶又被清除污渍描眉画眼换上崭新的衣袍鞋帽重新供回宫庙的主殿。那些充满野性、无畏、动魄惊心的拖神场景，多日之后仍萦绕在她的脑际，倒是有种她一直珍视的东西从体内翩然飞散。当然麦青也不知道，就在她离开港埠的当天下午，陈鹤寿夫妇最宠爱的女儿不明不白地死在后院一堆草垛里，那与之有关的亲情交融的美好场景成为了陈家人沉痛揪心的回忆。

小姑娘小脸扭曲变形，指甲乌黑如泥，濮婆婆轻轻掰开她的嘴巴伸出一根手指勾出一点黏液还有一点没有咽下的浆果残渣，这种浆果毒性很大却不知道它为何会出现在家中。陈鹤寿忍住巨大的悲痛将家里六个仆佣抓起来亲自审问，又盘问了上一晚这一日沿着春归堂巡逻的壮勇，依然得不到任何结论。暖玉却已暗暗认定，这是草头姐对她提议拖神所实施的报复。

朵云的夭折给暖玉带来了严重的精神创伤，只要看到那些小衣裳小尿布就会忍不住大哭。有好几个夜晚，暖玉老梦见小丫头在屋前屋后飘飘荡荡地转悠，又软又细的头发覆盖着小脑袋，面无血色皮肤冰凉，嘴巴被浆果塞得鼓鼓的，比比画画的手指头如熟透的桑葚血红乌紫，一哭泣就有果渣掉下来……那段时间，暖玉终日坐在床沿以手蒙面，泪水从苍白的指缝不断冒出。

“我还记得她不愿学走路，老向前伸出手臂来要抱，要抱——”暖玉泪眼迷离，嘴角浮起一丝凄怆的笑，含混不清的声音近乎呓语，“表哥，我真后悔生了她，她要是能一直待在我的肚子里，跟着我干活、吃饭、睡觉，受我的保护，那该多好啊……”陈鹤寿眼眶发红地劝她：“憨姿娘，放心吧，她和咱们的老辈人在一起了，他们会疼她、照料好她的。”暖玉抬起一双泪眼争辩：“可是她不在了呀，不在了呀，我再也见不到她了，这是她的小裙子，这是你给她的拨浪鼓，还有这绣了花儿的小鞋子，”她拿起女儿的鞋子亲了一口，浑身发出剧烈的颤抖，“表哥，咱们再也见不到她、听不到她了。”陈鹤寿的泪水涌出来动情地说：“憨姿娘，你只要想想她，她就站在你的面前，不是吗？昨晚我还梦见她，蹦蹦跳跳的好不快活。谁说再也见不到她？到了那一天，咱们一家子又会团聚在一起。”

有天夜里，有个影影绰绰的面孔从陈鹤寿的梦境里掠过，嘴巴一努一努的像在诉说着什么，醒来后正听到暖玉翻身的响动就碰了碰她：“是不是像你说的，拖神真的被触怒了——”暖玉知道他想说什么，就冷冷地打断他：“不管是谁，都甭想看到咱们哭丧着脸！我吃过药了，往后再也不生孥仔，看她还能折腾出个啥名堂！”

鹤随日舞

拖神以怒潮般的声威超越了樟树埠任何村寨社的游神赛会，其影响力也自然而然地盖过了营火帝。到了三四月洋船纷纷回棹，陈鹤寿为扩建水流神庙振臂一挥，外埠本埠的船主贩商争相表现，捐出的钱财远远超出了预计。陈鹤寿打算推荐苏忠勇主持水流神宫庙扩建事宜，程凤梧第一个站出来反对：“他与林六同个鼻孔出气，您把这么重要的事交给他……”一丝笑意从陈鹤寿唇边不易觉察地滑过：“老兄啊，咱要是忘不了过去的那些仇仇怨怨，如何聚得了人心？”陈鹤寿的雍容大度开阔胸襟既令部下豁然大悟，也让苏忠勇愧悔不已，生出了“士为知己者死”的豪情，统筹安排不敢有一丝一毫的懈怠，十来支大小不一的工匠队伍风风火火地干起来，喧腾红火的气势似要压倒北岸布袋围的工地。

也就在这段时间，潮州府城一家劣等窑子因发生嫖客命案，妓女们被遣返，官府通过假的卖身契寻到樟树村的白老二家，白大婶这才弄明白，失踪一年的小女儿白梅原来是被新陇乡潘姓大族的子弟蒙骗拐卖的。陈鹤寿一面安抚哭哭啼啼的白老二夫妇，一面派人到新陇乡索人，潘族长早就怀恨在心，借口陈鹤寿捏造事实辱没其家族门庭，联合周围十三个大小乡村，扬言要以武力征讨樟树村，表面上是为了洗刷冤屈讨个说法，真正目的是借打击陈鹤寿与林昂结盟，介入港埠码头事务以谋取利益。

吴知府得到这个消息后暗暗叫好，立即吩咐他的下属：“会乡械斗多的是，两头都别管。”

打从麦青被绑的事传到吴千钧的耳朵里，他对林昂这个世家子弟就有了别样的看法：自己的小妾被贼匪所掳，非但不救还拿她当诱饵，什么玩意儿嘛。当他进一步得知绑麦青的不是别人，正是自己的死对头温鹏程，一个诱人的构想在他心里快速形成，借着林昂螳螂捕蝉的机会他要当一回黄雀，趁机搞掉这支东南海上最强大的武装力量，手刃温鹏程这个疯子替家人报仇。可惜的是，半路杀出个陈鹤寿，冒着通匪的罪名出手解救了麦青也搅黄了他的好事，让他窝了一肚子火。现在听说十三乡围攻樟树村，一缕惊喜又荡开了他的满脸彤云，马上意识到这是他在樟树埠倾力布局所得的一次意外补偿，借机削弱民间力量，用小牺牲换取大稳定，便传令下去，以养精蓄锐防御“长毛”余党及海寇为由，严命马知县按兵不动静观其变。

眼看樟树村人再次陷入浩劫，陈鹤寿向马知县求救，马知县明里表示为难暗里向他透底，吴知府从中作梗，遂断了请官府主持公道的念想，回来后以保头的身份请其他五个村寨社的主事人过来议事。平日里你好我好大家好，尤其是有利可图的时候，目下真的摊上大事，主事们就像被一种无形的威力所压吓，不是生病就是有事，随便派个闲杂人员对付。红头船公所司事林昂倒是来了，只是以调解人的身份一口一个“你们樟树村人”，明明白白地撇清关系。他力主“和气生财”，向潘氏家族妥协将大事化小小事化了，还一反平日里痛恨洋人的腔调打了个不甚恰切的比喻：“这十三乡就好比船坚炮利的洋鬼，若是两边打起来，受害的不只是樟树村人，本埠的商户百姓也要跟着遭殃。”陈鹤寿冷笑着反驳：“原来六爷也是赞成卖国求荣？”林昂愣了一下红了脸，喉结滞涩地滑动支支吾吾：“我也是近日才想通，要是朝廷早有自知之明，何至于付出如此沉重的代价？”陈鹤寿的神色严厉到几乎令人恐怖的地步，质疑的声音里夹杂着几分鄙夷：“您真的看不出他们是想薅港埠的羊毛？”林昂摊开手来打了个哈哈以消除窘态，用事不关己的口吻说：“有本事你去说服潘族长。潘姓豪族向来强横，民不能阻官不敢问，眼下又统领了十三乡，每人唾一口樟树埠怕要决堤了，何况小小的樟树村？”陈鹤寿正要反唇相讥逼进一步，脑子里猛地闪过一个疑影，眼珠子一转换了种圆活的说法：“这也是我所顾虑的，依六爷之见，该如何处理才更加得当？”林昂恳切地说：“冤家宜解不宜结，要我看啊，寿爷不如趁早上门以表诚意，至于对方想要什么咱能不能给，那还不是在酒桌上慢慢计议啊？”

陈鹤寿颔首听着，脸上流露出一种感触良深的神情，那样子给人一种承认过错、勇于反思的印象，完了仰起脸来对聚首的八街六社代表说：“六爷果然是吆过海风食过咸水的，此言甚是，我明日就登门拜会潘族长还有新陇乡的其他主事，有啥误会三面六目说清楚，省得怨结越缠越紧伤了和气。”

林昂已经进入了角色更加卖力地演戏：“寿爷客气了，此事虽由樟树村引发，但作为红头船公所司事，谁不想整个港埠、所有人都平平安安？”陈鹤寿故意说：“听闻六爷与潘爷相熟，到时若有啥谈不拢的，还要劳驾您出面斡旋调解。”林昂脸色微变连连摆手：“我跟潘氏家族向来不打交道，与潘爷也只有一面之缘，哪谈得上相熟？”陈鹤寿看得分明，林昂貌似疏淡的态度背后隐藏着一丝慌张，他的表现再次印证了自己的预感也印证了“越是解释越是掩饰”的那句老话。

散会后陈鹤寿把黄仰岳、祝大春、齐修平、程凤梧、石槌等几个心腹招过来密谋一番，决定外松内紧将计就计。齐修平提出了敌众我寡的忧虑，陈鹤寿说：“这十三乡比之吴忠恕王兴顺的人马如何？”齐修平羞赧地摇头。陈鹤寿拍拍他单薄突起的肩膀像对他又像对着大伙说：“当初我之所以敢与农民军抗衡，完全是信了这样的传言：在攻打澄波县城之前，王兴顺在家中做桌宴请一起举事的兄弟。开席时有盘五花肉片片相连，王兴顺几次夹起甩动竟无一人举箸相帮。王兴顺的二夫人看得真切暗暗叹气，原来这是她有意让厨师切成的。散席后她提醒王兴顺，‘席中无人助箸，阵中无人助枪。人心未齐匆忙举兵，恐怕不利。’可惜王兴顺称王心切，不但听不进二夫人的劝告还大声斥责她，‘以酒肉论事，实乃妇人之愚！’即刻派人与吴忠恕取得联系，相约杀向澄波县城，结果真的成不了气候。”陈鹤寿站起身来威严地扫视这几位老兄老弟，用粗硬的骨节砰砰地敲击着桌面慷慨陈词：“今观之新陇乡周边乡里，无不受其威慑蹂躏，潘姓强族巧取豪夺内外增田，使邻近乡村数百户人家为其佃户。其所修豪宅五步一轩十步一阁，画槛雕栏皆仿京城王府式样，连官家都看不顺眼，只是顾忌他家族中有人在朝为官不敢招惹。如此乌合之众，只须迎头痛击，必成一把散沙。”

在与心腹达成共识之后，陈鹤寿先拜会潘族长，又一个接一个地拜会新陇乡的士绅贤达，再扩展到其他十二个村庄说得上话的人物，跟他们套近乎谈交情，尽可能拖延些时日，这些人对新陇乡潘族长也是隐忍多时，在言谈中有意无意地泄露出对他的不满，这让陈鹤寿心里更加有数。

潘族长以为陈鹤寿人善可欺，不再拿什么“合作”作为幌子，直截了当地提出诸多无理的要求，比如为十三乡专辟码头，取消船只停泊的“隔夜费”，红头船公所司事要轮流当值，重大事情由成员们公决而不能由一个人说了算，十三乡也要派员参与码头的管理……最让陈鹤寿哭笑不得的是，潘族长要他将南北船行的货栈转让给他。陈鹤寿装作两头为难踌躇不定，支支吾吾难下决断。每次看到陈鹤寿愁眉不展地离开谈判席，潘族长就忍不住重复着那句话：“都说陈秀才处世硬壮，想不到是只软壳蟹，一戳一个洞！”

陈鹤寿谈判后每每回到樟树埠也不隐瞒，将对方合理的不合理的要求添油加醋公诸于众，使八街六社民怨沸滚，弄得每个人都恨不得操刀去跟潘族长拼个死活。

眼看时机成熟，陈鹤寿最后一次拜会潘族长，毫不客气地推翻了前面所达成的各种口头协议。潘族长吃惊地抖动着两条雪白的眉毛，见陈鹤寿摆出庄重的面孔不像在开玩笑，正待发作，却又听到他推心置腹地说：“我也不想伤了两家和气啊，只怪樟树村那帮愚笨的村夫野老苦苦相逼，这次您正好给他们点颜色瞧瞧，免得日后让我落了个吃里扒外的骂名。”老族长转怒为喜拍拍陈鹤寿的后背说：“还是秀才兄想得周全，只要你我里应外合，事成之后，我们决不亏待你。”

陈鹤寿跟潘族长定好了教训一下樟树村人的时间路线后即刻返回，瞅准晚餐后大伙都在家的时机，马不停蹄地走访樟树埠其他五个村寨社的头人主事，严肃地与他们做出如下约定：“若樟树村人与十三乡人发生械斗，我方落败，你们不必出手相帮，以免日后受到连累。若我方得胜，你们务必呼应以造声势，否则我决不放过你们！”

第二天一早陈鹤寿来到团练公局，壮勇们已操练过正有序地在旷地上列成方队等他检阅。陈鹤寿先是理性平和地向大伙吐出苦水，自己如何被潘族长要奸使诈又如何被十三乡头人步步胁迫，目前除了反击没有别的出路，进而收敛了嘴角那丝嘲弄的笑意发挥了他声音浑厚粗沉的特质：“我知道你们怕，但是怕有啥用？”他停顿了一下像在蓄积力量，然后用一种坚定的语气说：“想想你们平日里是怎么训练的，想想你们又是如何把农民军赶出樟树埠的，你们还怕吗？两军相遇勇者胜，不怕的就跟我来！”

这场以十三乡围攻樟树村为开端的械斗终于来到了，陈鹤寿之前已为备战取得了足够的时间，除了经北社主事人默许在与新陇乡交界处设下埋伏外，又请来莲花山上的猎户山民“助斗”。平原频繁的械斗为山民猎户提供了“助斗”这种新职业，当地人隐讳地称“助斗者”为“鸟”。陈鹤寿掏出合约念给老熟人盘老大听：“樟树村承雇莲花山鸟一百只，鸟粮每只日三百文。如鸟飞不归，恤金每鸟一百千文，听天无悔……”盘老大摇着花白的脑袋中气十足地嚷嚷：“别念啦别念啦，您秀才兄我还信不过啊？”闭上眼睛摁下指印。

在核实官府不过问不插手的准确消息后，由十三乡千余名后生壮汉所组成的讨伐队伍明目张胆地踏入表示中立的北社地界，还没跨入樟树村就遭到港埠团练公局洋枪队的突袭，完全来不及反抗便乱了阵脚，闹哄哄地朝新陇乡的方向撤退，远远地望见自己乡里的庄稼地心情才稍稍放松些，铺设于两侧干涸沟渠上的木板忽然飞起，从里边跃出了樟树埠的志愿者还有助斗的山民猎户，这些袭击者和从后面包抄围裹过来的追兵形成夹攻之势，将千余名讨伐者打得哭爹喊娘四处奔逃。樟树埠其他五个村寨社的头人听说十三乡壮勇处于下风，唯恐陈鹤寿秋后算账，纷纷派出巡更护村的壮汉追随，如一股怒潮卷向新陇乡，把潘族长的大宅围了个水泄不通。潘族长及其兄弟后辈，只要是出了花园的男子全都被反剪着双手拿麻绳拴住，一溜儿跪在潘氏祠堂前的戏台上，平日里备受潘家压榨欺凌的小姓弱房还有佃户们都被喊来控诉他们的罪行。刚开场大家还缩手蜷足的，一旦有人开了头，其他人再也按捺不住抹泪号啕叹息咒骂，戳着潘家人的脑门头顶一吐为快，哪个亲人被逼死谁家的买卖遭挤垮，就连妻女受到潘氏族人霸占奸淫也都毫无保留地哭诉出来……年过七旬的潘族长从年轻时便以出手狠辣著称，过了中年坐上族长之位后更加暴虐凶残，不仅纵容包庇族人胡作非为，自己更是一次次整垮反对者的行铺生意，拆毁无数家庭，他曾多次想过自己一生的结局，却从未想到有一天会被绑在这戏台上挨乡亲们吐口水指戳痛骂，就在大伙以为这场裹挟着污泥浊水的暴风骤雨就要过去，其他十二个乡里的头人主事或者代表又一一登场亮相，将曾经受过新陇乡潘氏家族威逼、咽下的苦水吃过的哑巴亏受过的不公都倾泻出来，口口声声要寿爷主持公道血债血还。

莲峰书院的秀才们坐在一侧摇动笔杆子，唰唰唰地将这一切记录在案并让他们摁上指纹。陈鹤寿又叫来新陇乡的老秀才当着全乡男女老少的面宣读他们的乡约村规，比对潘氏族人所犯下的罪行，分别判处相应的刑罚。那个拐卖白梅的潘姓子弟自然是难逃一死，听到潘族长还有他最狠毒的三儿子五儿子也须受到结石沉江的严厉惩处，现场腾起了一片男的女的粗的尖的声浪，喊声骂声哭声混成一片，最靠近戏台的人墙像崩掉一块似的腾出条道来，人们一边闪避着一边不忘多看那四个将被夺命的男人一眼，潘族长的五儿子吓瘫了，只能由两个壮勇提夹着往外拖，地上的沙土落叶果皮纸屑被他沉重的双脚分开留下两道清晰干净的痕迹。其他帮凶再也不敢狡辩，咚咚咚将额头捣出血印乞求宽大处理，最后该打的打该罚的罚，有两个潘家的爪牙被吓破了胆，一个疯了一个傻了。

在陈鹤寿的主持下，一直跟潘氏家族强硬对抗的蓝氏家族以最快的速度接管全乡事务，将被潘家强占的田地或发还给原主人或分给他们的佃农，连从他家搜出的钱财也分发给乡里人，至于此次缴获的一百多支火枪鸟铳，正好用来武装樟树埠的壮勇……人们对陈鹤寿“铲村换血”的强硬举措有褒有贬，拍手称快者有，替他担心者有，等着看他倒霉的也有。

吴知府得到消息的那一刻，当着下属的面大骂马致远玩忽职守听任莠民横行不法，摆出一副欲停其职听参的姿态，又装作在亲信的劝说下冷静下来，令章千总带兵前往樟树埠和十三乡彻查，强力缉处罪魁以除祸乱以靖地方。两百名弁兵戴着笠帽腰挂弯刀斜挎火枪，才登上樟树埠的码头就被乡勇民众团团围住。章千总皱起眉头用威胁的口气说：“今日章某落脚贵埠乃奉命行事，请各位借条道来，切勿妨碍公务。”石槌挺起胸脯虎着脸说：“披着一身虎皮想吓唬谁？到这里没有寿爷点头哪也别想去。”碗大的拳头一挥吓得章千总连连后退。陈鹤寿接报急急赶来，用有力的胳膊分开人群一声怒喝：“石槌休得无礼！”又对着章千总施礼朗笑：“章爷受惊了，请随我到公局饮茶细叙。”见章千总面有难色又说：“既然章爷惜时如金，那就爽快点，请告知来意，我好作安排。”章千总定了定神说：“在下奉府台大老爷之命，请寿爷还有公局几位、樟树村几位随我到州府走一遭，具体原因我想您比我更清楚。”陈鹤寿镇定地说：“章爷公开办案，我不为难您，不过您也甭为难我，俗话说，‘食得咸抵得渴’，此次‘会乡械斗’，有何责任有何后果由我陈某一人承担，与他人没有一丝牵连。您若同意，我这就跟您投案去，否则请便！”

陈鹤寿声音洪亮，虽是说给章千总一人听，围观者无不听个明白，神色里既有感动的成分也掺杂着怕他上当的担忧。章千总见眼前这阵仗硬来不得，心想擒贼擒王，先将他哄到州府再说，便爽快应允。陈鹤寿大大方方地伸出双手：“来吧，上脚镣还是手铐？请便。”章千总苦笑：“谢寿爷体恤，卑职也是没有办法。”两个兵丁拿着锁链上前，壮勇们纷纷举起火枪做出瞄准的架势，吓得他们面面相觑不知如何是好。陈鹤寿转过身来示意兄弟们枪口朝下，信心十足地说：“这其中必有误会，既然府台大人召我，我正好去说个清楚，兄弟们放心，十天八日便回来。”

陈鹤寿被押解到府衙即刻投入大牢，他托章千总呈给吴知府的亲笔信也不知交了没有，信里的内容涉及此次抗击十三乡的始末，说清楚除掉潘氏强族实乃血债血还使正义得到伸张，吴知府若能为他撑腰必大快人心。到了信末他仿佛停顿了一下才抛出了请求，有要事面禀大老爷。陈鹤寿从早到晚支棱起耳朵倾听昏黑通道里的动静，听见脚步声就往外扑跳，高喉咙大嗓门地吼喊着“来人哪——”冰凉的铁栏杆在他黝黑的脸上压出清晰的纹路。牢头对他发出威厉的叱喝，连递饭的杂役也敢唾他一脸。

陈鹤寿被囚在密不通风又脏又臭的牢狱里日复一日，慢慢地开始怀疑起自己的策略来。每次乡村、宗族械斗过后，官府总会虚张声势下乡惩恶。黄仰岳曾力劝陈鹤寿出去避避风头，先由他和乡绅们出面调解打点，再找村里的穷汉顶罪（其家小可得到长期的抚恤补贴）并缴纳例牌的“械斗费”，待这边化繁为简一切了结之后，再慢悠悠地回来过他的日月。这种方法在过去几乎屡试不爽，比聚众对抗拒捕要强得多，既伤不到官府的脸面，头目们又能分得好处。暖玉也是这个主张，她完全出于对丈夫的安全考虑，并不在意声名那种虚幻无用的东西。陈鹤寿就是不肯，畏罪逃跑不就等于否定了他们击败十三乡的正义性？他今后还有何面目在港埠行踏？他的秉性决定了他做出了与常人截然相反的举动，迎难而上不达目的决不罢休。

八天或者九天后，陈鹤寿方意识到主动权完全掌握在别人手中，自己根本就没有任何选择的余地，当空荡荡的过道踢响了脚步声时他再也提不起劲来，黄仰岳的出现也不再叫他激动，他迟钝地从垫着稻草的地铺上爬起来问："情况有变？"黄仰岳说："熟人带我去了几回，都吃了吴胡子的闭门羹。"陈鹤寿问："他们有没有继续抓人？"黄仰岳摇头。陈鹤寿没神采的眼睛马上放出光来，像拿定了什么主意那样说："那就好，再等等。"黄仰岳会意："这个老滑头！"

果然两天后，陈鹤寿就被押解到一个单独的房间，过了一会儿吴知府才磨磨蹭蹭地走进来，拖长腔调问："找我啥事啊？"陈鹤寿知道他看过那封信了，遂装出官老爷们都想看到的样子诚惶诚恐地说："大老爷日理万机，难得一见，草民就斗胆掏出心窝里的话了。您在潮州主政有年，应该知道这平原俗尚奇特，民风强悍，械斗已成家常便饭。每次械斗，刺目刮耳，折足成废，拆屋占田，毁祠掘冢，只要双方肯私了，官府也就装糊涂，因为眼下正是多事之秋，如果军队长驻解围，其他地方的暴民必会趁机作乱，攻城袭县——"

"少废话，说你的事。"吴知府不耐烦地说。他当澄波县县令时就领教过陈鹤寿狡黠倔拗的两面，知道他的畏怯是装出来的，绕来绕去也都是套路。陈鹤寿应了声好，继续说下去："此次'会乡械斗'，纯属有人暗中挑拨教唆，新陇乡又急于插手港埠事务，十三乡斗我区区一乡，众寡悬殊，谁对谁错，谁欺负谁，傻子都看得出来。再说了，我若不出手加以还击，以他们的野心，日后不知会给您制造多少麻烦。"吴知府作势吼了一声："你既已斗赢，为何还要大开杀戒？"陈鹤寿毫无惧色竭力申辩："潘氏一族向来恃强凌弱鱼肉乡里，其血债累累罪证确凿，人心所归，惟道与义！我还以为大老爷会予以彰扬，为弱者伸张正义，震慑奸恶，让黎民百姓感知老父母的恩泽雨露。"吴知府冷冷地说："你说得都没错，潘氏强族为非作歹罪有应得。"眼睛忽然一翻白多黑少，目光威棱四射嗓音也急促飙高："可是谁给你惩治他们的权力？你这么做跟逆党反贼何异？"陈鹤寿用早有准备的腔调说："所以草民才跟着章千总前来向大老爷领罪。"吴知府的脸色有所缓和但目光仍然透出一丝冷意："你认罪就好！只有一事我尚不明白，你本可以像那些械斗犯一样逃亡他乡，只要有人出头替你缴纳花红三百即可，为何甘心束手就擒？"陈鹤寿再次对吴知府一揖到地：

“原因有二，其一，此次械斗，错不在我，我若逃跑，往后只怕谁都可以欺上门来。其二，我有事要向大老爷面陈。”吴知府哦了一声好奇地问：“啥事比你的自由还金贵？”

“樟树埠啊，”陈鹤寿说，“大伙听闻港埠要对洋人通商，往后洋人的兵船可以随意出入，好多商家大户都准备撤离。”吴知府又噢嗬一声做出与己无关的表情：“那又怎样？”陈鹤寿愣了一下更加带劲地说：“过去有‘无埠不成澄（澄波县）’之说，如今是‘无埠不成潮（潮州府）’，樟树埠一乱，整个平原会好吗？平原不好，您还能好吗？”

千百人在穷乡僻壤哄闹一下也许没啥，搁在樟树埠可就不同了。樟树埠早已不再是什么“渔盐之港”“海防重镇”，而是一跃成为洋船所聚、兴贩所集的海隅大都会，一次次被朝廷冠以“商贸之港”“通洋总汇”等名号，王公贵胄爱耽溺于此，船主望族竞相营造屋庐家庙堪称壮丽，南洋番客修盖楼群广厦以夸耀乡里，其风头一时无二。“天顶神仙府，地上樟树埠”，连大英帝国出版的世界地图也都标注了“樟树埠”而忽略掉“澄波县”。

早些天，吴知府已经从刚签署不久的中英、中法天津条约里知道了洋人的诉求，几可断定樟树埠就是条文里所列明新增的“潮州”通商口岸，同时也清醒地认识到当前形势的复杂多变：对外，朝廷与英法两国正处于时战时和的脆弱敏感阶段，局势不容乐观；对内，自半年前太平军在安徽三河镇全歼湘军李续宾部，安庆脱困天京粮荒得到纾解，李秀成陈玉成封王，太平军军心士气又有了复苏之象，平原上静寂了一阵的农民运动再次抬头。他可不想樟树埠再出什么乱子。这个所征税银占全省总额五分之一的港埠要是乱起来，不仅朝野震动南洋恐慌，恐怕全世界都能接收到它遭受冲击的余波。

陈鹤寿这番话真正戳中吴知府心窝的是，港埠大乱会让他丢掉乌纱帽。国难凶年，不当这个受气的官本也没啥，关键是他往后就再无能力找温鹏程报仇，还无能力保护自己和家人。他可不愿意下半辈子生活在战战兢兢的阴影里。想到此吴知府不由得牙根一紧“咝——”地倒吸一口凉气，再看陈鹤寿凡事进退有度格局够大，那个林昂跟他相比哪是同一层次的？就说营火帝吧，本来已造出了声势，林昂却为了维护八街六社商人的蝇头小利寒了当地百姓的心，还有这场“会乡械斗”，为扳倒陈鹤寿，他竟不分是非跑去勾结声名狼藉的潘氏家族，将自己降格为街头小混混。这世家子弟啊就是功利心重，少了些江湖侠义也缺了些胆识魄力，不若陈鹤寿光明磊落，认定了目标，虽千万人吾往矣！明摆着，陈鹤寿是来投奔自己的，他虽放达不羁不按常理出牌，倒是更加适合这乱世。

吴知府拧紧在心头的疙瘩慢慢松开，故意用惋惜的口气说：“开放港埠乃朝廷钦定，如之奈何？”陈鹤寿挺直躯干仿佛尽他瞑目之前的所有气力喝道：“在下区区草根尚且奋力抗争，大老爷有何理由轻言放弃？”吴知府眉毛一抖斜睨了他一眼，从浓密的胡子里露出结实的牙齿不满地问：“你好像成竹在胸啊！”陈鹤寿目光明炯语气愈加坚定：“老父母若留我一命，愿肝脑涂地谋一方安定。”

吴知府禁不住叫了一声：“陈秀才啊陈秀才，老夫算是怕了你……”袒露在脸上的无奈神色让陈鹤寿一下记起多年以前的那个吴知县，也是将他投入大牢也是同样拿他没有办法，只能发出无谓的吁叹。

陈鹤寿回到樟树埠，船未靠岸先听到一阵敲锣打鼓的响动，在港埠各界人士形成的人墙前面，由四个后生高高托举一方巨匾，上面刻着“鹤随日舞，寿与天齐”八只泥金大字，这才悟觉到自己的命运牵动着多少人的心绪，又一下意识到今天正是自己的生日，眼眶暖热飞也似的跨过跳板，伸出手去与孙木匠、齐修平、祝大春等挚友紧紧相握又朝众人抱拳施礼，一时找不到话只能不断地重复着“谢谢谢谢”。几乎等不及陈鹤寿喘口气，一顶大轿就将他抬进红头船公所，船主们贩商们欢呼着拥戴他为第二任司事。

也就在五天前公所召开的周年大会上，一直参与实际事务的副司事穆庆辉意外地提出公所司事任期届满，需要重新选举，他提议陈鹤寿为候选人。窃窃的私议声无序而又突兀地扩展开来，林昂还没有闹明白穆庆辉唱的是哪一出，另一位副司事苏忠勇也站出来表示支持，他用温和但有力的声音说：“寿爷此次击败十三乡铲平潘氏强族，表面上是保护了樟树村，实际上是维护了大伙在樟树埠的利益。”他冷冷地扫视着眼前的面孔停顿了一下，又用更加有力更加坚决的声音发表自己的见解：“本来州府要抓走成串相关连的人，这其中也包括你我，是寿爷拍着胸脯一人担当，免去咱们的牢狱之灾。还有谁能像他这样冒着坐牢杀头的危险为咱们着想替咱们出头？”在座的即使没有参加过那场“会乡械斗”，也早就熟知里面的因由曲直，以及它那非比寻常的意义。负责记录的鲁有光抑制不住内心的激动撂下纸笔，像被一股力量从座位上反弹起来颤着声说：“今日咱们不仅要把秀才兄选为司事，还要组织大伙到府城集体请愿，要求知府大人释放秀才兄！”他喘了口气将目光尖刺般地扎向林昂鄙夷地说：“至于是谁怂恿十三乡作乱，是谁跑到州府乱咬，我想大伙应该心知肚明！”

林昂看见众人的目光纷纷转向他，而他最忠实最可靠的几个心腹都吓得脸色煞白紧咬嘴唇不敢吱声，方知人心已散大势将去，就一下一下地击掌叫好，起身表示对两位副司事动议的理解和支持。他将原来要讲演的长篇大论压缩成简单的三言两语，先感谢大家过去对他的支持和帮助，又道出他一直力不从心、期待着更有能力的人来接替他的迫切愿望。他讲完了话整个会堂一片死寂，直到他提前离席走出大门才听到里边哗地腾起一片喝倒彩的声浪，训斥、谩骂、议论、嘲笑中间还伴随着时断时续的掌声。

到州府请愿的队伍出发前一天，陈鹤寿就在黄仰岳的陪伴下回到了樟树埠。当人们得知陈鹤寿毫发无损还获得官府的认可，无不欢欣雀跃。那天下午，不管官民绅商也不管是否红头船公所成员，都集结在公所那落大宅的里里外外，陈鹤寿没有讲述他与吴知府交锋的过程，而是将此行获得的最可靠消息告诉了大伙，中美双方已在北塘互换中美《天津条约》，清廷发下了皇帝的上谕，同意美国在潮州、台湾先行开市的要求。他估计英国法国很快也会像美国一样跟中国政府互换条约。条约里面所提到的“潮州”口岸指的应该就是樟树埠。洋人的各种势力很快就会席卷港埠而官府再也无力干涉，大伙只能拧成一股绳来保护自己的利益……

樟树埠真正进入了陈鹤寿主宰的时代，八街六社唯他马首是瞻，在乱世，这已经不是一种荣耀而是一种担当，这个掐着别人生死八字的“埠主”天生拥有协调各方关系的能力，就好比高明的木匠懂得利用榫头卯眼等凹凸咬合连接，而不必动不动就敲下钉子。在州县两级头儿的支持下，陈鹤寿施展才干大刀阔斧，兴建水闸防潮，增田立肆促进内外商业交易，严打奸商整顿市场，揭穿黑幕肃清林昂一手扶持的势力，涤荡了人们烟赌娼等恶习旧气……将港埠变成了方圆百里无贼马的不夜港。

到了三四月，洋船相继回港，陈鹤寿撂下手头杂务，在尽膳居做桌十六席犒劳答谢洋船主们贩商们，吃饭之前故意带着大伙逛了一回正在扩建的水流神庙，由苏忠勇向大家汇报老爷宫建设的进度还有未来的设想。船主贩商们又一次慷慨解囊，陈鹤寿越劝阻他们的热情越高涨。

水流神庙在苏忠勇的主持下，经过本埠和外地工匠近两年的勤勉投入终于宣告竣工。这座崭新而又雄伟的宫殿式神庙占地六十多亩，包括了正殿、前栋、望海楼、拜亭、东西两庑及周围埕道、后座、戏台等建筑物，门前有大石狮、石鼓一对，大厅升上“山海雄镇”的四字巨匾，东西两庑有碑刻录下捐修者的名字，陈鹤寿名列榜首。那些没有用完的银钱用于购置庙田，其出租所得成为了水流神庙祭祀、道场烟火、房屋修缮以及管庙人员酬劳的支出。

陈鹤寿的不懈努力如一闪即逝的光芒照彻了樟树埠的历史，人们暂时忘掉了港埠主权将被洋人夺走的忐忑，前头因遭受十三乡恐吓而变得屈蜷萎缩的人心又一次得到了伸直舒展，跃动着鲜活的希望。

沉 舟

美国低调、迅速地与清政府换约的行动唤起了英国人的紧迫感，也就在几个月前，中英法之间曾因进京互换条约批准书的路线问题节外生枝重燃战火。中英《天津条约》还没正式生效，一天午后，驻扎在香港岛的英国海军便迫不及待地派出两艘小炮艇驶入樟树埠，带着专家过来了解情况。正在码头干活的人们亲眼目睹了洋人蒸汽战船的神奇速度，似乎还没看清楚它们就靠岸了。也不知道谁第一个发出惊呼："洋鬼子打来啦！"守在码头的十几个乡勇以为战争爆发，一面派人到团练公局和巡检司报信，一面招呼周围的苦力水手操起扁担、铁钩、木棒、斧头……五六个高鼻子蓝眼睛的英国人在其他二十几个印度雇佣兵的保护下慢慢悠悠地下船，沿着石阶拾级而上，刚爬到最后几级台阶便看到面前竖起一道人墙。留守在两艘小炮艇上的上百个洋兵听到岸上一阵叽叽呱呱的叫唤，操起火枪冲了上来，挥动枪托砸向站在最前排的乡勇民众。

见势头不妙，有个乡勇跑到尽膳居喊石槌："槌哥，洋人杀过来了。"石槌将手里的粗瓷大碗砰地蹾在桌子上站起来，拿手掌抹了下油光光的阔嘴吼叫："他娘的，我还愁找不到他们，他们就送上门来。"雅茹拽住他一条粗壮如椽的胳膊提醒他："秀才兄去县城前怎么跟你交代？切莫生事！"

陈鹤寿临走确实严肃地交代过石槌，时下形势复杂，没有他的允许谁也不许动用公局团练的力量。石槌正迟疑着，那乡勇又叫起来："老大，您再不去，兄弟们会被揍扁的。"石槌转了转眼珠子，三下两下剥去勇营统一的褂子，鼻腔里轻蔑地哼了一声："这下好啦，我啥也不是，就一普通村民！"振臂一挥喊起来："店里有长屌的没？跟着我去揍洋鬼。"伙计们纷纷撂下锅勺盘碗抹布扫把，拿刀持棒呼噪着紧随其后。雅茹看见胡子花白的豪叔也拎着菜刀从厨房冲出来，死扯硬拦劝他别去惹事，他竟忘了她是头家奶冲着她发火："你们姿娘人懂个屁？洋鬼子都爬上咱们头上拉屎了。"一把将她甩了个趔趔趄趄。

"石槌，豪叔，阿荣，小俊……你们都反了啊？"雅茹追到门楼外，在男人们踢踏出来的一片烟尘里顿足叫嚷。

石槌跑到泊着商船渔船的岸边，嘴里依旧发出雄壮的呐喊："船上有长屌的没？跟老子一块儿轰洋鬼。"船上的男人不管是畲族还是疍家也不管年长年幼，皆不约而同地抽出鱼叉木棍操起刀斧船桨，攀下舷梯踩过跳板加入到驱逐洋人的行列。

石槌他们赶到码头时对峙的双方正操着各自的语言吼叫着，情势危急。有个高壮黝黑的洋兵想要吓退民众，放枪打伤了一名乡勇，石槌冲上前轻轻一拨，对方手里的后膛枪带着几缕细烟飞上天去，还没回过神来脑袋又吃了重重一拳，软泥似的瘫在地上。一时场面混乱骂声四起，双方如两股失控的潮流激荡冲撞，互相渗透其中又想要将对方排斥在外。

洋人寻衅生事的消息一传十十传百，越来越多的村民涌出村口寨门，跨过田埂沟渠跑上大路村道，从四面八方集结到港埠码头，人数一下激增至上千人，双方力量的对比发生了大逆转。洋兵知道挡不住樟树埠民众的洪流竟自乱阵脚，边开枪射击边冲破围堵往船上撤退，驾着小炮艇狼狈离开。此次冲突樟树埠这边人两死十一伤，英国水兵三死十九伤。陈鹤寿回来后听完石槌的述说，不停地甩手哀叹：“这下粘上刺钩竹，甩不脱了。”一面派人飞报马知县吴知府，一面加强戒备巡逻。

吴知府与马知县的回复如出一辙：谁挖的坑谁填，官府一插手事态就复杂化了。

在接下来的日子里，樟树埠仿佛进入了风暴来临前那种沉闷的窒息里，巡检司因害怕受牵连关死大门，向来亲近支持陈鹤寿的乡绅商贾也似乎提前看到了结局，再也不敢踏进公局公所半步更甭说喝茶“吹水”（聊天）了，只敢私下里和其他村民一样，把石槌率大伙驱逐洋人的壮举挂在嘴边余味无穷地咀嚼。这种不可预测的悬宕感并未太多影响陈鹤寿的心绪，就算石槌叫唤着一人做事一人当他也表现得安静笃定不温不火。他没有像对付十三乡那样做出迎战的部署，而是出乎意料地集中人力改造那艘废弃多年的巨舟，把整艘大船变成一处昼夜不分的繁忙工地，一会儿是人声占了上风，一会儿又是施工的噪音占了上风。

苏忠勇、祝大春、齐修平约好了到巨舟工地寻找陈鹤寿，想要说服他及早谋划以对付这次看来无可躲避的大祸。陈鹤寿只管埋头干活，不用看就猜到他们脸上的表情想说的话。就像大伙不肯相信陈鹤寿会驾着巨舟逃跑的传闻那样，他们也不肯相信陈鹤寿已经找到了抗击强敌的良策。最后还是那个久违的声音打断了陈鹤寿手上的活儿，他先是抬头，然后发了个愣怔。好久不见，大先生的模样又增添了一些新的变化，头发密黑脸颊饱满，眼睛里泛起了精力充沛的动人神采。他手脚敏捷地走过来，却让陈鹤寿产生了错觉，对方正由衰弱幽暗的生命老景大踏步地走向壮盛之年的佳境。

陈鹤寿抹着额头的汗珠，脸上的惊疑消失了眼里多了一缕尴尬的神色，对于这位越长越年轻的老友，他还一时找不到更加合适的称谓只能继续喊他大先生。他陪着大先生从船头看到船尾直到对方问起洋兵将到的事方淡淡地说："他们这是侵略！"大先生说："听说中美的条约在北塘互换生效了，中英中法的也快了。"陈鹤寿飞快地作出回应："只要与红毛国的丧气条约一刻未生效，我们就有权不让红毛鬼踏进港埠。"大先生说："话虽这么说，可到哪儿说理去？秀才兄是不是找到了御敌之计？"陈鹤寿指了指这艘大船不置可否，用粗厚的大手攥紧了大先生的小手，一股微微的战栗随之传到大先生身上。大先生马上明白了这是好兄弟之间永诀的暗示，今生就此别过，一股热潮兜上心头又涌向眼眶鼻腔，渍出一股湿乎乎的东西来。

半个月后的一个清晨，出海口驶进一艘二十丈长的铁壳船，两侧各有两艘小些的炮船炮艇护卫。后来人们才知道这艘大船就是臭名昭著的"复仇女神号"，它曾在虎门海战中发挥巨大威力，仅用了一支康格里夫火箭就把一艘清军沙船炸了个稀巴烂。负责指挥这次行动的考希伦少将站在复仇女神号上对着望远镜瞭望，一屏"山岭"隐隐约约横亘于薄纱似的轻柔白雾之中，挡住了他们的去路，待到驶近些才发现是艘没有造好的大船，它用两只浑圆的大眼睛俏皮地注视着他们，同样注视着他们的还有立于船艏的陈鹤寿。

陈鹤寿曾经无数次告诉樟树村人，有一天大伙会坐上这艘大船到一个没有朝廷没有剥削、人人平等自由自在的地方。可是那次强大的海风潮几乎摧毁了它，再也没有人敢奢望它还能把全村老少送到那个梦一样的地方。当陈鹤寿拥有了自己的红头船队、手头阔绰之后，曾请年事已高的孙木匠组织一帮人马着手修理这艘巨舰，并照着红头船的样子腹部粉白船头漆红，船头两侧画上了鸡眼样的黑圈圈。这艘巨舟不再作远洋的打算，只为了纪念它曾拯救了包括自己在内的两百多条生命。在他的心目中，它是樟树埠的一座丰碑，树风声于世代垂名迹于不朽。

樟树埠人赶走了英国水兵之后，一个念头时而模糊时而明朗地向着陈鹤寿逼近：如何发挥这艘烂尾大船的作用。在他的号召下，一部分工匠对它加以修理维护，另一部分工匠则带着村民在船底下挖出滑道，铺设枕木、滑板和木墩，半夜起床浇水，待凌晨结霜变得光滑之后再用木棍撬，用手推，用绳拽……樟树埠的老少爷们儿在严寒中展露出宽肩窄腰扇面胸脯的好身材，嗨唷嗨唷——粗浑的气浪里挥散出浓浓的酒味，将冷飕飕的空气搅得滚烫灼人。那些贪恋暖热被窝的村民也受到这雄壮豪迈的号子的激励，不断加入进来。没有人问陈鹤寿到底想干啥，只是自然而然地去相信他依赖他，照着他的意思劳心尽力。那时候的陈鹤寿，其实并不比别人知道得更多，他只是清醒地认识到，单靠自己的能力已无法扭转此次的凶险局势，他所能做的，就是当它如巨石般滚动碾轧下来时尽量去缓冲它，哪怕是垫下自己的身体。

这个庞然大物在众人的努力下一点点地向前滑动，终因水深不够而搁浅。老天爷仿佛站在陈鹤寿一边，数天连降大雨，使涨起的江水将大船奇迹般地托起，迎着从海口呼啸而来的大风如巨兽般吼喊着摇摆着，像要挣脱粗重的锁链，周遭所鼓起的大浪暴雨般地从高处溅泼下来。这艘断断续续造了十多年、曾掏空陈鹤寿所有积蓄和精力的巨舟，开始了一趟注定没有归途不可能回头的航行。

樟树埠人如过年过节一般扶老携幼，迎着冉冉升起的旭日向岸边集结，争取多看一眼这艘巨大的红头船。陈鹤寿沿着晃荡的木梯攀上船去，像下南洋那般熟练地向水流神献上一对香烛，托起一根猩红的绸子倒身跪拜再将它挽结于船头。手一挥，又有四条大汉抬来红通通的烤猪还有菜肴、酒水等，最后烧化银锭纸钱燃放鞭炮以驱邪气。铁铳发出一连串的轰鸣，三百多名临时招募的志愿者听到岸边的欢呼声鼓噪声更加来劲，齐声吆喝出尽全力，两舷和艉部所设的长橹一齐摆动。大船徐徐调整方向又徐徐驶向江湾的中央，江面仿佛一下拥挤起来。守候在甲板上的水手拽动手腕粗的绳索缓缓升起六根桅杆上的帆叶，大船在风力的推动下驶得更快。无论是船上的水手还是岸边围观的男女老少，都不知道陈鹤寿要将巨舟驶向出海口的真正目的，只是依稀觉得又有一件严肃而又重大的事件将要发生。

暖玉夹杂在人群里默默地注视着大船远去的帆影，昨夜离别的情景又闪现在眼前：男人带着一身酒气寒气从外面回来，有些激动地坐下来跟她摊牌："大船明天就要下水了。"他没再告诉她别的什么，只是偷偷地看着她苍白、清癯的脸，还隔着厚厚的棉袄拍了拍她。她不敢细问但已晓得他就要离开她了，也许是长往不回。她的手覆在他的掌背上久久抚摸着，犹如孩子舍不得离开他的宝贝。他正要张口就被她制止了，像每回他要下南洋时那样平静地说："走吧，啥也甭说，我等你回来！"他托起她的手像年轻时那样放在唇边亲着，摇摆着脑袋柔声说："你真命苦，嫁错了人！"

"我愿意啊！"暖玉忽然想起多年以前，她在韩江边戳破了他的骗局、他要将她送回去的那一幕，得意地笑起来，眼角却涌出了泪水。过了一会儿又轻轻叹了口气："你啊，就爱反着说，从娶我的第一天起，你就一直盘算着如何从我身边溜走，可是表哥，这辈子你休想甩开我！"

陈鹤寿的下巴剧烈地颤动起来，从两片启开的唇瓣间发出的只有牙齿磕碰的响声。他接过她递来的包裹然后像逃避什么危险似的转身，竟不敢去直视她那双亮晃晃的泪眼。她送他出了街门又郑重地叮嘱一遍："表哥，我等你！"

洋人战船的到来反倒让陈鹤寿那颗悬着的心落到实处。从接到他们要来的消息到现在，他已经在这艘巨舟上等待了三天。他悠闲地举起胳膊眼神凝定，将声音聚集到手里那只用铁皮卷成的传声筒，再听它嗡嗡地放大好几倍传了出去："鬼子们听好，你们恃强凌弱，占我国土，杀我民众，抢光劫光毁光——"从他左侧升起的太阳驱散了弥散的晨雾，江面明净如洗。阳光像金色的箭镞纷纷射向他高大的身坯又折断了似的纷纷掉落，而一道不曾有过的更强烈的光也同时照进他的心底。

“滚回去吧，樟树埠人不会欢迎你们这样的豺狼野兽！”他像站在城楼上那样俯瞰着那几艘战船，他能望见它们的内部结构分区以及小得像贴在甲板上的士兵水手。

中年发福、显得又矮又胖的考希伦少将听完部下的翻译后傲慢地说：“我奉劝你赶快交出杀害我们士兵的凶手，赔偿我们的损失，否则别怪我不客气！”

陈鹤寿拿起一条白布扎在头上，又缓缓地除去外边的夹棉袄子用力掼到甲板上。洋兵们看见他一身霜白，就像所有的光线一齐聚焦到他的身上那样炫目，他们都知道这是中国老百姓所说的“丧服”。他用力扯了一下领口，敞开了晒成紫铜色、多毛的胸脯，腮帮鼓动着，有槟榔荖叶紫红的汁液漫到嘴角微微溢出。他大手一挥，留在船上的壮汉们唰唰唰地升起风帆。大船在风力的驱动下好似一只张开翅膀的猛禽扑向那五艘英国军舰。照着预先的安排，壮汉们如青蛙成群结串地跃入江中，游向刚刚解开缆绳与大船分开的救生艇再奋力划向南岸。

这艘巨大无匹的木帆船只载着陈鹤寿一人，借着风力呼呼地撞向半里开外的英国战舰。忽然有种新鲜的体验让他激动得近乎晕眩，他不是一个人在作战而是身后站着成千上万的伙伴，那些长眠于地下葬身于水底的先辈也似乎把他们曾经拥有过的斗志和精神传送到他的身上，气血呼啦一下冲到脑顶，灵魂仿佛从肉体中剥离出去，所有的恐惧都被这庄严感崇高感一扫而光。他觉得自己从未离神这么近，他甚至觉得神灵就附着在他的身体上，而他就是樟树埠的保护神！

陈鹤寿更加有力地举起“传声筒”，含笑的眼睛越眯越细，像要将越来越近的军舰战艇夹扁：“来啊孙子们，先从你爷爷身上蹚过去！”

复仇女神号打出的第一枚炮弹准确地落在巨舰上，绽开了绚丽耀眼的大花。陈鹤寿刚刚感受到大船剧烈的震荡，其他战船的火炮也跟着响起，炮口不断冒出浓烟，呼啸的炮弹穿透巨舟的甲板、船舱、船侧、风帆然后轰然炸开。陈鹤寿东摇西摆跌倒了又爬起来，挺直腰杆脑袋僵硬地高昂着，以沉默的姿态表达对这伙强盗的愤慨和蔑视。

“咱们遇到一个疯子，他想干什么？他到底想干什么？”考希伦少将直起嗓门追问他的翻译官。其实他无须问任何人，陈鹤寿从容面对炮口的举动本身已经告诉了他。翻译官刚想说听不清楚，少将的传令官、一个又高又瘦的年轻人凑近说："他是想让咱们向他开炮，他、他想让全世界都知道，大英帝国的舰队在向一个手无寸铁的中国人开炮，"见少将不吭声又战战兢兢地补充道："而且他、他毫不畏惧——"陈鹤寿的举动让这个下级军官再也无法说下去，不仅由于有一块硬硬的东西哽住了他的喉咙，更由于陈鹤寿的此番举动是从人的心底最有力量的角度爆发出来的。考希伦少将老脸上的肌肉一跳一跳的，他在被陈鹤寿的表现骇住的同时也被下属的直言所打动，人类所共有的良知似乎暂时战胜了他在战争中形成的征服欲、混乱的是非观以及对国家利益的理解和偏袒，戎马生涯中所见到过的苦难和死亡的场景一齐涌向脑际，他用长满老茧的大手搓了搓肿胀、阴沉的胖脸，怀着痛苦沮丧的心情看着那艘燃起熊熊大火、向着一侧倾斜但依然借着风力与惯性撞上来的巨舟，还有那个匕首般泛起白光的身影，就在那一刻，他不再去想他的胜利、他的征服还有他的荣光，他想到的是他的日不落帝国、他的民族，也曾承载着苦难和死亡，想到他们还有他自己，也许哪天也会像这艘巨舟一样倾覆沉没。

这时传令官听到考希伦少将尖着嗓门高喊："停，停，停。"围绕在他身边的下属还没有反应过来，就看到他那长着棕色绒毛的粗厚手掌不经意地抹了一下眼角，转动着过分晶亮的棕色眼睛，垂下去的脸庞显得苍老了许多，嘴角如凿的纹路残留着一丝哀伤的表情。五艘战舰停止了射击，突如其来的静寂深沉得让人感到虚空和恐惧。

"年轻人，"考希伦少将拍了拍传令官单薄的肩膀低低地嘟囔了一声，"这个国家要是多些这样的人，咱们就该滚回老家了。"

巨舟裹着烈火，火借风势风助火威，远远望去如众多旌旗摇曳飞扬。这艘大船最终没能达到陈鹤寿撞翻英国战舰的设想，而是偏离了轨迹朝着另一边斜插过去。他失望而又痛苦地嘶吼，仿佛要将一头犟脾气的牲畜驱赶到原来的路线上，可是它根本就不听使唤。他才慨叹着"随它去吧"，就听到脚下传来了狮吼虎啸般的闷响，仿佛底下有个深不可测的漩涡正将大船牢牢吸附过去。船体开始由中心向四周訇然爆裂、散架，千百条裂痕如车轮的辐条从车毂疾速地伸延出去。转眼间甲板塌陷支柱折断舱顶倾斜，一股股水柱笔直地喷射上来，陈鹤寿顾不上自己，扶住残存的一截船舷抬头望去，那五艘战舰奇迹般地掉转方向扬长而去。

巨舟向着一边倾倒沉降，灌进来的江水与江平面浑然一体。这艘凝聚了樟树村人无数想象无数热望的大船，到头来沉没在自家的港湾里。陈鹤寿悲哀地死抱铁锚想要与它同沉，却被那些半路折返的渔民水手强行拉上了小船……

五艘侵略樟树埠的英军战船无功而返，引发了世人的诸多猜测，不过答案很快就出来了。迫于英国公使的淫威，两广总督黄宗汉命潮州知府火速捉拿杀死及打伤英国水兵的凶徒。陈鹤寿提前得到消息再三催促石槌、豪叔、刘仁顺、马洪、丁阿荣、邓志六人逃往他乡，他们非但不听劝告还统一了口径："我们要是跑了，必会连累其他乡亲，大丈夫敢做敢当！"官兵来到樟树埠抓人时六位好汉竟无一跑路，他们拨开挡护着自己的人群从容走出来。陈鹤寿再次挡到他们的前头大声质问带兵抓人的章千总："咱们埠民也死伤不少，你不去抓他们反倒抓起家己人？"章千总红着脸说："寿爷啊您是明白人，洋人正寻缝找碴到处乱咬，这事甭说兄弟我，就是知府大老爷也做不了主。"又对着众乡亲环顾打拱恳切劝说："我章某在此求大家行个方便，也请那天带头打洋鬼的随我走一遭。"陈鹤寿仰起脸来悲怆地说："你们这帮家伙，吃中国人的饭，帮洋鬼子抓人，就不觉得害臊？"话虽这么说心里却洞若观火，与官兵对抗只有死路一条，倒不如人先让他们押走，自己再找吴知府疏通求情尽力挽救。石槌适时拉开陈鹤寿用自豪而又蔑视的口吻说："那些洋鬼全是我打死的，抓我一个就好！"其他五人都拍打胸脯争相叫喊："是我干的""是我干的"……

雅茹从人群里挤出来扑在石槌身上又瘫下去抱住了他的腿不放："你不能走啊，你走了丢下我咋办？丢下孥仔咋办？"石槌愣了一下狠狠地甩开她，举起双手做出了任凭处治的模样，其他五人也在一片哄闹声中不躲不闪让兵丁套上枷锁镣铐带上官船。雅茹还有其他几个的家属忍不住呼号哭叫，有的昏死在他人怀里有的沿着江堤追逐着官船跑出好长一段路。

六位樟树埠好汉被抓到府城陈鹤寿也赶到府城，从北门进城时听到南门的方向传来了起起伏伏的声浪，他已无暇顾及径直奔向州府衙门。守门的衙役说吴知府外出了不让进，陈鹤寿就摆出一副寻不到他决不返回的架势守在外面，直到一个时辰之后果真见到吴知府骑着马回来，这才相信那个衙役没有说谎。吴千钧衣冠不整、焦头烂额的狼狈相让陈鹤寿大吃一惊，之前他一直给他留下了威严、自信、果敢的印象，他甚至觉得，吴知府即使被农民军打败、被砍下脑袋的瞬间也不会这么慌乱丧气。

“大老爷您可要为民做主啊——”陈鹤寿还不了解这个国家又发生了什么重大事情，莽撞地扑上前扯着吴千钧的马蹄袖不放。

“啥时候了还来添乱！你知不知道，本来连你也得抓，有多少人在上头替你说情又有多少人到我这里给你作保，你才能站在这里！”吴知府狠狠地甩开陈鹤寿的手，将一肚子无处发泄的怒火倾泻到他身上。“樟树埠这案子是总督大人亲自过问的，督办的官员现在就坐在衙门里头。你不要再惹祸了，弄得大家跟着遭殃！”陈鹤寿急得眼泪险些掉下来，一揖到地苦苦哀求：“用我去换他们回来吧！”吴知府猛然提高了嗓门：“你以为你是谁啊？洋人连圆明园都敢烧我还有啥办法？”他大概是被陈鹤寿那直愣愣的眼神震住了，心一软凄然摆手：“快回吧，你要再被抓进去，保你的人的心血就白费了！老夫也是中国人，能做的我都会做的。”陈鹤寿看见吴知府咬着腮帮骨不让泪水溢出眼眶，潮润晶亮的眼珠呈现出罕见的动人之处。

吴知府所说的陈鹤寿很快就听到了，英国人原先确实不想放过他，无奈他驾巨舟战英军的壮举早已传遍了省城广州，各商会社团代表包括名流学者纷纷集结于总督衙门要为他请愿给他作保，连官员们也都被他的英勇无畏所感动，暗暗出力推动此事。英国人一看群情激昂各国记者也争先报道，觉得将事情闹大反而影响今后在华利益，只好默许放过他。而就在刚才，这位府台大人又遇上了麻烦事：中英《天津条约》尚未正式生效，英国就急吼吼地派出首任潮州领事坚佐治乘船抵达汕头，又从那个刚刚兴起的港埠来到潮州。因受樟树埠事件影响，坚佐治才接近潮州城门就遭到当地民众的强烈抗议，数千人朝他抛掷瓦砾石块蜂拥鼓噪。吴知府带着官兵赶去解围，看见包裹在坚佐治笨重身体上的黑色礼服已经开裂领结也被扯歪，稀疏蜷曲的头发上挂着菜帮烂叶，有什么黏黏糊糊的东西从头顶、下巴滴落下来，弄得前襟后背湿漉漉的。他脸色苍白情绪激动说话时高时低语无伦次，身上有股让人难以靠近的猪粪猪尿味。他认为自己的人身安全受到极大威胁，拒绝吴知府的再三挽留坚决不肯进城。

陈鹤寿还想继续在潮州府赖下去直到将兄弟们解救出来，暖玉就派人来喊他回去见濮婆婆最后一面。

濮婆婆蜷缩在棉被里，脸颊明显凹进去，露在被子外面的手瘦得像往枯骨上绷了一层皮。陈鹤寿牵着老人家的手俯身喊她，连喊数遍她终于听到了，仿佛敛聚全身的气力微微撑开眼睛，一丝湿亮的光在眼眶里游动，从暖玉的脸上又转移到他的脸上，嘴巴动了动。他尽可能凑近她，从细弱的声音里辨别出“对她好”三个字，热泪一下涌出来。他知道她最放心不下暖玉，暖玉过得好与不好关键在于他，就狠狠地点了下头：“干娘您放心，我会的。”

濮婆婆溘然离世，陈家痛失至亲，暖玉更是感受到一种连根拔起的痛楚。遵照老人家生前遗愿，陈鹤寿请来柳三娘为她主持一场朴素的水葬。濮婆婆年轻时虽投江获救，一直觉得自己的魂灵在水上漂着，即便是后来生活在陆地，也总觉得大江大海才是她最好的归宿。

陈鹤寿与柳三娘，两个有过鱼水之欢的旧情人互相看着对方改变的容颜，都尽量掩饰着可能会被对方察觉到的伤感，友好而又克制地交谈，直到没有旁人，陈鹤寿才再次追问柳三娘，他俩的孩子在哪。过去的恩怨爱恨早已风吹云散，柳三娘双手捂脸低声抽泣着说不知道，又抬起泪眼告诉他实情：当年的情况十分复杂，何仙姑挑起了疍民跟陈鹤寿的矛盾，实际上是将矛头指向她，有不少人自告奋勇要到南岸暗杀陈鹤寿，也有不少人对柳三娘能否当好头人产生了怀疑。她本打算将孩子抱给他，可又害怕引发他们两公婆的争吵，最终传到那些激进的疍民耳朵里，到时连孩子也活不成，恰好有艘大船临时泊于北岸，她见有个姓梁的出海衣衫华丽面目和善，情急之下就将孩子托付给他。大船走后她才感到后悔，觉得对不起孩子也对不起孩子的父亲，托人多方打听只可惜再也找不到那艘大船的踪迹……

为濮婆婆举行水葬仪式的消息很快传开来，惊动了樟树埠八街六社以及周围的大小村寨，停泊于港埠的船只都暂停了生产，人们站在岸上挤在船上向同一方向投去悲伤不舍的目光，在“灵船”起动时哗哗地跪倒一片合十叩首，这些人中有濮婆婆治过病的接生过的，也有她从鬼门关把命捞回来的。就算有些人没有得到过她的恩泽，也早就听过她的传奇佳话，心里悠然生起一股格外敬重她崇拜她的感情，禁不住热泪涌流。有数十条大船小船自发地挂上白纸糊成的灯笼，紧随着“灵船”给婆婆的魂灵照明引路……小赛英也随着陈家人护送濮婆婆出海，那天所经历的简朴而不失庄重的仪式，还有民众所流露的真挚情感都在她心里产生了强烈的震荡，她不断地重温着与婆婆相处受教的点点滴滴，迫切地渴望成为像她一样无私无求、一心赴救的苍生大医。

英雄汉

在十三乡被击败、潘族长势力被铲除的那个冬天，林昂的希望破灭了，他发觉命运一下颠倒了自己和陈鹤寿的位置，轮到他走入人生的犄角迎来苦寒肃杀的时节，放眼望去，整个樟树埠完全落入陈鹤寿的掌控之中：陆上，有一支四五百人的“陈家军”把守；海上，众船主拔旗易帜高悬三蓑向他看齐。天上，水流神已俨然成为樟树埠的主神。仅就游神拖神一役他就输得无话可说，失望之余又不得不佩服陈鹤寿洞察人性之深，人人的内心都隐藏着一种摧毁破坏的倾向，贪婪和功利就是人性最大的丑和恶，他们永难满足于虚无缥缈的崇拜，即使是神明也想驱使起来为自己所役。就在英国人的军舰首次开进樟树埠又被民众驱逐出去之后，林昂从行将熄灭的灰烬里看到了一星希望。他故意躲在顺风行喝茶看书，摆出一副受辱之后两耳不闻窗外事的冷淡态度，心眼儿却一刻不停地活动着，对英国人即将到来的反击做出了周密的推测和客观的判断，依照陈鹤寿的脾性不可能坐视不管更不会逃之夭夭，那就意味着洋人所施加的全部压力都将压在他身上。

林昂发现自己没有那么憎恶洋人了，他甚至盼着他们快些杀过来，接下来用脚丫思考也能得出结论，陈鹤寿将所有的责任大包大揽到自己身上，还幼稚地奢望用一条命和一艘没有造好的大船去换回整个港埠的太平，真是愚不可及。林昂以为此次陈鹤寿必葬身水底，可事实上他不仅安然脱险，其事迹还被无数张嘴唱扬出去，成为人人心目中的民族英雄，听说连吴知府在某次私宴上喝高了还大声疾呼："若吾国吾民人人皆效陈鹤寿，各族同心官民同德，则平原何患？华夏何患？"

林昂终于意识到，就从他不着痕迹地设下圈套将陈鹤寿逐出樟树埠的那一天起，那个圈套也同时套在了自己的脖子上。世界变小了，小得容不下他们两个。他还说不清何时会与陈鹤寿决一死战，但凭直觉，这一天近了。吴知府已经倒向陈鹤寿一边，靠不住了，可是再厉害的商人，如果失去了官员这座靠山，那就如同搁在砧板上的肥肉任人宰割。林昂一下想到刚到任的两广总督劳崇光。劳崇光是鲁巡抚的好友，以前自己就跟他见过一面，于是修书一封，向劳崇光告密。

林昂做梦也想不到，去省城给总督送信的翁耀明正是程凤梧敲进顺风行的"楔子"。信件转到陈鹤寿手里拆开一看，浓眉一弹拉下了极其难看的脸，里面罗列了他的二十四条"罪状"，有四条尤为突出：一是走私军需物资。南北船行运往暹罗的商品，除了江南丝绸以及北方皮货外还有大量的潮州土特产，其中包括了铁器。潮州作为粤地著名的冶铁中心，所产铁器质量上乘。暹罗国因过去与缅军作战，后来又为加强国土安全，对铁器、硫磺此类清廷禁运的军需物资需求巨大，樟树埠的船主无一不趁机偷运以图丰厚回报。二是偷漏税银。南北船行多次将贩至暹罗或安南的货物报往海南，得免关税。三是陈鹤寿自立为澳长埠主，手握壮勇五百欺压四方，烧杀抢掠民不敢问官不敢究。四是通匪成匪。多次以捐资为名，实乃"计舟榷税"，强令商船"抽分"船主"买水"。船主贩商慑于淫威为保证船货安全，在船桅上悬挂三蓑标志。当地官府因疲于应对蜂起的"贼逆"而无暇顾及……信里一再强调，陈鹤寿一日不除，恐成下一个"洪贼（洪秀全）”，贻害无穷。

让陈鹤寿感到震惊的并非林昂的狠毒，而是他这种“锅碗一起砸”的极端态度，因为偷漏税银也好走私铁器也罢，绝非陈鹤寿一人所为，它涵盖了港埠整个船运行业连他自己也无法脱罪。为了稳住林昂，陈鹤寿令黄仰岳模仿原来的笔迹重写一封，浮光掠影地描述近年来樟树埠船业贸易之所以能发展得如此迅猛，完全是不安定的局势意外促成，尤其是北上苏杭京津的货船不堪“长毛”炮火之扰，下南洋成为更多船主的无奈之选，也才有越来越多的商船货船汇聚于此。另外，因战事吃紧，官府征调粮食物资，百姓穷苦民变丛生，樟树埠幸有配备洋枪火炮的乡勇日夜巡逻守卫，不仅击退了吴忠恕王兴顺的农民军，还驱逐了入侵樟树埠的洋人战船……黄仰岳又模仿林昂的口吻漫谈商贸，既谈到香港岛成为货运中转站所发挥的作用，又为樟树埠将代表“潮州”成为对英法美等国开放的通商口岸而担忧……最后恳请总督大人巡视潮汕平原，将是“潮人莫大之荣光”。陈鹤寿细读信件数遍未见纰漏，方郑重地请程风梧交给翁耀明，重封火漆送往省城。

黄仰岳见陈鹤寿若有所思地朝茶座走来，就拿指头蘸着茶水在几面上写了句唐诗：“孤峰不与众山俦”。陈鹤寿立即明白，对方的所想恰好是自己的打算，也学着他蘸上茶水写了下一句：“直入青云势未休”，两个人相视而笑。

和风拂面的四月初，林昂在樟树埠亲自送走的九艘洋船，在离南澳岛不到四十海里的地方遭遇海贼船致命的伏击。此次海贼将船只扮成官船客船，趁两支船队接近时突然开火并改变阵形，其做法已不是冲着船上的货物而是要置对方于死地。顺风行船队仓促应战怎奈败局已成，有五艘商船着火燃烧，人员死伤近半，有三艘被劫持至附近的石龟岛，货物被抢人员抛于荒岛，只有一艘侥幸逃脱。

陈鹤寿得到消息后心门猛烈地撞击了一下，不仅享受不到搞垮对手的痛快，反而有种说不出的恐惧，有种兔死狐悲的惶恐。

这起樟树埠史上最惨烈的洋船抢劫案令林昂几乎疯掉。行船多年，就算他想到有一天遭到海贼的暗算，也料想不到会是如此毁灭性的打击。消息很快传到了樟树埠又传到了县城，等传到府城时已变成了无人敢信又不得不信的事实，顺风行的大门瞬即被簇拥的人群所围堵，找林昂要人命要货物要批银要说法的吵嚷哭闹呼噪，从白天一直延续到深夜，怎么劝解都无济于事。林昂木然坐在船行最深处的房间，仿佛对外面的纷争浑然不觉，有个熟悉而又陌生的笑声填满了他的耳朵，那笑声仿佛从某个恶魔黢黑凶残的牙齿间喷吐出来，如尖利的冰凌狠狠地扎向他的胸膛……也不知过了多久，朱任之进来嘟囔了一句，林昂不知听没听清，脸上现出讶异的神色。朱任之重复了刚才的话："外面的人走了……"接着是深深的叹息，表示他已尽力可惜不顶用："他们说啥我都应承。您赶快出去避一避，明日我再跟他们慢慢磨。我又不是头家，就算把我捆起来又能咋样？"

当林昂被两个跟班搀进县城那落四点金时，麦青虽有心理准备仍被吓得手足无措。自从遭到青云帮绑架差点丧命，麦青在心底里已经跟林昂彻底决裂。不管他怎么解释她都不在乎，既涌不出轻蔑的敌意，也鼓不起反驳他奚落他的心劲，对他就像对待外人那般冷漠。眼下见到林昂这副丧魂落魄的模样，麦青的心尖还是剧烈一颤软了下来，装作毫不知情地问："六爷，到底发生了啥事？"林昂想说点什么就被泪水哽住了，那张变形浮肿的脸让麦青感到既可怜又可怕，而眼里浮现出的那种无能为力的颓唐更加令人揪心。她知道他的灵魂里有一种东西抖抖索索地快要支撑不住，不敢再追问下去。

半个月后县城到处传扬着陈鹤寿站出来替顺风行撑腰还债的佳话。麦青将信将疑地问林昂，他白牙一锉发出残忍的冷笑："他总算得手了。"麦青惊讶地问："啥意思？"林昂斜眼瞧她声音里流露出挖苦的腔调："你真以为陈秀才是个大善人啊？我把船行和布袋围全都抵给了他，连我细舅都被他留下来管工地。"下巴突然激烈地颤抖，苍白的脸颊因激动而浮起两坨病态的潮红，刺耳的声音里包含着一种无法压抑的轻蔑与自嘲："堂堂泉州林氏，出败家子喽！"

在此后的一个多月里，顺风行果真将剩下的洋船贱卖给南北行，遣散了所有伙计关门大吉，县城也噼里啪啦地关掉铺面，连最大的鸿祥商行也未能幸免……林昂苦心创建的商业王国一夜之间崩塌倒闭，消息传到福建老家，大夫人玉卿急奉老太太之命带着大儿子赶来看个究竟，林昂瞅着他们进门的一刻表情凝固了。

林昂曾夜不能寐反反复复地想象着母亲对他有多失望，整个家族多少子弟，母亲最疼爱最支持的就是他。他曾想要向母亲证明，自己可以做得像父亲一样好甚至更好，而之前他也确实给母亲长了脸。当初他有多荣光，如今就有多失落，一想到整个家族将因他而蒙羞，受到本地对手的臧否笑骂乡亲邻里的戳戳点点，而自己此生再也无力翻盘再也没脸还乡，那股难以平息的恶火就鼓动起来灼烧着他的胸膛。他恨陈鹤寿，论家世论智慧论经商的头脑，他哪样比不过他？论贡献，当年陈鹤寿被撵出樟树湾八年，是谁带动着众人将这片荒山野渡发展成举世闻名的大港埠？论人道，哪次樟树埠的大灾大难他不是热心辣肠慷慨解囊？就说大饥荒的那一年，若不是他要多死多少人？火灾烧掉城内的无数厝屋那次，又是谁逆着奔逃的人潮不要命地跑去救人？他觉得自己才是樟树埠的救星，是樟树埠人的恩人，连陈鹤寿一家也沾了他的光！他要是真心想灭掉那个酸臭秀才，他不知要死去多少回。难道就因为自己不够混蛋，所以才成不了大器？再看看身边这些忘恩负义的人，有哪个记得他的情，惦着他的好，要不是他，那个苏忠勇还在打铁，那个穆庆辉说不定蹲在哪个街边改卖茶叶蛋。当初若不是这两人竭力讨好撺掇，他也不至于与陈鹤寿引发争端。陈鹤寿要不是去过番哪能弄到洋船，那他还拿什么跟他斗？还有麦青，这个养不熟的贱骨头，如果不是他，她早就烂在了花艇上。他赎了她让她活得像个人，像个贵妇，可她回报了他什么？把陈鹤寿介绍给了马致远，让他强起来好干掉自己的男人？还跟他勾勾扯扯，凭什么？为什么所有人都对他恩将仇报？难道真的皇天无眼，非要灭他？

林昂听到那个一直憋在胸间、委屈不平的呐喊声越来越大，他要跟这世道讨个说法，跟老天爷辩个是非，最终这声音像滔天洪水一样漫进了他的心里漫进了他的脑里，他的某条神经搭错线忽然惨叫一声，从现实中躲进了精神错乱的世界里。他把高高大大的儿子当成了陈鹤寿，抓起欧式的青铜烛台砸了过去：“你们这些恶贼，把船还给我，把货还给我，把布袋围还给我——”

烛台当啷落下，干硬的蜡块碎掉了发烫的蜡油溅了一地。儿子在慌乱的后退中听到父亲喃喃自语：“散伙啦，啥也没啦，哈哈哈……”

麦青请来了全县最有名气的郎中安静山先生给林昂搭脉。安先生年逾古稀鹤发童颜，炯炯的目光里有种东西令人肃然敬畏，他问了几句扫了几眼便断定林昂是受到出其不意、承受不起的打击，得了癫狂症。安先生先施银针取林昂穴位针灸，以调整他的情绪，醒脑开窍，再出中药偏方疏肝涤痰调理气血，让脏腑功能协调阴阳平衡。私下里他告诉麦青还有玉卿夫人，这是一个较长的治疗过程，中间病人会不断出现反复，千万避免让他再受刺激。

半个月后林昂病情得到缓解，情绪也渐趋稳定，有天主动叫上大夫人还有儿子叨几句家常。他盼着他们快点离开，好让自己安生几天，因而以母亲离不开玉卿为由催促再三，玉卿想要留下大儿子帮他也被他一口回绝。见儿子眼里泛起一缕失望，林昂用庄严而又痛苦的口气说：“谁结下的苦果谁咽，我不要你年纪轻轻就跟着受罪。”儿子急急张开嘴巴就被他摆手制止，从喉咙深处发出一声沉重无奈的叹息：“这边的路子走不通了，你还是回去跟着叔伯们混吧。”

那对母子走后，林昂白天龟缩在书房夜里也睡在书房，那种撕裂心肺的怨怒已经消失，只是意志消沉精神恍惚，夜来常受噩梦惊扰，于半梦半醒之间伸手抓向那些别人看不见的团团黑影：“当心！匪贼来了……”麦青想去照料他却被他吼出去，还绝情地插上门闩。她怔怔地立于门外，脑海里悬浮着那对受到噩梦折磨、痛苦不堪的血红眼睛。她知道他恨她，不管造成他今天的处境和结局的原因是什么，而事实正好印证了他母亲当初的预言：这个花娘会给他带来晦运！

麦青记起林昂对她说过，陈鹤寿雇匪贼绑架了她，是想弄他一大笔赎金以搞垮顺风行，所以他才犹豫再三不肯上当。她当时就迅速作出反诘：“要真是这样，匪贼又怎么把我放了？”林昂的解释是“迫于官家的压力”。她又记起陈鹤寿曾带着妒意发牢骚：“我是最早来到樟树湾的，布袋围本该是我的……”这回买主偏偏就是他。这两个男人表面上各执一词，而受益者却一目了然，莫非陈鹤寿真的是幕后的操纵者？再看林昂，那双圆溜溜的眼睛已明显带着责难的神气，好像在对她说："我怎么对你，你却这么对我？"这个声音震得她灵魂不安，想想这些年，自己虽跟他过日子，内心深处却将希望系在陈鹤寿身上，一直在陈鹤寿身上找寻一种东西，一种她在林昂那里得不到的东西。麦青开始相信，要是没有她，林昂不会沦落到今日如此田地，若林昂好不了，她这辈子也无法安心。

善良的人总会不自觉地怜悯弱者，不管这弱者曾经有多可恨。在那段难熬的时光里，每次看到那对丧魂落魄的眼睛，麦青就涌起了说不出的懊悔与自责，那种绵绵的恩情也随之化解了往日的敌意，内心变得宽厚柔软起来。她对他尽可能地好，以弥补过去对他的轻忽。至于陈鹤寿，她也常常想起他，想起这些年两个人那些剪不断理还乱的情愫，以及由此而造成的这个可悲的结局。如果说她和陈鹤寿是前世的冤家，那么到今天也该结束了。陈鹤寿胜了，林昂输了，这既是结果，也是苦果。

陈鹤寿在得知林昂精神失常之后如被他人反手抽了一记响亮的耳光。击败顺风行将林昂逐出樟树埠，是陈鹤寿多年的夙愿，不仅可报当年之辱，又能提升自己的威望，如今得偿所愿，却一点也快乐不起来。他一次又一次地搜索着回忆着那个温文儒雅的对手，愈加明晰地觉出他不仅是个富有谋略的商人，还是个侠骨柔肠的好人，他曾率领船队北上南下，一次次地刷新潮汕平原船行交易量的纪录。他从不隐瞒对洋人的蔑视对家国灾难的愤慨，恨不得弃商从戎杀敌建功。他珍视港埠的现在向往港埠的将来，乐善好施，无论水灾火灾饥荒兵祸无不伸出援手，他帮助过暖玉，其奋不顾命从烈火中救出村民孩子的事迹更是成为人人争相传诵的佳话。他待人温柔敦厚，就连暖玉都说过他的好话……陈鹤寿在反思中体味着矛盾与苦闷，他们两个是何时成为死敌的？这到底是天意还是人为？是世界太小还是樟树埠太大？原本天远地远的两个人，为什么非得搅和在一起闹个鱼死网破？陈鹤寿原本不信命，现在却不得不重新审视命运之手，一缕苍凉的凄怆从内心深处悄然泛起，不祥的预感也同时闯进来，下一个遭殃的必定是自己！

明知毫无用处，陈鹤寿还是跑了几趟县城，想关心关心林昂，安慰一下麦青，可是不管苏润如何带话，得到的都是麦青赌气的回复："没得闲，照顾病人！"苏润替陈鹤寿说好话："六爷今天的结果，也不是秀才兄想看到的。"麦青立即反驳："他要不是拿下了布袋围，我还不信是他挖的坑。"苏润还不甘心："行船三分命，这事谁能左右？无凭无据，你非要把账赖在他头上。"麦青幽幽地叹了口气："五姐啊你不懂，在男人的世界里，只有'死活'两字，金钱和权力对他们才是最重要的。咱姿娘人啊，一个个全是傻子，就像大姐，愿为爱的人生为爱的人死……女人和男人，不是谁对谁错，是根本就不同类！"苏润一时语塞，过了半晌方说出话来："我觉得你对秀才兄不公平。"麦青泪光闪闪："别再提他了，你不知道我有多难受啊？"为了彻底跟陈鹤寿断掉，她又以嘲讽的口吻加上一句："他要是还来找你，你就明明白白告诉他，哪天揪下了'老爷须'再来见我。"

听了苏润的回复，陈鹤寿不以为意地笑了笑，他当然放不下这段像要从骨肉里分离出去的情感，可事已至此还是明白了几分，也不想再给她增加更多的烦恼，现在要做的也只能做的，就是等待，哪怕这个等待是一辈子。

一个多月后，一阵清晰突兀的笑声从林昂的书房传出，麦青紧张地跑过去，看见林昂一反常态跨出了门槛，站在天井摇动着满头散发还有蓬乱的胡须仰面吼叫："陈鹤寿啊陈鹤寿，你也有今天……"朱任之站在一旁窘得脸红耳赤，当时他还没有意识到自己带来的这个明显滞后的消息，意外地帮林昂宣泄掉郁积的恶气，一举治愈了他的心病。麦青瞪大着眼睛问："陈鹤寿他、他怎么啦？"林昂还没有彻底刹住笑声嘴角仍借着惯性一跳一跳的，手指着天说："汕头被洋人定为通商口岸，樟树埠没戏唱啦——"麦青不解地问："你就笑这个？"林昂没听见似的喘气："这个酸臭秀才，充什么英雄好汉啊？把洋人全吓跑喽。"麦青更加好奇："那有啥？没有洋人岂不更好？"林昂轻蔑地扫了她一眼："妇人之见！汕头这个外港一旦开埠，还有樟树埠啥事？争来争去，争到了一个死港，老天有眼啊哈哈哈……"

麦青不是林昂，没吃过陈鹤寿的亏，也没经历过从事业巅峰突然被抛向谷底的苦楚，当然也就无法体会他此刻的心情。

三天后，一股重新焕发的热情催促着林昂早早起床，梳洗仔细穿戴齐整匆匆出门。经过反复思虑他彻底想通了，虽说洋人的势力目前只占据中国的重要口岸和岛屿，但完全可以预见在不久的将来，整个神州大地都是他们的天下。既然中国人容不下中国人，那他就只好去找洋人合作了，吃点洋人嘴边掉下的残渣碎屑总比仰陈鹤寿的鼻息强。这个国家本来就姓爱新觉罗，不是汉人当皇帝，说到底还算是异族入侵，现在无非是更远的族群来到这里扩张，他一个商人，做买卖赚大钱才是分内之事，别的跟他扯啥关系？最难克服的心理关一旦突破，林昂不再在乎他人的眼光也不再觉得投靠洋人有多可耻，几近幻灭的希望又生发出来，这一回他把赌注押在了汕头埠，押在了洋人身上。

自美国捷足先登在北塘与清政府互换《天津条约》后，清廷任命办理潮州开关的委员、同知衔凌水县知县俞思益，庵埠通判林朝阳，会同美方代表、署理汕头领事裨烈理及清廷聘请的中国海关第一任税务司、英国人李泰国共同主持，在妈屿岛营仔山下南侧海滨开设“潮海关”，俗称“洋关”。与原来设于妈屿岛、只向中国船只征税的潮州新关不同，洋关专门办理外国船只出入口税务，后又向中国船只运载的洋货征税。清政府的本意是想以夷制夷，遏制外国商人串通走私，没想到却把主权交给了洋人。

英、法两国与清廷交换条约并指定汕头为潮州的主要通商口岸后，这里变得热闹起来，洋人到处盖房子修码头，更多的外国商船把货物送过来交易，那种为时势所促发、不再受太多牵绊的蓬勃发展态势愈加印证了林昂的猜测，他径直走向那座新盖的洋关塔楼，一个旧相识就在里面帮洋人做事，他曾有意疏远他，现在又得好好去巴结他了。

就在林昂到汕头埠找门路的半个月后，樟树埠六个英雄汉的审判结果出来了。

陈鹤寿一直没有停止关注外面局势的变化，它与六个兄弟的命运休戚相关。陈鹤寿早就看扁了这个软蛋王朝，只是不敢深想石槌他们最终的命运。坏消息还是如期而至，清廷与英法两国交换了《天津条约》，又额外签订了《北京条约》，陈鹤寿感到一阵晕眩跌坐在椅子上，闭上双眼心里几可断定，六个兄弟有大麻烦了，审判的结果果真如此，石槌和豪叔作为首犯被判处极刑，其余四人根据“犯罪”情节轻重分别被判充军、坐牢、杖刑等。为了达到震慑樟树埠人的目的，英国人故意要求将刑场设在樟树埠，英潮州领事坚佐治将亲自前来环视行刑过程。

行刑那天接近午时，樟树埠忽然变天，阳光潮水般地隐退并刮起了飞沙走石的大风，一时乌云滚滚电光闪闪。水流神庙前早已搭好的监斩官棚被吹得摇摇晃晃，外面一层层地围聚着送别石槌和豪叔的男男女女。两位好汉被关在囚车里推将过来，钉了铁圈的木轮碾在凹凸不平的路面上不断弹跳，露出木笼外的下巴就跟卡住脖子的木格磕碰着。当石槌和豪叔背插死牌从囚车下来时引起围观人群的一阵骚动，他俩倒像是约好了的一齐向乡亲们微笑致意，然后从容地走进戒备森严的法场。

石槌如一堵高墙那样向前推进，粗硬散乱的头发犹如枯草在寒风中高傲地扬起，像要刺破压顶的浓云。他的头颅一次次被摁下去又装了弹簧似的弹回来，密匝匝的人头与滚滚乌云在他眼前飞驰更迭。豪叔比原先瘦了许多，但精神头一点也不减，就好像今天是他的喜日。

昨晚的囚车一到樟树埠，陈鹤寿就疏通了押送犯人的官员，让壮勇们备好酒菜，亲自引着雅茹还有赛英赛凤两个大点的女儿，来到巡检司简陋的牢房里跟石槌诀别。豪叔父母早逝光棍一条，有几个他培养出来的徒弟也跟着陈鹤寿来看他。

隔着冰凉的铁栏杆，石槌耐心地等着雅茹哭完才咧开大嘴：“往后你呀孥仔呀，有啥事就找秀才兄，有他在，谁也欺负不了你们！”一想到父亲也曾这么交代母亲，新一轮的哭泣又激得雅茹浑身战栗张不开嘴。石槌眼睛湿润了却竭力装出毫不动情的样子，懒声懒气地说：“伤心啥啊？就当我去过番——”她的手轻轻地抚着他那不再饱满的面颊还有拉碴的胡子哑着声说：“听好了，在那边老老实实给姐待着，待姐给咱爹娘（孙木匠夫妇）送终，把几个拏仔拉扯大，就去寻你。”说罢抹掉泪水，眼神恢复了坚强沉静，转身招呼赛英和赛凤与父亲道别。赛凤年纪还小不懂得到底发生了什么，只是照着母亲的吩咐叫了一声爹。赛英腰身笔直好像被什么有力的东西支撑着，含泪庄重地对石槌说：“爹，人人都夸你是个英雄汉，像秀才伯那样顶天立地！”石槌脸上的肌肉抽搐了一下，怜爱地注视着这个比亲生还亲的女儿：“别人说啥爹不在乎，爹只在乎我家英哥儿怎么看，爹没给英哥儿丢脸就好。”

陈鹤寿的耳边还回荡着石槌昨夜转身时沉重铁锁的撞击声，监斩官就宣布午时三刻已到，他一个激灵醒转过来，代表樟树埠的父老乡亲上前敬酒。他先走向豪叔，心发抖声音也跟着发抖，只觉得比自己去受刑还难受：“老兄生不逢时，委屈了。”两滴清亮的泪珠从豪叔的眼角颠出来，这个年近花甲的好汉变得扭捏起来：“秀才兄，别替我难过，您驾大船迎敌时说过的话，俺至今仍一字一句记在心头，‘我辈生亦何欢，死亦何惧，去去即来此世界，小别而已！’”陈鹤寿微微颔首端起注满“船头红”的粗瓷大碗托举到他的嘴边，他勾下脑袋咕噜噜地喝光方喘了口气说：“有你们一起，我算是没白来人世一遭！”

陈鹤寿又捧着新倒的一碗“船头红”来到石槌跟前，动情地说：“贤弟先行一步，愚兄随后就到，来世咱还做兄弟！”石槌豪爽大笑：“一言为定！”陈鹤寿又说：“兄弟，干了这碗酒，大伙一起送你。”石槌的回答出乎所有人的意料：“秀才兄，过去小弟常贪杯误事，向兄长承诺多次也未能戒掉。今日正好戒了它，死个清清爽爽明明白白。”他又以腿为轴，转向众乡亲父老做躬身长揖状，将铁链甩荡出一片哗啦声。

人群由可怕的死寂逐渐腾起粗的细的各种声浪，叹息呜咽哭泣搅和在一起由弱变强直至响彻旷野，将气氛渲染得更加悲壮苍凉。石槌望着黑压压一片的脑袋稳住胸腔里一攻一攻的急剧搏动，张开布满胡楂的阔嘴让声音变得更加洪亮传送得更远：“父老乡亲们，都来了啊，石槌今日暂别，哪天再回来跟大伙一起杀洋鬼！”

两个好汉在一阵喧闹的鼓掌声喝彩声中平静走向行刑台，引颈待命。监斩官宣布石槌和豪叔的“罪状”，无非是杀死洋人事关外夷，罪证确凿不杀不足以平民愤，最后打起精神喊了一声：“刀斧手，午时三刻已到，斩！”令箭丢出案台，鬼头刀掀起阴风，石槌和豪叔的头颅一先一后如熟瓜般滚落在地，齐展展的断颈上血浆喷溅数尺，在半空中形成了一弯虹彩般的血光。

樟树埠人纷纷涌入水流神庙为石槌豪叔“说话”祈祷，以超度他们的亡灵。有人亲眼看见水流神的眼里流下了血泪。陈鹤寿每天都到城墙边去，石槌和豪叔的头颅被装在木笼里悬于半空示众。明知他们看不见也听不见，陈鹤寿还是举起酒碗向他们致意。那两颗渐渐风干的头颅越来越不像石槌和豪叔了，于是又有人在暗地里传说，那两位好汉都没死，死的是陈鹤寿找来的替身。有商人水手也持相同的看法，他们在南洋遇见过他们，豪叔开了家没有名字的小饭馆，招待着到来异乡寻找活路的潮州人，石槌则开设武馆，将地道的南拳传授给瘦猴似的番仔。

南澳岛

一开始陈鹤寿并没有把汕头开埠放在眼里，温先生找他谈“合作”时曾提醒过他，汕头地理位置比樟树埠更好，若是成为对外开放的通商口岸，将对樟树埠造成极大冲击。陈鹤寿嘴上说是，心里仍觉得现实并没有想象中严重，令他忧心的倒是那些从韩江上游中游挟带下来的泥沙，它们在港湾形成的沙洲愈来愈多也愈积愈大，大船入港底部常刮擦出瘆人的嚓嚓声。就在石槌、豪叔就义的前几天，温先生将陈鹤寿约到一艘商船上，陈鹤寿以为他是来催他尽快落实接他们上岸的计划，没想到他却提出了另外的要求：“秀才兄，你把吴知府请到樟树埠转一圈如何？”陈鹤寿心里一阵紧缩，潜伏在意识最底层的那个疑问终于解开了：掳掠麦青那次，温先生想利用林昂引出的仇家就是吴千钧。

“我哪请得动他？”陈鹤寿想都没想就一口回绝。他已不再是那个可以随意欺压的小船主了，且不说他的船行拥有了十五艘洋船，也不说那支只有他才指挥得动的火枪队，光吴知府和刚升任惠潮嘉道道台的马致远这两座靠山就让他筋骨硬底气足。温先生那张肌肉松弛的胖脸微微一笑，表示他不仅听明白陈鹤寿所说的，也早就料到他会这么说，泰然呷了口茶说：“老夫当初扶持你就有人提醒我，‘养虎为患’，可我没听他的，知道为啥？”陈鹤寿听出对方话里套着话脸颊一烫犹豫着说：“我的人品靠得住？”温先生幅度很大地摇头：“这世上哪有靠得住的人品？老夫活了大半辈子，还没真正信过任何人。”陈鹤寿说：“那就不好猜了。”温先生露出一丝神秘的笑意：“我手里头有你想要的东西。”陈鹤寿慌忙辩解：“温爷您误会了，我位卑言轻，吴千钧哪会听我的？就说上次撵跑洋鬼的六个兄弟，生死八字就捏在他的手里，我求他跪他给他磕头，他愣是半点人情都不给，两个判死其他几个也都判得很重——”陈鹤寿越说越激动，一句刻毒的话跟着冒出来：“我也恨他，恨不得他被雷轰——”

温先生用尖溜溜的嗓音制止陈鹤寿说下去：“我今儿寻你，难道就是为了听你啰嗦这几句废话？”陈鹤寿闭了嘴心底里却打定主意，决不松口，若吴知府真的死在樟树埠，只会让洋人看笑话也只会让整个平原的局势变得更加复杂紧张。温先生想了想说：“那你给我出个主意，如何治得了他？”陈鹤寿说：“要治他倒也不难，先把他轰下台，下了台他就是一只‘无脚蟹’，杀他易如饮水。”温先生用严峻的目光追撵着他的目光，下撇的嘴角形成两道弯弯的皱褶：“你倒是说得轻巧，我且问你，怎样才能让他下台？”陈鹤寿知道不给温先生出个主意，今天休想过关，就坏笑着说：“您只要在他的地盘上像弄林昂那样弄一回洋人，我就不信他还能坐稳这把交椅。”

温先生抬起的目光狠狠地撞击着陈鹤寿的脸，陈鹤寿还以为他要发火就看见他仰面大笑：“秀才兄啊秀才兄，你可真够坏的！”陈鹤寿暗舒了一口气讨好地说：“小弟比不上温爷的一根毫毛。”温先生忽然冷下脸来说：“此事天知地知你知我知，你可别去当‘双头蛇’。”陈鹤寿不快地说：“温爷，您把我当啥人了？”温先生淡淡的笑容里似乎含蕴着一种让人不大放心但又捉摸不透的意味，桃红的薄嘴微微一弹：“谅你也不敢！”见陈鹤寿还在琢磨着他的话就再呷一口茶，像闲聊那样漫不经意地说："你救过老朽一回，老朽助你成就今日。你在外边玩女人，老朽替你养大了崽，再怎么说你还是欠老朽一个人情，不是吗？"陈鹤寿心头一跳脸色也跟着变了："您……啥意思？"温先生轻松地笑了笑："你不觉得我儿温兆吉和你有几分相像吗？当然啰，他更像白莲寨的柳三娘。我知道你忘不了他，要不哪会管第一艘洋船叫'沧海号'？"陈鹤寿的脑袋瓜嗡地响了一下好像突然失去了知觉，待他醒转时发现温先生正得意地盯着他，一阵怒火如乱箭攒心，几句暴烈的话冲到唇边又强行忍住，振作着说："要真是如此，也只有您才配当他的父亲！"下意识地朝四下里望了望，始发现温兆吉今天并未在场。温先生哈哈大笑："你这话说得倒也没错，'生恩大于人，养恩大于天'，你们乡里第一次拖神的'老爷须'，就是吉儿自告奋勇为我摘取的，当然啰，他也会随时为我摘取任何人的首级！"

陈鹤寿跨上码头顺着江堤走了好长一截，在确定温先生再也无法看清他后绷紧的心方松弛下来，泪花热乎乎地溢出眼眶，既为年轻时的放纵而痛悔，又为温先生拿他的骨肉相要挟而愤慨。夜色已深，陈鹤寿仍直奔南北行后面的院子，将黄仰岳从软暖的被窝里拽起来急切地问："我的哥呀，到底是谁把我儿抱给了温鹏程？"黄仰岳揉着睡眼装迷糊："头家，您说啥来着我咋听不明白？"陈鹤寿跺着脚说："您骑在墙上左边看了右边也看了，咋会不明白？"黄仰岳眼里掠过一丝不易觉察的惊疑："寿爷何出此言？"陈鹤寿稍加思索便直言相告："温爷对我提出合作时我便疑心他安插了内线，但也只是怀疑，直到乡勇捉到一只飞鸽……"

与陈鹤寿摊牌的场面在黄仰岳的脑子里出现过无数次，事到临头了反而没有想象中难受，只是满怀歉意地说："既然寿爷这么确定，愿凭寿爷处治。"陈鹤寿急得叫起来："仰岳兄，我要谢您还来不及呢，您从未加害于我反而维护我成全我，要换成别个恐怕没我今日……"黄仰岳觉得是时候告诉他真相了，就说："温兆吉是梁大目梁爷从莲花寨抱回来的——"陈鹤寿"哎呀"叫了一声："果真是我的儿——"黄仰岳冷静地分析："温爷在您身上下了血本，您只要照着他的话做，令公子不会有危险的。"陈鹤寿就把温先生逼他出主意的事说了一遍，试探着问："我要是知情不报，便是通匪，家人会受株连的。"黄仰岳说："要说通匪，您早就是了，而且还是个'匪爹'。"陈鹤寿心头猛烈地晃荡了一下，想到家人、船行商铺的伙计还有更多人的命运都压在自己身上，真是不堪重负，双腿一软扑通跪下，泪水浮上了眼眶动情地说："求先生帮我！"黄仰岳赶紧将他扶起眼里同样闪着湿润的光："折杀我呀寿爷，只要用得着您只管吩咐。"陈鹤寿问："您能不能帮我将实情告知我儿？"黄仰岳连连摇头："生恩莫如养恩大，要是他听不进去反倒坏了大事。"陈鹤寿忽然惶恐起来："先生可有别的办法——"黄仰岳的唇边溜过一丝狡黠的笑，用没有明显倾向性的口气说："要将您肚子里的话透露出去，我看还不是时候，留待温爷打了洋人后再说吧。"陈鹤寿听懂了黄仰岳的意思，话像从喉咙头抖出来："可他毕竟有恩于我——"黄仰岳知道陈鹤寿仍然没有完全信任他，就眯缝着眼打断他："有恩报恩，有怨解怨"，像在头脑里搜寻着什么，忽然咬咬牙说："有些事我也不想瞒您，温爷还没成为温爷时我侍候的是李源绪大头家，真正的头家在我心中永远只有他一个！"两行激动的泪水从眼睑上方迸涌而出填进了脸上的皱褶里。陈鹤寿问："这么说你没当过水客？"

"我当了水客没多久就遇上李大头家劫船，他见我临危不慌又识得文墨，就将我收在身边。"黄仰岳说，"我大头家胆略过人仗义疏财，毛病就是嗜酒如命性情暴躁容易冲动。温鹏程投靠他后很快就成了他身边的红人，这就引起了曾大头等人的不满。后来嘛，朝廷认为我大头家接受招安后狂妄自大不把官家放在眼里，就让闽粤水师突袭我们所在的百鸟渔村。我大头家当时喝高了由温鹏程护送上哨船，我在中途无意中看见温贼将我大头家推入海里……"陈鹤寿就直言不讳地问："那兄台又怎会被他安插到我的身边来？"黄仰岳抹去泪水说："兄弟们都知道大头家生前信赖我，温贼虽不晓得我知道他的秘密，但见到我仍然心虚，一直想要支开我。当他听闻你在招兵买马后便托人将我推荐给李德成会长再推荐给你，没想到这一待就十多年。"陈鹤寿觉得黄仰岳不像在说假话，就问："以先生对他的了解，他会不会弄洋鬼？"黄仰岳很有把握地点头："有个美国人叫伊拉·波斯，住在香港岛，表面上是堂堂正正的生意人，实际上常和海上各个团伙里应外合坐地分赃，温贼和他过从甚密，我相信他会找他打探消息并伺机下手，因为他太想扳倒吴千钧了。”

东南沿海一带海盗出没早就不是什么新鲜事，尤其是澳门、海南岛及香港等地更是海贼的渊薮，朝廷水师对海贼洋寇几乎束手无策。有些地方官府对他们实施安抚政策，诱以官职招以金钱但求无事，可惜效果不佳，更多的官吏选择与海贼私通款曲共同发财。英国人占领香港后，其海军即以镇压海贼为主要任务，一方面调查港澳之间及广东沿海的岛屿港湾，了解海盗的藏身之所，另一方面与广东当局达成共识，合力打击海盗，因此在东南沿海，海贼很少以英国船为袭击目标，偶尔一次两次也是误打误撞及时收手善后。谁也不曾想到，青云帮会专挑英国商船下手，酿成震惊中英两国朝野乃至整个西方世界的劫掠事件。

温鹏程把这次伏击的地点选取在潮州府所辖的南澳岛附近，完全是为了让吴知府背锅。青云帮的船队袭击并引开了蒸汽轮船小鹰号，成功拦截了由它护送的四艘前往汕头埠的英国商船，然后故意放出风声威胁，英国商人若不交付十万银元就杀掉人质。为了将影响放大，他们还杀死了一名外国水手，将其首级装在篮子里抛到南澳岛岸边。设在岛上的南澳厅官员十万火急向潮州府报告，在英方的重压之下，吴知府不得不按要求向青云帮付清赎金。孰料青云帮只释放船上的一些商人，将船员留下来提出新的要求，每艘商船索要一万两千银元，若是不付，杀人烧船。温鹏程的几个心腹包括梁大目温兆吉再三劝他放人，理由跟当初反对实施这个计划时一模一样，事关外夷，朝廷和洋人一旦联手，青云帮恐怕吃不消，结果反挨了他的一顿臭骂。

好消息传来，黄仰岳画了张青云帮老巢的路线图交到陈鹤寿手上，陈鹤寿却犹豫了。

“机会难得，这么一来，既可解除青云帮的威胁，又可消除吴知府一直对您的猜疑……唯一的担心就是怕误伤令公子。”黄仰岳的最后一句让陈鹤寿浑身剧烈地颤抖了一下，这个可怕的念头近来不断瞄向他，稍一靠近就被他害怕得推拨开去。见陈鹤寿痛苦地闭上眼睛迟迟不肯表态，黄仰岳暗暗拿定主意："这个恶人由我来当！"

陈鹤寿发现黄仰岳突然消失即刻明白了什么，从牙缝里挣出一句苦涩的话来："愿我儿福大命大……"

就在英国海军承受着国内国外的贬损辱骂全力寻找商船下落之时，潮州领事坚佐治得到吴千钧送来的密件。为了确保万无一失，吴知府命告密的黄仰岳先登上金银岛刺探虚实，观察到沿岛的青云帮有二十六艘大船和上百条小船，估计有两千多个海盗盘踞在岛上或船上，船上配备了小型加农炮，岛上的小港湾还停泊着那四艘英国商船还有八九艘同样劫掠来的中式帆船。得到黄仰岳的详细信息，英方即刻派出小鹰号、响尾蛇号战舰，船上各配备有 180 名军官和船员，装备 16 门大炮。美方在英方的邀请下也派出波瓦坦号，这是一艘螺旋桨驱动的护卫舰，隶属东印度分队。它们和前来协助的粤东水师十八条小型中式船一道在金银岛四周设下了埋伏。

青云帮的暗哨发现有外来战舰靠近，自恃有 18 磅长炮可以射得很远，对英美联军及粤东水师展开猛烈轰击，不过大多数炮弹只是穿过擦过响尾蛇号、小鹰号、波瓦坦号和武装小艇的风帆和索具，而当他们进入联军船队的射程，青云帮便尝到了洋人战舰侧舷炮的厉害，一艘艘设备简陋的木帆船被精准地击中掀翻，海贼在烈火中纷纷跳海逃生。挂着土褐色风帆的粤东水师战艇也加入战斗。青云帮一时陷入重围，有十几条中式船沉没，其他船只也遭受重创，一些中式船被洋人的大型战船赶进浅水区，英美联军那些只装备一门加农炮、载着士兵和海军陆战队的小艇马上有了用武之地，在英国海军陆战队队长莫尔的指挥下对部分接近的海盗船展开接舷战。小鹰号也趁机放下小艇，让洋兵洋将展开登船继而登岛的作战。

青云帮成员用滑膛枪和火绳枪对付这些使用来复枪的英美联军本已吃亏，更何况还有清军用弓箭和飞火枪远射近击。浓烟中只见一团团火球四处滚动，扑通扑通掉入水中。温鹏程亲自指挥的旗舰被波瓦坦号的大炮击中数次，随着一声巨大的爆炸船体火光四射。温兆吉呼叫着将义父接上一艘只有 12 门炮、五十多名船员的中式帆船往南逃窜。响尾蛇号紧追不放，眼看越来越近，那艘木帆船忽然轰隆一声绽开光焰绚丽的大花，引爆弹药库自沉。

陈鹤寿被青云帮全军覆没的消息一下击昏，醒来后仍抑制不住情感的冲击发出痛苦的呻唤："是我害了你呀我的儿——"

斗 戏

赛英十四岁起主持春归堂，在此之前，她小小年纪就显示出来的医学天分让暖玉刮目相看，知道春归堂必将因她而迎来更加响亮久长的声名。半年前的一天，东社一后生慌慌张张地寻上门来，声称伯父老来得子摆酒庆贺，欢欢喜喜的却突然两眼看不见，几个郎中过手之后仍不见好转，想求小神医赛英一试。赛英问明情况后冷淡地说："你家阿姆（伯母）咋不亲自来请？"后生窝着火回去，换成刚坐完月子、红光满面的妇人前来，她耐着性子说些好听话恭维赛英，得到的仍然是她不留情面的回应："这边没人坐堂，你让病人自己过来吧。"妇人回去后叫上几个亲戚，汗流浃背地将老头子搀扶过来，一进门又听到赛英大声抱怨："还以为你们不想治呢，磨蹭了老半天，耽误了病情只能怪你自己……"病人考虑到她还是个孩子，又急于治病，硬生生地兜住一肚子不满低声下气地求她，想不到她还继续使性子："不看啦不看啦，要看明日再来。"

一股火气撞上来，那老头子奋力挣开劝解的家人捏紧两只拳头跳脚咆哮："臭丫头啊你，小小年纪就懂得作践人，难怪别人说你是野种……"骂声戛然而止，眼前的景致一派清明。他还没有从惊诧中回过神来，就听到赛英笑眯眯地说："老叔勿怪，您老来得子开心过头，暴喜伤阳导致神散失明。我惹您老生气，就是为了让阳气逆上暴怒伤阴，使双目恢复正常。"病人喜不自禁又后悔刚才出口伤人，竟不顾长幼尊卑也不顾赛英的阻拦咚咚咚连叩几大响头。

听到这件被传得神乎其神的奇事，祝大春正为嫁到外乡的小女儿多日未见临盆而犯愁，就让老伴过来问问赛英。赛英随口说："将醋煮沸，让产妇闻闻。"祝大婶将这个"荒唐"的办法转告给亲家，产妇一嗅到醋味连打几个喷嚏，婴儿竟奇迹般地生下来。祝大春喜出望外，非要送给赛英一块题写“超心炼冶”的大匾额。

暖玉从此对赛英倾注了更多的心力，不再将她当孥仔鬼而是以同仁视之，与她一道讨论药方探究药性，放手让她给病人看病，再暗地里追踪病人的反应。有次石壁村送来个孩子，他从牛背上滚下来导致胳膊骨头错位。暖玉躲在一旁留心观察赛英如何处理，只见她和和气气地与孩子的父亲聊天，忽然对孩子说：“别动，有只蚊子。”起身近前啪地一掌击出，再一捏，孩子问打着没，赛英返身坐定笑了笑：“没蚊子，你抬一抬胳膊看看。”

暖玉终于信了雅茹的话，赛英的床底下塞着一只神秘的布袋，里面装着从坟坑里刨来的死人骨头，有空就将手伸进袋里练习接骨。更让暖玉震惊的还在后头，有个肚子胀得像孕妇、疼痛不堪的外乡汉子慕名找到春归堂，暖玉刚给他诊治完毕写下处方，见赛英从外面回来就随口让她复核一下。赛英认真地给病人检查了一遍，拿起毛笔将处方上的白砒霜“三分”改为“一钱”，惊得暖玉将她拽到一旁：“英哥儿哟，你这么干会出人命的。”赛英笑了笑愈加果断地说：“姆啊，他肚里的虫子有两尺四，这回若根除不了，下回它会避而不受，病人只有死路一条。”暖玉将信将疑，趁拿药给病人时悄悄叮嘱他，若虫子屙出来量量多长。两天后病人拎了两斤贴了红纸片的花生糖欢欢喜喜地跑来道谢，还顺便告知暖玉，拉出来的虫子不长也不短正好两尺四。暖玉听罢臊红了脸退至天井。第二天，她将赛英引到自己的座位前并按着她的肩膀要她坐下，当着病人熟人的面正式宣布，春归堂自是日起由赛英主持，她要抽身去操持一个埠主夫人该操持的事务。

赛英正式告别了莲峰书院的学业，每天清早着一身男孩装束来到春归堂，又圆又大的眼仁里透着一股机灵劲儿。她亲自动手，与两个雇来拣药打杂的后生一起勤快地清扫案台地板摆好桌椅……暖玉瞥见赛英在诊案上多置一只装零食的小瓷缸，心里暗笑：“孥仔鬼终究是孥仔鬼”，待看到她将一片敷了糖霜的“甜瓜册”喂进害怕看病、又哭又闹的孩子嘴里，方悟觉到赛英的良苦用心也由此更加相信，自己没有选错人。

又有一天，有个渔民家的孩子被鱼刺卡住喉咙，因滞喉太深难以拔出。赛英就拿着戳通的小竹管把自制的药粉轻轻吹进他的喉咙，让他暂时忍住别咽口水。陪着孩子来的母亲不放心地开腔：“要是濮婆婆，她还会给病人念咒做诀哩。”赛英愣了一下。她自小进出春归堂，只知一门心思背诵那些古老的草药口诀，逐步熟悉药性的温凉寒热，却不曾在意那些真真假假的“神咒”，如此看来，它对病人也能起到心理上的抚慰作用，便模仿着濮婆婆生前那种郑重的神气，伸手在孩子光溜溜的头顶摩挲着并信口哼唱：“小小鱼刺，见药就化，小小鱼骨，见咒就脱……”那孩子就像受到莫大的鼓舞，大着胆子吞了下口水，咕嘟一声，真的把那根被药粉软化的鱼刺咽送下去。

赛英从小就在陈家进进出出，对这家人宽松随意的生活氛围很是喜欢，尤其是父亲石槌走后，她更加眷恋这个温暖的地方。陈鹤寿夫妇待她如同自己的孩子让她甜在心头，至于陈家最小的浩云，更是对她言听计从。桑田对她倒也亲切，就是一直把她当成未长大的小妹妹，她在医术上得到长辈们的认可，在病人间收获无数的赞誉，到了桑田这里却如泥牛入海悄无声息。赛英不止一次地听到陈鹤寿当着别人的面呵斥大儿子，一天到晚不干正事游手好闲，也不止一次地听到别人议论陈家出了个异类，既不愿意把书念下去求取功名，也不愿意到他父亲的船行商铺谋个职位，成天关在屋子里描描画画，要不就是和戏子厮混在一起，连雅茹这个未来的丈母娘都看不下去：“英哥儿，你得好好劝导他，别成天画呀唱呀干些别人瞧不起的事，要不叫他来我这里帮忙。”赛英敏感地说：“他想干啥是他的自由，与我何干？”雅茹说：“你俩的事迟早是要办的。”赛英没好气地说：“我才不嫁人呢。”雅茹立刻板起脸来：“瞎说！”

赛英这些年和桑田、浩云一块儿念书，又跟濮婆婆和暖玉学医，在陈家踏入行出，潜意识里已把陈家当成自己家，待情绪平复下来转念一想：“娘的话也没错，就算我不嫁他，为了他好也该劝劝他。”有天趁着歇晌没有病人，赛英就有些不情愿地踱向春归堂的后院。陈家早就没养牲畜了，后院显得更加宽敞幽静，暖玉就叫人在一侧搭盖一间小房给桑田，他的房间腾出来给弟弟。桑田正中下怀，从此后进进出出都走后门，母亲更难发现他的行踪。

赛英还是头一回来到桑田这间“新房”，房门开着人却不在。赛英这一走进去就像走进一个色彩斑斓、千姿百态的世界，还没来得及适应宿墨臭不可闻的味道就被满墙满壁的水墨画彩墨画牢牢吸引住。赛英知道桑田打小就喜欢涂鸦，倒没想到画得如此之好。她仿佛置身于鸟语花香的画境之中直到背后有个声音将她吓醒，扭头看见桑田的嘴角浮起得意的笑，就带着不服气的口吻说：“有本事你也把我画下来。”

桑田也不言语，搬过来一只凳子让她坐下，兀自铺开纸张以毛笔蘸调墨汁，在砚壁括干水分起笔勾勒。他不时仰起脸来飞快地睃一眼，又做贼似的急急埋下头。桑田紧张局促的样子影响了赛英的情绪，使她觉得同样的尴尬。她与他每天都见面却从未被他如此细致如此反复地打量过，这么一想心跳又加快了。为了打破这恼人的气氛她故意问：“桑田哥，我很难画吧？”他眼中的羞怯不见了，脸上洋溢着遮掩不住的自信：“你有特点，好画。”赛英好奇地问：“我有啥特点？”桑田想了想说：“你眉黑眼深，眉宇间有股英气，可唱杨宗保。”赛英脱口而出：“那你唱穆桂英。”忽然想到了什么脸颊一阵发烫。

桑田的专注作画也同时给赛英提供了仔细观察他的机会，既可以理所当然地注视他白皙秀气的脸庞，又可以欣赏他握笔行笔的灵巧手指。他身上似乎什么都细，细眉细眼细鼻梁，细腰细腿细胳膊，平日里说话也是细声细气，整个樟树埠恐怕找不到如此文气的后生。赛英忽然觉得，无论是看他还是被他看，她的心里都是暖乎乎的，如果能一直跟他这么待下去，别人过得再美的光景她也不眼馋不稀罕。在一股连自己也无法理解的神奇力量的催生下，赛英朦朦胧胧地感受到有种新的热情正在秘密萌发，它曾被她粗心地忽略了，此刻却如姑娘家的初潮那样不声不响又势不可当。她的心很乱，还分不清自己是喜欢他的才气呢还是喜欢他这个人。

大约过了一炷香工夫，赛英看到桑田笔下的自己几乎惊叫起来：乌溜溜地亮着的眼，红润润地艳着的唇，略为严肃的表情和羞涩的眼神同时在一张银盘样的脸上生动自然地呈现……那些只有桑田才能捕捉到的儿女情态让赛英更加确信，她生命中有什么坚硬的东西软化了融化了又被点燃了，心头掠过少女自我意识悄然复苏的惊悸和战栗。

桑田没有留意到赛英内心急转直下的变化，还以为她被他的画技所征服，就得意地告诉她，因为得不到父母的支持，他只能从本村的画匠、周边的庙宇壁画还有古老的画册里偷师学艺。起初，他被村里的后生央去画骰子。樟树埠有种特别的骰子，六个平面不是戳上戒疤似的点，而是画上鱼、虾、蟹、葫芦、仙公、八卦的形象，到了后来越画越好，就有别村的人悄悄请他去画灯橱。

陈家阔起来后的第一个元宵，为了满足暖玉年轻时对于府城花灯的向往，陈鹤寿专门找来孙木匠的徒子徒孙，指导他们用木条钉起长方形框架木橱，中间分成三格，上、下安上薄木板，上板在三格的中央挖了圆孔，以供下板里面的火烛排掉烟气，又在前后六橱空格间糊上白竹纸，就在他准备请画匠往上面画些吉祥物写些祝福语时，桑田向他建议："还不如把'多崽饿死父'的糗事画上去，让大伙引以为鉴。"

原来樟树村有个老头儿，老伴早逝，为了让九个儿子免遭后娘欺负，独自将他们拉扯成人。儿子们娶妻生子另立门户，除夕之夜，你推我躲竟无一人将老人接走，害得他饥寒交迫差点饿死。陈鹤寿听罢桑田的建议击掌叫好。从此后每逢元宵夜，樟树埠那些富裕的人家就学着陈鹤寿，制作一两架灯橱摆放于祠堂前铺窗外，既可照明又可观赏。花灯上除了画些花草山景，还有平时无法戒绝的坏习惯坏风气，使灯橱成为惩恶扬善、劝喻训世的工具。画灯橱后来成为樟树埠人展示才艺的重要方式之一，桑田从来不敢大显身手就像他不敢在大庭广众之下唱戏一样，要是被父母知道了只会受到严厉的训斥而不可能得到肯定和赞赏。

赛英拿着桑田送给她的画像回到前堂，再也无法将散乱的思绪集中到某件事上，眼前闪出桑田挥毫时的神态：两道浅淡的眉毛微微蹙起，灰褐色的眼仁跃动着激情的光焰，粉色单薄的嘴唇时而张开露出齐垛垛的白牙，时而抿紧像在和画笔一道使劲……她又一次回味着刚才自己因激动而说出的冒失话："桑田哥你真了不得，你都可以设馆授徒了。"桑田谦虚地告诉她，他最拿手的并不是画画，而是唱戏。他最想当的不是画匠，而是梨园子弟。赛英脱口而出："你当真要当戏子？"桑田早有精神准备，并不计较她的不恭用语，把那暗淡下去、有点忧郁的目光转移到她脸上，坚定地说："总有一天，我会到处去唱戏。"赛英心情沉重地说："唱戏有啥好？全是别人的故事，你却要为它流下自己的泪。"桑田苦笑了一下："一场人生一场戏，咱们又何尝不是活在别人的泪眼里？"见赛英沉默着，桑田将垂下的薄眼皮翻上来，目光重回到差不多干了的画像上，取下卷好递到她手里，从狭窄的眼缝里溢出一丝水样的光，用过分郑重的口吻说："送给你，留个念想吧。"赛英接过画时神色有些慌乱，不易泛红的脸蛋这回却红到了耳根，她还没有参透他话里更深一层的含意：他像个赶路人，已毅然决然要由宽阔的大路投向崎岖的小径，去寻找幽暗深处、隐约亮着的灯火。

赛英回到自己家依然处于昏昏沉沉的状态，雅茹要她煮几只芋头她脱口而出："要画多少芋？"母亲笑骂："你的魂给桑田勾走啦？"赛英的脑袋嗡地一响红了脸，又听到母亲问"桑田愿不愿意找份活儿干干"，就敷衍说："他还没想好……不过他画得太棒了。"雅茹尖着鼻子冷笑："涂涂抹抹能当饭吃？"赛英噌地梗起脖子替桑田打抱不平："行行出状元，你想都想不到，白莲寨的好些灯橱都是他画的。"言罢才意识到自己又露出了"野小子"的原形，遂用娇柔的口吻及时弥补："人各有志嘛。"见母亲有点陌生地打量着她，脸又红了，像荡漾的春心被她窥见。

"我这是咋啦？"赛英摸着滚烫的脸蛋惊讶地发现，交织于男女之间的是一种奇异的东西，如果你不去接近它，它也许就永远停在那里，而一旦打破了平衡，它就像跷跷板那样上下摇摆，既能把你抛上天，也能把你掷落地。她明白有根无形的线已经将她与桑田联结在一起，比亲人的关系还要让人振奋还要让人操心。她的世界原本单纯宁静，忽然塞进来千百个桑田，睁眼是他闭眼也是他：他纤秀得如同一株金凤树，干净得像清澈透明的溪流。他苍白的肤色和显露出骨节的纤长手指。他眉宇间浮动着一种严肃，目光里流淌出淡淡的忧郁。他微微挑起眉梢的小得意，他用细白的牙咬住红润薄唇时的似笑非笑，他画画时蹙着眉努着嘴的俏皮神态，他谈潮州老戏时那种大风起兮云飞扬的豪迈气概……陈桑田，这个认真坦率、带着一种纤弱的优雅的后生，如同空气让她时时刻刻地呼吸到。他哪怕是最平淡的言语，落入她的耳朵也变得别有深意。她觉得他的目光悬浮在她的四周关注着她的一举一动，引领着她投入地去想象去表现。她尽善尽美地做好每一件事——哪怕是最不起眼最无所谓的细节，只为了取悦他，引发他的共鸣。至于存在自己身上的一些小失误小缺点，却被她格外放大，时不时拿来苛责自己……她终于清楚自己无可救药地爱上了他。一想到他居然能够在她顽固的内心唤起爱情，赛英就涌起一股见证奇迹般的惊讶与感动。她走路时常常出现这样的幻觉，她的脚步声里裹进了他的脚步声，待她驻足回眸，身后却是无尽的空旷和寂寥。每天晚上躺在床上，她爱一遍遍地编织着只属于他俩的故事，让自己置身于一个光明、崇高的假象：桑田如忠厚懦弱的许仙受到恶人的教唆蒙蔽身陷囹圄，自己像秀美绝俗的白素贞闯昆仑盗仙草战法海水漫金山，为了心上人百折千回肝脑涂地无怨无悔……她就这样带着感动自己的热泪进入梦乡，他在那里等她。

十四岁那年，赛英心底响了一下如同推开一道暗门，少女的情感像挖开的泉眼滚滚而出，她独自咀嚼着那份陌生、模糊的感受，在连自己都无法理解的萌动中完成了爱情的启蒙，爱情从此掌控了她，塑造了她，并引导着她的命运。

赛英主动换上了姑娘家的装束，待人接物多了一种矜持与妩媚。她跟桑田交谈变得谨慎了，说什么都担心被他看出内心的爱慕。为了能够真正了解桑田跟桑田更贴心，赛英鼓起了勇气对他说："桑田哥，啥时候带我去见识一下？"桑田一怔："见识啥？"赛英说："唱戏啊。"桑田想了想说："还是不看的好。"赛英问为什么，他说怕吓到她。赛英更加好奇，摇着他细细的胳膊用少有的撒娇口吻央求："怕啥呀，让我看看嘛，你答应我嘛。"桑田眯起淡褐色的眼睛嘴角绽开一缕苦笑，不知是不情愿还是难为情。

晚饭后，赛英熟门熟路地来到祝记灯笼铺，祝大婶亲热地喊她“英哥儿”，引着她往里走。刚刚赛英脚下还带起小旋风，好像迟一步就会耽误天大的事，这下又像换了个人，迈着碎步瞻前顾后，从大大咧咧不拘小节的英哥儿一下变成了娇柔婉约的弱女子。穿过竹屑飘飞、毛茸茸的让人鼻孔发痒的工场，刚折向一条阴暗的小走廊，赛英便听到从后院隐约传来的唱戏声。

后院豁亮洁净，像练武场那样摆着兵器架，上头插满刀枪剑戟，那拉开长音、时高时低的唱腔正是从十几个人围成的圈子里传出来的。赛英的到来并未引起大伙的注意，他们早就从现实生活的链条中脱离开去，沉湎在另一个虚幻明澈的世界里，任由充沛的情感如风吹稻浪般自由荡漾。多年以后赛英仍然忘不了那个动人心弦的场景：勾画了女人脸的桑田站在昏红的残照里甩开水袖悲悲切切地说，咿咿呀呀地唱，看上去像是为情所困遍体鳞伤，仿佛走到了人生的穷途末路。赛英听懂桑田唱的是秦香莲，那身段那扮相让她看痴了，那一举一动一颦一笑，分明比女人还要女人。

赛英以为自己会对桑田的良好印象大打折扣，殊不知他愈显多愁善感她愈想去亲近呵护。她音律不通也不爱听戏，却迷上了这个喜欢唱戏的男孩。一曲唱罢，赛英看到敲击扬琴的老头对着桑田指指点点还起身为他示范，可在她粗浅的眼光里，桑田不知要胜过他多少倍。赛英后来才知道，这个没有胡子、长着老妪小脸的老头就是多次出现在樟树埠戏棚上的白辫先生。待白辫先生讲完了戏桑田这才走向赛英，有些不自在地问：“我唱得如何？”赛英摆出矜持的模样说：“挺好的，啥时候教教我？”白辫先生走上前扫了赛英一眼冷冷地说：“以你的性格身段，该入‘生行’。”

这次观戏，让赛英对桑田多了一种比原来更亲近的情感，她觉得自己更加了解他，且与他共同保有了一个秘密，这么想着，赛英的脸更红了。赛英知道桑田对她印象很好，却不知道他为何老用友情、感激和客套来掩盖真情。她对他倒是巴心巴肝，从不计较一个姑娘家情思外露被人瞧不起，有时连她自己都感到奇怪：“我怎么会喜欢这个男孩？”赛英喜欢桑田，不只仰慕他的人品才气，同时也夹杂着一缕对于弱者的爱怜。桑田的沉默与忧伤，总会带给赛英一丝酸楚，一种酷似于慈母般的柔情。她爱捉弄他，可当看到他涨红着脸神色惶然又有些于心不忍，觉得他的确需要她的疼爱。

频繁的接触使赛英逐渐发现，桑田对她，既不像初涉爱河的情侣那样渴望着朝朝暮暮，也不同于老夫老妻那般粗疏冷淡，他与她的接近更多的是出于对她的信任与欣赏，当她对他有所期待时就牢牢守住某种不易说清的界限。没错，在桑田看来，异性间的快乐仅仅停留在精神的层面上，而不是鄙俗粗陋的肉体快感。赛英则不然，假如说俚语、歌谣和无意中听到的粗言秽语曾给她勾画出男女之事的大致轮廓，那么医学知识则让她窥得堂奥，明白它除了繁衍后代还是一种精神和生理上的双重愉悦。桑田既然唱过了那么多出戏扮演过不同的角色，饮食男女天理人欲岂能不懂？她隐隐感到有些不安，只是不愿承认罢了。不平凡的经历告诉了她，所有的收受获得都要经过一番顽强拼搏，唾手可得的东西只会令人失去敬畏不懂得珍惜。她不信得到他的心比救活一个人还难！

赛英的内心腾起想要深入到桑田生活枝节纹理去的迫切愿望，她装模作样地找些绘画或唱戏的疑难去请教他，让她不曾料到的是，平时走路贴着墙根、外表木讷的桑田却显示出非凡的应变能力，他像对待一株珍奇嫩苗那样谨慎地呵护着彼此的感情，这种感情在赛英看来是爱情，他却一直往友情上扯。他只担心违拗了赛英的意愿会让她不快乐，却没有想过时间拖得越长对她伤害越大。

潮州人素有“家里死人、屎桶、走仔三样不可留”之说，只要“出花园”，再无动于衷的姑娘也会多了一层紧迫感，这种紧迫感既来自媒婆们搅动起来的热情，也来自身边姐妹们不断传出的婚讯。雅茹年轻时在这方面吃过亏，就更加敏感和重视了。年底的一天，她那高瘦微驼的身影出现在春归堂，在里面的明厅与暖玉热烈地商讨着什么。赛英紧张地观察着她们，她的母亲正好望过来一眼，那目光使她确信自己的判断没有错，自己的终身大事敲定了，心头一动，浮起一缕紊乱的绵软的情愫，又是欢喜又是担忧，欢喜一忽儿就过去，担忧却沉淀下来。

就在陈鹤寿夫妇对赛英显出格外的亲热和客气的那段时间里，桑田一下子疏远了她，两人再见到他竟找不到话说，生分了尴尬了。赛英安慰自己，这不过是一个行将承担家庭责任的后生常有的焦虑和羞怯。

时序进入腊月，年关步步逼近，雅茹对大女儿说："别再往陈家跑了，往后有你待腻的一天！"母亲调侃的语气给赛英紧张的心情带来了松懈和踏实感，她红着脸说："可药堂没人管……好吧，不去就不去！"只盼着那顶花轿快些儿将她接进陈家，正式成为陈家的大少奶。

接下来是既繁琐又不可或缺的严格程序，提亲、合婚、定亲、行聘、请期，最终由双方大人敲定，等拖神后便施行迎亲这一环节以构成圆圆满满的"六礼"。尽管亲人们好意隐瞒，赛英还是隐约听说桑田想要毁弃双方父母订下、三媒六证确定的婚约。她很生气又有点不敢相信，如折了翅膀的白蚁转来转去像在找寻身体丢失的那一部分，思来想去还是决定去见桑田，当面锣对面鼓问个明白。一天黄昏，赛英在祝记灯笼铺门口截住了桑田，盯着他的眼睛想要发现一点什么。桑田像挨了巴掌似的脸蛋赤红，眼神显得有些紧张。赛英明白，一个人脸红时更接近于他的内心，于是抓住时机直截了当地问："桑田哥，你不愿娶我，是我哪里不好？"桑田吓得连连摆手："不是你的问题，是我不好，是我不配。"赛英再也顾及不了什么尊严礼节厚着脸皮向他表示："我觉得你挺好的。"桑田苦笑着摇头，柔声地道歉，说自己完全没有成家的心理准备，脸上的神色却表明了他的决心不可动摇。

回到家，赛英关起门来偷偷哭了一场，让这些天来吞咽到肚子里的苦水畅快地流出，她又从床上爬起来褪下厚薄不一的棉袄衣裙，拿起铜镜哆哆嗦嗦地自照：丰满娇嫩的身段，比普通姑娘嫩白的皮肤，比普通姑娘稍宽稍厚的肩膀，浑圆匀称的脖颈，两只乳房如结实的鲜桃不知羞耻地翘起，没有一丝赘肉的腰部呈现出柔韧迷人的曲线……她又将镜子往上移，看到那张俊俏潮红的脸上眼珠乌亮闪着困惑的光，两瓣丰润的红唇微张仿佛期待着什么……这样俏媚的人儿，他咋就不动心呢？她忽然恶狠狠地笑起来，简直不可理喻！

赛英没有被眼前的困难所吓倒，她仍然相信爱情的力量，只是有些吃不准，这股神秘的力量将会把她推向何方。

拖神日到了，陈鹤寿请来了老怡梨香班的同时又故意请来它的死对头、赫赫有名的赛宝顺班。他暗地里希望赛宝顺班能够一扫白辮先生的威风，以报复他不经他同意就偷偷收桑田为徒。俗话说，“父母无志气，卖仔去做戏。锣鼓一下响，目汁四垂滴”，唱戏那是贫苦人家的无奈之举。从小到大，陈鹤寿就没看好过桑田，不光是那张脸蛋没棱没角展露不出男子汉的气概，女里女气的腔调不务正业的做派更与他要儿子顶门立户的期许相差万里，还好小儿子浩云没有令他失望。就在两个月前，桑田忽然悔婚，陈鹤寿知道此事一经传出，遭受世人唾骂耻笑的不是桑田也不是赛英，而是自己，是陈家！他几乎丧失理智给了桑田一巴掌，就连一向护着桑田的暖玉也不再站在大儿子一边。陈鹤寿随后又跟踪着桑田来到祝记灯笼铺，把火气撒在他唱戏的喜好上，以为戏里子虚乌有的剧情细节诱发了他不着边际的胡思乱想。

“混账东西，快给我滚回去。”陈鹤寿不顾祝大春的劝说拎着大儿子的耳朵往外拽，桑田脸色如紫茄，伸出两条瘦长的胳膊死活搂住一株苦楝树不肯走，连祝大婶都在替他焦急：“壮壮，给你爹低个头，头不会掉下来的。”桑田倔强地重复着“我没错！”祝大婶又冲着陈鹤寿叫喊：“放手呀秀才叔，大弟的耳朵流血啦。”陈鹤寿嘴上说“上棚戏仔，落筐猪仔，我不能睁着眼看你跳崖”，终究还是松了手。祝大春趁机上前劝说桑田：“先回去吧，跟你爹好好解释。”桑田梗着脖子尖起嗓门据理力争：“我一没杀人二没放火，唱戏怎么啦？有人看就得有人唱！”

桑田厌恶父亲的专横又蔑视他的狭隘，对他老爱决定别人的事更加不屑，他麻木地虚望着仍不肯挪出半步。陈鹤寿就拿骨节粗大的巴掌叉他细细的脖子，叉得他踉踉跄跄的。一路上桑田仍然心劲高涨，一如戏里的名马高昂脑袋仿佛要对着长天发出一阵嘶鸣。围观的人愈来愈多，为了打压儿子的嚣张气焰，陈鹤寿出手更加带劲，把他叉了个牛饮水。桑田不仅没有感到难过反而暗暗庆幸，父亲的举动终于促使他痛下决心离开这个家而不必感到歉疚。当看热闹的熟人故意问他为何爱唱戏时，他攒足了劲头高声反问："你们为什么不去死呢？"别人还以为他在辱骂自己就听到一个高雅而又费解的解释："你们还不是眷恋着尘世这个破破烂烂的戏台啊？"

陈鹤寿后来不顾暖玉的反对将大儿子锁在房间里，他不吵也不闹只画着他的画。两天后暖玉给他开门他依然足不出户。陈鹤寿以为大儿子回心转意进而理解了父母的一番苦心，哪里知道他是担心父亲倚权借势找祝大春和白辫先生的麻烦。

眼下这两座由杉木搭建而成的十二柱大戏棚分立于水流神庙两侧，中间的旷埕可同时容纳数千人。戏棚的顶部用大油毡盖紧并延伸遮住台前两丈宽的地方，正中的横幅以及遍插两侧的彩旗，无不宣示着自家的名号有多响亮多威风。苍茫的暮色如淡墨层层晕染，将戏台的灯火戏装衬托得更加鲜明亮丽。两个大戏棚，一边是锣与钹的清亮碰撞，一边是二弦和唢呐的尖脆高亢；一边是旋律逶迤唱腔轻婉的"乌衫"，一边是气饱声亮、粗犷豪壮的"黑头"；一边是拉拉扯扯缠绵悱恻催人泪下，一边是揿胸提袍伸首缩颈惹来阵阵欢笑。樟树埠八街六社还有从外地会聚而来的民众就在这两个戏棚之间哄哄闹闹拥来串往一如潮起潮落。

《金花女》《苏六娘》《彩楼记》《荔镜记》……这些百看不厌的老戏让人们将日常的粗糙乏味暂时撇至一边，朝着自己喜欢的方向天宽地阔地展开联想。一代代传唱下来的戏词，从表演者的嘴巴里婉转流出，那些经过无数遍锤炼出来的情节，深深地撼动了观众，让他们看到了生之悲欢情之凄切，没有炮火硝烟却布满刀光剑影，没有淋漓鲜血却教人肝肠寸断：寡妇蒙冤死别，勇士壮志未酬，好汉山野聚义，仕人穷途末路，穷书生一转眼高中状元，小民女不留神被封诰命……演到精彩处，观众纷纷将钱币碎银投向戏台，忘了带钱的也忍不住心痒手痒解下巾帻、衣带、香囊奋力抛掷，待两边斗完了戏再拿银钱将自己的"丢彩"赎回。两个戏班中将以获得钱物更多的一方胜出，由陈鹤寿颁发“梨园夺冠”“名震港埠”等锦旗并赏以重金。

三年前，赛宝顺曾在县城的大庙会上被老怡梨香班斗败。为了雪耻，赛宝顺三年来厉兵秣马苦练拿手绝活。“斗戏”的赢与输，关键要看剧本情节是否抓人，有没有名角登台，声色艺能否真正打动观众。两戏班一连斗了三天三夜，重头戏全都安排在夜里，前两夜双方交锋势均力敌，两个戏棚仿佛浓缩了历史容纳了古今：锣鼓二弦，扬琴唢呐，骏马奔驰刀枪呼啸，凌厉的眼神，豪气的大笑，无望的申告，悲怆的啼哭……生旦净丑，你方唱罢我登台，愁刚退尽喜上眉。

到了第三夜，赛英正看得昏昏沉沉，老怡梨香班一个新角咿咿呀呀地甩动水袖悄然登场。赛英皓亮的眉毛立即跳开，身上的慵懒疲沓一扫而光：什么梅占魁呀？分明就是陈桑田！

鲜亮精致的妆容掩盖不住桑田原本姣好的模样，只将他衬托得更加妩媚动人：乌黑发亮的鸦翅鬓发夹住了清秀可爱的尖细脸庞，眉毛描得又弯又长，湿润的眼睛顾盼生辉……赛英又爱慕又惊讶地注视着他，完全沉醉在被她爱着的那个男人的世界里。在变幻的灯光里在清脆的乐声中，梅占魁以细腻深情的表演再现了一个乱世佳人孤立无援、受尽欺凌的悲惨际遇，委屈与爱恨交织的情感被层层剥开又层层深入，椎心泣血痛快淋漓。他的四周仿佛涌动着一股非比寻常的力量，快速地平息了台下男女打诨笑闹的声浪将他们牢牢吸引过去，脸上的表情随着唱腔的婉转起伏微妙地发生变化，就连三岁大的孩子也忘记了玩耍停止了哭闹将眼睛瞪得尽可能大。待这一幕唱毕，人们方挣脱了戏台上那股摄人心魄的魔力，从绞紧压实的情绪中舒缓过来觉醒过来，掌声如暴雨狂风从四面八方聚拢过来经久不息。他们不知道梅占魁是谁，但他们都敢断定他是老怡梨香班新立的台柱子，潮州戏里顶尖的角儿。

赛英所熟悉的《白兔记》开场了，她惊讶于年纪轻轻的桑田竟然扮成乌衫老妇。一只白兔将“儿子”刘咬脐引向了失散多年、来到井边打水的母亲，李三娘又白又唱：“朔风漫卷旷野寒，无边冰雪封井栏，一滴珠泪一滴血，泪水井水皆流干”……望着满面愁苦的李三娘，赛英消除了桑田难以驾驭这个角色的顾虑，沉潜于人物命运的波澜曲折之中，直到母子相认夫妻团圆，她才像摆脱窘境那样抹去满脸的心酸泪水暗自叹息：“桑田啊桑田，你太过分了，我长这么大，眼泪加起来也没今夜流得多……”看到赛英哭成泪人，坐在旁边的雅茹像是头一回认识她。往年赛英总是边看边扫她的兴：“戏里的东西都是骗人的。”雅茹就生气地训斥她：“戏不骗人有啥看头？那还不如看身边的人和事。”

赛宝顺班不得不祭出他们的拿手绝活《箍桶案》，打算来个一锤定音，绰号“和尚”的名丑高呼一声：“去箍桶了哟——”，响如惊雷地动山摇，赛宝顺的忠实戏迷便趁机高喊：“‘和尚’丑出来箍桶啦！”“‘赛宝顺’，无看心头混（乱）”，把老怡梨香班台下的不少观众还有远近的路人全都吸引过去。桑田正唱《彩楼记》的刘月娥，一看情势不妙只好豁出去，急急放开嗓子高声唱道：“奴家并非相国女，实乃寿爷家的大崽陈桑田……”

暖玉心口咚的像被踢了一脚还以为听错了，正要向旁人求证，就被雅茹发疯似的拽住衣袖：“啊，啊，暖玉姐，难怪我觉得声音这么熟悉……”了解陈家的乡人也都恍然大悟：原来的贵妃、红娘、孝女、怨妇、苏六娘这些角色全是桑田一人所饰，老怡梨香班的忠实戏迷好像醒转过来发出尖叫：“大伙听清啦，陈桑田就是梅占魁，梅占魁就是陈桑田，快来捧家己人呀。”这种声音一下被复制成千百句，如惊鸟般散开去。那些潮涌到赛宝顺戏台前的观众又回流似的漫过来，而且还带动了新的人潮。他们的眼里闪射着狂热的光芒，解下身上的小物件用力掷向桑田，一时如雨如矢。桑田在最关键的时刻帮老怡梨香班再次夺得锦旗撑起名号。当暖玉听到旁人兴奋地说：“梅占魁——无你这支竹仔搭不成（戏）棚”时，痛苦得嘴唇向下咧开，原来以为儿子学戏只是为了打发无聊的时光，想不到他真的去干这“神仙老虎鬼”的凄惨活计，不要说陈家现在豪门旺势有头有脸，就算三餐“咬菜脯（萝卜干）吃番薯糜”，她也决不让孩子去当这比乞食仔还惨的戏子。

暖玉后来坚持认为，是丈夫的冷嘲热讽和强硬态度使大儿子更加逆反地走上这条窄道，陈鹤寿当然不愿承认，他粗声大气地辩解：

“一个人倘若铁了心要干啥，谁也拦不住他。”

耳光响亮

白辫先生是在第二天午后跟程凤梧结完账的，老怡梨香班的子弟们已经将戏具及铺藤被席搬上了雇来的船只，守码头的乡勇发现桑田挎着包裹和他们一起钻进船舱，急忙跑去陈家报信。陈鹤寿几乎是紧跟着白辫先生的脚步跳上了甲板。

“混账东西，你要气死我啊？”陈鹤寿的怒吼如旱雷般滚过，白辫先生还没明白过来，他已一把揪住儿子的长辫将他拽出船舱，疼得桑田龇牙咧嘴叫出声来：“爹，你要干啥？”戏班的子弟们还有打杂的老头子帮忙洗衣烧饭的老妈子，从不同角落钻出来将这对父子围在中央。陈鹤寿的口水凉凉地扎在儿子发烫的脸颊上：“臭小子，亏你念了这么多书，什么叫百善孝为先？你一个人撇下父母说走就走，到底是想唱哪一出？”桑田自知理亏颓然低头，任由父亲抓着自己的双肩急促地摇晃，单薄的身子如急风中的纤草东倒西歪。

“鸟儿长大，总要自己飞出去觅食的。”白辫先生挤进来替弟子解围，“占魁（他坚持叫他的艺名）又不是去了不回。”

“你倒是站着说话不腰疼，你有没有当过爹？你要是当过爹你就不会说出这种屁话！”陈鹤寿忽然哦的一声明白过来，松开了桑田扑上前去紧紧揪住白辫先生的胸口，狠狠地盯着他那双修剪过的细眉和稍嫌严厉的细长眼睛说：“我就说呢？我儿哪来的主意，原来背后有人给他指路壮胆啊。”

白辫先生摆手制止上来帮忙的弟子从容地说：“寿爷，您是明白人，桑田又不是三岁孥仔，我叫他走他就走啊？这是他自己的选择。”

陈鹤寿正待回应，暖玉和赛英就忙忙慌慌地赶来。陈鹤寿绷紧的神经松弛了一下，有女人在，就多了进退回旋的余地，暖玉一向护着桑田，桑田也是最听她的话。

“壮壮，你是来给他们送别的吧？”暖玉走到桑田面前装作不相信地问，还将一只手放在桑田单薄、骨头突出的后背上。桑田不像唱戏时那么泼辣大胆，母亲的灼灼目光瞅得他有点难为情，小小声说：“娘，我想去唱戏，连您都说过，我生来就是唱戏的。”

“唱戏也不是什么坏事，”为了缓解这父子俩造成的别扭、敌视的气氛，暖玉动情地说，“可是你也得替我和你爹想想，替你的媳妇想想。”桑田抬头发现赛英正朝他看来，急急避开她的目光，又听到母亲转过脸去暗示白辫先生：“白先生，您唱过那么多好戏，懂得那么多道理，想必也都明白，我们都喜欢有个大团圆的结局。桑田听您的，您就帮我劝劝他吧。”

白辫先生眼神忧郁，嘴角绽开一缕遗憾的笑，语气却依然坚定：“阿奶啊，桑田不会听您的也同样不会听我的，他只听他自己的。”

“用不着谁来劝，道理我懂，”桑田生怕老师为难，扑通地跪在母亲面前，提高了尖尖的嗓门情真意切地说，“娘，儿长大了，不愿一直活在您的羽翼之下，您就让儿出去闯一闯吧。你和爹的大恩，容我日后再报。”

“壮壮啊，这么看来你并不糊涂，你的眼里还有我这个娘。”暖玉扶起这个她最疼爱的儿子继续说，“为人父母，哪个会去图儿女的报答呀？我们的意思你是懂的，你和赛英的亲事不能再拖了，若成了亲，我和你爹也就了结了一桩心事，往后你爱咋样就咋样，我们再不多管。”她平静的话里透出些逆来顺受的无奈，叫人无法怀疑她的一片苦心。

陈鹤寿一听就明白暖玉在给儿子下软索，想用赛英这根绳子来拴住他，就顺着她的意思和和气气地说：“你娘这话我爱听，你是大哥，我也不图你给咱陈家添光加彩，只希望你能给弟弟带个好头立个榜样。”

桑田倒退了两步指着下面青光粼粼的急流说：“爹，娘，我早就说过，我不想这么快就娶媳妇，你们别再逼我了，你们再逼我，我就当不成你们的儿了。”话未说完两只眼眶已注满热泪。

晨风撩起桑田散开来的发丝，苍白的尖脸衬得眼睛又深又黑，见陈鹤寿走近一步就像有难以承受的重物压向他，浑身瑟缩发出歇斯底里的尖叫：“别过来，您再过来我就跳下去！”

陈鹤寿边后退边伸出手掌轻轻往下压，还一个劲地摇头苦笑："你这是何苦？我们还不是为了你好——"桑田急躁地跺脚："你们一口一个为我好，可我想要什么你们知道吗？"陈鹤寿仰起苍凉而又冷峻的面孔不屑地说："没错，我们是不知道你想要啥，所以无法满足你。可话说回来，你明明知道我们想要啥，可有满足过我们？当你对着我们声硬气壮地发问，你能不能也问问自己，为什么当初你娘冒死要把你生下来？为什么她一个人宁愿受更多的委屈吃更多的苦头也要把你拉扯大？你现在翅膀硬了想飞了，难道就不能问一声，'娘，我走了你会伤心么？'"

陈鹤寿的话一下击中了暖玉心里最脆弱的地方，一种又酸又苦的滋味涌上来，哇地哭出声。陈鹤寿上前拍拍她的背说："甭伤心了。"暖玉呜咽着："我咋能不伤心啊？平时对他'惜命命（极度疼爱）'，舍不得让他干这干那，这下好了，我还没老到走不动，他就不要我了。"

"姆，让他走吧，你还有浩云，还有我……"赛英挽起暖玉的手臂轻声安慰她。桑田准备出走的消息不仅印证了她之前的担忧，也让她陷入到被男人贬低抛弃的屈辱之中。雅茹不让她来暖玉也不让她来，可她偏偏要来看个究竟，用她的话讲，"死也要死个明白。"

"英哥儿啊，你咋能说出这种话？亲事早就定了，谁要是不践约谁遭雷劈——"就像得知自己染了绝症一样，暖玉哭得更加厉害，身体随着战栗的加剧气力的流失，瘫软着往下坠，只斜着眼求救似的望向白辫先生："白先生啊白先生，'宁拆十座庙，不毁一桩婚'，您可不能这么眼睁睁地看着我们家离宅散呀——"

有那么一瞬，白辫先生被暖玉可怜兮兮的眼神灼痛了。他五岁被父亲送进戏班，多年漂泊在外吃尽苦头，哪能体会不到这骨肉亲情的离别之痛？体内某种搏斗着的、没有形体的东西忽然柔软了松懈了，遂苦笑着说："占魁，你就听你爹你娘的吧。"

"来吧壮壮，你先生都发话了，给你娘认个错，往后别再干这种傻事了。"陈鹤寿拍拍手掌咧开嘴。桑田过去扶起母亲坦然地说："起来吧娘，我听您的。"脸上却没有一丝屈服所引发的难堪。暖玉挣扎着爬起来疑云顿生，陈鹤寿也奇怪这匹桀骜不驯的小野马竟如此轻易就范，就听到桑田继续说下去，才明白他要了一个十分恶毒的心计：“爹，娘，英哥儿，如果你们觉得非如此不可，那就成亲吧，只是有一点我必须申明，礼成之后你们就别再拦我。”见大家默然没有回应又尖起声气反问：“爹，你不是说我从未满足过你们的想法吗？这下满足了吧？”又将微微兴奋的目光甩到赛英的脸上，用明显威胁的口吻说：“英哥儿，你要是不后悔那就试试吧！”

赛英失神的双眼虚望着痛苦得说不出话，心底透过一缕悲凉，是不是命中注定自己非得遇上这种寡情薄义的人？表面的温顺和文静掩盖了他的任性和执拗，让她无法相信这就是他。此时此刻，赛英恨不得这艘帆船突然带着她沉入水底，好彻底摆脱桑田对她的羞辱和伤害。

陈鹤寿压制住火气说：“壮壮，你到底想干吗？”桑田摊开双手害怕得罪他似的笑了笑，话里却夹带着一丝嘲弄：“我这是谨遵教诲，母命难违啊。”

啪的一声，人们看见桑田的脸歪向一边身体也随之旋了过去，腰部背部狠狠地撞击着船舱的外围又反弹回来。陈鹤寿收回他反手甩出的大巴掌冷冷地说：“什么狗玩意儿，蹬鼻子上脸是吧？红口白牙说好的事，还想抵赖不成？”桑田嘴角淌着血水仍微笑着：“主意全是你们拿的，我插得上嘴吗？”

家里家外，也只有桑田才敢这么顶撞陈鹤寿。他气得浑身颤抖，用嫌恶而又决绝的口气说：“滚，老子没你这个崽。”暖玉也咬咬牙：“壮壮，你这一走，就不再是我的儿了。”赶紧拿手捂嘴好堵住随之而来的哭声。对于父亲的打骂桑田并不放在心上，而从未对他说过半句狠话的母亲让他一下掂出了轻重，一缕难受的惊恐从眼里闪眨而过，那个他一直最为担心、不可收拾的局面真的出现了。

“等等，”赛英忽然站了出来抖动着嘴唇喊了一声，不羞怯也不含糊地说，“桑田哥，你去唱你的戏，我等你！”桑田气恼地说：“我不需要你等。”赛英针锋相对地说：“我要等，我要等到你卸装梦醒的那一刻。”

赛英的态度在陈鹤寿和桑田的心里产生了迥然不同的反响，陈鹤寿暗暗为赛英喝彩，以为这是给桑田一记更重更响的耳光。桑田不敢相信地望着赛英："英哥儿，你开什么玩笑?"赛英沉静地说："你有见过一个姿娘仔拿名声开玩笑的吗?"桑田一下慌了手脚，装出理解的样子说："我知道你是为了我爹娘才说出这番话的，好意我心领了，可我不想害你。"赛英一眼就看穿桑田想要逃避什么，她为他也为自己感到难过，但并不后悔刚才那么说。

"英哥儿，我有啥好?好吃懒做，不务正业，而且还……"赛英没待桑田把话说完就打断他："你就算是天底下最烂的烂崽，最浑的混蛋，我也不嫌你。"桑田从喉咙深处发出一声无可奈何的叹息："你怎么就不能放过我?"赛英说："你不是成天唱着'冤家''冤家'么?这是我上辈子欠你的，也是你上辈子欠我的。"说罢还故作轻松地笑了笑，这一笑让她恢复了姑娘家那种柔媚单纯的本色。桑田心头一颤不由得多看了她一眼，好像总算好好看清她：平顺浓重、如墨汁描过的眉毛底下眨动着一对大眼睛，水汪汪的自有动人之处。有那么一刻桑田都想妥协了，但最终还是摇摇头以驱除这个不切实际的想法。

赛英看见桑田的眼里闪动着奇异的光彩，可惜一下又消失了，听到他歉疚地说："英哥儿，我不想耽误你，我不想欠你什么。"

"你不欠我什么，一切是我自愿的，我今日这么说，往后还是这么说，你放心!"赛英眼神坚毅明澈，她已横下一条心，就是要让他知道，他俩都是一路货色，你狠我比你更狠，你倔我比你更倔。"你走多久我等你多久，你要是哪天娶了别个，这辈子我就自个走完。"桑田像头犟驴被赛英脆炸炸的鞭花逼到了绝路，他知道自己不表个态是跑不脱的，就老实、恭顺地朝父母施礼字正腔圆地说："两位大人，既然英哥儿不负我，我也不负她。"

胜利的喜悦染红了赛英的双颊，她抑制住窘急的心情拿余光偷偷打量桑田，有些不安但更多的是期待。

窝在陈鹤寿心头的火气一扫而光，人逢喜事精神爽，高喉咙大嗓门地说："你早这么说就好喽。"暖玉却高兴不起来，她最了解大儿子了，因而也就隐隐察觉到他的举动中所包含的真实用意，只是仍心存侥幸。

“阿舍不当当戏子”“桑田半年后回来拜堂成亲”成了樟树埠人热议的话题，人们普遍存在两种看法，一种是壮壮妹回来娶英哥儿，花好月圆；另一种则唱反调，桑田趁机劈断身上的缠缚，一去不复返。

赛英却像啥事也没发生，一如既往端坐于药堂忙着给病人开方取药。白天她尽量不给自己留下一丝间隙闲暇，待空洞无聊的黑夜来临时方不得不独自面对。她想象着桑田在他的世界里拭粉换装，饰演着一个又一个的女子，时而风花雪月眉目传情，时而弱不禁风一步三叹，时而英姿飒爽神采飞扬……一张张粉妆玉琢的面孔交叠出现，像在向她暗示着什么，而她却不敢有一丝猜忌也不敢往深处想。两个人的情感经过这一折腾，就好比揉皱了的草纸，再怎么捋抚也无法消除上面的折痕，赛英虽隐隐预感到日后的结局难以圆满，但仍祈盼着奇迹发生。半年一晃而过，桑田果真音信杳杳。暖玉安慰赛英，她总说没什么，可有一天还是忍不住扑在未来婆婆的怀里哭泣：“他可以选我，也可以选戏，可他还是选了戏。”

暖玉是个戏迷，她比赛英更加明了，在那个沸腾着爱恨情仇、矛盾激化的幻境里，桑田热衷于什么沉迷于什么。雅茹则直接劝告赛英：“那个娘娘腔有啥好？你随便换哪个不比他强？”赛英咬着牙说：“可我只要他。”就好像她和桑田和陈家已经结下了血肉交铸、命中注定的关系。太在乎一个人，往往受伤的是自己！有过惨痛经历的雅茹只能眼睁睁看着赛英重蹈覆辙，发出无用的悲叹：“你啊你，活该！”

偶尔听见食客在偷偷议论大女儿的事，雅茹就会恼恨地冲上前，将枯瘦的手叉在细腰间，恶狠狠地断言：“要是我没死得那么快我倒要看看，那个‘歹仔’是如何鼻青脸肿地回来，跪在我家英哥儿面前向她求饶。”

第十一章

海国安澜

本宫的性子是直了点，加之眼里容不下一缕灰，心里容不下一丝假，难免得罪神得罪人，说实在的，有时我都搞不清是在哪里得罪的，好在大家知道我没坏心眼，不跟我计较。

要说本宫痛恨坏人，是真的，防范好人，也不假，好人干坏事，有时更容易蒙混过关。不过无论好人坏人，天生都是谎话精！有哪个人不爱钱？却非要说金钱有“铜臭味”，是“万恶之源”，让它背上了千古的骂名。还有的人一张嘴就是生死有命富贵在天，把一切的不幸归咎于宿命。想称王称霸的，对追随他的人说，人生而平等。坐上了皇位的又对臣民说，我是真龙天子。弱者对强者说，因果报应。强者对弱者说，命里无时莫强求。人们总是把事实与愿望混为一谈，不断地复制出谎言来哄自己也骗别人，弄得谣言满街跑，本宫很懊恼！

如果非要说出真相，纵观人类历史，那就是邪恶干掉正义，好人不长命，祸害遗千年，“窃钩者诛，窃国者为诸侯”。人人所向往的桃花源、大同社会，只要私欲在，就不可能实现，这样的理想只存在于各种宗教的经史里，佛家叫它极乐世界，伊斯兰教和基督教叫它天堂，西洋人叫它乌托邦。

樟树埠的侄子侄女们，就连你们也对本宫遮遮掩掩睁眼说瞎话。说真话就有这么难？今天咱们就来说说看，你们到底是从哪里学会了撒谎？是从海水泛起的泡沫里呢，还是从孩童玩过的泥巴里？是一出世就呼吸到空气里的假话呢？还是说，从母亲的乳房里涌出的不只是甘甜的乳汁还有可怕的谎言？饭菜里，汤汁里，零嘴里，还有摆摊设点或者穿街过巷地贩卖的小食里，是不是也都拌进了谎言的毒液？是因为你们从小生活在虚情假意的环境里呢，还是因为父母的训诫、亲戚的夸赞、教书先生的胡诌、街坊邻里的撒泼里都浸透了谎言的酱汁？是因为成年人都是人前一套背后一套呢，还是说你们背得滚瓜烂熟的书册里也是满纸荒唐言？所以啊，你们有样学样满口仁义道德一肚子男盗女娼。你们可要知道，每撒一次谎，灵魂就会死去一点点！

“顺风耳”告诉本宫，陷入谎言怪圈的其实不止一个人，也不止一群人，而是整个族群，整个国家，整个人类。有时候谎言是一群人的意志，有时候谎言却只是某一个人的意志。说谎的人都希望别人相信哪怕是装着相信，因为装着装着也许就真的相信了。说来好笑，本宫信手翻翻中国的历史，从秦朝的赵高指鹿为马到隋朝杨素以谣言扶掖杨广，从南宋的秦桧构陷岳飞到明季的魏忠贤滥杀无辜，从清初的文字狱再到晚清的鸦片战争，到处都有谎言的影子，直到一个个的王朝被谎言所吞噬……大人物左右着别人的命运左右着国家的时势也左右着历史的兴衰，小人物很快就适应了谎言满天飞的环境，于不经意间加入到制造谎言的行列，加入到歌功颂德的大合唱。远的不说，就说说人人敬仰的林文忠公，他也是被威权和习惯所裹挟，在朝野上下笼罩着报喜不报忧的氛围中向道光皇帝说了假话，不信请翻开林大人的日记读一读，道光十九年清军与英军首次交锋，大清的官兵从海里捞取“夷帽”并认定“毙敌”人数为十一个，在报给道光帝的奏折中却又增加了十个。还有那个参赞大臣杨芳，道光二十一年英军攻陷广州，他反而在奏章里说清军屡败英军，唯恐其逃窜云云。靖逆将军奕山就更加离谱了，惨败之后竟撒下弥天大谎，宣称打了大胜仗英军举白旗乞和……大清帝国的楹柱就这样被大大小小的谎言所蛀蚀，一根根折塌，就连李中堂在纽约华尔道夫饭店接受洋记者采访时都不得不承认，大清帝国的报纸没有真相！所以啊，真正摧毁大清帝国的不是洋枪洋炮，而是谎言！中国数千年的帝制史，又何尝不是一部结结实实的谎言史？

在尘世间，谎言就像空气存在于人们的一呼一吸之间，真话烂肚里，假话随口出。在这个对撒谎习以为常的族群里，说真话只会付出更加高昂的代价，做正事可能导致更加悲惨的结局。明朝的蓟辽总督袁崇焕打败了清军，却被自己的皇帝千刀万剐，不明真相的老百姓抢食其肉。林文忠公烧了鸦片退了英军反而被道光帝发配新疆。究其原因，王公贵族只想活在谎言织成的美梦里，说真话无异于一巴掌将他们打醒，又或者揭下了他们的遮羞布让他们恼羞成怒。

当谎言的泡沫漫过沙滩，将真实的痕迹覆盖并带走，就再也无人知道真相了。于是啊谎言便成了笼络人心、自欺欺人的麻醉剂和壮阳药。洪秀全就曾经将谎言当成了麻醉剂，为取得民众的信任和支持称自己是上帝的次子。义和团则把假话当成了壮阳药，自称“刀枪不入”，还大肆吹嘘把女人的秽物放在烟囱上能避洋鬼子火炮，结果在洋枪洋炮面前血流成河。就连皇帝也喜用此药，咸丰帝逃往热河承德避暑山庄还要以“狩猎”为名，被洋人逼得走投无路了仍强撑脸面糊弄臣民。平头百姓又有哪一个能离开此药？什么谋事在人成事在天，办不成没人怪就怪天怪地怪运气。就连牙牙学语的孥仔鬼摔倒了也要把责任统统推给地面。想想也真是，在这个把谎言当饭吃的尘世里、把谎言当神药膜拜的习惯里，本宫到底吃过多少谎言的药丸药粉？我开始怀疑宋、元、明、清四朝给我的三十六次褒封，是君王抛给我的三十六顶花里胡哨的高帽。那挂在我脖子上的一长串别名尊称，越发觉得反射出的不是什么珠光宝气，而是泡沫一样的五光十色。许多人都以为我前呼后拥好不威风，那是因为他们并不知道，我的内心就像一座孤岛，抵抗着来自全世界的谎言洋流的冲刷和侵蚀。为了缓解焦虑，坚守底线，我自个儿在脑海里搭起了戏台，像我的“小侄子”陈桑田那样分饰着不同的角色分裂成不同的自我，不过我不唱才子佳人也不叹岁月无情，只对着想象中的皇亲国戚、王侯将相、老人孥仔嬉笑谩骂，我哭哭啼啼狂笑当歌，我窃窃私语指桑骂槐，哎呀喂，这世间有多少生命多少真情就有多少个我！那些辗转反侧肝肠寸断死里逃生不屈不挠大义凛然全都是我，那些幽幽怨怨自艾自怜形单影只一惊一乍也都是我，我是你们所有想得到的也是你们所有想不到的……

我最亲爱的侄子侄女们，如果上天对神没有约束，本宫真想拿滔滔白浪冲刷掉这个混账时代留下的污垢，让海风卷走你们呼出的浊气和说出的昧心话，再拿龙船岭的竹刀刮去你们身上闪着虚假光泽的鳞片。如果没有“道法”的约定，我真想把你们的谎言通通丢进南海，丢进雷州半岛和琼州海峡的海水里，丢进安南、暹罗、印尼、马来西亚、婆罗洲附近的海域里，让它们葬身鱼腹。如果没有自然法则需要遵循，我真想摘下你们久戴的面具，堆砌成一道长城，把更多的谎言假象挡在外面，又或者用面具重建一座圆明园，将所有人也包括洋人的谎言陈列其中，谎言的主人地位越显赫就越要摆在显眼处。当然千万别漏掉那些比宝石还稀缺的真话，最好能将真话制成标本井然有序地陈列在另一边，好让你们的后代了解真话诤言是什么样子。如果能够，我还要像挤出跳蚤肚里的血滴那样用指甲掐出你们肚里的谎言，像撕剥鱼皮那样撕下所有人的面具，不管这些面具你们传了多少代戴了多少年。

别说你们，就连本宫也早就尝够了戴假面具的滋味。我厌倦了别人为我刻下的一成不变的表情，还有那些搭配得俗不可耐的装束，就好像只有用累赘、刻板和空洞才能显示我的存在。在这些神偶中，有的把我打扮得像那讨厌的“老佛爷”，有的把我弄成巫婆或者女道士，有的给我画了个病态的妆容，脸颊上永远残留着发高烧似的红晕，有的把我的嘴角雕刻得像吊死鬼的舌头一样僵硬，有的干脆让我目瞪口呆像被剥夺了记忆……我真不知道你们是如何想象出我的容貌的，我可以肯定地说，人世间的这些面具与真实的神明根本就风马牛不相及，跟我也八竿子打不着。真正的神明无形无体也不需要任何雕像画像，那些雕像画像只是你们拿来哄自己也哄别人的故弄玄虚。真正的神明也不需要你们成天的烟熏火燎，他们往往驻足于人类遗忘的角落，只要你们轻轻打开心门，神光就会照进去。不过话又说回来，是不是因为人类一直习惯于戴着假面具，因而也就推己及神给神明凿出偶像戴上面具。相比之下，人类的面具比任何神像都要光鲜、生动、自然，它们笑笑眯眯、刚直不阿、推心置腹、情真意切、温厚慈爱、心急如焚、天真无邪……

“千里眼”听了本宫的话很不服气，他不信自己这么好的眼力看到的却是人类的面具和假象。“顺风耳”也不肯承认，他灵敏的耳朵居然听不到一句真话？本宫就赐给他们一面照妖镜，让这哥俩玩玩

“捉鬼”的游戏，将那些奔波于尘世、一会儿扮菩萨善人一会儿扮圣人权贵的“鬼畜”一一找出。虽然这些鬼畜披着人皮说着人话，讲着人情摆着道理，装出一副救人于水火的慈悲，可只要留心观察就会发现，一根根似有若无、隐约闪光的黏丝从暗处吐出来，缠住人绊倒人将人拖向一个个挖好的坑洞。这哥俩要是再仔细点，还能看到那些鬼畜用蚊子针头似的口器悄悄地吮咂着亲朋戚友、同僚同行乃至自己父母手足的体液精血。“千里眼”垂头丧气地回来向我承认，凡间遍地鬼畜，小鬼本来就不好发现，大鬼比小鬼藏得还深装得还像，不到最后关头休想揪出它来。“顺风耳”也对我发了一通感慨，你要是以为这些外鬼内鬼、东洋鬼西洋鬼、男鬼女鬼比阴间的鬼更加通情达理、比天上飞地上跑的禽兽心肠更加软和，那就错了！他们是不吃肉也要宰人，不惹他也要咬人。

哎呀喂，这天底下是何等地空旷，只因缺了真实正气的存在，这天底下又是何等地拥堵，都被狂妄与无知、谎言与面具、耻辱与欲望、仇怨与悔恨、疾病与死亡填塞得不留一丝缝隙。本宫算是看透了，如果说这个世界是只烂果子，那么人类就是里面的蛆虫。

我的侄子侄女们呀，本宫这么婆婆妈妈地说你们，完全是为了你们好，谁让你们叫我一声姑母呢？我到樟树埠来，就是想看看你们活得怎么样。我跟三山国王早就交过底，我从来就没有想当这里的主神，我也确实没那闲工夫。记得樟树湾刚形成聚落那阵子，本宫等着水流神来拜见我，可是他的架子比我还大。为了你们，我还是得放低身段去会会他。那时候的水流神庙还是小小的，我刚接近神庙就嗅到一股陌生、阴冷的咸腥气息，那是从地底下散发出来穷鬼的气息。我盯着大殿上那尊凶神恶煞的柴头老爷看了半天，刚开口说远亲不如近邻，你到了樟树埠也不向我通报一声，对方就粗声大气地回敬我：“你以为老子乐意来这鸟不拉屎的地方哪？”我不可能跟这个野路子的小神一般见识，只是有意奚落他一下：“要是本宫没猜错，你肯定是犯了事才被贬到这里来。”对方粗鲁地顶了我一句：“你懂个屁？不久之后，这里可是个大港埠，俯临大海吞吐潮汐，巨舰高桅扬帆挂席……”我听出他的声音有些迟疑就嘲笑起他来：“净说胡话。”对方的口气愈加坚定：“不信你等着瞧！”

水流神的口气竟然跟陈鹤寿一模一样，实在狂妄！我才不屑跟这种低级的小鱼小虾浪费时间，也懒得去弄清他说的是真是假，在樟树湾，就凭他也翻不起多大的浪。

后来，当三山国王犹犹豫豫地告诉我，这个水流神是一条躲天躲地的鬼魂，我还有点不信。他说她之所以盘踞不走，完全是为了她自己认为的最伟大的信仰——爱情。他捋着胡子困惑地问我：“爱情能作为一种信仰吗？”我不好意思说我生前立誓不嫁，哪里懂得这尘世间的男欢女爱？哪里懂得什么爱情？只能装严肃地说：“一个女鬼的话你也信！”但这也就成了我的疑问，我安排“顺风耳”到处打探，让“千里眼”去看看世间是不是有真正的爱情，结果他们不但没弄明白，反而把我搞得更糊涂。

本宫其实也知道，男人最爱撒的谎就是爱情，但最让人生死相许的也是爱情。三山国王讲起鬼魂和陈鹤寿的故事时摇头摆脑，唏嘘这种感情的难能可贵。看得出来，他很同情她，再怎么说她也是谎言的受害者——这个陈鹤寿，曾把天底下男人骗女人的假话酿成蜜浆灌进她的耳朵里，拿虚幻的梦做成漂亮的花束插进她的心房，她天真地嗅着它的芬香深深地相信了它，欣赏它把玩它珍爱它，死了还念念不忘不愿放手，哎呀喂，真是又可怜又可敬，不过这种事情比起天下大事，毕竟微不足道，虽烟火气十足但终究上不得台面，看在大家生前都是女人的分上，老娘我网开一面由她自生自灭。本宫说这话时三山国王居然会心一笑，笑得老娘我多少有点难为情。

说出来真可笑，别看本宫成天咋咋呼呼，要摊上事我还真是外刚内柔愁肠百结！大饥荒时，我最听不得孥仔们临死那一丝细得快要断掉的呜咽。三更半夜，狠心的男人一边哀叹着“生崽遇上饥荒年”，一边拎起婴儿如同捏着一只没长毛的小老鼠走向尿桶，虚弱的产妇无力阻拦，只能发出低低的哀求和哭泣。萦绕在我耳边的婴儿哭声倏忽而止，他们的喉咙、气管、肠胃立即灌进了腥辣的尿液，粉红的小脸憋成了青紫。一条条小小的魂魄从那散发出尿骚味的躯壳里彷徨无助地钻出来，萤火虫般地飘出窗外绕着自家的屋顶久久不愿离去，他们还没有弄明白怎么回事，他们还不晓得是自己的亲生父亲下的毒手，他们仍留恋着温暖而熟悉的母体，留恋着屋内那股热乎乎的诱人气息……这些懵懂无知的小魂魄啊，不停地絮叨、哀求、呻吟、哭诉、抱怨，像失散、饥饿的孥仔想要寻回那个对他天生就有着吸引力的怀抱，此情此景，如钩钩刺刺撕裂我的胸膛，如鹰鹫轮番啄咬我的腑脏，疼得我眼泪都掉下来。

我的侄子侄女们，你们用不着安慰我也用不着开解我，本宫知道谎言的魔力和谎言的可怕，它不仅能传染人也能传染鬼，看看假扮水流神的幽灵就一切都明白了。可是你们并不知道它还能传染给神，“千里眼”和“顺风耳”就曾被传染上，有段时间他们完全沉湎在你们的虚情假意夸大其词当中不能自拔，觉得以自己的能力和功绩该封大神了，对我的呼来唤去再也不予理睬，幸好我有法宝让他们清醒过来，为了预防这无孔不入的传染，我不得不学着狡猾的三山国王躲进玄秘的空间，睁只眼闭只眼地看着谎言假象从黑暗中五光十色地喷发出来，如彩带般不断地抽动着飞舞着堆砌着，所有的面具都像镜子那样反射出炫目的光柱和光斑，三山国王庙、天妃宫甚至水流神庙全都洋溢着节日般的喜庆氛围，紫红色的激情如绸缎般缠绕着每根巨大的石柱，过去的烟雾和未来的光亮彼此渗透，假意与真情交替着绽放出华丽与朴素的花朵，虚幻和现实犹如道道光波在大地上层层铺开……我在恍惚中看见人们匍匐在地三跪九叩，听见他们高声吟诵着流光溢彩的赞美华章。在这庄严肃穆的时刻，我感觉到自己的嘴巴动了一下，一个骄傲、自信的声音钻进了自己的耳朵里：“本宫是天底下最伟大的神明，是人类的大救星！”

第十二章

百鸟朝凤

做四句

短短的一年里，汕头开埠对樟树埠的影响开始由估猜转化为现实，不少商贩试探性地跑到那里订舱位批发商品，因为船班多速度快，加之货品齐全价钱也相对便宜，一来二去也就扎了根，不愿再回樟树埠。南北船行的业务量明显下降，从南洋运回来的货物少见地出现了滞销，平原的土特产如植物油、土布等也遇到洋油洋布这样的对手，年纪大点的还顽强地维护着旧的生活习惯，年轻人可就不管了，怀着对新生事物的好奇心主动去了解去尝试。挣不到钱的船主们碰见陈鹤寿，有的直接吐苦水，有的借夸赞汕头埠发展之神速，旁敲侧击怪责陈鹤寿当初不该吓退洋人，让汕头捡了便宜。听多了各种新事旧闻，陈鹤寿撑硬腰板、不信不屑的态度有些动摇了，只是嘴上仍轻淡地回应着："汕头埠好那你们还犹豫什么？挪个窝不就得了？"穆庆辉站出来替大伙证明："寿爷，洋鬼子已经开了七八家轮船公司了。"苏忠勇也附和："您又不是没见过，就算咱们的红头船六帆齐发，也跑不过人家那种铁造的家伙。"穆庆辉像手里攥着真凭实据那样懒洋洋地说："汕头埠到实叻（新加坡），火轮只需跑二十天。"陈鹤寿心里一阵难受，声厉色疾地说："少说些没根没梢的话，在你们的眼里，洋人的屁都是香的……"他既接受不了自己的红头船这么轻易就被超越，又过不了洋人这道坎。有那么多人在向洋人洋货低头妥协，可他决不！

陈鹤寿后来还是带上黄仰岳去了趟汕头埠，一跳上马车这才意识到自己有多长时间没有离开自己的窝，是这个窝太过安稳舒适，还是自己老了不敢冒险？汕头埠的新奇景象不但让他目眩眼花，更让他感到泄气：新辟的大路新修的楼房，洋人穿着奇装异服大摇大摆地穿行于街巷市集，商铺地摊摆放着花花绿绿、叫不出名的奇巧玩意儿，有些东西连他都不知道有何用处。他正发出不敢相信的咂嘴声，就听到一绺响天彻地的汽笛鸣响，遂拉着黄仰岳跟着看热闹的人潮涌向码头，一艘挂着米字旗的庞大铁壳船吐着黑乎乎的浓烟徐徐靠岸，甲板上站满各式人种，有的礼貌地摘下帽子有的激动地挥舞双臂有的保持着矜持的微笑，向岸上的人们频频致意。在一片互动的欢闹声中，陈鹤寿心底撩起一股羡慕嫉妒恨的热风，却转过脸来故意对黄仰岳说："这玩意儿要烧好多煤炭，费用太高了，不像咱们红头船有老天爷免费使力。"黄仰岳转动着眼珠子说："寿爷，火轮成本虽高，利润更高。"陈鹤寿嘴上不承认，心里已在哀叹，木帆船被淘汰被取代的命运不可逆转了。后来他才知道，这艘叫"玛丽－伍德夫人"号的英国汽船是世界上最早的铁壳船之一，它从英国南安普敦航行至香港又从香港来到了汕头埠。

百闻不如一见，汕头埠的发展比陈鹤寿的想象要快得多，原本一泡尿就能尿湿的弹丸之地，因沿着南海滩造地延伸而变得开阔起来，靠近码头货栈的怀安、怡安、万安、棉安和镇邦街逐渐取代了行街、顺昌街、老市一带而成为新的商业中心。陈鹤寿拜访了漳潮会馆的同仁，又专意去溜一眼潮州洋关。在那幢白色洋楼前的广场上，陈鹤寿意外地听到有人喊他，扭头一看差点认不出来，林昂戴着礼帽穿着白色洋装手里也学着洋人拄了一根"哭丧棍"，他长胖了长白了脸颊比从前显得更加饱满红润，把一对大眼睛反衬得小了些，上唇则留着黑青的八字胡。

"认不出我啦寿爷？"林昂笑嘻嘻地打量着陈鹤寿，没有一丝怨他恨他的意思。陈鹤寿毫不掩饰脸上的轻蔑："要不是闻到股羊（洋）骚味，我还真不敢相信是您六爷。"他早就听说林昂投靠了英国人，在一家叫"德记"的"猪仔行"做事。德记打着合法的招工幌子在汕头埠开设招工公所，派出大批狗腿子到乡下去，诱骗穷人签下"卖身契”，再将他们输送到世界各地去当苦力。

“想不到寿爷也来汕头埠寻活路啊？”林昂眯着眼好像碰到什么开心事，“这里可不是樟树埠，没有洋人点头谁也扯不开步子。”陈鹤寿说：“要是陈某哪天沦落到这般田地，再来求六爷帮忙。”林昂做出推心置腹的样子劝他：“汕头一开埠，樟树埠如同沉船，你再不及早跳出来就只能跟着它一块儿玩完。”陈鹤寿反过脸来嘲讽他：“才多久啊？谁死乞白赖想要留在那条沉船上？”林昂宽容地笑了笑：“世事如棋常新，岂是你我凡夫俗子所能料到的？事情不到真正发生的那一刻，谁也不晓得是机会是陷阱。我将剩下的红头船甩手卖给你那会儿，想死的心都有，哪知道是在为自己拆下卡脖子的‘柴枷’？”

“你这话倒是说早了一步，樟树埠不如以前是真，但也没你想的那么差。”陈鹤寿强撑着脸面说，“就算再差，也总比你傍洋鬼当狗腿强。”林昂似乎习惯了别人的嘲笑，平静地说：“洋人已经垄断了汕头埠，航线无所不至，官家形同虚设，要不了多久，人们就会摒弃那些大襟衫压头裤穿上洋装，什么洋布、洋火、洋烟、洋油……像咱们的土产铺满乡镇墟市的每个角落。”怕陈鹤寿不信那样，他指着前面一栋淡黄色的楼房说：“你看看，那是英吉利怡和洋行汕头埠分行，已经在平原上陆续开办了啤酒厂、机械厂、棉纱厂、羊毛厂，最近又在折腾什么罐头厂。你知道它销售得最多的是啥？烟土！你不是禁过吗？现在又有多少烟馆排着队来找它拿货。朝廷也好你寿爷也好，都是打自己的耳光！”

陈鹤寿嗤的一声奚落他：“张口洋人闭口洋货，我看你都成洋种了。”林昂说：“当洋种也强过当亡国奴。要不是跟洋人打交道，我还不知道咱们有多落后多顽固多虚伪。你听说过到樟树湾传教的黎德新神父吧？就是他把我引入天主的大门让我食了洋教的。”陈鹤寿没好气地说：“好嘛好嘛，你最好连辫子也一块儿剪了。”林昂涎着脸说：“你倒是说出了我的心里话。打仗时总有人冲着平头百姓喊爱国，有好处他咋不分给大伙呢？我告诉你陈秀才，这个国家不姓陈也不姓林，它姓爱新觉罗。老子以它为耻！”

这些道理陈鹤寿哪会不懂？他在得悉林昂投靠洋人的第一时间脑

子里最先想到的不是林昂不爱国没骨气，而是大清王朝的腐败无能，一次次地伤害了民心民意让它的子民跌入绝望的深渊。他不想在这问题上无用地纠缠下去于是岔开了话题："你刚才说到黎先生，他来汕头埠了？"林昂拿下巴指了指从一片平房中高高耸起、像要挑破苍穹的教堂尖顶说："他回来主持圣瑟天主教堂了。"见陈鹤寿不语又半开玩笑半认真地说："找他去吧，我盼着你早日成为我的教友。"

陈鹤寿嘴角微微牵动着咽下了一句不敬的话正要告辞，又听见林昂"啊"了一声好像想起什么："对了对了，半个月前，有个后生找我麻烦，他以为是我给洋人和官家通风报信害死了他的义父。"陈鹤寿与黄仰岳交换一下眼色疑惑地问："他姓啥？"林昂答："姓温。"陈鹤寿心头轰的一热，温兆吉那张紫色的宽脸膛、那对像恨着什么人的黑眼睛立即闯进了他的脑海，让他开心得差点叫出声来，忙问："他人呢？"林昂仿佛又回到那个被温兆吉跟踪、差点丧命的现场，气鼓鼓地说："我咋晓得？好在我当时还算冷静，跟他掰扯清楚了。"

那天林昂从德记出来时已是雾霭沉沉的黄昏，望一眼对面的海滩和枋篷屋然后朝着租住的单身居所走去，在拐入一条巷道后发现有人尾随，没跑几步就被迎面走来的两条大汉捉住扭死。后面的那一个走上前揪住他的衣领把一件又尖又硬的东西顶在他的腰眼上。林昂还以为是"爱国者"们对投靠洋人的同胞实施报复，最近汕头埠接连发生两起，一个被剪掉辫子另一个被割掉耳朵。

林昂只看见对方的眼睛，脸上的其余部位被拉低的竹笠和水布遮裹着。听到温兆吉开门见山说明来意，林昂一下轻松了许多，反问他："我为啥要去告密？你说话可得有依据。"温兆吉压着声说："我们烧了顺风行的洋船，最想报复我们的自然是你。"林昂像骤然明白了什么，气得浑身一阵痉挛挣扎着想给对方一巴掌："原来是你们把我害成这样，你义父死得好死得好，你怎么就没跟他一块儿死？"林昂的这一反应反而引起了温兆吉的怀疑，自己可能找错了冤头债主，遂收起短刃问："你说不是你，又有何凭证？"林昂瞪着眼睛说："我根本就不知道谁弄我，要是知道我早就告到官家去了。"温兆吉示意两个兄弟放开林昂然后冷静地问："你帮我分析分析，会是谁干的？"

林昂揉了揉被弄疼的胳膊说：“这事我不能乱讲，我只猜到，叫你们弄我的一定是陈鹤寿。”温兆吉沉吟了片刻说：“明白了，不是你，就是他。”林昂疑惑地问：“你们帮他把我弄下去，他感激你们还来不及，咋会是他？”温兆吉更加坚定地说：“没错，就是他！”

听完了林昂的述说陈鹤寿只好装糊涂：“什么你害我我害你的，听不懂，反正我是虱多不痒，债多不愁，任你姓温的姓冷的，只管放马过来。”双方话不投机匆匆分开。陈鹤寿心里想：“沧海我的儿，你真的活着吗？”恨不得马上就能见到他告诉他的身世，将父子间的误解冤结一并解开。

陈鹤寿和黄仰岳约摸走了半个时辰，问了两次路才找到圣瑟天主教堂，他想去会会黎德新，当面感谢他当年救过桑田一命。这是一座三层的西式楼房，每层外侧均设有连通的券廊，外表壮观精美，一楼入门处悬挂一方中文匾额。从周围堆放着的沙土石灰砖头判断，教堂刚竣工不久。陈鹤寿推门而入，大厅宽敞，色彩斑斓的玻璃花窗透射出柔和的光线，穹顶上绘着圣像壁画，一列列长凳座椅密布整个大殿，中间空出的小道笔直地伸向前方的大祭台，祭台后边悬挂木制的耶稣苦像，苦像上面的圣龛中有圣母全身塑像。

黄仰岳找到一位洋教士打听，才知道黎德新已到平原各个村庄去设立祈祷所，并准备在樟树埠的北社筹建一座“福潮天主教堂”。

十天后陈鹤寿回到家，心头仍琢磨着林昂所说的话，他把樟树埠比喻成一艘沉船虽有不敬，倒也十分贴切，不光樟树埠，整个大清帝国又何尝不是一艘老朽破旧、慢慢沉没的巨舟？而导致它沉没的积弊沉疴简直不可计数，他忽然理解了大先生所预言的、樟树埠乃“风禽命”的确切含义。把林昂这样的强手逐出樟树埠，又将来报复的英国战舰拦截于出海口，陈鹤寿以为从此可以牢牢攥住樟树埠这只风筝，由他操纵着翩然飞向新的高度，殊不知还是拗不过时运国势这只无形之手，轻轻一掐风筝便断了线，翻着跟斗跌向无法预估的深谷。看来大半辈子的努力还有那些表面的繁华全都靠不住，一切皆水中月镜中花，一股莫名的恐惧从陈鹤寿的心头蹿过。胆小是衰老的一种标志，陈鹤寿第一次隐约觉得自己未老先衰。

第二天上午，陈鹤寿在红头船公所召开了成员大会。同行们发现坐在正中的陈司事脖颈仿佛结了重物，头颅不是高高昂起而是沮丧地低垂，严峻阴沉的神色使脸上的皱纹显得更深皮肤显得更黑。他在一片窃窃私语声中抬起头来，将烟杆从嘴里移开极为罕见地嘘叹了一声，讲述起汕头埠之行的见闻，把那里所发生的天翻地覆的变化告诉给他们。

“我昨天刚一上岸，就听到孥仔们在传唱，‘洋船沉，猪母眩，乌仔豆，生枯蝇’，”陈鹤寿摆着脑袋接着说，“时势如斯，再刚勇的蚂蚁，也无法改变捣毁巢穴的流水，大伙要么挪个窝活下去，要么让流水给冲走。”

安静的厅堂再次变成了混乱而又喧闹的墟市，陈鹤寿即使听不清他们在说什么也猜得到八九成……穆庆辉终于说出了憋在大伙心头的疑问：“寿爷，您的意思是让大伙到汕头埠找活路吗？”陈鹤寿清了清嗓门说：“你误会了，汕头埠已经是洋人的天下，你要是想像林六那样去舔‘洋腚’那就去吧。”穆庆辉眨了眨眼继续发问：“那您要叫我们往哪里挪窝？”陈鹤寿捏了捏粗硬的手掌果断地说：“去番爿。那里虽也有异族欺压同行竞争，但总比平原多一些创业的机会。”苏忠勇试探着问：“那么寿爷……您有何打算？”陈鹤寿平静而又坦然地说：“我哪也不去，老牛拖破车走一天算一天。”众人表面上跟着唏嘘摆头可心里谁也不信。

陈鹤寿不屑于说谎，他早就做好了最坏的打算，“死”也要“死”在樟树埠。这里就像他冬日里常穿的旧袄夹带着熟悉的气味，给他松软、温暖、适意的感觉，这大概就是家的感觉。他这大半辈子风里来浪里去，从来没有像今天这么恋家，他也搞不清楚自己为何一下失去了斗志。到底是怎么回事？难道说拥有的东西多了，更害怕失去？还是说自己真的老了，没了动力少了冲劲？他没有愤怒也没有抱怨，依然云淡风轻地继续经营着他的船行，只是不断将规模缩小，把省下来的精力和时间用在布袋围建筑群的修建上。

陈鹤寿开完了会离开了公所又去了公局，直到深夜才回家。他钻进热烘烘的被窝却发现暖玉根本就没睡着，她转过身来声音里不带一丝半点的黏糊，与他商量起桑田与赛英的婚礼来。既然桑田没有回来履行他对赛英的承诺，那么作为家长有必要替他完成。一来了结两边大人的心事，让陈史结亲有了圆满的结局；二来平息樟树埠的各种风言风语以维护陈家的声誉门风。暖玉与雅茹私下商定了赛英也点了头，就当桑田去了一趟南洋，反正赛英还小，先办了婚礼把她接进门，待哪天桑田回来再圆房。陈鹤寿生怕耽误了赛英想要提出反对意见，可解除婚约对她又何尝不是一种伤害？只能勉强同意。

虽说婚礼一切从简，但毕竟是两家孩子里的头一桩，又岂能过于马虎？他们请了办事周密稳妥的祝大春当执事头，负责统筹指挥这场婚礼的实施，又请快嘴利舌的淑钿当“青娘母”，青娘母是新娘的贴身护卫，不仅要提醒她婚礼的程序与规矩，还要针对仪式进展的内容“做四句”送祝福。闹洞房更是青娘母最难应对而又最显才气的一环，要凭三寸不烂之舌与客人对歌周旋，倘若遇到一些淘气鬼作歪诗刁难，青娘母还要急中生智予以回击，助新娘化解尴尬难堪的局面。由于新郎不在家，照乡间例俗须抓一只“鸡公”代替，赛英竭力反对死活不从：“人怎能与牲畜拜堂？”祝大春便采取了折中的办法请桑田的弟弟浩云代劳。

十一岁的浩云只比桑田矮半个头，骨架身坯早早地显露出父亲那种高壮魁梧的传承，他穿着长衫马褂戴着瓜皮帽子，结在胸口、比他脑袋瓜还大的绸花随着马步有节奏地颤动着鲜红耀眼。听到路人喊“阿舍爷，恭喜啊”之类的吉利话，浩云便沉着地拱手回礼毫无羞涩之态，就好像他是真正的新郎。

迎亲的大轿到达尽膳居门口，吹鼓手更加卖力地吹打演奏，一身红衣红裙、披着红盖头的赛英被青娘母淑钿边走边唱地送上喜轿：“花轿停在大门庭，拜别大人养育恩……”赛英一下想到了石槌，泪水哗地涌出眼眶。

春归堂已经做好迎纳新人的全面准备，大门贴着陈鹤寿亲手书写的婚联：“花添锦绣锦添花；喜事成双成事喜”，横批是“百年好合”，门楣正中贴着一绺巴掌大、写着“麒麟到此”的“红封（红纸片）”。

新房暂时安在桑田原来的房间。花轿驻停，青娘母淑钿引浩云踢轿门并揭下贴在轿门前的红封，然后唱起来："蒌叶红，就请娘子进君房。今朝黄道好吉日，二人相惜心相同。"引赛英出轿又唱道："轿帘卷起喜万分，新娘貌美又温存；新郎来牵新娘手，双双举步入府门。新娘身披红罗纱，君今娶娘来理家，家事大小相共管，三十二岁做'担家'（潮语，当家的，指婆婆）。"再牵新娘入房内，踏火烟时淑钿再次开腔："新娘举步踏火烟，早得贵子是男婴，夫唱妇随同心腹，孝敬爹娘宜殷勤。手牵新娘进新房，灯烛光辉对联红，厝边婶姆来贺喜，庆贺鸳鸯结成双。"

浩云随着赛英进新房后又折回花轿旁，将新娘姐妹们手里的榕枝、纱灯等物接进新房，站在旁边的淑钿卖力地唱道："新郎接'成'（潮汕人管榕树叫成树）到轿边，夫妻齐眉到百年，麒麟投胎生贵子，他日荣耀振门闾。新娘喜接红灯笼，夫妻相惜心相同，公婆食到二百岁，子孙满堂名声香。"浩云在接收妆奁完毕后，跟披着红盖头的赛英坐于床沿，各捧一碗用糯米粉做成的甜汤丸。淑钿的声音再度响起："夫妻双双坐床沿，共庆同房食甜丸。男才女貌堪匹配，双双偕老到百年。才子佳人坐床沿，互相敬食合房丸。夫妻生活甜如蜜，早得贵子状元儿。"

吃完合房丸，一对"新人"去拜司命帝君、拜祖宗再拜天地，在亲朋戚友的簇拥下又拜了高堂。浩云端着茶盘，赛英给陈鹤寿夫妇献茶，敬槟榔。陈鹤寿大胡子闪着光，眉毛一跳一跳的很难受的样子，见新人过来了只好咧咧嘴，俨然欲笑的模样，心里却不以为然。暖玉怕被别人看出缭乱的心绪，故意将两片薄唇紧紧闭合，保持着平日里那种温柔与谨严并重的仪态。当浩云和赛英齐声喊着"爹娘请食茶"时，暖玉的脑子里忽然飞进一团雾状的东西，跟平时难挨难耐的期待和说不清的顾虑搅和到一处，竟突兀地从座位上站起来，那双细长的眼睛闪射出奇异的光彩，嘴唇剧烈地哆嗦着喊了声"桑田我的儿"，溢出的泪水模糊了视线。陈鹤寿及时拽了拽妻子提醒她坐下，四周一片静默，哪个老人不小心的咳嗽或者哪个小孩不耐烦的叫唤似乎都在强化这种凝固般的死寂。一阵短暂的神伤从暖玉的脸上飘过又恢复了镇定，伸手接住赛英递上来的小茶盅，张开薄唇一啜，故意发出啧啧的声响，仿佛在品咂此刻的甜蜜，然后把给儿媳的六件金首饰压在茶盘上，聚起更多细密皱纹的眼睛闪着慈爱的光。她看了看浩云又看了看赛英，合掌朝着半空拜了拜动情地说："父母饲你们大，你们用不着饲父母老，我们当大人的只希望你们平平安安。我每天都在水流神面前替你们'说话'祈福。"

亲朋戚友刚刚从绷紧的气氛中透过气来，心又慌慌地跳动，谁都晓得暖玉这话是说给没有来的大儿子听的，心软的竟有薄薄的泪花浮在眼眶里头。陈鹤寿朝淑钿使了个眼色，她立即明白了主人家的意思张嘴又来了一段："手捧甜茶跪厅中，敬奉双亲上辈人。请饮甜茶添百福，四时如春永平安。"又引导两个年轻人敬在座的亲朋戚友……

好不容易挨到深夜，青娘母用近乎沙哑的声音劝说着看新娘闹洞房的乡亲离开："手捧甜茶来这边，月娘星星已落天。此时更深夜已晚，各位请茶归返圆。诸位诗才我拜服，来日赴京中高第。"仍有人耍酒疯不肯动弹，淑钿不慌不忙地提高声调："寿爷喊你们去食茶喽——"吓得他们酒醒大半，犹如惊雀哗地散开，随后又指派一名男孩送来红烛，新娘上前"接灯"（潮州话"丁"与"灯"同音）。

淑钿实施了她作为青娘母的最后一个环节"牵被角"，边拉着被角边如释重负地唱起来："花烛光光满房红，好时好日结成双。头个被角绣牡丹，夫妻二人心相同，双双食到二百岁，一品夫人状元郎……"将四个被角唱齐了又念道："绣被来盖娘共君，琴瑟和鸣得男孙，举案齐眉偕白发，寿比彭祖八百春。"婚礼至此完满收官。

客人走后春归堂的街门咣当地关上，后门也跟着咣当地关上，喧闹了一天的庭院显得过分静谧。侍候赛英的丫鬟走进新房，捎来暖玉要他们尽快歇息的话，吹熄了枝形大烛只留下两根红漆蜡，光线一下变得朦胧柔和，给人一种甜蜜的慵懒，也在浩云稚嫩的心灵里引发了秘密、模糊的欲望和骚动，红漆蜡上那两束火焰在他的眼里渐渐虚幻迷离了。也不知过了多久，有个声音如一缕绵软的暖风拂着他的耳根，他揉着眼问："姐，你刚刚说啥？"赛英伸手指了指头顶说："还没揭盖头呢。"浩云一下记起母亲的嘱咐，哎哟一声从椅子上跳起来。

揭开红盖头的那一刻，浩云的眼睛睁得不能再大，好像赛英是个未曾蒙面的神仙姐姐。他痴痴地看她，赛英那张带稚气的圆脸已随着岁月的流逝而长成了鹅蛋形，轻松随意的男孩子打扮也更换成最精致的女人服饰。她低眉颔首耳坠颤动，额头光洁脸颊红润，两片猩红的唇片半露着洁白的牙齿，挽起的发髻再也藏不住脖颈那一抹诱人的白皙。赛英缓缓抬头环顾着这间属于她和桑田的新房，她曾来过这里还让桑田画过像，此刻却觉得分外陌生，满眼红通通的流淌着一派灼烧着的烫人喜气：长桌上烧着一对龙凤喜烛，墙上贴着大大的“囍”字，眠床撑起了红纱帐，床楣配着黄流苏，枕头绣着鸳鸯被褥金红耀眼……赛英将目光移到小叔子脸上，吓得浩云赶快埋下头去，却又忍不住挪了挪挨着床沿的屁股将半个身子靠过去，讨好地说：“姐，你今天可漂亮了。”明知浩云不是曲意逢迎赛英还是故意板起脸：“姐平时不漂亮？”浩云迟迟疑疑地说：“我平时爱把姐当哥。”赛英说了声“你——”，吓得浩云一下子跳开，又听到她幽幽地叹了口气：“漂亮有啥用？你哥还不是不回来。”浩云凑近赛英认真地说：“姐，他要不回来，过几年我娶你。”赛英好像想到了什么，双手紧紧地捏着衣裾以控制住抖动的身子，泪水还是哗地流了出来。一种模糊的本能在提醒浩云，赛英开始后悔了，后悔在没有真正得到桑田的心就草率地定亲、完婚。

“姐，你甭伤心，娘说了，可能是有什么非做不可的事等着哥去做，做完了他就会回来。”浩云见赛英不语又进一步降低声调，“娘还说，男人年轻时都是脱缰的野马，不过你甭担心，他总是在你对他失去了耐性的时候忽然回心转意。”浩云的安慰果然起了作用，赛英拿起帕子小心地吸干泪水振作着说：“不理他了，有你这样的好弟弟就够了。”赛英让浩云坐在她身边，急迫地对他述说着她跟桑田交往的经过，她所描述的细节和她内心深藏的秘密交融在一起，仿佛永远也诉说不尽……直到子时，浩云才被下人领出了新房。

陈史通婚使双方家庭成员之间的关系发生了新的变化，把本来很切近的两个家庭黏合得更加亲密无间。浩云不愿喊赛英嫂嫂而坚持循着习惯喊她姐，暖玉当面背后纠正过他好几回，赛英却护着小叔子：

"娘，细弟爱咋叫就咋叫，照理我也得喊他细叔啊。"

成亲后赛英并没以少奶自居，不顾暖玉的劝说仍坚持坐堂问诊。来春归堂看病、聊天、凑热闹的人爱趁着赛英走开七嘴八舌地逗浩云："夜里嫂子有没给你暖被窝呀？"浩云一眼就看穿他们的不良居心，红着脸一阵拳打脚踢，吓得他们马上收声。大伙都说浩云才像陈鹤寿的儿子，两只圆溜溜的眼睛骨碌碌地转动，长大了准是那号惹不起的人物。

福潮教堂

雅茹再见到黎德新，时间已整整过去了十六年，那几天她正在自己的小院里操心着赛英出嫁的事，就看见淑钿推开院门走了进来又随手将门掩上。

"老黎来看你了。"淑钿悄声说。雅茹随口问："哪个老黎？"淑钿皱起眉头跺脚："还有哪个？黎德新。"雅茹颤着声儿问："他来做啥？"淑钿说："我哪知道，你自己问他吧。"走过去哗地打开大门说："老黎，进来吧，甭让外人看到。"自己与他错身溜出去。

雅茹做梦般地看着这个一辈子也不可能忘掉的男人，几绺枯黄的头发在风中飘飞，那张原本年轻、英俊的瘦长脸已经布满深深浅浅的皱褶，唯有冰蓝的眼睛明亮如初坚定如初。

"过得还好吧？"黎德新字斟句酌地问。雅茹想到这些年的经历，轻轻地摇头又狠狠地摇头，泪水汪了出来。黎德新不敢直视雅茹，就好像四目相对会被她识破什么。

"我……想孥仔了。"黎德新含含糊糊地说。雅茹立即拉下脸来："滚，别来打扰我们的生活。"黎德新急了："我知道我不配，我只求看上一眼。"雅茹执拗地说："老黎，这又何必呢？翻旧账有意思吗？难道要让她痛苦你才甘心！"

与雅茹见面，任何糟糕的情形黎德新都能够接受，这十六年来，他往返于法国和中国之间好几趟，只要踏上这片熟悉的土地，那种想与亲骨肉见面的念头就变得格外强烈，他不知道孩子是男是女长成啥样，也不知道他们母子（女）的生活景况如何，是否受到乡人的欺负驱逐。他的心里曾腾起无数次冲动的浪花，在灵魂深处向往着与他们无限靠近，可是理智又告诉了他，不能去！他不怕挨她的骂，而是担心亲情会像一股柔韧、神秘的力量将他身不由己地吸附过去……卑怯与惶恐让黎德新一次次临阵退缩，又一次次向天主郑重忏悔，忏悔年轻时荒唐的行为，也忏悔至今仍然无法磨灭的渴念。黎德新后来在汕头埠碰见林昂，从他那里打听到雅茹生的是丫头，小小年纪却天资聪颖人见人爱。雅茹也嫁了人，还把父母遗留下的烂摊子做成了响当当的大饭店……他欣慰之余总算安下心来。最近他又得知赛英将要嫁入陈家，这可是女儿人生中的大事，他不想再错过给她送上最诚挚的祝福的机会，恰巧教会正式委派他到樟树埠北社筹建福潮天主教堂，于是就来了。

“你还是好好回去陪伴你的天主吧！”黎德新并不在意雅茹的讥诮，他静静地看着她，她还像原来那般精瘦结实神情坚定，只是微驼的背使她看上去比实际年龄要老些，有种凋谢败落的感觉猛地袭向他，眼睛润湿了声调也变了：“加入我们的大家庭吧雅妹，天主爱你们。”他真心希望天主引领着她走出命运那个令她伤悲的泥淖，其实只要她展露一点笑容，就能回到从前的开朗与活泼。

雅茹抬头望了望晚霞将尽的天空，像找不到令人信服的证据那样坚决地摇头：“不！老黎，我曾经以为你的天主会眷顾我，怜悯我，给我最需要的依靠，可是他让我失望了。”雅茹的脸上潮起一片，敛聚着纹路的嘴角抽动着轻轻地透了口气，“现在好了，不用太久，我就可以直接找他理论去。”

黎德新知道雅茹指的是什么，脸颊一热说：“愿上主祝福你，护卫你！”雅茹冷着脸说：“少磨蹭，快点走。”话音刚落赛英就推门进来，把这对男女吓得手足无措。

赛英惊诧地看了看满面泪痕的母亲又看了看红了眼眶的洋教士，瞬间转换成一副突然意识到了什么的羞怯神态。黎德新贪婪地看着赛英，嘴唇嚅动了一下像在自言自语：“啊？都这么大了。”赛英佯装不知地问：“您，认得我？”

雅茹从老情人重逢的昏乱中清醒过来，脸色骤变重重地咳嗽了一声，见黎德新没有觉察只好提高声调做出了更加明显的警示：“老黎——”黎德新浑身一震觉察到自己的失态，迅速恢复了一个长辈应有的庄重，眼里流溢着温蔼慈爱的光柔声说：“别人叫我老黎，以前来过樟树埠传教。”雅茹心里稍觉松弛，格外卖力地给赛英做介绍：“黎先生救过壮壮的命呢，壮壮小时候打摆子，好在命大福大撞见了老黎。”黎德新就顺着雅茹的话往下讲：“我听说阿妹要跟壮壮喜结连理——”雅茹瞟一眼羞红了脸的女儿打断了黎德新的话：“黎先生，谢谢你的祝福啊。”黎德新不顾雅茹逐客的暗示熟练地画着十字，像站在婚礼现场那般动情地说：“全能的天主，求你赐福赛英和壮壮这对新人吧，叫他们能坚守婚约，敬虔度日，恩爱日增，使他们的家成为幸福生活的乐园……”

赛英施礼道谢，一抹淡淡的忧愁罩在脸上。黎德新当时并未留意，直到去了春归堂才明白发生了什么。

黎德新刚往春归堂铺窗一探头就被暖玉认出来，她一边将他让进去一边用久别重逢的欢畅口气说：“哎呀老黎，多少年没见了，坐坐坐。”又叫人去南北船行把陈鹤寿喊来。陈鹤寿一进门就大声感谢黎德新救过桑田的大恩，然后殷勤地起火冲茶，听黎德新用流利的潮州话讲着他离开樟树埠后的经历。他到了澳门没多久就被召回法国。第二次鸦片战争爆发，中国内外的政治形势发生了重大转变，包括法国在内的西方国家纷纷在中国设立使馆，洋人这下又挺直了腰杆，过去那个孜孜以求的梦想在黎德新的心头复萌。汕头开埠前两年，他再次申请到潮汕平原来，先与伙伴们修建圣瑟天主教堂，又以它为中心向平原的其他地方辐射，在北社修教堂便是他的主意，也是他的梦想，之所以叫“福潮”，就是取“造福潮人”之意……黎德新只管说得兴奋，并未留意到陈鹤寿神情上的变化。

“我正好有一个问题想要请教黎先生。”陈鹤寿忍不住打断他，“我一直很好奇，作为传道之人，您是如何看待贵国对我国的侵略？”黎德新想了想说：“寿爷您说反了，我们都是天主派来帮助你们的。”

从黎德新带着天真而惋惜的神气里陈鹤寿判断出他并非说笑，就一改戏谑的口吻认真地问："此话怎讲？"黎德新不紧不慢地说："天主是反对侵略的。他借助战争向贵国施行审判，只是为了促成贵国在信仰上有所反省。你们的皇帝总算放弃了自尊自大的态度，虚心接受福音，这样民众就能真正得到福祉。"陈鹤寿反唇相讥："你们杀了我们那么多人，掠夺了我们那么多财富，就仅仅为了要我们接受你们的信仰？这难道也是天主的仁慈？"未等对方开口又发出了声讨："要是我们也用坚船利炮轰开你们的国门，让你们改信我们的各路神仙，你们乐意吗？"

黎德新对于陈鹤寿的反驳没有感到多惊讶，就好像这类问题早就司空见惯，他平淡地笑了笑："您之所以会这么说，我的兄弟，是因为您并不了解，天主是唯一全能的真神。"陈鹤寿问："既然天主万能，他能造一方让自己搬不动的石头吗？"黎德新举起双手做出托举什么东西的样子，摇摇头感到不可理喻："造石头？哈哈，那可不是天主要干的。"陈鹤寿敏锐地追问："天主到底想干什么？强迫别人干他不乐意干的事情？别人不信奉他，他就让你们拿枪拿炮来屠杀他们？"黎德新用坦然的口气加以解释："天主从不勉强别人遵从他的旨意，更不会勉强别人来侍奉他。要是别人因为害怕他才敬拜他，他宁可不要。"陈鹤寿语调不高态度却没有丝毫的含糊："既然这样，那就请你们打哪来回哪去，我们想信仰什么我们自会选择。"黎德新听了不仅不恼反而嗤地笑出声来："寿爷，像您这样的话我听多了，我的兄弟，人在堕落犯罪时是没有清醒的头脑来认识我主的，每个人都急于造自己的神，根本就不可能轻易顺服真神，"他顿了一下仰起苍白孤傲的脸，冰蓝的眼睛闪着光像随时会燃烧起来，"不过我主是宽容的，只要祈求就给你们，寻找就寻见，叩门就开门，愿天主怜悯你们，拯救你们，愿神的灵开启你们的心你们的眼，阿门。"

陈鹤寿根本不想听黎德新继续讲他的主，冷淡地说："你到别的地方传你的教，别来我家就行。"黎德新龇着牙苦笑，他知道这是逐客令，也知道樟树埠一直有种与他的意志顽固对抗的强悍力量，它既来自民俗也来自偏见，但他能够看到新的趋势，那种只有信仰坚定的人才能看到、谁也阻挡不了的潮流。

三个月后福潮天主教堂开工，陈鹤寿既没有去道贺也没有派人发难。大多数人都明白其中的道理，像汕头埠这样的皇土洋人想通商就通商，在樟树埠这里修个教堂算啥呀？也有几个倔强的老头子跑到陈鹤寿那里告状，却发现黎德新就坐在南北船行的会客厅边喝茶边谈天，他们就像看到了不该看的东西满面羞惭地退出去。

福潮天主教堂的主体建设整整持续了五年，后来又修建了附设的女修道院、育婴堂等。黎德新在修建教堂的两年后就得了重病，不得不回国治疗。他已经预感到这辈子不再可能踏上这片令他又爱又恨的土地，在离开樟树埠的前一天，蹒跚着来到尽膳居跟雅茹道别。那是晚餐临近的时刻，雅茹站在大厅指挥着伙计们做好迎客的一切准备，根本无暇留意他。他倚在大门一侧，一只手拄着白藤条拐杖另一只手覆在上面，默默地注视着那个动作依然麻利、注满活力的身影，泪水忽然哗地涌出眼眶滑过浮肿的眼袋。他背过身去抹掉泪水，那些只属于他和她的记忆片段在脑子里复活：她摆动着细长的脖子瞪着葡萄似的黑眼珠驱赶着他和姚木锦；她救助灾民时被病人皮肉糜烂的臭味还有吐出的污物熏得不停地干呕两眼噙满泪花；她晃荡着大肚子沿着江岸疯跑追逐着他乘坐的木帆船，纷乱的发丝满头满脸，张大的嘴巴不知在嘶吼什么，那蜷缩成胎儿般的身影在他的心里凝结成一坨又冷又硬、无法消释的铁石；她情急之下揪住狼尾拼尽全力再加上身体的重量往后压拽，脸上是那种可以为爱的人去死的倔强与无畏……

黎德新对雅茹的爱和柔情又在信仰的门缝里觉醒了，在这个即将迎来死神的时刻，他没有发现自己和天主靠得更近，而是和这个异国他乡的女子更接近，这个念头异常可怕又挥之不去，他抖动着松弛的下巴喃喃地对着天空说：“主啊，她让我尝到了过去不懂的那种爱，这可是您所不允许的，但我依然忘不了。假如生活能够重来，如果可以重来的话，也许我会放开去爱一回。”

也就在同一天黄昏，赛英送走最后一个病人抬起头来，看见铺窗外的斜阳将黎神父孤单的影子拉得长长的。她已经清楚他是谁了。雅茹本想把这个秘密带进坟墓，既然黎德新从未尽过父亲之责，那么在赛英心中就永远只有石槌这个爹了。黎德新的出现扰乱了雅茹的心绪，她又觉得自己不该剥夺赛英的知情权，毕竟爹是爹，血缘是血缘。赛英得知真相后并没有雅茹想象中那么震惊，濮婆婆撒手人寰，石槌视死如归，桑田一去不回……所有的这些都让她看到人生的变幻无常，也看到了自我的渺小，在这天地之间，还有什么可以把握得住的？再说她也知道石槌不是她的生父。雅茹本想安慰赛英，结果反而得到赛英的安慰："不管如何，我都是你的女儿，你也是我最好的娘亲。"

赛英倚着春归堂的门框远远地望着黎德新，既没有激动也没有愤怒，只是有些不舍。在此之前有好几次，他俩也都是这么隔着一段距离对望着，啥话也不说彼此心如明镜。此刻，赛英又一次感觉到对方那颗战栗的心正在与她慢慢靠近，直到叠合在一起，她听到自己在心底里撼人脏腑地喊了一声爹——

黎德新发现赛英热切地望向他，慌乱地移开目光紧咬下唇，愧疚还有激动把他的心揪成一团。这对血缘上的父女终究没有跨出最后一步，就好像这才是最为恰当的距离。这段距离看上去不远，却隔着千山万水，隔着两个不同的世界，他们都在各自的世界里生了根，他们对彼此的寻找和确认似乎就是这个故事最佳的结局。

黎德新神父走后，一批接一批、一代接一代的外籍传教士由海外来到樟树埠布道，有的在这个逐步冷清下来的港埠一住就是几十年，他们很快学会潮州话并融入当地的生活，直到1949年前后才陆续离境归国。至于黎神父，回国后的第二年就安息在天主的怀抱里。

就在黎德新踏上回国归途的那一年，几个月来丰沛的雨水适宜的温度充足的阳光，使头一遍水稻在各个生长关键期不受任何影响，到处呈现出喜人的丰收景象。正在割稻的农人不经意地抬头，夕阳里有半截小小的身影在翻滚的金黄稻浪上时隐时现如同凫水一般，待走近了才看清对方戴着水晶眼镜，穿着葛麻轻薄面料做成的长衫，头发梳得光溜溜的肩上挎着褡裢，活脱脱一个走南闯北的小商贩。

这个瘦高的男人从低洼处走上江堤，目光随着晚风拂向那些披着红光的店铺民居，淡蓝色的炊烟在暮色里扭动着像在向他招手。三年了，那个一直召唤着他的声音变得更加清晰急迫：“回家吧”，那是娘亲的声音，想吃她亲手熬开了花的新米粥的愿望变得分外强烈。当他低头拐入春归堂的街门时，差点跟跑出来的一个少年撞个满怀，一对视少年立刻发出惊呼：“哥，你回来啦？”正要铆足劲喊，就被男人紧紧拽住示意他不要声张。正理着药柜的赛英扭过头来，瞟见桑田那张青白的尖脸在暝色中一闪，精神顿然焕发起来，心中涌起了百感交集的慨叹：“浪子回头了。”与之相反，桑田露出一脸的讶异，像料不到会在这个时候碰见她。他朝她疏远地点了下头，收回疑虑的目光从侧门拐入天井，还没跨上后厅的石阶就看见暖玉从左上房出来，赶紧喊了一声娘亲跪伏在地，一副做错了事羞愧难当的模样：“不肖儿壮壮回来了。”声音悲凉嘶哑，把紧追过来的赛英和浩云的心都扯痛了。

暖玉怔怔地看着桑田起身，不敢相信似的摸摸他的脸，突然扬手狠狠地扇过去，嘴里厉声呵斥：“回来就回来，还指望我给你敲锣打鼓不成？当初要不是你这讨债鬼，我早就不活了。”桑田摸着左颊浮起的凸痕嗫嚅着：“是儿不孝，害得娘亲费心……”话没说完，暖玉已经一把搂紧他。他身上尖突的骨头硌痛了她并触碰到她内心最为柔软的地方，所有的愤慨忧虑在她那既像哭又像笑的呜咽声中消失殆尽。

桑田定下神来问：“爹呢？”暖玉揩掉脸上的泪水说：“他忙得一天不着家。”两人正说着话赛英就走上前，眼里闪动着羞涩而又柔和的亮光：“娘，桑田哥一定累了，先洗把脸吧。”

看见大儿子吃惊的目光在自己和赛英之间跳来跳去，暖玉低低地叫了一声赶快解释：“还没跟你说呢，我们帮你把赛英接进门了！”桑田一副什么事情被搞砸了那样瞪大着眼睛。他原以为自己只要不回来，两家就会解除婚约赛英自然也就另择高枝。父母长久的心愿还有这铜浇铁铸般固定下来的结果，使桑田再也鼓不起说出真实想法的勇气，正感到不知所措，几个下人就跑过来替他解除了窘境，阿香亲热地递给他一杯温水，阿甜拿葵扇给他扇风，管家吴叔殷勤地问他需要什么马上去办。

浩云亲热地把胳膊搭在哥哥的肩膀上，呱呱呱地告诉他港埠近来发生的一些事情。赛英也有一肚子话要说，可是有一种模糊的感觉在告诉她，桑田并没有要接受她的意思。她的心像被狠狠刺了一刀，想转身就走，再也不看这个负心人，可两条腿到底还是迈不动。她贪恋他的声音，哪怕是最简单的应答。她的目光一直粘在他身上，在脑海里迅速地比较着他的现在与过去的不同：他黑了瘦了，皮肤粗糙没有光泽，模样更像暖玉，狭窄的前额，细巧的下巴，眉毛疏淡眼窝凹陷，眼皮如刀刻般明显，唯有刮了胡子依然铁青的腮帮得到陈鹤寿的传承。当然也有没变的，比如他那永远处于表演时的神态——戏台生涯的脂粉和冷霜似乎只化掉了他表面动作上的阳刚，却将他的内心锛琢得更加棱角分明，因为他那对锐利的灰色眼睛不会说谎。

赛英发现自己比想象中还爱他，她甚至暗暗打定主意，不管他怎么想要推开她，她都要用全心全意的爱来驱除他心里那个被蛊惑的魔障。趁他与大伙交谈，她拿起他塞在下人手里的褡裢紧紧抱住，仿佛一不留神他就会跑掉似的。

桑田刚放下毛巾与母亲说话，就听见铺窗外响起了一声威严的咳嗽，一张乌沉严厉的脸庞立即反射到他的脑海里，竟无端地紧张起来。父亲从未对他表示过哪怕是丁点的亲昵，不是摆出高不可及的长辈架子就是甩给他嫌恶的脸色，就好像他成为他的儿子是个错误。只有见到浩云，父亲绷紧的脸皮才会松弛下来露出可亲的笑容。暖玉经常站出来替大儿子说话，就像当初她要往那个缺少父爱的空当里填满自己的母爱柔情那样。

出乎桑田的意料，陈鹤寿在接受了他的跪拜后并没有冷言冷语地训斥他，而是宽容和气地咧咧嘴：“回来就好。”把旱烟烟嘴塞进了唇隙喷出一股白烟。

桑田的回归给这个沉闷了好久的家庭带来了弥足珍贵的喜气，一家人都被一种新奇的情绪鼓舞着，开心地坐下来吃晚饭。黄昏的微光笼罩着药堂的院子，下人端来几盘菜肉、几碟“杂咸”，还有一大盘“薄壳”，与瓜子大小相当，墨绿色的壳，橘红或米白的肉。炒薄壳时要丢几片“金不换”的叶子进去，以剔除它凌厉的腥气。

那天陈鹤寿的兴致很高，边喝着酒边讲着笑话，暖玉的注意力一直集中在桑田身上，不是给他夹菜就是给他倒酒。当她发现浩云在偷偷地观察桑田和赛英，就故意拿筷子当当当地敲击他的碗沿：“别光吃菜，‘山头’还没削平呢。”酒足饭饱，怕大伙散了一样，陈鹤寿又拿出凤凰山最好的鸟嘴茶，往红泥风炉里加上榄炭亲自烧水冲茶。一家人围坐在前堂喝起了烫乎乎的工夫茶，这种普通人家最为常见的温馨场景对于陈家来说却暌违已久，而他们也没有想到过了这一夜，又会成为珍稀的记忆。

大家你一言我一语地闲聊，浩云缠着哥哥问些稀奇古怪的问题，他最远跑到哪里，一个日夜最多饰演过几个角色等等，桑田心不在焉地回答，赛英听出了好些漏洞只是不想揭穿他。暖玉终于还是触及了那个人人都想知道的问题，她用央求的口吻对大儿子说：“壮壮啊，这次回来了就安安心心地待着吧。”好几双眼睛一齐转到桑田的脸上，都有些紧张地等待着他的回应。赛英的脸扑地热了低下头，就好像心底的秘密泄露出来。

桑田想了想说：“明日我还得上趟县城。”暖玉眼巴巴地问：“去去就回是吧？”桑田飞快地瞟了赛英一眼，怕伤了她自尊似的说：“不一定。”

大家神色凝重，气氛一下拉得紧绷绷的。陈鹤寿的眉头越拧越紧却始终不吭一声，暖玉湿润的眼眸浮起一缕沉重的忧思，就连浩云尚嫌稚嫩的脸也展露出茫然的不悦。赛英瞟了桑田一眼，吓得他目光一下荡开。她以通情达理的声调打破了默声静息的沉闷也解除了公婆的焦虑：“娘，桑田哥是做大事的，好男儿志在四方，你们只管让他去，家里有我呢。”

夏季的夜晚实在短促，该到了道声晚安的时候了，暖玉不容分说地把桑田推进他的“新房”。她早就瞧出大儿子与赛英旧结未解，所以在推赛英时还悄声鼓励她：“过了这一夜，他就会尝到姿娘人的甜头……你爹的心再野，还不是被我拴住？”赛英臊红了脸扭动着身子说：“哎呀——娘！”

怕桑田逃脱似的，暖玉又将木门紧紧拉拢，放哨般地在外面守了好一阵子，直到里面传来平和的说话声方放心离去。浩云听到了母亲回屋的响动，心里再次产生了一丝说不清道不明的不悦，本来哥哥回来他应该开心，再说赛英也很开心，而只要赛英开心他就开心，可是他就是开心不起来。他一直觉得哥哥对赛英不好，根本就配不上她。现在他模模糊糊地意识到，过了今夜，赛英就会成为他真真正正的嫂子，可是他不想她是他嫂子，是姐姐就够了。

次日天蒙蒙亮，桑田来不及等到稀饭煮好就挎着他的褡裢匆匆出门。赛英跟出街门，看到有一辆马车停在路边等他，坐在上面的一个矮汉一把将桑田拽上车，马蹄声哒哒哒地响起直至听不清楚。躲在铺窗后面的浩云默默地注视着赛英的身影，那个身影在一点点明朗起来的光线里急促地抖动，一向开朗坚强的她紧捂着嘴巴生怕漏出了声音。他知道她在哭，要不是离别的不舍，就是哥哥的绝情又伤害了她。

昨晚两人关在同一房间，桑田还在忧心如何度过这令人难堪的一夜，耳边就传来了赛英舒展自然的问话，其中还夹杂着一丝好奇，好像一直在揣摸他是如何想起这个家、想起她来。她问他这三年来都到哪里唱戏。她的从容淡定使他松开了紧张的心情有了说话回应的欲望，就友好地对她谈起自己的一些经历。她边听着边想象着再过一会儿，两个人在消除了久别的陌生和男女的羞涩之后，自己就会生气勃勃地投入到这个日思夜想的后生的怀里，真正成为他的女人。一种无法摆脱的紧张感和兴奋感在鼓舞着她，她有点害怕，但更多的是骚动与渴求。她装作困了打了个哈欠和衣上床。他仍坐在椅子上斜斜地靠着衣橱。她压抑住狂跳的心装出不经意的样子说："那边不好睡，上床来吧。"说到"上床"两字，有股热血涌上脸来，浑身随之烤火般地燥热起来，心扑扑乱跳，只等着他走过来搂抱她抚摸她，小心、战栗着进入了她那成熟了的身体。她听到他宽衣解带的沙沙声，吓得大气都不敢出，透过夜色，她似乎看见他朝着床边走来，胸脯更加憋闷呼吸更加急促。待她听到椅子凳子互相碰撞、移动的木腿刮擦地面的声响，才醒悟到桑田正在组合他的"眠床"。

"我睡这里就好。"桑田低声说，躺下去闭上双眼，赛英的脸就从昏暗中跳出来，末梢向上挑的黑眉毛，微微翘起、显得有点儿俏皮的鼻子，还有那故意绷紧着、厚薄适中的嘴唇……它近得像要挤压到他的脸。他不是不屑于把他的命运与她结合在一起，她是多么可爱又多么可敬的一位姑娘啊，只可惜一直以来，他只把她当成了知己当成了妹妹。他喜欢她的率真爽朗，也喜欢她的专注冷静，有时候他真不敢相信，她那种凭借高超医术救死扶伤的内在力量，那股不达目的决不罢休的倔强劲头，竟是从这具不算丰满的躯体里爆发出来。他觉得她的灵魂，比他与她的肉身更容易接近，更容易交融。

“世事真是难尽人意啊，”桑田想，“我懂她，她也懂我，可我们终究还是走不到一块儿。”

“桑田哥，你觉得我很讨厌吗？”赛英再次打破了沉默。桑田想象不出她脸上的表情是怒是悲，是失望还是懊悔。他迟疑了一下还是作了解释：“哦，你想哪了……你知道的，我根本就没准备好当个丈夫……”赛英不无嘲讽地说：“可是人人都知道你是我丈夫。”一阵寒战溜下桑田的脊背，禁不住嘟囔起来：“那是他们强压硬施非要咱俩接受的。”赛英一骨碌坐起来，脸朝向桑田的方向严厉地说：“桑田哥，你这么说是什么意思？是想休了我吗？”见他不再说话语气稍稍缓和些：“你到底在害怕什么？”桑田说：“我不是怕你，我是怕害了你。”赛英吃惊地问：“你怎么可能害了我？”桑田叹了口气：“英哥儿，我该怎么跟你说呢？每个人来到世间，本身就各怀使命，”他忽然由支支吾吾变得言辞激烈，“有的人为了传宗接代赓续血脉，有的人为了锄强扶弱替天行道，有的人则以天下兴亡为己任……”他只差直截了当地告诉她，他的身上背负着可以拿命与之交换的神圣使命。

“说了半天，我还是没弄明白。”赛英觉得这不过是桑田的托辞。桑田说：“听我一声劝，英哥儿，你用不着弄明白，弄得越明白对你越不利。”赛英曾听暖玉说起陈鹤寿年轻时的壮举，想不到公公的这股澎湃气血悲壮豪情已然涌进了桑田的身体里，她朦朦胧胧地意识到他正在参与一项惊天动地的事业，只是害怕连累她。她的心结一下解开顿时来了精神，爽快地说：“桑田哥，不管你遇到啥麻烦，妹愿跟你分担！”桑田的声音不自觉地变得尖锐刺耳：“这可是要坐牢杀头的。”赛英眼里闪射出热烈的光芒毫无惧色：“我还记得你跟我说过，大多数人愿意舒舒服服地老死，可你不愿意，只要有意义，你愿意轰轰烈烈去死，像老戏里的英雄豪杰那样，就算我是女儿身，也愿意成为这样的人！”

桑田胸口一热又马上抑制住波动的情绪喟然长叹。赛英知道再逼他也枉然，就用坚决而又庄严的腔调重申：“桑田哥，我还是那句话，你不欠我啥，嫁给你是我自愿的，你去做你该做的。”

赛英的雍容大度不仅无法消除桑田心中的负疚，反而加重了他的负担。只有他知道，他无法给她一个兑现的誓约，心里赌气地想：“想等你就等吧，或许明日后日就没我了。”赛英的心儿却仿佛寻到了最为牢靠的依托，遂用通情达理的口吻说：“明日你还要早起，快点睡吧。”躺下来才发觉蓄积在眼窝鼻洼嘴角的泪水一齐流向了耳根脖颈。

送走桑田，软弱在赛英心里重新占了上风。尽管在别人面前她还是装作若无其事，但老觉得每个人都看穿了她，他们喊她少奶或者故作亲昵地叫她桑田嫂，无论哪个称谓都像在提醒她，她嫁给了一个名字。“别去想它，我最好是死掉，省得活受罪。”有时候赛英真想一死了之，好让桑田备受亲友指责愧疚一辈子，她负气地想，这样她至少可以得到他的悔恨。

赛英的彷徨哀伤全都落入浩云的眼里，他心里痛恨大哥的同时也替赛英难过，一心想要开解她。有天他偷偷地凑过去问：“姐，哥欺负你啦？”赛英慌乱地抹泪摇头。浩云说：“娘说过，哥心眼好，就是被她惯坏了，打小想干什么就非干不可，谁也拦不住他。”赛英下颌颤动着说：“不不不，我是替他担心。”

名门逆子

黄昏时分，陈鹤寿站在布袋围那片尘土飞扬的建筑工地上，忽然想起了故乡的陈氏祠堂，想起了最疼爱他的祖父祖母，心中无比感慨，自忖桑田还年轻，再过些年他就会懂，人生啊，想去的地方很多，能回的地方却很少。他坚信有一天，大儿子会像倦航的船儿一样靠港。为了吸引桑田尽早回头，更期冀着陈家一脉能够枝繁叶茂绵延不绝，陈鹤寿对这片半拉子工程做出了更加大胆的规划，其中最大的调整就是将居中的三进主座用作“陈氏通祖祠”，再以它为轴心扩展到包括“四点金”“下山虎”花巷、后包等其他建筑，使其房屋的单间数量远超一百间，从而构成平原上极其罕见、恢宏大气的“百鸟朝凤”的格局。

陈鹤寿刚与主管工地的朱孝如谈好下一步的打算，就看见乡勇阿义慌慌张张地跑来喊他：“爷，爷，官兵来抄您的家了。”陈鹤寿心里猛地一沉，是不是官府掌握了他通匪的证据？要不是林昂从中作祟，一定是温兆吉跑到衙门揭发他，进而又想，温先生既死，青云帮也不复存在，温兆吉能拿到什么证据？忽然想起自己曾指使黄仰岳替换了林昂呈给两广总督劳崇光的告发信。都过了这么久了，不可能才被发现。陈鹤寿急骤跳腾的心稳了下来冷冷地说：“你们的人呢？咋会让他们随便动手？”阿义说：“雄哥说官军都是爷，冒犯不得。”陈鹤寿一下想起死去的石槌，厉声叱喝：“一帮软蛋！”撩起长衫往泊船的码头急走。

陈鹤寿爬上南岸码头天色已经黑下来，远远望去，一圈灯笼火把绕着春归堂的屋界墙头一直围堵到后门，被亮光撑开的空间随着火焰的蹿高落下忽而收缩忽而扩张，把那些刀枪盔甲映照得明明晃晃。他急步上前推开解释着什么的暖玉，瞟一眼为首那位不知姓甚名谁的千总施礼道：“这位官爷，小民所犯何罪？罪至抄家？”对方冷傲地说：“在下邱云，奉命缉拿匪贼。”陈鹤寿的心扑通了一下仿佛停止了跳动，都过了这么多年了，该来的还是来了！表面上却装出遭受污辱的愤慨模样手戳胸口问：“匪贼？谁是匪贼？”邱千总用嘲弄的口气说：“谁是匪贼，我们正在查啊。”陈鹤寿说：“到底发生了啥事，还请官爷明示。”这位邱千总发出了冷笑：“你生了个贼匪儿子都不知道啊？”陈鹤寿脑壳轰然一响，瞬间跟温兆吉找林昂报仇的那些事统到一处，几可断定自己的怀疑已成事实，让他颇感遗憾的是温兆吉还不知他的亲爹是谁。

见男人活泛的眉眼僵住了，暖玉忍不住冲上前辩解：“官爷啊，我们是有两个儿子，一个死活要去唱戏，一个留在他爹身边学做买卖，您到底指的是哪个？”邱千总恨恨地说：“还有谁？当然是你们那个唱戏的好儿子了。”陈鹤寿疑惑地抬起头，腮帮一点点地鼓胀嘴角跟着一跳一跳的，很快就发出了不敢相信的笑声：“我说官爷，您也太抬举他了，要是他敢当匪贼，我倒要给他鼓个掌，不愧是我老陈家的种！”暖玉也委屈地附和：“这怎么可能？他手无二两力，胆子比蚊小，除了唱戏就只会‘画龙画符画灯橱’……”邱千总一看这两口子确实蒙在鼓里，口气变得缓和了些：“寿爷，最近他是不是回来过？”陈鹤寿犹豫着点了下头。对方又问：“你可知道他回来干啥？”陈鹤寿随口说：“回来看望父母新妇啊。”邱千总摇了摇头说：“他和一个叫林亚吕的家伙，奉贼头汪海洋之命到平原发动刁民策应。”

邱千总的话把陈鹤寿一下镇住了，之前他也猜疑桑田在外有啥不可告人的秘密只是不敢断定，孩子毕竟年纪小，容易受到别人的蛊惑。汪海洋是什么人？受封康王的太平军名将。陈鹤寿只觉得舌根僵硬再也张不开嘴，映照着火光的脸庞胸颈纹丝不动，俨然一尊斧头砍削出来的雕像。

这帮官兵轰轰闹闹地来又匆匆忙忙地走，好像真正目的不是为了抓人，而是震慑樟树埠的民众。陈鹤寿又玩味着邱千总最后丢给他的那句话：“你家小子最好是死在外头”，这才醒觉此次行动乃吴知府有意安排的，一方面例行公事，另一方面提醒他尽快与儿子划清界限。

暖玉心酸腿软几乎走不动路，被赛英搀进卧室眼角不断渗出泪水。当母亲的终于意识到儿子不仅背负着一个不寻常的使命，人生也不可逆转地指向了黑无天日的绝地。暖玉什么场面没见过？吓成这样完全是因为桑田在她心目中拥有至高无上的地位。虽说都是自己身上掉的肉，可浩云命好，一落地家境就一直往上走，哪像可怜的壮壮，打小就见不到父亲，身子骨又弱，还时时跟着她担惊受怕，可以说他们一块儿熬过了生命中的至暗时刻。要是没有他，就没有现在的暖玉。在这个家，谁不知道暖玉对桑田是理直气壮的偏心和袒护？

赛英也被桑田的秘密吓得不轻，但看到暖玉的惨状只得抛开个人的痛苦去宽慰她：“娘，官家肯定是弄错了，桑田哥不是这种人。”心里却认定就是他。

十二月底一个寒风呼啸的深夜，除了赛英，春归堂的老老少少都钻了被窝。赛英在卧室里放下医书打了个哈欠，忽然听到后院墙角咚地响了一声，以为下人没关好后门，就披上棉袄端着烛台出去看看，挨着墙根的花草一阵乱晃引起了她的警惕，心想这个鼠贼仔真是有眼无珠，偷到了寿爷家，遂稳住神儿说："小心点，摔重了我还得帮你正骨。"摇晃得更加厉害的花草丛中爬出来一个人，压低声音说："英哥儿，是我。"赛英举烛一照吓得险些栽倒，桑田满脸是血，一根手指放在嘴边示意她不要声张。她把他搀进卧室又打了盆水回来，心疼地给他拭去身上的血污，好在都是些皮外伤。她帮他除去衣衫往伤处涂抹上药水，吹灭了蜡烛后方细声问他："出啥事了？"桑田在黑暗中沉吟了半晌："还是那句话，你甭问，知道了对你没有丁点好处。"赛英说："官兵都来过了，把咱家翻搅个底朝天……"

次日一早，为了瞒住下人也瞒住外人，赛英照常来到前堂坐诊。浩云偷偷溜进哥嫂卧室，一边察看桑田脸上的伤势一边关切地问："被谁打的？"桑田斯文地笑："姿娘仔抓的。"浩云忽然想起几个月前他走时赛英伤心的样子，蹙着眉头没好气地说："哥，我还想说你呢。"桑田和颜悦色地说："有啥事只管说。在外面，我最牵挂的就是你，长高没有啊？还打不打架啊？听不听爹娘的话……"浩云急躁地打断了哥哥的话露出紧张而又激动的神情："哥，你能不能对姐好点？你让她多伤心啊！"桑田吃惊地看着弟弟，他说话的口气和神态竟然与父亲有几分相似。

"你要我怎么做呀？"桑田故意用逗乐的口气化解这突如其来的尴尬。浩云皱着眉说："你就不能找个地方和她好好过日子？"桑田说："我倒是想歇下来，可是两条腿不答应呀。"浩云浓眉一扬恶狠狠地说："这回你要走，得带姐一块儿走。"桑田长叹一声，双手轻轻地碰了碰脸上的伤口又拿开来说："细弟啊，哥不能害她。"声音中带着一丝疲惫的无奈。浩云翻了翻眼珠子不满地说："你冷落她，就是对她最大的伤害！"见哥哥不语又说："有这么好的媳妇，是你上辈子修来的福！”桑田不敢相信地看着弟弟，忽然发觉他长大了，不再是自己想象中那个啥事不懂的小屁孩，就探过身去附到他耳边说了句什么，浩云就像被扇了个大耳光脸唰地红了，一拳结结实实地打在哥哥的身上。桑田身子一歪撞在床屏上，疼得五官都变了形。

赛英刚好进来看到这一幕，吃惊地说：“细弟，你怎么能打你哥？”浩云拧着脖子一副不解恨的样子：“他嘴贱！”望着浩云离开的背影，赛英把咝咝地吸着凉气的桑田搀起来问：“你哪惹了他？”桑田笑嘻嘻地说：“他心疼你，过来责问我，我说‘你快点长大吧，好把你英姐姐娶走’。”赛英非但没有生气，绯红的脸上少见地闪耀着一抹娇羞，嘴里说：“这一拳打得好，看你下次还敢乱说？”

到了晚上，桑田得走了，多留一刻就有一刻的危险，多留一刻就可能给这个家庭造成毁灭性的灾难。暖玉把桑田叫进了卧室。陈鹤寿正坐在一张圈椅上，边抽着烟袋边看了看儿子，严肃而又怜爱地反问他：“怎么办？”他已经掌握了内情：九月太平军康王汪海洋攻占诏安、平和，进迫海阳，挥师入嘉应（梅州）。他们密派林亚吕和陈三友（陈鹤寿马上想到桑田的“桑”字上头有三个又）到平原发动群众策应，林亚吕在潮阳县遭清兵捕杀，澄波城里到处贴着通缉陈三友的告示。

暖玉切实感觉到儿子这一走可能就是生离死别，一边垂泪一边无助地哀求：“能不去吗？”桑田扑通地跪伏在双亲面前连叩三个响头哽咽着：“爹，娘，儿没回头路了，就当你们没生过我这个不肖子。”暖玉的哭声从喉咙头奔泻而出，含糊不清地说：“有的有的，你爹有的是办法——”陈鹤寿腮帮子动了动像在咀嚼磨碎什么坚硬的东西，用少有的慈爱语气说：“儿啊，不是没路，关键是看你走不走。”暖玉急迫地问：“什么路？”陈鹤寿说：“到番爿去，这辈子甭回来，就像当年阿公要我来这里一样。”

桑田没有点头，他用绵软但饱含深情、唱戏般的腔调说：“孩儿既已作出了决定，便矢志不移。只是无法承欢膝下，愧为人子。若有来生，再好好补偿双亲。”暖玉的哭声又高了起来。陈鹤寿垂着双手硕大的脑袋也跟着垂下去，再抬起脸来已然泪花闪烁：“儿啊，你还有啥要交代的？”桑田动情地说：“孩儿只有一事相求，务必劝说英哥儿另嫁他人，是我、我辜负了她，不能再害她一辈子了。”

那天刚交丑时，有条小船在码头等着。桑田再去卧室跟母亲做最后的告别。房间里灯光昏黄，到处弥漫着一种汤药的刺鼻气味。他以为她睡着了，就轻手轻脚地在床前跪下，小小心心地叩头，正欲起身，母亲忽然翻过身来一把揪住他的袖子，惨白的脸上罩着一层透明、颤动的泪光。她冰凉干燥的手掌抖抖索索地摩挲着儿子仍然带着伤痕的脸，嘴巴艰难地抖开一道缝隙，过了许久才挤出这句话：“儿啊，我不晓得你们所说的什么志向啊抱负啊，我只晓得，只要你是个好人，不管去做什么，都是娘的好孩子！”

赛英将桑田引到后门说：“桑田哥，你平平安安地去，平平安安地回，我们等你。”她遵照给他自由的承诺，不说她想说的话，但意思已显而易见。事后她每每回忆起自己的这句话，都因为心中洋溢着爱和对爱的期待而感动得流下热泪。桑田忽然有种抱住赛英的冲动，好好地哭一场也好好地笑一场，最终还是强忍住眼泪拍拍她的背，意味深长地说：“你要听爹娘的话，我就算人头落地也会含笑九泉。”

“放心吧桑田哥，我会的。”赛英柔顺地说，若不是他轻微颤动的嘴唇和使他的眼睛愈加放光的潮润，她几乎看不出他对她又多了一分依恋。望着桑田被黑暗吞没的身影，赛英知道只有怀揣一线希望，她的生活才会变得有意义。等待，也是爱恋的一个部分，甚至是最深切的那个部分，缺少了它爱就不会完整。在桑田离开的日子里，赛英就像跟在他身边那样，脑子里涌出的都是与之相关的想象：船儿载着他从韩江驶入更加细小的支流；他在夜色笼罩着的山崖峭壁猴子般地攀援；他拿着刀枪像戏台上的将士那样呼喝拼杀；他用顾盼灵活的眼神还有脱不了戏的手势向她告别，脸上漾起了温暖羞涩的笑……她在柔和的光影中不知不觉地坠入梦境，心头浮起一股奇异的、近于温存的情感。

1866年（同治五年），对于陈家人来说是极其难熬的一年。清军与太平军在闽、赣、粤边界开战，胜负的消息接二连三地传来，陈鹤寿暗地里派出心腹到处打听桑田的下落，到了十二月底终于找到老怡梨香班，才知道戏班早就易手班主不再是白辮先生。那个班主对打探消息的人发起牢骚，没想到原来的老怡梨香班竟然是“发匪”的窝，他们利用唱戏的机会到处拉人入伙。在银子的诱惑下，他带着打探消息的人找到白辮先生的一个弟子，得到了一个骇人的结果：一个多月前，白辮先生和十七个弟子随偕王谭体元率领的太平军由嘉应州进入丰顺北溪凹，遭到官兵伏击死伤惨重。他们中只有一个小师弟从死人堆里爬出来，亲眼见到梅占魁与白辮先生的身尸……

陈鹤寿知道后热泪纵横，想不到替他完成年轻时的英雄梦的，竟然是自己最瞧不起的崽，他在心里不断地发出赞叹：“壮壮啊，你果然是我老陈的种！”对家人，他却只能死死捂住这个不幸的消息。

热闹的正月刚刚结束，有个操客家口音的船主到春归堂买药，在铺窗前闲聊的樟树村人就向他打听清兵和太平军的战况，他的回答与近来的传闻完全一致，那支游走于平原西缘的太平军确实在丰顺县境内全军覆没。

“听说那个左大帅叫人挖了个大坑，将‘发匪’的俘虏尽数扔进去，再将刨开的土堆铺上填实。”船主得意洋洋地说，好像他亲身打过这一仗。“十几万的匪贼没有一个走脱。”暖玉带着不敢相信的神情问：“那么多条人命，他咋就下得了手？”那个船主压低了嗓门说：“头家奶呀，我敢对天发誓，我的一个老表（表兄弟）在左大人军营做事，是他亲口告诉我的。对了，你们这边是不是有个教戏的白辮先生？”暖玉惊慌地点头：“有啊有啊。”船主再次把声音调节到周围的人都能听得见：“他带了一帮戏子参战，结果没一个活着回来。”

暖玉脑瓜轰隆一响舌头僵硬头皮发麻，几乎要叫她透不过气而窒息住，急忙扭身扶住椅背再摸着墙壁回到卧室，她再也承受不住那个客家人多说一句那方面的闲话。

陈鹤寿被下人喊回时已经隐隐猜到了什么，一进卧室果然受到暖玉的一番数落：“壮壮估计没命啦，你还坐得住？”陈鹤寿灰着脸说：“我派人打听过了，太平军确实死伤不少，但也有一小半人马逃脱。”暖玉不信任地扫了陈鹤寿一眼，凭直觉，事情肯定比他所说的要严重得多也复杂得多。

“我想听真话。”暖玉心事重重地说，双手扶着床沿生怕身体瘫软下去。陈鹤寿勉强露出笑脸：“真话嘛，就是连他参没参加打仗咱都搞不清楚，壮壮吉人自有天相，你别太担心。”暖玉原本和善的眼睛露出一缕凶巴巴的神气，让人肃然生畏：“你说得倒轻巧，他可是我身上掉下的肉啊。”

陈鹤寿越是轻描淡写，暖玉越是觉得桑田凶多吉少。她开始陷入极端痛苦的深渊里，儿子的生与死如两张纸牌日夜在她的脑海里交替掀开。她不敢向家人尤其是赛英倾诉，只能独自躲在僻静处反复咀嚼、回味、流泪。她变得茶不思饭不想，源源不断的想念担忧淤积于胸却又无法排解，身体日见消瘦直至卧床不起。有天半夜她被噩梦惊醒，难受得撑持不住发出一声呻吟：“造孽呀——”

陈鹤寿深知桑田在暖玉生命里的分量，忙搂着她安慰她：“哭啥嘛？壮壮不会有事的。”暖玉气哼哼地说：“没事他咋不回来？”陈鹤寿说：“当前这种情势，他敢露脸啊？会害死咱全家的。”暖玉虚弱地闭上眼睛喘息，泪水却从又黏又肿的眼眶哗地涌出。

赛英也不相信桑田会死，婆婆的不断担忧唠叨虽然令她愁上加愁，但仍心存侥幸，只要没见到他的身尸，奇迹随时都会出现。

“我儿要是能回，跟赛英好好过日子，哪怕要我现在去死我也乐意！”这句话被暖玉重复了多少遍就在赛英的心门撞击了多少次，得到的不是慰藉而是一种刺激一种恐吓一种打击。她明白婆婆积郁成疾才引发了旧疾，浑身哪都疼哪都不舒服，短短时间消瘦得不成人样，再这么一天天将精气消耗掉，怕有性命之虞。心病还须心药治，如何让婆婆脱离苦海？她日思夜想最后与公公一合计，派人把石壁村最有名的吕半仙请来。这个脸上网满皱纹的干瘪婆子当着暖玉的面施展了“通千里”的法力，让她了解大儿子的“真实”情况。在一大段求神相助的恳切哀求冗长絮叨之后，桑田的声音从吕大仙的嘴里若隐若现地传来。暖玉大致听明白了“桑田”的意思，他仍活在这人世只是漂泊无定，六年后必将返回故里……

暖玉咬牙闭眼浑身逼出一阵战栗，猛然爆发出撕裂心肺的尖厉哭声，窝积在心里多日的苦水哗哗地流泻而出。赛英一脸无措还没想出更好的谎话来哄她，她就笑眯眯地下了床说："还是我英哥儿说得对，没有好身体，哪熬得到壮壮回家？快，给娘舀碗烧糜（热粥）来。"

此事才过去几天，接替黎德新继续修建福潮大教堂的马丁斯神父从澳门述职回来，绕到春归堂给陈鹤寿捎送点小礼物。黎德新离开前曾将经验传授给他，能否在樟树埠顺利传道完全取决于他与陈鹤寿之间的相处。马丁斯神父是一个性格温和、笑声爽朗的大胖子，信教不信教的人都喜欢他。暖玉告诉他，陈鹤寿去潮州府城办事。马丁斯神父闲聊了几句便起身告辞。暖玉忽然想起了什么，抖颤着薄唇支支吾吾："神父啊，您这次出门，可有听说过'长毛'在丰顺北溪凹被官军剿灭的消息？"马丁斯神父随口答道："澳门的报纸说了，太平军一万六千多人，死的活的都叫清兵给埋了。"暖玉的心紧紧地收缩下沉，嘴里喃喃地说："难道是真的……"马丁斯神父望着暖玉惊恐的眼神问："怎么啦？"暖玉痛苦地掩饰着："没啥没啥"，停顿了一下又愤激地道出她的疑惑："野兽互相撕咬那是为了填饱肚子，人杀人到底是为了啥？神父，天主有告诉过你们吗？"

暖玉送走客人折回卧室，铜镜有道亮光正好反射在她那张失魂落魄的脸上，起初她以为是黄昏最后的一缕残照，想不到它像一泓饱含黄泥的浊水扭动起来，渐渐变成一个纤长的人形……她的背脊溜过一阵彻骨的寒意。三天后陈鹤寿回家，暖玉已经从本能的悲恸中恢复了理智，冷静地问他："打听到壮壮的下落没？"陈鹤寿背着手跟着暖玉走进卧室又信手将门掩上，坐在圈椅上摆摆手说："整个府城几乎都问了一遍，连吴老爷也见到了，得到的答案仍然是太平军死一半逃一半。身尸中并未发现壮壮——"陈鹤寿的假模假样给了暖玉一种错觉，他不是为了她好而是在竭力摆脱自己的罪咎，她的两束目光端直地捅在他脸上，他的心猛地一沉几乎承受不住里面无法估测的重量。

"你早就知道我儿没了对不对？"暖玉冷笑着逼问。陈鹤寿警觉地瞥了她一眼打了个哈哈："幼妹，没鼻子没眼的话可别乱说。"暖玉从他异样的眼神觉察出了一层不肯道破的意思，遂高高举起一只信封说："这是壮壮的遗书，老怡梨香班的人送来的。"陈鹤寿几乎本能地把它和之前探得的噩耗联系起来，脑门轰然作响，旱烟杆子差点脱手掉落，涨红了脸结结巴巴地说："我、我是怕你和赛英扛不住——"

那张裹着黄泥巴黄泥水、只露出鼻孔嘴巴三个窟窿的脸在暖玉的脑海里闪了一下，她像一只跌进陷阱的母兽被铁夹扣死被钢扦洞穿，凄厉地大叫一声："儿呀——"瘫倒在地。待她被男人掐着人中缓缓醒转，只觉得自己已经活到了尽头一天也不想多活。她从床上爬起来往外扑跳着尖叫着，一副要死一起死的架势。陈鹤寿费了老大的劲才将她箍住固定在床边，用威胁的口气说："你想让咱家全完了吗？"暖玉仍失去控制地扯长喉咙号啕："完了就完了，我早就不想活了！"陈鹤寿双手搂着她的肩膀用力摇了摇，眼睛对着眼睛发出低沉而又严厉的警告："你我早就活腻了，可浩云、赛英他们还年轻，你想看到他们被收监杀头吗？"暖玉被唬住了，收起了大声的哭喊转换成令人柔肠断裂的呜咽。

赛英经过公婆卧室听到了响动，还在犹豫该做点什么，就看见陈鹤寿涨红着脸走出来，潮湿的眼睛袒露出愧疚自责的神色。

"你娘在哭，快去劝劝她。"陈鹤寿呼吸不畅地说。赛英的身体猛烈地战栗了一下，有道不祥的阴影弥漫过心头。望着儿媳仓促走进卧室的背影，陈鹤寿这才意识到自己的草率，他该跟她交个底，这孩子的命苦啊！

陈鹤寿在卧室外边怔怔地站了好一阵子，猛地想起桑田的遗书，掏出信封来吹了吹，里面空空如也。

赛英推门进去的瞬间，婆婆那经过抑制而显得喑哑可怖的哭声再次验证了她的预感，最担心最害怕的事情还是发生了。她感到一阵几乎难以承受的锐痛，就好像有坚硬的物体自内而外地顶开血肉模糊的身体。她强撑着不让自己倒下，用全部的意志力将内心的悲伤压缩到最小，像救死扶伤的郎中本能地向病人伸出无私之手，设法将快要把婆婆压垮的痛楚转移到自己身上。她弯下腰抚着暖玉的背，瘫软在床脚边的暖玉又陡然涨起了气力，用再度激烈的哭泣和震颤的身体冲撞她刺穿她："啊赛英，啊我的儿，他没啦，他没啦……"

赛英"哦哦哦"木然地应答着旋即又改了口："一定是弄错了，娘，咱们再好好打听。"暖玉打断了她："你爹都承认了——"她脸上的褶皱里满是泪水，两只血红的眼睛瞪得大大的咬着牙说："你可知道？那个姓左的老贼挖了个万人坑，将他们活活填埋……唉唷没用了，说啥都没用了。"她的双手像鹅的翅膀那样急促地拍打着，赛英紧紧地偎贴着她身体随着她一起摇摆，胸前袖口脖子脸颊被婆婆的涕泪唾液打湿了。

待婆婆稍稍松懈下来，赛英这才忍住悲伤用坚定的口气说："娘，直觉告诉我，桑田哥不会有事——"暖玉将脑袋绝望地甩来甩去，声音里夹杂着无力的呜咽："英哥儿呀我的好新妇，你甭安慰我了，我知道的……昨夜我还梦见他，看到他双脚是泥还问他要到哪里去。他说娘啊，我要去很远很远的地方，天哪，我当时吓得不敢再多问一句——"

赛英回到自己房间这才发现气力早就使尽，软瘫在床上忽然觉得脖根一凉，是咬破嘴唇的血水滴流下来。她这才有闲工夫回顾她自愿嫁入陈家时母亲的反应，仔细体会母亲提醒的每一句话。那是桑田悔婚出走后的第二天，雅茹再三劝说她放弃这桩亲事，说她这是跳崖，想得简单，跳下去就没得救。

"英哥儿啊，是你将自己送进了牢房，往后有你受不完的苦刑！"雅茹像受了不公正的对待那样摇头摆脑。赛英觉得母亲并不了解她，只有她才了解自己，她不仅爱桑田，更爱陈家，从小到大母亲只顾着店里的生意对她关心甚少，也只有陈家人和父亲石槌才给了她着着实实的爱，她早就与陈家人建立起一种无法言说却根深蒂固的血肉之情。

赛英后来觉得，如果没有被悲伤压垮的婆婆，她不可能这么快就走出生命的困境。有时候脆弱是能传染的，但有时候它又能滋生坚强。

那个冬天，一个个不祥的噩梦如夜鸟纷至沓来，撞开了陈家混沌、漆黑的窗户，搅乱了暖玉恬静安详的精神世界，桑田挣扎着扭动着从黏黏糊糊的黄泥巴里仰起脸来，拿两只带血丝的眼眸哀哀地看她，被沙土挤压得鼓鼓胀胀的嘴巴张开来不知叫唤着什么，有泥浆从嘴角不断冒出……陈鹤寿把女人搂进怀里，听她絮絮叨叨地讲述着梦里所见的一切，内心锉进一阵阵剧痛，竟不敢告诉她自己也做了同样的梦。

暖玉病倒了，发高烧说胡话，整个人像中了邪，她不再把陈鹤寿当贴心人而是当成将儿子推向火炕绝壁的凶手，见到他就厌恶得浑身发抖……为了彻底驱除梦境里那个糊满黄泥巴、扭动着的人形幻象，陈鹤寿把铜镜扔进了江湾，又从灶坑里掏了把草灰抹在自己脸上，手舞利斧巡视着里屋和庭院每个角落，所到之处皆发出雄壮而强悍的吼叫，以吓跑那些缠着妻子、看不见的邪物。

“神也好鬼也好，从哪来滚哪去，少来捣乱祸害……”陈鹤寿一路叱喝，斧头开刃处在半空划出横的竖的各种雪白弧光。此后暖玉果真平静了些，只是经常瞪着枯黑的眸子好久不眨一下，嘴里嘀咕着像在诅咒什么，喝了赛英煲的汤药也不见好转。有天暖玉竟然把赛英当成了桑田，紧扯着她的衣角喊“儿呀儿”，赛英耐心地解释：“娘，我是英哥儿。”暖玉定定地看她，忽然像孩子那样羞涩地把脸庞埋进儿媳丰满的胸膛，鼻翼一阵急促翕动发出幽幽的抽噎声。

仿佛一夜之间，暖玉乌油油的发髻里掺进去多一半的白丝，反应迟钝行动不便像个老态龙钟的老婆子。她固执地认为，桑田的死是老天对她当初违背父母意向、跟陈鹤寿私奔的惩罚。就像等死一样，她常常目光发直一声不吭，要不就是话讲到一半忽然忘记了哑口无言，四肢软绵绵地垂吊着像具尸体，只等着什么人将她拖走。她明显觉得自己离身体越来越远，远到无力抓住它。

陈鹤寿每天都在帮船主商户解决火烧眉毛的愁肠事心头忧，却眼睁睁看着自己的女人掉进苦痛的泥淖越陷越深。他再能说会道可她却听不进去，勉强撑开黏糊糊的眼睛毫不领情地撵他：“走，快走！”见他没有反应又说出了更加凄惨绝情的话：“我知道你从来就没把壮壮当亲骨肉，你就是这么牙硬心狠……我记得他曾经对我说，‘娘，我不需要爹，我在戏里找到了爹’。”

白仁美那张高颧骨多皱褶的瘦尖脸在陈鹤寿眼前闪过，心头狠狠地揪了一下，想说点什么声音却从喉咙里挤不出来，脸色惨白胡须哆嗦地退了出去。

人们发现陈鹤寿常在船行的某个角落一坐就是老半天，脸色阴沉若有所思，弯下去的腰板如烤焦蜷曲的鱿鱼干无声地颤动着。伙计们跟他说话也不知道他听没听进去，一转身只能去请示黄仰岳或程凤梧了。

桑田的死讯使显赫一时的陈家悄然蒙上衰败灰暗的阴影，既然暖玉已经撒手不管，持家的重担和照顾家人的任务自然落在赛英肩上。赛英先将家里的下人们集中起来，要求他们对外统一说桑田到番爿唱戏去。赛英要做的第二件事就是给浩云打气：“细弟，爹已无心管事，有些仇家对手怕要寻缝找碴，你可要在船行盯紧点，不能再出什么乱子。”

浩云单纯明亮的眼睛里浮起一缕刚强，大声作出保证：“姐你放心！”赛英加重声色说：“爹娘见老，往后咱陈家就只能靠你了，你必须将这副担子移到自己肩上，把它撑起来！”赛英的话给了浩云莫大的鼓舞，想着他和她一个主外一个主内并肩作战，心里就充满了力量。

赛英所做的第三件事便是将黄仰岳、程凤梧和高莽找来，告诉他们船行越是艰难困苦的时刻越要上下齐心拧成一股绳，同时还放低姿态请求三位叔伯将浩云扶上马送一程。陈鹤寿这三位忠肝义胆的兄弟都爽快地应承并付诸行动。浩云初出茅庐，考虑问题虽时有不周，但虚心和蔼不急不躁，其行事决断也常出人意表又更加合情合理，让陈鹤寿的下属啧啧称奇，心想此子如此努力，假以时日，怕要超过他的父亲。

冬节丸

笼罩在心头的愁云还没散尽，浩云就动身去了趟汕头埠。

浩云十四岁时曾随高莽到过番爿，现在他再想去南洋，陈鹤寿的态度却来了个一百八十度转弯，他老陈只剩下浩云这根独苗，若有闪失咋向列祖列宗交代？又如何向病怏怏的暖玉交代？见小儿子一脸失望，陈鹤寿就用理解的口吻说："人年轻时总恨不得离家远点，到处去看一看，只有老了才会惦记着脚下这片土地。想看什么西洋景啊洋姿娘啊，汕头埠有的是，我让仰岳伯带你去。"

浩云随着黄仰岳来到汕头埠拜会了潮漳商会的同仁，又自行走访了当地的码头船行，各处的商业街他也仔细逛了一遍，所到之处，这个身材魁梧、浓眉大眼的后生都会热情地跟头家、管工甚至最底层的杂工苦力搭讪，一方面他清楚许多事表面看跟实际做大不一样，另一方面也想多交些朋友为以后发展铺路。汕头埠的总体情况跟父亲所介绍的出入不大，十几家洋人的轮船公司登陆港埠，四通八达的航线全面控制了这里的海运业务，洋行洋厂噼里啪啦地开张，粗细均匀的棉纱、平顺整齐的洋布占据了市面最显眼的位置，大有取代那些疙疙瘩瘩的手纺纱线和土布之势。洋油洋火洋镜子还有其他带着"洋"字的生活必需品席卷了原来摆满土特产的墟市各个旮旯。信洋教穿洋服用洋货原本被视为数典忘祖、大逆不道，现如今却在商人富户中间悄然形成一股风潮。洋教士在汕头埠开设福音西医院更是轰动一时的新闻……

樟树埠的失势没落跟汕头埠的新奇活力形成了迥然相异的对比，在浩云的心头凝结成一个可怕的疑难时时叩问着他，尤其听到自己国家的蚕丝茶叶等土特产刚一上市，就在洋人和洋买办的操纵下跌得捞不回成本，还有看到烟土大摇大摆地涌入国门，"阿芙蓉会馆"从汕头埠一路大张旗鼓地开到樟树埠，他就被一种更深层次、受害面更广的危机牢牢攫住，也为那些面对困境却一致采取沉默的同胞感到悲哀——他们好像从未考虑过过去与将来，生存或死亡，行尸走肉地活着莫名其妙地死去，至此方深彻地理解了哥哥为何放着舒适日子不过，冒死去摧毁这个延续了两百多年的王朝。

当然洋人也给平原带来了新的观念和新的技术，带来了工业生产的启蒙与刺激，他们的纱纺工艺由教会引入，与传承悠久、精巧绝伦的潮州刺绣相结合，在能工巧匠的尝试、推动下形成一种叫"抽纱"的新样式。潮州女子灵巧的手指摇动拨弄着一根一拃长、带钩子的小铁钎，将棉纱线羊毛线钩织成结构精美、式样多变的枕套、服饰、餐桌巾等工艺品，由火轮嘟嘟嘟地运往西方国家。洋人先雇用中国人用机器生产，再将洋纱还有织布机推销给当地的商人富户，穆庆辉就在林昂的撮合下摇身一变，成为第一个到汕头办厂的樟树埠人。

浩云回到家，恰好碰见苏忠勇带着几个洋船主正在游说陈鹤寿合办工厂，也跟着鼓动父亲："咱们港埠明摆着只能吃汕头埠掉下的渣渣，搞航运已无利可图，倒不如……"陈鹤寿鼓起眼睛狠狠地教训起儿子："年轻憋不住话，年老憋不住尿，大人讲话你孥仔鬼插什么嘴？"又以洞穿时运看破世情的达观态度劝告同行们："红头船给你我挣下几个子儿，别没焐热就白白送给洋鬼子喽。"

有越来越多的洋船主忍痛割爱卖掉了木帆船彻底转了行，红头船公所拥有的成员变得寥寥无几面临着解散的境地，外间的嘈嘈议论传到陈鹤寿的耳朵里，心里不免涌出一股无可奈何的感伤，但表现出来的仍是轻淡的一句："国家都被打散了，一个小小的公所算啥呀？"他心知肚明，这个国家正遭遇数千年未有的强敌正处于数千年未有的大变局，清王朝这艘大船迟早是要沉没的，而比它沉没得更快的是樟树埠，属于他的好时光正在成为过去。他颓然意识到，往后的人生岁月，恐怕不在于赢多少，而在于保留住多少。时下做出任何决断都要慎之又慎，以确保心中的那艘"船"不要沉下去，由下一代接棒将其发扬光大。

经过一番深沉的思考，陈鹤寿在策略上采取薄利多销和收缩生意双轨并行，先稳住眼前的阵势再看清未来的方向。这做买卖就好比行船，稍有行差踏错都将导致船毁人亡。陈鹤寿越来越小心，也越来越保守，甚至有意逐步隐退幕后，他将南北船行商行内部运作的指挥权交给黄仰岳和程凤梧，与高莽一里一外着手裁撤机构精简人员减小业务规模，至于公局琐碎繁杂的事务，他完全交给了跟着他创办莲峰书院的齐修平，连壮勇队伍的指挥权也托付给他，直到几年后澄波县城团练总局奉命裁撤，樟树埠的公局也随之改成"公约"。

这次南北船行商行的人事变动给意气风发的浩云泼了一头冷水，尽管一帮"老臣"力荐浩云出来主持常务，陈鹤寿还是坚决将他排除在外。最让浩云恼火的是父亲竟然当着那么多下属不给他留一丝情面："浩云乳臭未干，做醋不酸做盐不咸，担不起这般重任。"

赛英看见浩云几乎是横着脑袋走进家门，问明情况反而替他高兴："细弟，这是好事呀！"浩云瞪着眼睛有气无力地说："姐啊，你就甭再往我伤口抹盐了。"赛英却认真地说："你想想，你是咱家的希望，近来又干得这么出色，爹咋可能不给你位子？除非他给你安排了更重要的事。"浩云发出不信任的苦笑："你倒是替他想得周全，他压根就没瞧上我。"

到了晚上，陈鹤寿果然把浩云叫到后厅，看也不看他一眼说："你成天打着做洋买卖的主意，你对它了解多少？"浩云心里明白要往哪里去，只是不知道该走哪条路，所以显得意料不及的慌乱："在汕头埠那几天了解了一些。"陈鹤寿皱着眉说："一些？要这么容易就能成事，比你勤勉比你能干的人多了去，凭什么轮到你？"浩云脸红耳赤显得更加局促不安，就听到父亲解开了日间窝在他心头的疑惑："我已托人把你介绍给汕头埠一家洋人办的船行，不过你得从杂工做起，不得向任何人泄露你我的关系。"浩云兴奋得叫起来："孩儿明白！"心里不得不佩服赛英的判断力。

次日一早，浩云到床前告别昏昏沉沉的母亲，接过赛英递上来的一大包干粮衣物，忽然有种茫然的不舍涌上心头。赛英觉察到浩云的笑脸是装出来的，就劝慰道："注意身体，别太拼了，想家就回来，姐给你做好吃的。"浩云的脸色眼神立即流露出不容小觑的刚强："过去看看再说。"这个对外改名为李响的后生就在码头下船前往汕头埠。

安排好南北行的事务又打发了浩云，陈鹤寿决定上山去看望大先生，问问他对天下大势的看法。他叮嘱赛英照顾好暖玉，谢绝了一应随从独上莲花山。崎岖盘绕的山道上再也见不到年轻的樵夫猎户，他们大多跑下山去，在樟树埠干了一阵苦力又跑到汕头埠，听说那里能挣更多的钱，其中有不少人后来受了林昂他们的诱哄稀里糊涂地签了"卖身契"，坐着"猪仔行"的火轮漂洋过海。

陈鹤寿径直来到青龙帝君庙，远远地看见一少年郎举着末梢扎着树枝树叶的竹竿在清理屋檐上的蛛网积垢，上前询问大先生在否，想不到那少年郎发出清脆响亮的叫声："秀才兄啊？"陈鹤寿欢畅地叫起来："我的大先生哟，您又变嫩了。"大先生光滑的脸庞腾起了细雾状的红晕，眼珠子如荷叶上的露珠轻灵晶亮地滚动，有些得意又有些难为情地答："可不是嘛。"两人一齐大笑，这一清一浊的笑声传出去又荡回来，老友间浓浓的情谊和亲密敬重的暖意同时弥漫在彼此的心头。

大先生早就接替了蓝法师住持守护着这座青龙帝君庙，可惜仍然挽救不了香火日稀的颓势。他一直不愿接受陈鹤寿的帮助也同样不愿接受他人的馈赠，耕种着一绺田块以自足。陈鹤寿看见香炉里的香枝上依然盘绕着些草绿色的小蛇，旁边水池也仍旧饲养着一群龟身蛇头蛇尾的青头山龟，可就是不见一个人影儿过来拜谒神明许愿还愿。陈鹤寿有意驱走周围灰败死寂的气象大着嗓门说："大先生，看看我给您捎来啥好货色。"将手里的竹笼子拎得更高一些。大先生凑近一看，里面有只浅棕色的小猫儿，精壮纤细的身子，楔形的脑袋树叶似的大耳朵，杏仁形的蓝色眼睛闪闪发光，就轻轻地把它抱出来抚着猫头听它发出亲切的纤细的喵喵声，欣喜地道谢："这钻石眼的暹罗猫，可是暹罗王室养来守卫古老寺庙的，礼重了礼重了。"抬头瞥见陈鹤寿一脸坏笑，忽然领悟到什么点着指头笑："我明白了，老兄是怕我耐不住寂寞，让它陪我一起守着畲族人的宫庙。"

陈鹤寿在山上拢共住了五天。第一天晚上，他就迫不及待地将近年来发生在家人身上的祸事一股脑儿对着大先生倾吐。大先生不置可否的态度使他感到有些失望。次日晨曦微绽，大先生把陈鹤寿拽起床来往他手里塞了把镰刀："走，跟我收稻子去。"两个人在雾气里在凉风中走了好一程，就看到那两三亩黄澄澄的稻子。

"你开的荒？"陈鹤寿问。大先生微笑着："你不也开过荒吗？只是你早就忘了。你只记得你'有'了也习惯你'有'了，所以失去了一点什么就会受不了。"陈鹤寿默声静息不敢插言。大先生继续说叨："你们是顺着光阴生长，不晓得啥时候是死期，总以为留给自己的日子很多，有些人死到临头了还在要这要那；我是逆着光阴生长，晓得啥时候是个尽头，所以感觉每天都在失去，如果能得到一点儿什么就会感恩、知足、快乐。”

好多年不干农活，陈鹤寿笨手笨脚的样子引起了大先生开玩笑的热情，话说得直白有趣却没有丝毫讥诮轻薄的成分。山野的死寂很快被这一老一少打诨笑闹的声浪所打破，热闹得像有多少人聚集在一块儿。陈鹤寿深深地放开心胸将新鲜清澈的空气纳进肺里，手中的镰刀逐渐挥舞自如。原始的劳作把他折腾得筋疲力尽，再也没有精力去多想家里家外所发生的一切不幸，窝聚在心头的积怨郁闷随着体力的消耗、汗水的流淌和一声声放肆的吆喝荡净泄光。

分手那天陈鹤寿给大先生撂下一句话：“我都想好了，待我搬进布袋围就来接您。”大先生的眼里闪动着向往的神色，抱住双拳举齐额头向陈鹤寿深施一礼：“我正祈望有这样圆满的归宿。”

陈鹤寿回到樟树埠已经日落西山，一抬脚迈进卧室门槛，耳朵里又注满暖玉时而清醒时而糊涂的哀叹声抽泣声。对于妻子的哭诉谴责，陈鹤寿既有心理准备也有容忍宽让的胸怀，更何况他知道，病人的宣泄对于精神的调节身体的康复不仅无害而且有益。有时她傻傻地出神忘了数落他，他还故意去逗引她，让她经常处于一种扬眉吐气的畅快心境。只有当她揭他的老底儿控诉他把自己拐骗到这里来，他的眼里才多了一丝警觉，生怕被下人听到。

有两至三年，暖玉坐在后厅、后院或者井边，不断地回忆着她与陈鹤寿漫长而又短暂的过去，愈来愈觉得自己一直生活在他精心编织好的圈套里。只要他在家她又恰好是清醒的，就会忍不住要去跟他核实这核实那，他是否真的爱过她？他到底有过多少女人？他为何不把桑田强行拦下而是让他去白白送命……不管陈鹤寿是冷静应对还是仓皇搪塞，都会招致暖玉更加猛烈的诘问，无论他怎样解释她都不满意。

陈鹤寿把暖玉当作病人从不与她计较，不过在关键问题上仍然坚持自己的观点，他说他当初不愿拦下桑田是为了尊重孩子的梦想。他愈来愈觉得桑田所追求的是一项惊天动地的伟业，他就像要从积满污垢的大地上召唤出古老的真理！而暖玉想到的却是他一直不喜欢大儿子，所以才让他去死。

暖玉有时将聚满胸腔的恶气发泄完了也会短暂地恢复理智扪心自问：“自己要是当初没有坐上这个男人的马车，日子会过成啥光景？而又是哪个女人为他端茶倒水洗衣煮饭生儿育女？”一想到自己会被某个女人取代暖玉就妒火中烧，在她既定的思维模式里，侍候和管束这个男人非她莫属，别人休想插手……

就这样暖玉一边回忆一边比较，一边后悔一边庆幸，一边诅咒一边祈祷。她不再相信男女爱情不再相信世道人心，即便是浩云赛英的话她也将信将疑。她像经历过风吹雨打的鸟儿幻想着变回雏鸟躲回宿命的硬壳，往日的坚强已不复存在，精神的创伤一时难以治愈。她常一个人对着桑田的遗物垂泪。有好几次待别人从暖玉手里夺过剪刀之类的利器，她才哆嗦着从迷糊中醒来，发现死神刚刚与她擦肩而过，伸出枯瘦的手想要接她一路同行。

大寒刚过去一天，暖玉忽然对陈鹤寿说：“细弟该成家了，你快帮他找个好新妇吧。”暖玉的这个异常之举让陈鹤寿琢磨了老半天。全家人中只有赛英猜到了暖玉的用意。

这一年浩云刚满十七岁，在汕头埠待了近两年。他被陈鹤寿的熟人介绍进了洋人的船行，凭着刻苦好学，还有天生的机灵劲，很快就得到上司、一个英国人的赏识，还学会了一口磕磕巴巴的“鸟语”。

浩云两三个月回来一趟，每一回都给人长大成熟的明显变化。他有父亲那么高了，但真正让姑娘们着迷的是他的脸庞，眉骨隆起，眼里的稚气已褪换成干练冷静的神采，英挺的鼻梁，棱角分明的嘴唇以及透出敏感和锐气的下巴，唇边硬戳戳的胡子已经明晰地显露出一个男孩向着男人转变的秘密。跟陈鹤寿相比，浩云当然少了成熟男人那种被阅历积淀起来的深厚和被岁月打磨过的稳健，但跟大多数同龄的后生比却拥有了更加开阔的视野、足够的自信还有在实践中不断增长的智慧。他走到哪里哪里就有姑娘躲在门后、窗边，手捂胸口偷窥，生怕心脏如活鱼般蹦跳出来。他英气勃勃的诱人形象在姑娘们的脑海里没完没了地转悠，只是谁也不敢奢望能够攀上高枝。

得知桑田死讯，浩云一直替哥哥惋惜更替赛英感到难过和不平，明明男人不在了，还得装出在的样子。她的强作欢颜蒙得过别人却蒙不过他。她的苍白消瘦，她的哀伤无助，以及耽于冥想的神态，无不扯痛他的神经，只觉得往后的日子对于赛英来说犹如逆水行舟，费劲而又毫无意义，那种想要替她分担痛苦、保护她免受任何欺负的情感涨满了他的胸腔。

“我该怎样帮她呢？”浩云常常问自己。有一天，忽然一个念头在他的脑海里电光般地闪过，臊得脸颊赤红。他在无意中推开了一扇长久封闭的门，瞧见一绺爱的阳光从缝隙透泄进来朦胧而又美好。他被这种大胆的构想吓得寝食难安，晕晕乎乎如同做梦。他不知道自己从什么时候起就开始在意她，也不记得从什么时候起心里就有了她，直到今天忽然变得这么鲜明这么突出。他明白这是长期亲近她爱慕她所累积的结果，只是浓烈得让他又激动又害怕。他知道此生他想要的只有这个女子了，无论多难都要勇敢去争取。

“我这辈子只爱她一个，”浩云对自己说，为自己有如此奇异的想法感到难堪也感到振奋，“我不能没有她，虽然听上去有点荒唐。可是为了爱，又有什么不可为的？”他觉得赛英是一炉将熄的炭火，需要他去拨亮灰烬下面的火种让她旺旺地燃烧起来。带着这样的念头去跟赛英说话，浩云发觉自己总是话里有话，不过他不想掩饰，他必须让她知道。

赛英可没有发现浩云跟过去有什么两样，失去桑田，在经历了最初的绝望、几乎是毁灭性的打击之后，随着时间的推移，那种尖厉、清晰的疼痛变得迟钝了。她偶尔还能奢侈地体验到一种带着内疚感的轻松。失去了他，她反而比过去更多地想起他，想起他日常的腼腆和戏里的激昂，想起他的单纯与复杂，想起他的绝情与深情……她依然记得她头一回去灯笼铺看他，他站在后院咿咿呀呀地哼唱，声音凄婉如诉动作流畅自然，让她觉得那不是桑田，而是另一个人。现在失去了他，赛英反而觉得离他更近，觉得他比从前更亲切。他去的那个地方，也如北岸南岸一样并非遥不可及，只要一个恍惚，她就能够见到他。

赛英的心头至今仍裹着一团迷雾，桑田到底是太爱她呢，还是不爱她？是单单对她淡漠呢，还是对所有的女人都不感兴趣？她打了个寒战，立即勒住了往深处想的缰绳，再细究下去只会对死者不敬，也破坏了丧夫之痛在她心中所引发的神圣与庄严。她对自己说，他已经离开了这个世界，作为亲人尤其是妻子，理所当然会留下精神上的创伤，那个伤口还裂开着，她不许它合上。

赛英发现无论是陈鹤寿还是浩云都在接近她，想要表达对她的关心，她反而有意疏远了他们，以免让他们看出一点什么来。她不知道她怕被他们看出什么，是那一夜她跟桑田没有圆房呢，还是她对他的死不像别人想象的那么悲伤？他们恐怕都在怀疑桑田对她的感情，要不就是她对桑田的感情？反正桑田确确实实地走了，还顺便把那个令她困惑的谜底也带走了。

转眼已到冬至，气温骤然下降，阴冷的北风席卷了整个平原。浩云在做“冬节”的第二天回来，到家已是深夜，赛英一如往常睡不着，她将原因归结于下午的对账。陈家的老老少少都入眠了，赛英听到下人去开门立刻断定是浩云回来，果然听到一声熟悉的咳嗽，遂套上棉袄走向前堂，浩云正打发下人回去睡觉。

“姐，你还没睡？”浩云凑上前来，周身散发出一阵寒气。赛英还没回答，手里就多了一团柔软温暖的东西，就压低声音嗔怪道：“跟你说过多少回，别给我买这买那了。”浩云用尽可能小的声音说：“我想你打扮得漂亮点。”赛英说：“姐打扮漂亮干啥？”忽然黯然神伤。浩云知道她想到了什么，嗫嚅着：“姐，哥是走了，可你还年轻，你该好好拾掇拾掇，活出个人样来。”赛英鼻头一酸眼眶跟着红了，岔开话题说：“饿了吧？家里还有点‘冬节丸’（无馅的汤圆），姐热给你吃。”将他送的围脖收起来就去了灶间，麻利地拿起镰刃击打火石再用冒烟的火绒点燃草扎，把冬至夜吃剩的红糖丸子给他热上，然后坐在对面看着他大口咀嚼。

“看你吃东西真香。”赛英支着下巴说。浩云舀了一粒送到她的嘴边，她皱起鼻子直摇头。等浩云吃完，赛英捡起碗勺走进灶间，见他跟着进来就说：“赶了一天路，累坏了，赶紧歇去。”他站在她旁边没动。刚才烧的热水还温着，她把它舀进一只木盆里，再将碗筷搁进去。她感觉到他离她很近，几乎能接触到他的鼻息，也没在意，直到他同样将双手伸进了木盆里才意识到什么，想把自己的手抽回已经来不及，小手被他的大手攥住。她轻微地战栗一下，越想挣脱他攥得越紧。她终于明晰地感受到他的真实含意，只觉得嗓子眼又干又涩呼吸不畅。她在慌乱中竭力约束住随时可能奔泻的心潮，佯装镇定地说："细弟，别这样——"浩云既不松手也不说话，弄得她像把头埋进水里憋气一样心慌。

"你到底想咋样？"赛英好不容易抽出她的手，撩起一绺垂下的发丝恢复以往那种庄重沉静的神态。浩云像犯了错似的垂下头说："姐，你把我当我哥，行不？"赛英愣了一下，怀疑自己曾在梦里听过他这么说。她不敢看他，嘴上却冷淡地说："你是累糊涂了，快去睡吧。"

赛英不知道该对浩云说什么好，又不敢转身，只能感觉到他仍在那里，离她很近的地方，他和她中间没有别的阻隔。她刚要挪动步子，他喷出的暖热气息告诉了她，他把脸转向她并俯下来，用她意想不到的力气从后面搂抱她。她感到一阵晕眩，嘴里低低地叫："要死啊浩云，我是你嫂——"浩云将嘴巴凑到她的耳垂边说："姐，和你拜堂的可是我，你是我的。"赛英无力地掰着他紧扣的手指喘息着："别胡闹了，我告爹娘去。"浩云强硬地说："去告吧，我正发愁怎样让他们知道呢。"赛英扭动了几下知道他动了真格。她了解他，他表面礼貌谦逊，内心却像桑田一样勇敢执着，不由叹了口气："外边那么多姿娘仔，哪个不比姐好？"浩云执拗地说："我谁也瞧不上。"赛英绝望地摆动着两条胳膊说："细弟啊，这话以后不许乱说，爹娘听到了会很伤心的。"浩云松开了她说："我这就去跟他们说——"看着那张激动得通红的脸，赛英快步拦下他，用长辈的口吻发出严正的警告："娘身体那样了你还瞎折腾。"浩云耍赖似的说："那，你得应承我。"赛英不去理他，专心致志地洗锅洗碗，待听到他那疲惫拖沓的脚步声远去方松下一口气，好像刚刚与一头猛兽擦身而过。她用发抖的手捞起盆子里的抹布无力地拧着，一种异样的情感在胸口汹涌着，没有甜蜜只有害怕。

回到卧房，赛英感觉浩云的胳膊仍搁在腰身那里，无意间碰触到她的乳房，火热的嘴唇在她的头顶游移……“我不能再让他胡来。”她镇静了心绪自语。“我怎么能让他这样胡来？”她用双手蒙着热辣辣的脸颊走来走去，忽然又停下来，久久处于一种茫然的无知无觉的状态。待她躺在床上，脑子里又活跃着纷乱的思绪，一颗在胸膛里咚咚急跳的心总是搁不稳定，浩云那种她平素并不在意的异性气息，正慢慢充盈着她的肺腑，让她莫名其妙地感到某种内在的快活和精神上的振奋，如果当时他索要更多，她兴许无力阻止……忽然有种来自身体深处、朦胧而又迫切的愿望兜上心头，赛英发觉自己引以为豪的坚定动摇了。

跟桑田初恋，曾经给赛英留下剃头挑子一头热的晦暗印象，浩云却不同，他如火山爆发那样迸射出热烈的岩浆，几乎将她整个儿地裹进去销蚀熔化。她突然发现比起桑田的阴柔孤僻，她更喜欢浩云的阳光豁达，同样有一种纯正而又炽热的东西在胸中滚动，桑田将它捂得严严实实，浩云却自然、坦率地流露出来。赛英又想起自己原本是个活泼泼的野丫头，不知从何时起变成了今天这样的陌生人。毕竟才二十啷当，花一样的好年华，难道就这么认命？以这样的状态终老？这一次她总算弄清楚了，浩云才是自己想要的，也只有他才能拯救她。不过她到底还是明白，世俗的条条框框将像铁甲一样箍住她和他，虽说一把钥匙开一把锁，可她已经得不到姑娘们才有的那种提亲说合的权利了，更别提和小叔子在一起……她委屈得流下热泪，最后带着这不甘的泪水和内心的争斗睡着了。

次日赛英见到浩云，昨夜洗碗那惊心一幕再次闪现在眼前，她稳稳神儿像往常那样跟他打了声招呼。浩云仓促地回应了一下又埋下头吃早餐。一夜没睡好，他不知道她会怎么看他，她为什么当时没给他一记耳光，也没有说太多吓唬他的话，他又似乎明白了，她怕伤害他，也许……她也喜欢他。

在赛英面前，浩云所表现出来的羞怯令她吃惊，也为他怀着深深的自责感到抱歉。她仍像嫂子那样主动跟他说话，让他知道她没有生气。他阴郁的脸上又渐渐泛起了快活、感激的笑容。他跟她谈论未来的打算，他想在汕头埠摸索些时候，积累经验人脉后走出潮汕平原到南洋寻求发展，若能站稳脚跟再杀个回马枪……赛英沉吟了片刻说："这倒是个好主意，可惜爹的志气似乎熬光了，你单脚独手哪有那么容易？"赛英的认同让浩云备受鼓舞，他用热烈、兴奋的声调说："还有你啊，姐，我是这么想的，爹留下来照顾娘也兼顾他的船行商行，咱俩出去闯，到时候来个里应外合，保准把买卖做得比洋鬼子强！"

赛英惊讶地看着浩云，她那么熟悉他，还是觉得无法相信这就是他。从他身上，她发现了一种未知的、全新的东西，他让她看见了最实在的、最鼓舞人心的前景，她渴望着参与进去并从中得到快乐。

浩云看见赛英的眼里刚闪出一缕兴奋的喜悦又马上消失了，嘴角绷紧着像在竭力克制自己。

"大丈夫当志存高远，四海为家，我嘛……还是在家侍奉爹娘。"赛英话虽这么说，浩云才回汕头埠几天，她就觉得时间黏稠如胶凝滞不动，整座庭院变得死气沉沉，待浩云一出现，又像明媚的阳光驱走了心头的乌云，满眼勃勃生机。他想方设法接近她，无论她什么时候一抬头，都能接触到他那两束柔和关切的目光，它不由分说地调动起她快乐与激动的情绪。一次又一次，在他的暗示下，她从卧室的某个角落里找到了他早就藏在那里的礼物，头巾头饰、犀牛角梳子、水晶耳坠、玉手镯或者一整套衣裙。她对他不再无动于衷，如果他太久没回来，她的心就会空落落的无所依傍。

先前，赛英总以为自己的幸福会随着桑田的死而一起终结，浩云却让她的爱一下苏醒过来，那道她一直不愿意弥合的精神伤口也开始结痂了。桑田在赛英的脑海里出现得越来越少，仿佛成了遥远的过去。

"我会把你忘记的。"赛英对不存在的桑田吐露着她的歉疚和担忧。夜色里浮起桑田那张白皙尖瘦的脸，他用带着柔和的严肃的眼睛注视着她。他没有给她答案，她双颊发烫不知如何是好。她也向浩云吐露了类似的想法，浩云豁朗地说："哥要是天上有灵，也会希望你幸福。我还记得他对我说过，他欠你太多，如果哪天他没了，要我替他偿还。"赛英含着泪叫起来："可是你不觉得吗？这、这怎么可能？"

浩云的眼睛也变得晶亮起来："姐，没有什么不可能的，只要你愿意，我愿意，咱俩就能在一起。"

"我还是觉得对不住你哥，"赛英痛苦地说，"你想想，他死得多惨啊。"

"你说他死得惨我可不同意。那是他的理想，他的选择，从干这件事的第一天起他就做好了最坏的打算，"浩云忽然意识到自己的目光过于凌厉，就眨了眨眼让它柔和一些，"姐，爹说得对，一个人能死在自己追寻的理想上，也算死得其所。就像现在，如果要我替你去死，我不仅不会怨你，还会觉得是莫大的荣幸。我可不乐意别人将看法强加给我，以为我死得有多冤枉多不值。"浩云的话音刚落赛英就脱口而出："可是至亲过世，谁不难过啊？"浩云神色凝重地说："难过是必然的，只是生命已逝，也就得到了解脱，尘世间再发生什么，不再与他有关了。活着的人，只能朝前看，将自己绑在一个死去的人身上那多可悲啊。"

赛英绷紧的心刚一松懈，又旋即浮起新的忧虑："就算过了你哥这一关，也过不了爹娘那一关。"浩云用清澈明亮的目光追撵着她的目光："爹娘若是阻拦，我就会告诉他们，我爱上你根本就没有错。难道只许外边的男人来喜欢你、将你娶走不成？"他过去牵起她的手悠悠地说："放心吧，他们会同意的，他们舍不得你走。"赛英没再挣脱，任由一股悲伤的甜蜜涌上心头。

尽管嘴上不承认，浩云的话还是以一种令人炫目的清晰触动了赛英，她想起自己的身世，也想起母亲雅茹，她看到的不是母亲年轻时的"大逆不道"，而是她非凡的勇气，只可惜所托非人。赛英相信，浩云绝不会是另一个黎神父，他阳光，果决，年纪轻轻却眼光独到策谋深长。她有些轻视自己之前的逃避了，她要像他所说的那样，尝试着放下生命中那些固有的、看似不可改变的观念，尤其是强加于自己的某种责任和看法，勇敢地去接纳过去也接纳未来，接纳苦涩可怕的东西，也接纳甜蜜美好的东西，就好像大海接纳韩江，韩江接纳大自然的风风雨雨、接纳千沟万壑汇集而来的清流浊水那样，使它成为生命中的一部分。

赛英的心病一旦根除，整个人仿佛从紧张的窘境中解脱出来，被一种失而复得的幸福感轻盈温暖地裹住，焕发出新的活力。一天夜里，浩云要赛英帮他到后院找点药醋，在那株苦楝树下抱住了她。她在紧张羞怯中再次感受到这个男孩的力量是如此之大，怀抱又是如此之宽广温适，而他坚如磐石的意志则给了她安全感、信任感还有屈从的愿望。她停止了挣扎做出了既不反抗也不配合的中立姿态。他的嘴唇抵着她的头顶徐徐滑动，顺着她的脸颊触摸着她的耳垂和脖颈，当他吻她的唇时她再也控制不住强烈的冲动，眼一闭心一横对自己说："就算死，也要爱一回！"那双没着落的手已经箍紧了他，被挤压得张不开的嘴巴只能以低低的呻唤做出积极的回应。

从那个夜晚起，一种赛英以为不再有的热情主宰了她，那些被她强行压缩的人生意义如溪流中的水草轻盈地舒展开来，遵循着人的本性去寻求应得的幸福。她被新的希望鼓舞着，不管走到哪里和谁说话，都觉得有一双聪慧执着的眼睛在默默关注着她，哪怕明明知道他不在家。别人所关心的问题，在赛英眼里都不过是些鸡毛蒜皮的小事，只有她的恋爱才值得一提。她多想让所有人知道、分享她的秘密，当然她还不至于如此粗率胆大，她能做的只是换一副全新的眼光来打量周边的人，突然之间，这些她原本毫不在意的家伙都变得可爱起来。

就在赛英和浩云打得火热的那段时间，暖玉像往常那样由下人搀起来拥着被子靠在床屏上，变少了的头发紧紧地往后梳扎成一个小小的圆髻，一张尖脸显得格外苍白，眼珠子好久不转一下，神思仿佛滞留在某个隐秘遥远的幻境里。谁也不知道暖玉的病情已出现了好转，她像个从昏迷中突然醒来的人，迟钝地打量着这个似乎忘记了好长时间的世界，咀嚼着仿佛好长时间没有听到的话语。就像躲在暗处看明处那样，她第一个发现了浩云和赛英的隐秘。尤其是浩云，毫不避讳地跟嫂子亲近调情，赛英吃吃地偷笑着躲闪着，欢快的脚步一踮一踮的整个身影也跟着一耸一耸的，就连她自己都没有感觉到，她那内在的、因不幸而暗淡下去的光芒再次绽放在消瘦憔悴的脸上。那个勤谨严肃的赛英不见了，她的表情是新鲜的，衣着打扮也是新鲜的，连说话的声音也是新鲜的，像小姑娘唱出来那样婉转动听，笑声就更加新鲜了，连外人都忽然意识到，好久没有听到她的笑了。人们发现赛英其实不仅仅俊俏，还可爱，当然不是小姑娘的那种可爱，而是成熟但不世故、内心依然炽热纯真的可爱。

暖玉失望地闭上了眼，一层来自灵魂的忧思漫上脸来，就好像病情忽然又加重了。当暖玉向陈鹤寿叫嚷着要他给浩云物色媳妇时，赛英从她的眼里看到了那种敌意的光芒，自己最害怕的终于来了。

港埠两岸纷传南北行的头家奶放出话来，谁若能为她的宝贝儿子匹配上称心如意的媳妇，谁将得到一大笔酬金。远近的媒婆们都攒足心劲做梦也想要促成这桩亲事，既显示自己的能耐又可捞到一笔横财。她们各显神通到处打听，挖寻着心目中最完美的姑娘，然而任凭她们把好话说尽口水咽干，就是攻不破浩云心里不知何时筑起的那道森然壁垒。

就在浩云极端敏感地排斥媒婆、一谈到亲事就拉下脸来的同时，赛英也被婆婆叫过去，像门神那样紧盯着她，目光里充满了焦虑与严肃，好像有个极其为难的问题困扰着她。赛英明白那是什么，像做了不光彩的事那样骤然红了脸，跟婆婆的交谈变得兜筋缚骨不再那么自在了，这种不自在迅速地改变了两个人的亲密程度。

“细弟年幼不懂事，你怎么也随着他胡闹？这种事要是传出去，咱陈家还怎么活人？”暖玉说。赛英犹犹豫豫地辩解：“细弟中意我我也中意他——”

“住口！”暖玉拍着床沿喘气，“你想再嫁人我不拦你，可浩云毕竟是你的小叔子！”赛英扑通一声跪倒在床边急得哭起来：“娘，我不想离开咱家，我一直都把您当我最亲最亲的娘。”暖玉的嘴角弯成了奇特的模样，一丝冷笑从鼻尖下哼出来：“人人都说我家壮壮死了，可我从来就不信！不信！”

赛英听清了婆婆的强烈谴责，却还没明白她的真正含意，哆嗦着说：“娘，您告诉我，我该怎么办？我一定照着您说的办，求求您告诉我——”暖玉仍然用冰冷的口吻说：“你只用做一件事，就是别再搭理细弟。”

“为什么呢娘，为什么?”赛英浑身颤抖着不愿放弃，她不自觉地用膝盖向前挪动，话里的哭腔变得更加悲恸动人。暖玉心头一颤手也抖了，强硬的目光软下来随之掺入了一缕恳求，声音虚弱得仅仅能够听到：“赛英啊，不为什么，这就是命。”

赛英知道自己是可以拒绝的，浩云爱她，而她也爱他，别人是不应当干涉和妨害他们的幸福的。这个家如若容不下她，她完全可以跟着他去天涯海角。“可是她对我那么好，眼看身体才好了些，神志也清醒了些，如果自己不管不顾，惹她生气加重她的病情，那真是天大的罪人。”赛英想，“而且我这么做确实会毁了浩云的好名声，让他承受外来的压力……我不能这么自私!”

“好吧，我应承您，不再理他——”赛英哭得无法再说下去，爬起来跌跌撞撞地奔向自己的卧房。

“赛英啊，你别怪我狠心，”暖玉有气无力地自语，“我只有这个孥仔了。”要不是她跟自己的大儿子成了亲，她几乎无可挑剔。“你别怨娘，细弟的翅膀还没长硬，他会被别人的指头戳断脊梁骨的。”

汕头埠

浩云回到家，赛英还像以前那样亲自接过他的褡裢，将热茶热水烧脚烫手地摆在他面前。他偷偷去拉她的手时却被她甩开，怕被人发现似的，可周围明明没人呀。她变得有些古怪，目光里多了种陌生的东西，那是一种疏远的自觉。他瞅准时机在后院的角落里堵住了她：“姐，你怎么啦?”她说：“没、没呀”，过分正经的神情里像在掩饰某种忧虑。她急着要走，又被他一把拽回来。

“你有事瞒着我!”浩云盯着赛英的眼睛果断地说。赛英明白任何劝说对他都没有用，相反只会招来他更深的依恋更热烈的缠绵，唯一的办法就是拿他死去的哥哥说事：“我还是忘不了你哥。”浩云眼里掠过一丝意料不及的惊骇，诚心实意地安慰她：“咱们不急，我可以慢慢等。”她硬邦邦地回绝他：“你甭等了，我的心里再也装不下别人了。”浩云被赛英出尔反尔的态度弄糊涂了，用怀疑的口气问：“姐，到底发生了什么？”赛英摆出毫不在意的样子：“都怪我没想好……这辈子你怕是等不到我了。”浩云浑身一颤直愣愣地盯着她，忍不住叫了一声：“你、你这不是存心气我吗？”赛英没有勇气直视那对被怒火灼烧得痛苦不堪的眼睛，心里却更加确信这样做完全是为了他好，她必须让他彻底地恨她而不能给他留有任何余地，遂咬咬牙用决绝的口气再度申明：“原先全是我的错，我不能一错再错。”

多次哀求无果，浩云开始在赛英面前展露出一种傲慢与鄙夷兼有的神气。她再关心他什么他都会低声吼她：“你别管，我死了更好！”赛英只是宽和一笑。有一次他忽然闯进她的卧房，黑着脸审问她：“我实在搞不懂你们这些姿娘人，终身大事怎么可以拿来儿戏？”赛英故作轻松地说：“你要是今后找到一个好新妇，慢慢就会懂的。”浩云赌气说：“我已娶过你了，不可能再娶别人！”赛英说：“你这是何苦？好的姿娘仔多的是。”浩云梗着脖子说：“那你今天就把实话告诉我，别糊弄我。”赛英心里紧缩了一下镇定地说：“你想多了，我真的过不了你哥那一关！”

浩云回家的次数越来越稀，他既害怕重温这段挫折的情感，又带着一丝报复赛英的意味。即使偶尔回来，跟赛英也再无话说。每次她只要一开口他就吼她，奚落她，待她一转身又忍不住斜着眼睛偷偷看她，有时他也会遇见她茫然地望向他的目光。他怕触碰她的视线，他怕自己会忽然哭起来然后没有骨气地哀求她。他知道她瞧不起这种男人，她希望他像个男子汉那样坚强独立，去承担应该承担的责任。

隐隐约约，赛英知道浩云在寻找机会离开这个快要让他窒息的家，果然不久，他就向陈鹤寿提出去番爿创业的请求。陈鹤寿想了想说：“你娘咋舍得你？”浩云就去找母亲，才说到一半暖玉就开腔了：“果然是虎父无犬子，娘不拦你！”她还反过来劝说陈鹤寿：“你后生时要不是去过番，哪挣得下今天的家业？”浩云正觉得奇怪，就听到母亲扭过脸来不慌不忙地说：“古人话，成家立业。你走之前得先娶个媳妇伺候我们老两口。”

浩云很想告诉母亲，他非赛英不娶，可是话到嘴边忽然觉得挺没劲的，赛英都摊牌了，说了也是白说，就拖长腔调说："我不想娶。"暖玉惊诧地问："你说啥？"浩云做出不屑的样子说："找个不喜欢的，害人又害己。"暖玉怔了一下明白了他的所指，拉下脸来嘴角泄出一句低沉的咒骂："你存心气死我是不？"陈鹤寿就朝浩云使眼色，示意他快点走开。

从父母的卧房出来，浩云看见赛英站在天井对着小花坛出神，忽然想起了什么心存侥幸地走过去问："是娘要你不理我对不对？"赛英连连摇头否认。浩云闷藏在心里已久的脾气再次爆发，悲愤地吼喊："全是些口不对心的骗子，骗子，我再也不想见到你们。"冲进卧房胡乱抓起几件衣物，不顾赛英的劝阻示威般地仰起脸踏出街门。

回到汕头埠后，浩云实施了他思谋已久的计划，离开原来那家洋人开的船行，在老东家不远的外马路租了爿小店面，取名"云记"，开起了批发货物的小商行，还招了个叫马强的后生打下手。每次父母托人催他回家，他就以手头太忙脱不开身为由不予理睬。半年之后浩云做得顺手了，又把"云记"更名为"鼎新商行"，将原来一间（旧时算法，一间约十五平方米）铺面增至三间，后头临时搭建的仓库堆满了土糖、烟丝、茶叶、木材、香料、独门药品药酒、蓝靛、草席、葵扇、栲纱云绸、花边抽绣（抽纱）、瓷器等货物，还有从各省采购运抵汕头的大豆、花生、棉花、豆饼等，借着洋人的火轮运往南洋的潮汕客户。

有天清早浩云准备外出办事，走出店门招手唤来了一辆人力三轮车，刚抬起一只脚踩上去，路旁忽然窜出一条高长大汉，拿着匕首捅向他的小腹。浩云反手一拨，拨不开刀子却意外掀开了对方压得极低的竹笠看清了那张黧黑粗野的国字脸，还有白多黑少的眼睛。马强听到叫声持着防贼的竹槌冲出来，浩云趁着那大汉略一迟疑给了他一拳，在尝到报复对手的痛快的同时也感觉到全部力气都随着这一拳消失了，脑子里一片空白。马强搀住浩云不断下坠的沉重躯体，眼睁睁看着凶手鲇鱼似的滑进旁边的巷道……

陈鹤寿是在浩云被刺的第二天赶到汕头埠福音医院的，在得知儿子无生命之虞后方长长舒了口气。听完了浩云对凶手长相的描述陈鹤寿几可断定是谁所为。他花了点银钱疏通，给浩云换了间隐蔽点安全点的病房，又让两个小厮回樟树埠接赛英过来照顾儿子，其余八名壮勇日夜轮值守在病房周围不许陌生人靠近。暖玉听到浩云出事吓得差点晕死过去，明白照料儿子的最佳人选的确非赛英莫属，一是深谙医术二又胆大心细，所以不仅没有阻拦反而不停催促。

赛英随着两名壮勇在汕头埠码头下了船又坐上马车，她第一次出远门却没有心思看看这片传闻已久的繁华之地，一心惦记着浩云的伤势。浩云听到响动睁开眼睛惊得合不拢嘴，待听到赛英温柔的轻唤才敢相信是现实而不是幻觉。赛英的到来将浩云从灰暗的心情和自暴自弃的精神里拯救出来，病已好了一半，不再觉得莫名其妙被扎一刀是什么倒霉事。当他看到赛英脸色苍白紧紧地咬着嘴唇眼角渗出泪水，更觉得爱情重新朝他敞开大门更加强烈地召唤着他。她低着声问他“疼不”，他咧着嘴傻笑，完全陶醉在她美妙的声音里。“你心疼，我不疼。”他开心地回应着。

两个年轻人只顾说着情话把陈鹤寿撂在一边，他非但不生气还在心里暗暗责怪暖玉：“好好儿的一对你拆散他们做啥？”遂知趣地退出病房，交代手下盯紧进出的每个人保护浩云的安全，自己走向医院大门。他行走在大街上呼吸着没有药水味的新鲜空气，才真正意识到这些天来过分紧张的神经刺激还有四下奔忙几乎耗尽了所有的精力，不再年轻的身体已达到了疲倦的极限，不过脑子里依然活跃着，根据浩云的描述而想象出来的可怕场景又一次展现在眼前。陈鹤寿暗暗庆幸凶手真正的目标不是浩云而是自己，否则他跟暖玉就断了根没了后了。他也由此得出了一个不难推断的结论，凶手想要利用浩云将他引出樟树埠，对方想必是在樟树埠那些密如蛛网的街巷里转悠过无数遍，也站在某个不易觉察的角落里注视过他无数遍，是乡勇的严密布防和巡逻让他打消了动手的念头。

汕头埠不同于樟树埠，这里的人更多面更广，汇聚了三教九流的各种力量相互掣肘关系极其复杂，洋人能够说了算可毕竟不太了解当地民情有些摸不到边儿，当地的鮀浦巡检司又因级别过低权力过小而无力管束。至于分设在汕头埠不久的惠潮嘉兵备道衙门分署，那只是朝廷迫于外国列强压力、为方便解决外事事务的纷争不得已而为之，雷声大雨点小，其主体机构仍在潮州府，惠州、嘉应州也都有它的行辕，道台马致远分身乏术。

陈鹤寿既然猜透了凶手的心思就决定站出来收拾这一残局，哪怕是付出生命也要化解这一桩难解的恩怨。他故意绕着医院到处逛荡，绷紧神经扫视着一张张陌生的面孔，想象着凶手从人群里或哪个角落里冲出来袭击他，从夕阳西下一直到街边小店小铺快要打烊关门的深夜，结果平安无事。他有些失望地坐在路边吃了一盘牛肉炒粿条，然后抹抹嘴回到“悦来”客栈。

店小二帮陈鹤寿打开了房门点亮了灯盏，谦恭地向他道了晚安就退出去。陈鹤寿刚关上木门还没来得及转身，一个蒙脸人从床铺底下钻出来拿胳膊箍住他的脖子，他想要挣扎就感到后腰被尖硬的东西紧紧顶住随之听到一阵低喝：“再乱动，这个美国货可不长眼。”只好由着对方将自己推到光线稠黑的角落，脑海里立刻跳出那对刷子般粗黑的眉毛以及恨着什么人的黑眼睛。

“我知道你会来找我。”陈鹤寿口气轻淡疏远。对方冷冷地说：“你都干下了不仁不义的亏心事，当然会料到遭报应的一天。”陈鹤寿唉地叹了一声：“冤有头债有主，你杀了我就是，干吗去杀自己的亲弟弟——”蒙脸人不屑地说：“你想骗我松手活命是吧？”陈鹤寿说：“要你弟死了我也没脸活着。”凶手问：“你到底想说啥？谁是我弟？”陈鹤寿说：“浩云就是你弟，你是我的大儿。”蒙脸人发出不愿相信的笑声：“为了活命你啥词都编得出，你这么做只会让我更加瞧不起你。”陈鹤寿说：“你又不是没有见识过，我老陈啥时候怕死过？你娘是莲花寨的柳三娘，她瞒着我把你送给了梁大目，梁大目又把你交给了温鹏程，给你取名温兆吉。”温兆吉的脑子里马上闪过梁大目被粤东水师火炮击中的情景，他冲过去抱着他呼唤他，他临死给他透了底，他的原名叫沧海，生母是樟树埠一个柳姓的疍家女头人，他还没说到他的生父是谁脑袋一歪就断气了。

陈鹤寿明显感到勒住他的那条粗硬的胳膊哆嗦了一下又勒得更

紧，一股气浪扑向他的后脑勺："不可能！"陈鹤寿说："要早个两年三娘还活在人世，你就问得到了。"温兆吉仍然不愿相信，硬着头皮低声喝道："废话！"陈鹤寿的眼睛忽然闪了一下说："梁大目可有告诉你？你的名字叫沧海，因为太想你了又找不到你，我就管第一艘红头船叫沧海号……"温兆吉高壮的躯体摇晃了一下手枪差点脱手："你、你瞎说——"

陈鹤寿威严地打断他："我救过你义父一命，他也暗地里拉了我一把，我俩各不相欠。他杀洋人劫洋货想要将吴千钧整下台，我劝过他洋人不好惹他听不进去——"温兆吉不耐烦地问："到底是谁指使黄仰岳，把官家洋鬼引到金银岛？"陈鹤寿觉得再不替黄仰岳说句话他也有危险："你甭急，先听我把话说完。且不说黄仰岳的事，我只想告诉你，对待对手我向来遵循'开门打狗'的原则，那是因为我明白，狗若逼上绝路必不顾一切反咬你一口。就算林昂把我撵出樟树埠，又无数次把我踩在脚底下，我在得势之后仍然放他一马。可是温先生千不该万不该拿你的命来要挟我，也就在那一天我才敢于确定你就是我的大儿，确定他扶持我也好收养你也罢，都是为了让我吞钩入套成为他的傀儡任由他来摆布，说穿了你就是人质！没错，是我指派仰岳兄去给官家透的底，因为我要是不跟他合作，他就会杀掉你我。要是跟他合作，光通匪一条就会害死我全家。"

空气瞬间凝结静止，仿佛过去了很久温兆吉才难受地说："你的嘴巴能说谁都知道，真真假假我一时分不出来。"陈鹤寿淡定地说："你拿个镜子照照自己的长相不就知道？要是你还不信非要杀我才能解恨，那就动手吧。"见他一动不动又补上一句："窝里咬来咬去有啥意思，有种你去杀洋鬼，我老陈给你大力鼓掌高声喝彩！"温兆吉的腮帮骨颤动了一下说："你咋就知道我没杀洋鬼？就是洋腿子我也一样不放过。今天我暂且留你一命，让你看看我是怎样开'洋荤'的。"

陈鹤寿感到脖子轻松了顶在后腰的尖硬家伙也抽走了，转过身来温兆吉已不见人影。陈鹤寿盯着洞开的大门犹如凝视着一道深渊，嘘嘘地出着气儿，眼里渐渐泌出一眶泪水。不是害怕了也不是解脱了，而是再次感觉到自己的窝囊，藏在身体深处的衰老与疲惫就像果汁，被儿子那条像他年轻时一样强健的胳膊一勒就挤压出来，随之而来的是莫名的屈辱与嫉妒。

第二天陈鹤寿已经明白浩云再无重遭袭击的危险，就把赛英和两个小厮留在福音医院照顾儿子，自己带着其他人返回樟树埠，并在两天后的红头船公所议事会上主动辞去司事一职。几位副司事还有知情的船主贩商纷纷做出诚挚的挽留，得到的却是有点诙谐的回应："哪有司事没船的？"大伙说："您的船不都在吗？"陈鹤寿摆摆手说："很快就不是我的了。"他以同样的口吻对那帮跟随他多年的兄弟说："我折腾了大半辈子，结果就好像被折了小腿往大腿插上竹扦的金龟子，轻轻一摇就不知疲倦地飞呀飞，还以为能去多远，其实是在原地打转！算喽算喽，修我的厝屋去，把福气留给子孙吧。"

陈鹤寿卖船的想法最初来自浩云的建议，那时浩云已经给汕头埠的洋人船行干了大半年活，回到家后在一次晚餐上有感而发，不仅是沿海，内地的有些货运也弃用了笨拙的木帆船，改请洋人的火轮载运。陈鹤寿不以为然地说："搭轮船运销的好处我晓得，可减少遭风被盗之患。"浩云说："不止如此，还能免厘金税，进出口岸即可报完洋税，又省钱又快捷。"陈鹤寿铁青着脸只顾埋头饮酒。

浩云知道红头船是父亲的命根子，可是再深厚的感情也不能看着它们白白变成一堆废物，又忍不住开腔："自火轮准载北货行销各个口岸，北地货价贵了好多，咱们到北方置货的成本也增加了不少，再用木帆船弄到番爿，费用多跑得又慢，根本就敌不过洋人的火轮。这么长久消耗下去，非歇业不可。"

陈鹤寿抬头瞟了浩云一眼不满地说："就你灵精（精明警觉）？这些事官老爷会想不到？"浩云懂得父亲有所触动只是强撑着脸面，就不顾赛英递过来的眼色继续说："当官的也知道啊，听闻左宗棠上疏说，东南沿海民众普遍经商，而如今却阛阓萧条，税厘减色，其后果不仅富商将变为穷人，游手成为人役，更可怕的是海船将要搁朽。"陈鹤寿的嗓门大起来："那朝廷还坐视不管？"浩云毫不妥协地说："皇上只差被洋人撵下龙座，尿都吓出来了哪还敢再得罪洋人？所以不光是咱樟树埠的红头船，就是汕头埠的木帆船也一样竞争不过洋商火轮。它们的运费实在太低了，低到可以用它来运咸菜。”

陈鹤寿将杯里的酒水饮尽板起面孔说：“细弟你给我听好了，卖不卖船是我的事，你甭自作聪明。”见儿子眼里闪过一缕失望又继续教训他：“你再给我听仔细，送你去洋商船行不是要你去傍洋人出洋相，而是要你像严复先生说的那样，‘师夷长技以制夷’，你今后就算活不下去，也不许去傍洋鬼子。”

见到陈鹤寿陆续签下转卖南北船行二十四艘洋船的纸字，黄仰岳再一次向他请辞。近两年，他数次向陈鹤寿表达了自己体弱多病、早有还乡之意。自当年乘坐的洋船遭到青云帮洗劫，黄仰岳就改名易姓不再打算回家，因为即使回去也无力偿还家乡父老的损失。当了海贼后，黄仰岳曾偷偷派人打听，原来自己干活的那家侨批馆已被官府封了门，头家也吊死在会客厅里。他不敢打探亲人的消息是担心自己经受不住诱惑跑去相认，最终给他们招来灭顶之灾。青云帮被剿灭后，黄仰岳仍然不敢面对现实主动联系家人，过去了那么多年，妻子应该早就改嫁了吧？而他唯一的儿子也适应了没有他的生活。可是他乡再好毕竟不是家，黄仰岳还是想在有生之年回去看看，以了却多年的怀乡夙愿。

黄仰岳这次的请辞陈鹤寿没再勉强，在尽膳居设宴为这位大功臣饯行。席间陈鹤寿不停地敬黄仰岳的酒，对许诺给他的养老金却只字不提。高莽觉得陈鹤寿这事做得太不地道，想替黄仰岳问问就被他制止了，他完全能够理解陈鹤寿对他曾当过青云帮“内鬼”耿耿于怀，平静地接受头家衷心的祝福还有老同事诚挚的挽留。与黄仰岳一同告老的还有程凤梧，他们走后高莽也愤然提交辞呈，让他感到意外的是得到一大笔远远超出自己预想的退休金。南北行剩下的收尾事务一切归由年轻些的齐修平帮忙处理。

就在陈鹤寿卖掉他的头五艘洋船把它们折现为白花花的银子时，平原到处传颂着他知恩图报的仁义之举。原来黄仰岳第一次向陈鹤寿表达了归隐之意时，陈鹤寿就一边挽留一边悄悄派人联系上他的家人，拿出一笔大钱给他们，只说黄仰岳过番多年让他们置阔地造大厝，准备过一两年后回乡养老。

就像所有渴盼着叶落归根的游子那样，黄仰岳带着落寞怀旧的心情回到魂绕梦牵又伤心断肠的家乡，刚踏进村口就听到一阵敲锣打鼓的喧闹，他的儿子领着一大帮亲朋乡党前来给“番客”“接落马”。在众人的簇拥下，黄仰岳沿着依稀记得的小路款款走向村庄腹地，直至被引到这落挂着黄氏匾额的厦屋大厝时方才惊讶得张口结舌。下人们接过他的行李，儿子将他引入后院，他多年未见的老妻正领着儿媳忙活着几桌热气腾腾的酒菜，三个孙子孙女跑进跑出大呼小叫，见到他蓦然停止动作脸上浮起腼腆的神情，这种连他做梦也不敢想象的温馨场景再次触动了他，把腮帮咬得紧紧的浑身发抖，等听到稚嫩的几条嗓子“阿公阿公”地叫唤着，泪水再也忍不住哗地冒出眼眶呜咽得不能成声……待他一手抱着爬到他身上的最小孙女一手举起酒盅，滞留在内心凄惶愧疚的迷雾才得以散去，自然而然地融入到欢乐温情的美好氛围。

黄仰岳平静而又欢愉的生活只延续到第七天的夜里，他到村东访客归来，在离他的大宅不到半里地的岔路上，从大树后面闪出一条高壮的人影。

“你知道我为啥找你？”来人开腔了。黄仰岳听出了温兆吉的声音，平静地说：“我知道会有这一天。”温兆吉说：“陈鹤寿到底是我的什么人？”黄仰岳说：“你的亲爹。”温兆吉说：“他为何不要我？”黄仰岳说：“当时疍家人大多仇视寿爷，你娘怕你身份一旦暴露，会被扔进水里喂鱼，就将你送给了梁爷，你爹是好多年后才晓得你的存在。”温兆吉想了想说：“这么说，我再恨他也杀不了他？”黄仰岳毫无惧色地说：“没错，让我来替寿爷挨这一刀吧。应承我，别再伤害你的亲人了。”温兆吉感慨地说：“我干爹在生时数次谈起你，我问他为何不重用你，他说你的脑瓜转得太快了，他没张嘴你就知道他想说啥，他说上一句你就能接下一句，所以只好支开你。”黄仰岳发出阵阵冷笑：“那是他在糊弄你。他是担心我看到他灭了李头家，做贼心虚。”说罢一动不动，等着对方朝他走来。两个人刚一交错，黄仰岳感到脖子像被蜜蜂蜇了一下，忍不住发出低低的呻吟，无力地倚着旁边的树干再缓缓地滑坐在树根上，勾着脑袋双手松弛地垂在两侧，看上去像在打瞌睡。温兆吉抓了把干草擦了擦手里的短刃插入刀鞘，朝他弯了弯腰："对不住啊黄先生！"

三个多月后，浩云的伤口还未痊愈但已经可以走动了，就决定回樟树埠继续休养。动身的前一天，他坚持带着赛英到处转转。赛英头一回坐上人力车，紧紧地依偎着心爱的男人，东张西望打量着这片繁荣热闹的地方不时发出惊叹。汕头埠到处是新盖或盖了一半的洋楼，潮州新关已从港外妈屿岛迁至汕头埠里面，街边的小楼挂着英国领事馆的牌子。浩云告诉赛英，自同治元年（1862 年）英国商船公开抵汕后，已有十几个国家的商船通航汕头埠，设立教会开办洋行，建设码头仓库。人力车拉着这对年轻人往里走，大街两侧骑楼林立，洋行、教堂、领事馆、会馆、报馆、酒楼围绕四周……整个港埠所呈现出的那种楼船万国、商贾云集的蓬勃景象让赛英瞠目结舌，忍不住发出感叹："汕头埠一日，樟树埠一年！"不过最让赛英感兴趣的还是福音西医院，趁照顾浩云之机她常跑去看洋郎中如何看病，他们给病人吃着比指甲还小的药片，往他们的屁股上注射药水，在病人的腹部开刀做急性阑尾炎手术，还敢收治麻风病人……

两个年轻人回到家，浩云附到赛英耳边说："我跟娘说去。"不顾赛英的拉拽钻进父母的卧室。儿子的样子把当母亲的吓坏了，又瘦又黑眉骨耸得更高两颊陷得更深，乍一看像个受尽煎熬的苦力。

"儿啊，你要是死了娘也不活了。"暖玉伤心地打量着浩云。浩云扑通地跪倒在地泪珠滚滚："娘，儿啥难事都扛得住，就是不能没有我姐。"暖玉以为赛英告诉了他什么，慌乱地说："细弟，娘还不是为了你好，婚姻是人生的头等大事，娘不能让你受半点委屈，光传出去就不中听。"浩云毫不费劲就判断出暖玉话里潜藏的意思，一直让他困惑的问题终究有了答案，他吃力地爬起来大声说："原来是您不许她理我，我错怪她了——"忘了伤口扯痛旋风似的夺门而出。

暖玉想喊住浩云，话到嘴边却哑住了。前段时间浩云的久久不归已经触动了她，儿子是故意用这种方式来反抗的。原本与她亲如母女的赛英也与她产生了裂痕，双方都沉浸在紧张、敏感的情绪之中。暖玉曾不止一次地对陈鹤寿抱怨，桑田尸骨未寒赛英就勾引他的弟弟。陈鹤寿不得不果断地纠正她："说得多难听啊，什么勾引不勾引的？后生人情投意合，我早就看出英哥儿与壮壮卯不对榫，跟浩云才是天生一对。"又叹了口气："毕竟壮壮也都走了两年了。"暖玉用不满的目光瞟他，好像在质问他到底站在谁的一边，又在心里极力替自己辩护，她的想法才是对的。陈鹤寿并不退让："我看你是老糊涂了，都啥时候了还在意那些陈规陋矩？你想想咱俩当初怎么来到这里的，你再想想雅茹这辈子是怎么过来的，大家都知道你的身体不好才让着你，你看雅茹有多久没来陪你聊天了，亏你们还是一辈子的好姐妹。"末了又撂下一句俏皮话："人活着就要开心，因为会死很久的。"

陈鹤寿的此番直言让暖玉真正受到触动，想想也是，雅茹也好她自己也罢，有哪个曾遂了父母的意？现在不都过得好好的，人生的路总归要由自己走出来。事实上赛英才是真正听她的话替她着想，否则哪会嫁过来了还过着有名无实的日子？这些年自己身体不好，无论是药堂还是家，都多亏了赛英操持，要是没她，还不知道乱成什么样！所以，不是赛英对不起陈家，是陈家对不起赛英，是壮壮对不起她！一想到她的壮壮，暖玉又流下了泪水，赛英纵然千好万好，毕竟已跟壮壮圆了房，哪有亲兄弟一个妻？这个心结她仍然无法解开。

再说赛英正躲在卧房想着心事，浩云门也不敲地闯进来。她的心像被狠狠撞击了一下，仓皇地耷拉下眼皮，已经猜到浩云又在暖玉面前碰壁了。浩云冲上前来捉住了她的双臂将她整个儿地提起来，用一双严厉乌亮的眼睛审视着她："姐，你为什么一直不对我说实话？"赛英能感受到浩云嘴里掀起的气浪扑打在她发烫的面颊上，更能感受到他所独有的那股势不可当的冲劲，两条腿不由自主地朝着相反的方向使劲嘴上掩饰道："不关娘的事，是我怕给你招惹麻烦——"

浩云不由分说地把赛英拽到暖玉床前，双双跪下来。

"娘，你没忘吧，当初是我跟姐拜堂的？"浩云的声音沉静得让赛英吃惊，就连暖玉也发觉，汕头埠的历练让儿子多了一种经见过大世面的成熟和气度。她有些不自然地嗯了一声："没忘，那是替你哥操办的。”浩云索性把话敞开来：“你可知道，哥根本就没跟姐圆房。”暖玉惊讶地说：“这怎么可能？”浩云说：“哥怕今后连累姐。哥走那天还叮嘱我，他当不成姐的男人，交代我要好好照顾她一辈子。”暖玉愣着神盯着赛英，见她羞怯地点头才确信此话无假，脑袋一摇忽然倒在堆叠的被子上发出一连串的哀叹：“哎呀呀，儿大不由娘啊，你们一个个翅膀都硬了……”浩云扑上前搂住她：“谁说我不听您的？您说要帮我找个知根知底的新妇，姐就是。”

暖玉其实已经同意了，只是嘴硬，板起脸来一副公事公办的样子：“这可是咱陈家的头等大事，我做不了主，问你爹去。”浩云兴奋得说漏了嘴：“就是爹让我来的。”暖玉至此方悟出小儿子的一切举动都有陈鹤寿躲在背后策划指使，把赛英接到汕头埠照顾儿子也是其中的一步棋，不由“啊”地叫了一声，带着哭笑不得的难看表情狠狠地骂起来：“这个老不死的，一辈子都在跟我作对！”浩云搂着娘亲将大脸紧贴她的小脸上轻轻摇动，按捺不住从内心深处涌流的喜悦动情地说：“要不怎么说夫妻是冤家呢？”赛英脸上和眼里也恢复了从前活泼的神采，挎着暖玉的一条胳膊亲昵地叫唤着“娘亲息怒。”暖玉再也挎不下脸，是自己的大儿子没福气，总不能剥夺小儿子的幸福吧，再说了，自己又不是那个霸蛮狠心的王母娘娘，专爱拆散别人的好姻缘！

繁盛里

以前陈鹤寿与浩云各忙各的，偶尔在家碰见也父是父来子是子，儿子跟父亲说话总是带着敬畏和谨慎，一问一答三言两语无从深谈，浩云在家养伤反倒给了这对父子深度交流的机会。陈鹤寿难得放下长辈的架子慈祥地坐在儿子的病床前，有一搭无一搭地跟他闲聊。浩云带着少有的轻松感谈起了他开的那家小商行，开头还能得到几个南北船行的老客户相扶持——面对商业强敌，潮州人似乎比任何时候都黏得牢，在生意中互相帮衬在信息上互通有无，共同对付洋人势力的渗透打压，而在南洋各地打拼的潮州人也都习惯于采购家乡人所提供的货物，这个向内打开的供需循环使得小小的鼎新商行在汕头埠暂时站稳了脚跟。然而好景不长，随着实力强劲的洋商洋行蜂聚港埠，饱和的洋货充斥市面，营商环境和市场行情变得更加复杂，无可比拟的实力差距加之不公平的竞争条件迅速挤垮了平原上的传统实业，失业的游民随处可见，人们恨洋货又离不开洋货，像用起来十分方便的洋火，洋灯，还有叫人津津乐道的洋布等等，就连中医也因为西医的引入而不断受到国内一些激进人士的贬损质疑。鼎新商行表面看境况尚可，实际上经营效率甚低，资金的周转和积累缓慢，照这样下去迟早也得关门。

见父亲认同地点头，浩云就继续分析下去："咱们平原地少人稠自然资源先天不足，本来创业空间就有限，汕头开埠后，大规模的对外贸易和航运业务又基本控制在洋商手里，虽拥有濒临南海的优势和海上交通便利，本地商家的经营仍受到多方掣肘，生存变得越来越难了……"陈鹤寿已经猜到了儿子的大致想法，果然就听到他说："而番爿就不一样了。"陈鹤寿故意问："有啥不一样？"浩云说："那些地方虽受洋人抢掠欺负，但毕竟全方位对外开放，营商环境要好很多，再比如暹罗、香港，正处于鼎革开发之际，大力发展口岸贸易，机会很好。"

陈鹤寿轻轻地噢了一声，没有发出热烈的赞同也没有表示坚决的反对。浩云小心翼翼地说："爹要是能够原谅孩儿不孝，我想去过番。"然后趁他发怒之前赶快垂下眼睑。

陈鹤寿平静地说："去吧，我早就给我的老兄老弟写信了。"浩云以为听错瞪大了眼，态度反而变得有些迟疑："您真的让我走？"陈鹤寿点点头说："樟树埠已成沉船死局，汕头埠也变成洋港，平原不可久待。"不等浩云回应又补充道："咱家的洋船我全卖了，钱正好拿来给你创业。"

浩云一怔，脸上像面临着生死抉择那样浮起没有把握的忧虑，陈鹤寿站起来拍拍他的肩轻松地说："要么把这点银钱花掉，要么给我挣多些回来，好继续修咱们的布袋围。"浩云扑通一声伏身便拜眼含热泪："爹，亏光了咋办？这可是您拿命换来的。"

陈鹤寿受了感染，虽咬紧腮帮骨眼里仍腾起雾状的东西，嘴上却漫不经意地说："多大的事嘛？亏了就当给先生交束脩。这钱银啊，你不花它它啥也不是。"

浩云将父亲的决定艰难地说给赛英听，赛英大气地说："你只管放心去，家里一切有我！"见浩云眼含不舍又说："当初娘怀着你，爹还不是照样去过番？"

浩云下南洋唯一遇到的阻力来自暖玉，过去惨痛的阴云依然笼罩在她心头无法拂去，她害怕小儿子也像大儿子那样一去不复返。陈鹤寿劝慰她，孩子想要成材，须去经风雨历沧桑，番爿是个很好的历练场。不过陈鹤寿也请暖玉放心，他的朋友遍天下，浩云在暹罗不会遭受太多委屈。暖玉抹了把眼泪，鸟儿大了总要远飞，终于松了口颤着声说："你爹都点头了，那就去吧。"浩云觉得有些过意不去："我担心娘亲的身体……"暖玉振作起精神说："放心吧，娘是'酥缶耐扣'（瓷质松的瓷器经得磕碰），一时半会儿死不了。"又别有意味地与赛英交换了个眼神说："我还是那句话，成了家再走。"

一个月后浩云伤口痊愈，与赛英举行了一个简朴的婚礼。樟树埠几乎无人不知桑田为了唱戏悔婚离家，嫂子改嫁小叔情非得已，不仅没有受到什么诟病，还获得广泛的同情和理解。又过了半月，浩云回到汕头埠，从马强嘴里听到一条骇人的消息，与他父亲斗了半辈子的林昂几天前被人用石头砸死在海边的沙滩上，旁边还留下凶手用树枝划下的三个大字："杀洋狗"。浩云回家说起，陈鹤寿的心里腾起一种负罪感，总觉得林昂之所以有今日，自己难辞其咎。他自然也想到了麦青，失去了可依靠的男人，她该怎么办？又生出了更多的歉疚。

"肯定是熟人才能把他约到海边去。"浩云对父亲说。陈鹤寿暗自一惊，立刻将林昂的死与黄仰岳的死联系到一起，有个危险的信号忽然闯入了他的意识，这两件事应该是同个人所为。

三天后浩云告别父母妻子，将鼎新商行交给马强打理，带着三名南北商行得力的伙计坐上了汕头埠的火轮。此时他还不知道赛英已经怀上了他们的第一胎孩子，陈家的第一个男孙。

临别之际，浩云虚心地请父亲传授生意经，陈鹤寿淡淡地说了十二个字："通权变，善决断，不苟取，纳四方。"见他点头记下又说："爹再送你人生两味药，'人生具远志，游子须当归'，记得你的根是在这里。"忽然想起了那个曾让他神魂颠倒的疍家花娘，心中又是一阵怅然。林昂死后他去找她几次，本想好好安慰她，没想到回回都吃了她的闭门羹。那个出来传话的老妈子冷冷地说："阿奶说跟你有约在先，没抢到'老爷须'，不见！"

此时的潮汕平原，因为火轮的速度缩短了到南洋的距离而卷起了向海外移民的新浪潮，人们怀抱着舍祖宗之丘墓乡族之团圆、隔重洋之渡险而不顾的决心和勇气，把谋生条件的好坏作为迁徙的标准，哪里有生存获利的机会就在哪里安营扎寨。到了曼谷，浩云先登门拜访父亲的恩人、年届九十的潮州商会名誉会长李德成先生，再逐一拜会与陈鹤寿有过合作、结下深情厚谊的老乡同仁，他们当着浩云的面述说着陈鹤寿如何豪侠仗义、救人于水火之中的种种事迹，真心诚意地表示愿意助浩云一臂之力，至此浩云才跳出平原对父亲有褒有贬的各种论调，更加景仰折服于父亲的书生意气侠烈心肠，还有对未来的深谋远虑。

经过一个多月的摸底了解，浩云发现盛产大米的暹罗，尽管粮食加工和米业的经营大多掌握在潮州籍和福建籍的华侨手中，但因普遍使用土砻和石臼之类的落后加工工具，效率极低，就算较大的加工厂日夜碾米也不过十余车，而英国商人、德国商人刚刚开办的新型碾米厂，以机器为动力，工效一下提高了十倍几十倍。浩云马上联想到了木帆船与火轮之间的较量更迭，预感到如不尽快改变这种完全依赖于工人体力的原始生产方式，华侨在米业中的领导地位将岌岌可危。他立刻修书一封寄给父亲，详细陈述了他改变主意不做航运而改做碾米厂的想法，并向父亲拍胸脯表决心："洋人能做到的，咱中国人也能做到"，希望得到父亲的肯定和支持。陈鹤寿以最快的速度最饱满的热情复信，对儿子的发现给予高度的赞赏，勉励他慎重调查，果断出手，抓住机遇，并重申南北船行所卖掉的船款由他自主调拨运作，自己概不插手。

三个月后，浩云倾尽自己的积蓄还有父亲支持的大笔款项，冒着风险购入洋人新型的碾米机器，在曼谷湄南河畔创办了第一家华侨新型机器碾米厂——鼎丰行火砻。狂妄的英、德同行在得到消息后付诸一笑，他们固执地认为，那些拖长辫子的家伙怎么懂得使用机器。

鼎丰行火砻的碾米量远远超过了那些不愿更新设备、对浩云冷嘲热讽的老乡同行，在华侨圈子里一石激起千层浪，一天加工“千余车”的传说更是勾动了他们不甘人下的好胜心。见大伙仍犹疑不决，浩云主动打开大门邀请他们到自己的火砻参观，以打消他们的顾虑。大伙最后忍痛抛弃了土砻石臼，在不到两年的时间里，全曼谷十几家潮汕人福建人开的大小火砻全用上了新设备。

由于洋商火砻的营业范围仅限于代人碾米且收费较高，而以浩云为首的华侨火砻不仅直接加工生产大米，还借助火轮快速的航运及无所不至的华人销售渠道出口外销，其中很大的一部分销往中国内地，因而很快就在竞争中击败了英、德商人，挽回了将被挤垮的颓势，从洋商手里重夺火砻业的主导地位。浩云的鼎丰行火砻在四年的时间里增加到三家，分别向“香叻汕（香港、新加坡、汕头）”直销暹米。

不久，香港再次进入了浩云的视野，它正凭借得天独厚的优势逐渐成为远东国际贸易的转运中心和金融中心、“香叻暹汕”贸易体系的枢纽，浩云逮住机会不放，迅速整合了一帮人马，亲自带队前往，在文咸西街创办了鼎利行，于近海的西环一带盖起栈房，可以同时堆放几十万包每包上百斤的大米，率先占领香港的大米市场，从而奠定了香港大米进口商和批发商的地位。

五年后在浩云的大力倡导下，华人在暹罗成立了火砻公会，除了对抗别国商家的竞争冲击外，也同时调整了华商内部米价及谷价。浩云三十几岁就被推选为副会长，有力地推动火砻业在南洋的发展也促进了暹米的顺利出口。这个公会后来成为暹罗联结国内、积极参与内地慈善福利活动的重要力量。

西贡是“东南亚三大米市”之一，浩云自然不愿错过，他借助暹罗和香港行铺所获得的利润，在西贡堤岸巴黎街创设鼎盛行，以经销安南米和出入口货物为主要业务，并拥有一家火砻以及众多栈房，配有两副火砻机器，既可同时开机加工生产大米，也可轮用维修。西贡鼎盛行、暹罗鼎丰行、香港鼎利行的大米及其他当地土特产，源源不断地运往汕头埠的鼎新行，再发往广阔的中国内地。

齐修平还有鲁有光的儿子鲁望西都相继执掌过鼎新行，成为陈浩云的得力干将。

在强手如林的东南亚商圈，陈浩云率领他的“鼎”字商号横空出世，一个又一个的重大举措让人目不暇接，他皮肤微黑，健硕魁梧，面容俊朗，没有他父亲那么健谈张扬善于结交朋友，却比他父亲更加沉稳务实，他低调冷静地调整着宏阔的视野，敏锐地捕捉稍纵即逝的商机，一出手就不同凡响。他又勤躬慎行，使越来越多的人才甘愿会聚于他的麾下。在生意最兴盛的时期，香港的鼎利行每晚账房收到的银元堆成一座座小山，清点不过来只好用米斗量算。陈鹤寿知道后不无得意地说：“哪个富过我儿陈浩云？！”

陈浩云终于实现了他既定的目标，走出去再杀回来，以潮汕平原为据点，利用汕头埠、潮汕濒临南海的优势和河网纵横的便利，向内地拓展经营活动空间，逐步形成一个从海外到沿海再到内地，然后又回到海外的大循环，信息、利益与共互相呼应，形成了稳健的“三足鼎立”态势。

光绪十年（1884 年），陈浩云在汕头埠开张了第一家船厂，他广纳贤能，靠自己人来研发制造轮船，之后又开起了轮船货运公司。陈鹤寿对全樟树埠宣称：“凡有樟树埠人要出外谋生，可免费搭乘我陈家轮船，到了暹罗曼谷，也可先在陈家的火砻做工、食宿，且去留自主。若要另谋他业，陈家也会尽力扶持。”因而，樟树埠的每家每户几乎都有番客，樟树埠也自然成为远近闻名的侨乡，外地人羡慕而本地人自豪。

陈浩云走南闯北，亲眼看到外国势力肆无忌惮地瓜分中国，清政府腐败无能，深知只有推翻帝制实行共和，国家才有出路民族才能振兴，他秘密地与孙中山所领导的同盟会取得联系，坚决站在革命党人一边。1907 年，潮州黄冈起义，陈浩云捐款密助，孙中山派同盟会员许雪秋、陈芸生、陈涌波、何子渊等发动黄冈起义，一举占领了饶平县黄冈城，后遭到潮州总兵黄金福带兵镇压，历时 6 天的黄冈起义遂告失败。孙中山发难惠州，谋攻省会广州一役，他又再次给出两万金。武昌起义后，同年11月汕头光复，孙中山邀陈浩云从政，被陈浩云婉言谢绝，他说他只是一个普通的买卖人，处理不了官场上社会上那么多复杂的事务，他这么做只是想完成哥哥陈桑田推翻清王朝的遗愿。眼看着清朝覆灭，中华民国成立，陈浩云正打算在汕头埠扩大投资，以振兴民族工业走实业报国之路，光复后的汕头埠却让他大跌眼镜，有13支自称是革命党人的军队盘踞不走，为争夺利益和地盘剑拔弩张，引发市面恐慌，工厂商店争相关门，城里人纷纷逃往乡下。陈浩云和一向无心仕途的大商人高绳芝好不容易才调停了“革命党人”的分歧，接连又有几拨军阀兵痞为争夺汕头埠的控制权发生激战，一时城墙旗帜变幻，民军商团被强行解散，爱国人士惨遭杀戮，眼看着比他年轻得多、同为商界巨擘的高绳芝心力交瘁不幸逝世，陈浩云心灰意冷，关掉了他在汕头埠的鼎字号造船厂和轮船货运公司，带着夫人赛英及子女离开家乡定居暹京曼谷。

与陈浩云的商业成就相比，让人们口口相传的是他和父亲陈鹤寿的种种善举，他在暹罗提携乡亲，捐办善堂，设立潮汕华侨公墓，在繁荣南洋经济的同时也竭力推广华文教育。在家乡，则通过父亲为家乡架桥铺路、捐建医院善堂，兴办私塾，后来又创立新式学堂等等，却从不在芳名榜上留下自己的名字。同时他也以强大的财力源源不断地支持父亲完成布袋围建筑群的建设，陈鹤寿曾对有着同感的乡亲们发出慨叹：“番爿钱银唐山福啊！”

当初陈鹤寿从林昂手里低价购得布袋围时还盖不到一半，整个框架和基调完全接受和模仿京城宫殿的风格，“潮汕厝，皇帝起”，有“四点金”的多层次、对称、平衡、结构完整的平房式宅第，也有“驷马拖车”的三落二火巷一后包的谋篇布局，“五巷、三埕、一池”的轮廓大体呈现，无论从空间建构还是屋外屋内的木雕石雕都以中国传统的样式为主。在陈鹤寿卖掉洋船支持浩云做买卖之后，布袋围的建设一度停滞。陈鹤寿顾虑儿子生意要是搞砸了还需要他全力帮扶，所以未敢倒箧倾囊，直至看见浩云开设的火砻走上正轨并呈现出持续向好的局势，方放下心来接续原来的各项工程。他把一直为布袋围建设耗尽心力的设计师杨木枝找来，在他的陪同下转了一圈，然后用轻松诙谐的语气说：“现在的姿娘人都懂得弄点洋布做件衫裙，往头上装点些洋首饰，咱也得跟上潮流啊。”

在此后漫长的年月里，陈鹤寿指挥着无数支工程队将新的观念、新的技术力量和各种更新型的材料不断充实到这座庞大的建筑群，博采众家之长，尤其融入了外洋的风格，比如线条和装饰，使它有别于过去也有别于他人，成为樟树埠乃至整个平原独一无二的地标。他详细列出清单，让浩云从南洋运来欧洲彩瓷地板砖、绘有东南亚各国风情图案花纹的墙砖、巨大的窗户以及其他装饰物，点缀着宅内的双层楼房、亭台楼阁、通廊天桥，既显古朴典雅又不乏富丽堂皇，随处弥漫着浓郁的异国情调……整座宅第犹如一艘巨舰在陈鹤寿的掌舵下逐渐脱离了原先的航线，跳出了传统岭南建筑的旧模式，走向更加恢弘壮阔的境地，那些不断渗透进来的西方建筑理念与审美特色，使繁盛里慢慢蜕变成一座中西合璧、结构庞杂、气势雄伟的建筑群：以“驷马拖车”为格局的“陈氏通祖祠”成为了轴心，两侧各自挽起以“四点金”为格局的两座“大夫第”，再气宇轩昂地铺排出七十座共计六百七十一间、拥有“驷马拖车”“四点金”等各种形制和小型民居的屋群。

陈氏通祖祠有着规模宏大的祠堂气派，门楼按三门设制两旁各置石鼓一对，中门匾额的石刻是“陈氏通祖祠”，内侧匾额为“积厚流光”，左、右门匾额为“兰芳”“桂馥”，内侧为“贻谋”“燕翼”。两条花巷门匾分别是“礼门”“义路”，内侧为“入孝”“出悌”。迈进陈氏通祖祠大门里面又是一个空旷的天井，天井上方是宽大的厅堂，红楹蓝桷，供桌上陈列着族中列祖列宗灵位，关上厅前“顶天立地”的“禅门”（也叫“隔闪”），即可藏风聚气，形成一种向着祖宗顶礼膜拜的庄严肃穆的氛围，再加之一丝不苟的祭祖程序，使子孙在与祖先一轮又一轮的对话中滋生出一股向心向上的神秘伟力。

让陈鹤寿更感得意的是修在后厅与天井之间的拜亭，它不是潮汕一般祭拜建筑的“倒亮船”做法，而是重檐尖山式歇山屋顶，与大厅组合成“一殿一卷式”勾连搭屋顶。屋脊的嵌瓷泥塑像极了诰命夫人头上贵气逼人的多彩凤冠。如果说翘首蓝天的檐角是张开的帆，那么山墙屋檐色彩斑斓的嵌瓷就是船上的旗幡彩带。整个屋顶，由形状为八角形及正方形起线的外八字式八根石柱和柱基撑起，檐下木雕垂花柱还有玲珑剔透的木刻构件，烘云托月般地衬出了拜亭不凡的气派。拜亭既可抑制进入后厅的过盛阳气，又为前来祭拜的子孙遮风挡雨。

为了祈求子孙一脉在岭南还有南洋人寿年丰、枝繁叶茂瓜瓞延绵，陈鹤寿给这片樟树埠乃至全平原最闻名的建筑群取名“繁盛里”并让人镌刻在牌坊之上，两边的石柱各刻着一条嵌名联：

繁英胜境光先绪
盛世良图裕后昆

繁盛里四面环水外表壮观，装饰细部也都精雕细琢，别致的嵌瓷泥塑，如鸟儿振翅的飞檐，华丽的雕花木门，镏金彩色的木雕托脚，还有各色各样造型的壁雕石刻，不是生动传神就是庄重威严，让人恍惚置身于美轮美奂的艺术殿堂之中……而对于整个工程，更加令人叹服的是陈鹤寿周到缜密的构思。

浩云曾从暹罗来信提醒父亲，繁盛里须在防潮、防涝上下功夫，陈鹤寿就给他寄去一份图纸，上面标示着巷口、闸门、排水沟口，密密麻麻地注释了好些文字，他要让儿子彻底放心：繁盛里的周边都是一丈多高的栈房，高高的外墙可起到挡水围堰的作用。而所有巷口、闸门以及排水沟口都设置防涝关闸且备有闸板，如遇江水上涨即可放下闸板挡水，保证整个片区免受水浸之扰。在繁盛里的“心脏”陈氏通祖祠还有它的第二道防水线，厚度三尺多的贝灰夯墙照壁，与外围墙一起形成固若金汤的防水堤坝。

当人们远远望见矗立在布袋围沙洲上的一大片崭新厦屋，不由得惊叹时光流逝的无情，从林昂的开基到陈鹤寿的接手再到建筑的落成，足足花去了四十个春秋，陈鹤寿这个腰杆如船桅的高长大汉似乎一转眼就变成了弯腰拄拐的老翁，而与他相关的传说如捷燕掠过江面形成了不断向外扩展的波圈，让人反复咀嚼想象补充回味。

前来参观繁盛里的客人抚摸着通祖祠门前那四幅石雕“方肚”，它们分别以士农工商、渔樵耕读、花鸟虫鱼等为题材，其中让人叹为观止的是士农工商那一幅，牧童手里拉紧的牛绳长半尺，却只有火柴梗般粗细，绳子穿过牛鼻子时弯曲流畅，股数清晰可辨。樟树埠到处流传着雕琢这根牛绳的故事，先后有三位老艺人因牛绳中途折断而懊恼而焦急，有的卧床不起有的吐血丧生。第四位艺人也就是那位丧生艺人的徒弟，怀着世上无难事的坚定信念最终完成了这项富于挑战性的任务。还有那座杉木结构的戏台也常常挂在人们的嘴边，整一座戏台均以卯榫相连接没有使用过一颗钉子。陈鹤寿曾对此提出质疑：“没用钉子，牢固啊？”领头的工匠也不回嘴，将一块卯榫连成的杉木构件当众抛入水池，让它泡了个三天三夜再捞上来拆开请寿爷验看，连接处竟然没有水浸痕迹。至于外间流传着“寿爷起厝，好慢孬猛”的俗语，想要以此证明陈家的银钱多得花不完，陈鹤寿听后付诸一笑，他知道别人误会了他的意思却懒得解释，他叫工匠们“不要急慢慢来”，一方面是担心他们赶工期拼速度容易影响建筑质量，另一方面也是体恤他们揾食艰难。

陈鹤寿做出提前搬进繁盛里的决定让樟树埠人感到有些突然，只有家人密友才能理解他的一片苦心。早在去年底，那些当初乘坐樟树埠南北行的洋船或者后来登上汕头埠火轮过番谋生的乡人，回归故里后都要到春归堂拜见陈鹤寿，感谢他们父子的关照，这又让暖玉想起哥哥的最小儿子梁合得。

梁合得每隔几年从南洋归来，都要先来看望最疼他的姑姑，然后再回绿云村自己家。暖玉问陈鹤寿：“有五年了吧？合得怎么还没回来？他不是在细弟的鼎丰行火砻做事吗？”陈鹤寿一时想不出更好的谎话，也觉得时间已经过去那么久了，没有继续隐瞒的必要，就委婉地说：“合得他回老家了。”暖玉没有理解男人的意思仍然带着迷茫的表情穷追不舍：“那他怎么不来看我呢？是不是细弟嫌他年纪大不要他了？”陈鹤寿眼前浮动着痛苦的迷雾，两年前合得在曼谷病逝，浩云给他安排后事并到他的坟头请了香火，亲自护送他的魂灵回归故里绿云村。一路上上车落船登岸过桥，到了村口，跨过梁家的门槛，浩云都会小小心心地喊一声合得的名字，提醒他到哪了，直至将他送回亲人的怀抱。当暖玉听了陈鹤寿的实话后没有发出任何压抑或尖厉的声音，小小的脑袋保持着一种奇怪的角度，像在凝视前方一个什么也不存在的地方，然后像只气息奄奄的蜗牛收回探触到现实坚硬冰凉的触角，缩至保护着她的厚壳里。从此又多了一个念头折磨她："我没有尽力把他照顾好，我对不起我的爹娘也对不起我的哥嫂。"她将对生命的悲观、对生活的厌倦以及对同类的愤慨化作一种病态的歉疚，合得之死成为了压倒她的最后一根稻草。她的旧疾再次暴发而且势头更加迅猛，精神委顿得吃不下睡不着，人瘦得只剩下骨架，魂魄就像被鬼魂勾走了一样不再言语，耳边不断地传来青草拔节的痛苦呻吟，鲜花开放的快乐歌唱，册鱼蛀蚀书页、蚂蚁搬家弄出的阵阵巨响……时光正一步步地将她推向遗忘的荒野也推向生命的边缘。

一天早上，赛英到卧室给暖玉请安，病恹恹的婆婆像换了个人，也只有看见最激动人心的情景才会焕发出如此奕奕神采，就惴惴不安地问："娘，您头不晕啦？"暖玉拿着梳子将一把稀疏散乱的白头发朝后梳拢着，嘴里说："不晕，壮壮要返来了，你叫人把他的房间打扫打扫，把被单拆下来洗洗再换上新蚊帐，还有，去仙桥街给他买点阿我的猪头粽（一种用猪头肉压制的肉饼），他打小就爱吃。有一回他闹得不行，家里又实在拿不出闲钱，干娘就对他说，'把你送给阿我伯当儿子好不好？'吓得他连连摇头再也不敢提了。我就问他为什么，他说啊，'那样你就得给阿我伯当老婆，爹过番回来就寻不到人了'。"暖玉笑得眼泪四溅。赛英知道婆婆又被合得的死讯再次拖入了谵妄的泥淖，镇定地问："娘，您咋知道桑田哥要返来？"暖玉用指头揩了下眼睛不满地嘟哝："你没嗅到啊？樟树花的味儿都飘过来了，洋船要入港了。"赛英就顺着婆婆的思路哄她："好的好的，我这就去安排。"悄然退出一转身跑去告诉公公。陈鹤寿听罢合上眼睛木然不动，心里很清楚，经过这些年的折腾，暖玉的心力就像树干一样快被蛀空了，此次的反常举动可能是她一次本能的挣扎，而最终希望的破灭将如楹柱折塌带动她这整座老屋土崩瓦解。

陈鹤寿带着重重的忧思如往常一样赶往繁盛里工地，希望在高度的忙碌中求得短暂的安宁。当他骑着马离开尘土飞扬的工地时，沉落前的夕阳朝大地投下了最后一瞥，宽窄不一的金色橙色红色光带将江湾涂染成瑰丽夺目的彩缎。待他由北岸回到南岸，已经找不到自己被拉长了的影子了，四周呈现出一种松懈下来的恬静气氛。他忽然记起大先生曾与他谈论生死时豁达地说："人生不过是一道影子，借着现实的光存在片刻，又消失在虚幻的黑暗里。"他的脑子里像有股筋猛地抽紧了一下，再次想起暖玉早上的表现也许这就是所谓的回光返照，他不能眼睁睁看着妻子辛辛苦苦一辈子，带着失望离开人世，他要兑现他的承诺带她住进这片新居厦屋，圆她的梦。

搬迁的事一旦列入了紧急议程，陈鹤寿这才发现春归堂有多破旧，那些木质的东西差不多被白蚁蛀空了，而随着浩云和赛英第五个孩子的降生成长，这里的房间也无法满足主人仆人的共同使用，况且作为药堂医馆，铺窗前堂的喧闹也着实影响了家人的休息。

当暖玉被陈鹤寿用一辆舒适的小推车缓缓推动着穿行于繁盛里宽阔的街巷灰埕时，她早就记不起自己曾嘲笑过丈夫的这个梦，就像记不起她当初阻拦他造巨舟一样。她看见无数的墙壁屋宇斜斜地从她眼前掠过又被她抛在后头，知道这些都是她家的物业而她已经不再需要什么了。她的嘴巴嚅动了一下，陈鹤寿以为她累了就停下来，俯到她的面前骄傲地说："刚刚咱们转的只是很小的一部分，咱家拢共有 70 座 671 间房屋，两个大花园一个大书斋，还有一道防潮堤和四个防洪闸门，八个防盗闸门，四个守夜更楼、五道地下排水沟……"暖玉没有显出满足更别说自豪了，她蹙着眉头用怪责的语气说："这么多房间，就算壮壮带着一群孥仔鬼回来也住不完呀？"陈鹤寿抑制住内心的颤动装出欢畅的样子说："可以让孥仔鬼们像牛犊一样跑来跑去。"又附到她耳边告诉她他的打算。她并没有听进去，因为他还没收声她又在为另一件事忧心："壮壮要是回来，找不到咱们可咋办？"陈鹤寿用哄孩子的口气耐心地说："放心好了，赛英还留下两个弟子在药堂给人看病呢。"

迁入新居，常有熟人问陈鹤寿："寿爷，大伙都在传，陈家的下人清早打开所有窗户后又得马上关上，因为关到最后一扇天也就黑了。”陈鹤寿半开玩笑半认真地说：“是啊是啊，你们何不住进来帮帮他们？”大伙当时并不明白陈鹤寿的含意，待到繁盛里全面竣工陈鹤寿对外宣布了一个酝酿已久的计划，这才回过头来细细咀嚼着他曾说过的话。陈鹤寿除了给内外眷属留下小部分的住所外，将一部分房屋慷慨赠给那些最早来到樟树埠打拼的伙伴以及他们的后人，还有从前坚决支持他帮助他的人，剩下的房屋则或佃出或卖给那些有需要的忠厚善良的乡人，叶落归根的游子。而再度让大伙感到震惊的是，如果从莲花山等高处俯瞰这座前后耗时四十年的百鸟朝凤式宅群，其整体轮廓就像一艘巨大的红头船卧于万顷碧波之上，船头朝着更南的远方。人们就像窥见陈鹤寿掩藏多年的秘密，领悟到更加接近他内心的那一层意思：繁盛里在他的心目中就是另一艘巨舟，这么多年他引领大伙寻找“乐土”的践行从未中辍。

老爷须

搬进繁盛里之后陈鹤寿头一回上县城，他要趁暖玉尚在人世去见麦青。

林昂到汕头埠投靠洋人后，他和麦青的关系真正变得名存实亡，常常是一两月才回来一趟，麦青不吵也不闹，深居简出，如一道流水沿着生活的河床柔静地淌过。午饭后，收拾好碗筷、抹干净桌面的用人常看见她坐在光线充足的明间，读着与佛教禅学有关的书卷，那都是五姐苏润推荐给她的。

苏润前些年找了个做买卖的男人，被他花言巧语骗走了一笔钱财，加之年纪渐大旧疾不断，内心愈觉灰冷，就在水仙庵住持惠慈师太的劝说下信了佛。麦青开头对这些发黄的书卷并不在意，只是日长人静为了打发无聊的时间才信手一翻，没想到就慢慢读进去了。

阳光像被剪裁过以各种奇形怪状落入屋内，勾画出麦青边缘朦胧、令人眩晕的轮廓。她勾着头，露出皮肤松弛的颀长脖颈，嘴唇微微嚅动，开始发现佛经在述说一些很浅显只是人们常常不愿面对的真相，从中找到了不同于俗世种种谬说邪见、解决人生烦恼的智慧。苏润邀她一道到庵寺进香她再也没有拒绝，还向惠慈师太请教一些佛法佛理。

林昂的死讯传来，麦青听后没有半点反应，待报信的人走了泪水才从眼眶里一点点地厚起来，只觉得地面像波浪上下起伏，屋顶和墙角正朝向她压迫下来。她想哭出来，舌头却像被很重的东西压住，忽然腹部急剧收缩，伸长脖子哇哇呕吐，可是除了粘连的唾液再也吐不出别的。她紧紧抱住颤抖的身体，两眶泪水垂到焦黄的面颊上。

林昂的两个儿子在老舅爷朱任之的陪同下直接赶往汕头埠，并派人捎话给麦青，不许她这个“灾星”染指林昂的后事。麦青听罢像是早就料到，并不觉得有多难过，倒是想到林昂曾经那么喜欢她，让她觉得有些对不住他。她悄悄地在宅子里为林昂设下灵堂，在这个见不到死者和吊唁亲朋的丧礼上，她没有像别的贞媛那样受了鞭笞般浑身抽搐咬牙瘫倒，也没有像烈妇那般不顾亲人的阻拦拿脑袋猛撞桌角以求同年同日死，她就一个人，一身缟素对着亡夫的灵牌静坐，以这种特别的方式流尽滴干她对他积存无多的情感。在撤去灵堂的那一天，麦青告诉自己，从今往后，她与林家不再有任何关系，她不再是什么林家媳妇，也不再是什么假洋鬼子的太太，就像佛教中所说的缘起缘灭，缘聚缘散。

麦青撑持不住地病了一场，是这场莫名其妙的重病让她徘徊于现实与虚幻之间，艰难地找寻生与死的界限、灵魂与信仰以及生存的意义，并将各种记忆的残片拼接起来想要还原生活的本来面目。当她命中注定般地先遇到陈鹤寿再遇到林昂，最后摆脱了红姑的控制成了“自由身”，林昂曾对她说：“麦青已死，世间从此多了个麦柔柔。”而今麦柔柔也死了，她不知道自己是谁！

病愈之后，登门拜访麦青的客人反而多起来，有些是跟着林昂一起结识的官太阔太，她们觉得麦青的生命如同一团乱麻从来就没有拣顺过，不过也幸好她的乱才衬出自己的贞洁与高贵。麦青早有精神准备，知道如何让她们尊敬她甚至害怕她，如何闭上絮絮叨叨的嘴巴又如何暗暗发誓今后决不再来。她喜欢用遭受重大挫折后看淡一切的腔调调侃她们，语气中充满了强烈的反讽，比如她会说人生本来就是一出悲剧，黄泉路上无老少，谁不是在往这绝路上赶？钱财乃身外之物，幸福恩爱皆为泡影。当即将这些官太阔太从自以为是的道德高地上拽拉下来。她们不再觉得她可怜，而是自大、冷漠、无趣，一切活该！

访客中也不乏垂涎麦青风韵之徒，他们大多打着劝慰好友遗孀的旗号。有一段时间，跟随林昂混迹于汕头埠的朱任之也常来，这个干瘪的老头儿拿着文明棍指指戳戳，说话爱夹上几个洋文，让麦青觉得可笑可怜又可憎。朱任之摆出一副替她打抱不平的样子，生气地数落着林昂两个不成器的儿子，又觍着脸说："你平时甭跟我客气，需要啥只管跟我开口。"麦青觉察到他的目光里带着某些不怀好意的成分，碍于他是长辈仍耐着性子与他周旋："谢谢您啊老舅爷，我这里啥也不缺。"朱任之捋着两撇花白的胡子发出呃呃的声音，仿佛能够体会她有口说不出的苦衷，装作十分贴心地说："你还这么后生，这么细嫩，真是可惜啊。"麦青知道他要切入正题了，就皱皱眉头泼起冷水："跟了六爷，我这辈子也知足了。"朱任之朝她眨了眨眼暗示："日子还长着哩，我外甥虽然走了，咱们还是家己人嘛，只要你乐意，我会常来行踏，好好照顾你。"

每次朱任之都会给麦青带来一些新鲜的洋玩意儿，待他走后她半眼不看丢进了垃圾篓。最后一次朱任之又老调重弹："在姻缘的自由选择上，咱们不得不佩服那些鬼佬，"他弹了弹身上的洋装故意露出几颗镶过的金牙，"听说那些洋婆子不争什么名分，重在实际，西哲说得好，聪明的姿娘人只要抓住男人的胃和钱袋，他就跑不了。"麦青知道接下来他又要哭诉他死去的小妾，也明白他把嘴唇磨掉一层皮的目的只有一个，企图唤起她与他感觉相连的情感和欲望。她忍无可忍，用疏远得让人难以承受的口气说："老舅爷，我礼佛的时间到了。"朱任之怔了怔，心里渗进一缕冷气，只好摆出一副长辈的威严过问："难道你就不打算再找个男人倚靠？"麦青坚决地摇头。朱任之终于说出了心里话："你要不是当过花娘，还能挣个贞节牌坊——"麦青俨然打断他："我在菩萨面前早就许了愿，余生伺佛。"她的目光从他的脸上扫过时没有稍作片刻的停留，更没有任何索求的欲念。她那丰满诱人的身体，以及那令人心驰的风韵，因了那对漠视一切的眼睛，看上去更像一尊冰雕。朱任之悻悻地起身，只能惋惜她这么早就勘破人世，宁愿吊死在他外甥的那株枯树上。

经过短暂的闹腾之后，日子真正清静下来，没有人来看望麦青，她也不想跟他们来往。她忽然想起自己被贼人劫持关在船舱里的那些日子，就有点像现在这样与世隔绝，内心反而更加澄澈。麦青变得安静了，迟钝了，淡泊了，没有什么事情能够引起她的兴致，就好像林昂的死窒息了她的呼吸，也改变了她的人生轨迹，使她滑向了幽冥虚无的隧道，潜入一片清寂的光里。这个原本不信神不信鬼的女人，如今一心奉佛不问诸事，把贪念、执取当作一切生死轮回的起因，借助菩萨的力量来慰藉自己那颗将死的心。

偶尔在夜深人静无法入睡之时，或者被一阵喧嚣的大雨吵醒，麦青会突然想起陈鹤寿，那种共同经历过的快乐、苦恼和不安仍在心里轻漾，可有什么办法呢？既然无法选择命运，那就只能由着命运去选择了。她觉得一切都该放下，就连人生和未来这样的想法，也应当在她没有起伏的诵经声中、在佛珠从外向内的缓缓拨动中被清除出去。

麦青以为自己真的看破一切，很快就能做到五蕴皆空，当七十一岁的陈鹤寿出现在她的面前时，她的情感还是像灰烬那样被拨动了一下，心头微微一热。他站在她家的前厅，一头白发，宽阔的前额，高挺的鼻梁，脸上的皱纹如同刀子无序地划拉出来，那依然比同龄人显得硬朗的身板和敏捷的行动，即使不熟悉的人也能想象得出他年轻时的健壮和威武。麦青下意识地用手轻轻碰了碰一丝不乱地挽在脑后的花白发髻，又朝头顶扫了扫，像担心什么东西落在上面，然后静静地看着他，那深邃而又严肃的眼神仿佛在问：“你来干什么？”

见到这个衣裙素净、脸上积起皱纹的妇人，年轻时的激情和兄长般的柔情奇异地交织在陈鹤寿心头，她让他想起了过去那些一股劲奔腾向前、风风火火不顾明天的日子，也对眼下的状态感到沮丧与无奈。他连坐下来喝口水的工夫都等不及，像生怕错过时机就会泄气那样向她申明：“我是来告诉你的，我应承你的事，都会做到！”

陈鹤寿的话更像是一种暗示，在麦青苦难的内心深处折射出一道光亮，她装作没有看穿那一层，依循年轻时的习惯称呼他："秀才兄啊谢谢你，你并不欠我什么。"陈鹤寿像被轻视那样叫起来："麦青，我可没有这么想。"麦青的眼里浮出泪花肩膀微微发抖，感动地说："秀才兄，你我注定要经历情劫，这劫是来度我也是来度你的，这样咱们才知道该往何处去。"陈鹤寿并未听懂对方的意思，近乎偏执地说："可是麦青，既然我答应过你，就要说到做到，否则，否则我一辈子都不安乐。"他那种迥然不同、沉静而伤感的语气，激发了她好久未曾有过的好奇。她让那双显得心神错乱的眼睛望向别处，心里却这么想："到头来还是他，才是我在这红尘中最放不下的。"他走上前牵起她的一只手，她有所预料地反过来紧紧地抓住它，像要抓住美好的瞬间。

望着麦青那由于激动而变得通红的脸，那有所期待的湿润的眼睛，陈鹤寿从怀里抖抖索索地掏出一只锦盒递到她手上，再将粗糙的大手覆盖在上面压了压，克制住汹涌的情感说："请打开吧。"

麦青兴奋不安地摩挲着包裹着盒子的那层绵软缎面，小心翼翼地启开盖子，里面一绺紫色的胡须随着动作所带起的微风轻轻颤动。她用手碰了碰那绺胡须又缩了回去，生怕弄脏它似的。她抬起头来探究地看着陈鹤寿："这是——"陈鹤寿用自豪的口气说："从应承你到现在，二十七年过去了，只要我在樟树埠，每次拖神都不会错过，直到亲手为你揪下这'老爷须'。"麦青满脸愕然好像听不懂他的话，过了好一阵子才用低柔的嗓音说："我不过是随口说说——"陈鹤寿固执地说："你的话我都当真！"

"对不起啊，阿寿，我没想到你会为了我这个小小的愿望吃尽苦头……"麦青用手背压着自己的嘴巴好让心绪快些平伏。陈鹤寿垂下了眼睑嗫嚅着："也没什么，幼妹没生病那阵子都是她帮我改头换脸，怕被熟人认出……"

麦青那漾着希望的眼神倏忽间暗淡了下去，她意识到这句话是他一早就想好的，也许是想过了千遍万遍才鼓起勇气说出来的。他还想说点什么她就摆手制止了，可是他正被一种激动的情感裹挟着，只觉得有些话非说不可，他稍作停顿言语的表达又流畅起来："我一直以为她不知道我去拖神的原因……"一股莫名的难过涌上来，泪水溢满眼眶。

也就在五年前，陈鹤寿照样拿着墨汁涂脸，拼着一副老骨头去参加拖神。这一次却如有神助，护神的后生们一心对付着别的拖神者，对他仿佛视而不见就好像他穿了件隐身衣。他逮住机会一把揪下了水流神的胡须。以往的艰难和此次的轻易让陈鹤寿疑窦顿生，他悄悄地喊来主持这项活动的祝大海，经过仔细盘问方弄清楚，是暖玉请他这么做的。暖玉告诉祝大海，陈鹤寿之所以如此坚持，完全是为了履行他壮年时对别人的承诺，这个人在他的生命里至关重要……到了拖神夜，知情的护神后生表现得比以往任何一次都卖力，击退了一拨又一拨的拖神者只为了给这位最可敬的长辈让出一条道来。当陈鹤寿夺得神须情不自已地发出欢呼时，拖神者与护神者几乎一致地给予他最为热烈的喝彩……

"天哪，她是怎么知道的？"麦青的目光里混杂着惊讶和思索。陈鹤寿却答非所问："我一直以为她对你我心里有恨，唉，其实她比谁都活得明白。"他没有对麦青说出得知内情那一刻自己的感受：他一辈子对暖玉的好，比起她对他的包容，简直是说不出来的渺小和贫乏，说不出来的可怜和痛心。这种感受不仅在他的心里涌起一种难得的珍惜，也同时赋予了他一种异乎寻常的热望，他要对她更好！可惜留给他们的时间已经不多了。

"是啊是啊，咱们曾经活得多么糊涂。"麦青由衷地回应，蓄积在心底的那些委屈、不满、悲伤、怨恨，都融化在理解、宽容和爱之中。她轻轻地合上锦盒，也同时关闭了心底那个藏着他俩感情和思念的暗处。

"过去的就让它过去吧。"她听见自己说。她不要想起他，也不要他想起她。她只希望他和他的家人都平平安安。

陈鹤寿走后，麦青觉得有了他这次郑重的回应，此生已别无他求，只希望得到某种全然的宁静，日复一日地宁静下去，直到生命的终结。她尽可能地清除可以唤起她深切回忆的东西，就像结束战斗打扫战场一样将过去那些“身尸”埋葬。她忽然记起多年以前，林昂带着她到泉州承天寺求签，解签的老和尚吃惊地对她说：“夫人迟早是佛家弟子。”当时他俩都不信，还拿它当笑话到处讲。麦青这下算是彻底觉悟，皈依佛门才是自己在尘世中最好也是最后的归宿。三个月后，麦青把财物散给了下人，将过去的秘密压在舌头底下，到水仙庵削发为尼，法号“洁尘”。

陈鹤寿从县城赶到繁盛里，浩云也从香港回来了。

在离开樟树埠的两天里，陈鹤寿的脑海里时时刻刻地出现暖玉那张瘦削憔悴的脸，那对变得更小的眼睛活像两个行将干涸的水洼一闪一闪的，盼着他快些回家。陈鹤寿不善于踮着脚尖走路，身体夸张地耸动着摇摆着来到暖玉的病榻前。她似乎比两天前还要瘦脸色还要难看，眼珠子埋在周边遍布着深深皱纹、塌陷下去的眼窝里，嘴唇松弛了，他忽然想到每个人死亡时都是这副形容，心尖揪了一下，泪水险些掉下来。

“去哪了？”暖玉微弱的声音把陈鹤寿惊了一下，这才发现她的眼睛不知啥时候打开了缝隙溢出一丝光亮。陈鹤寿用格外温柔的腔调说：“到县城的行铺去转一转，虽说细弟派人看着，我还是放心不下。”迎着她犹犹豫豫有些担忧的目光，他蹲下来用手抚着她被虚汗湿透的头发动情地说：“你呀，快些好起来，咱俩的好日子还在后头呢。”暖玉有气无力地打趣：“咱俩？难道还有别人啊？”陈鹤寿用左手抚了抚胸口意味深长地说：“不管以前有多少个，从今往后就只有咱俩了。年轻时你听我的，老了我听你的。”

暖玉嘴角咧开难得一笑，居然笑出了泪花儿，憔悴的脸颊染上一层淡淡的红晕。陈鹤寿问她笑什么，她喘着气说：“都这把年纪了，你还算计我呀？年轻时我把娇嫩嫩的身子交给你，年老了你将一把老骨头丢给我，天底下哪有这样的便宜事？”这时有丫鬟端水入内，陈鹤寿便捞起温水里的毛巾绞干，替她拭去额头、脸颊、脖子上的薄汗，那小心的样子像在避免用力过度损坏了某件不可复原的珍宝。

感受到这个老男人的温存，暖玉凝聚在眼角、仍未掉落的泪珠闪着亮光，脑子里浮起一种感动而又平静的想法："一切都过去了，我早就说过，什么都会过去的。"

晚上刚交亥时，赛英从暖玉卧室跑出来，暖玉喊着"表哥表哥"急切地寻找他。陈鹤寿与浩云对望了一眼露出了紧要关头已经来到的神色，一先一后急步走进灯光昏黄的房间。

听到陈鹤寿的叫声，暖玉两束游移不定的目光停在了他的脸上，给他的感觉却像她就这么一直望着他，一动不动地过去了好多年。他附到她耳边柔声问："幼妹，有事么？"暖玉张了张眼眶，眼珠子滞涩地转动着，目光如铁块被她搬动起来，挪到浩云、赛英、大孙子怀梓二孙子怀海三孙女怀玉四孙女怀琬还有被丫鬟抱着的五孙子怀杰身上，从那迷惘的神情判断，她已无法将他们的面孔与名字联系到一起了。暖玉的目光最后回落到那张永远也忘不了的脸上，那对纠结于花白眉毛底下的眼睛变得深情而又柔和。

"有啥事交代？"陈鹤寿俯下脸来，用认输了的软弱口气问。一只干燥的大手轻轻地掠过她纤细、弯弯的脖颈，轻抚她枯草般的银发，那松弛地蒙在尖削颧骨上的脆薄脸皮……暖玉的目光转向了赛英像在提醒她什么，赛英就捧出一沓写满了字的麻纸，说出了婆婆的想法。

原来暖玉预感到自己将不久于人世，想要为乡亲们再尽最后一份力。受陈鹤寿年轻时九闯县衙为民请愿争取垦荒免税的启发，她决定替那些身染绝症而又心愿未了的人去向阎王判官陈情请愿，争取延缓他们的死期。暖玉的想法很快就传遍了整个樟树埠，那些有需要又不能来的，都委托亲友到繁盛里诉说他们的请求，让暖玉和赛英略感意外的是，也有人想请暖玉帮忙申请缩短他们的阳寿，这些人中有的得了重症不想糟蹋银钱拖累亲人，有的被糟糕的日子折磨得人不人鬼不鬼，有的遭受情感的重大打击觉得生无可恋……他们只希望走得没有痛苦没有恐惧。很快又有人打起了新主意，想委托暖玉帮他们给死去的亲朋戚友捎个口信……暖玉都慨然允诺，让请来的老秀才一一记录在纸上，又叮嘱赛英，待她即将离世时由陈鹤寿亲自放在她的怀里。

陈鹤寿将这些记录装入一只大信封，小小心心地放到暖玉身边，又动情地说：“幼妹你看看，当初来这里只有咱俩，现在是一大家子了。”暖玉的目光水样般地汪开，与屋里黄黄白白的灯光融为一体。亲人们都以为她说不出话了，只见她脸色通红不停地喘气，像在跟自己较着什么劲儿，忽然一句话从她的嘴里响亮地迸出并永久留在亲人们的心里：“下辈子不给你当老婆了。”周围所有的眼睛都含着一种超出好奇和同情的意味转向陈鹤寿，又偷偷地交换着眼色。陈鹤寿带着一种混合着羞愧与烦恼的情感想，她早就厌倦我了，她早就想要摆脱我了，脸上也相应地浮出了一种受了误解、清白无辜的表情。

“下辈子你来尝尝当婆娘人的滋味，我娶你！”暖玉补充道，她的目光耀着灯火，看上去像初次见到他时一样灼亮。浩云和赛英的嘴巴都拱成了鸡屁股，再也忍不住哧地一声裂开，零碎的笑声从指缝间溅出，陈鹤寿张开大嘴嘿嘿地憨笑，却笑得比哭还难听。几个小孩子看看大人又看看对方，似懂非懂地跟着放肆地笑。嘻嘻、哈哈、咯咯、嗤嗤、嘎嘎……粗哑、清亮、稚嫩的笑声如新鲜的霞光驱散了每个人心头的阴霾，某种熟悉的轻松感又出现了。这个不起眼的柔细女人，身上有着一种不断使陈鹤寿激动和震惊的东西，她会在他觉得无法忍受的艰难时刻表现得平心静气，她少有直接去指责他的不是，却能让他觉察到自己的褊狭、失当或者动机不正。她把她的真实、善良、深沉还有强大的韧性注入到他粗野、冲动、倔强、自大的血液里，悄悄地改变了他生命的航向。

“这个老婆娘，到了生命尽头还怕亲人们为她伤心。”陈鹤寿感慨地想，就看见颤动在暖玉眼窝里的两粒光亮熄灭了，他微驼的躯干晃了一下，眼睛像中风一般溜圆地睁着嘴角扯向一边，刚刚还亢奋着的情绪跑个精光。

暖玉的葬礼在她去世后的第三天悄无声息地举办，照她生前的遗愿，这辈子麻烦别人太多，不想再继续打搅他们，丧事一切从简，只不过再简也有那么多约定俗成的程序需要完成。出殡时，孝子孝孙加穿粗麻衣、草鞋，系草绳，手持孝杖棍。送葬队伍由持引魂幡的罗锅老郑引路并负责丢引路纸，接着是持旌旗的、抱灵牌的、乐队、祭轴、花圈、送葬的亲朋、灵柩、子孙。虽然只对行踏交往最频繁的亲朋报丧，依然有无以数计的樟树埠人闻讯赶来，他们有的受过她的医治也有的得到她的施舍扶持，有的托她到地府申请更改死期也有的托她给死者捎去口信，还有更多的人仰慕她的操守人格，使送殡的队伍不断变粗加长，一时间灵幡挽幛遮蔽天日，纸钱在风里翩然飞舞，哀哭声汇成长波细浪连绵不绝。在送殡队伍经过的八街六社，周边的大小村庄，人们自发地来到路边排成长队行注目礼，死了一个女人，整个港埠却人人痛惜，跟走了自己的亲娘一般。

暖玉葬于莲花山后腰早就筑好的"生居"，它南端窄小北端稍宽，腰部向外鼓出，墓口封砖砌出三角形"船"头的形状，无论从墓室到外形都酷似一艘红头船。这块风水地是大先生早些年为陈鹤寿夫妇定下的，它背倚高峰，两旁茂林屏障，俯瞰樟树埠，一览无余。由于地势的缘故，韩江在这里绕山回旋而过，顺流而下的船只到此因山阻风回，不得不下帆；逆流而上的船只则因滩湾水急，船工须俯身在船舷上奋力撑篙，身体弯曲恰似跪于船板。十多年后陈鹤寿离世跟暖玉合葬于一处，樟树埠人争相传说，世人感念陈鹤寿忠义，暖玉大爱，船行墓前，人人下帆志哀，倒身跪拜。又有传说，每逢寿爷夫妇忌日，山腰阴雨绵绵，年年如是。

再说陈鹤寿从亡妻的墓地回来踏进家门，空气中凝结着浓重的潮气，散发出一种春天才有的腥气霉味，冷飕飕的风顺着敞开的门洞呼喇喇地刮进来，他感受着那股寒意，总觉得那股寒意是从老伴的身尸上释放出来的。就像鸟儿的啁啾反衬出环境的幽深一样，亲友乡邻的安慰同情也强化了陈鹤寿内心的孤独感，这么多年，他像第一次发现她才是他的一切，可是这一回她不再是出去给他沽酒，或者到神庙里为家人祈福，而是一去不复还。一想到这一别的时间便是自己的余生，沉重的哀痛就从心头碾过。

不知过了多久，客厅里的光线暗下来，陈鹤寿的目光落在册页般打开着的八扇大"禅门"上，落在屏风、扶手椅、茶具、长几以及上面的枫溪瓷器、潮州蜡石、名联古画上，所有的东西都仿佛留下了暖玉的指痕余温，空气里也似乎飘浮着妻子淡淡的气息。

有好长一段时间，陈鹤寿一人用餐总要摆上两副碗筷两把椅子，一边吃着一边跟对面那个看不见的人说话，仆人们都知道他在和谁交谈。暖玉也常以各个阶段的样貌出现在他的梦里，有时候他同时做着两个梦，分别与年轻的暖玉和年迈的暖玉见面，一个是肌肤如玉兰花般柔润洁白的姑娘，一个是颤颤巍巍、时清醒时糊涂的老妪，醒来后不免发出由衷的感叹：“幼妹啊，咱们很快就能见面了。”

暖玉生前爱去水流神庙，尤其是在痛失爱子桑田之后。陈鹤寿也想去看一看，白天人多，他就选择深夜前往。

由前庭和院落、柱廊和矮墙所组成的神庙，整个儿搁在比地面高出五尺、由石头夯实的巨大基座上，四周那些由陈鹤寿带人栽下的榕树柏树樟树早就长大，在半空中织成郁郁葱葱的厚实顶篷，浓荫匝地，加之空气中长期飘散着香蜡纸表燃烧出来的气味，给人一种清幽静穆、高深神秘的印象。

春寒料峭，陈鹤寿一走进大殿就被一股香头烛火所散发出的暖热气体所包围，借着忽明忽暗的灯光他瞟了水流神一眼，它那对黑白分明的眼睛端直地望向他，像要掏出藏在他内心深处的秘密。他竟忘了它是他的“作品”，下意识地缩缩脑袋，在供桌上拈起三根紫香香头朝下接上烛火，又举起来忽地甩灭上面的火焰。

“老爷啊，我家老姿娘以前常来您这里，都跟您叨咕了些啥？”陈鹤寿边说边移步到那方堆积着红色蜡油、摆放着各种果品的祭台前，将香枝恭恭敬敬地插进锈迹斑斑的铁炉里再抬头仰望水流神，灯火摇动光影变幻，神偶一手托起山峰一手捏住毒蛇，神情肃穆，头盔上的红缨、胡须还有身上的披风锦袍，被旋进大殿的气流拂动着，好似驾着祥云刚刚降落，专为聆听他的倾诉。就在那一刻，有种苍老的、以前觉得不可能有的委屈堵在他的胸腔，自然而然地产生了倾吐的欲望。

“老爷啊，”陈鹤寿撵走了脸上几丝疑虑的阴影，嘎哑着嗓子不高兴地嘟哝，“我当时一定是中了什么邪，怎么没把壮壮拦下来？幼妹说得没错，我确实不喜欢他，我也曾怀疑过他这女里女气的样子到底是不是我老陈家的种，不过我最终没有把他拦下来，并不是想看他倒霉，我是从他身上看到了自己年轻时的影子，也是从那一刻起我才敢于断定，壮壮绝对是我老陈的种……”

大殿里嗖地吹进一股阴风，清油灯盏还有蜡烛的火焰忽忽地斜向一边，水流神的大脸似乎变得生动活泛起来，那对闪闪发亮、鼓凸的眼睛好像流露出不敢相信的神情。

“您就笑话我吧，惩罚我吧，谁叫我那么蠢啊。”陈鹤寿感到有些生气但又满心痛快，叹了口气又继续向水流神倾诉，只是声音越来越小，眼前逐渐模糊成一片，恍惚间又听到那个熟悉的声音从神偶自内而外地传出来。

“如花？怎么会是你？”陈鹤寿忍不住叫出声来，旋即从梦中醒来，脑海里还滞留着一个不大了然的印象：一道幽光与那尊神偶飞快地化为一体。他做梦也想象不到，自己亲手所雕的神偶，竟成了草头妻魂魄的寄居之所。

陈鹤寿迈出神庙门槛时觉得有种卸下沉重包袱、暂时获得解脱的轻松感，终于明白女人们缘何热衷于三天两头往庙里跑，不仅可以祈求神灵保佑家人平安，还能够排解积愁积怨以平复内心的波澜。

后来，有人将一些乡亲改信天主的消息告诉陈鹤寿，以为他会勃然大怒，想不到他神色不为所动嘴里淡淡地说：“老弟啊，我算是想明白了，宗教信仰只是神明借以与人沟通的桥梁，本身没有对错，对错在于人，心存善念，神就在！”

寿 终

听到温兆吉被捕的消息，陈鹤寿才知道这些年轰动汕头埠、一桩接一桩的“涉外事件”都是他带着青云帮没有死掉的几个弟兄干的，其中包括震惊朝野也震惊西方的汕头洋关大劫案。凡是洋人或者替洋人做过事卖过命的狗腿爪牙，只要被他们盯上了都没有好下场，林昂就是其中一例。这一回他们袭击了臭名昭著的德记“猪仔行”，温兆吉为了掩护同伴被捉住并判处极刑，刑场就设在汕头埠西堤码头附近，陈鹤寿不顾赛英的劝阻执意要去见这个儿子最后一面，他总觉得温兆吉走上杀洋鬼假洋鬼这条路，跟他在“悦来”客栈抛给他的那句话大有关系。

挤进观看行刑的人群里，陈鹤寿发现跟着温兆吉一起受刑的还有他的四个弟兄。人犯没戴枷锁，双手交叉着捆绑在背后，被衙役用大筐一个个地抬过来。人犯从大筐里被翻倒出来时已经没有什么生气。他们跪在地上，脸与地面平行，暴露出脆弱的脖颈。陈鹤寿的目光久久地停留在温兆吉身上，他垂着头，一绺脱离了辫子的头发遮住了他的小半边脸。他瘦得像个骷髅，眼睛肿得睁不开，衣衫破烂，布料因浸透了血水而干结成硬块，靴底撑开了裂缝。他闭着眼咧着嘴，看得见两排白森森的牙齿，好像累得不行。

陈鹤寿的脑子里仍然保留着上一次与温兆吉接触的深刻印象，在“悦来”客栈的房间里他感受到儿子粗横暴烈的狠劲，尤其是低沉冷漠的声音，仿佛释放出一种随时可以将你捏扁蹭死的自信和威势……

留着络腮胡子、袒着半边胸脯臂膀的刽子手大摇大摆地走来，喝下一碗酒，提起鬼头刀上前，双脚分开牢牢抓住地皮，将刀举过头顶两臂忽然急速向下，在刀口奔向人犯脖子的那当儿，他的身体也沉落成马步的姿势。刀锋一闪，第一个人犯像袋结实的谷物仆倒在地，只是头颅仍粘连在脖子上四肢剧烈地抽搐着，其残余的呻吟声吓得围观者一片哗然不断后退。刽子手又上前补了一刀将人头割下。

在第四颗人头落地时，温兆吉像心有灵犀仰起脸来，眉弓顶起了几道深深的皱纹，刷子般粗黑的眉毛急促地抖动了一下，目光从眼皮粘连着的细小缝口艰难地挤出来，在瞅见陈鹤寿的瞬间闪射出一道复杂的强烈的光芒。陈鹤寿的气血呼啦一下冲到头顶，他紧紧地咬着腮帮骨不让泪水溢出眼眶。刽子手走到温兆吉面前冷冰冰地命令：“低头。”温兆吉便垂下了脑袋，腮帮高一下低一下地磨动着，像蓄积起一股足以咬碎石块的力量。刽子手举起刀沙沙地挪动脚步，似乎在寻找合适的角度，然后厉声喝道：“甭动！”

陈鹤寿看见刽子手壮硕的身子往下一坐，一道闪亮的弧线呼啦地划过，温兆吉的人头滚出十几步远又在地上旋转了几圈，停下时那对瞪得浑圆、布满血丝的眼睛正好朝向他。他还没来得及反应，就听到那个没有死绝的人头嘴里发出一个清晰的音节："爹——"，眼睛也同时烁出一道灼亮的光。陈鹤寿不顾一切地叫了一声"儿啊——"，眼前一黑栽倒在地。

陈鹤寿回到繁盛里后大病一场，看着忙前忙后的赛英感慨地说："我早就活腻了，和我差不多年纪的人，在地下的比在地上的多得多。"他觉得徒添岁数，无异于拉长了他去见暖玉、沧海、桑田还有那些先他而去的兄弟的时间。

大多数亲友都以为陈鹤寿害怕孤独，劝他再接一"枝"，甚至还主动替他张罗，他的回应极其冷淡："老都老了，有啥好折腾的？"说多了他竟发起脾气来。时间长了，那种痛与疚也就淡了，只有孤独在一点点地生长，又大片大片地蔓延，他总是抱怨坐着打瞌睡，躺下睡不着，就连他最喜欢的孙子孙女也无法让他开心起来。

赛英灵机一动，派人上莲花山去把大先生接下来。

"节哀啊寿爷，嫂夫人也好你大公子也好，他们走的这条路有哪个不用走？咱们活着的能做什么？就是好好地活下去，对不对？咱们可别给后辈起个坏头。"大先生发出一种少年人的声调，又用哄更小的小孩那样的柔声细调说，"寿爷，我还可以陪您十年哩！"

大先生越来越感觉到，陈府里的所有东西都在长高变大，他坐在椅子上吃饭，手臂已经靠不着那些食物了。陈鹤寿请人为他专门做了一张加高的宝宝椅，大先生却弃之不用，坚持站在餐桌前的凳子上吃东西。然而时间无情地流淌，绝大多数东西他只有仰望才能看得到。到了后来，哪怕是一个七八岁的孩子也能够轻易伤害他。当他发现连那些猫和鸡也将他当成袭击的目标时，意识开始模糊了。过去的许多事情如竹篮打水般被无情地漏走，除了吃，别的东西再也难以勾起他的兴趣。他不知道自己的名字，也无法控制自己的大小便。他把陈鹤寿当成父母那样依恋着，吃着他喂进嘴里的米糊羊奶。他的嗅觉、听觉、视觉越来越弱，有一天他忽然听不见陈鹤寿为他哼唱的摇篮曲，身子一缩钻进一个温暖潮湿、昏暗混沌的地方。

陈鹤寿看见摇篮里的婴儿不见了，就明白大先生去了哪里，他并不慌张，只是静静地看着消失的地方，拼接碎片般地想象着大先生这神奇的一生：一生下来便是个老头子，头发稀疏霜白，脸皮皱得像沙皮狗，胡子有长寿面那么长，不哭也不闹，用一对老花似的眼睛吃力地打量着父母。他的娘亲哇地哭出声来，亲人们乱成一团，都把这个苦苦盼来的孩子当成怪物。父亲趁母亲不备把他拎进一只竹篓抛到荒郊野岭，幸好被路过的蓝法师捡起来。谁也想不到大先生越活越年轻，皮肤像街上的卵石被脚板鞋底蹭磨得光洁细腻，头发和胡子也渐渐变黑变密油油亮亮的，一口烂牙变得坚固洁白，脆骨鹅肠一咬就断，说话中气十足，做事麻利果断，思维敏捷得像兔子……他像个无法说清的怪物，把生命放在嘴里咀嚼反刍，将衰老的部分咽进肚子里，不断吐出稚嫩的青春。他越活越小，最终活成了孩子，红扑扑的脸蛋，稀疏软遢的头发，牙齿慢慢掉光，只能靠牙龈碰触那些柔软的食物，再小小心心地吞咽下去，然后不得不含着奶嘴喝着流体，语焉不详，他最后留给人世间的是哇啦一声清脆的啼哭，像有只无形的手拍了一下他的屁股蛋……

陈鹤寿曾问过大先生，为何他是逆着时间生长。大先生狡黠地答："啥事物都有例外，就像咱们所经历的这个'恶杂（糟糕）'时代，不也是倒着走么？"

大先生比陈鹤寿早走了十年。陈鹤寿去世时人类刚好迎来了新世纪的第一个春天。那一天他躺在床上歇午，迷迷糊糊地听到繁盛里的大阔埕传来一个粗哑的声音，那是林家的傻子正在无忧无虑地哼唱。陈鹤寿觉得这支歌仔如此耳熟，竟是自己年轻时胡编出来的，听着听着，有股涩涩苦苦的笑声滑过他的喉咙头，泪水从闭着的眼睛涌了出来。

阿兄阿兄腹中饥
想食溪中个鱼鲜
买到珍馐共百味
又愁屋内无娇妻
生到五男共二女

又愁无业做根基
田厝买到几千百
又愁白役被人欺
不觉做到知府职
又愁官微怕上司
等到爬上宰相位
又愁无子来登基
待到龙袍穿上身
又愁活无万万年
人生处处不知足
不如骑鹤飞上天
……

第十三章

鬼迷心窍

大殿里回荡着铁链撞击的咣当声，黑白无常又来了。

时间无多，来吧十郎，让咱们同饮一壶酒，一起回到过去，也只有回到过去，我才能够相信你，相信你那动情的眼神、诚挚的腔调、激动的手势、滚烫的泪水、深沉的亲吻、香甜的口水……相信你依然爱着我。也许你不知道，我在自己的葬礼上收藏了你的一掬热泪，冬天里，它会结成海盐那样剔透的晶体，到了夜里，它的棱面就会从不同的角度放射出幽蓝干净的光。我常常将这些钻石样的泪珠托在指尖上凝望，像对待世间最罕见的宝物那样小小心心地擦拭。

一粒微尘三千界，透过你的泪珠我看见的是咱俩的秘密，它凝成了画面封冻在时间里，到了春暖花开，你的眼泪又恢复了液态如一滴滴纯净的露水，我常忍不住地亲吻它，感受它特殊的咸味和滚烫的温度，感受它和着我的心跳和呼吸的节奏微微震颤。

十郎，为了抵抗时间的腐蚀，也为了牢牢记住你，记住平原、港埠那么多往事，我曾经疯狂地收集一切活人死物的气味，再根据气味去辨认每一张逝去的面孔，每一段流逝的光阴。当岁月洗尽铅华，唯有气味能让中断的记忆重新生长，一如壁虎的尾巴。那些气味干湿稀稠疏密轻重遥远切近诱人瘆人似有若无五颜六色斑驳眨闪……它们可能是水刚烧开的味道，也可能是雨后尘土和木料腐败的气息，可能是洋火燃烧时的呛人气味，也可能是棉被晒得蓬蓬松松时蒸腾的热气……我学你收集鬼火那样，拿不同的器皿捕捉它们且分门别类，再贴上只有我才看得懂的标签。冤家啊，我对所有气味的收集全都为了你，为了不把你和与你相关的记忆忘却。青草、泥腥总会让我想起多年前的那场夜雨，你驾着马车拉着心爱的姿娘仔离开绿云村一路狂奔。浓烈辛辣的烟草味让我记起你一遍又一遍地画着巨舟图纸的专注神情。在樟树开花的淡淡香气里，我的脑海里浮现了红头船满载而归的盛况还有你汪汪闪闪的泪花，至于从香蜡释放出来的芬芳，却让我重温着自己头一回被你供进神庙正殿时的复杂心情……

世间万物一呼一吸，千变万化的气味让我乐此不疲。幽幽吐出如兰清气的是少女们细白的肌肤，泡了酱醋似的咸酸味儿则来自浸透汗液、如腌制过的黝黑肌肉。有的人身上弥散着苦茶的味道，那是受了病痛的长久折磨。有的人下体透出腥臭，因为常进出于烟花柳巷。贪杯的人气味最难闻，松松垮垮的皮囊兜不住酒水，沿着皮肤的毛孔渗透出来，微光闪闪好似草丛里的露珠……十郎啊，只有你喝了酒我仍乐意收藏你的气味，还像姿娘人喜欢香粉那样不时拿出来闻一闻，沮丧时我爱闻闻你身体衰老的气息，咸、苦、涩告诉了我，自己快要熬到头了，咱俩就要团圆了。昏昏沉沉时我爱闻闻你年轻时因冲动而挥发出的气味，它如牛角般生猛莽撞地顶了我一下，让我一个激灵清醒过来。不过最让我陶醉的仍然是你的精液的气息，我多想它能再次填满我，就像春水涨满河床，就像种子撒向大地，在我的子宫里孕育出属于咱俩的新生命。我最不想闻的当然是亡国的腐朽之气，什么割地赔款的声明条约啊，就算隔着千山万水隔着城市乡村隔着繁华蛮荒隔着过去未来都能闻得到它的臭气，那股臭气不要说能把昏睡了几千年的死人熏醒，就连我这个鬼魂也被熏得实在受不了，哎呀呀，那个臭气不知道还会熏个多少年？要用多少血水多少汗水多少泪水多少口水多少脑汁才能将它冲洗干净？要用多少书香墨香声香魂香花香还有别的什么香料才能盖住它？这些条约像病毒扩散在天朝的病体上，只有等到天地间汇聚了足够的灵气才能治愈这个千古奇臭的重症。

看着这么多瓶瓶罐罐你一定会笑话我，可是我仍笃信气味的魔力，也只有我才深谙气味的妙处。在很长一段时间里，我一直沉迷于对气味的探索，就像我沉迷于对你还有整个人类的探索。不过我要郑重地告诉你，十郎，要不是为了你，我宁愿做个没心没肺的鬼魅，逍遥于尘世之外不知爱恨苦乐不知时光飞逝不知死去活着，人间滋味千百种，唯有素心若雪，方能香气满怀。

带我离开这里吧十郎，没有比在痛苦中追忆那些美好年华更加难熬的了。就在昨天，你辞别了多灾多难的人世，我再也不用替你操心了，只管以攒积了六十多年的热情迎接你的归来，冤家，我早就说过，你是我放逐天涯的浪子，是我丢失了一半的灵魂。

快来吧冤家，为了让你更爱我，我要伏在你的耳边向你坦白，我不仅拥有了你们的各种欲望，还沾染了你们说谎的恶习。我被你们一步一步地同化却无力自救。每天我对着你们有所期待，等着你们送来最新鲜的鱼肉果品还有飘香的美酒。没错，我吃不下那么多，但我仍然需要那么多！我每天渴望得到你们的赞美和奉承，因为我的身体里再也制造不出自信和甜蜜，对我来说，好听的假话比逆耳的真话要熨帖得多。我和你们的情感终于融为一体，和你们的历史也凝结在一起，我终于成为了你们千千万万中的一个，最庸俗的那一个。我成天说着醉话，我比你们中的任何一个都糊涂，我再也找不到判断对错的准绳和区分善恶的标准，我再也无法真切地洞察你们的灵魂。我傻呆呆地坐在这里两眼半睁半闭，真正成了又聋又哑的木头疙瘩。

老兄，我发现我越来越害怕现实也越来越需要谎言，只要一睁眼，谎言的华彩就会荡涤掉现实的晦暗，让我变得容光焕发理直气壮。我常拿谎言下酒，那是由于甜言蜜语能够化解诤言直谏的生硬，实话实说的苦涩，批评嘲讽的辛辣……我愈来愈害怕闭眼，眼皮一旦合上，世间的惨景就会覆盖住炫目的假象和虚幻的快乐，现实的真相如千万只蝗虫扑咬我的神经。是啊，我闭上双眼就能看到有些人在喝血吃人，牙缝里硌着肉屑体毛。是啊，我听见魔鬼邪恶的笑声从光阴的隧道里一波波地传出，到了你们的耳边却变成了美妙的乐章，动情的许诺，和蔼的暗示，亲切的慰问，煽情的鼓动……他给你们划下了条条框框不可僭越，自己却为所欲为。

十郎啊，我知道那些从人心生长出来的污垢如铁锈不仅无法褪去，而且还会一点点地往更深处腐蚀，我的泪水即便是硫酸也无法将它熔掉，让你们恢复良善的本性。我的指甲再尖利再坚硬，也抠不掉罩在你们心头那层冷酷无情的坚冰，好让你们不再为了蝇头小利变得六亲不认。冤家啊，我即使躲进这坟墓般的木头疙瘩也得不到安宁，因为你们的灵魂就在我的周围时时扭动哀号诅咒。曾几何时，我想要挽救你，把嘴唇抵在你的前额，拿手背碰触你的面颊，伸出舌尖探测你的体温，你却将你们的怪病传染给我，使我变得像你们一样疯狂、专横、霸蛮、狠毒、无耻、暴力、虚伪、放肆，喜怒无常。我忽笑忽哭，忽爱忽恨，忽而高雅忽而粗俗，忽而用舌尖舔你们的屁眼忽而拿牙齿咬自己的趾头，我对你们的胡作非为不再惊惧，看着你们拿毒蛇抽打着最亲近的人，用匕首剖开好友的胸膛，把屎尿灌进恩人的嘴里，将胯下的棒槌塞入幼童的洞穴，让牙齿嵌进别人的骨头……我看见人踩人，人害人，人吃人……诅咒、忏悔、悲哀、罪恶、争端、仇恨、狂热、愤激，像千万条毒蛇那样交缠着我，我的身上爆裂出一道道口子喷溅出暗绿色的汁液。我每发出一声喑哑的求救，森白的筋骨就长出一朵彩色的毒蘑菇，我不停地拿刀子刮掉你们传染给我的病毒，就像刮掉活鱼身上的鳞片。

冤家啊，为了能够把我完整、干净地留给你，我要拿缝衣针缝上我的嘴，最好是让舌头生锈，免得泄露了咱俩的秘密。我要将我的手指像裹脚那样扎成畸形的模样，免得像虎狼鹰鹫那样猎取。我要将我的下体缝合，免得受了你们的诱惑而被玷污。最要紧的是我要将思想的裂缝填满，省得掉进了你们的恶念和无知的唾沫。

快来吧我的夫君，为了让你更爱我，我要伏在你的耳边告诉你我的信仰。信仰是一条路，也是一堵墙。佛教教人无欲斩断我执，儒教教人入世而道教教人出世，洋教则叫人信奉万能的天主来逃避末日审判。当然喽，你们还信仰道德，几千年的仁义道德啊。可是十郎，我却信仰爱情。虽然我也提醒过自己，这样的信仰或许是可悲的谬误，就像许多事情，我想它伟大，看到的却是渺小；我想它幸福，看到的却是悲剧；我想它完满，看到的却是凄风苦雨支离破碎。然而为了你，我愿意信仰爱情，并将它所有的缺点袒露在外，我不想欺骗谁，我要让所有人都来认识它的真面目。十郎，爱情本身就是病，请拿出你最擅长的本事，给它开一剂药方，治一治它的发烧溃疡消化不良妒火中烧忽冷忽热相思成灾，最要紧的是治一治它的朝三暮四移情别恋。

为了让你更爱我，十郎，我信仰爱情。我可以向你保证，只要有真爱，就没有谁能将咱俩打下十八层地狱。在苦苦等待着你的漫长时光里，我更加确信这一点。每次我想找出你的缺点，记忆里的你就愈显完美。每次我想忘掉你，眼前的你就更加清晰。它就像在昭示我，爱情就是治疗爱情病的灵丹妙药。凡是爱情无法治愈的疑难杂症，别的药物也休想见效。

十郎啊，自从遇见你，爱情就掌控了我，成为了我的命运。我是信仰爱情的冒失鬼，坚守爱情的可怜虫，是违反天条的幽灵，是戳穿人类骗局的英雄，是夜幕下无家可归的孤儿，是望着温馨灯火摇头哭泣的游子，是离开了你就六神无主的小女人。为了和你打个照面，我苦苦等了你六十多年。为了与你相视一笑，亲口告诉你我还爱着你，我情愿接受冥府的任何惩罚。冤家啊，如果我被打入地狱——无论是热地狱寒地狱近边地狱还是孤独地狱，无论被烧至七孔冒烟或是被肢解成碎片残渣，又或是被投入熔铜中煮至皮绽肉烂，无论经年累月忍受着不断被虐杀而不得死去，还是被冻封僵立几百亿年受尽苦寒所逼而不得死去，我都绝不会向阎王判官说半句软话乞求他们的怜悯，也决不吱半句怨言让你感到为难和心疼，如果你看到我微微张口，那是我在告诉你，爱会赢，爱的人永远是胜者！

时间无多，十郎，该是我说真话的时候了，我不想瞒着你也不想再骗自己，你可能不知道，你刚一去世我就从黑白无常的嘴里得到了确切的消息，咱俩再也见不到了。大个子黑无常先开口，他夸我是当代的女张羽。我心里一沉问他此话怎讲，他说你的先贤潮州人张羽，为了得到东海龙王三公主琼莲，借来银锅一只金钱一文铁勺一把，痴执煮海。白无常抹着溢出眼眶的泪水插口揭底：“可惜啊，你没有张羽好命，只能当一块望夫石喽。”我抑制住激动问：“我夫十郎去哪了？”他们几乎异口同声地回答，你不是下地狱而是直奔天庭，你将成为真正的水流神，庇护潮汕平原，享万世香火。

听到这个天大的喜讯我流下了热泪。这是喜悦的泪水，祝福的泪水，也是挚爱的泪水。真的十郎，我没有想象中那么悲伤，相反有种卸下包袱的轻松感，因为这虽然不是我的愿望，但又似乎超出了我的愿望。

爱人哪，明知你来不了，我还是要装作和你在一起。我没有做出想要与你匆匆分离的样子，只是怕你不开心！

咱们还是喝一点吧？往后谁也见不到谁了，更谈不上坐下来喝点酒水说几句贴心话。最后一次拥抱我吧十郎，就像你第一次拥抱我那样带劲，哪怕你嶙峋的骨骼硌痛了我。只有这样，我的眼眶里才能涌出六十多年之后再度涌出的温热液体。请抱紧我吧，再紧一点，用你粗大的指头挑起我浸透泪水的发丝，一丝一绺地挽到我的耳后，再捧住我的脸将你纹路清晰的双唇压上来，唯有如此我才能做个彩色的梦。是的，就这样伸出你的拇指，从我嘴角两边轻柔地掠过，拭去我滑下的泪滴。来吧十郎，将你的大脸埋进我的双乳之间，忘怀一切，让我用一个小女人的柔情蜜意将你包裹、融化。你最好是变成一只虫子，整个儿钻进我甜瓜般的松脆芬芳里，我要你永远永远地待在里边。抱得再紧一点吧我的郎君，与其相忘于江湖，倒不如让情欲之火将咱俩烧成灰烬。

别了我的冤家，黑白无常走进大殿了，他们将把我押往那个黑暗无边的地方。不知道为什么，我仍然觉得那里要比人间亮堂一些。还是判官说得对，要学会忘记，尤其要忘记那些比快乐更深刻的痛苦，忘记那些比仇人更伤害你的爱人。

长夜就要过去，痛苦的煎熬快要结束，黎明的天光像大刀一样劈下来，光线如洁白的灰烬纷纷扬扬飘进大殿，所有的木偶回到各自的盒匣里，所有的帷幕就要放下来，所有的聒噪和呼吸都将归于平静，广袤的大地用更加张狂泼辣的色彩装点着隆起的坟头和四时变幻的景致，深爱着的男男女女，最终都将与天地自然铆合在一起，就像从未来过。

十郎，让我最后一次亲吻你的泪珠，再看着它从指尖砸向大地摔开万道金光，从此后，也不知道你和你的人类还要经历多漫长的沉默，多漫长的欲哭无泪。冤家，让我最后一次抚摸你的伤痕，那是全人类的伤痕，也是生活留下的牙痕与唇印。如果能够，我的夫君，请为我饱蘸宿墨写上“韩江汤汤，与君长诀”八个大字。如果能够，再为我开一剂草药，用来清除我灵魂的疮痍。我还要像樟树埠的孥仔鬼“出花园”那样，采来十二种鲜花泡个鲜花浴，让花香涤净我身上的污垢和秽气。如果能够，我要穿上压着十二颗桂圆和两枚“顺治”铜钱的新肚兜，素手绾青丝，鲜花插乌髻，戴上那嵌着南洋宝石的耳环，细描淡淡的柳叶眉，对着口脂纸抿红柔润的双唇，等着你将我那冰凉的小手卷入到粗厚温暖的掌心中。我要将纤尘不染的身子整个儿地给你，全心全意做你的新娘。

然而一切都不再可能！我的内心翻腾着难以承受的哀痛，仿佛腑脏已被掏空只剩下枯瘪的躯壳，不过请你放心，我要掷掉酒杯振作起来，告别这个旧的死的有毒的残碎的世界。我要携带梦想和记忆，让它们像煤块一样燃烧给我以动力。我要骑上大清国旗上那条衰老的黄龙，但我要尽量闭上眼睛，不要受它那金币般闪亮的鳞片所诱惑，我知道只要看上一眼，身上就会长起鳞片并像它那样遽然衰老。我要长出红头船风帆那样的雪白翅膀，飞掠长空和大洋。我要在梦想和记忆中飞行，用爱和激情自我燃烧，让它照亮冥府幽深黑暗的曲径。我要饮下最后一杯酒，那是用我一个甲子的思念和你挥洒在南洋路上的血汗酿成的，混合着爱与恨，交织着幻想与思念。

如果能够，十郎啊，不要说六十年，就是六百年我也愿意等；不要说做鬼，就是做人我也想为你停留。我的生命我的灵魂我的肉体我的欲望我的想象我的欢乐我的苦痛我的愁我的怨我的心肝我的宝贝我的一切的一切都是你也都是我、也都是这万里河山这沧海桑田这天这地这情这爱这尘世间唯一的真理。可惜陪伴了你六十多年我才弄明白，你不属于我我也不属于你，你抓不住我我也留不住你，光阴早就算准了你我，我们所有的一切都是时间开的一个小小的玩笑，你和我注定要在这个玩笑中生与死，在这个玩笑中聚与散。是时候拿出判官给我的那瓶忘川水了，十郎，让咱们认认真真地结束这个玩笑吧，只有忘记，才能自由！

别问我是谁，我是一条可怜的鬼魂，大千世界的一粒微尘。我是一缕阴气，是理想国的一道幻景，是情爱苦海的一抹泡沫。我是爱情的信奉者，是人类的影子、朋友和敌人。我是人世间善恶的见证者，韩江的姐妹，大地的母亲。我是一撮细滑的灰烬，一抓干冷的尘土，一点儿浮渣，我无法留下来，可是我的目光和声音从未离开过。

冤家，为了忘记你，也为了让你忘记，我拔掉瓶塞，将它当美酒一样饮下。

我是谁?

（全文完）

图书在版编目（CIP）数据

拖神 / 厚圃著 . -- 北京：作家出版社，2023.4
ISBN 978 - 7 - 5212 - 2204 - 3

Ⅰ. ①拖…　Ⅱ. ①厚…　Ⅲ. ①长篇小说 - 中国 - 当代
Ⅳ. ①I247.5

中国国家版本馆 CIP 数据核字（2023）第 031295 号

拖　神

作　　者： 厚　圃
责任编辑： 李亚梓
封面设计： 范宏涛
封面绘画： 杨培江
封面题字： 厚　圃
美术编辑： 孙惟静
出版发行： 作家出版社有限公司
社　　址： 北京农展馆南里 10 号　　　**邮　　编：** 100125
电话传真： 86 - 10 - 65067186（发行中心及邮购部）
86 - 10 - 65004079（总编室）
E - mail: zuojia@zuojia. net. cn
http: // www. zuojiachubanshe.com
印　　刷： 唐山嘉德印刷有限公司
成品尺寸： 152 × 230
字　　数： 615 千
印　　张： 43
版　　次： 2023 年 4 月第 1 版
印　　次： 2023 年 4 月第 1 次印刷
ISBN 978 - 7 - 5212 - 2204 - 3
定　　价： 78.00 元
